喻血輪 著
眉睫 編校

喻血輪集（上）

荊楚文庫編纂出版委員會
華中師範大學出版社

喻血輪集

YUXUELUN JI

圖書在版編目(CIP)數據

喻血輪集 / 喻血輪著；眉睫編校．
—武漢：華中師範大學出版社，2017.12
（荆楚文庫）
ISBN 978-7-5622-8047-7

Ⅰ．①喻…

Ⅱ．①喻… ②眉…

Ⅲ．①中國文學—現代文學—作品綜合集

Ⅳ．① I216.2

中國版本圖書館 CIP 數據核字（2017）第 291194 號

責任編輯：魏耀武　馮會平
整體設計：范漢成　曾顯惠　思　蒙
責任校對：熊　然
責任印製：王興平
出版發行：華中師範大學出版社（湖北·武漢）
地　址：湖北省武漢市洪山區珞喻路 152 號
電　話：027-67863426（發行部）　郵政編碼：430079
録排：桂子工藝
印刷：湖北新華印務有限公司
開本：720mm×1000mm　1/16
印張：72
字數：1000 千字
版次：2018 年 6 月第 1 版　2018 年 6 月第 1 次印刷
定價：288.00 元（上、下册）

《荆楚文庫》工作委員會
主　　　任：蔣超良
第一副主任：王曉東
副　主　任：王艷玲　梁偉年　尹漢寧　郭生練
成　　　員：韓　進　楊邦國　劉仲初　喻立平　龍正才
　　　　　　雷文潔　張良成　黃曉玫　尚　鋼　黃國雄
　　　　　　陳義國　吳鳳端
辦公室
主　　　任：張良成
副　主　任：胡　偉　馬　莉　陳　明　李耀華　周百義

《荆楚文庫》編纂出版委員會
顧　　　問：羅清泉
主　　　任：蔣超良
第一副主任：王曉東
副　主　任：王艷玲　梁偉年　尹漢寧　郭生練
總　編　輯：章開沅　馮天瑜
副總編輯：熊召政　張良成
編委（以姓氏筆畫爲序）：　朱　英　邱久欽　何曉明
　　　　　　周百義　周國林　周積明　宗福邦　郭齊勇
　　　　　　陳　偉　陳　鋒　張建民　陽海清　彭南生
　　　　　　湯旭巖　趙德馨　劉玉堂

《荆楚文庫》編輯部
主　　　任：周百義
副　主　任：周鳳榮　胡　磊　馮芳華　周國林
成　　　員：李爾鋼　鄒華清　蔡夏初　鄒典佐　梁瑩雪
　　　　　　黃曉燕　朱金波
美術總監：王開元

出版説明

湖北乃九省通衢，北學南學交會融通之地，文明昌盛，歷代文獻豐厚。守望傳統，編纂荆楚文獻，湖北淵源有自。清同治年間設立官書局，以整理鄉邦文獻爲旨趣。光緒年間張之洞督鄂後，以崇文書局推進典籍集成，湖北鄉賢身體力行之，編纂《湖北文徵》，集元明清三代湖北先哲遺作，收兩千七百餘作者文八千餘篇，洋洋六百萬言。盧氏兄弟輯録湖北先賢之作而成《湖北先正遺書》。至當代，武漢多所大學、圖書館在鄉邦典籍整理方面亦多所用力。爲傳承和弘揚優秀傳統文化，湖北省委、省政府決定編纂大型歷史文獻叢書《荆楚文庫》。

《荆楚文庫》以"搶救、保護、整理、出版"湖北文獻爲宗旨，分三編集藏。

甲、文獻編。收録歷代鄂籍人士著述，長期寓居湖北人士著述，省外人士探究湖北著述。包括傳世文獻、出土文獻和民間文獻。

乙、方志編。收録歷代省志、府縣志等。

丙、研究編。收録今人研究評述荆楚人物、史地、風物的學術著作和工具書及圖册。

文獻編、方志編録籍以1949年爲下限。

研究編簡體横排，文獻編繁體横排，方志編影印或點校出版。

《荆楚文庫》編纂出版委員會
2015年11月

前　言

喻血輪與鴛鴦蝴蝶派

吾邑民國作家有三，若論影響之大，首推廢名。在廢名之前，還有一文學家即喻血輪。廢名之後有劇作家劉任濤。此三人恰好代表民國三個時期的文學潮流，即喻血輪爲民國初年的鴛鴦蝴蝶派作家，廢名爲二三十年代的新文學作家，而劉任濤則爲四十年代的革命作家。

喻血輪比廢名年長九歲，起步甚早。先是宣統年間就讀黃州府中學堂，受大哥喻的癡及時人宛思演、方覺慧、詹大悲、何亞新等人的影響，接觸了革命思想。後宛思演變賣祖產，創辦《漢口商務報》，作爲革命團體群治學社的機關報，革命黨人擁有機關報自此開始。喻圭田（喻血輪三叔）、邢伯謙、詹大悲、何海鳴、梅寶璣（喻血輪堂舅）、查光佛、劉復基等亦與其事。後《漢口商務報》被清廷查封，何海鳴、劉復基到黃梅拜見喻圭田、梅寶璣，商議繼續辦報，梅寶璣立即説服同邑富家子胡爲霖投資辦報。於是喻圭田、梅寶璣、胡爲霖、詹大悲、何海鳴等辦起《大江白話報》。《大江白話報》及其後身《大江報》是辛亥革命時期極具影響的報紙。喻血輪亦耳濡目染，及至革命爆發時，孤身前往武漢，投身學生軍，成爲辛亥革命的參與者。

民國二年，《漢口中西報》創刊，喻血輪與喻的癡、喻耕屑、聶醉仁、鄧瘦秋等黃梅親友暨貢少芹、何海鳴、管雪齋等擔任主筆。不久，在李涵秋介紹下，貢少芹赴上海進步書局擔任編輯。此時，喻血輪、何海鳴也開始動筆寫作，躋身鴛鴦蝴蝶派。

何海鳴、喻血輪以辛亥志士的身份轉而從事小説寫作，表面看來殊不可解，但從他們的小説中可略窺一斑。以《蕙芳日記》而論，喻血輪把自己在辛亥革命失敗後的失落、不滿、痛苦，投射到閨閣女子的哀情裏，體現了一個世家子弟在北洋軍閥時代的落寞、傷感和彷徨。他的精神思想日趨消沉，在時代的洪流中辨不清社會前進的方向，而未能參與即將到來的五四新文化運動。喻血輪也就此裹足不前，無論文學成就，還是個人思想，都未能更進一步。何海鳴也是類似的情形，如嚴芙孫在何海鳴小傳中寫道："自後息影燕京，專以小説自娛。"在鴛鴦蝴蝶派最鼎盛期，何海鳴成爲一個比較核心的人物，而喻血輪則與這一派若即若離。當時，"鴛鴦蝴蝶派"一説尚未確立，喻血輪也未以此派自居。北伐戰争以後，喻血輪漸漸不再寫作，與此派再無瓜葛。

民國初年，喻血輪創作了大量暢銷言情小説，如《悲紅悼翠錄》（進步書局）、《情戰》（進步書局）、《名花劫》（進步書局初版，同年中華書局再版）、《菊兒慘史》（進步書局）、《苦海鴛》（發表於《小説海》）、《生死情魔》（進步書局）、《雙薄倖》（文明書局）、《西廂記演義》（廣文書局）、《芸蘭淚史》（清華書局）、《蕙芳秘密日記》（廣文書局）、《林黛玉筆記》（廣文書局）、《女學生日記》（廣明書局）、《情海風波》（文明書局）、《杏花春雨記》（文明書局）、《孤鶯遺恨》（與妻子喻玉鐸合著，文明書局）等。這些書都廣泛流傳，一版再版。在魏紹昌所編的《鴛鴦蝴蝶派小説書目索引》"言情"項下，《悲紅悼翠錄》、《情戰》、《名花劫》、《林黛玉筆記》等赫然在目。託名喻玉鐸（藍玉蓮）的《芸蘭日記》也記錄在案。需要説明的是，該索引還收錄了張子和的《芸蘭淚史》，據筆者買到的此書，其實即喻血輪所著之《芸蘭淚史》。

現在，我們從喻血輪的文字裏幾乎找不到任何關於鴛鴦蝴蝶派的記載，而鴛鴦蝴蝶派作家也很少提到喻血輪。我們只能從出版物的角度來揣測他們彼此之間的關聯。比如，鄭逸梅在《民國舊派文藝期刊叢話》裏回憶説：《小説海》"短篇有……喻血輪《苦海鴛》、劉半農《女偵探》、徐卓呆《名馬》、許廑父《娟娘》"。《小説海》創刊於1915年元旦，中國圖書公司發行，編輯者黃山民，爲早期鴛鴦蝴蝶派的發軔地之一，喻血輪的《苦海鴛》即發表於此，同刊作者皆一時之選。

又如，1915年，喻血輪初入文壇是在進步書局出書，而進步書局由鴛鴦蝴蝶派文人王均卿（文濡）主持，由沈知方侄子沈駿聲領導，喻血輪的前同事、好友貢少芹由李涵秋介紹在裏面做編輯。或許，喻血輪與王均卿等聯繫，正是由貢少芹紹介。

再如，1918年，喻血輪最重要的三部小說《蕙芳日記》、《林黛玉筆記》、《芸蘭淚史》出版，其中《蕙芳日記》、《林黛玉筆記》在廣文書局，《芸蘭淚史》在清華書局。而清華書局剛剛創辦，其主事者即"哀情鉅子"、最早的鴛鴦蝴蝶派作家徐枕亞。當時，清華書局作品不多，後來更是稀少，徐枕亞能夠看重喻血輪的作品，只怕因二人文學趣味十分相投，喻血輪受徐枕亞影響亦未可知。兩人共同開啓了日記體小說創作的風氣，幾乎讓哀情小說成了早期鴛鴦蝴蝶派的主流。

五四以後，喻血輪到上海擔任《四民報》總編輯，總經理爲林澤豐、史允之。據云創辦之初的規模可與《申報》相抗衡，全國和上海的新聞都有報導。此時，在沈知方、沈駿聲的支持下，大東書局於1921年創辦《遊戲世界》，由鴛鴦蝴蝶派代表人物周瘦鵑、趙苕狂主編。這時寓居上海的喻血輪在上面發表了若干小說，並設置"綺情樓雜記"專欄，作小說、奇聞連載，其中《憶鳳樓情史》專闢記述他的好友、鴛鴦蝴蝶派主要代表趙苕狂的感情經歷。此可見"綺情樓雜記"得名之早。此後，喻血輪幾無作品，而是投靠小學同學、時任國民革命軍第三十七軍政治部主任吳醒亞，充當他的秘書，參與了北伐工作。喻血輪後來在陳立夫的支持下，與吳醒亞、石信嘉等創辦了《新京日報》（1931年，《現代文學評論》曾發佈文壇消息"馮文炳將來京"，稱廢名將任《新京日報》副刊編輯。此或即廢名與喻血輪有關係之間接證據。廢名與喻血輪在黃梅故鄉，兩家距離只有數百米，二人是否相識別無確證）。喻血輪自此徹底脫離文壇，轉投宦海。但他的小說却一版再版，甚至到了三十年代後期，東北淪陷區的出版機構還出版了《林黛玉日記》、《芸蘭日記》。而內地也出現大量冒名喻血輪，或將他的作品改名予以出版的小說。如1923年上海世界書局出版《芸蘭淚史》，版權頁署名"湖北張子和"。再如，1929

年上海華新書局出版《江湖鐵血記》（兩冊），版權署名編輯者"倚情樓主喻血輪"，增批者"天笑"，似以擦邊球的方式盜用喻血輪、包天笑之名。而他被魯迅點名批評的《林黛玉日記》，甚至還有書商改名爲《恨海情天》出了盜版。可見，二三十年代，喻血輪雖不再從事創作，但他早年的英名、著作卻還在傳播。

夏雙刃在《民國以來舊派小說家點將錄》一帖中，如是感嘆喻血輪："可憐黛玉黃泉下，任他魯迅評焦大。"並叙其生平、創作云："綺情生以林黛玉唯一知己自詡，目空賈寶玉之流。《林黛玉日記》當時轟動三界，而周樹人妒非之，直言看一頁則不舒服小半天。渠不解風情，真焦大之語也。復有《芸蘭淚史》、《西廂記演義》等，皆本寨絕世武藝，舞於仙霧之間。其人出身黃梅文學世家，成名極早，蓋開山功臣級。惜忽焉從政，不辭而別，待歸來時，人面皆已替盡，是以不聞名之如是哉。"此語是關於綺情樓主喻血輪與鴛鴦蝴蝶派關係的史論，雖簡潔，亦甚中肯，點出了喻血輪雖爲鴛鴦蝴蝶派的先驅，但其後與該派幾無過從的客觀事實。

對於早年的文學生涯，喻血輪在《沈知方與世界書局》中曾有過提及與回顧，他說："顧沈雄心勃勃，決非久於雌伏，因於民國六年在蘇州組織學術研究會，由其姪駿聲出面。駿聲時方在滬經營大東書局，文藝界舊友甚多，乃約予及其他十餘人至蘇州，爲學術研究會任事。既至蘇，始知學術研究會，實一雛形書局編輯部，其工作爲著作小說及注解舊書。沈生平讀書無多，而獨能透悉社會潮流及讀者心理，經其計畫編出之書，無不行銷。予所著《芸蘭日記》、《林黛玉筆記》、《蕙芳秘密日記》諸小說，即成於是時，一年中皆銷至二十餘版，其他各書，亦風行一時，當時係用廣文書局名義出版，由大東書局代爲發行。"從這一回顧來看，喻血輪離鴛鴦蝴蝶派核心最近的一次，也莫過於1917年前後參與書局編輯部工作。此時也正是喻血輪創作的鼎盛時期。

筆者也試圖在《綺情樓雜記》中，仔細翻檢他與鴛鴦蝴蝶派的關聯，勉強沾邊的除以上所引《沈知方與世界書局》一則之外，其餘僅稍稍提到"海鳴以'衡陽孤雁'筆名，撰時評小說，尤有精彩"，以及還珠樓主、劉雲若參與《天風報》。可見，喻血輪雖寫下該派的名作《蕙芳日記》、《林黛玉日記》、《芸蘭淚史》，被後人視爲鴛鴦蝴蝶派，但實與該派淵源不深，這也從側面證明了鴛鴦蝴蝶派是一個鬆散的流派。

作爲一名鴛鴦蝴蝶派小說家，也可以說是哀情小說大家的喻血輪，他的全部小說有十餘種，不足百萬字，但在不足十年的鼎盛期，寫下這麽多作品也不算少了。

喻血輪的發掘與研究

喻血輪是一位被遺忘的作家。無論在中國文學史，還是在他的故鄉，他的名字都是陌生的，鮮有記載。不過，喻血輪有一部附驥尾於《紅樓夢》的《林黛玉日記》（又名《林黛玉筆記》），因爲魯迅的批評而在文學史上留下了一鱗半爪。1927 年 10 月，魯迅在《怎麽寫》一文（後收入《三閑集》）中說："我寧看《紅樓夢》，却不願看新出版的《林黛玉日記》，它一頁能够使我不舒服小半天。"查《魯迅全集》（1981 年版），下注："《林黛玉日記》，一部假託《紅樓夢》中人物林黛玉口吻的日記體小說，喻血輪作，內容庸俗拙劣，一九一八年上海廣文書局出版。"2005 年新版《魯迅全集》也有注釋，但刪去了"內容庸俗拙劣"一句。《林黛玉日記》因受魯迅的批評而爲後人所知，這可能是喻氏所始料未及的。《林黛玉日記》的再版本甚多，直至 2007 年，上海古籍出版社還曾推出了精美插圖版。時過境遷，可以說，此書爲喻血輪贏得了身後名。

五四新文化運動之後，喻血輪很少有新的創作，逐漸退出了文壇。然而，他的小說則一版再版，風行數十年，而且盜版多，甚至在僞滿洲國、越南都有他的作品翻印。可見，在民國時期，由於封建禮教和包辦婚姻並未得到根除，喻血輪的這些哀情小說依然擁有讀者。1949 年以後，很長一段時間內，喻血輪在內地僅再版了《林黛玉日記》和《西廂記演義》（收入《中華善本珍藏文庫》，2001 年中國致公出版社出版），而其他作品却從未一見。倒是在海峽彼岸的臺灣，已經播遷過去的廣文書局，將喻血輪的《名花劫》、《西廂記演義》、《蕙芳秘密日記》等作品於1980年影印再版（收入《中國近代小說史料彙編》）。與此同時，臺灣啟明書局和文海出版社還多次出版了他的《綺情樓雜記》。這爲喻血輪在臺灣贏得了身後名，也自然使得臺灣有研究生以專題論文的形式研究他的哀情小說。

但就整體而言，喻血輪作品的傳播與研究是没有真正開始的，其人也成了"文學史上的失蹤者"。一個生前有影响、身後有作品傳世的文學家，應該有一定的挖掘價值。本著這一精神，我開始研究喻血輪。2005年至2006年，我先後寫出《黄梅喻氏家族考略》、《喻血輪和他的〈林黛玉日記〉》、《再談〈林黛玉日記〉的作者喻血輪及其家族》等文，先後在《藏書報》、《書屋》、《開卷》等報刊發表。其中，《喻血輪和他的〈林黛玉日記〉》還被中國人大復印資料存目。

喻血輪的作品分爲兩類，一類是具有文學價值的哀情小說，一類是具有史料價值的筆記，如《綺情樓雜記》。喻血輪的哀情小說我早就搜到，並時時翻閱，在閱讀中，我得出了一個認識：除了演義之作《林黛玉日記》和《西廂記演義》外，喻血輪原創的小說以《芸蘭淚史》、《芸蘭日記》和《蕙芳日記》的成就爲最高。可惜，這三種小說1949年後內地都没有再版，不能讓讀者領略他的才華。於是，我打算先整理出版這三種小說。後來在蜜蜂書店的支持下，《芸蘭日記》和《蕙芳日記》合訂一册於2014年問世，由金城出版社出版。在這本書的封面上，印著"中國最早的日記體長篇小說"的字樣，也有人對此有質疑。其實，需要解釋的是，這樣的説法是没有問題的。有人以徐枕亞的《雪鴻淚史》作爲反證，但須知《雪鴻淚史》並未以日記命名，亦未按日記述，更非長篇小說。準確地説，中國第一部以日記命名的長篇日記體小説當非《蕙芳日記》莫屬。這也是喻血輪對中國文學史所作出的貢獻。

《綺情樓雜記》、《芸蘭日記》和《蕙芳日記》的整理本出版以後，我对喻血轮的作品整理算是告一段落，我也爲之釋懷。但《喻血輪全集》的種子早已埋進我的心間，不可能遽爾放棄。我在《蕙芳日記　芸蘭日記》後記中曾說："喻血輪非一凡人，他的才華涵蓋小說、詩詞、雜記、書法等諸多領域。我想，繼《綺情樓雜記》和本書出版以後，假以時日肯定會有人出版《喻血輪全集》的。我將拭目以待！"我沒想到，這個理想的實現這麽快就要到來。

關於《喻血輪集》

2016 年春，華中師範大學出版社找到我，邀請我整理出版作爲《荆楚文庫》項目的《喻血輪集》，作品收錄範圍爲 1949 年以前的全部作品。我欣然接受，並把足本《綺情樓雜記》一起整理，也打算在 2017 年於喻血輪逝世五十周年之際出版。《喻血輪集》收入了喻血輪創作於民國時期的能够找到的全部作品。《綺情樓雜記》爲喻血輪在 1949 年以後創作的作品，不在《荆楚文庫》的收錄範圍裏。《喻血輪集》與足本《綺情樓雜記》合起來就十分接近"喻血輪全集"了。

此次整理出版的《喻血輪集》近百萬字，收入《悲紅悼翠録》（1915 年）、《情戰》（1916 年）、《名花劫》（1916 年）、《菊兒慘史》（1916 年）、《苦海鴛》（1917 年）、《生死情魔》（1917 年）、《雙薄倖》（1917 年）、《孤鸞遺恨》（1918）、《西廂記演義》（1918 年）、《芸蘭淚史》（1918 年）、《芸蘭日記》（1918 年）、《蕙芳日記》（1918 年）、《林黛玉筆記》（1918 年）、《杏花春雨記》（1924 年）、《情海風波》（1924 年）等小說以及詩文雜著。附錄收入《喻血輪年表》等相關資料，供研究者使用。

至於《女學生日記》（廣明書局）則爲改名之作（即《蕙芳日記》），不必重復收入。《懼內趣史》（大東書局）則爲託名之作，亦不必收。《孤鸞遺恨》爲喻血輪原配藍玉蓮（筆名喻玉鐸）之作品，由喻血輪潤色完成。《芸蘭日記》署名爲喻玉鐸作，喻血輪批眉，但喻血輪又曾在《沈知方與世界書局》中稱："予所著《芸蘭日記》、《林黛玉筆記》、《蕙芳秘密日記》諸小説,即成於是時,一年中皆銷至二十餘版,其他各書,亦風行一時。"由此可見,《芸蘭日記》或爲喻血輪所作而託名於喻玉鐸,或與《孤鸞遺恨》的情形類似,爲夫婦二人共同創作。此二種基本符合《荆楚文庫》的收録規定,於是本書亦行收入。

　　鴛鴦蝴蝶派素爲史家斥爲中國文言小説之末流,喻血輪亦未能脱離時代局限,雖欲效仿《紅樓夢》,却僅承其哀情遺緒,並未展示出廣闊的社會現實,且對封建禮教的批判不够徹底,流露出自相矛盾、無能爲力的思想特徵。然而,喻血輪畢竟不同於該派之文字遊戲者,他由辛亥志士一轉爲哀情小説家,辛亥革命失敗後的悲觀情緒於小説中一覽無餘,蓋藉主人公之哀情一澆心中之塊壘也。喻血輪對自由愛情的憧憬,對包辦婚姻的揭露,提升了小説的思想高度。也正因此,喻血輪的作品在民初小説中,無論是思想内涵,還是文學造詣,均可稱上品,依然有一定的傳世價值。喻血輪亦堪稱"哀情鉅子"。

　　喻血輪創作哀情小説除了因辛亥革命失敗之痛外,還與他跟原配藍玉蓮的愛情和婚姻有關。《苦海鴛》是一篇自傳體小説,甚至可以説基本是符合事實的,連小説中的人名都未改。這篇小説忠實記録了喻血輪與藍玉蓮從自由戀愛到結婚的艱難過程,可謂字字血淚,哀感頑艷。藍玉蓮未過關時,抱病到喻家療養,喻血輪的叔叔喻肖畦(圭田)身爲黄梅名醫,以不合禮數爲由見死不救,多賴舅舅梅東舉(即小説裏的"東公")數次救治方得以痊癒。在《苦海鴛》裏,喻血輪調侃喻肖畦、梅東舉誤診,難免有庸醫之誚;喻血輪公然在小説中不尊舅叔,由此可見喻血輪的抗争有多麽激烈了。或許也只有喻血輪這樣的癡情才子,才能救藍玉蓮於水火之中,二人終成眷屬。正是因爲喻血輪的這段愛情與婚姻經歷,他深刻地感受到封建禮教和包辦婚姻對自由愛情的摧殘。可惜,在喻血輪其他小説裏,没有一個男子能够像喻血輪夫婦一樣抗争到底,而女主人公大都以香消玉殞告終。我們也只能哀其不幸,怒其不争了。不過,與其説喻血輪小説裏的男主人公懦弱無能,毋寧説他們早已被封建禮教閹割掉了抗争精神。

本書以民國原刊本或再版本爲底本，除显著的手民之誤外，一般不作改動，有改動則必出注説明。在整理過程中，内子張紅多有幫助。她在雙女入睡之後，承擔了本書《悲紅悼翠録》等諸種小説及雜著的初步整理工作，我再予以校點。可以説如果没有她的參與，我是不能按時交稿的。在此謹致謝意。

　　如有不當之處，祈望方家教我，尤其是本書的闕如之處，更望海内外學者加以補全。2017 年爲喻血輪逝世五十周年，足本《綺情樓雜記》和《喻血輪集》都將出版，這是對喻血輪最好的紀念。《喻血輪全集》亦離我們更近，我對此飽含信心！

眉　睫

2017 年 3 月 27 日

總目錄

悲紅悼翠錄 …………………………… 1
情戰 …………………………………… 55
名花劫 ………………………………… 119
菊兒慘史 ……………………………… 155
苦海鴛 ………………………………… 185
生死情魔 ……………………………… 209
雙薄倖 ………………………………… 241
孤鸞遺恨 ……………………………… 285
西廂記演義 …………………………… 307
芸蘭淚史 ……………………………… 363
芸蘭日記 ……………………………… 425
蕙芳日記 ……………………………… 501
林黛玉筆記 …………………………… 643
杏花春雨記 …………………………… 793
情海風波 ……………………………… 855
川陝豫鄂遊誌 ………………………… 935
憶中原 ………………………………… 995
詩文雜著 ……………………………… 1009
附錄 …………………………………… 1057

荊楚文庫

悲紅悼翠錄

哀情小說《悲紅悼翠錄》提要

　　黃生與其表妹書齋共讀，兩小無猜，翠柳樓頭，茜紗窗下，閨房諧劇，有甚畫眉。好事多磨，乃父不諒，美人黃土，賫恨窮泉，公子緇衣，委身古寺。以之方《石頭》人物，差與寶黛同情，而文之纏綿悱惻，亦自不弱於雪芹。

目　　録

第一章	5
第二章	7
第三章	8
第四章	10
第五章	12
第六章	14
第七章	16
第八章	17
第九章	19
第十章	21
第十一章	23
第十二章	25
第十三章	27
第十四章	29
第十五章	31
第十六章	33
第十七章	35
第十八章	37
第十九章	39
第二十章	41
第二十一章	43

第二十二章…………………………………………………… 45
第二十三章…………………………………………………… 47
第二十四章…………………………………………………… 49
第二十五章…………………………………………………… 52

第一章

紅泥叱犢，碧樹呼鳩，杏雨沾衣，楊風撲面。我可親可愛之春光，又隨堂燕以歸來矣。時萬柳長堤中，有兩少年，各控輕騎，行行止止，似甚欲領略此澹宕之春光者。然又時蹙其眉，若有重憂然。未幾，年長者曰："吾弟……汝此去，吾甚望汝能勤心苦讀，以慰老母之心。蓋處此齷齪世界，僉以功名爲光大門楣之品，我輩雖不似鄉村俗子，迷戀其中，而爲掩炎涼人眼光計，要亦不能不三致意。吾弟年少，且甚聰穎，務須努力前途，當不患無出人頭地之日。此則吾今日之所期望於吾弟，而甚願吾弟有以自勵之也。"年少者曰："吾兄此種金玉之言，弟自當銘諸座右。惟此去依人宇下，跼促如轅下駒，則誠非弟之初願。"年長者曰："此不獨吾弟之所不願，亦即吾心之所不忍，特以實偪處此，不得不爾。試思吾挈老母遠去江南，汝一人將何所依倚，故於萬不得已之中而擇此策。吾想舅氏仁慈，當必有以憐愛汝而護惜汝者，汝雖依人肘下，究亦無多苦惱。汝甚勿一任己性，觸犯長者，則吾雖遠隔江南，亦可減一分罣慮。而且剛金易碎，輭玉能全，逞一時才華，每貽無窮後累。此尤吾弟之所當切戒。"年少者曰："此語弟自當遵從，獨是骨肉分離，塤篪各奏，則又不免爲之心碎。"言時，其憂愁之色，忽又飛於眉宇之間。年長者聞之，亦爲之垂首黯然。於是二人之聲音頓寂，長途之中，惟餘蹄聲得得而已。

兩少年爲誰？蓋錢塘江上黃氏子也。長名之傑，年約二十歲。少名之俊，則少之傑七歲，均少年蘊籍，風采卓然。然少孤，母子相依，倍極淒苦，後幸江南某大僚慕之傑之才，聘爲幕友，於是硯田得以豐穫，門祚賴以不墜，而骨肉手足之分離，亦因是而致。先是之傑有舅氏陸彬文，亦隸錢塘，曾以進士出身，歷任某府知府。因性情方剛，恐擔不起宦海波濤，遂挂冠歸里，日以栽花種竹、吟風弄月爲消遣計。無子，有女一，小字錦媛，年方一十二歲，甚慧麗，頗解詩書。陸愛之若掌上擎珠，嘗欲覓一乘龍快婿以匹之。顧以選擇過苛，致有願未能償。當之傑受某大僚之聘時，即擬挈母同往，因之俊無所倚依，遂欲寄之陸府就學。乃於未行之先，函商於陸。陸以伯道無兒，庭幃岑寂，且因錦媛而延有師傅，遂亦竟允其議。於是之傑即爲之俊檢點琴書，偕之同往。是日長途寂寂中，彳亍而互語者，即黃氏兄弟往陸家時也。

二人既至，陸氏夫婦，倍極歡迎，見之俊容貌昳麗，年幼多才，尤爲之開却老顏。即彼嬌小伶俐之錦媛，亦時發其憨笑，向之俊連道良伴將來也。在之俊處此景地，似宜發展其欣忭之意氣，以勷助此歡場，乃爲別淚離腸所牽挂，以致黯然傷心，默然垂首……陸夫人覩此情狀，爲之撫慰者備至，並握之俊之手而言曰：“吾甥兒，汝甚勿縈念家庭，我固最愛汝者，汝在此，我決無所苦於汝，且有汝妹與之同窗共硯，聯翩出入，亦甚不虞寂寞，且亦至足快樂。”錦媛亦攙言曰：“阿母，兒將來與二哥種花於西院，垂釣於東池，必有許多佳趣。”陸夫人笑曰：“汝獨計此游戲事，亦知二兄之才學，勝汝多多。汝苟不勤心苦讀，將來恐落二兄之後，而爲汝師所羞。”錦媛聞言，復發其嬌憨之態，曰：“阿母，豈欲兒作女狀元耶？”言已，陸翁暨之傑兄弟均失聲笑。時陸翁已備有盛筵，欸待兩少年。兩少年既係至戚，在理實宜與家人同棹共食，席間所最興趣勃勃者，則爲陸翁。蓋陸自修養林泉後，與世外交際甚稀，即黃家亦以地遠間隔，過從不密。今忽雙雙欵門而至，實爲此老年來滿心暢意之事，且以之傑之年少飽學，之俊之倜儻不群，尤足以挑起其雄談高論之興致，撥動其慷慨激昂之胸襟，故自入席之後，此老之對於上下今古、滄海桑田，莫不曉曉盡道，大有滔滔若決江河之概。並時時謂之傑兄弟曰：“白衣蒼狗，世變無常。吾老矣！壯志消盡，汝輩年少多才，自當努力前途，以應國家之用。甚勿謂時乖運舛，遽灰雄心。昔蘇秦當其合縱之説不行時，裘敝囊空，百無聊賴，而卒能得最後富貴達利之榮幸，是可見有志者事竟成。彼一時偃蹇窮困，又何有於我大丈夫之胸襟也哉！”之傑本素以有才未用，抱憾於心，今聆此老之言，亦不覺精神焕發，頓觸起其王郎舞劍雄心，而與此老互相辯論，以向日沈静無譁之家庭，今竟誼鬧甚盛，誠足令其東鄰豔羨不已。即著者瞑想其聚首之情形，亦不覺爲之神往。

第二章

越數日，之傑以嫁線勞形，急不容緩，遂欲跨衛言旋。陸氏夫婦極欲挽留而未果。之俊更以手足關情，難以遽別，聽鷓鴣聲聲"行不得也哥哥"，尤覺爲之心碎。在之傑處此景地，實大難乎爲情，然於萬不得已中，猶頻頻溫慰愛弟，並叮嚀種種。陸氏夫婦更不惜從旁勸諭。此時心理所獨異者，則爲錦媛，不惟不欲之俊如此戀戀，且深恐因此戀戀，而竟隨阿兄以去，不能長留其家。此種觀念，蓋小兒女極無意識中之所構成。然其後來所結之果，即此無意識觀念所種之因，一若老天故授之以爲將來磨折顛連之預備者。在錦媛固莫知其所以然，之俊更茫然不解其故。前生孽債，今生償還，蓋惟吾書可得而言之矣。

之傑周旋既已，即一鞭殘照，倏忽離此大好園林而去。途中猶頻頻回其首，若甚不忍遽爾告別者，而來時兩兩，歸時獨自，尤足以令其悁悁以悲，悵悵以思。然猶以男兒志在四方，別離乃人間常事，用以自慰自解。其最不能忘懷而愈思愈不已者，則又別有兩端。一以之俊年齡太輕，生性傲慢，將來舅父母之憐愛心，能否久遠得如今日，縱其能如今日，之俊又能否勤心向學，到底不倦，己又遠隔江南，無從約束。一以己身素負才華，不能得志，今雖得有所棲，而依人作嫁，托缽侯門，終非男兒所以自處之策。舅父雖多引古訓，用以勸慰，奈人各有心，士各有志，令我實未能終遵其道而行。雖然，天公不平，造物不公，已成今日自然之例，縱我輩才力撐天，亦屬英雄無用武之地，甚或因之以毀家遭難者。由此以觀，亦惟有終作轅下駒，與草木同腐而已矣。夫復何言？思至此，心潮起落，目爲之眩，一種憔悴悵惘之色，盡呈之眉端。此寂寂長途中，蓋之傑最無聊賴時也。猶有一端，爲之傑最苦之隱衷，則此兩種觀念，均不能宣諸老母之前。一則恐觸起其思兒之心，一則恐引動其悲子之遇，故日惟縈念其方寸腦綫中，與夢魂相商議，之傑所處之境遇，亦良苦矣。

次日，既抵家，即將舅父母殷殷相待之誠意，盡爲老母告。彼老年人於傷別之餘，得此好消息，亦不覺爲之破顏一笑，於是母子二人，又悤悤摒擋行裝，以作遠行之計。之傑本非素封，四壁之外，所謂日用器具者，蓋亦甚尠，故不兩日後，即已佈置就緒，於是母子二人，相將離此巍然老屋而去。

之傑既去，莫愁湖上又添一遊人，至其所持宗旨何如，居停所待遇何如，已於之傑口吻中道之，可以勿贅，今且專叙吾書之主人翁矣。

第三章

當之傑去陸府時，之俊雖以手足關情，難以遽別。而數日後，即漸淡忘，所以令其淡忘如此之速者，一以陸氏夫婦相愛如己出，一以錦嬡表妹形影相依，足解岑寂。故於不知不覺之中，遂將其眷念家庭之感想，磨滅殆盡，且頻頻自思，願此生此世，總與錦嬡日夕相處，不復離此陸府而去。此蓋年少多情者之一種天然思想，與有生以俱來者也。越數日，陸氏夫婦即爲之布置課讀諸務。陸家本居山麓，廉泉讓水，最足宜人，傍家人常居之室外，有花圃。花圃內精屋數楹，軒敞異常。屋前臨以小池，內植香荷，並豢鴛鴦，及小魚各種。由此屋達居室，有甬道約數百步，道傍亦植有玫瑰、野菊，萋萋然令人奪目。屋內分三椽，偏東者正對短垣，垣旁斜植薔薇數株，迎風飄弄，嫣然若巧笑。苟從窗內外窺者，正對其斌媚欲放之花。陸翁即以之俊之琴書，安置其內，顏其室曰"裁紅院"。偏西者遙望居室，窗下亦植有夜合暨桃杏櫻梨各數株，熏風吹來，香氣觸鼻，陸翁即使錦嬡居之，亦顏其室曰"刻翠軒"，中曰"惜陰書屋"，爲師傅所居，亦屬幽雅沈静。部署既妥，並遣其僕名來富者，爲伺候之俊。錦嬡則有向時使用之侍女名侍香者，隨之來校。於是曩之所藉以消遣吟咏之花院，今則闃然一堂，變作一小小學校矣。

嫩柳青青，桃紅一片，樹叢中擁紅樓一角，朱欄碧檻，精巧絕倫，茜紗窗中，咿唔咕嗶之聲，不絕於耳。時之俊與錦媛，蓋已執卷就讀矣。師傅爲一老學究，終日端坐書案，睡容可掬，諡以冬烘先生，殊爲恰當。尚幸對此雛鶯稚虎，猶足以促發其勃勃生氣，不然，此寂寂書堂中，幾疑添一偶像矣。其對於之俊，則教以經史詩詞，對於錦媛，則專教以詩詞，經史次之。之俊在家隨阿兄課讀時，對於詩詞本已講解甚精，經史雖不甚高明，而自就學後，亦頗知勤苦，以其聰明才力，測其將來，當必可造一通儒飽學。錦媛雖可與之並駕齊驅，惜其爲一女孩兒家耳！兩人每當課餘之假，輒連翩步於花叢，以撲蝶爲戲，或持其數尺之釣竿，雙雙立於池畔，以釣魚爲樂，更或握手評花，並肩踏月，見之者靡不道爲玉人一對，非復人世間種也。

然有一端，令人莫解者，當此兩小無猜，互相嬉戲，固一最樂之境，而錦媛居恒抑鬱，觸物輒爲之生悲。一日，方與之俊收拾殘花，忽呈一慘然之色。之俊怪而問曰："吾妹，汝胡爲抑鬱不樂乎？"錦媛曰："見此殘花而不樂耳！二哥亦知此殘花即向日芬芳撲鼻，爲人人所愛賞之後身者乎？當其含苞將放時，豔麗奪目，大衆歡迎，當如何榮幸？當如何愉快？乃天地無情，不長施以雨露，致其不能長贅於枝頭，而作一可憐憔悴之色以落，倘非吾人爲之收拾，則一任其飄零，倩誰護惜？吾因是以感彼蒼之不仁，既不使其長享榮華，長得他人眷愛，便可使其勿生。既生之矣，便當生生世世，長保其豔麗，長使衆人愛之而不倦。今乃乍見乍滅，能不令吾人爲之抱憾無窮，而悁悁以悲者耶？"之俊曰："吾妹洵多情人哉！雖然，人生榮落，那不如是？特吾輩年少，不應擔此閒愁。若然，則惟有向空門托足。因因果果，聽其自然耳！"二人之談吐，類多如是。豈天授之慧，而自知其結果如落花，用以自悲者耶？抑因此悲愁交結於心胸，而遂搆成後來之結果者耶？大抵年少多情，便非幸福。彼林黛玉之所以夭，亦正如今日錦媛之所以發此癡念也。

第四章

　　之俊既與錦媛就學後，冥冥中情網即爲之緊緊縛束，大抵人類秉情而生，因情而活，苟能相處以久、相見以誠者，鮮有不發其至密切之感情。雖友朋之相與，亦恒如是，況此情種充富伶俐聰明之兒女哉！錦媛自就學後，因其嬌小孱弱，頗不勝其勞苦，乃不數月後，懨懨遂病。不得已，暫休假，移居其舊日所居之樓。樓東正對花圃，熏風吹來，芬芳撲鼻，視綫所及處，即其學舍。以狀卜之，實宜病人。顧錦媛良不欲居此，蓋以與之俊間隔太遠故也。然以父母之命，又不得不勉從。

　　陸氏夫婦自錦媛抱病後，爲之奔走往來，極形忙碌。常川駐樓者，則爲侍香。侍香固黠慧之女郎，錦媛依之亦不形寂寞，獨之俊煢煢孑立，頓失良伴，殊覺孤寂無聊。故每當課餘時，輒引首西望，以盼錦媛之速痊，即晨起就課，亦必立於花圃，遥向錦媛樓窗癡望。蓋欲藉此以占其早來病像之何如。其實迷離中所見者，惟窗簾與床幔，究何能探病者之何如，小兒郎之癡心，言之誠令人可發一噱。其尤甚者，則每殆後，不憚奔走之勞，必摘各種鮮花，以送往錦媛居樓，或爲之插其香鬢，或爲之置其瓶中。蓋彼以爲錦媛嗜花，遂可藉花以療其病。其實花非良藥，胡濟於事？然錦媛則爲之大感，因是亦恒不喜於榻卧，必移其長几，斜倚於東窗，以遥覘之俊之舉動，苟見之者，必與侍香以手招之，之俊亦恒應聲而至。及至，癡立牆下，彼此又各無語，如是者日必數次。之俊亦絕不憚勞，間猶以花枝上擲，俾錦媛手接之以取樂。

　　一日，錦媛病稍痊。侍香入，與之櫛髮，時錦衣淡白之衣，映其嬌紅之面，幾若積雪擁紅梅一枝，令人望之，而生種種之愛戀。錦媛之髮，固變而膩，侍香爲之櫛時，亦不覺連贊其佳。錦媛聞言，乃欣然曰："吾髮固佳，然終不如二哥之佳。"侍香曰："吾意殊不謂然。蓋相公徒光澤，而終不及小姐之膩而軟者也。"錦媛曰："雖然，二哥固不止髮佳。在我視之，直覺無一不佳。試觀其言語動作，幾無處不足以使吾人獲美滿之愉快。吾意世間男子，實難覓其儔。"侍香笑曰："相公誠佳哉！然余每視其以目灼灼視小姐時，則覺其殊非佳兒。"錦嫒亦笑曰："是特其憨態使然，豈遽謂其弗佳耶？"侍香乃作謔語曰："佳則佳，然在小姐則佳，於侍女則何佳之有哉？"錦嫒聞言，不覺嗤然一笑，曰："蠢婢，汝以此言嘲我，得不畏我竹杖耶？汝苟嫉我兩人之相愛，則我即請吾父以汝匹二哥。爾時，汝當可緘口不言矣！"侍香笑曰："小姐試以此言白之主人，吾意主人必不我責，或且猶謂小姐欲匹相公，故藉此以自媒也。"方其二人正嘲笑時，之俊早持花枝，竚立門外，聽之歷歷。及聞至此，乃不禁大笑，躍入曰："汝兩人勿爭，苟舅父肯均匹我者，則誠佳矣！"錦嫒覩之俊入，聞其以此言相嘲謔，不覺爲之大羞，侍香亦爲之嫣然垂首。良久，錦嫒始曰："二哥竊聽人語，殊非善行。"之俊笑曰："我固非善，然則妹妹竊議他人，又豈善耶？雖然，此奚足計，妹妹病狀究何如乎？"錦嫒曰："今日殊佳，且精神較健，不過悶居一室，特覺鬱鬱耳！"之俊曰："盍同我一遊花圃？"錦嫒曰："我亦甚願，但不知吾母許吾否？"之俊曰："病人久閉室中，正宜一吸新鮮空氣。吾意舅姈必許此行。"錦嫒曰："然則吾不告而行可乎？"之俊曰："是胡不可？"於是相偕而出，侍香亦與焉。

既出室，適經錦嫒樓窗下。窗下有平石，即日來之俊擲花之處。錦嫒履之，笑曰："二哥樓窗距地，曾弗及二十尺，而二哥嘗擲弗上，誠可謂至無能者。"之俊不服曰："妹妹試之，吾恐十擲猶弗能及。"因奔而折玫瑰一束。錦嫒笑曰："否否！吾不能偕若爭，吾新愈，且非男子。"之俊弗可，縛礫以授錦嫒，錦嫒縮手不受。之俊強之，錦嫒遂亟遁，返顧而笑。之俊不悅，曰："妹妹誑我，弗擲亦胡傷？"遽擲花於地，錦嫒乃返，拾之笑曰："吾戲二哥耳！二哥乃怨我，雖然我擲弗及者，則二哥勿笑。"之俊諾之。侍香前曰："小姐勿爾，吾且爲小姐擲。"錦嫒弗聽，忍笑向窗力拋，花揚不及十尺，嘤然仰而顛。之俊亟攬其肩及袂，錦嫒不得及地，然之俊力微，不能立錦嫒，侍香助之，乃立。頓足怨曰："吾謂吾非男子，而汝必強我，令我顛。"之俊笑而悔，出巾俯而拂其裳之垢，弗去者，唾而拭之。錦嫒乃喜，於是相率往花圃。

時圃中櫻花盛開，繁無隙枝，蜜蜂飛競其間。錦嫒顧而大樂，命侍香登樹摘花。侍香弗欲，曰："相公登，相公乃男子而健。我登，脫如小姐顛者奈何。"之俊純厚者也，聞侍香言，強而有理，弗能答，逡巡將自登。錦嫒曰："蠢婢，胡噪者？二哥客人，顧令之摘花，供我輩耶？"因曳之俊袂，弗令之前。侍香乃笑，登摘而下墜。錦嫒張袂承之，承得，則授之俊。之俊捧而立其側，既而盈把，侍香將下，弗投錦嫒袂，竟投之俊之額，遂令花瓣點點滿其首。錦嫒顧而大笑，兩人衣袂均染花香，蜜蜂乃循蹤而至。錦嫒大懼，之俊曰："毋恐，彼第緣行耳。雖然，弗可動，動則彼將怒而螫。"語未終，蜂及錦嫒額，錦嫒弗敢動，惟驚呼。之俊前欲擊之，懼錦嫒弗能任，逡巡不敢擊。錦嫒號曰："二哥如何？"之俊曰："俟之。"既而蜂上越及錦嫒髮，之俊陡撲之，蜂下墜，緣於袂，又撲之，乃斃而墜。錦嫒蹙然曰："園行弗佳，處處皆蜜蜂，不如亟歸。"之俊然之。侍香拾地上花而束之，二人遂先行，之俊乃返學。

錦嫒之病，本係積勞所致，迨調養旬餘，即漸痊癒。既愈，仍執卷就學，復移其襆被於刻翠軒。之俊以十餘日來岑寂異常，及覿錦嫒至，乃為之大樂，於是二人復連翩就課如常。

第五章

駒光易逝，歲不我予。之俊自讀書陸府後，恩恩歲月，已三易寒暑矣。此三載之中，彼兩人生涯，無非如吾書前此之所述。陸氏夫婦見其兩小無猜，各相愛戀，亦時為之喜形於色。及至此，年事已長，情竇已開，其相憐相愛也，尤屬無所不至。尚幸彼此以禮自防，不及於亂，而相思兩地，固屬同情。一日，錦嫒以課餘無事，急欲往裁紅院與之俊攀談，乃至時，院宇清涼，人已他去。悵然間，就其書案翻閱殘稿，忽一箋觸於錦嫒之眼簾，而最足以令其注意者，則一感懷詞調也。蓋之俊自見錦嫒後，心目中即已默認錦嫒為此生此世惟一無二之最心愛、最知己之意中人。至近日愛戀之念，尤爲密切，未可一刻去諸懷，而又不能直接向之表白。故於情苗蠢動時，惟有藉詩詞以見意。今日錦媛之所見者，即其相思相念時之所作也。錦媛既見，即展而讀曰："塵寰小夢，多情玉人何地逢？自那日書齋齊拜孔，芳情驀地通，相思愁煞儂。"讀畢，不覺羞形於色，私自詫曰："此詞胡爲乎來哉？其意又誰屬耶？觀其語氣，則所謂多情玉人者，又明明指余，豈竟爲余而作耶？嗚呼！二哥何苦來由也。"既而又轉念曰："渠之如此鍾情，余焉得而不感激，又焉得而不表同意。惟是閨閣千金，人言可畏，決不可形諸筆墨，幸今日而爲余所覯也。倘爲他人所見，得不添造黑白，玷辱門楣耶？余於此，又不能不怨渠之疏忽，而不自知檢點也。雖然，余將挈之而去耶？又恐其故迹將除，新蹤復至，斜陽拾却花陰去，明月仍添樹影重，則余之此舉，殊無功效。然則將付之焚如耶？又恐其亡羊失馬，自添疑種。清詞麗句，且益增多，則匪特於余無所裨益，或猶因之以增累。然則此策又必不可行。雖然，余惟有爲之收藏而已矣。"收藏既畢，乃欸步而歸。

　　錦媛既歸己室，萬端愁緒，沓至紛來，默念三數年來與之俊日夕相處，默默含情，由總角時代，而至成年時代。此心此念，固未嘗或變，向者猶慮余一往深情，之俊不能堅持到底，今觀其詩箋，固知其情腸較我尤熱，海枯石爛，我兩人之愛情，必不至中衰。然以渠心所欲言而形諸詩詞，則前途危險，正未可量。余父母雖以余兩人之兩小無猜，不復他疑，設稍有破綻落其眼中，亦難保其不抹煞情面，而割斷我兩人之情絲。更有一層，令余不忍着想者，則余乃深閨待字之人，渠當使君無婦之日，縱我兩人之愛情，到頭不衰，而無紅絲以繫此姻緣，將來伯勞飛燕，終須各自西東。然則此時之憐憐惜惜，正所以造將來之苦惱、煩愁。佛家謂一切衆生，不自知覺，竟甘心蹈於苦海之中，余兩人之今日，得毋類是。雖然，余將斬此情根，不復再與之相愛戀乎？而一回溯三年來之情愫，則又令余決難出此。不寧惟是，即普天之下百索千尋，亦當難覓第二人如渠之才華、品貌，而償余此志者。嗟呼！既無緣分，便勿相逢，既已相逢，便當生生世世與之相處，今乃使余墮此缺陷情天之中，如孤舟之蕩漾於大海而無救援。余至此，余真不能重有怨夫彼蒼之顛倒播弄也。錦媛思至此，其向日善悲之狀態，復又勃然，而眼眶中滴滴情淚，亦簌簌而下。既而長聲嘆曰："二兄乎！何故造此冤孽乎？又何故作此詩而令余見之不快乎？抑亦知汝意中人讀詩後之不快，較汝作時之不快爲尤甚乎？"錦媛至此，幾類中魔，一種慘淡之色，一一呈於眉端，於是向日秘不肯宣之情思，至此乃爲之大白。維時侍香以晚饍進，錦媛惟倚枕支頤曰："余弗欲。余病矣。"

第六章

黃花初放，丹桂猶香。醉螯酒於東籬，思蓴鱸於南國。山光明媚，水色瀠洄。葉落霜林，波平蓼岸，又是一番秋氣象矣。錦媛自讀得詩箋後，神思昏倦，百般不快，況當此秋雨潺潺，秋風瑟瑟，尤足令其愁煩交集，而無以自聊矣。方九月茱萸節，適爲陸老大衍之慶，陸老雖杜門不出，究不能謝絕世事，故一時賀客盈門，蹌蹌躋躋，大有門限爲穿之勢。之俊與錦媛亦雙雙至華堂，拜祝阿翁與古椿並壽。時一般賀客覘彼二人亭亭玉立，莫不詫爲一對天然匹偶，且有因之感想其將來果諧眷屬，則佳人才子，兩兩相依，當彼月明人靜候，閨房之樂趣，必有百倍於常人。於是羨者有之，妬者有之，而陸氏夫婦亦於此時觸起其一種奇特之觀念，而最堪爲之俊、錦媛致賀者。蓋陸翁自之俊至後，即視若己出，今日見其雙雙祝壽華堂，尤覺爲之欣慰並集。然而略一回首，其伯道之悲念，又不覺油然而生，默思："余不德，不能繼續宗嗣，乃視他人之子若己子，縱今日戀戀相依，足娛老境，而將來仍須捨我而去，即錦媛亦屬他家之人，與余相處之時亦甚暫，此度生辰，有彼兩兒依依膝下，第二度生辰或祇余二老人耳！然而除之俊外，又無第二血統之戚族，之俊復聰明可愛，正未易使之他去。然則今欲之俊久遠相依，錦媛復不他去，而長保此家庭之團圞者，則非以錦媛匹之俊不可。"此念既生，其悲觀頓去，而後來種種之樂趣，且爲之環繞而生。於是商之陸夫人，陸夫人之愛之俊及錦媛，較陸翁爲尤甚。一聞此議，自是滿意贊成，於是合議，以此爲開始提議，秘之勿宣，免致亂彼二人之心志，而決議之期，則以之俊之能否入黌序爲定準。蓋陸家不招白衣女婿，歷代使然也。

　　當此二老會議之時，滿謂無第二人知之者，乃不意錦媛之侍女侍香竟於隔窗聞之甚悉。侍香乃一聰穎黠慧之女郎，且年事已長，情竇早開，平時之見之俊與錦媛相憐相愛，即爲之暗祝必諧眷屬，今一聞此信，那得不爲之欣歡忭舞。於是急奔往刻翠軒，期期向錦媛言曰："小姐……侍女今有一最堪慶幸之消息，可否容我報告乎？"錦媛曰："如此兀突，得不惱人？然有何消息，姑試言之。"侍香曰："老主人因昨日壽誕，忽觸動悲緒，謂今日固倍極歡樂，而黃相公究非自己骨肉，決難長久相依，小姐又屬他家之人，同處時亦甚暫，因而深嘆此團聚之局，不久即散……"錦媛叱曰："蠢奴！此固可堪慶幸之消息乎？苟不速退，吾當施以鞭撻。"侍香曰："小姐姑勿急，此固非可慶幸，而所可慶幸者，正因此而起。老主人方悲思之際，忽又轉而一想，黃相公之文才既超群、可愛，似未可遽使其舍此他去，小姐又屬掌上擎珠，尤不忍另匹遠方，於是欲求兩全之策，而長保此團聚者，則非以小姐匹黃相公不可……"錦媛聞至此，兩頰緋紅，羞不可仰，乃發其微細之聲，曰："以此胡言瀆余，還不速出！"侍香笑曰："此時尚不過一對伐木嚶嚶鳥，到黃相公得入黌序時，即可比翼于飛。此非可慶可幸之消息乎？"言已，一笑而出。閱者諸君，試一冥想，以此成年之女郎，正爲一己婚事，朝暮籌思而無以自聊時，忽聞此信，又聞所匹之人，正爲其心中腦中日夕眷愛不舍之人，其一時感想，當如何欣喜，故當其兩頰緋紅，羞不可仰之時，即其欣喜臻於極地之時。雖聲言斥侍香速去，亦屬勉强撼拾兩語，究其時亦不自知其所云云爲何。不獨不知其所云云爲何，亦且不自知其此語從何而發。蓋人當喜極之時，其腦筋最易昏蔽，其舌根最易笨鈍，即欲發一二言語，雖遍索枯腸而不可得。錦媛此時之境，正復如是。故其發聲也，倍極微細，而不能多吐半字也。侍香既去，錦媛即欲起而掩其門，以細思此消息之結果，則半晌不能擡身，再以菱花自照其面，則又不啻桃花片片，於是即欲從而鎮靜之，乃略一回首前日之詩箋，與夫將來之樂趣，則又種種觀念，頻集腦筋，而一寸芳心，更爲之躍躍不止。於是彼沈靜之書室中，幾令此女郎無以自容矣。

第七章

窗衣漸黑，燈豆初紅，錦媛聞侍香之言後，自午至晚，數句鐘之內，惟垂首坐於交椅，呆然若木雞，一若其俊俏魂靈已飛至之俊身邊，與之共話情衷者。然及至晚，始緩緩起立，垂其簾幕，移身至榻畔，以一手曲肱而枕其首，以一手拈着牙兒做思量狀，於是千變萬化之思潮，千奇百怪之想像，復又一一集於心端，而最足以使其百思不厭者，則曰："之俊丰姿美麗，倜儻不群，對余之心意，靡不曲折盡如余願，將來一舉一動，必更能使余獲美滿之愉快，是則余之幸福，人世無二。彼翡翠帳中，鴛鴦被底，有肩可並，無夢不雙，惟願生生世世，兩相廝守。雖上天玉帝俾余以仙職，居余以瑤台，余亦在所弗願。"錦媛思至此，心潮復爲之起落，乃以手撫其暈腮，若羞澀無可隱地，而一種旖旎之神色，更覺膩人。既而又轉念曰："余今且勿徒作癡想，要知余父母之此議，尚屬發軔之期，至於實行與否，毫無把握。雖以二哥之文才，不難得一功名，以使其踐言，而以二哥之性情，則又未可遽必。蓋二哥聰明過度，狂放莫羈，對於人情世故，一任其疏慵，而不知稍有謙讓。余父母老成持重，喜怒無常，今日之愛其才華，而許以婚配，又安知他日不惡其狂放，而毀卻前言乎？是則余之情願，又不知何年何地何月何日而得以償之也。"錦媛既發生此念，其前此之樂觀，頓歸靜寂，而腦海中之潮流，且因之而趨於悲境，喟然長嘆曰："天乎！何故生余以女孩兒家乎！既生余以女孩兒家，又何故賦余以此種深情乎？既賦余以此種深情，何故使余不能得償所願，而終日愁腸百轉乎？是則天之所以厚余者，正所以薄余也。余質弱不禁風，那禁得許多憂慮，擔得許多閒愁？自那日讀過詩箋後，已爲之不快者累日，今又無故而得此信，尤令余樂中生悲。雖然，侍香亦有心人也，其以此言相告，亦未始非出自其希望心、歡喜心。在理余實不能罪之，但不知其亦告過二哥否？若然，余明日又不免其一番絮聒矣。然余之欲勸於渠者正多，亦不妨藉此闡發，惟是羞人答答，如何相見耶？"言已，不覺凝眸一笑。是時，已至午夜，錦嬡因此層層觀念，輾轉思量，已不知其精神之疲倦。及至此，聞鐘鳴兩下，始如大夢初覺，乃起而卸其晚妝，作香閨之酣夢矣。

侍香自被錦嬡斥出後，不獨不爲之懊惱，且覺滿心暢意，欣快莫名，果不出錦嬡所料，而奔往裁紅院告諸之俊。之俊乃男兒性情，情腸之熱，本較錦嬡爲甚，一朝聞此消息，欣喜幾類中魔，默念年來之所朝思暮想，而兢兢恐不可得者，乃忽獲此把握，雖身膺王侯，亦豈過是！舅氏真仁人哉！老天真佑余哉！更推想將來蘭閨㒑飲，錦帳羅幛，春宵共度，其一種美滿愉快，更不堪言狀，乃亟亟欲白之於錦嬡，而是時夜已深沈，又礙於師傅之詰責，不得已，惟勉強就寢，而方一回首，又復輾轉不寐。此時東西兩書室中，少男少女之想像，竟不約而同，不過之俊腦筋單簡，惟存樂觀，不復如錦嬡推想盡至，而發生悲念爲稍異耳。

第八章

次日，錦嬡晨妝方告罷，之俊忽飄然而至。時錦嬡方持碗啜茗，一覩之俊之來，頓觸起昨日之念，不覺緋紅於頰，羞不可仰，手中之碗，亦幾幾不能持。之俊本抱千言萬語而來，及覩此情，亦爲之口塞，而不能道出半字。維時兩兩互視，呆若木人。適侍香持盥具入，見其狀態，不覺失聲笑曰："癡哉二人！呆然而相視者胡爲乎？"時之俊始如夢覺，乃轉而面侍香，若欲有所言。侍香曰："相公豈有所申説乎？然曷不坐？"之俊聞言，始就錦嬡案側之籐椅而坐，默思錦嬡今日胡爲而改卻常度，豈昨日之言，侍香已向之宣佈耶？不然，何羞澀如此？然羞澀又胡爲而帶却冷淡乎？豈其聞此言而弗願耶？何其平時情腸之熱，又至於如此？是念既生，腦筋頓爲之昏亂，適間之孜孜欲言者，至此乃寂然無聲。錦媛默觀此狀，知昨日之消息，必已傳至之俊之耳，今日之來，亦必爲此消息而來，顧何以相對半晌，竟一言不發乎？錦媛既涉是想，其羞態漸斂，乃猝然而問曰："二哥……今日來胡早耶？"之俊曰："適有要言奉告，故不覺來之如是其早。"錦媛曰："有何要言，胡不速告？"之俊曰："吾意侍香已爲吾妹言之，故毋待吾再述。"錦媛曰："侍香並未告余以何言。"侍香亦攙言曰："吾並未以何語語吾小姐。"之俊乃躍起曰："噫！吾舅父母之此言如泰山之重，如金玉之貴，汝豈爲之忘懷耶？"侍香笑曰："吾亦並未聞吾老主人有如何泰山重、金玉貴之言語，豈相公欲來此誑吾小姐耶？"之俊急曰："此……此誠冤煞人也！"錦媛笑曰："二哥之故態又發矣。然何不坐談他事，而遽盡此之研求乎？"之俊曰："談他事固佳，然侍香之言語，殊令人惝恍而莫得真象。"錦媛曰："以二哥之聰明，豈不能推想盡耶？雖然，吾亦甚望二哥不能推想盡至，並望以後對於世事，盡如今日之懵懵，而最不願二哥之以聰明自任也。"之俊曰："吾妹胡爲而出此言？"錦媛曰："聰明者，狂放之伏綫，亦即煩惱之原料也。彼世人之謂渾人多厚福，未必真謂厚福盡屬於渾人也。實以與其聰明而召煩惱，固不如其渾沌而享真福也。二哥聰明過人，狂放遂因之而生，在少年時代，固不宜過於靜默，奄奄無生氣，而狂放不羈，亦屬難與世洽。況吾父迂腐持家，頑固成性，吾兄日處其勢力範圍之下，稍有不如其意，則頃刻不能相容，豈非今日之聰明，即搆成他日之煩惱乎？"之俊曰："然則舅父母已經惱我而惡我乎？"錦媛曰："是又未必然，以現狀卜之，已在危險之中。譬二哥如冰雪，吾父如烈火，在未相近之時，故各各無礙，倘兄不改故態，一旦相觸，試問冰雪能勝烈火乎？其有不爲之融化殆盡者幾希，故吾謂論文才阮籍狂都好，講世情還是迂闊妙。"之俊曰："據吾妹云云，吾必阿諛諂媚，以圖人之喜歡乎？"錦媛曰："既不圖人之喜歡，今日之歡天喜地，來此胡爲？"之俊躍起曰："然則侍香之言，已真告訴吾妹乎？"錦媛笑曰："汝何呆之甚也。"之俊笑曰："我誠半世聰明蠢一朝矣。"方二人正誼笑時，忽侍香掩入曰："江南大相公來書，老主人特請相公往觀。"之俊高聲曰："胡此急爲？"錦媛曰："二哥之故態又復萌乎？"之俊笑曰："吾過矣，吾將往。"之俊既去，錦媛長聲嘆曰："江河易改，生性難移。老天將何以發付我乎？"

第九章

凡天下最足以移易男兒之性情者，厥惟美人之語，之俊自經錦媛者番警勸後，其狂放之態遂稍稍斂去，然猶有一端，令錦媛欲管束而未能者，則之俊每於無事時輒喜隨喜寺觀，交結僧侶。先是該處大士菴有竺山和尚者，才學兼優，藉僧以隱，與之俊舊友魏某相歡洽，魏遂介紹之俊而與之識。之俊本侗儻不群，且素抱嫉世主義，故與竺僧相見，即不啻磁石之引針，而遂結成一神明知己之交。在之俊當此少年時代，固不宜涉此沈靜之想，履茲孤寂之地，然以英雄生於濁世，衆人皆醉，一人獨醒，於深痛國事不可爲之時，而向空門以吐其不平之氣，似亦未爲不可，而錦媛則以爲大忌，陸氏夫婦亦深不以爲然。一日，之俊方與竺僧訂期遊山，藉以一洩積悶，適爲侍香所知，乃急奔往告錦媛曰："相公今日又欲與彼禿奴遊山，不知小姐知之否？"錦媛蹙然曰："我固不知，然汝何不阻之？"侍香曰："小姐……吾豈有此權力耶？吾思小姐當有以勸阻之。"錦媛思索良久曰："吾亦何嘗不欲有所言，奈渠不我從何？雖然，渠此時已去否？"侍香曰："吾意尚未。"錦媛曰："汝盍同我去以勸阻之。"侍香曰："是固所願。"於是相偕而出其書室，逕往裁紅院。

比至，則之俊已行，錦媛爲之悵然甚久。侍香曰："吾近聞老主人甚不以相公此事爲然，今日若歸，當必有以重譴之者。"錦媛曰："汝當密之，勿使吾父知之。"侍香曰："是焉能者？相公之出，豈不經過居室耶？"錦媛聞言，嘆曰："吾誠不知二哥之孤僻桀傲一至如斯。雖然，吾儕立此何爲，盍同往花圃一遣積悶乎？"侍香曰："甚善。"乃相率出室往花圃。花圃密樹中，有西式靠椅一座，二人遂同坐其上。維時秋氣已深，落葉滿地，兩美人點綴其中，尤覺添一異彩。良久，錦媛忽謂侍香曰："汝觀余父母近日對於相公，究竟何如？"侍香曰："以余思之，當無異於往日。惟以老主人之性情觀之，相公苟不自檢，欲其反好爲仇，恐亦易易。"錦媛曰："吾前因相公之狂放莫覊，恐觸犯老人之所惡，特暗中力爲勸勉，近幸稍稍斂去，乃不謂又爲此禿奴所吹播，致其居恒如中魔，倘余父母因以見惡者，將令相公何以堪之。噫！相公之難堪，即余之難堪，故余日惟兢兢，深恐余父母有以見責，而令……"言至此，忽止，若甚悲梗。良久，復續言曰："侍香……汝觀余近日之落落寡歡者，究屬何故？非此種種之觀念，有以致之耶？"侍香曰："吾意小姐不必如是，且相公尚屬年幼，老主人縱有所譴責，亦必當有以原宥其後，似可毋庸過慮。"錦媛曰："汝言良是，惟是天有不測風云，人有旦夕禍變，二哥又最愛余……"言未已，忽來富奔至曰："汝兩人尚在此逍遙自在，未聞主人在室大怒耶？"錦媛驚問曰："何故？"來富曰："吾相公今午赴大士菴，爲主人所覺，因之不悅，乃命僕往召之歸。相公既歸，主人乃爲之大怒，痛加詰責。相公固不服，然亦惟痛哭，憤憤而歸書院。"錦媛聞至此，幾如霹靂一聲，暈然欲躓，而兩行清淚，亦不覺潸潸而出。夫以錦媛之善悲，又正當其悲思之際，一聞此語，而遽悲極以暈者，亦固其所。

之俊一血性男兒也，其不願寄人宇下，跼促如轅下駒，固已於三年前來此時，向阿兄明明道之，今且欲與竺僧締交，固其個人之交際、個人之主權，良非他人所可干預，乃阿舅不鑒此衷，且從而詰責之，誠足令其憤極生怒，怒極生悲，而身處其勢力範圍之中，又不能任其發洩，故惟有付之一哭。既歸書室，伏几大慟，默念曰："余固極自由之身體也，徒以余兄爲飢寒所驅，致余無所依倚，不得已而寄之他人肘下，今乃一任其摧殘，遇事干涉，試思余之交際，干渠底事？乃必從而詰責，誠不知其意何居？即以竺僧論之，其品格之高尚，氣魄之奇偉，較彼之頑鋼、迂腐，何啻仙凡之判？舍此而不交，將又誰交乎？雖然，男兒志在四方，何地而不可往，何事而不可爲，又何必拘束於此？噉得一碗涎臉飯，且余之生性向不喜阿諛諂媚，犧牲自由，以圖他人之歡心，況居恒而遭其白眼乎？吾必去！吾必去！"言至此，其思歸省其母兄之念，乃不覺勃然而生。

第十章

　　錦媛自聞之俊被阿父嚴責後，深恐之俊因此而生去志，爲之悲慮者備至。及夕，乃獨自往裁紅院，冀可溫慰其憤懣。比至，見之俊嗚喑床笫，垂首呻吟，不覺一陣心酸，淚如雨下，而頃刻所欲白於之俊者，至此已半字不能吐矣。之俊驟覩錦媛入，見其涕淚流漣，亦不覺爲之大感，乃亟翻身起坐，時錦媛已移近榻畔，之俊緊握其手曰："余不檢，受舅父之懲責，固所應受，乃勞吾妹悲慮，誠令余慚怍無地。"錦媛忍淚曰："吾向者之諄諄勸告，豈不言猶在耳？而二哥竟不之聽，遂令至此。且吾父性情之迂腐，二哥又所熟知，既知之，而故蹈之。豈非自討煩惱？"之俊曰："此言吾豈不知？特未料其竟干涉余之交際也。雖然，舅父已惡我矣。欲加之罪，何患無辭？我留此亦甚無趣，吾妹之愛我，我已銘之肺腑。雖海枯石爛，此情當不或衰。倘舅父向日許婚之言實行，前途正多愉快，即不然，亦惟有兩心相印，結並蒂於來生耳。"錦媛含涕斜睨曰："汝忍耶？"之俊亦含涕曰："我固非木石，豈遽忍此，特以男兒當自立，不得不爾。"錦媛曰："吾父之此舉，固急欲汝日趨於善，未必遽有惡汝之心。"之俊曰："殺人固不必見血，舅父雖未明白宣示而逐我，在我實不能不去。"錦媛曰："縱屬如此，亦當有以憐我而諒我者。"之俊曰："吾豈不欲如此，但去志已決，還請吾妹以求我憐汝而諒汝者，轉而爲我憐爲我諒也。"錦媛泣曰："二哥之言已確乎？余不能言，余欲歸。"之俊曰："別離乃人間常事。吾妹何必如此悲痛？"錦媛曰："吾不欲再言，速放余歸。"乃脫手而出。

　　錦媛既出，心血潮湧，目爲之昏，悵然間竟不知身在何所。在理，以數年歡愛之意中人，忽一旦脫離欲去，其悲痛之也，亦固其所。故自出室後，幾不知何往，幸侍香於是時適至，乃爲之導歸己室。錦媛既歸己室，一聲長嘆，伏枕哀鳴。於是錦媛既病，陸氏夫婦倍極驚慌，乃爲之覓醫診治。其實心病還須心藥醫，彼庸醫又胡爲者，故不獨藥到無功，而且因之加劇。其中心理最明白者，則爲侍香。次日，錦媛稍清醒時，即私叩曰："小姐之病得勿因相公而起乎？"錦媛睜眼曰："汝毋言，汝胡得知？"侍香曰："小姐何自苦乃爾！雖然，余當有以一解此阨。"錦媛聞言，冷笑曰："汝有此心，良爲可感，但渠去志已决，恐非汝所能移轉者。"侍香曰："姑妄試之。"言已，即出。

侍香既出，一路尋思，緩步入園，默念錦媛如此情癡，可憐亦復可笑，黃相公縱不他去，而婚約無成，抑又何益？癡兒女之自尋苦惱，誠莫此爲甚。思至此，乃俯視殘花，若籌劃他事者。半晌，忽毅然返，急奔往栽紅院。時之俊方在籌劃歸事，驟覩侍香入，爲之一驚。侍香曰："相公好耶？亦知吾小姐已在愁腸百轉、深入病鄉乎？"之俊驚曰："胡爲至此？"侍香曰："相公非不欲歸乎？吾小姐自昨日聞此言後，病即爲之發，雖經前醫診視，亦殊無效。吾意相公當有以憐此苦情，而去此歸念者。"之俊曰："吾豈不如是？特以舅氏之白眼視余，殊令余遽難留此。"侍香曰："吾觀老主人之意，亦不過一時怒氣使然，固未必遽有見惡之心。"之俊嘆曰："侍香，汝胡解此？雖然，容余略一籌思。"言已，環步室中，默然無語，侍香則呆立以俟，幾若囚徒之待其一言以决生死者，良久始曰："此事余已籌思盡至，汝歸語小姐，謂余云余在此，終非長局。縱今日不去，他日亦必去，與其他日被人逐之而去，則不如今日之自行請去爲妙。脫小姐不忍者，即請其速語吾舅，早訂婚約。不爾，余雖去此，余心尚在此，亦足報小姐深情於萬一。"侍香聞此言，乃大失望，悵然而返。

時錦媛方倚枕以待覆音，及見侍香入，以爲必賷得好音來也。乃覩侍香之顏色，若甚懊喪，即知事必不諧，又不覺爲之失望，乃發其微細之聲曰："侍香，汝之效驗何如？"侍香曰："吾固不知相公之若是其拘執也。"乃將之俊之言，詳覆一遍。錦媛聞已，即翻身床裏，一聲痛哭。侍香視之，亦不覺悲從中來。時陸夫人復持藥湯至，見錦媛嗚暗啜泣，以爲必病之苦也，乃爲之撫慰備至。錦嬡曰："兒病固非苦，乃勞吾母寢食不安，將益爲兒罪。"陸夫人曰："吾兒勿爾，還宜自爲靜養，倘此處不宜者，可仍移歸居樓。"錦嬡曰："吾固喜居此，且居樓終不及此處之空氣靈通而軒敞也。"言未已，陸翁忽偕醫生至。陸夫人乃避出，醫生診脉已，謂係肝木內陷，爲之開宣鬱湯一劑。陸翁固不知錦嬡病之起源，且不甚諳醫理，故亦如法服下。其實此種藥雖百劑猶屬無功也。

第十一章

蘭閨寂寞，萬籟無聲。一盞銀檠，相對病榻，蓋錦嬡最無聊賴時也，乃不謂之俊飄然而至。蓋之俊自聞侍香之言後，雖未足以搖其歸志，而其憐惜錦嬡之心，固已怦怦欲動，即思往刻翠軒一探病況，而日間陸氏夫婦又相繼而至，究不能暢談心曲，故俟至夜分始往。錦嬡當此無聊時，而忽覩意中人至，自是喜不自勝。而一念及須臾見面，頃刻別離，則又不覺悲從中來。之俊覩其悲喜交集之狀態，亦甚爲之憫惻，乃移身近榻畔，小語曰："吾妹何所苦乎？"錦嬡搖首曰："固無苦也。"一言未已，清淚已簌簌分流。之俊乃持巾爲之揩拭，徐曰："吾妹何必如此，令余心如割。"錦嬡曰："要知余心如割，殆較汝爲尤甚也。"之俊嘆曰："誠冤孽哉！雖然，余當不忍以愛妹者殺妹，苟吾妹能速痊者，余當弗歸。"之俊此言，蓋一時天良激發，遂將其所持堅定之志一概抹煞。古人謂："兒女情長，英雄氣短。"之俊蓋亦類是。在錦嬡聞此言時，似宜爲之欣喜，乃仍黯然曰："吾意二哥此言，特爲慰我而發者。"之俊不服曰："若然，神明當共殛之。"錦嬡始如釋重負，頓然快爽，乃翻身起坐。侍香在側，亦爲之大樂。時之俊覩錦嬡慘白之面，映其暈紅之頰，不覺益贊其佳。錦嬡笑曰："賊目灼灼視余，豈欲攫余而去耶？"之俊亦笑曰："不過一殨吾妹之秀色，豈遽誣余欲攫之去耶？"於是復談他事，至夜深始別。

翌日，錦嬡早起，即覺病去大半。臨窗觀朝霞，絲絲之髮，任曉風舞弄，態度若仙。時侍香持盥具入，見錦媛狀態，不覺失聲笑曰："相公誠良醫哉！乃不藥而却沈疴。"錦媛亦回首笑曰："傻婢，乃以此言嘲余耶？余當有以處汝。"侍香曰："我胡敢嘲小姐，特實事耳！"錦媛曰："汝毋多言，其爲我往視相公，晨來佳否？並告我今早精神甚健。"侍香乃諾而出。既出，即往裁紅院，見之俊方事梳洗，乃嘲笑曰："相公今日歸乎？吾儕方預備餞行。"之俊笑曰："汝又以刻言嘲我，得不畏我告汝小姐以斷汝舌耶？"侍香笑曰："我胡畏此？惟倏出言而倏反汗者畏此。"之俊瞬目笑曰："蠢奴！吾誠佩汝之膽量。然汝小姐今日病狀何如？"侍香曰："汝尚不知耶？已奄奄欲斃。"之俊怒曰："汝來此咒人，不畏我拳乎？"乃伸手欲擊。侍香亟遁，回首笑曰："相公勿爾！余當以實告。"之俊始笑曰："來……速爲余言之。"侍香曰："小姐今早起精神甚健，並囑我問相公晨來佳否？"之俊曰："汝爲我歸語小姐，囑其好爲調養，倘一二日可痊者，當與渠一尋釣魚之樂。"侍香曰："許余伴否？"之俊笑曰："可。"侍香始歸。當侍香歸時，正值陸夫人坐詢錦媛病狀之時。侍香固不之知，乃躍入笑曰："小姐……相公……"言未已，忽瞥覩陸夫人在座，乃爲之大窘，惟以手弄巾而已。陸夫人正色曰："偌大人兒，毫不莊重。倘他人見之，得不訾爲輕薄而兼詈及余耶？後此再敢如此，余當以鞭笞汝。"侍香默然而退，陸夫人亦相繼出。陸夫人既出，錦媛始喚侍香至，詆曰："汝何口之利而耳之聾？吾母在此，汝及門時，豈竟未之聞耶？倘被其嚴加駁詰，我汝有何意趣？後此當慎之！"侍香小語曰："我固未聞夫人在此。果爾，我又何必討此沒趣？"錦媛曰："此姑勿論，余言已達相公否？"侍香曰："已盡言之。"錦媛曰："渠亦有所言否？"侍香曰："渠謂俟小姐就痊後，即一尋釣魚之樂。"錦媛曰："此亦甚佳。"於是默然而罷。

越數日，錦媛之病已痊癒。之俊樂不可支，乃邀之往釣。時已至冬初，落葉滿地，錦媛衣淡紅錦衫，映地上紅葉，尤爲豔麗。之俊乃攜之至池畔，同坐於交椅。侍香則爲之布置餌食。

於是錦媛與之俊約以得魚之多寡而定勝負，負者得由勝者重批掌心，以示罰，之俊然之。維時天氣已寒，魚恒下伏，欲其吞餌而上者，殊不易易。幸之俊不兩句鐘已得數頭，錦媛則一頭莫名，方焦灼間，之俊已緣蹤而至，欲求踐約，錦媛不允，乃棄竿而遁。之俊追之，錦媛笑曰："二哥勿爾！吾新愈，弗能奔。"言已而立。之俊奔至，狂喜，遂捉其臂欲批。錦媛縮手袖中，不允。之俊力捉之，錦媛斜睨曰："真欲批耶？"乃挽袖舒臂出。之俊見其指如蔥，而腕若玉，遂承之以口曰："吾欲食西子臂耳！豈忍批哉！"時侍香在側，見此狀態，乃以指搔臉，顧之俊曰："羞乎不羞？"之俊爲之大笑。錦媛兩頰暈然，於是攜手而歸。

自是厥後，之俊對於竺僧處之蹤跡，雖漸疏闊，而陸翁之歡心，終不如從前。之俊本不能堪，特以錦媛故，乃不得不勉強留下，以度此無聊之光陰。尚幸陸夫人不甚加白眼，且時爲之撫慰，猶可以稍慰寸衷。不然，此寂寂書堂中，直欲令此生憔悴死矣。

第十二章

群花競笑，萬柳迎人，荏苒年華，又是春風時候矣。時杭州試期已屆，陸翁即促之俊往。之俊亦甚心願，即以錦媛之踉步不忍離者，至此亦亟亟盼之俊速往。蓋欲藉此一決婚事之成敗。於是檢點琴書，料理襆被，無一非錦媛親手將事。之俊笑曰："勞吾妹執此粗役，曷克以當？"錦媛曰："此胡足計？惟二哥孤身作客，諸多岑寂，茶火櫛沐，當自調理，風宜加衣，雨宜禦蓋。來富雖伴身旁，而好玩貪惰，良不可靠，更有一層，既抵杭後，當音訊頻通，以書代語，以筆代聲，庶千里如咫尺，既可以免吾父母之罣慮，又可以免吾心之懸懸。"之俊笑曰："吾妹年僅十五六，而諄諄然如八九十歲人，良不可笑？"錦媛曰："二哥勿笑余年穉而言多老成。既出家門，便須振奮，髮污誰爲沐？鬢亂誰爲理？衣垢誰爲洗？長安作客，匪易言居。余刻刻在心，願二哥千萬珍重。"之俊曰："領謝厚意。惟我既去，吾妹在家，舉目言笑，誰與爲歡？月夕花晨，得不寂寥欲死耶？"錦媛黯然曰："二哥，何必語此，以傷余心，且此亦奚足計者。但願努力文章，以功名爲念，則後此之歡笑，正復多多矣。"之俊曰："謹如吾妹之命。"於是默然而罷。是夕，陸氏夫婦即治酒壯行，循例當有訓辭，之俊亦唯唯謹領，並向鄰右暨鄉之俊秀士夫揖別。於是雞鳴報曉，春霧沉沉，樓臺煙雨中，行李一肩，之俊遂與此村別矣。

爾時科舉之命運，已將告終，考題却不如當日之腐敗。之俊年來伴此老頑鋼之師傅，畫眉深淺，未入時宜，似宜其不能赴應此試。特之俊思想高尚，眼光瞭闊，於向日課餘時，輒喜翻閱新書，涉獵西史，中外掌故，早已卷藏胸中，以其聰明才力發展之，固不難中外兩通。故其敢於與數千文人秀士搏勝負者，蓋有恃而不恐耳。既抵杭，即投於旅舍。主僕相依，倍極岑寂，且之俊素未旅行，尤覺事事不如己意。幸住不數日，即行入場。場屋中之狀態，凡已應試者，固盡能道之已，毋待吾書爲之贅述。惟之俊每場文必先成，卷必首投，彼鶴髮老儒，壯年文士，反瞠乎其後。學官見其年雖少，而文思敏捷，議論不凡，於題旨之外，且能發出啓幽闡奧之奇論，良可爲諸童之冠。於是特於之俊交卷時，與之口談，藉以試其胸藏之若何。實則之俊良不懼此，故凡學官所問者，輒能盡舉以對，且談吐之間，淋漓慷慨，幾若王猛之捫蝨，旁若無人。學官雖不免惡其狂放，而終認爲一世之人材，故於之俊出場時，數千人之視綫，幾無一人不聚集其身。其間妬者有之，羨者有之，自嘆其才華之不若，而爲之欽佩者亦有之。此中情狀至爲複雜，在之俊則毫若不覺焉。

試既畢，一般應試之人，群仰首以待終場之案，或以旅舍無聊，連翩遊宴，而多以之俊之歷史引爲談助。蓋人心好奇，在在皆然。在之俊處此境地，似宜其欣歡而喜躍，而彼殊不然，且居恒憂慮，若膺重負者然。蓋一因與錦媛揆違兩地，無與爲歡，雖異鄉花草，觸目皆然，而情不二鍾，徒增感念。況孤檠夜靜，頻聞杜宇之聲，隻影單形，誰作攜談之友？故其於旅舍中，除手卷就讀外，百無聊賴。一因此試之成敗，即其婚事之成敗。雖學官之嘉許備至，究竟榜上題名，能否得青一衿，尚不可靠。倘得天從人願，功名成就，自是如天之福。設或名落孫山，婚約立破，將何以處意中之人乎？更以阿舅近日相待之態度思之，縱能採芹得意，而終難保其不反汗前言。夫如是，則數年來之苦心孤詣，熱心情腸，盡付之曇花幻影之中，得不爲此生之一大悲劇乎？有此兩端觀念，故令之俊終日不快，多情反被多情累，之俊之今日，亦正類是矣。

第十三章

越數日，終場榜放，萬頭鑽孔中，群呼黃偉（之俊學名）獨佔魁首矣！之俊得聞此信，自是喜不自勝。惟之俊所喜者，非喜功名之成就，特喜功名成就婚事即可因之成就耳！循例旅舍居停，當備酒致賀。之俊亦一一酬答，爾時之俊之母兄已遠去江南，錢塘家中已無一人，故捷報惟直接往陸府。噹噹之聲既至，陸夫人喜不自勝，陸翁亦表歡迎。錦媛則欣躍幾類發狂，一時爆竹聲、致賀聲、杯聲、酒聲，鬧成一片，以向日沈靜無譁之家庭，至此則誼譁特甚。在理，陸翁處此境地，當向鄰人以告其意趣之得，而彼乃謂名場未經磨折，遽爾得志，適足以長少年狂放之氣，而因之減其樂觀。此老之迂腐，於此可見一班矣。

之俊在杭逗留數日，即與來富言旋。雖不是高車駟馬，亦聊同衣錦還鄉，即彼沿途絲絲楊柳，俯仰舞弄，亦若向之俊揖道歡迎者。之俊處此時，亦可謂至樂。既抵陸府，循例當向陸氏夫婦暨師傅謝其教訓之功，之俊亦一一做到。惟錦媛則轉向之俊道喜，並慰問沿途風塵之苦，即其鄰人亦莫不紛紛來府致賀。此時之俊幾如山陰道上應接不暇。陸夫人既視之俊若己出，自不得不治酒以款來賓。一時杯盤交錯，倍極歡欣，直至夜深始散。

翌日，陸家另備盛筵，爲之俊洗塵。列席者爲陸翁、陸夫人暨錦媛。在之俊，以爲陸翁必於席中提出婚事，以踐前言，詎意自始至終竟未嘗談及，不禁爲之悵惘若失。錦媛亦頻頻以目視之俊，若表其同意者，於是座中除略敘杭州風景外，均落落寡歡。筵既終，之俊乃與錦媛同步花圃，藉叙別後境況。爾時百花盛開，嫣然競笑，之俊顧而樂曰："吾去時，此花尚含苞未放，今則大開以迎余矣。然花好月未圓，終屬缺陷之事耳。"錦媛嫣然曰："二哥此言殆誰指乎？"之俊笑曰："汝不知耶？"錦媛亦斜睨笑曰："我乃騃者，胡由得知？"之俊曰："今且勿作諧語，惟余此次膺功名而歸，汝父胡為落落不樂？即前此所云余兩人婚事，亦絕不談及。豈非一大怪事？"錦媛曰："余亦竊為駭怪，然百索不解其所以。"之俊曰："吾曩者謂汝父已惡我，汝不謂然，由今觀之，當知余言之非謬。汝欲我久久留此，恐以後不能如汝願矣。"錦媛聞言，黯然曰："汝言確耶？然吾思當不至此。吾母固愛汝如前，縱吾父別具心腸，吾母當有以諫阻之。是又何礙我兩人之事哉？"之俊曰："汝言良是，余亦希望其如此。惟此事汝父母已籌之甚熟，只待我之功名成否一決，胡今日反絕不提起，則其絕無誠意可知。"

錦媛曰："二哥歸甫二日，焉知其他日不再提起？又何必如此亟亟？"二人言時，已至圃西柳陰下，遂同坐於西式椅上。維時夕陽欲墜，一片紅光，由枝隙映至錦媛面部，尤覺嬌豔可愛。之俊因之注視不已，默念："此如花美眷，苟阿舅竟不許其下嫁，而為他人所奪，能不令余懊喪欲死？"在之俊不過腦中存此想像，不意喃喃盡自口中道出。蓋人當思慮過度之時，每每口不從心，盡道其所思之事而已，反若不覺。之俊之云此，正復類是。錦媛聞之，不覺羞形於色，以手推之俊曰："二哥殆魔耶？我甚不欲聞汝此言也。"之俊始如夢覺，始知適間所思者，已出諸口，亦為之赧然，曰："余日來真不知何故？語言每為之失倫。"錦媛笑曰："想在杭為妖魔將靈魂勾去也。"之俊亦笑曰："妖魔固不在杭，乃在目前也。"一言未已，侍香忽奔至，故作正色曰："汝兩人在此真樂哉！亦知老主人方在盛怒乎？"錦媛驚起曰："何事？"侍香良久不言，之俊亦敦促曰："速言！"侍香忽嗤然大笑曰："然則汝兩人亦懼老主人乎？余言蓋誑也。"錦媛責曰："奴婢，汝敢如此狂肆，得不畏余竹杖耶？"之俊亦怒曰："下次再爾，定重責不貸。"侍香復笑曰："余誠過矣。然余實奉老主人之命而來，蓋問相公准何日就讀者？"之俊顧錦媛曰："吾妹以為何日？"錦媛曰："吾意明日可。"之俊曰："儘如是議。"於是三人同歸，以覆陸翁之命。

三人既抵室，燈火已燃，陸翁曰："汝輩真可謂善於及時行樂，然而年少光陰，不可浪擲，汝兩人究擬何日上學？"之俊曰："已准明日就課。"陸翁曰："如此甚好。尚望用心勤力，以爲明歲科場地。"之俊曰："當此世變日急，縱奪得一二功名，亦有何謂？"陸翁曰："小子何知？試問汝母兄所期望於汝者何事？"之俊曰："祇要能創功立業，爲人民造幸福，爲後世作圭臬，即足以饜吾母兄之期望。又何在乎功名之有無哉？"在之俊之發此言，實其重氣節薄功名之觀念所致。陸翁聞之，殊爲不悅，乃默然曰："功名即進身之堦，亦不能遽然薄視。"錦媛見其父不悅，乃以目視之俊，以示其勿言之意。之俊遂亦不再辯，於是各各默然而散。

第十四章

翌日，之俊與錦媛已復就讀，師傅見之俊春風得第，遂以爲必己之功，於是對於功課尤益加嚴。之俊亦甚不爲苦，蓋其聰明才力使然也。惟阿舅對於婚事，毫無表示，殊令之俊終日悵然，於是好遊之故念復萌。蓋人當無聊之時，忽一欲求未遂之事橫亙於胸，每每喜發生此念，且之俊自得第歸後，與竺僧初未謀面，在理實宜與之一見。於是課餘之暇，斜陽欲墜時，乃緩步而往古寺焉。竺僧以飽學通儒，因目擊時艱，竟屏卻世事，而與蒲團爲伴侶，其高尚之氣概，亦無怪之俊從而敬禮。是日之俊既至，竺僧方端坐讀《南華》，覩之俊入，乃起而歡迎。忽又聳肩乾笑曰："吾弟今日非童子，乃秀才也。"之俊黯然曰："先生胡以此言譏余？令余難堪。余曩者不云乎？余非注意於此者也。"竺僧笑曰："余言戲也，今請坐。"乃出其山茶餉客。之俊並以近來蹤迹疎闊，向之道歉。竺僧亦犖犖毫不介意。於是攜手出寺，步於松林，維時夕陽反映山巔，作殷紅色。松枝颼颼有聲，幾令聞者股慄，兩人且行且語，若甚不畏此景者。竺僧曰："吾弟……吾向者以汝無志於功名，故嘗以邦無道則隱，期望於汝，今既躍入功名場中，則汝當然不能伴此淡泊生涯，乃不得不移清靜無爲之念，轉而望吾弟奮發有作。吾弟亦知今日之時勢爲何如乎？

外患逼處，夷狄柄政，吾黃帝子孫反受制於彼勢力範圍之下，不敢稍有聲息。其一般頑鋼老朽，奴隸成性者，固不足語此。而英年才俊，如吾弟輩者，正可際此時會努力前途，着祖生之鞭，雪國家之恥，將來大功告成，銅像巍巍，似山人之與草木同腐者，何啻天淵之隔乎？"竺僧之發此言，必以爲之俊已醉心功名，期望仕宦，故藉此以激其志。其實之俊何嘗注意及此？乃漫然曰："先生之所期於余者，可謂備至。余苟有知，焉得而不感激？特先生尚未真知余也。余向視世界若苦海，厭之特甚，故屢羡先生嘯傲山林，百般自快，其所以未即從先生後者，祗以情根未去，愛性猶存。故不得不渾迹紅塵，攫得一二層功名，以屬俗眼，其實余何嘗喜與一般無廉恥者奔走於利祿場中哉！"於是始將阿舅對於婚事之計議，及錦媛如何鍾情，一一爲之縷述。之俊此種心事，本向不肯對人宣布，今日因其由杭歸後，阿舅對於婚事含而不宣，終日爲之悵惘，且又益以竺僧之言之感動，遂不覺爲之發洩。竺僧聞而笑曰："吾弟此種豔事，胡向不爲余述及。其實余固深於情者，並非如一般俗僧假惺惺斬情斷欲，表示清白。不過，自讀我佛聖經，頗能領悟色相空空之旨，而此心爲之自淡。試一溯吾少年時代歷史，便知余非慣於枯寂者。余猶憶余常謂美人爲天地所產一種至寶，人苟不盡意玩賞，便辜負天地盛心，又謂愛情爲人生第二生命，人無愛情，便如死人。友人聞之，輒笑余癡而指爲怪論，而今思之，亦自覺其謬。雖然，此種覺悟，良非易易，如不經風浪，便不知涉川之苦。吾弟年少，靈根又敏，亦無怪其有此。"之俊曰："吾亦屢思解脫，以尋靜福，而想像旋起旋滅，終屬無效。"竺僧曰："是焉能者？吾不云乎，不經風浪，不知涉川之苦。在吾少年時代，又豈能料及今日之能自然解脫？雖然，吾弟終有解脫之日，惟不知何年何月何地何時也。"當二人暢談時，月已東升，萬籟俱寂。二人若不之覺，及至此，始見人影在地，夜已深沉。之俊乃辭竺僧而歸，歸途且行且思竺僧之語，頓覺前途險像環生，而急欲斬斷情根，以求卸脫，聽彼村犬嗷嗷，亦若其預爲之俊贊成此主義者。

既抵家，陸翁詰其何往，並謂胡歸之若是其遲？之俊乃詭辭以對，幸未因之見責。及歸書院，見錦嬡尚未就寢，默坐燈下，若有所思者然。乃悄步而入曰："吾妹胡尚未寢耶？"錦嬡聞言，忽驚視曰："原來二哥歸矣。吾正爲俟汝也。"復曰："今日胡歸之若是其遲？想亦又爲禿奴所惑也。"之俊曰："否！吾視魏友歸也。"言時，目視錦嬡，晚妝已罷，燈光下尤覺豔麗，愛戀之念復又萌生。適間所思欲脫卸者，至此已削減無余，思之不覺自笑。錦嬡以其笑已也，亦爲之嫣然。於是略談他事，至一句鐘始辭歸就寢。

第十五章

一日，天陰欲雨，熱氣逼人。錦嬡獨坐書室中，甚爲鬱悶，適師傅因事外出，錦嬡乃乘隙往遊東池。池側固有憩亭，整潔殆較室中爲甚，亭前繞以回欄，欄下臨水，甚爲幽致。錦嬡伏欄俯視，見游魚隊隊，接影吹香，爲之樂不可支，乃轉拾殘花一把，散之水面，小魚更爲之顛狂，不覺嫣然自笑，興致大發。適侍香於此時尋蹤而至，錦嬡乃囑其往家中取釣竿，己則立此以待。

當錦嬡往東池時，適之俊往刻翠軒尋其暢談。既不見，亦悄然緩步赴憩亭。及至，見錦嬡獨立俯思，若甚愉快，乃不欲擾其清興，退坐室中與錦嬡所立處僅間一壁。以視閑書自遣。未幾，忽聞錦嬡嘆曰："落花無主，徒嘆飄零。安得人人都如林黛玉而爲之護惜乎？"錦嬡此語蓋因見池面花片所發。一入之俊之耳，實足以令其怦然心動，乃輕步由窗隙中窺之，見錦嬡俯視落花，始知其因感而發，殊不足奇。於是仍歸原座，忽又聞其小語曰："吾今日勿爲花悲，吾當轉而自悲。二哥自杭城歸後，吾父母對於婚事胡再不言？致令其神魂顛倒，舉止弗寧，而言語中猶時時怨余，實則余心較渠爲尤急。奈閨閣千金如何向余父母申訴耶？"言已，舉首四望，續曰："密雲四布，大雨垂至。侍香尚不見來，盍歸休？"於是微吟"細數落花因坐久，緩尋芳草得歸遲"而去。錦嬡既去，之俊微唱曰："表妹洵多情人哉！"亦隨循徑而歸。既抵室，悄然徑往刻翠軒。

方及門時，又聞錦嫒自語曰："侍香尚不見來，書室岑寂特甚……"之俊笑入曰："豈不憶有良伴在耶？"錦嫒驚視，怨曰："原來二哥，胡再不言，豈不知余之膽怯耶？"之俊笑曰："余過矣！然吾妹適從何處歸？"錦嫒曰："池上歸。"之俊曰："亦曾見臨池長嘆之人乎？"錦嫒曰："固未嘗見。"之俊曰："確耶？"錦嫒曰："余豈誆汝？"之俊曰："怪事！余亦適從池上歸。固明明見之，且歷歷聞其語。"錦嫒至此，始恍然悟其諷己也。乃轉其星眸，回顧之俊曰："二哥，汝亦當有以憐此長嘆之人矣。"之俊此時見錦嫒益形斌媚，不覺心怦怦然動。維時風雨大至，侍香隔不能至。錦嫒焦灼曰："侍香蠢婢，尚遲遲不來！"之俊曰："天墀水滿，侍香是准不來。我與汝清談片刻，得不佳耶？"錦嫒曰："清談固佳，祇是……"忽又止而不言。起立往回欄，竚望天際，之俊亦隨至，曰："好大雨。近日天氣亢陽，禾苗枯稿，農民得此甘霖，樂何如之。"錦嫒曰："然。"之俊曰："我汝試一聯喜雨詩可乎？"錦嫒欣然曰："是固佳，請從我起。"於是沈吟曰："久旱逢甘雨。"之俊曰："妙哉！"遂續曰："他鄉遇故知。洞房花燭夜，金榜挂名時。"復曰："吾妹可謂他鄉遇故，吾可謂金榜題名。今日久旱逢甘，吾妹乎……"乃移身近錦嫒側，錦嫒飛紅於頰，心躍躍然不止，思引手以推之俊，則嬌焉無力。此時之境況，誠有令著者之禿筆無從描寫矣。

良久，之俊復曰："吾年來對妹之苦衷，吾妹當能曲為原諒，即吾妹適間池上所自白者，亦屬至明且切。縱此時婚約未成，亦何妨先效于飛？昔杜麗娘感春闈之夢，亦成鸞鳳之諧。吾兩人咫尺相逢，豈如天涯之隔耶？況此風雨飄搖，天生巫峽，吾妹乎……"復移身近錦嫒。錦嫒仍不理，且亦無言。之俊乃怨曰："吾妹真不我許耶？果爾，則向者之深情摯念，盡屬虛空。月下琴邊，徒為假意。余誠誤矣！余誠誤矣！"錦嫒聞言，不覺嚶然泣下。

噫！錦嫒之此哭也，遂令貽誤終身，骨埋黃土。吾觀世間女子，處於此境者，恒多以一哭了之，遂令無量數蘭閨弱質——蹈於鉅浪掀天之苦海而莫可超昇。甚矣！女子之不能不慎其哭也。之俊見錦嫒泣下，即知其已經默許也。於是西廂韻事，錦帳羅幃，兩人之愛情，遂臻於極地矣。

迨風雨既止，侍香始恩恩回書院，見之俊神色愴惶，錦媛緋紅於頰，默默然相對書室中，知必有異。然以彼二人平時愛戀之摯，亦殊不足怪，且己之坐守情忘，行監職曠，亦不能大事聲張，惟腦筋中嘗存此一場公案而已。

第十六章

庭月初斜，花厖不吠。西廂欵步，鸞鳳歡諧。自此之後，之俊與錦媛之感情更爲密切，怨女曠夫，合處一堂，自無怪其然。惟陸氏夫婦治家不嚴，實不能辭其咎也。之俊既與錦媛鵲橋暗渡，對於婚事之希望，尤爲殷切，而陸翁仍默而不宣。陸夫人雖不與之表同意，顧亦無力足以使其踐言。之俊間或直接向之探問，陸翁亦恒以冷淡態度對之。如是之俊與錦媛雖處此歡樂場中，居恒殊多愁慮，樂極生悲，天下事大抵然也。

夫之俊一熱血急躁男兒也，處此悶葫蘆中，何克以自安？於是平日狂放莫羈之態度，又爲之勃然復萌。竺僧之談室中，又幾無日不有其蹤迹在，大抵人生處於愁煩之境，恒喜向空門中以洩其傀儡。

況竺僧之善談雄辯，尤足以招之俊喜於依倚。錦媛雖屢欲阻之，而之俊殊不置意。陸翁亦大不悅於中，特以夫人時相勸解，不至遽爲發溲①，而心目中之惡之俊，遂因此愈積愈深。錦媛默觀此狀，終日爲之悒悒，彼孤燈相對，鴛枕獨挨時，更不知流下幾許傷心血淚也。

一日，竺僧召之俊飲。之俊以積悶之餘，自是欣然而往。既至，高朋滿座，極盡欣歡。之俊不覺銘酊大醉，於是歷來所積之情懷，至此乃爲之大洩。酒後發牢騷，大抵人人然也。迨歸時，已不勝其顛狂。陸翁見之，不覺勃然而怒，乃呼之俊至，大加詰責，並詢曰："汝與竺僧如此密切，究竟有何佳處？且竺僧之爲人，不過孤僻寂靜，又何值一交？"之

---

① 溲，疑應爲"洩"。

之俊初尚不置辯，及聞此言，始答曰："舅父誤矣！竺僧乃第一等識見高超之人物，一瓢一劍走遍天涯，氣概之雄偉，殆莫與此。既無家室之可憂，又少子孫之足累……"之俊言至此，陸翁乃爲之大怒，曰："汝敢以此言譏余伯道之無兒耶？余之老友長輩尚不如是，汝一黃口小兒，竟藐視余至此！余心傷矣！余心傷矣！"之俊辯曰："舅父……此烏值一怒？且侄所云云，乃竺僧之實事，又奚所見爲譏舅父而發耶？"陸翁曰："對余則爲譏余。余曩者以汝尚能讀書，所以期望於前途者甚大，今竟長者亦不之敬，遑問其他？且汝近日行迹飄忽，似甚不願留此者，今後聽汝自由，果欲他去，余亦决不之强。汝母兄數日前來書謂念汝特甚，若就此往江南一省母兄，亦大佳事。"之俊聞此言，始知阿舅之怒，乃借題發揮，其熱血躁性，不覺因之暴發，亦怒曰："舅父烏用如此云云？舅父之惡侄，欲侄之離此而去，侄早知之。所以不即去者，徒以舅妗之愛侄。今若此，侄又何敢戀此涎臉飯，以致舅父之不歡。若欲去，便去矣！"言已，徑回書院。

　　之俊言時，其意已决，絕無可挽回。丈夫氣概固當如是，既回書院，經過刻翠軒時，適遇錦媛自内出。錦媛見之俊怒氣勃勃，知必有異，乃跟蹤而至裁紅院，顧之俊曰："二哥今日怒容滿面，豈又與誰詬誶耶？"之俊盛氣答曰："汝尚不知耶？吾曩者欲自請去，汝不我許，今果遭汝父之驅逐矣。嗚呼，吾妹誤我而遭此辱者。妹豈能辭其咎耶？"錦媛驚曰："吾父安有此？"之俊曰："吾亦知汝弗信，然言猶在耳。吾請爲吾妹述之。"於是將適間之情形，一一縷述。言時，慷慨中寓以决絕，毫不似上次兒女眷戀之態。蓋上次愛情爭勝氣節，此次則氣節搏勝於愛情也。錦媛驟聞之下，顏色灰敗。知上次之俊之欲自去，猶幾幾不能留其住下。此次係阿父之辭其去，當更無挽回之餘地。於是婚事也、離衷也、數年來之愛情也，萬端心事，一霎時齊集心端，目爲之眩，腦爲之暈，嚶然遂跌倒於之俊之懷矣。之俊覩此景象，自不免爲之心傷，而歸志仍未嘗爲之搖動，乃取冷水一杯，噴之錦媛面部。少刻，星眸微露，一聲長嘆，錦媛始甦。

錦媛既甦，之俊乃呼侍香至，使之扶至刻翠軒，己則檢點書囊，收拾細軟，決定離此而去。維時陸夫人適至，蓋陸翁之斥之俊時，陸夫人未之知。及之俊既回書院後，夫人始得知此情，乃大怨陸翁之不應如是，因之詬誶良久，始親來裁紅院，冀挽留之俊。詎之俊竟不爲之動，且慨然曰：「舅妗之愛侄，侄已銘之肺腑。數年來，教訓生養之大德，雖啣環結草，亦必求所以圖報。至於侄與表妹之婚事，還祈早日決定。一則可免侄心之懸懸，一則可減舅妗之負擔。將來登門納綵，樂事正多，則今日雖別離，他日仍可團聚也。」陸夫人聞言，不知所對，黯然遂退。

第十七章

　　孤燈如豆，萬籟俱寂。錦帳羅幃中，一美人倚枕支頤，黯然流涕，則錦媛暈去復蘇時也。錦媛既醒，即呼侍香至，曰：「此時夫人想已就寢，汝速往請相公至。我有要言待商。」侍香允諾而去。時之俊方收拾琴書，覩侍香至，知必錦媛使之召己者，因曰：「汝小姐召我往乎？」侍香曰：「然。」之俊復曰：「小姐於何時清醒？」侍香曰：「清醒已多時。然而惜別傷情，仍不免愁鎖眉端矣。」之俊嘆曰：「冤孽哉！然余當一往，汝可先去。」於是侍香先行，之俊隨之而至。

　　之俊既至，見錦媛一副可憐狀態，亦不覺爲之心碎，乃移身近榻畔。錦媛曰：「二哥，汝歸計已決乎……」一言未已，情淚已簌簌而下，之俊亦爲之黯然良久。復曰：「二哥此番往江南骨肉團聚，自是暢心滿意，祇是我……單形隻影，誰與爲歡？月夕良晨，得不孤寂欲死耶？」之俊曰：「只要心心相印，雖千里亦如咫尺，尚望吾妹勿過悲傷。」錦媛曰：「莫道是五年歡愛，三疊驪歌，即視汝寂寂長途，依依孤影，亦足使我心碎。況別從今日，知會在何時乎？」言已，復泣。之俊曰：「頃與舅妗言，已面祈其早定婚約，則今日雖別離，將來正有團圞暢叙之日。」錦媛曰：「此着安足作靠？此權純操之吾父之手。吾母苟有力可以參預其間，則婚事早成，又何待今日？且吾父執拗性情，汝已知之。正難保其有無他種風波發生。爾時，余深處閨中，將何以與之抗議乎？"之俊曰："吾意舅父當不至反汗前言。即不然，明歲秋幃，余亦當來此。"錦媛曰："微軀弱質，去水光陰，恐不能俟至爾時耳。"言已，泣不可仰，乃出其纖纖玉指，緊握之俊之臂。之俊至此，亦不覺涔涔淚下。爾時景況，真無異一副楚囚對泣圖也。

良久，錦媛復曰："二哥，汝甚勿爲吾悲。歸後，亦不必因之惦記。只要憐我生世浮萍，早將婚事確定，則前途或不至若斯可慮，且亦正多愉快。非然者，此別即成永決，惟期再見於來生耳！"之俊曰："此事吾刻刻在念，苟此身一日不死，此心當一日不忘，尚望吾妹自爲珍重。"於是，錦媛乃將其生平所最愛之指環贈之之俊，曰："此爲余生平最珍愛之物，望二哥嘗御之指上。庶彼扁舟獨坐，客邸淒涼時，如與薄命人攜手相對。"言已，又將其揩淚之手帕與之之俊，並曰："余之血淚，盡在此間，亦望二哥納之懷中，刻刻勿忘。庶將來不及相見時，亦可以作一永久之紀念物也。"之俊均一一收受。維時雞已四唱，東方既白，之俊乃與之一吻而別。

是晨，陸氏夫婦亦略治酒肴爲之俊餞別。錦媛雖亦赴席，而滿腹愁懷，萬端情緒，相對恒無一語。《西廂記》謂"蹙愁眉死臨侵地，閣淚汪汪不敢垂，恐怕人知"，錦媛之此時，正復類是。之俊覩此景象，自是食不下咽，彼煖溶溶玉醅，白冷冷似水，多半是相思淚也。陸氏夫婦不知此苦情，猶曉曉然道家常，說瑣事，並加以種種無味之囑咐。之俊本不願聞，徒以別在頃刻，乃不得不勉強酬應。席既終，之俊乃入而整備行裝，憶曩日赴杭應試時，所有行囊盡錦媛親手料理，今則之俊一人將事。撫今追昔，誠爲之黯然不置。部署既畢，遂與陸氏夫婦拜別，於是一肩行李，主僕依依，彼英俊少年之蹤迹，遂從茲與此村告辭矣。陸氏夫婦均送之門首，錦媛則立之陸氏夫婦之後，滿腔血淚不敢裂眥而出，迨之俊回首相視，眼綫交點時，始不知不覺簌簌而下，惟微語"前途珍重"數字，即已哽咽不能成聲。嗚呼！生離死別乃人生第一傷心事，即三數年日夕相處之友人，一旦分離，亦且悲痛不置，況彼多情兒女，五年歡愛，如之何可不痛苦流涕也哉！佛家謂一切衆生，最苦別離，最難別離，最重別離，最惜別離，吾誠願世之癡男怨女，世世厮守，總勿別離，則彼三疊陽關，十里長亭，豈不減却多少情人血淚哉！

第十八章

　　碧云天遠，绿波不興，之俊辭別陸府後，已易陸而舟矣。既夕，舟子弗敢行，乃泊舟於蓬蒿中。維時新月東升，萬籟俱寂，惟微風摧枯蒿作萋萋聲。之俊倚窗瞭望，毛骨悚然，若不勝其驚懼者。乃入而倚床假寐，而輾轉反側，久弗能入睡鄉，復又挑燈起坐。時夜已深沈，狂風驟起，浪聲、村犬噭噭聲、孤鴻嘹嘹聲，各各應答不休。之俊愈覺凄涼煩悶，及回視來富暨舟子，均已穩入睡鄉。於是離愁別緒，頓然齊集心端，及追憶錦媛數年來之情致，更覺無以自聊，乃撫膺微喟曰："吾多情之妹妹……亦知余今夕在此扁舟中，飽受此凄涼景況乎？亦知余受此凄涼而又刻刻憶及吾妹乎？猶憶三年前，吾妹嘗謂寧相守而死，勿相離而生。今偏不能如吾妹之願而償，且爾時吾妹尚係清白身軀，今則又非昔比。婚約一日未成，余此罪一日不能贖。嗟乎！吾妹，余害汝誠非淺鮮矣。雖然，余此刻之凄涼景況，吾妹雖深處香閨，當亦與余相等。余之不能寐，吾妹當亦不能寐，余之刻刻以思吾妹，吾妹當亦刻刻以思余。余舟中淚落，汝枕上愁濃，勸君莫結同心結，一結同心解不開，余兩人之結此膠漆不解之情，亦豈天授之而使然耶？猶憶昨夕話別之時，吾妹又道出許多傷心之語，幾令余不忍卒聽。嗟乎！吾妹，余非薄倖無情之人，余何忍出此？特以實偪處此，不得不爾。吾妹當能曲爲原諒，雖然，吾妹之能曲爲原諒，正余最傷心之事，亦即吾妹最痛苦之時。嗟乎！蘭閨寂寞，獨擁孤衾，對鏡臺而窺影，望遠樹其迷離。此情此境，吾妹其何以堪乎？"之俊言至此，愈凄涼而愈悱惻，不知不覺，兩淚分流，放聲大哭。良久又憶及一事曰："吾既謂至死亦决不辜負吾妹，吾妹又何爲而慮及他樣風波乎？豈恐余盟言不足恃，始亂而終棄之耶？抑恐汝父將棄余而字之他家耶？由前言之，余已不啻剖心瀝血，指日誓天，似則吾妹可毋庸慮及。由後言之，汝父既已親口許余，又焉能爲食言之人？似則吾妹亦可不必置念。夫如是則吾妹之慮及他樣風波，又胡爲乎來哉？雖然吾自杭歸後，吾舅對於婚事，竟不一言及之，又焉知其不係另有所謀？今日之逼余速去，又焉知其不係欲實行其所謀？果若此，則吾妹之鰓鰓以慮，又未始不有原因，設一旦見諸實事，吾妹其何以堪乎？余又有何生理乎？"思至此，五年來之種種情緒，幾無一不奔集心頭，滿腔血淚，又不覺破眥而出。嗚呼！以淒涼景思淒涼事，以斷腸人哭斷腸人，雖巫峽猿啼，豈過是之慘耶？

少刻，村雞遠唱，天已大明，舟子乃起椗行。之俊此時已疲倦不堪，復倚枕假寐，而風浪特甚，又不勝其顛播，目眩頭暈，久弗能穩入睡鄉。此真可謂之俊之最無可奈何時也。越數日，已抵秣陵。此數日中，之俊之生涯，無非如前此之所述。既抵家，遂與阿母黃夫人暨阿兄之傑相見，骨肉團聚，自是一場快事。黃夫人遂歷問陸家之近況，之俊亦一一詳述，惟言至陸翁之詰責，與婚事之成議，則唏噓不止。黃夫人曰："吾兒不必因之悲傷。舅父之所以如此者，無非欲望汝成人，未必遽有見惡之心。若果見惡，必早逐汝回，又何至俟至今日？且汝之去，實出於萬不得已。古人謂'求人者嘗畏人，受人求者嘗驕人'，依人肘下，那能比之自己家庭？其不得自由也，亦固矣！至於婚事一節，我將來自能設法使之踐言，吾兒更不必爲之過慮。"之俊曰："以渠之拘迂執拗，此言未必遽有效果。"之傑曰："以吾思之，舅父未必遽作食言之人。吾弟果不釋懷，明歲秋幃，吾當與汝同去，一決此事。"之俊曰："此固甚善，但此數月間，果有他種變故發生，迢迢千里，又焉得知？"之傑曰："吾思當不至此。"黃夫人亦云然。之俊不得已，亦惟有懸此心以坐待時機而已。

越數日，之傑復攜之俊至各友人處相見。之傑之此舉，無非欲之俊習練交際，以爲他日謀生之地位。之俊本雅不欲此，特以兄命所在，不得不勉爲其難。各友人見之俊年少成名，才華出衆，亦甚爲之欽佩，而樂與之交。於是黃氏崢嶸雙龍角，遂大露於莫愁湖上矣。

第十九章

驪歌唱後，倩女魂銷，錦媛自之俊歸後，愁病交加，百無聊賴。對鏡臺幾慵理髮，擁翠被徒自生寒，嫩柳腰圍，真不知清減幾許矣。陸氏夫婦見錦媛如此不健，遂擬移歸居樓，藉資調養。在錦媛本不忍離此舊巢，奈以嚴命所關，不得不勉爲其所不欲。錦媛既歸，師傅自是虛設，陸翁亦辭之使歸。於是向日誼鬧之亭院，復又荒涼如昔，彼有情芳草，燦爛名花，亦都因之作一憔悴可憐之色，若甚不忍其主人棄彼而去者。噫！草木如斯，何況人乎？

錦媛既歸居樓，悒悒如故，舉凡數日前作別時之狀況，無不一一輪回默憶於胸。意中人不見，中夜淚雙雙。錦媛之此境，正復類是。一夕，因苦憶不能成寐，乃披衣而起，就案作《送別》數首。一字一淚，幾令人不忍卒讀。作畢，復自誦曰：

綢繆五載未知愁，乍譜離鸞作遠遊。最是銷魂將別況，一聲珍重怕回頭。

不效鵑啼淚自紅，筋骸柔弱怯西風。望雲備極三秋思，贏得連宵入夢中。

苦海由來易起波，阿誰自惹折磨多。明知故入銷魂境，莫向蒼天喚奈何。

魂斷驪歌涕泗流，心隨碧浪送扁舟。倩誰爲勸征途客，休念深閨獨倚樓。

最是陽關欲別時，離情如織怨如絲。叮嚀有語皆成咽，慘緑愁紅不自持。

誦畢，喟然長嘆曰："二哥，亦知薄命人爲汝而回腸寸斷乎？汝秣陵歸後，骨肉團圞，何等暢心滿意。余則單形隻影，千愁萬恨，月下琴邊，惟有以淚洗面而已。猶憶曩日汝苟離余至一時者，余即悵悵若有所失，今則迢迢千里，兩地暌違，如之何不使余淚落心碎耶？汝向者謂不以愛我者害我，今則何如？余弱質不禁風，今而後將何以爲生耶？"思至此，不覺放聲大哭。侍香於睡夢中，忽聞此哭聲，不覺一驚而悟，及細聽之，始知出自錦媛室中，乃披衣往視，見錦媛伏几大慟，幾如帶雨藜①花，亦不禁悲從中來，乃含淚勸曰："小姐⋯⋯何自苦至此？相公臨去時，非不謂以小姐宜自爲珍重耶？奈何當此天寒夜靜，兀自傷心，縱不懼夫人知而見責，獨不懼己身因之生病乎？"錦媛忍淚曰："侍香⋯⋯汝何知余之苦？縱不計別從今日，會在何時，即視渠歲暮天寒，隻身孤往，亦足以令我心碎。"侍香曰："此亦無怪小姐爲然。惟相公囑小姐必自保重，今反自爲摧殘，倘相公聞之，得不更爲之悲痛耶？如是相公不能安，小姐又何以自安？"錦媛曰："汝言良是，但⋯⋯"復又哽咽不能言。侍香觀此景象，亦不覺淚從心倂②。維時天色微明，林鳥嘹嘹飛噪，兩美人之哭聲，正與之相應答。一種凄慘之景象，誠有令著者不忍筆述矣。

自是之後，錦媛所懸諸心而印之腦者，除之俊與婚事外，幾無第二事。每當斜陽欲墜時，必倚其樓窗眺望曩日園亭，或默指若處爲向日與之俊握手談心之所，若處爲向日與之俊倚欄譁笑之地，若處爲向日病時之俊佇立以望之處，若花爲之俊所栽，若樹爲之俊所植。惟思至若爲定情之處，則暈紅於頰，羞不可仰。錦媛之此境，誠可謂最無以自聊矣。間或思念臻於極地時，則率侍香親臨其地，留戀低徊，而覩物生情，回首往事，每爲之流涕痛哭。曲終人不見，舊院怕重遊。錦媛之情狀，幾與之同一樣機杼也。

再越數來復，錦媛之身體已稍安健，而人面梅花，消瘦如故。陸氏夫婦屢倩醫調治，終無效果，以衰老年華，對此憔悴掣珠，其情其境亦大可憐。錦媛雖亦時時爲兩老心傷，而欲求如往日之愉快活潑，以啓老

---

① 藜，疑應爲"梨"。
② 倂，疑應爲"迸"。

人之歡顏者，終不可得。因是之故，蘭閨岑寂中又添一重愁悶，一寸芳心，真不知為之碎成幾片矣。

第二十章

越數月，錦媛已略略強健，惟以之俊處音信隔絕，稍為鬱悶，倘從此安度此無聊之光陰，將來槐花八月，桂子中秋，亦正有與意中人把晤之期。不意一生之大厄運，竟隨此春光以至。噫！天之所以忌嫉情人也，竟至如斯耶？先是陸翁有同鄉孟中賢，亦係宦遊而歸，有子名正田，恂謹有餘，才貌不足，年華雖過二八，粟麥幾不能辨，且左足微蹺，行時跚蹣特甚，更令人望之不能躋於有用男兒之列。孟翁雖屢欲為之定婚，而稍知其底蘊者，多却而弗允。因是之故，正田之中饋尤虛，回鄉後得聞錦媛之才貌兼美，遂為之怦然心動，亟思欲結此一段絲羅，而了却此生擔負。乃於是年二月間，托媒婆前往，在彼以為門當戶對，必可一商即就，詎知錦媛尚有前此一段歷史在耶？

媒婆姓劉氏，為一最無賴之婦女，向以月老為生活者，身世如斯，孟老竟遭而用之，其昧於世道，如此可見。是日劉姥既至，即由閽者導見陸夫人，夫人詢知係作伐事，頗不願聞，言詞之間，遂略露拒意。劉姥始知夫人未可以言動，乃翻然變計，復求面晤陸翁。陸翁既以迂腐持家，在理，實不宜晤此下婦，特以渠對錦媛婚事之意見與陸夫人不同，故公然接見。劉婆見陸翁，遂歷道孟老之如何傾慕陸府之家世，如何之願結此絲羅，並道孟老之子如何多才，如何恂謹，如何美丰格，滔滔然如天花亂墜。陸翁聞之，為之大悅，本擬即時應允，因從前曾口許之俊，終不免中慊於心，遂顧劉姥曰："凡汝所言，余皆深信。余亦不願如謝氏之相攸，更不願如俗人之查訪，苟能合於吾心，當可即時應允。惟茲事尚須商之夫人，然後再正式書諾。"劉婆曰："謹惟命是聽，惟若造盼望甚殷，倘能早日告成，更為幸事。"言時，故作一誠實之態。陸翁曰："至遲當亦不過一二來復。"劉姥曰："如此甚善。"言已，遂起立，復續曰："以貴府之名望，與孟氏之家世，誠可謂門當户對。吾意吾浙再難尋出第二者。"言已，特作乾笑。陸翁亦爲之微哂，於是閽者復導之出。劉姥既出，心滿意得，以爲此一段姻緣盡操之掌握之中，秦晉之諧當不難一呵而得。於是欣然躍然，往覆孟家之命。

　　劉姥既去，陸翁即以此事商之陸夫人，陸夫人大不贊成。陸翁曰："孟老門閥高貴，與余家世甚爲相當，夫人胡爲而不表贊同？"陸夫人曰："翁勿問余胡爲不表贊同，余當問翁欲以一女字兩家乎？抑字一家乎？"陸翁曰："此言何解？"夫人曰："翁尚弗自明耶？向者允以女兒許字甥兒之俊，非出自翁之口耶？奈何言猶在耳，復字之他人，得不畏人詈翁之無信乎？"陸翁微哂曰："向者戲言耳！奈何據以爲實？且爾時曾謂之俊果能恂謹、自立，日趨正道，即許之。否則不能踐言。今之俊既不務正業，又不我敬，則我正可廢却前議，另行擇配，又烏得爲無信乎？"陸夫人曰："翁之此言，自謂似亦持之有故，而對人未必言之成理。試詢之鄉黨鄰右，有誰謂之俊不務正業者否乎？獨翁一人如是云云，以毁其婚議，吾恐人將謂翁藉詞悔婚，愛憎無定也。"陸翁微愠曰："此言誠非余所願聞，縱令之俊能務正業，而以其家世與孟府衡之，實不啻天淵之隔，倘爲女兒計，亦當棄彼就此。"陸夫人亦作愠色曰："翁之此言，殆所謂嫌貧而愛富，更爲鄉人士所不取，且爲女兒計者，亦必求所以得其心之所安。之俊既與彼同處五年，才學品貌，彼此相當，愛憐之情，又復彌篤，則女兒之願匹之俊，已不待言。孟氏子聞甚無能，汝並不加查訪，冒然而欲應允，設爲女兒之所不欲，得不置女兒於苦海中乎？女兒一生之幸福，得不因之而犧牲殆盡乎？如此而謂爲女兒計，又其誰敢信？"陸翁怒曰："夫人所言，盡憑理想，烏足以爲實事之證。至謂女兒之願否，直無討論之價值，我盡我心以爲彼謀幸福，彼不願，亦惟有聽之而已。"陸夫人亦怒曰："汝奈何欲殺吾女？"陸翁曰："我自有我之權力。"兩人正爭持間，侍香忽飄然至。陸翁恐侍香聞此言而告之錦媛，以生婚事之阻力，遂亦不再言。陸夫人亦默然而罷。

第二十一章

　　自是之後，陸翁所終日籌畫者，除錦媛婚事外，幾無第二事。錦媛雖亦有所聞，而詳情仍未之或悉。惟於鴛枕獨挨時，添一重憂慮而已。一日，陸翁忽造錦媛居樓，見錦媛手《列女傳》一卷，遂乘機問曰："吾兒讀何書？"錦媛曰："《列女傳》。"陸翁微哂曰："吾兒能讀是書，亦大佳事。惟女子所注重者何事？"錦媛曰："四德。"陸翁曰："固只四德而已乎？"錦媛曰："尚有三從。"陸翁曰："何爲三從？"錦媛曰："從父、從夫、從子而已。"陸翁曰："然則深閨待字之女子，固以從父命爲重乎？"錦媛曰："然。"陸翁曰："倘有前命後命，從前乎？抑從後乎？"錦媛曰："自是從前命，無已，惟視理之所在。"陸翁默然曰："此亦或然。"言已，即起身出，且行且思："不料小尼子亦固執如此，由斯觀之，吾之目的尚不知何日可以達到。雖然，吾尚有吾策，豈因此灰吾志耶？"言已，遂回己室。

　　陸翁既去，錦媛細味其言，益信日前孟氏議婚之非謬，思之惆悵不已，而之俊處之音信又隔絕未通。阿郎景況何如，更令其縈思不置。於是愁懷悲緒，沓至紛來。此澹宕之春光，幾無計度過，而良宵羅幃裏，淚落傷心，又幾與杜鵑啼血滴滴爭紅矣。一日，偶與侍香問究竟，侍香忽曰："吾近來時見老主人與人竊竊私語，似議小姐婚事者。"錦媛愀然曰："吾亦略有所聞，特不知其確否？"侍香曰："吾觀老主人如此注意，似又非徒托空語者。且以孟府之家世，與黃相公之家世較之，黃相公自非敵手。婚事之失敗也必矣。"錦媛聞此言，愈爲心痛，腦海之中，頓呈無量之悲境，不知不覺，放聲大哭。侍香見錦媛此狀，始悔己之失言，致挑起其悲念，乃急勸慰曰："小姐胡急爲？吾言固尚未已也，黃相公婚事雖處失敗地位，而夫人尚能據理力爭，將來未必竟無一綫之希望，倘能遷延數月，待黃相公秋幃來府，或可以一決此好事。"錦媛含淚曰："以吾父之性情觀之，此種希望蓋未必可靠。倘其謀一旦成熟，吾尚有何生理乎？吾與相公之感情，他人或未之知，汝當所深悉，姑勿論從一而終，女子之德，即以吾兩人之摯愛論之，亦足令我之死靡他，況我與渠尚有一種特別關係乎！"言已，復泣。自是之後，錦媛又入於愁鄉。弱質香肌，消瘦殆盡。陸氏夫婦雖時為之憂慮，而總以為阿嬌善病，以致如斯。豈知尚別有一般心事在耶？錦媛亦向不肯以此心事，向高堂表白，惟聽其自生自滅。女子善羞，不意竟遺生命之慘。越數日，精神稍健，乃披衣起，向樓窗瞭望，見彼向日亭臺，不覺又觸動悲念，乃援筆作遣悶詩八章曰：

晴和日麗正芳菲，人對東風戀落暉。鵑說不如歸去好，空山回馬白雲飛。

一身瘦盡惟餘骨，百感皆增暗損神。花落鶯啼春去也，定應憔悴送春人。

子規聲裏覺春闌，拭遍羅衫淚未乾。空有深情無厚福，晴雲飛去月輪寒。

蓮炬窗前剪幾回，燭殘無淚已成灰。鴛鴦枕畔翻蝴蝶，飛上南柯杜宇催。

金谷月明珠碎影，蛾山雲冷玉生寒。驛中雙淚樓前血，一樣花開兩樣殘。

履薄臨深暗自驚，酬君有志豈容更。宵來淚盡痕如血，寸斷柔腸續不成。

淚濕鮫綃獨暗垂，嬌癡心事訴伊誰。知君但聽黃鸝語，應未關情到子規。

階庭岑寂露珠寒，五載衾裯①夢已闌。誰屬茂林知遇客，求凰須把蜀琴彈。

作畢，回環誦讀，愈覺傷心，字裏行間幾為其滴滴淚沾遍。噫！春

---

① 稠，疑應為"裯"。

鬵自縛，飛蛾投燈，余真願人世間不再效多情兒女也。

第二十二章

　　光陰易逝，歲月催人，忽忽已至暮春矣，時孟府催議婚事日急一日。陸翁本欲即時應允，而又深知夫陸夫人之反對，錦嫒之否認，不能暢所欲爲。此時景況亦大難乎爲情。無何，而籌思一計，至爲毒酷而至卑劣。蓋陸翁知夫人與錦嫒之反對孟府婚事，都爲之俊一人，今果欲成就此婚事，則非使渠兩人斬斷黃家觀念不可。欲其斬斷黃家觀念，則非誑謂之俊已在江南另婚不可。然則誑之之計又安出耶？思之重思之，惟有仿效之俊筆迹，造來書一通，倩一生人僞遞到府，使渠兩人於無意中得此消息，則其對黃之心，必頓爲灰冷。然後余即可安然而行吾之事。待到秋間之俊來時，則鐵案已成，當無復翻覆之理。在當時陸翁固自以爲此計之得者，烏知即爲斷送愛女性命之章本耶？

　　一日，錦嫒方與陸氏夫婦午飱，忽閽者傳有郵者至。陸翁即速之進，郵者遂以書呈上。陸翁接視曰："江南之俊致余者。"錦嫒聞係之俊來書，欣喜莫名，遂促陸翁拆而讀之。陸翁允諾，讀曰：

　　　　舅父大人垂鑒：自違慈訓，時切儀型，遙想狀履綏和，起居祺吉，定如心禱。甥自抵寧後，善狀毫無，惟所娶新婦差強人意。曩者大人許以表妹下配，今不能如約以踐，辜負大德，負罪良深。尚祈愛我者，有以諒我也……

　　陸翁讀至此，陸夫人詫曰："咄咄怪事，之俊固已娶婦耶？"錦嫒則爲之大笑，其聲尖銳不忍聽，閱者須知錦嫒之此笑實悲極而笑，非真笑也。大凡人驟聞一痛心事時，其神經系最易昏蔽，故每每當笑而哭，當哭而笑，近世之研究生理學者大都能知之。陸夫人方怪錦嫒胡爲而發此乾笑，詎錦嫒竟出席狂奔。侍香以爲其必至己室也，急追縱而往，乃竟閴然無人，復出經回廊，始见锦嫒由后院急向曩日园亭而奔。侍香爲之骇，乃急循踪追逐，詎锦嫒步履絶健，甚不似素日孱弱情形。侍香追弗能及，迨至时则见锦嫒晕倒於地，颜色灰败，不觉爲之惊呼曰："吾小姐胡爲而至是耶？"乃急以指按锦嫒唇邊，锦嫒殊不之觉，且牙关紧闭，星眸弗动，几与死者无异。侍香乃爲之大哭曰："吾小姐殆已死耶？胡死之若是其速乎？"时陆夫人亦已寻踪至，覩此状亦爲之大哭。良久，侍香乃以冷水喷之锦嫒面部，陆夫人更以指甲紧按各经络，约略半句钟，肢体始渐渐柔和，星眸微露，一声长叹，锦嫒始甦。既甦，神经仍未恢复，亦絶不问伴其侧者爲谁，惟喃喃微语曰："二哥，汝新婚乐耶？抑亦念及薄命人否乎……试问当年盟言何在……岂都诳余耶？"言时，断续不成声，且都无伦次。陆夫人因年事已耄，听官失灵，遂不知锦嫒所云爲何。侍香则闻之甚悉，始知係适间见来书所致，不禁爲之怜惜心伤，滴滴热泪，亦不觉簌簌而下。良久，锦嫒略清醒，乃呼侍香曰："我欲睡，汝速扶我至床上。"侍香曰："此乃裁红院，乌得床榻？"锦嫒四顾曰："我胡爲至此？"侍香曰："小姐自来。"锦嫒曰："我奚絶不知耶？然则速扶我归。"侍香曰："夫人亦在此。"锦嫒始顾陆夫人曰："噫！母亲亦来耶？"陆夫人曰："吾儿适间狂奔至此，我故跟踪而至。"锦嫒闻言，始爲之默然。於是侍香始扶锦嫒归居室。

锦嫒既归己室，伏床大慟，神志仍未清醒，而浑身发热，口中犹时时作呓语。侍香躞蹀其侧，诚不胜其心痛。少顷，陆翁乃爲之延医诊脉，医生谓病在肝胆，大抵係骤受外界刺激所致，苟不急爲诊治，恐肝风大动，不可施救。陆夫人闻之，更爲之悲痛。陆翁至此始悔其设计之左也。迨至夜深，锦嫒始略略清醒，乃呼侍香曰："吾几时至此？"侍香曰："下午由裁红院扶至。"锦嫒曰："吾殆往裁红院耶？"侍香曰："小姐岂便忘却？"乃历述其往裁红院之情状，及晕去之形态，手舞而口绘之。锦嫒微哂曰："吾竟一不之忆……"忽又喟然曰："侍香……天下事从何说起，以黄相公如此多情，竟作此负义之事，则诚非吾意料之所及。"侍香曰："吾意小姐不必信此事爲真，以相公平时之血性之道德证之，决不至此。

且當此孟府議婚將急之時，又焉知不係奸人從中設此計，以使小姐斷絕癡念，而允此婚事？"錦嫒搖首曰："此但憑諸理想耳！吾意決無此事，且筆迹胡又相對？"侍香曰："摹仿他人筆迹，其事至易，安足遽信？"錦嫒曰："若然，胡其去寧後竟不遺一字示余？"侍香曰："小姐終日端坐居樓，奚知外事？老主人既亟亟欲將小姐他字，相公縱有書來，亦決不使小姐知之。此理之顯而易見者。"錦嫒曰："汝言殊亦有理，我亦期望其如是。但萬一有是，此懷慚抱愧身軀將怎生發付也？"言已，復嗚暗啜泣。嗚呼！此可憐可愛之女郎，遂又從此深入病境矣，且又爲其一生最末之病矣。

第二十三章

香簾不捲，鸚鵡無言。錦嫒支離病榻中，已一來復矣。陸夫人終日覓醫求藥，卜筮問神，而究毫無效驗，侍香則日伴於茶礑①藥爐側，其狀亦至弗寧。一日，錦嫒精神稍清醒時，忽呼侍香至曰："余病幾時矣？"侍香曰："已一星期。"錦嫒微唱曰："固止一星期耶？病裹光陰，好生難過。余今日稍健，汝可扶我起，行動一回。"侍香欣然曰："此固所願也。"遂移身近榻畔，扶之使起，詎剛一下地，即喘喘不止。良久，始顧侍香曰："余此次之病，大非昔比，蓋氣血耗盡，始成此種現像。吾恐華陀再生，亦難療此沈疴矣！"談已，復喘。侍香遂扶之至鏡臺側，忽驚視曰："余胡消瘦至此耶？骭肉有限，那能禁此消磨？大千世界中，真不是我的逍遙境也。"言已，復諦視鏡中，忽又發其悲慘之聲曰："薄命人，薄命人，余將欲與汝永訣矣！"侍香聞言，黯然曰："小姐何故盡作此不祥之語，以滋余痛？"錦嫒微哂曰："汝尚非真知余者也。"復扶至梳妝處，見几上所陳之香粉胭脂，均一一啓視，喟然曰："旬來未用，遂至香氣散盡。"言已，又轉至窗前，囑侍香捲簾遠眺。侍香曰："窗外風狂且厲，

---

① 礑，疑應爲"鐺"。

小姐何克當之？"錦媛曰："死期且至，何風之足畏？"侍香曰："倘夫人知之，又將責余矣！"乃引手捲起簾幕。時圃中百花盛開，楊柳鬱鬱，狂蜂麗蝶，翩翩如織。曩日讀書之亭院，幾爲此慘綠愁紅沒去。遥遥瞭望，景致固至可佳，在錦媛視之，則大不謂然，且頻頻嘆曰："春光老去，余竟弗知。彼窗外落花，真笑人欲死矣。"言時，忽聞杜鵑啼於樹林，乃回顧侍香曰："汝聞此聲乎？渠教我不如歸去，蓋字字分明也。"侍香曰："小姐居在家中，還歸何處？"錦媛嘆曰："彼黃土壠中，方是我之歸來境矣。"言時，蓋不勝其悲慘之態，乃引手放下簾幕，回至榻畔，又喘氣不已。侍香乃扶乃臥下。時陸夫人適至，見錦媛面色慘白，噓喘有聲，更不覺心傷淚落。錦媛正當疲憊之中，又覯阿母此種悲狀，痛心之下，真可謂無淚可揮矣。

及夕，陸夫人始去。錦媛乃呼侍香至，曰："汝速將余所愛之豔麗服飾一一檢來。"侍香曰："要此奚用？"錦媛焦灼曰："汝去取，勿他問。"侍香始允諾而去。少刻，盡托之至榻前。錦媛均一一檢視，若者爲己所鍾愛，若者爲之俊所讚賞，若者爲己與之俊同時所置，至最後檢出金時計一枚，玩視移時，自語曰："此爲二哥所贈，合當留爲殉葬之品。"其餘衣服均親手撕裂。侍香視之，驚駭幾不知所措。撕畢，即囑侍香送之後院，取火焚去。侍香曰："碎之已足，又何焚爲？"錦媛作慍色曰："我非不囑汝勿問耶？"侍香恐觸其怒，乃如命攜之出，錦媛則倚窗而望，見星星之火、縷縷之煙，不覺喟然自嘆曰："余薄命魂靈，將隨此煙火以去矣。"侍香事畢既歸，錦媛復命其將一切化妝品檢出。侍香曰："小姐何苦來由？當此夜靜更深，乃弗安寢以調病，孜孜於此胡爲？"錦媛曰："汝奚知余心事？試思余乃旦暮中人，需此胡用？汝速取去。"侍香曰："余固非偷惰，特見小姐如此，心滋痛耳。"錦媛曰："汝有此心，余實感激，但余必欲如此。汝不違余，余之感激，不尤甚乎？"侍香不獲已，惟有一一檢出，陳之錦媛之前。錦媛均啓視一遍，曰："凡此種種，汝均爲我葬之後院土中。設將來黃相公來時，汝可引彼啓視，庶如見余之顏色耳。"侍香亦領命而去。錦媛則倚枕假寐。嗟乎！錦媛之此舉，豈殆其靈慧所至，而知其必死耶？抑看破紅塵，而必欲求死耶？著者至此，亦不得不爲多情佳人掬一點傷心熱淚也。

第二十四章

自是以後，錦嫒之病遂日劇一日。陸夫人終日爲之憂慮，陸翁雖前此所見偏迂，今亦自悲自艾。侍香以少小相依，主僕情重，更時爲之涕泣，於是曩日樂暢之家庭，至此幾無一人稍有懽容喜色矣。

一夕，錦嫒方倚枕凝思往事，覺心神疲倦，乃引其玉腕，枕首假寐。忽聞鼓樂之聲，諠譁屋側，亟呼侍香至，詢以何事。侍香曰："小姐尚弗知耶？黃相公將親迎吳府，綵輿適過吾門首也。"錦嫒曰："然耶？"乃亟起，趨出，果見來富跨騎前行，乃急呼之，來富竟不顧而去。繼又見之俊衣盛服，乘坐肩輿，復力呼曰："二哥，汝樂耶？"之俊睥睨曰："汝爲誰？吾已與吳小姐締婚，汝再勿作此惺惺醜態。"錦嫒聞言，叱曰："何物賤婢！敢奪余婚事？"急以手把持肩輿，令弗前行。之俊亦叱侍從曰："速將此婢斥去，勿使再事滋擾。"侍從果呵叱如雷，手推足踐。錦嫒負痛，哭曰："天下寧有是理耶？"一言未已，忽驚而悟，惟見殘燈如豆，景物依然，蓋一場噩夢也。錦嫒既醒，撫床大慟曰："二哥……汝真有此事耶？汝真棄薄命人於不顧耶？然則前日之來書，固已確鑒而可信矣！嗟乎二哥！曾記當年慨慨春天，同握手柳陰下，盟言誓願，歷歷在耳！豈遽忘之耶？至於作別之夕，種種言語，直可以質之天地，而告之鬼神。男兒口敵將軍箭，遽背之而不稍惜耶？雖然余死期且至，無厚福消受多情，但望汝新夫婦……"言未已，忽咳嗽大發，喉間奇癢，噁嚕一聲，伏床大吐。噫！吐出爲何？則殷紅血塊也。侍香聞聲奔至，驚駭欲絕，乃急引手以扶錦嫒之額，則見冷汗涔涔，顏色慘白，愈爲驚駭不置，曰："小姐何苦自尋煩惱，豈真不欲生耶？"時錦嫒吐猶未止，忽覺目眩頭暈，遂嚶然跌倒於侍香之懷矣。侍香觀此狀，泣曰："小姐胡爲而遽至於此？"錦嫒惟含淚搖首，欲言不能成聲。少刻，侍香乃以參水進。錦嫒略飲少許，神志始稍爲清健，乃顧侍香曰："前日之書，汝謂係假，余則確信其真。余頃間固已得其預兆矣。"乃將夢境一一爲侍香縷述之。侍香曰："此特積思而成夢，烏足信以爲真？吾意小姐當以調攝爲佳，勿再縈此間愁也。"錦嫒搖首曰："此烏能者？"言未已，復咳吐出者，仍斑斑然血也。時天已微明，侍香乃往告之陸夫人。陸夫人更爲驚惶，急囑閽者往覓醫生。醫生既至，急診其脈，謂病機愈危，遂略開平燥藥一劑而去。及夕，錦嫒稍稍安健，乃囑侍香以筆硯至。侍香曰："小姐剛好，便又欲勞動，奈何不知調養若此？"錦嫒焦灼曰："汝若此時不許我執筆，此生再無復執筆之時矣。"侍香無奈，惟有如命持至。錦嫒乃披衣起，擁薄衾就案頭依平韻挨作《夢中吟》三十首，蓋以之代札致之俊者。詩曰：

　　淒風冷霧撲簾櫳，簾內殘燈淡不紅。夜靜那堪回顧影，雲鬟斜墮鬢飛蓬。

　　臨裝每自惜眉峰，暗喜雙蛾得所從。今日鏡臺誰是主，羨他佳壻盡乘龍。

　　離愁春日困疏窗，花自交妍燕自雙。幾次夢中尋不得，起來含淚剔銀缸。

　　感舊相如休賣賦，悼亡潘岳苦吟詩。年來領略相思味，夜半空題絕命詞。

　　不學楊花繞徑飛，蝶魂飛亦傍郎衣。狂風吹雨江皋暮，曹植空勞賦宓妃。

　　日透琅函探古昔，胸涵明鏡抱清虛。自憐穎慧超塵俗，甫到君前便不如。

　　燈明虛壁影常孤，人對芸編強自娛。讀到關雎重掩卷，幾回搔首獨躑躅。

　　窗外梅枝影漸西，疏簾風勁韻清淒。背燈暗泣防人覺，不及孤猿對月啼。

　　從今敲斷紫瓊釵，薄命空嗟事不諧。獨有君情深刻骨，攜歸黃土伴儂埋。

腮邊淚漬揩雖盡，眉上愁痕鎖未開。對鏡幾回慵理髮，不知憔悴爲誰來。

連朝積雪阻歸人，千轉回腸盡日顰。偏是情深偏命薄，相思纔罷又重新。

孤鴻對月啼紅雨，瘦蝶臨風望白雲。一樣斷腸儂更甚，連朝弱魂苦尋君。

曾因赴試惹愁痕，著意偎君款語溫。轉眼漸成今昔感，一回追憶一銷魂。

膚如琢玉氣如蘭，筆掃千軍倚馬看。爲戀才容難自愛，折磨甘受雪霜殘。

千愁萬恨結眉間，臨鏡無心整曉鬟。天忌有才兼有色，空勞名士惜紅顏。

憶昔逢君態若仙，敬中生愛愛生憐。案頭復覯相思字，一縷柔情暗自牽。

長空晴霽雪初消，坐對清光倍寂寥。明月一輪人兩地，與君同度可憐宵。

一見相憐未忍拋，命題親教費推敲。才疏何敢稱風雅，聊與詩人作解嘲。

莫謂愁多興不豪，書齋岑寂首頻搔。琳琅滿目皆堪遣，讀罷莊周讀楚騷。

愧無才德報恩波，規諫隨時細琢磨。更慮文人沈慧業，每從閒處慼雙蛾。

風吹殘露委塵沙，冷落誰憐解語花。一種至情消不得，斷魂隨月上窗紗。

憔悴何辭敢怨郎，盟言曾共海天長。秋來果作齊紈視，雖疊空箱未忍忘。

魔孽既逢應待斃，深情難捨暫偷生。柔腸寸斷君知否？片紙聊傳萬種情。

東風吹雨灑疏櫺，正是愁人夢乍醒。半枕淚痕雙袖赤，五年心迹一燈青。

咫尺泉台事可憑，香肌消盡骨崚嶒。君云斷不輕忘汝，雖感斯言報未能。

得傍仙郎遂唱酬，此身何憾復何憂。只愁情海風波險，駭浪驚濤不肯休。

數言轉達寬君念，隻字相求慰妾心。不道人歸虛所望，哀猿啼血遍深林。

絕無生趣倍難堪，苦味年來我盡諳。悔不泉台身早赴，微軀衾影已多慚。

靜掩疏窗懶捲簾，連朝愁與病俱添。瘦容含露花將落，情重知君不我嫌。

暗啼紅淚點青衫，不盡殘魂托錦函。他日青雲君得路，可能提挈出塵凡。

作畢，反覆吟誦，聲淚俱下。時天已微明，曉風颼颼刺骨，於是咳嗽復作，吐血愈多。侍香聞聲起視，見其疲憊，痛心殊甚，乃亟扶之至床上。嗟乎！此可憐之倩女，從此遂未下榻一步，即其一生鍾愛之筆墨，亦從此相告永訣矣。

第二十五章

越數日，錦媛病勢愈危，陸氏夫婦雖明知係爲檀郎憔悴，百般勸慰，而殊不能生效力於萬一。侍香則日夕伴於茶鐺藥爐，勞瘁殊甚。一夕，人靜更闌，錦媛忽呼侍香至，發其溫和之聲曰："侍香……汝與我總角相處，雖名爲主婢，實則如姊妹之相與，感情融洽，十餘年如一日。今余病不佳，不能長與汝相處，又未曾囑夫人預爲汝配一如意郎君，以畢汝終身事，思之誠爲遺憾。今余有數要言，萬不能白之於他人，特略爲汝述之，甚望汝聽之勿忘。余與黃相公之關係，他人或不之知，汝當已深明而洞悉。渠之實行重娶與否，余今亦不必深究，惟余病機日危，生機日促，自益以咯血症後，心頭常躍躍然如鹿撞，早知非吉祥之兆。昨醫生亦謂余脈息歇止，死期會當不遠。余死亦無他憾，惟不能與黃相公作最後之把晤，終覺難以瞑目……"言至此，咳嗽復作，吐血之多，較前尤甚。侍香視之，真如槍彈貫胸，痛心不已。少刻，錦嬡復續言曰："余前所作之詩，係藉以代札致相公，余之心事，盡在其間，余死後，汝務爲我設法遞交相公。苟前日之書爲僞，渠尚未娶，則芳草夕陽邊，或能爲余灑一點傷心淚。苟前日之書爲真，渠果已娶，則有此詩，亦可以表余之痛苦心迹，更不妨使渠親自閱讀。尤有一事，汝必爲我達到，勿論其已娶與未娶，余始終係其元配之婦。此一副遺骸，務囑其勿淡焉置之……"言時，咳喘又作，不能成聲。侍香泣曰："小姐此種心思，即不言，侍香亦均知之，又何必多費此唇舌，以傷氣力？"錦嬡亦含淚曰："吾豈不知此，特吾此時之光陰，不啻千金一刻。若再不以所欲言者囑汝，過此直無發言之時。吾父母既老且衰，風燭年華，至無聊賴，吾乃殉一己之愛情，不能終高堂之奉養，罪孽之重，曷其有極？且吾既無叔伯，終鮮兄弟，吾死後，吾父母之血統，行將斬斷。痛心之事，孰過於此。汝與我情同姊妹，此後務好爲侍奉兩老，以贖余萬惡之罪，庶余九泉之下，稍得安心。"侍香曰："侍妾受老主人及小姐之謬愛，視若骨肉，將來正思有以圖報於萬一。然則小姐可毋慮及於此。"錦嬡曰："汝能如此，余心實感。雖然，吾言固不止此。凡五年來種種之歷史，無不足令吾百思不厭，無不當縷述於汝。惜將無此光陰，惟有賫之於黃土壠中耳……"言至此，忽又泣曰："十七年小住紅塵，蜉蝣生命從茲已矣。我可愛之二哥，我可敬之二哥，抑知薄命人今日之痛苦否乎？"哭至此，氣力已微，聲亦短小，忽喉中唒嚕作聲，伏枕大吐，斑斑鮮血，流沾夾席。侍香支持間，忽見錦嬡手足顫動，四肢冰冷，兩目亦上豎弗動，爲之大驚，亟呼曰："小姐，小姐！"錦嬡迄不能答，乃哭曰："吾小姐胡爲至此？豈一縷柔魂，遽隨此一堆血而飛去耶？嗟乎！吾心碎矣。」乃急奔往呼陸氏夫婦。兩老於睡夢中忽聞此信，一驚幾絕，急蹌踉而奔往錦媛居室，見其狀態，亦縱聲大哭。旋由陸夫人以指甲力按其唇邊，始略略噓氣，星眸微動，一聲長嘆，及覘陸氏夫婦在傍哭泣，亦爲之雙淚瑩然，發其微細之聲曰：「阿父，阿母，兒不孝，不能奉二老以終天年，自問罪殊難贖……但望兒死後，大人自爲珍重，勿以兒爲念……庶九泉之下，兒得瞑目矣……嗟乎！大人，兒去矣！」言時，氣已不續，喉中復格格有聲，兩目又上豎，惟以面外向曰：「二哥……」二字未吐出，氣即落下。月缺花殘，芳魂遂從此永歸溟漠矣。

　　陸夫人復縱聲大哭，侍香更慟不欲生，即陸翁至此，亦不覺痛揮老淚，惟時東方微白，小雨潺潺，彼遠山林樹中，杜鵑聲聲「不如歸去」，猶復啼得字字分明。此一副淒凉境況，真令鐵石人聞之，亦爲之心折而腸斷矣。

　　錦媛之豔骨既歸黄土，陸氏家庭愈覺淒凉岑寂，兩人以風燭年華，遭此慘痛，生世益復無聊，乃將錦媛之病狀及死時景況，盡由函告之俊。惟其所造偽書暨錦媛聞此書而致病一節，則隱而未露。侍香亦將錦媛所遺之詩及病中言語狀態，均一一述之於之俊之友魏君。於是一段豔事，遂因之傳於人間。後聞之俊接到此兩處書函時，頻於死者再，雖經其母兄暨友人百般勸慰，亦不能稍殺其悲思，乃於金風初動時，隻身旋里，徑趨錦媛香塚，大哭竟日。佳人從此歸黄土，鶴唳猿啼弔髑髏，此懷耿耿，此恨綿綿，真惟有付之一哭而已。哭畢，徑奔竺僧處，披緇加衲，願隨竺僧後，頂禮大士，以贖前愆，於是斬絕人間幸福，來尋笨缽生涯。多情人結局，竟至如斯！彼世間錦繡佳人才子，妄想爲因起顛倒緣者，聞之當可以爲戒矣。

萬卷文庫

情戰

哀情小說《情戰》提要

　　書中主人爲兩女子、一男子。兩女子一則遇人不淑，鬱鬱不自得，百計思反婚約；一則戀一情人，而不知其使君有婦。同時兩女子又同悅一男子，兩方面利用此種種之事，爲情場上戰爭之器械，生出種種曲折。其結局也，得志者負薄倖之名，失敗者演殉情之劇，離奇變幻，出人意表。

目　　録

第一章 ……………………………………………… 59
第二章 ……………………………………………… 61
第三章 ……………………………………………… 63
第四章 ……………………………………………… 66
第五章 ……………………………………………… 69
第六章 ……………………………………………… 72
第七章 ……………………………………………… 75
第八章 ……………………………………………… 78
第九章 ……………………………………………… 81
第十章 ……………………………………………… 85
第十一章 …………………………………………… 90
第十二章 …………………………………………… 93
第十三章 …………………………………………… 97
第十四章 …………………………………………… 100
第十五章 …………………………………………… 102
第十六章 …………………………………………… 105
第十七章 …………………………………………… 108
第十八章 …………………………………………… 110
第十九章 …………………………………………… 112
第二十章 …………………………………………… 114

第一章

　　嫩柳纔青，紅桃將豔，斜陽一角，橫射於短垣之巔。垣旁斜植薔薇數株，迎風飄弄，嫣然似含笑迎人。當日光映射時，其豔麗幾如美人醉舞霓裳，暈紅可愛。垣之右側，芳草地上，桃杏櫻梨，雜植其中。花盛時，芬芳撲鼻，餘馨襲人。樹陰叢中，隱隱紅樓一角，朱欄碧檻，精巧絕倫，且極閎敞，窗皆作法蘭西式，障以白紗，其中陳設，殊整潔可觀。然每室必有西式玻璃櫃數事，櫃內所陳如瓶罐等類，狀至弗一。樓下為應接室，亦甚井肅，距應接室約二十碼，為家門，門首高植白旗，大書潯陽某某醫院，故經其地者恒注意。

　　時樓上一少年，丰姿綽約，衣西服，手新聞紙一，據案而坐，忽門幕掀動，侍僕持一名刺入。少年視之，欣然曰："若歸矣！"遂下樓肅客入應接室。客為一娟好女郎，年約二十許，髻作東洋式，衣時服，左袖嵌以十字，體態修短適合，狀至端肅，望而知為紅十字會員也。既入，欣然曰："明道先生，邇來佳乎？"少年曰："誠如姑娘言，姑娘此行想亦勞煩甚，然歸胡遲遲也？"女郎曰："吾事本早竣，因為同伴挽留，遂延至上星期六始首途。然桑梓觀念，固未嘗一日少忘。"少年曰："此間幸甚安謐，現狀亦恢復，賴馬公維持，始有此好現象。鄂中本戰區，當非此比。"女郎曰："吾儕初至鄂，殊紊亂，及停戰後，市面漸復，新軍亦咸知守法。對於吾儕亦殊敬禮。惟會中治事地甚小，堪為缺憾，猶憶一夕受傷者過多，吾儕咸無寧睡地，惟圍燈共坐，津津話戰事。天明後，覓得他所，始獲休息一小時。吾師曩日談及十字軍爭聖陵，軍中勞碌狀況，嘗為之悚然。及今思之，良不誣矣！"少年曰："兵凶戰危，自非佳事。吾贛幸未罹此禍，不然吾亦安能閒暇坐此哉！"女郎曰："吾意奔走戎馬間，似較閒暇為佳，然若俊姊之膽小如鼠者，則毋寧閒暇之為愈。"少年曰："張姑娘固已歸乎？若友懸念殊甚，盍挈來一見？"女郎曰："容徐圖之。"言次，侍僕呼午餐。女郎起欲行，少年邀女同餐。女郎不可，且曰："實告君，吾雅不欲多見客耳。"言已，與明道握手別。

女郎既去，明道即往就食。食時，默念："相隔數月，女之風貌，益加娟麗。苟非先以名刺入者，吾幾弗識，倘得是女以成此美滿良緣，豈非一大快事！乃造物顛倒，美人偏幼字於肆傭，以吾決之，誠非佳偶。女郎雖屢欲離婚，吾意決無效果。傷哉！此女終身將無樂趣矣！"思時，頗怏怏。餐未輟，忽友人庚白入，明道乃邀之坐。庚白曰："吾聞黎姑娘歸，確乎？"曰："然。適來面余去矣！君殆欲見意中人乎？"庚白不答，半晌曰："否！"明道笑曰："毋慮！吾已爲若言之。"庚白曰："然則感甚！"言已，自去。明道微哂曰："此人殆爲情魔矣！"言次，僕持盥具入。盥已，御外衣，加冠，持手杖出。行次，忽迎面一人至，衣香襲人。睨之，即爲適間晤談之女郎，但聞女呼曰："先生徒步匆匆，奚往者？"明道曰："茲將赴友人約，不得不去。然此間無代步，殊不良於行。若改建馬路者，便矣！"女郎曰："吾在漢皋，苟非藉車代步，勞當更甚！"言未已，忽聞橐橐履聲由後至，二人方回顧，見一修而瘦之少年，停步立，脫冠，與二人爲禮曰："吾適由彼巷出，見兩人前往，料必君與黎姑娘，故踵至，不意果然。"言次，復視女郎曰："黎姑娘歸幾時矣？"女郎曰："纔三日。"曰："然則若已同歸乎？"女郎曰："俊姊耶？渠在吾寓，若欲見，可同往。"曰："善。"言已，乃偕行。明道微語女郎曰："此人殆如狂易！"女郎曰："君言良是，然俊姊獨鍾情是人。吾殊弗解。"明道曰："吾意亦云然。"女郎微哂曰："豈多情人別有賞鑒歟？"明道聞言大笑。無何，已抵女寓，三人相將入。

寓主鄧氏爲女之戚串，六十餘老嫗也。狀甚和藹，故人恒樂與之親。女家本南鄉，因曩者就學城中，嘗假嫗屋爲寄宿舍。嫗老而孤，一人獨居，故亦甚樂與女伴。當三人入時，嫗方督婢掃庭除，見客入，欣然迎曰："明道先生，胡久不至？"復視修瘦少年曰："此君爲誰？"明道曰："余友庚白也。"嫗審視良久曰："吾固嘗聞張姑娘道此名，不意即君。"庚白聞言，殊赧然。嫗又曰："君等長立此，殊不敬，請入室。"言次，遂導客登樓，入一精舍，窗爲西式，環以回欄，甚軒敞。既入，肅客坐，顧女曰："素貞，汝好爲欸客，余尚有他事。"言已，自去。女乃獻客以捲煙等事。俄一清臞女郎入，裝束亦如素貞，與明道等見，執禮殊恭，及見庚白，忽呈羞澀狀，微語曰："別久矣！不意君竟肯辱臨。"庚白曰："聞姑娘歸，特來相視。"女郎曰："余今午本擬與黎姑娘往醫院視君，因他事羈延，卒未果。"庚白曰："吾今來此，不將免姑娘往返乎？雖然姑娘此次身經戎馬間，閱歷當增弗淺。"女搖首曰："君勿謂閱歷，余膽未碎者，幸也。今而後弗願治此事矣。"時素貞攙言曰："俊姊，子以後不治此事，吾亦爲子幸。"言已，大笑，庚白與明道亦笑，惟俊珍殊赧然。移時，俊珍與庚白同步立回欄側室中，惟明道與素貞與俱，明道口捲煙，斜倚軟椅，坐狀甚閑暇。少間，忽顧素貞曰："姑娘，汝後此將何所事？其仍入校乎？"素貞曰："吾意尚未定，余母固甚欲余入校。吾思入校亦佳，矧吾學識荒陋，舍此少年韶光，不致力學業，亦殊可惜。"明道曰："姑娘有此志，吾誠敬佩。然必持之堅忍，久而勿渝始可。"素貞曰："先生，吾私心亦何嘗不以此自期。雖然，吾身世少佳遇，如海鷗回旋巨海中，正不知歸宿何地，縱學業長進，亦胡益？"言時，頗怏怏。明道恐觸其悲緒，遂不再言。時庚白與俊珍已入，明道遂偕庚白返醫院。

第二章

二人既去，素貞獨倚回欄，見夕陽啣山，赤霞射屋頂，作殷紅色。昔時所住之學堂，較群屋爲高，其受光亦較群屋爲赤，觀之不覺興今昔之感。默念向日肄業此校習醫時，年方十五，不知愛憎，何等愉快。醫師於同學中，又獨愛余，余亦因此而爲同學所敬禮。猶憶每逢聖誕節，凡校中有所佈置，余恒躬親治事，乃流年似水，已成五六年前事。嗟夫！五六年來，人事變遷，余亦浸長矣！然人生胡不長駐此十五之華年，何爲增高繼長如是？又何爲使余於世之憂患苦惱，亦均隨之而增高繼長耶？傷哉余也！及鄂州首義，醫師遣余往司傷軍看護，幸治事以來，無多隕越。昨歸謁師，亦甚獎我能，並謂我以後宜入校習科學，勿再孜孜於此。然師能愛我，而不能拯我於憂患苦惱，奈何？嗟夫！余之身世殆如此。太陽已墜，漸趨於深沈黑夜中矣！尚幸閔君即明道能時加溫慰，聊解愁思。余識渠在一年前，初晤時，見其矯然不落凡庸，且溫雅可人意，私心傾慕，締交後，待我尤摯，余益敬禮。然滋可怪者，彼固愛我，而恒不喜聞余離婚之議，因是之故，余亦不敢稍露情意，蓋恐一落情網，前途之憂樂，未可卜也。雖然，余豈忍舍此人哉！思至此，心潮起落，狀至弗寧，方擬入息，忽侍婢呼晚餐，遂入室。餐時，頗不樂，鄧嫗微知其意，故亂以他語。

越日，素貞擬旋家省母。明道適至，覷素貞面色頗憔悴，叩以故，素不言。復唏噓不置。明道視之，甚悵惘，於是二人同出。明道欲辭歸，素貞挽之，遂同行。途次，素貞曰："明道先生，余此歸大非佳運，昨夕聞鄧姥云，自余往鄂後，涂某時往余家，迫余母早決婚期。余母乃一無主之人，遂可其請。試思余何堪聞此議？嗟夫！婚姻制度不良，乃遺害至此耶！"明道曰："以姑娘才貌論，匹此人誠非佳偶。然人生安盡有適意之事哉！苦樂亦惟聽之自然耳。倘姑娘而適貴族爲婦也，吾知子必不嗜學若此。"素貞曰："君語誠佳。然非匹偶而相從，終爲天下至不幸之事。"明道曰："婚姻之權，實操之上帝，詎能違之？吾儕既入教會，當服從帝命。"素貞曰："君以是言導余，余心滋感。雖然，余終不能愛其人。"言次，已經過洋街，素貞忽見江濱立一人，細審之，即其適間所言之未婚夫，不覺大恐，亟偕明道趨避，遶道至江岸左側。素貞蹙蹙弗樂，欲歸，乃僱車去。明道仍循江濱行，私念素貞際遇誠乖舛，倘其離婚之議弗成，前途苦惱，正不堪設想，余雖勸其降心勉就，亦爲不得已之策，顧余豈忍推彼入火坑哉！余觀其此次歸來，對余之感情，較前尤摯，而離婚之念，亦較前更決。若然，彼計誠左矣！嗟乎！余詎肯奪他人之妻以爲己室者？其於名譽何？及今思之，吾誠悔與此人訂交也。

明道原一誠實少年耳。自十七歲即入醫學院習業，賦性聰穎，頗能領悟，顧與女子交際甚稀。一年前，因聖誕節於禮拜堂識素貞。及久，感情頗密切，陰萌結婚念，嗣悉羅敷固有夫也，乃大失望。然見素貞眷眷多情，又不忍遽絕，於是思想界中，遂無日不有素貞在。此時轉悔不應與素貞訂交，前事亦因之觸動，念彼舍我外，更無其他契友。我若絕之，彼惆悵當更甚。正思念間，忽聞一人呼曰："明道先生奚往者？"舉首視之，不覺面為之赭。惟聞其人曰："適間同先生行者，非余妻也耶？"明道呐呐曰："然，然。君胡由知之？"曰："頃余立江濱，見汝兩人且行且語，故伺君於此，一詢余妻近狀。吾昨聞彼歸，往謁，彼峻拒弗見。吾自思雖俯身作彼僕役，亦難當其意。然吾固彼夫也，如此冷面，得毋棄我太甚？"明道曰："彼誠非禮，後此遇之，當代君勸解。"曰："先生能如是，吾心滋感。吾聞彼由漢皋歸，囊橐頗充裕，吾苟於斯時與之結婚者，彼資當屬我。"言已，聳肩大笑曰："吾固知彼不愛我，然于歸後，或移其愛情而注我，亦未可料。吾觀世界女流，所嫁者雖非所愛，然積久而能融洽感情者，以為之夫者，能變易其性質故也。余將以此手段施之彼矣。"明道頗厭聞其言，故僅應曰："吾亦望彼能如是。"言已遂行。既歸，細思涂某言，似諷似怒，不禁悵悵不樂。又思己與素貞，此時尚不過友朋之誼，彼見之，且憤憤若此，設感情再進而尤摯，彼怒將毋更甚？顧妬嫉之心，人人恆有，要在施之得當，若彼，誠誤矣！天下以一方面誤會，往往以至非禮之事相揣度，在言之者或出於一時憤怒，而受之者轉難乎為情，甚至疑若人時時監視於我側，雖遇極平淡之事，亦常有此理想。況明道與素貞，本有密切之關係耶。此際抑抑不豫，固其宜也。

第三章

越一星期，素貞復入城，仍寓鄧姥家。明道於午後往晤，素貞竟屏不與見。明道駭絕，乃詢鄧姥。鄧姥曰："此女滋怪，今早至時，即入室偃臥，狀甚憔悴。至今猶未進食。老身以因之殊悒悒。"明道曰："殆旋家邁弗遂意事耶？"鄧姥曰："吾亦疑此。"又曰："此女際遇，亦大可憐。前聞涂某語及婚事，輒淒然欲涕。涂某又固執婚期，不容稍緩，前屢至余家曉曉，託余轉圜。試思余老憊，且奚忍罹此弱息入苦海？雖然，天下寧盡有遂意事者？先生既與友善，在理當勸解。"明道曰："余言之屢矣。彼不聽，奈何？"鄧姥曰："此女固倔強，然先生今欲見否？"明道曰："恐仍遭屏斥耳！"鄧姥笑曰："有老身奚礙？"言次，遂導明道往女室。室在客廳後，頗精雅。二人至時，室中闃不聞聲。鄧姥乃排闥入，明道亦踵進。日光所觸，見一西式螺鈿牀，素貞偃臥其中，衣淡藍衣，絲絲軟髮披肩際，以面向外，色慘白，惟修眉與絳唇顏色稍別。左臂作玉雪色，垂榻外，斌媚狀態，幾如天人。明道驟見幾量，蓋彼與素貞締交年餘，相見時均謹嚴其裝束，茲覩是形骸放浪，烏有不為之動者？險念以此絕代美人，竟匹一狂儈，誠非幸事，繼又念此可愛狀態，竟能入余眼簾，寧非人生第一幸福？數秒鐘內，幻想百出。在理，一未婚男子，處此境地，宜其昏惘若是。此時，忽聞鄧姥呼曰："素兒！殆猶未醒耶？胡酣睡若此？"呼已，明道即見素貞微露星眸，應曰："適間已寤，今又欲睡矣！"言時，見明道立其側，又曰："君亦來耶？"明道曰："吾於半句鐘前即來此，因姑娘拒，弗見，故匄姥納吾。"素貞笑曰："吾疲甚，欲息，囑姥客來勿納。不意君亦見屏，歉甚！"言次，欠伸起。姥見狀，頗懂，亟問曰："飢未？"素貞曰："似欲進食，然先飲我以湯可乎？"姥曰："善！"言已，即匆匆往庖所治膳。明道曰："姑娘歸甫一星期，胡清瘦若是？且今日又胡為疲憊若是？"素貞曰："余此歸知必無佳兆，吾前已與君言之，不意此行來城，途次所遇，與吾歸時所聞者，其難堪殆逾百倍。嗟夫！先生，吾不欲言矣！"言次，甚悲哽，猶帶恐怖狀。明道聞之，頗駭，急詢曰："所遇維何？"素貞曰："吾不欲言！先生奚問為？"少頃，又曰："雖然，吾不言，此恨終不釋。惟此事甚褻，先生幸勿見哂！"明道曰："甚願。"素貞方欲言，忽面色大赬，半哂不能出語。明道微窺之，故他視以俟其言。素貞始曰："余今早由家入城，余母本擬以車送，余因路非遙，車夫又須助家人理農事，乃白余母願獨行，余母固弗許，余力請，乃可。時天色尚早，行人甚稀。途次，頗愉快，乃行至洋火廠一百碼外，忽立一人，衣短衣，狀甚獰惡，余思必非善類，然避已不及，仍毅然前進。及覿面，不覺大驚。噫！是人爲誰？即余切齒痛恨極不欲見之涂某也。彼既見余，即作笑容曰：'吾俟汝久矣！幸得一見。'言已，立余前，余仍欲行。彼曰：'尚有數言，幸汝垂聽。余兩人鴛牒俱在，勢成鐵案，不可翻覆，以後汝務宜傾心向余，勿再二三其德。要知余有一種魄力，足以禍福汝。汝非癡者，當知有所擇。'余不俟其言畢，斥曰：'要人於途，迫以婚事，世間寧有是理耶？'彼乾笑曰：'未婚夫婦作閑談，又奚礙？'嗚呼！先生，余不聞是言則已，及聞是言，怒幾不可遏，而四望又無一人足爲余助，仍振步欲行。彼曰：'姑緩之，吾言未已。'余不聽，彼一躍余前，竟……竟吻余矣！嗟夫！先生，此辱余將何以洗滌？"言次，猶有餘怖。明道聞畢，幾不知所以置答，私念：彼兩人終爲正式夫婦，縱未婚，吻之又奚不可？祇以不相愛，故引爲奇辱。吾今其祖素貞乎？素貞之恨必更甚，非所以待友人之道。吾其祖涂某乎？當又非素貞所願聞。難哉！余之此答也。正思念間，又聞素貞曰："此事余本不欲向人言，不意竟與君述之覼縷。君聞而弗答，得毋怪余孟浪？"明道曰："否！吾正思姑娘將何以維其後。"素貞曰："余思當亟避之。前聞姥言，某書院行將開學，吾意暫入該校，當可免茲絮聒。"明道曰："此策良佳。"素貞曰："俊姊亦擬與余同入。"明道曰："果爾，當不虞寂寞。"未幾，鄧姥膳已備，挽明道同餐，明道允之。席間談及素貞就學事，鄧姥甚表贊同，並謂該院長與彼曾相識，且和靄可親，間至民家傳道，亦敬禮有加。素貞曰："余亦恒聞其名，原籍美，老而未嫁，中國語言習之頗精，且篤信宗教。"明道曰："外國人嗜學毅力，每較中國人爲佳。吾觀來吾國主持教育者，恒不止精通一二國語言文字，姑娘苟依此人求學，進步當必速。"素貞曰："學海無涯，進步詎能預料。"鄧姥笑曰："吾兒聰明，當不懼此！"素貞方欲言，忽俊珍匆遽入。素貞起迎曰："姊殆由醫院歸乎？"俊珍曰："然，吾母近事殊多，故日來留吾在院，代爲料理。今日稍暇，特來視子。吾適間入門時，聞子談及學業，豈入校之意已決乎？"素貞曰："然。"俊珍曰："吾母亦甚樂余兩人同學。"素貞曰："不知開學究在何時？"俊珍曰："下禮拜一。"素貞曰："則吾儕當拼擋一切，往見校長。"俊珍曰："吾正欲與妹商此事。"此時明道見素貞與俊珍談頗樂，心滋欣慰，遂起告別。素貞曰："君欲歸乎？余尚有言語君，奚匆匆爲？"明道曰："余今日頗倦，俟之來日，可乎？"言已，遂執冠行。

第四章

　　無何，禮拜一日至，素貞等即預備入校。明道於前一夕往素貞處，又於座中遇一女郎，其人頗碩，櫻口絳色，唇下作小窩，秀眉媚眼，殊溫柔可愛，以風貌言，亦不減素貞。明道見之，不覺心贊其佳。素貞遂爲二人介紹，始知女郎汪氏，名紉英，亦曾肄業某書院，因素貞曩日習醫之師，爲紉英戚串，故夙日識之。今夕蒞素貞寓，亦係磋商入校事。此時明道惟注視紉英。紉英亦回眸相顧，見明道對己出神，嫩臉頓易赭色，明道微覺，自省非禮，乃引目他視，顧心仍躍躍不止。少刻，素貞曰："明道先生，吾儕今夕尚能相聚，明日則在校中矣。"明道曰："然，吾思汪姑娘當亦偕入。"素貞曰："然吾儕學識譾陋，正賴彼朝夕訓迪，彼即不入，吾亦觍之人！"紉英曰："姊胡撝謙若此！得毋嘲我荒廢耶？"此時明道亟欲與紉英談，遂乘間語曰："汪姑娘學問良佳，吾宿已聞之，當余習醫時，即聞醫院老師母云姑娘甚聰穎，入校方兩年，即進讀二三班書，尤精數學。今隔數年，進境當更無限量。雖然，余此言非諛姑娘者，姑娘聞之定稱甚當。"紉英聞言，私念此人胡太孟浪，與余僅初謀面，遂絮絮若久稔者，顧其言又似誠實入理，非輕率者比。在禮，吾當有以答之，遂欣然應曰："明道先生，凡君所言，皆出自真歟。然在我當之，殊不稱。顧先生又奚由識老師母？"明道曰："余校因配藥，故嘗使余往醫院，是安弗識？並嘗聞彼云，姑娘爲彼戚串，確乎？"紉英曰："然。彼余姑祖母耳！"當二人言時，素貞旁坐無語，至此似微慍，因曰："汝兩人噥噥道履歷，殊無謂，且英姊書囊已摒擋乎？"紉英曰："然。明晨祇攜之往。"素貞曰："余尚草草無頭緒，且少課本數冊。"復顧明道曰："君能爲我購乎？"明道曰："是焉不可。"言次，鄧姥入曰："晚膳已備，汪姑娘能留餐乎？"紉英曰："佳。"明道知不可驟與紉英同食，遂起告別。

紉英年已二十二，風貌雖佳，性情獨別，活潑不可羈勒。讀書多，然情愫頗淡，獨喜與女友交際而已。間亦思自圖百年之託，顧難得其人，夙心則欲攀援富室事之，有王摯中者，心許之人也。顧王尚係一小學生，家雖素封，庸庸無遠圖，事之亦惟不患貧窶而已。此時明道別紉英歸，爲狀頗樂，私念今日忽新得此溫柔伶俐女友，且允與己共談，寧非三生有幸？觀女意似亦未曾論婚，己又求凰正急，倘能從此感情日趨親密，將來得與此女爲偶，畫眉之樂，誠未有其極，且女學問深邃，得之亦大足爲己助。繼又念世界女流，眼光恒短小，惟知趨向富貴，又焉知愛情？己家勢既垂敗，所入亦不豐，又豈能得彼美之眷顧？思至此，忽又慨然動身世之感，乃推窗遠眺，見萬家燈火，點點如流螢，半空中明月一輪，作銀白色，狀至蕭森。既而欲遙矚素貞居樓，忽憶及素貞囑己購買課本，彼明晨即赴校，此物需之當急，今夕不購，弗濟事矣。乃閉窗入室，加外衣，匆匆往書肆，途經洋街，煤燈暗淡，行人漸稀，月爲黑雲所掩，狀頗陰慘，於是且行且思。忽聞身後革履聲橐橐，方回顧間，惟見一男一女摩肩而過，倉猝中不能辨其面目，但聞男子曰："吾意黎姑娘必鍾情是人，不然何親切若是？"女郎曰："此或有之事。然吾今夕觀是人對黎姑娘，狀殊淡漠。黎姑娘一片熱誠，或誤用耳。"明道聞之，甚駭，自念彼兩人所云，豈余與素貞耶？若然，余必蹤之，以畢其語。遂慢步躡二人後，復聞男子曰："此他人事，無關汝我。今且勿言，惟吾兩人婚事，汝此次歸家已告老人否？"女郎曰："此事談何容易？其驟言之，吾父母或不之信。"男子曰："然則俟之何日？"女郎曰："暑假中或能定之。惟吾尚須倩他人轉告，吾則斷不能直接表白。"男子曰："設暑中汝父母仍不諾，我兩人仍爲友者，奈何？"女子曰："或不至此。"男子忽作懊喪聲曰："汝未必能遽料，吾意猶以激進爲佳，且汝不知余眼望欲穿耶？"女郎曰："吾奚不知？惟天下事欲速則不達，每每然也。"男子曰："如汝言，此三月中，余必無望，然則汝在校中，能時與余相見否乎？"女郎曰："是必不能，惟禮拜日或可相見於禮拜堂，然亦僅作數分鐘談。"言時似甚悲梗。男子亦作悲聲曰："咫尺天涯，真令人盼煞！"明道聞此大驚，心躍躍不止，細審女郎口音，甚似今夕在素貞處所見紉英，然則男子必其意中人無疑。如此，余所思者誤矣。及欲再聽，二人語聲頓細，了不可辨，似已覺有人踵其後者。此時，已近街市。明道於燈光下覷女郎面，果爲紉英，男子則二十餘少年也。明道驟見幾暈，幸力支道旁樹幹，得不跌，自念曰："吾運誠蹇，所期均虛，然觀女郎意，似又未必真鍾情是人。不然，對於婚約，胡故意遲遲，不向翁表白耶？然則吾又未始竟無圖謀之機，且天下女子，愛情最易移，先鍾情者恒遭屏棄，而後締交者，反得偕伉儷。在吾人眼光中，固數見不鮮，觀女郎意，待吾並不薄，焉知其將來不棄彼就我？"思至此，頗欣慰，乃往肆購書歸。明晨八句鐘，明道即偕庚白往鄧姥處，蓋庚白亦欲與俊珍握別也。至時，素貞等方早膳，紉英與俊珍亦在座，惟素貞獨鞅鞅不快。明道亦不省何事，仍與之周旋。飯罷，俊珍與庚白同出，素貞亦他往，室中惟餘明道與紉英兩人。明道細審紉英風貌，忽念此等天人，胡樂與彼人訂婚？彼人貌已寢，年雖二十餘，實則大類三十許久人，匹之豈稱佳偶？正思念間，不覺衝口問曰："姑娘，昨夕曾偕友出遊乎？"紉英聞言，似驚，已復從容應曰："未也。然先生奚爲問此？"明道曰："昨夕行經洋街，見有兩人偕行，一人甚似姑娘，果姑娘無此事者，余實誤矣！"紉英笑曰："君誠誤矣！"明道自念紉英既諱此事，必與彼人愛情不摯，不然，又奚畏？乃乘機語曰："姑娘幸恕冒昧！吾有一言相訊。姑娘已論婚名閥否乎？"紉英聞言，遂面微赬，正色答曰："此事胡關先生，奚勞見訊？"明道知所問非當，亟悔曰："吾誠昏瞀，以此瀆姑娘，然吾已乞姑娘恕我矣！"紉英微哂不答。移時，始曰："吾儕方宜求學，奚有暇及此？幸先生後此再勿提及！"明道曰："然！"在理，紉英以此冷面相向，明道宜自灰心，而其愛戀之念，反因之日摯。噫！斯亦奇矣。

第五章

　　讀吾書者，其勿疑明道始則鍾情素貞，繼又鍾情紉英也。實則兩美焉能兼收？明道之與素貞，乃精神上感情，年餘以來，雖無時去此人於懷，亦惟悲其遇、憫其情而已。故見紉英，即一往深情，冀成伉儷，又詎知紉英又別有意中人在耶？苟此時明道能自省利害，立息妄念，吾書殊省多事。若素貞果能參透明道用心，不自墮情網，後此亦不至險象環生，貽終天之恨。天下少年，入世未深，情根未定，因一時迷惘，而自貽伊戚者，殊可憫矣。一日爲禮拜日，即紉英等入校之第六日也。明道因與若輩久未見，頗悵惘，是晨即擬在禮拜堂聽講，藉以一叙闊別。又念曩夕，紉英曾與少年云禮拜日始可相見，今日往或可一覘彼等之動息，計既決，即進早膳。膳畢，加冠出。

　　禮拜堂位於城南，頗壯麗，相傳爲美國某教士所建。堂內分左右兩座，男座列左，女座列右，蓋藉以分男女區別者。明道至時，男座已滿，故坐稍後，與紉英等所坐適成一斜綫。此時素貞已見明道至，微點首示意，因堂上方宣講聖道，人人宜靜肅，不能互語也。明道四矖男座中，紉英之意中人尚未至，頗欣慰，遂展聖經聽講。是日，所講者爲耶穌復活事，故合座均肅然敬聽，堂中聲息都寂，幾類無人。移時，門大闢，履聲橐橐，自遠而近，座人或回頭顧視，見一男子入，紉英知必王摯中至矣。初不回首，堂中規則，凡教友後至者，恆輕躡其步，摯中則蠢然無知，不省禮節爲何物，且不脫冠，座人咸目爲不敬。既入，就男座前坐焉。時將聖經墜於地，又時移動其褥茵，意欲使紉英回盼，詎紉英漠然若不聞。時堂中人衆，均欲靜聽聖道，覿摯中所爲，無不厭惡。明道尤怒不可遏，然明道非怒其不靜也。俄頃，講畢，座人均魚貫出，明道稍後。蓋欲乘閒與紉英相語，詎紉英竟隨摯中出。明道視之，大悵惘，乃踵其後，出禮拜堂，經倉巷，見彼二人且行且語，狀甚親密，已而至某醫院門首，二人竟連翩入。明道鵠立門外，嗒然若失，知二人密切若此，感情必不至中衰。然則所思者，誠無望矣！繼又念既相見以心，相接以情，禮拜堂中紉英竟不回首視摯中者，何也？然則又未必盡無望。正想念間，忽聞身後一人呼曰："明道先生，呆然立此奚為？"其聲尖細似女郎音，明道回視，果素貞也。素貞曰："吾知君必躡兩人至此，故躡君後，不意果然。然則彼兩人安往？"明道聞言，面微赬，期期應曰："吾偶行至此，固未嘗躡彼人也。"素貞乾笑曰："君亦欲欺余耶？余方立禮拜堂門首，見紉英偕摯中前行，君追隨其後，吾知彼二人今日至醫院，故亦閑行至此，不意彼兩人入，君猶木立於外也。"明道自念素貞所云，果絲毫不謬，然素貞又何為留心及此？深滋不解，乃微應曰："縱余躡彼兩人後，亦屬無意。"素貞曰："果無意者，吾誠為君幸。雖然，立此殊不雅，余歸欲視鄧姥，君可同行乎？"明道曰："善！"於是二人偕行。

途次，素貞顧明道曰："君既躡彼二人後，亦知其歷史乎？"明道曰："未之前聞。"素貞曰："彼兩人前一年始相識，識時，即親密如久稔者，同學中恒非笑之。後聞摯中固資本家，學問雖不佳，差足自豪，始恍然紉英所傾向者此也。"明道曰："吾觀是人，雖擁多資，殊非正人，觀今日禮拜堂中舉動即可知。"素貞曰："誰不云然？獨不解紉英胡愛之若是？吾意彼兩人婚約果定，將來必至中悔。"明道曰："姑娘又奚能料此？"素貞曰："摯中固已使君有婦也。紉英縱相愛，又豈甘為妾？"明道躍然曰："此言確乎？"素貞曰："吾亦得之傳聞，然未必遽確。"明道切齒曰："既有室，猶欲刦人家處子，陷於地獄，此種人真不知是何居心？"素貞笑曰："此胡關君事？奚誏誏若此？"明道曰："吾平生最惡此等事。故聞之輒血沸而怒，且紉英一好女子，吾儕又豈忍其墮奸人手？吾誓必破其婚約。"素貞不悅，曰："此我輩閑談，安足據為實事，且摯中素性暴，君若干其事，吾誠為君危。"明道曰："吾奚畏？"素貞怒曰："君果不聽吾言，吾誠不直君。"言時，已至鄧姥居，二人遂相將入。

鄧姥因一人獨居岑寂，故常留素貞住其家。自素貞入校，一禮拜中，幾無時不為之注念。今為禮拜日，知素貞必至，故早起即倚閭而望。及見素貞入，亟前迎曰："吾兒歸胡遲？詎不知老身盼切耶？"素貞曰："今日禮拜，鐘點延長，故遲遲，實則兒之急欲見姥，亦猶姥之急欲見兒也。"鄧姥笑曰："兒有此心，老身誠欣慰。"已而顧明道曰："先生殆亦由禮拜堂歸耶？"明道曰："然。"言時，已近客室。明道先入，鄧姥與素貞亦相將進。是日，鄧姥顏甚懽，談興亦豪，惟素貞與明道均怏怏不快，蓋兩人各有心事在也。少刻，鄧姥曰："素兒，今日留飯吾家乎？"素貞曰："可。但宜早，兒六句鐘即須歸校。"鄧姥曰："然則吾將督若輩具膳矣。"言已，遂行。此時室中惟素貞與明道兩人，默默相對，狀甚靜寂，惟壁上鐘聲錚錚作響而已。移時，素貞酡顏顧明道曰："明道……"此蓋為素貞第一次呼明道以名者。明道聞之，頗駭，因曰："姑娘，今日胡以是稱？吾殊不願聞。"素貞曰："君不願聞耶？然則吾獨樂以是稱。男女彼此以名稱者，親愛之意也。不寧惟是，吾與君睽違方六日，幾如三秋，夢魄中時因之不寧，吾亦不知何以至是。"繼又曰："君乎！吾固最愛君者也。年餘來此，心未嘗或衰，今敢以奉白君前。君亦有以憐此苦衷否乎？"嗟乎！素貞一點慧人也，見明道邇日注意紉英，深恐紉英將為明道所眷，己之希望頓絕，故急遽之中，掬誠相告，意明道聞之，鑒其愛情，將改絃更張，舍此就彼。噫！素貞用心苦矣！詎明道此後愛情，反因之日薄，情海波濤，斯亦險矣！此時，明道愀然答素貞曰："吾誠不意姑娘有此心，吾聞之，幾不能為姑娘感。蓋吾自為計，為姑娘計，甚不願再聞。姑娘有此言也，吾憐姑娘之運蹇，悲姑娘之遇人不淑。吾之本心也，豈冀他哉？"素貞泣然曰："世界中惟君知吾愛君，君拒我，我將有何生理？"言時，悲極。明道心似動，然一念及涂某求婚之急，立易其心如恒，從容應曰："吾之知姑娘，非以易姑娘之愛也。姑娘若此，實誤會我用心所在。吾以後且不敢再憐姑娘。"素貞聞言，愈悲。時鄧姥捧餐具入，見素貞狀，詫曰："素兒，胡又作是態？令人不懂。"素貞曰："偶涉遐想，故不快，無他事也。"鄧姥曰："然則就膳乎？"素貞曰："善。"明道初本擬與素貞同飯，茲因心緒不寧，遂辭去，素貞固留不可。是日，素貞終不懌，進食亦少。鄧姥視之，頗憂，然亦無言。明道歸後，細思素貞言，頗為駭悚，念年來一念之誠，均在憐惜二字，不意彼美竟誤會至此！無怪其離婚之念，日亟一日，又無怪其見余與紉英語，輒悒然不快。然則往日之憐愛，今則直成冤孽矣！若以才貌衡之，素貞實不減紉英，特娶素貞則傷禮法，娶紉英初無阻障，余非愼者，詎不知舍害趨利耶？嗚呼！素貞已矣！吾甚望汝勿再萌前念也。言已，惘然。此時天色垂暮，赤霞滿布天空，如鱼鱗狀。明道倚欄觀眺，愈覺惆悵，因曰："吾與素貞之交誼，將如此蒼蒼之天色，今漸瞑矣。"

第六章

是夕，素貞歸校後，心緒惡劣，狀至弗寧，乃向校長請假早睡，實則入寢室後仍未睡，躞蹀室中殆萬遍，謂己身尚一未嫁處女，今日乃忽向男子白以情欸，在禮誠爲不當，然苟稍生效力，亦不遽使我懊喪至此。詎彼竟漠然不動於中，人謂男子情薄，其言詎不可信。然彼又自矢憐我之遇，悲我之境者，何也？嗚呼！明道，吾但得爾一念我，已足使我顛倒不寧，況復如是云云，使我聞知，如情絲萬縷縛我者耶。如是，我今日之言，又焉能謂之不當？繼又念年來之情思，如春耕而望秋穫，如花發而望結果，蓄之苞之，卵翼之。今秋至矣，而未穫。花謝矣，而無果。余之希望，誠不能不謂之山窮水盡。思至此，不覺大慟，乃和衣仰臥榻上，滴滴情淚，已由眼角轉入耳中，流至枕畔矣。

自是之後，明道恒不與素貞晤，即鄧姥處，足迹亦鮮，蓋恐遇素貞也。顧一年餘來之交誼，遽從此決絕，於心又覺不忍，且素貞固一好女子也。日前侃侃，盡道情衷，未始非出自真誠，人非木石，孰能無情？豈能遽棄之如遺，不稍顧惜？明道既涉是想，其眷愛素貞之心，又不覺勃然而生。既又念素貞與涂某關係，畢竟未斷，無論如何決不能爲関家之婦，既不能偕白首，此時眷眷，又胡爲乎？兩念相搏，幾無寧息，既又念紉英墮摯中詭計中，身世實危迫已甚，苟婚約一成，前途詎有樂趣？此時非速使紉英知此黑幕，其婚約必不可破。然則欲使紉英知之，舍余其誰？思至此，其救紉英之心，又躍躍如火山爆發，不可遏止。

一日，又爲禮拜，明道遂不至禮拜堂聽講，蓋欲使素貞不念己，非從此少晤，使其淡焉忘之不可，顧欲見紉英之心仍急，乃於晨間往禮拜堂詢牧師，知今日已派紉英往後街某堂佈道。甚喜，乃於十句鐘時，急趨而往，蓋恐稍遲者，紉英已登臺演講，不能暢談也。至時，來堂聽講者尚寥寥，紉英一人徘徊退閒舍，若有所思。明道趨前致敬曰："汪姑娘邇來佳乎？"紉英聞言似駭，微應曰："承先生辱問，誠佳。"明道曰："吾今日有一急切之語語君，於君殊有裨益，君其許吾言乎？"紉英昂首顧明道曰："吾意無若合急切之語，君須語我。"明道作誠懇狀曰："姑娘不我信耶？噫！我不言姑娘危矣。"紉英心似動曰："君試言之。"明道曰："姑娘非不欲與摯中訂婚耶？"紉英微愠曰："言止此乎！吾前不言先生勿再以此語余，奈何忘之？"明道急曰："憶之！憶之！惟吾必須先言此，方能引起後語，姑娘且勿急。吾今言之。"紉英曰："趣言之！"明道曰："姑娘必信王摯中誠實，故欲許婚，詎知摯中固已有婦耶？"紉英聞言，大驚，面白微顫，急握明道手曰："君瘋乎？此言確耶？"明道曰："吾豈誑君？並知其婦乃摯中在金陵小學時所聘，其人即金陵人也。"紉英曰："吾豈知是……"言未已，忽嚶然，跌於明道之側。明道驚喜交並，方急遽間，忽履聲欻門入，明道舉目視之，非他，乃素貞。素貞見彼兩人互相偎抱，妬極，面色慘白如死灰，喃喃自語曰："果不出吾所料。嗚呼！吾可愛之明道，乃爲他人劫去耶？"明道此時亦窘極，私念素貞必非無因至此，因曰："黎姑娘，吾適由此門經過，見汪姑娘昏暈倒地，乃入而扶持，姑娘既入，胡不助我施救？"素貞怒極，若不聞其言，乃就門次籐椅而坐，此時天氣尚不甚熱，素貞則汗涔涔下，心絕煩擾，怔忡如鹿撞，念彼兩人畢竟有愛情，不然何親切若此？又念明道對己愛情，日薄一日，必紉英從中爲之蠱，愈思愈憤。此時，紉英已呻吟甦，方微露星眸，忽見素貞岔然坐門次，因曰："素貞姊，汝亦來此耶？吾適間不知胡爲覺屋宇旋轉，目眩神昏，幾不省人事。"素貞淡然應曰："或一時腦炎所致。"紉英驟見素貞作此愠色，幾不解何故，既又見明道尚侍其旁，始覺素貞之不悅有由來矣。蓋素貞與明道之情愫，紉英早已窺見。

此時本欲再詢摯中已娶事，因恐愈啓素貞疑，遂不言，第微語曰："明道先生，蒙君拯我，感甚！惟吾方欲息，君其肯去此室乎？"言時，故作淡漠狀。素貞視之，怒稍息。此時堂上已振鈴開講，紉英神已憊，弗能登臺，欲倩他同學代講，竟不能得。無已，乃先擇最佳詩數章唱之，蓋藉以蘇其困。唱畢，始登臺宣道，而心緒終不寧，所講恒不中聽。座人咸竊竊私語，忽於此時，一男子岸然入，其人即王摯中也。紉英目光所觸，心愈驚跳，踧踖不安，口中所言，愈錯雜乖亂，座人咸目而非笑之。紉英面頹，語更塞，幸鐘點已畢，群雜杳散。紉英今日甚不欲見摯中，早由後戶出。摯中弗識，猶蠢然立座前以待。及見閽人閉室門，始悵悵去。是日，素貞絕悶，至鄧姥處，又聞一惡耗，謂涂某暑假中定欲成婚，私心自計，暑假非遙，此一大劫運，行將臨身，顧前已立誓不婚涂某，今豈甘心下嫁？遂顧鄧姥曰："兒無論如何，決不能作涂家婦，甚望姥以後拒絕是說，勿使再入兒之耳鼓。"鄧姥曰："老身何嘗不拒其言？顧彼仍嘵嘵不休，吾亦無奈彼何。"素貞曰："兒今直語姥，暑假中，兒誓必離婚，兒尚稍有積蓄，盡與彼另娶。苟弗成者，死之。"鄧姥曰："吾兒，勿過倔強，要知中國習慣，離婚匪易，且此說余亦嘗語彼，彼絕不稍動。汝縱言之，亦未必有驗。"素貞泣然曰："然則兒必無生理矣。"言已，拂衣回校。

　　禮拜二下午，明道方坐辦公室。紉英至，喜極，迎至客座曰："姑娘辱臨，幸甚！"紉英曰："余自聞先生言後，居恒憂慮，屛彼人不見，惟余尚欲聞其詳。先生其肯語我乎？"明道作誠懇狀曰："是奚不可？吾生平最惡欺詐事，況與姑娘幸有一面之緣，又豈忍坐視不救？摯中三年前就學金陵時，即鍾情一女，聞女美甚，其母即爲之定婚。今雖未娶，固其正式妻也。吾意姑娘慧甚，當必不任其顚倒。"紉英曰："然則先生之言確乎？"明道曰："吾又何至誑君？雖然，姑娘苟弗信者，任姑娘自計。"紉英曰："先生忠實人也。吾方感激不遑，豈至弗信？幸吾尚未允其婚約，匪然者，殆矣！"言時，甚悲哽。明道曰："如此，吾誠爲姑娘幸，吾意姑娘此後必永絕其人。"紉英思索曰："此尚在我，雖然，余誠愚極矣！"言竟，辭出。明道送至門首，忽一人迎面立，兩人視之，大驚。

第七章

是人爲誰？即王摯中也。摯中本一險詐人，自明道識紉英後，彼即隨地偵察，每見明道與紉英語，輒引爲奇恨。是日，紉英至明道處，彼蚤已探悉，跟蹤而至，立門外垂一句鐘之久。及見明道送紉英出，怒極，然尚忍隱不發，惟顧紉英曰："吾不意姑娘竟至此地。"紉英曰："然。此我之權限也。"摯中聳肩笑曰："善哉是言！然我良不怪汝，獨怪邇日姑娘待我，胡頓淡漠如路人？"紉英曰："君猶欲以是責我耶？君當自問乃心，求所自責，雖然，我固愛君，君不當欺我。"摯中聞言，色變，急曰："姑娘，此言何謂？吾殊不解。吾愛姑娘已臻極點，豈有所欺？吾一生心血，盡貢之姑娘，姑娘當諒我，姑娘當信我。"言時，似悲哽欲泣。初，紉英聞明道語，本恨極，及見摯中狀，幾如冰雪受陽光，消滅無餘跡，因顧摯中曰："我固信君，惟吾聞人言，君終非掬誠待我者。"摯中曰："人言安足信？且所言何事？"紉英曰："吾此時尚不能語君。君果能捫心自思，無欺我處，我當愛君如初。"摯中故作誠懇狀曰："我敢誓其無。"紉英嫣然曰："吾今信君矣！"言已，握手別。

紉英既歸校，摯中悵然立街中，自謂："茲事甚險。紉英所謂欺彼者，必指吾已婚事，顧彼奚由知之。詎彼日與閔某過從，聞閔告之耶？若然，吾今日雖掩飾彼，他日終須敗露。噫嘻！明道，吾何負於汝？汝當知余視紉英若生命，汝苟敗吾婚約，即無異奪吾生命。吾非柔弱易欺者，豈肯甘心哉！噫嘻！明道，汝其自慎，汝非癡者，當不至自趨險地。"言時切齒慟恨，若狂易然。

素貞既爲明道所屏棄，則彼此之過從亦罕，偶有所過，不外禮拜堂之演説廳，見時又恒落落不相語。素貞賦性極抗爽，豈堪容此？自念明道豈多情而易感者耶？然深信其於己獨有鍾情處，諒無他虞，後此又視明道與紉英無往不偕，己反踽踽獨行，時見明道俯視彼女，輕語柔聲，又別有情態，觀前禮拜日兩相依守事，已可慨見。噫！明道豈有情無行之惡少耶？反覆思維，鬱鬱遂病。

一日，明道坐書室，讀小說自遣，忽友人庚白入，手一函笑曰：「黎姑娘誠多情哉！然君胡中道棄之？」明道見函已啓，怒曰：「君誠不解事，書信乃個人秘密，胡得竊閱？」庚白聳肩乾笑，曰：「個人秘密耶？吾過矣！雖然，此等交際，殊非正當，吾閱之亦奚害？」明道愈怒曰：「吾誠不暇與汝多辯，勿論如何，汝決無此權閱我書信。」庚白亦怒曰：「汝勿太驕！此豈所以處友者，吾必有以報汝。」言已，悻悻自去。

書爲素貞寄自醫院，語殊單簡而痛切，略謂：「余待君一秉至情，不謂君得新忘故，棄余若敝屣。思之非惟可痛，且亦無生理。」又謂：「余自前禮拜日歸後，精神困憊，已冒微疾，現院長囑余調養於醫院，君倘俯念苦衷，幸來此視我。」明道讀畢，狀甚懊喪，自念素貞癡迷不悟，前途滋危，且彼與紉英日夕相處，余苟與紉英論婚，彼必先悉，勢且從中作梗，然旬日來未與紉英把晤，不卜前言是否有效。及送紉英門次，忽遇王摯中，又不知彼兩人究作若何辯論，一時百念交集，甚無以自聊，乃怏怏取冠出。

明道既至醫院，見素貞偃卧螺鈿牀中，衣白色單衣，髮披垂眉際，顏色殆較平時尤斌媚。明道驟見，頓憶前在鄧姥處曾覿是態，魂幾爲蕩。今又見，心似躍躍動。然一秒鐘間，始回復其常態。此時素貞已覺有人入，啓目視之，欣然曰：「吾不意君竟至矣！」明道曰：「吾披姑娘函，始知姑娘病。然則頃已稍瘥乎？」言時，取案側一椅而坐。素貞强起，斜倚榻次，厥狀甚憊。此時二人談興稍高，漸入情語。素貞遂以柔聲婉容措其詞，詞意極篤信，非他女子所能出此者。明道辯論良久，雜以謙遜懇摯之語，實憨鈍可笑。既而素貞曰：「勿論若何辯論，吾始終信君必與紉英有情，且始終不願君之有此舉。君苟不見諒，吾惟有往戒彼女耳。吾不自爲計，吾安忍受君之播弄？」明道不悦曰：「姑娘自播弄，胡返責吾？且吾之真心，已屢向姑娘表示，姑娘非憒者，奚仍憒憒？」素貞曰：「吾用是悚憚，亦幾幾不自解。惟君當知女子妬心最重，縱君不愛吾，而吾獨愛君，豈忍甘心含默，視君與彼女秘密行動耶？今後吾惟躬謁彼女，面陳斯意。"明道聆是言甚懼，蓋彼方欲與紉英聯絡情欸，苟素貞往訴，感情必至中斷，因答素貞曰："姑娘往告彼女耶？果爾，吾豈爲姑娘恕？"素貞曰："君不許吾有是耶？吾此舉非惟自救，且救彼女。蓋彼攙入此局，殊非彼之幸事，吾苟言之，彼必信吾。"明道怒曰："以此了無根據之詞，加諸閨秀，於理豈得云當？"素貞曰："吾第試之，或且收美滿之效驗。"明道益怒曰："縱有效，亦不過間我兩人之情愫。然我與姑娘則從此絕矣！"素貞亦怒曰："吾安肯許汝若是。吾直語汝，汝不需人愛，亦當需人敬。吾貢獻於汝之愛情，良可謂無微不至，乃爲汝踐踏殆盡。吾苟將汝對余情狀，曝之於衆，試問將誰敬汝？"言時，睒睗相視，含淚如珠，承睫作晶光。明道此時仍鎮静如無事，實則心已憐憫素貞，顧欲覓一語以慰之，竟不可得，良久始曰："姑娘所云，余當不致辯，惟余縱棄彼女而愛姑娘，姑娘能嫁我否乎？姑娘當自知之。既不能爲我婦，圖須臾戀愛，明道抑又奚益？"素貞曰："吾已决定暑假中離婚，今日議成，明日嫁君可耳。"曰："是議焉能成立？亦徒望梅而止渴耳。且姑娘已謀之再四，試問效果安在？"素貞曰："吾姑試之，或有效。"明道曰："言之非艱，行之爲艱，天下事殊不易爲，縱幸而事成，而棄所天以嫁所歡，吾其於人言何？"素貞復作愠色曰："紉英固爲摯中所眷者，行將定婚，然則君胡爲從旁刦奪耶？"明道瞠目語塞。素貞復曰："吾神已憊，不暇作多語，試簡括言之，君與吾决有不可斷絕之關係。在君之另婚與娶吾，僅以此暑假期中吾之離婚議成否爲定，於此期中，君苟不遵我議，吾即宣汝之惡行於衆！"明道曰："然則此期中，姑娘必不能干涉余之舉動。"素貞曰："除與紉英戀愛及另婚外，吾决不與聞。"明道曰："然則言止此矣。"素貞曰："然。"明道遂盛氣出。

　　明道既出，心中悵然，私念已與素貞始終係精神上感情，年來推誠相見，滿謂不至牽掣罣礙，詎彼竟以爲要挾之具，是始善因而惡果歟？又念暑假期中，苟離婚之議果成，己與紉英尚復有何希望？縱其弗成，或紉英已與王摯中定婚，噬臍何及耶？繼又念素貞之風貌才智，良不減於紉英，若猶不與之定婚，亦殊坐失麗姝。況彼復鍾情如是，在理當取彼而棄紉英，顧何以一見素貞則漠然視之，見紉英即愛情固結，自亦不知其何以有此狀態，於是兩念激戰於腦印中，至數分鐘之久。最後，乃毅然曰："吾寧棄素貞，終不甘使我多情之紉英爲王摯中婦也。"

第八章

越旬，素貞已瘥，體力漸復，乃入校上課，忽於此時思得一策，如山窮水盡中新闢蹊徑，念明道所亟注意者，厥爲紉英，倘使紉英與摯中定婚，明道必嗒然自絕其望。蓋事勢使然，不能不爾。邇時人敵已去，明道烏能不舍之就我？爲今之計，惟有日慫恿紉英速允摯中之婚約爲第一事。顧摯中確已有婦，縱紉英不之知，而我與紉英猶稱好友，坐觀好友與巨憝締婚，而不之救，自問已慚愧無地，反冥冥中以速其成，天良道德不其喪盡忽？繼又念先己而後人，乃人生恒性，茲事特吾自救之策，縱於天良道德有所虧損，天心當亦憫吾之苦衷，而赦吾過。思至此，決計行之。初，素貞見明道與紉英聯好，本恨極，聞或與紉英把晤，亦落漠而不與語，今則大反其面目，凡課餘時，輒與紉英俱，如膠之附漆，靡不相投。於是，素貞遂得安然以鼓其舌。

一日課罷，紉英欲偕素貞散步，素貞欣然允之。二人遂相將往踏球場，場設校內，甚整潔，四圍楊柳，因風舞弄，咸俯仰作迎人狀，細草芊芊如茵，二人履其上，如履橡皮然。此時紉英意氣暢適，興致甚高，仰天以舒其肺氣。素貞視之，覺已滿懷憂慮，興致誠不及紉英遠甚。又以懷此鬼胎，陷人於危，更覺不敢與紉英仰視相見以天，蓋素貞此時一片天良躍然發露，而數秒鐘後又逝矣。時紉英見素貞容甚戚，驚詫曰："君胡抑抑如是？豈此蔥鬱之柳，冶豔之花，不足樂耶？"素貞曰："凡人在憂患中，隨在皆覺不樂，況我耶？吾心良不如汝之適，故余視之，仍悒悒也。"紉英曰："吾儕盛年，當自求愉樂，憂能傷人，奈何自損其軀？"素貞曰："自損其軀耶？余良不樂此世界，抑又奚懼？"紉英曰：

"君胡盡作此敗興語？"素貞曰："吾事汝不知耶？殆如長夜漫漫，無一綫光明，駕盲馬行於崎嶇險道，渺渺前途，寧不可怖？"紉英聞言，似有所悟，曰："慧福難修，人生安盡有遂意事？"素貞注視紉英曰："吾安能儗耶？聞汝終身之局已定，且王摯中吉士也，後此幸福，正未可量。"紉英赧然，曰："此局尚不能謂已定，胡云幸福？"素貞佯驚曰："此何故？汝殆不屬意其人耶？"紉英曰："我固屬意，然尚有疑者。"素貞笑曰："既屬意矣，奚又致疑？吾意此人忠懇，當無可疑，匪然者，必彼不屬意於汝。"紉英聞言，默然不語。

蓋此時紉英有所思，思素貞胡為重王摯中如是，顧明道，素貞之好友也。明道既知彼已婚，豈有不告知素貞之理？毋乃明道之言，不足信乎？抑素貞知之而故不言乎？噫！吾於此又增一疑團矣。遂漫然答素貞曰："吾所疑無他，蓋人謂彼已論婚金陵也。"素貞故驚曰："已婚耶？人言安足信，且焉知言者非欲間汝兩人之情愫耶？"紉英聞言，大動，思明道果嘗津津問己姻事，焉知其不已屬心於己，故藉此以絕己與摯中之念。思至此，甚以素貞之言為是，因曰："吾今甚信君語，人言或諢我也。"素貞曰："然則曷不早允其婚約？"紉英曰："茲事甚大，尚須商之吾父母，定婚之期或暑假，或寒假，未可知也。"紉英初聞明道之言時，實如大海揚波，淘淘然不可遏止。迨經摯中矢言自白後，又如大波已去，但餘微細縠紋而已。至此，則微細縠紋而亦平矣。

於其時又有一人，日以此等語進於紉英，其人即張俊珍也。俊珍嘗謂紉英曰："閔明道奸猾人也，其人良不足與友。若以摯中衡之，殆如霄壤之隔。"紉英聞之，亦恒唯唯，不置可否。蓋念明道縱弗類，亦或不至如斯之甚。張俊珍之為此蜚語，初非出自本願，亦以受章庚白之指使。庚白與明道雖共事，顧不相能，近知明道傾向紉英，故欲藉此以敗其事，於是明道直又多一情敵矣。

彼等既同處一堂，日夕相接，所言自易入耳。獨明道不之知，日猶冀與紉英把晤，藉叙情欸，詎覿面時較前尤稀，即相見，摯中必蠢蠢相隨，亦不能稍話衷曲。明道至此，乃大懊恨。兩禮拜中雖日處白日昭昭中，幾無異黑夜漫漫也。一日午後，天陰欲雨，室中炎熱偪人，乃獨出散步江干以自遣。比至稠人幢幢中，忽一人兀然前立，曰："明道先生，吾識君，意君亦必識吾。"明道諦視之，其人即王摯中，不覺怒甚，亦不知其怒之胡由而發也。復聞其人曰："吾與君屢屢相值，從未叙談，能無缺憾？雖然吾觀君外貌，固忠厚長者，不意中藏詭譎。相人誠難哉！"言竟，大笑。明道怒曰："汝所言，吾殊不解。且汝我未通姓字，遽加以惡言，於理豈得云當？"其人曰："不當耶？然則曩日君亦未嘗與通姓字，胡竟於人前捏造黑白，誣我以罪？"明道聞言，似慚，方欲置答，其人復曰："吾今語汝，吾王摯中，即吳紉英屬意之人也。汝曩日所言，必以爲大有效驗，詎紉英信吾甚，反詈汝詆彼，汝且驗之。吾與彼暑假中將定婚，爾時汝方自知心勞日拙也。"言時，意洋洋甚得。明道怒極，筋絡暴張，厲聲曰："瘦狗！汝心叵測，欲一夫而二妻，欺人閨秀，汝其慎之！我苟視汝安然成婚禮拜堂者，我不爲閔明道！"言已，自去。摯中私念己所言似過厲，如投火炸藥中，尋將爆發，觀其人沈毅有謀，或足大爲婚事之阻障，且自問曲實在我，烏能責人？思至此，不覺自悔，忽仰首視天曰："雨且至，盍歸休？"

是日明道出，本欲自遣，不意遭此橫逆，興致索然。歸後，大雨淋漓，天黑如漆，益不自聊，自怨竭誠以告紉英，不意彼竟不信。轉瞬暑假且屆，倘不幸惡儈如願以償，紉英寧復有愉快之日？設再圖援救，其勢愈難。摯中既欲必得而後甘心，烏能不時時監察？吾言更將何以進？噫嘻！紉英，佳人也。聰慧恆勝吾輩，不意此事竟昧昧如駘童，然則吾一綫希望，殆將絕矣！恨極，仰卧榻上，不覺熱淚滂滂下。

明道爲人實忠懇誠摯，其救紉英之心，亦出自真心，初本欲與紉英偕伉儷，自受摯中抑揄後，自謂苟能破壞王之婚約，在我亦不必夫婦，奈紉英身爲女子，無多識見，甘心墮素貞、庚白、摯中諸人之術中。顧素貞此時亦甚無聊，一以紉英爲明道屬意之人，即無異己之仇敵，日與仇敵相對，猶復百計迎合，其間痛苦，寧復可支？一因自圖百年之計，遽推人於水深火熱中，自問天良，豈無愧赧？因此兩種觀念，遂令香肌日消，柳腰驟減，顧雖如是，而絕不爲苦，如駕舟航大海中，雖風濤怒掀，氣力垂盡，亦必皷其餘勇，以達彼岸而後已。倘使明道見之，能推想其用心之苦，當亦易憎爲愛，出而拯救之，而明道一心但屬紉英，他無所念，自覺己身卽紉英，紉英卽己身，其間似有無量愛神爲兩人維之繫之，雖有摯中從中阻礙，顧亦不畏，至成敗禍福，咸非所較，至素貞之景象何如，初不計及，且日猶以不見素貞爲快事。噫！情海波濤之險，有如斯者耶？

第九章

是歲炎熱過度，學生不能執卷就課，故破除成例，於五月上旬卽行放假。紉英於大課考畢時，匆匆用晚膳，默計半年來成績頗不下人，觀今日院長之語，似重余特甚，然則余之前途，殆未可限量，思時大樂。食已，一人獨赴踏球場。紉英平時散步，必與素貞偕，今夕因欲籌思己之終身大局，僅一人往，俾較爲淸寂也。

紉英自素貞等爲王摯中辯護後，胸中雲霧豁然廓淸，覺終身大局，得從此確定，不至中途梗廢，一生欣快，誠無逾於此。惟今夕亟當計劃者，則何時允王摯中定婚約也，沈思良久，始曰："吾父母俱在，茲事斷不能自專。在理，當乘此時旋里，面呈堂上，當不至不邀其允諾。脫能早日交換證書，吾心滋慰，且可免摯中朝朝盼望。顧醫生謂余肺葉受傷，今年當赴牯嶺休暑，藉取山中空氣，以資調潤。然則吾當允醫生之約，烏能歸家？且醫生盛意，勢不能負。噫！歸家之議，殆成夢想耳。雖然，吾年已浸長，自謀百年之計，在教會成例，亦不爲悖。縱吾不告而行，吾父母當亦能曲諒。惟吾國習尚，必遵父母之命、媒妁之言而後可，苟背此而行，殆爲非禮。吾父母縱相諒，其如鄉黨戚友之煩言何？噫嘻！吾終無自主之權矣。"

此時，殘月已含山，學堂中亦漸靜肅，惟樓上煤燈閃爍而已。紉英取懷中時計，扳機聽之，已十一句鐘，因曰："夜深矣。露且重，盍歸寢？"乃整衣起，姍姍回臥室。臥室在三層樓上，窗前即迴欄，甚軒敞，每室宿二人，櫛比約二十室，均整潔可觀。紉英回室後，同室人已寢，惟鼾聲咻咻達戶外，亦擬解衣睡，乃天熱，久不能寐，轉輾甚悶，遂起，躡軟履，就迴欄籐椅坐，時隔室中二人亦未睡，語聲喁喁不斷。紉英私念："吾因心緒弗寧，故不能寐，若輩豈亦如吾耶？然則吾有同心之人矣。"不覺暗笑。此時忽聞隔室語聲漸高，一人曰："汝無自餒，吾聞吾校二班學生，下年大有更動，且退學者不少。汝考試既佳，焉知不有升班之望？"一人曰："此安足望？且吾亦未聞此議。"曰："汝不知耶？就我所知者，黎素貞姑娘家索嫁甚急，彼雖欲離婚，其議必不成，不成必嫁，是即去其一。又汪紉英聞亦與吾鄉王摯中定婚，秋季定須出閣，是即其二。"紉英聞言，心大動，念彼等亦知吾事耶？乃屏息以聽。又聞一人曰："汪紉英亦定婚耶？彼初非不云矢志不嫁，願依上帝以終身耶？胡今乃頓易初志？"一人曰："語聲且低，彼與吾儕僅間一室，倘彼聞之，得不詈吾儕竊竊議他人事？"一人曰："否！否！彼酣睡已久，汝不聞其鼾聲乎？"一人始曰："此事甚密，惟吾知之。然吾殊不為紉英幸。"曰："何以故？"曰："摯中已有婦，紉英嫁彼，名分妾也。以紉英之學識品貌，作彼之妾，豈為幸事？"曰："汝奚知之？"曰："吾與彼同鄉，豈有不知之理？"紉英聞至此，大驚，心怦怦然動，不覺衝口曰："所言確耶？"二人聞語，聲頓寂。

　　方紉英初歸室時，興致甚高，幾欲忭舞，及聞是，心頓冷如死灰，私念明道之言，然猶疑其欲利己也，故意誣陷，若彼等則與余毫無系屬，與摯中更無嫌怨，所言必出自真誠，決非故意破壞，且其言時，深恐余聞而知之，尤非私用偽意可比。噫！素貞、俊珍之言，良不足信矣。倘其問心而不知之也，吾尚無憖；倘其知之，而故慫恿之，是誠賣我也。此等人尚堪與友哉？嗟夫！吾將允彼人婚約而為之妾乎？吾父母安得承認？教會又安得首肯？且吾友多，是後更有何面目見人？一生樂趣，不其掃盡？然則從此絕彼人乎？吾固愛彼，又豈忍心？傷哉吾也！茫茫宇宙，吾將無棲身之所矣。無已，吾其死乎？思極時，目眩神昏，嚶然暈去。

　　明日爲休假之期，凡遠途者，咸於侵晨整裝就道，計闔校殆去其半。紉英因神思疲倦，就枕後，不覺酣睡，及寤時，已十二句鐘，急披衣起。四處瞭望，見同學均紛紛散，自念若輩心樂神快，吾比之誠不啻天淵之隔，乃往隔室，意欲一叩昨二人所語之詳，詎二人去已久，惟餘空榻及零星廢紙而已，乃大懊悔，悵悵歸己室，時同室人已返，顧之曰："汪姑娘，豈此時始起耶？"紉英曰："然。然則君奚往？"曰："吾晨間往肆購物，遲遲至今始歸。"言時，忽驚視紉英曰："君容奚憔悴若是？且眼眶殷紅，似曾哭泣者，豈有何事苦君耶？噫！吾望上帝佑君，去此殷憂。"紉英嗒然曰："吾誠有憂耶。雖然，吾不能語君。"曰："君不語我，我亦弗強，惟今日值同學放假時，在理當呈欣忭。"紉英曰："吾殊未計及此。"曰："不計此亦佳，今且往梳洗室，可乎？"紉英曰："善。"二人遂同下樓。

　　讀吾書者，須知紉英同室人即張俊珍。曩時紉英之樂固甚於俊珍，自聞隔室人語後，頓覺俊珍所言恆妄，遂不欲與之深談，且呈落落寡歡狀。在俊珍，殊不知旨，猶嘵嘵不休，及至梳洗室，俊珍復曰："吾意君今日梳髻必作新式，蓋須與意中人把晤也。"又曰："吾誠羨君，君非不云暑假中定婚乎？然則下季吾儕來時，君已往金陵度密月矣。"紉英此時中心如焚，聞是語，幾如利椎①刺腦，痛不堪言，然弗怒，亦不言。俊珍憫然詫曰："此人滋怪，胡頓易恆性？苟在平時聞吾此言，必且欣躍，今奚漠然若無聞？噫！茲事殆復有變耶？"遂亦無語。此時室中甚寂，紉英事亦垂畢，攬鏡自照，不覺自驚其美曰："無怪彼人之冒險力圖也。"言已，一人徑回臥室，方及室門時，忽見司閽陳媼立門次曰："汪姑娘奚往？吾候君久矣。"紉英曰："殆有急事見告耶？"媼曰："尚非急事，唯有一函，爲一少年授余者，其人自言自晨至今，立門首幾六句鐘，本欲候姑娘出時自遞，因久候不見，遂倩余代呈姑娘。吾意姑娘必喜閱此函

---

① 椎，疑應爲"錐"。

也。"紉英聞言，心躍然思必摯中所致者，急曰："函安在？"媪曰："已置姑娘寫字橙抽屜中，然姑娘囊篋胡尚未收拾？殆今日弗歸耶？"紉英此時亟欲閱信，惟頷首曰："然。"遂取函視之，微驚，蓋非王摯中所致，乃閔明道書也。若在前數日，紉英接此信時，必且置弗閱，今則如獲拱璧，急啟讀之曰：

紉英姑娘左右：當僕致此函姑娘時，度姑娘必欣然躍然，亟欲與意中人把晤時也。姑娘既不信僕，讀函竟，能不怒僕無禮，與意中人詈僕多事乎？雖然，僕一心但救姑娘，豈計此哉？曩日僕一秉忠誠，語姑娘以利害，私心原欲姑娘恂謹審慎，勿以婚事作兒戲，不意苦口良言，竟未蒙采及，不以為德，反以為讎，在僕固無怨，然視姑娘墮奸人計中，受奸人愚弄，思之寧不痛心？嗟乎！姑娘天生麗質，何在不可以偶佳士？乃必於衆議紛紜中，蒙羞而作一巨猾側室乎？縱姑娘甘心，其於名譽何？近聞彼之岳家催婚甚急，下年或成佳禮，倘後日因雙娶興訟，公堂對薄時，姑娘寧復有面目見諸姑姊妹耶？爾時欲自追悔，則大錯已成，徒恨晚矣！茲當姑娘興致驟高之時，本不宜冒昧進此等語，以令姑娘不快，然視姑娘近陷阱日迫，又烏能含默不言，區區血誠，尚希鑒察是幸。閔明道手書。

紉英讀畢，深感明道次骨，私念此人不惜招尤受怨，援我於泥淖之中，方之血性男兒，誠不為愧。然我苟於昨午接此書者，又幾誤其用心矣！乃摺書置於懷，取時計視之，已近兩句鐘，自念時已過午，余當摒擋衣篋，以作出校計，乃將案上課本及服飾一一收拾。此時又覺腹餒甚，精力都疲，計校中夜飱尚早，遂取昨夕所餘麵包食之。食時，坐榻上且啖且思，謂今茲之計，當首籌所以拒絕摯中之法，彼既知余今日休假，必早已伺諸道左，以要余求婚，余既欲拒之，安得與見？在理，今日當弗出，迨明日侵晨，余即呼車赴牯嶺，然後再以書絕之。又思彼愛余甚，驟接書，更不識如何悲痛，倘急切而出於自裁者奈何？思至此，一縷柔情,幾又怦然動。惘然間,忽聞樓梯足聲甚厲,室門開①然闢,舉首視之,見俊珍偕素貞入。紉英愀然曰:"黎姑娘亦未歸耶?"素貞曰:"然。吾適聞俊珍謂君弗適,故來存問。然則已安乎?"紉英曰:"吾故適甚,祇以心思稍亂,故鞅鞅。"素貞曰:"吾來時適遇醫生,彼謂君果病者,當入醫院調攝,勿歸也。"紉英自思,入醫院亦佳,或可免摯中之滋擾,顧萬不宜使彼等知之。遂微應曰:"此事尚容我思之。"此時俊珍行裝已部署訖,遂顧紉英曰:"吾茲當歸省吾母,君果在醫院者,吾當往視君。"言竟,挈囊下樓,素貞隨之。紉英目彼等去已遠,復續料理各事,獨往面醫生。醫生固最愛紉英者,見紉英羸狀,果速其暫入醫院,從事調養。紉英曰:"然則何時赴牯嶺?"醫生曰:"健時吾當驅車迎汝。"紉英此時欲以所苦白醫生,乞醫生爲之劃策,忽念若傳至家中,必貽人訕笑,遂默然而退。

第十章

明日紉英遂至醫院獨居一室,窗幃榻幔,均雅潔可人意。看護婦一,專司飲食、藥物等事,雅不囂雜。一日,紉英於餐畢時,閉門自思,謂今茲之局,殊爲得手,彼人將斷無覓我之術,既可免滋鬧之煩,又可免辯訴之苦,藉此斬斷情絲,修我宿旨,上帝憐余,必予我以大好歸宿之局。又念如此瞥然絕交,彼人必深爲疑詫,或且詈余薄倖,不齒於人類,然余爲自救計,豈能計此?且既相見,正難保余之癡情,不因之牽動,反致無收局之地。思至此,狀若甚得,乃取案上新聞紙自讀。少刻,忽聞室門閴然闢,視之,看護婦導一男子入,曰:"此君自呈爲姑娘至戚,欲見姑娘,姑娘其許乎?"紉英大驚,蓋男子非他,即王摯中也。紉英自念不許,彼必不肯安然自退,毋寧許之爲善,遂顧看護婦曰:"此君確吾戚,吾樂見之。"看護婦頷首退,摯中扃室門曰:"姑娘誠忍人哉!吾前

---

① 開,疑應爲"闓"。

鵠立候君者幾一日矣。奈何竟不以一字與余，告以蹤迹，然此良不足較，姑娘果不適乎？吾祈上帝佑君，速復康寧。"紉英曰："感君盛意，然茲事局面大變，與君行將永訣，且不願聞君垂顧之語。"摯中躍起曰："君癲乎？胡爲是言？"紉英曰："我固未癲，君誠癲矣！君試自思，當知余爲是言甚當。"摯中曰："君言吾益不解，吾固愛君臻於極點，豈有他哉？"紉英曰："既相愛，奚爲相害？"摯中曰："噫！余害君耶？請剖心相示。"紉英曰："速勿爲是無謂之辯論，吾且問君，君非論婚金陵某女士乎？"摯中聞言，如膺重疚，面色慘白，如死灰，四肢顫動，唇翕張。紉英視之，知所言必確，復曰："吾曩者聞君自白之語，信之弗疑，以爲君愛我，必不我欺，不意……"王摯中曰："君勿言，君詞鋒銳利，我殊難堪，然我決無此事，我前不已誓乎？"言時，狀甚悲哽，復曰："余之茹苦嘗辛，備受苦惱，白日追思，夜中成夢，一身自計，惟望得君爲妻。今若此，我豈有生理乎？"紉英曰："君言亦有理，然余出生縱鄙賤，亦決不能充人妾媵。"摯中曰："如此，君必不嫁我？"紉英曰："此何待言！"摯中長跪曰："君此言一出，余心碎矣，嗟夫！紉英，幸君宥我，我愚甚，致累君悲忿，然我實以愛君之故，遂未顧及事之利害，苟君能許我，我願洗心滌慮爲君稱心之人，即爲傭爲奴，亦所誠甘，凡君權力所至，可以驅遣鞭笞我者，我靡不甘受，此意實吾宗旨所在，百死不變其初志，幸姑娘憐我、憫我，不爾，吾癲立發。"是時，且言且哭，長跪於地，仰首視紉英如禱上帝，紉英此時心似動，幸定力尚足，立易如恒，惟斜瞬曰："君勿爾，我固憐君，然君亦當憐我。試思我一嫁君，此案立破。君之岳家，我之父母，能甘心含默乎？爾時風波突起，君負雙娶之咎，我蒙妾媵之羞，兩無所利，君果何所取乎？"摯中曰："君言固甚當。然使我於此世界中，視君與他人成婚，不死亦必顛矣。"紉英曰："我不嫁君，亦不他嫁。此言我敢於君前自誓。"摯中曰："是何言？我豈敢剝奪姑娘一生之幸福耶？且姑娘此後蹤迹，可否示我？"紉英曰："君勿慮此，倘我有可以告君者，我仍以函告之。蓋我始終引君爲知心人，君此時可去，醫生行且至。"摯中乃悵惘取冠行，面色如土，魂魄盡失，方及門時，忽又轉立曰："吾先往金陵離婚，然後娶君可乎？"紉英曰："否否！是益增我汝之罪戾，萬不可行。"摯中唯唯去。

紉英於摯中去後，呆然獨立，思此局誠怛惻，令人難堪。摯中雖屬有罪，而其一種癡情，要亦可憐、可憫，從此橫風吹斷，不復能再面其人矣。嗟夫！命薄緣慳，余憂寧復有已時？又曰："余在此既爲彼偵知，後此勢難禁其不時滋擾。醫生聞知，安能首肯？"計惟有往牯嶺爲佳，屈指自數至三四次，始決然曰："禮拜三，吾必去此。"遂作書報醫生曰：

　　石先生垂鑒：紉英到醫院後，日漸清健，惟空氣乾燥，仍不宜於肺病，已擬定禮拜三來牯嶺侍長者，想長者見愛，必見許也。紉英叩。

書畢，遂囑閽者投之郵筒。此時天已垂暮，看護婦燃煤燈後，復進以常服之藥。紉英飲畢曰："吾今日頗勞，欲早息，苟醫生來診脈者，汝可謝之。"看護婦稱諾而去。是夜，紉英睡甚弗寧，萬種愁緒，畢集心端。思極時，屢擬出於自裁，既又念自裁殊非正道，於事勢亦無甚益，且今世人好造黑白，更不知死後將遺何種羞辱，豈堪任悠悠之口，道余長短耶？於是勉就枕，徬徨終夜不自安。

禮拜二，醫生閱者注意：醫生乃四十餘處女，非男子也。曾留學美國十餘年，醫學甚精。覆書至，已允紉英前往。紉英閱之，喜極，以爲藉此息肩，殊可減無窮負累，遂於禮拜三侵晨，束裝道途。凡生平所愛之物，悉納行篋中，其最貴者，則往日所讀之書，且夕不離，更益以摯中所贈小說，尤極珍重。此外則衣物數事。摒擋既竟，凝坐移時，遂作一詳瞻之書與摯中曰：

　　摯愛之摯中觀之：此等稱謂，吾向不著筆，以既相愛，自必真懇，固毋須行之筆墨間，以留痕迹。茲以永訣在邇，萬事皆休，乃不得不作如是稱謂。若此時更不稱，將再無可稱之日矣。前日與君所論各節，皆屬肯要，君幸勿怨我而怒我。蓋我非萬不得已，亦決不至此。我生平作事，必求人我兼利，百無阻滯，然後始敢行之。苟君於初識我時，即將論婚事告我，使我得知此中利害，我必拒君，弗與交。邇時愛根弗深，撒手自易，又何至有今日之痛苦？君自誤以誤人，思之豈可爲恕？雖然，大錯已成，百口嘵嘵，亦殊無濟，且君當此昏迷痛悼之餘，聞之亦未必願受，爲今之計，第一惟望君速忘我也。君既擬下季成婚，新夫人當佳於我，月夕良辰，自有無量樂趣。君務好自爲之。我今已謀去此地，所至何處，萬不能使君知之。蓋恐君癡迷中又來溷我，君所贈諸書，我已一一攜之身旁，苟當一窗風雨，苦憶君時，即展卷自讀，聊以代覿面也。嗟夫摯中！吾此後乃爲世界上最孤苦之人矣！每值夜闌人靜時，屢擬自裁以報君，卒恐我死而君罪益彰，天下人唾罵君益甚，遂遲疑不至果行。蓋吾自經此變後，無事不爲君計，並可決將來天涯海角，兩地參商，吾心亦仍如前日刻刻不忘君也。嗟夫！吾去矣，將永無把晤之期矣。此事我自耕之，我自穫之，我今亦無悔。君前途遠大，務從此努力事業，爲國家爭光，庶將來君志飛騰時，吾於無聊中，得增一快事也。行矣，不盡所言。紉英書。

紉英書訖，自誦一週，對書親吻者再，始付諸郵筒，念摯中接此書時，懊喪必甚於吾。然吾萬不能不趁此而去，遂易衣往吳醫生室告辭。吳醫生固仰承石醫生意旨者，聞此自無所阻，且爲之備藥物數事，以爲不時之需。此時晨鐘方鳴九下，空氣稍涼，紉英食牛乳少許，遂行。方至停車場時，忽又遇一人，亦雇車往牯嶺者，此人即閔明道。紉英曰："明道先生，邇來佳乎？"明道微驚曰："誠如姑娘言，然姑娘奚往？且又奚爲踽踽獨行乎？"紉英聞言，知有所指，遂愀然應曰："君言殆指彼耶？吾已不夫其人矣。"明道微哂曰："君言確乎？然吾殊不信。"紉英曰："吾豈誑君？今日行時，且寓永訣書與彼，從此不復再面其人矣。"言時，似甚慘痛。明道曰："如此，休假日吾所寓書，君必已收閱。"紉英曰："然。然吾未接君書時，宗旨即變。"明道曰："此何故？殆亦有與余同志而救君者耶？"紉英曰："行當爲君言之。"二人遂共登一四輪馬車，徐徐而行。此時盛暑將屆，途中往牯嶺西人絡繹不絕。二人車前後行，頗不寂寞，紉英曰："吾此行甚秘密，即各友人，亦未或知。蓋恐彼人聞之，又來溷我。雖然，余豈樂此，誠不得已也。"遂將休假之前夕，聞隔室人語，以至今日出醫院所歷各事，一一盡述，且曰："在理，此事不當語之他人，不意竟於君前述之覼縷，諒君長者，且爲仗義救余之人，聞之當不以爲褻瀆。"明道曰："此何言？吾固早知有此，故不惜冒昧陳情，破其詭計，不意君不余信，甘心赴險，令余悵惘不快者，至今未已也。"紉英曰："吾今信君，前此之過，幸君曲恕，然君當知天下女子，煞無定力。當余初聞君言時，未始不憤恨次骨，立志絕之，迨後彼人忽於余前誓無此事，又益以黎素貞、張俊珍之慫恿，余焉能不墮其術中？"明道驚曰："彼等亦勸君嫁彼人耶？"紉英曰："吾嘗百思不解其意之所在。"明道曰："此真怪事！雖然，君此行殆往依醫生乎？"紉英曰："然。醫生速余往。"明道曰："此甚善，吾甚望君將易此否運也。然下季仍入校否？"紉英曰："茲殊難定。"言已，寂然，明道亦無語。途中，蓋惟聞蹄聲得得而已。

少頃，明道忽曰："君既與彼人斷絕，此後另婚否乎？"紉英曰："否否！吾蓋猶不能忘懷於彼，決不他婚也。"明道大駭曰："君意猶欲爲此險詐詭譎之人守不二之義乎？吾安能不謂君愚！"紉英曰："吾意旨如斯，烏能改易？"明道曰："姑娘當重思一生幸福所在，良非細事。"紉英曰："吾籌之熟矣。"明道曰："後必自悔。"紉英微哂曰："或不至是。"忽又易嚴厲色，曰："君奚爲齗齗道此，胡不一觀此山色之佳乎？"言時，引手前指，明道嗒然曰："山色固佳，然吾於此事似覺難已於言。"紉英淡焉若不之聞。此時御者力鞭其馬，車行忽速，不十分鐘遂抵山麓，兩人下車後，各易以肩輿。紉英往石醫生寓，明道則至旅館。是後兩人聚首日多，彼此感情，遂因之日密焉。

第十一章

素貞休假後，仍往鄧姥家。第一日至時，爲狀頗樂，晚間鄧姥亦具盛饌欸之。席間除鄧姥外，尚有張俊珍一人，杯盤狼藉，主客甚懽。鄧顧俊珍曰："素兒聰慧，前途誠未可限量。若老身有福，將來得覩其卒業，領校長獎憑時，愉樂真不省至於何地。"俊珍曰："此等願望，當易達到。即下懷所期，亦何莫不如姥姥。"鄧姥笑曰："汝能如此，足徵汝輩交誼之深，然汝才良不惡，後此甚望汝能爲素兒攻錯之助。"素貞曰："姥言良是。吾得俊珍相處，獲益殊深也。"此時食罷，俊珍入室寢，素貞剔煤燈使明，移身近鄧姥曰："姥今日倦乎？"鄧姥曰："尚未。豈汝猶有事耶？"素貞曰："茲有數言，不能不陳於姥者。姥今日見兒學業大進，意兒心中大快乎？"鄧姥曰："然。吾知兒必如是。"素貞慘然曰："姥誠未深知兒者也。兒日來正因此心傷不止，安足云快？姥不憶涂氏催婚之亟乎？兒之學業，殆如紙鳶飛騰，綫索忽中斷耳！下年能否入校，猶不可知，尚有何卒業之望？故兒輾轉思維，乃不得不於此時乞姥一援手，姥前諭兒之語，兒均一一記之心中，今茲之語，在理本不宜發，惟事勢已迫，陁運且至，及此不圖，兒終身已矣！"鄧姥聞言，懽狀盡去，愀然應曰："茲事余誠爲汝傷，然余老且將死，尚有何力？余前不云乎，此事絶難措手，況彼蠢蠢如牛，言猶不易進。"素貞曰："勿論如何，兒惟有哀姥姥。"鄧姥曰："茲事大難，若果爲汝學業計者，余又何敢不爲力？但汝之處置，究若何？"素貞曰："兒前不已語姥耶？"見前第六章。鄧姥曰："然則倩誰陳説？"素貞曰："吾所欲請於姥者即此。蓋彼有姨氏居城南，凡彼之行藏，及一切事，皆其姨氏主之。若姥肯憐予援手，但向其姨氏言之，事必可諧。"鄧姥曰："此固易，且較直接與彼蠢人言之爲善。然汝母良不欲汝爲此，我苟冒然行之，汝母不允，則又奈何？"素貞曰："吾母良信姥，姥行之，當無不允。縱有煩言，兒任其過。"鄧姥思索良久，忽易詞曰："余年老，更事較多。在理，余徇汝請，殊爲不當。以余思之，汝猶以平心嫁彼爲佳。"素貞泣曰："若此，兒其癇矣！兒於此事，思索殆萬遍，決不夫其人。"鄧姥曰："兒年事已長，始終是渠家人，縱涂郎不汝阻，余言之有效，汝終須嫁一人，其人能否如涂郎，又是否駕之涂郎而上之，均不可知。萬一結果反不及此，不將貽涂家之訕笑耶？爾時老身之罪將何以贖？"素貞曰："既誤於前，當不至再誤於後。"鄧姥冷笑曰："能如此，余豈不樂。惟天下女子最易動於感情。每每癡迷錯誤，反若不知。吾聞汝頗眷眷於閔明道，又聞其人不甚向汝，汝若離此就彼，將來寧有佳象？爾時大錯已成，羞辱已播，追悔豈復可及耶？余之所以鰓鰓以慮者，非他，即此也。"素貞驚曰："此事誰語姥者？"鄧姥笑曰："余自聞之，汝果無此者，余殊爲汝賀也。"言時，起立曰："夜已深矣。余甚倦，涂郎事容我籌思告汝。"言竟，遂入室寢。是夕，素貞殊難自遣，以所請非惟無效，且因之牽涉不許論婚明道，思之殊足懊惱，又念鄧姥果不肯援手，茲事萬無可圖，惟有謀去此地，以余力尚足爲一教習或醫生，當不至流爲餓殍，獨不解鄧姥何以亦反對嫁明道事，觀其平時與明道，又親愛如家人，殆惑於讒言，或別有所見耶？縱謂明道此時不屬心於我，而以一女子挽回男子意見，殊屬易事，又安見其無良善之見象，大抵老年人閱歷過深，作事恒喜多思，所思又恒出於範圍之外，故每每事無一成。鄧姥所見，焉知不蹈此弊？已而又思未見明道，殆已兼旬，不知性質果已變否？與紉英把晤否？前既有約不干其事，又難從而詰問，思之尤昏惘欲暈。

越數日，素貞愈抑鬱，鄧姥代謀事，又無答覆，且語言之間，一易其向日溫和而爲嚴厲，更不容其再詢。一寸芳心，忐忑不寧，未幾懨懨遂病。自思鄧姥忽淡漠若此，殆將棄我耶？人情世態，從何説起？我今決不宜久處其家，吾母既迫我嫁彼人，吾家亦已成險境，吾當以謀去此地爲上，若事有可成，再馳函吾母，稟告苦衷，吾母當亦不能加我以逃亡之罪。素貞既作如是想，遂一心但祝病軀早愈。

一日爲禮拜三，鄧姥忽於侵晨他出，素貞不知其何往，呼傭媼問之，傭媼亦以不知對。素貞詫曰："噫！姥安往？豈爲余陳說婚事去耶？顧何以彼不告我？然則其爲家事，或催租稅去耶？"及夕，復問傭媼，傭媼言尚未歸，心愈疑，姑燃燈讀小說自遣。未及數行，忽聞樓梯橐橐，一人拾級而上，及門次曰："兒今日稍瘥否？"素貞驚視，則鄧姥也，顏色和靄，大非昔比。素貞視之，頗慰。鄧姥曰："余今日不告而出，汝驚異乎？然余正爲汝事，今可告汝矣。"言竟，就榻前籘椅而坐。素貞聞言，知鄧姥必獲得佳消息來，遂注目以待其言。此時天氣極炎，鄧姥揮扇語曰："吾自聞汝言後，百度思維，似覺不盡無理，然欲求一兩無所損、光明磊落之法，則又百索而不可得。汝日見吾落落無言笑，且置汝事不告，必將怨吾受人之托，不忠人之事，實則吾何嘗須臾忘之，至昨夕吾又另闢一想，以爲吾所以介介不敢爲者，乃未得汝母之意旨，吾胡爲不親自往訪，一詢其意見何如。苟其願之也，吾又何吝口舌之力，致汝之願望不能償？其弗願也，吾以一垂死之人，決不能任此大過。計既定，反覺日來所懸懸不能解決之問題，頓有進行之目的。今晨吾飄然忽他往者，正爲此事莅汝家也。余行至停車場時，忽遇一事，余甚駭怪，且與汝大有關係。"素貞驚曰："何事？姥速語余。"鄧姥曰："吾見閔明道與紉英同赴牯嶺也。方余初至車場時，頗憊，乃入客室稍憩，正思余將雇何車爲便，忽由窗隙中見閔明道至，與車夫喁喁作數語，後即僱一馬車，繼又見紉英亦至，明道與之纏綿欵語，狀甚親密，直至車夫敦促再三，始各登車去。余因不欲與彼等周旋，直俟其去後，始賃一馬車隨其後行。吾於途中，仍見彼兩人喁喁細語，惜吾車相距遠，不能了然盡悉，大意似不外婚事也。"素貞聞言，憤極，面色頓變，嫉妬之心如火爆發。突躍起曰："姥言確耶？吾安許彼有此……"繼又忽嗒然曰："吾決不信彼有此，姥言或誤也。雖然，此良不足較，吾不願聞。姥今以吾母之意見告我可乎？"言時，聲顫，蓋怒未平也。鄧姥曰："此余親見之事，安足云誤。吾之所以述於汝者，正以爲汝之警告也。汝既不願聞，吾亦不再語。吾既抵汝家，汝母方治早膳，覩余至，驚喜欲狂，亟問汝之近況。吾一一告之，惟汝病則未之言，蓋恐汝母聞之懸慮也。及談至婚事，汝母忽露不悒狀，並謂婚姻乃上帝所命，汝屢言離異，是背天心，大不祥也。

余見汝母固執如此，不禁大為汝慮，然中心仍未嘗稍餒，乃復將汝之身世及汝之學業，反復詳言，瘏音苦口，幾歷數句鐘之久，幸汝母怒容稍去，允與商榷。噫！余至此誠欣忭莫名矣。然仍不能無所怯，所怯維何？即恐汝母許余言，而涂家終不允也。"素貞微哂曰："姥慮事誠周密至矣。"鄧姥曰："此題中應有之事，焉能不計及？不期余方涉是想，汝母竟舉以相詰，余幾瞠目不知所對，良久始撫拾兩語曰：'果如是者，余當認冒昧之過。'汝母又曰：'吾養女不長進，致累姥姥，於心更何以安？'余曰：'吾殊樂為也。'汝母曰：'在律，兒女婚姻，吾實有可否特權，茲姥既欲為吾女謀終身幸福，吾謹當順承良意，任姥所為。'噫！素兒，余聞是言，其樂豈可支乎？於時復與汝母話家庭閒事，汝母謂今年收穫甚佳，果汝下年出嬪者，奩具當極豐盛。"素貞曰："棄錦繡於泥滓，兒何愛其華膴，且兒亦殊不能為吾母感。"鄧姥曰："兒勿爾，汝母意甚良也。"素貞曰："然則姥將以何時往關家指涂某姨氏。？"鄧姥曰："當在此一二日內。"素貞泫然曰："如此累姥，兒將何以感恩圖報。"鄧姥笑曰："余憫汝也，豈市恩易報哉？"言已，出。

素貞此時意甚適，以為鄧姥果允力圖，願望當不至盡失，顧仍不能無所耿耿者，則聞明道同紉英赴牯嶺事也。私念茲事果確，則明道與紉英情愫必已臻於真摯，己之婚約，又安足望？獨有不解者，紉英固明明表示與王摯中情致極深，且有此暑假中誓必定婚之議，胡兩禮拜中頓易其初志，而與一初不相習之男子相悅，紉英縱多情，亦當不至無定力至是。繼又念明道素注重紉英，或者王摯中已婚之隱事為紉英所燭破，姑絕彼而就此。如是，則彼兩人今在牯嶺，握手暢敘之樂，誠未可量，而其最美滿之婚約，亦必於此時醞釀而成之矣。噫！已矣，余何望，思至此，不覺大慟。

第十二章

明日，素貞寐時，早膳已過，此時傭媼已將盥具入，舉動間忽張惶失措。素貞訝之，亟問其故。傭媼慘然曰："姑娘尚弗知耶？吾家老主人於昨夕膺大病矣！"素貞驚曰："汝何言，老主人病耶？汝晨間胡不告余？"傭媼曰："吾恐擾姑娘清夢，故未及告。"素貞曰："速侍余起！"傭媼曰："姑娘亦未痊，不畏風耶？"素貞曰："此何事，豈畏風？"遂亟起，往鄧姥臥室，見姥呻吟床席，神情恍惚，爲狀若甚痛苦，撫之，火熱，幾如灸炭。與之語，亦不應。素貞一驚幾絕，計惟有往醫院迎吳醫生至，或有良法救治，然路遠，不若就近召醫生爲善，遂謂傭媼曰："汝速往近處覓醫生至，我暫侍此。"傭媼遂出。素貞私念鄧姥年已衰邁，曷勝此重病？且觀病勢，必昨爲余事感受暑熱所致，設有不幸，吾何以對彼？又念姥方允一二日內爲余陳説婚事，今忽中道遘此，前途必又大生阻礙，余之宿願，正不知何日可償？噫嘻！命薄運蹇，至余身可謂極矣！思時，不覺浩嘆。少頃，傭媼領一老醫生至，狀甚和靄，以貌相之，當在六十歲上下。素貞視之，頗慰，以爲老年人臨症多，當不至有誤，遂舉鄧姥平時體質爲醫生縷述。醫生聞畢，復診脈，忽作驚訝狀，良久，又易喜色。素貞奔走其側，意懸懸究不知其爲輕爲厲，待醫生診畢，亟詢曰："先生，病狀究何如乎？"醫生曰："在勢當無礙，以感冒熱邪，尚在腠理，苟藥力速者，一二日後當愈。"素貞曰："如此，吾心滋慰。"醫生曰："幸老人體魄強健，匪然，殆矣！"遂立書一方付素貞，素貞固精醫，然僅知西法，若中醫，殊不能了解，亦惟有如法侍鄧姥服之。是日，鄧宅甚忙碌，素貞奔走徬徨，幾忘飲食，且天氣酷熱，疲憊甚。幸午後鄧姥略清醒，張目顧素貞曰："令兒終日勞瘁，余心何安？"素貞曰："此兒應盡之職，姥何言此？"鄧姥笑曰："汝心善，甚感慰。然余此時稍痊，汝可少息。有傭媼在此足矣。"素貞曰："若輩蠢笨，安能侍病人？兒習看護久，此事儘爲之。"遂仍侍其側弗去。明日，醫生復至，見鄧姥神志清明，欣然曰："吾意老人大瘳矣！"鄧姥曰："謝先生，今日殊佳。"素貞遂代述其病狀，醫生笑曰："一時感冒，吾早知愈必易，然以老年人當之，茲亦險矣！"乃將昨方審視一過，改易數藥，付素貞曰："此服之，晚間熱當盡退。"言已乃去。及夕，鄧姥熱果退，且能食，素貞視之，大喜，口中感謝上帝不置。鄧姥笑曰："汝教會中人，謝上帝。余將奚謝？"素貞亦笑曰："姥其謝佛乎？"復正色曰："大凡人處危難中，皈依宗教之念恒切，每每因之而得大福。"言次，遂歷舉誰搆大病，賴祈禱上帝而瘳，誰遇大險，賴祈禱上帝而得無事，反覆詳言，滔滔不絕。鄧姥固一迷信因果之人，聞是，頗資以爲樂，遂顧素貞曰："曩者此間佈道之人，嘗至余家談論此事，吾恒以爲不過炫世之言，用以吸引人之信仰，不意竟爲實事。"素貞曰："心誠則神臨之，安有謊言？雖然，觀近日入教之人，又未足以言此，試一至禮拜堂虔心聽講者，能有幾人？亦無怪他人之鄙視也。"鄧姥曰："然。吾亦嘗聞人言，今日禮拜堂秩序大不如前。"素貞曰："主教何嘗不恨之？顧亦無法以治之。"言次，唏嘘不已。素貞皈上帝之心，本出自至誠，觀其所言，實痛切近理，然僅能責人之過，於己之過眚，又昧昧不知，試以其婚事言之，何嘗不有違上帝之訓，顧不能自爲解脫。此實爲素貞一生之缺點，故其後結果遂無佳象。一念之差，終身立驗，惜素貞未早晤也。越兩日，鄧姥已就痊可，惟頭部略昏，以大勢卜之，再數日當可恢復如常人。一日，早餐後，鄧姥方坐客室籐椅納涼，忽傭媼張惶入曰："頃有少年客至，彼自陳爲主人戚串，許之入乎？"鄧姥猶夷未置答，客已舉步入室。鄧姥視之，非他，即素貞所恨恨不欲見之涂某也。鄧姥欠身迎之，細審其狀，傖荒之氣尤甚於昔，不覺私贊素貞之離異爲得計。涂既坐，即曰："姥邇來佳乎？下走今日此來，姥當知所爲。"鄧姥曰："吾殊不省。"涂曰："吾近聞人言，彼近居姥家，確乎？"鄧姥曰："汝言吾愈不解，所謂彼者，誰乎？"涂聳肩曰："姥勿爾，豈真不知耶？"鄧姥微哂曰："素貞耶？彼與老身爲至戚，其居我家亦當事。"涂笑曰："彼爲姥戚，我亦即姥戚，何至不能置問？雖然，不見彼亦佳，但我有數語，姥姥能爲我轉達否乎？"鄧姥聞言，思素貞方欲與之離異，今彼既以此相詢，何不乘勢直語之，苟其有效，不較向姨氏陳説爲便捷乎？遂漫然應曰："汝姑言之。"涂曰："姥許吾言，吾誠感激，仍當乞姥恕吾冒瀆。蓋吾今日所言者，又爲己之婚事，曩者姥曾囑吾勿再以此事見瀆，今又言之，不其厭聽乎？"鄧姥曰："汝但言之。"涂曰："吾自垂髫時，即嘗見彼，心中以爲世界佳人，當無逾於彼。後聞吾家言，已與彼論婚，吾心滋樂。姥試爲吾思之，以此素所鍾愛之人，乃日與乖忤，視之如灰土，此何可自聊？"鄧姥曰："汝胡不別圖，必戀戀於彼姝？"涂曰："嗟夫！是焉能者？今特乞姥爲我助，以姥與素貞親近，發一言，當無不立諾。苟能許吾速成婚者，則終身感姥不已。"鄧姥曰："在理，吾殊不能干他人婚事，惟既云夫婦，當必相愛，勉强成之，伉儷之間，寧有愉樂？以吾思之，汝猶以更娶爲佳，且彼少有蓄積，已允盡與汝爲更娶之費。"涂搖首無語。鄧姥曰："然則汝當終鰥？"涂曰："世間豈有是理？"忽又怒曰："噫！吾知之，必彼另有所愛。"鄧姥曰："汝何以知？何得以此等語加諸閨秀？"涂躍起曰："姥甚勿爲彼袒，我已審之至悉，彼所愛者，即閔明道，彼以爲不至我家，即嫁明道，如是我必手刃其人。"言時，暴獷之色盡露。鄧姥視之，頗懼，繼又念此等人當易遏制，亦作屬色曰："汝速止，汝當吾前，不能無禮。"至此，涂大恐，翕然無聲歸座。鄧姥曰："此時汝須自承其過，若抗暴如此，吾惟有令素貞永不汝嫁。"涂此時怒氣遏抑都盡，色慘白如死灰，語鄧姥曰："謝宥吾過。吾之言此，非必欲實行吾言。"鄧姥曰："甚佳，後此勿更爾，否則不能更入吾室。"涂曰："謹如命。"鄧姥此時不覺暗笑其前踞後恭，然思此事絕難處置，以大勢觀之，離異殊不易易，顧此事又爲素貞生死關頭，豈能恝然置之？已而又念用緩兵之計亦佳，然後再圖離異之計，亦未始不可，因語涂曰："汝此時自認其過，吾殊爲汝嘉。然汝既愛素貞，當必不忍令其學業中道而輟，苟汝必欲於此時成婚，則此後光陰，行將盡鎖磨於中饋瑣務，安能執卷就讀？"涂曰："然則姥意云何？"鄧姥曰："吾今語汝，汝當屏息以聽，汝果欲成婚者，必俟其畢業之後，此意非惟素貞如是，即其院教主亦主張如是，吾意汝縱急躁，當不敢輕違教主之命。"涂聞言，瞠目起立，兩手搓磨作抑鬱狀，曰："是誠難事。"鄧姥若不之聞，惟取壺傾茗自飲，忽聞涂曰："姥姥，吾一日不得其人，即受一日之痛苦。今又益此三年歲月，是何可者？"鄧姥曰："然則當往央教主，勿再溷我！"涂聞言，環步室中，私念央求教主，必無效驗，且或遭其屏斥，遂復懇鄧姥曰："幸容我思之，三日後覆姥可乎？"鄧姥曰："否否！再思且生變，苟以此議為是者，即速允之。"涂泣曰："是無異奪吾生命也。雖然，姥既命吾如是，吾惟有忍痛允之耳。復何言？"鄧姥曰："如此甚善。惟吾猶有一言語汝，汝當識之，汝自此日始，此三年中汝不得更以讕言逼素貞，並不得一履此地，苟不如約者，仍不能得素貞。行矣！吾新愈欲息。"涂遂出。

第十三章

涂既去，鄧姥方返室，忽聞客室後發巨響，大驚，急入視之，目光所觸，見素貞暈絕榻上，面色慘白。蓋素貞居室，適在客室之後，凡鄧姥與涂所言，彼均聆之甚悉，及聞畢業而後成婚之議，頓如槍彈貫胸，心痛彌甚，思茲議一成，年來所期望者，行將盡舉而付之東流，三年之光陰非遙，一生之劫運且至，彼蒼者天，胡薄我若是？尤不解者，鄧姥固允為我助，今胡為又建斯議？天下事竟難料如是耶？繼又思，明道果與紉英感情日密，此三年中人事變遷，兩人勢必達成婚目的，爾時吾局外人，則第二層之期望者，不將又盡失耶？如是，吾此後之歲月，豈復可以安寧耶？嗟乎！上帝，吾惟有早祝吾長眠地下耳！思至此，心愈痛，如海波犇湧，目眩神昏，遂昏倒矣。鄧姥既覩斯狀，驚駭欲絕，力呼傭媼以冷水至，噴射素貞面部，復撼其身，良久仍弗醒。鄧姥怖甚，幾欲放聲大哭，欲遣人往醫院召醫生至，忽聞傭媼呼曰："甦矣！甦矣！"此時素貞唇翕翕動，眼波亦微露，長嘆一聲，遂醒。鄧姥見素貞既甦，喜甚，亟詢曰："兒胡為至此？"素貞睜目視之，不答，淚簌簌下。姥姥知必適間所議，未愜其意，故悲傷至此，遂婉言慰曰："吾適間所議，乃以實偪處此，不得不為此緩兵之計，實則非吾心所甘為。"素貞哽咽曰："姥姥良不負兒，兒豈怨姥。兒特痛己之命薄耳！"鄧姥曰："兒勿爾，此三年中人事靡定，豈能預計？倘汝能得教主歡心，焉知彼不仗義而出，以成汝之志？"素貞泣曰："兒從此更不復萌妄想矣。縱三年後兒不作涂家婦，而兒之素願終失，終無以自聊。"鄧姥聞言，頗駭，問曰："是何謂？"素貞囁嚅不語，良久始曰："此事兒本不欲告人，茲以所望已賒，言之亦無礙。兒今直語姥，涂某謂我欲嫁閔明道，其言良不為誣，我亦不自知何故獨愛是人，蓄心欲嫁者，兩年矣！祇以塗家關係未斷，不敢抉以示人。姥前云曾聞人言及此，大抵亦僅得其梗概。至我兩人深情固結，想姥亦未必盡悉。當我歸自漢皋，與彼相見密，情素亦因之日深，冥冥中若嘗有人慫恿我愛彼者。噫！早知有今日，真不若當時斬情根，勿相見之為愈也。兒既入校，念彼益切，所懸之心而結之夢者，幾舍此不復更有他事。私心自計，以為涂某可以離異者，論婚此人，殊為佳偶，且終身亦必愉樂無限，詎後竟有人出而為兒之敵，其人即姥所見與明道赴牯嶺之汪紉英也。明道之愛紉英，或非出自誠意，而紉英則實愛明道，爾時兒見之，為之大懼，以為吾愛果為紉英奪去者，吾望絕矣！幸紉英另有所愛，而其人良不如明道之佳，兒則極力慫恿紉英嫁之，及後偵察，其人又已論婚，兒雄心頓為之挫，尚幸紉英不知，兒亦密而弗告，猶憶休假之前數日，紉英猶語我誓必嫁是人也。詎姥前又親見其與明道同赴牯嶺，若甚親密。噫！豈其所愛之人，隱事為其窺破，將舍而就明道耶？抑偶然相遇耶？兒日來志忐而不寧者，蓋即為此，然猶望離婚之議果成，兒事仍可集。今若此，則請姥為兒思之，果彼兩人尚係普通交誼，紉英仍欲嫁其先愛之人，則兒尚不至盡無望。設兩人竟以懇摯情愫，此三年中，能保其不定婚耶？是時，兒豈有權力可以禁阻？"鄧姥聞言默然，蓋不以素貞為然也。素貞微覺，因復言曰："姥殆不樂聞是言乎？"鄧姥曰："否！大抵兩女眷眷於一男者，必獲最慘之惡果，非不樂汝言，特為汝懼耳。"素貞曰："兒願如是，初亦未嘗計及事之利害。"鄧姥曰："天下才貌如閔明道者尚多，以吾思之，汝猶以屏去此念為佳。"素貞曰："兒身一日未物化者，此心或一日不死。"鄧姥聞言，頗怒，然仍自為遏止。

自是素貞復病，日支離於枕席間，百無賴，屢欲致書明道，白其痛苦，又不知明道寓牯嶺何處，安得一效忠郵使，賫書以往者，既又念明道若果與紉英已契合，此時方聚首一堂，把臂言歡，吾書縱至，彼未必一念及薄命之人痛苦，縱使尚憶前情，亦不過私自嘆曰"是人可憐"而已，又豈能舍其所愛而就我哉？故吾今日所處之境殆如危舟蕩漾大海中，颶風忽作，四望迷漫，一無救援，惟袖手待斃而已。

當素貞處此困頓無聊中，明道初不之知，日猶徜徉牯嶺，竭其一生之愛，以貢於紉英，實則紉英並未嘗注意也。蓋紉英眷懷摯中之心，始終未懈，其去牯嶺而依石醫生，良非得已。在理，明道不當乘人忍痛之餘，而求達己之志。顧男子一落情網，凡百都不之計，當明道將赴牯嶺時，初亦未嘗料及有此良機，且紉英向不與之作深談，爾日途中竟娓娓不倦，私心竊爲之喜，以爲紉英將必與摯中情意俱斷，行將論嫁他人矣。故其圖婚之念頓熾，既至牯嶺，遂擇一與紉英密邇之旅館而居，初計不過欲逗留一二禮拜而返，至是則擬作長居，以爲紉英一日不去者，彼即一日不歸。方其初至時，尚痛惜素貞境遇之否塞，及一轉念，我將從此與紉英相見日多，以狀卜之，結婚或非難事，是則此一月中，即我一生最美滿之時代，而彼則與我適成一反比例，我雖未悉其近耗何如，亦可決其憔悴困頓，有不堪言狀者。果其離婚之計劃能成，我尚足以竭我誠懇，忠勸其另覓佳士，此後之生趣，或不至盡失，匪然者，殆矣！明道思至此，遂兩年來素貞待己之情愛一一輪轉心中，頓覺此等人背之非義，負之不祥，於是悲感交集，輾轉不寧。凡以上之種種感想，初猶如是，不逾日而又忘之矣。次日，乃往謁石醫生，醫生固素諗明道，且係同業，故相見時，頗極愜洽。明道有一事，足投醫生之好者，蓋醫生喜研究醫理，明道頗擅其長，以故明道無日不詣石，石亦無明道不樂，由是與紉英常聚首。紉英亦覺明道誠懇和善，樂與之親。明道常自慶曰："此度爲吾生第一次愉樂之期，將來與紉英結褵禮拜堂時，則第二次也。"顧天下安盡有適心暢意之事？明道處此，雖理想上嘗覺爲快，究仍不能無所慊慊，一則與紉英坐談及出遊，石醫生必與俱，良不能一吐胸臆，一則與之偶談及婚事，紉英輒亂以他語，或竟不答而去。初意猶以爲紉英尚是閨秀，竟與人議婚事，或不免有所羞澀，及後察之，見紉英嘗於無人處作抑鬱之狀，豈其或未忘懷於王摯中，故不欲人及其婚事乎？然則彼又何必毅然與之絶交，且又密其蹤迹，而不之告？不然，則彼必非愛我者也。日與酬對，若即若離，究不能測其意向之何在，每思及此，恒向天以噓其氣，素貞謂明道在牯嶺，必欣快，其實一禮拜後，竟大謬不然。

第十四章

一日，忽發生一事，又大足以爲明道之障礙，幸明道不之知。先是素貞於病中默憶前事，願望盡絶，悒悒無聊，忽生一念，思今日雖處此山窮水盡中，究猶有一綫希冀。希冀維何？即往哀告紉英，痛陳利害，乞其勿嫁明道也。紉英素與余善，或能念同學之情，灰其意志，則余事尚有圖謀之餘地。顧余已淹留病榻，決難親赴，且以閨秀而向人訴此胸臆，設不見許，愈增羞赧。既又思以書往，而紙筆形容，終不如口述之痛切，且明道在彼，罣礙尤多，正籌思莫決時，適鄧姥迎張俊珍至，以作閨中良伴。蓋俊珍善辭令，或能使素貞改易操守。姥姥此等用心，殊忠厚可敬，素貞聞之，亦甚喜。第素貞非喜病中獲此良友，實喜得此良友而赴牯嶺之有人也。乃將其計劃述之俊珍，俊珍聞言，默然若甚淡漠。素貞大疑，思茲事在彼聞之，當表贊同，顧何以忽持是態，毋乃策弗善耶？抑對余感情已疏，不欲與聞余事耶？茲大足令我駭詫，遂顧俊珍曰："余竭誠以語君，君胡漠然若不相聞，質之友誼，豈得謂當？"俊珍微哂曰："言誤矣。君所言，吾均悉。第此事匪易，余當自爲審慎，故未及答。"素貞曰："然則君可否能往，猶未決耶？"俊珍曰："然。"復曰："君猶未知，據吾近日所聞，吾等向之所期望者，蓋已盡絶矣。"言次，遂將紉英與摯中離絶之狀況，一一縷述於素貞。素貞聞畢，大驚，思茲事果不出己所料，然則彼兩人之婚約，必於此暑假中醞釀成之矣。遂顧俊珍曰："洵如是，倩君往牯嶺之議，不將作罷乎？"俊珍曰："吾初意亦云然，然吾以理想測之，此時明道斷不敢倉猝向紉英求婚，紉英亦斷不至驟忘王摯中，而許明道之約，即此而圖，似未必竟無濟。"素貞曰："設不幸事實又與理想相反，吾言不又爲多事乎？"俊珍曰："此殊難定。

吾適言須審慎出之者，蓋即此意。"此時素貞愈難自遣，蓋前此謂紉英與王摯中事尚在疑猜中，猶能用以自慰，今則如五里雲霧，豁然廓清，凡目光所觸，無不盡見，成敗利害，儘可決之瞬息間矣。又念紉英素有節操，且亦習聞余與明道之情愫，未必遽孟浪而允其要求。顧女子性情，最易搖動，豈有一溫柔男子日貢媚於前而不動之理？思及此，為狀殆若狂易，俊珍見之，憐憫不禁，遂於二日後決定允其所請。素貞聞之，喜曰："如此，吾殊感君。"俊珍遂行。吾書謂紉英處一日忽發生一事者，即俊珍幡然而至也。

紉英為人良篤厚，且處此孤寂悶損之餘，見俊珍忽至，得與舊友作長談，亦大佳事，遂歡然款以上賓。午餐畢，俊珍乃以散步請，紉英允之。維時夕陽欲墜，餘光照山巔，作腥紅色，尤以玻璃窗受光處為燦爛可愛。俊珍曰："君得長處此福地，愉樂當逾於吾儕。"紉英曰："以景地言，實足樂。然以心，樂者處之則樂。若余又安知其樂？"言次，遂席一青石而坐，俊珍亦隨坐其旁，曰："君胡為言此？吾微聞人言，君已於此獲得良友，且……"紉英曰："君勿言，吾孤寂寡歡極矣。"俊珍曰："吾所言非他，即閔明道也。幸君恕吾冒昧，吾聞人言，君已欲與彼論婚，確乎？"紉英聞言，大駭，顏色驟變。俊珍曰："此語果屬唐突者……"至此，忽截然而止。紉英曰："請更言之。"俊珍曰："吾實語君，吾此來實受一人之託，其人良苦，想君亦微聞之。"紉英曰："殆素貞耶？"俊珍曰："然。彼自與明道識後，一往深情，兩載於茲，明道亦嘗於其前表示愛戀之意。君試思素貞多情人也，焉能不動於中，於是念念以伉儷自期。顧素貞已幼字涂氏，以欲與明道論婚，遂毅然於暑假中宣佈離異，不期明道忽於此時敝屣前愛，偕君同至此地。素貞聞之，大懼且痛，思此一月中，汝兩人相習既訖，苟明道向君求婚者，君必見許，遂要余至此，訴此胸臆。"言竟，注視紉英顏色，忽大恐，蓋紉英此時憤極，嚴厲之色盡呈露於面。俊珍恐怒其言之不當也，遂復言曰："吾之陳此言初無容心，蓋素貞吾友，君亦吾友，寧敢有所厚薄？特素貞囑我如是言，我遂如是言耳。"紉英曰："吾豈懟君，特茲事大足生人疑詫，吾與明道僅泛交耳。渠之至此，與余之至此，不過偶然相值。惡得謂初有成心，且人各有志，吾自有吾所天之人，又何至奪他人之所愛而代之？"俊珍曰："君言果由衷耶？然我輩均為人類，咸有思想，咸有愛情，君縱秉此光明無他之心，以對明道，設明道不諒此心，日猶以柔順、溫存之術以貢之於君，恐君亦難以自主。爾時勢不能不舉生平志願而盡奪之於外緣。"紉英慍曰："君之言此，殊大薄我也。我近日之際遇，君當知之。自願命運，心已如枯井，遑有容心以察人之情志，且明道之至吾居，與醫生相遇恆多，與吾相遇則絕少，彼果否有愛我之心，我殊不知。惟可誓言不願受其愛。"俊珍曰："君襟懷如此，吾殊敬服。吾苟以是言告諸素貞，素貞亦慰快。"言次，遂將素貞病狀述之紉英。紉英曰："我奚知此？苟知之，我必早絕其人矣。雖然，素貞離婚之議既弗成，明道又不復屬意，茲事前途，殊非佳象。"俊珍曰："余亦何嘗不慮此？顧余屢效忠勸，彼恆不聽，奈何？"紉英仰天微喟曰："此輩人大都自尋苦惱，吾惟願上帝盡拯之出此魔界也。"明日，俊珍遂歸，見素貞困憊床蓆，若囚徒之待其一言以決生死者，不禁心大感動，乃將紉英之心志一一縷告。素貞聞之，果喜極。

第十五章

無何，暑假期滿，俊珍遂與章庚白結婚，從此明道去一敵人，素貞少一臂助矣。是時，紉英即擬入校，忽校監遣人賫一函至。紉英啟視之，乃派其往太湖充當教習者，聞之頗喜，忽憶王摯中乃籍是邑，此去不又增一煩擾？吾方思遠避其人，安能又入其地？在理，吾當辭退此事，顧茲事乃校監所命，違之大不敬。然則如何而可？遂轉商於醫生，醫生亦勸其往。紉英不護已，允之。方擬明日就道，午後明道要其散步，紉英思明道此舉，必大有深意，然吾欲絕其人，正宜乘此時告之，遂毅然往。至時，見明道立一樹下，顏色慘白，若膺有重大痛苦者，紉英自念曰："吾所測果不謬矣！然吾何故來此者？"思時，已矗立其前，遽作嚴厲聲曰：："君命我至，我至矣！何以教我？"言次，凛然。明道視之，大震，面無人色，聳肩作畏縮狀曰："吾……吾欲請姑娘至，一訴吾之胸臆也。"紉英知其意弗良，思欲以他語亂之，又念不如俟其言已再峻拒，遂曰："趣言之。"其聲似驚而似怒。明道囁嚅不能出口，至第三次始曰："吾……吾蓋欲姑娘至吾家主中饋也。吾抱此癡念，欲白於姑娘者已半載於茲。祇以自慚形穢，不敢直陳，茲聞姑娘將遠離，此後更不知何時把晤，姑冒萬死以言之。"紉英曰："吾生平殊未覩此狀，君……君言吾已悉，吾甚有隱憂，不能許君也。"明道曰："隱憂胡爲？得勿爲王摯中乎？彼行將偕其新婦度密月矣。寧復念汝？紉英，汝當知愛之一字，關係至鉅，即以我論之，屏絕無數因緣，都祇爲汝。方我初識汝時，黎素貞即甚愛我，而欲嫁我，而我立却之，絕不用其眷眷。至我家老人，亦爲我論婚數處，而我寧背命弗允，蓋我之戀汝，甚於一切也。"

紉英毅然而來，至此英氣頓挫，大窘，百思不得一言相抵，欲覓地自脫。明道又阻其去路，方急迫中，忽憶得一事，語明道曰："君何由徑欲得我？我女流中最庸者耳，黎素貞之才藻丰格，咸勝於我，君得彼，佳偶也。且聞彼最深於情，良不如我之冷雋。近聞彼爲汝愁腸百轉，相思成疾，在理，君不當棄彼。"明道曰："此何可者？"紉英曰："如是，君猶不免爲薄倖，愈不可託以終身。蓋君今日負彼之愛情，將來亦可以負我。君何不知自審乃爾！"明道曰："否否！吾決不至此。蓋吾之視君，爲吾第二之生命。君苟屬意，吾所歷百刼亦不變其初志。嗟乎！紉英，吾生平未嘗求人，而必求君者。蓋非君不能生。"語已，淚落如繩。紉英見之，心頗爲動，強對之曰："明道先生，君縱鍾情如此，而我却無情。"明道聞言，久之，曰："吾生何福？能得君憐。然君誠告我，意中猶憶王摯中否？"紉英瞋目言曰："此我自由之權，何勞君問？"明道曰："君不言，我亦弗強。惟今日之我，良非前日之我也。前日愛君尚弗深，君雖與他人好，我亦不知其怒。自暑假以來，我愛君已至於次骨。苟有王摯中或第二人日貢媚於君前，使君以愛我之心，移而愛彼，我必手斃其人。雖然，我尚有機緣可以自遂。紉英女郎，吾不逼汝，汝宜澄心思之。我雖焦思酷恨，急欲遂其謀。即久候數年，吾亦無悔。吾意在必欲得汝，吾適所言，躁妄已極，驚及姑娘，吾罪重矣！嗟夫紉英，脫吾將來百計俱窮，尚能謀至汝家，求汝父母，汝父母或不如汝之棄我。總之，吾身一日不死者，必終得汝而後止。"

紉英曰："此何爲者？天下豈有情緣既慳，而久俟乃反脗合？吾不相愛，何緣能作君婦？以吾決之，此議不如自是罷矣。茲事誠我之罪，幸先生恕之。"明道曰："姑娘拒我，初亦無害，移時將轉念好我矣。且我兩人交誼，人盡知之，君縱不我許，恐終其身亦無有敢屬意者。吾今直語汝，吾之所求至恕，惟姑娘於今年寒假後，許我探取消息，於願斯足。想此事初不爲難，於我亦閒得一絲之希望。"紉英自念此時妙訣，無若速圖兔脫，且遷延此五閱月，爲時甚緩，尚足自謀他計，遂語明道曰："吾若許君以寒假取決，必此五閱月中，勿得以呶呶之語噪聒，亦不能更至吾處，如是者可許也。"明道曰："吾誓不窘姑娘矣。"紉英曰："善。惟所允五閱月，非允婚成，若思索不能決，則吾五閱月後之言，儘可如今日也。"明道曰："吾知之，然吾竊望姑娘之勿如今日也。"語已，遂行。紉英是日之赴約，初心本爲絕明道，今反爲明道所迫，與之聯好，思之不覺大悔恨，且此五閱月中，彼果否不加煩擾，殊難遽信，縱其堅守信約，而我於此五月中，不能籌得他計，亦終不免允其最後之要索。平情論之，嫁是人亦不惡，然吾終不能驟負王摯中也。且吾前日與張俊珍之言，猶歷歷在耳，豈遽爾反汗，即人不我罪，而辜負素貞，又烏乎可？嗟夫上帝，胡竟予此境遇乎？思極時，見四圍山色中，幾無一不足增其悵觸者，遂惘惘而歸。

明日侵晨，乃摒擋行李，作回城計，既至，獨坐啜茗，默念居此已月餘矣。自揣心地，雖諸多抑鬱，而得以與王摯中斷絕，亦不能不謂爲得計。不意今反被劫於素無戀念之人，今後之身世，行將一變，至太湖後，更不知作何景象，思時悵極。侍者以早膳進，亦不能下咽，乃往更衣。別醫生，醫生照例略加訓詞，即令之行，既抵校，校監接之甚喜，乃將太湖人情風俗，一一述告紉英。紉英自執卷就學後，此爲第一次掌教，在理，當自慶其交泰運，顧仍終日不愉。次日復與同學相見，若輩忽若甚驚駭者，紉英大疑，詢之，乃謂紉英此一月中，益增其美也。紉英笑曰："寧有是事？"乃取鏡自照，見已之雙波，如翦秋水，睫毛秀潤，適當雙娥之下，櫻口微綻，如乳嬰濃睡弄笑狀，齙犀微露，燦白如象牙，兩頰微赬，如桃子新熟，一堆黑髮，蓬蓬若結雲氣，光色可鑑。此時，衣灰色衣，益顯其傾國之貌。審視既久，不覺自得曰："若輩良不吾欺也。以是之故，因想及明道之纏綿，亦俗情所不免，然既足以傾動一人，餘人亦正復易動，此行獨身而之遠地，危險正有不堪言者。"思已，益不快，遂強語同學曰："我意殊不別其爲媸爲妍，即有過人之處，亦非福也。"第三日，校監遂命之行，並贈以圖書等類，紉英均一一受之。行時，同學咸送之江干。紉英與若輩本極善，今忽又飄然遠去，離懷愴然，登舟時，淚落如繩，若不勝其悲者。

第十六章

素貞此時已漸痊可，乃循例入校，至校後，聞紉英已赴太湖，尤樂，樂其敵人已去矣，明道當屬囊中物，取捨從違，盡操之己手。詎局勢已變，終屬心勞日拙，未見其稍收效果。入校之第二禮拜日，乃獨往訪明道，一以慰苦憶之渴懷，一以探明道之意向。既至，先以名刺入，明道欲屛之弗見，然思不如從此以數言絕之，遂迎素貞入客室，相見時，故示其漠然之狀曰："君邇來無恙乎？"素貞曰："病月餘矣。君豈弗知？"明道曰："我胡由知之？"復曰："聞姑娘離婚之議未成，確乎？吾殊爲君賀。"素貞聞言，大弗悦，曰："此爲余生最痛心之事，君既知之，又何必言？吾爲君心力交瘁，幾瀕於死，今日相見，乃不能爲數言之慰藉，反藉是以滋揶揄，得勿令人心碎？"明道亦正色曰："吾前不已語汝乎？汝婚苟一日未離者，無論如何，我兩人決無伉儷之望，今日之事，汝當自嗟汝之運蹇，豈能怨及於余。"素貞曰："君言良當，吾豈不知？惟吾今日之來，乃懇君勿忘一年前之事也。君試思以後余具此懷慚抱愧身軀，將何以更事他人？是君非止誤余一時，殆誤余終身矣！至謂余前婚未離，即不能偕伉儷，余亦思及，然君苟念前情，余當與君同去異地，迨婚事既成，涂家亦無從追索，以我兩人之力，尚足以自活，不其較居此地爲佳乎？"

明道曰："此何可者？吾上有老親，下有弱弟。良不如汝之閒散，且我兩人朝去，而終身之名譽夕隳矣！縱異地足以安身，抑又何樂？至於一年前事，吾自叩天良，非吾之過，君今引以相責，吾豈願聞？吾今直語汝，吾五閱月後，行將與他人結婚，君苟識勢知命者，當從此絕。"素貞聞言，痛極幾暈，良久始期期曰："君……君言確耶？"明道曰："良確，且其人亦與君善。"素貞曰："然則紉英耶？"明道曰："然。"素貞忽念半月前，俊珍歸自牯嶺，紉英固明明表示其不嫁明道，今胡爲而有此變？以理度之，紉英當不至誆俊珍，俊珍更不至欺我，且俊珍迨歸之次日，紉英即赴太湖，縱有變出意外，亦不至若是其速，然則明道之言，其詐我乎？素貞至此，非惟弗憂，且覺甚樂，遂語明道曰："以吾思之，君之此言，殆誆我也。以紉英與王摯中之情愫測之，決不至驟有是事。"明道傲然曰："君弗信耶？然至爾時當有明驗。"素貞覩狀，忽怒曰："君勿傲獷如此，將來縱有有明驗，吾力尚足以掣阻之。汝勿憒憒，以爲吾輩弱女子而易欺也。"明道聳肩乾笑曰："汝言誠奇特，天下豈有閨秀而干涉他人家婚事者？"素貞曰："若以毫無系屬之人，吾從而干涉之，或爲不當。"言至此，復曰："始愛終棄，此等輕薄男子，安足倚以終身？汝果與紉英有結婚之想，我僅以此宣之紉英，紉英亦必廢然中悔，汝之願望安足以償？嗟乎！我可愛之明道，汝其愼之！"言已，拂衣竟去。

明道至此亦大恐，蓋以素貞之言，語語直揭其隱也，以素貞靈敏之手腕，欲破壞其婚事，豈不易易？矧當前日求婚之時，紉英首先注重者即此事，素貞若果言之，紉英之引身而去必矣。明道思至此，悚懼交集，心若焚絲，然轉念素貞，終屬羅敷已有夫，無論如何，決無論婚他人之理。然則余之拒絕，又非不當，余曩者謂彼聰穎，今反若愚駘，曩者謂彼和柔，今反若英鷙，事事盡背我之臆測，我事安得不敗？思至此，仰首浩嘆。

素貞回校，幾若狂易，自初識明道以至今日，舉凡一言一笑，一事之微，無不推想盡致，默念此一生情愛所鐘之人，今忽爲他人奪去，天下痛心之事，寧有逾此？而四顧茫茫，迄無一臂助之人，向日有張俊珍在，尚堪爲余效奔走之勞，茲彼亦偕其新壻往懷寧度密月去，俯仰身世，眷念前程，幾至無淚可揮。及夕，乃作一長書致紉英，惜是書爲紉英所焚，致吾書不能露布，堪以爲憾。寄書之次日，復至鄧姥處，白以近日所遭，蓋是舉乃以追怨鄧姥不應許涂某以三年之約也。在理，素貞殊不宜出此，然此時已心迷神惑，他事良非所計，詎鄧姥聞畢，若不甚措意者，素貞頗駭，問曰："姥殆不以是言爲確乎？胡漠然若是？"鄧姥曰："此吾早料及之事，又安足奇？"素貞曰："然則姥當有以救我矣！"言時，狀甚沉痛。

鄧姥此時本欲斥其妄謬，然見其可憐狀態，又復不忍，乃婉言曰："汝欲我援救？斯殊易易，然汝亦曾推及後日之利害否？男女婚姻，大非兒戲，汝兩人此時意見既左，將來縱如汝願，而閨房之中寧有樂趣？迨相習既久，必索然覺其無謂，爾時中悔晚矣。"素貞曰："然則坐見其娶紉英耶？吾豈甘心？"鄧姥曰："汝誤矣！紉英與汝之境地，大不相侔，天下足以容無數之紉英，斷不容汝一身，明道足以娶無數紉英矣，斷不能娶汝一人。胡爲發此癡念？以吾決之，不如罷矣！吾邇日見汝神情惶惑，即知汝事必非佳。屢欲勸汝勿浪擲有用之光陰，搆此無憑之幻想。然恐言之，反增汝悵觸，今汝既以之白余，余敢用以忠告。嗟乎！吾愛汝，甚望汝能納余言也。"素貞慘然曰："姥猶不知此中底蘊，我兩人蓋有萬不能斬截之關鍵在也。"言時，移身近鄧姥座，附耳密談。半晌，鄧姥駭曰："有是事哉！汝以聰明絕世之人，胡不省世界最易明之禮法？在汝固多情，然情須蘊蓄，勿太矜暴。凡人情重，一歸結束，未有不敗壞心術者，且世界所重，本在貞潔，安能恣汝所欲，以行其敗檢踰閑之事。噫！茲事愈難爲矣。"素貞泣曰："此當係兒失檢之過，然彼人負兒，又安可者？"鄧姥曰："吾行當爲汝召彼至，曉以大義，然成功與否，仍未可必也。"次日，遂召明道至，叙談竟日，不意明道所執，與對素貞之言亦無稍異。鄧姥至此，雖不無忿怒，然亦莫如之何。傷哉！素貞之阨運至矣。

第十七章

紉英既至太湖，初意以爲地雖不良，當不至不能暫駐。詎未至一禮拜，而險惡之風波，竟洶湧而至。先是王摯中欲與紉英論婚事，到處傳說，惟恐人不知者。鄉里愚人，既未識世態已變，遂如蜀犬吠日，相驚以爲奇事，且王摯中已有豔妻，今復注重是人，則是人非月宮中人，即扶桑仙子，故紉英初至時，凡此種種所述，竟傳入王摯中之耳鼓。在理，以此等讕謠唐突閨秀，殊屬非是，顧彼等奚知者，且摯中方利用此衆論，以脅紉英，不知紉英聞此，寸心如割也。然猶冀無稽之談，或可稍息，乃屛摯中不一見，詎鄉人不察，誼騰且日益加甚。一日，爲紉英至太湖之第三禮拜日，來客至多，座位已滿，而虔心聽講者，不過半數，大都爲視紉英而來。紉英至此，不禁恨王摯中至於次骨，向之不忍捐棄之一綫癡念，至今亦削滅無餘，念此地安足容身者，來日方長，詎不爲若輩凌辱欲死，計惟有懇求校長辭退此任。遂於是日午後，以人地不宜作長書一通致校長，親投郵局，歸後閉門自思，此次之出而任教務，乃出自校長推重之良意，設能勤謹教務，校長之愛敬，必自此日隆。明年赴南京講經會，舍彼其誰？今竟被此橫風吹斷，誠紉英大不幸之遭遇也。且茲事若未爲紉英家與校長所知則已，若爲所聞，彼今後尚有面目以自容於世耶？

紉英思至此，極爲悵惘，忽傭媼推扉入，持一函進，紉英視之，乃素貞所寄，頗疑，思彼胡爲以書至，亟啓封閱之，閱竟浩嘆曰："此間之謠諑，爲攻余之第一陣。此函則第二陣也。余生不幸，事抑何多乎？雖然，素貞亦癡憨可憐，顧余凡爲彼謀者，明道恒不一從，奈何？今果聽其言，謝絕明道，亦殊不難，然明道又豈能俯首帖耳聽余指揮？余自叩天良，決不敢負我良友，至將來事勢之歸宿，則視我兩人之命運何如。余今亦無暇作覆，亦不便留此痕迹，以貽人口實。"言時，竟將來書付之一炬。噫！素貞之滿紙淚痕血影，於茲乃成一撮冷灰而已。越一禮拜，校長之覆書乃至，蓋已允紉英辭職歸校。紉英閱畢，甚喜，如釋重負，遂於翌日料理行裝，凡平時王摯中所贈之件，一一毀棄，蓋自以表其心之決也。部署既竟，乃往牧師家告別。牧師年甚老，亦篤敬紉英，今聞紉英去，頗滋不懌，曰："吾鄉學堂，歷未得一良教授，致吾儕子女多所荒落，自姑娘至後，頗蒸蒸日上。方望姑娘常得司鐸是方，不意席未遹煖，而遽辭去，誠吾鄉大弗幸也。"紉英曰："女弗學，譾陋殊甚，反蒙贊許，慚愧縈甚。"言已，遂出。紉英自念居此行將兩月，所堪喻以道義者，僅此老一人。吾意上帝燭照四方，此等人當必予以好歸宿也。

明日，紉英遂行，初意本欲逕赴校，後思與老親睽隔甚久，不如趁此臨家省視，乃中道折而歸家。抵家後，忽發生一事，又爲紉英所意計不及者，則閔明道已倩蹇修與其父直接議婚也。紉英聞此，甚駭，其父曰："彼人所倩之蹇修，即余舊識之友，其人良誠實可信。一星期前，余方督雇傭治田禾，其人忽至，舊雨重逢，吾樂殊甚。談次，始知爲議汝婚事。吾思汝年已長，茲事亦切要之圖，遂歷詢閔氏之家世及其人之品行。據彼所云，則甚相當也。"紉英亟曰："然則吾父得毋已許其人乎？"曰："否。吾謂須質之於汝。"紉英曰："茲事體大，良不可昧昧從事。"其父曰："以吾思之，彼人良佳，且吾與汝母年已俱老。苟不趁此一息尚存之時，了此擔負，將來九泉之下，何以瞑目？"紉英聞此，甚難置答，思己年華已屆花信，然向所默許之王摯中，今已決絕，若如老人意，則惟有嫁明道。以明道之才之情，嫁之自足愉樂，然又置素貞於何地？觀其前日之書，不啻痛哭流涕，若猶負之，於義豈當？然則明道又不可嫁矣。思時，心至煩亂，欲覓一語以答老父，幾百索而不可得，其父觀狀，遂復言曰："茲事關係汝之終身，老夫良不能用其強迫，惟恐過此以往，不能再得茲良會。吾亦知汝善羞，不能驟然置答。吾今許汝平心靜氣，一爲思索，明日覆我，亦未爲晚。"言次，乃別詢校務，紉英均一一告之，惟王摯中之風波，則隱而未言。其父曰："如此甚善。汝一人往彼，吾亦甚懸懸，今後仍回校，殊減我憂慮。"言竟，遂歸己室。是夕，紉英至難自遣，念明日將以何辭答老父者。繞室萬匝，竟一籌莫展，時秋氣已深，半輪明月，橫亘天空，四壁蟲聲唧唧，尤足增人惆悵。紉英推窗瞭望，覺一身如在萬傾波濤中，茫茫不知所屆。若由紉英平日之心測之，是夕，處此淒涼之境，必能動其仁慈之念，或推想愁苦可憐之素貞，驟處是境，一憶及平生鍾愛之人，忽撇而之他，其傷心愁絕，不其更甚？吾儕既屬友誼，安能乘其危而劫之。明日必覆老父曰："茲事萬不能允，以另婚為得計。"詎紉英猶非臨崖勒馬之人，是時竟盡舉其前日拒絕明道之毅力而棄之，念人生在世，歲月幾何，大好韶華，安能辜負？且父既屬意明道，明道復甚愛吾，焉知非三生石上早訂良緣？此而不圖，寧非傎者？思時嫣然自笑曰："吾前念不欲嫁其人，今不遑他顧矣！"言時，頓覺前此之思想，盡如處幽邃之中，今則始登諸光明之域，明日乃以之復於老父，其父甚喜。然其父尚未一見明道，終覺難以自信，遂議偕紉英赴潯後，再決其議。噫！斯議一決，素貞之生命絕矣。

第十八章

紉英居家凡數日，遂偕父往潯。父名朗齋，老農也。然在是村，聲望頗隆。凡村民有齟齬者，咸質之於彼，以判曲直。因是彼於紉英擇壻，甚為注重，既抵潯，館於旅舍，命紉英往召明道。紉英此時心志既定，甚勇於行，絕不似往日之瑟縮者。既見明道，明道大駴，蓋此事為明道所萬料不及。當冰人初歸時，雖未經若翁謝絕，而紉英遠在太湖，又有五月之約，茲事之成否，決非日暮間事。今紉英猝然而至，必非無故，非拒絕婚事，即允許婚事，二者必居其一。然以紉英平時之態度測之，拒絕婚事必居大半。然則彼今日之來，一語已足以令我灰心短氣，因是為之大駴。惟明道之如此心理，不過腦筋一瞥，僅數秒鐘耳！良不如吾書所叙之繁。方悵惘間，紉英忽嫣然曰："吾知吾今日之來，必爲君所最歡迎者也。"明道聞言，再覷其色，乃大喜，以生平向未得紉英此等笑靨，今茲所云必大吉事，因曰："得勿許吾婚約乎？"紉英曰："否，此時尚未。惟以勢卜之，或不至無望。"遂將其父之意向及此次來潯之宗旨，爲明道述之。明道喜曰："世間安有此幸事？吾自汝去後，日如處幽邃之中，百無一快，今何幸而有此消息？紉英，我將何以自慶乎？"言時，執紉英之手。

紉英曰："茲事猶有商者。"明道曰："君是言殆追咎鄙人前日之不檢乎？前事咎誠在我，我固已爲君言之，當未識君前，覺世界中無一閨秀足爲余留意者，故與彼姝指素貞結情好，自見君後，即復心醉於君，念後此吾二人苟得有倡隨之樂者，則誠吾身之幸。不期彼姝竟從中作梗，幾令吾二人之好事，截然中斷，今而後逕可將此事泯滅，君又奚必提起？"紉英曰："倘其聞之，而生滋擾，奈何？"明道曰："否，有涂某監視其旁，安能冒然出此？今惟請君定其允否告我。若見允，則從此與君必無反目之日，且長實君於心坎矣！"紉英曰："君心吾早洞悉，吾今亦宜請君勿記吾之前告，吾當未識君時，本思論婚王摯中，後得君揭其秘密，舉以告我，中心感激，莫可名言。然思君既已鍾情彼姝，當不復更婚他人？故於斷絕摯中後，仍不留意於君。不期既至太湖，所遭之風波，竟無一不足令人心冷者。"言次，遂歷述在太湖之情狀。述已，續曰："吾既歸，始聞吾父言。君已倩塞修至，吾初聞猶甚疑懼，以君婚吾，於彼姝則大不利。然吾父甚心願，並迫吾勿違其意，故決定從吾父之意，而來晤君。嗟夫！明道，吾今後定愛君弗替也。"言時，出手授明道。明道捧而親曰："君心如是，鄙人尤極感激也。"言已，二人遂相偕往晤朗齋。

明道原一俊秀少年也，舉止、面貌均足動人。凡識彼者，無不樂與之親。朗齋屈蠖村中，從未與此輩交際。今日相見，殆如枯槁之木，忽爾向春，心目中愉樂，幾不省臻於何地。私念吾女得匹此人，誠爲佳偶，吾必立許之，遂語明道曰："老夫來此之意，想吾女已爲君述之。前茲冰人至吾家時，吾即已心許。惟恐寒門弱息，雖匹君子，用是自爲瑟縮。後聞吾女言及君垂顧之意，始知君乃一磊落之人，故敢冒然來瀆。若不棄者，今後當永偕秦晋之好。"明道曰："下走譾陋，乃承丈謬爲誇許，自審實慚愧無地。惟女公子清才麗質，偶此粗人，蒹葭倚玉，丈將來得勿悔其弗類耶？"朗齊曰："君勿言此，既屬姻婭，無用謙抑。至成婚之期，則惟汝是聽。"明道曰："聖誕日何如？"朗齊曰："甚佳。"言竟，遂以婚約予明道。明道懷之而歸。紉英則以明日入校，入校後一般舊友猶不知其已許嫁明道，復斤斤以王摰中爲問。紉英至此，不覺啞然失笑，然仍密而弗宣。蓋恐素貞知之，又生煩擾也。

第十九章

素貞自與明道誼闋後，心意至弗寧，且紉英處又無一字答覆，尤甚悒悒，私念彼與明道得毋果結有婚約耶？胡爲接此哀懇之書，竟安然擱置不答？天下事之難捉摸，誠不意一至於斯，若以紉英平昔之心性觀之，此事或不必確有，然則明道又奚爲如是云云耶？此時已至十月，木葉盡脫，素貞悶時，乃出室憑欄遠眺，藉以排遣，而對境生情，感傷益甚，念明道所云果確，則結婚之期，瞬息即至，我得不袖手旁觀，坐視其與新人度密月耶？思時，心痛如割，淚落如綫，俯仰身世，覺前途殆將如此草木，由枯槁而至於死矣。素貞賦性本多愁，今又淪此淒涼之中，亦無怪其終日恒呈是態，迨後遍詢同學以紉英之近狀，而同學中與紉英親善者甚少，故亦莫得其朕兆。愈思愈覺不能自聊，曩之豔麗風姿，今則幾如梅花瘦矣。校長素愛素貞，覩是狀，嘗加研詰，素貞故隱諱不言，蓋恐言之非惟無益，適足以招辱也。校長曰："以吾思之，汝必有一至難遣之事，不然胡居恒抑鬱如是？"素貞曰："凡人一入世途，便如沉溺苦海，安能不有抑鬱之事？"校長曰："汝言良然。吾亦知汝輩少年常有難遣之事，然當自爲解慰，上帝不嘗詔吾人乎？當屏欲寡念，隨遇而安。如汝輩髫年，又奚爲自尋煩擾耶？"校長只知素貞遇人不淑，不知其更他有所鍾，故言此以勸之。素貞曰："先生之言，弟子敢不銘之肺腑？然而天下事有至難言者。"校長曰："汝不言，余亦弗强，惟汝如是消瘦，安能再任課務？以吾思之，汝宜暫歸調攝。"素貞曰："如先生准假者，當如命。"校長曰："是又奚不可？"於是素貞遂廢讀而歸。歸時，本欲回家，然家中距城甚遠，恐不能偵取明道動止，故仍假居鄧姥處。鄧姥見素貞病骨支離，心甚憫痛，嘗背人飲泣。蓋姥煢獨一生，只此可愛之戚串，今復落落如是，愈覺了無生趣。素貞雖嘗窺覺是意，欲强爲歡笑，亦竟不能。一日，忽得一噩耗，則謂明道已與紉英締婚也。先是明道既得紉英婚證而歸，喜不自勝，以爲畢生之樂事，當無逾於此。噫！明道此言，在他人聞之，不過爲之豔羨而已，詎知入素貞耳鼓，竟一慟而暈。蓋前之所謂一綫之期望者，今則一掃而無餘矣。及醒，縱聲大哭，淚落如瀋，自恨不早決策，乃沓沓至於自誤，屢屢内咎孟浪，因致誤其終身，且兩年來之情愛，亦於是時一一奔集心端，更覺憤痛不已。計自今以往，惟有與死爲隣已耳，宛轉思維，悲妬交集，既忽躍起，曰："吾安可不一質彼人？"遂力奔而出。素貞近日本甚疲弱，此時竟神百倍。及至，亦不予以名刺，逕趨客室，閽人大駭，力阻曰："姑娘何事？"素貞曰："吾欲晤閔明道。"閽人曰："已他出，今日恐未必歸。姑娘其稍俟乎？"素貞此時腦中昏惘，亦不覺言之侮，惟曰："果他出耶？"閽人曰："吾豈誑語？姑娘果不以爲確者，可登樓一視。"素貞念茲事誠可怪，幾着着令吾失望，遂怏怏奔回鄧宅。

歸後，扃户偃卧。鄧姥以膳進，亦不食。及夕，明道忽遣人賫一函至，素貞拆閲。曰：

　　黎姑娘鑒：鄙人適自外歸，聞閽人云姑娘於下午辱臨，彼此参差，致弗能晤。恨甚！鄙人今有一言，進於姑娘者，我已確與紉英定婚也。結褵之日，當在聖誕節前後。從此汝可安然事汝故夫，吾亦不至煢獨無樂，各得其所，於理至當。想姑娘明達，當必能爲鄙人曲諒也。絶矣！毋多言。閔明道上。

素貞閱畢，棄之於地，既復拾而碎之，念此人誠可謂絕無心肝者。當吾丁茲厄運，彼猶復撾拾薄命人痛心之事而揶揄之。早知如此，誠悔當初爲情所誤。然紉英與余交誼至篤者也，今亦竟忍心賣余，人情之險惡，固如斯耶？鄧姥見狀甚憂，然事已至此，亦莫可如何。明日，素貞仍弗進食，週身炎熱，口中狂囈不已，或歷歷自道其情語，或大笑不止，蓋素貞此時知覺盡失，其言語動作均不自知。鄧姥乃迎前醫己之老醫生至，意老醫生經驗深，或可施治。詎醫生診脈已，謂病人純係心疾，當俟其自愈，非藥力所能奏效，竟不施藥而去。鄧姥視之愈憂，合宅中均倉惶恐懼，莫知所措，而素貞之狂憨益甚，時時欲力奔而出。鄧姥懼甚，乃於次日遣人往迎素貞之母至。素貞母固極愛素貞者，既至，忽覩是狀，一慟幾絕。鄧姥此時本欲舉素貞之病源，告之其母，后思此事乃素貞一生之舛誤，其母聞之，必易愛爲憎，母子之間或且因之傷感情者，且素貞近年恒居己家，此事已實亦有其過，設言之，不多增罪戾乎？思至此，乃竟不言。

越數日，素貞略愈，其母以家事繁，遂匆遽歸。臨行時，惟頻頻以素貞託鄧姥，復偕至素貞室。素貞見母欲歸，大弗樂。蓋素貞此時思前顧後，百念俱灰，覺人世間除此老母外，更無足親者，牽裙大哭曰："嬤嬤，果欲歸耶？恐此歸更不復能見兒矣！"其母曰："兒勿爾，兒病良已，余歸後，部署家事訖，仍來視汝。"言已，俯親素貞之額。此時，素貞愈覺骨肉之情爲重，不忍其母別去。母復曰："姥姥愛汝良甚於我，有姥姥在，足以代我也。"言竟，遂行。

第二十章

無何，聖誕節至，素貞念彼兩人將舉行嘉禮矣。玉人一對，慧福雙修，必足以欣動一時，若我則病骨支離，更無復有人垂念。世間情愫，得非幻夢耶？思至此，病轉加劇，而其時涂某又復催婚。一日，素貞忽得一書，書面署涂某所寄，素貞未開函，已默知來意。既讀書，適如所料，書中有云："素貞：吾近日思汝益切，汝須憐我。若不成婚者，我病發矣！我本當恪守尊約，奈心不如願。汝若爲血肉之軀，必蓄矜慈之念，不當使我岑寂也。近聞汝所愛之人，行將娶婦，汝念當亦爲之灰滅。素貞乎！汝須知我二人畢竟爲正式夫婦，即使汝不見愛，吾亦以五倫名義，責爾來歸。汝若不允，令我癇發，則罪在汝躬矣。"素貞閱竟，亦不怒，蓋此時反覺涂某之言爲當也。顧素貞誓言在先，今豈反汗而嫁彼傖哉！實則素貞絶無此心，且思人生在世，只有三端，曰愛情、曰希望、曰樂趣。今此三端，皆歸烏有，而一生至不欲之人，反來此滋擾，生人之趣已全盡矣。最良之策，惟有一死，蓋身死而知覺泯，萬事悉付之雲煙飄渺中，其樂彌甚也。素貞思至此。死志乃決，至於母子之情，皆不遑顧，乃於聖誕節前一日，作長書一通致明道。此書蓋即其一生癡念之結果也。歷一日之功始成，付傭媼投之郵筒。嗟夫！傭媼果知此三寸書中，爲絕代美人絕命辭者，當亦不敢作此洪喬也。

是日天微雨，至夕益甚。素貞兀對銀釭，聽此雨聲，愈覺凄涼不可復耐。思今夕吾尚能於人間受此悲感，明日即不復知矣。乃就案頭作數語告其母曰：

嗚呼！母親：兒將從此永訣矣！在理，兒本不當出此，然兒生趣俱盡，雖存亦無足樂。憶曩時吾母謂兒聰慧過甚，殊非福澤，今言果驗矣。兒不肖，所期皆虛，死亦無憾。至兒所以致死之由，鄧姥甚悉。兒死後，可以一詢。惟此事甚穢，兒亦知罪。甚望吾母閱之，勿爲泉下孤兒重咎也。嗚呼！別矣！不盡欲言。薄命兒素貞手書。

書竟納之筒，封面書此函留吾至愛之母親觀之。諸務既畢，獨坐啜茗，自念人生自裁，乃爲大罪，不審此去見我亡父暨我殤弟，尚能容我否？既而又念身爲愛情而死，萬萬不能自悔，即有地獄之門，亦將闌入無恤，舉首望天曰："天乎！天乎！此吾身所自來，死所從依者，幸上帝憫我。"此時，夜已深沉，素貞復起立，以鑰啓箱篋，凡向日與明道往來之信札，均檢取朗誦一過，然後焚之。既畢，推窗南望，天黑如漆，微語曰："吾至愛之母親，兒別矣！"乃取手中之金約指碎之，一一吞食，已而言曰："此物乃吾歡所贈，吾歡雖負我，我仍寶之心頭，與之俱去。"言時，悽厲萬分，聲淚俱下。噫！此乃素貞末次之發言矣。

明日侵晨，明道即起爲紉英部署衣飾。蓋是日來賓甚衆，明道與紉英又皆少年好裝飾者，故洞房絢爛，服飾美麗，靡不力求入時。迨部署訖，將食早餐，忽郵使賫一函至。明道接視之，乃素貞所寄，因笑曰："彼亦以函賀我耶？"乃破封讀之。書曰：

吾摯愛之明道見此：此等稱謂，想君必不見許。然吾行且就死，萬事都休，君接吾書時，吾已花殘玉碎矣！嗟夫吾歡！人孰不樂生而惡死，吾今胡爲竟甘死如飴？此寸心中之苦趣，想君亦能推想而得之。然欲君推想而得者，非有所怨於君而謂吾之死爲君所誤也，特欲君知之而爲薄命人作最後之憐憫而已。吾識君已兩載有餘，當初識時，見君風采爽俊，才識超群，寸心脈脈，即覺君爲吾畢生鍾愛之人。愛念既萌，情愫遂生，而君於其時，又嘗自白其殷殷垂念之意。君試思女子心如弱草，胡能不動於中？顧吾非寡廉鮮恥，甘爲失檢之人，特以情之所鍾，難以自禁，事後追維，又未嘗不用以重悔，且子雖使君無婦，吾已羅敷有夫，長此昧昧相鄰，又豈萬全之策？惟有離婚。此吾所以有第一次向涂某提議離婚之事，不期吾議方提而武昌事起，吾於此時，適又有漢皋之行，致此種計劃遂被橫風吹斷。迨今春歸來，愛君之念，復益真切，嘗覺此生此世，苟能厮守勿離者，吾樂無極，願作鴛鴦不羨仙。吾爾時蓋已祈禱萬遍矣。乃倉天獨負苦心人，造物偏忌多情者。吾念方摯，情敵忽生，君於其時，忽愛紉英而棄吾。吾初聞之，猶不甚信。及吾提議離婚，君屢屢生阻，吾始爲之疑懼。然猶意君血性男兒也，當不至負心，而欺此弱女子。且山盟猶在耳，秋扇之捐，當不至若是其速。乃冥冥中又背我之所期，君竟偕紉英休暑於牯嶺，山光明媚，水色瀠洄，君當備嘗其樂趣，而吾則病悵愁悼，方支離於茶礑藥爐之側，至七月初間，始聞此消息，乃倩張俊珍往訪紉英，詢其意旨，詎彼竟力白其絕無容心，不過與君偶然相值。吾聞之，始略略欣慰。嗟乎！及今思之，始知其言之為賣我也。迨暑假期滿，吾病尋愈，一縷癡心，猶冀君未嘗忘我。故於入校之第二禮拜，乃將吾所計劃，面陳於君，以為君既愛我，必能容納。詎君非惟不允，且直言已與紉英定婚。嗟乎明道！吾聞此言，吾將何以堪乎？萬不獲已，遂作長書一通，哀懇紉英。書發後，魚沉雁杳，竟不復獲得覆音。吾至此，始為之大懼，知紉英必已立定主義，許婚於君，不然胡竟一字不答吾也？嗟乎明道！吾年來所白日追思，夜中成夢之策劃，至此已着着失敗。思前顧後，羞憤交加，隻影單形，萬感畢集，吾向來弱不勝衣，今復遭此際遇，憂能傷人，遂奄奄復病矣。校長憫吾，給假歸家。時又復聞君與紉英將於聖誕日成婚，遂聽之餘，心肝俱碎，乃亟往謁君，適又不值。及夕，君竟以三寸之絕交書遣人賫至。嗟乎明道！人苟為血肉之軀者，當不忍出此。君乃行之而不稍顧惜，抑何殘忍若是？吾既得是書，吾復奚望？且思轉盼聖誕節，吾苟不含尤忍垢以嫁涂某者，即當死心塌地以視君成婚，舍茲二者，決無他法。顧吾前以誓言不他婚，今豈反嫁於素所深惡之人，至坐視君與他人成嘉禮？更非此心所忍，思之，惟有一死。此吾所以毅然以死自期。嗟乎明道！吾死何足惜，惟吾懷慚抱愧以死，終不能無所恨恨耳！夫愛情貴專於一，苟弗一者，乃為淫亂。吾苟知有今日，便當為薄命人稍留餘地，使薄命人一身清白，不至罹此慘局，乃當時之心如彼，今日之心又如此，前後歧異，致薄命人陷此網罟之中，吾縱不為君罪，君捫心自思，豈亦能恝然乎？嗚呼！情天缺陷，恨海難填，回首前情，真同幻夢，吾今亦無力再與君作絮絮語。惟吾已將此寸心白於君前，吾願已足。別矣吾歡！

從今以後，苟得君一臨吾三尺斷墳，吊我弱魄者，吾泉下定知感矣。薄命人素貞絕筆。

明道讀畢，大慟。蓋此時一綫天良，忽爲感動，乃亟奔往鄧宅。惟聞哭聲一片，素貞果已物化矣。

名花劫

哀情小說《名花劫》提要

　　叙一女郎自述身世，爲孤兒，爲傭工，爲養媳，爲妓女，爲侍妾，無一日非傷心之日，即無一事非傷心之事，歷歷言之，出諸香口，尤覺一句一淚，一字一淚，讀之令人汎瀾不置。

嗚呼！閱者諸君，此妾一部傷心史也，亦即妾一篇絕命詞也。當妾未握管之先，妾心已碎，血已枯，聲已嘶，淚已竭矣。妾本不欲以此傳之人間，使九泉下蒙莫大之羞辱。然妾不言，妾恨終不能釋，且人世間更不復有知妾命之薄而心之苦也。嗟乎！蒼蒼者天，既生妾爲一弱女子，復賦妾以娟好風貌，胡不使妾早匹名門，以叙天倫之樂事，乃偏使妾千里奔馳，流離瑣尾，操人間之賤業，嘗人間之苦惱？妾至此真不能不重怨夫彼蒼之不仁也。雖然，妾何尤乎天。妾惟自怨命運乖舛，生不逢辰耳。倘妾父不死，妾何至於如斯？即父死而家不被於火者，亦且母子依依，安度優遊之歲月，更宁復知人世間尚有苦惱憂患之事？乃層層節節，雨雨風風，直逼妾遘此鞠凶，墮此地獄，行將月缺花殘，身埋黃土。妾亦更何言乎？

妾原籍資州，姓李氏，生於壬辰，距今恰花信年華也。父商於湘，獵利頗厚。當妾誕生時，妾父聞信馳歸，欣快無既。鄉黨鄰里咸來致賀。妾父母亦均禮遇有加。蓋妾父母一生所見者，祇此一綫弱息耳。摯愛之誠，自不待問。嘗撫妾而言曰："余行年且將不惑，膝下猶虛，頻年奔走天涯，了無樂趣，今幸上天佑余，使余得汝，余心滋樂。蓋余絕不以汝非男子而自爲悒悒也。"早歲，妾父年歸僅一次，迨妾生後，則每年兩次，蜀道之難絕不以爲苦。蓋念妾心篤也。嗚呼！閱者諸君，妾父母愛妾撫妾，妾乃不能稍圖劬勞之報，反遺死後之羞，地下有靈，豈宥妾耶？妾生兩歲，即能呀呀學語，三歲已扶牆而步。妾父母愛之尤摯，雖掌上擎珠不啻也。是時，妾父因湘中貿易甚佳，議挈家遷往，妾母不允，曰："人生百年終須寧家，君年且老，豈欲終身僕僕風塵耶？"其議遂寢。苟爾時誠遷者，妾之身世，或不至是也。無何，妾已十二歲，亭亭玉立，知識幾類成人。妾父曰："此女美而惠，或非福也。"乃延師教妾讀。蓋欲藉是使妾思想趨於高尚也。果不一年，四子書即已誦其半。妾父母見之，愉樂無極，嘗語人曰："吾兒聰穎嗜讀，將來不櫛進士也。於是凡妾所需，無不滋意以取，衣服裝飾，咸極其華麗。妾亦雅好修飾，自顧不群。嗟乎！爾日生涯，良可謂極人間之樂矣。嘗念人生胡不長駐此十二之華年，何爲增高繼長如是？年歲增長之中，又何爲使妾之憂患苦惱均亦隨之而增長耶？是時，鄉黨中涎妾之美者，咸踵門論婚。妾母均以妾年尚幼却之，妾亦絶不知婚姻爲終身大事，偶聞議是者，恒厭而弗聽。妾母曰："天下斷無不嫁之女，余之所以不即爲汝論婚者，非他，良不忍也。"妾曰："生兒者父母，人世間寧更有親愛如父母者？兒願侍父母以終身，不願嫁也。"妾母曰："兒有此孝心，余心滋慰。然焉能如是者？"言已，唏噓不置。嗟乎！此情此景，歷歷在妾耳目。詎知不逾年而家世遂大變耶！

次年三月間，妾父自湘中來書，謂隔歲結束，所获不豐，擬春間輟業旋家，不再從事塵肆。妾母接閱後，欣悅無量，謂妾曰："從此以後，吾家可永享骨肉團聚之樂矣。"又曰："吾家資財均在湘中，汝父此次必盡載而歸。將來或購田廬，或營產業，吾家當不患貧乏。且吃著并無盡時也。"妾聞之，亦爲之色喜。於是晨占鵲噪，夕卜燈花，唯引領而望妾父之歸。

詎閱數月，由春而夏，妾父之歸信，畢竟杳然。妾母日夕惶惶，焦灼萬狀。常攜妾徧詢鄰右，均不能得其迹兆。妾亦暗自驚詫，以爲妾父縱不歸，亦當先有家報，胡自三月至今，竟一字不復得耶？一夕妾方寢，忽見妾父批髮于額，渾身淋漓，慘然語妾曰："吾兒，吾已不復生人世矣。吾自三月下浣，起程歸家，中途被劫於盜，財物皆空。吾亦爲盜溺死。吾自思一生無過，不意遭此結果。天地間果報，豈有定準？此後汝母子務好爲持家，吾泉下亦當瞑目。嗟乎吾兒！永決矣！"

妾父言至此，妾心痛如割，嗷然大呼曰："父……父……"一言未已，瞥然而醒，蓋一場噩夢也。覺後不禁大哭，念此夢而果確也，妾之家世，寧堪設想？且妾既無叔伯，終鮮兄弟，妾父又未嘗多置家產，此後母子瑩瑩，更誰依託？思極時亟欲奔告妾母，又念妾母方值此惶懼之餘，設言之不益增憂慮耶？且夢乃積思而成，焉知非我日間所懸念，夜間遂結此幻境耶？於是一面自爲慰解，一面隱諱不言。然日見妾母之憔悴狀態，寸心中又未嘗不爲之怔忡萬遍。尤奇者，妾不瞑目則已，甫一交睫，前夢之情景，便惝恍而現於目前。嗚呼！詎知此乃果爲妾父所授之兆應耶？

自是之後，每當夕陽含山時，妾母必攜妾眺于郊外，冀以接妾父之歸也。詎如是旬餘，仍無迹兆。於是妾母每歸必哭，妾亦爲之潸然泣下。一夕，妾母謀於妾曰："時至今日，汝父尚無消息，吾思必有他變。吾擬挈汝往湘，一探確信。汝其願行乎？"妾聞言，思此事誠佳，然此煢煢兩女子，焉能奔此萬里之途者？遂嚶然答曰："母所言兒極心願，然有不能行者，一則路途遙遠，人情險惡，兒兩人孤身而行，正難保不無宵小之徒，乘間肆虐。二則既至湘中，父親之踪迹，設仍不能覓得，則又何如？爾時飄零異地，匪特資斧爲艱，即嬤嬤亦豈能勝其勞苦耶？"嗚呼！閱者諸君，妾之爲此言，蓋恐前夢之驗，妾母不願生還，妾家從之墜敗。詎妾母聞之，怫然怒曰："汝誠不孝，汝父愛汝如命，今遭此變，汝反閑放若是，寧復成爲人子耶？"妾泣曰："嬤嬤，兒決非畏難而苟安也。兒雖年幼，頗知大義，縱不能勉效曹娥，亦豈不識倫常之愛耶？惟兒之所言者，非爲兒一身計，乃爲吾家前途計也。"妾母見狀，始稍解慰。嗚呼！妾果知吾家後日終不免墜敗，妾身終不免飄零者，爾時誠不應拂逆吾愛母之意也。

逾旬，妾鄉忽來一客，自言與妾父甚善，遍詢妾家，妾母聞之喜極，意其必爲妾父賫得好音來也。遂亟挽其人至家，並欸以盛饌。嗟乎！客所報爲何？乃妾最摯愛之老父死耗也。蓋客亦籍川中，因附妾父之舟旋家，得以相識。不料行至中途，遇盜覆舟，一一如妾夢之境。惟彼善泅，故得以脫險。妾父則竟死矣！天崩地坼，慘變非常，妾母聞之，慟極幾絕。妾亦不知涕之何從。嗚呼！此情此境，妾自爾日至今，竟未嘗一刻或忘，即今日述之，九曲回腸，猶覺寸寸欲斷矣。

妾母自經此變後，神經瞀亂，絕粒不食者數日，及稍清醒，復繼以病，初起猶不甚厲，逾日後，乃大狂熱。終日囈語，喁喁不止。妾視之，不禁心痛如割。然明知妾母之病，乃心傷所致。若妾更於其前露此慘態，妾母之病，不其益甚？萬不獲已，反易憂爲樂，可憐妾是時才十三齡耳。內而茶鐺藥爐，奔走於病母之前，外而喪事家務，支持於酬應之中。妾之勞頓，豈復堪言！然而妾宴如也。惟念念祝妾母之早愈。蓋妾父既没，妾母苟不痊者，妾之身世已矣。一夕，妾母精神略健，撫妾而泣曰："吾見自茲以往，吾家之劫難至矣。吾他無所慮，惟觀汝孤苦伶仃，無所依倚，心滋慘痛耳！吾早知有今日，爾時誠不當爲汝拒婚。蓋我年事已老，行將就木，人間苦況，已復無多。若汝則前路甚遙，將何計而度過耶？"嗚呼！閱者諸君，妾值此悲傷之餘，復聞茲痛心之語。妾之難堪，更復何如乎？

　　幸天佑難人，一來復後，妾母之病，漸漸痊瘳。妾之喜慰無既，方謂從此勸助老母，部署家務，不期妾於其時亦竟病焉。蓋妾體質一向孱弱，此次既經慘變，寸心已傷，復侍疾萱堂，勞瘁皆備，故稍感風寒，奄奄遂病。所幸者，妾病良不如妾母之劇。不然，妾母視之，不知又增幾許憂慮也。是時，堪爲妾家之助者，僅雇用之老媼。其人傭妾家垂二十年，平時甚忠於事，茲見妾家多難，事益勤，且絕不易其態度，至於向日之奔走妾家，慇慇懇懇之鄉黨鄰右，此時則皆屏迹弗至。嗟夫！門前冷落雀堪羅，人情之卑陋，世態之炎涼，誠令人謂之浩嘆不止也。妾母既健，遂着手摒擋家務，凡先父生平來往之簿記，均一一檢對，大抵人負我多，我負人少，顧債家均在湘中，鄰近不過零小債而已。其餘僅住宅一所，田畝全無。預計生計前途，實屬困窘。妾母清檢既畢，不禁撫膺大哭，嘗語妾曰："家事如此，何堪度日？"妾聞之，亦深爲惶懼。然思天下苟非疲癃殘廢之人，斷無坐以餓斃者。矧妾年方少壯，心又非愚，世之仰十指以贍家者，何可勝數，妾何人斯，乃不能耶？於是毅然請於妾母，願從事織繡，以供孝養。妾母泣曰："汝年幼耳！豈能勝此？"妾曰："不爾吾家覆矣！豈盡作餓莩以死耶？妾母不獲已。始教妾以織。於是妾乃終日作機杼上人矣。

　　嗟乎！妾是時久病方愈，便從事勞頓，回想當日先父在時，裸抱提攜，何等尊貴！寒則錦繡重裘，暑則綾羅紗葛，衣飾起居，又何等華麗！遑肯使妾於病痛之餘，服役事務耶？人生命運之變幻，竟難測一至於此。尤其者，曩日之亟亟欲與妾聯婚，終朝倩蹇修奔走妾家者，今亦蹤影而不之見，殆當時非戀妾之美，而戀妾之奩具耶？抑袛知向榮而不屑憐貧耶？可見世間姻婚，亦僅能以利結，而不能以義合。及今思之，妾猶有餘恨。雖然，妾是時幸而未字也。若字時尊榮，婚時窮困，今日更不知須受人幾許奚落也。

自是之後，妾家之用度，均仰之妾母子二人。粗羹藜藿，尚幸無缺。裙布荊釵，聊以自娛。倘得天公默佑，使妾母子二人，常得安享此清寂歲月，妾之今日，亦不至如斯。乃造物不仁，命運乖舛。不逾月而滔天之大禍，又突然而至。嗚呼！豈真所謂天者誠難測，神者誠難明耶？

一夕，妾母子二人，寢睡方酣，忽聞人聲鼎沸。爆烈紛騰，起而視之，紅光滿室，幾如白晝。噫！此何事？此何事？則鄰家失火也。妾視之，驚極幾暈，妾母亦慘聲呼救。可憐是時已屆冬令，妾母子二人，方從襆被中奔出，渾身僅御單衣。寒風冷氣，既已逼人，熊熊之火，又越窗而至。妾母無奈，乃率妾收拾衣飾，運之戶外，於是妾奔突於煙火中者幾二十餘次。

卒之衣物尚未運出，大火已出屋頂。妾母攜妾立戶外，親見室中器具，一一爲之焚去。每焚去一件，妾母必一慘呼。甚至於身體之寒冷，亦不之覺。俗諺云："只有錦上添花，那有雪中送炭？"其語誠非誣妄。設當時有人爲妾搬運者，妾家又何至一炬而空。嗚呼！此即妾家第二次劫運也。

妾居既焚，棲栖之所遂覆，茫茫大地，悵悵何之！萬不獲已，乃假居於疏遠之戚串。是時，妾家之生計，愈趨艱窘矣。所藉以果腹者，均先君所遺零星小債與妾母所積之微資而已。然而來日方長，萬不能就此度去。且該戚家亦屬貧竆，長此寄居其家，終非善策。是時，妾母之焦灼憔悴，誠有未可言狀者，乃忽有淺識之輩，勸妾母改節再醮，並謂勿斤斤於名義，以自遺伊戚。嗚呼！妾家何如門戶，妾母何如人也，豈如鄉村淫婦，二三其德耶？縱一躍而富貴兼收，其如亡父何？其如零丁之妾何？憶妾母聞是言時，大哭竟日。蓋爲是言者，非爲妾家劃策，直加妾家之辱也。一日，妾母語妾曰："吾家現狀，既隳敗至此，此地居人，又復日以蜚語進於吾前，故鄉土地，恐非我輩久留之所。汝有中表兄，現方賈於漢皋。汝父在時，彼受惠匪淺，以吾思之，惟有往漢依彼，或能获得一枝棲，不至餓殍以死也。"妾泣曰："往漢耶？萬里之途，資斧安出？"妾母曰："以汝我首飾易之，或足此用。"妾曰："設至其地，而不遇表兄者，奈何？"妾母曰："或不至是。"嗟乎！妾固最不主張去故鄉而之他地者也。前妾母欲往尋父，妾猶不允，今乃迫於時勢，使妾不得不變其主張，從妾母以去。噫！妾之心傷爲何如乎？

妾母既得妾之同意，甚爲喜慰。於是盡出妾兩人首飾，貨以銀幣，共計得值二百餘元。預思抵漢後，尚可餘得一百餘元。旅費既備，遂新購行裝，凡往日由火中搶出之零星器具，均舉而贈之戚串。妾母生平固最愛物者也，今乃一一不能享受，中心痛苦，曷可名言？臨行時，經過故居，見巍然巨宅，惟餘瓦礫殘磚，回想當年，先父構造之苦心，與夫家庭愉樂之盛況，無一不足以使妾徘徊而不忍去。妾母曰："方此宅落成之時，即汝誕生之日，汝父嘗謂此後苟弗得男者，即以此宅贈之與汝。今此宅隳矣！汝之命運亦隨之而墜。人生禍福，寧有定耶？"妾母言時，不禁放聲大哭，妾聞之，亦泣不可仰。嗟乎！是即此宅之主人翁，對此宅而掬最後傷心之淚者也。然妾當時猶癡心妄想，意妾母子兩人，當不過與此暫別，到漢後妾或能得字於貴家，將來正不難衣錦而回，重營斯第。詎此念非惟失空，妾母子兩人之骸骨竟從茲不復得返，所謂暫別者，乃永訣矣！嗚呼！妾果知後日妾母必死，果知妾母死而妾因之墮入風塵者，妾當時誠不當贊成妾母之議，蓋雖憔悴餓死於川中，猶較今日所經歷者勝萬萬倍也。

妾母子二人既行，荒村野店，淒苦萬分。每當夕陽落後，風聲猿啼聲，無不一一接於耳鼓。傷心人對傷心景，真可謂淒涼萬狀矣。既登舟，心膽益慄，蓋川流急湍，山谷壁立，稍不謹慎，即無幸矣。妾母嘗語妾曰："吾自幼至今，未嘗出戶庭一步，不意風塵之苦，有至如斯！果爾時而知之者，吾定弗許汝父奔走此途，則汝父必早歸休。何至吾儕今日復爲之踽踽耶？"言次，又不勝其悲痛。是後數日，每日妾母必呼先父數十次。一日，過先父沒處，妾舟亦幾遇險。妾母益大哭不止。妾視之，回腸寸斷。母曰："吾兒，汝亦思汝父當日遇險此地是何景象乎？吾舟今日微播，即覺神魂俱越，況汝父當時猶有群盜操刀而立其旁，其神魂飛越，更復何如？嗟乎！吾兒，吾苟非懼汝之流落者，吾真欲立投此江以尋汝父。"言時哭益劇。嗚呼！妾聞是言，妾何以堪乎？妾本想矯作歡容，以慰妾母，至此亦不禁放聲大哭，恨不得強盜而手刃之。既抵宜昌，妾母稍慰，乃擇稍潔之旅館寓之。候兩日，遂挈妾附輪船，船身寬敞，甚為舒暢，絕不似前日小舟之顛播，令人腦暈，且怪山峭石，亦少遇見，覺向之淒涼狀況，至此始略略掃去。行約一來復，始抵漢上。妾母乃攜妾逕往表兄處。嗚呼！妾母兩人最後無聊之目的，至是始達到矣。

妾表兄姓吳氏，名夢田，亦川中人也。孤苦伶仃，與妾相埒。當先父賈湘時，彼即侍先父料理瑣事，後先父見彼才幹可用，遂介其習貿於漢上。數載之中，聲譽大震，居停倚為左臂。凡出入事，咸彼任之。妾母既攜妾往見，談及先君慘死，家運顛連，彼聞之亦大為悲痛。當即輟事，為妾等賃屋以居，並佈置食用諸務，計妾自先父卒後，歷遭變故，所堪以為妾母子助者，厥惟表兄一人而已。妾當時之感激，誠莫可名言。顧表兄雖欲竭誠為妾家助，而表兄之力亦甚微，其數載來所入甚僅，且轉瞬須旋里親迎，費用更屬不資，長此以生計累彼，亦屬非策。於是乃日與妾母謀久遠衣食之計。嗚呼！閱者諸君，妾母既衰，妾年又幼，果欲謀衣食之計，不亦難乎！

一日，夢田至妾家，妾母遂以所謀白之。彼愀然曰："侄當年受姑丈之惠，實非淺鮮，今日姑母遭難來漢，衣食起居，侄自當勉負其責。何須姑母斤斤自謀耶？"妾母曰："汝有此言，吾心滋感。惟閑人坐食，山嶽且崩，此後未亡人既須汝長為照拂，決不能再以口腹累汝。況汝亦非大富，心有餘而力亦未必逮。"夢田曰："姑母既俯予體恤，侄感戴實深，惟此間生活甚高，以女子而欲謀枝棲，更非易易。若有，則又非姑母、表妹所願為也。"妾母泣曰："事至今日，豈能更講闊綽？苟能果腹而不餓死者足矣！"夢田曰："如是，侄當為姑母一探之。"

逾日，夢田復來，謂有某茶肆招人簡茶，入雖不豐，堪足糊口。妾母聞之，欣然願往。妾亦隨之而去。既至，同操此工者尚有十餘人，然大都鄉村粗婦，蠢然無知者。妾母無奈，亦惟有攜妾溷迹其中，以爲一枝之寄。嗚呼！妾家雖非貴胄，要亦不甚底微，今乃迫而作此賤業，回首前事，詎堪爲情耶？幸妾是時居處，距肆不遠，每日晨出晚歸，尚不足苦。久之，亦勉強相安。及冬月底，天氣嚴冷，妾母忽不勝其操作，妾視之，心大不忍，遂請以一人而代二人之工。幸肆主憫妾，俯予曲從。然寒風颼颼，皮膚欲裂，妾勞亦已極矣。嘗觀同工之人，蔑不愉樂自快，宴然無憂，妾胡爲而獨丁斯境，百不如人，豈造物厚於彼而獨薄於妾耶？抑前生罪孽而使妾今生享受耶？妾至此，真只有付之一哭而已。

　　自是之後，妾母遂輟工未作，所有事皆妾一人任之。妾自恃年幼，體力尚強，亦恒樂於勤事。故是年臘終，妾家乃不至斷食，且略餘蓄。蓋自工作後，自川中來時所餘之數十金，遂未動用。妾思若能從此日積月累，數載之後，當不至貧窶若是。爾時妾縱許字於人，妾母亦足自贍養。雖不能恢復向日之原狀，而流離顛沛之阨運，當能從茲袪去。詎天至所以阨妾也，正未有艾。今日之妾，不能如前日之妾。孰料來日之妾，更不能如今日之妾。人生禍福之難測，竟至如斯！妾命之薄，妾心之苦，誠至斯極矣。

　　寒冬既過，春訊復來。志士光陰短，勞人歲月長。是時，妾仍從事舊業，妾母嘗語妾曰："吾兒，汝年已浸長，苟長操此賤業，殊非所宜。且漢上人心險薄，事變之來，至難逆料。倘因之遺先人羞，吾罪大矣。"妾曰："兒年雖長，當能自持。吾母盡可放下此心。兒當不至違此嚴訓。"妾母聞言，仍爲之悒悒。蓋妾是時年已十四，天生麗質，風貌過人，亭亭玉立，幾如雞群之鶴。雖蓬門未識綺羅香，安能禁游蜂浪蝶，不緣蹤而動邪思？故妾自聞妾母之言後，攬鏡自照，時用惶懼。然生計逼人，又不得不露面忘形，以從其事。噫！妾亦危矣。

　　迨至二月間，該肆日忙，因雇傭不敷用，遂添聘一人，相助爲理。其人姓曹，四十餘荒傖也。言語舉動，無一不惱人意。妾初至工作，甚爲靜寂。自渠進肆後，百般挑駁。妾驟聞本甚不耐，然回想托缽生涯，安能盡如己意，目渠肆主所任用也，縱有所言，亦其應盡之責。余又何怪？思至此，亦惟有作自慰自解之想而已。後渠間有吹毛求疵之處，妾猶以歡笑對之。蓋冀彼苟有人心，當能自已。詎彼見此，竟誤妾之用意。向之責責煩言，今乃一變而爲喁喁溫語。妾初見猶甚慰，意彼或仁心發動，憫妾之苦，而一改其故態也。詎彼之用心，正與是相反。嘗私語妾曰："汝殊可憐，吾甚愛汝。"又曰："汝既具此風姿，何在而不可致富？奚必辛辛苦苦操此賤業耶？"嗟乎！是言而果出之誠實長者，妾之感激零涕，真不省至於何地？詎一聞之於彼，令妾不禁兀然而怒。然妾猶隱忍自抑，詎彼絕無心肝，褻瀆益甚。其品頭評足，不一而已。嗚呼！妾至此已難忍受矣，遂歸而哭訴於妾母。

妾母歎曰："何如？吾言驗矣。然吾儕難人，依人作嫁，安能與之角氣？計惟有辭退此事，再作他謀。"於是復召夢田至，白以所遭，夢田聞言，亦大怒，乃亟往該肆，辭退此事。肆主平時固甚獎妾之勤，驟聞妾去，頗滋不樂，後經夢田告以辭事之故，始許之。嗚呼！閱者諸君，妾是時之志氣，何等高尚，滿謂將終其身必能恂守婦德，爲一完全之女子，詎來日之所遇，與今日之所遭，其穢褻羞辱尤過百倍。今日尚能恃氣而自奮，來日則直挺身任之，始知天下女子立志之不易，而人到橋頭自然直之俗語爲不誣也。

妾既出肆，閑居略數日。夢田乃復爲妾另覓一肆，工作亦與此肆等。妾聞之甚喜，妾母忽不欲妾往。妾曰："兒不往，母其餒乎？"妾母曰："尚不至是。若欲往，吾願代之。汝在家能事女紅者，足矣！"於是妾遂未入肆工作，惟朝送母出，夕迎母歸，暇則仰十指從事針黹而已。寒素家門，久而亦樂，且妾素性樸儉，荊釵裙布外，向不妄自希冀。即有侯門貴女，炫耀妾前，妾亦如過眼煙花，絕不戀念。因是萬事撙節，母子兩口，始得以自活。鄰人見妾者，靡不大爲誇讚，謂少年若此，誠不可多得。妾聞之，自立之志益堅。嘗覺吾母苟能提攜妾至十年者，妾家之原狀，當不難於恢復也。

居無何，已至夏間，妾母之日出而作，日入而息，一如往日，妾視之，心大爲痛。蓋是年天氣酷熱，陽光如火，妾所居既小，又不通風。夜間與妾母恒面面相覷，不克一尋酣睡之樂，而日間妾母猶復操作不息，雖壯年人亦且難堪，況此垂衰之老人，於是妾乃請以身代其事。妾母又復拘執成性，堅持不允，妾至此爲之憂慮不禁。然欲求所以息妾母而安妾家者，又百索而不得一計。迨六月既過，妾母精神漸減，妾初猶以爲積勞所致，乃亟請休息數日。詎數日後竟奄奄而病。嗚呼！妾家之生計，乃全仰之於妾母子兩人之手，今妾母既病，妾又不克離身，生計問題乃坐視停頓。然妾猶冀數日後妾母之病或可痊癒，雖就此短促時間，當不至爲口腹之累。詎世間多去一日，妾母之病即多增一日，始猶不過畏寒發熱，繼則吐瀉俱作。是年外面疫症甚多，死者累累，妾視之不禁大懼，思妾母若果不幸而不起者，妾之前途，何堪設想？遂亟尋夢田至，白以病狀，夢田亦甚以爲憂，乃急央一醫生來家診視。醫生云系體質虛勞，熱邪外乘，故發此症。妾聞之甚以爲，蓋知妾母前茲操作炎熱之中，必不能無所感受，遂乞醫生示以方藥。醫生固仁人也，見妾貧寠若此，竟不索一值。噫！妾於其時，誠感激至於次骨矣。夕間，遂以所購藥侍妾母飲之。意醫生既能透悉病症，藥力必不至無功，故妾於妾母服藥後，心地頓爲舒暢焉。

詎至次日，非惟未愈，且益加劇。噫！藥不對症歟？抑症不受藥歟？妾彷徨病榻之前，幾不知所措。無已，復請夢田至，夢田亦惶懼，乃奔往詢醫生。醫生曰："吾臨症多，當不或誤。非然者，病必入膏肓，非藥力所可湊奏效耳！"復偕夢田臨妾家，再爲妾母診視。良久，忽皺眉曰："殆矣！脈已歇止矣。"妾亟詢以故。曰："體質過虛，病已內侵，昨藥服後，病邪固已略去，而元氣終不能勝，故脈息時動時止，果明日而能連續者，當無礙。若仍如今日，則不可救。"嗚呼！妾聞醫生之言，及細審妾母之病，知茲事必無幸矣。嚶然一聲，幾至暈去。醫生見狀，亦甚怛惻，遂溫言囑妾曰："姑娘毋懼，我明日當再來爲老人診視。吉人天相，或無憂也。"言已遂去。

是日，妾即留夢田勿歸。蓋恐變生不測，妾無以爲計也。夢田固極憫妾者，遂亦允爲逗留。於是妾即以妾母身後事，商之夢田，夢田曰："兹事萬難，適余又在窘迫之中，不然，此事余儘可擔負，何須汝用其憂慮？"妾曰："吾所求於君者非此，吾私囊尚餘數十金，喪費可以毋慮，惟一切出入奔走，須君爲力耳。吾此間既不甚熟，心亂如焚絲，爾時決難首尾兼顧。"夢田曰："姑母既爲余恩人，區區馳驅之勞，當能勉盡。惟汝來日之衣食住，盡在此數十金中，設俱用去，汝其奈何？"妾泣曰："雖粉身碎骨亦難報此劬勞之恩，況用此數十金，抑何足惜？吾之後日，可勿問也。"夢田聞言，終悒悒而罷。

及晚，再視妾母，熱度愈高，然精神甚健，且能作長談。妾覩之，寸心略慰。意老天或能憫妾，將起妾母于沈痾也。詎知此象正非佳兆，而妾母終其身遂無復再有今日之精神。嗚呼痛哉！迨至夜半，妾母忽欲起坐，妾聞之喜極，蓋數日來妾母惟終日偃卧，未嘗聞其有此也。遂扶之坐，妾母忽握妾手曰："吾兒，吾病危矣！吾悔不信汝之言，致有今日，汝思之當不能無恨。然死生有定，劫數難逃，吾死，吾他無所慮，惟汝孑然一身，無所依倚，九泉之下未免心痛耳！"妾聞言，回腸寸斷，幾欲放聲大哭，然猶竭力遏止曰："嬷嬷，胡爲此不祥之語？兒觀嬷嬷病已稍瘥，安知不能轉禍爲福？"妾母曰："難矣！吾病惟吾知之。決無生理，但吾死後，有兩事汝須緊記者：第一，吾朝死，汝夕即央求夢田爲汝許字塏家，我初意原欲爲汝謀匹佳偶，今吾家式微，若此寧復有名門垂顧？苟能衣食無乏，汝勉安之；第二，汝當知我之率汝到此，良非心願，我死後，我之遺骸斷不能抛棄此地。汝苟念我者，勿論如何當爲搬歸故土。匪然者，吾泉下且不安矣。"嗚呼！妾聞至此，妾已不復能忍，噭然大哭曰："嬷嬷，真欲舍兒而去耶？嬷嬷去，兒必隨之。"妾母亦泣曰："汝誠大愚！試思吾與汝父一生之血統，只汝一人，汝果死，吾與汝父之遺骸，不盡湮没異地耶？且我年已逾四十，死不爲夭，汝方值此青年，前程甚遠，安能作此不吉之想？"妾曰："嬷嬷果去，兒一人孤苦伶仃，生亦奚樂？"母泣曰："汝言良是，然汝總當以我之遺骸爲重。"嗚呼！妾母之言此，不意竟誤妾歷盡苦惱羞辱而至於今日也。

及至次日，妾母之病象大變，精神亦甚恍惚，且不能言語。夢田遂復請昨日醫生至，診脈良久，忽驚嘆曰："殆矣！"遂偕夢田出，匆匆數語而去。噫！妾觀醫生之狀態，知妾母必已無幸。不覺寸心欲裂，抱妾母而痛哭，可憐妾母一生精明練達，至此竟一若無知無覺者。夢田曰："此時徒哭奚濟？汝當速以金畀我，爲備後事，倘能邀天幸於萬一更善。不然，當此炎熱之候，倉猝間何以措手？"妾曰："君言誠是，吾今日以今付君，若何部署，君其主之。"夢田持金出，是日妾遂侍妾母，未嘗須臾離。迨夜間兩句鐘時，妾母忽大汗淋漓，呻吟不止，妾視之亦不省其爲凶爲吉。迨汗過，四肢漸冷，顏色亦大變，妾始大懼，縱聲力呼，不應，惟以首頷之而已。此時夢田亦入，覩狀，呼曰："天乎！天乎！已矣！已矣！"可憐妾母此時見吾儕如是，猶睜目期期言曰："汝……汝等勿爾，吾……吾死殊足樂也。"不意此言未已，喉間痰聲已起，呼嘘略半句鐘，遽溘然長逝。嗚呼！地坼天崩，海枯石爛，妾於其時，竟慟極暈去。

迨妾醒時，妾母已入殮。嗚呼！天之所以待妾者，亦何苛虐而至於此乎？計自先父去世後，一被於火，二困於途，今復奪此相依爲命之親母而去，謂蒼蒼者猶稍有仁心在耶？妾自入世以來，自問殊無過行惡念，妾之父母亦屬仁慈，奈何降此鞠凶？而逼妾至於無地可入耶？

嗚呼！妾早知如此，悔不當時與妾母相守蓬門，老死川中，既可以免親死不葬之罪，又可以免妾飄萍斷梗之悲，楸枰失著，全局皆傾，午夜思量，誠可謂欲揮無淚，雖然，事已至此，夫復何言？維今之計，惟有速籌妾來日之生活。然妾所積之金，既已蕩盡，衣食兩椿，即非易易，縱天予妾以精明，而孤掌難以成聲，有志亦且不逮，況茫茫四顧，除夢田外，更不復再有親人。世情冷暖，誰爲失路之悲？命運如斯，更何結局之望？思極時屢欲自裁以殉家難，而先母遺囑又歷歷在耳，言念及此，則又不免廢然而止。

逾旬，夢田復爲妾另賃一屋以居，所有用度皆夢田任之。妾以遊手坐食，終非善計，遂復以工作請於夢田。夢田大弗悅，曰："前鑒猶在，豈又欲嘗試耶？余雖窘，當能活汝，汝勿慮也。"嗟乎！夢田之爲此言，妾之感激當至於如何？然妾不幸長此拖累他人，捫心豈能自安？遂復以先母所囑白之夢田，夢田曰："此事早在吾胸中。然非倉猝所能成事。容日後爲汝謀之。"嗚呼！妾之謀此，妾心痛臻於極地：第一，幼年良緣已誤，至今日仍低首下心，而爲飢不擇食之計；第二，重喪在身，母死未葬，乃不能倚靈守孝，而遽向人謀婚論娶，妾自問殊非不識禮教之人。今偏作違乎禮教之事，真無面目見人矣。

尤有一層令妾不能不引爲缺憾者，夢田之家勢與妾家之門户，固可謂相當，夢田之待妾可謂真懇親摯，至於極地，倘使君無婦，妾嫁之雖不能儕於當日先父在時之美滿姻緣，而鴛鴦同命，並蒂花開，其樂亦且融融，乃夢田偏已早婚，使妾不得不抱琵琶投別人門下，妾之命耶？抑天實爲之耶？妾果知今日而終不免爲人妾媵者，誠悔不當日竟爲夢田之妾媵之爲愈也。

暑候既過，秋風復來，妾獨居忽忽已兩月矣。淒涼寂寞，莫可名言，每一念及妾父母之死狀，恒覺心痛如割，嘗思人生在世究有何趣？儗之蜉蝣，誠何以異？當妾父母生存時，撫妾育妾，歡欣與共，患難相依，何等親愛，何等密切。乃兩目一瞑，便不復再能存問，即夢魂中相見亦稀，俗謂人死而魂化，其言良不爲誣。然果使人死魂化，不覺無知，萬事萬物憂患苦惱，皆付之雲煙飄渺中，而一無罣慮，則人生何樂？而不捐此軀殼，去此苦海，以尋無色無相空空渺渺之樂耶？即以妾論之，現在既無生趣，來日方且大難，則生不如死，死樂於生矣！凡此種種幻想，皆妾於西風颯颯、小雨絲絲、孤燈獨坐、百無聊賴時所搆得之。倘妾母臨逝時，不以遺骸囑妾者，妾早棄此大千世界而去矣。

李後主云："終日以淚洗面。"妾是時之景況，誠無以異是。一日，夢田忽欣然至妾處。妾見狀，思必已爲妾覓得壻家也，遂忍羞敬之。夢田曰："吾自聞汝言後，即托友四處探訪，有無適當之門户，蓋我爲汝謀，決不能草草從事。茲據友人云：有張姓者，雖非名閥，亦是聞家，有子一，年與汝相埒，現方習賈於市，彼謂汝果允從者，事當無不偕。然茲事關係汝之終身，我決不能從中作主，故特來商之於汝。如何裁奪，汝其盡意斟酌之。」妾聞言，思長此漂泊，寄食於人，自非久遠安身之法。計惟有早歸於人，或有結束。顧吾以無根之弱草，安能辨駁人家之高下，且先母遺囑，謂苟能衣食無乏者，即勉強就之，今夢田既特地爲我圖謀，更不能負其良意，冒然推辭，遂靦然答夢田曰：「以君待吾家之真懇，當不至懵懵置吾於不堪聞問之地。苟君友確切而可信者，君允吾當無不允。」夢田曰：「以吾思之，吾友當不至誑吾。然汝果允許者，吾且再爲一詢。」妾曰：「儘君謀之，吾不問也。」夢田遂去。嗚呼！閱者諸君，天下之最羞者，當莫如少女而直接與人議婚。天下之最痛者，當莫如既無父母又無叔伯兄弟，而自料理嫁事者也。爾時妾兩具之，妾之難堪，當至於如何？然妾猶冀或能從此出患難而臻於安樂，縱此一時難以爲情，而前途尚有可望，詎天下事竟大謬不然。

　　越日，夢田復至，欣然語妾曰：「事已諧矣。渠家子尚幼，汝去暫爲童養媳，可乎？」妾曰：「甚善！惟君友得不欺君否？」夢田曰：「當不至是。」既復壯言曰：「此事乃汝之主張，我前不云乎？我殊不願出此。至將來之福澤憂患，皆視汝之命運如何。此時我亦不能預決。」妾曰：「我自耕之，當我自穫之。豈復有所怨讟？我年來之策劃，皆着着失空，此事前途之福禍，我早不欲預計。蓋計亦空，不計亦空耳。天下事惟有聽之自然，我自經此種種磨折後，決計拼此殘生，以與世戰。福之來也，我受之；禍之來也，我亦受之。蓋不如斯，天地間將無寸土可以容我也。」夢田曰：「汝具此決心，吾心良慰。上天憫汝，必錫汝以泰運。此事之成，或即汝轉交泰運之期也。雖然，吾將爲汝署庚帖乎？」妾曰：「然。」夢田遂出。

　　迨庚帖交換後，張家即選於九月二十日迎妾至家，前數日妾亦略略收拾零碎衣物，凡先母所遺者，均一一納之篋中，總計亦不過聊以章身而已。回憶當日先父在時，所預計之奩具當如何豐美，當如何華麗，乃曾幾何時，今則一變而蕭條若此。傷心之事，孰過是乎？雖然，此何足較？到如何地位，作如何打算，安能再存此違分之想？所最令妾一回追憶一回悲者，則妾自此一去，便屬他家之人。妾家之血胤，遂自是絕矣。血胤絕，先父母之禋祀，亦自是絕矣。嗟嗟！蒼天！既予妾以此種苦莫能言之境遇，胡爲又使妾爲百無所能之弱女子？豈妾父母前生之孽障耶？抑不如是，便不能役妾耶？

猶有一事令妾自亦不能爲解者，則妾於此百不自聊之時，胡爲而念念注及於夢田？一若妾此行與夢田別去，世間便不復再有一人而能使妾獲須臾之愉快者，又若妾將來臨去時，對於夢田必有許多纏綿之衷曲，告訴不盡者。噫！此種想念何所自來，殆即所謂情愫也耶？而夢田對妾一向坦白無他，妾之於夢田亦相視若手足，情愫又胡自而發？嗚呼！及今思之，始知真情之發露，初非當事人所能知覺。以爾時夢田待妾之誠意，與夫相處之親密，雖友儕朋輩亦必有一種深情，固結於其間，何況妾爲一情竇初開之少女耶？幸爾時夢田而不至覺也。若其知之，更不識又須釀出何種波浪也。

無何，日期已屆，夢田於前一夕至妾處。妾霎見，頓觸起累日來之感念，不覺一陣心酸，拊膺大哭。夢田曰："吾娣勿爾，事已至此，哭亦奚益？吾自爲汝謀此事後，吾心即抑抑如有所失。蓋吾煢獨一身，漂泊天涯，既無叔伯，終鮮兄弟。今幸而得與汝相遇，則汝即無異吾之女弟，亦即無異吾之骨肉。吾乃不能撫汝，使汝今日草草許字於人，吾自問已慚愧、悲傷，不省至於何地。今汝若此，吾更何以自安乎？"嗚呼！閱者諸君，妾方爲彼傷心，彼付以此溫存熨帖之語，陳之妾前，妾更何以堪乎？故妾不聞彼言則已，一聞彼言，妾不知不覺哭泣更甚。夢田曰："吾知汝之難堪，凡百皆未如汝意，然汝愈哭，吾心愈碎矣。"

妾曰："君試爲吾思之。吾奚能不哭？吾自偕先母奔馳此地後，諸般措施，咸食君之力。一年以來，令君受盡窘迫，嘗盡艱難。方期吾母子日趨佳境，求所以感君之恩，而圖君之報，乃天降鞠凶，遽奪先母而去，使妾一綫弱息，長日累君，數月以來，寸心已碎若萬片。今乃不能長此依君。使此一年中親切之情愛，瞥然拋去，吾欲不哭，又烏可得？"夢田聞言，亦淒然泣下，曰：「但願汝此去終身獲得無量之愉快，區區如余，又奚足念？」是夕，夢田遂與妾作竟夕談。凡所謂立身處世之道，敬長禮下之德，皆一一舉而語妾。妾自入世以來，除父母外，從未受此教訓。及今思之，猶感激不置。恨妾不能終遵此教訓，致有今日九京之下，負我良友誠多多也。

次日侵晨，張家即以肩輿至。妾視之，幾如晃晃之刃，割回腸使寸寸斷，痛哭幾至於暈。夢田曰：「吾姊，汝速去。勿如此，使我難堪。」妾泣曰：「吾將何以圖報於君？吾惟從此以後，永永將君置吾心坎之上而已。」於是始登輿而去。既至，見過翁姑，復與各戚串爲禮。惟細觀各戚串，大都非上等之人，殆所謂閭家者，而與若輩通來往耶？屋亦不宏，陳設甚陋，雖不如妾家之蕭條，要亦未必超高幾倍。妾觀之不禁又心冷半概。然妾此時已打疊拼此殘生，受茲痛苦，遂亦不懼。惟日夕所耿耿不能去諸懷者，則夢田一人。妾亦不省何以縈懷夢田一至於是，更不省何以至此地步而始知縈懷夢田。

自是之後，妾遂低首下心，日從事中饋諸務。可憐妾是時才交十五歲耳，便肩此重任，負此大責，自念何克以勝任？然猶冀從此安度歲月。迨他日結褵之時，再浼良人爲葬先母遺骸於川中，則妾一身之重擔，方有卸却之日，縱此時受茲勞苦，亦何足較？詎老天偏不佑苦心人，妾之此種願望，又漸歸幻泡。緣姑氏生性最悍，妾初至數日，猶若相安。迨後半月，則情形大變，妾每作一事，必遭呵斥，更或鞭撻從事。即能盡如其意者，亦不能稍博歡心。尤奇者，妾至彼家半月有餘，所謂妾之未婚夫者竟不一見。家中除翁姑外僅一弱弟，且疲癃若廢人，殆所匹者即彼耶？而又嘗聞鄰人云彼家確有兩子，其一年已長，方習貿於市，其一即彼。然胡爲姑氏竟不向妾一道及此種疑團？令妾盤旋腦中，累日不得寧貼。屢欲執以詢之夢田，而姑氏又不許妾越雷池一步，夢田自妾至此後，又未嘗一至妾家，欲訴無從，妾之寸心苦已極矣。

一日，妾方治早膳。夢田忽至，妾見之喜極，方欲盡舉月來所經過之歷史，白之夢田。妾之姑氏忽出而喝退。妾曰：「兒有要事，須陳之表兄，母其許兒。"姑氏曰："內外之禮，尚弗知耶？有事我可代述。"妾聞言，思此等親近之人尚不許妾一見，家政之虐何至如斯！思極而痛，一痛幾仆。萬不獲已，只得退歸己室。

然思夢田此來，必非無故。彼既不欲吾接談，則夢田所言為何，彼亦必不語吾，吾焉能昧昧坐視耶？遂輕步出室，倚廳門竊聽，在理，妾之此舉，殊為不當。然此時情急神昏，遂亦不暇顧及。惟聞夢田作誠懇之聲，語姑氏曰："吾娣年少，閱歷弗深，荒謬之處，自所難免。今既來侍姥側，則教誨之任，自維姥負之。"姑氏曰："此何待言？惟彼性情殊謾，教之匪易，且姑媳之間，督率果過嚴者，又難免人言之嘖嘖。"夢田曰："此奚足慮？至謂彼性情難馴，吾異日當以有責之。"姑氏冷笑曰："我且無此力，何況君乎？"嗚呼！閱者諸君，妾自至彼家以來，俯首貼耳，克勤克儉，可謂至矣！彼乃反謂妾性情驕謾，不受教訓，天下事從何說起？妾至此不禁大怒，幾次欲破戶而出，一證其實。思此未免與夢田以難堪，遂亦自為遏抑。繼又聞夢田曰："吾昨接敝岳氏來書，催吾回川完婚，不數日後，吾即戒行。此後能再來漢與否，殊不可料……"夢田言至此，妾已心痛如割，念此親懇倚賴之人，乃竟撒然去耶？此後飄萍斷梗之餘生，將可任人踐踏矣！不覺心頭鹿撞，耳際雷鳴，幾幾暈絕。幸賴餘力尚足，乃得勉強挣扎回妾臥室，而夢田以下之言語何如，遂均未之聞矣。

追夢田去後，姑氏始入，語妾曰："汝表兄行將返蜀，汝有所語否？"妾觀其言時之氣概神情，知其此問必非善意，遂忍痛答曰："去則去耳，又有何言？"彼忽怒曰："此時又無所言？然則適間胡為欲見耶？"妾聞言幾不知所答，彼見狀始誾誾而去。嗚呼！妾此時既悲乎生世，復愴夫離情，而又蜷曲於此悍姑之下，不能一求發洩。妾之痛苦，當至於如何？及夕，妾一入臥室，便閉門欲泣，私念夢田固素嘉余之能，而欽余之德者也。今姑氏所言如此，夢田聞之，亦必心冷，而一變其向日之想念。彼既回川中，尚復念及我耶？恨我不能執筆以作長書，不然，一段苦衷亦得達到。彼聞之，或不至悆然不再來漢。妾之景象，亦或不至慘淡一至如斯也。命也如此，夫復何言？

越數日，夢田復遣人賫絲衣一襲至，謂彼行李已戒，即於是日起程。妾聞之，心肝俱裂，念從此舉目無親，將作衡陽孤雁矣。屢欲倩使者達數語與夢田，而姑氏又瞵瞵虎視其旁，令妾噤不能出聲。妾是時百思不解，姑氏何以禁妾與夢田通交際，如是其厲，殆以妾與夢田有瓜李之嫌耶？及今思之，始知非是，蓋彼待妾之苛，用計之惡，他人未之或知，彼深恐妾與夢田言，於彼有所不利耳。

夢田既去，妾之生趣又喪却一半。姑氏之虐待，日益加甚，自早至晚，耳鼓中幾無一刻免其詬誶之聲，縱妾竟日無一刻暇晷，亦不能稍博其憐惜。嗟乎！人非木石，孰能無情？妾之姑氏，豈非血肉所搆成也耶？胡明知妾之生世悲凉如是，不惟不稍爲妾地，而反出此火上加油之毒手耶？不是冤家不聚首，今而後知其言良不誣也。

居無何，寒冬至矣，雨雪霏霏，天地如死，傷心人對之愈覺難堪。不期翁丈於其時忽然大病。蓋翁丈素有咯痰之疾，一經受寒，此疾即發，不過此次發之獨厲，舉家惶惶，莫知所措。姑氏覩之，益焦灼萬狀。姑氏焦灼，妾之消受苛虐遂亦緣之益甚。然思全家之生計，均仰給於翁，翁之生死，即關乎全家之口腹。縱吾儕爲彼病而受此痛苦，亦分所應爾，遂惟有忍心耐性，一任姑氏之擺布。數日之中，妾未嘗一息停矣。一日，翁病忽厲，姑氏急命人往召其長子歸，蓋即前媒妁所謂爲妾之未婚夫也。妾至其家數月，至今日始得一見。其年與妾略相等，然甚修瘦，貌亦頗不揚，然轉念姻緣乃前生所定，悔之奚益？亦祇有退一步作守分安命之想而已。所奇者，彼回家數日，妾視彼若親若密，而彼視妾反若冷若淡。噫！殆以齊大非偶而不屑置念於妾耶？抑姑氏已於彼前捏造黑白，彼聞之而唾棄妾耶？若然，則今日種得惡因，將來必獲得惡果，所謂百年聚首之樂，不又無望耶？妾思至此，不愉者累日。嗚呼！詎知妾之所思者，盡成幻夢，而來日所實現者，較之今日其奇特其難堪其痛苦，尤過百倍。妾自問並非愚騃，不知際此時會，胡爲懵懵若呆人，任人顛倒而播弄之？顛倒播弄之不足，反逼妾操賤業，蒙羞恥，妾之爲妾，一何苦至如斯乎？

越數日，翁丈之病日益加劇，凡稍知名之醫生，咸一一請至，而大都藥到無功，沈疴依在。最後請一老年醫生至，診視良久，忽皺眉曰："殆矣！此病當不起。"姑氏亟叩其故。彼曰："病體過深，元氣已盡。故以吾思之，決無生理。"言已，竟不下藥而去。姑氏聞言大哭，妾亦覺傷心不禁。於是舉家咸碌碌為翁丈備後事。妾思妾之生身父母之死，所有身後事妾猶未過問，今為他人父母，反一一躬親操作，思之不覺愧痛交集。恰好衣衾棺槨部署完竣，翁丈遽於其時溘然長逝。嗚呼！此冬月十三日事也。妾至彼家以來，一家之中，待妾稍存溫厚之心者，厥惟翁丈，今亦竟辭妾而去。妾命運之乖舛，誠至斯極矣！爾時姑氏哭之至慟，蓋翁丈在時，所有家事，姑氏皆不置問。今翁丈既死，則此千斤重擔皆已卸之姑氏之身，內而閤家大小饔飧是視，外而婚喪慶弔酬應維艱，其哭之慟也，亦固其所。妾生平秉性至慈，雖姑氏待妾之虐，而覩其狀，亦不覺淚從心併，泣不成聲，不期姑氏不惟不稍動於心，而反號於眾曰："吾家自迎此不肖之媳以來，即顛倒錯亂，無一息或寧，今老翁之死，安知非彼命薄，有以致之耶？"嗚呼！是何言？是何言？豈復尚齒妾為人類耶？妾聞言，不禁哭之益甚，而當此之時，猶復內而操作於中饋，外而酬對於戚黨，自早至晚，自夕至晨，無一刻之消停，妾亭亭之弱質，幾消磨殆盡。尤奇者，非惟舉家之人，無一為妾原諒，戚黨之中，無一為妾憐惜者，而反竊竊私語曰："若個人胡美麗若是？若個人胡妖豔若是？"嗚呼！閱者諸君，妾當時聞之，猶不甚打緊，詎知來日滔天之大禍，竟於時種之矣。

翌日，又發生一事，令妾聞之幾暈。妾之于歸彼家，據蹇修所云，原匹彼之長子，吾書前已備述，不期天下事竟有出人意料外者。是日，忽來一弔客，年約四十有餘，彼長子見之，忽呼稱岳丈，客亦應呼壻兒。妾是時方掃灑庭除，頓聞此種稱謂，不覺驚絕。噫！彼非所謂妾之未婚夫耶？胡為又別有岳家？豈一子而婚兩氏乎？抑詐取妾至其家而後另嫁於人，以取財物乎？此事關係妾之終身，焉能含默不語，於是毅然而請于姑氏。姑氏聞言，冷笑曰："汝誠慎者，當議婚之時，汝未必未之聞，吾家僅有兩子，大子訂婚已久，寧復再娶？則汝所匹者，當然次子，又何待問？"妾曰："當時媒妁所言，則與嬤嬤大相反謬。然則媒妁其欺我耶？"姑氏怒曰："汝誠犬吠，婚書俱在，豈有欺詐？汝苟不願作吾家婦者，汝去之可也。吾亦知汝自恃風姿，不屑處此貧賤，然汝若妄希富貴，則汝終身已矣。"

嗚呼！妾聞此何以堪乎？妾初見其長子，即覺難以爲偶，今乃更等而下之，爲此疲癃殘疾荏弱無能一廢人之婦，妾之前途，寧有希望？嗚呼！妾之所以必欲字於人者，一則遵亡母之遺訓，一則爲亡母之遺骸，今若此，遑能浼彼取亡母之白骨而移厝川中耶？妾之願望，誠不能不謂爲盡失，細究根原，始知夢田被騙於其友，蹇修者。其友被騙於姑氏。輾轉騙詐，遂令妾一至如斯，午夜思量，真可謂欲揮無淚。

然妾爾時亦糊塗極矣！彼作蹇修之姓氏、住址，妾均茫然一不之知，若能知之，妾亦可以登門質詢。姑氏雖悍，當亦莫可如何。非此則惟有告訴夢田，而渠又離漢已久，既不能執筆通書，復無洪喬可託，茫茫四顧，幾如黑夜漫漫。隻影單形，何啻飄蓬斷梗。妾至此誠不能不搔首向天公一問也。

翁丈既逝，家計益覺蕭條，雖不若妾家之朝不保夕，所距當亦不遠。妾嘗思人生墮地，設不幸而爲一弱女子，又不幸而處於困難家庭，則日夕所急當圖謀者，第一生計問題。中國女子向來倚人爲生，不知自計，未字則所視以爲食者父母，既嫁則所恃以爲生者夫壻。設命運亨通，兩造之境俱佳，一生受福，即無涯涘；設不幸父母早逝，家計維難，所適之人，又貧且賤，則百年幸福，喪失無存，惟有袖手忍飢，引領待斃，九京之下，作一冤鬼而已。妾於幼稚時代，苟學得一藝之精，則先父雖死，妾亦足以贍養母親，安度歲月。即母親又死，妾更足以自作自活，何至含羞忍痛，適此黑暗家庭？即或適之，妾亦大足以自立，又何至俯首帖耳，任人愚弄，而不敢稍爲吐氣耶？故妾處於今日，平心靜氣，仔細思量，亦無怨乎天，更無尤於人。惟恨妾大好身手，一事不能作耳。

自茲以往，妾之生趣，剝削殆盡，日夕所打量者，如何受苦、如何做人而已。自冬而春,數月之間,妾之生涯幾如一日。奴隸我者,我便奴隸。牛馬我者,我便牛馬。對人對己,絕不稍置感念。意我姑氏或能略發仁心,俯予憐惜。詎萬丈淫威,仍未為之少殺。

所奇者,妾日處此百無聊賴之境,妾之風貌,不惟未減,而嫵媚柳腰,暈頰杏頰,反日見其豔,攬鏡自照,時用驚惶。蓋紅顏命薄,自古皆然,況妾處此四面楚歌之地,危險更有不堪設想者。詎知妾方以此為慮,而惡風怪雨,竟澎湃而來,緣姑家自翁丈死後,謀食者少,分食者多,衣食住三者,大有日不暇給之勢。一般無賴之戚串,遂日鼓吹於姑氏,謂妾妍麗若此,大非彼家之媳,與其留而貽羞致禍,毋寧遣而之他。妾之姑氏,固素不容妾者也,聞此自不無所動,於是日夕所注視者,遂惟妾之一身。妾是時方墜入五里霧中,那得知此?

一日,妾方早起,姑氏忽囑妾好為裝飾,並以新衣一襲至,謂妾曰:"今日有至戚某舉行親迎大禮,柬請我汝同往,我因事冗,恐無此暇,故使汝一人往。"妾聞之,深信不疑。及午,果有人以肩輿至。妾遂乘之往。行多時,妾亦不省所經何徑。及至,始聞有人呼曰:"至乎?"隨輿者曰:"至矣。"余遂下,見一四十餘老嫗出而迎妾。妾意彼或即戚長,乃襝衽致賀,彼但笑而不言。妾遂隨之入,見室中並無結彩迎親之景象,且屋式亦不類居第,大疑,叩嫗曰:"吾得毋誤適耶?"嫗曰:"否!安得有誤?"言次,攜妾入一室,見與妾同年貌者數輩,嫗指謂妾曰:"此汝姊妹行也。"妾愈疑曰:"吾胡來如許姊妹,且胡為均不相識?"嫗曰:"且坐,勿躁,吾行當為汝言之。"妾遂坐。移時,忽見數年輕男子入,若輩招待甚殷,浪語情言,一若無忌,妾思此成何家風?既又見若輩手彈琵琶,朗然高唱,淫蕩之態,不堪卒視。妾欲出,若輩力按妾使坐,曰:"勿爾!汝行當與我等同此生涯也。"又聞男子曰:"此即汝家新增之姊妹花耶?誠可兒也。"妾聞言,大驚。噫!此何地?此何地?非妓院也耶?

妾至此,知已墮姑氏之計中,大哭欲逃。嫗見狀,復拽之入他室。妾曰:"吾乃良家子。奈何賺吾至此?"嫗曰:"我賺汝耶?汝誠顛矣。我以百金購之汝姑之手,汝豈不知?"妾曰:"吾胡為知此?吾當歸詢之姑氏。"嫗曰："木已成舟，人價兩訖，詢之奚益？此地食膏粱，而衣錦繡，較媳彼家愉樂多矣！"妾曰："寡廉鮮恥之輩，視之自足愉樂。若吾又安能效之？"嫗曰："久當習以爲慣，胡急躁爲？"妾曰："吾命薄，自甘貧賤，勿論如何，決不願居此。姥苟憐吾者，當速送吾歸。"嫗作慍色，曰："既來，決無歸理，汝果不願者，是汝自貽伊戚，吾當有以餉汝也。"妾亦慍曰："天下豈有強人作賤者，汝輩縱良心盡喪，獨不畏天理耶？"嫗怒曰："賤婢！勿假惺惺作態。汝當恨汝姑氏，不當怨及吾也。"言竟，拂衣而出，反閉其扉而下以鍵。

嗚呼！閱者諸君，妾至此，妾之心碎矣！回想當日論婚之時，當抱何等希望，今非惟希望盡失，反置妾於此不堪聞問之地。妾之姑氏何忍心若是乎？嗚呼！妾將含垢而居此耶？而妾之家世，妾之父母，均以清潔自持，妾安能反此而遺先人羞於地下？否則，惟有速圖兔脫，而羅網重重，又何從逃逸？妾此時誠可謂問天無路，問地無靈，萬不獲已，惟有一死。蓋人生一死，知覺都泯，萬事萬物，盡付之雲煙飄渺之中，較之生受痛苦，其樂彌甚。惟妾不死於先父覆舟之時，又不死於先母臨終之日，妾之死誠有難甘者。

且先母之遺骸，尚拋棄荒土，今後豈復有人爲之遺①厝？一家大小，自茲絕矣。妾思至此，痛極幾量。然已此網罟中，舍此又無以禦敵。遂於夜闌人靜時，解帶自縊，滿謂兩目一瞑，殘生已矣！詎老嫗早已使人伺諸室外，方妾舉行之時，室門砰然忽闢，其人遽奪妾而下，而妾此種山窮水盡之策，遂又成空。嗚呼！人間苦惱，消受未盡耶？抑天公所以折磨妾者猶未已耶？

是後彼輩防妾，遂若囚徒，並各以勸慰之辭進。妾此時心如枯井，安能爲動？次日，老嫗復倩鄰媼至，百般溫存，千方撫慰。妾意鄰媼或有仁心，遂盡舉妾之身世語之，詎彼聞之，非惟不爲妾稍置憐憫，而反連聲曰："此誠汝圖報親恩之好機會！昔人賣身葬父，傳爲美談，汝豈不

---

① 遺，疑應爲"移"。

知之！奈何拘此小節，以廢大事耶？"妾曰："吾雖如此，先人在天之靈，當有以曲恕。不然，則請媼轉達姥姥，送吾歸去。"鄰媼曰："汝誤矣！即如汝言，而送汝歸，汝亦知彼家今日之現象乎？恐將其終身作竈下婢，寧能展汝之志？"妾曰："此亦命也。"鄰媼笑曰："命耶？命亦有變。汝不觀夫某之夫人、某之妻室，其初何莫不如汝？皆因由此中得遇良緣，故一躍而爲富貴。倘汝安居於此，焉知不遇貴壻，以金屋藏汝？則爾時凡汝所欲舉之事，皆得如願而償，一生之愉樂，不其無盡耶？"既又續曰："吾亦知汝善羞，一時不能置答，但天下人向利之心恒多，趨害之心總少，此事之利害，吾已盡述。今儘汝籌思數日，然後覆我可也。"言已遂行。方及門，復返，謂妾曰："此關係汝之終身，汝總明人，幸勿扭於一見，以自誤也。"言已遂去。

嗚呼！閱者諸君，知妾聞此言，又作若何感想乎？以妾之素志觀之，必謂妾仍堅持不允。詎意妾之定力終弱，竟爲彼所搖動。此非惟出自諸君意料之外，亦即妾之心所夢想不到者也。然妾又非柳絮閑花甘爲淫蕩，其所以令妾惑然感動者，蓋有數端。第一，妾自先父逝世，家燬於火，一生志向即在恢復原狀，所以隨先母奔馳來漢者，亦無非欲達此目的。今設冒然而死，此等願望必付之東流，妾之家門遂於焉而墜。故彼謂勿拘小節以廢大事，能令妾聞而欣動也。第二，先母臨終之遺囑，妾念念未嘗一日忘。故先母死後，亟倩夢田早字壻家，以爲葬親之計。不期壻家蕭條，一與妾等，妾之計劃盡爲失空，而先母在天之靈，遂無瞑目之日。先母臨逝時曾有"遺骸一日未回川者，泉下即一日不瞑目"之語。故妾所以聞其賣身葬父之語，而爲之黯然首肯也。第三，妾自情竇初開以來，私心自計，以爲妾之風貌，非匹名門即字貴家，後乃以飢不擇食之故，而偶此殘廢之人，妾之寸心早已如腐，今果能於此而物色快壻，慧福雙修，實較作媳張家，樂逾百倍，故彼謂將終其身作竈下婢一語，正投妾之心坎，而令妾雄心躍然欲試也。是時，妾年齡既輕，又無商酌之人，聞此等溫存動人之語，欲其不惑於心而墮其術，又焉可得？此則妾所亟亟欲閱者諸君俯爲妾曲諒而原恕之也。

雖然，妾果甘犧牲肉體任白圭之玷乎？此又非妾之所能。思之重思之，惟有作賣口不賣身之計，諺語有云："藕雖有孔，內復不受泥污。"妾雖溷迹此中，正不難守身如玉，迨到藏嬌人攜歸金屋，妾之一片苦心，當可以表白於天下。於是鄰媼來，妾即以之直陳。鄰媼聞之，喜極，復轉白於老媼。媼固深恐妾不願居此者也，聞是欣然允諾，於是鮮衣美食任妾取需，以視若輩姊妹行，固優異萬萬矣。嗚呼！妾當時之所以含羞忍垢操此生涯者，原為上述之三大希望，詎至今日盡歸幻泡，雖集九州之鐵，豈能鑄此大錯耶？

是後，妾遂無日不在酒宴場中作無謂生活。回想前此工作茶肆時，偶一為人調笑，即憤而輟事，今反身居穢鄉，任人輕薄，前後之境地不同，令妾之志氣亦因而歧異。天下為人之難，竟至如此！可怪者，妾自應客以來，向以冷面待人，而登門求一把晤者，不惟不因之稍退，反日見其多。車如流水馬如龍，妾之門限幾為之穿。顧此踉踉蹡蹡者，非大腹之賈，即粗鄙之夫，欲求一溫文儒雅而當妾之意者，竟百覓而不可得。嘗思此等荒傖，苟於前數年見之，直呵斥於門外，安得一與之親。今則周旋應對，惟恐或疏，酒闌燈炧，妾誠不知灑却多少傷心淚也。而彼輩姊妹行，反豔羨不置。妾苟謂此中生涯非佳者，彼輩且嗤之以鼻，大抵彼輩多幼年而操此，所接之目而聞之耳者，除此幾不復知有他事，故人間之廉恥節義，皆非所知也。

一日，忽一客召妾，其人則翩翩少年也。妾驟見，心忽怦怦動，一縷視綫不覺全注之少年之身。蓋妾自墮入風塵以來，閱人甚多，而丰姿態度，皆莫此少年若意者。三生石上，殆即此人耶？遂與之接談，其人亦殷殷垂顧。憶妾數閱月來與人作長談者，此為第一次，迨後少年恒至妾所，妾亦覺非彼莫快。相親既久，相愛益深，嘗思妾之居此，甚非久計，若得彼人一援手，脫離苦海，締結鴛盟，妾之初願，不其坐而償得之耶？顧妾屢以此為言，而彼恒漠然，不置可否。妾私念彼殆以殘花絮柳視妾，而不屑於援救耶？抑仍不免紈綺習氣，朝相見而夕忘之耶？遂復以妾之身世，一一縷述於彼。彼聞之，泫然泣曰："汝之苦衷，余早已探悉，故自見汝以來，寸心中即無時不深恨彼蒼不仁，陷此仃伶無告之人於九重地獄之下。顧余雖欲作護花之鈴，而實無護花之力，汝之懇懇垂念，人非木石，孰得無情？然……"言至此，輒紲然而止。妾泣曰："妾不將永無超升之日耶？"彼曰："是不然，天下有心人多矣。寧祇區區者耶？以吾思之，汝猶當屏去煩惱，好爲物色。焉知今日之折磨汝、顛倒汝者，非所以造汝前途之幸福？況良緣多出無意中，有志者事竟成，似此亟亟以自損嬌容，又奚爲耶？"嗚呼！妾自夢田歸後，至於今日，所接於妾之耳鼓者，非詬誶之聲，即無謂之語，忽聞此溫存熨貼之言，妾之感激零涕，當至於如何？自此之後，妾之愛彼益深，彼之憐妾益甚，心心相印，刻刻相思，妾自入世以來，此殆爲破題兒第一度用情之時也。

流光易逝，歲不我予。妾埋首此中，已一載矣。前數月如置身淬泥中，一無生趣，近數月得有少年之慰解，始如枯槁之花，略略向榮，不期天忌有情，好事竟多磨折。一日，少年至妾處，忽改其常度，慘語妾曰："卿卿……吾將遠別矣！"妾大驚，叩其故。少年曰："頃得家報，萱堂病危，吾以人子之職，不能不歸，故吾今來特與卿話別耳！"妾聞言大哭。少年曰："勿爾！天下無不終之筵席，蓋有聚必有散，理之常也。吾行裝已備，即日就道。卿一片深情，早已銘之肺腑。倘得天公垂佑，吾誓必有以報卿。"妾曰："妾自識君以來，即覺一生之希望、一生之目的、一生之情愛，盡在君身，滿意君不棄菲葑，妾正不難出此地獄。今若此前途渺渺，會合難期，妾欲不悲，又烏可得？"少年曰："卿亦泰多慮矣！人之相知，貴相知心。苟能知心，雖天涯地角，亦無異同處一堂。卿又何患？"言際出約指一枚，內嵌"喜相逢悲別離"六字，與妾曰："此即吾之心，而贈予卿者也。倘卿能守身以待，樂昌之鏡，當不慮無圓合期也。"妾視之愈悲，曰："白衣蒼狗，世態易遷。倘有意外之變，發生倉猝者，君將何以救妾？"少年曰："此則聽之天命耳！"於是復聚談他事，至天明始去。嗚呼！此情此境，妾至今思之，猶歷歷如昨日事，而時局滄桑，人事遷變，遂令妾與少年一別，竟成永訣，不寧惟是，妾今日且委身而事他人，舉凡前此濃情密語、海誓山盟，盡如曇花一現，僅留得碧海青天夜夜心耳！嗚呼！妾負少年多矣！妾今言之，猶覺赧顏汗背，無復有面目以見天日矣。

少年既去，少年之小影遂深深嵌於妾之寸腦之中，甚至白日追思，夜中成夢。意中人不見，對影淚雙雙。妾於此又增却一番相思苦況，嘗念我汝既無緣分，便不當相逢，既相逢便當世世廝守，完成美眷，胡爲情愛方濃，又匆匆而賦驪歌耶？又念際此天寒歲暮，擁重裘而居斗室者，尚覺寒不能勝，而彼猶踽踽長途，風雪交加，荒村野店中，其玉粟生寒，不尤甚乎？

妾既日夕懸念彼少年，對於酬應諸務，遂不免淡漠閒放。蓋人之愛情一專，則除所愛之人而外，對於萬事萬物，皆覺無一足以引其興趣。於是煩言四起，老嫗乃大爲不懌。平時姊妹行，見妾一人車馬如龍，門前若市，早已嫉妬在胸，憤懣難下，見此遂各乘機大逞雌黃，以肆詆毀。老嫗短識人也，焉能不爲之動？又焉能爲妾曲予原恕？其始也，尚不過詬誶時聞，其繼也，竟鞭撻從事。嗟嗟！妾方值此心緒惡劣之時，又逢此慘無人理之劫，妾之凄苦，何以堪乎？然妾思當初至此之時，彼固嘗謂以優異待妾，胡爲言猶在耳，遽爾反汗？妾雖欲俯首聽命，又豈能甘？迨後嫗苟有以上行爲待妾者，妾恆反脣相抵，愈抵滋擾愈多，感情愈惡。一家之內，幾成敵國。即向之與妾稍親密之女友，至此亦幾幾不相過從，妾始知人之交誼，初非出以情感，乃因勢之厚薄。當妾名噪之時，彼等便依依如手足，今日竟恝然棄之。妾至此，思少年之心益如爆發，痛身世之念，有若波騰。對人含笑背人啼，妾之困頓無聊，遂又如昔日矣。

於時又有一人，亦甚愛妾。其人姓朱氏，人所呼爲朱三者是也。勢力甚大，且雄於貲，勾欄之中，無不奉之若神聖。苟忤之者，輒治之宮庭，不稍寬貸，故妾家之老嫗，亦諂顏趨奉之而不暇。其待妾也，真懇眷愛，實不下於前此之少年。顧妾對彼殊漠然，不稍注意，老嫗見之，輒詛詛申斥，申斥不足，復繼之以毒笞。可憐夜闌人靜之候，竟爲妾面閻羅，進犴狴而受重懲之時矣。幸嫗爲朱而加罰於妾，朱非惟不爲之感激，而反爲不懌，甚且怒而撻之。嫗固畏其威焰者也，雖屢被其創，亦惟有隱忍受之，顧彼於朱前隱忍而受，朱去後，彼之待妾，仍復如昨。妾思此如何而可者，當妾初至之時，因抱有三大希望之故，故忍死以就，今三大希望一無復有，而畢生未受之痛苦，且將相逼而至。雖掬東海之水，豈能淘此恨耶？無已，其仍捐一綫殘生，而赴大羅天乎？而前此尚不過妾家之家世，妾母之遺骸之罣慮，今復益此少年之情愛。妾死又豈能瞑目？設少年因此悲傷而生他變者，妾得不重有負於少年耶？此中日夕遂又如李後主所云矣。

妾既刻刻縈懷於此，妾之容豔遂不知不覺而漸見清減，朱三見之，又遷怒於老嫗。朱怒老嫗愈甚，老嫗怒妾亦愈甚。妾至忍無可忍時，乃將老嫗種種慘無人道之舉，一一白之於朱。朱聞之，當即欲執之於官，後得鄰媼勸解，始得倖免，而妾自是以後，遂不復能再容於其家矣。

然欲他去，少年不在，倩誰爲脫籍之人？且吾既去，少年若來，人面桃花，將向何處尋覓？至朱三又非屬意之人，倘彼允爲之脫籍，脫籍後而欲妾身歸之彼者，奈何？凡此種種，令妾百計籌思，而終莫得完全之策，不圖妾方以此爲慮，朱三竟舉之以詢。

一日侵晨，妾方起，朱三忽至，見妾形容憔悴，體多傷痕，慘然語妾曰："吾觀汝長此居此，甚非良策，盍早倩人爲汝脫此苦海乎？"妾聞言，即知其用意，應聲曰："妾命薄如紙，合當受此痛苦，他去奚爲？"朱三曰："汝愚矣！天下豈有棄甘而就苦者？吾自見老嫗酷虐待汝後，吾即爲之憐憫，汝苟無人出貲者，吾願效此一臂之勞。"妾曰："君爲妾脫籍耶？脫籍後，將又奚之？"朱曰："惟汝是聽！"妾淒然曰："君抱此熱腸，妾心實感，然妾有一種隱衷不能不白之君者，妾身已私許於人，勿論如何不能再作他人之婦。妾之所以甘心而忍受摧殘者，亦留以有待。今君援手於妾，妾殊無以圖君之報，則奈何？"妾言時，視綫盡射之朱面，蓋藉以覘其作何形狀者。詎彼聞之，大爲不歡。既而曰："汝能以此先白於余，亦佳。余之初心，本欲挈汝以歸。今若是，余當不至刼他人之緣，而敗汝之志，我爲汝脫籍後再往程家，可乎？"妾驚曰："仍住勾欄中耶？是何異以暴易暴？居此與居彼，亦又何別？朱曰："汝誤矣！此處老嫗之所以敢加辱於汝者，以汝之身屬於彼也。今若贖而他往，則汝身已可自由。爾時汝可以左右人，而人不能左右汝也。"妾曰："如是妾當感激至於次骨矣！"朱曰："但有一椿，我之愛汝，無不出自眞誠，想汝亦知一二，苟汝所待之人，終未至者，汝當仍歸之吾。"妾曰："然！"妾是時料少年之必至也。

翌日，朱遂攜三千金至，以所謀白嫗，嫗初雖不容妾，至是亦大爲驚痛。蓋彼家之所以能坐致巨富者，皆妾一人之力。其餘姊妹行，不過輔行其政，以光場面。今妾去，彼家之財運傾矣。且其向日對妾之願望甚奢，今僅得三千之數，殊未嘗償其願望之半，而又甚畏朱之威，不敢執留，於驚痛之餘，又不覺宛轉悲啼，痛揮老淚。妾以其秉性殘忍，待人酷虐，今雖覩其如是，亦絕不用其惋惜。次日，竟偕朱三往程家去。程家人之待妾，禮貌從優，大異於嫗。然妾思彼等既含垢而操此賤業，居心之險惡，大抵相同。妾初至嫗家之時，何莫不如是，而其終也竟不相容。今程家雖慇慇懇懇，將來如何，殊不可料。故妾是時亦甚落落，而不知其樂，且有新愁之難遣者。彼少年音信杳然，若以其當時真情熱血觀之，當不至作薄倖郎。然胡爲一去而後一字不貽？殆高堂已逝，家務紛忙，不暇及此耶？花晨月夕，遂令妾備嘗相思之苦況矣。

無何，鶯燕鬧，蜂蝶飛，已暮春時候。妾見仍無消息，遂倩人作長書一通，備述妾之近況。書發後，約一月餘，覆書始至。妾閱畢，不覺大悲。蓋彼歸後，老母已逝，因沿途奔走之勞，又益以親喪之慘，不一月後遽爾大病，故遲遲無一字來。今覆此書時，痊癒猶僅一旬也。書後並云，勿論如何，秋後必來漢攜妾而歸。妾於此百無聊賴之時，得此始略略欣慰，然思彼人體素孱弱，今復罹此大病，不識今日是何形態，又不知何日可以恢復。馨香一瓣，妾惟有對蒼天而默禱也。

當時有一事最爲妾所難堪者，朱三之爲妾脫籍者，本出自朱三之心願，其用意何在，妾雖約略知之，而妾對彼之心懷坦白，良可以質之天地，而告之鬼神。乃群言嘖嘖，咸謂妾與朱三有染，並造出種種不堪入耳之詭言。噫！妾以無可奈何而至此地，幸能貞節自持，一身乾淨，今忽蒙此不白之羞，妾之痛恨，當至何如？自此謠一播，平時重妾者，皆不齒妾。愛妾者，皆屏迹弗至。忌妾者，更從而揶揄之，笑罵之。於是門前冷落，雀可張羅，妾之榮譽遂於焉掃地。程家雖無若何怨言，而妾處之，甚爲不安。於時，朱三又歸去，妾之援助更復無人。酒盡燈殘，惟有背人灑一腔傷心淚而已。

長夏既去，秋訊復來，妾遂屏去一切煩惱，日惟引領以盼少年之至。不圖想念方殷，而滔天之大禍遽至。八月二十日，妾方晨起，忽見市上惶惶，群相驚顧。詢之，皆曰：「武昌大亂！武昌大亂！」市人之傳播未已，而槍聲、砲聲果相續而接於耳鼓。妾聞之，一擎幾絕。念此漂泊餘生，一無戚申，設一日亂及於漢口，妾將何以爲生乎？乃亟往電局致電少年，招其速來。電發後，妾心略慰，意少年接此電後，當必速來，苟漢口一二星期內無甚亂擾者，妾兩人當可以把晤矣。嗚呼！妾當時亦愚鈍已極矣，試思漢口與武昌一衣帶水，豈有武昌變亂，漢口得以保一二星期之安寧乎？設早計及於此，或往上海，或之他處，妾亦不至增如許苦況矣。

次日風聲益惡，通衢皆懸挂白旗，軍警之左臂亦各纏以白布。妾等素不知世界政局爲何物，胡能悉此由來，故見之益懼。至二十四、五兩日，市面大震，蓋相傳北洋將遣大兵來漢，向日繁華之區，恐不免夷爲槍林彈雨之地，於是富商大賈相率挈家搬徙，程家媼亦語妾曰：「事勢日急，此地非安樂土矣！盍從余他往？」妾曰：「余將有所待，恐不能匆匆他去。」程媼曰：「汝傎矣！值此戎馬倉皇之日，安有人相尋至此者？汝不從余言，汝其危矣！」妾是時待少年之心甚堅，絕不爲動，彼等遂於二十六日去滬。彼等既去，妾一人愈淒涼，即向之終日逗留妾處而不忍一刻去者，今亦一不之見。妾思彼等豈俱忘此擾亂之中，尚有薄命妾在耶？胡竟不一臨，爲妾策劃？天下人祇能共安樂而不能共患難，妾於此不禁深爲慨嘆焉。

日復一日，少年仍未至。居民之奔逃者，幾十室九空，每至夜間，隆隆砲聲不絕於耳，蓋是時南北軍隊已交戰於劉家廟一帶。妾思南軍果不利者，漢口且暮成戰場矣。亂軍之際，安有禮法？妾以伶仃弱質，不適爲若輩凌辱之具耶？思至此，百感交集，萬念俱灰，一寸芳心碎成片片。既又思人之生死，悉聽之天。福之來也，人不能拒。禍之來也，亦不能逃。縱有不測之事，妾惟以死繼之。大抵天下女子每至臨難遇變之時，恒以死爲保身之妙訣。妾是時遂亦倚死爲袪患去禍之利器，惟妾爲少年而死，少年一不之知。縱死九泉之下，終不能無所恨恨耳。

　　至九月初四五，南軍敗訊遂相傳於街市，烏烏之砲彈，咸翱翔天空，如鷹隼疾飛狀。不特中國地界之居民，皆搬遷殆盡，即租界西人亦無復存者。當此萬急之時，妾所引領而望之少年仍未至。妾之傭媼，遂殷殷語妾曰："局勢如斯，此地必不可保，姑娘豈欲坐以待斃耶？"妾曰："然則如何？"傭媼曰："以吾思之，速去爲上！"妾曰："吾所待之人未至，奈何而走？"傭媼曰："姑娘誤矣！當此之時，彼方避亂之不暇，何敢冒然而至此？且此地日暮爲墟，姑娘不去，亦祇落得以身殉難，與其無益而死，何若留以待他日破鏡重圓之爲愈耶？"妾聞是，心大動，因曰："將又何去？"傭媼曰："租界輪船均已停駛，下江當然不能行。吾有戚串現居漢川鄉中，盍暫往彼處一避？"妾曰："善！"於是與傭媼略略收拾，凡向日所服之衣服，皆棄置家中，不能帶，計所攜者僅現洋數十元，首飾數事而已。次日爲初六，侵晨傭媼即起，以渠日所服破衣一襲使妾御之，蓋藉以掩人耳目，其餘細軟僅一小囊，由傭媼攜之。臨行時，妾見如許傢具，均準備而贈與他人，不覺心痛。且先母之遺骸，拋棄荒土，今後更不知須遭何等蹂躪？愈思心愈痛，幾至放聲大哭。及行至江干，見有划船一隻，遂以重金買之，使由襄河載往漢川。不料行至礄口，南軍竟不許再往上駛，萬不得已，舍舟登陸。是時居民均已逃避，欲覓一車以代步，終不可得。可憐妾以荏弱無能之身，今日竟踽踽作長途之行，疲憊勞頓，誠有不堪言狀者。

　　至次日午後，始抵朱家山，是時聞漢口已失，襄河上游土匪甚衆。妾思少年若已離家，此時方行於匪窟，設不幸中途遇害，妾之罪孽當至於如何？即或倖免，而漢口已爲兩軍決鬥之場，彼縱去亦豈能作刻片逗留？茫茫大地，悵悵何之！其不膏於彈丸者，又豈可得？妾思至此，心緒頓爲不寧。及夕，復偕傭媼雇一小舟，倩其由小河直往漢川，意既至漢川，然後再圖所以偵察少年之法。不期舟子不良，妾囑其行經小河，彼竟載往大湖。妾初因人地生疏，不知其詐，及至夜色蒼茫中，見水光一片，望之無垠，始大驚。詢其胡爲至此。彼則謂非此莫達。妾與媼駭然，知墮其計中矣。此時四顧無人，知必不免。然妾早已大量，惟死而已。但傭媼因以受累，妾殊不安。一縷芳魂，幾飛越天外。及行至湖心，彼忽弗走，倚舟於小埠上。妾高聲曰："汝胡又不前？"彼曰："前行多盜，故暫停。"妾曰："盜奚畏汝？其速行。"彼忽作厲色，曰："再高聲者，汝其無幸！"妾仍大呼曰："汝不行，吾即指汝爲盜。"彼乃棄其槳，立妾前，妾見彼兇惡之色，知死期至矣，方欲聳身入水，彼忽然出其兩手，力挈妾入艙中。傭媼見狀，亦大聲慘呼，當此時，忽聞水聲汩汩，一大舟至，傭媼呼益急，彼方欲制媼，而大舟已近，一人問曰："何事？"妾曰："遇盜！遇盜！"言未已，即有數人躍至妾舟，彼方欲逃，數人力撲之，縛置艙中，復詢妾以故，妾乃縷述之。數人遂攜妾與媼入大舟。妾此時驚魂始略略鎮定，見舟內男婦約數十人，大都均由漢避難來者，妾詢奚往？群曰："將往湘中。"妾思往湘亦佳，且同行人衆，不至淒苦，遂一意附舟前往。

　　既抵長沙，市面之狀況，一如武漢。惟無戰事，居民較安寧耳。妾以困頓恐怖之餘，忽履此安寧之域，身心頓爲之快。然長安作客，匪易言居。妾所攜之旅費，又甚微薄，長此坐食，胡以爲濟？而天涯淪落，舉目無親，借貸既已無門，孤身復又奚託？快適之餘，又不禁惝惝然。終日以淚洗面，既思人生到此，有何面目，於是力求撙節，惡衣菲食，與媼縈縈相守於蓬門璅巷中。若以他人處之，或且弗耐，而妾自先父去世後，此等苦況，正不知消受幾許，遂亦怡然安之。

　　幸天心厭亂，不數月而共和告成，妾敝衣垢面，所度之無聊歲月，遂亦因之而略有轉機。大凡人處逆境，便思靜寂，希望亦絕無。一至順境，心思頓異，種種希望不知不覺緣之而生。妾此時聞武漢既已粗安，料少年必已先至。前此之濃情綺想，不禁如火爆發，一若此次之亂事，即所以促吾兩人速成美眷者，遂以所餘之金飾，易資購服，偕傭媼買輪來漢。此時之心滿意得，却不似當日往湘時之狼狽情形，且思從此得以脫離北里之籍，尤暢適於中。船行三日，即抵漢上。妾啓窗瞭望，不覺愴然。蓋漢口失後，北軍即加以大火，舊時亭院，祇餘碎瓦殘磚；巨廈高樓，僅存危牆敗堵。昔日繁華，今成幻影。烏衣巷口，徒弔夕陽之悽悲；黃土壟中，盡是英雄之白骨。佳兵不祥，誠信然矣！妾既起埠，乃就寓於某賓館。

消停兩日，不意妾所急欲見之少年未至，所極不欲見之朱三竟把晤焉。朱既見妾，即殷殷表其偵訪之情，並謂此次之來，專爲迎妾而歸者。噫！妾聞是，將何以置答乎？無已，仍以守待少年之心白之。朱笑曰："汝誠癡矣！當此兵戎倥傯之際，天涯地角，彼之生死尚且不知，何有香車寶馬以迎汝歸？即或尚存，而少年血氣未定，見新正不難忘舊。汝猶勤勤懇懇守株以待，得非自誤耶？"妾曰："彼待妾厚，義不當背。"朱曰："彼待汝固厚，而我之對汝，亦殊不薄。以三千金脫汝於樊籠者，非我耶？爾時汝謂尚須待彼，我亦成汝之志，寄汝於程家。今時局既變，閱時許久，彼乃蹤迹杳然，則彼已負汝於先，汝縱從余，在理亦不爲背。"妾曰："君高情厚義，妾已銘之次骨。但妾心堅如石，終不能惟命是聽。奈何？"朱曰："如是，則汝負我多矣！惟觀汝經濟亦非充裕，倘久待，彼復不至，汝將何以爲濟？得不琵琶門巷，仍操舊日生涯耶？吾今直語汝，當日我果未爲汝脫籍者，汝之行動，我良不能干涉。今則汝身已屬我，我自信殊有此權利，足以取汝。汝苟不允，我即以强迫手段對之。於理亦且甚當。汝非愚人，其慎思之。"言已，拂衣竟去。嗚呼！閱者諸君，妾抱此絶大希望，美滿愉快而回漢，不期竟遇此拂意之事。妾其從之耶？殊負少年。妾其弗從之耶？又無力以抗，且朱之待妾亦殊不薄。嗚呼！妾方籌思莫决之際，朱竟率肩輿至，劫妾而歸焉。

妾既至朱家，見與妾同等者尚有三人。妾思彼等初至之時，朱之恩誼情義，何莫不如今日之與妾，而今日竟棄彼等而愛妾。設將來更遇稍優於妾者，又不難置妾於不問之地。兒郎薄倖，秋扇見捐，妾於此遂無一日快。朱見妾如是，疑妾與彼等有所不洽，復挈妾來漢，意藉以表其情愛之專。其實妾此時心如枯井，與人無患，與世無爭，家庭之內，又有何情愛之足計。既抵漢，就寓於法界某里。舊地重遊，悲天感世，妾之無聊，遂日益加甚，且當日少年之癡情厚意，無刻不蘊藉於寸心中。憂能傷人，妾到漢不數月，腰支體態竟與梅花共瘦矣。

一日，妾偕朱購物於市，忽遇一人，妾驟見幾暈。噫！伊何人？伊何人？即妾所朝夕懸念，刻刻不忘之少年也。妾方欲進與之談，朱忽挈妾登車，風馳電掣，瞬息間妾所最親愛之意中人頓失其所在。嗚呼！求之千日，失之頃間。及今思之，猶覺恨恨不已。既歸，伏床痛哭。思當日之盟言，猶歷歷在耳。今忽覩妾屬於他人，且相顧而不作一語，其恨妾怨妾，誠不省至於何地？嗚呼！妾早知彼必來漢者，妾雖忍飢受凍，朱雖強行逼勒，妾亦必留此身以待之。分明美滿姻緣，今乃成情天恨事。妾至此，誠不能不重怨夫朱三。嗚呼！妾以瘦似麻稭之身，復遭此痛轍心肝之事，盈盈弱質，曷克以當？無情二豎，遂公然乘罅抵隙而至，妾之此病，早知不免，固不料其發之若是其速。殆妾舉止乖亂，彼蒼以之而報妾耶？

妾既病，妾之容顏驟減，雖梨花帶雨亦莫是之過。不料朱三非惟不稍為溫存，反大變其意向，視妾若路人。日中除照例請一二醫生為妾診視外，絕不一致存問。嗚呼！妾固早料秋扇必至見捐，却不料其若是其驟且易，此等朝秦暮楚之薄倖男子，妾真恨不手提十萬橫磨劍，為普天下苦命佳人一洩冤憤者也。朱待妾益薄，妾思少年益甚。孤燈隻影，無限凄凉，病帳愁幃，相思有淚。半月後，妾遂形消骨立，幾不復人模樣矣。

於其時，妾前相從於患難之傭媼忽至，妾霎見甚慰。詎彼之至，非惟無益於妾，妾之一綫殘生，乃送斷於彼之手。蓋少年自離漢後，即朝夕籌劃迎妾之計。迨武昌起義，妾電至時，彼即束裝來漢。九月六日，妾離漢之時，即彼至漢之日。道路相左，遂不復把晤。而是時漢口戰事正急，住既不可，歸又不能，乃折而之滬，棄家冒險，莫非為妾一人。俟戰事平靜，彼復回漢，四處覓妾，卒不得一面。前剛覯見，又失之交臂，憤痛之餘，即立意必得妾而後甘心。妾是時居處既甚幽邃，日中又未嘗輕出。咫尺天涯，安能如彼之願，不期忽遇傭媼於肆間，遂以重金賄傭媼，使其至妾，許白此衷曲。是日傭媼之飄然而至者，即爲此也。嗚呼！妾未聞此，妾猶不知少年之對我是否一如前日，萬絕之間，猶有一綫足以自慰。今忽聞此，又知其爲妾消受如許痛苦，妾之心傷腸斷，當至於如何！

　　嗚呼！閱者諸君，以妾平時懸念少年之切，此時不將偕傭媼俱往，賡續前緣乎？詎妾竟大謬不然。蓋妾轉念一思，妾之身體已屬於他人，微論朱三之否諾，妾已無面目再與之相見。況復病勢日增，寸步不能移動，即欲去，勢且不可。私心自計，惟有長眠地下以謝彼耳！匆遽間遂以此意語之傭媼，並略告以起義時待彼之誠，意傭媼復彼時，彼或可以原諒我。詎傭媼去後，竟不復返。蓋彼聞此，將永絕我也。

　　自是之後，妾病益劇，至今日月缺花殘，勢且不起。妾之死也，固無足惜。獨不解妾何獲罪於天若是其甚？天何降凶於妾若是其酷？屈指細數妾一生所計劃、所圖謀之目的，可謂無一不相背而馳。自先父逝世後，即欲與先母相守蓬門，苦度歲月，而無情之火即奪妾之居巢而去。既而偕先母奔馳來漢，冀以恢家門，爲妾覓棲栖之所，而萬惡之二豎，又乘間而至，親生之母乃於以長辭。繼又思飄萍斷梗，殊非良計，乃亟倩夢田爲妾許字堉家，而姑氏又悍惡，刻不相容，不一載，竟忍心害理，舉妾而置之秦樓風月之中，於是妾最後之願望，又因之盡失。覓死既不得，偷生又不可，一寸芳心，碎成萬片。幸不半載，忽遇可親可愛之少年，枯萎之花，始復萌生氣，孤萍之托，亦私慶有人。而兀突突武昌忽又起義，漢口夷爲戰場，大好良緣又被橫風吹斷，一磨再折，再折再挫，輾轉相循，遂令妾之生機盡絕。雖罄南山之竹，掬東海之水，亦豈能淘此恨耶？嗚呼！已矣！妾心已碎矣，血已枯矣，聲已澌矣，淚已竭矣！白楊衰草間，僅留得三寸斷墳而已矣。夫復何言！夫復何言！

雅燈文庫

菊兒慘史

哀情小說《菊兒慘史》提要

　　一閨秀女與某生兩小無猜,愛情固結,約爲夫婦,爲一淫蕩之從姊所搆陷,母叔交惡,屢加毒手,女竟矢志不二,迨轉圜有父而已,病入膏肓,莫可救藥矣。此爲九江近事,作者據實而書,無一妝點門面,其沉摯處,不讓《花月痕》之專美於前。

潯陽位廬山之下，踞大江之濱，天地靈氣所鍾，士女賦情獨厚。通商以後，女學大開，綠窗韻事，紅粉佳談，尤多於往昔。余家與潯近，故收羅頗廣。年來所紀述，如媒蘗豔塚諸篇，皆出之彼地。近又得友人來書，述及李氏女慘死一事，甚爲怛惻，爰濡筆記之，聊與多情人同聲一哭焉。

此事禍端皆造之一家之內，吾書未着筆之時，乃不得不先將女之家世略爲叙述。俾頭緒分明，閱者不至無綫索之可尋。女家世居城南，父輩兄弟計五人，居長者早逝，遺一女名韻兒，幼字於同邑鄭蓮生爲室。蓮亦世家子，風采俊秀，卓識超群，固翩翩少年也。顧韻兒不甚聰穎，且素患癡憨之病，美中不足，蓮生雖常引以爲憂，然亦無可如何。行次者，即女父，業儒，在潯頗有令譽。無子，僅女一人，小名菊兒，丰姿體態，豔麗若仙，女父母視之不啻掌上珠。五六歲時，即命之讀。女賦性伶俐，過目輒能記憶，堂上人益愛之。長更就讀於某女校肄業，不三年，才名乃大噪，女父嘗顧而樂曰：「此吾家不櫛進士也。」伯道無兒，中郎有女，女父得此，亦頗足償桑榆之樂。惟愛女益篤，凡登門問字者，咸託辭謝之。女亦孜孜致力於學問，不暇關情到此。堂上人或間有以姻事爲問者，女惟俯首弄帶曰：「非得其人才貌咸佳於兒者，兒不偶之。」以故女年雖及笄，而小姑居處，尚屬無郎，不知者或加以訾議，女殊不顧焉。

行三者亦業儒，子女各一。子尚幼，女名禧兒，明眸皓齒，姿色可人，顧貞潔不如女，大抵防閑失嚴之所致。行四者遠出，年僅一歸。行五者年尚輕，方肄業某學校，亦一裙屐少年也。女大父原爲潯巨紳，故至父輩五人，潯人猶以紳士目之。若就全家表面觀之，固雍雍然至樂家庭也。乃因一弱女子口舌之播弄，致演成極大之悲劇，家門不幸，豈勝嘆哉！

初韻兒之母，因孤婺岑寂，時迎蓮生至家，以資團聚之樂。是時，蓮生年僅十二齡，彼此過從頗爲密切。李家既同居一堂，蓮生每來，必處處均至，於是因緣而得與女相識。爾時，女亦祗十一歲，却長得如花似玉，嬝嬝婷婷，每覘蓮生在，必相隨相攜，或跳舞於晚風駘蕩之中，或高歌於涼月初升之候，兩小無猜，固極一時之樂。

蓮生雖年稚而善詞令，女父母既無子嗣，愛蓮生尤篤。其初，蓮生月或一至，至是則月數數至，女亦恒覺非蓮生至莫快，簾前鬥草，檻外調鸚，蓮哥菊妹，兩人蓋已成忘形交矣。大凡世間萬事萬物，恒以同類而始相親。女當時既已執卷讀書，便覺世間惟能讀書者方能與伍，苟無蓮生之至，女或專其情於殘篇斷簡，不復再念及世事，而蓮生偏於時而至，又偏能溫文儒雅，其足投女之心坎，而令女無意中傾倒不舍者，亦無怪其然。佛家勸世人甚勿造因，蓋既造因不免結果，如女與蓮生，殆所謂自造其因，而自結其果也。

蓮生亦家城內，與李氏居室甚邇，蓮既與女結此總角小友，天賦之情愛，遂於不知不覺中咸集之女身。曩之月數數至者，此時則幾無日不至。逾年，蓮生已十三，女則二六矣。女父因愛蓮生聰穎，嘗以教女之餘暇而教蓮生，兩人於是又得同席共硯，綠窗低哦，紅燈問字。在女固不覺蓮生乃阿姊之壻，蓮生亦不知女實居小姨之嫌，惺惺惜惜，蓋絕無蒂芥存乎其中矣。

女嘗私自發一種癡念曰："世間所名為男子者，必僅蓮哥一人，所最令人生愛者，亦必僅蓮哥一人。我既得與蓮哥共起居，則我之幸福誠較世人為高。我父愛我，將來定使我與蓮哥生生世世，永如今日。或築室於廬山，共同研讀，或垂竿於湖畔，出入相隨，有一日天地，即有一日我與蓮哥，有一日我與蓮哥，即有一日天地。如其不然，則我與蓮哥同飛於雲煙飄渺之鄉，不飲不食，至萬萬年不朽，亦大足快已。孰知人世間尚有一婚姻問題在，此種癡望，正未易償得，而女猶不知其誤也，終日將此癡念秘之寸心中，雖親如父母，亦不宣示。如食羊羔飲醇醪，須細細嚼其滋味者。

於時最忌女與蓮生交好者，則女三叔之女禧兒，是禧兒原長於女，知識略開，與蓮生與女皆一時小伴侶，其愛蓮生之心，與女不相上下，而蓮生因女故，殊未嘗注意及彼，凡出入遊戲，咸偕女而避彼。彼因之大恨，以爲同是戚串也，同是姊妹行也，何分乎親疏？今後必思所以離間之。顧蓮生與女尚非成人，離間之法頗不易易，其告之父輩耶？必不見信，否則惟有恫嚇之一策。

禧兒既蓄是心，遂於課餘無事時，謂女曰："爾年行長矣。內外之禮，亦當知之。蓮哥乃韻姊之壻，與爾固無若何之關係也。徒以其年稚，又咸得吾家人之愛，故許其不時過從，而爾竟視比骨肉，抑何不知長進若是？倘再一二年，爾且亭亭玉立，外人知之，得不飛短流長耶？即外人不言，韻姊亦決不許其親愛之壻爲爾奪去。我與爾義屬姊妹，不能不竭誠告之，爾今後務痛自悛改，不然來日苦惱正未有艾也。"女當時原屬渾然無知識之人，從不知蓮生何自而來，何自而去，今忽聞此，頓爲驚駭，思禧姊之語若果然也，則蓮哥乃韻姊之蓮哥，非我之蓮哥也。今日之好，不過暫耳，何有於我哉！思至此，前所秘不宣之癡念，幾爲灰燼，既又思蓮哥既爲韻姊之壻，則蓮哥當與韻姊形影相依，何至與我共食共讀，不須臾離耶？且父母叔伯輩，亦又何至視吾兩人之歡笑爲樂事耶？禧姊之言妄也。吾決不之信，吾決不之信！

翌日，蓮生至，女盡舉而告之。蓮生聞之，亦驚如大夢方醒，思禧兒之語，實不誣也。然將從此絕女耶？又非所能，惟勉應之曰："爾勿憂，禧兒之言誑爾也。我雖聞人言我與韻姊已經定婚，而將來我兩人仍可如今之相處。"女曰："我固知是也。故未嘗以爲忤。"於是相愛益篤。蓮生每至，必饋以果餌，間或蓮生因事爲父母所撻，女必從而百般溫慰。他若蓮生服何服，女亦服何服。質言之，兩人精神上固無一不表示其相戀相愛之誠意也。

此等快樂光陰，倏忽又過去兩年。是時，蓮生已十五，女則身長玉立矣。兩人情竇既開，女父母遂不若前此之閑放。凡蓮生與女相晤，必從而監督之。女亦覺今日之談笑，不若往日之自如。間或思及往日纏綿之情狀，反覺覥覥，無以自容。因是與蓮生相見漸疏，然腦海中又未嘗一日去蓮生小影也。蓮生不解，時出怨言。女私語曰："蓮哥誤矣！我爾行已成人，瓜李之嫌，自不能不避。我家重君禮君，無不備至。倘因是而見輕於人，君將何以自安？人之相知貴相知心，衹我兩人相見以心，又何重乎一見哉！且耽耽於旁者，尚有一禧姊在。禧姊之愛君，與我正同。幼時茫昧，不得而知。近日冷眼察之，始知其實不能已矣於君，而君又未嘗稍施以顏色，老羞成怒，勢所必然。若我兩人猶不知檢，不適足授彼報復之機乎？"蓮生聞言，大服女之靈敏。自是厥後，兩人之外表，一若淡漠無事，而冥中情感則懇摯臻於極點矣。

禧兒見蓮生與女漸疏，以爲兩人將必見惡也，遂思乘間而攘奪之。對於蓮生無不竭其誠意，以取歡笑。禧兒原長女兩年，是時年華已逾二八。春花秋月，美景良辰，情不能自禁，亦無怪其然。然蓮生又豈儇薄兒濫用其情愛？以故禧兒雖百計惑之，仍不爲動。然投鼠忌器，又不能遽絕之，惟於無人時推誠以謝之，而禧兒良不能因此稍退。蓮生雖嘗引以爲心腹之患，然亦無可如何。

一日爲寒食節，女父母咸往郊外祀塋墓去。蓮生適至，見庭幃靜寂，四顧無人，乃趨女室。時女正高捲紅袖，整理書帙。蓮生良不欲阻其興況，故輕其步履，立窗外觀之。窗適當女之後，女殊不之覺。蓮生向日雖與女時常聚首，而於女之後身從未仔細端詳。是日遂竭其目力一一較量，自髮至踵，無不盡至，如清水觀魚，數鱗數尾。正於心滿意得時，女忽回首，驟覩蓮生立其身後，香頰頓赤，羞態畢露。蓋女是時亦方念及蓮生之品性溫柔，將來畫眉窗下，並肩共讀，當如何愉樂，當如何快意，不期情思正濃時，可人兒竟悄然而至，以故觸境生羞，心中怔忡如鹿撞，惟低聲曰："蓮哥，欲入則入耳。偷窺他人之舉止胡爲哉！"蓮生乃入，忽見女赧然之狀，頗爲疑惑，既思或因己之猝至也。遂撿拾他語以亂之，復助女安置諸卷。良久，女始復其故態，共話近況。在禮，深入人家閨閫，甚爲非當。然蓮生與女相習已久，遂不之覺，且蓮生因禧兒故，月餘未與女把晤。今日老人輩盡出，正天授以溫存款語之機，焉能默然而退？不獨蓮生如是，女亦正同此心理，故兩人腦中所儲之千言萬語，乃於焉盡洩，如抽蕉剝繭，綿綿無已。但有一語可告閱者，兩人雖如是，而又無一字涉及非禮也。蓮生素性喜字，偶一近案，即執筆自書。是日女之書案，適陳花箋甚多，蓮生隨與女語隨握鉛管胡塗，不意所書者盡"願作鴛鴦不羨仙"一語。蓮生意本在女，遂不覺所書者乃此，女亦正注意蓮生，更不之知。

互談約一句鐘，女忽起立曰："與君談久，忘我要事。"蓮生驚曰："何事？"女曰："吾篋中書帙，囊者恒多倒置，欲覓一書，頗不易易。今既整理完畢，當各書一名於篋面，庶來日覓書時，可應手而得。"蓮生笑曰："所謂要事者此乎？何慌張若此！"女亦笑曰："吾之慣性，君猶不知耶？"乃就案次裁箋作長條，奮其纖腕書之。蓮生見女方注意於字，遂亦無語，惟立女後觀之。良久，忽覺精神飛越，無意中兩臂乃加之女肩。女亦若不覺者，書至滿意時，猶嫣然回首與蓮生品評較量。蓮生笑曰："吾意不在字，惟得一親薌澤足矣。"女聞言，頓泛桃花之嫩臉。然仍未因此羞澀而遂拒蓮生，且於惝恍中，移其櫻桃小口，加之蓮生之頰。

當其時，忽有聲發自身後曰："羞哉！爾兩人。"人聲何自來？則出之禧兒之口。蓋禧兒自蓮生見拒後，知蓮生猶未忘情於女，時欲尋其破綻，以爲要脅之具。顧蓮生月餘未至，頗爲悵惘。是日蓮生忽飄然而來，大喜，私念蓮生不先不後，適擇父輩他出時，其用意必大有所在，遂於蓮生趨女室時，急踵其後。凡蓮生與女之談話，無不聆之至悉，及觀至此，憤怒交加，不能再忍，故失聲而呼。蓮生與女聞之大驚，亟回首，則見禧兒端立其後。兩人知事必無幸，女則愧赧無以自容，蓮生則追悔不知所措。禧兒見狀，故作獰笑曰："姊妹行偶爾遊戲，亦何妨礙？胡爲惶駭若此？"兩人聞言，寸心略定，然仍無語。禧兒復笑曰："我誠弗曉事，掃人興況。然則我去耳。"言已欲行。女知禧兒此語，必非善意，亟以眼示蓮生，乃起而挽之坐。女遂乘此出室。禧兒既坐，從容謂蓮生曰："吾意君果廉正之士，不意竟有此非禮之行。君當知菊妹乃羅敷無夫，爾已使君有婦，倘因是而敗其節操，將來更作何歸束？"言際視案頭，見蓮生無意中所塗之箋，亟取讀曰："願作鴛鴦不羨仙！願作鴛鴦不羨仙！"讀已，獰笑曰："此非爾勾引人家閨秀確鑿之證據耶？"蓮生聞而大驚，始知適間所書者乃此，呐呐曰："此……此非有意也。"禧兒忽正色曰："然則又非有意，吾今亦不與爾置辨，但爾自至吾家後，吾何負於爾？乃吾所貢之爾之情愛，爲爾踐踏殆盡，絕無絲毫之體恤。若果爾，誠廉正不苟之士也，吾亦無言。而爾又偏如是，吾今直語爾，苟爾從今知自猛省也，則亦已矣。不然吾必據今日之情形，訴之伯父，恐爾時逐客之令一下，爾之顏面不復再能如今日矣。"言已，拂衣而出。蓮生亦歸。

越數日，蓮生再至李家，岳母果多方勸誡，並謂近日謠諑頻興，內外之嫌，當自爲回避，且菊兒年長，不復舊時之小兒女，可以相隨相習，若再不知悛，來日見輕於人，則彼此均無意味也。蓮生聞此，知必禧兒之所播弄，欲就女以詢其原委，又百覓而不可得。中心憤懣，幾不可以言狀。幸女之父母仍相待如平時，於此百無聊賴中，稍藉以寬慰。雖然，將從此不復與女相覿耶？抑仍含羞忍垢與昔之惺惺惜惜耶？由前之說，則禧兒全軍盡勝，已與女之情愛棄之無存；由後之說，則挂礙諸多，兩人之名譽從此掃地。然則從前爲愈，抑從後爲愈乎？兩念搏戰至數日而不能決。

繼思仍宜商之於女，於是尋機覓隙，以求與女相見，乃時越旬餘，竟不償所願，即或遇之，女亦恒避之不面。蓮生大疑，自念菊妹得毋已爲禧兒煽動耶？或其父母加以警誡，而不敢再與余接談耶？然以其父母對余狀態觀之，似無所芥蒂。就令有之，亦當私告之與余，乃不此之圖，使余墮入悶葫蘆中，又奚爲哉？若爲禧兒所煽動也，則是余與彼數年之交誼，不敵禧兒一口舌之勞。此等人遑可以相終始耶？思至此，忽變疑爲怒，憤然歸家，歷十餘日不至女家，即岳母召之亦不往。

女見蓮生驟然絕迹，知必寄怨於己也，遂折柬由郵局以召之。蓮生接閱，心氣略平，然終不能無所耿耿。一日，岳母又遣使至，蓮生乃毅然往。蓋藉此以覘女之實意。午餐後，一人閒步至花圃。是圃爲女父所培植，名花奇卉，雜植其中，每至春夏間，綠紅片片，芬芳逼人。圃適當居室之後，狀至幽靜。是日，蓮生既至圃中，略一散步，即轉坐於太湖石之陽。因石矗立圃中，居室中人欲覘其陽面有無人迹，頗不易易，故蓮生獨坐於是，藉避人也。坐約數分鐘，女即飄然而至，顏色慘淡，愁鎖春山，大不似往日之活潑。蓮生霎見，心即爲折，凡前所耿耿於懷者，至是則消滅無餘。女曰："蓮哥，月來未與共談，其重怨余乎？"蓮生曰："否否！吾無所怨。"女嘆曰："君其勿作是勉強語。余知之深矣。然余實有萬不得已之苦衷在焉。初意君或能曲予原諒，及後觀之，乃知不然。故今日速君至，爲君縷晰陳之。自爾日禧姊遇君後，吾即大爲憂懼，恐彼私讒於吾父母，以壞我兩人之顏面，不期此念方生，彼即實行。於次日將種種情節盡語之吾父，當其語時，吾方習字於吾父隔室，聞悉之下，驚懼幾暈。私念吾父向以名節爲重，聞此必將大加譴責，不容於余。詎天下事有出人意表者，吾父竟不之信，並謂吾兩人自幼時相習，此等事殆小兒女常態，不足輕重。噫！吾於此驚懼之餘，又不禁大喜，乃彼見此不售其術，復鼓其簧舌於伯母處，即蓮生岳母。而伯母又不爲動，一再被折，始滅其口。然彼既負其耿耿於吾兩人，而求報復者必愈急，故吾月來故與君疏，一免授隙於奸人，一可堅信於父母。不圖君不見諒，反加怨恨。耿耿此心，真惟有質之皇天后土耳。"言已，欷歔至再。蓮生見狀，心大爲痛，亟握女手曰："吾妹勿爾，吾特自誤，決不敢有他意也。"女曰："既如是，吾心殊慰。然吾更有數語，須貢之君者。君年行長矣，大丈夫立志成人，正此時際。吾家既有禧姊監視其旁，長此惺惺惜惜，大非所宜。自茲以往，吾甚願君專心致志於學業，待到時機已熟，障礙盡去，再以終身事蓮生原係雙桃之子，故女言此。干之吾父母之前，必可得邀金諾。爾時華堂交拜，不較今日畏首畏尾光明萬萬耶？至吾亦當自勉自勵，求有以報君。君如以爲然也，今後即請少至吾家，靈犀一點，各密之寸心中可也。如否，則前途禍福非吾所敢知矣。"

蓮生聞此，甚以爲是，於是屏絕一切，苦讀螢窗。女家見蓮生蹤迹漸疏，益信禧兒言語之妄。凡前日謠諑，至此盡爲息滅。暑後蓮生復考入某校，女家聞之，咸爲驚喜。女更覺畢身之快事，無逾於此，亦請於父母就讀某女校。自是蓮生與女每禮拜僅一見，見時亦僅落落寒暄數語，由外表觀之，兩人似更無親密之影像，而冥中情愛反至益篤。惟其如是，兩人於課餘咏罷，仍無快樂之時，況復秋風蕭瑟，落葉飄零，觸景生情，愈難自已，且女更有一種悚懼之念輪迴心中者，則恐其父母私爲定婚也。女之所以速蓮生與己入校之故，吾書前已言之，設中途另婚，其苦心所計劃者，豈不盡歸失敗？其窺伺於旁者，豈不大爲訕笑？不寧惟是，即自總角至於今日，數年中之情愛，亦須一一付之東流，愈思愈危，幾至不寒而慄。雖然，女亦太癡矣。試思雙親一生之血肉，僅己一人，雖不欲高附貴族，亦必字之名門，何至偶有婦之蓮生，而損其門楣之光耀哉！縱蓮生可以雙挑，名分上無所軒輊，而自一般俗人觀之，決不能爲之判劃，況蓮生之婦，又適爲己之姊，即或己之父母允許，伯母又未必同意，女之鰓鰓過慮，特自討懊惱耳！幸其父母未之知，不然已早字之他人，又奚容其悚懼哉！雖然，人愈聰明而愈迷惑，能於苦海中而知覺悟者，大非易易，女苟知其計之左而知回頭，其結局或不至若斯之慘。吾書至此，不禁重爲女惜之。

　　韶光易逝，歲序如流。蓮生與女就讀於學堂中，倐忽已三載矣。此三載中，兩人各行己志，各有目的。其初一二年，每禮拜猶欲一見，及後除年暑假期中盤桓幾日，以溫習其懇摯之情愛，外則多不相晤，以故此三載中，兩人之歷史，無足多叙。是年女已畢業，才名大噪，女欲更入他校。女母因疾病諸多，欲留以侍庭幃，不之許，女不獲已，仍居家中，讀書習繡，頗爲暢意。然回顧年華已一十有七，所抱素願，仍無影響，蘭閨深寂寞，無計度芳春，思之又不禁愁鎖。一夕，更漏三下，時女方自母室歸寢，經過禧兒臥室，忽聞細語喁喁，達於戶外，女大驚，思禧姊固一人獨寢，胡來語聲，且聲胡爲又似男子？乃由窗隙中窺之，見燈光如豆，禧兒與一少年並肩而坐，褻狎之態，幾不堪卒視，女駭極，失聲大咳。禧兒聞女聲，知事必爲女窺破，亟趨出，欲挽之入。女不允，大奔至己臥室，心房躍躍不止，周身毛骨悚然，若遇巨魔，私忖禧姊之爲人，奚鄙賤一至如此！曩者干涉余與蓮哥之事，余猶以其貞潔成性，由今觀之，殆較余爲尤甚。我若詰之，真不知其何以對我。幸也我與蓮哥僅精神上之結合，僅心理上之情愛，倘亦至於如是，彼更不知如何嫉忌，如何恫嚇，繼又念曰："彼既有此種破綻落之我眼中，彼之名譽與生命即操之我手。我盍就此報復彼向之干涉我之舊恨，恐彼雖倔強，亦不能不敬我如神。如是我之敵人，豈非不鋤而自去耶？"女思至此，不覺大喜。

翌日，遂召禧兒之侍婢桂香至，密詢少年胡自而來。桂香原爲禧兒之心腹，然亦甚親女，故經女略詰，即盡爲洩露，始知禧兒自蓮生與女入校後，知其計劃不克果行，濃情密意，遂攜而之他。每日午餐方罷，即盛裝散步江干。久之，與鄰近楊某結識。楊固輕薄少年，士人多不齒之。禧兒獨以爲潘郎不啻，初猶不過眼角留情，兩人相愛悅，繼則西廂待月，踰牆相從，錦帳繡幃，正不知春風幾度矣。女既聆得此情，益喜，私計父輩咸視名譽若性命，我若告之，直如投彈於火，不愁不爲爆裂，爾時禧姊恐不復再如今日趾高氣揚矣。女思及此，不覺手之舞之，足之蹈之，詎知來日大難，正萌芽於是。惜乎女不知之，若知之，當亦自悔其多事矣。

於時，禧兒忽至。女驟見，頓憶及昨晚之事，幾不待禧兒之啓口已羞澀無以自容。鎮定移時，始復其原狀，私揣禧姊此來，必非善意。蓋禧姊從未向人自承其過者，詎是日竟大謬不然。一種慘澹可憐之狀，令人望之怛惻，俟女色定時，乃握女手曰："昨宵之事，想吾妹已經窺知。此事在吾實爲大錯，但人非木石，孰能無情？吾之癡於情，我爾自幼相處，早當知之。彼人既玉骨丰姿，又復纏綿不已。吾之不爲牽動，蓋亦綦難。今事已至此，追悔無及，務求吾妹力爲秘密，將來感恩戴德，至死弗諼。"

女曰："茲事關乎吾家之名譽，吾焉能含默？"禧兒泣曰："如是，吾命絕矣。"言時，長跪女前，眼眶中熱淚簌簌，如串珠。女見狀，忽轉怒爲悲，相視時餘，迄不能作一語。禧兒復哽咽曰："妹乎！其念手足之情，而救我乎？抑坐視我殘生立盡乎？"女至此，仁慈之念乃不得不盡露，思禧姊亦不過一念之差而至於如此。我兩人究屬姊妹之親，情義所在，良不能過事苛刻，況隱惡揚善，君子之德，我又奚必圖此一逞？思至此，凡前日欲圖報復之雄心毅魄，消滅無餘，乃移其纖手挽禧兒起曰："人非聖賢，孰能無過？倘能從此改過自新，吾當永爲秘密。"禧兒欣然曰："吾妹大德，沒死不忘。"自是禧兒遂盡改其舊態，對女極意逢迎，凡女所需，無不應聲而至。久之，前怨盡泯。女與禧兒親密若平時焉。

閱者須知，禧兒乃一女中梟傑，豈真能自新悔過？又豈真能抑制其心高氣傲之故態，而與女聯其情感？蓋實欲藉此以徐圖其計劃，且思女年事尚輕，血氣未定，今日允爲秘密，來日又未必守之如始，故一面陽與女結歡，一面求所以陷女滅口之計。女當時深處五里霧中，一不之覺。相見時，猶"禧姊""禧姊"不離諸口。禧兒默察女狀，知其心迹已無芥蒂，遂萌其毒志，嘗值夜深人靜，繡罷課完時於女前力白楊某如何俊秀，如何多情，如何溫存體貼，雖稗官中所述之美男子，亦不是之過。女初意彼或藉此以破閨中之岑寂，故恒與應對。詎彼誤女已墮其計中，乃思更得進步。

一日自外歸，私語女曰："吾今日途遇楊郎，形色憔悴，大非昔比。吾叩其故，渠秘不肯宣。經吾力詰，始慘然語吾曰：'自疇昔見卿令妹後，神思顛倒，寢食俱廢，忽忽至今，遂成心疾。不卜令妹肯俯予援救否……'"言未已，女色立變厲聲曰："趣勿言……趣勿言，吾殊不願聞此。"禧兒亦佯爲正色曰："吾亦知其言之不當，故當時曾力斥之。然其癡情癡念亦大可憐。"女曰："吾與彼乃風馬牛之不相及，何勞彼下眷。嗣後，彼苟再以此無禮之言相加，吾當質之吾父。"禧兒曰："以吾思之，似不必此。吾意彼之品格、性情，咸較蓮生爲佳。若爾誠能垂以青眼，彼必竭其生平之愛情以貢之於爾，而使爾事事獲得圓滿之愉樂。儗之爾與蓮生，春花秋月，等閑虛度，不爲愈耶？"女聞此，微怒曰："彼何人，不過一遊民耳！安能與蓮生比儗？以姊之聰明伶俐，而與此人納交，吾方爲姊惋惜不禁，遑能再爲所誤？且其人鼠目麞頭，輕薄之態，令人不欲卒視。妹其驗之，就使吾不爲之破壞，彼亦未必可與姊相終始。故吾甚願姊從此斬斷情根，自新悔過，庶苦海茫茫，猶有回頭登岸之日。不然，彼之門户與吾家之門户既不相稱，婚姻問題又不能成立。將來中道而棄，身敗名裂，種種慘像，種種苦況，則非吾所忍口述之矣。"禧兒聞言，默不一語，私忖女之意向既如此，必非口舌所能煽動，女不爲動，心腹之患終不能去。於是另變一計，其計維何？則使楊某親自要脅女也。禧兒既懷此鬼胎，遂自彼日起，於女前絶不語及楊某。蓋欲藉此以杜女疑也。一日，天氣頗熱，禧兒私喜曰："時機至矣。"乃先授楊某以計，然後又以語導女出遊。時女方以蓮生故，中懷抑鬱，亟思有以排遣之，聞禧兒語，甚表同意。初不知禧兒以此陷之也。潯城南原有湖，青水綠波，頗饒景致。是日，禧兒偕女出遊，逕赴此地。方行至東岸，綠楊深處，忽一少年迎面而至。女諦視之，非他，即楊某也。女霎見心躍躍不止，私忖彼胡爲不期而遇，得勿禧姊所約乎？正欲轉詢禧兒，禧兒故作驚訝狀曰："咦！吾之金針胡爲不見？豈遺之途中耶？"乃急返行。女見禧兒行，亦欲隨返。楊某手挽之曰："姑娘勿行，吾有數語相告，吾自疇昔見姑娘後，夢寐之間未嘗或忘，屢欲一貢誠款，又苦不能把晤。今日天假之緣，使我相值，胡爲便匆匆欲去耶？"女舉首四顧，渺無人迹，大窘，顫聲答曰："吾……吾非禧姊可比，爾勿妄語也。"楊某曰："吾亦知姑娘意中尚有他人，惟我因姑娘之故，神思顛倒，且成大病。今日不過求姑娘俯救殘生，非敢有他也。"女曰："此爾自取之咎，於我何關？趣勿言！吾不願聞。"楊某作哀聲曰："救人一命，勝造七級浮屠。姑娘豈鐵石心腸耶？"言竟，復以手挽女臂，以吻親之。女怒極而哭，厲聲曰："狗！乃無禮若此！吾歸當語之吾父。"楊某至此，恐爲途人所見，始逡巡自去。女亦循途而歸。行約數伍，禧兒始至，喘喘謂女曰："幸吾覓之急，否則此針必爲他人所有也。"言際，以針示女曰："此非吾之金針耶？"女不語，行如故。

　　禧兒默察女狀，知楊某必已如己計行之，然又測知女必未爲所動，心頗怏怏。不得已佯謂女曰："妹胡狼狽若是？得毋爲楊某所窘耶？"女怨曰："姊故授奸人以隙，夫復何言？"禧兒慍曰："爾誠傎矣！我金針遺失，能不尋耶？"女曰："胡不先不後，恰彼儈至而爾之金針失？今後吾不敢信爾矣。"禧兒聞言，頗懼，乃易笑容曰："妹勿見罪，吾本非有意，後此晤彼時，當爲吾妹重斥之。"女無言，及歸，禧兒復曰："今日之事，不過偶然。妹其勿爲伯父母言之。蓋言之，於彼儕無甚妨礙，於妹則關係非輕也。"女初本欲陳之父母，以洩其憤，繼思此事乃大羞辱，難於啓口，遂諾之。

自是，禧兒疑慮益深，終日落落無歡笑，間嘗亦自恨不應墮落情網，致今日長處於驚濤駭浪之中，畏人畏鬼，然局勢已至如斯，悔之寧復有益？滅口之計，仍不可緩。既又思女始終不爲所動，計亦奚施？昕夕籌劃，寢食俱廢，最後思善道之不行，勿如强迫之，彼與蓮生往來之情書必多，若能竊之到手，以作證據，則彼與蓮生之名譽、性命，反操之我之掌握中，彼自不能不惟我之命是聽。如是，彼今日之脅制我者，我來日更可以脅制彼。不寧惟是，我因彼之故，與楊郎不能謀一日親近，數月於茲，倘此策若效，我今後任與楊作何行動，彼縱目覩之，亦無可奈何。然則一舉殆數利備焉，躊躇至此大喜。

明日，女臥室有一女郎東張西望，慌慌尋至黑色小箱旁，以其私攜之鑰匙闢開小箱，繼出其素手，檢箱中書牘。良久，忽作笑容曰："得矣……得矣！"數之，計六件，每件封面咸書"書上余摯愛意中人觀之"十字。觀已，納之懷中。噫！此爲誰？即禧兒盜竊女與蓮生往來情書也。是日，女適外出，絕不之知。禧兒既得此，欣慰之至。歸己室後，乃一一拆閱。其中所言，均旖旎親摯之辭，間或有提及婚事者，私笑曰："今後當不若是得意也。"夕間女歸，禧兒於人靜時特踵女室，笑曰："楊郎真可謂癡絕，渠謂前日雖經吾妹力拒，其心仍未嘗稍餒，並丐我向妹哀求，縱不許其一親薌澤，亦當與之共攝一影，以作紀念。"女怒曰："姊真癡矣！試思我與彼究有若何關係，乃勞彼一再垂問？下次再如是，吾不復能爲姊恕矣。"禧兒亦愠曰："凡此云云，均出之彼口而入之我耳，初非我所捏造。爾一味責我，我殊不解。"女曰："姊勿爾。彼乃姊所眷愛之人，彼語無異姊語。我不責姊將誰責？且吾是何等人，吾家是何門戶？姊未必不知之。彼敢於姊前出此語，是其首輕吾身，次輕吾家，且輕吾姊。姊聰明人也，未必忍以一己之愛而置吾與吾家於不顧耶。前日之事，吾方憤懣之不置，微姊之故，早已陳之父母之前，置彼於官，乃彼得寸進尺，豈謂吾弱而易欺耶？自今夕始，甚願姊勿再以是菲薄之言入之吾耳。否則，惟有質之父母，姊其諒之。"

禧兒聞言，面紅耳赤，似慍似怒曰："妹言良是。然妹與蓮生事，獨不辱及家庭耶？"女曰："渠自前三年受姊詰責，後至今未嘗一履吾室，姊奈何引以比楊儈？"禧兒大怒曰："爾勿欺吾！渠雖未履爾室，而爾兩人曖昧行為，仍如昔也。吾今直語爾，爾若能允余所請，而與楊郎攝影，則我兩人事，彼此心照不宣。不然，吾當執此以訴之伯父母之前。"言際，探懷出一物曰："此非確鑿之證據耶？"女視之，盡蓮生致己之書信，大驚，面色慘白若死灰，顫聲答曰："此……此奚來？"禧兒曰："吾得之爾之秘篋中，伯父母見之，寧恕爾耶？然亦爾逼人太甚。否則，吾何至是？"女曰："如是，吾亦將爾與楊儈之事白之嬸母。"禧兒曰："吾安懼此？且爾之證物何在耶？若徒憑口舌，誰不可加以誣陷？吾今語爾，茲事從違，可兩語決之，從則兩全，違則爾負而我勝。爾其擇之！"女初聞桂香語後，以爲滿可藉以脅制禧兒，今聞此大駭，私念無證據之言，誠不足以生效力。觀前三年，禧兒之鼓舌於家庭，而終無朕兆者可以概見。今次則大非昔比，若己不從，彼反師出有名，己與蓮生之秘史立破。

然茲事關乎一生名節，若爲父母所知，其遭譴責等於與蓮生，即或父母不知，設蓮生知之，更無以自解，或且數年來之情愛，從而犧牲之。思至此，惶懼交並，覺非拒之不可，繼又思拒之，禍立發，不拒雖亦不免於禍，而尚有設法之餘暇，勿如從之。遂謂禧兒曰："茲事從違之關係甚大。尚乞寬吾兩日之暇，容吾細思之，而後語姊。"禧兒良久曰："可。"言已，始歸己室。

是夕，女之情思至苦，首悔不應撞破禧兒與楊某之秘事，不然各人自掃門前雪，何至惹出今日之風波？次悔當時不應徇禧兒之請，曲予朦蔽，設迳語之，彼安能陷己於不義，又安有暇竊盜蓮生之書信，而執爲要脅之具？自蹈陷阱，愚昧極矣！想念及此，懊惱紛至，反側不能交睫，繼又念己與蓮生之情愫，既已至此境地，而婚姻問題尚無絲毫把握，默計一二年間蓮生行且成婚，蓮生婚事朝成，己之希望夕絕。然則歷年來所自相慶幸、自許必成之目的，不盡如鏡花水月，化歸烏有耶？嗟彼蒼天，既生我，便勿生蓮生，既生蓮生，便勿生我，既俱生之，便勿相值，既相值，便當視同陌路。胡爲又相悅相愛，而至於如是？既相悅相愛至於如是，便當早偕伉儷，生生世世守之勿離，胡爲又窒礙百出，使大好因緣如海外三山，可望而不可即耶？甚矣！蒼天之不仁也。女本多愁，又涉此愁念，一顆芳心幾碎成片片。時天已微明，一綫曉光，自窗櫺中射入，爲狀至淒慘，加以枝頭杜宇"不如歸去"聲聲不絕，女長嘆曰："我誠不如歸去也。"

越日，禧兒所限之日期已至，女之從違仍未決定，方窘迫間，蓮生忽至，蓋蓮生是年尚在學堂，循前日之例每禮拜一至。是日適爲禮拜日，故不速而來。女霎見甚慰，亟以禧兒之語告之，蓮生驟聞甚怒，即欲親質禧兒。女曰："君其勿躁，吾已思之至熟。若加以研詰，彼老羞成怒，非徒無益，而且有害。"蓮生曰："然則吾往重責楊某可乎？"女曰："是亦空事，非長策也。"蓮生曰："不如是，則惟有一面佯與周旋以緩其計，一面速倩冰人向爾父求婚，待婚約已定，彼縱欲破壞，亦無從施其計矣。"女曰："此固甚佳，然攝影之議，又將何如？"蓮生躊躇良久，莫知所對，既而曰："爾可偽諾之，明日吾先往該館俟爾，待彼偕楊某暨爾至，我出其不意以見爾，爾亦可故作驚惶畏縮狀，如是楊某必私爲逃遁。禧兒亦不能歸罪於爾，彼等之計劃，不敗之數分鐘耶？"女喜曰："甚善，甚善！吾曾竭一日夜之力，不能籌思至此，微君至，吾且深墜其範圍中矣。"是夕，女遂覆於禧兒，允其所請。禧兒喜甚，謂女曰："吾知爾亦聰明人，必不自貽伊戚。今後吾不爾干，爾不我犯，兩全之策，莫善於是矣。"次日，禧兒與女各衣盛服，假詞往視女友，以杜家庭之疑，行不數伍，即遇楊某。蓋禧兒早示之者。楊某見女，故作媚容曰："下走不材，乃蒙姑娘辱降，感激之忱，無言可喻。《西廂記》云：'先前見責，誰只望今宵相待。'下走亦欲云云。"女聞言，桃頰頓赤，低聲曰："行人如織，如此放誕，得不畏物議耶？"言已，急行。楊某暨禧兒隨之。

　　及至，蓮生果已先在。禧兒初未料及此，相見之下，大爲驚詫。蓮生曰："姊輩此來胡爲？得勿攝影耶？"禧兒曰："然菊妹乃吾所約者。"蓮生指楊某曰："然則此君爲誰？"禧兒呐呐曰："此……此乃吾友。"蓮生曰："豈姊輩偕彼合攝耶？"禧兒面赧無語，惟以目示楊，楊遂逡巡而遁。女覘楊去，心略慰，然外表仍作悚懼狀，牽禧兒衣曰："盍歸休？盍歸休？"禧兒俯首隨行。蓮生曰："姊輩今日幸而遇我，不然此影一攝，設爲戚族所覩，人將道爾家是何家風？然人非聖賢，孰能無過？姊輩苟能從此改過，我亦決不使爾家知之。速歸去！"言已，先行。禧兒偕女繼之。

　　既歸，禧兒殊怏怏，私念今日方欲藉以滅其口，反多貽一口實。失算，失著，真莫此爲甚！然蓮生胡不先不後，恰於是時而至該館？豈菊兒預告之蓮生耶？若然，則我爲彼賣矣！既賣我於今日，即能害我於將來。此等人決不可相終始，我不如乘此宣佈其劣迹。語云先下手爲強，其勿自誤。思已，盡出蓮生與女之情書，視之曰："是爾自速其禍，非我過也。"言竟，逕赴女之五叔處。夫禧兒不訴之女之伯母，即蓮生岳母。不訴之女之父母，而必訴之女之五叔者，因女伯母前此曾拒其説，今兹必又無效。至女父母雖未拒其説，又恐其悔禍隱過，秘之不宣。女五叔年少而性傲，素與蓮生不洽，若往白之，必不甘含默，是無異投火積薪，爆發必矣。噫！禧兒手段亦云毒矣。

　　女五叔名浩如，其爲人如何，吾書前已述過。是日，禧兒既至，即張大其詞曰："吾家居潯城，行且三世，詩書門第，誰不目爲巨族。至吾曹不肖，乃醜聲四出，棄祖訓若弁髦。"言際，出蓮生情書一束，與浩如曰："叔長日在家，不知亦曾聞是事否？"浩如接閱。閱畢，大駭曰："兹事確耶？爾從何處得來？"禧兒正色曰："我自有得來之處，我初本不欲宣佈，嗣以吾與菊兒同是姊妹，同是閨中待……"言至此，故作羞澀，不欲言狀。浩如曰："然則如何？"禧兒續曰："無他，恐外人黑白莫辨，令我名譽同之污辱也。"浩如聞言，漸怒，經絡暴漲曰："可恨哉！鄭蓮生，吾初意彼兩人不過因幼時感情，故時相來往，孰意彼竟亂人閨闥，敗人家風，禽獸哉！吾誓必報之！"言未竟，亟趨女之父室，適女父他出，乃復往女母室謂女母曰："嫂氏持家嚴肅，教女有方，至今日乃有如此好現象。不識嫂氏亦知之否也？"女母愠色曰："叔氏如此大怒，究何事乎？"浩如厲聲曰："爾女菊兒與鄭蓮生有桑中之行也。"女母聞言，面色灰敗，顫聲曰："安有是？誰見來？"浩如曰："有證物可憑。"言時，出情書與女母曰："此菊兒先以書致蓮生，故蓮生覆此者。"女母原不識字，然私忖茲事必非無因，怒極，憤憤詬罵。浩如曰："此事本不關乎我，我之言此，乃爲多事。但彼兩人既均已成人，怨女曠夫，互相窺伺，嫂氏胡不稍加防範，乃至瓦裂觫覆而始發覺，開門揖盜，我不爲嫂咎，又烏可得？"女母此時不啻囚徒受刑，默無一語，良久始大聲曰："爾曹爲我呼菊兒來！"

女是時方暗喜禧兒墮其術中，忽聞阿母召，頗驚。然猶未料其事遽發，遂毅然往。女母見女至，立撲之於地，痛批其頰，女扤突中不知所謂，惟嚦嚦呼救。浩如曰："爾猶呼救，不知爾事破獲耶？"復助女母以杖撻之。女以嬌嬈荏弱之軀，忽遭此誣枉之變，罪所由來不知所自，可憐不半句鐘，遂遍體鱗傷，如梨花帶雨矣。及女父歸，聞得是情，大不謂然，並謂浩如曰："吾女貞烈成性，吾早知之。汝奈何鼓此風浪，使吾女受此重創？縱欲報汝私仇，亦不當施之吾女。今而後，吾不能信汝矣。"浩如曰："兄言吾殊不解，豈甘心幃薄不修，使門楣墜落耶？"女父曰："汝言吾知之。吾女與蓮生不過兒女相悅之情，決無非禮越法之事，況有渠母詰責，斯亦云足，又奚用汝笞之以杖？噫！汝誠無心肝，吾不暇與汝言矣。"言已，復歸己室，重責女母。女母亦深信浩如之言爲確，恨恨不服，於是詬誶之聲大作，夫婦昆弟間霎時若冰炭。噫！禧兒真禍水哉。

女自受創後，昏迷不省，人事雖略聞家中喧鬧，亦不解其故，直至夕間稍清醒。阿父來溫慰時，始悉其致罪之由，不禁恨禧兒至於次骨。捧阿父泣曰："爸爸，此事純爲誣陷。兒雖年穉，亦稍讀詩書，禮法二字早奉若神聖，何至敗德失檢，一至於是？至蓮哥事，兒不敢欺大人，愛則有之，惟所期者，在百年，不在一時，雖頻頻相遇，亦不過落落數語，從無一事涉於曖昧，並從無一語近於非禮。大人若不兒信，兒願以死誓之！"言至此，泣不成聲。

　　阿父曰："兒勿自苦。吾知之最悉，行當使若輩更正前說，令爾自由如常。"女曰："雖如是，兒已身受重傷，今後將何面目以見僕婢？"阿父曰："爾癡矣！祇我不言，誰敢訾議？夜深矣，爾其靜氣自養。"言已，歸己室。是夕，女痛苦異常，私念此事畢竟自誤，當前兩三年何以不早決大計，促蓮生倩人議婚，設婚事早定，彼等何敢妄肆雌黃，人損名譽。今事勢既變，婚事又多一層阻礙，回顧前情，殆成泡影，愈思愈痛，泣不能仰。又念蓮生素爲家人所契重，今既如斯，必將一變契重而爲鄙視，是不獨自受其禍，而且禍及蓮生也。幸阿父明澈根底，不然此冤將沉海底矣。

　　明日，蓮生岳母復至女室，對於女譴責備至，並謂蓮生與其女韻兒不睦，皆女從中所播弄。女此時已在四面楚歌中，又加此一層冤憤，真不啻痛肉加針，欲揮無淚。默念此又必五叔所嗾使，夫余之於五叔可謂至矣。奈何憑一無關緊要書信，而使余受此重創，不足，復嗾使伯母加此嚴厲之辱罵，人之無良至彼人止矣！曩者蓮哥不允其借歎，浩如曾向蓮生借歎，蓮生未允，故自彼時即深恨蓮生。余即恐彼不能已矣於吾儕，然意其尚有心肝，如俗語所謂大不記小過，而爲吾儕曲恕，孰意彼乃小人之尤，睚眥必報。噫！金錢之力大哉。推其極，苟蓮生予以借欵，彼雖舉以賣余，當亦在所不惜。女思至此，恨極，輾轉呻吟，創痕大痛。嗚唔泣曰："世無地獄，地獄即吾家也。"

　　女於此極苦中，倘其父能時爲護惜，前日風波，正不難滅息。詎老天陀女，並此一綫希望，亦爲之奪去。先是女父有戚串居滬濱，與女家過從頗密。是時，適因要事電召女父赴滬，女父觀察家中狀況，本不欲行，繼爲女母所促，不得已束裝東下，臨去時謂女母曰："吾一生血肉，僅此一女，吾去後爾曹務善爲溫慰。否則責在爾曹！"復顧女曰："前事勿縈懷抱，吾暫去即歸。"女知父去，彼輩相逼必甚，因泣曰："父之言，兒敢不遵聽？惟若輩視兒如仇，迨父歸時，恐兒不止如今日之狼狽也。"女父曰："決不至是，爾其自爲調攝。"言已，登輪而去。

女父既去，浩如與蓮生岳母果窘女益甚。女母原一優柔寡斷之人，雖聞女父言，不敢再加責罵，然亦無如若輩何。浩如遂乘間謂女母曰："古語云男大須婚，女大須嫁，菊兒年華已長，標梅之思，自所不免。在理當早爲擇配。前事既往，姑置不問。爲今之計，惟有速擇名門，爲之許字，一則可免家庭牆茨之嫌，一則可安菊兒無郎之念。匪然者，彼兩人情懷不死，來日恥辱更多，迨醜聲四播，再求挽回，難矣！"女母心無成見，遽認爲長策，乃就商於蓮生岳母。蓮生岳母方恨蓮生寄情於女，而薄待韻兒，聞此極表贊同，並謂女母曰："嫂氏亦已垂老，正宜乘茲一息尚存之時，了此大願。況女大不中留，前鑒尚在，嫂氏此舉，乃至計也。"女母曰："急迫中，又奚得相當門户？"蓮生岳母曰："嫂氏傎矣！吾家聲勢，誰不豔羨，吾恐朝出此言，門限夕穿矣。"女母大動。於是菊兒許婚之議乃大播。

是時，女創未愈，方沾滯床席間，忽聞是議，大震，私忖若輩乘父親他出而提議是事，其成之也必速，而蓮生尚在學校，凡此情節彼毫不知之。萬一議成，得不坐視大局破壞耶？思至此，決然而起，而創處痛甚，又頹然臥下，泣曰："天乎！何阨余而至於是乎？"斯時，更深人靜，惟半明半滅之孤燈陳之案上，爲狀乃至淒涼。久之，女又突兀起曰："距禮拜尚有三日，吾安能不預告之蓮哥？"乃移身近案側，奮其瘦腕疾書曰：

> 嗚呼！蓮哥！亦知妹今日已淪於苦境乎？自禮拜日燭破楊某之奸計後，嬉姊大不甘心，乃於是晚盡將妹與哥事語之五叔，並以渠前所竊去之書函，作爲證具。五叔既與哥不洽，得此機會，遂推波助瀾，捏造黑白，語之妹母之前。妹母之爲人何如，哥當知之。既受彼輩此等逼迫後，憤恨填胸，立召妹至，大肆答責，五叔亦從而

助之。一霎時，遂令妹遍體鱗傷，臥不能起。嗚呼！蓮哥，妹荏弱如斯，乃受此重創，其何以堪乎？幸妹父親明澈此事，不以彼輩爲然，並於妹前力加溫慰。妹覩此，乃略略放懷，不料妹父又於前日赴滬，彼輩大喜過望，復發一最可恐怖、最可驚駭之議，其議維何？則將妹速速他婚也。嗚呼！蓮哥，吾儕含辛茹苦，歷此數年所期望者，無非婚議二字，彼輩乃欲奪之而去，寧復尚有人心耶？妹母昧於事理，伯母又力爲慫恿，此事之成，乃旦夕間事，妹惶恐萬狀，扶病書此。哥如愛妹如前，則乞速援雙挑之議，倩人議婚。苟能徼倖而成，則吾兩人莫大之幸福。否則，惟有一死以報深情耳。

女書至此，四體顫動，神思昏惘，不復再能握管，惟贅數語於函尾曰：

事已危迫，稍縱即逝，哥接函後，萬勿遲延，妹一綫殘生，懸之哥手。謹忍痛以待，精力困憊，不盡欲言，小妹菊英手上。

書已，復誦一遍，納之書筒。次日，以重金賂傭嫗，使投之郵局。蓮生是時方滿懷暢慰，忽接是函，大驚，亟以之白於摯友醒情。醒情曰："吾固知爾事必敗也。然女士方處窘中，君必有以救之。"蓮生曰："吾方寸已亂，莫知所措。"醒情曰："女士既囑君速爲議婚，君自當惟此是圖，又何至張惶無主？"蓮生曰："然則倩誰作冰人？"醒情思索良久，曰："此或不足慮，惟君確否係雙挑，能否保君岳母暨浩如不從中作梗，脫均能之，吾當不辭，冒昧爲君一行。"蓮生曰："雙挑之議，吾可誓之，至彼等從中作梗與否，則非吾所敢知。"醒情曰："若是，尚俟吾斟酌。明日覆君，當弗遲也。"蓮生是日至爲抑鬱無聊，私念自與女入校後，三載來未嘗稍露破綻。不意今日竟決裂一至如是，究竟此禍乃自逼而出，設當日儘女與楊某攝影，禧兒必不至釀此風波，禧兒不言，浩如何從抵隙？思至此，不覺大悔，又念女若果與楊某攝影，則女終不能保其令名，不過爾時破裂，女乃爲禧兒受過，與己固無若何關係，然而婚事阻礙則一也。追原禍始，尚不在是，乃在自己因循自誤，設當入校之初，即倩人議婚，爾時父親在潯，<small>生父原在潯住，是年適往四川造幣廠視事去。</small>可與女父直接談判，或可立爲成就，婚議既成，若輩何敢行此鬼蜮伎倆，而令女狼狽至是哉！蓮生自得女書後，一晝夜間，奇思異想，紛至沓來。以狀觀之，乃若狂易。

明辰醒情至蓮生室謂蓮生曰："君事吾已思之再三，若竟以婚事相要，君岳母與浩如必從而破壞。然吾不忍見女士淪斯苦境，又不忍見君顛倒弗寧。今日姑爲一盡口舌之力，成否則視君之福命如何。"蓮生曰："如是，吾感君至死弗諼矣。"醒情曰："是安足言感？惟願此去，一戰功成則幸甚。"蓮生遂作一溫慰之函，付醒情，囑其乘機遞之女。醒情與女家原有瓜葛，是日至女家，即逕謁女母，白以來意。女母莞爾曰："吾意君至何事？原來作伐耳。茲事吾家已有所主張，君言殊難承諾。"言際，浩如暨蓮生岳母均至。醒情頗詫，思己之來此，初未嘗使若輩知之，胡爲語未及半，而若輩遽至。固不知其中尚有一禧兒爲間諜也。醒情見狀，故拉雜他語，以掩其迹。不料浩如竟不能隱忍，謂醒情曰："聞君此行，乃爲蓮生作蹇修，確乎？"醒情知不能隱，遽應之曰："然。"浩如曰："君試思蓮生具何等才品，是何等家世？吾家既字以韻兒，亦云足矣。乃復欲娶菊英。吾家縱猥賤，當不至以姊妹而匹一人。君之言此，毋乃太不自量乎！"醒情曰："婚姻本人世大典，然以相愛者爲貴，側聞令姪女與蓮生，乃自總角相愛，而至於今。謀諧伉儷，亦正其宜，至謂名分關係，蓮生確系雙祧之子，在禮當授兩室。是令姪女至鄭家，仍姊妹也。又何傷？"浩如曰："君誤矣！吾今不問其是否相愛，果否雙祧，決不再聯此姻。"醒情曰："果如是，獨不憐及令姪女耶？"浩如怒曰："吾家世以禮義聞於潯城，至彼辱沒殆盡，奚足動人憐惜？吾今語汝，吾寧字之於乞丐，不字之蓮生。"

醒情亦怒曰："豈謂蓮生不足比擬乞丐耶？"乃掉首顧女母曰："茲事乃由姥主持，固無庸五叔憤憤也。"浩如益怒，筋絡暴漲，謂醒情曰："汝豈謂余不足與聞耶？汝其驗之，即或嫂氏允可，余亦足以破壞之！"醒情見其洶洶不可以理喻，乃怏怏而出，私念女家黑暗如斯，誠無怪女終日怵其禍之將至。然有足怪者，天下無不愛女之母，女憔悴若此，其母胡亦不稍加憐愛，而甘與若輩同流合污？觀乎此，父子之間，亦有未可理測者。言際，已至校，逕趨蓮生室。時蓮生正延頸以待好音，聞醒情至，亟出迎迓。醒情曰："今日大負君矣！"蓮生知事不諧，面色頓變。醒情曰："君勿憂，此等挫折，固意中之事。"言時，乃將李家情狀一一縷述。蓮生顫聲曰："然則如何？"醒情曰："吾曩者聞君言，所以未為稍盡綿薄者，因君與女士情愫尚在秘中。今既破露，在理，吾當為君一效馳驅。茲為君籌有一策，君如以為可，則請速行。"蓮生曰："策將安在？"醒情曰："處今日社會，婚姻自由四字絕對不能倡行。君以有婦之夫，單獨與人議婚，乃至不當。況若所欲婚之人，又適為君婦之娣，尤為窒礙難行。為今之計，惟有君速赴蜀，要求尊翁親書一函，密陳之女父，庶於事理不悖，且甚冠冕。如女父不示拒絕，然後事無不諧。"蓮生曰："此固甚善，脫吾去蜀，女即他字，奈之何？"醒情曰："女士一息尚存，決不至是。況女父行且歸潯，女士既謂其父不以若輩為然，亦必不至倉猝為女議婚。此著君可勿慮。"蓮生乃喜，遂復作一書與女曰：

　　菊英愛妹如握：接讀來書，驚惶不置。昨特倩醒情君至卿家陳說，不料負心人又從中生阻，多情鬼妬，於今信然。茲與醒情默計，此事必非一時所可奏效。不得已，親自赴川，面懇吾父，直接與卿父議婚。苟卿父不欲卿之顛連困苦也，此行或可收大效。否則，不能作人世並頭蓮，便做地下死鴛鴦，吾與卿同死耳！殉情而死，其樂彌甚。吾自接卿書後，兩日中吾即抱定此惟一不二之主義，但吾此行，往返約須兩月。此兩月中，卿務自為調攝，凡若輩之言語，均可勿聽。迨卿父回潯，再遽實面陳，似此雙方並進，或苦心人天不負也。匆匆佈達。諸希珍重。蓮生白。

書畢，與之醒情，囑其轉致之女，復轉向校長告假。是時，暑假將屆，大考在即，校長不之許，經蓮生反復陳情，始克允諾。諸務既竟，乃整頓行囊，臨去時，醒情謂之曰："此舉乃君與女士所爭最後之一著。無論如何，君務乞得尊翁親書來潯，俾大事早定，以慰女士之痛苦。至此間一切消息，均由吾偵察，若果有意外之虞，吾當爲之維持，君可勿慮。"蓮生曰："如是，吾與女士來日之幸福，皆君所賜，銜環結草，亦必有報君也。"醒情曰："患難與共，朋友之義也，烏足言報？"乃送蓮生登輪。蓮生自幼居潯，從未他出，茲忽奔涉萬里長途，又須與意中人暌隔，心緒乃至弗寧。一若此數千噸之船，亦不足載其愁恨者。經醒情力爲慰藉，始略呈歡笑。無何，汽笛嗚嗚，船將解纜，醒情乃與蓮生握手而別。

　　蓮生既去，吾書當轉叙女事。當前日醒情至女家，爲蓮生議婚時，女已於隔室聞之。初聞甚喜，以爲蓮生尚不負初心。及聞至阿母否認暨浩如反對之語，又惶然恐懼，思婚事不成，希望即絕，彼輩另婚之議，必將因之速成，而四顧茫茫，又無一人爲之援助。此種景象，實不啻孤舟蕩漾於狂風巨浪中，欲其不顛覆而亡者，豈可得哉！然猶意蓮生必不至因此一挫，遂灰其初心，再俟幾日，當有把晤之時，把晤時，再以切要之語面懇之。或者失之東隅，可以收之桑榆也。因是略略寬慰，詎自此日以後，絕無人再以婚事向家人陳說，亦絕未見蓮生蹤影，女乃大懼，念蓮生得勿見難而退耶？抑或心灰意冷，不復念及數年來心性相投之意中人耶？我可愛之蓮哥，決不至薄情若此。然胡爲視吾處此痛苦中，而不一求援救耶？欲再由郵局通函校內，詢其迹兆，而該校已放假多日，欲遣人至其家中一探真相，而家人又皆隨其父遠之四川。一腔怨恨，亦惟有自受而自忍之，詎知蓮生已爲婚事而往哀求若父去耶。蓮生臨去時，原有一書託醒情而致之女者，奚爲女猶處此悶葫蘆中，而不稍知底細，此非醒情之誤也？蓋醒情亦曾以重金賂人而送之女，不料此郵傳之人，乃反受浩如之賂，而以書贈之浩如，故女絕不知悉，不獨女不知之，醒情亦以爲此必不致誤。浩如既得是書，秘而不宣，且四覓冰人爲女議聘。

女聞而益痛，思蓮生如再不至，全局傾矣！不得已，乃面求於阿母曰："兒不肖，不遵慈訓，誤墮情網，致啓家庭之詬誶，貽堂上之羞辱。兒實宜萬死，然兒聞之，從一而終，女子之德，兒既竭一生之情愛、一生之心思以注之蓮哥，則兒所當倚爲所天者，是亦惟蓮哥，否則兒乃二三其德之賤婦，於蓮哥爲負心，於己身爲不德，故數年來無一時刻不以蓮哥爲兒之未婚夫，蓮哥亦無一時刻不以兒爲彼之未婚婦，所以未即發表者，則以蓮哥未曾畢業故也。不料好事多磨，竟爲五叔所揭破，大人憤怒之餘，加以重譴，兒罪有應得，夫復奚言？萬不料一波未平，一波繼起，大人又徇若董之請，拒絕蓮哥婚議，爲兒別選良姻。嗟乎大人！兒何克堪此乎？夫人之所貴爲夫婦者，貴乎愛情也。兒之愛情，既自幼至今鍾之於蓮哥，則除蓮哥外，勿論何人，兒必不能稍加以情，稍與以愛，若必欲命之爲夫婦，在兒是不啻與仇人相處，又奚樂？大人縱不善兒，未必遽欲奪兒數十年之快樂，而陷兒終身於苦惱也。況夫婦和，則家道成，否則顛倒錯亂，家道日隳，大人陷兒不足惜，其於人之家道何哉？故匄大人取消另婚之議，仍字蓮哥，一以成兒今日之志，一以免大人來日之憂，一舉而兩善備，大人夫何樂而不爲乎？"女言盡，繼之以泣。在理，女母當爲感動，詎知仍屹然不變其衷，並謂女曰："青年男子，大多薄倖，不可與相終始。不觀夫蓮生近日絕迹吾家，已置爾於不問乎？爾勿自誤，終身爲家人所訕笑。"

女曰："渠或因有故未至，安得謂爲薄倖？以兒思之，渠決不至棄兒也。"女母曰："就令其猶眷眷於爾，而一夫兩妻，情愛終不完固。況吾不云乎，吾必擇一丰姿才性咸較蓮生而上之人而妻之，畫眉窗下，雙宿雙飛，其樂何止百倍於彼哉？"女搖首曰："否否！情之所鍾，萬難撼動。大人若必欲爲是，則兒惟有一死。"女母怒曰："賤婢！胡執拗若此，豈謂吾爲爾謀終身幸福爲不當耶？且爾一字蓮生，人即謂爾始亂而後娶之，其於爾之顏面何？其於吾之家風何？"女曰："若然另婚他人，人言不尤甚耶？"女母益怒曰："誰與爾瑣瑣致辯？有我在爾，終勿妄想也。"言已，憤憤而出。女見狀，知此着又將失望，大慟。自是女憔悴益甚，阿父既留滬未歸，蓮生又杳無音信，四面受敵，懨懨遂病。初病猶不過寒熱交作，家人欲覓醫診治，女力拒不可，並於更深夜靜時，故開窗門，當風而坐。久之，寒熱漸退，而咳嗽大發。女自知病深矣，反若甚樂，宜食而不食，宜寢而不寢，人或慰之，則笑曰："吾固無病也。"蓋女此時已自覺山窮水盡，無計可施，惟思一死以了此殘局。浩如輩猶不自已，他婚之議愈唱愈高。女聞之，益不能堪。未幾，咯血症又發，每咯一次，必數盞而後已。女母見之始懼，思欲再爲覓醫，女仍拒之，並曰："兒病非藥力所可奏效，嬢嬢勿爾也。"女母乃商之浩如，浩如笑曰："嫂氏亦太柔懦，豈謂彼真病耶？乃假此以恐嚇我輩耳！嫂如不以余言爲妄，則試允以蓮生婿之，余知其必立愈。"女母雖不遽信，亦不無疑惑，因是診治之念漸冷，惟略以溫語慰之。

逾旬，女咯血益甚，向之豔如桃李者，此時則瘦若黃花矣。夫人之所以能生活者，賴有血液也。血液苟盡，必死無疑。女以閨閣弱質，安有幾許血液供其噴出？故患是症，不一禮拜，即心動耳鳴，慘苦備至。一夕，因思蓮生切，欲取蓮生相片視之，方一寓目，頓觸起舊時情況，大戚，轉瞬間心起潮落，竟頹然暈去。維時簾幙低垂，孤燈暗淡，此可憐女郎，暈臥床席間，無一人爲之救護。少頃，呼吸略動，面色發赬，忽驟然自起曰："蓮哥何去？蓮哥何去？"言已，以兩臂向空摸索，迨無所得，則又睜目視室中曰："君去，吾亦去。吾兩人須臾不可離也。"既見無應者，乃納履於足，環繞室中，作追人狀，時床頭鼾婢方醒，見女狀，亟起曰："姑娘精神困憊，胡不自攝？"女聞聲，急趨前摟婢曰："蓮哥，爾乃在此耶？吾兩人暌隔久矣，盍一親吻？"言際，乃就婢唇吻之，婢大懼曰："姑娘魔耶？吾……吾佩蘭也。"女諦視之，忽大笑："然則爾也，吾蓮哥安往？"婢呐呐曰："吾奚……奚知？"女忽易厲聲曰："彼方在客廳，汝速爲我召來！"婢曰："姑娘夢耶？彼未至吾家垂一月矣。當此更深夜靜，胡爲乎來？"女曰："汝不往，吾自往。言際，移身室門啓扉，婢大驚呼曰："姑娘誤矣！姑娘誤矣！"時女母已聞聲至，女絕不之識，且曰："吾覓吾意中人，姥至奚爲？"女母曰："兒其夢魘乎？吾兒母也，何相覰而不相識？"女嗤曰："爾乃鄉嫗耳！烏敢妄稱吾母？"此時家人咸驚起，至女室，女均瞠目，視若路人。惟每一人至，必執而問曰："汝知吾蓮哥何往乎？"苟無應者，則愀然而悲，苟有應者，則欣然而喜，悲歡喜怒，皆失其常。噫！女果瘋矣。

女母見狀，惶痛萬狀，思惟有速予調治，遂亟倩人覓醫生至，詎女病已深入膏肓，醫生診脈後，竟不施藥而去，而浩如反謂此事益增家庭之醜，憤憤訕罵。女母此時公義私情兩相逼迫，其手足失措，幾與女同，不得已電致滬上，促女父歸潯。女父臨去時，原囑女母力爲護惜，今忽接是電，忿怒交至，亟束裝就道，及抵家時，女瘋已四日矣。女父生平極愛女，抵家後，並不他至，逕趨女室。女於簾幙中瞥視一男子入，急躍起，張兩臂作摟抱狀，曰："蓮哥，爾來耶？速至吾懷！"女父驟見女形容枯槁，目光直視，知女病已不可救，大爲痛哭。女猶獰笑曰："蓮哥，爾畏羞耶？"女父始趨前泣曰："菊兒，爾胡癡迷若此？吾爾父也。聞爾病，故歸而視爾。"女聞言，若已領悟，凝視良久，忽又大哭曰："父乎？胡早不歸？兒去死近矣。"女父曰："吾瀕行時，固囑爾慎爲調養，奚不一閱月，疲憊至於如斯？"女慘然曰："父行後，若輩欲强奪兒志，使兒另婚。父試思兒既鍾情於蓮哥，安能他嫁？故積思成憂，積憂成疾，憮憮忽忽，遂至如斯也。"女父曰："汝今勿爾！吾當速蓮生至。"女又躍起曰："蓮哥至耶？兒當往一見。"女父曰："此吾言如是，非渠果來也。"女曰："父盍召之來？"父曰："爾疾誠能速愈，吾當召渠至，全爾之志。"女喜曰："有是哉！然則兒乘彩輿之期至矣。"言時，故搖搖作勢。女父見之，心幾爲裂。自是女之神志又昏，言語之癡憨仍復如昔。有叩之者，則嬉然應曰："吾行將作新嫁娘矣！爾曹胡不爲吾賀？"

女父一生血肉，僅此一顆掌珠，今時未閱一月，聰明伶俐之美人，乃變爲癡迷癲憨之瘋女。對景感懷，真欲放聲痛苦。即女母前此之妄信人言，詆責於女，至此亦不禁大悔。明明一快樂家庭，忽令淒涼至此。誰實爲之，禧兒與浩如誠死有餘辜也。然欲爲救女計，仍惟有召蓮生至，速爲議婚。於是由女父親至醒情家白其故，並以女之病狀一一語之，醒情自將生函賄人送女之後，意女必能珍重玉體，靜候生至，固不料殷洪喬已誤爲投遞，今聞女父言，始恍惚大悟，深悔前日之失慎，致遭此變，一種悒悒之狀，與女父不約而同。女父見狀，知醒情必有所耿耿，因曰：「君得勿不滿意於余耶？實則余去滬後，凡此情形，一不知之。」醒情曰：「否！吾適有所思，非爲此也。然老伯之此舉，得不懼大伯母蓮生岳母從中生阻耶？」女父曰：「君苟能促蓮生速至者，此不足慮。蓋吾女已危在旦夕，彼縱不欲，亦不敢訾議。」醒情曰：「以吾思之，當先成立婚約。然後再使渠知之。」女父曰：「甚善！」醒情曰：「如此，吾當即電川中，決不至羈遲好事。雖然，當吾首次造府提議時，脫伯母果能毅然承諾，何至有此，追原禍始，實在當日也。」言已，偕女父同至電局致電蓮生。醒情思蓮生眷女心切，必有回電慰女。詎電去數日，仍無回音，私心大爲疑詫。豈蓮生之父不允其求耶？抑蓮生已變其初衷耶？若然，此一片熱誠，殆爲虛用，不獨大負於女，且無以對女父？因是終日焦灼，恨蓮生不置，然猶意蓮生或接電後倉猝就道，無暇致覆，思惟有再俟之。孰意遷延復遷延，且將一月，而蓮生則人信俱杳。醒情益詫，嘆曰：「蓮生已甘作負心人矣。」

一日，方欲作書責讓，忽侍者傳蓮生至。醒情大喜，倒屣迎之，蓮生曰：「吾意中人近狀奚如乎？」醒情曰：「吾負君矣。」乃將女之病象一一詳告。蓮生聞未畢，已泣不成聲。醒情曰：「茲勿亟，君既至，事尚可爲。然君既接吾電，胡猶遷延至今始至？」蓮生曰：「吾何嘗見君隻字？」醒情大詫曰：「然則君未接吾電耶？」蓮生曰：「然。」醒情啓日記與蓮生視之，則發電已一月有餘。蓮生恍然悟曰：「爾時方值吾祖母壽誕，大開筵宴，此電或爲吾父接去。吾父恐吾接閱此電，束裝東下，故留之不發，以待祖母事畢亦未可知。」醒情曰：「此亦意中事。然茲事不足研究，尊翁手書已攜來未？」蓮生曰：「固已攜來。」醒情曰：「女父已頻至吾所，倩吾擔此責任。今又益以尊翁手書，好事成在旦夕矣。"遂以短簡促女父至。女父自偕醒情發電後，痛心女病之深，極盼蓮生早至，決此婚議，今忽得是簡，不勝欣慰，亟赴醒情宅，相與籌商。蓮生覿女父至，轉覺愧赧難安，乃由醒情以蓮生父書面給女父。女父曰："吾早已決定意向，即無此書之至，婚議亦成。然爾輩亦太自誤，當吾未去滬之先，爾輩胡不早言？脫爾時言之，吾早承諾，吾女何至一病至此乎？"蓮生遂乘間詢女病狀，女父曰："自吾允其字爾後，咯血即止，然精神困憊，言語恍惚，仍復如昔。"蓮生曰："罪魁禍首，皆在下走一人，倘婚約成立，令嬡即愈，下走尚有贖罪之餘地。否則，死有餘辜矣。"言已，大泣。女父曰："誠如是也，實乃天數，於爾何尤？吾茲問爾，尊翁遠在川中，此間主婚之人爲誰？"蓮生曰："醒情可也。"女父思索良久，曰："甚善。"於是下聘行書一如俗例。

　　婚約既成，蓮生乃往晤女。時室中靜寂，惟女呻吟聲與壁上鐘聲兩相應答，爲狀乃至淒慘。蓮生至榻前，掀起床幕，見女玉容憔悴，瘦似麻稭，寸心已碎成萬片，訥訥呼曰："妹乎！胡至此？"女啓目微視，見是蓮生，形色頓變，方欲坐起，力不能支，"蓮哥"一聲，竟頹然暈去。蓋女與蓮生睽隔兩月有餘，此時驟見，舉凡憂愁喜樂種種觀念，齊集心端，刹那間熱血潮湧，靈敏知覺，遂不得不失其效用。蓮生見狀，心益痛，握臂力呼曰："吾愛！其速醒！勿令吾腸斷也。"良久，女星眸微啓，神思頓明，長嘆曰："郎乎！來何遲也？"蓮生曰："吾自接卿書後，即倩醒情以婚事向卿家陳說，不料爾母不諒人只，竟予拒絕。吾一時焦灼，幾不可名言，萬不獲已，隻身赴蜀，哀求吾父，往反羈遲，遂至今日，始得與卿把晤。噫嘻！吾負卿矣！"女泣曰："醒情議婚之時，吾盡聞悉。吾初意吾母憐吾，或可允諾，不料負心人橫生阻力，令吾一片希望之心，頓成恐怖之念。然猶思吾兩人終有把晤時期，終有籌商餘地，詎彼等猶不自已，反極力慫恿吾母爲吾另婚。嗚呼蓮哥！吾固嘗對天宣誓，吾兩人必諧伉儷，今聞是議，吾何以堪？思欲與哥籌劃進行之策，而哥之蹤迹杳然，再欲求母收回另婚之計，而母之拒絕如昨。援救既絕，險象環生，心痛之極，遂患咯血症。咯血以後，吾之知覺盡失，所言所作，皆不之憶，忽忽至今，吾尚不知有幾許月日矣。本擬一死以報深情，徒以未得與哥一訣爲撼，今而後吾死無懟矣。"

蓮生曰："卿勿爾！吾兩人婚約已於昨日成立，長此以往，愉樂正未有艾也。"女驚視曰："確耶？"蓮生曰："吾豈誑卿？"女嘆曰："吾願償矣，然而……"言未已，神色忽變，喉間咯咯，"呱"的一聲，幾如山陰道上桃花片片。噫！女咯血症復發矣！蓮生大驚，力呼女父母至。女父母亦相顧駭愕。良久，女色略轉，握蓮生臂曰："吾荷哥眷愛，莫罄深情，只是苦命難留，殘生就盡，不能更侍巾櫛。吾實負哥，甚望吾死後，哥勿以吾爲念。"蓮生聞言，心如刀刺，泣曰："妹勿如是，危候已過，不足憂也。"女搖首曰："難矣！"既又顧其父母曰："大人一生血統，惟兒一人，兒不肖，不能奉養以終，兒實萬死。雖然，既蒙大人償兒所願，兒死亦瞑目矣。"女父母亦泣，一霎時哭聲大作，此消瘦可憐之女耶亦簌簌淚下。移時，咳嗽又作，吐出之血，較適間益多，面部顏色亦由白而漸紅。女索鏡自照，嘆曰："吾無幸矣。"蓮生泣愈劇，女曰："此吾福薄，哥勿心傷。"徐言徐喘，聲微細幾不可辨，蓮生曰："妹苟不免，吾決不獨生！"女喘喘曰："哥……哥前程遠……遠大，豈……豈因吾而……而餒志哉！"言已，以吻示蓮生，蓮生亦不遑顧及其父母在側，竟俯予吻之。女曰："吾無憾矣！"四字剛吐喉間，復咕咕作響，不五分鐘，一縷香魂，遽返離恨天去。女父母大哭，蓮生亦痛不欲生，覓死者再，後經友朋力勸，始已。凡女一切喪事，蓮生皆以妻禮禮之。嗟乎！汪洋恨海，精衛難填；缺陷情天，女媧莫補。自是以後，蓮生日惟以淚洗面，而追憶禍源，皆在浩如、禧兒輩也。

岩波文庫

苦海鴛

嗚呼！此余與余妻一部傷心史也。當余未握管之先，余心已碎，余腦已枯，余聲已嘶，余淚已竭矣！余向謂多情即多累，不料今竟果然。倘彼蒼有知，余真欲飛越九重，一叩余命何薄、余緣何慳也。雖然，余何尤乎天，余惟恨余國婚姻制度之黑暗。倘余與余妻同生於歐美各文明國，亦必不至遭此般磨折，受此般淒其，而所謂美滿之婚約，亦必早宣佈於禮拜堂中矣。今偏處此黑暗社會，閉塞家庭，致余與余妻如長處於驚濤駭浪之中，將此大好光陰，盡向愁病中送去。雖精衛復生，亦豈能填此恨海耶？

今余欲述余與余妻結婚來之苦狀，真如一部念四史，不知從何說起，況此久病餘生，精力疲憊，偶一握管，便覺目眩神傷，遑能着筆以叙此可憐事耶？倘閱者諸君，不以俚言見棄，亦惟有效束婦學蠻，一一陳於諸君之前，或者多情才子見而生憐，則余與余妻雖死亦感且不朽矣。

余向籍楚北黃梅，祖先亦都宦海中赫有聲勢者。先大父爲邑名士，詩名遍天下。先大父與先父亦均前清孝廉，雖不敢云詩書門第，而邑中亦都以世家稱之。余幼即侍先父課讀，幸不甚愚鈍，至十二歲始入邑高等小學。爾時即嗜讀小說，先父雖嘗嚴戒之，而課餘仍未嘗離卷。十六歲卒業，榜上題名，亦頗不居人後。卒業後，先父忽爾逝世，幸得余母兄提攜，不至趨於異途，十七歲復入黃州中學。是時情竇已開，尤喜迷戀於情詞綺語之中，間或作一二詩詞，亦多如林黛玉《桃花行》、《咏雪詞》之類。余兄見之，輒謂爲不祥之兆。余雖欲改而未能。肄業甫二年，武昌即起義，余遂侍余舅氏於夏口審廳。去年因友人介紹，復視事於《漢口中西報》，於是舉凡言情、哀情、苦情諸小説無不喜，盡購而讀之。湯卿謀①謂人生須以一副眼淚哭天下不偶佳人。爾時，余爲書中不偶佳人，蓋不止以一副眼淚而哭之也。顧情雖如是之癡，而余性仍未嘗或改，凡花俗豔，素不關心，嘗謂須得一更癡情於我者而妻之。友人聞之，輒

---

① 湯卿謀，即湯傳楹，明末才子，明亡傷心而死，時年廿四。

笑余妄。豈料斯言竟有生效之日，即余生厄運將臨之日耶？

先是去年春間，余邑教會欲在余邑章家村開辦女學校，因教授乏人，特往九江聘請。時余妻肄業九江諾立女書院垂六年，此次適當其聘。受聘後，遂偕副教李師母至余邑授課。是時余遠在漢皋，蓋絕不知余邑女界中，忽有此盛舉也。

及下年，李副教因不守其教規，忽爲該教牧師斥去。繼李之任者，適爲余友聶君濟人之次嫂，亦諾立女書院中之學生也。聶係節婦，其先夫亦與余善，其家曩日曾與余比鄰居，故余之家世及余之品學，渠均知之甚悉。視事後，與余妻甚相莫逆。一日，余妻因事至渠家，忽於余友案頭得閱余所著之《杜鵑血》小說。閱畢，即叩余友以著者何許人。余友笑曰："君胡爲問彼？得毋心愛其文乎？"余妻曰："然。文固勝於事也。"余友曰："彼即余之愛友也。現方就職漢上報館，聞近日復有他著。君如愛其文，余可囑其寄歸，致君一閱也。"妻聞言，默然而罷。越數日，復叩余之家世於聶師母。聶笑曰："君如此殷殷問渠，得毋心許其人乎？"妻赧然曰："否。特偶一問及耳。"聶曰："渠固世家子，好讀書，雖年少，頗不浮囂，與余叔氏甚善。近聞於役他鄉，未歸者累年。君如屬意，余可囑余叔氏出而作伐。或者天佑情人，得諧眷屬，則余亦可爲君預賀郎君得人也。"余妻遂一笑允之。翌日，聶歸家，即商之余友。余友亦極端贊成，遂出余之相片示之余妻，余妻尤覺注意，於是余友即往商之余母兄。初亦得其應允，後因惡余妻入教會，且惡爲教會之女學生，遂決意拒絕。爾時余友乃大爲之惆悵，余妻更覺懊喪萬分。余友固深於情者，見余妻鍾情若是，乃不忍截然拒絕，遂與約俟余歸後，再行提議。於是余妻始黯然許之。此蓋余與余妻議婚之始因也。

余妻籍廣濟，姓藍氏，小字玉鐸。其祖若父，均鄉間老農，因其嬸母早年讀書教會，遂得其介紹至諾立女書院肄業。此次出充教師，本非其初願。迨至冬月間，因經費不充，該校又將停辦，於是仍回九江肄業。是時，余因在漢未歸，故此種情形，絕不知悉。至臘月中旬，始接余友來函，亦不過渠爲余作伐，娶一女學生，因余家反對，遂致未果數語。

爾時，余固最鄙棄中國女學生者，故接余友來函後，亦衹一笑置之。迨臘月念日，忽余母大病之電報至。余遂匆匆返家，幸抵家後，余母病狀即漸告愈。於是余始往視余友。初亦未嘗談及姻事，至今年正月初旬，因余友招余飲，余始於席間問及。是時，余友猶不願言。後經余再三逼迫，始得盡舉前此之種種情節而告之。余思近代之女學生，均多趨於輕浮之習氣。若余友所云云，固一誠實女子也，似亦未必不可與爲偶，且當茲世態炎涼，人情冷暖，雖親友亦不免冷眼相看，而一未謀面之女子，竟鍾情若是，亦未始非粉黛中之一知己。於是余雖未見其人，而心已深許之。翌日，余即欲余友復申前議。余友固鍾情者，亦極力贊同，遂於正月四日，與余各書一函，直寄余妻校內。詎料是函一發，余妻之厄運即隨之而至耶？

函發後，余即日日盼望覆音，詎期俟至兩禮拜後，魚沉雁落，音信杳然，余不禁大爲之疑詫。於是復與余友謀所以謀面之法。適是時漢上報館，函催余往。余友遂囑余便道至潯，與余妻面商。余亦贊成斯議，乃於正月十九日首途，念日至潯。抵潯後，余即徑往該校，將謂可以決我兩人之婚事矣。而閽者無情，竟不爲我傳達。萬不得已，悵悵登輪。到館後，仍從事作稿，硯田勞頓，日無暇時。前此議婚之熱潮，幾漸趨於冷靜矣。果從此冷靜而結果也，則一場幻夢可以告終，即余與余妻亦不至受此番磨折，遭此番顛連，乃造物播弄情人，偏又不如吾人之所意料。蓋未兩月，而我兩人之婚事，又繼續提議矣。

一日，余方治事館中辦公室。忽郵差持一函至，余接閱之下，深爲疑詫。蓋函面之字，余向未之觀者。及破封閱之，乃知爲余妻寄自潯陽者。余雖年已及冠，而絕未與女子通交際，今忽接一未覿面之女子來函，不覺羞與喜俱，乃急就案頭讀之。讀畢，始知余正月初所發之函，渠於上禮拜始得接閱。因此函至該校後，即爲該院長胡小姐收去。胡係美國人，平時對於校規亦頗持嚴肅主義，忽一教外男子通信於渠，自是不能滿意，乃將余之原函私寄於渠之父母，並不使渠知之。渠父母固極畏教會者，遂於三月初旬，將渠接歸，大加譴責，而余之原函，渠於是時始得接閱。既回校，即擬覆余之信，而胡院長又迫渠許字該校柳某。渠固鍾情不二者，自是不能承認，且柳某出身卑賤，識字無多，亦不當其意。胡見渠拂其意，尤爲憤恨，遂欲渠出校。渠亦以胡干涉其婚姻自由，不願再受其束縛，乃於某日當禮拜堂宣佈判①教。於是諾立女書院之學業，遂爲余一函斷送盡淨矣。既出校，乃至潯陽兩等女學校充當教師，是函即至該校次日所發，即催余往潯之急電也。余既得知此情，頗悔余從前寄函之謬。然事已至此，無可如何，遂與余館中諸友商議往潯之舉。諸友固極贊成此事者，亦均促余去。余亦以其大好學校遽爾拋棄，實不能不一去以決此婚事。於是余往潯之計遂決，乃於是日急覆一函，期以次日去。顧余雖欲去，而心中甚爲忐忑不安，細思苟一人單獨而去也，則余妻尚屬黃花閨女，似多有未便之處，且婚約苟成，而證婚無人，亦且不成體統。苟欲他人同余而去也，則友朋中又乏同心知己，籌思再四，幾不能決。幸翌日清晨，余愛友吳君新亞忽爾來漢，余遂急要其同去。余友固素知余深於情者，遂即允余所請。是蓋三月十六日事也。

　　余與余友議既決，即於是日下午登輪。漢上距潯，衹一夕之程。此一夕中，余惟瞑思余妻當作何狀，與余晤面時當作何語而已。大抵未婚少年，驟欲與一意中人接洽，其腦筋中必多呈此種想像。想閱者諸君，亦必熟知而深悉也。次日晨間，輪即抵潯。余遂與余友同寓該埠之萬安棧。到棧後，余即著僕人送余之名片往余妻學校。該校距余棧不過半里許，故不一句鐘，余妻遂至。相見之下，都覺羞縮。余友在側，幾致失聲笑。坐定後，余即細詢判②教之始末。余妻固善談者，遂一一爲余述之，大致即前此之所叙者。余復詢以日昨所發之函曾否收到。余妻忽蹙眉曰："君猶問是函耶？是函所生風波，殆與前等。蓋又爲校長、蔡師母收去矣。自昨至今，時來詰責，余初猶欲模糊敷衍過去，至今日已不堪其擾，遂以直言語之矣。"余曰："渠聞之，得不於君學業前途有所妨礙

---

①② 判，疑應爲"叛"。

乎？"余妻曰："妨礙固有，然已不復能顧矣。"余聞是言，不覺深爲悵惘，而恨余筆墨罪障之甚。余妻見余懊喪狀，忽易笑顔曰："君豈爲吾追悔乎？大凡天下事，既已過去，即如箭已離弦，萬難收復。今事已至此，悔復奚益？維此後之計，則惟請君速定取捨。不過無論如何，均須推誠佈公，不容絲毫假借於其間。蓋此時之一言，即關係將來百年事也。"余曰："余此次未來之先，即預欲獲一美滿效果而去。惟是余雖世家後，而實則窶人子。自余先父逝世後，余母撫余成人。此後生涯則惟仰之筆墨。倘得天公垂佑，俾余不至落拓，則君之從余，或可躋於富貴。設或命運乖違，窮途飄泊，君能貧賤相守否耶？"余妻笑曰："君之此言，得不輕余太甚乎？君爲窶人子，余豈富家翁？余自嬸母去世後，四年來之學金，不知費却幾許辛苦，其初則倚余之手工，售於美國。至前年始得紐約友人馬利亞姑娘常年之津貼，馬係紐約某書肆寫字，因胡院長之介紹，始得與余妻爲友，每年津貼余妻學金六十元。俾余不至半途而廢。不然，余則不知流於何所。故余於此四年中，受盡艱苦。對於世路之艱難，人情之冷暖，無不閱歷盡透，遑敢妄冀貴富也哉。且余之始終欲聯此姻事，實出於憐……"言至此，忽兩頰緋紅，而不欲言。余友見其羞狀，即擾言曰："此間無他外人，有語不妨直陳。且此種談話，關係前途甚大，若稍有隱諱，恐招後日之悔。"余妻遂續言曰："實出於憐才之一念，至於將來之富貴與貧賤，則未嘗計及。若欲計此，則余教會同文書院中之學生，固多富貴子弟，余何不棄此而就彼乎？"余見余妻言詞之誠懇，遂急應之曰："君志氣高尚，良足欽佩。然猶有商之於君者。余固向惡女學生，非惡女學生之他，實惡女學生之習氣，而不能安處於家庭耳。余家自余母以下，尚有二兄，將來家庭之中，能相處以安否？"余妻曰："習氣之於人，實在個人主力若何。染者自染，不染者自不染。操井臼而主中饋，實婦人分內事。我能勤我分內事，自無不相安之處，似此層君可無庸慮及。"余曰："果若是，則余心實慰。倘君不以蒹葭倚玉爲辱，則我兩人之婚約，可從茲決矣。"余妻曰："此則余生之大幸也。"余曰："婚約既定，後此自無異議。不過我兩人仍須面告於兩方面之父母，然後再舉行婚禮。"余妻曰："謹惟命是聽。"於是余即以余所御之金約指贈之余妻，余妻亦以渠之金約指還贈於余。余遂請余友爲之證。余友見婚事既成，亦極願爲之證婚，乃摘玫瑰花二枝，一則贈之余，一則贈之余妻，並祝余兩人百年偕老，萬事都全。此則余與余妻議婚時之情狀也。詎料好事將成，而意外之風波遂繼之而至。

先是余妻有族祖號君衡者，起義時曾充某營參謀官，向寓九江城北，余妻讀書學校時，與伊家過從頗密。此次余妻因婚事判①教，伊即微不滿意，然亦無如之何。是日余妻至余棧後，伊適因事往覓余妻。既至校，蔡校長即告以余妻往萬安棧面余，伊驟聞之下，髮眦皆裂，遂憤憤至余棧。時正余友贈花時也，忽覯此不速之客，闖關而入，不禁爲之驚絶。良久，余妻始叩客曰："祖翁……胡至此？"客作怒容答曰："爲覓汝也！汝亦曾讀聖人書，胡不知禮若是？豈有以良家處女，而親身至客棧晤男子者乎？"余妻曰："此誠女孫之過，然孫係至此議終身大事，並非多露之行可比，且當此光天化日之中，並有若友在側，尤非卑鄙曖昧之爲。翁之責我，得毋太苛乎？"客忽厲聲曰："汝猶欲辯乎？汝誠不知恥之尤者，吾家門户將爲汝一人辱没盡矣！"余妻聞此言，身忽發顫，面色慘白，欲言幾不能出聲，良久始呐呐曰："祖翁，今日胡賤視孫一至如此乎？孫……孫誠不解。"言已，淚隨聲下。客若未之聞者，乃轉詢余曰："汝即喻某者乎？"余曰："然。"曰："汝與余女孫有何關係？胡爲引誘至此？"余見其一味兇惡，乃特恭容答曰："實令女孫函召余來面議婚事，並非引誘也。"曰："議婚事耶？將誰欺？欺天乎？若輩惡少年，十九薄倖，陷害良家子女均若輩之專業。今猶粉飾其詞曰'議婚'，得不爲欺人之談乎？"嗚呼！閲者諸君，余自幼至今，絶未有以惡少年視余者，且未有以薄倖目余者，今忽爲此素不相識之人，一旦加諸余身，亦不禁怒從中來，乃抗聲答曰："君之責我，得毋太過？至我二人之婚事，固早有媒妁在先，並非草草如下流人所爲者。今遽以此惡言相加，則誠非鄙人之

---

① 判，疑應爲"叛"。

所願聞。"渠聞余言，乃厲聲曰："汝不願聞耶？倘非爲余門戶地，余即以姦拐捉汝官裏去。"余亦厲聲曰："噫！是殆恐嚇鄉愚耳。且姦拐之證據何在？請速示余。況余有友在側，爲余之證婚人，汝即訴之官庭，余何畏者？"曰："友耶？汝謂爲友，余則視爲串拐之人。"余聞是言，不覺大怒，乃起立曰："汝誠犬吠，胡得辱及余友？至於汝女孫之婚事當否，其父母自有權衡。汝今日實無問我之權，請速離此。否則，即囑余僕摽諸門外。"渠聞余言，亦大怒，幾類牛喘。余友見余二人爭持將劇，乃起而以婉言排解。余妻亦忍淚勸慰。於是渠即欲攜余妻同去。余思余二人婚約雖已成立，而尚未告之父母，婚禮亦未舉行，勢必不能將渠攜帶來漢，又不能安置友家，則不如隨渠同去爲妙。顧余雖欲其同去，而余心則大爲之不忍。蓋預測彼兇惡之人，必無婉言以慰之，且必力爲摧殘之，故余妻隨彼去時，不獨余妻痛苦失聲，余亦不覺爲之潛潛泣下矣。嗚呼！閱者諸君，豈料此一去，余大好之婚約，又隨之而翻覆耶？

　　余妻既去，余即欲與余友回漢，而時已五句鐘，往漢之輪均已過去，萬不得已，仍在潯逗留一夕。此一夕中，余蓋未嘗交睫，即余友亦幾替人垂淚到天明矣。至次日下午，余始與余友登輪。十九日晨抵漢。一時諸親友，莫不爭來詢問，一若預知余之婚約必成，而特爲余賀者。烏知余於滿意中，而忽遭此橫逆乎？次日，余遂將余與余妻議婚之情節，由郵詳告於母兄，並函告余友聶君濟人。二函既發，余仍視事館中，惟朝夕盼望余妻來函，以探其究竟。至念二日，余妻之函果至。余即發封讀之，函曰：

　　血輪愛兄如握：好事將成，惡魔遽至，誠令人懊恨萬分。是日既至叔祖家，受盡侮辱。一夕之中，未曾交睫。幸祖母賢良，從中勸解，不然則將氣悶欲死矣。翌日，渠即逼余歸家。余不獲已，祇得惟命是聽。歸後，余父母對於婚事之主張如何，則惟視我二人之命運如何。總之，約指在手，誓不能渝。倘兄能堅持到底，余惟願以薄命身軀爭此婚約耳！余於今日渡江，由小池買舟至孔壠，此函係舟中所書者。余素暈舟，書時屢欲嘔吐，故欲言而不能盡。兄接函後，務將兄家主持若何由郵告我，是爲至盼。玉鐸謹上。

余閱畢，深爲惆悵，既恨其叔祖之無情，又惜其學堂之拋棄，然猶冀其父母允許婚事，以慰寸心，遂草草覆一函，不過告以余至漢後之情狀，與余對於婚事持之甚堅數語而已。越數日，余大兄之回函至，披閱之下，不覺驚駭欲絕。蓋滿紙盡反對姻事之語，並謂諸親友亦勸阻其成。嗚呼！閱者諸君，余接是函後，當持何種態度乎？設竟如其言而絕余妻也，則燦然之約指固在余手，男兒口敵將軍箭，豈能反汗？且余妻因此婚事，犧牲良好學業，今遽中道而棄之，得不畏人指爲薄倖乎？設竟置其函於不問，而仍部署余姻事也，則家庭之中，又不知生出何種風波。當余往潯之時，因余母兄曾許余婚姻自由之權，故未料及其反對。今若此，余將何以處此問題乎？故自余兄之函到後，籌畫再四，繞室終宵，竟莫得一萬全之策。至翌日，余仍以婉詞覆一函，略謂此事萬難反悔，非原諒允許不可，並函囑聶君濟人從中勸解。二函發後，余終日忐忑不安，即館中論稿，亦幾無心能作。加之余妻處之音信，又屬杳然，愈令我寢食不安。越數日，余友聶君之覆函至，略謂余家之主持，仍固執如前，雖經其百般勸喻，仍屬無效數語。嗚呼！閱者諸君，余接是函後，當懊喪至於何地乎？幸是日復接余妻來函，謂渠歸家後，適其父因事赴潯，以致未值。其母對於姻事，已滿意贊成云云。於愁煩中而得此好消息，亦未始不足以慰我寸衷。顧渠家雖已允許，而余家仍主持破壞，則此事結果，尚未可預測。再四思維，萬不能不親自歸家，以此苦情面陳於母兄，或者天憫余情，得邀允諾，則此行之功效，正復無量矣。計既決，遂往館中乞假，於四月望日首途。

汽笛一鳴，余遂離漢而去。次日晨間抵潯。回憶上月赴潯時，何等欣歡，何等忭舞，此次則滿腹狐疑，萬端愁緒，瞻彼巍然之萬安棧，尤覺念念不忘余妻。幸余邑離潯，祇二日之程，故於十八日即安抵余家。抵家後，則室人交逼責我，直令我百喙無所解脫。即詢諸親戚，亦莫不斥余爲妄謬。嗚呼！閲者諸君，余命運之乖違，一何至於斯乎？夫婚姻，乃個人之關係，亦即個人之主權，縱余家主張破壞，猶有可説，彼親戚又胡爲者？吹皺一池春水，干卿底事？余誠不知若輩實具何心肝？然余猶低心下志，婉轉解説，復倩余友聶君至余家特別婉商。幸不兩日之功，余母兄遂完全贊同。爾時余真欣忭莫名，即余友亦莫不舉酒致賀，乃於念三日着人送函至余妻處，並約其定纏紅之期。惡料使者返，余又墮入煩惱圈耶！余妻家距余處只隔四十餘里，故翌日使者即返，返時面余，乃作一不豫之色。余即私怪之，乃曰："汝賫得來書未？"曰："來書固有，然余腹飢甚矣。"余曰："汝在渠家未飯耶？"曰："飯耶？留此餓孚歸，亦稱幸矣。"余驚曰："噫！渠家何爲？"曰："下僕去時，正值渠翁女訐諄，翁見余至，尤爲憤怒，幾欲斥之門外而施以鞭撻。幸經鄰人勸解，許我立足。不然則不堪設想矣。"余曰："姑娘作何狀？"曰："蓬頭垢面，顦顇不堪矣。"余聞是言，即不耐再問，乃速其出書與余。使者遂以余妻之函呈之余手，余急就案頭讀之，不期書未讀竟而一痛幾絶。今特將原函録下，想閲者諸君見之，亦必爲余三呼懊惱也。函曰：

嗚呼！血輪吾愛兄：抑知薄命人今日已淪於苦境乎？當兄函至時，妹正在暈迷之中，幾至不能卒讀。幸鄰人解事，將家父勸解過去。不然，則直欲逼妹一至於死地矣！嗚呼！吾愛兄，吾兩人之緣慳，一何至於此乎？當妹歸時，家父已因事赴潯。妹即恐彼儕從中播弄，不意歸後竟不出妹之所料，始則加以詰責，繼則益以嚴懲。然妹猶婉轉勸解，冀收後效。而無情之姑母，乃於是時爲妹作伐，許字附近之汪某。汪某業警察，其家素以農爲生。今姑無論其門閥卑賤與否，而妹已許兄於先，萬無反悔之理，且從一而終，女子之德。妹雖少學，亦頗知此義。故自此議發生以來，妹即日日向家父哀懇，亦無非乞其棄彼就此，乃不獨言之無效，而彼家纏紅之期且至矣！嗚呼！吾愛兄！妹至此尚有生理乎？乃於十七日着人至武穴，發一急電，促兄速歸。不意俟之數日，仍未見兄之音信。爾時真令妹之秋水望將欲穿也。現在汪家已定於下月初旬纏紅，係妹之姑母及一般惡儈暗中所部署者，妹至前日始得聞知。兄倘能於此十餘日中，設法使家父回心，棄彼就此，則我兩人前途之幸福，正復無量。不然，則惟一死以報知己耳！沈痛之餘，拉雜成語，接閱後可勿回信。倘此數日中，有隙可乘，妹定親來貴處，與兄面計一切。念三日夜四句鐘。薄命人玉鐸謹書燈下。

嗚呼！閱者諸君，當余初歸時，余方日夜焦思，恐不得余家之允諾。不期余家方將允諾，而又有此意外之波濤。余將何以爲情耶？故余自接此函後，腦筋昏瞀，幾類中魔。幸得余友從旁勸慰，解此愁腸。不然則將令余憔悴死矣！越數日，余妻果至，乃止其族戚吳某家。時余方與余友聶君計議婚事於余書室，忽接余妻來片，不覺驚喜欲狂。然吳某業商，其家隸街肆，頗不能談話。且余邑人眼光如豆，最喜造謠，倘余竟去與余妻接談，若輩見之，不免又要添造黑白。時聶君之次嫂已因暑假歸家，且與余妻有同學之誼，余遂與聶君謀，暫假渠家爲余妻下榻之處。聶君固最憐余兩人之情者，亦極贊成。議既定，遂託其次嫂往吳某處迎余妻。余則俟其家內。未越一句鐘，余妻遂偕其次嫂姍姍至，余瞥見余妻一副憔悴形骸，不禁淚從心落。余妻見余頓形消瘦，亦涔涔泣下，即余友聶君暨其次嫂在傍，亦不免爲余兩人灑幾點傷心之淚。嗚呼！閱者諸君，此一副可憐圖，真令余不忍筆述矣。坐既定，余即詢余妻以別後景況。余妻均一一爲余述之，大致即前函中所敘者。惟談至其族祖君衡，則切齒痛恨。蓋微彼從中饒舌，在其父處播弄，則余兩人之婚事，必不至中途翻覆，而早告成功矣。余復詢以汪家事何以發生，余妻乃皺眉曰："兄乎！此則誠非余之所願言。然余亦不能不言。兄亦知此事乃起自余姑母乎？"余曰："然，固已由妹函中得知。"余妻曰："余姑母固素愛余者，不意此次亦大改面目。當余初歸時，渠即至余家慰問。余遂將余訂婚之始末，爲渠告之。彼時渠固甚表同意者，及余父歸自潯陽與余詬誶時，渠又至余家。余猶未疑有他志，並乞其勸解余父。詎料其首次係至余處探婚事之結果，二次係與余父密商汪家之意見耶？渠既來此兩次，其暗中部署，即有頭緒，遂於四月十五日，接余至渠家。陽謂爲余消遣計，陰則使汪某面余。爾時余方在積悶之中，極欲求一消散之地。固不料其有此圈套，故余至渠家後，汪某遂至，亦不過稍坐即去。去後，余姑母即謂其家如何豈豐富，其人如何誠實。爾時余方焦灼萬狀，何暇聽此？乃渠曉曉不休，幾令余不耐卒聽。然仍未嘗疑其有他也。次日，余即欲歸，渠亦未嘗或留。歸後，忽有余族妹某私告於余，謂姑家之汪某即余姑母爲余作伐之人。余聞是言，一驚幾絕，乃面詢於余父。余父亦直言不諱，並謂纏紅之期且至。嗚呼余兄！余將何以處此耶？乃於翌日着人至武穴發一急電，促兄速歸。想此電到漢後，兄已賦歸歟？現在若輩雖見余以死力抗拒，然暗中仍在組織。倘兄真愛余者，則請從速設法，不然則余祗有辭此世而去，期相見於來生耳！"言已，淚隨聲下。余驟聞余妻此種苦狀，亦不覺悲從中來，乃急詢曰："然則如之何，而後可使若翁轉意乎？"余妻曰："此亦難測。余父亦未嘗向余宣佈如何意旨，不過余父所深惡痛絕者，則聶君之作伐。倘兄能倩他人出而替聶君，或者尚有一步商量。不然則無他法之可施矣。"余曰："究須何許人而始能當若翁意者？"余妻曰："兄鄰右得不有鄭君少如者乎？"余曰："然。"余妻曰："渠與余父頗善，兄若能請渠去，或有效力。"余曰："余與渠交誼甚淺，胡能以此事相求？"余妻曰："否。渠妻與余有同學之誼，兄若去，必可得其允許。"余友亦曰："此人嗜小利，君若畀之以利益，渠必願竭全力以爲君報效。"余曰："然則何時遣渠去？"余妻曰："事已危急，從速爲妙。"余友亦曰："兵貴神速。"余曰："然則此議即可從茲表決矣。"余妻曰："然。"於是余復與余友計議善後事，余妻則倚几假寐。時則孤燈如豆，萬籟俱寂，惟堦下蟲聲唧唧，與壁上鐘聲鏗鏗兩相應答而已。

無何，林鳥紛飛，東方既白，余即呼余妻起。余友復餉以雞蛋、麵包數事。余既與余妻共食畢，即備車送余妻歸，是無異西廂之哭宴篇也。余邑城西，距城十里，有古長亭一所，余妻歸路，適經斯處。余友見余兩人戀戀不捨，即議同送至是處，以爲分別之地。余雖經一夕未寐，精力疲憊,亦極願同行。於是余妻乘車,余與余友則隨後徒步,沿途楊柳青青,飛鳥嚶嚶,一若惜余兩人之乍見乍別者。未幾,十里長亭則宛然在目。爾時,真所謂魯陽之戈難揮虞淵之日矣。既至,余妻則已棄車而下,握余手而泣曰:"須臾見面,頃刻別離。此蓋我兩人一定之緣分。倘此次鄭君去,得收完全之效果,自是如天之福。不然,則此別即成永訣矣。"言已,痛哭失聲。余聞是言,余心房亦不覺碎成萬片,雖欲覓一好語以慰之,則口中訥訥,不能成聲,即余友見余兩人悲狀,亦不禁放聲欲哭。是時紅日雖已離山,而余視之,則直黑暗如深夜矣。良久,余友始忍淚勸曰:"汝兩人毋過傷心,天下不患難成之事,惟患無志之人。諺云:'二人同心,其利斷金。'汝二人既抱此堅忍不拔之志,將來必可達到圓滿目的,則此時之暫別,正無足悲,又何必孳孳作此兒女態耶?"余妻聞是言,始撒余手,轉向聶君曰:"感君盛情,余亦希望能如是耳。"言已,始登車而行。嗚呼!人生最苦是別離。余前此蓋未曾嘗過,今日身歷其境,始知其滋味之難堪也。

　　余妻既去,余即與余友慢步歸家。歸後,復同去訪鄭君少如。鄭籍廣濟,亦教會中人,渠妻充教師於余邑福音女學校,渠則倚醫為活。是日,余友與余至渠家,滿謂其能出而為余一臂助者,乃至後,室為塵封,去鄉已多日矣。詢其家人,則謂非三數日不能歸。余至此,蓋益嘆余命之窮也。即余友亦不禁為之掃興萬分。萬不獲已,惟安心以俟之。

　　至五月四日,鄭君始歸。余復與聶君至渠家,以作伐事相懇。幸余言未已,而渠已連聲允諾。及至此,余心始為之坦然,遂於初六日備車託渠去。去後,余惟延頸以望其好音。迨至次日,渠始回邑。余急與聶君竟詣其家,將謂其必賫得好消息來也。詎料余等至後,渠忽呈一悵惘之色。余驟見之,心為之躍,乃急詢曰:"鄭君,余事不諧乎?"渠曰:"諧……亦未嘗不諧。不過又添一問題矣。"余曰:"問題維何?"渠曰:"即金錢主義也。"余曰:"殆索錢耶?"渠曰:"然。"余曰:"為數幾何?"曰:"初則非三百元不為功,後經余再四婉商,始允以八十元定議,並限一禮拜後即須答覆。否則,將棄此就汪矣。"余曰:"噫!若個老翁,胡不知恥？殆欲貨其女耶？余家決不能允矣。"渠曰："彼一鄉村老農，胡知廉恥？彼汪家且允以二百元現金過禮，倘非君意中人竭死力以抗拒，則彼家婚事早告成功矣。"余曰："渠姑娘對於此事作如何議論？"渠曰："亦如君之謂其翁之無恥也。伊已預知君聞是言，必不應許。特囑我轉語君於此三數日中，假託他故接伊來邑，或與君面計方略，或與君友另籌他計。總之，允否此一禮拜中，必須表決，遲則不及矣。"余曰："感君盛情，爲我奔波，容俟歸商之母兄，再行定奪。"言已，余即與余友歸。

余兄母固熟知鄭君往藍家之舉者，見余歸，即詢以藍家之主持若何。余遂以索聘金之言告之。余母聞之，不禁爲之大怒，乃斥余曰："若個不孝兒孫，敗吾家門戶！汝試思吾家自始祖以迄今日，有誰以金錢購婦者？且汝能勤汝學業，將來自有匹汝之人，又何必求此所難求者耶？汝若必欲允斯議者，余將不能認汝爲余子矣！"嗚呼！閱者諸君，余固料此議不能得余母之允許，然未料余母之以此嚴詞相責。故余自聞余母言後，竟無詞以對，惟有嗚咽啜泣以告罪耳。

雖然，余將從此而棄余妻耶？則又余之所未能。既不棄余妻，則又將何以處吾家庭者？此種問題，真令余百索而不能解決。故自鄭君歸後，余之愁腸，又將百折，幾至餐忘而寢廢矣。萬不得已，復就商於余友聶君，當此患難之中，幸有此良友爲余臂助。不然，余更不知焦灼至於何地。聶君既聞余言，亦不以藍家索款爲然，然而不允其要求，則婚約立破，又將何以救余妻者？籌商再四，竟莫得一兩全之策，至最後始議先接余妻至，然後再籌方略。爾時余念余妻甚，極欲一見，遂亦贊成斯議。

議既成，余即於初十日假余妻學徒周女士名義，往接余妻。余生平向不作欺人事，此次則實非得已。顧接之易，而安置之法又難，苟仍至聶君家也，而渠次嫂方讀書教會，上次余妻至渠家時，渠次嫂蓋已遭余邑牧師徐氏偘之詰責。此次再去，必有未便。若至余家也，則婚約未成，婚禮未舉，更且不成體統。若至鄭君家也，而鄭亦教會中人，畏牧師如虎狼，雖允爲余作伐，尚係秘密主義，亦勢不能以此事相強。緣余妻判教後，該教會宣言凡教友有與余妻通交際者，必科以重罰。余邑牧師徐某素性卑惡，與余輩均不善，故對於余妻事尤爲注意。爲此問題，躊躇終日，竟莫能決。後幸鄭君憐此苦情，爲余介紹至其族人選青君家。選青君亦讀書人，頗好慈善，其女公子與余妻有同學之關係，且渠住余邑城南，與街衢隔絶，較至他處尤爲方便。故余自假得此處後，腦中頓爲之爽然。及下午，余乃同聶君至城西迎余妻。幸行不半里，余妻已至。爾時天氣炎熱，余妻盡衣縞素衣裳，映其面部，尤爲慘白。加之瘦骨崚崚，病容可掬。余瞥見之，不覺失聲呼曰："卿卿，胡消瘦一至於此乎？"余妻聞余言，一點血淚，亦不覺簌簌而下。爾時一片斜陽，反照樹林，作殷紅色，亦若憐余兩人之苦境者。無何，已抵鄭家。渠家人及其女公子，亦欣然招待。余意謂余兩人之滿腹衷腸，將可以傾囊倒篋而面訴之矣。

詎料既至後，乃大謬不然。蓋渠家視余妻爲上賓，以優禮待之，絶不許余兩人相見立談，亦絶不計余妻之來，究胡爲者。余至此，不覺大爲失望，乃悵悵入城，復與聶君計議他策。幸是時余友吳君新亞，已歸自漢皋，余遂就商於渠，並將余婚事翻覆之情節，盡爲渠告。渠固曾在潯爲余證婚人者，對於此事自是與有關係，故聞余言後，亦甚悲余遇而憐余情，遂允接余妻至渠家，以面計方略。渠翁母固最愛余者，渠妻亦賢慧中人，既聞是舉，亦欣然應諾，於是於次日偕余至鄭家迎余妻。是時，余之身心始得易煩惱而爲安適矣。

余妻既至吳家，即詢余曰："前日鄭君歸談之事，已不得君家之應允乎？"余曰："然。"余妻曰："余固早已料及。余此次之來，實與兄爲最後之把晤。蓋彼汪氏倫日猶嗾余姑母説余父，並允以現金相贈。余父愛女之心，未始無有，而嗜利之心則偏重於愛女之心。故對於汪氏，心猶未死。前日鄭君之去，幸出於神速，不然則已無救矣。今此一禮拜之光陰，即兄婚事成敗之期，亦即余生命存亡之候。兄將何以裁度之乎？"余曰："尊翁索款之意，究竟何謂？"余妻曰："一則以此難兄，一則泥於鄉村俗例。"余曰："此事不獨余家不允，即余亦且一錢莫名。無米之炊，巧婦難爲。此事恐終難如尊翁之願而償之矣。"余妻曰："然則余兩人之緣盡於此，惟有期之來世耳。"言已，嗚咽欲泣。余曰："天下事當處於萬不得已之境，則惟有從權。余兩人雖未舉行婚禮，而證婚人、證婚品則已俱在，盍離此往漢，先成婚禮而後告之尊翁乎？"吳君聞余言，亦甚爲贊同。余妻曰："此着余亦曾思及，然而萬不能行。試思此種黑暗社會，幾何不遭人唾罵？且余此次之來，與周氏女實有關係，設竟飄然而他去，得不累及人家耶？與其生而爲世指摘，則不如一死爲乾淨。余求死之心，蓋不起自今日，自汪家事發生以後，余即嘗以此自誓。所以未即實行者，則以有一綫之希望。今則希望俱絕，尚何足生乎？李義山云：'他生未卜此生休。'蓋即爲我兩人寫照也。"言已，復泣。嗚呼！閱者諸君，此時景況，余將何以堪乎？既不能成全，又不能他去。一禮拜之時光，瞬息即至。豈坐視余妻以身殉之乎？然而余又大不忍。且男女愛情當正濃之時，忽親覩意中人身埋黃土，其存者雖不至死，亦必成瘋癲。余思之，余重思之，余決不能使余妻獨死。即欲死，亦必同歸於盡，以身殉情，雖非正道，而在余個人，亦正有價值。余心既決，即密商之余妻。余妻是時已爲情網所縛，則亦絕不計及後事，遂欣然允諾。於是余兩人同死之主義遂決。余乃私作一函告於余兄曰：

嗚呼吾兄！弟將從此永訣矣。倘爲國家而與兄永訣，爲社會而與兄永訣，弟正可不必告罪於兄，且亦大有價值。今則非爲國家，非爲社會，乃爲一己之婚事，吾兄聞之，得不怒弟而恨弟乎？雖然，爲國家，情也。爲社會，情也。爲婚事，亦情也。人類秉情而生，即應殉情而死。弟既不能執干戈以衛社稷，是弟即不能殉國家之情也，又不能捐軀殼以警同胞，是弟即不能殉社會之情。二者既均不足以死弟，則弟之死於愛情，亦未始非得死所也。弟爲此婚事，受盡磨折，嘗盡難辛，意謂苦盡甘來，償我素志。詎料曇花一現，終歸幻影耶？昨日藍女士親來吳君家，謂婚事成則與存，婚事敗則與亡。吾家既不允其父之要求，則婚事立敗，則藍女士之性命，即危在旦夕。弟將何以堪乎？苟弟聽其死而弗顧，則匪特他人指爲薄倖，即弟此後之生世，亦復甚無聊賴。苟不聽其死而救之，則其翁拘執己見，挽轉無術。思之重思之，則惟一死以殉之耳。在生不爲比翼鳥，死後便爲連理枝。弟之死之也，亦甚甘心而無悔，所不能瞑目者，則貽吾老母與吾兄之重憂而已。雖然，余心已決，余計已定。不孝不弟之重罪，亦且弗能顧及。九泉之下，亦祇有任人指摘而唾罵之。語云："勸君莫結同心結，一結同心解不開。"弟惟願後之聰穎少年，勿再如余今日之迷惘而情癡也。嗟嗟！愛河無岸，恨海難填，少小多情，便非幸福。兄接弟函後，亦慎勿爲弟悲，爲弟惜，倘肯念手足之情，便祈將弟與藍女士之遺骸，合葬一處，則九泉之下，感且不朽。悲痛之餘，叙此數言，聊當最後之把晤。季弟血輪留言。

嗚呼！閱者諸君，當余作是函時，悲慘當至於何地，即今日提筆而錄之，亦且淚下潛潛，余苟知余今日之困苦顛連，真悔不如昔日之一死爲快也。函既作畢，即納入衣袋中，準備翌日往市强水，以與余妻共畢此殘生。詎料一夕之後，則又大謬不然者。余作是函時，余友絕不知之。及夜，余妻既寢於吳君夫人處。余即與聶君、吳君共宿於吳君之書室。是時，余欲死之心既決，反覺煩惱都去，身心泰然。未一句鐘之久，即穩入睡鄉。睡後，余友忽於余衣袋中檢閱此信，不覺失聲驚呼。余是時於睡夢中驚聞余友呼聲，亦一躍而起。余友覿余醒，乃責余曰："君作事胡不思之甚耶？今無論少年志氣，不應如此短小，即君八旬祖母，六十慈親，亦豈甘心而背之乎？"余聞余友是言，幾如身臨典型，四體戰慄，不知所對。余友復曰："縱謂八十元之聘金無所籌措，余等亦尚能爲力。若恐不得君家之應允，則由余等籌交鄭君，囑鄭君勿爲君家告，豈不婚事可成，而汝兩人之素願可償耶？"余曰："感君大德。此後謹惟命是聽。"余友聞余言，復呼余妻起，曉以大義，喻以大禮，於是余兩人同死之議遂破矣。

自是之後，余友之防余與余妻幾類囚犯。蓋未嘗一刻或離，聶君復召集他友爲余籌備此款。吳君則倒篋以質。其間所費之困苦艱難，誠非余之禿筆所能盡述。幸不兩日之功，即集得四十元之數，於是余與余妻又易煩惱而爲安樂矣。至十三日，余妻復歸，余則仍託鄭君攜款往其家。是時，其父見聘金既至，不覺嗒然若失，亦惟有允諾，余家聘金既至，汪家即成畫餅，故其父頗爲之怏怏。但所欠四十元，仍須書券爲質。次日，鄭君回邑，余既得知此種消息，亦甚爲喜躍歡呼。於是偕鄭君以覆余母兄謂："藍家對於婚事已滿意贊成。"而聘金之事，則瞞而未告。爾時，余兄母雖不甚願，然亦無如之何。嗚呼！閱者諸君，自三月十八以迄今日，費兩月之時光，得此最後之效果，余之欣躍忭舞，不亦宜乎？

婚約既定，即於念四日纏紅。在余邑俗例，必須敦請諸親友舉酒致賀。余亦不能免俗，一時賓朋滿座，頗極一時之盛。但余家不甚滿意，終令我樂中生悵耳。既畢，乃擇於九月舉行婚禮。余遂於念八日起程赴漢。抵漢後，仍視事報館，將謂可以從茲恢復腦筋，造我學業，詎料天公陂我，復又背我之所思者耶？

余到館方一禮拜，即接余妻來函，謂渠忽患氣逆之症。是時，余以爲女子善愁，此病甚多，當不至若何要緊，遂急覆一函囑其慎爲調養。詎料余函去未數日，而余妻病危之電報又至。嗚呼！閱者諸君，余接是電後，懊喪當至於何地？萬不得已，又於閏五月望日歸家。抵家後，余即往余妻處。是時，天氣炎熱，烈日當空，余獨奔走長途，苦不堪言。既至，余妻則輾轉床席，人而更比梅花瘦矣。余驟覩是狀，不覺一陣心酸，淚如雨下。余妻亦惟握余手而痛泣，即余岳之不善余，亦不禁涕泗漣漣，斯時景況，真無異一幅楚囚對泣圖也。

泣已，余即詢余妻以病狀之起原。余妻曰："兄乎！余早料余必有是病，固未知其發之若是其速。余之體質向屬孱弱，自幼即赴潯就學，絕未慣受鬱悶。此次爲余兩人婚事，內而遭家庭懲責，外而受親友炎涼。一月以來，所觸於耳而接於目者，莫非致病之具。故庚帖行後，余病即發。初起時，尚不甚厲，至數日前，則一暈幾死。爾時，余之望兄真所謂秋水欲穿。今兄既至，余願已償，死且瞑目矣。"嗚呼！余聞是言後，欲覓一語以慰余妻，則幾遍索枯腸而不可得，惟吶吶曰："余妻，余害卿甚矣！"余妻曰："薄命人累君奔走勞頓，已屬死有餘幸。今君反如是云云，得非益增我之罪戾乎？"余曰："奚罪戾之有？惟願二豎速退，前途正多幸福，則此時之災殃，亦無足計。"余妻喟然曰："難矣！"嗚呼！閱者諸君，余費如許心血，受如許艱難，始購得此萬難之婚約，滿謂將來雙宿雙飛，償我素志，詎期至於今日，幾至一回歡樂一回空耶？

余復檢查余妻所服之湯劑，則盡藥不對症，庸醫殺人，誠令人恨恨。余承先父訓，頗知醫理，自余到後，凡余妻所服之藥餌，均須先經余查驗，然後始許之下咽。不寧惟是，即一飲一食，亦莫非余親自檢點。爾時，余之勞瘁，真有未可言喻者。滿冀自今以往，病魔將可以却退，不期俟之數日，仍屬依然，呻吟之聲，通宵徹旦。余寢於其家之客室，每夕聞之，直如槍彈貫余心腹。余思長此不治，必非良策，然而治之之法維何？則又大費躊躇。伊處既屬鄉村，醫生藥餌均多不便，而且居室矮小，空氣閉塞，愈不適病人之體質。是則欲救病者，必非移置他處不可。然則將移置何處乎？各友人雖屬同心同德，而均有父兄，勢難以此垂危之人安置其家。若欲送往醫院，則路途長遠，余妻又不耐奔走之勞。再四思維，則非移之余家不可。余家既隸城市，醫藥又便，而且居室軒敞，最宜病人。余思既決，即商之余妻，余妻既欣然贊成。復告之余岳，余岳亦應聲允諾。於是余欲移余妻於余家之議遂決。議既決，即於六月三日攜余妻行，惡料此一行，即爲余此生集九州之鐵難鑄之大錯耶。

余與余妻既至，余家爲之大譁，幾至不能容納。雖經余百般勸解，猶不能得其歡心，加之同居之族人，日復唆余母兄以詆余。是時，余難堪之景況，真有未可以傳者。越數日，余即請余叔爲余妻診治。余叔固善醫，邑中頗有盛名，乃不幸亦於是時抱採薪之憂。余不禁爲之嗒然若失，復請余舅氏東公，幸得其俯悯下情，欣然允諾。余妻本係積鬱成疾，又因服苦寒之藥過多，以致遷延日甚。余舅既悉此情，乃盡易以辛散之劑，幸不兩禮拜後，余妻之病，即霍然而愈。是時，余真可謂欣喜莫名矣。

余妻既愈，即入廚操中饋諸務，且能孝事余母，以彼學堂嬌養出身，而能執婦禮若是，亦未始非不幸中之幸事，乃余家兄母仍未嘗以青眼視之。其中原故，真令余至今猶不能解得。加之彼岳家所欠四十元之款，幾無日不至余家索討。爾時余已囊空如洗，奚能應付？惟有坐以俟其挪揄，且每次來使，必一元或數元之應酬，始得甘心以去。倘能光明正大，任余自由擺佈，余猶不至焦灼如此，且猶兢兢恐余母兄得知，用以責余。於是余妻雖愈，而余之身心，蓋仍未嘗或安也。

光陰易逝，歲不我予，忽忽已至孟秋。其時余妻已告痊癒，余即擬赴漢視事，仍送余妻回其母家。緣余邑俗例，凡未婚妻先因他故至翁家者，後仍可以綵輿親迎。余妻之至余家也，原因調病之故，並未嘗舉行婚禮，今病既愈，本可循俗例而去。是時，余家獨反對斯議，以為此一番手續，不如從單簡為妙，即擬留余妻與余成婚後，再使余妻歸寧。余思經濟既屬困難，簡便自是良策，且岳家薄情，亦未必可倚為長城之靠，遂亦贊成斯議。於是於八月八日宣佈成婚，余邑本非開通之地，聞余與余妻結婚之奇者，莫不心驚而口道之。及至是日，舉凡親戚族友，幾無人不至，一時高朋滿座，極盡熱鬧。天上雙星，人間樂事，余與余妻亦不覺巨躍三百，互慶和諧矣。

婚事既成，余滿謂此蜜月中必有許多佳趣，雖前此所受困苦，亦且不足記憶，詎料天不佑人，此願又失。蓋成婚未兩日，而余妻又病矣。初病時，原係麻症，余誤認為一時風熱，傳在皮表，遂未囑其禁風，乃未兩日，所發紅瘢，俱盡收去，於是渾身發熱，且略畏寒。余復請余舅氏為之診視，舅氏亦認為風熱之症，即服以桂枝湯一劑。服後，身熱雖退，而少腹即隨之發痛，其初猶不甚厲，待三數日後，即不能安枕。於是中秋佳節，皓月當空。余惟踥蹀病榻之前，絕未嘗一領略良宵風味也。

後復請余舅氏至，余舅又誤認為肝木尅脾土，以致腹氣不能舒暢而發痛，為之開宣鬱湯一劑。服後，仍屬無效。余至此，真無可如何，乃復請余族伯至，渠亦以為係寒氣感入少腹，即開肉桂、吳萸諸藥服之。服後，非特不為之稍減，而且加厲。不獲已，又請余邑醫吳某至。渠又以為係徵結之症，復服以紅花、吳萸諸藥。服後，余妻則一痛幾絕，有此數醫之誤，遂令余妻頓趨於沈重之地位。嗚呼！閱者諸君，余之命薄緣慳，一何至如斯之極耶？加之余家外無應門之童，内無僕婢之畜，舉凡一藥一食一茶一水，無不係余親自料理，若稍有離身，余妻即偃卧病榻，更無他人一致存問，於是半月之中，余則日夕奔走，未嘗一時交睫。凄涼景況，直令余至今猶不忍一思及之矣。

越數日，余妻病狀更甚。日必數暈，頻握余手，而泣曰："薄命人荷君眷愛，莫罄深情，只是苦命難留，殘生就盡，不能復侍巾櫛，妾實負君，但望妾死後，勿以爲念。倘將來天憫君情，新妻勝舊婦，則妾雖在九泉之下，亦瞑目矣。嗚呼！閱者諸君，余聞余妻是言，當慘痛至於如何？姑無論余兩人係從患難中來，即一覿余妻病時之痛苦，亦足令我淚盡聲嘶。故自余妻病後，余則一把瘦骨，顴領不堪。語云："早知如此挂人心，悔不當初不相識。"爾時，余真惟有以此自悔自艾而已。

再俟數日，余妻稍愈，余即親往余叔家，以余妻之病狀一一面陳。爾時，余滿謂余妻決無生理，不過聊盡余之片心。幸余叔悯予情，允余診治，並謂余妻決係麻症，倘早服青萍湯，必不至此，遂爲之開大承氣湯一劑。服後，腹内始得行動，疼痛亦因之稍減，復服以生地、枯芩諸藥，蓋未數日，余妻之病狀，即去大半。爾時，余真欲五體投地，頂禮加額，以報余叔氏之援余也。

余妻病既稍愈，余將謂可以從事休息矣，乃余家庭之風波，又於是時繼起。緣余同居之族人，多非善類。自余與余妻議婚以來，無不多方阻撓，幸余持之堅忍，未如其願。此次抱病，彼輩於余母及兄前，百計慫恿。余母及兄，固不善余妻者，聞彼輩言，自如積薪厝火，決不能容。故一月以來，幾無日不加詆責於余妻。爾時，余妻以余之故，亦未敢稍有抗議。此次病愈，余母及兄復因余岳氏索款之故，又以嚴詞懲責余妻，幾至余家不許余妻立足。嗚呼！閱者諸君，此中情景其將令我何以爲情耶？余母生余養余，兄撫余教余，余何人斯？敢以余妻之故，觸余母及兄之怒，致余家庭之不安乎？不獲已，乃於九月念日，將余妻送往岳家。是時，余妻尚未痊癒。余岳覩其狀，幾不允收留，後經余百計哀懇，始得許予暫棲。安置既妥，余即於念八日買舟來漢。嗚呼！閱者諸君，余妻以久病餘生，余乃不能親身護持，且置之荒村野店中，日與牛鬼蛇神爲伍，余心何以能安耶？故余別余妻時，余兩人蓋極盡生平血淚而哭之矣。

余既來漢，將謂仍可至報館操余舊業，乃該館因余歸家過久，已另延他人。復擬至他友處，謀一皮硯之地，則交情分貴賤，世態復炎涼，又未有肯一援手者。日惟困居逆旅，飽受艱難。季子囊空，阮郎途盡，幾何其不作餓殍以死耶？加之屢接余妻來函，謂渠前病雖去，積思又將成疾。余聞是言，更不知愁煩至於何地。嗚呼！伯勞飛燕，各自西東；楚雨吳雲，空勞朝夢。彼畫眉窗下，錦帳幃中，余與余妻何竟無其間一份緣耶？嗟嗟！過去之苦況，既已如此，未來之苦況，又將何如？俞繡孫①女士云："嘆年華，我亦愁中老。"或爲余與余妻將來寫照也。

---

① 俞繡孫，晚清女作家，爲大學者俞樾之女。

生死情魔

懺情小說《生死情魔》提要

　　此爲兩男爭一女事，因妒成殺，生者忽死，死者忽生，離奇變換，不可方物。女因逃避之故，幾致墮落青樓，幸能自拔，歸身教會，勘破情魔，全貞以終。一生自述均自女口，敘述文笔錯落有致，一波未平一波又起，能令閱者應接不暇，時下小說家當望而卻步。

余癸丑春由潯來漢，輪次遇一女郎，年約二十許。緇衣素服，飄然若仙，顧眉目間若含有萬端愁緒者。余心焉異之，叩其姓氏，默然不言。問其奚往，則曰："將往都中就學。"余思就學固常事，然長途萬里，胡爲踽踽獨行？益疑。因曰："觀君狀，似大有抑鬱於中者。値此長宵岑寂，盍一語余？"渠聞言，仍長嘆不語，惟孜孜轉問余之籍貫、姓氏。余具告之。渠始悄然曰："然則君余鄰邑人也。既承殷殷垂詢，敢不一白下懷？惟舊事重提，不勝悵惘耳！"乃領余至船沿一一述之，直至天明始竟。余倉猝間紀之小冊中。抵漢後，藏於書笥，忽忽至今已兩載有餘矣。日來春雨連綿，陰霾悶人，偶翻舊笥，得此冊。因略加刪改，記之於後。雖然，美人何處，渺渺余懷。余筆至此，余猶不禁有無限傷感也。

女郎曰：余姓徐，小字鴻英，向籍安徽宿邑。余祖父曾官東魯，已早逝。余父亦邑諸生。因祖父略有遺產，遂無意進取。家園課子，林下觀耕，到也落得一身安靜。余生一歲，即能語。余父愛之篤。嘗抱余語余母曰："吾兒不幸女也。設其爲男，前途當勝乃父多矣。"故余十歲時，即命余讀，然又恐余一人孤寂，不甘楮墨，復召余姑母次子珍郎至。珍郎年長余一歲，亦甚聰明俊秀也。余姑早孀，余父憐其遇，視珍郎如己出。珍郎雖年稚，亦雅知禮節。故至余家後，勿論上下，咸歡愛之。

所異者，吾與珍郎初無若何之聯絡，一經伴讀，頓相親若手足。凡出入起居，無不與共。一日十二時，苟有一時勿見者，必覓得之而後快。當珍郎未至之先，余所相伴者乃東鄰胡氏子成兒，年亦與余相若，顧性情浮佻，終日跳躁如猿猴。苟有觸其怒者，必咆哮累日不休。以是余頗不善之，然以無侶故，常與之遊。自珍郎至後，遂略略與疏，而彼最樂余，良不因此稍疏其迹。晚窗課罷，彼勿論如何，必加入余與珍郎之間，不知者且謂余三人乃最良之小伴侶。余聞之，輒怏怏不樂，蓋以彼與余似不類也。

余家距城約三里餘，景地至佳，有兩小河環繞余家之旁，流聲汩汩，令人聞之生快。家後有花圃，廣約一畝，百花雜植其中。每至春二三月，熏風吹來，香氣撲鼻。圃中設假山一座，高逾兩丈，凡行圃外長堤者，咸能覷其高峰。圃西築精舍兩楹，即余等讀書之所。珍郎初至一年，余父以余等年尚幼，苟能長日在家，不如鄉村俗子，時與人搆是非者，於願斯足。至於讀書習字，猶附屬品也。因是余與珍郎落得簾前鬭草，檻外調鸚，日日徘徊於此世外桃源中，無所事事。然年終計之，余四子書已盡其半，珍郎亦如之，且均能記憶。余父見之，大喜，逢人輒曰："吾兒聰明！吾兒聰明！"噫！余果聰明耶？余當時亦莫知其然。每聞余父言，且私爲慚愧，固不料今日之境況，即當日之聰明有以誤也。

次年元宵既過，余與珍郎仍照例入校，然有一事，不甚適余意者。余父忽召成兒與余等同學，余拒之，不允。察其故，始知成兒祖父與余祖父曾同寅於東魯，其父又與余父最睦，故余父有此舉，且成兒與余家比鄰而居，往返亦甚便利。余既得此，知拒之無益，惟有任之。凡言笑行動，仍與珍郎偕，或跳舞於晚風駘蕩之前，或高歌於涼月初升之候，幢幢小影，固甚足自樂其樂焉。

成兒之愛余，本較珍郎爲甚，且相隨之時較久。一旦視余與珍郎親，彼自不無悵惘，常私語余曰："姊之與余，乃自三四歲而至如今者也。余之玩具，姊欲而贈之，余之菓餌，姊欲而與之，胡今日反棄余而親珍郎？豈珍郎尤有甚於余者耶？在余視之，似又未必，然則姊之厭余，究何故乎？"余知彼性急，不可以理喻，乃佯慰之曰："余之視爾，與珍郎固一而二，二而一，初無若何之界別，爾切勿因此介介於胸，謂余不信，請徵之來日。"蓋余爾時料彼必不能長共硯於余家，故以此詆之，而彼聞之，如膺寵詔，喜不自持，且期期語余曰："吾家行爲吾購西洋自動之車，若購歸時，吾當贈之姊，勿惜！"又曰："吾叔昨由城購歸一物，甚爲新奇。"言際，納手於袋，出一鐵製之小槍示余曰："即此也！"不圖一言未已，"砰拍"一聲，震余耳鼓。余大驚，欲逃，彼曰："此紙製之彈藥，無傷也。"余終畏懼，彼忽怒曰："此物不祥，致驚吾姊，吾當棄之！吾當棄之！"言已，立擲之河中。噫！彼之於余，可謂至矣。然余良不能因此稍動於中，自思亦幾不解。一日，余父因故他出，余入校忽不得珍郎與成兒，大詫，亟覓之。將至假山右側，乃見成兒按珍郎於地，且撻且詈曰："狗！爾將服余否？不然吾將死爾於拳下。"余乍見，大怒，力趨前，叱成兒曰："小鬼，奈何击吾珍哥？速釋速釋，否則吾往語吾父。"在勢，成兒必將遷怒於余。詎知不然，聞余言，頓扶珍郎起，且鞠躬謂余曰："姊勿見罪，罪實在彼。"余曰："異哉！爾撲彼至於地，胡罪猶在彼？"曰："撲彼者，固我也。然非彼狂言觸吾，吾安敢撲彼？"余曰："彼言如何？"曰："彼謂姊已竭全副愛心與彼，行將絕吾不理，並謂吾洶洶若野獸，無怪姊之厭吾，姊試思吾何能容此重辱？微姊言，吾真欲斃之。吾斃鄰犬，僅五分鐘，何況彼？"言際，猶揮其小拳，向空而舞。余恐其復演前劇，怒目止之，彼見狀，亦遽斂其容。夫珍郎者，忠厚人也。以成兒儗之，不啻雛鶯與稚虎，實不能相敵。此時余與成兒言，彼惟吶吶於旁，自揮其淚，絕無一語以辨正之。余覩而大憐，起懷中巾撲其塵曰："哥勿悲，吾已爲哥伸其憤，彼苟再如是者，吾必語吾父，撾其脛。"珍郎始止泣，偕余歸校。自是珍郎出入，余必伴之。蓋余覺成兒非余莫制。余亦不知余何以具此權力，足以令其如是，顧余與珍郎愈親，成兒愈憤，若防之偶疏，輒尋隙相鬭。余無奈，告之余父，余父乃重責之，然不轉瞬，仍頑梗如昔。

一夕，皓月當空，余偕珍郎踏月園中，將至太湖石畔。珍郎挽余坐石凳上，潸然謂余曰："吾近被成兒威逼，至爲難堪，瞑目凝思，總覺亟欲見吾嬤嬤，今乞姊爲我告之舅父，使我回家延師自讀，不知姊肯否效此微力？"余曰："哥歸耶？此何可？吾父謂當教哥至於成人，哥未之聞耶？況吾兩人情性相投，哥去，寧不令吾興掃？"珍郎泣曰："姊之於我，我知之深矣！然我弱不勝衣，何以當其暴戾？"言已，枕首余肩，若小鳥之依人。余大戚，慰之曰："哥勿爾！吾必告吾父，斥其出學。"珍郎終悒悒不快，凡觀劇出遊，均不欲往。余性本甚驕傲，勿論何人，必其俯以順余，始可滿意，若欲余曲以就人，則未之曾見，即余父母亦然。不知何故，對於珍郎此等性情，竟全體消滅。珍郎欲如何，余亦如何。珍郎不喜出遊，余亦惟有隨其散步河干，以求滿其意，甚至珍郎喜服何服，余亦服何服。珍郎苟不欲者，余即棄之。嗚呼！余兩人殆孽緣也耶？

在勢，成兒覩此見象，當然自退，孰知親余益密，一若余爲其應有之物。然有一事，令余至今猶念念不忘者。一日余病中思藕，倩人往市中購之，適徧覓不得，余不免焦躁。成兒聞之，一人逕趨城西藕池中，胼手胝足，挖得之以贈余。余得之大喜，然城西距余家，往返約十餘里，成兒年不過十一歲，竟不憚此奔走之勞，而求以填余欲，非誠心愛余，曷克至是？余雖厭其人，至此亦不能不感其意。是後，余苟有所需，成兒必爲余手致之，雖勞勿辭。日久，余乃利用之，以爲騙脫之計。苟余與珍郎欲有所爲，或偕余母赴親友之宴，余必先假故使其赴城，由余家赴城，在成人行之，往還約須一句鐘，若彼則非兩句鐘不可，且彼沿途嬉戲，每每余等事畢而彼猶未歸，余與珍郎嘗竊笑其憨，彼固夢夢然，一不之知也。

韶光荏苒，忽忽又過去一年，正月間余姑母忽至，余恐其將攜珍郎以歸，心大弗悅，乃覓珍郎私語之曰："今日姑母至，必爲迎哥歸者，哥無論如何，勿棄吾而去。蓋吾兩人相習已久，苟哥去，吾必索然寡歡，且成兒溷吾，至不耐也。"珍郎諾之。幸姑母逗留旬餘，即一人歸去，絕未一提及攜珍郎同回之議。余大慰，自笑前日之鰓鰓過慮，然余之所喜，正珍郎之所悲。時謂余曰："吾母此次歸家，心至慘痛，姊亦知之否乎？吾往日在家時，風雨之夕，恒藉吾以事排遣，自吾至此後，乃少一層歡樂，增一層煩惱。前夕謂吾曰：'吾兒年纔十二，設在他人，方依依母懷，勿離左右。吾兒乃隻身寄此，吾每一思及，輒心痛如割。'言際，淚如雨下。姊思吾非愚鈍如村兒，聞吾母此等語，能不惻然興悲？微姊故，吾真欲隨吾母以去。"珍郎言至此，眼波一紅，亦嗚唔而泣。余見狀，心大不忍，深悔不應因個人之感情，離散人家之骨肉，乃以巾拭其淚曰："此吾之過。哥甚勿耿耿，苟有機緣，吾當請之吾父，使哥還家。"珍郎聞語，略慰。余於此始知珍郎不僅聰明，且至孝也，益敬愛之。

不意又因此重招成兒之忌。一日，余等方進午膳，忽失珍郎蹤迹，徧覓不得，方遑惑間，珍郎自外哭歸，額間血迹殷然，余等大驚，問其故，曰："成兒誆我至河東，以石砸我，並謂我若再與鴻姊相隨，彼且投我於河。嗚呼！舅媽，我欲歸，我不敢再覿其人。"言時，猶以手捫面，作畏懼狀。余母原甚愛珍郎，聞此，頗怒，立攜往白之成兒之母，並向日種種不規則之行爲，亦傾囊倒篋而告之。其母當召成兒歸，重撻之，且殷殷向余母謝過，余等見狀，甚快。然思成兒既受此創，其仇珍郎必益深，若再同校，危險必更甚於前，遂乘間以此意語之，余父亦甚以爲然。於是入校時，成兒乃不至，後偵之，知其已寄讀於姨家，月僅一歸。余大喜過望，然是年余父對於余等功課較勤於昔，每日除下午休息片刻外，輒不敢離案，而余等亦絶不以爲苦，且學業進境更增速度焉。

　　成兒雖遠引，對余仍未能忘情。每月歸時，必一臨余家視余，且必多挾贈品以與余。余苟略致感謝，彼即奉若無上之榮幸。如此年齡，如此性情，誠爲異事，脱無珍郎之伴余，余惡彼之心，實難保不爲其懇摯之誠所感化，而轉爲愛彼。尤有一層，彼自去其姨家後，雄偉之姿忽一變爲憔悴之色，余叩其故，輒愀然曰："吾自別姊後，終日鬱鬱無歡，故忽忽至於此。"又曰："吾嘗思苟得時與姊見，雖廢讀亦吾所甘，吾行當請於吾父，使吾歸家。嗚呼！姊亦有以憐吾心乎？"噫！余苟知後日事局至此，吾當時真悔不拒珍郎而就成兒也。

　　珍郎自成兒去後，興致略高，愛余益篤，花陰捉蝶，月下談心，亭亭小影，固無人不道玉人一雙也。顧是年珍郎已十四，余亦十三，寸心之愛情，良不似前日之渾渾噩噩，漫無感覺。一日，風和日麗，余兩人方戲於花圃，剛至樹下，珍郎忽謂余曰："今年櫻桃多如串珠，我甚欲食，姊能爲我致否？"余於珍郎固向言聽計從者，亟曰："是奚不可？"乃以小石滿堆樹下，余則緣樹而上，珍郎立地下扶之，詎石殊弗固，方攀援間，忽崩。余先跌，珍郎繼之，且橫壓余身。余大笑，珍郎見狀，非惟不速起，且以手插余項下。余性極畏癢，經此，笑益劇，乃哀之曰："哥速釋吾……吾不耐矣！"珍郎曰："釋固易事，然姊當償我以櫻桃。"余曰："俟吾起時，摘之與哥，不其可耶？"珍郎曰："吾不欲樹上之櫻桃。"言時，伸兩臂托余頭，以口吻余曰："吾欲姊之櫻桃也。"此爲珍郎與余第一次之接吻。余雖幼，亦不無羞赧，兩頰緋紅，力推珍郎起曰：

"此何事？脱爲人見，不羞煞人耶？"珍郎撫掌大笑。是後，珍郎遇余，輒欲吻之，余雅不忍拂其意，恒允之。自是余二人又增一層親密矣。

然長日處闈中，亦甚鬱悶，於是珍郎又發啓一事，余家原近河濱，當春二三月，洪水汎瀾，時河鱼極多，珍郎乃與余謀，購竹竿一枝，每日課罷，時則垂釣河干，清風徐來，水波不興，愉快殆無其匹。珍郎又與余約，凡得鱼少者，須受多者批掌之罰。余原不及珍郎，每釣輒空籃而歸，珍郎欲履行批掌之約，余不允，亟遁。珍郎追之，將及後圃，余大笑，不能行，乃爲珍郎所捉，握余掌吻之曰："余欲食西子臂耳！安忍批哉？"

言未已，忽一殘磚飛來，中珍郎肩，珍郎負痛仆地，余大驚，四顧，忽見成兒遙立堤下。余呼曰："成哥速來，珍郎創矣！"成兒聞言，屹然不動，余更以手招之，始施施行來，佯視珍郎曰："誰擊之者？"余曰："吾亦不知，爾盍扶之起。"此時珍郎大哭，肩際血迹淋漓，狀至可畏。成兒拽之起，蹣跚而歸。余父見之，甚怒，責余不當迤逗珍郎出外，致遭此禍。余私心亦大追悔，然此不可思之殘磚，胡爲乎來？是大費人索解。且當時曠野無人，誰其擲此？愈思愈惑。及後探之，始知禍首非他，即成兒是。蓋是日成兒歸自姨家，方擬往余家視余，適見珍郎逐余於後圃，遂停步而觀，及見珍郎起余臂吻之之時，嫉妬頓生，亟拾殘磚遙擊之，不意一擊竟中。噫！成兒亦忍矣哉！

珍郎調治一星期後，創迹略平，余父鑒於前事，絕對不許余等越雷池一步。夏日初長，深闈寂寞，乃至弗耐。余父見余等悒然不樂，又爲余購風琴一座，余有族姊某，曾讀書教會，甚精於此。余父乃延以教余，習練約一星期，盡得其奧。凡長歌短調，咸能譜之，珍郎更引吭和於側，悠然宴然，幾有世外之想。余等既得此，亦恒不外出，每當斜陽一角，暮色蒼茫，時余輒置琴西窗，手譜一二調以却晚涼，兩岸垂楊中，蟬聲輒與余琴相酬答，鄉人初弗識此，每聞聲而聚聽者數十輩，或猶切切私語曰："徐家姑子，真個仙人，不然安得獨享斯樂？"嗚呼！余爾時樂誠樂矣。然今日何如？相隔幾許時，竟相異若此。彼蒼者天，曷其有極！

余與珍郎領略此等快樂光陰，恰僅一年，蓋始則幼小時代，莫知其樂，繼則被溷於成兒，不能尋其樂。僅此十二個月內，熒熒相守，略無障碍，過此以往，又入愁煩之境矣。先是成兒不耐與余遠隔，屢請其父欲歸，其父不許，彼無奈，輒假故毀其師，復故詆其姨氏，若輩不幸中其計，乃不待其求去，而送之歸，此頭年冬月間事也。余聞其歸，每一思及擊珍郎之事，輒不寒而慄，雖彼日謀所以親余，而余避之若蛇蝎，然彼雖如是，而情性猶有可取者。第一，聰敏過人，凡字過目即能記憶，雖日見其未嘗伏案，而所讀書恒較余等為多。其次則任事慷慨，出言鯁直，良不若鄉村頑童，鬼鬼祟祟，因是之故，余父始終不加以白眼，是年復使與余同校。余聞之，大快，珍郎亦悒悒不樂，乃不如意事層疊而至。二月間，珍郎忽考入城中高等小學。在理，此為珍郎進身學界之阶，余允宜為珍郎三致祝賀，抑何忿恨之有。奈珍郎與余相處三年，形影相弔，昕夕勿離，一旦倏然撒手，私情遂不覺戰勝於公義，私語珍郎曰："哥前曾謂生生世世與余同處，今胡為撒余而獨去？哥亦知哥去，吾乃極無賴聊乎？況彼獠日狺狺於側，令吾如處幽獄。哥乎，其必許吾勿去。"珍郎曰："此乃老母與舅父之屬望心，非吾之所願也。雖然，吾兩人年已侵長矣，不似昔日之孩童，無所忌避，縱相處，亦且不久，何若早日分離之為愈耶？"余聞言，大哭。珍郎復慰曰："姊勿悲，吾暫去，苟不合，再歸可耳！"余曰："哥誑我也。既去，安能復歸？"珍郎仍勿聽，一擔琴書，竟赴彼巍然學堂去。

聞者至此，得毋疑珍郎薄情而不復眷眷於余乎？實則珍郎此去，乃具有兩種原因，迫於其母暨余父之命特其一，其次則困於成兒橫暴，而亟欲從而脫離。噫！何物成兒，乃令我失此良侶？余至今思之，猶深恨不已。自是余與珍郎每禮拜僅把晤一次，其餘六日則與成兒厮混，大好春光盡向愁病中送去，誠余所深致惋惜者也。

是時，余成人已一年，情竇已開，對於珍郎之感想，較前又略有增長。質言之，此乃第三次之進步。所謂極真確、極圓滿之情愫，亦於以誕生。嘗思余與珍郎既造今日之因，當結若何之果。脫長此參商兩地，不復再行聚首，前日之惺惺惜惜，豈非如過眼煙花，風馳電掣而盡去？非然者，余於此當有以謀永久廝守之計，而永久廝守之計，除結婚外，又末由。顧余父母對於余之婚姻問題，似尚未意及之，且珍郎之當余親之意與否，尚不可知，然則欲結此一段絲羅，乃爲大難，再更進一層，想珍郎此日雖與余憐惜備至，其動於兒童之感情乎？抑或與余同此心理，必求終身相倚乎？余猶在惝恍迷離之中。設其年齒增高，見異思移，余今日之念念，得非水中撈月，終成空事耶？凡此種種觀念，日經過余之寸心者，必數十次，殆欲親訴之珍郎，以探其意向，又覺羞於啓齒，因是夢魂顛倒，神思昏懵，紅桃綠柳，見之心傷，燕語鶯歌，聞之腸斷。世無奈何天，余當日之境況，眞奈何天也。

　　成兒自珍郎入校後，中心愉樂，殆不可言狀，對余更不惜竭其全副精神，爭妍貢媚。苟余父而欲責余也，彼幾欲起而代之；苟余兩人因事搆難爲余父所察覺也，明明曲在我，彼必奪而負之，彼雖重受余父之鞭撻，勿辭也。不寧惟是，彼交人處世，無不剛愎自用，而於余獨柔軟如綿，幾承奉之若不暇，稚虎蜷伏於雛鶯之下，誠爲異事。然雖如是，余對之，絕無若何感激之忱，且反因之生厭，嘗思若成兒而爲珍郎，余之眷愛眞不知至於何地。所奇者，余長日具此嚴冷態度，彼從不以爲怪，且從不因此遂灰其心。愛情之魔力，誠大矣哉！雖然，苟長此空空洞洞，余亦何惜虛與委蛇，詎彼之野心，正勃勃未艾。一日，私謂余曰："吾之於姊，至今日可謂蔑以加矣。但吾胡爲至是？非圖瞬息之愛戀，實爲長久計也。吾之因此貯心積慮，欲白之於姊，爲時甚久，特恐一朝脫口，致姊怒發，故遲遲而不敢直陳，今吾兩人年皆長矣，吾不復能再忍矣，敢請姊肯俯允吾以婚約相懇否乎？"言已，目光直射余。有間，復續曰："吾亦知吾形穢，不足以偶姊，惟懇姊一鑒吾誠而憐吾苦也。"嗚呼！余爾時方以余與珍郎姻婚問題縈之夢寐，不圖來此意外之要求，余將何以爲此答覆乎？私念其允之耶？余與珍郎已成膠之附漆，自不能棄彼就此。其拒之耶？彼必不就此遂自餒其志，或且因之進行更急，是則欲緩反速，亦且無益。夫拒諾旣咸失其當，然則如何而後可乎？思之，思之，余腦筋幾眩，余之心思大亂，刹那間幾欲暈去。

既而神經一瞥，寸心頓明，乃得一最善之策，語成兒曰："君言吾已知之，且深用感激。然吾年尚幼，正求學時代，婚姻問題似嫌太早，且吾父母愛吾如命，亦決不匆匆遂爲吾許字。吾今懇君忍俟數年，再提斯議，君其允吾乎？"成兒攢眉曰："然則數年後，吾提此議時，姊必許吾乎？"余曰："是殆不能預決。"蓋余爾時乃一緩兵之計，以爲再過數載，余與珍郎之婚約，必早成立，彼雖強悍，亦當不能破壞已成之約，而要今日之信，故云云如是。彼聞之，心大弗悅，抑鬱之懷，恒形之顏色。

然良不因是遂生怨讟，且備極親密，見余暱於琴，彼亦從而習之；見余嗜於釣，彼亦從而效之。質言之，凡余所愛者，彼無不勉強而愛之。余行彼亦行，余止彼亦止，形影相依，余至弗耐，然亦無可如何。迨下年寒假，珍郎歸家，余阨運始脫。是時，珍郎丰姿益俊秀可愛，玉骨冰姿，余幾欲退謝不及。顧余父母以余兩人皆已成人，內外之防，頗爲注意，良不似前日之出入自由，余於此又增一層憂慮，私忖雙親既如是防閑，其無心於余兩人婚姻問題，必可概見。前日之慮，或將成爲讖語。因是之故，居恒無樂，一寸芳心，殆成片片，而彼族戚諸人，見余與珍郎之依依相與，猶時嘲之曰："爾兩人殆天成玉人一對也。來日花開並蒂，枝結連理，吾等可拭目以待。"余聞之，且羞且痛。嗟夫！族戚諸人能爲此言，乃不能代成此事，殆亦如海外三山，可望而不可即而已。

翌年正月，老人輩咸斤斤於祝賀諸務，余遂略得閑暇，與珍郎討議姻事。珍郎曰："兹事吾早已思及，但吾貧寠人子也。承舅父不棄，培植教養，得有今日，感恩圖報，猶恐力有未逮，若再生非分之想，必遭不量之譏，故耿耿於中，而不敢擅自啓齒。一載以來，廢寢忘餐者此耳。雖然，吾等既自總角至今，結此不可解脫之情愫，安能中途而離異，爲今之計，惟有懇姊以此意私達舅母，若舅母略有允意，吾即倩冰人登門陳說，美滿姻緣，或一呵而成。"余聞言，私忖珍郎此語實極良之策，然以閨中少女，而向阿母要求姻事，似爲極困難之問題，因答珍郎曰："哥言誠是，惟羞人答答，吾如何而向吾母陳說耶？"珍郎思索良久，曰：

"然則俟之來年可耳。吾三年後，必可異業，脱爾時能争勝人前，或者人定勝天。舅父憐才而下配，亦未可知。"余曰："此固吾私心所切禱而深盼者，雖然，白衣蒼狗，變遷靡常，此三載中，又不知有幾許風波。吾思之，吾又不禁鰓鰓以慮者也。"珍郎曰："在生不能作比翼鳥，地下亦當做死鴛鴦。吾今語姊，吾心已定，吾志已堅，縱或中道事變，吾當以死繼之，殉情而死，其樂靡甚。吾決不用其恐懼，姊亦勿庸預爲憂慮。"余聞言甚慰，語珍郎曰："以蒲柳之恣，累哥如是，誠吾所深爲難安者，而今而後，吾亦當以哥之志而自處，果天憫余儕，自能轉禍爲福，否則惟哥命是聽。"珍郎大喜。

余兩人心跡既經此一度表明，後遂如晶體之物，一燭而盡知。凡余前日所致疑於珍郎之處，亦自消滅無存。夕陽芳草，徜徉河干，心身乃至適快。然成兒之喋喋於旁，不免大阻我興，因私以余年已長，不合與成兒同校，請於余父，余父亦以爲然，於是是年成兒乃歸，而延師自讀，圃中書舍遂僅余一人。余更增植富貴芍藥、玫瑰諸名卉，紅紫絢爛，洵足佐人興況，余父嘗顧余笑曰："荒圃得此主人，增光彩多矣！來日花國召集臣使，爾當可列得一席。"余聞之，忍俊不禁。嗟夫！當日情境，固猶歷歷在目，而今日大好花圃中，遂不能再留余之香蹤鬢影矣。

於時余父復命余習詩，凡唐人名著，咸熟讀之。一二月後，即能捉筆小試，綠窗低哦，紅燈評韻，固饒有天外之樂，然一下筆，語多蒼涼。余父嘗切戒之，謂余方值此華年，不當作此不祥之語。因復檢古人香奩詩使余讀之，冀余思想趨於紛華珣麗，然日久仍悽婉如昔，猶憶春日寄珍郎有云："春風細雨撲簾籠，簾內殘燈淡不紅。夜静那堪回顧影，雲鬟斜墮鬢飛蓬。"際彼春日融融，春光靄靄，余又日生存於膏粱綿繡之鄉，所作允宜極其華麗，奈何鬱鬱若有重憂者。豈即余今日阨運之先兆耶？余父見余戎之弗悛，乃易其方針，日惟督令余作旖旎之長歌，按琴譜譜之，隨譜隨唱，聲悠悠出户外，數日後胸懷略覺暢慰，所歌亦至悦聞聽，豈一切煩惱皆隨彼琴聲而飛揚空氣中乎？不然，胡出之詩而如彼，出之歌而如此耶？自是余惟致力於歌，彼悽惋之詩，恒鮮露於筆端。

脱從茲任余逍遥於此廣圃中，日與琴歌相周旋，余之性情或可趨於歡悅，余之命運或可趨於佳境，詎憂患之於余，若影之於身，不能晷刻離析。方余值此稍可伸眉之時，大殺風景之婚姻問題，又逼人而至。先是成兒與余分學後，把晤之時略稀，彼深恐余積疏闊而生冷淡，乃時時以姻事相要。余意其不過藉此以圖親密，故仍以時機未至謝絶之。孰料彼迫不及待，竟運其靈敏之手腕，向余家請求。余聞之大駭且懼，私念余家對於珍郎，既無論婚之意，成父又與余父結莫逆之交，此等機會，乃至危險。遂日暗探余家對此事之意向，以爲進退之準備。幸余母不甚喜成兒之性格，從中生阻，余始稍稍寬慰。然余父甚取成兒之聰明，頗有樂於進行之意，若不設法阻止，茲事終有不可思議之一日，乃於是星期日珍郎歸家時，私以前後情節盡告之。珍郎曰："是無傷，兒女大事，決無一說即就之理，況有舅母橫梗於中，姊毋慮也。"余曰："權在吾父，母有何力？吾意哥當乘此時懇求吾父，以分其勢。"珍郎曰："吾之苦衷，前不已云乎？吾所處地位，實難於啓齒。然事苟危急，吾亦不能默退。今後姊務宜時加探察，脱有意外者，吾當攘臂而起。"余曰："如是，吾心慰矣！"自是余日提心加意於此事，琴歌之樂，又非復我有矣。

居無何，暑假已屆，珍郎仍循例歸余家。余父乃使之居圃中書舍，余則回居卧室。每日除進膳外，相覿時甚少，緣余父防閑甚嚴故也。當時余滿腔心事，急欲與珍郎商榷，乃又困於此境，中懷抑鬱，真莫可名言，而成兒不察，反嫉之益甚，暗中又倩人以姻事促余父。余此次雖不若上次之張皇，然恐惶之心，仍所難免。一夕，天氣微熱，余乃藉納涼，私約珍郎往後圃堤畔計議阻禦之策。時方五月下旬，密雲蔽空，天黑如漆，余與珍郎既至其地，迷離中惟見緑陰欲滴，蛙聲隆然，私念以少男幼女行茲幽暗之地，設爲人見，成何體統？且瓜李之嫌，余何以自白？思念及此，頓覺惴惴然無以自安。堤畔原有石基一，作三角式，長崎河中，爲鄉人所建以禦水者，珍郎攜余立其上曰："姊今日命余至此，必有見教。然余與姊未親吻者久矣，今請先與余吻，然後再計議他事，可乎？"言已，引手托余頤。余當時百念俱集，懊惱萬分，頗不然其所爲，急促間，以臂拒之。詎手甫舉，咕咚一聲，珍郎竟仰翻落水，時河水正大，深逾丈餘，珍郎值此髫年安能勝此？無幸必矣！因之大驚且懼，殆欲呼人援救，又恐人究余於黑夜中胡爲攜珍郎來此，迨欲自爲援救，又恐力有不逮，數秒鐘間，腦筋紛亂，幾欲暈倒，繼思河流急湍，珍郎已不知隨波逐流至於何所。縱欲救亦且不及，乃移步欲歸，而四肢麻木，幾不能舉步，且又覺身後黑影幢幢，若珍郎厲鬼已隨余行者。噫！余爾時情景，真有非筆墨所可形容，脫有第二人見之者，必疑余爲風人。

及歸室，伏枕大哭，思珍郎與余數載以來，相隨相習愛情之深，世無其匹，不圖鴛盟未遂，鶯侶竟摧，且禍首罪魁又在於余。嗟夫！余何人斯，負此重戾，天苟有知，能不擊余成齏粉耶？又思姑母早孀，僅存此一子，今既死，不獨喪余伉儷之福，且絕姑母血統之系，脫姑母痛極自斃，余豈非以一手而斃二人耶？即不然，彼澈底根究，知罪在余，必不余宥，法律所在，殺人者死，余爾時乃不免翹首肆諸市朝，即余與珍郎之歷史，亦必不免傳播人口，身敗名裂，遺家庭幃薄之羞，致終身莫白之恨，地下有知，寧可瞑目？思念及此，恐懼交併，一若此等巨禍，已在目前，繼又念天下斷無引首就戮之罪人，余胡不就此遠逃，以避此鋒？況余尚具有學力，欲於異鄉覓一噉飯之所，似非難事，迨三五年後風波已過，余再行歸家，爲珍郎守終身不嫁之義，爲父母掩養女不教之譏，一舉而兩利備，即珍郎在天之靈，亦可以原余之心，而鑒余之苦，數載恩情留之來世，百年好事期於他生。豈非收束此殘生之善策歟？余當時腦筋昏迷，不知利害，甚以爲欲避巨禍，非此莫由，於是收拾細軟，檢點資斧，約得百餘元，自計以此達省，尚有餘裕，縱不足，猶有千餘元之金飾，獨立生活當無虞缺乏。諸務既畢，乃略櫛余髮，以塞人之疑。雖然，余是時亦愚矣！姑勿問珍郎死與未死，就令果死，而當彼黑夜之時，誰其見之，既無人見，余儘可逍遙法外，何懼事發？庸人自擾，余究不免缺乏常識矣。

方余將行時，又有一念，思余父母愛余如命，襁抱攜提，撫育教養，至於今日，乃忽決然舍之遠去，余父母知之，必有至難堪之境況。快樂之家庭，會當變爲懊惱之情景。余縱死，豈足贖此辜乎？然不去，禍且立發，徘徊顧念，芳心如擣，方躊躇間，村雞四鳴，天將拂曉。余大窘，思再猶夷，事機必敗，乃毅然決然就案前草此一書，留別雙親曰：

嗚呼！兒去矣。雙親撫兒教兒至於成人，兒不孝，不能稍報罔極之恩，且遺終身之戚，捫心自問，兒實萬死。雖然，兒亦有萬不得已之苦衷在焉。兒賦性聰明，情竇早開，與珍郎既結總角之交，又益同窗之誼。春花秋月，自不能無動於情，情既深，愛必篤。數載以來，幾不啻相依如命，嘗思若得盟訂鴛譜，花開並蒂，畫眉窗下，其樂必有逾於恒，而雙親之意，從未嘗略有表示，令兒與渠徒抱鏡裏情郎、畫中愛寵之感痛。果長此因循，或猶有機可圖，詎鄰兒不察，竟時以婚約相要，兒初可拒之，繼則彼且直達於雙親，兒聞之，大懼！思雙親若果允諾，兒與渠之希望勢將隨之斬斷，乃於今夕約渠於後堤，以籌阻止之策，詎策未籌，而渠竟死，且死之者非他，即兒。嗚呼！殺人者死，國有常刑，若稍追求，罪人斯得。兒思與其來日質諸公堂，以遺雙親之羞，毋寧乘此遠颺，以作避地之計。此兒所以毅然決然踰垣而遁者也。至兒所至何地，兒此時自亦不知，即知之，亦不能爲雙親告。苟有以兒爲問者，可以求學於異地對之，迨風波過去，三五年後，兒或飄然歸來，以圖團聚。嗚呼！去家日遠，伏維珍重。兒鴻英留言。

書畢，展讀一過，置之案頭，手挈小提包，越窗至後圃，見花影幢幢，香氣撲鼻，私念此去不知何時能再與此有情花木，一親顏色，又念此圃之得有今日，皆余培植灌漑之功。余既去，來日不知當荒廢至於何地。思念及此，幾戀戀不忍遽去，既又至學舍，凡余所鍾愛之畫畫、風琴，皆一一撫視一遍，維時已四句鐘，余知時機已迫，乃逾後圃短垣，就坦途行。彳亍徘徊，狀同喪家之犬，而回顧夫親愛家庭，大好園林，皆須舍之遠去，九曲迴腸，幾寸寸欲斷。行約兩句鐘，天已大明，詢之路人，始知纔行十里。余大驚，思余疲乏至此，胡猶止行如許，倘家人追及，何堪設想？遂籌易陸就水之計，就河次雇一舟，佯言探親者。舟子利用金錢，亦不之究，欸乃一聲，舟即解纜。清風徐來，水波不興，朝曦一圓，映水面作金黃色，覘之頗令人生快。然轉思舟子，乃一未謀面之人，當此中流，迷漫無際，設其欲以意外事相加，余何以當之，不禁心如鹿撞，忽大不安。余本甚疲憊，乃挣扎起坐，如臨大敵，繼視舟子亦甚老誠，且年逾不惑，當不似青年儇薄子，不知長進，因之心略定。倚牆四望，頗廓襟懷，然飢甚，命舟子停泊炊膳。膳畢，復行。此時烈日當空，氣極炎熱，私忖家中簾幕低垂，芭蕉覆陰，何等舒暢，無故自造惡孽，受此重罪。思之，復惘恨無倫。乃取篋中詩稿讀之，久之益倦。又取當日所作歌，扣弦歌之。舟子笑曰："姑娘殆亦學士耶？"余恐露出破綻。應之曰："否！隨口亂道耳。"遂擱卷假寐。

忽覺舟子轉舵返行，余大詫，念舟子得毋知余情而賣余耶？力促其仍循道前進，彼竟不顧，且泊近岸焉。維時天已垂暮，岸上行人如織，覘余舟至，皆環堵而觀，一若歡迎重要奇人者。余知事已不妙，深恨舟子之不德，方欲起身他遁，已絲毫不能動彈，但見面目獰惡之衙役，躍登余舟，手執鐵索圍余項曰："罪人在此！"余此時心膽俱碎，顫慄不能一語，衙役復叱曰："殺人犯速起，速行！"余大哭，任其率之登岸，沿途人山人海，視綫咸集余身，有謂此手殺情人之犯婦，有謂此背家潛逃之罪人，有加以憐惜者，有加以唾罵者。余聞之，如萬箭穿胸，低首不敢仰視，行約時許，聞衙役呼曰："至矣！至矣！"余睨視之，亭閣巍然，知爲縣署，將至中堂，見堂上陳巨案。一中旬人坐其上，狀似縣官，呼余曰："進！"余懼極，足不能舉，衙役拽余跪其前。官曰："汝推汝表兄入水，致殘生命，汝知罪否？"余曰："否！吾未……"官曰："汝勿強辯，汝欲與比鄰成兒私訂鴛盟，因汝表兄從中生阻，遂殺之，以遂汝願，然乎？否乎？"噫！此事從何説起，余方因珍郎故，避成兒如蛇蝎，今反云云如此，天下事何冤枉至此？乃應之曰："吾與成兒，積不相容，胡來此事？"官曰："然則奚爲殺人？"余曰："吾實手誤，非故殺之也。"官聳肩笑曰："異哉！人亦可以誤殺。吾今語汝，鐵證在此，吾當律汝爲絞罪。"言際，指余後曰："汝自觀之。"余方回首，見珍郎渾身淋漓，面色灰敗，兩目怒睜，口大張如盞，余霎見，心痛如割，撫屍大哭，忽聞耳際呼曰："姑娘，夢魘乎？速醒！速醒！"余啓目視之，則見舟行如箭，水聲泊泊，乃一場噩夢也。

　　定神思之，大戚，私念此夢若果成爲實事也。彼等情景，寧爲生人所能堪？且余祖若父皆以書香傳家，余脫牽連至於公堂，余家門楣將玷辱殆盡，因之心如刃割，痛不忍言。將夕時，抵一鎮，舟子遂爲余挈行李，投逆旅，主人爲一中年嫠婦，人甚和藹，欵余甚殷。晚飱後，挽余至其卧室茗談，並頻頻詢余之家世、蹤跡。余俱僞應之。彼笑曰："吾觀姑娘狀似大家出身，所言得毋僞乎？"余甚驚曰："否！吾豈誑姥。"彼曰："姑娘勿爾！以吾思之，姑娘殆有一極傷心之事，橫梗於中，余不敏，向抱拯急扶危之懷，姑娘若誠向余言之，或能爲助一臂之力。"言時，義氣誠意，溢於顏色。余見其似非惡意，且此一腔冤憤，無從宣洩，遂略吐其實。彼聞畢，扼腕太息曰："吾固知姑娘之必有是也。吾亦此中過來人，深知此等痛苦，然値此人心不古、道德衰落之世，姑娘獨行踽踽，得不畏危險也耶？"繼復曰："吾有寡娣，人極誠懇，若承不棄，吾當使之伴抵省垣，姑娘其以爲當乎否？"余此時正苦孤寂，聞此甚喜，亟應之曰："甚佳！"於是彼更爲余述行程上種種困難，既竟留余宿其卧室，蓋彼未嘗以爲余旅客也。余是時倦極，即展薦假寐，詎甫交睫，日間夢中所見珍郎死後之形狀，時現於眼簾，並張其口作詈余狀。余初猶以爲腦中幻像，及後漸至立余榻前，冷氣逼人，令余毛骨爲悚。懼極，起坐，則又見其貼身壁上，或哭或笑，狀至可怖。尤奇者，初猶僅一影，繼則或十數或數十，皆現之壁上，余大懼，欲俯其首不視，又覺群至榻前，無奈，乃私祝曰："珍哥，吾之死哥，實無容心，且吾自此以後，愛哥之心，仍如生日，所以不即從哥於地下者，實以雙親在堂，愛吾如命，若吾而坐待禍發，肆諸市朝，雙親痛辱之餘，必喪其樂生之心，是吾以兒女之私情，致家庭之喪敗，稍具良心者，當不出此。故吾百計思維，惟有一走，既可以保全白髮雙親，又可以爲哥守終身不嫁之義，苦心孤詣，當爲哥所原鑒。奈何幻此獰惡之形，令吾心膽俱碎。質之哥平時愛吾之心，又未必果忍也。吾今語哥，若果精誠不散，當顯出生平英俊之姿，伴吾於天涯海角，吾必心香頂禮，日祝哥早登仙域。否則，鬼門關前，候余攜手，吾生生世世決不負哥。"祝已，再視壁上，幻影如前，惟獰惡之形，咸變爲歡悦之狀。余大哭，逆旅主婦於睡夢中驚覺，意余思家也。力加勸慰，是夕余又未嘗交睫矣。次日，余欲行，主婦挽留甚殷，並謂彼不忍見余長途獨行，誓必有以護之。午間領一中年婦至，即彼昨夕所謂女娣而伴余赴省者，姓陳氏，人亦甚誠實。余以爲必可恃，遂允其請，並深致感謝。居兩日，乃前行，沿途酷暑逼人，至爲不耐，深幸陳姥調護備至，使余百無聊賴中略得一快。嘗念居今之世，而得此等善人，余福命真不淺。然有一事令余深致疑惑者，每投一逆旅，陳姥必與三數男子聚而密談，余叩其故，則謂其往日嘗出入此道，識人甚多，途次相逢，故不覺其絮聒耳。余終不甚信，然轉念逆旅主婦仁心一片，未必薦匪人以害余，且余非富宦巨賈，有何可圖？因之心略定，任其所爲。

　　行兩日，抵一處紅樓高聳，居室櫛比，行人如織，百工廬集，狀似一極繁盛之區。余足未出户庭，亦不知此地何名，仍隨陳姥投入逆旅。膳畢，彼謂有親串在此，須往一晤，乃請假出，余一人獨留室中，靜憶往事，甚焦灼無歡，細詢逆旅主人，始知是處即大通。余往日家居時，曾數聞余父道及是處繁華，爲之欣羡者甚久，不圖今日竟身經此地，足徵人生境遇，有未可以逆料者。居一日，余促陳姥前行，彼謂須俟輪舟，至午間復出，歸時面呈喜色，謂余曰："此間湫隘，不堪容膝，頃與余戚商，請姑娘暫往渠家，消停數日，待輪舟至，再往省垣。不卜姑娘肯否屈從？"余曰："吾方在患難中，安能顯露頭角，作座上賓？"彼曰："吾已爲姑娘先容，不足慮也。"余乃許之。彼甚喜，爲余整理行囊，並呼一肩輿至，使余先行。余思人地先疎，奚能獨往？欲挽之隨行，彼大不悦，曰："吾兩人俱去，此地行囊不懼爲人劫去耶？"余曰："交之主人，當無礙。否則余先挈余提包行。"彼躊躇良久，又易言曰："吾試與主人言之。"遂入。少頃，出曰："主人已諾爲余等照顧。"於是復呼一肩輿至，余兩人乘之行，約半小時，彼呼曰："至矣！"兩輿立停。彼曰："吾先入，行來迎爾。"余頷之。俄彼復出，扶余出輿曰："請姑娘入。"歷重門至廣廳，陳設華麗，狀似巨族，余頗詫，私忖彼不過一窮鰲，胡有此富戚？方欲詰問，彼已率一中年婦人謂余曰："此鄭家姥姥，德人也。"余禮之，繼復率雛姬數輩入。然服飾妖豔，又似非大家子女，益疑。然轉念彼當不至害余也。坐移時，彼仍回逆旅，为余取行裝至。

鄭姥遂領余入内室，細詢余之籍貫、姓名。余均以陳之教余者語之，惟余與鄭姥語時，諸雛姬咸吃吃作笑，或猶交頭耳語，指天畫地，余意以爲彼等不過以余爲村姑，故嬉嬉作態，其實余自問亦頗不俗。將至夜分，陳姥猶未回，余駭極，念日間來時，爲時不過半句鐘，今次奚爲歷半日，而尚不歸，得毋背余潛逃耶？抑或與逆旅主人糾葛去耶？以詢鄭姥，姥笑曰："爾且俟之，彼當自至。"余終不寧。蓋余尚有數十元程費，在提包中也。諸雛姬見余悒悒，亟領余至其私室。室中光怪陸離，所陳皆上等器具，間有爲余未見者，余不覺益歎其闊綽，然有不可取者，諸雛姬輩無不輕薄，時或狂笑，或高歌，更或與不倫不類之男子相猥相倚，褻狎之狀不可卒視。余思此等放蕩，成何家教，不愉之色不覺露之表面，乃轉入己室，伏床悲慨，既念余不過一過客，他人家事與我何干？亦惟有作壁上觀而已。中夜時，復有一姬入余室，即群呼爲阿翠者，年約二十許，較他姬略爲穩重，入余室後，鍵閉室門，滅燭使熄，既攜余手坐榻上，悄然謂余曰："姑娘，爾亦知此爲何地乎？"余大驚曰："不知！幸姊有以語我。"姬曰："爾勿駭，此地乃勾欄也。"余聞言，不解所謂，乃牽袖曰："何謂勾欄？"余殊不解。姬嗤然笑曰："爾真儍者，勾欄即俗所謂賣淫者也。爾行將如我輩，日習歌曲，以與荒傖商旅相周旋，得資則以與鄭姥。鄭姥者，即我輩之總管，而俗人所呼爲龜奴者也。不得資，彼即加以鞭撻，慘無人道，黯無天日，莫此中爲甚。"余不覺怪呼曰："吾胡爲至是？"

姬急以手捫余口曰："勿聲，吾來特救爾，設爲姥知，事敗，吾無幸矣。"余長跽低聲曰："姊苟能出余於難者，感當不朽。"姬曰："爾且坐，吾以詳情語爾，當前日爾未至之先，即有一人至吾家，謂渠有姪女某，因不守閨訓，願售以爲娼，適鄭姥正以吾家乏應對之人，聞之大喜，謂苟佳麗者，無不歡迎。昨日渠又領一婦至，謂即爾之繼母，與鄭姥密議甚久，初似因價格低昂未決，迨今晨婦又至，談約半句鐘，局始定，婦乃欣然先去，行未遠，復折回謂鄭姥曰：'茲事初當勿使彼女知之，免致中途生變。'鄭姥諾之，彼始行。良久，乃昇爾至。吾乍見甚驚，蓋彼謂爾不守閨訓，悍潑無倫，吾見爾乃溫婉如大家閨秀，此中必大有冤抑，因留心察爾之舉動，雖爲時不久，而爾非下人，似可概見，於是憐惜之心頓生。蓋吾亦系出良家，因爲匪人所賺，遂落此火坑，數載以來，無日不在痛苦之中，若再坐視如吾者而墜茲陷阱不之救，吾實自益其辜。故不惜奔相走告，雖然，爾之家世、籍貫，究何如乎？盍先語吾？"余此時心肉顫慄，若冒嚴寒，欲發語，齒震震不能作聲。姬復溫慰再四，並謂余若誠能以實語相告，彼當竭誠相助，余一時爲天良所激，不覺盡以余隱語之。所未敢言者，僅致珍郎於死一節。姬聞畢，長歎曰："然則爾不獨爲名媛，且一女學士也。然胡爲與彼婦相隨？"余曰："此某鎮逆旅主婦所贈余以執役者。"遂復以初出時情景告之。姬曰："爾以一身陷群匪中，奈何不敗？"

余曰："此皆余待人以誠之過。當主婦薦與余時，余深信其必能護余至省。故途中彼屢與人密語，余皆置不疑。脫略加之意，其奸早破，何至有今日之事？"姬曰："然則爾猶須往省耶？"余曰："然！且須速去。"姬默思良久，曰："去誠易，然先勿使姥知。吾今爲爾籌一策，爾速自書一函，縷陳爾之遭歷，吾爲爾覓使送往警局。警局長與吾頗善，接閱後，必來問吾，爾時吾當竭全力以爲爾助。"余長跽曰："如是，吾當銜環結草，以報姊恩。"姬曰："此乃余應盡之責，安足言報？"言已，起立曰："吾且歸室，爾速行爾事。"方及門時，復轉語余曰："猶有要言語爾，當爾未出此門之時，爾務懇懇懇懇，惟姥命是聽，庶足以塞姥之疑。不然，彼必錮爾如囚，吾等雖欲爲力而不能。"余悉諾之，姬始去。

姬去，余復鍵余戶，靜思彼逆旅主婦，仁慈如斯，不意竟設此網罟以陷余。天下人情之險惡，誠有非人所及料者，又念姬如是熱心，其確出自真誠與否，又不可必。設更如逆旅主婦，余且不知轉徙至於何地？然事已至此，不得不依其言行之。遂就案次作書，詎案櫃中所存者，盡脂粉之屬，紙筆二具，竟四覓不得。殆欲再向姬索之，又懼深入睡鄉，殆欲往他室取之，又恐驚覺鄭姥。徘徊審顧，至爲焦灼。尤奇者，余愈焦灼，珍郎之幻形愈顯，一若時恨余自取此咎者。噫！咎由自取，余誠不敢辭，然余豈甘心哉！亦不得已也。孤燈一盞，錦帳低垂，余惟有伏榻自嘆命運之乖舛而已。

　　翌晨，姬起，即私詢余書已否草就？余以無紙筆對。姬嗒然若失曰："此吾過也。吾胡爲未計及此。今晚吾當先備之。"是日，余仍伴詢鄭姥，以陳姥何往，鄭姥曰彼或他去，然爾在此，諸事安適，無須彼至。余故作欣慰狀曰："吾誠樂居此，然重累姥矣！"相與一笑。姥見余無他志，亦不加以隄防。晚間，余遂得從容作書，書中所述無非如何被人誘騙，如何懇求脫離，惟余之姓氏，均隱而未露，蓋恐留雪泥鴻爪，爲余家所知也。作畢，密與姬，姬即賄鄰人遞之警局。果不一日，忽有警吏數輩拘鄭姥去，繼復有一中年人至，衣服華美，大約即姬所謂警長者，至余室略詢數語，即轉至姬室，良久乃去。姬出謂余曰："事告成功矣！少刻，當有人至，護爾登輪，從此爾可出地獄，而趨坦塗。若吾則苦海茫茫，正不知何日得登彼岸也。"余曰："以姊之熱腸義氣，老天當有以祐姊。吾此去定買絲繡姊玉容，懸之室中，日心香一瓣，以報姊之鴻恩，而祝姊之福利。"姬曰："但得爾他日得志，不忘吾足矣。"言際，即有二警吏入，促余整備行裝，並以肩輿俟余於門，此時鄭姥在獄，諸姬皆惶恐失措，凡百悉任余所爲，絕不敢稍致研詰，姬表面亦與若輩同，惟暗中與余計議，蓋恐形迹昭露，鄭姥歸時加以荼毒。余諸務既竟，乃與姬深拜而出。既抵洋關，稍停移時，輪舟即至。二警吏待余登輪後始去。此爲余出險入夷之一大紀念也。嗟夫！以姬之待余，可謂至矣盡矣！今世鬚眉丈夫當亦自愧弗如，後聞其竟死於非命，天道二字寧足言耶？

抵省一日，即覓得余族姊，彼驟見余至，大爲驚駭，余不待其問，盡以所遭語之，並哀其嚴守秘密，勿使家中知之，彼亦曾一度失意情場者也。聞言，深致歎惋，曰："愛情者，不祥之物也。不意妹亦爲此不祥之物所縛，來日苦惱，當有甚今日。雖然，妹既至此，吾當爲營謀一職，俾不至長日流離。"於是四處奔走，以爲余地。余則虻居逆旅，靜待好音，計自離家至今十餘日中，惟此數日稍適余心，即恐怖之念，亦稍淘去。阿翠之有造於余，誠非淺鮮矣。

逾旬，族姊已爲余謀得某初等女校音樂教員，不意曩日視爲遊戲之具，今乃倚爲謀生之術，足徵藝無虛習，習則得益。余初入校時，見娉婷之西媛，聞尊嚴之聖道，心竊樂之，且晨興必禱告，會食必禱告，入寢亦必禱告。余相處既久，悔過心與慈善心不覺油然而生，一若上帝在天之靈，時臨余左右者，嘗思余若早入教會，空空情愛，必早看破，何至演出今日之慘劇？甚矣，宗教之益於人也。余視事兩月，校長甚加讚賞，又見余中文頗佳，復授余教授國文之職，每日除休息時刻外，略無閑暇。然余此時已打疊拚此一身，以與世界苦惱相搏戰，亦殊不覺其煩。惟堂上雙親之景況何如，無一時不縈之寸心。校中原有廣場一所，細草如茵，柳青欲滴，爲校長所置以散步之地，余每一思及雙親，觸動愁緒，惟一人徘徊此廣場中，向蒼天哀告愬。校長偶或見之，必加詰問，余皆僞應之，因是余善病多愁之名，乃爲全校所播。

余族姊名麗英，幼時甚貧，恒得余父母之周急。及長，始入教會。中途因姻事亦受盡磨折，卒之如意郎君，竟爲他人賺去，紅粉佳人徒自命薄興嗟，故決然皈依上帝，不再迷墮情場，行年三十，依然處子，凡教會西人莫不敬愛之。余幼時，即深得其鍾愛，假中偶歸，必盤桓余居不忍去，以故視余事如彼事，聞校長之贊獎余也，尤樂。嘗語余曰："吾儕既不幸而爲一弱女子，又不幸而誤墮情網，今後當洗心滌慮，從事學業，以爲悔過之餘地。吾妹值此英年，聰明過人，且甚得校長之歡心，正好乘此努力著鞭，造成完全之教授資格，於人於己，兩獲其益。況人生無百年，咸有歸宿之一日，與其起顛倒緣，懊惱以終，何若磊落光明，護惜我乾净靈魂，以爲良好歸宿之爲愈哉！族姊閱世深，信教久，故能得此大解脱。"余聞之，如奉盤銘，竊嘆爲微妙之格言。因是余信道益堅，從事益勤，每回首前情，覺事事皆非，且覺無珍郎之事促余至此，余終身將爲塵涸中人矣。

凡人俗念一除，寸心中無不豁然廓清。余初蒞校，性甚暴烈，偶觸事即悲怒交集，及聆族姊言後，此等劣性亦淘去泰半。向之悒悒者，今乃變爲溫和，縱有不能已於衷者，一經族姊勸勉，即行消滅。校長見余漸改常度，篤信上帝，愈愛余，並殷殷謂余曰："爾能改爾之宿性，乃爾之佳運，行當言於西人，以升爾於中學。"其實余此時乃在自新悔過，了此浮生，他事則非余所敢望。族姊與余居甚邇，余每日課畢時，即造彼室以研求立身處世之學問，或攜手江干，看浮鷗翶翔以爲樂。

駒光荏苒，歲月催人，余養晦此中，倏忽已兩易寒暑矣。一日，余因事赴禮拜堂，行至中途，忽遇一人，令余頓時驚惶交併，頽然欲暈。其人爲誰？即余所不欲見之成兒是。彼驟覩余，亦若甚爲不安，面色灰敗，唇齒震動，似欲有所言而舌結不能語者。相視良久，始呐呐出其尖細之聲，謂余曰："姊乎……余踏遍天涯，何處不曾覓到，不圖今日遇之於此。余之幸，抑亦姊之福也。"言際，出其手欲握余臂。余勃然怒曰："此何地，胡猶輕薄乃爾？"彼聞言，如臨巨刑，立縮其手，顫動不已。余此時心略清醒，謂之曰："吾今語君，吾已投身教會悔過、潛修，凡世間事皆非吾所欲聞。君既見吾，想君願已足，從此情銷義斷，永訣可也。"言已，欲行。彼色復變曰："姊其絶余耶？余癇發矣。"余略不瞻顧，彼復高聲曰："姊縱不念余，獨不欲一聞堂上老人情況耶？"噫！斯言也，不啻一顆槍彈直貫余腹，令余不能不立足審顧。然思街衢人衆之地，豈足爲吾儕立談之所。舍此則惟有往吾居，而吾居爲尊嚴之域，尤爲不妥，正猶夷間，彼曰："姊其懼無傾談之所乎？余逆旅頗不惡，盍一屈臨？"余不獲已，亦惟有隨其行，然中心忐忑，甚抱不安，既恐彼賺余而加以非禮，又恐爲教會中人所見，滋人疑竇，徘徊想念，羞悚併集，彼忽指一巨廈曰："至矣！"余擧首視之，誠逆旅也，乃隨之入。坐甫定，彼曰："吾自聞姊去後，如失魂魄，絕飲食、失睡眠者，累數閱月矣。遍詢戚黨，咸莫能知。余思極時，幾疑姊已捐此濁世，又幾欲以身殉之，繼念姊聰明過人，何至如村嫗俗婦，妄棄生命，香蹤鬓影，必已移駐天涯矣。於是立意以覓姊爲急務。"

余曰："吾之來，實欲一聆余雙親之近耗，君徒曉曉道己事，實非所願聞。"彼慘然曰："余積此心事，欲訴之於姊前者，兩載於茲，今既見之，安能不言？且姊試思之，余消瘦如麻稭，氣息僅屬，究爲何人？"言際，伸其臂示余曰："姊其驗之。"余側目睨視，果見其瘦如枯骨，再視其面，兩目深陷，顴骨隆起，前日英偉之氣魄，消滅無餘，不禁心大憐憫，乃俯首任其言。彼復續曰："吾既立意欲覓姊，遂私掘吾母之藏，以作資斧，始而省垣，既而漢皋，又繼而滬瀆，荒村雨露，勞人欲死，每至一地，必逗遛數月，雖長日躑躅於道路之旁，姊之蹤影仍未嘗一見，淒涼旅舍，令余幾有日暮途窮之感，後又思姊踽踽一人，必不遠行，於是復行遄省，至今日而始把晤，意者至誠格天，天心眷憫，遂使余得復覯仙顏乎？姊其爲我思之，樂也何如？"余曰："凡君衷情，吾已盡知，今請以吾雙親語吾。"彼忽作哀懇狀，曰："姊其怒吾，吾自爾時至今，未嘗一旋故里，姊家事所知者，僅姊初去時三數月，餘則吾亦如姊也。"余聞言，不覺盛怒曰："然則適間所言，豈用以賺我耶？""吾过矣，吾妄矣。"彼長跽曰："姊勿怒發，蓋吾不爲此語，姊必遠颺，吾之苦衷將永無表白之日矣。"余心素慈，覘彼狀，怒氣忽又消融，謂之曰："姑就君所知爲我言之。"彼曰："當姊出奔之次日，吾即往謁伯父母，叩姊之行迻。伯父曰：'渠近日忽發奇想，欲就學於遠方，吾初以其年事尚幼，未之許。渠乃私商其母，背吾而去，其志誠可佳。然以吾年老，則又未必盡善也。'吾曰：'翁抑知其何所之乎？'伯父曰：'或爲漢皋，或爲滬瀆，吾此日亦不能預決，彼來日當有書歸。'言時，外表似極爲鎮定，然神情惝恍，手足顫動，又若極爲傷心者。迨後余得間，即一趨問。伯父初猶模糊應之，後見余詢之急，乃笑謂余曰：'渠書已歸，然吾不能爲爾告。奈何？'余聞之，頗怒，蓋余甚知老人此言，實恐人疑姊此出爲不正當之私逋，故藉以息群喙，其實個中境況，余知之甚悉，遂絕不再問。猶憶吾瀕行之時，老人精神衰敗，目眶中若嘗帶淚痕意者，因姊故而傷心太甚歟？"

成兒言至此，余心已如瓦碎，粉頸低垂，惟嗚喑啜泣。成兒復曰："姊毋悲，尤有要事語之。"余頗驚，思得毋珍郎事耶？方欲拒之，彼已發言曰："人謂姊之此出，乃因死珍郎之故，確乎？"噫！此何言？余滿謂此事無復他人知之，不圖彼果朗然道出，其詐余耶？抑彼果聞有是語耶？一霎時，當日柳陰濃蔭，水聲汩汩之景象，一一現之眼前，而彼銳利之目光，猶直射余面不稍瞬，令余更爲惶駭，欲言幾不能脫口，彼又易其溫和狀曰："姊毋駭，若果有此事，但言無礙。"余泣曰："余之至此乃求學也。胡爲誣以殺人之罪？"彼作獰笑曰："姊言誑我，我今非孩提，奈何猶相視若昔日。吾今語姊疇昔之夜，姊偕珍郎赴石基時，吾實監臨其側，凡姊與珍郎所言，及姊手推珍郎入水之情節，吾皆見之，當時猶深歎姊心之忍，而力之強，然珍郎之於姊至矣，姊之愛珍郎亦蔑以加矣。奚一旦毅然殺之，殺之又翩然遠引，而欲委禍於他人，究何故哉？"

余聞言，大震，面色若死灰。然又不能自承，蓋承則禍機立發，乃力爲靜定曰："異哉！君言豈珍郎果遭逢意外事耶？"彼復笑曰："姊果不知耶？此等欺人之語，竟能以香口道出，吾誠不能不謂姊爲忍人。雖然，吾與姊總角交也，吾決不忍以所知語人，但有一事，姊必允吾。其事維何？即吾前兩年向姊所要求婚約也。"噫！何物成兒逼人如是？余雖抱愧於中，亦不能無怒，遂盛氣答曰："君豈誑吾至此而強迫求婚耶？吾曩者猶以君爲光明磊落之丈夫，今乃知不然，況吾與珍郎情高義厚，決無如君所云云之事。借曰有之，亦當隱其惡而揚其善，胡爲咄咄逼人？君須知吾自皈依上帝以來，心已如枯井，超然世外，君縱欲強人所難，亦徒見心勞日拙耳。"彼是時顏色亦變，經絡暴張，似怒極而又不能發者，謂余曰："姊勿太薄情，須知吾年來所貢之姊之愛情，均被姊踐踏殆盡，吾初猶冀姊或能憐吾之誠，而轉其意，故不惜天涯海角，勞瘁自任，今既見之，姊又拘執如前，令余一綫希望，盡行斷絕，姊其爲我思之，我將何以爲生？吾今語姊，姊之生命、名譽，亦已操之我手，姊苟深明大勢，當有以圓滿答我，否則吾縱不欲以姊之隱情白於人前，恐亦不能得。」余此時既憤且懼，兩行血淚不覺涔涔然下，曰：「於此光天化日中，欺一弱女子，寧君子之德乎？」彼曰：「吾非至萬不得已時，何敢至是？然吾亦知姊猝間不能作答，今候姊三日而後語我，可乎？」言已，乃導余出。臨去猶語余曰：「姊之禍福，在我之唇舌一轉移間，姊其慎之。」

余回校後，心思大亂，深悔不應有禮拜堂之行，不然何至爲成兒所遇？不爲所遇，安從而脅制我？天下禍福，真有非人所可預計。繼念彼既拼此生命以與余爭，則其不達到圓滿目的，必不輕易撤手，而余出走之初衷，乃爲珍郎守從一而終之義，今日安可遽棄前言，以作他人之婦？就令珍郎在天之靈，不爲我怨，即我自叩天君，亦且不忍，況族姊之讚美我，校長之期望我，皆以我能犧牲幸福，作上帝之信徒，今一旦易其節操，他人其謂我何？然珍郎入水時之狀況，彼歷能道，則其謂監臨其側，必爲實事，我若不允，彼憤極之下，定以我之此種敗行，宣之世間，姑母苟聞，安能釋我？是則今日人人敬仰之教習，瞬息易爲人人指摘之囚徒。堂上雙親必將棄我，戚黨朋友必將絕我，此間之校長西人必將唾罵我，亭亭嬝嬝之玉人，乃不免束手肆諸市曹。夫死固無足懟，獨當日未隨珍郎以同死，則不無恨恨耳。嗚呼！允其要索，其害如彼。不允，其禍又如此。繞室萬匝，徘徊終宵。半日之間，令余愁恨悲思一一併集。余向來弱不勝衣，安能勝此重憂？二豎無情，遂乘間肆虐，余於是乎病矣。族姊聞余病，親臨看護，並爲延西醫診治，其實心病還須心藥醫，彼刀圭奚可奏效？果不兩日，腦炎身熱，神思惝恍，珍郎之幻影，又頻頻現於眼簾。因是余所言，咸及於往事，族姊恐爲外人所聞，礙於聲譽，時時戒余，究之余自亦不知所言爲何。

嗟夫！余爾時若果一病而逝也，諸般苦惱，皆置不問，寧非快事？乃未數日，病量偏又減輕，精神亦漸恢復，然默計成兒所限之期日，已逾過多時，不識彼究作何行動？因之心又大不安，凡前日所思所慮，復漸次發現於腦筋，取舍從違，仍莫得其計，屢欲告之族姊，乞其垂憐援救，又恐牽出第三面之關係，自思復又自已。一夕，爲余與成兒晤言後之第七日，余知成兒此時已情急，答復之期，再不容緩，乃一人散步廣場，竭余一生之精誠，以禱告上帝，冀上帝苟憐余，必有以導余，使余得趨於坦道。不移時，上帝果詔余策，其策維何？即斬釘截鐵，拒絕成兒也。余前日所以恐拒之者，恐其發余之私以詒余雙親羞，故猶夷不能決，今乃知此見之不廣，蓋人苟處絕處，又無復回顧之餘地，即不能不進一步想，所謂進一步想者，即須看破生死關頭是也。況余所恐者，乃在後日而非目前，彼若果無所顧念，必須發露，則余當親其發露之日，爲余就死之時，余既死，安能再牽涉至於公堂？不至公堂，自無足以辱吾雙親。所不能瞑目者，未報罔極之恩，未終人子之職，負我初衷耳！然雙親果能洞悉我不得不死之隱，當不難爲我曲諒，我又何怨焉！余思及此，心大暢慰，立歸室就案頭作短箋報成兒曰：

  前日晤言時，君所提出之條件，余已籌思再四，萬難承允，君若能俯鑒苦衷，當爲余恕。余之感激圖報，亦維力是視。若君實不相諒，則君欲如何便如何，余惟以死繼之而已。心志已定，君自爲計。鴻英白。

書畢，納之郵筒，私計彼若果不余惜，暴發之手段，必有兩端，一就近訴於校長，戕余聲譽，一則馳歸，徑告之姑母，置余於法。由前言之，一二日內當可發見，由後言之，或在一月以後。時雖不同，爲禍則一也。於是私購強水一罇，日伺於校長之側，苟彼告發之書到，即飲之以畢此殘生。次復作一家書，留寄於父母，並稟述種種不得不死之苦衷，諸務妥定，乃日坐以待斃，所奇者，平時偶一念及身世，便覺有如許懊惱，如許牽累，放之不下，此時竟大反其常，凡百皆不置念，寸心之中，一若無物，且更因此發生一種最欣快之希望，以爲此時若果撒手而去，必可與珍郎把晤，必可盡舉年來之相思之宿願，而一一申訴之，並肩旋旋，攜手徘徊，其愉樂寧復可以限量？詎日復一日，竟無動作，余深惑之，念得勿校長接受彼書，留中不發耶？抑或彼逕歸以語姑母耶？遂力爲探察，皆莫得朕兆。大疑，一日爲余致書成兒之第二十日，余方自課堂歸室，忽閽者入謂余曰：「頃有一媼候於門，謂必面姑娘，姑娘其許見之乎？」余駭極，思豈姑母至，與爭命耶？而細詢閽者媼之狀貌，則又非姑母，乃出與見。噫！不見猶可，既見幾令余一痛而絕，蓋媼非他，即余生身母氏也。兩年闊別，一旦相逢，余母乃抱余痛哭。余叩其何以至是，則果成兒所通告。余又懼余母之詆責，絕不敢他有所問，延之入室，族姊聞之，亦親臨詢起居。即校長暨教習莫不殷殷存問。嗟夫！余滿謂此生不復再有見余親之日，不圖無意中忽又團聚，其果天意也耶？

　　余母既止悲，首即問余何以不告而出。余曰：「兒固留有手書在，阿母豈未見之耶？」余母瞿然曰：「吾何嘗見爾隻字？」余聞言大驚，私念吾書得勿爲他人所得。若然，余其殆矣！然余母既未目覩，余出行之故，今可暫隱不發，免增余母憂，遂曰：「兒書阿母既未之見，誠無怪兒所以至此之故。阿母不能知之，然兒志在求學，非得已也。」余母曰：「爾言殊奇特，若誠欲求學也。吾豈不許？胡爲冒然不告而去，且於今兩載有餘，而竟無一紙家書，天下寧有是理耶？」言時，氣色頗怒，余窘極哀之曰：「此誠兒之罪戾。然兒固未嘗一刻忘之。」言時，雙淚瑩然。余母熟視良久，似又極憐余，曰：「既往之事，吾今亦不咎，且幸爾之此舉，未嘗敗我家風，損我門楣，使我與爾父稍可引以自慰。但自爾去後，親戚族友咸多疑惑，今爾勿論如何必須與我同歸，以息群喙。」余曰：「阿母之命，兒豈敢違，雖然有一事，母須允兒，兒自至此後，甚得上帝之提攜，看破人世間一切苦惱，今後兒歸，除侍雙親晨昏外，甚望勿再以婚事相迫。」蓋余此時知成兒已歸，恐余父仍未忘愛於彼，復以婚事相逼，故先以此哀求余母，以爲他日地。余母曰：「此爾致力學業之誠心，吾固樂於承許也。」於是余往校長處乞假。校長達人也，且又知余累年未歸，聞言立允。余母見無所阻礙，亦樂。逗遛可五日，乃買舟首途，凡校中諸生暨族姊，咸送之江干，甚至有挈余裳不令余去者，人生最苦是別離，余一生至此，又增一層苦况矣。

既歸，乃有一最可驚可愕之事觸余腦綫，其事維何？即余前兩年手推入水之珍郎竟未死，而尚生存者也。余初聞之，幾疑其爲鬼。繼力爲探查，始知確鑿而可信，並且娶有佳麗，雙宿雙飛焉。嗚呼！天下怪事寧有逾於此者！當日流水急湍，既深且廣，以十餘齡之人，何能轉死爲生？況成兒離鄉之日，在余去家後三月餘，而彼亦謂珍郎確已物化，豈彼特用以誑余耶？嗟夫！余誤矣，早知如此，何必跋涉山川，棲栖異地，而讓情人爲他人攘去？余既聞此，生氣索然，珍郎亦太薄情，奚爲視余他去而安然不爲蹤迹？又奚爲蔑棄前情而決然別娶中饋？看起來，男兒心性終不可恃，余之吃苦辭甘，誠爲大謬！尤痛心者，彼聞余歸，絕不一臨存問，偶或相見，亦淡漠如路人，若叩以往事，更掉首不顧，以多情之珍郎，一旦變易其性情若此！誠余所大惑不解者也。

　　方余於此懊惱中，忽又發生一悲劇，則成兒因疾而逝世也。余於成兒雖無所謂愛情，彼而尚能因余奔走千里，不辭勞瘁，以視珍郎之棄我如遺，則又有可念者，且聞其家人謂其自省旋里後，即負重病，遷延至今，遂至不起，是則直接彼死者病，而間接死彼者我也。人非木石，孰得無情？余此時回念當日之情景，幾如萬箭穿胸，痛不可忍。嗟夫！余一生遭際，胡奇特若此？胡悲涼若此？撫膺自思，真所謂欲揮無淚者矣。

　　雖然，珍郎既棄余，余寧有面目再與之相見？是兩年前所希望之婚約，已成幻泡，再轉而及於成兒，成兒又瞥然長逝，余之生趣，至此可謂盡絕。芳心一片，幾同灰冷，然珍郎何以復活，以暨復活後之何以娶婦，種種之情狀，余不偵察明晰，終不能自已，於是竭力查詢，不一星期，一場奇劇盡入余耳，令余痛極幾暈，及今述之，尤有餘恨。先是成兒被余拒絕後，大爲憤懣，而對余又不敢宣洩，惟終日伺於余側，以探余與珍郎之舉動，適是時珍郎暑假歸家，日與余並肩旖旎，握手談心。彼覩之益妒極，殺機遂動，當余黑夜約珍郎至河畔時，適爲彼所見，大怒，以爲余兩人此舉，必非禮之行，乃輕步躡余等後以偵之，復又見珍郎攜余手至石基，更怒不可遏，立意殺之，故乘余拒珍郎親吻時，盡力一推，珍郎遂仰翻落水。當時天黑如漆，余又驚懼紛集，故不能覺，彼於是得以安然而遯，殺人之禍盡委之余身。嗟夫！余固屢疑余之腕力不足以敵一男子，不意竟有助之於後者，成兒亦可謂忍矣。

此一齣悲劇既發生，成兒乃轉怒爲喜，意此洪水滔滔，珍郎必且無幸，痛心疾首之情敵竟倏然鋤去，此後余之愛情勢不得不移之於彼，圓滿婚約，將一呵而成，故當余痛深慟巨躊躇欲去之時，即彼忻忻鼓舞慶祝功成之時。不期翌晨覓余，余行已遠，再視珍郎，則又安然無恙，彼於此心得意滿之下，忽劈頭受此巨創，神思乃不得不爲之震動，於是日至余父處偵取消息。吾父復支吾不與知，窘極，遂千里跋涉以尋余。嗚呼！彼之方略失敗，不關緊要，余無端因受此偌大磨折，不其冤哉！

珍郎既入水，隨波逐流，至里餘外，適觸一樹根，遂攀援而起，獨坐堤岸，追思頃間情況，恨余不置，自語曰："很毒哉！彼女乃竟殺余！無怪余屢以婚事促彼，要求彼父，彼屢却之，看起來，彼平時對余皆爲偽意，且彼不過一弱女子，安有如許臂力推余至數尺外而入水？其間必有暗助之者，暗助之者爲誰？舍成兒寧有他？成兒與彼自幼相處，感情自篤，觀其平時過從秘密，即可概見，特恐余從中纏擾，故謀所以去之，今夕之約必彼等所預設，余一時迷惑不能覺察，乃竟甘墮計中，設余不遇此樹根，此身定埋魚腹。彼等將可以坐償其素願。嗟乎！鴻英！爾何面如桃李，而心若蛇蝎乎？雖然爾負我，我良不忍負爾。脫我據此情形控爾於官，爾寧能逃出法網？即不然，訴之爾父，告之余母，爾亦將身敗名裂，終身不復能作人婦，或且因以自損其軀。爲爾計，此舉乃至卑劣，而至無謂也。"言至此，起立循道而歸，至後圃，越垣入室，盡更其衣，復自語曰："彼明日覘余尚在此室，必大驚失措，懼我發覺其毒計，然我既幸未死，決不爲已甚，此一段恐怖之歷史，正不妨自此藏匿。"於是滅燈使熄，朦朧睡去。

次晨，家人忽傳余失蹤，彼聞之益疑，以爲余必已與成兒偕遯，將結野鴛鴦於異地矣。故余父以余之行徑詢彼，彼皆以不知應之，及至余室，見余留書中有言及彼入水之事，乃私焚之，不與余父見。因是余父益茫然不識余所以忽去之故，竟日間嗚唅涕泣。彼見之公義私情，兩相逼迫，棄余之心乃愈決焉。

迨後見成兒尚未他適，則又疑余他有所遇，力勸余父勿覓，免增家庭之辱。余父亦以毫無蛛絲馬迹之可尋，遂任之。後余家對人輒謂余已往他處就學，即彼之力也。彼既打量再不余屬，在余家盤桓數日，即束裝歸家，凡後圃花木琴書，皆不瞻顧。及假滿入校，至余家亦稀，曩者每星期一至，至此則每月不一至，即至，亦落落無歡笑。次年畢業，遂另定婚，且於時結褵焉。嗟乎！余因彼顛連磨折，茹苦含辛，兩載之中，無一時快，孰知彼方與其新婦相偎相倚，畫眉窗下，度其快樂之光陰。一點之誤，致令余永墮泥犁不可復振，情場之險惡，竟有至如斯者。及今思之，猶不寒而慄。

余既盡悉此情形，余之心思乃大變，質言之，由溫柔而進於冷靜，由冷靜將至於無為，余母見余狀，恒引以為憂，然究不知余胡以至是。間嘗默託鄰姑，諷余之志，恐余或有摽梅之思，余輒明白拒之。因是深惱人意之婚姻問題乃不至發生，於此極無聊中，略略欣慰。

余有弱弟一，年將十齡，甚伶俐可愛，且甚喜讀書，余遂藉教弟書以為消遣之法，綠窗低哦，紅燈問字，頗能曲盡手足之情，於是余嘗用以自勵曰："余誓必教余弟至於成人，以報堂上罔極之恩。"詎天之阨余也，無所不用其極，此可憐之弱弟，忽又於是年冬間病夭，余父母慟不欲生，余亦覺僅存之生氣，至此剝奪已盡，鎮日間惟以淚洗面。

余家自經此一番挫折後，益落寞寡歡，余父母因傷心過甚，且又深以余為憂，精神日漸頹敗，百病侵尋，藥爐嘗不離側。未一年，余父卒不能支，溘然長逝。余母痛深慟巨，亦至不起。兩日之中，雙親同去，地坼天崩，人悲鬼泣。嗚呼！余命薄運舛，竟至於此之極！余弱弟既夭，雙親又逝，余遂成人世間丁零無告之孤人，每當夜闌人靜之時，自計一生過惡，幾欲殉之以身，然思世間深閨弱質如余者，正不知多少。余正不妨留此殘生，盡余之口舌，以作警鐘木鐸，為諸姑姊妹告。余家薄有田產，今已盡售，捐之教會。餘則獻作慈善事業，凡知余者，莫不敬余愛余，余亦嘗轉而自喜曰："幸有珍郎之勵余，不然余且老死溫柔鄉中，安能拼此身手，爲人世盡此義務？由今觀之，阨運反足以促人格之進化。"然而人間幸福，余一無所有，蓋亦苦矣！

　　余今年已經教主授爲行省佈道員，從此地角天涯，飄萍斷梗。佛家謂終日麥飯一盂，樹下冰霜一宿，説經十萬八千，渡人恒河沙數，即余職也。不過余爲上帝效力，非如佛徒尊崇木偶也。得暇即取前此種種罪過，自爲懺悔，迨天禄盡，余事畢，然後再攜余靈魂以游于雲煙飄緲之鄉，他非所望也。

雙薄倖

懺情小説《雙薄倖》提要

　　一樵夫之女，美麗無倫，私與中表某生訂爲伉儷，某生背之。某公子素陰險，以狡計得之。公子遠出，惡叔挑之不從，因而讒搆其間。適公子攜妾歸來，惡叔復與妾通，女遂被逐而死。此書佳處，樵夫之老悖、公子之殘忍、叔之佻撻、妾之淫蕩，與女之慧心卓識、和平貞潔，無不畢力描寫。以此懲勸頹風，或堪稍挽。

目　　錄

第一章 ·· 245
第二章 ·· 246
第三章 ·· 248
第四章 ·· 250
第五章 ·· 253
第六章 ·· 255
第七章 ·· 257
第八章 ·· 258
第九章 ·· 261
第十章 ·· 263
第十一章 ·· 264
第十二章 ·· 266
第十三章 ·· 268
第十四章 ·· 270
第十五章 ·· 272
第十六章 ·· 274
第十七章 ·· 277
第十八章 ·· 278
第十九章 ·· 280
第二十章 ·· 282

第一章

　　茅簷一角，花影一簾，綠樹朱籐，映帶左右。茅簷之下，紙窗半闢，幽香縷縷，自斑竹簾中飛舞而出，透入鼻觀。簾外多蒔雜花，高低爛熳，五色咸具，方展其笑靨，迎風而顫。花香蓊鬱，與簾內之幽香，互相融合，日光斜照，寂靜無喧。此何地？蓋鄭樵夫藝花廣圃也。樵夫籍南昌，遷居余邑城南，藉售花爲業。時年約五十，髮白齒搖，頗露衰頹之狀。性嗜飲，得資，輒沽美釀歸，以博一醉。爲人頗豪爽可親，以故出入侯門巨族，無有議其非者。乏嗣，婦亦早沒。膝下僅一女，名麗珠，嬌小玲瓏，光豔可鑒。樵夫甚愛之，女亦侍奉惟謹。樵夫常顧而樂曰：〝吾有此兒，吾無憂矣。〞又嘗指花謂女曰：〝吾兒風姿綽約，殆與吾花無異。吾之愛花，亦如愛爾。然吾花每當其含葩將放時，吾輒割愛售於人，若爾則相依爲命，勿論如何，決不使爾寄人籬下，受諸般奚落。〞女聞之，亦欣然曰：〝吾愿侍阿父以終身，他非所望。〞是日爲五月中旬，天氣頗炎，女衣淡紅羅衫，手持繡履，側倚門次，若有所俟。少頃，復探首門外曰：〝天垂暮矣，阿父胡猶不歸？殆又與誰攀談去耶？〞言未已，樵夫已持其菸管，蹣跚自遠來。女見之，立趨出遙呼曰：〝父歸乎？兒眼望欲穿矣。〞樵夫且行且應曰：〝今日余運殊佳，已得豪飲。〞女頗驚曰：〝阿父向時必家飲，今胡爲洪醉於外？〞樵夫啓其朦朧醉眼曰：〝吾兒，爾不知，無怪爾有此問。雖然，彼家牛脯誠佳，竹雞亦甚可口。〞言已，張吻大笑。女亦笑曰：〝然則誰家耶？〞樵夫略不之應，閉扉入。

　　行經圃徑中，忽顧女曰：〝吾玫瑰咸呈憔悴之色，爾豈忘灌漑耶？〞言時頗怒，女惶恐曰：〝阿父，爾曾灌至三次，不知其胡猶如是？〞樵夫忽又笑曰：〝彼乃受日光之摧殘，非爾過，吾故難爾耳。〞遂入室，見案頭玻璃瓶內，猶有餘瀝，復取而狂飲。女皺眉曰：〝阿父豈猶未足耶？〞乃扶之臥竹榻，少頃，鼾聲大作，女仍取其繡履刺之。

　　迨樵夫醒時，已明月在山，乃移其竹榻於室外，笑謂女曰：〝快哉今日。"女曰："阿父心意適，兒殊欣慰。但究誰家餉父，兒尚不知。"樵夫曰："吾今可語爾，爾曾憶前日至吾家購花之少年乎？"女思索良久曰："否。"樵夫曰："爾誠健忘，彼謂寧給重值購我家月季，而不願以短資買人家玉簪。爾果不之憶耶？"女點首曰："憶之，憶之。然彼目灼灼似賊，阿父何取乎彼？"樵夫曰："咦，彼帥氏貴人也。爾奈何肆口謾之？彼祖父曾宦游於外，父亦多資，不幸早没。至彼身，既富且貴，城中人無不從而敬羨。然彼殊無驕矜之態，對下猶能謙讓備至。今午吾偕圓丁送花至其家，適遇彼，留余攀談，謂吾生涯甚可樂，並謂彼行將盡棄紛華，築草堂鄉下，以與吾等尋閑散之樂。以吾觀之，彼殆一厭世人也，談次聞余嗜杯中物，遂留余飲，若款以上賓。兒試思吾一生未與若輩交，今得此，其樂何如？"言已，持其菸管狂吸，意若甚得。女默然曰："彼果欲與阿父納交耶？吾意彼殆一偽君子也。"樵夫笑曰："爾真孩提不識世事，奈何人家善意，亦不之知。"女終悒悒而罷。

第二章

女之性格，殊有過人之處，居恒無疾言厲色，且時時啓其櫻脣，露出潔白編齒，作笑靨狀，一若天恐其美質不足，故增之以顛倒世人者。初亦嘗有一種情愫，盤踞其寸心中，然不久滅，蓋曾一度失意於其中者也。先是有中表程生者，嘗過從其家，時女年僅十五，情苗初茁，見生翩翩年少，頗愛之。生亦深致其繾綣，兩情脈脈，勢將如膠附漆。然女自顧家世，與生乃至弗類，若妄冀婚事，乃爲非分，因是時爲悵惘。一日，生忽殷勤謂女曰："吾愛，爾我年已浸長矣，彼蒼佑我，使我與爾相近，誠我畢生之大幸。顧我嘗有一妄念，以爲爾我決非生活於此瞬息愛魔之下，所可竟其願望，故時時欲以姻事請於舅父，以期償我素志。然又恐不獲吾愛之允諾，屢起旋又屢止。今忍無可忍，乃冒昧直陳，吾愛若誠以我意爲然，則請以圓滿之言答我，否則，吾當洗心革非，以求合乎吾愛之心而後止。嗚呼，吾愛，其何以語我來？"言已，目光直射女面。女兩頰緋紅，俯首弄帶，良久不能作一語。蓋女自有生以來從未聞此等溫柔旖旎之言，今驟聞之，不覺芳心忐忑，神思紛亂。且所言又正其刻刻深念，惟恐不得之事，故喜極舌結，欲作一語以答生，至不能脫口。生復曰："吾亦知吾形穢，不足偶吾愛，但苦心一片，敢求吾愛原諒。"女忸怩半晌，始曰："君言吾至感，惟懼蒲柳之資，不足匹君子耳。"生曰："吾愛，爾勿言是，吾心至慰也。"自是兩人益形親密。樵夫以生爲至戚，亦略不妨閑。詎女方促生以婚事干求阿父，適生將有郡中之行，兩人美滿姻緣，遂於焉中斷。生抵郡後，尋入某校，女得書，以情好方濃，遽增相思之恨，殊悵惘無歡。不意逾月後，忽得一大惡耗，則生已在郡訂婚也。蓋生入郡後，與其友時出入某富室，富室有女，殊色也。生見異思遷，且涎其富，乃倩人以婚事相要，不期某富室竟許焉。當婚約初成時，生亦頻頻思及女，然以與女僅有成言而無成議，另婚良非負德，故直以之告女父。女得此，大痛，思生胡薄情若此。前日之言，固猶歷歷在耳，曾幾何時，竟食言而肥，背之勿稍惜。此等不義無信之男子，真悔當日不當以情與之，尚幸我向能以禮自持，勿及於亂，否則今日之事，何以堪乎。於是洗心滌慮，從事其淡薄生涯。除奉侍其老父外，絕不涉及他事。心所思，思老父康寧否也；目所視，視花枝絢爛否也。偶或憶及往事，則自勵曰："愛情者，惡魔也；男子者，毒蠍也。寧遠之而勿親之。"故此日之麗珠，直一純潔無瑕之好女郎也。尤足敬者，彼雖生此蓬門，頗能自甘荊布。人或告之曰："麗珠，城中某家少婦，食膏粱，衣錦繡，出入侍從十數輩，而其貌不及爾甚遠，爾盍擇一如意郎君以享其幸福乎？"彼輒掩耳笑曰："爾等勿言，我殊樂我此種生活，且彼輩驕奢淫欲，外表雖若甚嚴重，其實卑鄙曖昧，反不如我儕清白可貴，則又何足羨慕。"故其父謂："我決不使爾寄人籬下，受諸般奚落。"彼即毅然應曰："兒當侍老父以終身。"蓋自心坎中掏出，非詭言也。

女既具此高尚之性格，又善相人之美惡。前日午後，方一人持其利剪，往來群花間，以去枯葉。忽覺垣外時有人窺伺，少選，窺伺之人遽欹扉入，蓋一華服少年也。與女對立良久，始展其笑靨曰："姑娘即此園主人乎？"女乍見，即知少年非善類，漫應之曰："然。"少年曰："然則購花必與姑娘接洽乎？"曰："有老父在。"乃呼樵夫出。樵夫見少年衣飾華美，意必巨族中人，鞠躬曰："先生下顧，茅廬殊增光彩。然先生欲何花？草本乎？木本乎？"少年指點一二，曰："以吾觀之，翁園幾無一非佳本。吾家華屋初成，正須此。然翁能送置吾家否乎？"樵夫曰："是奚不可，但先生居何地？吾殊不甚了了。"少年曰："噫，爾不知城中帥氏府第耶？彼巍然高聳于南門者是。"言時，若甚驕其貴且富者。樵夫喜曰："知之，知之。"少年復指女曰："若即翁愛女耶？"樵夫曰："然。"少年曰："光豔若此，殊稱翁之生涯。"言已大笑，目閃閃視女不少轉。女見狀，頗怒，翩然遽入。少年仍與樵夫絮聒不休，良久始去。

少年既歸，大喜曰："佳哉彼姝！今日竟爲余所覯，余之幸福殊不淺。然其落落無情趣，殊令人少興。"既又曰："若父乃鄉村下愚，以余之家世，彼必豔羨。若少餂之以利，其心必動。心既移，何懼美人不爲我有。"遂立意以圖樵夫。故是日樵夫送花其家，始留之攀談，繼餉以盛饌，又復以種種相當之言語，取樵夫歡心。樵夫誠鄉愚也，一旦得華冑之寵眷，安能不昏其心志。故夕間告女，女不以爲然，彼猶深爲女責，固不知其女來日之憂患苦惱，盡於此日造之也。

第三章

帥生，字拱山，年纔二十齡，爲人極奸險，嘗挾其金錢勢力，以凌辱弱女子。城中姿色稍佳，被彼始亂而終棄者，不可指數。然其口辯甚利，嘗能以三寸舌自掩其劣迹，因是詆責之者頗鮮。是日既飲樵夫，又深得樵夫之阿諛，大喜過望，以爲樵夫若墮其計，女直囊中物也。於是樵夫每至，輒以佳釀錫之。女見其父終日洪醉，頗憂，嘗諫之曰："阿父年已侵老，精力疲憊，奈何猶沈醉麴糵中，以損其神。況非分之賜，君子不受，彼豪華公子，果何取于我輩？阿父頻受其賜，實乃逾分。天下未有逾分而不受禍者，阿父若不與疏，禍且踵至矣。"樵夫卒不之聽。

一日，拱山正苦思女，忽樵夫擔花至。拱山謂之曰："翁胡數日不至？殆有所怨於余耶？"樵夫曰："日來大忙，不能踵府叩安，良歉。"拱山曰："僅此數語，可以竟事耶？吾今日當罰爾作東道主。"樵夫慚曰："先生，吾家穢陋，藜藿為餐，安敢屈辱。"拱山笑曰："吾誑爾也。惟今日殊熱，實欲往爾家葡萄架下少坐，以納晚涼。"樵夫曰："果承不棄，固所歡迎。"於是偕拱山行。途次，拱山曰："觀翁狀，想甚貧窘，且年已老，盍覓一良壻以終餘年？"樵夫笑曰："吾之生涯，實賴吾女，吾女若去，不啻失吾手足耳目之能。烏乎可，抑有一言，吾境遇雖屢貧賤，吾心却與吾境遇殊。貧者吾良不欲，富者吾不敢望，故毋寧留以伴余。"拱山曰："然則以丫角終其耶？擇一富而能贍翁者可耳。"樵夫曰："是難，是難，且吾女志亦殊堅，吾良不能強。"拱山聞言，頗滋弗悅。

及抵樵夫家，女正倚門而望，見阿父偕拱山至，大詫曰："異哉吾父，乃竟不納吾言。"言未已，拱山已立其前，曰："姑娘煢煢孤處，得不寂寞乎？"女曰："謝先生，吾良甘此。"遂入，樵夫偕拱山繼之。維時夕陽含山，涼風快人，花香縷縷，播蕩空氣中，令人嗅之，如入椒室。樵夫顧謂拱山曰："吾園雖陋，然景致甚佳，先生其樂此乎？"拱山曰："吾心良適。"言已，相將入室。樵夫呼女以茗至，女良久不出。樵夫曰："先生非他人，兒趣來，勿忸怩作村姑態。"女始持盞出，將遞茗與拱山。拱山忽以手握女臂，小語曰："佳哉！"女色頓赬，盞幾墮，急趨入，心躍躍動不已。然以老父故，隱不敢發。拱山既飲茗，乃移座室外，此時枇杷方盛，樵夫摘巨筐進拱山。拱山且啖且談，未及數語，忽謂樵夫曰："翁之財產，究爲若干？"樵夫愀然曰："先生胡下詢及此？吾行年五十，困於貧窶幾四十年，安足云財產？邇來花事落寞，園租且未付，主人頻頻催索，吾方因此懊喪……"言未已，拱山接曰："翁誠偵者，胡早不爲余言之。余不敏，頗抱拯急之懷，苟有所需，吾當給爾。"樵夫曰："先生良意，吾滋感激，雖然，吾一生殊不欲向人告貸，蓋吾所入，僅足供鹽米。今日貸之良易，來日償之則甚難。"拱山曰："翁勿憂，我豈欲爾償耶？"言次，歷舉其生平所拯濟之人而道之。樵夫心動，曰："先生誠義士也。"拱山曰："安足言義，聊以憐貧耳。"遂以重金與之。

樵夫得金頗樂，除開消要項外，尚有餘積，以沽佳釀，對杯邀月，心志暢然。拱山見樵夫已蝕其餌，亦甚喜，嘗軒眉大笑曰："愚哉此老，竟不出我所料。"於是每日必至樵夫花圃，樵夫有所需，輒供應之不稍惜。女機警人也，日見樵夫金錢忽豐，即疑其來之不正。一夕私叩之曰："吾家所入，似較少于昔，阿父用度，反較豐于昔，此宗接濟，究貸於誰，可語兒乎？"樵夫逗曰："帥先生假我也。"女曰："兒固知必渠，然阿父亦曾計及吾家狀況乎？以所入供所出，尚虞不足，今驟假人之錢，將來何以償之？假而不償，必滋人議，是窮而濫矣。"樵夫曰："渠固未嘗欲余償之也，何懼乎此？"女泣曰："父乎，彼何人斯，父何人斯，父既無功于彼，彼亦未嘗愛恩于父，彼胡爲而竟以重金與之？兒今直語父，彼無禮于兒屢矣，彼之意，非果出自仁慈，特欲藉以圖兒耳。父一生清貧自守，戚黨之中，誰不敬之，設因此而蒙莫白之羞，父其何以處兒乎？"樵夫聞言，心頓明，曰："兒言良是，吾初未嘗計及於此，今後吾再不假其資，諒彼無以施其狡獪。"自是樵夫絕不以所苦告拱山，間或拱山與以資，亦拒之。然拱山之蹤迹，仍未絕於樵夫花圃，蓋樵夫以爲不假其款，彼此過從，無礙於事，且拱山聲威頗大，樵夫即欲拒之，亦畏而不敢。故每當斜陽一角，涼風颼颼時，樵夫廣圃慘綠中，恒有拱山之小影。

第四章

韶光荏苒，又是殘冬天氣矣，樵夫圃中花木，爲嚴寒所摧，咸呈頹萎之狀，因是生涯冷落，屢屢斷炊。女見狀，大憂，日奮其十指，作女紅以爲助。然杯水車薪，何濟於事。昔日紅紫爛縵之園亭，今僅餘黃葉滿徑，樹枝鳴鳴，與室中欷歔聲相應答而已。此等景象，本爲樵夫所常歷，在理，樵夫當安之若素，詎今日則不然，以爲曩日乃獨居無援，憂患之來，如逼人于空谷中，故惟有閉門自守，生死聽之命運。今日則固有急公好義之高士日倪倪於旁也，徒以女厭其人，不能向之告貸，坐令瓦甑生塵，飢寒交迫。每一思及，輒瞿然大怒。女生性聰明，凡人喜怒之所由來，咸能揣度盡致。此日忽見阿父滿面憂容，持其菸管，蹀蹀往來室中，即知阿父必將怨己也，不覺心酸淚落，嘆家運之顛連，乃忍飢以餘粟煮進阿父。並收索銅元數枚，向近村沽酒一罇，以爲阿父護寒。樵夫得此，稍安。女則玉肌生粟，飢腸轆轆轉，嗚呼苦矣。

逾旬，天愈寒，陰雲四合，風狂且厲。樵夫茅屋數楹，經風震撼，搖拽欲傾。女頻頻嘆曰："天寒如此，得勿雨雪耶？吾家所存薪米，僅供一日食，若果不幸吾言中，是天絕吾父女也。"言已，探首外望，天黑如漆，乃閉其竹扉，燃短檠，作女紅，夜深始休。方擬就寢，忽聞室外發巨響，推窗視之，乃桃樹爲風所斷，雪果已寸厚矣，不禁慘然曰："天乎！"更往視樵夫，則縮瑟敗絮中如凍雀，泣曰："可憐哉，吾父！"遂以綿衣一襲，加諸樵夫，己則斜倚竹榻以待旦。

翌晨，雪愈甚，其大如掌，平地深尺餘，一白無際，幾成一粉裝玉琢之世界。枯樹已禿，頂戴白雪，宛如白髮老翁，垂長鬚，或凝結成冰，殊奇觀也。女此時僅御薄綿，手足冰僵，齒震震有聲，啓扉望之，不覺泣曰："吾儕末日至矣。"徐捲其紅袖，取鉅鏟去徑中雪。達戶外，更冒雪往林中，折枯枝一縛歸，自計曰："取煖之資足矣，然米僅足供一日食，奈何？"百思不得其策，愁眉雙瑣①，入爨具飱。嗟乎，當此日富者方紅樓暖閣，度其快樂之光陰，烏知蓬蓽中，乃有此可憐之女子。日復一日，六出之雪花，仍徹夜飄灑，未之少減。屈指計之，蓋已三日，女家斷炊，則已兩日矣。樵夫飢火中燒，酒蟲又躍躍欲動，頻仰首嘆曰："吾之殘生，行將葬此雪窟矣。"女聞之，如槍彈貫胸，痛徹心腑，抱樵夫曰："阿父，姑母家尚稍通緩急，兒往求之可乎？"樵夫怒曰："爾勿言此，彼帥先生非不可以接濟我家耶？而爾獨拒絕之，今日合當困斃，夫復何說？"女曰："阿父，殆怨兒耶？兒特恐彼將有不利於兒，故勿如遠

---

① 瑣，疑應爲"鎖"。

之，却不知今日適有此境。然吾家之遭此境，固屢屢矣，往者未嘗有彼，而吾家亦未聞餓斃，豈今日微彼，吾儕便不能生耶？如是，則阿父已自認吾家之生死關頭，操之彼手，彼更為所為矣。"樵夫曰："如爾言，天下將無一可信之人，烏乎可。"女曰："可信者自可信，若彼，則兒誠未敢……"樵夫曰："吾甥（即程生）固爾所嘗許者也，今則何如？"此語不啻直誅女心，女頓時面紅耳赤，大哭。樵夫不耐，取其竹杖，披雪而出。

女覘樵夫出，回思自己身世，殆如弱草，哭益甚。忽由窗櫺中遠見一少年，衣雨衣，控騎而至。及門視之，其人非他，乃拱山也。女見拱山，不覺悚然懼，思室中僅己一人，設其欲行非禮，不其殆耶？思未已，拱山已入室，徐拂其衣上雪，徐謂女曰："姑娘若父安往？"女曰："不知。"拱山方欲再問，忽見女淚痕盈面，詫曰："姑娘胡憔悴若是？"女不答。拱山乃卸其雨衣，四矚室中，曰："姑娘未餐耶？"女曰："否。"拱山曰："爾勿欺我，吾觀爾廚室，殊無煙火氣，未餐或不止一日也。"女慚甚，俯首不語。拱山復自語曰："可憐，可憐，天阨貧人，竟至於此。"言已，移身女前，曰："姑娘勿憂，吾當遣人以薪米至。"女正色曰："謝先生，吾家尚不須此。"拱山曰："姑娘勿爾，豈坐視老父餓死耶？"女良久曰若："若承善意，饋老父足矣。"拱山聞語，頗快快，取竹椅自坐。半晌，忽嘆曰："吾誠不意姑娘竟陷斯逆境，然姑娘亦太失計矣，彼身出微賤，而驟跡富貴者，寧有種耶？姑娘年已侵長，姿容秀美，體態窈窕，肌膚之瑩潤，宛如琢玉凝脂，嬌美之秋波，百媚俱生，以此絕世之資，何求而不得？乃獨長日蜷屈于蓬蓽中，與憂愁為伍，究何謂乎？"女作冷峭狀，曰："噫，吾之處境何如？吾之命也，運也。吾又未嘗求謀於先生，先生此言，不其多事耶？"在勢，拱山聞此，必無歡，或且拂衣而出，然拱山與女子相近久，此等失意之語，固嘗入其耳鼓，故能自抑其怒，且自見女以來，從無攀談之機會，今日樵夫他出，正天予之緣，安能以意氣失之。於是復竭其誠懇曰："姑娘謂吾多事，良當，然惻隱之心，人皆有之，吾見姑娘之境遇，如花落溷，故一片惻隱之心，不能自已。區區數言，亦發于天良耳。"女曰："先生，吾誠賤人也，吾殊不能爲先生感。"女言時頗怒，兩頰略見赬色，益其豔。拱山注視良久，心動，私念此荒圃中，四無鄰居，若與之親，必無援救，是圓滿目的，不待營求而可達。思至此，幾欲起而抱女，然見女氣色凜凜，又不覺中餒，手筋掔掔，若甚不安者。既思女決不可犯，乃起立謂女曰："姑娘勿自苦，吾當使人賫糧至。"女曰："爾物合當飼狗，勿貽諸我。"拱山不顧而去。按天下最足以令人敗品節，喪廉恥者，厥惟一"窮"字，雖鬚眉丈夫，亦每每不能自持。女不過小家碧玉，而當此飢寒交迫之際，獨能保其品節廉恥，不爲勢利所誘，氣節操守，誠令人肅然起敬。彼世之錦衣玉食，所號閨閣名媛，而尚不免齷齪曖昧之行者，對之能勿愧死。此中寓箴世之意良深，幸讀者勿徒作小說觀也。

少選，樵夫歸，女盡以拱山語告之。樵夫笑曰："可敬哉帥先生，吾固知能拯吾儕於患難者，惟若一人。"言未已，拱山已遣僕擔得束薪斗米至。樵夫大喜，獨女對之，落寞無歡。樵夫顧女曰："吾腹枵甚，其速具膳。"女不獲已，起至廚室，以所得煮進樵夫。樵夫狂啖，囑女食。女曰："此釣者之餌，兒不忍食。"樵夫哂曰："爾真愚者之慮，寧坐以待斃耶？"女卒不食。

第五章

樵夫于此奄奄欲斃之時，忽得拱山之救濟，中心感激，莫可名言，於是復與拱山往還。拱山嘗竊笑曰："寒酸骨頭，吾固知其不可久傲，今果又歸吾掌握中矣。"但女情性冷峻，終不能圖一日親近，不免因以悒悒。維時已是新正，拱山復生一計，其計維何？即誘樵夫使賭也。蓋帥氏紈絝氣習最深，每屆新年，必聚而大賭，雖傾人之產，敗人之家，亦在所不計。樵夫以拱山爲生平第一恩人，值此椒花進頌之時，自不能不踵府叩賀。拱山見樵夫，良喜，款以盛饌。既而引至賭場，樵夫見金錢纍纍，豔羨不置。拱山曰："翁亦欲試耶？"樵夫搖首曰："吾儕窮人安敢望此？"拱山曰："吾以資給爾，姑博一樂可乎？"樵夫猶夷未決，拱山即以錢與之。樵夫遂入局，而運殊蹇，每擲輒負，計終局已去十餘緡。樵夫色大沮，拱山慰之曰："勿憂，來宵當可恢復。"樵夫悵然而歸。

次日復至，拱山又貸以款，又大敗，於是恢復之念蓋切，每日必至，每至必敗。不數日，達百餘緡，而拱山府第之賭忽止，樵夫大恐，私念巨金已去，無復恢復之期矣。回顧家中，並隔宿糧而亦無之，此等巨債，將何法以償？明明清白無瑕，無端造此惡孽。思念及此，始信女言之不謬，悔不早絕此人，因是終日憂惶，寢食俱廢。繼又念如許債款，在吾家誠屬重大，若在拱山，正不啻滄海一粟，或者拱山尚能根其向日仁愛之懷，不予追索，亦未可知。故女叩其何以長日抑鬱，彼始終不言，蓋一以爲免女憂，一以爲拱山若示寬容，正可無形削滅也。

詎知天下事有大謬不然者。一日擔花至拱山府第，拱山忽厲色謂之曰："樵翁，吾有要言語爾，爾知吾家將有析產之議乎？"樵夫惶惑曰"不知。"拱山曰："曩者翁零星假我家資，已達二百餘緡，此資乃我與我弟所共有，現我弟欲析產分居，此資必須爾即日償出，爾不乏親串，箋箋者能如約繳出乎？"樵夫聞言，面色如死，齒震震若頓冒重疾者，格格言曰："先生往者不云此乃周恤貧人，不欲余償乎？"拱山曰："然，吾固嘗言之，惟我弟錙銖必較，奈何？"樵夫曰："吾家之困狀，先生所知，此等鉅款，一時如何可措？"拱山良久不答，既而曰："我爲爾計，償此甚易，或可從此卸買①花生涯而爲座上賓。"樵夫曰："是何言？"拱山曰："爾不解耶？吾爲爾言之，爾無資償此債，誠我所知也，我若使我弟不予追索而轉負之我身，其事甚易，但爾自思，爾果何恩於我？而令我受此重累。我之不允，亦人情之常，今欲解茲紛難而使爾秋毫不動，則有一法，其法維何？非我兩家聊姻不可。爾女麗珠，聰明秀美，我所極敬而極羨者也。爾許以下嫁，此債決不爾索，且可贍爾以終餘年，爾女年已侵長，始終必字於人，爾縱謂欲留以作伴，然爾年已老，終有一死，死後任其飄泊耶？抑糊塗亂字於人耶？以我家門第，爾女來歸，誠莫大之榮幸，即爾亦可免長日胼手胝足之勞，爲爾計，誠莫善於是。爾其謂

---

① 買，疑應爲"賣"。

之何？"樵夫聞畢，益顫悚半晌，始曰："吾女若不愿，奈何？"拱山曰："然則償我債來。"言已，掉首入室。

樵夫此時如被極刑，垂首喪氣，循道歸家，深悔己無知人之明，致墮其毒計。此日若無法償還其債，掌上擎珠，直坐視其奪去。狡獪哉此獠，仁義其表，蛇蝎其心，脫女不愿，一綫殘生，行將斷送此獠之手矣。樵夫思至此，悔恨交集，累日不愉，且女屢以利害進諫，今遽以論婚拱山為言，雖父子之間，亦難脫口。於是一個困難問題，惟有終日轉回於寸中而已。

女見樵夫長日不快，深滋疑慮，叩其故，樵夫搖首不言，女益疑。一日，樵夫醉後，女以言餂之，樵夫始盡以拱山語洩之，並問女曰："兒其愿作貧人女，抑愿作貴人婦乎？"女聞言，大駭曰："兒曩者固屢勸父勿與彼交，父不聽，兒固知必有今日。但父果忍以二百緡賣兒于火坑耶？彼之為人，兒略聞知，始亂終棄乃其慣技。兒此日丰姿略佳，彼必欲取之，設一旦色衰，安見其不棄如草芥。是兒半生以後，乃成一極慘極哀之生活，況兒出身貧賤，彼家又自號為富貴者，即正當婚姻，亦難逃彼家人之熱嘲冷誚。今乃抵償債務之物，不益足使若輩揶揄鄙棄之有辭耶？父乎，兒寧死，不愿嫁彼也。"樵夫聞畢，默然不語，蓋預料女必不允，然抑鬱之色仍不免形之於面。女復曰："父若實無法處此，擇一能償此債者，兒嫁之可也。"樵夫始慘然曰："吾固屢言不欲爾寄人籬下，受諸般奚落，今誠不得已者也。但倉卒中安能覓此適當之人？"女曰："姑試為之。"樵夫仰首嘆曰："茲事誠我之過，倘當初能納爾言，何至如是！集九州之鐵，難鑄此大錯矣！"

第六章

次日以女言告拱山，拱山怫然不悅曰："我前不云乎？因我家析產在即，故我弟必索此款，如爾言，尚不知須至何日，是安可？我今語爾，爾不以女匹我，亦佳，但三日內必將錢賫來，否則我必置爾於官，利害爾自擇之。"言已,驅樵夫出。樵夫氣憤不知所措,思前日謙和恭讓之人,今竟獷暴至此,由此觀之,彼世所號為富貴公子,皆強盜之不若耳。歸以告女,女仍不許,曰:"彼若置父於官,兒願受其罪。況債彼所種也,官果廉明,猶未必遽科以罪。"樵夫聞言,默然。蓋彼一生畏官如虎,頗不以女說為然也。於是四出張羅,卒一文不獲,而拱山所限之期日至矣。女覩樵夫狼狽狀,深滋痛恨。是日停午,方伏枕假寐,惝恍中忽覺有人吻其額曰:"吾兒⋯⋯行將永訣矣!"啟目視之,見一人影奪門而出,大驚,立起追尋,及樵夫室,見樵夫手持利刃,將欲自殺。乃力奪之,曰:"阿父何為?"樵夫曰:"兒既不允嫁拱山,糾葛迫不能解,惟有自裁耳。"女大哭曰:"是兒罪也。然則兒將嫁之可乎?"樵夫驟聞是語,又覺其女將從投入苦海,無復自由之時,相抱痛哭。既而女曰:"此舉誠非兒所願,今特欲救父耳。但兒去,父以衰老年華,決不能自為其生,必須彼儅養父以終餘年,如否,兒仍持前言不彼諾。"樵夫曰:"吾行為彼言之,然彼前日固語及,此或可如願。"女長嘆曰:"吾一生幸福,將犧牲此一諾矣。惡哉彼儅,但望老天佑吾,痛改其性,使吾父不目覩吾受其痛苦,則滋幸也。"

樵夫方欲作答,忽見柴門闢,拱山岸然入,色甚嚴厲,顧樵夫曰:"我限爾期至矣,將何以語我?"樵夫曰:"頃已與吾女計,謹如先生命。"拱山頓易歡顏曰:"姑娘已允婚余耶?"樵夫曰:"然。"拱山曰:"吾固知渠聰明人也,決不失此美滿姻緣。"樵夫曰:"但有一事,吾女既嫁先生,吾之生理即絕,嗣後吾衣食,先生能否負其責?如能,自是如天之福;如否,雖斃吾,吾女仍不之嫁。"拱山曰:"茲事吾言之屢屢矣,爾勿懼,必能養爾以終身。"樵夫曰:"如斯甚善。"拱山遂歸。途次吃吃大笑曰:"吾固知小妮子終不能逃吾掌握,大哉,金錢之勢力,乃助吾成此偉功!"言已復笑。

於是盡反樵夫之貸券,凡樵夫家中有所需,均一一購置。更明倩蹇修,行書納聘,此數日中,誠可謂拱山極樂之世界。女則終日鎖其雙眉,若憂大難之將至。拱山窺其情,乃置豔服一巨笥,送往女家,冀博女歡,而女殊不瞻顧，惟無識村姑，嘖嘖豔羨，並謂女獲此佳婿而不悏意，是爲無福。女聞之，亦略不置辯。夫以女之身世，與拱山之門第較之，女之匹拱山，誠爲莫大之榮幸；以情衡之，女允宜滿心暢意，或曲意逢迎阿婿，以圖親密，胡爲落落一至如是？豈女誠具有宿慧，凡拱山來日之舉動，均若默知耶？抑自知命薄，甘守蓬門，而視紛華富貴爲不祥耶？吾書至此，實不能不佩女，恨無古押衙復生，解此劫難，坐令此嬌好女郎爲救父之念所宥，而犧牲一生之幸福，浸至玉缺花殘，遺恨千古。吁，可慨矣！

第七章

居無何，結縭之期已至，拱山府第，煥然一新。在理，拱山以貴冑之子，突婚此貧寒之婦，爲勢乃至弗當，然拱山志在獵豔，殊未計及於此。戚串中間有匿笑者，拱山良不之顧。屆時燈燭輝煌，花彩絢爛，三星在户，百輛盈門。女惝恍中與拱山交拜，已入洞房。紅巾揭去，光豔照人，無不嘖嘖稱曰："此月宮仙子，無怪拱山顛倒尋思，必欲得之而甘心也。"拱山聞語，甚樂。然拱山於時頗有一種疑慮，則以女具此殊色，而生長小家，其行不知果否貞淑？脱其不貞，愛情已析，一年來所竭之力，所費之心思，行將付之流水。因是時爲耿耿。及至錦帳低垂，鴛鴦交頸，腥紅片片，固白璧無瑕。拱山始大樂，謂女曰："今而後，吾不僅愛卿之美，且敬卿之德，但望上天佑吾，使吾兩人百世偕老，則吾畢生之願盡矣。"女曰："妾以蒲柳之資，承君寵眷，許匹終身，誠妾無上之榮幸，甚望君堅持此心，百年如一日，則妾獲福無量。"拱山曰："吾愛，勿過慮，吾往者血性未定，或不免有儇薄之行，自見卿後，即痛改前非。嘗覺吾一縷靈魂，一身心力，已全傾於卿之左右，設卿不見許，另字於人，吾必憔悴至於死。今幸卿來歸，吾當永嵌卿之小影於寸腦中，勿使其晷刻離去。質言之，有一日天地，即有一日卿，苟吾忘卿者，天地其覆矣！卿乎，吾愛乎，今日誠吾生生世世極快極喜之一大紀念日！"言際，捧女暈紅棠頰，吻之弗已。

自是晝寐窗下，並肩旖旎，家庭中頗能極盡歡樂。樵夫則日縱情麴蘗，不足，即取給於拱山，拱山亦不少吝。女見狀頗慰，思此等景象，若能持久，老父或不至再罹阨運，己身亦當無患難之可憂。凡曩日腦筋中所想測之險象，漸歸磨滅，嘗倚鏡笑曰："麗珠，麗珠，爾前日誠過慮，脫如爾意，今日綠窗紅綺，寧有爾分，或且令老父繫於囚，己身流爲乞丐，一生境處，殆如日之將夕，無一絲光明之可望。以視今日，不幾若天淵耶？"言至此，恒樂不可支。

然女良不因是少萌驕奢之念，起居衣飾，咸取樸質，對應之間，亦謙抑有大家風。拱山本豪華成性，覦女狀，頗爲慊慊，嘗謂之曰："我爲爾購備妝奩，當爲不少，胡盡貯之，縮瑟作寒酸狀？"女曰："君好勝之念，妾良知之，然觀君家所入，尚非鉅產，若誠如君家人，均以紛華相尚，安有裕如？與其因奢靡破產，毋寧儉約爲佳，且妾既侍君，即冀君家百年如此日。若僅顧目前，不思日後之甘苦，君又奚取？"拱山聞言，頗敬女，顧性自天成，良不能少減其豪況，且爲女故，新築藝花小圃，雜植名卉並叠假山一座，聳然空際。時方夏初，花枝盛開，紅紫燦爛，狀至悅目。拱山興至，輒挾女徜徉其中。女復諫曰："妾至君家，未及兩月，君遽大興土木，縱情奢麗，不知者必滋謗議，君獨不畏人言耶？"拱山曰："誰敢預我事者，但求我爾意適可耳。"女曰："君言殊非妾所樂聞，大丈夫當建功立業，君寧自此老死溫柔鄉乎？"拱山笑曰："以吾思之，吾今日誠南面不啻，尚復何求？"女聆之，默然不樂。

第八章

拱山弟名松生，爲人陰鷙，性情狡獪，放蕩不羈，更駕拱山而上之。女于歸之夕，松生覦其麗，大羨，羨極妒生，遂嘗思於拱山前毀女，以減其寵眷。顧女事上以孝，處家以勤，平居以禮法自守，絕無瑕疵可議，頗恨。惟時於家人前，譏女身出微賤，不識大體，並謂拱山娶此婦，有辱門楣。家人頗信松生言，因之咸輕視女。苟女偶有過失，即群起而攻之。時女于歸猶僅數月，遽萌此見象，誠女一生之大不幸事。尚幸拱山未爲所動，女於四面楚歌中，少引以自慰。

次年春，拱山忽欲留學鄂渚。女聞之，頗滋不愉，蓋家庭荊棘中，所堪倚以爲命者，僅此親愛之夫子，若一旦遠去，煢煢此身，殆如孤雁，彼輩小人，勢將展其欺虐之手段以凌之。然茲事爲夫子上進之階，且爲己素所矚望者，安能因兒女私情以廢事？一腔傷心淚，惟有自咽之寸心耳。拱山窺其情，多方溫慰，且曰："家中事，任卿擺佈，我雖遠在天涯，當不忘卿。縱家人有所訾議，置之不聞，乃爲上策。且卿之勤儉德行，我皆知之，能獲我心，卿即無懟，彼流言何有於我爾哉？"女泣曰："君言妾當銘之肺腑，其望君客中珍重，勿念賤妾。妾嗣是以後，惟有自鼓其勇氣，以與苦惱相競，能求不負妾初衷，即使君運日隆者，妾死且無憾。"於是爲拱山部署琴書，拱山覯此嬌嬈弱妻，驟然撇去，亦甚覺耿耿。凡家中事，不惜鏤心擘劃，以求適女心，間有爲女力所不及者，即責之松生。諸務既畢，一肩行李，遂別其故鄉而去。

情意方穠，忽增離恨，乃人生最苦之景。且拱山情重而易感，心柔而易動，尤爲女所深知。異鄉花草，最足牽懷，因是女恒悒鬱，若有所失。叔氏松生，遂乘隙易其攻擊手段而媚女，溫存慰貼，靡不盡至。女固聰敏人也，知松生居心叵測，嘗切齒恨曰："毒哉此豸，全無心肝，竟視倫常若敝屣。倘乃兄知之，當擊之使成虀粉。"然此日庭幃之內，可恃者僅松生一人，是非黑白，彼實有顛倒之權，以故女雖惡之，良不敢遽絕之。蓋恐挑起家庭風波，使拱山不能安於外也。詎松生不察，以爲嫂氏縱容，乃可圖之機，益恣肆。且時擇失意之事告女，曰："阿兄爲人至無定見，吾聞其去省後，日縱情于勾欄中，雖一擲百金不惜。吾嘗謂其心如弱草當風，至易遷變，由今觀之，誠爲不謬。嫂氏當知吾家資產之多寡，能幾經其揮霍，嗟夫嫂氏儉約自持，日兢兢如履薄冰，苦心孤詣，彼蓋忘之矣。豈維彼，吾家人又誰知之，所能原諒者，我一人耳。"女聞言，默然，蓋素知松生喜爲誑語以欺人，此無稽之談，良不足信。松生曰："吾之語此，嫂氏當不之信，或且腹誹之，然吾與阿兄，手足至親，吾亦知嫂氏與阿兄締此婚約，曾歷經困苦，今日吾自不能不期望阿兄家事日趨隆盛，若坐視其流連忘返，令家道驟然衰落，嫂氏實首蒙其禍。嗣後衣食窘迫猶小事，人脫謂此乃嫂氏不賢所致，最難堪也。故吾自聞阿兄失檢之言，即累日不愉，今茲言之也，亦無非使嫂氏知吾家之危，有以自振耳。"

女聞至此，微覺松生語大有理，乃肅然曰："叔氏若果見憫，盍以書規之？"松生曰："是何待言？"女曰："如是，吾當感激不忘。"松生見女將信己，私心大喜，然不敢形之顏色。故長嘆曰："吾家人殊憒憒，嫂氏如是賢良，彼等猶時有訾議，吾日來雖不惜舌敝唇焦，與彼等爭論，然仍未能挽其盲談。嗟夫，是非顛倒，至吾家而極矣。"女曰："為人處世，但求無愧於心足矣，旁言何傷？"松生曰："諒哉斯言，吾行當陳于阿兄，以警惕之。"嗣是松生時有書致拱山，每發時，必于女前展誦一過，女固不識之無，其所誦與其所書果否一而二，二而一，良非女知。惟歷接拱山覆書，率皆風月之語，對女從未一加慰問。女至此，不免大失望，思拱山果得新忘故耶？瀕行之語，固猶歷歷在耳，胡一適異鄉，便昏迷其志？脫叔氏之言，不幸而中，吾此生其已矣。

女此時孀已八月，於此極無聊中，乃緣是生出一種期望，以為懷中兒若果男也，吾將告之族長，將拱山資產，留存一部分以作此兒讀書立家之用。吾即竭吾之心力，以撫育此兒，迨兒成人，帥氏有後，吾一生之責任即了，拱山其棄吾也，或破家也，吾皆不之計。蓋吾忠諍之言，彼既不之聽，吾叩吾天君，良無愧昔。彼之落拓，是彼自暴自棄，於吾無尤。女既涉是想，愁懷略展，惟視其所期之虛實，以判其命運之亨否。詎臨蓐之時，此望乃失，蓋所誕非男而女也。維時方夏初，天氣頗炎，女產後，絕無看護之人，凡事皆女扶病自任。家人猶復私語喁喁，謂女無宜男相，拱山合當絕嗣。女聞之，慚憤交集，然事已至此，徒付之奈何，仍日振其病軀，以從事家務。無何，拱山書歸，亦大不滿意於女。女嘆曰："此天心所命，於余何尤。即此一端，已足徵夫子心非前日矣。"

悶極時，惟抱懷中兒往姑氏處攀談以爲排遣之計。詎意因是釀成後日大禍。嗚呼，女苟知之，當寧困死斗室中，以與憂患戰，決不行此消遣地也。蓋女與程生即女姑氏子事，松生約略聞之，初猶未得其詳，近忽覩女頻頻往其家，心頗疑，以爲女邇來大受家庭刺激，必將憤極，復尋舊好，於是竭力密探程生與女之關係。松生爲人，如水銀瀉地，無孔不入，此等事蓋優爲之。果不旬日，凡女與程生情好，及謀婚未遂種種情況，盡入其耳鼓，大憤曰："吾不意吾兄竟娶此蕩婦，此而不懲，勢將貽家門羞。"然事無左證，安從而發覆？因之頗費躊躇。既又念女性殊烈，脫竟宣之，庭幃中將如火投爆，必釀生激烈風波。女若不服，或且害及生命，茲不可爲也。顧松生與女，殆已成積世冤家，決不至恝然置之，惟每於致書拱山時，微露隱秘，意待女惡既彰，然後挾以圖之，固無求不得。女當時見家人咸怨己，私心自揣，猶覺叔氏事事關懷，堪倚心腹，固不知叔氏方視其如空中飛雀，密佈網羅以弋之。嗚呼，人情險惡，乃至如斯，惜乎女不能自覺也。

第九章

未幾時，拱山頻以書責女，女不知此乃松生所媒糵，益怨拱山之薄倖。竊念曩日所慮之刻難，今已漸有見端矣。追原禍始，皆老父昏耄所致。今老父亦僅橫臥荒圃老屋中，終日洪醉而已，痛苦皆余感受。嗟夫，余一生快樂光陰，僅結縭後一年耳。自茲以往，將如緹騎深山空谷中，所環諸身者，皆荊棘榛莽，安有展眉之日？幸姑氏尚念骨肉舊親，頻加青睞，稍宣此憤懣之氣，不然當縊領死矣。於是過程家愈密，松山之窺伺亦愈甚。相積日久，私欲大熾，女之大阨運乃至矣。

七月七夕，夜將午，女以心緒惡劣，反側難寐。一人啟室門，閒步至拱山新築花圃，仰見銀河瀉影，雙星閃爍，若話離衷者，微嘆曰："去年此日，方與拱山攜手假山下，喁喁情話，馨郁猶覺在耳。今則隻影單形，凄涼寂寞，彼多情雙星，當亦爲余致其感嘆。"言未已，忽覩一人影瞥眼而過，大驚，毛骨悚然，若頓寒疾者。私念圃中得勿有鬼耶？方欲移身回室，人影已豎立其前，審視之，竟非魑魅，乃叔氏松生也。女見其目灼灼似含異色，懼甚，心頭躍躍，如小鹿撞。正思覓一語以詢松生，苦不得，松生已先言曰："夜凉露重，嫂氏胡猶一人徜徉于此？"言時唇翕翕然動，身搖擺如懸鐘。女知勢非佳，叱曰："此我事，何預爾？"言已，欲行，松生挽之曰："嫂氏暫留，吾有數語相告。"女正色曰："言出如箭，不可亂發，有何語？趣言之。"松生吶吶良久，始曰："吾之護惜嫂氏，可謂備矣，嫂氏乃竟不吾感耶？"女曰："言止此乎？"松生曰："尚未，吾兄之棄嫂氏，想嫂氏所知也。吾近聞渠已在省另置篋室，是渠與嫂氏夫婦之情愛，已經斷絕，嫂氏試自思身世，當慘怛至於何地？吾素憐嫂氏賢，覯此見象，不禁心折，嘗覺畢身肢體一一流出其至誠至摯之情血，以灌於嫂氏之身。嗚呼嫂氏，抑有以憐吾誠而少與吾以愛乎？"言際，引手握女玉葱。女大怒，力脫其手，罵曰："吾曩者猶以爾人也，今乃知禽獸之不若。夫乃兄棄吾，是乃兄負德，爾當如何規勸？以全家庭之義。今反乘以謀我，禽獸哉！禽獸哉！"言已，移身欲行，松生已出其敏捷之手腕，抱女腰，女大呼。松生懼爲人覺，始逸去。女忿極歸室，回溯松生一向所爲，豁然知其心非良善，悔不早絕之，致召今日之辱。在理，當宣之家人，以遏其獸心，顧彼奸滑小人也，脫其老羞成怒，作反噬之念，家人既咸信彼而惡吾，吾冤且莫白，是非惟無益，且有害焉。若不發覺，彼或以吾有心縱容，恣肆愈甚，則又奈何？嗟夫，豪門貴族之家，乃有此敗類，倫常之道，誠將絕矣。今後拱郎一日不歸，此冤一日不雪，然拱郎已棄吾如遺，余縱言之，亦不過如風過耳，安從而取其信。且松生思慮靈敏，焉知其不先捏詞以誣我，我言又奚益？嗚呼，我此後惟有束手待斃而已，寧有他說。言已大哭。

一不慎，禍機立發，松生覯女狀，初頗懼女舉發其惡迹，繼見家人咸相處如昔，知女已將疇夕之事，陰爲消滅，頗慰。顧女未徇其要求，甚引以爲恨，且又恐女私倩人以函訴之拱山，於是乃爲先發制人計，每致書拱山，對女必多所謗毀，即女與程生事，亦時時露諸楮墨間。拱山聞之，大怒，屢以厲語加之女，且波及至於樵夫。樵夫接書愕然，舉以詢女，女惟俯首啜泣。在理，女當以所苦訴之阿父，然女為人，恆覺世界苦惱臨其身者，當一己受之，雖粉身碎骨，亦決不貽他人憂。況阿父方處茲無聊生活中，安可以此累其心？是以答阿父之問者，惟一哭而已。然此一哭，已不啻表示其許多不快之事。樵夫雖愚，亦可推測一二，顧謂女曰："兒今日之禍，皆老夫召之，兒甚勿縈之懷抱以自苦。"言未已，亦不勝其憂哀。惟松生則大樂，嘗吃吃笑曰："小妮子鐵石心腸，不知情意，宜其受茲痛苦。雖然，此特如密雲將布，急風雹雨，尚未至耳。"遂日尋罅抵隙，以與女為難。女少逆其意，即以告拱山。不足，猶復以程生嘲諷於女前。女聞而大驚，思此事已成明日黃花，彼儕胡由知之？設持以媒蘗于拱郎之前，吾不其殆乎？繼又念其事乃在拱郎未論婚以前，且爾時年幼，非復西廂待月、韓壽偷香之可比，拱郎安從而罪之？女思及此，頗能自壯其氣，固不知拱山已非前日之拱山，焉得冀其原鑒耶？

第十章

吾書至此，當回敘拱山往鄂時事矣。拱山自娶女後，頗能自懺其前愆，以為今後有此賢室，當奮發精神，從事學業，倘能繼續先人之榮光，俾家門顯耀，則畢生願望充滿，無遺憾矣。此拱山所以拋棄快樂家庭，毅然挾其希望晉省。詎入校後，所交非人，日惟徵逐於花酒之叢，入五都之市，兩眼都花，相習未久，狂態復作，讀堂功課，遂視為第二事矣。有揚妓名寶玉者，貌僅中人，善媚，拱山暱之，如獲至寶。初意猶僅曰："客中寂寞，風雨悽涼，聊藉以排遣愁腸。"至女臨別時，依依媚態，忠靜良言，固未嘗一日去諸懷。不期松生頻來之書，對女多不滿意，拱山遜聽之下，不免失望，常撫髀嘆曰："余妻若果如此，余內憂殊深，安能專心事業？"乃遺書勉女，而松生又不使女知，且多方播弄於其間。女情既不能達之拱山，拱山遂不知女究何居心，無形中兩人情感不禁漸離，然拱山此時不過以女不知治家，心目中固猶時尊之曰："此余妻也。"詎某日接松山書，謂女胡行亂走，人言嘖嘖，聞之大怒，益縱情於勾欄中，漸覺寶玉言德工容，咸佳於女。思女如再不知自檢其敗德，當取寶玉而代之。嘗於寶玉前微露其意，寶玉陰險狡猾，莫與其匹，聞拱山言，已窺其隱，乃乘機以蠱惑拱山。拱山苟與以資，輒擲還之曰："妾與君心交也，豈在此哉。"或拱山偶感疾，必親調藥餌以慰之，拱山大惑，恒語人曰："寶玉非吾情人，直吾知己也。"時正松生迫女未遂之際，拱山復頻接松生手書，捏造女與程生種種曖昧之事。是書也，不啻積薪投火，拱山批閱後，怒益甚，碎書作片片飛，擊轉案曰："賤哉，此婦，吾誓必出之！"自是暱寶玉如己室，雖一擲百金不惜。初於酒闌燈炧之候，猶時思及成婚之夕，女固白璧無瑕，今于歸行將兩載，且得抱子之樂，安由反失其貞操？或者告者之過？然此念旋起旋滅，回想松生與己乃手足之親，彼何至居間媒蘖己夫婦情好？且程生之名，嘗于樵夫口中聞之，似與女雅有情愫，焉見女不為所欺負？是松生之言，不為無因，於是棄女心乃決。

凡女子一經其夫婿厭棄，殆如墮入泥犂，萬劫不復超升。拱山既存心棄女，便覺女事事足以令其寒心，轉而視寶玉，則又覺其在在可以令己滿意。烏知寶玉者，惟利是圖者也，見拱山舉止闊綽，意拱山必擁厚資，故視拱山如肥牛，方思操刀而宰之。拱山入世未深，不能窺其奧竅，充其極，直欲供寶玉於心坎之上。寶玉又復從而媚之，如磁石引針，兩人情熱，遂不可一世，卿卿我我，碧海青天，誓不偕伉儷不止。秋高氣爽之月，日麗風和之時，拱山乃以千金為寶玉脫籍而藏之金屋矣。嗟夫，拱山不知此乃禍水，猶復大張筵宴，心滿意得。脫其知之，當哭之不暇，安有乎喜？

第十一章

年終，寒假期屆，寶玉公然載歸桃葉。初女聞拱山歸家之信，甚喜，以為久別重逢，伉儷之間，當增無量愉快，日惟翹首企足，以盼夫子行旌。詎拱山抵家之日，則更有粲者相隨，甚駭，回思松生之言，固未嘗欺己。在理，家人當責拱山負義，率寶玉以禮見女，而今日殊不然，群惟嘖嘖稱寶玉之美，若甚讚頌拱山之善獵豔者。對女亦傲不爲禮，女退而嘆曰："吾固料夫子有此日也。雖然，吾豈如村姑俗婦，作無謂妒意。吾苟能將吾苦衷白之，吾無憾矣。"詎拱山抵家後，惟孜孜部署寶玉室中陳設，對女絕無一語存問。即女所誕之女，亦略不瞻顧。數日如是，彌月後亦如是。或女偶與之語，則掉首而去，質言之，拱山此日目中已無女也。女至此，似不無忿怒。一日，家中咸他出，拱山一人躞蹀於花圃中，女見勢可乘，鼓其勇氣，抱懷中兒往。拱山此時忽改其累日之態度，見女似甚慚愧，不知其天良一時發現，抑女之忱悃，有以感動其心。女俟其神定，語之曰："妾自夫子別後，勤勤懇懇爲夫子支持家政，自問無所得罪於夫子，乃一年來，未聞夫子遺一語慰問，所形諸紙筆者，盈篇累牘，類皆詆責之語，此何故哉？"拱山仰首不答，女續曰："然此妾猶當爲夫子原諒，則夫子日方忙碌於功課，且夫婦之間，固不在乎世故也。歸來之日，挾蕩婦，棄妾如遺者，又何爲耶？"拱山始徐徐答曰："此爾自知也。"女曰："妾烏得知此？妾所知者，妾無愧於夫子耳。妾今日之言此，非如悍潑之婦，妒夫子之所爲，蓋夫子之棄妾，與愛妾，皆夫子所有之權，脫欲棄之，妾良不敢强其愛。脫欲愛之，妾亦不至被其棄。惟是結縭之夕，夫子之濃情密語，却不當遽置之腦後耳。"拱山曰："爾言良是，但今日之事，非我負爾，實爾負我，我曾屢聞人言之矣。"女聞言，不驚，亦不怒，曰："妾固早料有人蠱惑於夫子之前，然妾之性情，妾之身體，君試自問良心，當能知之。今不一加審察，而徒憑無稽之談以絕妾，妾實不願受，且妾之嫁夫子，乃出自夫子之良意，非妾向夫子所請求。回溯當日之情狀，亦何嘗不煞費苦心，乃成婚方一年，遽成冰炭之勢，誠妾所深滋惋惜。君忍，妾不忍也。"拱山曰："爾誠善辯，吾殊不欲再聞。"女曰："妾豈好辯哉，妾不得已也。妾今日非必欲挽夫子之心，轉而愛妾，但求夫子知妾年來之苦衷，不加誣於妾，於願斯足耳。夫子試思，妾固非弱者，脫如人日向夫子滋鬧，使家庭無一日安者，夫子其何法以處妾？然而妾不爲者，則以女子一度經所天所厭視，萬事都休，若猶刺刺詬諄，徒遺人譏，於己無益。抑更有進者，懷中兒雖非男，要亦夫子所出，今後尤望夫子稍分愛心以與此兒，勿使此兒於繈褓中即興無父之嗟，則尤妾所深幸。"言已，俯親兒頰，涔涔之淚，已浸滴兒之殷紅嫩臉。拱山見狀，意似動，唇翕方欲言，忽一人漫步而至。

其人為誰？寶玉是也。拱山見寶玉至，忽露懼色，欲答女之語，截然中斷。寶玉發其尖銳聲曰："爾等樂乎？"女未與寶玉接談，聞語，亦不答，長嘆歸室。寶玉怒視拱山曰："爾曩固謂大婦不良，爾已與之恩情斷絕，今胡又避余與親？噫，余誤矣，余誤信爾言而誤適爾也。余早知如此，余奚為間關跋涉，來此僻鄉？噫，余誤矣。"言已，淚簌簌下。拱山曰："卿勿悲，余適實未與之談。"寶玉不聽，瞥然入室，拱山隨之。寶玉故撒其嬌憨，伏枕大哭。拱山持巾拭淚，作溫婉聲曰："卿與余相處一載，豈猶不知余心？"寶玉曰："吾不知，吾貌不及大婦，爾其與大婦親，勿以此恬我。"拱山曰："忍哉卿，余自見卿後，吾一片心，不啻割以與卿，今若此，余其痛矣。"寶玉見狀，睨視之曰："此爾誆我，我終不爾信。"拱山曰："卿若不信，余敢誓之。"寶玉曰："若是，吾有一言正告爾，吾既適爾，吾之衣食住，自當仰給於爾，聞大婦之父，爾至今尚供給之，所費頗不貲，爾試自思爾家資產，寧幾經妄費。以吾思之，勿如逐去。"拱山默然良久，曰："此前約也，烏能廢？"寶玉復泣曰："吾固知爾心猶在彼，頃間所言，直欺我耳。顧我之言此，非必欲爾絕此老，亦不過藉以占爾之誠偽而已，今果不出我所料。"拱山曰："勿爾，勿爾，吾必廢之，吾必廢之。"寶玉始已。

第十二章

嗟夫，女竭其肺腑之言貢之拱山，拱山意方回環，又被此橫風吹斷。女之運蹇，誠至斯而極。然女此時猶未嘗深怨拱山，以為己之苦衷既白，彼即不聽，亦復無憾。所耿耿者，惟寶玉貌不及己甚遠，拱郎胡獨愛之也？一日，哺懷中兒已，正思老父月餘未見，不識近狀奚如？忽門簾掀動，一人岸然入，愁慘之色，溢於眉宇，兩頰瘦削若餓猿。女仰視之，正適所念之老父，亟釋兒曰："阿父今胡有暇視？"樵夫長嘆不語。女驚曰："父冤鬱悒如此？"樵夫曰："兒，爾不知耶？吾食絕矣。"女益駭，曰："是何言？"樵夫曰："自拱山歸後，僅給余兩金，今晨渠至余所，謂渠年來食用浩大，入不敷出，供余之年金，行將截止。余叩其胡爲陡發是議？搖首不言。嗟夫，食言而肥，吾不知渠果居何心？"女發其沉痛聲曰："父言確乎？然渠近來對兒，亦大異往昔……"女言至此，忽截然中止，易詞曰："渠爲他人所嗾使，兒當爲父爭之。"蓋女此時本思以拱山對己種種薄情事，一洩而出，既見阿父方處茲殷憂中，決不能再累其心思，故易詞以慰。樵夫曰："吾未食已一日矣，如兒言，吾不其入枯魚之肆乎？"女聞言，心大痛，方欲抑其悲，熱淚已奪眶而出。探首外望，見無人，亟以私蓄數金與樵夫，曰："父暫以此歸，俟兒與渠言明後，如何再報父？"樵夫乃傴僂出。女目送之，泣曰："可憐哉，吾父！脫負心人不徇余請，吾父安有生理？"退而大哭。

是日，拱山至夜午始歸，女所欲質問事，遂未果。次日寶玉他出，女始得間，趨拱山室，時拱山一人臥莎發上，蹙其雙眉，正思樵夫昨日至女所，必因廢其年金故，脫女以此質問，將何辭以對？忽見門簾掀動，女入，頗震。既覩女溫和之色不減於昔，心略定。女曰："夫子近日作事，幾無不背於信義，獨何故哉？"拱山曰："胡然？"女曰："夫子抑憶及當日論婚時之言乎？"拱山曰："固憶之。"女曰："然則無待妾言，夫子當自知之。"拱山曰："豈謂爾父年金耶？"女曰："然，正此事也。"拱山聞言，默然，良久無語。蓋拱山自知茲事有背信義，徒以迫於寶玉，不得不冒昧行之，理窮勢屈，是以無言答女。女曰："妾曩時固曾告夫子，謂妾父生機全倚於妾，夫子必欲妻妾，妾父飢寒之責任，夫子即當負之。今言猶在耳，夫子忽絕妾父之食，試思妾父年衰力邁，將向何處謀生？夫子此舉無異手殺妾父，妾至此，誠不能不謂夫子爲忍人。"拱山曰："吾家近年消耗過鉅，食用日繁，爾豈不知？從井救人，實所難能。"女曰："夫子既早知若是，儘妾侍父以終，豈不銜環結草，以報夫子之恩，奈何必以計陷妾父，而劫妾來歸耶？"拱山曰："我當時以爾心地光明，必如爾色，孰料今日大背我之所思，我勢不能不以絕爾者，絕爾父，是爾父之阨運，乃爾自召之。若以責我，我寧願受。"女曰："夫子誤矣，妾縱不良，以夫子此日之待遇，可謂虐已極矣，亦可謂極稱夫子之心矣。然安可遷怒至於妾父？至謂家政日落，妾豈不知？苟能開源節流，尚不失爲富人。妾父一年所需，能有幾何？儗之夫子用度，不啻滄海一粟，又何必惜此戔戔而令妾父抱途窮之嘆耶？"拱山曰："任爾如何辯論，吾萬不能再負此責。"女曰："夫子勿太倔彊，妾固知此意非出自夫子，必有第三者從中慫恿……"女言未已，拱山忽躍起，厲聲曰："賤婦，胡爲率涉他人？出……出……速出，毋再言！"女殊不怒，從容曰："詎此語足以觸夫子怒耶？"拱山曰："爾猶欲澜我乎？"舉手揮之，女嘤然而僕。拱山更以足踐之，女大號。家人有知者，皆作壁上觀，或且匿笑。女知事已不可挽，含憤歸室，私念唇舌幾敝，非惟無益，且受此重責，拱郎之心可謂全死，夫婦恩情將永無恢復之望。以理論之，茲事當訴之家人，以求公平之裁判，然家人中，皆偏愛拱山與寶玉，言之又安得伸？四顧茫茫，殆已如山窮水盡已矣，夫復何言？女思及此，泣不可仰。翌日，樵夫至，女遽以拱山語語之。樵夫聞之，亦潸然淚下曰："吾不意彼竟暴毒至此。"女曰："父勿悲，是皆命定。"自此樵夫之衣食，皆女之私蓄供之，不給則至女家，私匿廚下，殘羹冷飯，聊圖一飽。一種顛連痛苦之狀，見者靡不心惻。拱山則視若無覩，噫，異矣！

第十三章

拱山既納寶玉，鄂中求學之念漸灰。雄心壯志，一任消磨。長日無事，惟與寶玉向黑籍中討生活。一榻橫陳，頗能自樂其樂。相習日久，嗜痂成癖。爾時煙禁漸嚴，兩人消耗不貲。女恐拱山就此荒廢，猶時竭其誠懇以勸告。奈忠言難入耳，殊不能動拱山于萬一。寶玉聞之，猶以女干涉其行動，大發雌威。拱山欲博寶玉歡，更從而助之。女一霎時，幾如四面楚歌，惟有忍氣吞聲，順受而已。拱山家中，婢僕本有數人，專治庶務。寶玉既銜女深，惟恐女稍事閑逸，日慫拱山辭去僕婢，以內外諸務，負之女身。女聞而嘆曰："既絕老父之食，又欲勞吾之軀，忍哉拱郎！"然女此時已自知今世再無安樂之期，惟有奪其精力以從事。詎寶玉此舉非惟欲藉以苦女，且欲此毀女。女自朝達夕，忙碌無寧息。寶玉猶復鼓舌於拱山前，非謂女失於怠惰，即謂女舉措乖方。拱山此時已畏寶玉如虎，言必聽，計必從，對女果多方挑剔。女苟有怨言，即鞭笞交加，如虐蠢婢。寶玉見之，輒引以爲樂。在勢，以此役女，斯亦可以止矣。寶玉尚以爲未足，漸牽連至於女所生之女燕兒。燕兒是日已呀呀學語，其美良不減於阿母。寶玉則謂兒非福相，來日必貽帥氏羞。苟拱山親兒，必刺刺不休，質言之。此時已無復視女與燕兒爲帥氏府中人矣。

女自思終日劬勞，輒無暇晷。不惟無功，反以獲罪。此等暗無天日之家庭，安可容身？回思母家，又凋零如彼，欲求一步消停，且不可得。左右思量，惟有一死。蓋人死知覺都泯，舉凡生人痛苦，皆不能刺其軀殼，一縷靈魂，付之雲煙飄渺中，不知四時，不知春秋，其樂乃未有其極。女自拱山去鄂以至今日，所經所歷，可謂極盡懊惱，而女從未一萌死念。今頓覺死樂於生，其今日狀況之凄其，不言而喻。顧死則死矣，燕兒撫育之責，將付之誰？拱山與寶玉既嫉之如仇，其不願擔此也甚明。渠二人既不願擔，其他更何待問。女思及此，抱燕兒連吻之，欲死之念，頓如灰冷。滿懷愁緒，惟有於更深夜靜，付之一哭而已。

尤有一事，爲女所最痛心者，樵夫是時因至女家略密，家人忽皆疑樵夫竊物，目之爲賊。其初猶僅竊竊私議，後竟暴露女前。女聞而大痛曰："人寧死而勿貧，貧則清白自守，且不免盜賊之名。"於是私囑阿父，稀其蹤迹。然樵夫已全仰其衣食於女，一日不給，即消受一日之飢寒。過從即絕，安從而給之，女不獲已，另劃一策。女家花圃短垣，原毗連曠野，女乃與樵夫約，每夕以食物置諸短垣之巔，而以香火爲識。樵夫苟見有火現於垣巔者，即取而食之。自是樵夫日則伏諸荒圃中，夜則至此。在樵夫與女自計，此策固萬全者，然彼兩人運蹇命乖，各臻其極。

彼蒼者天，安使其適意如是耶？日久，果有覺之者。最初覺之之人爲寶玉，蓋寶玉對於女之行蹤舉動，無不留意。嘗見女中夜持香往後圃，即已疑之。然爾時所疑者非他，疑女迷信神道，將以害彼也。既又以見女每次於香外，更抱巨碗一，盛食物，益疑。私偵之，則見女行行至短垣下，以碗與香置垣巔，然後吹唇作呼人聲。既已，不顧而歸。寶玉詫曰："異哉，此婦之詭秘！"移時竊至垣巔視之，惟見空碗，餘均歸烏有。歸以語拱山，拱山亦駭，詢女，女不言，惟零涕而已。於是寶玉與拱山，私相探察，誓必得其原委而後止。一夕，約三句鐘，拱山與寶玉方吸煙未寢，勿聞女室門響，既又聞足音。寶玉小語拱山曰："此其時也。"拱山點首應之。滅其燈，相與至門隙窺之，見女一手持燭，一手仍抱巨碗，淚痕瑩然，步履甚輕，若甚恐爲人覺者。拱山隨之，將至垣下，女狀一如寶玉所見，惟今次已有一人候於外，與女喁喁不休。拱山因相距遠，不能辨其所云爲何，中心憤懣，不可言狀，蓋拱山以女有外遇也。聳身立女前，女驟見大駭，疑以爲鬼。端詳視之，始知是拱山，方啓口欲言，拱山已舉掌近女頰，連批不已。女惝恍中不知所措。繼聞拱山問其何以中夜至是，女恐事已爲拱山所悉，遂亦不辨。蓋知辨亦無益。拱山恨極，次日命工人築垣更高，雖偉丈夫不能及。於是樵夫之食爲之斷絕，輾轉顛連，遂流爲乞丐。女至是，亦無法可施，惟有掬心香一瓣，祝告上天默佑老父而已。

第十四章

飄忽之光陰，又三易寒暑矣。此三年中，女之生涯，可以"慘怛悲哀"四字括之。吾書今亦不必縷述，令閱者索然無歡。然有一人，哀樂適與女相反者，其人爲誰？松生是也。松生自女遭拱山迸棄後，嘗吃吃大笑，慶其計之已售。又以拱山弱而易欺，凡前挑女及從中蒙蔽種種罪過，拱山皆未之知，尤樂不可支。故於女時以傲慢之態對之。意若曰："汝今日當知吾叔氏手段之辣，脫爾時從吾所求，何至受此危困？"女見之，惟自嗟命薄，忍受之而已。尤有一事，爲松生所最心滿意足者，其事乃至穢褻，吾書良不欲盡述。然與女之前途至有關係，仍不可捨棄。夫寶玉之適拱山，志在金錢，而不在情愛，吾書前已備言之矣。既歸，野心勃勃，不可自已，徒以拱山管束綦嚴，不能越雷池一步，頗怏怏不歡。不得已乃爲舍遠圖近之計，於時松生乃乘機而至。松生風姿俊秀，誠一美少年也。好色之心，與阿兄不相上下。寶玉既垂以青睞，安能不動於衷。眉目傳情，漸至不可收拾。一日夕陽方下，寶玉一人獨坐室中，凝神若有思。松生忽至曰："天氣酷熱，嫂氏胡獨坐於此？"寶玉兩頰暈紅，嘿然不語。松生曰："移坐後圃可乎？"寶玉曰："佳。"於是聯臂而出，逕入涼亭，並肩坐下。寶玉低問曰："暮色佳乎？"松生未及答，忽覺芳香一縷，似蘭非蘭，似麝非麝，直撲鼻孔，驚顧，則寶玉之香唇，已迫己頰。柔荑之手，探入衣襟之底，頓時神魂蕩漾，兩人愛情遂臻於極地。

　　自是花前月夕，密約偷期，卿卿我我，儼如夫婦。三年中拱山不之知也。寶玉與女本已冰炭不相容，今又得松生爲之助，如虎生翼，其勢益張。故凡驅除僕婢，減去樵夫年金等事，舉之者雖爲拱山，發之者雖爲寶玉，而黑幕中主持之者，則爲松生。然是時松生不過欲報前隙，寶玉不過欲逞嫉妒，小施伎倆磨折女，使女略無生氣，究無斥女於門外之心，乃未幾女又獲罪於彼兩人。一日拱山他出，松生方與寶玉並肩偎倚。女忽因事過其室，探首內窺，見狀，驚駭亟退。女與拱山雖恩情斷絕，驟見拱山蒙此奇辱，實不無忿激，耿耿之心，不覺形之於面。松生頗懼，語寶玉曰："茲事既爲彼婦識破，難保其不宣於衆，脫吾兄知之，吾等將無生理，奈何？"寶玉亦懼，嬌憨而唬。松生尋思良久，曰："徒懼無益，以吾思之，彼婦膽弱，當不敢遽發，吾等宜亟圖驅逐之策。"寶玉曰："其策惟何？儂心已亂，不能置議，君速圖之。"松生曰："吾兄已久有逐彼婦之意，徒以缺乏證據，不能實行。今吾已得彼婦蕩穢之鐵證，苟暗呈之吾兄，吾兄必怒，怒則彼婦去之必矣。"寶玉忽躍起曰："鐵證何在？爾胡不早言。"松生曰："彼婦未歸吾兄時，曾與其中表程生，甚相愛悅，後程背信他婚，女頗怏怏，吾兄乃乘機獲之。當程生去郡遊學之初，曾有一書與彼婦，其中所言，大都纏綿愛戀之語，今此書已在吾掌中矣。後此當向機遞之吾兄，不慮吾等之敵不破矣。"寶玉聞之大喜。

第十五章

　　松生既懷去女之心，遂在在留意，冀女苟有過失，即起而僕之。于時樵夫忽至，憔悴如枯木，女見而大慟，乃留之閣室，意作數日棲遲，以蘇其困。不意爲松生所利用，蓋松生是時金錢甚窘，加以寶玉不時之需，供給良艱，終日惝惝。當樵夫初至之日，適拱山由錢肆攜洋二百元歸，藏之書室抽斗中。抽斗之鑰置於何處，松生知之，並知此門未鑰，自念苟能得此，大可救目前之急，且取之亦易易，一反掌間耳。第茲事一揭曉，家中必大紛擾，設吾兄將疑及我者，我將何辭以對？及見樵夫至，不覺欣然大喜。喜者何？喜將嫁禍之有人也。

　　一夕，松生正沉思此事如何措手，忽聞門外有步履聲，聲極穩靜，直由書室向廚室而去，又聞樽盞相觸聲。松生側耳靜聽，恍然若有所會意，蓋知樵夫每夜必起竊飲，今必此老酒徒無疑。松生乃悄然啓門出室外，猶聞樵夫摸索之聲，又復瞥見女持燈立門限上，容色慘澹，低呼曰："阿父何又竊飲？爾病初痊，何乃自苦。"松生本欲突出驚之，既又自止，仍悄然返室。至夜深人靜後，遂躡蹤至書室，將拱山攜歸之二百元，納之衣囊而去。次晨松生尚酣眠未起，聞拱山在其室中，履聲橐橐，又聞翻檢之聲，已而驚呼。松生佯爲未覺，俄而閛然門闢，則拱山入室矣。松生閉目作熟睡狀，拱山行近床次，輕撼其肩。松生故作驚醒狀，曰："兄何事也？"拱山曰："趣起，我被竊矣。"松生一躍而起，曰："兄何云者？"拱山曰："汝趣披衣起，我前日由錢肆攜歸洋二百元，想汝亦知之。"松生曰："知之甚悉。"拱山曰："我置之書案抽斗中，今不翼而飛矣。"松生瞠目曰："信乎？"急急穿衣而起曰："他處曾一覓耶？抽斗之鎖已壞未？"拱山曰："他處固無須覓，而抽斗之鎖，或取我遺於此室之鑰所啓者，顧我乃置之極安全之地者，彼竟何由而得？"松生曰："然則此賊舉動，殊極安靜，兄曾有所覺否？"拱山曰："我每夜吸煙後，恆酣眠，似未有所聞也。"松生聞至此，以手力按額際，皺眉作竭力思索狀，曰："容我思之，第此亦未確定也。"拱山急問曰："弟云何也？"松生曰："我夜來似有所聞，特恨未經細察其時爲何時，初亦不甚了了，蓋夢中驚醒，似室外有人蠕蠕行動，且聞細語之聲，入耳殊清晰，但聞一字耳。"拱山曰："聞何？"松生曰："聞'靜'之一字耳，連呼者二次。"拱山曰："汝能辨其爲何人之聲者？"松生曰："脱在公庭，命余所證而誓者，我則不敢言，今何妨告兄，則我決其爲鄭嫂之聲也。"拱山力遏其怒氣，曰："然則彼一人乎？"松生曰："此何待問，乃其父耳。蓋茲事重大，僕役輩何敢爲之。"拱山曰："佳。我一生大誤，即在娶此蕩婦，今日當歸結之矣。"言時，聲色俱厲。松生覷之，亦不覺悚然。拱山又曰："爾且往視老賊，如已起，可趣之來。"松生去後，不久即返，曰："樵夫他出矣。"拱山曰："證據更確鑿矣。誰語汝者？"松生曰："其女也。我詢以何由外出？答云不知。"拱山曰："彼人爲狀尚沉靜否？"松生曰："否，至紛擾耳。"拱山徘徊室中者久之，睆然曰："我非以此次失銀故，蓋深憾彼始終施其詭計，視我爲玩物也。幸爾未娶，否則亦嘗此苦況矣。"松生曰："誠然，世界中斷無有一婦人，能離間我兄弟之感情者，雖然，兄猶有未盡知者。"言際，探懷出一書與拱山，曰："請兄觀此。"拱山閱畢，大怒，手顫動若欲攫人，蓋松生知徒藉竊銀僅能波及樵夫，猶未足以驅女，故乘間以程生與女之書遞之拱山，使拱山怒極然後出女也。拱山果厲聲速其趣女至。松生故遲疑不去。拱山曰："爾胡不往？"松生曰："兄乎，我深懼牽引入此漩渦中。"拱山曰："然則我不言及爾可也。"松生始出，往叩女門，曰："嫂氏，吾兄欲一見爾也。"女忽聞拱山呼己，頗詫，然又不能不行，遂語松生曰："我當自至。"松生乃先出。

女行至拱山室中，見拱山怒氣勃勃，端坐案側，乃故出柔聲曰："今日何事召妾？"拱山曰："松生告我，謂爾父已他行，信乎？"女曰："然。"拱山曰："以何時出？"女曰："我不之知。"拱山曰："昨宵在此乎？"女曰："然，固在此。"拱山曰："彼飄然而來，猝然而去，爾亦以爲詫異乎？彼殆侵晨而去，爾果不之知耶？"女曰："吾不解夫子胡作此瑣瑣之問不已也。"拱山曰："我豈無權問汝乎？須知彼猝然離去者，正自有故。"女曰："彼豈私遁耶？"拱山曰："相去無幾。"女泫然曰："吾父命途多蹇，呼籲無門，然頗能清貧自守，豈夫子有所疑於彼耶？"拱山曰："然，彼以不正當行爲，牽累及我。今彼果往何處？汝必審之也。"女曰："或仍在荒圃中，亦未可知。"拱山乃趣松生往彼處覓之。

第十六章

松生既去，夫婦二人脈脈相對。女力鎮其精神，知今日之事必爲不祥之兆，一切憂患苦慮之端，方相交襲我體。少選，拱山曰："爾知我必召爾父究何事乎？"女曰："弗知，夫子試爲妾言之。"拱山曰："我前日由錢肆攜歸洋二百元，置諸抽斗中，今乃不翼而飛，汝知我有此款未？"語時，目灼灼視女。顧女驟聞此言，頗念及其父近來舉動不謹，心已爲之中餒，而顏色亦有異，乃曰："我未知也。"拱山曰："然則汝父知之乎？"女曰："我何能知者。"聲乃微顫。拱山曰："今晨吾款被竊，實乃奇異。"良久，女曰："夫子得勿疑我竊之耶？"拱山曰："我不疑爾，特爾父昨夜夜半在屋中行動，爾知之否耶？"女曰："知之。"拱山曰："爾曾與之偕耶？曾戒之曰'靜靜'，亦有之乎？"女知此事不能終隱，則盡情傾吐之，曰："妾夜間醒時，聞父在廚室，乃語之曰'靜'者，恐其驚擾他人之安眠也。"拱山曰："渠在廚室何爲乎？"女曰："覓飲耳。彼向來沉湎於酒，勸之不悛。"拱山曰："汝自不知耳，彼之嗜酒，乃合他種原料而成一極不幸之運命也。矧酒之爲物，使人失性，安知其不與我之竊案有關？彼今又他行，實與人以疑慮之竇。照此事理而言，應加若何判斷？"女俯首無語。拱山曰："爾父實一無信之人，我奈何能忍之。"女憤極，以手支桌，體顫不已，曰："爾所語者止此乎？"其聲細如嬰。拱山曰："否，我尚有要言告爾，夫我輩夫婦相處有年，爾亦知我輩夫婦之生涯有不能繼續之勢耶？"女此時轉不覺其餒怯，即曰："爾意云何？"拱山曰："我頗自詫，何以舍去原有之生涯，而陷入此憂愁悲苦之境。"女曰："胡然？"拱山曰："爾不當誑我耳。"女曰："夫子非恃其財力以購妾耶？"拱山曰："誠然，我亦承認此語，但我自謂初非鄙賤之行爲。第今即以錢購物論，亦大折閱。余當日曾語爾父，以爾若別有意中人者，則我亦自當引退，而爾父乃云無之，故我必欲娶爾。"女曰："夫子之言良是，但夫子亦憶及當日之情景乎？實不啻以利刃加諸妾父之頸也。"拱山曰："即此利刃，亦彼自致之。我今且勿言此事，特思爾當日既許我婚，必以忠實之心對余，我今乃察世界女子之心，殊未易測度，其中千戾萬曲，而反令男子陷入其中。我自信除納寶玉外，待爾無虧。"女曰："妾亦自信待夫子已盡妾之天職。"拱山曰："今且勿道是，惟爾自失貞潔，而吾心則大起疑雲，疑我已爲人所欺誑，令我受此大羞辱事，我今回想從前，自我往鄂之日起以至今日，覺爾之所爲頗爲狡獪，我以矻矻男子，乃被紿於一女子，爾試思我能堪乎？"言際，以程生書與女，曰："爾試觀之，當自羞也。"女視之，氣極，至於不能作聲，第震顫發言曰："夫子……乃以此爲我有外遇之證乎？是必又有人媒蘖於夫子之前，天乎知之，我心坦白也。"拱山曰："休矣，我今不能再受人欺，我誠告爾，女子不守婦道，自失貞潔，爲其夫者，乃有出之之權。今爾可仍回之荒圃，勿與我同居。"

女聞言，肢體發冷，垂首無言者久之。默念我預料必有此一日，今日其解決矣，反覺中心似稍安頓，則曰："佳。我亦無需於爾，但問爾一人作何處置？"拱山曰："誰乎？"女曰："即吾等共有之燕兒也。"拱山曰："燕兒一女娃，爾可將去。"女至此，恚憤不復能忍，怒火蘊於絳頰，蓋燕兒前途之名譽，且將因是而敗壞也，憤極大呼曰："汝誠木石。"拱山夷然曰："我若誣爾者，汝奚不辯白？"女此時本思將松生挑己事宣之拱山，既知未必能挽回此危局，遂曰："我自無庸辯白，我心坦白，可以質諸天地鬼神。汝種種誣我已甚，我有千百語，亦不足以動汝冰冷之心，然汝將來或能憶及我今日立爾前，與汝所談一席話也。爾壽當長於我，則我雖死去，上天必不宥汝。我今以前此之真相一一語汝，吾父當日入汝網羅，迫我不得不爲汝妻，我當日確有意中之人，顧此人負我，遽離我而去，我正痛心，思所以斬絕情根，懺悔前愆，爾乃乘機而至，強劫我心，我心不爲強劫，復設計陷害吾父，汝限吾父三日之期，倏忽已過，最末一日，我從夢中驚醒，覺有人親吾額曰'汝不幸之父，將別汝矣'。我一驚而起，追至吾父之室，則吾父方持利刃欲自裁，以逃汝之羅網。我欲拯老父於死，遂允嫁汝。汝苟仁者，當憐我苦志，以真愛情待我，詎結婚未成一載，汝遂去鄂，此後歲月，均爲冷淡之光陰。夫爾既不愛我，則又何苦陷人清白女兒，使犧牲一生幸福以從汝。汝去鄂後，頻接汝來書，從無一語以慰問，且皆詆責之詞。我猶以爲此必他人播弄於汝前。苟汝歸時，當可大白。詎汝歸時，乃挈娼婦與俱，視我如草芥，如蛇蠍，不與我近。凡我所欲言者，皆茹不能伸，然我尚未加怨於汝。日恂恂盡我天職，百計以博汝歡，而汝心堅如鐵石，復從而絕我父之食，我茹痛於心，無一告語之人，屢思自戕以了此殘生，又以一塊肉無所寄託，旋起而旋止。嗟夫！家庭乎？直囹圄耳。今乃並此囹圄而不許吾立足，汝試捫心自問，安乎不安？"女言時，淚承於睫，慘澹之容，不忍卒視。若在他男子處，當不能不動於心。拱山殊不然，夷然曰："語止此乎？然則請便矣。"女曰："汝勿逼人太甚，試思我苟以此控汝於官，汝安從而解脫，縱不得伸，汝將亦不免聲名瓦裂，然而我不爲也。我來，爲救吾父之危難而來，今吾父仍在危難中，我徒居此，啖一碗涎臉飯亦甚無謂，去則去矣，奚較爲。"言已，泰然而出，入室，見燕兒方呀呀呼己，抱之大哭。在理，女此時本可據情質於家人，以求公平之判斷，然女知家人素惡己，質亦無益。第匆匆自理行囊，然蒼茫四顧，將究往何處？思之仍惟有暫至姑氏許，遂呼人挈其行囊，己則抱燕兒徒步行。順途至向住之花圃，但見枯草萋萋，門被塵鎖，荒廢之狀，至令人心惻。推窗視之，乃未見老父，必又尋其乞丐生涯去也，不禁雙淚瑩然。私念曩日父子同棲此地，宴然自樂，茲則骨肉分離，各無歸束，撫今追昔，殆如霄泥之判。對此離離蔓草，真惟有一哭耳。

第十七章

既抵程家，程媼出迓，忽見女挈有行囊，大詫曰："此何爲者？"女慘然曰："茲事一言難盡。"媼恍然若有所會意，遂不再詰，第爲之部署起居室，既訖，乃引女至己私室，謂之曰："汝試以汝所遭爲余言之。"女泣曰："兒良不忍言，以傷姑母心。"媼曰："豈拱山逐汝耶？"女曰："然。"乃將一日間凄風慘雨，縷縷述之。媼聞畢，曰："狡哉此豸，吾行爲汝報之。"言時甚怒。女曰："此皆兒父自誤以誤兒，夫復何時言。"媼曰："然則女就此飄萍斷梗以終身耶？"女曰："女子一度經其所天所逐，安再有面目視生人世。兒本可一死以了惡緣，然以老父不知下落，懷中兒無所託付，不得已含羞苟活，而家人凋敗，舉目無親，所堪仰賴者，惟有姑母一人，故不揣冒昧，奔馳至此。姑母而果見憫而容兒也，待老父得有歸束，燕兒可以成人，然後一死以報姑母於地下。如姑母而不見憫，慳此一枝棲也，則兒惟有挈此無告之兒，同葬之魚腹耳。"媼曰："以吾家現狀言之，汝之來居，良有未盡善者，然吾縱老悖，決不至坐視汝母子俱填溝壑。此後汝儘可棲栖於此，吾家雖貧，當不多却汝一人之饗飧。"女曰："姑母大德，兒誠没世難忘。此行原爲避難，藜藿粗食，自足以度日，豈猶妄冀錦衣玉食耶。"媼曰："汝言良是，吾殊嘉汝，憶汝幼時，汝母曾謂余曰'吾兒生此貧家，顏色過美，必非福也。'余當時猶不謂然，不意今日竟成讖語。"言已，長吁，女亦潸然欲涕。

自是女遂作寄生草於程家，然優遊歲月，無所事事，甚覺無聊。於時乃欲覓一職務以自贍，且藉以助姑母。顧自視除女紅外，無一藝之長，又安從而圖之。一日，程媼攜一賣貨姥入，謂女曰："吾觀爾日來殊無以自遣，此姥甚愛爾繡織品，謂價可倍於他，爾盍仍從事針黹，托此姥轉售乎？"女聞言，甚喜，曰："兒正以遊手好閒，引疚於心，果此姥能爲兒效力，兒樂爲也。"賣貨姥曰："老身甚願得貨如娘子所出，望娘子奮力而爲，多多益善。雖然，茲事殊苦煞娘子纖腕也。"言已，大笑而去。

女既得此機緣，頗樂，於是侵晨而起，中夜而眠，以與針綫相周旋，伴其傍者，則三齡之燕兒。燕兒此時已能操成人之語。明眸豐頰，爲狀絶美。女視之，嘗引以爲憂，思己一生際侘，至於今日，皆色之一字階之厲，而己尚有父足恃，且不免陷他人之毒計，兒則僅丁零無告之弱母，將來安足爲其保障？且兒生而無父，乃其一生之大疑團。脱其長大成人，根究此事，自不得不以前茲歷史告之，是令兒腦筋中徒增一層恨事。却奇，女每一涉及此念，燕兒若預知之者，輒發吻問曰："嬤嬤，人皆有父，而兒獨無，是何故哉？"此語不啻以利刃直剚女心。女聞之，第肌肉發顫，抱兒而泣，欲覓一語以慰兒，竟不可得。女不答，兒愈疑，詢之愈亟。更闌燈炧之候，蓋即女傷心心涕泣之時也。

第十八章

尤有一事，爲女所最念念不忘者，則樵夫之蹤跡也。樵夫之再至帥府，原欲稍得女之資斧，以蘇積困，初未嘗欲久住其地。及處之數日，見女自顧且不聊生，安有餘資給己，乃決計欲去，以終其身於乞丐。然又不忍以告女，是以於某日侵晨，孑然而遁，不意是日適爲拱山失銀之日。松山遂以己之盜竊行爲，加之於彼，彼殊夢夢不知也。既出帥府，悲感交集，自念此去不知能再與愛女相晤否。如不能，此別即無異永訣。二十年來咻噢煦濡之情，將付之流水，且一付遺骸，不知何所，又不知愛女將來能及見其遺骸否。樵夫隨行隨思，老淚不覺奪眶而出，悵然間已過城關。維時朝曦初露，晚風颼颼，刺入骨髓。樵夫身僅御薄綿，顫縮如凍雀。行數里，飢火中燒，乃解所裹餕糧食之。食已，再行，顧樵夫此時精力已被貧困剥削殆盡。行時，乃甚艱難，喘喘不止。竭一日之力，僅及三十餘里，舉首四顧，天已垂暮，密雲滿布，狀似欲雨，而四圍山色中，殊無可以投止之地，頗懼，仍奮其勇氣，前行里餘，得一古刹，乃趨宿焉。古刹位於山麓，破屋兩楹，上漏下濕，亦無僧侶。陳諸中堂者，惟有剝落模糊之佛像。樵夫周視一過，頗樂，覺此大可棲身，更向鄰近乞得稻草一縛，以爲禦寒之具，藉石作枕，甚得其所焉。

及夕，風愈狂，簷前滴滴，雨已隨風而至。樵夫于夢中驚覺，見破屋搖搖欲傾，長呼曰："天乎！"摸索腰際，得火柴，乃燃其煙管吸之。此時忽覺百念俱集，自思生遭遇，殆如此風雨飄搖昏暗之夜。二十歲時，父母雙卒，貧無立錐。二十四歲娶婦，妖嬈伶俐，爲狀絕美。不意入門後，即困於吹鹽數米中。名花落溷，婦命亦可謂太薄。顧爾時余亦頗思自振，而天不予助，百折千磨，卒無一事克如己意。生子二，周歲而殤。最後得女麗珠，率健強長成，後美麗冠村里。滿謂從此竭力振作，撫女成人，而婦又於時而歿，遺下此柔弱之雛鶯，朝夕相對，凄凉景況，真爲生人所難堪。及女亭亭玉立，方足爲一臂之助時，險毒之拱山乃兀突而至，陽施善意，陰布惡策，輾轉相陷，奪女而去。至今日一則如羈囹圄，一則流爲乞丐，全家骨肉，流離分析，盡淪於痛苦之中。傷心之事，孰過於斯。然已已老矣，即棲棲此古刹破寺中，能有幾時？惟女則方值妙齡，前途歲月正長，痛苦光陰，更不知何時可止，可憐哉女也。樵夫思至此，覺胸如刀割，不禁放聲大哭。翌晨雨止雪至，其大如掌，遍地皆白。樵夫宵來既未能寧睡，今又遇此嚴寒，體益震顫。再視裹糧，已空無所有。長嘆而泣，既思枵腹坐守，殊非長策，乃挾杖冒雪赴近村。幸此行不虛，殘羹冷飯，滿載而歸。自計貯此可作三日食，雪縱不止，當無懼飢死。樵夫對此，又若甚樂。

詎日復一日，雪止而雨繼之，雨止而雪又繼之。樵夫逗留古刹中，將近半月，漸不能支，身體發熱，如冒重疾。維時戶外雪深數尺，行人絕稀，樵夫自念今日所處，殆爲絕境。脫疾不愈，行且陳屍此敗寺中，夫以年邁而困頓，死固樂於生，第此行頗思往蘄，不欲再作回鄉之望，設死於此，不徒令麗珠於極痛苦中增其傷心事耶？樵夫思及此，甚焦灼，且渴極而又無茗可烹，益煩躁。既乃匍匐至門際，以手掬殘水飲之。飲後，疾愈重，呻吟輾轉，狀至可憐。方一交睫，忽見老妻淒然而至，嘵嘵曰："吾俟爾久矣，爾祿已盡，盍偕余來？"驚醒視之，則又不見。復眠而復如是，樵夫大懼，睜目四顧，覺室中幢幢皆鬼影，長吁曰："余其果死於斯乎？"繼又囈語曰："吾決欲往蘄，吾決不葬身於此。"其聲細如嬰。次日侵晨，雪止，樵夫振其精神，出外視之，小語曰："吾其可以去矣。"方欲入室，取其敗絮，忽覺室中鬼氣森森，懼極不敢入，立門限上甚久。繼毅然曰："吾不須此。"乃返身而行。時山中路途盡沒，樵夫亦不計所行是否攀藤附木，鼓勇而上。行時餘，忽一巨澗當於前，水聲汩汩，雜以殘雪，俯首窺之，其深無際，始恍然知途已誤。方思轉行，又覺老妻攬其袂曰："澗中乃爾樂土，爾盍入之？"大駭，幾仆，狂奔隱一石後，喘然四顧，知已至山腰。神定又行，顧此時勇氣全消，心戰足顫，腦筋昏亂，一若所立乃鬼域而非人世，又若老妻於空中呼曰："爾其止矣，爾勿再行。"正恐惶間，失足而仆，啓目凝視，則已隨殘雪而滾至山麓矣，微呼曰："天乎！"一縷殘魂遂離此苦濁世界而去。

第十九章

女自程媼介紹賣貨姥後，日專力於女紅，所得亦頗豐。顧以之供衣食，仍有支絀不敷之患。女雖憂之，亦無可如何。樵夫死之次日，女正停其繡綫，思天寒如此，老父不知棲身何所。程媼忽倉皇入曰："噫，珠兒，爾父死矣。"言際，淚痕瑩然。女驟聞，心房崩裂，曰："姑母云何？"媼曰："爾家曩雇之園丁，今日經過考田山麓，見爾父陳屍雪中，乃亟奔至帥府，意以告爾，忽被拱山斥退，遂轉而至吾家……"言未已，女發其沉痛聲曰："傷哉吾父！"一慟幾暈。媼撫女曰："徒悲奚濟？吾當偕爾往葬之。"乃命園丁先舁棺往，女與媼繼之。既至，見樵夫僵卧積雪中，枯瘦如標本，女大哭曰："吾父胡憔悴至於如是？吾罪甚矣。"又復暈去。園丁追憶往日相隨左右，亦不禁痛掬傷心之淚。一場悲劇，直至日暮始已。前日呻吟古刹中之乞丐，今則身埋黃土，作長眠人矣。

程媼與樵夫本爲堂姊妹，而非同胞手足，今日乃獨能爲樵夫盡葬死之義，天性亦謂良厚。女之感激，更匪言可喻。詎禍不單至，程媼因爲寒風所侵，忽於時而病。女大憂，自念姑母此病，乃因葬父所致，脫有不測，將何以告罪其家人？乃廢寢忘飧，盡力看護。無如年老之人，氣力衰敗，日復一日，病且愈劇，浸至醫藥無效。此時程生已由郡馳歸，詢知病源，果重怨女。女惟俯首受之而已。然私心一片，猶望老天默佑，俾姑母轉危爲安。則雖使己身代之，亦在所不辭，熟料此願大不易償，慈祥和藹之姑母，不數日竟與世長辭。女於此，又受一大打擊。思老父雖顛連困苦而死，較其生也，爲樂彌甚。姑母則程家之砥柱，己之泰山，其死也，兩失所恃，慘痛之事，寧過於斯。故蓋棺時，女暈去者再。營葬既畢，群乃集怨於女，女亦不辨，第嘆曰："命薄運乖，至余極矣。"然猶冀程生或能追憶前情，許其棲栖數年，一俟平生志願已畢，然後再求他去。詎知程生此時已迷戀新婦，舊好固不値其一盼。相處未久，漸不能容。一日謂女曰："爾以清白高尚之閨秀，誤適匪人，在吾輩戚友，實宜爲爾護惜。故吾在郡聞爾已蒞吾家，吾甚爲喜躍。今吾母逝矣，吾家境況乃爾所知，吾又終年作客於外，以擬從前，略有不同，以吾思之，爾勿如仍回帥府，苟拱山不允者，吾當爲爾疏通之。"女聞言，私心嘆曰："此殆逐客之令也，天下男子誠無一足恃。"遂毅然應曰："君意吾知矣，當吾初至時，曾再三聲明於姑母之前，謂姑母容吾者，吾即留，否則吾即去。今君既不予容，自惟有一去。惟吾與拱山已恩斷情絕，決無再至其家之理。以吾思之，以吾出君門限爲度，其他君可勿問也。"程生聞言，頗不愉，曰："佳，任爾所之。"當二人言時，家人咸圍觀於側，亦無有仗義出爲女轉環者。女始恍然知曩日姑母在時，若輩咸相處無異議者，皆姑母之力。今姑母不幸長逝，若輩遂一惟程生所命，足徵人情冷暖，世態炎涼，至今日而極。雖然，親愛如所天，尚且棄之，若輩又何足言哉。凄然回至己室，燕兒嬉然相迎。女抱之泣曰："爾母今又被人逐矣。"燕兒聞言，若甚解其語，頓慘然無歡。女乃剔燈命其寢，己則面燈而坐。思今日之事，殆如日暮途窮，悵悵究將奚之？自幼相憐之中表，不予憐憫，彼世界中無關係人反予憐憫耶？然則朝出此門，夕入溝壑矣。思量移時，忽毅然若有所決。嗟夫！諸君，女所決者維何？決攜燕兒同赴水濱作長眠人也。夫人非至萬不得已時，孰不畏死而樂生。女當拱山逐之之時，既羞且憤，猶不欲死，今頓喪其樂生之心，則其今日之痛苦，不言而知。且人生之生涯，無非愛情與希望，女既不容於所天，則其愛情已喪。老父死而姑母繼之，則希望已絕。兩者俱無，生復何謂。惟三齡之燕兒，固天真爛漫，無絲毫罪惡者也，女亦欲挈之同盡，毋乃太不仁乎？雖然，女籌之熟矣，蓋女自經過數年挫折後，知天下最不幸者，厥爲女子。燕兒生而不知有父，是燕兒已蒙大辱，脫母再逝，任其飄零人世，如水上浮萍，前途身世，有苦無甘，可以斷言。況燕兒色相過美，一如己之幼時，苟遇仁者收留，爲匹如意郎以終身，猶有可說，設不幸如己，豈非一身受之不足，復遺其兒耶。此女所以咬定牙根，必欲同歸於盡。女計既決，反覺心神大定，解衣就寢。俯視燕兒，已熟睡，然眉山眼水間，若有大憂。豈其夢中構得生機已盡之兆耶？乃俯親其額，愀然長嘆。

第二十章

翌日侵晨，女即起，推窗視之，見朝曦作殷紅色，滿布天空。自思此大好光陰，行將與我長別矣，乃略櫛其髮，扶燕兒起。程生聞女今日起獨早，知其必去，忽偽作慇懃態，謂女曰："爾豈即去耶？吾言雖如是，然未可匆匆。"女曰："謝君良意，遲速必去，與其遲，毋寧速。"程生曰："行囊不攜去耶？若有所須，吾當給爾。"女曰："吾將往作乞兒，安用此？"程見女志已決，私心甚喜，然不欲形之於色，且佯爲悵嘆，曰："吾誠不意爾今日乃罹此厄難。"女不答，程生見狀，索然而退。女遂乘間攜燕兒出，先趨樵夫墓前，痛哭。哭已，抱燕兒席地而坐。距樵夫墓約五里許，有大湖，廣約數十里，樵夫因墓處於高原，望之瞭然。女此時移其目光注視湖濱，見波濤洶湧，隱約可辨，私念此殆余母子葬身所也，方思起行，忽聞足音自後而至，回首視之，大驚。噫，諸君，來者爲誰？松生是也。女是時如見鬼魅，面色灰敗。松生曰："嫂氏勿駭，吾來爲救爾也。"女若不聞，掩面欲逃，松生復曰："今晨聞爾已去程家，吾恐爾無所投止，故來覓爾，意將拯爾於危也。"女良久，心略定，松生復以前語語之。女曰："爾意吾良感，然吾不欲見爾，爾速去，勿擾我。"松生曰："然則嫂氏將永坐此荒草斷墳前耶？抑欲他往覓生耶？"女曰："吾既被逐於爾家，此後吾之行蹤，乃吾之自由，爾殊無問我權也。"女言時不覺觸起舊恨，氣頓壯，遂續言曰："爾不問我，我不見爾，前日之恨，猶可茹食於心，賫之至於泉下。今爾乃偏欲干涉我，誠令我不能無怒。我試問爾，我今日之境況則誰致之乎？非爾耶？當爾第一次逼我於花圃時，我未遂爾獸欲，爾遂鼓簧弄舌於負心人之前。我當時明知之而莫如爾何，及負心人歸來，爾又與娼婦狼狽爲奸，多方誣我，必使負心人逐我，然後始快爾心。嗟夫！爾尚有絲毫人心在耶？試思我當時若以爾之獸行，陳之負心人之前，爾家庭中，安乎不安？然而我自分命薄，不與人以難堪。爾試捫心思之，當知吾言之不謬。"松生聞言，面紅耳赤，若甚羞慚。半晌，始答女曰："如爾言，吾甚知過矣，惟其知過，故欲厝爾於安，以爲懺悔之地。"女曰："謝爾，吾此等生涯，固甚安也。"松生曰："吾之言此，非欲再挽爾回家。吾兄之恨爾，已入骨髓，即回家，亦必不能相容。我有別墅，臨於河干，甚軒敞可居。吾所請於爾者，即欲迎爾於彼。吾兄既不知其地，爾又不至流落，非兩全之策耶？"言已，目灼灼視女，若極盼得圓滿之答覆者。女私念此又弋余之策也，正色曰："爾豈又欲網罟我耶？以吾思之，爾逼我至於今日，斯亦可已矣。"松生曰："否，吾今日乃一本吾之誠心，以救爾也。"女曰："爾言安足信。"松生曰："吾敢發誓。"女此時乃亟思遁，因曰："吾腹飢甚，吾不暇與爾言，爾趣去。"松生曰："爾安行？"女曰："或在近村。"松生曰："爾究允吾言否？爾若恐爲人見，吾行以肩輿迎爾於此可乎？"女知不允，彼必不去，遂僞諾之。松生始先行，步履趑趄，如冒狂疾。女遙目切齒曰："吾不意今日復遇此豸也。"遂挈燕兒行。

自思今日之局，較危於昔，幸其允余去，使余得偷隙而遁，設其必欲糾擾，余安有倖免。然則余惟以速死爲妙，遂疾行。至湖濱，維時密雲四布，風狂且厲，湖中白浪掀天，爲狀殊可怖。女自語曰："吾生其盡於此矣。"方思一躍入水，忽聞蹬然足音，起於腦後，回視之，則一群牧童，蜂湧而至，對女咸作調笑狀。女此時絕不怒，第思彼等既至，決不能實行己計，頗焦灼。既見湖濱泊一小舟，無人，亦無帆蓬，遂決意先駕此舟，行至湖中，然後再死。於是語牧童曰："吾有事須往彼岸，假此舟一行可乎？"牧童訝曰："風大如許，爾敢行耶？"女曰："非行不可。"牧童曰："此舟主人已遠去，爾駕之往，亦無礙，惟吾儕甚爲爾危。"女曰："吾膽殊壯。"遂攜燕兒登舟，駕其兩槳，且行且思。嗟夫！女此時所思維何？思拱山也。夫以拱山如是薄倖，致女至於死，抑有何足思？然女天良充富人也，念拱郎雖負己，然成婚一年中，儷伉之情，究不可沒。今此生僅此一瞥光陰可以運己之腦筋，思其儷儻影像，溯其情愛，過此以往，則萬事都休矣。思至此，不禁潸然淚下。忽迎面一巨浪至，觸女舟幾覆。女回首視岸，惟見樹稍殘煙，惝恍不可辨。再視燕兒，面無人色，心大痛，撫之曰："吾兒，吾儕生機其盡矣。"言未已，又一白浪排空而至，女乃劃其槳避之。避未及，復一浪至，遂隨舟全沒。此時數丈外，忽發見一巨舟，人聲鼎沸，似爲救女來者。及至，第見女舟反覆水面，人已不見。衆方詫嘆間，忽見丈餘外，女首出水，急趨，又不見。可憐妖嬈豔麗之女郎，乃從此已矣。

女死後，寶玉亦懷金他遁。拱山境況，漸入窘鄉，近且流爲乞丐。松生於光復時，爲亂兵所殺。

新楚文庫

孤鸞遺恨

哀情小說《孤鸞遺恨》提要

是書叙一女三次受聘，未嫁而夫喪，勘破塵緣，遵其最後之夫遺囑，侍養翁姑，以終天年。篇中事實，全由女口中縷述，覺言言沉痛，字字悲慘，令人一讀一淚下。

余肄業諸立女書院之庚戌歲，余受院主之命，偕余孀母赴金陵參觀勸業會。是時，余年纔十七，從未出門戶一步，聞此，喜不自勝，亟准備行裝，附輪東下。在理，余等當下榻教會，因余孀母賦性閒淡，雅不欲多費周旋，故改寓逆旅。窗明几淨，殊雅緻可居，逆旅後，有小圃，圍以短垣，中植玫瑰、薔薇諸花，薰風吹來，香氣撲鼻。余倦游歸時，輒一人散步其間，每覺隔垣有人長歎聲。余初猶不甚異，日久大詫。一日，攀垣視之，則見一淡裝女郎，徘徊於花陰間。噫，長嘆者即若耶？審其狀，似有大不得已於中者，乃引手招之，女郎遽至，腰肢體態，飄然若仙，惟眼角眉梢間，含有無限愁恨。余叩其故，搖首不言，惟孜孜轉問余之姓氏、行蹤，余具告之。女郎憮然有間，曰："然則姑娘殆福人也。既承不棄，盍臨陋室一談？"言際，指其垣西一室曰："彼簾幕低垂者，即吾退閑所也。"余諦視之，與余居僅隔一牆垣，因諾曰："少刻當走候。"渠复曰："余家僅老母一人，姑娘若以面余爲辭，當無阻也。"余頷之。

當時余正苦岑寂，亟思得一女友攀談，以消永晝。聞此，遂造其室。室甚雅潔，北窗向圃，作法蘭西式，西隅更陳書兩架，凡說部野乘俱備，余思女郎殆亦學界中人耶？方欲致問，女郎已以茗至，肅余坐。余曰："姊曾肄業學校乎？"女郎曰："略識之無，近且荒廢矣！"言已，長嘆。余曰："姊方值此華年，胡悒悒不自適耶？"女郎愀然不語，淚痕瑩然。余見狀，大悔出言孟浪，致觸其悲緒，乃轉慰之曰："人生世上，安能盡得如意事？幸勿因此自損其軀。"女郎曰："姑娘，余乃世界第一苦人，雖年不逾二十，而所經歷之劫難，即年事稍長者，亦未曾經過，加以煢然一身，每當綠窗繡罷，惟有寄此一腔幽恨於好花皓月而已。而月不常圓，花且易謝，對景牽懷，又不禁令薄命人益增惆悵，前此花陰長嘆，固非無病而呻吟也。"余曰："若是，姊殆有一種不可明言之歷史在也，盍一語余？"女郎曰："歷史耶？罪惡而已矣！非余所忍言。且余與姊甫經覿面，烏能遽述茲慘怛之語，使姊不歡？雖然，吾蟄居此斗室中三載於茲矣，滿腹牢愁從未向人宣洩，既承垂詢，敢不一白下懷？惟舊事重提，不勝心痛耳。"言已，攜余至内室，慘然謂余曰：以下俱女郎语。

"余，皖人也，姓胡氏，小字壽英。余母一生所出，僅余及余兄兩人。余生兩歲，余父即逝。余母愛余，不啻擎珠掌上，而余體屢弱，時多疾病。余母恐余不壽，乃寄名余舅氏。舅氏亦皖人，與余居甚邇，行年四十，僅一子，長余一歲。桑榆老景，亦頗自得。聞余母語，喜甚，亟抱余往，并爲余雇保姆以撫育之。余生性聰穎，兩易寒暑，已能操完全之言語。吾舅嘗攜余徜徉於晚風凉月之前，逗余嬉笑以爲樂。

"自是余半月依余母，半月依余舅，凡衣飾果餌，則均由余舅給之。余舅母亦甚賢良，視余如己出。苟余有所需，無不如余所欲。此襁褓之歲月，忽忽過去三年矣。是年余已五歲，體質較前略强，且甚皙白，兩臂伸屈如玉，見者靡不愛之。余舅愛余尤篤，嘗語人曰：'此吾家一顆明珠也，來日吾當盡力培植，使開中國巾幗新英雄之紀元。'因是之故，雅不欲余論婚他人，顧又恐余母急於茲事，乃爲先鞭之著，謂余母曰：'承姊不棄，余母長於舅故稱以姊。以壽兒見託，兩載以來，幸未負盛意。在姊想可暢然於衷，但姊垂老，壽兒浸長矣，婚姻問題，已爲當今之急務，若在西俗，擇配自由，似毋庸我輩此日借箸而籌，然人生如朝露，我輩安必有百年之壽，但使將來得耦佳士，百年好合，我輩於九京之下，或可瞑目。設不善相攸，誤適匪人，不獨喪失其畢生之幸福，且我輩何安者？故余意莫如早爲之計，余子馨兒，似尚不惡，年亦與壽兒相若，吾欲於此盟訂鴛譜，義結絲羅，不卜姊氏以爲可否？'余母聞言，大喜曰：'是固吾所願也，奚爲不可？但壽兒福薄，恐累馨郎，吾滋慮耳。'余舅曰：'蒹葭倚玉，吾實慚愧，姊甚勿云此。'於是涓吉納聘，婚約以成。嗚呼，此即余生第一次之作人未婚婦也。

"當時余知識混然，初不知爲喜爲悲，惟日孜孜於泥龍土狗，竹馬青梅，相與爲伴者，僅馨兒一人。余與馨兒雖均在此孩提時代，從未嘗稍有齟齬，且相攜相隨，日無間時。苟勿見者，則心房中如有所失，必覓得之而后快。因是，吾舅嘗謂余兩人乃有夙緣，不然，不如是融洽也。

"余母自余姻事定後，中心大慰，視余之時亦稀。往時，余月必一歸，至是或一二月及三月不等，蓋以余此時乃舅家之人，衣食教養，自無或疏，故坦然不以爲念。惟余母每至，余必依依不欲其速去。苟弗爾者，且啼泣繼之，憶余母嘗慰余曰：'吾兒，爾已爲舅家人，馨兒即爾夫也。爾將永居於此，與馨兒終身勿離。'余當時聞之，不解所謂，然一思及將與馨兒終身勿離之語，則又不覺竊爲欣喜。余八歲時，余舅即命余與馨兒就讀。余性本極聰穎，凡余舅所授，輒能背誦勿訛。馨兒略遜之，余亦不因是稍萌驕氣。余舅或對彼有所責讓，余且代爲受過。余舅察知，益愛余。蓋以余幼時即解相憐之意，來日夫婦之間必無患勃谿。其實余良非因夫婦之觀念而遂相憐若是，第覺馨兒乃余之良侶，不忍見其任鞭撻之苦，故願以身代之也。自是簾前鬭草，檻外調鸚，恒有余與馨兒之小影，戚族見之者，莫不嘖嘖曰：'此天生一雙璧人也，他日畫眉窗下，并蒂花開，真不知消受人間幾許艷福。'以故余兩人出入，咸爲人所注意。

"如是者三年，余知識略開，始知余兩人乃未婚之夫婦，偶相攜，且覺羞赧無以自容。詎福禍無常，馨兒忽於是年春間患痘病而夭。嗚呼！方解情意，遽遭永別，童幼何辜，乃令致此？彼蒼者天，抑何太忍耶？余舅父母一生所出，僅此一子，大慟之下，幾欲身與俱去。幸余母從旁勸慰，始稍殺悲痛。然余母爲余身世設想，則又不禁自悲無已。

"余當時雖不深解鸞摧鳳折之痛苦，而良伴頓失，亦甚寡歡，每於風雨之夕，一憶及當日攜手並行，高歌於涼月初升之候，輒掩面涕泣。余舅父母見之，益增悵惘。嘗慰余曰：'馨兒福薄，不足耦兒，今渠已矣，不復再生，兒亦不必因此不快。蓋兒不快，愈足使我傷心也。'余聞言，遂絕不敢再以抑鬱之懷，形之詞色。嗟夫，此即余第一次喪失所天之時也。

"維時庭幃中大非昔比，質言之，懽少而愁多，間雖強爲言笑，亦旋起而旋止。余舅母深恐余舅血統斬絕，乃私爲置一簉室。余舅聞之，大不謂然，蓋余舅父母之愛情至篤，懼因是啓家庭之猜怨，致伉儷間不和。然爲續嗣計，乃勉從其請。幸不逾年，舉一子，余舅父母大喜，即戚族聞之，無不欣然致賀。

"自是家庭骨肉間，漸復其懽樂景象，即馨兒事，亦漸歸淡忘。余舅見余性喜讀，乃送余至省垣教會某女校肄業。同學百餘人，對余咸極表其親密。當余初入校時，聞裊裊之琴歌，見細腰深目之西媛，心竊樂之。且晨興必禱告，會食必禱告，就寢亦必禱告，而課堂之第一課，又爲新舊約。余處之既久，余之悔過心與慈善心，不覺油然而生。抑若上帝日監督我左右者，是爲余信仰宗教之始。

"余於各科學中，尤善於音樂、圖畫，習未一學期，程度即超過前班諸生。因之校長獨愛余，且對衆宣言，謂當以余爲範。余驟聞之，深爲愧慙。詎同學不察，反因是變其親密而爲嫉妬，或謾誚，或揶揄，更或加以排擠，余悉置不理。蓋余自知余之所以至此，乃在求學，是非議論，不足介意，且上帝恒臨余等之上，凡百上帝皆知之，更無須余自爲耿耿。不料日久，彼等之惡行，悉爲校長所聞。而校長又從未見余與彼等稍有齟齬，並愛余之溫婉。嘗顧余語教員曰：'是兒性格溫存，且又好學，來日進境，誠未可量。'余聞之，恒引以自勵。

"在該校肄業兩年，校長即遷余於書院。是時余年十五，已亭亭玉立。腦筋既專注於學業，又恒得聖道之指導。余之思想，乃漸入於快樂之境。嘗思人生何不長駐以少小華年，以度此快樂之光陰，胡爲使世界憂患苦惱，而隨年華以增高繼長。彼蒼者天，其太不仁也。

"書院中科學較爲繁難，然習之日久，亦殊不覺其勞瘁。同班中有陳翠娥者，與余最善，向籍金陵，因其父宦遊皖垣，故得就讀教會，其年較余略幼。余課餘之暇，惟與彼相攜於廣場，以研究立身處世之學，間或話稗史中往事，以取笑樂。余家與彼居甚邇，每逢休息日，彼必邀余往其家。其母爲人甚慈祥可親，愛余與愛彼，略無軒輊。有兄一，名麗波，少年英俊，亦某校學生也。余與翠娥歸時，其兄每先在。相習日久，幾同兄妹。翠娥嘗私謂余曰：'吾兄曩者休息日恒不歸，自姊時至吾家後，彼侵晨即歸，觀其意，似甚眷眷於姊。他日姊誠能與吾兄偕伉儷，則吾兩人無復離別之恨矣。'翠娥此時情竇未開，言之不稍顧忌。余聞之，則羞不自勝，因戒之曰：'吾因與爾感情親密，故爾兄之視余與爾同。初非別有用意，爾今後甚勿言此，免他人聞之，傳爲笑柄也。'彼猶力爭，曰：'否，否，吾兄確嘗於吾前力讚姊之才貌，並謂渠於姊外，再不復眷愛他人。'余益羞，兩頰緋紅，赧然而遁。

"女子愛情，本較富於男兒，然苟深閨獨處，無人從而挑逗之，其愛情終蘊蓄而不動。余初本不知愛情爲何物，及對於麗波亦無容心。自經翠娥道破，細思麗波邇來之於余，似極纏綿，芳心一寸，竟嵌麗波肖影於其中，又思麗波雖才華過人，不識彼果能竭其誠懇以待余。況男兒薄倖，舉世皆然，彼或一時爲熱潮鼓蕩，牽懷於余，他日設更有佳麗觸其眼簾者，安保其不見異而思遷。且余母暨余舅對余咸抱有絕大之希望，彼天涯寓公，烏能遽以終身相託？婚姻一事，非可草率從事。思及此，頓覺心灰意懶，不愉快者累日。

"顧最奇者，余雖如是設想，而麗波之小影、之情態，仍深嵌余之腦中，拂之不去。至無聊時，惟寄情於畫。每畫一紙，輒爲翠娥攜去。余初以爲彼不過留作玩具，及至其家，見俱懸之麗波書室，并經麗波題有詩句。余驟見之，既慚且感，私念麗波誠多情人哉，區區一畫，亦寶貴而重視之，苟更得余他物，不知其若何珍藏也。余思及此，又不覺怦然心動。

"一日又爲禮拜日，余仍循例往邀翠娥。至時，適翠娥正與麗波議余畫。麗波覯余至，亟迎曰：'女美術家來矣。'余頓憶及前日之事，不禁粉頸低垂，羞不可仰。麗波復作莊容曰：'姑娘筆致誠佳，若致力摩古，當不難作中國之女畫師。'余曰：'隨意塗鴉，本不足當大雅一盼。猥承謬獎，慚愧殊深。嗣後如蒙不棄，甚望時賜教益。'翠娥攙言曰：'姊甚勿作此謙語，試再以廢紙亂塗之，吾知吾兄亦必大爲讚賞。'言已，大笑。余聞之，赧然，麗波亦默默無語。及歸校，翠娥又私語余曰：'吾兄今日復謂姊風貌益佳，彼心已醉，並謂彼自見姊後，中心恒爲不寧，即學堂功課，亦多因之曠廢。姊試思吾兄之意果何居者？'余聞言，大慚，幾不能作一語。翠娥復曰：'以吾觀之，吾兄之愛姊，殆亦如吾，但不知

姊對吾兄，亦如對吾否也？'余曰：'或如爾言，然茲語使人益增慚惡，今後，吾甚願爾勿再言及之。'

"無何，暑假已屆，余等試驗畢，咸欣然歸家。翠娥既與余家密邇，往來尤密。於時，麗波遂得直接向余白其誠款曰：'余不度德，妄冀與姑娘納交久矣，徒自慚形穢，不敢與姑娘清才麗質伍，故遲遲未能上陳，悵惘至今，寢食俱廢。茲忍無可忍，姑娘其許余一陳其苦衷否乎？'余不忍拒絕，因曰：'君試言之。'渠乃鞠躬致敬謂余曰：'余今年十八矣。'余忽失笑曰：'吾非星者，君豈欲吾推命耶？'渠亦笑曰：'余雖不欲姑娘推命，然余命亦將懸諸姑娘之手，蓋余年雖及弱冠，從未與婦女社會接近。自見姑娘後，終日忽忽若有所失，一若姑娘倩影，深印余腦筋中，拂之不去者，於是余一生蘊積未發之情絲，遂盡縛之姑娘之身。既思姑娘才調過人，余輩俗物，安足當姑娘意。一腔心事，亦惟自爲抑制，間於吾妹前宣洩一二，亦出於無可奈何。今者姑娘年已及笄，婚事之期且至，余不敏，敢以一言質諸姑娘，脫余倩冰人與尊堂議婚，姑娘其許余乎？抑拒余乎？'言已，復移其目光注視余面。余色大赭曰：'君言止此乎？'渠曰：'然，吾甚望姑娘以美滿之語答我。'余曰：'茲事體綦大，良非倉猝中所能應命。容余躊躇盡善，然後語君。'渠復曰：'姑娘若不余信，則有一事可爲之證。余家今年曾兩度爲余論婚，余皆拒之，姑娘可私詢之。'余曰：'吾固信君，何……'言至此，翠娥忽躍出曰：'爾等切切私語，胡不與吾聞？雖然，吾固已知之。'蓋余等立談之所，在花圃中，翠娥既覿余等，乃隱匿花陰，余等所語，爲彼飽聽。彼故出而驚之，以取笑樂。余見狀，羞極，獨自遁去。

"余既歸，心躍然如鹿撞，私念麗波洵多情人哉！觀其所語，字字出自心坎，良非輕薄男子所可比。得斯人而事之，此生無憾矣。然吾適間胡不竟諾之，而轉迂緩其詞，令渠不快？余至此，不覺大悔，於是心口自語，謂彼人深情厚意，固吾所深感而弗諼，彼苟不以菲葑見棄，倩人作伐，吾必要吾母允許。他日彼果再詢余，余誓以此圓滿之語答彼。不料自是以後，余兩人竟杳無晤談之機會，余大怏怏，麗波亦甚悒悒。然雖如是，余兩人暗中情愛，決不因此稍止，於斯時也方謂美好姻緣，尅期可待。嗟乎！而豈知事變之來，烏能逆料有如此耶？先是麗波之父，風骨極嶙峭，遊宦皖垣，輒不屑阿諛取媚，以故致觸上峰之忌，竟藉他故彈劾罷官。至罷官後之第三日，余始知之，蓋余近因偶抱微恙，未至其家故也。第三日午後，余方浴罷，翠娥忽倉皇至，面呈憂色。余叩其故，翠娥曰：'吾儕將遠別矣。'遂以其父事一一述之。余得悉，愀然不樂，蓋余此時，良非悲與翠娥之遠別，實悲與麗波之情好方濃，遽遭離恨也。于是隨翠娥至其寓所，見衣物凌雜，已準備次日起程。余甚怨翠娥不早告余。再視麗波，憔悴尤甚，目眶中若有淚痕。余見狀，私衷計議，豈彼不忍舍余而去耶？欲出數語慰藉，并陳訴心曲，又以翠娥及其家人在側，未便發吻。無已，默對移時，乃怏怏而歸。

"是夕，余至弗寧，私忖麗波此去，不省有無機會可再把晤，又不知其對於婚事，尚能與吾家提議否？若其不能，吾縱允諾，亦終成空事。是則此別或成永訣，追撫前情，不禁淚涔涔下。次晨早膳後，遂以送別翠娥請於余舅。余舅許之，立奔往。是日，彼家益忙亂，即翠娥亦無暇與余坐談。麗波乃乘隙約余至後圃，謂余曰：'時迫矣，前事姑娘究何以答我乎？'余不待思索，逕以前語語之。麗波喜曰：'如是，余心慰矣……'言已，忽又若不愉曰：'雖然，茫茫前路，吾又不知何日始能踐約，姑娘其能待我否乎？'余此時，覺此身若已為麗波所有，竟脫口曰：'勿論何年，吾決不舍君他適。'麗波曰：'可敬哉斯語！吾當永銘之肺腑。'言時，引余手吻之，既復向余索證物，余大窘，蓋余一無所備也。忽目光所觸，得一物曰：'君約指非與余同式耶？'麗波曰：'然。'余曰：'以此易之可乎？'麗波曰：'善。'於是彼此互易，曰：'願吾兩人此心，將如金石之堅。'乃相將入室。

"麗波既得余明瞭態度，略去愁容。午後，渠家部署已就，余亦送之登輪，把袂牽衣，灑淚惜別。俄而汽笛嗚嗚，舟將起椗，余不獲已，退至躉船。少頃，船已鼓輪行。翠娥暨麗波，均至船沿向余搖其素巾，若催余速歸者。余不覺泣潸潸下。再視麗波，亦雙淚汍瀾。嗚呼！人生最苦是別離，余至此，又增一層煩惱，而余之寸寸迴腸，若爲此輪機碾碎矣。

"自是以後，吾恆無一日快，舉凡麗波一言一笑，無不縈之懷抱，而又格於兩家障礙，彼此不能一通款曲。彌月後，接翠娥來書，於普通問候常語外，偶語涉麗波，顧皆隱約其詞而已。余亦裁箋答覆，亦僅具問好虛文，良不能盡白所懷。東望金陵，欲揮無淚。迨暑假屆滿，余仍循例入校。煢煢隻影，每思及曩日與翠娥出入必偕，不禁重生感嘆。余往時對於課程絕不曠誤，雖瀝心濾腦，亦必求盡善，今日則迥若兩人。院主詢余，余輒以病對，實則余一顆心已爲麗波奪去，安有暇復溫理舊業耶？

"西風蕭瑟，黃葉飄零，又是秋風時候，多愁人當此景象，益無聊賴。每值殘陽西下涼風颼颼時，惟一人散步廣場，追思麗波音容，以爲排遣之計。一思及喁喁細語低訴情懷時，則俯首自笑，一若麗波俊秀小影，已立余前，向余貢其嫵媚之狀者。瞑目揣摹，輒樂不可支，又念及麗波懇余允其求婚，與夫臨別之夕，情淚瑩然時，則又悲從中來，宛如麗波愁慘之容，已突現於眼簾。心潮起落，輒又嗚暗欲泣。相習日久，此一悲一樂之情景，幾無時不盤結於腦筋中。質言之，余此日良無他念，有所思，思麗波，有所夢，夢麗波。寢至飲食、言笑，靡不挾有麗波之影片在，五官百骸，固已爲麗波情愛所罩，無復自由之時矣。

"詎於此時，又有一種惡耗觸余目焉。一日，接翠娥來書，謂麗波忽患咯血重症，醫藥無效。噫！余又驟聞此耗，寸心殆如刃割。私匿臥室，大哭竟日。欲以書慰問，匪特障礙繁多，不敢公然形之筆紙，即一握管，淚已如泉湧，不復能成字。夜靜更深，惟有掬余一瓣心香，對天遙祝曰：'願天公默佑麗郎，早占勿藥，余不肖，願以身代。'既思彼蒼蒼者，果有靈耶？果可以活余麗郎耶？天果忌余兩人，余今祝之匪惟適足以觸天之怒，且恐促麗郎之死？嗟乎！余區區腦海中，能容得幾多煩惱？自聞麗郎噩耗，餐飲俱廢，久之，余亦病矣。

"余初病，猶不甚厲，院主乃遷余於醫院，調攝數日，稍覺痊可。病中自念余與麗波不過心理上之夫婦，彼苟有不測，脫欲爲之守從一而終主義，問心始覺稍慰。然余兩人初無媒妁之言，父母之命，此舉安洽乎理？否則，以丫角終老余家，而余舅暨余母未必見許。即許之，則余之此身飄萍斷梗，何以爲生？余思及此，疾頓增，昕夕不寐，醫藥雜進，一無效驗。嗟夫！余爾時氣息，蓋僅一絲矣。

"當此奄奄欲斃之時，而眼望欲穿之麗波消息，驀地而至。消息維何？謂麗波已告痊愈，健強如常也。當書至時，余方躺臥榻上，既接書，慎重開視，心頭突突，蓋不知中藏者，其爲噩耗，抑爲佳音。及讀畢，大喜，躍起，復恐訛誤，再讀之，直至數十遍不止。至今日此書余猶能背誦無遺，蓋情之入人深也。且有一事，足令余注意者，此書乃麗波手筆，而非翠娥所書。意者麗波知余繫念之深，親書以慰余乎？自是余病日有起色，不一禮拜，竟復原狀。

"余既愈，仍入校。未久，忽又有一念橫梗余胸，覺前日之書，乃麗波所假以誆余，未必據爲實事。此念既生，舉凡麗波支離之病骨，痛苦之狀態，皆一一湧現於寸心中，一若余之軀殼，已親臨麗波病榻之前者，新愈之身，復縈此愁懷，未幾又入病境。總計一學期中，余至講堂聽講僅兩月，餘則不在愁中便病中也。

"明年新歲，余至院主處賀年，忽得一好消息，謂此間校址過小，學生過多，頗不宜余之身體，擬於春間送余往金陵就學。噫，余聞未畢，手足幾欲蹈舞。及今回憶爾日狀態，不禁失笑。然猶恐院主之言弗確，復再三詢問。院主笑曰：'吾初意爾父母摯愛汝，不忍令汝遠適異地，不期爾乃欣忭至此，何太無孺慕之情乃爾耶？吾殊不取。'言時，色頗不愉。余始恍然，知余適間舉動之不當，亟斂容以歸，告之舅父母。舅父母殊不以余赴寧就學爲然。余臥地作嬌啼，舅父母憫余嬌憨，笑而允諾，余始喜。曉餐後入寢室，默思往寧時，如何與麗波細訴衷情，如何偕翠娥遊歷名勝。種種幻景，紛集心端，儼若余身七十二種原素，皆快樂二字構之而成，與昔時羈遲病院時，迥若兩人焉。

"無何，院主之書果至，催余於二月初旬束裝就道。余持以告舅父，舅父潸然曰：'余年已老，撫汝將至成人，又匆匆遠別，汝何忍耶？'適是時余母亦至舅家，聞之亦泣。余曰：'兒非木石，豈獨無情？第此乃院主之命，又爲兒進身之階，棄之良屬可惜，且寧皖相距不過一日水程，往還甚爲便利，望諸老人勿挂懷也。'余舅余母始已，余遂部署行裝，余舅更從而助之，時正元月下旬也。

"佈置數日，余之行囊乃備，臨行之前夕，余方一人獨坐燈下，思此次赴寧，誠屬得計於諸老人，實難爲情。回想余兩載以前，即來舅家，襁抱提攜，至於今日，娉婷玉立，不能稍報劬勞之恩，遽作他鄉之客，誠無怪余舅戀戀不舍。至於余母膝下，僅余兄一人，余去，老景亦甚寂寥。因一己私情，貽全家之戚，質之天良，殊有未安。又思與麗波別已半載，不知其對於余之愛情果如昔否？抑不知其別後，已別有他所歡否？正想念間，忽室門閛然闢，余母欣然入，余舅繼之。余見狀頗疑詫，蓋往日此時均就寢，此來必有特別事故也。正欲詰問，余母已笑謂余曰：'壽兒，汝明日暫勿行，有喜信報汝也。'余聞言，心頭躍然曰：'母言何謂？'余母曰：'昨有人爲汝作伐，將字潯陽孫生，孫生富且貴也，二三日內，當有影片至，吾意就汝在家時，予汝一觀，以決允否，然後再去。'嗟乎！余方抱此絕大希望，冀與麗波締結鴛盟，何來惡儈，乃欲強尼吾行？遂決然答余母曰：'母意兒已喻，惟兒年尚稚，正求學之時代，非論婚之時代。若必欲亟亟定婚，是不啻奪兒之自由，兒對於學業上種種希冀，將因之盡失，非兒所願也。以兒思之，勿如罷議爲善。'余母聞言，頗怒曰：'妝將以丫角終耶？'余舅亦曰：'婚姻爲汝終身事，汝勿倔強令余等無歡也。'余曰：'即如舅言，亦必須相習有素，相知以心，然後家室之內，始無勃谿之慮。今以素未謀面之人，舅父既未加以訪察，是否必其人足以耦兒乎？兒寧死弗可。'余舅怏怏而出，余母復小語余曰：'俟孫生肖影至，憑汝取決可乎？'余曰：'否，兒實不願此日論婚，勿論如何，兒明日必行。'余母至此，默然而罷。

"次日，余遂乘輪來寧，瀕行時，余母暨余舅父母，牽衣叮囑多語，余皆默憶之，私意此行或可將婚議打斷。既抵埠，麗波已偕翠娥迎余於江干，蓋余預有函告之也。余乍見麗波，神魂飛越，四目互視，不知所語。翠娥此時已略解事，見余等狀況，赧然若甚羞，曰：'姊等豈就此長立耶？'與麗波恍如夢覺，乃相將乘輿入城。既抵其家，其父母亦欣然色喜，款余於客室。麗波因耳目綦衆，不能與余暢談，爲狀至戚戚不安。及夕，老人輩咸因倦辭去，留余室者，僅翠娥一人。談次，始知翠娥已論婚蘇州，其人方遊學寧城，年不及二十，亦一翩翩少年也。余詢翠娥意向，則云甚願，幷謂主張者，實彼而非其父。余聞言，不覺慨然嘆曰：'妹識見誠高余一着，從此心心相印，前途幸福，必無量限。若余直如落溷之花，徒傷無主耳。'翠娥笑曰：'姊何短氣乃爾？吾兄非嘗眷眷於姊耶……'翠娥言至此，忽門簾掀動，麗波含笑入曰：'爾等云何？'翠娥笑曰：'正言及兄也。'言已，揭簾而出室中，惟余與麗波兩人四目相視。少刻，麗波乃移座近余曰：'姑娘……別來無恙乎？'余此來本具有萬千言語，欲訴之於麗波之前，今聆此言，反無一字可吐。且其時發生一種恐怖觀念，以爲當此更闌夜靜，倘麗波欲行非禮，余何以應付？此念一生，愈倉皇無措。繼念麗波深於情者，決不至此，觀其舉動，亦甚閑靜，適所念者或妄也。良久，余心始坦然。麗波復曰：'姑娘……別來無恙乎？'余曰：'謝君致問，別後殊安，然自君抱病之書至，余困頓醫院，垂兩月餘。'於是舉往事，縷縷爲麗波述。麗波曰：'姑娘如此深情，余何以克當。余初本不欲使姑娘知之，翠娥不我從，冒昧以告之，致姑娘受此磨折，余罪甚矣。'余曰：'此何足言，惟吾屢囑君自爲保重，胡竟一病至此？'麗波曰：'余病乃積思成慮所致也。自江干判袂，如喪魂魄，抵家後，白日追思，清夜成夢，不一月形消骨立，頓易曩時面目，乃余母誤會余意，忽爲余論婚。余聞而大窘，力爲阻止。余母不聽，余益急，遂搆成咯血之症，輾轉牀席，苦莫能堪。幸翠娥略體余意，勸止余母，論婚之議，始於焉而寢。嗟夫，姑娘，滿謂今世不能再覯玉容，不圖竟有今日之會，天乎佑余，真不淺矣。'余聞言，益愛麗波之深情，訂婚之念，因以彌堅。翌日，乃偕翠娥入校，校長爲西人，甚和藹可親。覿余至，頗樂，詢余程度，余具告之，遂插余於第一班。計卒業之期，僅一年。余滿意卒業後，即促麗波向余舅提起婚議。爾時余既能自食其力，當不懼不允。詎不逾時，而此願又虛。

"一日，爲余入校之第一禮拜日，余偕翠娥至其家，將入書室，見麗波一人偃卧榻上，狀甚愁慘。案頭陳一巨封，余趨視之，則余舅郵寄麗波致余者，而封口已啓，意者麗波此時已視余如家人，遂不拘形迹，代拆而代閲乎？余不惟不稍愠於心，且引以爲慰。然麗波胡爲閲之而愁慘若是？得勿其中所云於余兩人婚事有障碍耶？瞥覺幻象百出，乃抽出其中函讀之，曰：

壽英吾兒觀此：爾年已長，正當論婚之時，前所云孫生，吾愛其聰穎，慕其門楣，已爲爾論婚。昨日良辰，並倩冰人持庚書去，從此爾有所歸，吾責可卸……

"余不及閲畢，已遍體發顫，身搖搖欲仆。再視封内，尚有一堅硬之物，亟取觀之，則爲余舅之手翰，其上曰：'此爾婿孫伯濤之小影。'凝視之，則所謂孫伯濤之小影者，乃化粧一劇場西門慶也。輕薄之態，不可卒視。嗟夫！此豈余之匹偶耶？余舅何盲昧乃爾！余此時氣憤已極，幾欲發狂，轉視麗波，則已掩袂而泣，即翠娥亦悲惋不禁。一室之中，若充滿無量之愁慘，余等適陷其中者。既思徒悲無濟，入校後，乃上書余舅，否認其事。及接余舅覆書，嚴詞詰責。余知事已不可挽回，大爲沮喪。嗚呼！此即余生第二次之作人未婚婦也。此後，麗波如遭慘變，未及一月，舊疾復發，且加劇。余覩其狀，不禁心如刀割，嘗慰之曰：'茲事迫於父母之命，非吾之意。此後吾敢誓於君前，勿論如何，吾決不適孫氏子，苟逼吾者，吾惟一死以報君。'麗波曰：'吾何人斯？烏敢因吾犠牲姑娘一生之幸福！'余曰：'君勿云是，令吾心傷。當日皖中送别之語，固無時不言猶吾耳，今所異者，不過吾名義上已屬於人，實則吾自髮至踵，仍屬於君。吾嘗謂吾一顆心，非肉體，乃君之影像造之而成，君不憶之耶？'麗波聞言，略慰。維時麗波父母似亦默知余與麗波之相憐相惜，麗波疾每發，必遣人速余至，茶鐺藥餌，均余一手料理。麗波嘗嘆曰：'余得姑娘看護，雖死無憾矣。'余於是益小心將護。在禮，余之此等行爲，乃至弗當，然余當時絶不之覺，即其家人亦若甚爲感激者。

"余之來寧，對於學業上，初亦曾抱有絶大之希望。既經此打擊，余心乃大灰冷。覺人生世上第一層樂觀，即在愛情，苟愛情上一經挫折，不能得圓滿之愉快，則萬事都灰，更復有何希望。余於是對於課程一味懈怠，大好時光，等閒辜負。麗波聞之，猶時相砥礪，然余此時已抱放棄主義，彼雖言之諄諄，余殊聽之藐藐。嗟夫！婚姻制度之不良，令人餒志，一至如斯也。

"未幾，暑假期屆，余意不欲回皖，遂假居麗波家。是時，麗波父母亦視余若己出，且命余與麗波呼以兄妹。於是余兩人表面上更形親密。不見則已，一見則哥哥妹妹，必千百次於余兩人之口。第余兩人形跡上雖如是，尚幸未越禮義藩籬，花前月下，絶無絲毫不正當之事，因是其家人益敬余。綠窗無事，麗波則督余作畫。每成一幅，麗波即珍而藏之。計自皖校至今，不下百餘幅。繼又爲余購風琴一具，並手製斷腸曲十折，使余譜之。風清月白之候，聞者每爲淚下。是年，金陵酷熱，翠娥乃發起避暑廬山之議。詢諸麗波，大爲贊成。惟余獨梗其議，蓋孫氏子家於潯陽，余恐爲其瞥見，又生出意外風波。繼聞醫生云，麗波新愈之後，宜移居僻靜地，吸新鮮空氣以資調衛。余不得已，始允之去。

"於是咸部署行囊，兩日始蒇其事。六月二日，自寧起程，三日抵潯。入山後，卸裝旅館，窗明几淨，頗宜於居。休息一日，遂偕遊各名勝，仰見衆峰之高，俯瞰鄱湖之大。抑鬱胸懷，頓爲暢適。數日間，廬山真面目盡收入余儕眼簾。麗波嘗笑謂余儕曰：'妹等終日困居斗室，如井底之蛙，今日得覩名山大川之勝，樂也何如？'余曰：'樂誠樂，第恨不久耳。'麗波嘆曰：'脫我等前日所期不虚，抑何難攜爾築室於此，朝夕廝守，今則無望矣。'余聞言，不覺觸起舊恨，愀然無歡。遊歷既已，麗波復教余與翠娥學詩，每日以午前爲讀詩時，午後爲作詩時。綠窗低哦，大有林下高士之風。計一月中，《唐詩三百首》，皆能背誦，所作亦間有可觀。惟語句間多涉於窮愁，麗波謂此爲大不祥，力戒余。余雖欲矯其弊，亦不能也。意者今日之境，當日已兆之耶？麗波見余儕詩興日高，遂將所作彙成一帙，題曰'廬遊草'，惜此稿爲麗波病中焚去，不能復覩。余嘗爲悵然，今者麗波已作古人，翠娥相繼下世，所存者惟余一人，不見亦佳，見之徒增慘痛耳。

"倦遊既歸，麗波父母咸謂麗波經此次休養，氣色大佳。余聞之，竊爲欣慰。維時暑假之期已滿，余仍循例入校，不期麗波爲秋氣所感，九月間舊疾復發。其父母又迎余至，爲之看護。幸此次疾不甚厲，余心尚無恐怖，第麗波已消瘦骨一把，再經咯血，於身體上不無損傷。余屆無人時，每爲婉勸，蓋余此時甚知麗波欲復其康健，非使其對余心思漸趨冷淡不可。欲其心思冷淡，非使其別娶不可。余前茲恒覺麗波乃余一人之麗波，勿論何人，決不讓之奪去。今爲救麗波生命計，不得不略變其宗旨。無如麗波堅執弗從，並謂海可枯，石可爛，此情不可奪。嗟乎！魔障深矣。

"乃不如意事重疊而至，余侍麗波疾既竣，方思回校。翠娥忽倉皇歸，謂校長以余曠課過多，已牌示斥余退學。余驟聞甚喜，蓋余自婚議成後，覺藐然一身，希望俱絕，安有所謂學業？故學堂之得失，早視若無足重輕。既思余曾請假，時未越兩星期，胡遽視爲曠課？且余之來，此乃皖校校長所咨送，就使斥革，殊負皖校長之厚望。思及此，憤懣之心，勃然而生，亟隨翠娥回校，與之力爭，詎彼倔強如牛，竟不允。余憤極，翠娥見狀，恐釀意外，力勸余。余不獲已，乃據情致書皖校長告罪。校長諒余，百般解慰，並謂嗣後苟有機緣，當薦余作教授。余得書略慰。自是余遂出校居麗波家，時正十月初間也。

"余當時所以不即歸家者，蓋有數種原因，一者麗波尚未痊可，余若遽去，必又增別離之恨，是其病非惟不能愈，或且加劇。一者余之來寧，余家戚友莫不知之，脫中途廢學，彼等不知，必生出種種疑團，於余名譽上，乃蒙重大之損失。再余舅暨余母對余屬望甚殷，設聞此亦必不悅，故余家書中絕未言及茲事。意俟寒假期屆，然後再歸，謀所以來寧之策。差幸麗波父母待余如家人，余居此，反覺身心安適，得暇則與麗波吟詩消遣。於時麗波忽以余前日勸渠者，轉以勸余，嘗於咏罷課餘，正色謂余曰：'余不敏，承妹眷愛，許以自首相期，中心銘感，誠莫可名言。不幸緣慳命薄，變出意外，舉數載來美滿希望，付之流水，撫心自思，實不能無憝。然余仔細思之，漸覺姻緣乃自天定，良非人力所能強爲。今妹已浸長，結縭之期勢將日近，已成之婚約，既不能翻覆，終須作彼人之婦。妹前謂至死不嫁，余初聞似甚快於心，既思此乃理想上之語，決不能實行，況妹今已廢讀，所以致之者，非他，乃余也。余縱不涉俗套，向妹道其歉仄，然妹試思此後能久居余家乎？以時日計之，至多不過月餘，月餘後必須旋里。明年能否再來金陵，乃爲不可知之事。從此參商兩地，徒留無限相思，於余無益，於妹有損，此余所以繞室萬匝，徘徊終宵。思之思之，惟有望妹冷却此心也，且余之此言皆出自至誠，妹甚勿朦昧一時，自貽無窮之戚，則幸甚矣。'嗟夫，余何人斯？焉能前后易其操守，乃力駁其議，麗波復再三解說，余卒不許。麗波無如何，怏怏而罷。

"詎自是麗波大改其常度，竟日無悅容，對余亦恒怒目相向。與之言，十不一答，質言之，前日溫柔和靄之麗波，今已一變而爲冰冷狂暴之麗波。余自思余之對彼，可謂一秉至誠，胡一旦視若路人？豈有人媒蘖於中耶？乃力加探察，始知麗波非誠欲絕余，蓋因前日勸余未允，將欲藉以寒余之心。嗚呼，麗波之心苦矣。余既知此，非惟絕無怨渠之意，且愛之敬之之熱度，益增其高。彼見余親之愈急，則避之愈甚。可憐燈炧夜靜之時，余真不知灑却幾許傷心淚也。

"乃天下事竟有出人意表者，余兩人於此糾纏不釋之時，忽一喜耗從天而降。冬月間接余舅來書，謂孫氏子因渡江覆舟，已隨屈大夫遊去。余閱畢，不禁軒眉大笑。在理，孫生雖未與余諧婚，畢竟爲余之夫也，今聞其死，不惟不悲，且喜之不勝，實大背乎禮。然余與渠無一面緣，無半絲感情，又何怪余之如是？當即持以告麗波，麗波欣然曰：'有是哉！'亟啓書閱之，閱已，亦狂喜無藝，一變月餘來之愁態悲容，而爲愉快之狀。余於是益信其前之拒我，乃愛我，非絕我也。嗟夫，此即余第二次喪失所天之時也。

"自是余如釋重負，身心俱適。臘月歸時，遂與麗波籌商，請其速倩冰人，向余家議婚。麗波亦恐時機稍縱即逝，毅然允諾。首途前一夕，麗波謂余曰：'吾儕之有今日，緣真誠感召有以成之，今後吾儕各本其誠心，自不能不望婚事早諧，惟天下事有不可不預防者，吾今敢問吾妹，脫吾遣冰人至，而妹家竟不許者，則奈之何？'言已，視綫直射余面。余此時不假思索，遽語之曰：'苟再不許者，有死而已。'麗波喜曰：'可敬哉此言，余亦謹以此語爲誓。'翌日浸晨，其家人遂送余至下關。翠娥更雜以詼諧語曰：'今日以車送姊於此，明年當以彩輿迎姊於此，且今年所送者吾姊也，明年所迎者，則非吾姊而吾嫂也。'余聞之，雖甚羞，然亦不能不以此自期。吾此次與麗波握別，絕無戀戀不捨之情，幾若此別必獲有圓滿佳果者，豈老天已與余等以先兆耶！

"余既抵家，骨肉團聚，自有一番佳趣。惟余母以孫氏子既死，大爲悲憫，對余時爲絮聒。余甚不耐，屢以惡語阻之，始已。年關既過，余即延頸企望麗波之冰人至，詎一二月光陰輕輕拋去，所謂麗波之冰人，仍無蹤影。余大疑，私念麗波得勿背所約耶？亟以書詰問，亦無答覆。嗚呼！麗波，言猶在耳，豈遽忘之？余當時真恨不能肋生雙翼，飛向金陵，一詰其故。

"無何，暮春時候屆矣。余情急，方擬託故東下，余舅忽阻余行，叩其故，則謂麗波已遣人與余家議婚。余大喜，自念其有今日乎？然所遣之人爲誰？又胡爲遲遲至今而始至？此乃余所急欲得知者。欲詢之余舅，又羞不能啓齒，而除余舅外，又鮮有知者，幸於時郵局忽遞得麗波函至。閱之，始知所遣者，爲麗波之姨丈，而余舅之同業也。至所以遲遲之原因，則以余歸後，麗波之父忽欲爲麗波定婚其同寅姜某之女。議垂成，始以書告知麗波。是時其父方官浙，麗波亟覆書破壞。幾經波折，方寢其議，故遷延至今日，始倩冰人至。余既得此，疑慮頓釋，第日窺伺余舅之側，以覘余舅對於此事之主張。顧余此時頗有把握，蓋麗波姨丈與余舅感情頗洽，若能善爲説辭，余舅當無不允。一夕，余方就寢，余母忽入余室，笑謂余曰：'吾有佳音報爾。'余思此必婚議已成，因應曰：

'母云何也?'余母曰:'爾豈不知耶?前與爾同校翠娥之兄麗波,已倩人至,欲聘爾爲室。爾舅頗愛麗波才華,已有允意,特不知爾意云何?故使吾詢爾以定取舍。'嗟夫,余此時其竟諾耶?而余畢竟爲閨中處女,終羞於啟齒。其否耶?而余之期望匪伊朝夕,危機一髮,稍縱即逝,又焉忍坐失機宜?良久,乃得一適當之語曰:'苟舅父允者,兒決無異議。'余母知余此言不啻直接承認,遂欣然出。未數日,婚約果成。余此時之喜慰,真有未可言喻。嗚呼!此即余生第三次之作人未婚婦也。婚議既定,麗波本欲即時成禮,忽翠娥婿家欲於時迎娶,余之婚期遂改至中秋令節。余聞此,頗悵,然亦莫可如何。翠娥與余感情本摯,若在曩時,余當親往金陵一話離衷,然此時已有種種困難之點,徒呼負負而已。惟手繪富貴白頭圖一帙,由郵寄去,蓋祝其榮華偕老也。

"余是時腦想漸趨安靜,凡向日種種苦惱複雜之思想,皆鏟除無跡。統言之,但有樂觀而無悲觀也。余戚友見余驟改常度,忽發生一種不可思議之謠言,咸謂余與麗波曾有不正當之行爲,故此次婚議乃彌縫其醜。余舅聞之憤甚,已成之婚約,幾致動搖。余大窘,亟央余母出而辯正。一段小波折,直至彌月後始已。余於此甚歎,夫世道人心之不可測度也。

"迨婚期既屆,余舅本擬先率余及余母假寓金陵,以便麗波親迎。旋接麗波來電,以此舉殊多周折,且甚耗費,勿如十四日由皖登輪,十五日抵寧時,遄以彩輿迎娶。余舅頗贊成此議,遂覆電諾之。屆時余別母登輪,余舅則送余至寧。是夕,余腦筋中覺具有無量愉快,仰見明月在天,江風習習,一若亦爲余表示歡樂者。嗚呼,孰知此去乃墮入無邊之苦海,脫早知之,哭且不暇,樂於何有?

"次日午抵寧,果有彩輿在焉。翠娥側俟余於江濱,見余笑曰:'猶憶去歲臨別時之言乎?今來特履行前約也。'余此時已不能有所言,惟一笑答之。顧翠娥雖嬉笑如昔,而眉黛間若寓有無限憂慮者。余大疑,意彼方爲新嫁娘,胡忽有此狀態?豈遇人不淑耶?然余亦不暇詰問,遄登輿去。及至,並不見麗波出而行禮,且賓客亦寥寥無幾。余大詫,霎時間種種幻想,風起雲湧,而此時所接者,大都未習見之人。既未便探詢,又無人明以告我，且隱隱中似聞泣聲。余益駭，私念得勿麗波舊疾復發乎？抑其家猝生不測變故乎？思潮起落，莫知所措。待人靜夜深後，翠娥始慘然入，余亟詢其故。翠娥長吁曰：'無他，吾兄病耳。'余驟聞心怦然躍，曰：'爾言何謂？'翠娥曰：'吾兄因日來操勞過甚，致發舊病，頃已經醫士診視，謂少當自痊，姊勿驚也。'余聞言，不覺簌簌泣下，自念余命何薄，累麗郎至於如是。翠娥復起而慰曰：'姊勿憂……'言未已，哭聲又作，翠娥色頓變。余是時已不能顧及禮節，亟卸嫁衣，隨翠娥至麗波室，則見麗波偃臥榻上，血花濺滿室，哭其旁者，則翁若姑也。以意度之，麗波殆已暈去。余一躍至榻前大哭曰：'麗郎乎……'三字方出，竟隨聲而仆。

"及甦，余身已在榻上，余手適爲麗波所執。啓目視之，見麗波似較適間稍爲清醒，亟詢之曰：'麗郎，胡憔悴一至如是？'麗波發其沈痛聲曰：'此命也，天也。'少刻，又繼言曰：'吾不才，承妹眷愛，莫罄深情，滿謂從此百年偕老，如鼓瑟琴，不料天不假年，吾今以愛妹者害妹矣。'余此時如槍彈貫胸，膽魄俱失，欲覓一語以慰之，苦無所獲。麗波復曰：'吾曩者病發必能健食，此次獨不然，且心頭怦怦不定，目光恍惚不能明視，皆爲不治之現象，其能逗遛一日或一時一刻，皆在不可知之數。今乘此一息尚能言語之時，有數語亟需妹垂聽者，吾與妹自相見至於今日，垂三載矣。雖嘗同居處，情逾手足，而對於妹之金玉體從未加以非禮之行爲，此妹所自知而吾所自慰者。吾苟不測，妹方值此妙齡，正不妨別擇名門，匹一如意郎君以終身。庶幾於吾可告無罪，妹亦不至煢獨失所……'余不待麗波語畢，即泣曰：'郎乎，何忍出此言，苟不能同衾者，便當同穴，郎去妾亦去耳。'麗波曰：'妹性貞烈，誠吾所摯感者，然……'言未已，咳嗽又作，喘息良久，復繼言曰：'吾之言此，實出真誠，妹甚勿自誤。'余曰：'之死靡他之言，豈遽忘之耶？'麗波泣曰：'孽障哉，雖然，即就妹意言之，亦大錯誤。吾之死乃吾之福薄，於妹何尤？設亦因此自斃，豈非無辜？吾今敢竭其誠懇，以求吾妹，吾父母一生所出，僅吾與翠妹，翠妹既遠適，彼已爲他人婦，侍養無人，吾設不幸，吾家宗嗣即絕，此後庭幃之内，必呈非常慘象，妹苟愛吾，吾死後，倘能侍吾父母以終天年者，吾泉下之感激，當較妹之殉吾萬萬矣。'言已，復咳，未數聲，又大吐，血花盡濺余身。余見狀，大慟。良久，麗波又竭其微細聲曰：'余父何往？余母安在？'言時，余翁姑適入。麗波泣曰：'兒不肖，罔極之恩未能圖報，兒死有餘辜，甚望兒死後，勿以兒爲念。'繼復顧余曰：'別矣，余最後之忠言，甚願勿忘。'言至此，已不能出聲，未幾，又大吐。余舅復遣人覓醫士至。既診脈，謂脈已歇止，不可救。余大哭，亟抱麗波於懷，覺四肢冰冷，力呼不應，少刻，復格格言曰：'吾負⋯⋯負⋯⋯爾矣。'言已，喉間痰聲大作，不轉瞬氣遂絕。余見狀，一慟而暈。嗚呼，此即余第三次喪失所天之時也。

"次日余醒，麗波已入殮。余所竭力盡心謀得之如意郎君，惟見一棺横陳而已，計其死日，即爲結褵之夕。爾時本思一死以殉麗波，無如堂上舅姑，侍養無人，且麗波臨命之言，歷歷在耳，勢又不能不忍死須臾，以盡未了之責。嗚呼！自是以後，余對於世界上種種希望，遂盡絕矣。

"余是時年不過十八，統計自許字馨兒後，曾三次作人未婚婦，而卒之未嘗一享夫婦之樂。余自問此等境遇，殊爲奇特，脫早知如是，自馨兒死後，即斬絕情根，專心學業，豈不少却如許憂慮，如許痛苦，今則悔之晚矣。

"麗波死之次年，翁因傷心過甚，旋即下世。所存者，僅姑氏一人，煢煢相守，無限凄凉。初猶有翠娥頻頻往來，稍慰寸衷，不意翠娥忽於去歲感疫而死，余於是益孤寂矣。

"嗚呼！余今欲哭，而淚已枯，欲言，而聲已嘶矣。蒼茫苦海，精衛難填。缺陷情天，女媧莫補。已矣，尚何言哉。"

西廂記演義

目　　錄

第一章　驚艷 ……………………………………………… 311
第二章　借廂 ……………………………………………… 313
第三章　酬韻 ……………………………………………… 317
第四章　鬧齋 ……………………………………………… 320
第五章　寺警 ……………………………………………… 322
第六章　請宴 ……………………………………………… 329
第七章　賴婚 ……………………………………………… 331
第八章　琴心 ……………………………………………… 335
第九章　前候 ……………………………………………… 339
第十章　鬧簡 ……………………………………………… 341
第十一章　賴簡 …………………………………………… 346
第十二章　後候 …………………………………………… 349
第十三章　酬簡 …………………………………………… 352
第十四章　拷艷 …………………………………………… 354
第十五章　哭宴 …………………………………………… 358
第十六章　驚夢 …………………………………………… 360

第一章　驚豔

　　春光老矣，落英遍地，曲水流紅，芳草粘天，遠山滴翠。乳燕掠水而飛，粉蝶穿花而舞。夾路杏花千樹，三日前一色作十里紅者，已綠葉成陰，枝頭結子矣。一日夕陽沉西，斜光一片，反射普救寺，屋頂燦爛，作黃金之色。塔影橫臥於地，悠然如山靈伸其巨臂。寺之四周，綠樹慘翳，穠花不紅。蟲聲如泣，時復出沒於苔砌中，隨風斷續，似告人以幽獨者。

　　寺位於蒲郡之東，武周金輪皇帝所造之大功德林也。院宇壯麗，房舍精敞，暮鼓晨鐘，常與此湖光山色度其凄涼之歲月。寺西有別院，搆造尤精。花木蔥蘢，亭榭幽勝。假山池沼，位置井然，雖不隸於寺而實附於寺，蓋崔相國出其堂俸所建者。時相國已老，精力衰頹。良不欲以風燭年華沉浮宦海，故建是院以為退休之所。滿謂芒鞋竹杖，將坐看野鶴閑雲。不虞落成之日，不聞歌乃聞哭。相國適於是年薨於京師。門庭冷落，舉目蕭條。

　　太君鄭氏，憂傷悲痛不能自已。乃挈其子息扶櫬回博陵。道經蒲郡，路途有阻，不能前進。因將靈櫬寄放寺中，而己則居於別院。曩欲以玉帶賭鎮山門，今竟以丹旐將諸煢獨。寺僧法本，相國剃度和尚也。鄭氏來此後，所以將護之也備至。相國遺族無多，僅子一，名歡郎。年可十餘，容甚溫美。女一，小字鶯鶯，芳齡十九，風姿豔絕，國色也。工女紅，尤好讀書。綠窗低哦，紅燈拈韻，璇閨歲月強半送於書叢中。幼字中表鄭恒為室，因喪服未滿，不曾成婚。年華易謝，春思難消。萬種閑愁，祇埋怨東風無主而已。侍婢紅娘慧甚，容顏豔異，光彩動人，相伴蘭閨，頗解岑寂，蓋亦好女子也。鄭氏率此數口家人，棲茲蕭寺中，為狀亦甚凄苦。嘗思相國生時，食前方丈，從者數百，堂上一呼。群聲響應，抑何甚盛？今則門祚式微，母子零丁。外無朞功強近之親，內少扶持將護之戚。且也世變方殷，亂警頻至。道途修阻，步履為艱。西望家山，莫罄思鄉之累；内瞻庭宇，曷勝孤苦之悲。以故，鄭氏家人始將陷於愁苦中。所藉以自排遣者，惟清風明月，芳草花香而已。然而春光易老，花事闌珊。悄倚樓頭，堪嘆綠珠粉碎；閑行芳徑，忽驚紫玉煙消。則又不禁有流光似水之感。故鶯鶯於課罷繡餘時，輒攜紅娘徘徊庭院間，藉弔殘紅，以消積困。香蹤所至，遂使山光碧樹，頓增異彩矣。

是日，寺外村莊，炊煙方起。微風吹之，散爲暮靄。忽一少年策馬而來。雖不辨其面貌爲悲爲喜，而一觀其據鞍孤獨之狀，即可知爲一落拓傷心人。顧其舉止瀟灑，貌美而文。眉目之間，尤滿貯溫和之氣。既至寺前，舍馬而步。遠見楊柳如絲，臨風而舞，萬種思潮，不禁齊集心端。自念十年塞命，數月離家，曉月殘風，今又挈我行囊赴長安道上矣。回思曩日，螢窗雪案，讀史溫經，舞劍於雞鳴之時，長歌於落月之候。雖未敢以古之聖賢自相期許，然如上馬殺賊，下馬草露布，大英雄大豪傑，則又未嘗不時時躍現心頭，而思有以效之。乃曾幾何時？文章憎命，遽作遊人。既無路以請纓，復無機以自進。楚山璞玉，難遇知音；爨下焦桐，徒傷不幸。凡曩日種種希望，殆將一一與吾人離去。而一切憂患苦惱，又排列似嚴陣，向吾而攻。迄至今日，祇落得半肩行李，一領青衫。劍匣書笥，飄零湖海，孑然一身，大似失舵之孤舟飄搖大海中。一任狂風惡浪，肆力摧殘，而余之身世至此，乃益無聊賴。此番晉京取試，能否得償夙願又不可知。然一回溯吾之祖先，則又成功者多而失敗者少。何於余獨潦倒憔悴至如是極耶？嗟夫，不幸哉！余真世界不幸之人也。少年思及此，忽聞耳畔似有語聲。回首視之，乃爲寺僧法聰。憔悴之面不覺微露一絲笑影曰："久聞上刹清靜，特來瞻仰。大師能導余一遊乎？"聰曰："善。"遂相隨而入。

經佛殿，過鐘樓，至寶塔下，則拾級而上。推窗遠眺，見菜花麥浪，如鋪織錦，野店寒村，疏落有致。間有三五酒簾搖曳於晚風中，如小鳥隊隊揚翅而飛。少年終歲僕僕塵途，忽覩此幽蒨之象，襟懷乃爲之頓廓，因思十丈軟紅中，其樂不及此間遠矣。既下，繞過回廊，至一垂花門前。此門即通寺西別院，少年欲跨步入。法聰惶然曰："否。先生勿去，此乃崔相國眷屬寓宅也。"語出，少年步立停。顧彼非因法聰之語而停，蓋其目光方見院内立一女郎，侍婢隨之。此女郎爲誰？即鶯鶯是也。此時方衣縞素衣裳，飄揚若雪。環佩叮噹，與樹上鶯聲時相應和。其立適在綠陰之下，樹影扶疏，罨其衣袂作冰蘭紋，若籠奇花於碧紗櫥裏。此種異觀，一經映入少年目中，乃立現驚詫之色。面上紅白無定，心中則躍躍如小鹿撞，自念天下乃有如此絕色哉！於是更竭其目力，以注視鶯鶯之面。覺其白乃如象貝，橢圓而瘦其下頤。兩頰之上，時現淡紅之色，如芙蓉浴露，嬌嫩無匹。睫毛深黑，益足顯其眉目之清，朗然若畫。朱脣微薄，凡脣薄者，恆露隱刻，而鶯鶯獨温和如春風，適增其美。髮黑如墨而軟如絲，時綰螺形之髻，輕覆額上。望之，如雲生冉冉，剪水雙眸，圓明如鏡。方其凝思時，其黑乃如漆。及其笑時，則又如秋水微波，使人心醉。少年且視且思，神魂飛越，不知何往。默念一生所見，何止萬千，而從未見有豔麗若此者。豈果天仙化人，下臨塵世耶？此時少年狀況殆如瘋癲。顧鶯鶯殊不怒，但俯首拈花，微露笑色。少頃，展其朱脣，露出編貝之齒顧侍婢曰："盍去休。"言已，回眸視少年微笑。此一笑也，遂使少年腦中驟起波瀾。但見蓮步輕移，漸形漸遠。其綿軟之腰娜嫋直如弱柳，一種異香自其衣袂間直奔至少年鼻觀，少年乃愈顛倒。方注視間，已飄然遽入，衹餘楊柳如煙，亭臺沉寂，二三小鳥啾唧互鳴而已。顧少年仍不去，目定神呆，似其一縷癡魂，已隨鶯鶯飛入繡閣。芙蓉之面仿佛隱現於香簾珠箔間，而其瀝瀝鶯聲，尤環繞耳際不去。特是梨花深院，已掩重門，咫尺天涯，身難逾越。乃發爲長嘆曰："我其病矣。我既不能如太上忘情，今忽逢此夙世冤孽，兩地相思，果將何以自解耶？"回首庭軒，花柳依然，而玉人倩影已不復可見，於是懶然步出寺院。據鞍以思，覺得得蹄聲，亦似爲歌懊惱之曲者。既出疏林，則晚霞成綺，冥煙四合，此可憐之少年遂歸其湫隘逆旅矣。

第二章　借廂

少年者，誰乎？張姓，名珙，字君瑞，西洛人也，性温茂，美丰容。

父爲禮部尚書，然已逝。生亦多才，第知音未遇，抑鬱寡歡。春水碧波，秋風明月，遂嘗挈其書囊，作天涯遊客。時年二十有三，倜儻風流，然內秉甚堅孤，非禮不可入。或朋從遊宴，擾雜其間，他人皆洶洶拳拳，若將不及。生容順而已，終不及於亂。以故年雖如許，未嘗近女色。知者詰之，謝而言曰：「登徒以非好色，是有淫行耳。余真好色者，而適不我值，奈之何哉？」是年春，入京取試，道經河中府，適逢軍亂，朝廷派杜雄率軍鎮守蒲關。杜生之故交也，頻年闊別，縈念良殷。欲藉此前往探望，故行蹤暫駐。繫馬蒲東，旅舍蕭條，乃有普救寺之遊覽。不謂參佛未畢，忽遇神仙。歸後神志昏憒，忽忽若有所失。自思曩昔所持以自範者，今已如藩破籬撤矣。矧寒裘如鐵，長夜如年。一盞殘燈半明半滅，床頭鼠子喊喊作聲，益足增人惆悵。於是不復能寐，則起而微步。覺娉婷玉影，猶時時現於眼前。即淺笑輕顰，亦仿佛如見。思如此麗質，人世難逢。苟得一親薌澤，雖折壽十年，亦復何憾？然而侯門似海，聲氣難通。玉箔香簾，將倩誰爲余達此誠款哉？思時以手扶頭，環行不息，室中靜寂，乃如墟墓。既忽一驚，步立停，面上陡現欣喜之色。自語曰：「吾計得矣。吾既欲得其人，吾首當求所以親近之法。其法維何？即假寓於普救寺中也。然而寺院僧人，其許我耶？抑否耶？吾不得而知。如其許我，感恩圖報，當惟力是視。如其不然，吾……」言次以手握拳，自擊其掌，曰：「吾當不能縱彼。」霎時回腸百轉，恨不飛往一問。顧雞聲未唱，天猶未明，又烏從入彼山門，聆其喉間一語。因之心思復亂，大似十萬犁鋤，起落不定。即欲勉睡半刻，亦且不能。無何，熹微之晨光，漸漸穿窗而進。重霧如海，罨遍林樹。窗幃映霧，亦作灰白之色。似天地間乃有一種混沌之狀，必俟朝曦一出，始可驅除。然而張生心中混沌，則不知何時始可消滅也。

　　暮春天氣，本晝長夜短。然在張生視之，此一夜也，不啻十載。既見晨曦已出，心乃大樂。不暇進食，即奔往寺中。而昨日相遇之法聰和尚在焉。生此時心中記念，但有假寓一事，其盤踞喉間，急急欲突齒而出者，亦惟有「許我耶？抑否耶？」二語。故亦不暇周旋，乍見即曰：

"汝如不許，吾當不能縱汝。"法聰聞語一愕，曰："先生云何也？"生曰："汝寺中不有餘房耶？倘能於垂花門畔，擇取數間，使我得於風清月朗之時，徘徊其下，縱不得竊玉偷香，而一見彼人芳蹤鬢影，亦足慰我愁思矣。"法聰益愕，曰："先生云何也？吾乃不解。"生曰："直告汝。余始自孩提，性不苟合，時或紈綺閑居，曾莫留盼，不謂當年終有所蔽。自昨見個人後，神魂顛倒，不復能自持。即其一言一笑，亦已印入吾心。大師，汝終當有以助我也。"法聰至此乃大愕，端詳審視，幾疑生為瘋人，既而曰："先生之言，果何指乎？吾實不解。師父法本，現在方丈中。盍偕往一談乎？"生聞語，始如夢覺，自審所言，不禁莞爾，遂相隨而入。

法本者，普救寺主持僧也。年已老，鬢髮如霜，溫和有道貌。既見生，展問姓氏。生具告之，且曰："下走功名未遂，寸心已灰。久欲向蒲團夜月，消受生涯。一昨奉訪，不圖相左。今日一見，三生有幸矣。"語次，出白金一錠，載笑言曰："鄙人路途行客，無可申意。戔戔者聊為長老備茶湯，幸乞納之。"法本驚曰："先生此胡為哉！必有以教我也。"生欲言，而臉忽頳，囁嚅曰："吾實有一事相懇。吾所居逆旅，繁冗不堪。几案堆塵，芸窗暗黑，不惟無地可以觀書，即閑行散步之處，亦不可得。意欲向貴寺暫假一室，以為皮硯之地。不識能邀長老俞允否？"法本笑曰："乃為此乎？吾寺餘舍甚多，任擇一室可也。"言時和藹之狀，滿貯其笑頰，大似光風霽月，使人暢懷。生大喜，欣然曰："如是，感當不朽。第下走夙惡囂煩，軀體多病，南軒東壁，非我所宜居。但得於西廂中消停數月，鄙願足矣。"法本曰："善。"嗟夫！此語一出，使生聞之乃類天馨。凡夜來所躊躇所懸望者，至此竟得圓滿之效果，於是酬應之語源源而出。顧其心又另有所思，思此老誠解人意，倘能更發慈悲，為余向個人通其誠款？余之感念，不尤甚耶？維今之計，第一當盡啓西廂戶牖，以對個人居處，使無所掩蔽。第二……至第二事，已不暇涉想。蓋其目中方見一女郎孃孃而來，既及門次，嫣然一笑。此一笑者，幾使庭花盡為激放，直足消人之魂。既啓其朱唇，顧法本曰："敬問長老，老相公營齋之期，果定何日乎？"語時，大似小溪流泉，淙淙細鳴，聲音極清脆可聽。且舉止莊重，無復輕薄態。生注視久之，私念此非昨日所見個人侍婢乎？胡亦美麗若此？且衣裳縞素襯其凝脂之頰，益顯其豔。剪水之眸頻頻向人偷視，似有萬種情絲將一一踆其睫毛而出。顧不轉瞬，凝重如故。但聞法本曰："先生少坐。吾偕娘子往佛殿一觀。"生曰："下走同往何如？"本曰："佳。"遂相率而出。

張生此時欲向女郎一詢其多情主人，顧其驀生之客，未便啓齒。及見法本與女郎滔滔而語，心中乃不能無妒。於是出其詼諧之態，聳肩以顧法本曰："女郎佳哉！芙蓉帳裏，玉體橫陳，翡翠香床，纖腰可掬。吾誠羨長老豔福也。"本聞言大驚，且怒，曰："先生是何言哉？脫為所聞，將成何說？"生笑曰："長老毋怒。汝試思，相國宅堂豈少雇僕，胡獨遣此妖嬈女郎親向和尚通其款語？即此一端，已足使我不能無疑。長老休矣，欺我胡為哉？"法本急曰："先生，此乃鶯鶯小姐一片孝心。欲為先相國追薦，故不遣他人，特遣貼身侍婢來問日期。至誠所發，更有何事哉？"因回顧女郎曰："道場準備已妥。十五日即請老夫人、小姐前來拈香。"張生聞語，惻然興悲，曰："哀！哀！父母生我劬勞，欲報之恩，昊天罔極。小姐一女子耳，尚知報本，我輩鬚眉能毋愧死？望長老慈悲，亦為下走帶一分齋，以盡人子之職。"本曰："先生孝心，佛當佑汝。"生私問法聰曰："屆時鶯鶯小姐必來乎？"聰曰："乃父之事，焉能不來？"生大樂。曰："然則計得矣。念縱不能倚翠偎紅，而得見其驚鴻之影，亦足醫我痼疾。"因託故先出，候於垂花門下。

及女郎至，則又踧促不寧，亟欲索一寒暄之語，以悅女郎，終不得其辭。但覺寸心忐忑，揖謂女郎曰："姑娘非鶯鶯小姐侍妾紅娘乎？"紅聞語一愕，如花之面立現紅潮，漫然應曰："是也。然先生胡為問此？"生曰："鄙人有一言相詢。能許我畢其辭乎？"紅曰："試言之。"生至此乃不復自報，竭誠以告紅娘曰："小生姓張，名珙，字君瑞。向籍西洛，今年二十三。實生於正月十七子時，並不曾娶妻……"言至此，紅娘忽嗤的一笑，曰："異哉！我非星家，需此生年日月奚用乎？"生乃失望，因曰："尤有一事。汝家小姐可常外出否？"紅娘大慍，顏色立沉，曰："外出便如何？先生乃讀書人，豈忘非禮勿言、非禮勿視之言乎？吾家夫人治家嚴肅，凜若冰霜。即三尺童子，非奉呼喚，不可輒入中堂。先生絕無瓜葛，胡遽至如此？幸爲侍妾，可以相容。脫爲夫人所聞，殆矣。自今以往，願自慎之。"時生方咽其津唾以潤其喉，側耳以聆紅娘之言，及至此，乃大失望。

昂首視紅娘，則已翩然逝矣，憔悴之面頓露頹喪之色，則以手捧其雙頰，木然立扉次，自思天下乃有此等女郎。此一日來，吾直自縛其蠶繭耳，寧不使彼暗笑。彼謂夫人治家嚴肅，以吾思之，亦徒有虛名耳。且昨日遇鶯鶯時，彼固嘗移其媚眼向人注視。若果畏威嚴者，又何至向一鷥生之人留情顧盼？嗟夫！紅娘，汝殆欺我也。且汝又安知小姐之心？當此紅泥叱犢，碧樹呼鳩，黃鶯對對，粉蝶雙雙，楊柳樓頭，果無美人遲暮之感耶？若使汝稍效微勞，流水有情，定教詩題紅葉，春愁難遣，必也苦憶張郎。爾時碧紗櫥裏，豔體摩挲，錦繡幃中，玉人交頸，恐不獨鯫生感汝至於刺骨，即汝小姐亦將沒世不忘矣。嗟夫！紅娘，汝殆不知情人之苦！汝試思彼之美態，豈世間所有？豐容盛鬋，幾同公主。蟠蜿之頸，則如膩玉。方其展輔作笑，微微露其瓠齒時，直使山光失其美麗。如此丰韻，如此天人，乃欲禁余之不思耶？難矣。雖然，長老既允假寓，此後風晨月夕當不難窺其倩影，第庭院凄涼，空齋寂寞，單形隻影，能消幾個黃昏？三五月後，恐將索我於枯魚之肆矣。奈何！

第三章　酬韻

疏簾高捲，清靜無嘩。窗外芭蕉數株，綠葉成陰，映室內白壁，亦成淡碧之色。爐香嬝嬝，方穿疏櫺而出。此時張生已在普救寺西廂中矣。窗明几淨，亦頗軒敞。至秀才安有陳設？有之，亦惟架上圖書，囊中寶劍耳。生居此後，日對書城，百無聊賴。蓬窗弔影，莫勝寥落之悲；滄海揚塵，不了飄零之債。任憑花嬌柳寵，燕語鶯歌，亦不足增其興況。

蓋其心中所念者，僅一鶯鶯也。繼聞寺僧云鶯鶯每夜必至花園燒香，欣然竊喜。念花園與西廂僅一牆之隔，牆下有太湖石，人登其上，花園景物一覽無遺。鶯鶯若果出，鬢影釵光，霎時可收之眼底。數日相思不可如願以償耶？思及此，搔首望天，恨不立入夜景。

　　無何，斜月東昇，紅日已匿。長空萬里，略無雲痕，花影杈枒，印地如畫。生大樂，亟攀登太湖石望之，以為鶯鶯必至矣。詎空園岑寂，萬籟無聲。但見假山映月，如鋪嚴霜，露水如珠，隱約現於草上，而玉人終不見焉。於是負手於背，佇立以待。目光一綫，頻頻注於園端之角門。思彼此時，其晚妝耶？閒坐耶？讀書耶？抑從事針黹耶？鳳燭高燒，必且自樂其樂，詎知牆角之下，乃有一人露天而立。思時覺寒氣侵人，心忽一動，思夜深矣，彼當知燒香之時已屆，必已離香閨，步出中堂，將達角門矣。亟引領注視，仍無徵兆，惟見池塘中月光蕩漾而已。於是心乃一酸，眼前如起雲霧，思彼必不出矣。安得身雙翅飛入重簾，摟定纖腰，一親玉人之面，以慰吾苦憶之情。雖然，良緣既慳，相覰奚益？已而尚何言哉？生至此，怨恨之色充滿眉宇，蓋以為望絕矣。乃忽有異聲觸於耳輪，使其精神陡振。引目望之，則見角門已闢，彼所渴望之鶯鶯已凌波乘月而來。

　　鶯鶯自曩日瞥見張生後，一寸芳心亦怦怦欲動。念此荒涼蕭寺，早鮮人蹤。胡突來此美俊少年？大似陰霾日匿，忽覩藍蔚之天，泉石山谷，頓增明媚。第觀其人，似邑邑有憂色。境遇不適歟？懷才未遇歟？其突然來此，又胡為耶？念及此，不期一笑，曰："此彼人事，何關於我？"孜孜而思，得勿多事。一日，紅娘問齋期歸，笑謂鶯鶯曰："吾今日乃遇一奇事，大堪發噱，小姐亦願聞乎？"鶯鶯曰："試言之。"紅娘曰："方我晤長老時，日前庭院所見之秀才亦在。及我儕往佛殿，彼乃先出，候於院門之次。見余即一揖而前，曰：'姑娘非鶯鶯小姐侍妾紅娘乎？'又曰：'鄙人姓張，名珙，字君端，向籍西洛，今年二十有三，實生於正月十七子時，並不曾娶妻。'"鶯鶯曰："誰教汝問彼哉？"紅娘急曰："誰問彼哉？彼自言耳。彼猶問小姐可常外出否，余聞不悅。詰責數語，即自歸家。回首瞻之，彼猶癡立若木偶也。」鶯鶯微哂曰：「汝不詰責亦可。」紅娘曰：「小姐，吾誠不知彼爲此言，果作何思。世間乃有此等傻角，我安能不加詰責耶？」鶯鶯曰：「汝曾告夫人否？」紅娘曰：「否。」鶯鶯曰：「以吾思之，毋庸告知夫人也。天晚矣，趣備香案，吾往花園燒香去。」紅娘乃出，鶯鶯目送其影去，不期失聲而吁，念彼人亦太癡矣。天下豈有驀生之人，向人侍婢述其生年日月，意者醉翁之意別有所在乎？思時一抹丹霞，不覺緣粉頰而上，悵然隨紅娘捧香至花園，詎知其人方悄然立牆頭，眈眈向之窺伺耶。

　　張生既覯鶯鶯，如獲至寶。時月光皎潔，纖毫俱見。覺鶯鶯容光煥發，較初見時，尤爲明豔。容分一臉，體露半襟，彈長袖以無言，垂湘裙而不動。亭亭玉立，即人影亦俊。一種異香，由晚風中送出牆外。使人聞之，心脾俱醉。既而步出芳徑，秋波凝睇，百媚橫生。生一縷癡魂，直欲奪腦門而出。心中忐忑，亦不知作何思。即欲勉爲鎮定，亦不可得。既見鶯鶯立香案前，小語曰：「紅娘，將香來。」紅以香進。鶯曰：「此一柱香，願亡過父親早升天界。此一柱香，願中堂老母百年長生。此一柱香……」言至此，忽絀然而止。紅曰：「小姐，胡爲此一柱香？每夜無語，吾今代小姐禱告。願配得姐夫冠世才學，狀元及第，風流人物，溫柔性格，與小姐百年偕老。」鶯鶯色微赬，添香下拜。拜已，倚欄長吁。其聲嬌而婉，激蕩空氣，以入生耳。覺此倚欄而坐者，實爲世界第一之美人。其高貴乃同天后，無論何事，但得幸奉使命，足以供獻其殷勤者，雖執鞭納履亦甘爲之。又念小姐值此錦瑟年華，食膏粱，衣錦繡，更有何不適？胡長嘆聲聲，如有所感？得勿如賈午簾角窺人，情不能自已耶？夙聞小姐善詩，茲盍高吟一絕，以試其心，因吟曰：「月色溶溶夜，花陰寂寂春。如何臨皓魄，不見月中人。」

　　鶯鶯聞詩，頗詫。顧紅娘曰：「誰在牆角吟詩乎？」紅笑曰：「其聲音即爲前日二十三歲，不曾娶妻癡子也。」鶯曰：「清詞麗句，好詩也。我今依韻和一首何如？」紅曰：「小姐試和一首。」鶯吟曰：「蘭閨深寂寞，無計度芳草。料得高吟者，應憐長嘆人。」

生大喜，曰："佳哉！"寥寥二十字，似含有無限深情。想見其心地聰明，善解人意，且嬌喉婉轉，瀝瀝如鶯聲，愈足動人魂魄。倘能跨牆而入，卿肯陪笑臉相迎乎？嗟夫！名士多情，美人遲暮。青衫紅粉，一樣淒涼。際此迢迢良夜，即酬和到天明亦無憾矣。思時，忽聞角門一聲，鶯鶯偕紅娘飄然遽入。但餘宿鳥驚飛，花梢弄影，落紅滿地，柳葉如煙。碎月空階映蒼苔，乃作深碧之色。生至此，頹喪已極。直欲窮彼深閨，掀起香簾，悄悄相問。雖然，相問又作何語耶？命薄緣慳，恐亦祇有欷歔相對而已。

　　於是悄然而歸，佇立空庭。仰見斗柄雲橫，銀河瀉影，竹梢風動，簌簌而鳴。一種沉靜之景，一入愁人之目，愈覺淒涼。於是轉入室中，孤燈耀眼，幻爲碧暈。一榻蕭然，大似燹後之古刹。乃趨案前，頹然而坐。隨取一書觀之，顧其目雖注書，而心殊不屬。仿佛身在閑階香簾之下，與個人並肩而立。既又一驚，見微風颼颼，透疏櫺而入，膚肌爲之生寒，則起而微步。未及一周，倒身榻上。薄衾一襲，冷冷清清，輾轉思量，不能入夢。思苟有一日，花遮柳映，霧幛雲屏，夜靜更殘，並肩攜手，指天日而永誓，共衾枕以綢繆，其樂曷可言罄？觀其今夕酬和之情，似不無微意。余本恨人，又逢恨事。卿真怨女，應動怨思。自今以往，祇索向碧桃花下，互證同心耳。

第四章　鬧齋

　　月明如鏡，高懸天空，普救寺殿角鴟影橫臥於地。寺外燈光，現爲清冷之色，與月光競白。幽草盡沾宿露，耀爍有如明珠。蟲聲唧唧，咸自石砌中度出。張生枕夢初回，急自床中躍起。自思今日非崔相國做道場日乎？吾既帶有一分齋，當前往拈香去。及出至回廊之下，仰見月光如水，殿中靜寂無聲，知爲時尚早。徘徊躑躅，孤寂無聊。無何，曙煙四合，罩於瓦上，鐘鼓之聲，漸自殿角透出。遂漫步入殿，與長老相見。目光所觸，幡影飄颺，僧衆幢幢，各執法器咒誦，但四覓不見鶯鶯。思道場既起，鶯鶯胡爲不至？豈追薦父親者，而猶能嬌臥耶？甚欲遣僧往請，然而侯門似海，詎容月下敲門乎。所不解者，侍婢紅娘，胡亦漠然不報。不然，晨妝早罷，必已珊珊而來。思時，法本忽撫其肩，曰："請先生拈香。"生即趨佛前膜拜，哀祝亡親。既已，復添香再拜，私祝曰："願我佛慈悲，使花尨不吠，侍婢無言，堂上夫人，亦勿行監坐守。我與多情小姐，成就風流嘉慶，美滿姻緣。鰍生不才，謹當稽首泥中，以感大德。"禱畢起立。

　　漸聞環佩之聲，觸於耳鼓，則夫人率鶯鶯至矣。素衣飄蕩，幾如月殿姮娥凌雲而下。朱唇微綻，有似櫻桃。而其雙靨，又似被月之梨花，嬌美乃無其匹。至其腰，則非書所能形容。謂其如弱柳耶，柳又安得如是溫柔？但覺其每行一步，軟綿之態，直使人銷魂。法本恭立夫人前，曰："敬稟夫人，有敝戚張生者，上京過此。自傷父母亡後，無可相報，持央老僧帶一分齋。老僧感其誠，已經應允。但不識夫人見責否？"夫人曰："追薦父母，安能見責？趣請與我相見。"法本即囑生進見。夫人略有問詢，生具告之。生此時覺夫人胸中坦然，正如平陽一片，適受日光，其中乃無一絲隱蔽。而其發言，尤有分寸。顧生殊不暇與夫人周旋，其心思目光，方全注於鶯鶯之面。鶯鶯經其注視，雙頰微露紅暈。心中自念，彼人誠溫和有禮，一言一動，如坐人於春風之中。而其身則又似玉樹臨風，光彩照人。更上乃及其面，心中不期一動。蓋其面色與曩日庭院初見無異，雖笑而仍有憂色。目光癡癡然，方向己而視。思及此，忽四目一注，二人乃各赬其頰。生即退至殿隅，流目四盼，見衆僧目光，無不在鶯鶯之身。甚有神思昏迷，竟將其擊罄之槌，擊於法聰之頂，乃不禁暗笑。思彼等初非念經宣佛，亦不過藉以獵豔耳，心中乃起爲微妬。既又思彼等又安知余心哉。此種國豔，即木石見之，當亦動情，矧爲人耶？是時殿中愈加熱鬧，琉璃之燈，幻爲五色，使人覩之，眉睫生纈。佛案之前，滿陳鮮花，煙香縷縷，咸自花叢透出。而執幡之人，尤雙雙如穿花之蝶，一時花香人氣，兩相氤氳。幾使普救寺中，乍變爲天上極樂園。顧張生心中另有所屬，則亦無暇流覽及此。頹然坐於椅上，目光則自群僧頂上越過，以達於鶯鶯面上。覺其淚眼盈盈，似方覓己，頃之乃得。目光一觸，其首驟俯，俯首之後，則無所見。但聞嗚唔之聲，隨鐘聲圜繞不去，蓋鶯鶯哭矣。哭聲一動，又使衆人盡爲顛倒。燭影紅搖，雲飄香靄，甚至燭滅香消，亦無有覺者。生乃展輔微笑，趨近案前，見鶯鶯大似梨花帶雨，益增嬌媚。自思一生愁病交侵，幾不復能自舉其軀。今忽遇此傾城之色，薄命之身果將何以承受。又念彼愁引眉梢，情生眼角，我故知之。我之苦衷，彼亦知之否耶？安得撫其香肩而一問之。思及此，法鼓金鐃，更番作響。萬縷情絲，又被橫風吹斷。於是不暇自悲，轉怨僧侶無情，致擾人清興，乃退而至回廊之下。忽聞法本曰："天明矣。請夫人小姐回宅。"此語一出，使生聞之，如被疾雷。回首瞻之，則見倩影亭亭，已隨阿母歸去。生乃仰天長吁，憐憐歸其書室。則斜月西沈，村雞遠唱，紅日一輪，方駕雲而出。一天好事，於是告終矣。

第五章　寺警

天地間賦情獨厚者，厥爲女郎。當其深閨獨處時，秋月春花，自樂其樂。其情正和含苞之花，一經外界逗引，則發放至易，每每不能自制。鶯鶯今日正猶是也。當彼自幼至長，以及扶喪來蒲，目中所見者，僅堂上老母及弱弟歡郎耳。遂以爲天下足動其情者，惟此數口家人，此外則無一事足使稍動愛心，亦即無一人可愛之人。及遇張生後，心中若時有異感，覺其顧顧之影，永久離心不遠。雖欲斥去，亦殊有所弗能。於是頻將其言笑一一追思，並思及庭院初逢時之景況。及至其向紅娘自述其生年日月時，則又覺其人實爲輕薄之尤。在理，正應恨之，不復再面其人。顧恨之一字猶未出口，而芳心飛越，已復縈繞於後花園中。覺月光清冷，夜景淒凉，乃有一少年，低吟於牆角之東。詞句清新，情意並絕，若而人者，吾乃能恨之乎？恨既不能，則惟忘之。於是力鎮其心，使不再思此事。然不一瞬，又思及佛殿拈香時之張生，愈覺其人之溫柔，實爲生平所未見。而其聲音之清朗，觸人耳鼓，有如銀鐘，尤能使人終身不忘。匪特其容貌，如玉山照人已也。鶯鶯涉想至此，寸心中時呈紛亂之象。一若其人與己乃有許多不解之關係，將從此逐漸抽出，於是神魂蕩漾，智慮日疲。即飲食亦覺淡然乏味，不欲下咽。蓋其心中，圓滿愛情至此已如花怒放，不可復制矣。

一日，曉妝方罷，悄倚欄杆，極目花圃，見落英片片，如紅雨漫天，乃不禁廢然興感，念三春已了，花事闌珊，瘦損腰圍，那堪消受。於是放下香簾，一任東風作惡。少頃，細雨如絲，爭撲簾幕。遠見行雲如飛，似展黑綃於天末，則又黯然作遐想，顧想未及半，發聲長嘆。隨此嘆聲而至者，乃有一人。方衣軟綢之衫，展其笑靨，顧鶯鶯曰："小姐近日奚爲慽慽，即飲食亦少進，得勿病乎？"鶯鶯微語曰："我亦不知。"既又笑曰："紅娘，此殆汝之多疑，實則我殊未改常度也。"顧其笑聲甚爲勉強，紅娘安得不知？則微搖其首，心中自念：此小姐自掩之辭也。由吾觀之，不獨惘惘之態時見於面，即興致亦迥不似前。而此事實起於十五日供佛之時，得勿情感於中，不能自已乎？然女郎恒不欲人道其胸中隱秘，道則必惱，吾今亦不必多言矣。但曰："吾固知小姐未改常度，但長此抑鬱，恐將得心弱之疾矣。"鶯鶯曰："紅娘，汝言良是。但疾病之來，恒非人力所能拒，則亦有任之。"紅娘曰："吾將繡被薰香，假寐片刻，何如？"鶯鶯愀然曰："已耳。即令蘭麝薰盡，我亦不解其溫存。"言時以齒嚙唇，秋波微瞑，蓋其心又飛往佛案之前，覺其人實在令人生愛，但咫尺天涯，難以親近。月夕良辰，將何以自遣耶？因以手扶紅娘之肩，曰："我茲倦矣，侍我小睡。"紅娘笑曰："然則又睡乎？"因扶入羅幃，放下銀鉤，顧鶯鶯此時非眞能睡者。星眸未合，即覺有人吟"月色溶溶夜"句，乃不禁自笑，私忖往昔一見驀然之人即生厭惡，今與彼人亦僅一面緣耳，不識何故，竟如久交。且隔牆酬和，無復顧忌。若余者，得毋太癡乎？思時強移其枕，翻面以向床裏，瞑目自言曰："嗟乎！但願此後勿再見其人乃佳。尤望其人即去，勿再留此地。"則勉強以爲自慰。

於時忽聞門外諠譟之聲。大愕，一躍而起。則見紅娘匆遽入，曰："小姐，夫人爲何偕長老直來室外。"鶯鶯未及答，則有一人惶遽入。入者即爲夫人。面色慘變，喘聲至急，顫聲曰："吾兒，知之乎？大禍至矣。"鶯鶯大驚，曰："母云何也？"夫人曰："自渾瑊薨於蒲，丁文雅不善治軍，軍人因喪擾亂，大掠蒲人。如今孫飛虎帶領半萬賊兵，圍住寺門。謂吾兒眉黛青顰，蓮臉生春，有傾國傾城之貌，西子太真之色，要虜去作壓寨夫人。嗟夫！吾兒將何以處此耶？"言已，自撫其胸。老淚簌簌而墮。鶯鶯則面色灰白，唇朱盡失。自思禍福之來，誠難預測。處此蕭寺寒山，孤媚弱息，將倩誰爲將伯之助者？思時頻以袖梢自揾其淚。時寺外金鼓之聲，驚天震地。大似春潮乍起，排山倒海而來。鶯鶯芳心粉碎，手牽夫人衣角，曰："母……母，奈何？彼賊叛國殃民，忠信俱失。三百僧人，直彼囊中物耳。奈何？"夫人曰："吾年已五旬，死不爲夭。吾兒年少，未得從夫，遽罹此難，心茲痛耳。"鶯鶯俯首沉思，雙靨漸起紅潮，淒然曰："母，事既至此，惟有將兒獻與賊漢，庶可保全一家生命。"夫人泣曰："噫！是何言？吾家無犯法之男、再婚之女。吾安忍以汝獻與賊漢？且自汝父下世，吾儕所寶貴者，惟汝一人。今若從賊，吾直無命矣。"鶯鶯曰："兒亦曾細思，然大事已急，惟有權其利害輕重以定計。倘兒而從賊耶。第一，母親年老，免受摧殘；其次，佛殿皇堂，免爲塵土；再次，三百僧人，不至遭流血之慘。即先父靈櫬，亦可免無妄之災。至於吾家，有歡郎在，宗嗣不患斬絕，是兒捨棄一身，可獲數利。否則，賊兵所至，玉石俱焚，不獨僧侶無存，先靈莫保。母親愛弟，恐亦將成灰燼。是一座普救寺，可立變爲墟墓矣。"夫人聞言，大哭曰："其於家門何？"鶯鶯曰："如是，兒惟有自裁。以屍身獻賊，汝儕或者可獲安全。"夫人哭益急。法本曰："此皆最下之策。以老僧思之，勿如同至法堂，與衆僧俗共同商議，或有俠義之士拔劍而起，爲吾儕庇護，亦未可知。"於是相率而出。鶯鶯玉容慘澹，幾與地上殘花同其憔悴，夫人攜鶯鶯，曰："吾兒，將奈之何？吾有一言告汝，吾本不能舍汝，茲爲賊兵所逼，出於無奈。擬向殿下衆人宣告，不問僧俗，苟有能退得賊兵，解此倒懸者，吾爲汝作主，即將汝許字與彼。雖不能侯門貴介，然較之失身賊人，爲事稍優。汝其以爲何如？"言已，顧法本曰："長老，爾爲我以此意宣之。"鶯鶯聞語大慟。自思此言一出，果誰應聲而出者，倘真有斬將搴旗之人，使此萬丈烽煙頓歸消滅，則兒女英雄永諧秦晉，余之幸也。設有冒貪顏色，孟浪從事，致賊軍未平，此間已夷為焦土，則此行實為至險。思及此，轉恨蒼天不仁，無故生此豔質。否則何至肇此禍事哉！於時法本宣言已畢，則有一人挺身而出，曰："盍問我？我有退兵之策也。"語出，鶯鶯心一躍，昂首視之，其人非他，即日來心口不忘之張生也。此時萬目睒睒，均向張生注視。鶯鶯微現得色，心中自語曰："我固知能當此任者，惟彼一人也。"於是雙頰驟頳。見張生從容不迫，隨法本歷階而進。法本足恭謂夫人曰："此即前日附齋秀才也。"夫人泣曰："楚歌四面，已陷重圍，先生計將安出？"生微展笑容，曰："重賞之下，必有勇夫。賞罰若明，其計必成。"夫人曰："吾適已與長老商定，但有能退賊兵者，即以小女妻之。"生聞語向鶯鶯一視，鶯鶯首立俯，意謂爾果能退兵，吾即屬爾，亦無憾矣。生似亦默知，則向夫人曰："果如是，下走實有一計，但須先煩長老。"法本大驚，曰："老僧弱且老，不能執械，請另簡一人。"生笑曰："汝膽小直如鼷鼠，誰要汝執械廝殺者？汝但出與賊首言，謂夫人鈞命，小姐孝服在身，將軍如果欲小姐下嬪，可按甲束兵，退一箭之地，俟三日功德圓滿，拜別相國靈櫬，然後改換禮服，送來麾下。如必欲強而行之，一則孝服在身，二則於軍不利，汝趣往言之。"法本曰："三日後如何？"生曰："吾有故人姓杜名雄，號稱白馬將軍，見統十萬大軍鎮守蒲關。吾兩人乃同窗舊友，曾結芝蘭。我修書去，彼必來救。"法本顧夫人曰："若果白馬將軍能來，即有一百孫飛虎，亦不足憂矣。"夫人曰："如是，當感謝先生。"又曰："紅娘，汝伏侍小姐回去。"鶯鶯至此，不禁破涕一笑，私語紅娘曰："真難得他也。"紅娘曰："然。"遂相隨而入。

　　策既定，法本即出，面孫飛虎，以夫人之意告之。孫曰："如此，吾姑限三日。三日後，苟不送來，普救寺勿思更留片瓦也。"於是率其兵隊，退至山下。法本轉語張生曰："賊兵已退，先生速作書去。"生曰："書已修就，但倩誰作寄書郵耶？"法本曰："吾寺有司爨和尚名惠明者，好吃酒，善鬪，彼可去也。"生曰："不至僨事乎？"法本曰："其人勇而誠，能忠其事。但逕命彼去，彼必不行，若以言激之，事濟矣。"生笑曰："然則亦奇人也。"執書出，顧謂衆曰："吾有書送與白馬將軍，祇除廚下惠明，不許其去，其餘僧衆，有誰敢去者趣來。"惠明聞語，投袂而起，呼曰："惠明要去，惠明定要去。"惠明者，血性男子也，不畏強禦，勇敢其爲。貌不揚，目鉅炯炯有光，眉多，饒有英氣。其髮則森森如戟，當其怒時，喑叱一呼，直使山嶽震撼。平昔亦不念經，不禮懺，苟遇不平事，恒喜揮拳而起，以故寺僧多畏之。此時既應聲欲去，血脈僨興，大似項王震怒，覺半萬賊兵，正不難揮刀斬絕，食其肉，飲其血，而寢其皮。法本見狀，知其怒甚，故激之曰："張先生既不要爾去，爾奈何偏要去？且爾真敢去耶？"惠明曰："師父，爾勿問我敢不敢，但問師父真用我不用我耳。爾勿以孫賊聲名足以震嚇人，實則彼但知貪淫擄掠，枉法殃民，敗必矣。"張生微笑曰："惠明，爾乃出家人，不去誦經持咒，隨衆師修行，而必欲爲余送書，何故耶？"惠明正色曰："修行耶，吾以爲修行必有誠信存乎其心，庶上無懟於佛天，下無愧於自己。若假惺惺作態，姦淫欺詐，無事不爲，誦經持咒奚益哉？故余則未嘗談經參禪，亦不知姦淫欺詐，苟遇不平事則……"言次，拔刀擊柱，曰："則吾必與一較。先生今日果有扶危濟困之書，我必賫去，不至辱命也。"張生笑曰："如是甚佳，但汝一人去耶，抑須他人爲助？"惠明作不屑狀，聳肩笑曰："先生，爾乃謂此事猶須人助耶？雖然吾寺尚有小沙彌數人，使爲余擎幡持蓋，亦無不可。"張生聞語亦失笑，蓋知其言實近於滑稽也，則曰："賊兵已圍繞山下，若不放爾過去，奈何？"惠明曰："敢不放我過去，我但喑嗚一聲，足使風雲變色。足迹所至，地軸亦爲之動搖，五千人祇供我一頓大嚼耳。"張生曰："勇哉壯士！吾今以書付汝，但汝幾時可去？"惠明曰："我從來作事如斬釘截鐵，不喜猶夷，去便去耳，誰復勒馬停驂者？直告先生，小僧素性不辭辛苦，轉厭安逸。但先生勿因一己姻事，冒昧爲此。倘杜將軍不來，賊兵不退，爾時恐不獨遺譏孫飛虎，且無面目以見小僧矣。"言已，一躍上馬，引吭呼曰："我去矣！"一時獸嗥鳥泣，若爲壯語以送此勇士者。張生覲之，不禁肅然生敬，謂夫人曰：
"惠明勇武過人，必不至僨事。此書一到，雄兵即來，請囑小姐勿憂。"
夫人曰："果如是，感謝先生，當不止老身一人也。"

惠明自離普救寺後，一鞭馬上，早到蒲關。忽爲邏卒所獲，提付杜營。杜自將命鎮守蒲關，對於剿殺賊兵，撫恤生靈，極爲愼重。兵行所至，閭閻無驚，以故左近咸感之。彼亦知張君瑞方在普救寺中。特未通尺素，良覿爲艱，爲之悵然者久之。是日，方升帳查詢軍情，忽守衛以惠明綁進。杜怒曰："和尚，汝爲誰作奸細？"惠明曰："吾非奸細，乃普救寺僧人也。"杜曰："然則汝來此胡爲？"惠明曰："茲有孫飛虎作亂，將半萬賊兵圍住寺門，欲劫故臣崔相國小姐爲妻。適有遊客張君瑞，云與將軍有舊，特使小僧奉書將軍，以解倒懸之阨。"杜聞語大喜，亟命左右釋放惠明，曰："趣以書授我。"惠明亟以書進，杜啓閱之，曰：

> 同學小弟張珙，頓首再拜，奉書君實仁兄大人大元帥麾下：自違國表，寒暄再隔，風雨之夕，念不能忘。辭家赴京，便道河中，即擬覲謁，以叙間闊。路途疲頓，忽遘採薪，昨已粗愈，不爲憂也。輕裝小頓，乃在蕭寺，几席之下，忽值弄兵。故臣崔公，身後多累，持喪聞戒，暫儗安居。何期暴客，見其粲者，擁衆五千，將逞無禮。誰無弱息，遽見狼狽，不勝憤懣，便當甘心。自恨生平手無縛雞，區區微命，眞反不計。伏惟仁兄，仰受節鉞，專制一方。咄叱所臨，風雲變色，夙承古人，方叔召虎。信如仁兄，實乃不愧。今弟危偪，不及轉燭，仰望垂手，非可言喻。萬斾招摇，前指河中。譬如疾雷，朝發夕到，使我涸鮒，不恨西江。崔公九原，亦當銜結。伏乞台照不宣。張珙再頓首拜。二月十六日。

杜閱畢曰："既如此，我即傳令。和尚，汝先回去，我星夜即來。計汝到寺時，我當已捉獲此賊矣。"惠明曰："寺中十分緊急，望即疾來。"杜曰："然。"惠明既去，杜即就部下調取五千人，直指普救寺。孫飛虎猝聞杜軍至，大恐。未及交綏，兵即卸甲投戈，譁然潰散，杜遂擒孫斬焉。於時寺中已聞孫軍敗績，群欣然色喜。既見杜將軍策馬而來，張生趨出迎之，曰："別久矣，不圖於此相見。"杜曰："然。我固聞君至此，特以軍情緊急，未暇前來，望乞恕之。"生微喟曰："我儕兄弟，何用此客氣。第君青雲發迹，坐擁雄師。馬首所瞻，萑苻爲定。曩日雄心，今已如願以償矣。弟天涯淪落，孑然一身。雞聲落月，劉琨起舞偏遲；雁影西風，庾信傷心太早，迄至於今，猶是一領青衫，半肩行李。以君儗之，不有雲泥之隔耶？"杜曰："偶爾徼幸，不足道也。君才大志高，非久落拓者。邑邑胡爲？"言次，衆云夫人至。杜遂出與相見。夫人斂衽曰："孤寡窮途，自分必死。今日之命，實蒙再造。"杜曰："狂賊跳梁，有失防禦。致累受驚，敢辭萬死。"言次，顧張生曰："但不識何故，君居我鄰治，竟不過我，豈以別久而情疏耶？"生曰："否。實因二豎肆虐，不克行動，今日本當隨筇前去。然又因夫人……"言次，顏忽赬，頃之，始續言曰："因夫人昨許以愛女相配，不得不暫爲勾留。倘蒙不棄，俯作冰人，俟大禮成後，當前來叩謝。"杜欣然笑曰："謹賀夫人，下官自當作伐。"夫人曰："老身尚有處分，茲已備有薄餞，敢請將軍開懷一醉。"杜謝之曰："適有投誠五千人尚須料理，異日有緣，當再蒞府拜賀。"言已，與衆告別。一鞭殘照，半萬雄兵，遂望蒲關唱凱歌去矣。

　　此時寺中僧俗，如獲更生，即張生憔悴之色，至是亦盡掩。蓋其心中方抱圓滿之愉快，以爲明日之日，洞房春暖，寶帳流蘇，其樂正未有限。於是展其笑顏以向夫人。夫人曰："先生大恩，不何忘也。自今不必更住寺內，敝處有書院一所，即在園中，地甚幽靜，足可讀書，明日望即遷去。老身當備草酌，藉杯酒爲歡。願先生勿却此意也。"言已自去。張生者，癡情人也。既聞夫人招往，幾如奉綸音。心乃大樂，琴書席硯，一一搬去。法本此時，亦不禁爲生慰，曰："先生此去，交泰運矣。得閒仍望時來攀談。勿令老僧孤寂死也。"生曰："然。"

第六章　請宴

　　曉風微起，窗衣略透白色。張生枕夢初回，亟自榻上躍起。自思今日非夫人召宴之日乎？奈何猶滯牀高卧也。盥漱既畢，啟窗視之，晨曦方曜山巔，如十五六歲女郎，露半面妝窺人。念夫人昨謂今晨遣紅娘來請，奈何猶不至乎？於是徘徊廊下，焦灼異常。實則此時尚早耳。紅娘烏能至哉？則又閉其室門，偃卧榻上，夢魂栩栩，似方在錦屏繡闥之內，與鶯鶯並肩而立，悄語低眉，樂乃無藝。

　　既忽瞿然而驚，則聞室外咳嗽聲。啟扉視之，紅娘至矣。紅娘自張生移居寺內，即知此人對於鶯鶯，將必有一番糾葛。及至隔牆酬和，佛殿供齋，後又知鶯鶯亦不無情感。矧鶯鶯平昔閨情難遣，時托詞章。才子佳人，安能遇而復失？默默自念，彼兩人殆由片面相思，而進於兩面相思矣。迨孫飛虎弄兵，普救寺陷於重圍中，張生攘臂而起，使半萬賊兵，一天烽火，瞬歸烏有。一家生命，從此得慶更生，心中尤為感激。故夫人今日召請張生，在彼視之，殆為決不可少之事。而於許婚一節，尤竊為張生慶。蓋以前日懸想萬不能得之事，竟以一紙書為其媒證矣。又念張生自居蕭寺，顧影凄涼，單枕薄衾，更有誰溫。今日東閣煙開，畫堂春暖，寶鼎香濃，繡簾風細，再毋須向月底西廂獨自低徊矣。是時不獨張生滿心滿意，即紅娘亦覺美滿姻緣瞬即成就。二人既相見，各展笑靨。張生則如獲至寶，長揖曰："紅娘姐，吾候之久矣。"紅娘以巾掩口，現為淺笑。意謂此人誠慎，相見即揖，使我竟無暇施禮。既又見生衣冠齊楚，映其淡白之面，益形美俊。乃不期色赧，私念世間乃有此等少年，匪惟性情溫和，丰姿亦復俊秀。莫謂小姐見而生情，即余……思時，私向張生一瞬，意謂余向來心硬，今日一縷情絲，亦不禁怦怦欲動矣，因曰："先生，頃奉夫人嚴命……"張生曰："然，吾瞬即來。"紅娘乃復失笑，自念余猶未出言，彼即連聲應之，一片靈心，蓋早已飛向珠簾玉箔間，鶯鶯姐姐，喏喏聲聲矣。思時，張生又曰："紅娘姐，吾不審夫人此席，果爲何意，抑有何客？"紅曰："一爲壓驚，次則爲謝承。至客中安有戚串？惟俟先生與小姐匹娉耳。"生聞言，心中乃獲奇樂，即隨紅娘行。既又忽止，自顧其影，如有所思。則轉身至案前，攬鏡自照，似自慚形穢者。於是重加膏沐，光可鑒人。既已，流目四顧，心中果作何思，即其自己亦不能審，及至米甕前，見甕口尚露，則引蓋掩之。甚至一杯一盞，亦必親爲安置，一若今日宴後，即將遠行。紅娘見之，不禁暗笑。思此人誠精細，又兼此聰俊風貌，奈何獨教隻影單形，夜夜孤另耶？嘗聞才子自古多情，苟一見其心愛之人，情苗怒苗，未有不如堤潰決，如蠶自縛，每每不能自制。脫所遇之人薄倖寡情，使璧月難圓，好事中斷，則又未有不垂首喪氣，抑鬱無歡，甚至不惜以生命殉之者。張生今日，正猶是也。但吾家小姐重信多情，與張生殆同其癡迷。今宵燈前交頸，互證同心，當不至墮入險惡之情場。但吾家小姐，嬌弱如將放之花，那能經此番顛倒……思至此，雙靨不期盡赤。張生曰："紅娘姐，彼處今日果如何鋪設，我就此過去，不嫌造次乎？"言次，端詳自視，似愧又似極樂。紅娘笑曰："先生，此夫人所命，何用其謙抑？至家宴亦無華麗之鋪設，有之，惟鴛鴦金帳孔雀畫屏耳。"張生曰："紅娘姐，鄙人方在客中，竟無一分財禮，如何往見夫人？"紅曰："先生，豈忘前日夫人殿上之言乎？君既有滅寇之功，吾家又獲再生之惠，今日之事不過酬恩踐諾耳。安用財禮爲？且君與小姐璧人一對，鴛侶天成，跨鳳乘鸞，殆前生所定，茲勿推託，隨侍妾過去可也。"張生喜曰："既如此，紅娘姐，請先行。鄙人當後至。"紅娘吃吃而笑，曰："須早至，勿令侍妾再來相請也。"張生目送紅娘去，面赬而目潤，歡作無倫，思天下竟有此等奇事，一紙書緘，乃獲佳偶。今日我若至夫人處，夫人必曰："張生，汝來乎？小女不才，得侍巾櫛，實吾崔氏之幸。茲就吾手中飲酒兩杯，便去洞房做親去。"嗟夫！此非天下至樂事耶。思已，乃忽大笑曰："孫飛虎，我真感汝不盡。微汝，吾安有今日？玉成之功，不得不謝汝矣。"於是復整其衣，抿其髮，猶恐其不美也，則又以鏡鑒之。既畢，歡然入西院去。

第七章　賴婚

　　吾書至此，當回叙鶯鶯矣。鶯鶯自張生退兵以後，憐愛之情如火驟熾，抑不獨憐愛已也。尤時時加以感念，覺前日之事，苟非其一紙書緘，母子孤孀，勢將陷於狂賊之手，安復有今日？雖然，脫易彼而爲其他之人，吾知亦不能濟事。於是於感念之中，又增其欽敬。大凡女郎，對其平昔鍾愛之人，苟於憐愛、感念、欽敬數者中，有一縈其芳心，愛情之摯必將如駿馬奔馳，不可自勒，矧鶯鶯而俱有耶？故鶯鶯今日，其芳心繫定，香口噙定，如膠入漆，如日射壁，雖至於天終地畢，海枯石爛，而亦不容移易者。厥維張解元三字，而其美顔之影，尤時時現於眼前，即夢寐之間，亦未嘗一刻忘之。及聞夫人今日招宴，心中愈爲忐忑。蓋前日殿上之言，彼實聞之，今日之宴，即不啻合歡之筵。酒闌燈炧，月朗星稀時，即須赭衣華服，作新嫁娘去。凡爲女子，忽聞其將嫁一心愛之人，其心中愉快，當至如何？矧鶯鶯乃相國小姐，又屬天下第一多情之人，故其歡樂，又非他人可比。歡樂至極，雙頰乃起紅潮。如帶雨之桃花，益顯其豔。讀者至此，得勿疑鶯鶯春心蕩漾，非復相府千金身分乎？實則此乃及笄女郎共同之心理，非鶯鶯一人爲然。吾既不能爲鶯鶯諱，又不得不爲鶯鶯辯。方其作此想時，實爲侵晨，日色遲遲，方透入茜羅之幔，斜射鏡臺，五光十色，燦爛可愛。顧彼殊無心觀此，倚身枕上，覺有萬千思潮，一一湧起。更無一絲端緒可理，欲勉爲睡眠，乃不可得。於是起至鏡臺前，理其晨妝。蟬翼薄梳，鳳頭乍換，偸霞試點，借粉輕匀。衣紫繡之衫，拖紅羅之裙，娉婷直如仙子。既已，復就鏡中端詳審視，意甚得也。既忽於鏡中見一人影，視之，乃爲紅娘。時方展其笑靨，顧鶯鶯曰："小姐今日起胡早？"鶯鶯曰："早乎？汝不見吾梳妝已畢耶。雖然，苟非小鳥弄晴，驚吾清夢，此時或猶擁衾高臥也。"紅娘覿之笑曰："小姐今日愈形美麗，髮光澤潤，幾如乳鴨之尾。素嫩之面，直吹彈得破。如此丰姿，不啻天生一位夫人。張生豔福真不淺哉。今宵翠袖牽來，紅巾挑去，真不知若何愉快。」鶯鶯聞語，顏色忽赬，自思紅娘誠狡獪，竟謂余素嫩之面，直吹彈得破。雖然，余自視即做夫人，亦且無愧。第不知彼之福命如何耳。思時，乃忽一笑，意謂兩人相思，今可解脫也。紅娘曰：「堂前酒宴已陳。夫人特命侍妾請小姐前去。」鶯鶯曰：「酒筵何如？」紅娘曰：「殊草草也。」鶯鶯皺眉不語。自思母親亦太省費，婚姻為世大典，豈一草草筵席所可了者？矧今日者，非止婚姻一事，實舉壓驚謝承而並行之。如此簡慢，得不使人失笑乎？即舍此不言，獨就其舉將除賊之功論之，縱傾吾家與之，寧復為過？嗟夫母親！不費張羅，即偕秦晉，毋乃太簡乎？且思且行。已至疏簾之次。乃立足偷視，見張生衣裳楚楚，丰姿儁逸，較前日殿前相見時，愈形其美。正躊躇欲進，張生忽掀簾而出。兩人乃適相值，目光一瞬，各赬其頰。既入，夫人起謂張生曰：「前日若非先生，焉有今日？我一家之命，皆先生所活也。茲備小酌，幸弗嫌輕。」生曰：「一人有慶，兆民賴之。此賊之破，乃夫人之福，非下走之功也。事既過去，幸勿更言。」夫人顧鶯鶯曰：「小姐前來，拜見哥哥者。」

張生大愕，曰：「此何言哉？」鶯鶯亦駭曰：「噫！母親變卦也。」一時心中紛亂，目光亦眩，室中器具，悉搖搖如懸旌，飄然一身，大似失柁之小舟，漂泊於大海之中，茫然不知涯岸。心中自念，萬不料母親為人，乃無信若此。前日之日，非謂退得賊兵者以女妻之耶？才兩日耳，何口血之未乾，遽食言而肥耶？引目以視張生，見其面色灰敗，垂首而呻，似一時痛苦，已奪其五官知覺，目光癡然，向己而視，於是又一嘆。自思欲拒則竟拒之，欲成則竟成之，甚妹妹拜哥哥？若謂酬恩圖報，又豈兄妹二字所可盡耶？思時粉頸低垂，煙鬟全墮。思欲勉為笑色，顧不識何故，面頰乃如嚴霜所封，即欲一動其頤，尚且不能，矧為笑耶？故席間咸默然無語。以多言若紅娘，亦愁眉雙鎖，悄然如有重憂。夫人見狀，似已瞭然諸人悃悃，皆為己一言所激，則故為笑容曰：「紅娘，趣以熱酒來，小姐與哥哥把盞者。」鶯鶯擎盞至生前，生曰：「鄙人量窄，幸恕之。」鶯鶯即命紅娘接去臺盞。自思事已至此，彼安有心更飲。方彼今日來時，滿冀宴爾新婚，如兄如弟，偎依繡閣，常伴金屋之嬌。出入侯門，將作乘龍之客。蕭寺淒淒，不再倚西廂而待月。黃昏悄悄，毋須伏牆角以吟詩。詎料几筵之上，頓成恍惚，遂使秦樓之鳳，化作莊生之蝶。撫華筵而無語，望紅粉而心傷。一天煩惱，萬種愁思，都隨一副熱淚，咽向喉中耳。嗟夫母親！彼多情善病人也。今若此，直無命矣。夫人曰："小姐，汝必勸哥哥飲此一杯。"鶯鶯復遞一盞與張生。生曰："説過鄙人量窄。"鶯鶯悄語曰："哥哥姑盡此一杯。"言已，雙靨紅如朝霞，偷視張生，低首無言。似謂酒固佳，然以佳釀迎人，忽中道而碎其盞，其苦楚當至如何，因小語曰："君固未醉，盍依我飲此一盞？"言次，顏復頳，兩顴之外，則仍白同梨花。心頭翕翕，似覺五味雜投，乃不知其爲酸爲苦。因以目示張生，意謂汝今日煩惱，猶可也。過此以往，寂寞空齋，形影相弔，汝將奈之何哉。我本思竭誠與汝一訴衷腸，無如母親監視於旁，致咫尺天涯，不能傾吐一語。實母親誤我，非我負君也。張生似會意，立舉杯盡之。夫人又曰："紅娘再斟酒來，先生再飲此一樽。"張生垂其唇角，搖首不語。鶯鶯見狀，不勝悲忿。念曰："母親，汝之隱秘，人已盡知，何苦猶爲此蜜語甜言以欺人哉？彼不惟聞之不快，恐愈增其煩惱矣。又思自古紅顏，類多命薄。彼又文弱書生，安能與人抗？今日之事，殆無轉圜望矣。雖然，我何尤乎母親，所痛者亡父耳。脱吾父在，此番姻緣必謹一語可以了之。何至使人失望至此？"思時，眼角奇熱，清淚偷沁眼角而出，則私以巾搵之。其時張生忽發聲冷笑，鶯鶯不期向之一望，思彼今日竟能笑耶？實則其聲淒婉，乃帶淚痕。試思彼前日無干建策，迅掃風雲，不想姻緣想何事耶？自今以往，不獨彼索然喪其樂生之心，即我亦將玉容寂寞，慵對梳妝。翠微宮裏不度春風，燕子樓中獨看秋月。閨閣生涯漸淪於苦境矣。嗟夫母親！前日仰望彼者，何啻飢渴人之望飲食。今則鳥盡弓藏，遽毀前約，直將並蒂花摧，同心帶割。不惟不報，抑且害之，天下反覆之人，寧有過於此者耶？嗚呼！錦繡前程，而今已矣，福已慳矣。長對東風，而喚奈何矣，果情愛不移，一世鴛鴦獨宿。良緣可續，再生鸞鳳雙成。此後苟生一日，月夕花晨，與彼分受一日淒凉之况味，直至形銷骨化而後已耳。尚何言哉？思至此，芳心碎痛，恨不縱聲而哭。然而母氏在側，又烏能哭哉？哭既不能，心乃愈酸，如中疾矢，立以齒自嚙其唇。似其身已死，此身乃爲另一軀殼。四顧茫茫，如入夢寐。遠盼山下景物，一一旋轉如磨，乃復一驚，聞夫人曰："紅娘，小姐似有不適，趣扶回卧房。"紅娘即催鶯鶯起，鶯鶯雖亦欲去，然足不欲行。轉盼張生，愁眉深鎖，似方憤極，因睨之，微嘆而入。

張生目送鶯鶯去，寸心如死。而忿怒之氣，亦因而激動，乃起立，謂夫人曰："下走辭矣，不能再飲。茲欲於夫人前一言盡意，未知可否？前者狂賊思逞，變在倉卒，夫人有言，能退得賊者以鶯鶯妻之，是曾有此語否？"夫人曰："然，有之。"張生曰："當是之時，果誰能挺身而出？"夫人曰："先生實有活命之恩。奈先相國在日……"張生不俟語畢，曰："夫人請住者。當時小生疾忙作書，請得杜將軍來，將半萬賊兵，立時滅去。豈徒爲今日餔啜地乎？今早紅娘傳命相呼，將謂永踐諾金，快成倚玉。不知夫人何意，忽以兄妹二字，兜頭一蓋。請問小姐何用下走爲兄？若下走，真不用小姐爲妹。常言算錯非遲，還請夫人三思。"夫人曰："先生之意，我已知之。但此女先相國在日，實已許字老身侄兒鄭恒。前日曾發書召之來。此子若至，將如之何？如今願多以金帛相酬，請先生别揀豪門貴宅之女，各偕秦晋，似爲兩便。"張生冷笑曰："夫人乃爲是乎？祇不知杜將軍若是不來，孫飛虎公然無禮，此時夫人又有何説？下走何用金帛，今日便索告别。"夫人笑曰："先生毋急，今日想有酒意也。"言次，呼紅娘曰："紅娘趣扶哥哥去書房歇息，明日當别有話説也。"紅娘此時，既爲鶯鶯憂，復爲張生痛。心中酸楚，殆與兩人同出一轍。及至書房，微語曰："先生醉矣。少吃一盞不佳乎？"張生嘆曰："噫！紅娘姐，汝亦糊突。我今日更何心吃酒？我自從瞥見小姐，忘飱廢寢，直到如今，受盡苦楚，捱盡淒凉。雖不敢告訴他人，却不能瞞汝。前日之事，鄙人一封書，本何足道，但是夫人堂堂一品太君，金口玉言，許以婚姻之約……"言次，忽止哽咽曰："紅娘姐，此不獨我汝二人聽見，兩廊下無數僧俗，乃至上有佛天，下有護法，莫不共聞。不料……

不料，未逾兩日，盡食其言。使鄙人心盡計窮，更無出路。"言至此，心忽一酸，腦海空然，亦不知作何想。但覺眼前如起雲霧，熱淚簌簌而出。久之，顫聲曰："紅娘姐，此事已無復可望，但吾不得小姐，毋寧速死！茲當就娘子前，解下腰帶，尋個自盡。"言次，自解其帶。紅娘大駭曰："先生，勿慌。先生之於小姐，妾已窺之審矣。其在前日，真爲素昧生平。突如其來，誠無怪妾之得罪。至於今日，夫人實有成言。況以德報德，妾當盡心爲先生圖之。"張生曰："如此，鄙人生死不忘，祇是計將安出？"紅娘曰："妾見先生有囊琴一張，必善於此。吾家小姐亦酷好琴音，今夕吾與小姐必往花園燒香。妾以咳嗽爲號，先生如聞，可彈一曲，以占小姐意向。如有所言，妾當以先生衷曲稟知。或者臨邛一曲，引動文君，則先生素願可償矣。"張生聞此，不期向紅娘一望，似於黑暗之中，忽得一綫光明。則微展笑容曰："如是，感當不朽。"紅娘遂去。張生目送其行，乃復一嘆。自思好事多磨，春花成夢，自今仍惟有向蕭寺中度幽囚歲月，尋眼淚生涯而已。

第八章　琴心

華堂宴罷，春竟如煙。鶯鶯歸室後，愁緒紛來。一寸芳心，如聚叢箭，力欲拔去，乃不可得。於是懶然步出扶欄之次，以指拈牙，立於葡萄架下。日光自密葉沁入，射其眉睫，乃作芒刺，顧彼殊不自覺。以心問口，吾將何以處此？彼張生者，癡情如醉。今日獨回書院，不知其感痛爲何如。脫余爲其他女郎，正不妨冒嫌前往，溫言慰藉，顧今日所處地位，乃所謂相國千金，倘果出此，其如禮何？其如家法何？禮曰："外言不敢或入於閫，內言不敢或出於閫。"矧爲男女接談耶？嗟夫吾愛！吾將從此而失汝耶。此時，光陰過去，長短至不一，而鶯盼亦靡定。轉瞬間，日已西沉。鶯鶯乃微驚，自計立此殆半日矣。不禁舉目四視，見欄外花木一一幻爲愁苦之形，乃不欲再顧，頹然入室。倚身枕上，夢魂惚恍，似方在彩燈之下，與張生並肩而立。燈光燦爛映生面，益顯美俊。

眉目之間，滿貯笑色。蕭管之聲，時時震耳。自思母親敗之於先，忽成之於後，此何故哉？其時心中突突，乃作奇樂。偷眼以視張生，覺其聲音笑貌，較前益覺可親，而其目光時亦注及己面，載笑言曰："吾愛！吾儕竟有今日乎？"言已，伸其堅定之臂偷抱己腰，復展輔一笑。其聲柔脆，乃類女子，忽瞿然而驚。啓目視之，則笑者非張生，乃紅娘。蓋夢也。凡人平生夙望，忽一旦於夢寐中償之，在睡時固覺愉快，然一至驚醒，其痛苦、失望，尤復倍於曩時。鶯鶯今日正猶是也。時已至初更，案上陳銀燈一盞，暗淡無光。月色方透窗紗而入，室中靜寂，有如鬼窟。惟寺內晚鐘，悠揚入耳。紅娘曰："時已不早，小姐盍往燒香去？"鶯鶯懶然起立，曰："我安有心情燒香？"顧言雖如是，仍向鏡中略抿鬢髮，即隨紅娘行。既出廊沿，見月光如水，靜氣迎人。極目四望，普救寺寶塔，方全浸於月光之中，燦如積雪。紅娘曰："小姐，月色佳哉！"鶯鶯默然不語。既而憶及酬韻之夜，情景正復相同，乃一嘆曰："月色固佳，然而……余不欲見也。"於時微風颼颼，襲人衣袂。階下殘紅，因風捲起，片片作蝴蝶舞。草徑之旁，夾以翠柏。月光下沁，作小圓形。鶯鶯一一踏其碎影而過，覺閑愁萬種，齊擁心頭。自思從今以往，一個影裏情郎，一個畫中愛寵，參商兩地，衹許相思，咫尺天涯，難圓好夢。青衫淚濕，紅粉飄零，夜靜更深，惟有喚數聲奈何而已。又思昨日東閣大開，西廂客至。吾以為炮鳳烹龍，將必有一番盛況。不料事局之變，乃至如斯。夫既不許以婚姻，便當斬釘截鐵，不以子女相見，却又教我翠袖慇懃捧玉杯，此胡為哉？雖然，要算主人情重，將我雁字排連，永成兄妹。慇慇之情，未可負也。思已，慘然一笑，此笑之中實帶有萬種哀愁。其聲悲慘，大似午夜梟鳴，向月而咦。紅娘曰："小姐試觀月闌，明日敢有風也。"鶯鶯曰："然。月闌誠佳哉！"言已，則又黯然。因思人間玉容，繡幃深鎖，原懼人搬弄也。彼嫦娥煢然孤影，西沒東生，則又誰懼哉？而亦勞彼羅幃數重，深深圍住，天心不仁，乃至是乎？紅娘見狀，知鶯鶯幽怨與張生正同，因咳嗽一聲，以示張生。聲出，琴音遂悠然起。

張生自紅娘教以琴音誘鶯鶯，於山窮水盡中，忽得一綫希望，心乃大樂。入夜，撫琴自語曰："琴乎，鄙人與爾湖海相隨，十餘載於茲，今日玉成之功，實維爾是賴。安得天心見憐，藉一陣輕風，將鄙人琴聲，送往小姐俊耳中乎？"於時，忽聞紅娘咳聲，大喜，知鶯鶯至矣。亟以指撥弦，鏗然作響。有如崑山玉碎，花鳳夜吟，凄怨乃無倫藝。鶯鶯聞之一愕，曰："紅娘，此何聲也？"紅娘曰："小姐猜之。"鶯鶯引目四顧，曰："得毋玉人宵行環珮乎？"紅娘曰："否。"鶯鶯曰："抑或簷前鐵馬，搖曳晚風中乎？"紅娘搖首微笑。鶯鶯以手扶樹，覺其聲被風撼動，悠然漸遠。其來也，不知何所；其去也，不知何方，因笑曰："得毋花宮夜鐘，飛來天外乎？抑或曲檻疏竹，瀟瀟風動乎？"紅娘笑曰："否，以我思之，皆不相似。"鶯鶯因移步至園中，其聲愈大，似出自牆角之東，乃笑曰："原來西廂理結絲桐耳。"鶯鶯夙嗜琴音，至此凝神靜聽，百感咸增。其聲壯，則似鐵馬旌旗，刀槍冗冗；其聲幽，則似香飄花落，流水溶溶；其聲高，則似風清月朗，鶴唳長空；其聲低，則似綠窗兒女，細語喁喁。一種哀愁之懷，盡於弦中躍出。鶯鶯聞至此，不期一嘆。自思彼積恨日多，歡情日減。既嘆鸞鳳未諧，復悲勞燕失所，無怪有此凄涼之調。彼雖未言，我意已了然矣。紅娘曰："小姐，夜景良佳，爾盍在此多聽一時。我視夫人去即來。"鶯鶯頷之。及紅娘去，鶯鶯縱目以望書院，復自顧其形影，喟然曰："彼但知一己之苦衷，固不知天下乃有一人，正與彼同其不幸也。"思時，不覺移步至窗前。思縱不得聚談，但得於燈邊一觀其頎影，亦足慰我愁思。於時，張生已聞窗外微有聲息，知鶯鶯至矣，撫琴嘆曰："琴乎，昔日司馬相如求卓文君，曾有一曲名曰文鳳求凰，鄙人何敢自稱相如，只是小姐……教文君安能比爾。我今便將此曲依譜彈之。"彈曰：

有美一人兮，見之不忘。一日不見兮，思之如狂。鳳飛翱翔兮，四海求凰。無奈佳人兮，不在東牆。張琴代語兮，欲訴衷腸。何時見許兮，慰我彷徨。願言配德兮，攜手相將。不得于飛兮，使我淪亡。

張生彈時，大似涼秋八月，野外草衰，樹捲秋聲，鳳含雁唳。鶯鶯聽畢，小語曰："手法妙哉！其音哀，其節苦，使吾聞之不覺淚下。"夫鶯鶯，精於琴理者也。其初之重張生，不過重其才。今聞此，知其亦精於琴理，殆如子期之於伯牙，相憐之心因之愈切。矧其鼓出者，乃文鳳求凰之曲。別恨離愁，一一沁入心腑耶。時張生忽擁琴起曰："夫人忘恩負義，夫復何說？祇是小姐亦不宜說謊……"鶯鶯曰："君誤矣。此事本吾母所主持，吾之一身，不過代吾母償孽債耳。安能怨及余哉？且吾乃深閨弱質，又安能公然向堂上陳其所欲嫁之人？此中委曲，祇天知之耳。"又曰："外邊疏簾風細，裏邊幽室燈青，其間所隔，僅一層紅紙，幾眼疏櫺耳。既非蓬壺萬里，又非遠水千重，安得東風著力，吹吾一夢到高唐耶……"言至此，紅娘突出曰："小姐，何夢乎？夫人若知，將奈之何？"紅娘者，慧心人也。既允為張生為謀，即欲一探鶯鶯意向，而又不敢公然陳諸鶯鶯之前，故使之聽琴，而己偽為退去。鶯鶯初不知也，是以聞琴生感，暢所欲言，詎不料一一俱入紅娘之耳。及紅娘突然而出，乃始一驚，曰："吾意為誰？爾也。我又未曾轉動，狂呼胡為哉？女兒家嘵嘵如池畔春蛙，得勿可厭？"紅娘笑曰："小姐，是侍妾過也。"鶯鶯思更責之，又恐其泄之夫人，乃力自忍隱，曰："以後勿更如此。"紅娘曰："然。"鶯鶯曰："夜已何許？"紅娘曰："夜深矣。小姐不見月已當空耶？"鶯鶯微應曰："然。"實則鶯鶯此時，並無暇計及月色早遲，但覺書院琴音，猶繞繚耳際未去。紅娘故知之，佯為莊容曰："小姐，今夜琴聲佳乎？"鶯鶯曰："絕調也。"紅娘曰："不意張先生乃亦擅此。但彼日間告我，謂即日辭去。小姐將何以處此？"鶯鶯聞語，心不期一酸，思彼果去耶？此後海角天涯，殆無相見之緣矣。因曰："紅娘，汝去與彼言，再逗遛數日。祇謂夫人此時雖不免負約，然將來終不至完全絕望。大凡天下至美滿事，其始必有無數艱難撓阻前途。惟賴其人堅守弗渝，乃克有成。"紅娘曰："小姐言當，明日去，當以此意告知也。"遂相率歸室。

第九章　前候

　　綠窗靜掩，鳥語時聞。簾下鸚哥方瀝瀝誦時人新詩，清脆可聽。鶯鶯悄坐鏡臺前，默思自昨聽琴後，神思懨倦，亦不知何來悲愴。即欲觀書，亦覺心疏不屬。香魂一縷，似方縈於書院疏櫺之次。於時，紅娘忽掀簾入，鶯鶯曰："紅娘，汝得閑乎？盍往書院視張生去？彼苟有言，回來告我。"紅娘曰："我不去，倘夫人知之，殆矣。"鶯鶯曰："我不語，夫人安從知之？趣去。"紅娘籌思頃之，曰："然則我去矣。"言已，出室，心中自語曰："張生，汝但知汝之病，却不知吾家乃有一人，正與汝同病也。"彼柳眉翠減，杏臉紅消，春恨春愁，時縈懷抱。以狀卜之，殆將淪於愁苦之境。雖然，小姐之病，爲張生病也，張生之病，則以夫人失信也。論理，若非張生，吾家人安有性命？當其時兵圍普救，危在旦夕，幼女孤兒，勢將陷於賊手。蒼茫四顧，誰復肯爲援手？張生與吾家，初無系屬，竟仗義而出。一封書到，便出雄獅，半萬賊兵，瞬成灰燼。若而人者，乃可負耶？不謂夫人自食其言，使嬌鶯雛鳳遽失雌雄。迄至今日，一則神智昏惘，形容憔悴，經卷詩篇，均置勿問。心之所念，但有一鶯鶯耳。即撫琴弄曲，亦多離愁別恨，一若其生命與鶯鶯，乃同其生死。一則脂粉香消，柳腰瘦損，懨然抛棄其刺繡生涯，向詩簡花箋，孤吟獨咏。筆下幽情，絃上心事，兩人殆一樣淒涼。古人所謂才子佳人，不圖吾今竟見之。嗟夫！勸君莫結同心結，一結同心解不開。愛河無岸，恨海難填，少小多情，大抵都非幸福耳。雖然，兩情不遂，則毋寧死。何必淚眼相看，徒嗟不幸，若爲我……思時，臉乃一赬。意謂"若爲我，則無所用其啼怨，一納頭，祇去憔悴死耳"。其時已至書院，沉靜無聲，惟窗外綠楊數株，搖曳作態。間有粉蝶，三五翩翩飛集花間。紅娘見此岑寂之狀，心乃一嘆。移步至窗前，以舌尖破窗紙內窺，見案上堆塵，殘篇斷簡，凌雜無次。蕭然一榻，陳於室之彼端。張生衣白羅衫，偃卧榻上。面龐黄瘦，殆如久病之人。喘聲細細，約略可聽。雖不能辨其眉目間爲悲爲樂，但一觀其孤獨之狀，淒涼之景，已足令人傷感。思長此以往，張生即不病死，亦當悶死。於是以指叩扉，張生驚問曰："誰乎？"紅娘載笑言曰："散相思五瘟使也。"張生起而啟門，見爲紅娘，乃一喜曰："紅娘，夜來多承指教，鄙人銘感不盡，但不知小姐果有何言？"紅娘掩口笑曰："吾家小姐乎……雖然，吾不能告汝。"張生急曰："紅娘趣言，莫令我悶煞也。"紅娘曰："小姐昨夜聽琴歸室，惘惘如有所失。夜間即命妾前來探視，一若不能挨至天明者。至今脂粉未施，神思困倦，口之所念，但有張殿試三字。以我思之，與先生殆有同病相憐之感。"張生懽然曰："既蒙小姐見憐，鄙人茲有一簡，敢煩紅娘姐帶去？"紅娘搖首曰："否，此不可戲也。倘彼見甚詩詞，必怒曰：'紅娘，此何事？乃竟帶入閨房。'言次，以手作裂紙狀，曰：'嗤。祇合撕作紙條，塞之字簏耳。'"張生曰："吾思小姐必不至是，特紅娘姐不肯將去耳。"又曰："紅娘姐，汝苟能爲我作一臂助，願多以金帛奉酬。"紅娘聞語，垂其唇角，作不屑狀，曰："傻子，我豈爲金帛至此乎？我雖是女兒家，卻有志氣。你若謂隻身獨自，煞是可憐，我或者猶能爲汝設法……"張生不俟語畢，笑曰："紅娘姐，即請憐我隻身獨自，爲我寄此書去。"紅娘曰："然則爾即寫去。"張生遂趨案前，援筆作書。書畢，紅娘曰："先生盍念與我聽？"張生即捧而讀之曰：

張珙百拜奉書雙文小姐閣下：昨尊慈以怨報德，小生雖生猶死。筵散之後，不復成寐。曾托槁梧，自鳴情抱，亦見自今以後，人琴俱去矣。因紅娘來，又奉數字。意者宋玉東鄰之牆，尚有莊周西江之水。人命至重，或蒙矜恤，珙不勝悚仄待命之至。附五言詩一首，伏惟賜覽。相思恨轉添，漫把瑤琴弄。樂事又逢春，芳心爾亦動。此情不可違，虛譽何須奉。莫負月華明，且憐花影重。張珙再百拜。

張生讀畢，微露得色，意謂此封簡貼，不啻一道會親符籙，明日此時，必有好消息來也。於是疊爲方勝，納之封筒。紅娘覷之，不勝傾倒，覺其聰明、其風流，實堪爲鶯鶯匹偶。因發爲微笑，曰："小姐接此書時，其爲怒爲喜，我尚不知。但我既允肩此大任，自當竭力圖之。"張生喜曰："感君厚意，茲當以書付汝。但汝何法以呈之小姐？"紅娘笑曰："是易耳。我但謂昨夜彈琴那人使我帶來也。雖然，事雖至此，先生還當以功名爲念。蓋人生在世，終當有所爲。勿因翠幛錦帳、紅粉胭脂，遽將錦繡前程自爲耽誤。侍妾一女子耳，原不識何者爲前程，然聞凡人一爲情絲所冒，即將志氣灰頹。譬之鷗鵬欲飛，忽縛其翅，稽其結果，只落得美人黃土，名士青山。非幸也！故妾甚願先生勿蹈此覆轍。"張生曰："汝言佳。鄙人終身敬佩，但項間簡貼，紅娘是必在意者。"紅娘曰："先生放心。妾當不至辱命，且……"張生曰："如何？"紅娘曰："且必使那人來視汝一遭也。"張生揖曰："如是，鄙人當銜環結草以報大德。"紅娘以指戳其額曰："癡子，誰望汝報也。"言已，飄然而去。張生目送其行，憔悴之容，微露一絲笑色。自思柳箋詩句飛上妝臺，不審泥封有信，可能傳來玉女之言也否。

第十章　鬧簡

銀鈎未挂，羅帳猶垂。鶯鶯斜倚枕上，綺夢惺忪，星眸似啓，宿粉未消，寶靨微紅，殘脂猶膩。玉臂橫陳榻畔，嬌憨可愛。時紅娘方自書院回，聞室中靜寂，閴無聲息。知鶯鶯尚酣臥未起，因啓朱扉，躡蹤而入。行至榻畔，則見霞衾未卸，鵲腦猶溫。枕橫翡翠之牀，香拂鴛鴦之帳，一種旖旎之態，令人銷魂。不禁自語曰："日高如許，猶擁衾高臥，便嬌惰至此耶？"語出，鶯鶯驚覺，則欠身而起，雲鬢蓬鬆，委頸幾徧，徐徐以手理之。既畢，一聲長嘆。紅娘自思，小姐既遣我去，今歸，竟無一語相詢，得非異事？彼既不問，我亦不便遽將簡貼呈之於彼。因私置之梳妝內，轉身而去。實則紅娘非真去也，行未數武，仍躡蹤而返，立窗下偷窺。私念小姐若見此簡，不知其果嗔耶？喜耶？如其喜也，不獨張生交泰運，即我亦不至負人所托。如其嗔也，調情之書反成引誘之證。罪魁禍首非余而誰？爾時出首夫人，余將何以謝張生？又將何以自解？雖然，吾知彼決不至是，即令至是，吾亦有法以處之。於是，鶯鶯已懶然下榻，趨鏡臺前，啓粉匣勻面。既已，挽其鬢髮，復啓抽屜，瞥見簡帖，微現眙愕之色。亟破封閱之，顛來倒去，若甚焦灼。雙頰之上，微現紅暈。既而柳眉頓蹙，粉頸低垂。似思此事將何以處置，其寢擱耶？抑發作耶？頃之，面色大變，一若公主震怒，嬌碎立至。紅娘見之，大驚，失聲曰："噫，敗矣！"鶯鶯聞聲，怒呼曰："紅娘來。"紅娘曰："來也。"鶯鶯怒曰："賤婢！汝知余爲何人乎？乃公然以此淫詞豔語，來相戲弄，我幾曾慣見此等事？我告訴夫人，打死汝小賤人。"紅娘聞語，從容不迫曰："小姐勿怒。須知我去看張生，實小姐所遣。瀕行，彼囑以此呈之小姐。我又不識字，安知其中所書何事？倘使小姐不使我去，我敢問彼討來耶？"言際，顏色亦沉。正色曰："小姐勿怨侍妾，亦毋庸小姐告訴夫人。此書既爲我齎來，我今自向夫人出首可也。"鶯鶯曰："汝出首誰乎？"紅娘曰："我出首張生。"鶯鶯聞語，心乃一軟。思果使夫人知之，愈不可收拾，且於己亦多有未便，於是靄然曰："紅娘已矣，姑恕此一遭。"紅娘小語曰："小姐怕不打死他也。"鶯鶯至此，面色漸和霽，曰："紅娘，我幾忘問汝，張生病勢果如何者？"紅娘曰："我安知？"鶯鶯曰："汝試言之。"紅娘曰："不能言。"鶯鶯笑曰："臭鴉頭，汝亦撒嬌乎？趣言。"紅娘漫然應曰："彼病勢甚重，面黃如蠟，消瘦不堪。欲食未進者垂兩日，即欲動彈，亦且不能。以狀觀之，去死匪遙。"鶯鶯聞語，心忽一痛，恨不立飛往書院撫衾一問。然而此又非吾相國小姐所宜有也，於是愀然曰："盍覓太醫往驗其症？"紅娘曰："彼自謂並無何症，但覺傷心過度，對影凄涼，鬱鬱之懷，不能自已。以故食不下咽，寢弗能寐。治之之法，惟有……"言次，以巾掩口笑曰："惟有高唐雲雨耳。"鶯鶯聞此，素靨頓頳。不期失聲曰："癡郎。"既又曰："紅娘，此何事也？幸汝口穩，脫爲外人所知，成何家法？嗣後此等言語，甚勿再提。"紅娘自思，欲爲張生進辭，今其時矣。因曰："我豈願言此，特我憐其人耳。小姐試思，天下有一少年，既多才又美俊，乃竭誠以愛一女郎。幾欲將其全副心臟及靈魂，盡付之女郎。雖歷萬劫，亦不復灰其心。若而人者，乃不得謂之可憐耶？故吾正願小姐對於張生，宜稍甦其生氣。"鶯鶯微笑曰："然則我亦須以全副心臟及靈魂付之彼人耶？"紅娘曰："我亦不知，但總宜稍加憐憫。"鶯鶯發爲低軟之聲，曰："紅娘，彼人亦太癡。須知我與彼不過兄妹之情，有何別事？"紅娘曰："小姐言當。但彼已至如是，譬之已攛掇上竿，則宜迎之使下，若從而奪其扶梯，旁觀取笑，則不可也。"鶯大曰："此事雖是我家負彼，然彼烏得無禮至是？汝趣以紙筆來，待我復彼一函，使其以後知所戒焉。"紅娘嘆曰："小姐何苦如是。"鶯鶯曰："汝安知之？"言已，伸紙疾書。書竟，納之封筒，曰："紅娘，汝去與彼言，謂小姐遣看先生，乃兄妹之禮，非有他意。苟再如此，必告之夫人，即汝亦將有話說也。"紅娘曰："小姐何苦來？"侍妾不願再作寄書郵也。"鶯鶯怒曰："賤人，好沒分曉。"言次，以書擲之地。紅娘拾書嘆曰："小姐，奈何徒使性子也。"悵然而出，心中憤懣，不可言狀。自念我於此事，誠有何關。特汝家負人之恩，致有張生之病。張生之病，汝又深知之。今日聽琴，明日慰問，雙方情感，分明已如箭離弦，不能制止。迨至事機發動，又翻然作態，使我無關之人，橫受摧殘。此何故耶？向使汝果存心整潔，盡勿撇去此心，早日拒人於千里之外。使其無隙可乘，無機可入，不尤佳耶？嗟夫！吾爲汝白日追思，夜中成夢，闌干悄倚，常態淚痕，已不知耗却幾許心血。竊嘗自念，苟有一日風清月朗，密約幽期，我即肩勞任怨，亦夫何辭？然則我之於汝，豈果薄耶？至謂相國家法，我豈不知？然而月明之夜，竊聽琴音，密意濃情，溢於言表，此又豈相國小姐所宜有哉？今汝既有意，撥雨撩雲，復命我傳書遞簡，我若不去，必謂我違拗，譴責之言，終不能免。不如姑爲隱忍，以觀其後。思時，已至書院。以指叩門，張生納之入。瘦削之面，忽露一絲笑影，曰："紅娘姐來乎？簡帖如何？"紅娘曰："不濟事矣。"張生曰："鄙人此簡，不啻一道會親符籙，特紅娘姐不肯爲力，故致如此耳。"紅娘曰："先生誤矣。區區此心，直可質諸天日。但先生簡帖內究言何事，使小姐聞之，始而驚，繼而怒？苟非侍妾從而斡旋，一段公案勢將聞之夫人。匪惟先生無以自安，即侍妾亦難逃譴責矣。自今以往，荔牆咫尺，相覿爲艱，月暗西廂，倚清風而泣露，雲斂巫峽，望紅粉以心傷。鳳去樓空，酒闌人散，祇合大家撒手矣。"張生聞語，顏色大變，顫聲曰："紅娘……"紅娘曰："先生命薄緣慳，夫復何說？今亦不必申訴肺腑，我去矣。"言已，轉身欲行。張生呼曰："紅娘姐，少定。"紅娘曰："然則又有何見諭？"張生泣曰："紅娘，汝若去，將更望誰爲余分剖？"言次，長跽於地，曰："紅娘姐，紅娘姐，汝必助余。否則余生趣絕矣。"紅娘曰："先生乃讀書才子，豈不識此意。直語先生，吾今晨歸時，所受委屈，實較先生爲甚。吾前見先生病量日增，小姐亦頻頻繫念，故願奔走其間。由今觀之，祇有敬謝不敏，蓋我與彼，其間實有雲山萬重，初不能跨身而過，先生休矣。"言已，出其纖手，以扶張生。張生不起，雙淚仍簌簌下，曰："鄙人今日已至山窮水盡，更無別路可趨。一綫殘生，實懸之紅娘之手。嗟夫紅娘！汝竟無些須憐憫之心耶？"紅娘見狀，凝眸一嘆，曰："癡兒，真教我左右做人難矣！"言已，探懷出鶯鶯手簡擲之張生，曰："此小姐復書，汝自閱之。"張生亟破封讀之。畢，起立笑曰："噫，紅娘姐……"又讀之，又曰："噫，紅娘姐，不意竟有此喜事。"又回環誦之，曰："早知小姐書至，理合應接。接待不及，切勿見罪。紅娘姐，即汝聞之，當亦爲余賀。"言時，笑容未嘗一去其頰。憔悴之色，亦立時盡隱。紅娘驚詫無定，曰："先生，書中云何？"張生曰："小姐怒我，俱爲假意，書中之意則……"言次，咽津以潤其喉，曰："則……"一字甫出，乃縱聲狂笑。紅娘急曰："則如何？"張生曰："約我今夜往花園去。"紅娘曰："約汝往花園何事？"張生曰："往花園相會。"紅娘曰："相會又何事耶？"張生笑曰："呆子，汝思相會何事耶？"紅娘臉驟赬，俯首曰："我不信。"張生曰："不信由汝，我固不能强汝信也。"紅娘曰："然則請汝讀與我聽。"張生曰："是五言絕句一首也，曰：'待月西廂下，迎風戶半開。拂牆花影動，疑是玉人來。'"

誦畢，笑曰："紅娘，信否？"紅娘曰："果作何解？"張生笑曰："此亦不解耶？'待月西廂下'，意使我待月上而來。'迎風戶半開'，彼開門候我。'拂牆花影動'，着我越牆過去。'疑是玉人來'，此句則謂我至矣。"紅娘愕然曰："果作如此解乎？"張生笑曰："不作如此解，汝試來解之，我不敢欺汝，鄙人乃猜詩謎杜家，風流隨何，浪子陸賈，不作如此解，將又作何解耶？"紅娘曰："如先生言，吾家小姐已許汝矣。"張生曰："然。"復取詩讀之。紅娘曰："我終不信乃有此事。"張生笑曰："紅娘，汝誠令我失笑，如今現在……"紅娘不俟語畢，怒曰："誠不意我家小姐乃善作偽，方其得汝書時，其狀如彼，今其言又如此。然則余之一身，適供彼玩弄。寧不冤哉。嗟夫！我誠未見寄書者，反瞞過魚雁。汝春心蕩漾，欲與人通情，與我乃有何關。欲行則行耳，奈何對彼則不惜軟語溫言以媚之，對我則又假惺惺作態，既思江皋解珮，而竟中廢靈修，寧不可笑？雖然，事已至此，尚何言哉？今日之夕，吾惟拭目以觀汝與張生，果何以親近。萬一春光洩露，事聞高堂，吾當不能負責矣。"方紅娘語時，張生均未之聞。蓋其心中方思逾牆之樂，既而曰："鄙人乃讀書人，安能跳得牆過？"紅娘曰："欲得玉人，詎畏牆高耶？刻骨相思，今宵解脫，趣去。莫令彼望穿秋水，蹙損春山也。"張生曰："花園我曾經過兩遭，其間景物實佳。"紅娘曰："汝雖已去兩遭，當不若此番之樂。疇昔隔牆酬和，花影斜移，汝僅見其月下倩影。今則玉骨冰肌，可以相偎相倚，先生，侍妾誠當致賀也。"言次，冷然一笑，而其笑中，又露有隱刻。蓋紅娘非真欲賀張生也，此語實憤極所發，而張生絕不覺，含笑曰："紅娘姐，小姐……"紅娘曰："尚何言者？我去矣。"語出，飄然而去。張生目送其倩影既渺，則頹然坐於椅上。出鶯鶯書細嚼其味，覺有奇樂沁其心腑，如雲生冉冉，托己欲飛。腦筋一瞥，仿佛身在芳徑之中。花枝招展，月色橫空，鶯鶯俯其蠐首，斜倚臂間。嬌憨之態，至為可憐。即其芳心躍躍之聲，亦約略可聽。乃忽失聲狂笑，笑出始一驚，則知適為幻想。於是一躍而起，曰："萬事皆有分定。方紅娘來時，滿謂願望已絕，好事休矣。詎意小姐竟有此詩，決不為誤。"言次，又出詩讀之，曰："'待月西廂下'，是言必須待月上也。'迎風戶半開'，言門已開矣。'拂牆花影動'，'疑是玉人來'，無非謂牆有花影，我即過去，舍此則更有何解耶？"言次，搔首望天，日纔向午。不期一驚，曰："嗟乎天！今日胡如是難夜也。於是背手微步，且行且止，神魂飛越，似方縈於鶯鶯繡閣中。思彼邇日以來，不知果何以消遣。樓閣重重，望不見巫峰十二，爐煙嫋嫋，繡不出鴛鳥雙飛。觀蝶影鶯啼，定嗟花顏易老。思時，復探首外望，則見斜日初西，空無雲影。暖風迎面，乃作微熏，自嘆曰："天乎！盍看鄙人之面，速將日輪西墜乎。"於是退坐於室隅，取書觀之，實則彼今日安能觀書，其目雖注書，而其心仍在鶯鶯身畔。覺鶯鶯此時，春山慵掃，簪墜珊瑚。緑雲擾亂，方垂其蝤頸。一種嬌情之態，直令人魂銷。然而顧影徘徊，黃昏獨坐，亦大可憐矣。安得身生雙翅，飛入重簾，撫肩一問乎？於是復昂首望之，則窗衣漸黑，日已西沉。餘霞片片，散步天空。心乃大樂，思鶯鶯此時，晚妝罷矣，對鏡低徊，春生杏臉，行思牛女常睽，今宵相聚，芳心愉樂，必與余同。又思彼今夕不知果衣何衣，若以其身論之，宜以紫色爲佳。然而此又未必然……又思彼衣當已衣就矣，此時其間行乎，抑獨坐乎？一時幾欲將鶯鶯一舉一動，一言一笑，逐一度其心腑而過。既乃狂笑而起，步履趑趄，幾失常度。凡人驟遇奇榮，精神必因之強木。即欲鎮定，亦不可得，張生今日似矣。

第十一章　賴簡

　　紅娘自書院歸後，悵然無歡，然絕不稍露聲色。維時天已垂暮，月影臨窗，蓮漏錚錚，倦煙裊裊。侍鶯鶯晚妝畢，默立其旁，私念今日之事，誠出我意表。然小姐既不使我知，我亦不必說破，且待逾牆相覷時，看彼將何以處我也，因曰："小姐，月明夜静，茲盍燒香去。"鶯鶯曰："然。"相與掀簾而出。晚風寒峭，襲人衣袂。下蘭階，經草徑，見池塘映月，蕩漾而動。再視非月動，波動耳。鴛鴦對對，咸藉水草而眠。池旁楊柳數株，因風搖曳，殊含嬌態。鶯鶯諦視，頃之，度過石橋。橋上支棚，荼蘼下垂，一一如絲。橋盡則爲假山，鶯鶯倚石悄立，凝其剪水雙眸，似思一事。然不轉瞬，仍復其常態。於時，蟲聲唧唧，時出没於石砌中，芳草沾露，有似明珠。鶯鶯瘦削金蓮，遂全浸露水中，然鶯鶯殊未覺也。紅娘見狀，不禁暗笑，思小姐神亂矣。彼殆自晨起，即思月夜。一日之光陰，在彼視之，曷啻一年。故其今夕妝束，益形嬌豔，循曲檻而徘徊，望湖山而佇足。意馬心猿，惟思雲雨會巫峽耳。但不識彼儍角，見此玉人，又如何顛狂也。雖然，我終不敢自信，我家小姐乃竟有此蕩檢逾閑之事。彼昨日之日，方且粉頭低垂，怒我而責我，豈有今日攜我並行，而忽與人私會哉？然而張生所誦之詩，又明明若有其事。此中奇離變幻，直使我墜入霧中。甚矣！人心之難測也。因曰："小姐，姑在此立地，我往視角門閉否。"鶯鶯曰："然。"紅遂珊珊而去，實則紅娘非視角門，欲探張生是否果來耳。及至門次，果見濃陰下人影一撇，審視之，正爲張生，不覺一驚，小語曰："汝且潛身曲檻邊，彼方在湖山下也。"張生聞聲，一躍而前，摟抱紅娘纖腰曰："小姐，吾愛。"紅娘推拒曰："先生，是我也。"張生大愕，立釋其手。紅娘嗤之曰："癡鬼，那便慌至此耶。幸差到我，若爲夫人，將奈何？"張生曰："月色迷離，初不能辯，吾過矣，幸乞恕之。"紅娘曰："我欲問汝，今日果彼着汝來耶？"張生曰："我固告汝，吾乃猜詩謎杜家，風流隨何，浪子陸賈，安有誤耶？"紅娘曰："汝今勿走此門入，恐彼謂我接汝至。彼處牆下有石，汝從彼跳過可也。"言次，忽以巾掩口笑曰："先生，今夜風景至佳，誠不啻助汝兩人成此美眷。汝不見淡雲籠月，如展輕綃，花柳蔥蘢，似垂簾幕，閑庭寂靜，良夜迢遙，即芊芊綠莎，亦若繡衾棉被，備以迎汝者。但彼年華少小，美玉無瑕，如豆蔻梢頭，含苞待放，須好語溫存，盡情憐惜，莫……"言至此，臉忽赬。張生曰："何也？"紅娘曰："莫效莽男子，狂風驟雨，摧殺嬌花也。雖然，此事誠無與於我，我亦不欲居功其間，更不願擔此重責。汝久旱之餘，忽逢甘雨，自今撤去閑愁，收拾牽挂。人生之樂，當無逾於此，去便去耳。"張生聞語，心乃大動。立趨牆之彼端，紅娘方回首，彼已一躍而入。鶯鶯驚曰："誰乎？"張生曰："我也。"鶯鶯心躍躍不止，呼曰："紅娘……"紅娘隱匿不應。鶯鶯怒曰："張生，汝是何等之人，至此何故？"張生聞言，大駭，面色慘變，如被嚴霜，澀聲曰："噫……小姐……雖然，小姐當知我有不得不至此之故。

竊自見小姐以來，忘飱廢寢，直至於今，甚至不惜拋棄一切，以求小姐之歡心。若而人者，君乃不能稍垂青眼而憐之乎？"張生言時，面色又泛灰白，爲月光所映，益顯其慘澹。又曰："我亦知君之爲人，天下豈再有男子足以當之。然而……"言次，忽停，心中爲悲爲苦，亦不自審。鶯鶯則赬其雙頰，如經雨桃花，倚身石畔，仰視月光，似悲又似恨。張生則既慚且怍，咀嚅曰："小姐，君當憐我。蓋我之愛君，實出至誠。"鶯鶯曰："汝勿言此，須知吾心整潔，初不知所謂愛情。苟圖再見，請即速去。"言時，辭色嚴正，凜然不可犯。張生乃大失望，曰："然則我之愛君，適足以取君之惱亦。嗟乎！吾誠不圖女郎之心，其硬乃如鐵石。吾數日來，直自縛其繭耳，寧不使汝暗笑？"鶯鶯曰："君誤矣。我何用其暗笑，實告君，君之活我家，吾心至感。故慈母不惜以弱女幼子見托，不意君誤其用意。至以不令之婢，致淫佚之辭，是始以護人之亂爲義，而終掠亂以求之，以亂易亂，相去幾何？君其休矣。"張生聞畢，心如沃醋酸，淚幾迸眶而出，心中惘惘，亦不知更以何言爲答，悄立樹下，殆如木偶。紅娘於石陰中覷此景象，不禁暗笑，低語曰："張生，汝在吾前，固滔滔善言，舌鋒今安在哉？"鶯鶯聞聲呼曰："紅娘，有賊。"紅娘曰："小姐，誰乎？"張生應曰："紅娘姐，是小生。"紅娘僞爲錯愕之色曰："先生，誰使汝至此乎？至此又何事乎？"鶯鶯曰："紅娘，往夫人處。"紅娘曰："先生奈何？"張生一時悲憤交集，心中昏惘，竟不能作一語。紅娘曰："往夫人處，有壞張生行止。以我思之，勿如饒恕此遭。"言次，顧張生曰："先生既讀孔孟之書，必達周公之禮。趣來，拜過小姐，以謝此罪。"張生惘然任紅娘搬弄。鶯鶯曰："既爲兄妹，何生此心？萬一夫人知之，先生何以自安？今看紅娘面，姑恕此次。以後苟再如是，必稟夫人知之。紅娘收拾香案，吾去矣。"紅娘以指劃面，謂張生曰："羞乎？'猜詩謎杜家，風流隨何，浪子陸賈'，今日乃至如是乎？酸骨頭安有此豔福？趣去，向寒窗空院，重守十年寡也。"張生被此一激，精神始略回復，顫聲曰："紅娘姐，冤哉！"言時，幾欲哽咽而哭。紅娘曰："已矣！雨拍門闌，山遮花影。西廂待月，已變南柯。勿再倚翠偎紅，竊偷香玉，即錦囊佳句，亦可從茲罷矣。"言已，推張生出。

第十二章　後候

　　凡人一爲情絲所胃，每每不能自拔。苟一旦事出意外，好夢終虛，未有不憂鬱致病，或且因以自殞其生者。張生自回書院，倒身榻上，其狀如死。蓋一時痛苦，已奪其知覺。目光癡然，注視案上殘燈，自思天下竟有此等硬心之女郎。方紅娘來時，新詩一首，分明媒證，使我心中滿含快樂，以爲將來幸福，皆由是萌蘗。詎意相覿之下，反正色而數之，是非故意相招而責之乎？夫女兒之於男子，僅有迎拒兩道。欲迎則竟迎之，欲拒則竟拒之，豈有始以好意相迎，而復以惡語相拒耶？然則彼之視我，不過玩物。所謂新詩慰藉，不過視爲閨中消遣之品，用以欺人耳。但不解彼之欺我，果有何益？我初實完全信彼，以爲彼之愛我，與我之愛彼，實無所軒輊。由今思之，始覺不然。蓋彼實未嘗愛我也。凡人竭平生心血以圖一女子，而忽中道爲其所棄，其痛苦果爲何如？從今旅邸蕭條，希望已絕。一綫殘生，祇有隨此情以俱盡耳。思及此，心痛如剡。傷心之淚，曲曲自枕畔流出。泣盡，身發狂熱，頭沉沉作奇痛。雖擁重衾，猶覺冷不可耐。未至午夜，神智即昏。此後爲飢爲渴，亦不自知。即晝夜亦殊不審，蓋病象已臻危候矣。

　　越數日，張生病劇之耗已傳至崔氏家中。在他人猶不過爾爾，惟鶯鶯聞之，則如疾矢中心。彼前夕雖面數張生，然實未嘗忘情於張生。蓋其賴婚以後，芳心一點，即全注之張生之身。早欲得一屏人之地，與之私一握手，低一致問，不謂劃策不周，欲瞞紅娘而反爲紅娘所窺見。於是深懼春光洩露，貽笑侍兒。前日之夜，乃不得不毀約以拒張生。今聞張生病，知實起於被拒之日。心中感痛，莫可言宣，因伏案作一短簡致張生。作畢，紅娘適入，詢之曰："張生病象果何如？"紅娘曰："聞甚沉重。夫人早間曾命人請太醫去，但不識脈息如何。"鶯鶯曰："我有藥方一紙，汝爲我送去。"言次，以簡授紅娘。紅娘曰："小姐，此又何意也。"鶯鶯微頷曰："汝將去，彼自知之。"紅娘受簡曰："亦佳。夫人頃適命我往視，我今爲汝帶去可也。"言已，懶然而出，自思此事實起於小姐一人。其初也，則彩筆題詩，回文織錦。其繼也，則攏門待月，竊聽絲桐。致張生情苗怒苗，愁病侵尋；楚雨吳雲，時勞夢想。及至花箋密約，月下偷期，忽又莊容正色，謂我爾乃兄妹之情，何生此心？遂使張生一病郎當，委頓書院。今又命我送甚藥方以謀救治，實則張生之病，豈藥力所能奏功？吾恐覿物增懷，益加劇耳。思時已至書院。見張生斜臥榻上，奄奄如冬蟄之蟲。面上血色盡隱，泛爲灰白。目眶深陷，露出一道青痕。瘦削之面，則如久病之人，肌肉盡脫。時方瞑目蹙眉，擱首枕畔，及聞人聲至，則微啓其目，見爲紅娘，乃一愕，酸淚奪眶而出。紅娘曰："傷哉，先生，乃一病至此耶！"張生枯聲曰："已矣。吾病決不能瘳，萬一不起，紅娘姐，閻羅殿上汝不免爲干連人也。"紅娘嘆曰："天下患相思者多矣，未見汝邃至如斯劇也。"張生曰："紅娘，汝試思，前夜之事，豈小姐所當出此耶？我救人之難，反受人之災。我欲不病，又焉可得？"紅娘曰："先生慎矣。大凡才子佳人，必須兩情相悅，歡樂乃生。今汝多情若此，而彼負心若彼，片面相思，徒自苦耳。果何樂哉？"張生曰："汝言良是。但我生平，寧人負我，我不負人。彼對我之情，雖至此已了，而我對彼之情，則殊無了時也。"紅娘聞語，搖首曰："癡哉！汝兩人大似稗官中故事，正不知若何收局。雖然，汝病體究如何者？"張生曰："我亦不知。但覺精神委頓，不能支持耳。"紅娘曰："頃夫人特遣妾來看視，現服何湯藥？此外尚有藥方一紙，送來先生。"張生曰："何在？"紅娘以簡授之。張生亟啓而讀之畢，立自床上躍起，笑曰："佳哉，藥方！乃一首詩也。早知小姐詩來，合當跪而迎之。"紅娘見狀，一愕。張生曰："紅娘姐，鄙人賤體不覺頓健也。"紅娘曰："莫又誤也。"張生曰："是安有誤？前日之事，本非我誤，特事之偶然耳。"紅娘曰："我不信，汝試爲我讀之。"張生笑曰："欲聞好語，必須至誠斂衽而前。"言次，整冠束帶，肅容誦曰：

休將閑事苦縈懷，取次摧殘天賦才。不意當時完妾行，豈防今日作君災。仰酬厚德難從禮，謹奉新詩可當媒。寄語高唐休詠賦，今宵端整雲雨來。

　　誦已，謂紅娘曰："此詩又非前日之比，吾錯怨小姐矣。"紅娘低首沉吟，良久曰："噫，吾有之。吾知之矣，此真妙絕藥方也。"張生因復讀之，發為傻笑曰："我固知小姐必有回心之日，今果然。"言次，不禁手舞足蹈。紅娘笑曰："今僅獲得一首新詩，便顛倒若此。脫一朝與之鴛幃並臥，則奈何？"張生笑曰："紅娘姐，若有此日，則……雖然，我不能言矣。"紅娘流目四矚，哂之曰："病榻蕭然，單衾一襲，彼來將何以安之？"張生明知紅娘此語，實含有奚落之意，然方在極樂中，則亦不辨。但笑曰："紅娘姐，天下事誠非人心所能預測。當汝未至時，我滿謂願望已絕，此生已矣，詎料竟有今日。凡事失之於前，而忽獲之於後。其樂殆如死囚忽奉赦詔，教小姐如此用心，鄙人真銘感不盡也。"紅娘曰："我終不信竟有此事。若果小姐有心，前宵院宇深沉，月陰寂寂，美滿姻緣，固早成就，何須待至今日耶？抑我有不解者，小姐遣余至此，於今三次。以書致先生，亦已兩行。而始終不以真情告我，此何意哉？"張生曰："紅娘誤矣。此等事安能啓齒告人。矧小姐素以貞潔自持，言之不懼風聲走露耶？"紅娘笑曰："不意汝竟能為吾小姐作辯護。雖然，我固甚願小姐心思不出汝所料。彼之風貌，近來愈增美麗。雙眉愁鎖，如遠山浮翠，而其目則又如秋水無塵。軟綿之腰，纖纖如弱柳，滿含溫柔之氣。至其皮膚，則非我所能形容，質言之，潔白如凝脂耳。先生若果得與一宵偎倚，豔福真不知幾生修到也。"張生聞言大樂，環室而行，幾如狂易。紅娘笑曰："先生毋過喜，吾恐彼猶未必來耳。"張生曰："來否汝可不問，但望汝竭力為之。"紅娘冷然曰："彼既欲瞞我，焉能插身其間？汝自竭力為之可也。"言已，珊珊而出。張生大樂，再出詩觀之，覺其字一一幻為鶯鶯之形，向己展笑。未幾，則又如萬馬奔騰，旋轉無定。眼角微熱，乃流清淚，凡人忽遇悲事，恒至涕泣，然驟遇喜事，亦每每泣數行下。張生今日之泣，喜也，非悲也。嗟夫！蝶迷短夢，可憐待死之魂；雁足傳書，忽覯定情之句，張生喜極而泣宜矣。

第十三章　酬簡

　　夕陽西下，皓月東升。清冷之光，方照入西廂窗下。張生衣輕衫一襲，徘徊於堵砌間。面上滿貯得意之色，時時展爲笑容。兩顴雖瘦削，而不露憔悴。似其昨日之病，至此乃忽減去者。惟當其仰面向月時，則仍慘白如前耳。此時方負手於背，竚立回闌前，引目望天際浮雲，冉冉而動。心中自念，時已初更矣，小姐以簡帖約我今夕相會，奈何猶不見蹤影？豈果如紅娘所云，又蹈前宵覆轍耶？念小姐既已回心，決不至此。於是步出閑堦，見月光映地，爛如積雪，而普救寺屋頂則全浸入積雪之中。但有香煙氤氳，嬝嬝透樓簷而出，隔院綠竹成林，微風吹之，簌簌作響。一種閑靜之景，直使人胸懷頓廓。然在張生視之，此等宵景殊無足樂，且足增人蕭索之感。蓋彼以爲天下無論何景，苟無美人與之並觀，即覺蕭條無趣。倘此時鶯鶯而果飄然而至，與彼攜手花間，扶肩細語，彼必又以爲天下至樂者，當無逾此景也。故其時心意懸懸，情懷攘攘，以身倚扉，亦不知果作何思。惟凝其呆滯目光，越牆以達角門之次。思小姐若來，必經過此門。然企望良久，仍無徵兆。心中煩亂，如泛小舟於大海中，一起一伏，乃無定向。維時晚風颼颼，爭撲衣袂，新病之軀，頗難禁受。乃懶然歸室，側身榻上。纔一瞑目，似覺夢魂栩栩，方與鶯鶯解衣並卧。既忽一驚，孑然一身，仍在蕭條旅邸中。孤燈耀眼，幻爲碧暈。自思情場艱苦，乃至如斯，邇日以來，何啻春蠶自縛其繭，幾至精力俱疲，心血交涸。昔人云："早知如此挂人心，悔不當初不相識。"我今亦惟有自悔當初何故相識耳。思時熱血驟爲冰冷，自思人生有過，貴能自改。我盍從茲撤去此心，以圖晚蓋耶？然不一瞬，鶯鶯美俊之影仍現於眼前。念若而人者，乃能屏之勿近耶？因復躍起，以手扶頭，悄然立扉次。思夜深矣，果來也否耶？又思夫人治家嚴肅，或者母女相依，驟難離側。然則何時可偷脱而出，正不可知。真令人望眼將穿，心魂俱碎。於是復出而微步，往返躞蹀，不知若干次。其時月光愈益皎白，遠望花園林樹，一一臨風而舞。而其心中輾轆，遂亦與樹枝同其搖動。私忖鶯鶯若真到來，此寂寂書齋，直可頓生春色。否則如石沉大海，今生即無復餘望。回想自見彼以來，眉目傳情，已經半載，忘飡廢寢，早乏生趣。昨日之日，吾固猶瀕死境，特以今晨一書，使我於必死之中忽得一綫生路。脱昨日而竟死者，則今日必無此良宵，無此美景，亦即無此玉人交頸之希望。然使得此希望而終失之，終不免於一死，則真不如昨日死之之爲愈也。思及此，惻然而悲，斜伏窗楹，發聲長嘆。嘆聲未已，忽聞剝啄之聲，心乃大躍，霎時又回復極樂之途。知此必鶯鶯至矣。立啟扉，則見紅娘手抱衾枕，倉皇而入。曰："小姐至乎？"曰："至矣。"語出，張生如聞天馨，周身血脈一一掣動，揖曰："紅娘姐，鄙人此時一言難盡，惟天可表。"紅娘微笑曰："愼之，莫嚇煞他也。"又曰："汝姑在此，吾往迎之來。"言次，以衾枕授張生，翩然而出。少刻，金珮叮噹，異香撲鼻，鶯鶯果姍姍而至。張生乍見，心中乃發狂熱，亦不知此時應作何語。目光癡然，但注及鶯鶯之面，覺其雙頰紅如朝霞，嬌豔乃無其匹。顧又不敢遽爲逼視，則澄心思得一語，曰："前宵見責，不圖今夕下降，小生真銘感不盡也。"言已，握其搓酥之手，並肩而行。鶯鶯此時，亦不若曩昔之端莊，嬌羞融冶，貼其蟓首於張生肩臂。肺葉相擊，翕翕有聲。張生低語曰："小生無宋玉之情、潘安之貌，竟蒙小姐垂以青睞，此心實茲愧赧。然有一事，敢求小姐見憐，小姐實爲人在客耳。"鶯鶯凝眸斜睇，俯首不語。既至榻畔，張生握坐其旁，覺若人實不啻天上神仙，而已竟得與之爲偶，寧非天下第一樂事？於是寸心怦怦，乃作奇樂。樂極，則發狂笑，偷眼以視其纖足，瘦不盈把，時登紫繡之鞋，花光燦爛，益顯其美。再視其腰，纖細軟綿，直如嫩柳。及欲視其面，首乃驟俯，急切不得見。張生於鶯鶯，本已數數見，然覺均不若今夕之美，故必欲一見其眉峰眼波，以留爲異日追思之地，因紿之曰："噫，金釵墜矣。"鶯鶯不動。則又紿之曰："鬢髻歪矣。"鶯鶯仍不動。於是發爲傻笑，撫手鶯鶯肩上，側身仰視，曰："吾心愛之人，既久以身相許，奈何猶吝一面耶？"鶯鶯以纖指戳其額，嗤然一笑。張生乃大樂，乘勢鬆其紐扣，鶯鶯面益赭，芳心跳躍，幾欲突喉而出，欲移身避之，而張生方抱之緊，竟不能動，於是出手以握張生之臂，則已不及。而裙帶亦解矣，酥胸既露，玉體橫陳。張生雖年已二十有三，夙不知女子裙帶之下，乃有何事。今日覯此情景，狂興不期大動，立去己衣，擁鶯鶯於懷。豔體摩挲，綣繾備至。事畢，猩紅點點，盡沾衾席。因伏而慚謝之曰："吾愛，自今以往，吾將以心肝視汝矣。"鶯鶯嬌羞宛轉，以玉臂自掩雙眸，若不勝其情。張生笑去其臂，捧香頤連吻之曰："若非我真心耐，至心捱，安有今日？雖然，我終疑小姐未必至此，今夜之事，得勿夢乎？"言次，揉目審視，乃忽失笑。蓋嬌臥其旁者，固明明日夜相思之鶯鶯也。於是枕首鶯鶯胸前，吻其臂曰："小姐，一宵歡愛，百載情深。小生一縷癡魂，直飛去半空矣。"時更漏將殘，村雞已唱，鶯鶯推張生起。張生親為加衣，曰："今宵相會，終身不忘。但不識何日得再續此好夢。"鶯鶯含羞不語，相攜而出。見紅娘猶佇立階前，悄語曰："小姐歸休，恐夫人驚覺也。"鶯鶯不答，而其手則仍與張生之手相握。張生偷眼細看，見其杏臉紅暈，滿橫春意，眉黛之間則又另增嫵媚。其時月光方被其面，嬌滴滴越顯紅白。心中自念，世間而有此人，直使珠玉亦減其價值，不圖我今日竟遇之，真乃天幸也。紅娘又曰："小姐趣歸。莫使夫人驚覺也。"張生始釋手而別。從此花前月下，無限纏綿；錦帳羅幃，頻興雲雨。西廂院落，遂一變而為襄王陽臺矣。

第十四章　拷豔

飄忽之光陰，倏又月餘。此月餘來，可為張生與鶯鶯極快樂之時代。凡人於極煩惱中，忽入極快樂之景，其態度每每因之改變。矧鶯鶯於未通張生前，本一完全處女，一旦經過此極快樂之景，其常度安能不因之而易？故邇來容光煥發，益增豔美；腰肢體態，別又不同。曩昔春山低翠，秋水凝眸，今則一一換爲歡笑之色。即言語間，亦不若往昔凝重，因是大啓夫人之疑。蓋夫人老於世務，自知自賴婚以後，張生即不能忘情於鶯鶯，此後書院花園，相近咫尺，兒女無知，安見不有非禮之事，故屢欲設法暗偵之。今見鶯鶯情態，證以平昔所思，益增疑慮。一日，私詢歡郎曰："汝近日亦見小姐何往否？"歡郎曰："前日之夕，我曾見小姐與紅娘往花園燒香，直至半夜尚未見回來，我亦不知其何往也。"夫人聞言，大怒曰："爾爲我呼紅娘至。"歡郎應聲而出，既見紅娘，笑曰："紅娘，夫人喚汝也。"紅娘曰："何事？"歡郎曰："夫人知汝與小姐往花園燒香，今欲問汝也。"紅娘聞語，大驚曰："小姐，今連累我矣。哥兒，汝先去，我即來。"歡郎乃跳躍而去。紅娘自念，此事本非我之過，特張生與小姐過於放蕩。其始也，原只求一夕之歡以解相思之渴。其繼也，竟至夜去明來，如膠投漆。然即使夜去明來，如膠投漆，亦當謹慎加意，俾花龍不吠，永結同心。詎彼等不知不覺，竟至於停眠整宿焉，握雨攜雲，儼然伉儷。夫如是而欲不啓人之疑，烏乎可得？今夫人既知，勢將趨於決裂之地。我若往，夫人必詰吾曰："吾使汝侍小姐，果爲何事？今胡不遵閨訓，引之胡行亂走？試有以語我來。"如是，吾將何以應耶？其爲詭詞以對乎？然事實已知，瞞亦何益，否則惟有直招之耳。紅娘思及此，心思煩亂，似懼似憂，甚悔當初無故插身其間。不然，縱有洪水，亦何與於我？雖然，我果圖着何事哉？疇昔之夜，彼等翡翠香床，顛鸞倒鳳，鴛鴦被底，覆雨翻雲。我獨立閑階，幾至咳嗽之聲，亦不敢輕易突喉而出。不寧惟是，蒼苔露冷，水透花鞋，雖冒寒亦未嘗稍有怨色。如今春光洩露，反成禍首罪魁。天下熱血任事之人，祇落得如斯結果，寧不傷哉？因顧鶯鶯曰："小姐，我今過去。説得過，爾休歡喜。説不過，爾亦勿煩惱。姑在此俟之。"言已，匆匆而出。

夫人既見紅娘，勃然大怒。厲聲曰："賤婢，汝知罪乎？"紅娘咀嚅曰："紅娘不知罪。"夫人曰："汝猶欲口强乎？汝與小姐半夜往花園，果爲何事？如實説，或饒汝，否則打死汝賤人。"紅娘曰："並不曾去，且見者誰乎？"夫人曰："歡郎實見之。"言次，舉鞭撻之。紅娘曰："夫人勿爾，俟侍妾爲夫人陳之。某日之夜，吾與小姐燈前繡罷，閑話家常，偶談及哥哥病象日重一日，寂寞空齋，孤身獨自，茶磑藥餌，誰與招呼，萬一不幸，將有誰知。小姐一片仁心，不覺油然而動，因背夫人，前往看視。雖明知有違禮法，然在小姐，兄妹之情，又未忍恝置。此所以有書院之行也。"夫人曰："然則張生云何也？"紅娘曰："彼乎，謂夫人以怨報德，致其始樂而終憂，積恨既多，歡情日減，乃不得不有是病。又謂：'紅娘，汝且先行，小姐權時落後。'"夫人聞語，恨曰："噫，賤婢！小姐女兒家也，落後奈何？"紅娘故現錯愕色曰："此亦何害？不過床頭躞蹀，聊爲看護耳，豈復有蕩檢逾閑事哉？且我敢告夫人，此事非止一日。屈指計之，一月以來，殆無夕不在一處宿矣。"夫人至此，顏色慘變，以齒嚼唇，小語曰："嗟夫，此何事哉！脫爲人知，將成何說？"紅娘曰："彼等天真爛漫，未識憂愁。名士佳人，心融意洽，惺惺惜惺惺。殆亦天地間不能免之事，已而追求胡爲哉。"夫人怒曰："妄哉，汝也！由今思之，此事皆汝一人之罪。"紅娘曰："然則夫人誤矣。此事非干張生、小姐、紅娘，乃……"言次，忽停。夫人曰："云何？"紅娘曰："侍妾敢妄出一言，乃夫人之過也。"夫人曰："如何是我之過？"紅娘從容言曰："信者，人之根本，人而無信，大不可也。當日軍圍普救，夫人許退得軍者，以女妻之。張生非慕小姐顏色，何故無干健①策？今日兵退身安，悔却前言，豈不爲失信乎？既不允其親事，便當酬以金帛，令其舍此遠去。却不合留於書院，使怨女曠夫，互相窺伺，因而有此一端。夫人若不遮蓋此事，一來辱沒相國家譜，二來張生施恩於人，反受其辱，三來告到官司，夫人先有治家不嚴之罪。依紅娘愚見，莫若恕其小過，完其大事，實爲長便。"夫人聞畢，沉思久之，曰："大錯已成，尚復何說？若果經官，實足辱我家譜。不如將以孽障付與這禽獸也。紅娘，汝先爲我呼小姐來。"紅娘至此，如釋繫械，乃昂首而吁，似其頃間所屏之

---

① 健，疑應爲"建"。

氣，至此始得一洩。既面鶯鶯，愀然曰："小姐，此事夫人已盡知。茲請爾過去。"鶯鶯雙頰驟赤，心中跳躍不止，曰："羞人答答，如何見我母親？"紅娘曰："是何言？母氏之前，乃有何羞？不憶曩昔月上柳梢，人眠鴛枕，巫山雲雨，百種顛狂，使我聞之，亦羞澀無以自容。而爾未見稍有羞色，何至今日反惺惺作態耶？趣去，莫令夫人久待也。"言已，擁之而行。及至，夫人撫之曰："吾兒……"語出，放聲大哭。鶯鶯紅暈上頰，心如沃醋，亦不期俯首而泣。夫人曰："吾兒，汝今日被人欺負矣。吾初意汝之婉淑，直可爲吾家有名之閨秀，並不料汝竟有此事。倘有人聞之，寧不訕笑？嗟夫！自汝父逝世後，吾所寶貴者，乃爲崔氏之家聲，其次爲汝。今則兩俱失之，我本思告到官司，特恐辱及門第。養女不教，夫復何尤？"言次，老淚復奪眶而出，鶯鶯亦嬌啼不止。久之，夫人嘆曰："紅娘，汝扶住小姐，此事皆我一人孽障，不能怨及汝儕也。汝今往書房喚張生來。"紅娘應聲而出，其時張生方在夢中，初不知事局之變，乃至如此。及見紅娘至，笑曰："紅娘姐，汝又呼我何事也？"紅娘曰："汝試思何事？汝與小姐事敗矣，今夫人命我喚汝。"張生大驚，曰："奈何？但望姐姐爲我遮蓋。"紅娘曰："我耶，我焉有此力？趣去。"張生變色曰："小生惶恐，如何過去？"紅娘嗤之曰："何前勇而後怯也？事既至此，安能逃避？且彼家已願重踐前言，豈汝反因而憂懼耶？"張生聞語，不期向之一望，曰："汝言然乎？"紅娘曰："汝至彼，自知之。"張生不獲已，乃隨之行。及見夫人，夫人正色曰："好秀才，豈不聞非先王之德行不敢行。我待送爾到官府去，祗恐玷辱家門，沒奈何將鶯鶯便配爾爲妻。但我家三輩，不招白衣女婿，爾明日便上朝取應去。我與爾養着媳婦，苟得官耶，即來見我，落剝耶，勿來見我。行矣。"張生聞竟，心中驟起急潮，亦不審爲憂爲樂，即欲覓一語以謝夫人，亦不可得。既退，紅娘顧之笑曰："半載相思，而今如願相償矣。待到衣錦歸來，畫堂蕭鼓，共奏團圞之曲。爾時當有以謝蹇修矣。"張生笑頷之。

第十五章　哭宴

　　霜催白雁，庭放黄花，露冷風淒，又至秋深時候。普救寺風物，亦隨秋氣而改，楓林落葉，簌簌如墮離人之淚。是日微雨初霽，風寒愈峻，油碧之車，駕銀鬃細馬，方自普救寺穿林度樾而出。車内坐一麗人，衣軟綢之衫，色作深碧。上繡彩花甚夥，爲陽光所映，五光十色，絢爛奪目。惟其梨花粉面，似時有淚痕。柳葉之眉，亦顰蹙若有重憂，然因是反增其美。車旁有少年控騎而行，則爲張生。面上深露憔悴之色，頻以目偷視麗人，似含有希望，又似極悲慘者。此爲張生赴京，崔家往長亭送別之時。車内麗人，蓋即鶯鶯是也。車後尚有一車，則夫人乘之，紅娘隨焉，其時衆均無語，但有輪蹄之聲，時時溢於林表。林盡爲長堤，夾道殘柳下垂，一一如絲。鶯鶯倚身車内，將初遇張生以至今日種種情事，逐一而思。覺張生爲人，溫柔俊美，實令人不可一日忘。萬不料樂事未終，遽與此可愛之人，分袂遠別。夫別離本人生常事，然在我視之，與其有離，毋寧勿合。脫我與個人曩無聚處之樂，又安知今日別離之悲？乃蒼蒼者天，始則故使之合，終又故使之離。我於是不得不嘆老天之不仁也，又念日已垂西矣。車行一步，與個人相離之時，即近一刻。安得疏林紅樹，爲我挂住斜暉？使此一車一馬，相隨相依，永永徜徉此長堤夕照中，寧不爲天下至樂之事？雖然，此妄想耳，世豈有疏林而可以挂日者？眼見長亭即到，與個郎不復再有晤談之時。嗟夫吾愛！吾竟失汝耶！於是引目以望張生，見其據鞍躊躇，頻頻回首以望普救寺人家。雖不辨其心中之憂喜，但視其馬上孤獨之狀，徘徊之態，已足令人傷感。遂亦易地而思，不暇自悲，轉爲張生悲。竟伏車箱汍瀾而泣，其時已抵長亭。鶯鶯以巾自揾其淚，紅娘扶之下車，曰："小姐，今日乃未梳裹乎？"鶯鶯嘆曰："紅娘，汝安知我心？乍見車馬安排，已不知若何煩惱，更何暇施粉調脂以媚離人？嗟夫紅娘，汝殆不知與情人相別，其苦痛乃至何地……"言次忽停，又曰："已矣！尚何言哉？"時諸人已均聚亭中。

夫人顧張生曰："今後我爾乃成至戚，茲亦不必回避，來左邊坐。"又顧鶯鶯曰："吾兒坐右邊可也。"既入席，夫人謂張生曰："今日之別，吾心至悲。吾今既以鶯鶯字汝，汝到京師，務肆力功名，無論如何，必須奪一狀元回來。"張生曰："張珙才疏學淺，憑仗先相國及老夫人恩蔭，終當奪一狀元回來，封拜小姐。"言次，回眸視鶯鶯。鶯鶯乃一嘆，此嘆聲入張生之耳，如聞長空鶴唳，悲慘無倫，心中酸楚，乃醞爲清淚。鶯鶯見之，痛苦迸集心端。思吾儕雖久後必偕，然對此須臾見面，頃刻別離，安能免於悲苦？吾前者恆以爲天下最傷心者，莫相思若，詎知別離之情，乃更增十倍耶？思時，凝眸以望張生，張生目光適亦注其面。四目互視，各有所思。鶯鶯擎杯低語曰："君盡向吾手中飲此一淺。"張生勉爲笑容，接杯盡之。鶯鶯低語曰："驪歌一唱，各自西東。君亦曾憶當日月下幽期，親熨玉體，燈前密約，細訴相思乎？實則汝坦腹崔家，妻榮夫貴，者般並頭蓮，奚啻狀元及第？何苦長安道上，多此一行耶？"張生聞語，撫胸而呼，曰："我豈願別卿哉？特夫人所命，不得已耳。"時紅娘以湯進鶯鶯，曰："小姐晨間尚未進膳，今盍稍飲羹湯？"鶯鶯曰："吾不飢矣。吾腹中殆已爲愁恨充滿，更有何地以容酒食？且吾視此溶溶玉醑，不啻滴滴血淚，飲之徒增痛耳。"紅娘搖首而嘆，曰："小姐荏弱如素心之蘭，再屏飲食不進，奈之何哉？"無何，食畢，杯盤狼藉，人馬喧騰，鶯鶯芳心忐忑，直碎成萬片。蓋知食畢之後，餞行之禮即終，車輪馬迹，各奔其途。今宵隻影單形，彼將投宿何所乎？於是心乃一酸。夫人曰："時晏矣。紅娘，趣請張生上馬，我儕先歸。"言已，登車回顧張生曰："吾今亦無他囑，願以功名爲念，疾早回蒲。"張生謝曰："謹遵夫人嚴命。"語出，夫人已行。張生回視鶯鶯，方倚曲欄之次，芳容慘澹，較來時益甚，剪水雙眸，時時拋其可憐之淚。張生出巾搵之曰："小姐，吾心碎矣。"鶯鶯含淚不語，既而曰："此行得官與否，務早回來。"張生曰："小姐毋憂，小生決非負義之人。至於功名，我敢相信不至有辱小姐也。"鶯鶯曰："君去，我別無所贈，茲口占一絕爲君送行，曰：'棄擲今何道？當時且自親。還將舊來意，憐取眼前人。'"

張生曰："小姐誤矣。張生更敢憐誰？此時小生方寸已亂，不能奉和。且俟異日，衣錦歸來，杯斝連理時再行敬答。"鶯鶯纔一頷首，酸淚即承睫而出。曰："此行僕僕風塵，實乃至苦。矧秋風多厲，調護無人，飲食起居，務宜加意。寒耶，則加衣；飢耶，則進食。荒村雨露，野店風霜，尤宜起睡以時。莫使異鄉之身，遽罹疾病之苦，則幸甚。"張生曰："小生之事，可勿縈懷。惟小姐獨處深閨，亦望自爲珍重。"鶯鶯泣曰："我耶，從此柔情如夢，長夜如年。晚倚西樓，與誰共語？此中日夕，祇有以淚洗面而已。嗟夫郎！昨日之日，猶是繡衾春暖，相倚相偎，今則翠被生寒，撫枕無夢。君試爲我思之，寧不痛心耶？"言次，手握張生之臂，枕首其肩，清淚潛潛，緣頰而下。張生見狀，亦不期而泣。面頰與鶯鶯貼近，幾至呼吸相聞。自念天下正有許多癡男，其所遇者，尚不及此女一半之美且淑，而已願爲拋棄一切，今我乃因功名二字，竟與此絕世佳麗別耶？然而不獲功名，此絕世佳麗，又不爲我所有。嗟夫，傷哉！於是心痛益劇，凝目以視鶯鶯。鶯鶯哽咽曰："我今殊無心更語，語之亦不復能盡。惟願天邊鴻雁，常以書來。其次，則願……"言次，橫其秋波，斜睇張生曰："願君勿始亂之而終棄之，則銘感無既矣。抑有進者，異鄉花草，至足撩人，君身非康健，性復過癡，幸勿更如此處棲遲也。"張生曰："小姐金玉之言，小生一一銘之肺腑。相見不遠，不須過悲，別矣！"言已，含淚上馬。一鞭得得，漸向疏林而去。鶯鶯目送其顧影去已遠，眼前如起重霧，幾欲拼此一哭以死，以謝張生。紅娘扶之上車，曰："夫人去已遠，小姐茲亦當歸。"鶯鶯以巾掩面，不復更語。一時風動沙飛，獸嗥鳥泣，一若故爲此斷腸人布傷心之景者。及歸，則已日薄崦嵫矣。

第十六章　驚夢

暮靄蒼蒼，關山色死。張生獨據鞍上，意興蕭索。眉目間滿貯憔悴之色，面貌瘦削，似抑鬱有重憂，心中自念春間來蒲時，一車一馬，與今日景況正同。爾時心胸廓然，不愛無憎，任憑釵光鬢影，接於眼前，未嘗一勞繫念。不圖普救寺內，忽遇鶯鶯。又不圖一遇鶯鶯，乃有許多悲歡離合之事，臨之於身。其間一起一伏，一往一來，大似蜘蛛布網，橫阻余身。今日者，吾已縛之網中矣。思已，失聲而嘆。回首蒲東，但見暮色迷濛，雲罨山背，西風吹樹，黃葉紛飛，一種秋深蕭瑟之象，益足增其離恨。及至草橋店，憊甚，即入店寄宿，單衾冷席，孤寂如鶩。自念昨宵與個人燈前交頸，輕抱纖腰，翠被香濃，親偎玉體，萬種溫柔，千般繾綣，抑何其樂！今則隻影孤燈，消受此淒涼況味。嗟夫吾愛！使爾而知吾無聊至此者，當又不知加幾許眼淚也。念及此，則又易地而思，思鶯鶯此時不知作何狀。其坐耶？臥耶？抑背人啜泣耶？霎時心緒紊亂，輾轉不寐，及至夜午始略鎮定，則以手扶頭，沉沉睡去。忽聞女子呼曰："吾愛，汝竟別吾而去耶，吾今來伴君矣……"乃一驚曰："此非小姐聲音乎？試再聽之。又聞女子曰："吾見君馬上嗟呀，吾心乃如刀剡。自別離以至日，幾使吾頓老十年。故不憚奔走之勞，特來一晤。"張生大驚曰："此明明小姐聲音也，但小姐果何在乎？"女子呼曰："吾方在此奔馳耳。露冷霜寒，道途險巘，吾憊極矣。吾真不圖有限姻緣，方纔寧貼，功名兩字，遽逼人至如斯。"張生聞語，乃大悲曰："小姐言當也。吾今在此，盍入？"言已，忽醒。睜目視之，一燈黯然，知為夢也。因念果得小姐至此，雖終身廝守此茅店荒村中，亦復何憾？於是反復再睡，陡聞門上彈指聲，又一愕，曰："誰乎？"曰："我也。"張生亟起啟扉，則見一女子飄然而入，審之，鶯鶯也。張生大喜，曰："不意小姐至此。"鶯鶯曰："君去，我何以為生？我特來與君同去耳。"張生撫其肩曰："小姐如此多情，真所罕見。際此夜寒露重，獨自奔波，得勿使金蓮踏碎耶。吾初不意人生別離，苦至如斯，此後海角天涯，將何以自遣？早知如此挂人心，誠不如恩斷情絕之為愈也。"鶯鶯淚眼瑩然，投入張生之懷。曰："吾今惟願與君世世相守，不使離別二字更臨吾兩人之身也。"張生方欲答，忽聞叩門聲又作，曰："吾適見一女子入此，誰敢藏匿乎？"鶯鶯聞語，色變，返身欲逃，張生亟起抱之，曰："小姐何往乎？"語出一驚。凝目審視，則所抱者非鶯鶯，乃爲琴童。又是一夢也。推窗外望，但見一天露氣，滿地霜華，殘月猶明，曉星初上。依依楊柳，搖曳於蒼蒼曙色中而已。

　　按：《西廂》真本，祇有十六齣，起於《驚豔》，而終於《驚夢》也。故余亦僅譯至《驚夢》而止。至其所續《捷報》、《猜寄》、《爭豔》、《榮歸》四齣，文既不佳，情節又凌雜無次。且其間一言一語，一舉一動，皆如浪子蕩婦，直將張生、鶯鶯身分一齊掃地。不惟將張生、鶯鶯身分掃地，直將普天下佳人才子，一齊辱没。倘余亦照其文而譯耶，余於心不忍。蓋東婦顰效，醜已極矣，更從東婦而效之，不尤形其醜耶？若不照其文而譯，勢必另想結搆，余又不敢。蓋真本既祇十六章，我若從而增之，直爲畫蛇添足，徒自多事耳。且《西廂》一書，係緣《會真記》而作，而《會真記》中並無張生娶鶯鶯之事，若如《續西廂》所云，是大背古人原意。余尤不願爲也，願閱者諒之。

芸蘭涙史

序

情難言也，非不可言也，必待有情人然後能言之。余何人斯，敢自謂有情而復能言情哉？蓋余生不幸，弦斷中年，落拓青衫，凋殘潘鬢，颯颯秋風動念，撫景愴懷，悠悠芳草興悲，託詞寄恨。故就芸蘭女兒秘密日記中所載，輯成一部傷心淚史，以爲千古薄命紅顏寫照。嗟乎！蕙折蘭催，琴亡鏡破。情天莫補，淚痕滴作秋花。碧海難填，啼血化爲鵑鳥。有心人讀之，亦皆飲恨而吞聲矣。是爲序。

目　　錄

第一章	悼蘭	369
第二章	憐才	370
第三章	折芍	371
第四章	蹈月	373
第五章	餞花	375
第六章	惜影	377
第七章	萱凋	379
第八章	傷離	381
第九章	還鄉	383
第十章	春感	384
第十一章	葬花	387
第十二章	落梅	389
第十三章	夢警	391
第十四章	懺情	393
第十五章	癡恨	396
第十六章	淚書	398
第十七章	掬誠	400
第十八章	重聚	403
第十九章	持贈	405
第二十章	賞蘭	407
第廿一章	魔障	410
第廿二章	婚議	412

第廿三章　對泣 …………………………………………… 414
第廿四章　獲譴 …………………………………………… 417
第廿五章　死別 …………………………………………… 419
第廿六章　蘭催 …………………………………………… 422

第一章　悼蘭

秋江楓冷，秋寒天高。秋雁南來，秋蟲聲寂。蓋時已在重陽節後矣。素心園中，臺荒石瘦，藥落煙寒，一幅蕭索氣象，令人目不忍覩。素心園者，主人席氏之別墅，棄官後所營之菟裘也。主人性僻静，酷嗜蘭，凡離落堂一砌間，佳種繁植，故以素心名焉。園之西有小閣，明窗净几，玉砌珠簾，咸極精巧。春夏交，清風馥郁，主人置酒其間，淡雅欲絶，因扁其額曰"挹香閣"。今主人埋骨數年矣。灌溉失當，紫莖緑蘂之盛，已遠遜曩時。況值此三秋氣肅，萬象蕭森之際，而此蘭更凋殘憔悴，墮於泥潦之中，奄奄垂斃，泉下有知，亦當有今昔榮枯之感矣。

霜嚴露重，夜静更闌，畫閣上半規寒月，爲層層雲幕所蔽，光華黯淡，射於素心園中，作一種凄涼色。俄而一女郎冉冉自閣中出，淡粧素面，丰致娟娟，如縞袂仙子來自蓬萊者。行至堦前，以手扶檻，對着幾叢衰草，哽咽而泣曰："蘭乎……蘭乎……汝質原潔，汝性原芳，挺絶世之幽姿，抱青紫之奇色，格調似君子，女兒是前身。胡爲乎不見憐於人？爲汝培養收拾，而任汝蕙折蘭摧，與衰草白楊同遭劫運耶？嗟呼！汝命何薄？汝恨曷極？愛汝者已先汝於萋萋霜露之中，今哭汝者，亦將從汝於一坏黄土之下。碧翁媢才，今古幾成一例，由此例推之，須知汝即余之影，余乃汝之形，汝即余之前車，余乃汝之後軫，余爲汝哭，亦爲自哭。嗟呼！自兹以往，余之淚亦竭，余之身亦化，緑珠樓下，幽怨重重，吴相江頭，寒波湧湧。他年余青塚前，徘徊隕淚，如余之哭汝者，不知更有其人否？"女郎哭至此，更覺凄凄切切，如鶴淚九天，猿啼空谷，寒林内宿鳥棲鴉，聞此一段哀聲，俱驚飛遠避，不忍復聞，惟有簷前鐵馬玎璫搖相映和而已。

咄咄！女郎何人？女郎何人？夜涼如許，不惜冰透紅繡鞋兒，而立此風露凄清之下，聲淚相循，何哀痛之深耶？著者擲筆嘆曰："女郎乎，女郎非他，乃素心園故主人之女芸蘭也。芸蘭畢生所經之憂患，所遭之孽果，與此蘭同出一轍，可憐自此夜傷心一哭，不數日後即玉碎珠沉，魂歸離恨天矣。今徒有血殷殷一部淚史，傳播人間，以供關心者一欷，可哀也。"

第二章　憐才

　　筆情慘淡，墨意淋漓，芸蘭淚史開幕矣！芸蘭亦名蕙芬，梁公清泉之女也。生於九月，墮地時，蘭香繞室，家人爭異之。公嘆曰："是兒生有清品，惜乎不遇其時，恐非福徵。"言已，怏怏不樂。家人咸笑其迂。芸蘭幼聰穎，方四歲，頌唐人詩句，即琅琅上口，父母愛之如掌上珠，嘗語人曰："此吾家女學士也。"年十二，即工吟韻，並涉獵經史及諸子百家之言。其舅萬公，見其章句，奇之，謂其父曰："甥女錦繡才華，堪與雲郎為伯仲，可惜乃一不櫛進士耳！"雲郎者，芸蘭中表也。清才玉貌，秉性溫雅，當時有謝家玉樹之稱。十四歲，從父來鄂省其姑。梁公見而深契之，許為大器，私謂夫人曰："蘭兒將來得壻如此子，吾願足矣！"夫人亦嘉其姪少年英俊，默許為東牀之選，議待發，會公以進士出任山西永寧道，將挈眷赴任，不捨雲郎，欲攜與俱，使夫人示意於舅曰："雲兒儀表超群，與蘭兒竟是天生一對。吾欲使骨月還鄉，重聯新誼，但其年尚稚，不宜以婚事而宴其志，俾與蘭兒共席研讀，以培就將來有用之才，不知可否暫離膝下？"萬公喜曰："雲兒天姿頗不魯鈍，若得姑父誨之，造就未可限量。吾子即姑子，至與蘭兒婚事，待其年成名立後修之亦未為晚。"梁公夫婦聞之大喜，遂攜之偕行，以後視雲郎亦如芸蘭。芸蘭少雲郎一歲，命以兄呼之。蒞任後，相將下幃讀，從此春風座上，惟聞朗朗吟聲，戲彩堦前，但見雙雙燕影。公顧而樂之曰："年來宦海奔波，精勞神疲，實深寡趣，惟每見膝下一對佳雛兒女，即覺心地一快。倘天與我以健，雲路歸時，築數椽茅屋於明山媚水間，其樂當更有甚於此時者。"

　　紅芍深院，碧紗映窗，此雲郎與芸蘭下幃之處也。院中雜花生樹，绿柳掩門，亦有亭台池樹之屬，點綴其間，景至幽邃。公治事之餘，即憩息於此，以檢閱兩兒日課，兒其學與日進，極加獎譽。雲郎受公獎譽後，讀益力，勤勤自勵，或恐有負寸陰，以失姑父知遇之明，故其下幃後，不越雷池一步，焚膏繼晷，與雲蘭各爭長雄。然偶憶身在異鄉，父母遠離，晨昏失奉，蓉妹幼弱，無與爲歡，不覺楚楚心酸，涔涔淚下。芸蘭性和婉，每見雲郎有戚容，即捲卷邀其至院中散步，或攜手花前，拈花引蝶，或飛觴月下，弄月吟風，必使雲郎破涕爲笑而後已。而雲郎亦憐其情，感其意，有時鄉思繚繞，悒鬱不懌之際，得芸蘭一笑而解。故雲郎與芸蘭之愛情，常隨月而增其熱度。嗟乎！豈知不一二年後，孽果頻來。孽果之因，實胚胎於此時也。

第三章　折芍

樑間燕語，簾外鶯歌。蝶夢驚回，春光爛矣！紅芍院內，芍花盛開，金鼎玉盤，迎風拂檻，低昂相映，若不勝其嬌羞者。雲郎晨起啓窗，見一玉人，眉峰淡掃，雲鬟低垂。顧影徘徊，香散蓮花之步。流光睇昤，神凝秋水之波。翩躚於芍花叢中，一時花光人面，燦爛十分，不禁失聲訝曰："好一幅鬭豔圖，令人目眩。"忽花間玉人微哂曰："雲哥真個對花銷魂耶？"細視之，乃芸蘭也。忙以手招之曰："妹何苦來？朝曦未上，曉露猶濃，妹體素弱，倘爲寒氣所中奈何？"言已，只見芸蘭玉指纖纖，折枝盈把，姍姍而入，顧雲郎笑曰："妹聞花能解語，雲哥榻冷燈青，有此雅玩，亦可破得少許岑寂。"雲郎亦報之一笑曰："謹謝蘭妹盛意。"即於簏中檢一淡綠色之水晶瓶出，高盈七八寸，精彩奪目，示芸蘭曰："是瓶係兒時余父授余貯檳榔梅子者，余愛其瑩然如玉，存之不忍捨去，今又得其用矣。"乃將所折紅芍，並作一束，插入瓶中，注以淨水，拱於珊瑚几上，春風微動，芬芳撲鼻，旖旎欲仙，雲郎欣賞不置。芸蘭指花笑啐曰："輕骨相，纔經避得風雨，便會粧如醉欲眠一副憨態，鏡下郎此際一點靈台，爲汝顛倒矣。"雲郎粲曰："不憶蘭妹亦嫺雅謔，令人解頤。

須知余意並非愛花，實愛贈花之人，故推及所贈之花耳。"芸蘭聆至此，兩頰間紅潮頓泛，整衣弄帶，低首不語，一種嬌怯之態，倍增嫵媚娉婷，瓶中亞花王，亦對之斂容減色矣。

暖日高熏，光綫直射玻璃窗上，與淡綠色水晶瓶，碧輝交映，如流五彩霞，花房中宿露爲熱光所蒸，氣騰騰如吐霧，染袖生香，忽一玉色蝴蝶，穿窗而落於案上，粉翅平鋪，蓋已失其飛翔力，不能隨風高舉。少頃，一雛鬟入，手持團扇，香汗淋漓，嬌喘細細，搴幃四顧，巡視良久，詫異曰："狂奴！汝有隱身法耶？"芸蘭知其所爲，以目視雲郎，雲郎會意，忙從芸蘭腋下抽巾覆之。芸蘭始軒眉笑曰："慧兒，汝兩目炯炯如賊，何現此怪相？"慧兒笑曰："婢在院中撲一探花賊，不憶①一擊未中，反累婢遍體生津，獲着當寸磔之。"芸蘭嗔之曰："蟲類雖小，生命則一，似此殘殺性，豈女兒輩所宜有耶？"慧兒搖其手曰："小姐不知究竟，是賊煞是可惡，婢尋小姐過芍花叢下，逢此賊迎面來，粘於婢之左鬢，如玉釵橫斜，婢以巾拂之使去。孰知彼高飛巧舞，旋去旋來，鬢爲之掠亂，似有意挑釁者。婢忿極，匿身於檻後，俟其近，乘勢突擊之，僅創其翅，彼猶有餘勇可鼓，一驚而逸。婢實欲得之而甘心焉。"雲郎笑曰："蝶之戀花，實由花之惹蝶，且天地生物，各賦其性，彼日醉花房，夜眠柳幕，傅就何郎之粉，偷來韓壽之香，亦其禀性使然，無知落紅有意，流水無心，可憐如彼多情，反干卿怒，幾致身爲齏粉，何遭遇不幸之甚也！"慧兒曰："雲哥譏言諷語，信口開河，爲其左袒，殆有同類相憐之感耶？雖然，儂小姐豈……"言至此，芸蘭驟截之曰："小妮子，一有汝在，即覺滿座生風，真可謂長舌之婦。"慧兒作急狀曰："今而後，吾日處四面楚歌之中矣。"雲郎忽以手揭案上之巾曰："吾等從事爭讓，悶死此中可憐蟲矣！"此時案上之蝶，伏於羅巾之下，飽吸蘭脂香澤，傷痕已愈，興致復濃。巾甫去，即振翼而颺，洋洋灑灑，繞窗簾數匝，似向芸蘭作謝。芸蘭憑窗送之，其玉面烘於朝霞之中，如荷花映日。□物

---

① 憶，疑應爲"意"。

雲郎，終日茜紗窗下，飽餐秀色，無怪其墮入情網中，至死猶不能解脫也。

第四章　蹈月

鶯聲漸老，花事倥偬，頻來雨伯風師，催此清明節過，又是花飛紅雨之天，而彼少小兒郎，方欣此日芙蓉鏡下，憐我憐卿，猶憶他年溫柔鄉中，同心同命，何嘗知年華易老，歲月蹉跎，好事多磨，盛筵難再哉！噫！天地間縛人最牢者，惟一情字。

夕陽西下，暮色蒼茫。芸蘭日課畢，邀雲郎至院中登凌虛台，以送此桑榆晚景，台高數仞，凭欄一望，惟見遠樹含煙，青山如黛，直似一幅絕妙山水畫圖呈諸眼簾。雲郎對景神往，以手搖指曰：「蘭妹，我輩數千里家鄉，皆在雲霧瀰漫之外矣。吾家蓉妹，不知此際情懷懊喪何似，我本欲乘風歸去，又難忘情於……」言至此，頗露囁嚅之狀，芸蘭亦羞澀不安。其時，恰當一隻杜宇飛鳴而過，芸蘭對之切齒罵曰：「血口兒，只合飲彈死！」雲郎笑曰：「春去子規啼，干卿底事，何相仇耶？」芸蘭曰：「大好春光，被伊啼破，竟使高樓怨婦，長吁夜月三更，客邸愁人，怕聽斷腸一句，是乃不祥之子，妄稱孤忿之臣，不如羅而盡殺之爲快。」雲郎聆至此，雖笑其愚，實憐其癡，心中忐忑，反不知作何語爲之解說。芸蘭見雲郎支頤無語，落落寡歡，心中轆轤，亦反不知作何語爲之慰藉。兩情默默，而一彎新月，藏於密密綠柳煙中，似暗窺人之秘密者。

衣單人瘦，燕剪風寒。雲郎悚然曰：「蘭妹，此處不可久留矣。」乃相與攜手，降步下堦。甫履地，忽慧兒靜悄悄自後把芸蘭袂曰：「小姐登此高台，不畏大王雄風攫去作封姨耶？」芸蘭不防有人躡其後，驚愕回顧，慍曰：「小鬼頭，除惡作劇外，無所事事。看汝作新嫁娘時，可能脫此孩提稚氣否？」雲郎笑曰：「彼時有了一對，一唱一和，勾成一黨，如虎添翼，更將飛起噬人。」慧兒迷迷笑曰：「眼見汝與小姐竟是一黨，尚不自責，何可責人？"芸蘭斥之以目曰："習來一顆佞口，專會讕言侮人，將來嫁一惡小子，將汝黃口擰亂矣。"雲郎擊掌笑曰："旗鼓相當，弈逢勁敵，鹿死誰手，究未可知。"慧兒搖首曰："小姐胸中已藏有十萬甲兵，又得雲哥為其聲援，婢首尾何能兼顧？當棄甲曳兵而走矣。"言已，轉過台後，撩花絆草，穿徑而去。雲郎望之笑曰："慧兒慧口慧心，的是名能敷實。"芸蘭曰："是婢自五六歲時，與妹耳鬢廝磨，妹愛其聰明怜俐，暇時嘗教其識字誦詩，未嘗以尋常侍兒目之，故養成其佻儓慣性，不可救藥。"雲郎哂曰："強將麾下豈有弱卒？"芸蘭亦不禁嫣然。

少焉，月鈎東上，斜挂於楊柳梢頭。芸蘭與雲郎蹈着月華，款步至假山石傍，倚石而坐。石臨池畔，影倒波中，波平如鏡，與月光反射，爍爍如織錦。芸蘭曰："雲哥，試看漫天星斗，映於池中，幾疑地球為一水晶體。古人秉燭夜遊，風味過我輩遠矣。"雲郎唯唯。循拾一小石子，顧芸蘭曰："蘭妹，視余一石擊破水中天也。"剎那間，石擊水騰，澎湃作響，忽藻中戛然一聲，一雙彩禽並翅而翔。芸蘭憐惜曰："好一對合歡鳥，雙棲於此安樂窩中，為雲哥一無情石擊散，倘慧兒在，又當向人刺刺不休。"雲郎詢曰："此鳥名鴛鴦否？"芸蘭點首曰："唯。"雲郎曰："余在家時，嘗見鄰家紈絝兒，左手持弓，右手挾彈，遊於蘭沚沙汀，每日飲其彈而死者，不知凡幾，即此鳥也。"芸蘭悽然曰："此鳥日則比翼于飛，夜則交頸而眠，若斃其一，其一亦必自斃，義鳥也。作此孽者，不知應得何種罪過？"雲郎亦嘆曰："劫至倏忽，如風雲頃變。人猶不勝其防，何況於物？古今來英雄豪傑，沉淪於情海者，奚啻恒河沙數，蓋悲樂相循，盈虛有數耳！"言至此，仰首噓欷。芸蘭亦有所感，一時人花俱寂。

花陰悄悄，月夜沈沈，忽細細一段歌聲，隨風悠揚而轉，歌云："沙上並禽池上暝，雲破月來花弄影。重重簾幙密遮燈，風不定，人初靜，明日落紅應滿徑。"芸蘭訝曰："歌聲清澈，情景畢俏，何處幽人，有此雅興？"雲郎以手前指曰："蘭妹，隱隱花叢中，非唱歌人來耶？"芸蘭細視之，只見慧兒荷箒攜囊珊珊而來。芸蘭忙以手攝雲郎，令其勿聲，鷺行而前，潛身於一曲檻後。慧兒猶是行歌相答，芸蘭俟其行近，遽出喝曰："大膽妖精兒，敢在此地粧腔耶？"慧兒駭絕，顫聲曰："小姐，幾將婢膽嚇碎，倘着驚而病，明日誰與小姐編此花枝轎馬，祭餞花神？"芸蘭笑曰："始作俑者誰耶？"其時雲郎亦前，視慧兒，笑曰："此一曲白雪陽春，從何處學來？"慧兒曰："此爲昔人所製《送春曲》，明日巳刻交芒種節，爲祭餞花神之期。婢見院中落紅襯地，不忍復使之沾泥墮溷，故趁此玲瓏月色，沿途收拾，盛於錦囊之內，信步行來，不覺信口唱起。"芸蘭曰："然則吾等明日惜花須早起。頃夜已深，漏聲潺潺，可告暫別。"雲郎亦韙其言。遂各入室。

第五章　餞花

雲開萬里，日上三竿。雲郎夢回枕上，憶芸蘭昨宵之約，即攬衣推枕而起，高挂簾鈎，以挹爽氣。未幾，芸蘭翩然入，絲衫羅袖，光華燦然，盈盈笑曰："雲哥興耶？今日天朗氣清，惠風和暢，殆天假我等良辰，以修韻事，詢可樂也。"雲郎曰："花開花謝，去歲不異今年。人生聚散悲歡，今年難卜明歲，亦可感也。"芸蘭恚曰："大好良辰，又值佳節，雲哥何出此敗興語？"雲郎曰："憶去歲在家時，蓉妹晨妝甫竟，倩余爲之簪花於鬢，余不忍拂其意，欣然許之。簪訖，彼隨往園中摘一小花枝贈余爲謝，不憶①今年暌違兩地，又與蘭妹嬉此春光於異鄉客邸，人事遷移，只可作白雲蒼狗之觀耳。"芸蘭默然，忽慧兒闖入，手捻小珠花一朵，笑容可掬，視芸蘭曰："小姐，今日晨妝何草草耶？夫人見小姐遺花未簪，責婢偷惰，促婢尋送至此，婢尚有許多花圈不曾編就，請速爲小姐簪上如何？"芸蘭心適不樂，聞慧兒言，啐曰："汝與我亦非好姊妹行，誰憐汝如此厚意？現時已辰末，汝還有工夫抛却耶？"慧兒置花於

---

① 憶，疑應爲"意"。

几，笑曰："小姐性慣嬌癡，我見猶憐，不知將來誰個兒郎，幾世修來，有此美眷。"言已，以目睨雲郎而笑。芸蘭紅頰漲破，方欲相詆。慧兒疾掩其耳，飛步而去。雲郎笑曰："好丫頭，亦諳金蟬脫殻之計？"芸蘭恨恨曰："吾終身以報婢子矣。"乃將几上珠花拾起，面鏡而立，舉手自簪。雲郎自鏡中見其腕白如雪，髮烏如雲，娥眉蠑首，皓齒朱唇，其沉魚落雁之容，閉月羞花之貌，人間閨秀，罕有其匹，不覺一腔癡念，油然而生。芸蘭舉首見雲郎倚立其後，癡如木雞，而眉宇間清秀之氣，不減宋玉丰神，不禁心中又羞又愛，眼簾時啟時垂，一面菱花鏡中，四目往還相視，俱有戀戀不捨之意，而窗外鳥語啁啾，似羨人之豔福無暨者。

俄而裙帶飄飄，慧兒豔粧而來，手攜柳條所編小花籃一具，立於窗外，呼雲郎與芸蘭出。芸蘭見慧兒，以怒目相視。雲郎笑曰："慧兒此等粧束，無異散花天女，今日與小姐奉汝為花國總統，領袖群芳。"慧兒大笑曰："婢若攫得此位，當冊蘭花為夫人，寵以專房，儲以金屋，雲哥不將為相思病害殺耶？"芸蘭聆其諷語，怒不可遏，讓之曰："汝晨間向我嘵嘵，猶未汝罪，不知痛改。頃二罪歸一，難汝赦矣！"乃以一手持其臂，一手向其腋下亂擰，觸其癢處，慧兒畏避欲跌，笑不可抑，再四哀告。芸蘭置若枉聞，乃顧雲郎曰："君竟作壁上觀耶？"雲郎為之緩頰，芸蘭始釋手，曰："汝還敢以舌鋒刺人否？"慧兒笑曰："此後願拜倒石榴裙下，不敢輕試閫威。"言已，攜籃前行，芸蘭與雲郎亦舒步以從其後。

春光盡矣！院中落紅點徑，色褪香銷，慧兒與芸蘭等，相率沿徑而行。每一花一木，因其本之大小，而繫以長短旌旆，旆為綾錦紗羅所製，迎風招展，如揚五色彩絢。雲郎顧盼大樂，向慧兒籃中取其一面，繫於己之襟帶間。芸蘭見之，笑曰："雲哥乃欲與花木爭妍耶？"雲郎曰："一春花事，只有此一二小時之勾留，別意偬偬，此時何啻千金一刻，吾等既能行樂於此短促可寶貴之時間，不得不自慶而有以誌慶也。"芸蘭笑曰："亦不能如蓉妹有好花枝相贈，不信雲哥竟能樂以忘憂。"雲郎笑曰："此間樂不思蜀。余愛蓉妹之情，已為愛妹之心所奪。"芸蘭聆此，面呈赧色，低聲曰："雲哥此不經之語，不畏爲慧兒所聞，將吾輩作打趣材料耶？"時慧兒已穿過芍藥圃，冉冉向扶風亭拾級而登，而滿院花枝上繡帶飄飄，招蜂惹蝶。芸蘭曰："雲哥，慧兒已遍繫旌旄，憩於亭上，又將訕我等落後矣。"乃相與循徑而往。

一亭如蓋，四面清風，石徑曲旋，小堪容膝。芸蘭等俱集其上，席地而坐，慧兒即將籃中花輿、花馬、花圈，以及時花鮮草所組之杯盤肴饌等類，一一檢出，依序雜呈，以餕花神。雲郎見其製作精巧，嘖嘖稱羨。慧兒笑曰："雲哥未免少所見而多所怪。此種手術，吾小姐殆勝我十倍。猶憶去歲剪紙爲蝶，籤於花枝之上，輕風鼓翅，款款欲飛，不知今歲與誰在一處學來撒嬌偷惰？累婢昨晚獨自苦作，不過了草塞責耳。"芸蘭曰："誰能猶有興致如汝曹小兒女？"慧兒笑曰："然則前日老夫人所購百疋錦緞，特爲小姐作嫁衣裳耶？"芸蘭展袖而起曰："此番必加汝以重懲！"慧兒起避至雲郎身後，長跽求恕。雲郎爲之解曰："蘭妹，此時花神受餕，不可邪瀆，使歌一短曲，爲花神侑酒，以贖此愆。"芸蘭應諾。雲郎乃扣指以爲節奏，促其速歌。慧兒婉轉羞澀，不能成聲。然攝芸蘭之威，不得已，以袖障面而歌曰："苔褥慵鋪，酒籌倦把，雨絲冷向紅窗灑。數來花訊幾番過，今朝又是春歸也。"芸蘭與雲郎俱笑曰："吾等以歌姬行酒餞花，可稱爲千古佳談。花神有知，亦足以壯其行色。"慧兒赧然。無何，日影西沉，東皇退位。九十日過眼繁華，如幻如泡。"閨中兒女皆年少，只解歡娛不解愁"，可爲芸蘭主婢及雲郎韻。

第六章　惜影

流光荏苒，逝者如斯。雲郎來自春初，忽焉綠慘紅愁，鶯啼春暮，忽焉涼生暑徂，風送夏殘。至今漁笛衣砧，又報秋聲一片矣。卿卿我我，歲月甜蜜，秋月春花，等閑輕度，孰憶①煙水連天，湧劫灰而俱至，以

---

① 憶，疑應爲"意"。

陷芸蘭於傷心酸鼻之境。噫！興盡悲來，冥冥中操此數者，果爲誰耶？

先是芸蘭之母，宿有寒疾，觸寒即發，入秋更甚，而北地風霜，又較南方爲烈。故其衰弱殘軀，受病亦較昔年爲厲。芸蘭自其母病後，侍奉湯藥，不離左右。紅芍院內，遂疏其迹。雲郎則每日入室慰問二次，而芸蘭痛其母病日劇，心如芒刺，眉黛間重重愁鎖，無復笑靨親人之態矣。

人去絳幬，煙籠寒閣，雲郎自芸蘭廢讀後，居恒鬱鬱，狀至無聊，而颯颯秋風，常欺人瘦。一日晨起欲讀，忽兩目暈眩，膚膺如炙，不得已，乃復倒牀而臥。是日也，芸蘭見雲郎日中未入，訝之，使慧兒往探其故。慧兒至其室，見其銀鈎未挂，錦帳猶垂，不甚詫異，及揭帳，只見雲郎方擁被蒙首而臥，乃倚坐其傍，以手撼之曰："日向午矣！何貪眠至此？"雲郎朦朧間，出首睁目而視，意甚慵憊。慧兒笑曰："黃粱已熟，君夢猶未醒耶？"雲郎微聲曰："偶爾失慎，爲寒氣所乘，遂以不支。"慧兒駭曰："雲哥不愉耶？胡不使小姐知，延醫診治。"雲郎曰："余體素強，諒彼二豎，不致能久爲虐。汝小姐日處愁城，倘聞余病，愁必愈增。余何可以微恙而增小姐以重憂？"慧兒曰："婢實受小姐之命而來，然則將何以反命？"雲郎央之曰："汝有蘇、張之辯，必能爲我諱此區區。"慧兒笑曰："雲哥對於小姐憐愛之情，幾無微不至，倘異日與小姐緣偕鸞鳳，閨房之樂，必殆有甚於畫眉者。"雲郎見慧兒柔情繾綣，頓意纏綿，乃自衾中執其手曰："好丫頭，我若與你多情小姐同鴛帳，怎捨得教你疊被鋪牀？"慧兒羞容被面，忙退其手曰："癡郎，不畏垣墉有耳耶？婢謹將此兩句好詞記著，俟老夫人愈後，讀與小姐一評。"雲郎笑曰："慧兒，汝忘芒種日余爲汝再次解圍之惠乎？"慧兒嗤之曰："以惠挾人，其心不善矣。"調笑間，忽壁上時鐘碎然一響，慧兒移步而起曰："婢當去，留此過久，恐小姐望眼欲穿。"言已，珍重而去。

朔風敲戶，寒月窺簾，孤館中，榻冷衾單，一燈如豆。雲郎爲病魔所擾，不能成寐。聽四壁唧唧，蛩鳴如怨如訴，不覺一枕鄉心，淒涼欲絕，浩歎間，忽芸蘭悄然入，淚痕橫縱，翠黛低沉，其形容之憔悴，顏色之枯槁，如三秋落木。雲郎原不欲自傷以傷芸蘭，今驟見其可憐之態，幾欲失聲而泣。芸蘭見雲郎病骨嶙峋，人與黃花俱瘦，雖僅一日之違，覺有萬縷愁腸，一時難拈其頭緒，欲言而無可言者，乃斜倚銀釭而立，以巾拭淚，淚下如絲，巾爲之沾透。良久，始凄然曰："雲哥，何清減如許耶？"雲郎止泣，應曰："小有不適，無足介意。勞妹冒此清夜嚴寒，移玉垂視，心實不安。"言頃，芸蘭已至榻前，以手偎其額，微嘆曰："妹自老母病後，烏私之情不能自已，遂與雲哥形影邈疏，然每念窗下青燈，蕭郎獨自，心常戚戚，尤恐秋風多厲，易犯愁身，故與雲哥覿面時，恒以努力自愛，強飯加餐，爲雲哥勸，以雲哥恇弱，難與病魔作戰，不憶①今竟爲其所困矣。"芸蘭言此，不禁悲從中來，襟懷間淚珠兒，如梨花戰雨，雲郎心亦如沸，鎮定良久，強慰之曰："妹心碎矣！妹神勞矣！妹形影俱瘦矣！猶不強意以保重千金之軀，試問妹深閨弱質，能有幾許精神，以供消耗？不亦將墮於此境耶？妹爲人憐而不爲自憐，不亦大癡耶？"芸蘭拭淚曰："老母慈躬未愈，雲哥又染清疾。慈幃絳帳間，妹寧有一毫樂趣耶？"雲郎解之曰："姑母性養溫和，必享上壽。余受病甚淺，可勿藥而痊，逆來順受，爲處變之經，願妹思之而自解。頃夜深矣，寒氣欲凝，妹曷歸寢？"芸蘭亦恐其母醒來服藥，一聲"去也"，慘然遂別。忽聞窗外風號雨淅之聲，喧擾不已，來時月朗星稀景象，頓爲烏有。風雲叵測，天猶如此，人之禍福不常，豈能預料於旦夕哉。

第七章　萱凋

病懷怛悼，瘦影清癯，半月來茶竈藥鐺，雲郎遍嘗此中滋味矣。芸蘭爲母憂，復爲雲郎憂，芳心寸碎，愁緒萬端。鏡裏朱顏，爲淚珠兒滌盡，作敗灰色。迨至秋末，雲郎漸漸戰退病魔，試步而起，芸蘭之懷始稍懌。無如厄運既臨，傷心恨事，着着緊逼，不容少縱。雲郎病起未久，

---

① 憶，疑應爲"意"。

老夫人病忽轉劇，遂復陷芸蘭於無可奈何之境。

芸蘭之母，病自秋初，家人咸以爲纍年舊恙，不足爲害。芸蘭亦然之，不憶①一病淹綿，時差時否，遲之至今，竟成重疾。一時遠近名醫，延之幾遍，醫者咸言年耄血枯，病根深種，難以爲力。芸蘭聞之，心如刀割，常於無人處仰天而號。老夫人見所服之藥，如石沈海，自知不起，心中只以芸蘭幼弱，性且嬌憨，他日難得繼母之歡爲念。一日，雲郎立於前，向芸蘭問病者狀。芸蘭只知搖首墮淚。雲郎即倚坐其側，委婉進勸，憐惜之情，發於言表。老夫人見之，頗露快愉之色，顧雲郎良久，嘆曰："雲兒，吾恐不及見汝與蘭妹成立也。汝來吾家，吾以子視汝。汝姑父愛汝才華，早認汝爲乘龍快婿。蘭兒終當歸汝家，吾年逾半百，死非不壽，第以難抛蘭兒一塊血骨。今見汝與其相愛如同胞妹，吾心安矣。"雲郎感激哀慟，心滋戚戚。芸蘭則更涕不可仰，老夫人亦掬其未乾之淚如走珠。蓋芸蘭平日於其母病榻前，雖襟袖間淚痕時濕，然從不使其母見。今聆其母酸楚之言，悲梗填胸，忍無可忍，一聲痛也，咽嗚之聲，如半夜鵑啼。雲朗此時既無語以慰其姑之痛，復無策以節芸蘭之悲，不禁幾行紅淚奪眶而出。一室之中，楚囚相對，淚如傾河焉。

日催朝露，風捲殘雲。老夫人之病，愈趨愈篤，漸呈危狀，亦如朝露殘雲去盡時甚近，但心中猶清醒不亂，自知無多日彌留，遂令雲郎亦廝守於此。雲郎侍疾之第二日，時交子夜，忽老夫人大噎。雲郎自夢中驚覺，見芸蘭和衣斜卧於其母之傍，猶以手爲其母揉摩病骨。時室中燈光爲燈花結所障，不明不滅，雲郎忙剔燈而起。只見老夫人兩目直視，呼吸高促，不覺大駭欲泣。芸蘭見雲郎張惶失色，顫聲曰："雲哥，吾母何似？"雲郎不暇答，即低聲喚慧兒起曰："速請姑父入。"慧兒情知有變，忙拔關出。須臾，席公恐怖而至，見狀跌足大慟。芸蘭始知其母臨危，乃抱其母號，一時哀聲大縱，家人盡起，於室外焚化紙錢。煙灰飛

---

① 憶，疑應爲"意"。

舞之頃，忽老夫人噎頓止，徐振其微弱之音曰："蘭兒……吾捨汝矣。吾歿後，兒勿過哀傷身以益汝父之痛。汝父慈愛汝，必能視汝如吾在時也。"芸蘭泣血受命。老夫人復注目視雲郎，欲言而氣已不續，微聞空中璈管悠揚，老夫人遂羽化而逝，笑顏如生，芸蘭猶痛呼曰："阿母……阿母……"嗟乎！慈顏尚在，已不能應兒之嬌喚矣。樹欲靜而風不息。悲哉！

第八章　傷離

歌興薤露，風冷萱幃，芸蘭追念其母音容，無日不以眼淚洗面。雲郎為死者弔，尤為生者憐。每見芸蘭撫棺啜泣，不覺呆立其傍，悽然淚下，而芸蘭恒悲，至極時，見雲郎淚零容動，反自遏其悲以慰雲郎。蓋兩情相感之深，已有休戚與共之概，然愛之至深者，常為恨之最酷。造化弄人，率皆如是。誦紅豆村人"勸君莫結同心結，一結同心解不開"句，不禁為芸蘭與雲郎危。

芸蘭自其母歿後，雖失其天倫之樂，然得雲郎朝夕與之相伴，亦可借此愛情魔力，割去心頭煩惱。光陰似箭，瞥眼月餘。雲郎忽得其父書，謂不日北上致奠其姑。蓋雲郎之母，以雲郎久離膝下，慈懷常惓念不已，訃聞後，即速其父北來，一則以弔，一則藉以攜雲郎歸，故其來也，雲郎不得不與之俱去。芸蘭又增此一段離愁，前途苦況，更不堪設想矣。

素車白馬，一束生芻，千里躬臨，遙作弔客。及門則一片喪幬，高懸簷際，入室則一星幽火，冷照靈幃。年邁鰥魚，身衰色慘，零丁弱女，淚盡聲嘶。史公觸動姊妹連肝之情，亦未免頻揮老淚，弔死慰生，勾留數日，即便辭去。雲郎從歸之言，亦遂發表於梁公之前。公亦以其骨肉久疏，不事強留，歸期遂定。

行裝草草，行色怱怱。雲郎之父興辭後，期以翌晨首途，即命雲郎檢典行篋。雲郎聞命，惶駭失錯。憶此番別去，蘭妹必將更無聊奈，愁上加愁，瘦削香肩，怎能擔負？然以父命綦嚴，歸期迫切，雖心緒如麻，亦不得不勉強鎮定，乃廢然入室，收拾瑣細。事甫竣，而黑影上窗，天氣昏昏欲暮矣。一燈如豆，黯然魂銷，忽聞履聲細碎，達於室外。移時排闥而入者，則爲芸蘭，雙目盡赤，隆起如桃，一見而知其爲曾灑千行血淚之淚人兒。雲郎驟見之，心中如受猛烈之刺激，酸楚不可言狀，而芸蘭愀然相對，竚立無語，其意若深恨雲郎之無情者。雲郎度其必已知歸耗，乃以父命告，芸蘭仍默默無一言，惟時作長歎之聲，與壁上時鐘相酬答。明月不知離別恨，夜深徧上紙窗來。芸蘭遽出一紙，授雲郎曰："雲哥別矣，客途珍重。"言已，慘然而去。嗟呼！無言之悲，不哭之痛，蓋其悲痛之深，有非言所能盡，哭所能洩也，哀哉！

芸蘭既去，雲郎即於燈下折其所授之紙視之，則爲其姍姍倩影，玉容爲淚光所染，成模糊黯淡之色。雲郎把玩再四，意良不忍，乃伏案前，濡筆和墨，疾書一函，以寫其意，以便明日與芸蘭留別。書畢，乃倒牀而臥。

宵殘露靜，短夢迷離，無那雞聲，又報曉籌三唱矣。金烏東上，簾影搖紅，雲郎豁然而起，則僕馬候門，催人載道。雲郎乃從其父入內辭其姑父，欲覓芸蘭作別，而不可得，見慧兒慘立其傍，乃以夜間所作之書與之，囑其轉致芸蘭。俄而祖帳陳焉，驪歌高唱，一帆風助，直詣中流，望南浦之悠悠，雲郎之心，不禁與之俱蕩。

惜別有心，駐郎無計。雲郎之別也，芸蘭不忍與之見，故寧隱泣深閨，終不一出。迨雲郎既去，慧兒始持簡入。芸蘭接閱，只見墨痕淚跡，錯雜紙上，未覩內容之先，即知其爲一幅斷腸箋也。乃抽簪啓緘而讀之曰：

嗟乎！蘭妹，今與妹別矣。蕭郎歸去，鴻爪難留，絳帳燈寒，春風座冷。雖然，雲豈忍與妹別哉？特以父命綦嚴，行裝迫切，雖與妹有難別之情，終不能得不別之勢耳。雲來自春初，姑父以姻婭之愛，不棄駑鈍之才，使與妹共席研讀，同沐化雨，鴉侶鳳儔，嘗以不類而自愧，而妹反曲盡憐惜，相親相倚，有逾骨肉，雲雖不敏，不禁抽絲自縛。嗟乎！蘭妹，猶憶折芍贈我，對鏡憐卿，此情何濃耶？攜手花前，登台月夜，此樂何極耶？不憶①煙水連天，秋風倏至，姑母忽疾中膏肓，靈萱遽萎，情遷景變，往事遂不可追矣。雲愁腸萬縷，一日九回，以妹孅孅弱質，何能膺此大難？故嘗强爲歡顏以自慰而慰妹。蓋能知妹愛我之深也。嗟乎！蘭妹，孰知愛之至深者，恒爲恨之最烈。碧翁嫉才，不使我等常此愛戀，而徧陋我等以別離，薤歌之痛未已，驪歌之怨遽興，余固知此時妹之中懷怛悼，有非言語所能名其狀者。我欲爲妹慰，亦覺無語可伸矣。雖然，此暫別耳！妹亦不必哀之過深，且不可哀之過深，蓋古語云："過哀傷身"。吾與妹既爲精神上之愛情，則不至因形體之聚散而易其作用，且來日方長，歡猶未艾，何必者番紅豆相思，至成形如鶴瘦。妹其勉之！雲郎臨別贈書。

纏綿懇摯，慰藉情深，芸蘭持書，且讀且感，且感且泣，一幅蠻箋讀未竟，已爲淚痕濕透矣。慧兒曰："雲哥勸小姐努力自愛，小姐胡猶悲不可止？過悲爲致病之由，小姐亦當體貼雲哥愛惜之意。"芸蘭點首嘆息，然終難制其傷心之淚。

第九章　還鄉

樽前白髮，身後青山，富貴原人間之夢，功名等海上之鷗，此種關頭，非達人不能參透。芸蘭雖一弱女子，靈根慧性，不讓鬚眉。痛萱草之凋殘，他鄉寄櫬，憐靈椿之衰邁，宦海勞形，而雨箭風刀，嚴追緊逼，歡娛銷盡，憂患疊生，常爲其父勸曰："父老矣！仕途險惡，吾家亦有數畝田園可耕而食，何必碌碌於囂塵之中，而爭此過眼繁華爲？"公嘆曰："芸兒之言是也。吾自汝母謝世，日就頹唐，風燭殘年，何堪搖曳？吾亦久欲挂冠歸里，拄杖青山，以樂此桑榆晚景，今不難從兒之願也。"公志

---

① 憶，疑應爲"意"。

既定，遂擇日交卸，攜芸蘭扶櫬還鄉。時在春初，距公舊年赴任之日，整整一歲。公性廉潔自好，與喜賓客。致仕後，宦囊所餘無幾，乃盡遣奴僕，惟以老蒼頭從焉。

雲路初回，鄉園重到，菊開三徑，酒暖一樽。公歸來後，即爲芸蘭之母卜佳城於月湖之濱。顧家事煩瑣，而一己之精力不逮，遂復娶某氏女爲繼室，以襄理內政，無如女性嬌奢，不諳家務，反因之廢馳。公忿甚，始悟續娶之非，乃闢其廬後隙地一畝，編竹爲籬，結茅屋數椽而居之，曰以栽花自遣。半年間，奇枝異草，芬芳林立，大以蘭爲最盛。因自號爲"素心園主人"。復於園之西，營一小閣，以居芸蘭，即挹香閣焉。芸蘭知其父以繼母故，悒悒不樂，恆依膝下，曲意承歡。公至是益愛之。芸蘭亦以南歸後，其舊日良伴如鶯兒、桂香、佩秋、梅影等不時往還閨閣之中，不似在河北時寂寞，其思母之痛乃因之少減。

芸蘭諸友之中，交情以與梅影爲最密。梅影性喜靜，嘈雜之場，爲其足跡所不輕至，即其家人平居時，亦不易見其言笑。芸蘭深重之，相親如姊妹行，嘗與之剪燭情話，徹夜不眠，各吐腑衷，互相嗟怨。芸蘭每言及與雲郎愛情之懇摯，及其母臨終之遺意，而今別後之相思，梅影不禁爲之扼腕，而梅影每憶及己之身世，嚴父早歿，兄亦見背，門庭冷落，家中惟孀母寡嫂是依，傷心之淚，時披於兩頰之間。芸蘭見之，亦不禁爲之嘆息。故芸蘭與梅影親密之介紹，雖緣於性情之相投，而性情之相投，實基於境遇之脗合。

梅影之宅，距素心園僅里許。芸蘭相憶時，輒使慧兒走招之。此短途中，無日不見其玉影往還。然相見時，愁顏相對，各抱悲觀，佻撻如慧兒亦遽易其慣性。異哉！境遇厄人，竟有如是酷。梁公亦以梅影性沉靜，愛之如家人焉。

第十章　春感

飛紅一色，積翠千重，無限春光又回大地。彼嬉春兒女，顧影翩翩，拾翠蹈紅，行樂惟恐弗及，乃有高樓怨婦，夢斷遼西，反惱春色無端，撩人緒亂。蓋其所處之境地，各有不同，故其所受之感想亦各異。芸蘭方兀坐窗前，支頤凝思，忽慧兒入請曰："小姐，節逢三月，花好十分，胡事終日兀坐，負此良辰？婢已邀鶯兒、桂香等俱至矣。"芸蘭慍曰："蠢才！寧不知吾不樂與彼等放誕兒周旋耶？"慧兒曰："婢至梅影小姐處，見其立於花前隕淚，愁苦不堪，故未偕之來。"言未竟，忽一片喧笑之聲，鶯兒等已入自簾外。芸蘭起迎曰："來者僅汝兩人乎？佩秋姊姊安往？"鶯兒笑曰："佩秋耶？渠已於上月往雲夢，爲其舅祝壽。頻行時，曾與吾等至此告別。汝猶折柳條數枝作贈，爲日無幾，那便忘却？吾觀汝終日蛾眉含怨，蟬鬢工愁，無乃心中別有所思憶耶？吾今問汝何所思，問汝何所憶。"芸蘭赧然曰："余素健忘，何相責之過深？"桂香笑曰："柳蔭中輕風送暖，正彼輩得意濃時，故不時鼓其如簧之舌。"芸蘭粲然，鶯兒恚曰："桂姊，汝何反爲彼助？"桂香曰："吾等俱係好相識，豈可有彼此之分耶？"鶯兒搖首曰："不然，彼之視吾等，不如梅影遠甚。"言間，梅影忽揭簾入，桂香望之笑曰："瀟湘妃子至矣！雙眥瑩然，不知又償幾許淚債？"梅影以巾拭其目曰："途中爲纖塵所眯，此時猶覺瞑瞑。"鶯曰："今日天氣甚佳，又得梅妃惠然肯來，吾擬相率至抱冰堂一遊，以瞻覽錦繡春城中盛景，不審衆意如何？"桂香首先表示同意，並以目視芸蘭，要其讚許，芸蘭不得已，從之。梅影以衆意難違，乃相與連翩而出，登車載道。

　　抱冰堂爲張文襄公總督兩湖時所建，以與鄂州人士優遊之所。地勢依山附郭，與晴川、黃鶴二樓遥寺相望。風景佳麗，爲鄂垣名勝之冠。芸蘭等行抵其地，乃捨車相挈而登。山徑曲旋，高尺許之小冬青密排左右，翠色欲滴。轉至山腰，只見滿林桃花灼灼，如千層錦浪，萬里紅雲，躑躅其間，幾疑誤入武陵仙境。此時鶯兒興最豪，已採得數株，自綰其一，以所餘分贈桂香等。桂香捻花前指曰："吾儕可直搗山麓，攀藤葛而上高峰，藉以想見當年方城漢水之牢，吳會天府之險。"梅影曰："吾已倦極，急欲覓憩息地，實難相從。"芸蘭曰："上面風勁，吾體素弱，恐不能禁，願與梅影候汝等於桃花樹蔭下。"鶯兒笑曰："花下狂蜂浪蝶甚夥，不畏彼誤認桃花人面耶？"芸蘭曰："十目所視之地，非閨閣可比，勿令人笑吾等放蕩。"鶯兒拉桂香手笑曰："吾等曷去？毋涸彼誠實君子。"言已，掉頭相與披蒙茸而登，綠茵滑膩，紅樹低昂，芸蘭見鶯兒與桂香他適，乃與梅影席地而坐，香風徐徐，浸人心脾，令人如醉。少頃，梅影倦態欲眠。芸蘭曰："姊何憊甚？"梅影蹙額曰："日來咳疾大作，夜間恆不能安神靜臥。心頭枯燥已極，蒲柳之姿，朝不保夕。恐與妹聚日無多也。"芸蘭惻然曰："姊猶有老母寡嫂在，千金之子，擔負非輕，胡不加意保重？"梅影嘆曰："余何嘗不知此？但心中偶有感觸，即覺鬱悶不堪，以致二豎乘閒而入。今晨慧兒至我處，余方徘徊後院，見院中姹紫嫣紅，俱欣欣有驕人之態，不禁自傷淚落，乃以鉛筆書春感詞於日記上。甫竟一首，慧兒忽至，余即掇筆詢汝近狀。慧兒見余淚痕猶濕，不答而去。余恐汝有不懌，忙入室理妝訖，遒來汝處。不期彼等亦在，彼等方如春至之花，薄命如吾者，何能與之同調而歌？"言已，乃於懷內出其日記中所作春感詞以示芸蘭。詞云：

春風送暖遍天涯，點染春光豔麗加。底事傾城好顏色，反教薄命不如花。

一腔悲憤，滿紙辛酸。芸蘭閱至"薄命不如花"句，點首嗟嘆，默憶去年此時，吾父宦遊河北，聲威炫赫，吾母慈躬甚健，憐恤有加，終日與雲郎青梅竹馬，形影相隨。而今事易情遷，生離死別，繼母不賢，老父多病，重重孽果，接踵而來，不知此身將來作何了局，反不如此花猶有一年一度之好景。因此一而二，二而三，反覆推求，不覺芳心寸碎，涕淚縱橫，亦抽筆書詞一首於其後。詞云：

同駐人間遇不齊，閒愁常墜鬢雲低。臨粧不忍窺鸞鏡，怕見年華甫及笄。

書畢，還示梅影。梅影且誦且泣，不忍釋手，忽空中一片花飛，似知人之傷心，而賠墜幾行血淚者。嗟乎！同病相憐，豈不然哉？有頃，鶯與桂香氣喘喘而至，曰："倦遊矣！曷如歸去？"芸蘭與梅影遂收淚而起，驅車俱歸。

第十一章　葬花

花開花謝，春至春歸。舊恨新愁，欲拋不得。鸚鵡不知人緒亂，隔簾猶誦餞春詞。芸蘭正在手托香腮，無端煩惱之際，忽一尖銳之音浪傳於耳膜，細辯之，乃知其為簾外鸚哥，誦芸蘭去歲在紅芍院中新月初上時與雲郎共坐於假山石畔所聞之遺曲。蓋此曲為慧兒昔日所常唱，故鸚哥學熟，物靈性敏，今見園中花飛紅雨，不禁朗朗高誦。芸蘭聞此，情懷為之一動。復聞慧兒叱聲曰："綠衣兒，汝再弄舌，即喚狸奴來，將汝撕碎。"嗟乎！人意已隨春意懶，何堪重聽懊儂歌。往事已成陳迹，前途漸生險狀。不堪回首，何可追歡？此時芸蘭之心，不知感傷何似也。

傷心有淚，排愁無術，獨倚窗前，孤另誰訴。忽慧兒持紅箋入，云為黃家女僕遞至。芸蘭拆而閱之，則為鶯兒所訂之請帖，並書佩秋、桂香等立候。芸蘭以佩秋久違，且素愛其秉性渾厚，無驕肆氣，乃欣然乘輿而往，至則鶯兒已倚閭而望，笑迎曰："余固知汝來之速。"芸蘭曰："聞佩姊歸來，急欲一見，以敘渴別。"乃相與攜手而入，逕至後堂，只見佩秋與桂香侃侃而談，佩秋見芸蘭至，即起與之為禮曰："蘭妹，別來無恙耶？余方昨日抵家，今晨欲蒞府拜謁，不期至此為鶯妹強留，慚甚。"芸蘭謝曰："姊姊風塵疲頓，何敢有勞玉趾？"言至此，桂香忽自後以手持其坐曰："既屬至交，何猶未脫客氣？"芸蘭曰："久別驟見，不覺忘情耳。"佩秋亦就坐，復詢梅影近狀。芸蘭曰："彼之生涯，不是愁中即病中，似此旦旦戕伐，恐牛山之木不能常美也。"佩秋嘆曰："要皆積憂所致,煞是可憐。"言間,鶯兒適自內出,以一錦箋授芸蘭曰:"余今日備有薄餞,為佩姊洗塵。吾儕中惟梅影不在,殊屬缺然。然非蘭姊函邀,難保其必至,請即就案一揮,以便遣僕往召。"芸蘭曰:"可毋須此。汝但命僕以佩姊返梓信告,彼必不俟駕而行。"鶯兒強之曰:"汝一字值千金耶?"芸蘭不得已,就案略書數語與之。忽桂香視壁間所挂之日曆,訝曰:"不意今日竟是佳節。"鶯兒忙問其故。桂香以手指曆傍之小字,曰:"此非芒種二字耶?"鶯兒視之,喜曰:"節好人圓,可稱盛事,大不易得。"桂香倡曰:"今日之筵,可設於花下,一為佩姊洗塵,一為東皇祖餞,豈非一舉兩得?"鶯兒稱善。芸蘭聞此,形容立變。俯首低回,如癡如醉,欲便辭去,又恐難脫彼等糾纏,無可奈何,只得忍住瑩瑩欲滴之淚,不時面壁偷灑。有頃,一僕入,反命曰:"梅小姐已臥病二日矣,恐不能至。"眾皆驚嘆。芸蘭更是心如刀割,隱痛難熬,幾欲破壁飛去。

俄而,華筵開矣。鶯鶯燕燕,笑語噥噥,何嘗知座中尚有一坐不安席、食不甘味之可憐人哉!斯人為誰?厥為芸蘭是也。此時,芸蘭雖處此境,亦不得不強展眉頭,周旋其間,迨至肴核既盡,杯盤狼藉,主人歡竟,客不可留,即首先致謝而行。歸來後,日影橫窗,遲遲欲下矣。

茫茫香海深千尺,寂寂春光又一年。慧兒原知今日為春季之最末一日,恐芸蘭觸起去年情景,又生悲感,故將祭餞花神一切韻事,慨①不提起及。芸蘭往黃家去後,閑坐無聊,見園中各色落花,重重疊疊,鋪地成錦,不覺一團兒女心腸,憐惜不已,乃沿途掃積,堆於池邊一小山坡下,迨至夕陽斜照,晚風忽緊,恐彼墜粉殘紅,復為封氏捲去,乃以素絹作囊,攜之而出,欲貯而投於池沼之中,以還其清白之質。行至山坡之後,只聽淒淒一段嗚咽之聲,且吟且哭,愈吟愈痛,益哭益悲,心中大駭,即止步靜立,細聽其哭曰:

總為傷春怕倚闌,花飛人去杳雲端。平添薄命飄零感,頓觸離

---

① 慨,疑應為"概"。

懷抛捨難。綠樹鷓鴣還惜別，粉牆蝴蝶自成團。斜陽滿地誰相問，獨把金鋤淚暗彈。

何苦聰明具秀姿，無言都是斷腸時。捲簾意懶春初瘦，墮地聲輕夢未知。瑤瑟淒清悲自語，玉堦迢遞繫相思。難抛最是心頭恨，怕見東風晝卷幃。

慧兒立聽既久，始知其為芸蘭，不覺一聲長嘆。蓋芸蘭自黃家歸來，憶及去年此日，一盛一衰，迥隔天壤。而梅影又為病魔所絆，一腔幽念，無從發洩。入門時，遙見山坡下一堆殷殷如血之落片，不覺痛倒，乃就地拾一小花鋤，踵至其地，於山坡之傍，擇一塊淨土，掘一方小穴，欲效林顰卿葬花故事。默念己身父衰母歿，既無叔伯，終鮮兒弟，薄命與顰卿如出一轍。然顰卿猶有一知音之寶玉，與之終身廝守，而余與雲郎關山修阻，長賦別離，則余之命，不亦較顰卿為尤薄。思量至此，傷心曷極，乃信口成《落花吟》二首以自哭。忽聞其後有人嘆息，回首一望，祇見慧兒手攜素囊一幅，關心知淚簌簌而下，忙問曰："慧兒，汝攜囊而來，為收此豔骨耶？"慧兒點首。於是主婢納花囊中，置於穴內，然後以土覆之，纍然如小塚焉。

第十二章　落梅

性情相投，芝蘭同臭，人生最難得者，莫如知己。芸蘭自其父棄官後，繁華散盡，祇餘一股辛酸之氣，含之胸中，昔年閨閣良朋，要皆身安富貴，與之俱有格格不入之勢。惟梅影能同病相憐，而彼蒼蒼者復陷之以多病，卒使五月江城遽悲梅落，天道何酷哉！

愁恨深種，病端遂伏。梅影之病純由頻年憂患積鬱而成，故其未病也，自知其必病。既病矣，自知其必死。蓋有感夫門庭之冷落，身世之飄零，薄命孤身，將來定無良好結束，反不如一死之為快。今歲春初，自覺呼吸不舒，恆終夜作嗽。家人咸以為寒疾，及至經久不愈，面龐兒漸瘦如削，其母始憂之，恐其成爲憂思過度之癆疾。延醫問卜，幾無不至。梅影拒曰："母乎……樹根草皮，不足以療兒之疾，實徒增兒心中一番苦味耳。"其母慟曰："梅兒，汝支離如此，倘有差池，將來誰爲我收此一塊老骨？不將聽之委溝壑耶？"梅影涕泣曰："母亦毋憂，是皆有命，非人力所能強求。然或者吾父在天有靈，念及家中尚有老者孀者，無人事奉，冥冥中挽回兒之壽命，亦未可知。"其母無奈，輒暗央芸蘭勸其自慰，無如芸蘭與梅影皆爲一樣傷心之侶，相見間，愁人説愁，其愁愈甚。芸蘭既無以慰梅影，梅影亦無以慰芸蘭，惟各掬一場同情之淚而已。

芸蘭自梅影病後，情益無聊，幾欲與之俱病。一日往探其家，見鶯兒、桂香、佩秋等俱在。鶯兒方坐於几傍，眾皆環立其後，注目而視，梅影則卧牀瞑目靜聽。及芸蘭入，眾皆不覺。芸蘭乃悄然立於眾人之後。只見鶯兒以手執牙籤筒亂搖，須臾，一枝應手而墮。眾爭視之，得"⸪⸪⸪⸪⸪"，下著云"江城五月落梅花"。相視之下，眾皆失色。芸蘭自後拾其籤擲之於地，曰："汝等猶不能脱迷信耶？"眾見芸蘭，咸訝曰："汝何無聲無臭而來？"芸蘭笑曰："汝等皆爲黃家巫婆兒所迷，故不覺吾之至。"鶯兒曰："今日四月八日爲佛爺誕辰，吾欲爲梅姊一卜病兆，以定禍福。"芸蘭曰："禍福之機，人爲萬物之靈，猶不能預料，何況於淫昏之骨？"眾始釋然。

陽驕日永，羽扇葛衣，寒往暑來，節方盛夏矣。梅影之病，與日俱增。至五月中旬，氣息微微，一絲僅屬，芸蘭幾無日不至其家探視。一日，梅影執其手嘆曰："不意與妹相聚之緣，其慳若是。早知如此，相逢何必曾相識，致使悠悠泉路之中，又多增余一層牽挂。"芸蘭聞此，細味其言，潸然淚下。良久，強慰之曰："姊乎……胡作是想？姊之病若能清心靜慮，掃除煩惱，不難漸生轉機。"梅影搖首曰："難矣。"復移芸蘭之手撫其胸曰："余之所以一息未停者，僅心頭尚有微溫耳。"芸蘭覺其心頭躍躍如鹿撞，知其餘火歸心，不久當同歸於盡，乃密告其嫂，爲之治理後事。

雲開曉霧，鵲噪朝曦。芸蘭晨起就盥，忽慧兒張皇入，顫聲曰："梅影小姐家媽媽來，請小姐速往。"芸蘭跌足嘆曰："梅影危矣！"乃草草理粧訖，即雇輿直抵其家。方至室外，即聞其母若嫂哀泣之聲，不覺酸心刺鼻，灑淚而入，見梅影仰牀僵卧，目猶未瞑，若有所待。其母見芸蘭至，向梅影大號曰："梅兒……汝心頭最愛之友至矣，兒胡不省耶？"言已，忽梅影轉目視芸蘭，竭力振其若斷若續之音曰："蘭妹，別矣！一生知己，緣盡如斯。妹若不忘舊情，不時照料吾母與嫂，九泉下當感恩無暨也。"芸蘭眩然曰："倘妹一身未化，姊母即吾母，嫂即吾嫂。"梅影點首，欲作謝言，喉中咕咕如有物上下，霎時間一咽而絕。嗟乎！紅顏遽謝，曇影不留，回首人間，一場幻夢，"江城五月落梅花"之籤驗矣。

第十三章　夢警

梅落五月，緣了三生。夜雨潺潺，夢斷周莊之蝶。青山歷歷，魂銷杜宇之悲。芸蘭自梅殁後，高山流水，已杳知音。月夕風晨，空揮燭淚。可憐歲月催人，又見秋風入戶矣。死者之恨，與日俱遠，生者之愁，則與日俱新。

蓮房墜粉，菊影抽華。氣爽秋高，重陽節至。慧兒購茱萸一巨束，分插瓶中。芸蘭曰："慧兒，今日爲重陽節耶？"慧兒曰："然。"芸蘭曰："然則亦是秋祭之日，傳語蒼頭，命其緊備祭禮。吾須往月湖祭奠吾母。"慧兒愀然曰："小姐秋來更瘦矣。常謂皆作枯痛，何苦又往荒煙蔓草之中，追索煩惱？試問一人目中，能有幾許眼淚，必欲灑之殆盡耶？"芸蘭啐之曰："爲人子者豈可忘其本？況吾母……"言至此，咽哽矣。色慘而淚下，慧兒急反身出曰："小姐勿悲，婢從命矣。"

午餐後，慧兒告以祭禮具備。芸蘭命老蒼頭攜之先往，己則與慧兒共雇馬車一輛，如風而馳。沿途士女如雲，輕衫錦袖，結隊遨遊，咸手捻時花一二株，以點綴一年一度之佳節。少焉，車抵城外。城外人煙稀處，惟有無邊秋草鋪成一片荒郊，土崗起伏，車行不便，乃捨車而步，遥望月湖，約五六里許，行行復行行，漸聞隱隱嗚咽之聲，悽惻不可入耳。至其地，則青塚纍纍，四野蕭蕭，孀婦孤兒，哭望天涯地角，紙灰血淚，化作白蝶紅鵑，而芸蘭母之墓台亦在焉。荒煙野蔓，荊棘縱橫，追想慈恩，痛違色養，芸蘭此時之哀衷，不禁欲裂。慧兒與老蒼頭感老夫人在生御下之恩，亦不禁涕泗滂沱，曠野荒涼，只聞颼颼落葉之聲，如助人之飲泣。

三尺孤墳，淒立露下，一杯涼醴，難報春暉。淚盡矣，聲撕矣，一角斜陽已挂於赤楓之上矣。芸蘭之哀，猶不能已，慧兒收淚曰："小姐曷歸乎？"芸蘭嗌哽曰："吾母棲風宿露，吾實不忍。歸後即當告吾父爲余築室於此，終身伴吾母之寂寞。"慧兒曰："然則黃髮垂髫之老父，誰爲小姐承菽水之歡？"芸蘭含悲無語，乃與慧兒信步而歸。老蒼頭亦收拾肴饌之屬，跌蹬以從其後。

黃昏門閉，燈火窗紅。芸蘭於其母墓前哭泣半日。抵家後，猶有餘哀，倒牀偃卧，思潮如沸，回憶二年前，節逢此日，與二三良伴攜手登高，覽秋水之連天，顧哀鴻之遍野，不勝怡然自得。自慈母殁後，境遇日趨於痛苦一途，今竟在淚海中度此佳節，似此薄命不祥身，不如早從吾母於地下。思至此，心頭酸楚較之日間痛苦時爲尤甚。忽慧兒持酒入曰："此黃花酒也，小姐曷進數盞以舒疲勞？南俗此日讌會，必飲黃花酒，所以相慶長久之意。"芸蘭素不喜杯中物，然值此愁腸百結之際，思以酒澆之，乃自酌自飲。及至玉壺告罄，興猶未闌，異哉！酒爲知飲之言，信不誣也。芸蘭斯時之知己爲誰？則爲斬不斷、理還亂之愁緒是。

愁因酒殺，酒迫人倦，芸蘭以排愁而豪飲，不覺身頓難支，玉山欲倒，忽聞敲窗夜雨，一片淅瀝，寒氣驟加，不耐久坐，乃解衣就枕，蒙首衾中以待睡魔之至。朦朧間，恍至一處，朱檻玉砌，綠水青山，皆不類人間風景，流連眄睞，心地闊然，然徘徊四顧，不見人迹，心中突然大懼，欲取道而歸，則又方向莫辨，大有悵悵何之之概。忽其後有人呼曰："欲識迷途，可從我來！"回首視之，見一女郎狀似梅影，已反身而奔，步履甚速，急大聲呼曰："梅姊……胡不俟我？"乃建步追之，恍惚如憑空御風，悠悠蕩蕩不知飛渡幾千里許。終至一橫無際涯之野，始追及之，覿面之下，則非梅影，實雲郎也。乃邐前執其手曰："雲哥，妹兩足癱軟，汗下涔涔，曷少休乎？"雲郎曰："此地枳棘叢生，虎狼載道，必渡過前面一溪，方得安隱。芸蘭舉首一望，只見一二里外，一溪如帶，中有木橋可通兩岸，乃與雲郎相扶而行。行至溪邊，雲郎以橋樑甚隘，款步以爲先導，芸蘭亦繼從其後，甫至中段，呼呼風響，河水奔騰，激落千丈，橋已不見，與雲郎同坐一小筏中，漂泊於茫茫大海之上，波濤洶湧，筏捲入漩渦之中，搖搖欲覆。雲郎已驚懼無人色，偶一失足，遂爲波臣攙去。芸蘭慌忙伸手援救，不期心中一恐，亦跌入海中，大驚而號，則身在繩牀，重裘爲汗珠兒濕透，肌寒如冰，几上殘燈，猶吐黯焰，昏照四壁，視壁上時鐘，時針正指子刻，轉聽窗外風悲雨泣之聲，較就枕時更厲，猶疑身在驚濤駭浪中也。

蝶魂渺渺，夢境歷歷。芸蘭受此噩夢震悸，心搖搖如懸旌，是夢反疑是真，是真還疑是夢。嗟呼！夢耶？真耶？其機難測，然以因果二字證之，則芸蘭目前之幽怨深愁，即可爲其將來花殘月缺之鐵券，而當局者沉於迷途，明知孽海茫茫，不肯回頭是岸，亦可痛矣，豈非癡哉！

第十四章　懺情

荷枯菊瘦，楓落江寒，雪擁蘆花，殘秋盡矣。芸蘭念及去年死別生離之一番愁苦，死者長埋地下，魂魄難接，生者天各一方，尺書鮮寄，忽焉日征月邁，屈指一年。流光容易，往事思量，兩目中恒無淚乾之時。不意時際初冬，其父又忽攖風痰之疾，疾因受風所致，初作時，心竅爲痰氣所迷，即失其知覺作用。疾重體衰，醫皆束手，遂纏綿月餘而卒。傷哉芸蘭！萱草靈椿先後俱萎，痛何如耶？

芸蘭之父自續娶後，以繼室不如故室，晚景蕭然，毫無樂趣。古語云："憂能傷人。"況衰年老翁如三秋槁木，何堪加以斧斤？故其雖能閒雅自遣，終覺康健大虧，嘗語芸蘭嘆曰："吾多病如此，兒之終身大事，猶未了結。倘朝露溘至，則吾誤兒甚矣。"蓋公之初衷，原欲以雲郎壻芸蘭，顧家運不齊，連遭顛沛，此願猶虛，今自覺其血氣既衰，朝不保夕，每欲致書萬公爲二兒締訂婚約，但以芸蘭猶在服中，恐干非禮之誚，遲至明春，亦不爲晚。嗟乎！孰知雨雪霏霏，靈椿遽凋於歲暮哉。而芸蘭與雲郎從此墮入萬劫不拔之境，使吳楚江頭多湧此一層恨恨不平之惡浪，皆因此一着之誤也。

椿萱繼萎，恃怙俱無，薄命孤花，倩誰護惜？芸蘭痛其父之死，日夜啜泣，淚盡而繼之以血，幸喪事一切，幸有其繼母族兄弟爲之治理，得以不紊，而零丁薄祚之門，亦罕有弔唁者，可憐素幃之內，桐棺之側，與芸蘭共揮一片血淚者，惟慧兒一人。

驚鴻倏至，噩耗傳來，數日後，訃至南昌，雲郎無邊哀痛，叢集一身，驚聞之下，恨不脅下生雙翼飛渡鄱陽而蒞鄂渚，乃請於其父，欲親往弔奠。其父適在病中，聞耗扼腕嘆息不已，深恨爲病軀所厄，不能盡親友弔災之義。及聞雲郎言，即許其請曰："姑家二三年來，疊遭慘變，苦煞弱女矣。且姑父之於汝，非特有葭莩之誼，而且有雨化之恩，今溘然仙逝，撒手人間，兒欲往弔其門，禮也。余何阻焉？"乃命家人備行旅，具生芻，詰朝以一老僕從之行。

汽笛一声，汪洋萬頃，兩晝夜間已出鄱陽而抵漢水。客途無恙，舊地重來，攬漢陽之芳樹，挹黃鶴之白雲，此皆騷人墨士之所以遊目騁懷而不勝其樂者，而雲郎視之，反不勝其惆悵，作爲一片傷心色觀矣。夫雲郎與其姑父，不過姻婭之情耳，何傷之過甚？蓋有感於斯人既歿，則與芸蘭之婚事，將呈險象，倘一遇阻力，勢必破釜沉舟，難收完局。故其心不僅爲芸蘭此時失恃而傷，亦爲芸蘭與己將來失幸福之保障而更傷。

前度劉郎，今作弔客，遙望旛影幢幢於日光之中者，非喪家之標幟耶？雲郎見此慘象，徘徊於梁氏之門，不忍遽入。神情昏惘間，忽聞室內哭聲悽惻，急放步直入，則老僕已呈奠儀於靈几之上。芸蘭繼母拭淚相迎，雲郎先奠死者訖，然後以姑禮拜見芸蘭繼母，酬答之際，忽慧兒愴惶出曰："夫人速入，小姐暈倒矣。"繼母大駭，急捨客而入。雲郎此時如迅雷震耳，沸水催心，驚怖之狀，不可言喻，以繼母性情難測，不敢冒昧入視。少頃，慧兒復出請曰："夫人請雲哥入。"雲郎見慧兒色稍定，心亦略懌，乃從之入。祇見芸蘭倒於卧榻之上，星目微啟，其繼母坐於其側，見雲郎入，忙命坐曰："汝兄妹經年未見，胡不一敘渴別？嘗聞汝姑父言，汝兄妹自幼同窗共席，性極友愛。今汝姑父謝世，門庭衰落，尤恃親友顧惜。汝切勿因人死情疏也。"雲郎聆其言懇摯，心甚感激，俯首唯命。轉視芸蘭，見其雙眦中淚如湧泉，面呈不可思議之慘狀，一時覺有千言萬語，以敘別後無聊歲月中之情況。終以情分繼母，難比親姑，啜嚅良久，僅作一尋常慰藉之語曰："妹雖哀慟，亦須自節。姑母晨昏之奉，猶惟妹是視也。"芸蘭聞其言，瞑目無語，面容悽慘之中，轉含有冷淡之態，其繼母以雲郎溫婉可親，意甚欣喜，謂芸蘭曰："汝雲哥程中勞頓，汝勿過悲使之心懺。吾須命僕安置下榻處。"言已，起身而出。雲郎乃行近榻前，逼視其面，不禁聲淚俱下曰："經年之別，妹竟瘦却許耶？妹此時之玉容，與去歲臨別持贈之俏影，幾成兩人矣。妹不自計，獨不爲父母半子之祀計乎？"芸蘭齧被飲泣，終不一答。未幾，其繼母復入，見雲郎面有淚痕，乃攜之出，而詢其家庭瑣瑣焉。

　　芸蘭見雲郎含恨而出，一聲長嘆曰："癡郎怨我矣。余深願其怨我恨我，從此灰心而絕我……"言至此，心作劇痛，忍不住哇然一聲，一團紅光，從口中躍出。嗟乎！芸蘭自雲郎別後，夜雨燈殘，頻灑懷人之淚，故園花謝，怕聽柳巷之歌，其腦海中無一日無雲郎之小影在。今當久別乍逢，應有快愉之表示，雖其心痛罔極，亦不應淡然至此。殊不知芸蘭之所以如此者，蓋有感於秋來之噩夢，念及此身孑爾，如斷梗飛蓬，一旦風雨相催，勢必漂泊淹沒，不若趁此拔出慧劍，斬斷情絲，羅拜於青燈古佛之下，終身於無罣礙之天爲得計也。故其懺悔之心早定，而絕雲郎之念亦堅。

第十五章　癡恨

　　參透孽緣，力求解脫。芸蘭自其父歿後，自知命途多乖，而前番噩夢必爲其將來之預兆，遂將其往日與雲郎戀愛情思漸漸灰却，顧春蠶未死，其絲難殺。今見雲郎立於其前，血淚同流，真情可憫，一時懺悔與戀愛二種觀念，惡戰於心頭，不覺痛極而湧，濺地殷殷。慧兒驚呼曰："小姐驚余哉！此頳然者何物耶？小姐胡吐此耶？"芸蘭忙搖手，禁其勿聲，欲起而除之，無如竟體作寒，搖搖不支。慧兒曰："小姐胸前得無空洞作慌否？婢聞少年嘔血，最爲險病，如此奈何？"芸蘭嘆曰："人皆畏其險，吾惟恐其不險也。"慧兒大戚曰："婢係老夫人養成，不知有家矣。脫小姐不諱，願以身殉。"芸蘭强自鎮攝以慰之曰："汝勿悲，此係積鬱之血，一旦吐出，反覺心中闊爽，汝切不可爲外人道。"慧兒點首，似信其言，乃拾地上之血痕而出。

　　繞牀轉側，伏枕呻吟，寒閣寂寂，惟慧兒頻來頻去如鶯梭。雲郎以今非昔比，不得繼母之命，不敢唐突而入。日暮矣，寒煙漠漠，籠窗欲黯，一片凄涼之色，直刺病者之目。芸蘭取枕邊之小鏡自照，嘆曰："余可愛之影乎？汝何憔悴如斯也。"一陣悲愴，心頭腥臊之氣，冲口而出。繼復一陣大嘔，心如水澆，念此症殺人甚易，一現曇花，行將泯滅，所慮者余死後，猶有一癡情之雲郎，其生命必因悒鬱而促，余何可以垂死之身，纍人以畢生之恨？且吾舅膝下僅有此一點，倘爲情魔所祟而妖，則萬氏之一綫斬矣。九京之下，余何以對余母，而余來世之罪孽，不亦更重乎？嗟乎！余將以何法使雲郎與余脫離關係而斷此孽根耶？思之，惟以疏遠無情之態度對付彼，使彼心灰意冷，視余爲冥頑之木石，棄余如陌路，然後奈何天裏，可少彼之一席？嗟嗟！明鏡難完，回頭是岸，芸蘭之用心，可謂苦矣。

　　芸蘭當嘔血之時，雖頭重眼花，然靜卧良久，亦能支牀而起，晚間仍入其繼母室省安。時雲郎先在。母曰："晚寒甚重，慧兒謂汝身又不適而臥，胡強蒞此耶？"芸蘭曰："病乃兒之常事，倘不能強持而起，母不亦更孤寂耶？"其母亦浩歎，謂雲郎曰："家門不造，苦煞余與汝蘭妹矣。"雲郎聆此，一種憐惜之態，流露於面，以目偷視芸蘭而泣。芸蘭視之，漠然若無所覩，僅與其繼母寥寥數語而出。出門時，聞雲郎微嘆之聲，意良不忍。歸室後，兩行酸心之淚，不知不覺間已泛濫於目眶之外，倒牀而哭。

憐卿有淚，對我無言。雲郎見芸蘭視蕭郎如路人，一時興味索然，難測底細。芸蘭去後，亦興辭而出。自思自度不知何事開罪玉人，以致舍我如遺，不覺悲苦萬狀，繼而猛醒自責曰："汝何無狀？彼燈前母子不當回避耶？"遙望芸蘭室中，紗窗燈火猶紅，回視繼母室門已閉，四顧悄無一人，乃直趨其窗外而立，側耳細聽，聞芸蘭哭聲低而哀，見其門猶虛掩，知其未睡，竟忘避嫌疑，以爲猶是當年兩小無猜之時，排闥而入。此時芸蘭方和衣側身，向內而臥，聞履聲徐徐，疑爲慧兒，仍隱隱而泣。不少動，雲郎乃至牀前，以手憾之曰："蘭妹，胡夜靜猶泣耶？吾來終日恒未見妹一時止泣，妹自傷如此，余心如焚。東歸後，當爲妹憔悴死也。"芸蘭轉身見雲郎，大駭。及聆其語，復大慟，柔腸九回，芳心寸碎，欲慰之不可，欲絕之不能，惟以目眈視雲郎，若有所思。雲郎見其無語，復悽然曰："妹乎，自河北別後，人咸以爲家人父子相聚一室，其樂無涯，余處之如身入黑黯地獄，其苦尤甚。余非性與人殊，別具肺腑者，蓋余愛家之情，爲愛妹之情所奪。嘗對江頭而興嘆曰：'余心何戚戚，江水何悠悠。此心如此水，不盡是離愁。'嗟乎！蘭妹，余畢生之命運與幸福，皆懸於妹手，妹亦有以慰我乎？"芸蘭聆至此，不待其言畢，芳心一忍，面色嚴厲，冷如冰霜，忿然曰："雲哥病癇耶？是何言？豈余耳之所願聞耶？是何地？豈雲哥之所宜至耶？幼時之事，妹視之如已散之浮雲，何勞雲哥念念不忘耶？行矣行矣！中篝之言，亦可畏也。"芸蘭侃侃而言，聲色俱厲。斯言也，實出雲郎意料之外，驟聞之下，如毒矢貫心，昏昏迷迷，信步而出，行至廊前，兩足一傾，遂身倒石砌之下，時夜深月上，萬籟俱寂，惟有滿地寒光，淒清欲絕。慧兒自夫人室中歸寢，行至其地，見一團黑影，蠕蠕而動，定目視之，辨爲雲郎，不勝驚異，忙拽之起曰："雲哥胡席地而臥，不畏中寒耶？"只見雲郎癡立不答，面色青紫，口角流涎，狀如中魔，迨慧兒呼之良久，始一聲痛苦曰："忍哉蘭妹，余果有何罪而使妹拒我之深耶？余雖死亦爲含冤之鬼矣。"慧兒不解所謂，見其神經失常，必因受刺激過深所致，乃軟語慰之，扶之入室，囑其僕加意看護而出。雲郎猶喃喃自語不休。

第十六章　淚書

狠語違心，淚痕濺枕。芸蘭之絶雲郎，其不得已之苦衷，在雲郎固不能諒，在芸蘭亦深願其不能諒也。吞聲忍淚，辛苦自茹，當時其心中之慘痛，殆有甚於雲郎者倍矣。然芸蘭既知前關之險惡，欲拔雲郎於苦海，而出此斬釘截鐵之手段，應從此心堅，如不將雲郎二字拋諸腦海之外，一塵不染，萬念皆消，全己全人，豈不善乎？無如情根深種，霎時間萬難鋤之使盡，芸蘭恐雲郎之沈淪，欲使雲郎絶己，而其心實憐雲郎而未嘗絶雲郎也。嗚乎！燭淚未乾，藕絲未斷，愈求解脱，愈見纏綿，一場慘劇，不演至玉碎香銷之局而不已。情之魔力，可謂大矣。寧弗懼哉！

芸蘭見雲郎惘惘而出，默念癡郎戀我之心，如以冰投火，可以立見消滅，而薄命未死之身，不致負累人之罪，即死亦少此一重孽債，於是痛極而復自慰。惟兩目中推波助瀾之淚，濕枕透衾，猶不能遏止。噫！豈燭到成灰淚始乾耶？思至此，忽聞有人步聲作於室外，心頭一躍，深恐雲郎復來有所申訴，及近榻前，張目視之，則慧兒也。慧兒扶雲郎歸寢後，即返身入室，見芸蘭雙目盡赤，料必有因，乃問曰："小姐猶未寢乎？"芸蘭曰："未與其寢而神不合，不如不寢也。"曰："小姐身不適乎？"曰："否，余身頗適而心實痛耳。"慧兒嘆曰："小姐心痛，恐此時雲哥心痛，且有甚於小姐也。"芸蘭急問曰："汝見雲哥乎？雲哥奈何？"慧兒乃以狀對。芸蘭聞畢，作恨聲曰："孽哉！天作之耶？非人力之所能挽耶？癡郎！癡郎！何一癡而至於此？"言已，伏枕嗚咽，慧兒復詢曰："雲哥曾來此乎？"芸蘭含淚，以己欲絕雲郎之意，並方才相見之情，一一爲慧兒告。慧兒搖首曰："小姐誤矣！雲哥之於小姐，癡情如此，此生此世，勢難決撒。恐此舉不惟不能全其生命，反足以促其生命。小姐何苦哉？且人事遷移，如白雲萬變，後來之究竟，亦豈此時所能預料？何如暫置勿問，隨人緣聽天命乎？"芸蘭聞此，深服其論之確，而自悔前事之非，然亦無可如何。悲哽良久，語慧兒曰："汝明晨早起，可一往探其情狀。頃夜漏已深，汝可安寢。"慧兒曰："婢俟小姐解衣臥後，方可卧也。"芸蘭不得已從之。然一寸芳心，憂人怨己，竟夜不休，雙目何會交睫？不覺東方之既曉矣。

慧兒晨起，不俟曉粧訖，即怱怱向雲郎下榻之室而往，其僕方逡巡於室外，意甚愀然，乃就而問曰："公子醒未？昨宵曾安睡否？"僕曰："彼自汝出後，環行室中，忽歌忽泣，狀似中痛，僕勸之睡，彼大怒曰：'汝亦敢涸吾耶？'即驅僕於室門之外。僕觀此象，愕然大駭。蓋公子素性溫和，今忽狂暴，必攖心疾，僕守此不敢離去。頻從窗隙中窺其動作，只見其灑淚於硯，磨之以墨，然後取素箋一幅，濡筆而書，已就，燈下讀之，終夜不倦，究不知其所書何事也。僕從公子來時，已領主人命，四五日後須言旋，今恐不可待也。將請之於夫人，即今日下午渡漢，買舟下駛。"慧兒驚曰："然則公子昨宵竟夜失眠乎？"僕曰："恐此時猶據案喔喔也。"慧兒自窗隙中窺之果然，乃扣門而入。雲郎見慧兒苦笑曰："汝來大好，吾此一片血誠，得達於小姐，死無恨矣。"言已，即以一紙付之。慧兒勸之曰："雲哥以昂藏七尺男子之軀，豈可輕視一死？"雲郎忿然曰："汝小姐欲死我，我焉得而不死？汝速去，毋問我垂死之人喋喋也。"慧兒見其情急，難以言喻，乃持書而返，以示芸蘭。芸蘭倚首於枕，折書讀之，且讀且哭，淚珠與墨痕相混。錄其詞如左：

　　此身不幸，天賦聰明，與妹相見之初，方寸中即有欣慕之意。若三生石上早爲吾二人訂有宿緣者，及共席一載，兩情契合，如漆投膠，於是乎情字之真理，始貫澈於吾腦，而有會於吾心。竊以爲天地間情之所鍾，正在我輩。我輩若不能用其情，則爲冥頑不靈之蠢動物耳！與木石何以異？故區區之心，求愛於妹，由淺而厚，由厚而癡，以致層層情網，愈結愈牢，嘗私誦曰：＂在天願作比翼鳥，在地願作連理枝。任海枯石爛，此志決不或移。＂當時窺妹之意，既愛我憐我，必能與我表此同情。嗟乎！豈料妹多情之人，而有昨宵一段無情之舉耶？由是觀之，則妹曩日之愛我憐我，皆屬弄我愚我，故有今日之絕我。嗟乎！妹竟絕我耶？妹能絕我而我終不能絕妹，吾前有言，吾此生之生命與幸福，皆懸於妹手，妹欲絕我，直當死我。我將死矣，夫復何言？即言之，亦復何益？顧余死而未明妹絕我之由，則三千冥路之中，猶有餘恨耳。嗟乎！今而後，始知聰明誤我，情字累人，一幅蠻箋，無窮幽怨。已矣哉！書生薄福，竟如是耶？雲郎淚書。

第十七章　掬誠

墨痕黯淡，語意悲酸。芸蘭得此一幅淚箋，心中自悔所作孟浪，復痛雲郎此時之悲哀，激切、悔痛交集，幾致暈絕。一時神經瞀亂，只知珠淚歷落，不知何法以處，乃復取書閱之。閱至＂未明妹絕我之由＂句，廢書歎曰：＂癡郎！使汝知我絕汝之由，恐汝心更痛矣。＂慧兒曰：＂小姐終無以慰雲哥乎？雲哥此際顏色之沮喪，神情之昏惘，令人聞之心悸。若不再有以慰之，不知將續演出若何慘象。則其書中以死自誓，恐非虛語也。＂芸蘭急問曰：＂雲哥此際若何？＂慧兒乃以僕言及己與之相見時之情狀對。芸蘭聞之，魂飛膽碎，乃命慧兒持毛椎至，以所用拭淚之絲巾一幅，鋪於枕上，從衾中支半身起，伏枕而作答書曰：

淚箋飛來，讀之咽塞。嗟乎！癡郎！以儂無才、薄命、不祥之身,當自惡其偷生人世,而不速死。何郎苦苦緊纏而不肯撒手耶?儂果與郎有緣也,則陳朱之好,早結於余父母未謝世之前;既無緣矣,則無主孤花,隨其飄墮可耳。何敢取郎之憐,希郎之愛,而遺郎以重累哉!郎係獨出,萬氏之祀,惟郎是承,且雙親在堂,晨昏之奉,尤惟郎是望。郎肩雖弱,擔負非輕,非若儂之身,生死無關緊要可比也。千金之子,理宜自愛,情場險惡,何可立足?儂也疊經憂患,身世堪傷,注淚成川,嘔心有血,浦柳之姿,望秋先落,其浮沉於塵世之期甚短,而與郎相晤之日亦無多也。清夜自思,以郎愛我之情正濃,倘此身物化,郎必哀痛自戕,以償同穴之願。是萬氏之祀,高堂之奉,皆因儂而絕,則儂雖死,猶有餘辜。以故愁腸萬縷,一日九回,百慮之餘,惟有使郎脫身情網,斬斷情絲,往事雖非,回頭是岸,以郎之器宇才華,何處不可以得佳耦?前途幸福,尤未可艾。即儂一日未死,亦當虔首佛前,清心淨慮,木魚貝葉,以了今生,雙方互有裨益,後顧更無危險。計之善者,莫逾於此。故昨夕對郎,而有此忍心之語,欲使郎恨我、怨我,從此絕我。儂之昔衷當時固為郎所不能諒,然亦深願郎之不能諒。蓋恐能相諒,則不能相絕。嗟夫!癡郎!孰知郎之心終不可絕哉。郎書以死自矢,今既如此,惟有捨此殘軀,以與萬惡情魔一戰,勝負之數,憑諸天命可耳。芸蘭覆。

是書為蘭芸之一片血誠,每書至酸心之處,身搖手顫,掇筆而泣。泣已,復書。如是者數,約半時許,其書乃成。即付慧兒攜之以去,曰:"汝可告雲哥勿悲,趁夫人未興時,導之來此一晤。"慧兒唯唯。

慧兒持書至雲郎室,見雲郎俯首啜泣已如淚人,忙近其前以巾畀之曰:"勿哭,勿哭!此巾可以拭淚矣。"雲郎拾巾視之,斑斑點點,漠漠糊糊,是淚是墨,幾難辨晰,其文未覩,其色即覺難堪矣。乃據案而讀。讀已,心大不忍,失聲而哭,其驚痛之狀態,無異於芸蘭之得彼書時。

妄思解脫,徒增煩惱,得書後之雲郎,其一腔怨憤甘死之氣,早消滅於無何有之天，且將自痛之心，一變而爲憐人之心矣。揣巾於懷，向慧兒問曰："小姐得我書後，驚痛何似？"慧兒曰："雲哥欲見小姐乎？"雲郎曰："固所願耳，恐夫人不諒也。"慧兒曰："晨光甚早，夫人猶未起，小姐亦欲雲哥一見，請速從我行。"雲郎應諾，即離席而起，方舉步，忽兩目暈花，脫非手猶扶案，則已跌身於地下，自驚曰："吾何疲憊至此！"慧兒曰："一夜未眠，加以傷心，那得不憊？"雲郎始恍然，取鏡自照，目憔悴如鬼顏，兩頰間淚痕縈積，瑩瑩作珠點，命慧兒取熱水拭之使净，而雙目依然浮腫如桃，終覺五內躊躇，恐此枯焦形影益增玉人心惻。慧兒促之行，始惘然從之，復至芸蘭之室。

愛河波瀾，忽揚倏净，昨夕被逐而去，今晨又奉召而來。雲郎既入室，心怦怦然，時朝曦正照窗簾，鴛帳猶垂，慧兒掀鈎挂之，喚曰："小姐，雲哥偕我來矣。芸蘭乃轉身向外側卧，鬢雲蓬鬆，玉容狼藉，雖愁顔婉轉，猶不減其婀媚之態。慧兒挽雲郎坐於床次，復低聲謂芸蘭曰："婢須往夫人室中探其起未。"芸蘭點首。慧兒出後，雲郎澄澄注視芸蘭之面，淚下如雨，芸蘭更覺陣陣辛酸，直透鼻觀，則與之對泣，淚光互射。良久，雲郎突見枕邊一紙，字迹爲淚痕浸透，細視之則爲已之淚書也，乃取而捽之曰："妹用心若此，而我不能諒，反爲此病狂之言以傷妹之心，我罪實大。"芸蘭方欲奪還，已作片片白蝶飛矣。不禁哽咽曰："儂未審雲哥之用情，已至除死方休之地位，而出此悖謬之舉。是儂之孟浪，於雲哥何尤？"言已，倚首於雲郎之肩而哭泣。雲郎欲以言相慰，如有硬骨在喉，終不能成聲，仍不免相向而哭。有頃，慧兒揭簾入，狀頗懊喪。雲郎駭曰："夫人亦將至乎？"慧兒曰："否，婢往夫人室，夫人已興，與婢瑣話時，雲哥之僕忽於簾外以雲哥昨夕情狀失常請命欲歸。夫人愕然，竟許其請，即於下午渡漢。"雲郎勃然怒曰："胡預彼儕事？吾須責之。"芸蘭止之曰："僕主之義，不得不然。雲哥行矣，值此歲暮，舅又在病中，禮宜速歸。且來日方長，何必争此數日之留戀哉。"雲郎默然，既而起曰："我當歸室，恐夫人往視也。"乃悵悵而出。

芸蘭愁壓意懶，竟日偃卧。傍晚，慧兒攜一錦匣入，則雲郎主僕已停裝於汽輪之上，匣中乃留別之小影也。

第十八章　重聚

　　愁雲漠漠，雨雪霏霏。臘鼓一聲，歲雲暮矣。雲郎歸後，屈指半月有餘，然姍姍玉影，猶日日接於芸蘭之眼簾。芸蘭終日對影長吁，仰天揮淚，纖纖弱質，遂爲無限閒愁壓倒矣。

　　藥煙滋味，病裏生涯，芸蘭之病來勢頗劇，遍體作炎，神魂顛倒，常囈語綿綿不休。幸城之良醫某氏，能按方投藥，調理旬餘，頗獲效果。然病雖減，而愁顏苦色之益於面，終不少退，淹綿經月，至新正猶不能脫離牀蓆，踥躞床頭，料理藥鐺茶盞者，惟一慧兒，亦孤女病中可憐之境況也。一日，慧兒持一函入，笑曰："小姐，此函來自南昌，必有雲哥消息也。"芸蘭命慧兒讀之曰：

　　　　蘭妹粧次：別後流光如駛，歲月消磨於愁城淚境之中，實深浩歎。頃得家嚴同意，擬於杏月初旬，來鄂就學於文華大學校。蓉妹近不甚健，亦將偕余來鄂一遊，以舒積困。如此，則與妹相晤之期僅十餘日之隔也。余近日心中頗慰，不知妹新年來人事較好否？總之，勿尋煩惱，珍重爲佳，是所深望。別後渴慕之情，容見時再叙。雲郎謹上。

　　慧兒讀畢，嘲曰："小姐命中天喜星將至矣。"芸蘭顏頓赤，然心中不無快愉之意，顧芸蘭之病，原因悒鬱傷情而致，故藥石之力，只可抑其暴發之焰，而不能去其逗留之根，今中心一慰，氣機頓爽，糾纏不捨之病魔，遂失其所藉而遠去矣。三四日後，即能攙扶而起，蓋時在新正將盡也。

　　萬象更新，春光大好。芸蘭戰退病魔，漸漸如逢春花木，有欣欣向榮之概。蘭閨日永，獨坐無聊，惟日閱《紅樓夢》以自遣，見黛玉一身零落，不禁思量墮淚。竊歎紅顏薄命，古今幾成爲不移之公例。及觀賈母之憐愛，寶玉之鍾情，未嘗不羨其命薄而遇美，又每至驚心之處，則加以評語。流光容易，轉瞬間，春放上林，節屆花朝矣。是日也，芸蘭晨起，對鏡臨粧，慧兒捲起窗簾，忽一雙喜鵲飛舞簾外，喧噪不已。慧兒欣然曰："小姐，鵲噪簾前，今日必有喜報也。"芸蘭哂曰："衰落門庭，有何喜可報？"慧兒曰："雲哥前函謂其於本月初旬抵鄂，或者即於今日以應鵲報。"芸蘭復哂曰："數百里外之消息，豈無知小鳥所能預報耶？世人咸以爲慶者，因其鳴聲喈喈，入耳可悅，其實何足爲佳兆之憑哉！"慧兒終不以爲然，且舉歷歷事實以證明之。芸蘭雖無所辯，然亦深願其言之有驗也。

天氣清明，春風得意，誠爲一大好之花辰。芸蘭久病餘生，幾淪鬼域，今已與二豎謝絕，恢復康健，憔悴就萎之花，得東皇雨露而復蘇。其心緒之縈迴不展，較之元旦日，略有佳境。午餐後，乃取新釀一甌，遍灑芳叢，爲花祝壽。忽慧兒狂奔而來呼曰："小姐，速往堂前迎客。雲哥之僕已先將行旅至矣。"復笑曰："鵲噪之兆既見，小姐猶有説乎？"芸蘭曰："是不過事之偶合耳。"乃相與趨至堂前。繼母已在，蒼頭方導其僕攜行旅往室內，慧時向門外窺探。少頃，門外車聲軋軋，一對玉人連翩而入，不知者幾疑爲神仙中侶也。

雲郎既入，即偕其妹先禮芸蘭之母，然後與芸蘭相見，不時凝其深黑之眸，注視於芸蘭，以其繼母在前，垂首不敢仰視，因攜蓉妹入己室。是夕，即與蓉妹連榻而卧，抵足鎖鎖①話兒時事，相得甚歡。芸蘭復向之問舅氏近狀，蓉妹忽蹙額曰："余父之疾，邇雖就痊，然已頹唐不堪，其實半因雲哥憂傷而致。"芸蘭急詢曰："何謂也？"蓉曰："姊亦知此次余父命其來鄂就學之故乎？蓋雲哥近年性質大異，遇事皆抱悲觀。平日亦罕言笑，終日鬱鬱，狀至焦灼，其心中若有難言之隱者。漸至飲食減少，形容消瘦如鶴。吾父曾使醫診之，醫者曰：'面呈憔悴之色，脈兼脆

---

① 鎖鎖，疑應爲"瑣瑣"。

弱之象，皆由憂思過度，以致心血枯燥，此乃心疾也，非草根樹皮之所能愈，急宜設法使之心中舒暢，絕去煩惱，則病根自去矣。不然恐成癆傷，不治之疾。'是醫爲南昌國手，言多有驗。吾父聞之，老懷之惡可知矣。故今春乃有來鄂之議，名雖就學，實則欲消其積悶耳。"芸蘭聞此，心頭騰沸如潮湧，覺有一腔孤誼之言，欲對蓉妹一吐。顧女兒身分所在，又似不可言者。無何，僅答之曰："自後妹當時時勸之珍重，勿以生命爲兒戲也。"蓉曰："是所固然，余父命余同來，亦此意也。然姊非外人，亦當有以勗之。"芸蘭唯唯。

第十九章　持贈

　　千株綠媚，萬樹紅嬌，快事既在心頭，好景盡收眼底，綯眉不展之芸蘭，自雲郎與蓉妹來後，愁顏漸釋，亦覺春光大好，耳目皆新，時或與蓉妹散步園中，吸收芳林清氣，以滌胸腑。雲郎以暫事休養，猶未入校，亦相從斯①混，大有怡紅公子之福。一篇血淚縱橫之斷腸曲，忽又有一段豔情開幕矣。

　　雲郎下榻之處，即梁公生前之讀書室。室與雲郎所居之挹香閣連垣，亦精雅可愛。蓉妹則與芸蘭比室而居，彼此皆一呼可應。雲郎自來鄂後，無復有在家時懊喪之狀，嘗對景追歡，怡然自得，蓉妹異之，然其所以致此者，惟芸蘭能領略會悟，則非蓉妹局外人所能參詳也。

　　斜陽一角，照於素心園中，與芳草瓊枝相射成錦，雲郎傯傯自外歸，覘此景色，款步欣賞，心地爽然，同一景也。在失意時遇之，則覺其可憐，在得意時遇之，則覺其可樂。雲郎此時腦海中觀念，與在家時迥異，故其心理之作用，既因時而變遷，而外物之感情，亦因之更易，脫其心猶無欣洽之餘，則對此暮色蒼茫，晚煙朔漠，正不知其四顧傍徨當如何感慨耳。

---

① 斯，疑應爲"廝"。

雲郎眺覽之際，忽憶如此煙景，芸蘭等胡不一出領略，豈又兀坐深閨尋煩惱生涯耶？乃走覓之。至其室，只見珠簾半捲，室內寂然，遂揭簾入。芸蘭等果不知何往。見案上有書一册，拾起視之，乃《石頭記》也。卷頭册末披評殆遍，皆爲古人擔憂，替癡兒叫屈之語，尤深痛惜寶、黛之情摯緣慳，愁多命薄。雲郎閱之，嘆曰：「筆慘墨愁，令人腸斷，何哀思之深也。」復逐次前閱，至卷之中，瞥見一玉人，亭亭紙上，栩栩欲生，正不讓黛玉丰姿。不禁大驚曰：「黛玉之魂耶？」審之，則爲芸蘭貯立花下之小影也。把玩再四，不忍釋手，欲竊之而去，忽腦後有人反接其手，喝曰：「膽大偷兒！敢入人家女兒閨闥耶？贓物已得，捉將官裏去。」雲郎大駭，回視之，見爲慧兒，怏之曰：「好姐姐，切勿使小姐知，吾將有以謝汝。」慧兒連搖其手曰：「不敢！不敢！吾恐罪發同坐也。」言未已，只見門簾啓處，芸蘭已入，徉怒曰：「既竊我物，復誘我婢，應得何罪？」雲郎笑曰：「吾愛之心切，恐妹吝不我與，故出此了當手段，不意當場被獲，實屬不幸。然妹終不與我乎？」芸蘭曰：「女兒之影，豈輕易與人，脫爲他人所見，將作爲笑柄矣。」雲郎曰：「余非輕薄兒，豈能將妹之影示人哉！昔年在河北，妹贈我誌別之影，余藏之篋中，雖親如蓉妹，猶未與之一見，矧爲他人，妹胡多慮耶？」芸蘭曰：「汝既有其一，何必需其二？」雲郎曰：「此影丰致，較前殊佳。余入校之期將近，此後須七日方能一見，余有此影，常佩身傍，不啻與妹時時對晤也。」芸蘭聞雲郎將入校，歡顏忽斂，意似愀然，低首沉思，良久無語，忽蓉妹自外入，見雲郎訝曰：「雲哥歸耶？午前何往？」雲郎曰：「余午前往校中打聽入校授課之期，後即渡漢購適用之書籍，故歸來遲耳。」蓉曰：「然則雲哥入校之期殆近乎？」雲郎屈指計曰：「僅三日矣。」蓉妹復笑曰：「雲哥，漢口市場繁盛，品物雜呈，曾未購一新奇之物遺我乎？」雲郎笑曰：「余早知汝必有此言。頃已購得一物，然汝能識其名，則可將去，否則吾不予汝也。」蓉妹應諾。雲郎乃於懷中出一小黑盒與之，只見盒內有物如雙筒，筒端佩有極透明之小鏡，蓉把盒細玩，終不測其爲何物，羞顏頓赤，頻以目視芸蘭。芸蘭低聲語之，蓉妹大喜曰：「雲哥，吾知之矣。此望遠鏡也，不知可能望見南昌否？"雲郎嗤之曰："汝真憨哉！雲山千里，豈能收此望中？然漢陽芳草與晴川黃鶴，皆可臨登俯瞰，如呈目前。"蓉乃顧芸蘭曰："蘭姊，此際夕陽正好，吾等試登台一望可乎？"芸蘭欠伸曰："夕陽雖好近黃昏，此愡愡短促之景，反足以惱人。余體頗不爽，猶怯晚風，實不能相從。"蓉笑曰："姊何嬌惰若此！"乃挈慧兒同出。

畫裏真真，丰姿絕世。雲郎見蓉妹他適，復出芸蘭小影，瞪瞪注視不已。芸蘭乘其不備，驟奪之曰："汝已閱飽矣！可仍還我。"雲郎見影被奪，不覺失色哀之曰："妹乎！妹奪此影去，吾入校後無以自慰寂寥，不將悒鬱而病乎？妹何惜一影，而陷我於無可奈何之境。"言已，悲梗欲涕。芸蘭復擲與之曰："癡子，吾戲汝也。"雲郎始拾起笑曰："妹作此惡劇，幾急煞我矣。雖然，吾亦有以謝妹。"乃探懷出一絨盒贈之曰："此亦余今日渡漢所購。"芸蘭因啓盒，則有一物，光華燦然，視之，洋金鍊也。雲郎親爲之圍於其項，胸前復垂一桃形之金鎖，上鐫有文曰："實結同心。"雲郎指示芸蘭曰："此可爲吾二人愛情永遠之表示。"芸蘭笑曰："吾此身竟爲此鍊鎖住矣。"雲郎曰："此鍊質堅而性柔，今以之日纏綿於妹之項際，雖欲解脫不可得也。"言已，睨之而笑，芸蘭亦嫣然。忽聞慧兒呼曰："晚餐備矣！"乃相與同往堂中。

第二十章　賞蘭

好筵易散，圓月終缺。雲郎來鄂半月，此半月之光陰，總算樂事躬逢，愁腸滌盡。忽焉東風吹絮，節屆清明矣。是日也，即爲雲郎入校之日。歡未久，又譜離鸞，而無情風雨，會逢其適，紛紛擾擾不休，一望長天，盡作黯慘色，於是乎芸蘭與雲郎之魂，亦共路上行人而俱斷也。

節好而人不圓，人圓而節又不好。彼蒼者天，恒不與人以完全美滿之事，則是兩人之結果，於茲可以預卜矣。芸蘭以春祭之日，父母皆翹首泉台望祀。今爲風雨所阻，不能少盡孝思，憶及鞠養之恩，不勝蓼莪之痛，獨坐芸窗，目中珠淚，直似墻前之雨，作一片淅瀝聲也。慧兒見其如此，亦無言相對，室中寂寂，若闃無人者，忽一人悄然自芸蘭之後以手掩其目，芸蘭駭曰："誰……誰乎？"慧兒笑曰："小姐勿懼，雲哥也。"雲郎釋手笑曰："真是快嘴丫頭！"芸蘭拭目回首曰："雲哥如此無賴好嬉，脫為蓉妹所見，反笑我等猶未脫稚氣也。"雲郎見其眼圈紅破，復自視己手，滿掌俱為淚痕所濕，始知其正事哭泣，戚然曰："妹又因何事感傷耶？"芸蘭強笑曰："余何嘗有所感傷？"雲郎曰："然則泣胡為者？"芸蘭曰："余亦又何嘗泣？"雲郎乃以手示之曰："此瑩然者，非妹目中物耶？"芸蘭謊之曰："此因誤中飛塵所致，雲哥何必瑣瑣細詰。"雲郎曰："余今日下午即須入校，苟妹有不快，則余不得安心求學矣。"芸蘭嗤之曰："癡郎，天有不測之風雲，人有旦夕之禍福。脫余此時遽爾物化，則郎又將奈何？"雲郎笑曰："若如此，吾即效寶玉做和尚去。"芸蘭啐之曰："汝從何處學來此頑皮語？"雲郎曰："此語妹亦見之熟矣，何祥以問人。"芸蘭曰："余記憶力薄弱，雖見之熟，不免忘之快也。"雲郎笑曰："狡哉！吾前見案上《石頭記》一冊，披評之語，淋漓盡致，非妹手翰耶？"言未已，慧兒忽語雲郎曰："吾每見小姐讀此書，披閱之下，輒淚與墨並，不識何故，猶終日拳拳弗釋。"芸蘭怒其多言，嗔之以目。雲郎曰："此書寫情過於哀艷，尤於黛玉葬花焚稿絕粒諸段，悲傷怛悼，雖鐵鑄心腸者，讀之猶且惻然，矧妹為多情多恨多病多愁之人乎？以後當置之高閣，勿更尋此中煩惱。"芸蘭唯唯。忽案上時鐘，玎璫連連作響，芸蘭出其手錶視之，則時針正指Ⅻ號，顧雲郎曰："雲哥既下午入校，此時還不往清理囊篋？恐臨時又將慌亂矣。"雲郎曰："此事吾晨間已收拾就緒，欲趁此與妹多聚一時，況頻年相思兩地，愁緒萬端，佳節良辰，皆從夢中過去，今年清明節竟與妹及蓉妹同在一處，誠難得之會也。余欲召蓉妹來此，共慶團團之樂可乎？"芸蘭沉思良久，喟然曰："此會既不可常，此樂亦何足戀？林顰卿所謂與其易散，不如不聚。吾嘗謂此語誠屬確當。"言至此，雲郎急止之曰："勿言，勿言！吾不願妹作此煞風景語，令人聞之懊喪。總之，吾等聚一日樂一日，待我此身化作一團濃煙，隨風散盡，然後大家撒手。"言次，不知不覺淚流兩頰。芸蘭亦不禁灑淚嘆曰："多情自古空餘恨，好夢由來最易醒。癡郎，癡郎，汝既不肯苦海回頭，余又何忍臨涯勒馬，恐吾二人前途，亦只落得此二語結果也。"雲郎淚零良久，見芸蘭亦悲不可遏，乃收淚慰之曰："妹勿慮。諺云：'人定勝天。'苟吾二人兩心既堅如金石，雖有大難，當前亦可僨力一戰。"芸蘭曰："不勝奈何？"雲郎忿然曰："以死繼之！與妹相見於碧落間，亦無怨也。"芸蘭聞雲郎以死自誓，心中一動，恚曰："雲哥，今日入學，何作此不祥之語？吾等作此久談，不見蓉妹一至，盍同往彼室，探其何作？"雲郎點首，乃起而從之行。

春雨屠蘇，天光忽霽，雲郎與芸蘭自室中出，見一輪紅日，從雲霧中湧出，光芒四射，園中花木，雨後如浴，倍覺明媚。雲郎喜曰："天不負我等矣！"言間，忽陣陣幽香，隨風撲鼻，令人神志清爽，胸襟豁然。雲郎牽芸蘭衫袖笑曰："蘭妹，汝衣角間所薰何種香料，竟有如此清奇，能令我飽臭否？"芸蘭忙脫其袖曰："汝又譎言，余素不喜沾染氣味。"雲郎訝曰："然則此芬芳之氣，胡爲乎來？"芸蘭哂曰："傻子，此堦前蘭香也。花訊已熟，又經春雨膏澤，俱有開放之意，故花房中先有奇芬吐出。"雲郎曰："妹可偕我往賞否？"芸蘭曰："必先往蓉妹室中，邀其同往一賞。"雲郎曰："何苦招彼？"芸蘭笑曰："汝見了姐姐，便忘了妹妹。然余深喜一有彼在，即能使雲哥少却許多瘋言。"雲郎央之曰："既往不咎，以後當自箝其口，不敢向妹嘵嘵也。"芸蘭許之。

香風拂檻，落片點堦。雲郎偕芸蘭行至堦前，見籬落間芳草，蓬蓬如女兒之髮，仙葩怒發，蓓蕾隆起，又如女兒胸前之荳蔻。雲郎顧盼大樂，欣欣謂芸蘭曰："此妹命名之花，吾愛其香清遠，可惜無韓壽偷香妙手。"芸蘭知其戲己，方欲誚讓，忽蓉妹自回廊間穿出，嚷曰："汝二人竟在此耶？姑母命我來尋汝等矣。"雲郎驚曰："尋吾等何事？"蓉曰："姑母以雲哥今日入學，備有盛饌相慶，頃肴核已陳，即此前往，勿勞老人久候也。"言已，飛步先去。芸蘭曰："雲哥汝可速往，吾須後來。"雲郎曰："妹何遲遲其行也？"芸蘭乃細吟行迹，怕教異母妬，囑郎見面莫相親之句囑之。雲郎始悟。

第廿一章　魔障

　　佳肴旨酒，以讌以樂。雲郎此時雖有小別之苦，然與芸蘭、蓉妹等團聚一室，其苦樂亦足以相抵。少焉，杯盤狼藉，日影西沉，時不可留，人亦將去矣。雲郎遂與其姑母作辭，命僕挈囊而行。芸蘭與蓉妹送於門次，珍重而別。

　　雲郎入校後，每禮拜日必歸來與芸蘭、蓉妹等，作竟日歡笑。帶一分愁情更好，不多時別興尤濃，是二語確爲當時二人之情景，無如好夢不成，風波又起，一部淚史文章，將作末段矣。

　　芸蘭之友桂香者，其父與芸蘭父爲至交，屢代官鄂，頗饒於資。有兄國寧，性紈綺，喜狎邪，鬥雞走狗，問柳尋花，無所不至。其父母以溺愛之故，不加督責，故其終日與一班膏粱子弟，浪遊於漢皋之上。然丰姿亦韶美，兼好修飾，不知者反以爲翩翩濁世佳公子也。一日，黃家鶯兒將赴浙東，桂香遍邀同儕至其家與之餞別，芸蘭亦與焉。閨中良友，濟濟一室，款曲之際，忽國寧自外入。諸姊妹行中，多自幼與之常見者，覩其至，皆起與爲禮。芸蘭雖亦與其自幼相識，然甚鄙其行，恒不多與近，自隨父官河北後，迄今三四年未嘗與彼一遇，故此時與之周旋，頗形踟躕，而國寧乍見芸蘭，狀似驚訝，目光灼灼，直注芸蘭之面。芸蘭面呈赬色，心中躍躍不安，恨不立揮之去，而國寧猶癡視不已。鶯兒見狀，笑語桂香曰："汝看寧哥魂靈兒已飛到半天去矣。"桂香乃至前拉國寧之手，笑曰："寧哥，汝癡立於此，胡爲耶？"國寧此時亦不覺赧然，旋笑指芸蘭曰："此非梁家芸蘭妹妹耶？"桂點首曰："然。"乃復與芸蘭爲禮曰："數年未見，一時觸憶不起，慢客甚矣。"芸蘭聞其噭噭，益加惱恨，欲待發作，終礙於桂香情分，不得不強顏報之。席終，桂香等議渡江送鶯兒至輪船。芸蘭以情不可卻，亦隨衆意。舟中話別，相對黯然，迨至汽笛嗚嗚，桂香等始相率登岸，祇見萬家燈火，輝煌如晝，悵望江流，彌漫於夜霧沉沉之中，東西莫辨，江干舟子皆唱"公毋渡河"矣。

俄而馬車一輛，風馳而至。一人立於其上，以巾作白蝶舞。桂香望之喜曰："余兄來迎吾等矣。"芸蘭聞之，心中一愕，旋見車馳至近而止，國寧亦躍下，詢桂香曰："汝等俱至乎？吾已在大旅館定房間二號，爲汝等下榻處。然爲時尚早，曷先往怡園觀劇？"桂香曰："佳。汝可爲東道主。"國寧笑曰："固然，且蘭姑姑恒不輕易渡漢，吾更當略盡招待之義。"言已，復招馬車二乘，載桂香等同往，至則人多如鯽，遂各擇位散坐。國寧之座與芸蘭較近，不時以劇中情節，向芸蘭品評巧拙，娓娓不倦。芸蘭雖口與之酬答，心實厭其無狀，僅觀一二小時即促桂香等出場，就旅館宿焉。

芸蘭迭次見國寧後，知其爲輕薄兒，此後誓不與之交接，因此之故，與桂香等亦往還漸疏，孰知此等人於一色字上研究最深，手段亦最惡，不半月後，梁氏之廬幾無日不有國寧之蹤迹，戶爲之穿。此種現象，實出芸蘭意想之外，而墮彼術中，以奸爲良者，則爲芸蘭之母。

先是國寧自見芸蘭後，神志昏迷，夢魂顛倒，恒央其妹桂香以友誼邀芸蘭至其家，無如芸蘭却其請，終不一至。國寧憂之，然心中猶思念芸蘭不已，會其母約芸蘭之母於其家作葉子戲，其母令國寧以子姪禮拜見，國寧竊喜曰："吾術得有所施矣。"於拜見時，執禮甚恭，復偽作其可悦之容，妄肆其如蜜之口，以取媚於母前。彼梗直之老人，何能識孺子之奸詐？反稱之曰："此誠不可多得之老誠少年也。"國寧窺媼有愛己之意，更多方探媼之所好而投之，雖虛耗光陰，消糜金錢不計也。芸蘭之母喜觀劇，彼則不時包廂定座，戲館延賓，又喜聞故事，彼則搜羅今古稗官野史，信口開河。至是，芸蘭之母益愛之，幾逾所生，而國寧遂得以出入如家人。芸蘭每見其至輒避去。一日，相值於母室，母已他往，室門爲彼擋住，不得遁，遂坐而與之言。言頃，國寧忽出鑽石約指示芸蘭曰："妹視此物如何？"芸蘭漫應之曰："佳。"國寧曰："此只價值千金，妹能識其佳，誠此物之知己，即以此贈妹可乎？"芸蘭正色拒之曰："非分之物，取之傷義，且吾素惡人以有用之金錢，而購此無益之飾品。

寧哥以此物爲可貴，吾視之如土芥耳！"國寧聞此數語，亦覺慚愧，所謂羞惡之心，人皆有之，然則國寧受此奚落，從此可以心灰意冷，絕迹於梁氏之門矣。無如其人性根爲外欲所蔽甚深，其良心有時因刺激發現，然不過五分鐘後，循即消滅，依然狂奴故態矣。少頃，芸蘭之母入笑曰："李公子來乎？"國寧見母至，羞顏立解，談笑如故。芸蘭乃推故而出，歸室悶坐，然念國寧如此糾纏，用意所在可一忖而知，然吾與雲郎有生死攸關之密約，如彼下流，豈吾偶哉？吾母此時竟爲其僞信僞誠所惑，不知彼將來以何種劇烈之慘痛加諸我，思至此，淚如雨下，不覺自危之心勃然而生。

第廿二章　婚議

獨對銀釭，黯然欲涕。芸蘭日間以斬釘截鐵之語拒國寧，見彼猶無悔悟之意，不禁自傷命中劫魔之多。迨至晚間，愈思愈危，念此人若不早與之絕，必有意外之變，然絕之之法，必先使吾母生厭彼之心，所慮者吾母眷彼正濃，欲遽易其心，恐非驟爾所能。籌想間，忽其母入，且笑且言曰："國寧真佳兒也，不惟性情和靄可親，舉止更屬大概，近時少年如國寧其人者誠罕矣。"芸蘭聞其母言，心如石擊，驚詢曰："母言何謂也？"母曰："日中吾與國寧坐談，見其指間一圈，晶光奪目，余問其值幾何，彼曰：'僅千金耳，甚廉。'余嘖嘖稱賞，彼即脫以授余曰：'蘭妹指上猶缺此物，母可以此贈之。'余以其情重而義不可却，乃代汝收下。"言已，出指與之。芸覩此，怒火中燒，雙眥欲裂，變色曰："母，兒自幼讀書，頗知禮教，國寧何人，兒豈可與之相授受耶？母可將原物還彼，兒寧斷一指，亦不戴此濁物。"其母聞語，愕然曰："蘭兒是何言也？彼與吾家爲世交，且其人溫恭謙讓，非無行子弟可比，汝何自傲若此？"芸蘭曰："母爲其所欺矣，是人日在漢皋作狎邪遊，其在吾家能敬慎自守者，皆僞也。望母遠之。"其母終不以爲然，乃以國寧所贈之指，藏於芸蘭之篋而去。自後國寧所贈愈多，皆由其母代受，蓋其母既惑於其奸，復羨其富，已有以芸婦彼之心矣。

國寧之目的，原在與芸蘭締訂婚約，見芸蘭之情不能移注於己，故竭力市愛於其母，欲使其母以家庭壓制之力，加之於荏弱之女，則婚約之成，可操左券。其用心之奸險如此，而芸蘭迫於母勢，能燭其奸，而不能去其奸，卒使奸人得逞。讀者至此應恨此不死之老嫗，引狼入室，揖盜開門也。

嶺雲烘日，暑氣蒸人。國寧來去於梁氏之門，已閱二三月矣。此二三月中，芸蘭無日不處自危之境，而喚奈何，幸無他種變故發生。雲郎每於禮拜日欣喜而歸，見芸蘭若有重憂，以爲其不勝離別之苦。芸蘭恐雲郎多病之身，不堪煩惱，故將此隱而未發之禍秘而不告。未幾，暑假期屆，雲郎得父書，諭其毋須返梓，遂復下榻於梁氏之廬，蓋時在五月中旬也。花木榮茂，天氣清和，雲郎與芸蘭或借楸枰以消永晝，或聯新句，以暢幽情，其樂殆有甚於真個畫眉者。孰知一至劇至烈之慘痛，即從此樂極中產出，而擾之者即爲芸蘭之所視爲放蕩子國寧也。

芸蘭見國寧常至其家，早知其將爲不利於己，自雲郎歸來，彼倫忽然絕迹，意其有悔悟之心，不勝竊喜。殊不知彼之所以絕跡者，非真絕迹也，蓋有所圖耳。所圖爲何？即其平日處心積慮所必欲達到之目的是也。嗟呼！此舉發現，芸蘭與雲郎之命運，直啻扁舟航於萬丈波濤之闊海中，欲免傾覆，不可得也。

雲郎之初歸也，國寧見其與芸蘭親摯如家人，即知其爲彼情中之敵，酸意頓興，陰謀遂蓄，乃以欲娶芸蘭爲婦之意告其母。其母素愛芸蘭恭順溫柔，亦欲得之爲媳，今聞其子之請，竟欣然許之，乃遣冰人往其家作蹇修焉。冰人得李家意，逕造梁氏廬。芸蘭之母出堂見客，蓋作冰者，亦屬故舊，寒暄禮畢，即詢客之來意。客致辭曰："特來爲女公子作伐。"梁母曰："其人爲誰？其家如何？請詳語之。"客曰："其家富且貴，爲吾鄂城中之巨室，頗能與姥家門第相匹。其人即國寧也。不知尚合東床之選否？"梁母喜形於色曰："國寧耶？固與吾家爲世誼，此子性情純厚，和靄可親，久爲余所深契，得壻如此，實爲我門楣之光。既蒙諸位撮合，余安有異議？但小女殊驕慣，性好拗，其平日與國寧之感情不甚洽，此乃彼之終身大事，吾亦不得不就彼商之。待商妥後，再當還報。"客復言曰："姥誠多慮矣。令媛方待字深閨，豈能向人表示愛情？經于歸後，自然夫唱婦隨，歡偕魚水矣。況兒女婚姻之事，原以父母之命爲主，可否之權在姥，何商之有？"梁母曰："商之亦無妨。"客不能多贅，興辭而出，以所言轉達於李媼，國寧聞此，逆事已九分成熟，而彼如花似玉之女郎，不懼其不爲我金屋中之愛寵也。

方客來時，蒼頭入報，芸蘭適在其母室中，念自吾父歿後，門庭冷落，今朝客胡來者，不覺深以爲異。及其母出，乃從之潛往屛風後竊聽，其母與客問答之辭，一一直達於芸蘭之耳，其實不啻一字一矢直貫芸蘭之心。客未去，芸蘭之神經已失其作用，頹然倒地，作楊柳眠矣。幸慧兒亦跟之而至，竭力扶之入室，祇見其牙關緊閉，面如敗灰，慧兒幾駭極欲號。

第廿三章　對泣

消息偸聞，遽驚慘變，母也不諒，以惡緣爲良緣，孽障何多，翻好事爲恨事，茲後一部淚史，愈演愈慘矣。芸蘭無端偸聽此回惡耗，驚聞之下，身如觸電，暈悶良久，始漸恢復知覺，張目見慧兒坐於其傍隕淚，回憶前事，恍惚如歷夢境，即詢慧兒曰："余何至此卧着？"慧兒即以過去之情狀語之，且曰："小姐，何病之遽耶？"芸蘭復將前事細細憶之，大懼，如身騰半空，飄飄靡定，雙眸中湧出一片紅光，一聲哭曰："吾命休矣！天乎，天乎！既生余，何苦余？"芸蘭此時恨不此身立化，以免目擊後來種種慘變，忽慧兒報曰："小姐忽悲，夫人來也。"芸蘭之母送客後，即返至芸蘭之室。芸蘭聞其來，即知其來之意，恨不令慧兒以閉門羹享之。移時，母入，見芸蘭身倒繩牀，神色沮喪，訝曰："蘭兒，汝狀似病何也？"芸蘭曰："不知何故，心痛難支，敢問母何來，來又何事？"母曰："吾正爲汝而來也。"乃以李家遣媒求婚之事告之。芸蘭聞畢，泫然曰："母，吾家衰落如此，倘吾遠離，母將何堪？吾願終身伴母不字也。"母冷笑曰："兒言胡不達之甚耶？汝雖非我所生，然吾亦視汝如己出，汝父歿時，囑我爲汝覓一快婿，言猶在耳。吾何嘗一日忘，使吾竟從兒志，不惟汝父九泉怨吾，吾將其於人言何？"芸蘭曰："兒命天生無福，即字人終難求得好境，倒不如老死閨中爲愈也。"母曰："兒言愈不經矣，大凡女子之命運，皆視男子爲轉移。故爲父母者，於其女論婚，必先擇婿。今國寧少年俊秀，且又鍾情於汝，余老眼雖花，頗具識人之鑑，其人出身貴胄，毫無紈綺習氣，誠難得之佳子弟也。往來吾家，約有數月，吾其愛其品端行正，久爲汝屬意，今彼家既倩冰人，願修陳朱之好，余何爲而不允，錯過大好良緣耶？"芸蘭聞其母稱國寧，意欲許婚，不覺轉悲爲怒，厲色曰："兒嘗言國寧多敗行，行道之人亦皆知其爲蕩家子，而母以爲佳兒，不亦誣乎？若以兒嫁之，是不啻陷兒於火窖也。"其母此時深怒其忤，叱聲責之曰："汝自幼讀書，曾亦知聖人之禮乎？男大須婚，女大須嫁，皆爲父母之命是從，汝何固執己意，而一味孤行耶？以汝身非余所生，不足母汝耶？余姑不與汝辯，容汝清夜自思，方知余之爲汝一片好心也。"言已，恨聲而出。

芸蘭見其母意堅決，諒此議難以口舌打消。自痛父母早亡，留此薄命孤兒，隨人擺佈，倘此議果成事實，則余與雲郎將作何了局？傷心有淚，躊躇無策，而紗窗上之日影，忽現一片黃昏景色矣。芸蘭悲痛竟日，芳心寸碎，其時慧兒他適，室中銀釭未燃，黑黯如夜台，芸蘭覩此慘象，嘆曰："余途已窮，又逢日暮，十餘年之我生，何如就此了結，則後來之變態，庶幾亦可從此乾净。"死志既萌，萬念俱空。芸蘭此時已支牀而起，於篋中取出金戒一只，移步就案前，拾藥杆錘之成丸。默思父母在時，蘭閨玉質，何等嬌貴，誰料後來結果如此，哀至極處，持丸凝視，淚下如雨，既而面目一狠，向外呼曰："雲郎！雲郎！吾不能爲汝計也。"方欲納丸入口，忽慧兒自後握其臂曰："小姐，胡出此下策？"蓋慧兒聞錘擊之聲，早隱立於其後。言時，已將芸蘭手中金丸奪去。芸蘭泣曰："慧兒，余已無生趣，汝何不容吾速登鬼錄耶？"慧兒黯然曰："小姐一時冒昧服毒，外人不諒，流爲謗議，梁氏家聲不將掃地乎？且事猶在未定之天，非無補救之餘地。婢請不避責罰，以小姐不能嫁國寧之苦衷，哀懇於夫人之前，或者夫人憐得其情，而能從小姐之愿，亦未可知也。"芸蘭搖手曰："余母方慕彼家之勢，而深惡余之忤，若以此言說之，反足以逢彼之怒，而速余之禍也。"慧兒曰："小姐，此時急中無計，何若與雲哥一商？"芸蘭曰："事急矣，舍此亦無別法。汝俟夫人臥後，可導雲哥一行。"

燈光撮豆，對照愁顏，芸蘭求死不獲，復忍痛以待雲郎之至。更初，門外剝啄之聲作，慧兒已導雲郎入室矣。當慧兒向雲郎傳芸蘭請見之命，雲郎即詢其意，慧兒乃以實情語之。雲郎驚聞之下，心中之慘痛亦不減於芸蘭。倉皇從慧兒行，相見間，不遑作一語，惟相持而泣。

淚潮洶湧，如倒狂瀾，二人對泣良久，慧兒顧芸蘭曰："小姐，此豈對泣時耶？"芸蘭始悽然謂雲郎曰："雲哥，汝亦知我墮入劫中耶？"雲郎含淚應曰："余頃已得之於慧兒，然姑母之意既決，吾亦無轉圜之方。國寧境遇勝我十倍，妹歸彼家，可謂得所，余自恨無福，尤不敢以此身累妹牽挂，於妹行聘之日，投身於大江之中，以滌我無窮之恨。"芸蘭不俟其言畢，囓其臂作恨聲曰："忍哉！郎作是言，吾心更碎矣。郎以我為趨炎附勢之流哉？余深怨慧兒之誤我也。"慧兒出金丸示雲郎曰："今晚小姐一人在室中，欲服此自盡，倘我遲入一步，則此物已葬腹中矣。"雲郎泣曰："余非不知妹之心也，特以余既誤妹於前，實不忍再誤妹於後耳。"芸蘭嘆曰："余前書勸郎撒手，而郎不悟，至演成今日除死方休之局。然事已至此，皆前生孽果有定，亦可兩無所怨。吾此身既已許郎，生死為郎是仰，吾孑爾一身，生於塵世，有如傀儡，死乃吾之樂事。可痛者，老舅以風燭殘年，抱此喪明之痛，吾心實難安耳。"言至此，只見雲郎以手捧心，作痛不可耐之狀。芸蘭亦哽咽不能成聲，乃伏首於芸蘭之懷，相對而泣。愁長夜短，簾透微曦，二人情懷戚戚，俱有難乎為別之勢。嗟乎！同命雙飛，遽投北山之羅，白楊黃土，曷勝蜀鳥之悲！著者至此，亦唏噓不忍下筆。悲夫！

第廿四章 獲譴

　　私衷悱惻，對母難言，幽憤滿腔，含冤待死。芸蘭自婚議發生之日，萬恨椎心，呻吟床席，其母猶不時以字國寧之利向之說項。芸蘭與之齟齬數次，見其念終不可奪，自知此身難爲瓦全。然以議未實行，其心中猶不免希冀有一綫之轉機。果也，此可怖之消息，忽由沸騰而至於冷靜，芸蘭待死之軀，遂自夏節而延至秋令矣。

　　異哉！芸蘭之母欲汲汲與李家附爲婚姻，今忽遽減其熱度，抑亦有悔心歟？曰：非也。蓋其母見芸蘭反抗甚力，恐操之過急，致成他變，欲以如水浸木之手段，以溶化芸蘭之心理，而行聘之期，則已與國寧面商，擬擇吉於中秋節後，而芸蘭與雲郎之結果，遂成鐵案矣。

　　金風送爽，玉露滴秋。芸蘭困頓經夏，雲郎情緒之惡劣可知，相聚月餘，團圞之樂，爲此一段萬惡婚議消磨殆盡。未幾，秋季開校之期近矣。雲郎遂不得不強忍愁懷，收拾囊篋，作入校計。值此兩情痛苦萬分之際，又賦傷離，其心中之鬱結，面目之悽澹，非端毫間作所能形容。蓉妹見其如此，疑其陷於病境，謂之曰："雲哥，汝近來何消瘦如許？"雲郎曰："余近日心頭嘗如小鹿撞，那能不瘦？"蓉曰："既如此，豈可再受校中課程之勞，曷暫居此調養幾時，使身體復原後赴校，未爲晚也。不然，竟作書退學，負笈返梓，亦無傷也。且老父命汝來鄂，其意原欲汝在外較在家好，與其若此，曷如歸去？雲哥，吾將函稟老父，命僕來迎我等也。"雲郎連搖其首曰："我不歸！我不歸！吾朝歸則夕死耳。"蓉妹原來年幼，腦經薄弱，聞此驚駭之語，不覺心中大悲，獨自入室，嗚嗚而泣。適芸蘭過其門而聞其聲，訝曰："蓉妹天真爛熳，少小無愁，何作此嬌啼耶？"疑慮難明，乃放步而入，見蓉妹以巾掩面，狀至悽然，乃近前詢之曰："妹思阿母耶？可勿獨處一室，吾與妹往園中鬭草去。"蓉妹拭淚良久，始慘然曰："姊，吾非爲此，乃爲雲哥耳。"芸蘭驚請其故，蓉妹乃以雲郎之言語之，且曰："蘭姊，倘此言爲吾父吾母所聞，不知當憂傷何似也。"芸蘭聆此，酸透鼻顴，強制不住，淚簌簌下。蓉妹雖屬年幼，然賦性聰明，兒女憐愛之情，雖未親身領略，究能傍觀有會，見芸蘭情景如此，私忖曰："蘭姊何關情至是？"遂將二人往日之情形，追溯猜度，復憶雲哥在家時，聞來鄂之信，笑逐顏開，今聞返樟之言，即焦灼莫名。此中意味，可一索而得，欲向芸蘭直詰，又恐唐突，於是欲言而止者再。芸蘭見其疑思滿面，口齒囁嚅，深悔自露痕跡，以致秘密爲蓉妹窺破，不覺面色忸怩。既念蓉妹亦非他人，不妨以實情相告，因將與雲郎共席時之愛戀，別後之牽懷，及今所遇之慘變，前後歷史，一一爲蓉妹述之。語時，悲而且憤，聲情悱惻，終而至於泣下。蓉妹見芸蘭聲隨淚下，爲之嘆，復爲之危，而爲雲哥更危，柔腸百轉，不禁黯然，與芸蘭清淚共揮，徐復慰之曰："情之一字，至能誤人。放眼以觀，自古及今，癡於情者，孰能得一美滿結果？嗟乎！一失足成千古恨，再回頭是百年身。今姊與雲哥俱墮情場，陷溺既深，超拔甚難，以致多情遺恨，好事猶虛，然孽障既來，亦不可不急圖抵制。吾兩家皆屬葭莩舊誼，倘能使吾父遺書姑母，撮合良緣，或者姑母不以寒微見棄，亦未可知。如是者，豈不強於束手待斃乎？吾即作書，婉詞以稟吾父，想吾父素愛雲哥，且亦憐汝，必能曲從吾請也。"芸蘭聞畢，明知此策如畫餅，然值此無可奈何之時，不得不頻點其首，默然允之。

　　流光容易，未幾，雲郎已入校矣。又未幾，而南昌之函遞至，此函何來？即蓉妹央其父求婚之函也。函中略謂二兒婚事，於幼時姑父早有是愿，不幸愿未從而姑父謝世。今二兒俱已成年，余不憚冒昧，謹請於賢姊之前，欲了姑父在生之愿云云。芸蘭之母得書後，不知爲何，命芸蘭讀之，芸蘭見函來自南昌，且辨爲其舅手筆，料爲蓉妹所請而來，故未拆閱之先，即早知其中真象，誦讀之下，羞澀不堪。讀畢，以目注視其母之面，而其母始則縐眉沉思，既而顧芸蘭曰："今汝舅既亦來函求婚，然兩家勢焰，孰盛孰衰，諒汝盡悉，取捨所在，得失分明，兒意若何？"芸蘭以金閨待字之女兒，自媒之言，本難出口，然以己身與雲郎畢生之命運，即關於此時其母之一諾，故不得已強顏而應曰："兒之意，以爲富貴之家，其子弟皆習於奢華，沈於晏安，恃其家蓄積甚富，只知耗費，不諳生財，譬諸無泉源之井，易見其涸。一旦蓄積告罄，生計艱難，愚者流爲乞丐，黠者夥入盜賊。試觀古今之敗祖辱宗者，鮮不出自富貴之後。今李家雖目前榮耀可佳，吾可眼見其一敗如洗，富貴浮雲，何足羨哉！母乎，兒深甘貧賤也。"芸蘭言時，懇切淚下，其母諭之曰："兒言差矣！國寧雖出身富貴之家，不但無此浮誇之習，且其情性和靄，猶爲雲郎所不及，人亦不可一慨①而論也。吾家自汝父歿後，門庭日落，若與彼家聯爲婚姻，亦可藉大樹下之濃陰，爲永久之庇廕。如是，則豈惟汝之幸，亦吾家之幸也。"芸蘭曰："母欲借彼家之扶助，是不啻以冰山作靠耳。豈有不肖之子如國寧而能克家者乎？"母聆至此，忽徉笑曰："吾知汝之意矣。汝之所以誹謗薄國寧者，不過欲嫁雲郎寒酸子作釁下婢耳。吾實語汝，吾此身不死，恐汝之願終難賞也。"芸蘭忿然曰："吾寧死亦不能以清白之身，任母投諸塗炭也。"其母聞言大怒曰："婢子！汝敢忤我至是耶？汝與萬小子存何不解之緣，而必欲嫁彼耶？吾平日以汝與彼自幼同學，故不以形迹禁汝，豈知汝即傾心於彼耶？是等無恥之事，不圖出自吾家，吾今有以處之矣。"不顧而叱，嗟乎！嘔盡心肝，母也不諒，從此無幾希之望矣。

第廿五章　死別

才豐遇吝，命薄孽深，淚雨淒迷，悲聲慘惻。芸蘭受其母之煩言，不覺羞極、忿極、怨極、痛極，幾疑所處之家庭，較之不見天日之獄中尤爲黑暗，知孽果已成，此生與雲郎決無珠聯璧合之望。回憶當年吾母病革時，吾於雲郎侍側，吾母望之笑曰："汝二人相愛如同胞兄妹，吾心慰矣。"而今相愛之結果如此，豈吾母之所能料？吾母有知，泉台之下亦自悔不早爲其親愛之兒料理終身大事也。思至此，乃行至堂前，對着其

---

①　慨，疑應爲"概"。

父母之遺容，嗚咽而泣。

芸蘭哀泣之際，忽一人慘立其前，目腔含淚，情狀黯然，仰首視之，則雲郎也。蓋是日爲星期日，雲郎自校中歸來，甫升堂，聞芸蘭哭泣之哀，不覺有愴於懷，呆立無語，芸蘭見雲郎，益悲不可仰，却忘此堂前爲十目所視之地，遽執雲郎之手，泣曰："雲哥，吾二人今生已矣。未了之緣，俟諸來世，吾恐與哥相見之日無多也。"雲郎愴惶曰："是何言也？"芸蘭乃以其父求婚之函，母氏拒絶之意，一一訴之。雲郎聞畢，痛極，抱芸蘭之首，泣曰："早知如此，吾悔當初誤妹。然妹既因我而死，我又豈忍獨生？將先爲妹驅狐狸於地下也。"泣未已，忽履聲自屛後出，二人慌忙釋手而視，則芸蘭之母已當前而立，盛怒之狀，獰惡可畏。雲郎駭極，奪門而逃。梁母指其後而叱曰："無良孺子，汝來我家，吾以戚誼所在，視汝如家人，詎知汝竟人其面而獸其心耶？茲後試看汝有何面目見我？"芸蘭此時如堦下囚，只知俯首墜淚。其母叱雲郎畢，唾其面而讓之曰："賤婢，汝嘗忤我而譏國寧，私作此不肖之事，倘此醜聲外播，梁氏清白家聲掃地矣。失姆教之罪吾固不能辭，然汝以敗名之女，將何以作人之婦乎？吾且爲汝羞死矣。"芸蘭忍泣，受責不敢少辯，迨其母他去，始羞忿入室。

芸蘭之母，痛責芸蘭後，餘怒未已，復於蓉妹之前詆其阿兄之無狀。蓉妹聞之，如芒刺背，乃卑辭代其兄謝罪。默默自語曰："姑母既怒雲哥如此，雖未下逐客之令，然吾何能靦顏自安？恨不立辭其門，以免坐此針氈之下。但恐雲哥猶癡心留戀，而不肯捨耳。吾將何法以動其歸念？"思之思之，良久乃得，即出錦箋幅，以姑母之拒婚及此間不可再留之故，直呈其父，請其父作法速雲郎歸。書訖，投郵，即芸蘭亦未之知也。書投郵後，不一星期，而南昌之急電即飛傳至雲郎校中矣。

雲郎自是日驚逸後，不敢復履其門，愧憤填胸，相思刻骨，多愁足致多病，浦柳之質，凋零甚易，曾幾何時，病骨支離，瘦成一把矣。此電傳來，雲郎已憊不能起，即據牀譯其電碼，則爲"父病速歸"四字也。驚懼之下，不知所措，乃命校役持電往交蓉妹。蓉妹接電展閱，知爲其父之託辭，心雖無恐，然亦不得不佯作面有憂色，謂校役曰："寄語萬先生，須於本日下午四時束裝至江干相俟，勿誤也。"校役諾諾而去。蓉妹即面其姑母作辭，其姑母深喜其去，臨別之頃，僅囑其客途珍重，幾句人情套路語而已。於是復往芸蘭之室，與之作別。

　　芸蘭自婚議發生，即欲一死，以了後來之種種煩惱，其所以不遽死者，以其母意未至十分決絕，心中猶存一綫希望。今既遭其母痛責辱詆，而一綫之希望已絕，猶遲遲不死者何故？蓋芸蘭之用心至深、至苦，以雲郎未離鄂城，不忍以己之慘死，使之目擊心傷，故茹痛忍辱，苟延時日。然待死之身，雖皮囊未脫，已魂遊墟墓矣。蓉妹入室，見芸蘭方倚枕啜泣室中，珠簾不捲，寶鏡塵封，淒涼之狀，令人心惻。念及姊妹平日親愛之情，今以不得已之故，一旦別去，孼重緣疏，不知此後尚有相晤之日否？念至此，未話別衷，先揮別淚，襟袖間不覺沾染殆遍也。芸蘭訝其哀，復見其手中持有一紙，即詢之曰："妹手中何物也？"蓉妹以紙視之曰："蘭姊因此之故，將與姊別矣。"芸蘭視畢，愕然曰："雲哥亦知之否？"蓉曰："此紙即雲所以遺我者。"芸蘭曰："雲哥來此乎？"蓉曰："否。彼無顏蒞此，遣校役送此紙於我。我已約彼於即日下午俟我於江干。"芸蘭悽然曰："雖有父命，何其速也？"蓉曰："父病垂危，歸心似箭，不能一日留矣。吾歸後，姊須善保千金體，不時惠我以好音也。"芸蘭掩面泣曰："妹，此番別首，相見無期。吾死後冤魂當化爲鵑鳥，飛至南昌。妹若不忘舊情，於風清月朗之夕，以涼酒一盃，呼吾名而奠之，泉壤下當感妹於無曁也。"蓉妹聆此慘語，亦噎噎而泣。

　　浪浪情淚，綿綿哀衷，別意怱怱，爲時已促，蓉妹不得不忍淚歸室，收拾行篋。芸蘭亦命慧強扶病軀，欲送至江干，藉以與雲郎作最後之訣別。少焉，鐘聲報晚，蓉妹束裝畢，雇車就道，芸蘭得其母命，至江干一送。

　　晚煙漠漠，禿柳絲絲。車抵江干，芸蘭一雙枯目炯炯四視，而雲郎之形影杳然。蓉妹亦訝之，旋聞舟子請曰："天將暮矣，請速渡河。"蓉應曰："猶有一人未至耳！"舟子曰："其人非一面色憔悴之少年郎君乎？久俟於此，頃已渡河而去。"芸蘭聞此，大失所望。嗟乎！當茲死別，猶難一面，緣之慳耶？命之薄耶？彼蒼者天，曷其有極？蓉妹此時遂卸裝舟上，不能與芸蘭遲遲留戀。一聲去也，帆旌搖搖，不剎那間，而一葉扁舟已沒入煙水迷漫中矣。

第廿六章　蘭催

離腸寸斷，餘恨長綿。芸蘭以久病之殘軀，冒秋風之殺氣，踟躕江上，慘澹心頭，薄暮歸來，奄奄於繩牀之上，瘦身兒竟作千鈞重也。念雲郎以父病迫切而歸，不獲與余一面，途中情懷怛悼，必較余爲尤烈。感痛良久，又忽生疑慮之心，以爲其舅求婚之函，初未嘗言其不愉，距今爲日無幾，何病之遽耶？縱病又何若是其劇耶？沈思再四，恍然曰："蓉妹面目之間，毫無痛其父病劇之戚容，此電必彼嗾其父所發，以之賺雲郎速歸無疑也。然雲郎雖被賺而歸，必因悒鬱而死，吾舅以衰頹之年，攖此喪明之痛，蓉妹幼弱，雁行遽折，皓首紅顏，遇此慘變，其何能堪？嗟乎！余身不祥，誤人多矣。不圖余所誤者，盡爲吾最親愛之舅氏一門，傷哉！"

自茲以後，芸蘭日困愁城，靜待雲郎死耗。一日，慧兒倉皇持一函入曰："小姐，頃郵卒遞來南昌一函，不知此中是何消息也。"芸蘭剖函而閱之。嗟乎！此函非他，即萬家之喪音也。其函爲蓉妹所發，函云：

蘭姊青鑒：月前吾父病劇之電，非實有其事，蓋妹以老父求婚之函，如石投海，而姑母之於雲哥，又責有煩言。寄居華廈，如坐針氈，本欲拂袖而去，猶恐雲哥之癡念難割，故私函稟父，以此謀促之歸。妹之所以出此者，實處不得已之勢耳。不憶①雲哥歸後，心疾悴發，終日持姊之玉照而泣。醫藥罔效，已於中秋月圓之夜長辭人世矣。彼嘗謂拚此身以殉情，今果實踐，桐棺三尺，淒然瘞於西山之麓。老父以傷心過度，方在病中，妹亦淚竭聲嘶，莫知所措。

---

① 憶，疑應爲"意"。

嗟夫！舉家惻惻，凄涼極矣。

此函傳來，恰爲中秋節後五日，距雲郎之歸，亦僅半月有餘。芸蘭早決雲郎必死，故閱此噩音之下，雖悲而神不少亂，顧慧兒泣曰："雲公子死矣！"慧兒聞此一語，面色立變，掩面大悲，旋聞芸蘭語曰："慧兒，汝爲雲哥悲，然可爲我賀，汝亦知吾之所以忍耐度此可憐之歲月者，非畏死也，實以雲哥未死，吾殉之無名，今吾可坦然脫離此煩惱世界矣。"慧兒聞之，泣益急，一室之中，主婢相對，淚波湧湧，極人世之慘矣。

晚間，慧兒他出，芸蘭獨臥室中，時玲瓏月色正挂簾鈎，恍惚雲郎立倚於粧台之傍，定睛視之，則爲雲郎曩年贈別之玉影也。芸蘭此時淚盡目枯，視覺不敏，故有此幻想。嗟乎！遺容猶在，人面何之？芸蘭之心，痛何如也。

芸蘭痛念之餘，忽支身起，於奩中將雲郎所贈之函及己所答之稿一一檢出，持至燈前，付之一炬，火光熊熊，頓成灰燼。及慧兒入，欲待撲救，已無及矣。稿既焚，乃復命慧兒伴其園中一行，慧兒曰："夜寒如許，小姐何苦來？"芸蘭曰："此園爲吾父棄官後所闢，因愛我之故，於園中遍植芳草幽蘭。吾父歿後，吾不忘父之遺愛，亦從事培養，然已不及當年之盛。今吾不久亦當物化，茲後更無護惜之人矣。其命運之窮薄，與余如出一轍。吾欲掬此未乾之淚，向之一灑。"慧兒不得已從之。芸蘭行至堦前，竭其生平之悲憤，盡情一哭，雖空谷啼猿，孤舟嫠婦，亦無此段凄涼之音也。

芸蘭之母聞雲郎凶耗，若有喜色，以爲從此可以絕芸蘭之癡情而從己之心願。孰知芸蘭此時決意自戕，雖未效綠珠之墜樓，然已如顰卿之絕粒。其母見其神志清爽，以爲偶染微疾，遂置之不理。芸蘭終日奄臥，惟求速死，於是者閱六日矣。是日即爲芸蘭纏紅之期，李家冰人俱集堂中，炮竹聲與喧賀聲，嘈雜盈耳。芸蘭身雖不支，心猶未迷，耳膜上受此聲浪，情知有異。念名分一定，死有餘羞，一時愧憤交集，心如驚魚之躍，口作吳牛之喘。慧兒大駭，急奔請其母至，其母見變態如此，驚慌失措，忙使人召醫診視。醫至，芸蘭僅餘胸口中之微氣。少頃，室內號泣之聲繼堂中歡賀之聲而起，則芸蘭已作傷心淚史上人物。嗟嗟！風月千秋之恨，蕙折蘭摧，蝴蝶一夢之緣，水流花落，從此更無覓處，而今好收束，一部悲酸之《芸蘭淚史》，亦遂告終矣。

芸蘭日記

序

蒼蒼者情天也，莽莽者情場也，林林總總者情種也。人無情則無以爲生，而天地其息矣。雖然情亦難言，彼花前月下，贈李投桃，一見即合，旋合旋棄，非情也，淫也。若夫青衫紅粉驀地相逢，發乎情，止乎禮，寧夢斷而魂離，不移情而別注，斯乃得乎情之正者也。輓近世風不古，道德淪亡，後生小子，粗識之無，便詡詡然搖筆弄舌，東塗西抹，自號爲情種，自命能爲情種寫真。其實，非失之過哀，即失之過褻，靡靡之音，無足取也。內子玉鐸頗能讀書，歸余後，相隨《漢口中西報》，尤喜小説家言，間有所作，亦有可觀者。今歲就學南昌，課餘之暇，復撰就是書，悲歡離合，情節離奇。寫璇閨調笑，則旖旎盡至，寫兒女情懷，則體貼入微。蝶迷夢短，可憐待死之魂，繭織同功，盡是傷心之語。洵佳構也。既爲加批於頂，今付剞劂，復弁數言於此。綺情樓主喻血輪序於丁巳季冬。

目　錄

懷舊　九月七日 …………………………… 431

登高　九月九日 …………………………… 432

憶郎　九月十五日 ………………………… 434

鄂會　十月一日 …………………………… 437

檢篋　十月五日 …………………………… 439

賞菊　十月十日 …………………………… 439

索像　十一月八日 ………………………… 442

繡枕　十一月二十日 ……………………… 443

賀喜　十二月二日 ………………………… 444

得書　十二月二十日 ……………………… 445

答覆　除夕 ………………………………… 449

卜運　元旦 ………………………………… 452

團聚　元宵 ………………………………… 455

調笑　正月十六 …………………………… 456

春宴　花朝 ………………………………… 457

復病　二月十七日 ………………………… 460

送花　二月二十三日 ……………………… 461

踏青　清明 ………………………………… 463

觀劇　三月八日 …………………………… 465

贈錶　三月十九日 ………………………… 466

葬花　四月十日 …………………………… 468

却贈　四月二十一日 ……………………… 470

貽練　端午 ………………………………… 471

議婚	五月十日	472
規勸	五月十一日	474
禦婚	五月十三日	476
診疾	六月一日	478
求婚	六月十日	479
視郎	六月十七日	482
哭友	六月二十九日	484
庭訓	七夕	484
郎歸	七月十五日	485
送別	七月十六日	487
感舊	八月二日	488
纏紅	八月十五日	489
述病	八月二十六日	491
噩耗	九月七日	492
自傷	九月十一日	494
索照	九月十七日	494
哭郎	十月一日	495
自述	十月六日	496
懺悔	十月九日	496
囑弟	十月十二日	497
病劇	十月十六日	498
絕望	十月十八日	498
鬼影	十月十九日	498
病危	十月二十一日	499

余友芸蘭，名門閨秀也。擅詠絮之才華，具天然之秀色。祇以命途多舛，墮入情場，致一生鬱鬱無以自聊，今且玉碎香消，魂離倩女，白楊衰草間，僅餘黃土一坏而已。病革時，私以日記授余。洋洋數萬言，凡蘭閨韻事、兒女情懷，幾不備載。爲時雖僅年餘，然實不啻彼一部傷心史。課餘之暇，因重加潤色，述之於左。

懷　　舊　九月七日

秋深矣，風凄葉落，露冷霜寒，晨起推窗，見海棠數株，咸呈憔悴之色開篇即寫秋末蕭條之象，芸蘭命運於此可卜①。惟三五黃菊方吐豔爭妍，盈盈如妙年女郎，向人憨笑又若自驕，芳色而譏。海棠之衰老者實則一二月後，彼亦正如今日之海棠耳。其時慧兒忽入，笑顧余曰："壽星不速往堂前受賀，徜徉于此胡爲耶？"余一愕曰："汝云何也？"慧兒曰："姑姑今日生辰，殆已忘乎？"余聞語，始軒眉一笑，曰："然，微汝言，余誠忘之。"慧兒曰："姑姑當有以謝吾？"余愛其嬌憨，隨摘菊花一枝予之曰："以此謝汝可乎？"曰："佳。"語出，笑躍而去。慧兒，余侍婢也，年才十三齡，甚聰穎，蘭閨相伴，頗解岑寂。得暇，教以字，輒過目不忘，故余未嘗以侍婢目之。余於慧兒去後，懶然入室，自思年華易謝，倏忽已十七齡矣。過去之光陰，直同風馳電掣，瞬息間耳，憶八九齡時，與個兒郎青梅竹馬，形影相隨，由今思之，寧非一夢？雖然，個兒郎耶……思及此，不禁報然，則又轉念曩昔隨父宦游河北。食客千人，堂上一呼，群聲響應，抑何其盛。乃未幾，余母遽没。伏筆。芸蘭家世如此叙出，不著痕迹。余母素愛余，殁時，余年雖幼，然彌留時呻吟之聲，叮囑之言，固猶歷歷在余耳際。余母没後，余父索然寡歡，旋亦挂冠歸里。顧家事如毛，無人經紀，遂娶余繼母以分其勞。余繼母亦係出大家第，性情遠不及余生母之溫和，且驕奢傲慢，不諳家務。其待余雖佳，顧必

---

① 原書署名喻玉鐸著述，喻血輪批眉。原批眉茲改爲夾注。

順承其意乃可。余父至此始恍然續娶之誤，中懷悒悒，長日但埋首書卷間以自遣。語云："憂能傷人。"我亦有此感想。余父以衰敗之年，安能與憂患相角？不數年，形消骨立，遽撒手長辭，斷墳三尺，凄然瘞於月湖之濱，而余之身世至此益無聊賴。嘗思人生在世，何不長駐前日少小華年，而增高繼長如是，又胡為增長一歲，而愁苦即隨之加進一度。大抵余十齡以前之光陰，可謂極甜蜜之光陰。十齡以後之光陰，遂隱隱帶有苦惱二字。今玉立亭亭，又增一歲矣，往昔既已如是，來者必有甚焉，可斷言也。疇昔余嘗欲以逐日所事筆之於冊，作一日記，輒以疏懶之故旋作旋輟。茲因情感所激，不能自已，爰就案前，濡筆記之，或者以後不至再輟乎？如是，則今日之日，值余新日記開幕之日也。伏後事。

登　　高　九月九日

黃花乍放白雁南飛，今日又為重陽佳節。慧兒故好嬉，侵晨即購茱萸一巨束，徧插花瓶中，一若將借此以媚余者，余甚嘉之。停午，黃家鶯兒至，見余即曰："女學士近日吟興何如耶？"鶯兒口甚利，且好為滑稽之言，年與余相若，惟放誕自喜，與余性情不甚類。其父現官浙東，余父同年也，故兩家過從極為親密，余亦嘗藉彼破岑悶，凡閨中宴聚，幾有非彼不樂之概。為鶯兒立小傳。少選，堂中又聞喧笑聲，鶯兒曰："桂香等至矣。君勿聲，俟吾駭之。"言已，匿幕後，桂香已偕梅影、佩秋入。余曰："今日西風大好，竟將一群仙子吹至，何幸如之？"桂曰："如此佳節，寧可放過？將來伴君一尋登高之樂耳。"余曰："鶯兒何未偕至？"桂曰："彼耶，殆往柳陰深處尋其良儔去。"語未已，鶯兒笑自幕後躍出，以手掩桂香雙目，頑皮如畫。桂驚曰："誰……誰乎？"鶯曰："婢子動輒詈人，宜受何罰？"桂笑曰："然則汝已來乎，吾過矣，乞恕之。"鶯兒手方下，桂香忽反身攻之，鶯兒驚逃，桂香追之，循室而奔久乃及。癡憨之態活躍紙上，我亦欲笑。桂香以一手握其臂，一手搔其癢處，鶯兒極畏此，譁曰："老姐姐，吾降矣。"一室大笑。梅影曰："乍來即鬨，得不畏主人厭煩耶。"適慧兒捧茶進，群遂圍案坐。

　　梅影身世與余如出一轍：父早逝，家中僅一母一寡嫂，門庭冷落，倍極淒其。凡人一爲憂患所侵，其興趣必隨而減少，故梅影性情靜穆，洽與余同。惟余尚有一弱弟，爲家庭計，聊可自遣，彼則隻影單行如失群孤雁耳。梅影小傳。桂香方處榮華富貴中，父母俱存，兄弟無故，凡所接觸皆處順境，故其嬉戲嬌憨之態正不減於鶯兒。桂香小傳。惟佩秋境遇與彼輩同，而獨渾厚，是又難得耳。佩秋小傳。嘗思造物生人，何故各異其境，各予其性，致有因境而變性者，有因性而移境者。試放眼以觀花開並蒂，伉儷情深，終其身於旖旎快樂中者有之；鶯摧鳳折，寂寞空幃，終其身於愁城恨海中者有之；相思兩地，命薄緣慳，鬱抑憂傷，致玉碎香消者亦有之。遭際不同，命運各異，倘使司造化者，一衡其平，使無所差別，人間世上豈不少却許多事耶？我於是甚嘆天地之不仁，人生之無謂也。妙想！方余作此遐想時，桂香忽拍余肩曰："汝又何思耶？"以吾思之，終日作捧心西子，殊無聊賴。鶯兒曰："然吾儕及時行樂，耳趣往登高。"余曰："將安往？"鶯兒曰："吾鄂風景良稀，舍洪山外，寧有他處？"余曰："然則余當速慧兒備輿。"鶯兒曰："輿行殊悶，勿如步行至城外，再乘馬車往。"衆稱善，遂略加膏沐，人各綰菊花一枝，惟桂香獨否。叩其故，笑曰："吾恐招惹蜂蝶耳。"鶯兒曰："汝得勿有妬意耶？"桂香欲言，余曰："爲時已晏，幸勿再鬭舌鋒。"遂下樓行。

　　少刻，已抵城外，馬車均停道旁，余等共雇三輛，沿途落葉片片，禿柳絲絲，各含秋意。既至山麓，舍車而步，相挈拾級直上，行約數里，即覺白雲縷縷，環繞山腰，山間多雜樹，霜楓尤茂，葉無留碧，林悉染紅，秋風偶起，蕭蕭四墜，如墮離人之淚。宛然山景。尚有野花三五，生石罅中，色雖憔悴，香豔猶存，桂香採得數枝以示同人。佩秋曰："適吾儕綰花，汝即謂恐惹蜂蝶，今獨不畏蜂蝶來尋耶？"桂香笑曰："不謂禮學先生今亦與我挑釁，雖然，吾豈畏汝者！"余曰："野外非比閨閫，宜少斂。"因相與披蒙茸，登山巔，遠見長江漢水，滾滾而流，龜山一角，獨峙江濱，正似老天伸其巨靈之臂以綰此水者。漢皇煙突如林，望之迷漫，若起雲霧。因思十丈軟紅中，固遠不及此間之清净。倘此生有福，當於山巔建茅屋數椽，窗前植竹，苑後種花。第一即盡購古今書讀之，第二……至第二事已不暇涉想，以耳畔將有人呼也。呼余者爲梅影，曰："姊乎？大風至矣。"果見蓬蓬然，摧木揚沙，似有鴻吟鶴唳之聲，與澗響松濤相酬答。余素怯風，因同梅影倚樹避之，鶯兒見而笑曰："便嬌弱至此耶！恐封姨好色，必欲攫汝至天空去，樹未足以爲障也。"言畢，纖塵飛入目中，淚簌簌下。桂香大樂曰："相思淚，却不合送至此處灑。"余亦笑曰："天眼恢恢，宜受此報。"風過，濃雲如墨，罩遍山頭。佩秋噪曰："雨且至，奈何？"余曰："當趨塔中避之。"群遂摳衣奔至塔下。時塔中遊人亦衆，吾儕幸能佔得一席地。極目望之，煙雲重重，雨珠紛下，草湖中，扁舟一二冲波而過，舟人披蓑戴笠，小不盈尺，恰似一幅絕妙畫圖也。馬遠雨景圖。

俄而雨止，晚霞四起，與楓林相映，色至絢爛。萎黃秋草，得沾新雨亦略有生氣，足踐其上悄然無聲。石砌之中蟲鳴不已，似送人歸去。吾儕仍緩步達山下，驅車逕歸，都覺倦甚，倚榻小憩。慧兒以冰盤盛糕進，糕爲米製，出自糕糰店。武昌俗，每屆重陽恒以此糕互相餽遺。吾家或亦人家所贈也。食之，甘芳可口。鶯兒則狂啖，余笑曰："那便餓至此？"鶯曰："午出晚歸，焉得不餓？"余曰："今日登高人多矣，豈盡似汝自餓牢逸出耶？"鶯曰："否，彼輩已爲姊秀色飧飽，蓋不餓也。"余以指揪其臂曰："汝又讕言。"鶯笑曰："實紀實也，汝不見塔中儇薄兒，咸耽耽向汝而視，脫無吾輩在，恐將攫去，乃不感護衛之功，反唇反詈人耶？"恢諧有趣。言際，余繼母忽入曰："姑等大勞矣！已備薄禮，爲姑等點綴佳節，盍往嘗之？"言已，遂率衆出。

憶　　郎　九月十五日

宵來心緒弗寧，幾不成寐。今日起甚遲，午間桂香來，向余索《紅樓》，余曰："是書情太濃，非汝輩少年女郎所宜讀。"勸人莫讀而自讀之，是自甘爲顰卿，而不欲人爲顰卿也。桂香曰："然則姊終日不釋卷，何耶？"余笑曰："吾老矣，情思已冷，不懼爲所迷惑。"桂香以指抓吾頰曰："不識羞，郎君尚不知在何許，便稱老耶？噫！吾知之，汝殆摽梅心切，恐青春辜負，故爲此言以促嫁也。勿急，吾行爲汝圖之。"卒奪吾書去，吾送桂香出。返省余母，母曰："適郵使遞一函至，似爲南昌寄來，試爲我讀之。"余聞語，心一躍，蓋余久不見南昌來書，想念正切也。想念正切，四字有眼。及破封，知爲余舅手筆，云："蓉妹近不甚健，擬偕雲郎來鄂一遊，藉抒積困。"又云："雲郎此來實將就學于文華大學，恐非一時所能歸。"余母聞竟皺眉曰："彼等又來擾我矣。"余曰："蓉妹年已長，當不似疇昔之淘氣。"余母曰："將何以居之？"余曰："樓上尚餘一室，與兒間壁居可矣。至雲哥，來即入校，無須預爲之所。"母曰："汝言善。"

　　晚飧既罷，月已東升，余向例晚飧後必至圃中散步。此圃爲余父生時所培植，百卉俱備，間雜以果樹多種。每當春二三月，芳草如茵，花香撲鼻，人行其中，陶然有世外之樂。迄余父見背，家人疏于灌漑，姹紫嫣紅，飄零幾盡。讀至此輒憶《牡丹亭》"姹紫嫣紅開遍，似這般都付與斷井頹垣"句。然余於紗窗寂寞時，猶喜躑躅其中，向冷蕊疏枝話其舊事。惟余往者一入此圃，即覺愁緒萬端，無可告訴。今日獨異常態，一若方寸中乃貯有一種極愉樂事者。意者聞蓉妹將來，而感我至是乎？然余與蓉妹相聚時少，感情亦甚平常，否則即爲雲郎也。雲郎者，余中表兄也，蓉妹其妹也。自余母謝世後，兩家往還漸疏，惟雲郎歲或數至，蓉妹則數歲僅一至也。雲郎幼時，余父愛其聰慧，使與余同學讀書，兩小無猜，倍極憐愛，或攜手於晚風駘蕩之中，或高歌於涼月初升之候，渾渾噩噩，固已忘形體上之區別。及余長，始稍稍斂抑，而雲郎旋亦歸去。芸蘭與雲郎幼時歷史盡見於此，讀者注意。

　　臨別之時，余心如刀剬，嘗背人啜泣。若斯人一去，余之快樂生涯，亦隨而俱去者。不知者且疑余未嫻閨訓，實則余何以傷感至是，亦頗不自解。其後余但於鱼鱗雁足中，與雲郎一通問訊。至其俊秀之影則不能更接吾眼簾。顧雖如是，而吾心坎中則未嘗一日忘此俊秀之影。殆如攝影器一經印入玻版，便無漶漫之日矣。然而余今日種種煩惱又未始非此影片有以致之。吐絲自縛，其亦冤孽也乎。芸蘭初不知其日記傳之人間，故敢於傾心吐膽一一筆之，非放蕩女子可比。爾時雲郎之感想似亦與余同，故每一度來鄂，必向余溫存款語，絮絮話兒時事。顧余恆漠然對之，蓋余意恰似《西廂》所云，未見時準備若千言萬語，到相逢一句也無也。一日，彼將去，忽私語余曰："蘭妹，吾有一語容我上陳乎？"吾聞言，陡覺心頭突突，面色不期而赧，蓋知此語一出，與余必有切身之關係也。觀此一語，知芸蘭非放蕩女子。彼見狀，反形踟躕，但吶吶曰："蘭妹，吾愛汝至矣。自東歸以後度日如年，嘗覺畢生之命運與幸福，皆懸之汝手，汝今後亦有以慰我乎？"余不俟言畢，忿然曰："雲哥，吾儕將非幼時，此語豈汝所當告我耶？"語出，雲郎大愕，滿面呈失望之色，苦笑一聲，挈囊竟去。自後每次來書，恆多憤慨之語，吾知其怨必深矣，然余亦甚欲藉此撤去情思，終其身於澹泊寂寥之中，向青燈古佛討生活。顧女子恆少定力，此種思潮頻起亦頻伏。兜的上心來。今彼又來矣，吾將何以對付耶？思及此，仰首而歎，則見月光皎潔瀉地如霜，孤雁聲聲穿雲而過，不禁自語曰："汝勿作此不平鳴，須知月下人與汝同其孤零也。"數語冷極，然恰是秋深夜靜之景。語次，忽一人應曰："孤零耶，吾來伴汝何如？"視之，乃為鶯兒。曰："悄然而來不怕嚇煞人。"鶯笑謝過，又曰："夜涼露重，胡猶守此荒圃中？"余曰："步月耳。"鶯笑曰："亦曾向月姊虔禱，求嫁得多情夫婿耶？"余亦笑曰："汝嘗為此乎，我則未也。"因攜其手，環籬而行。余曰："吾家將有客至，吾儕多一伴侶矣。"鶯曰："誰？"余曰："蓉妹。"鶯瞠目似不解。余曰："汝已忘乎？即曩與汝爭蘋果鬥毆之人也。"鶯扶首作記憶狀，良久，笑曰："得矣得矣，非髮蓬蓬而好鬥嘴之人乎？噫！彼來，我又增一敵矣。"余曰："彼現已及笄，聞甚端莊，非復兒時戇態。"鶯笑曰："然則，吾心良慰。"

鄂　　會　十月一日

　　流光易度，忽忽已暮秋矣。圃中桐葉凋落過半，乃督慧兒掃之，積成巨堆，忽狂風至，齊捲至天空，作片片舞。慧兒觀之，大樂。早餐竟，咸準備至江干迎蓉妹，蓋雲郎昨有電至，謂今日准抵鄂城。及吾儕至城外，果見小輪一隻，方破浪而來，倚欄凝眺者，正雲郎與蓉妹也。雲郎至矣。蓉妹見余，以巾相招，吾亦以巾應之。雲郎則凝其淺黑之眸，向吾睇視，若有萬種思潮，將欲於此一道視綫中表出者。余反低首不敢仰視，心中則似十萬犁鋤起落不定，其爲悲耶？抑樂耶？曲肖癡兒女，乍見情狀。一時頗難自審，適蓉妹登岸，與余寒暄，方寸間始略略鎮靜，於是相與驅車入城，雲郎則留以料理囊篋。既抵家，桂香、梅影、佩秋等，均候於門次。相見時，群向蓉妹詢別後境況，余又領之拜見余母。禮畢，余母笑曰："小妮子三年不見，便長大如許矣。"蓉妹曰："兒愚鈍，終日無所事事，故徒癡長。"余母復詢以家事，蓉妹均一一應之。聲影俱現。余此時甚嘆，蓉妹循循知禮，與三年前之蓉妹判若兩人矣。因復偕至余室，進茶時樓梯忽起繁響，一人笑呼曰："舊友至，竟未能遠道相迓，奈何！"吾知爲鶯兒，方啓簾，則已飄然入，笑顧蓉妹曰："君亦憶曩昔相鬬之人乎？"蓉妹亦笑曰："固未嘗一日忘之。"鶯兒欲言，桂香止之曰："玆且勿閑談，我欲問汝，何故負約不早來？"鶯曰："因在華胥國略有耽延，致負約也。"梅影曰："華胥國亦有所見否？"鶯曰："方見老梅一株，幻如姣好女郎，向國王乞嫁。"梅影啐曰："汝又侮人！"詼諧得妙。鶯笑曰："人自問我，我何侮人？"佩秋曰："相見即誯誯爭，得不畏新客暗笑耶？"鶯兒忽肅然立曰："是，是。"活躍紙上。衆皆笑，余曰："鶯妹汝亦太懶，日以當午，髮散且未櫛。"鶯曰："膳畢即來，殆忘之矣。雖然，姊盍爲吾櫛之。"言次，趨鏡台前，余不忍却其請，爲綰雙鳳髻。戲顧蓉妹曰："委地七尺，光可鑒人，一段風流，殊不愧麗華再世，汝儕得勿有水晶簾下看梳頭之感耶？"蓉妹曰："然，豔福誠不淺。"鶯曰："偶效微勞，便欲虐人抑何刻也。"余笑謝過。可人！

時雲郎已運行李至，余出爲部署。此時始見雲郎面色憔悴，非復往昔豐腴，且眉目之間若含有重憂，豈傷心人別有懷抱歟！江干乍見，羞蓉不敢仰視，故至此始審視清楚。晚間姊妹群散，余與蓉妹秉燭話舊，蓉妹告我曰："年來家境不順，不如意事重叠而至。母親下世後，老父傷心過度，幾成重疾，邇雖就痊，然已衰頹不堪。雲哥上年由鄂歸家，亦漸改常態，終日困坐斗室中，不問外事，甚至吾輩家人亦屏不與近，以狀卜之，其心中必嘗受有一重大刺激。然果爲何刺激，則又鮮有人知，彼亦不輕易告人也。"芸蘭所欲聞而不能問者，蓉妹滔滔然言之，何等暢快。余聞語，知必爲余臨別時數語所致，然回思余當時胡爲而竟作此冷雋之語，則又不可解也。蓉妹又曰："嘗有一次，余見其閉塞過久，勸之出游，彼忽怒曰'止，勿言，汝安知吾事，汝儕女子，都屬害人蟊賊，不可交也。趣去，勿溷吾。'吾聞言，愕然大駭，蓋吾兄夙溫和，今忽變爲獷暴，且似忘吾爲其姊妹行，寧非怪事？後頻從窗隙偷窺，覘其果作何狀，久亦無所得。但見其終日握管作書，盈篇累牘，不以爲倦，然作畢旋又燬之。每晨起，必有紙灰一團堆於案下。至其所書爲何語，何故頻作頻燬，則又不可知也。余乃私告吾父，謂兄必有心疾，宜速治之。吾父亦引爲憂，及覓醫至，彼又笑曰：'我何嘗有病？惟惡囂煩耳。'自是遂不作書，但於室中負手環行，或長嘆，或凝思，久則繼之以哭泣，徹夜不休。姊試思，此何故哉？"雲郎在家狀況，由蓉妹口中傳出，省多少筆力。余聞至此，熱血沸騰，齊湧心頭，乃迸爲酸苦之味，透至鼻觀，一眶熱淚，幾奪眥而出，亟欲阻蓉妹勿言。顧乃無策，蓉妹又曰："吾父見狀，疑其不慣家居，遂命之來鄂就學。却奇，彼一聞是，哭泣頓止，慨慨之態亦削去大半，惟憔悴仍如昔耳。"我亦曰奇。語畢，歎氣而哼，余欲慰之，顧不知如何措辭，久乃勉爲一語曰："勸之珍攝爲佳。"亦祇有此一語。

檢　　篋　　十月五日

　　日來心緒惡劣，恒喜靜坐，即姊妹行亦少與周旋。桂香嘗笑余曰："蘭姊又有心事矣。"實則余自審思，並不知有何心事，但覺腦海中如亂繭繅絲，任拈一緒即促擾其全局。此事實起自蓉妹來此之日，而其一夕話尤與有密切之關係。此時反怨蓉妹不應曉舌，致陷入於愁苦之中，譬諸積薪之下而厝以火焉，有不轟然爆發者，雖然彼又烏得而知哉。今日雲郎預備入校，命余與蓉妹理其書篋。將啓篋，蓉妹忽爲余母呼去，室中惟余與雲郎二人。余心忽又大躍，雙頰赤熱，幾如焚，手亦不期而顫。其實，余與雲郎自幼即同學，相親何異手足，吾之爲此乃義不容辭，又何惶惶哉？余自心虛耳。仍爲一一清檢，時忽於篋中得余十四歲小影一幀，詫曰："此胡爲來哉？"雲郎曰："前歲散學時攜歸，藏余篋中蓋三載矣。"余曰："然則今無須此。"思納懷中，雲郎伸手奪之，吾勿許，致裂而爲二。初見即裂，其影死兆也。雲郎色驟變曰："並此一寸小影，亦吝個與吾耶？"言際，淚幾出。余慰之曰："癡子……勿憂，吾尚有佳者，行當贈汝。"雲郎始悅。既檢至篋底，又得詩稿一册，偶一翻閱，即見苦憶百首，不禁笑曰："此中不知又有幾許瘋話？"雲郎曰："安有瘋話？實一副血淚圖耳！"余曰："汝儕男子誠可惡，動輒舞文弄墨，脫爲他人所見，奈何？"似惱意而實是熱情。雲郎曰："此爲吾之秘篋，他人奚從而見哉？"余欲取而閱之，蓉妹忽入，遂藏之書卷間。事既畢，雲郎即赴余母室告辭，余與蓉妹送之門次。瀕行，雲郎忽回首曰："今後每禮拜當歸視汝儕一次。"蓉妹曰："善。"余亦不覺點首。安得不點首？

賞　　菊　　十月十日

　　香夢初回，銀鉤未挂，方挓齒思一事。所思何事耶？所夢何事耶？忽鶯兒闖入揭幃視曰："姊何嬌惰若此？試觀皎皎秋陽，亦戀汝嬌姿，潛入羅幛來相伴矣。"余曰："昨宵爲夢所擾，迄無寧時，然醒已久。"鶯曰："家母今日備有薄饌，爲蓉姑洗塵，盍起偕往？"余曰："伯母亦太多情矣。"乃起，往覘蓉妹，則已不知何往，覓之，方在圃中同慧兒芟除殘葉。余曰："吾圃得此多情人當爲百花賀。"因述鶯兒來意，蓉妹聞竟，向鶯兒點頭示謝。午後，略事妝容，即偕赴黃家。至時，桂香等已群集小園，園中菊盛開，浮金點玉，五色畢具，柔枝兀立，初不爲風霜所屈。鶯兒笑顧衆曰："黃花方盛，新釀初成，已執得甲士盈筐，聊供大嚼。姊輩酒興不減於淵明，宣勿辜負斯會也。"桂香曰："然則當先饗名花。"因提壺至白玉盤前，以酒澆之，曰："淡妝仙子，玉立娉婷，素面寒侵，芳心愁染，一段風流正不讓蘁卿再世。今秋風多厲，或恐有犯嬌軀，故特爲置酒以却寒霜，何來饗之？"芸蘭之影。佩秋亦撫摩黃色者曰："生成寒黃之色，託身處士之家，素而柔腸，自非靚妝異色、獻媚爭妍者所可比擬。吾成敬汝且愛汝矣！"梅影之影。鶯兒曰："姊非寒士，何亦愛黃臉婆耶？"相與大笑。蓉妹曰："黃花雅具傲骨，正與彭澤同調焉。可譏笑者，吾等羈棲塵世，良侶無多，人海茫茫，直無可共語者。即下於衆香國求之，殊不可多覯，有之，亦惟此東籬傲菊與夫庚嶺寒梅耳，餘碌碌不足道矣。"誠然誠然，隱射一般時髦女子。鶯曰："蓉妹亦太渺視天下人，豈真無一二出類拔萃者在？即以花論，舍所述外，若桃花之豔麗天成，海棠之風姿俊俏，豈盡不足齒及耶？"梅影曰："妹言良是！然花亦如人，首在立品。桃花等顏色固佳而秉性風流，必誕生於良辰美景，妖冶媚人。若梅菊或著花於風雪之時或吐葩於霜降秋殘之候，欸奇落寞，直類幽人隱士，有淹沒畢生不求聞達之志，烏得而不敬哉？"侃侃而談，正作者抑制時髦女子之意。吾亦敬之。鶯兒曰："姊名梅影，自當尊重梅花，然亦太私矣！"梅影曰："否。吾蓋就其質色立言，非私也。"余笑曰："爭端又啓矣，得不畏名花笑人耶？"時酒已備，婢子奉巨螯進，人各一器，和以薑醋，剝而咽之，亦頗肥美。桂香曰："持螯賞菊，乃三秋樂事，今日竟得而兼之矣。"鶯兒夾其一，笑曰："當其橫行澤國時，寧不謂睥睨一切惟我獨尊？詎知今日委頓樽俎，供人啖嚼。雖然翩翩裘馬，多半無腸，亦當投之鼎鏕，與此物同受其罰，特恐有膏粱氣在，轉不若此也。"政界大老聞之否？輕薄少年聞之否？罵盡世人，作者誠善謔哉。蓉妹曰："無腸尚可，較無心肝者已勝一籌。試觀今世能僅無腸者已不多覯矣！"席間惟佩秋枯坐，寡言笑，若有所思。桂香忽笑曰："吾素憨直，有言必吐，諸君試猜，佩姊果作何思，蓋思新嫁娘之風味也？"余曰："汝言何指？"桂香曰："袁家郎已準備迎彼作內閣總理，記取臘鼓初敲之時，即彼登台之日也。"內閣總理原來如此，調侃得妙。"登台"二字雙關尤妙，如聞其聲，如見其人，讀至此處輒大笑不止。眾笑曰："有是哉，茲不可不預為之賀。"群起擎杯，強佩秋飲，佩雙頰盡赬，勉盡一杯，曰："婢子，誠好饒舌。"桂香曰："如此好事，豈欲終秘之耶？"鶯兒曰："桂姊饒饒不息，得勿有妒意乎？果爾，當求佩姊退避三舍，讓汝先行代理不亦佳乎？"言次，忽一狸奴自花間躍出。佩秋笑曰："如否，此奴貌秀而文亦殊，不惡，以彼壻之，亦可免蘭閨寂寂，徒羨人家佳壻盡乘龍也。"眾為哄然。余曰："不謂緘默如佩姊，竟能為此絕倒語。"桂香曰："彼直不識羞，嫁得個銀樣蠟槍頭，便自許乘龍佳壻，吾齒酸矣。"殘酒既盡，肴核狼藉，手亦飽沾濁膩，亟摘菊葉浸水，和以香胰濯之，餘腥始去。時半圓秋月已自東山度出，餘霞成綺，如挂紅綃。好景！少刻，四散去，月光益爛然，菊影杈枒，印地如畫。婢子煎碧螺春進，群爭飲之。回顧佩秋，方倚欄眺月，余曰："月色佳否？"佩秋曰："惜不圓耳。"鶯兒曰："勿憂，兩月以後，當有人與汝並肩坐看團圞月也。"佩秋以巾塞其口曰："再言，當加以夏楚。"鶯兒笑乞罷。余四覓，不見桂香，尋之，方醉倒玉欄，沉沉睡去，嬌婉之態正不減史湘雲醉眠芍藥裀。醉美人如畫。笑扶之曰："雙腮紅暈，絕類海棠，趣昇入，勿為風露所侵。"鶯兒曰："桂姊量本不宏，妹強尼之，乃有此醉，今當代任扶持之役。"因握其手置肩際，謔笑以返。將達臥室，余笑曰："今夕送新人入洞房矣。"鶯兒亦笑曰："下面領賞。""下面領賞"四字系用朱砂痣說白，絕有趣。此情此景，使我見之，當亦魂消。言次，為桂香去外衣，覆以錦被。微撼之醒，詢以渴否，桂微點首。因授茗一盞，桂香醉眼迷離，起就鶯手飲之。醉頰紅勻，脂香帶沫，絕世風流，不愧冠絕儕輩。鶯兒笑語之曰："阿儂爲汝魂銷矣，惜託身巾幗，無福消受玉人，白頭偕老也。"桂香微笑。佩秋因道遠不克歸，遂與桂香同榻，余則偕蓉妹籠燭歸焉。

索　像　十一月八日

宿雨初晴，朔風怒吼，鏡台悄倚，殊怯寒威，慧兒以銀盤盛水入，略就盥漱。時禮拜堂鐘聲噹噹然響，此聲吾自來鄂後即習聞之，然在往昔，不過視爲寺觀中晨鐘暮鼓，未注意也。及雲郎入校後，此聲之入吾耳乃分外清澈，若此聲一動與余乃有一種特別關係。想念雲郎之心，於禮拜堂鐘聲中寫出，虧作者真想得到。今余方寸間不由不起爲波瀾，與鐘內之鉈同其搖蕩者。殆以聞此而始憶及禮拜堂中，仰面聽講者乃有一人；抑以聞此始憶此仰面聽講之人，必歸與余相見耶？余不自知也。少頃，雲郎循例歸，與余母見後，即入蓉妹室。蓋余母性情乖僻，不惟不欲人語及余生母之人，並余生母戚串，亦不欲與近。蓉妹與雲郎之來此，殆懾于余舅之威，無可奈何也。芸蘭不能嫁雲郎，於此可見。故雲郎與余母，舍一二酬應語外，恒不多談，與談者惟我儕耳。余此時見雲郎愈爲清癯，心中兀自不樂。關心過切，故覺不樂。蓉妹曰："雲哥又瘦矣。"雲郎曰："余亦不知何故，但覺日間煩惱萬狀，寢饋不寧，即拍球、競走諸遊戲亦屏而不爲，故肌肉日漸消磨，不可復振。"病根。余曰："天下本無煩惱，惟人自尋之。以吾思之，兄境遇舒適，安有所謂煩惱者？皆自尋來耳。"已知雲郎煩惱之由來，故爲此言以勸之，亦光明亦繾綣。蓉妹曰："此言至當，汝必欲於心坎中，闢一席地以貯煩惱，煩惱安得而不至？反之，以貯快樂則安矣。"雲郎嘆曰："汝安知我心？"言次，向余一瞬，余如感急電，首不期驟俯。時蓉妹方持針織手套，雲郎曰："天氣已寒，余手終日如僵，汝盍爲余製一套？"蓉妹曰："蘭姊已爲汝織之，尚未竣工也。"其如雲郎不悟何，一瞬一俯首，萬千情意盡在不言中。不待雲郎請求，而手套已織就，何等關心。此語出自蓉妹之口，尤有分寸。雲郎曰："然則當謝盛意。"余低語曰："誰要謝者？"

言已，懒然回己室，雲郎隨之，瞥見鏡臺前陳余小影，大喜，展而閱之，曰："丰神絕世，我見猶憐，正不識誰家有福郎，能消受此畫中愛寵也？"余小語曰："汝又讕言！""汝又讕言"一語，似嗔非嗔，妙絕！讀至此處，恍覺有一美人倩影，玉立余前。此影乃春季所攝，方坐碧桃花下，長裙飄拂，落花繽紛，燕子雙雙群集樹頭，昵語翩躚，蛺蝶亦盤桓身後，幾欲飛上搔頭，身旁更有狸奴一，耽耽而視。雲郎奚指之曰："此奴得傍玉人，豔福誠不淺，得勿令吾妒煞耶？"又曰："妹今當贈我矣！"余有難色。曰："噫！汝前檢吾篋時不云尚有佳者贈我耶？茲又負約。"余笑曰："閑笑之言，便記得如此真耶。雖然，宜密藏之，勿令他人笑我放蕩也！"雲郎曰："然。"亟納之懷中。時門簾掀動，阿龍笑躍入，余曰："弟弟，汝不知雲哥來耶。"阿龍隨行近余身，小語曰："知之。"雲郎曰："龍弟，吾今日攜有好物餽汝。"阿龍曰："我不信，如有亦已餽阿姊矣。"雲郎聞語，笑顧余曰："阿龍狡哉。"言際，探手衣袋，出南豐橘數枚，示阿龍曰："此非橘耶？"阿龍見而大樂，向雲郎強索，雲郎予二枚，請益之，再予二枚，顧掌小不能容，濟落余椅下，雲郎俯拾，余適起立，不期膝蓋與雲郎額角相撞，雲郎勢虛，竟仆於地，一室大笑。余母聞謔笑聲，趕至，見室中僅余儕三人，而雲郎則方坐地未起，頓現不愉之色，愠然而返。及雲郎歸校，余母呼余至，諭之曰："汝年已長矣，男女之別，內外之防，當亦知之。雲郎與汝雖同學，然現已弱冠，而汝竟與之調笑，不以為羞，豈我家所當有之事？茲語汝，以後彼來，當稍稍避之，勿令鄰人見而冷齒也。"吾聞語，羞憤並集，冷汗涔涔下。目然密藏趣事，當頭棒喝。

繡　　枕　十一月二十日

連日氣象陰霾，殊有雪意，棉衣不暖，則易以狐裘，蜷跼怯寒，則裹以圍巾，顧齒猶震震不可耐，思之，非關天氣，余自心冷耳。情熱故心冷。乃命慧兒，炙碳一盤，略佳，兀坐小窗，極無聊賴，忽憶佩秋于歸之期已近，所繡合歡枕尚未完竣，亟取繡架，拈針刺之。紅絨笑吐，逐寒風以飛揚，雖指下生寒，殊不顧及。俄而桂香至，笑曰："天寒如此，猶羽針斋耶。"余曰："佩秋贈品也。"桂香取而視之，曰："一抹綠波，淨萍數點，文鴛比翼，栩栩欲生，不謂姊手工，一妙至此。雖然，姊於金針巧度時，得勿有'苦恨年年壓金綫，爲他人作嫁衣裳'之感耶？"調侃得好。余曰："讀得幾句唐詩，便來謔人，合當墮入拔舌地獄。"桂香亟謝過曰："吾知罪，誠不當唐突玉人。"言次，以臘梅一束奉余曰："吾家臘梅方含苞待放，特折數枝，爲姊供諸案頭。"及尋瓶，則已因宵來堅凍裂爲數片，拾而玩之，殊覺憮然有感。桂香曰："是瓶五色爛然，饒有古氣，一旦損裂，亦殊可惜。"余曰："隆隆者易絶，磽磽者易缺，理必然也。"因命慧兒另出一瓶，納花其中。已則偕桂香出，倚欄閒眺，時風聲漸厲，草木盡靡，即山上松枝亦爲所虐，虎虎然作聲，烏鴉隊隊，咸振吭哀鳴，似告人以大劫將臨，當求隱避者。宛然將雪，大氣。余曰："方今天下擾攘，同室操戈，人禍天災，無歲無之。吾儕不幸，羈栖是世，亦何異此鳥，惶惶懼風雪將至者，安得覓方寸桃源以避浩劫耶？"天下多故，國事日非，安得桃源好避秦。故人人有此感想，而出自閨閣之口，尤令人傷感不置。桂香微哂，曰："避難固不必桃源，即溫柔鄉亦可，特姊不肯自謀耳。"余以目斥之曰："汝幾非此不啓齒。"桂香笑曰："吾言確也。"時蓉妹亦至，曰："今日酷寒，吾已命廚司備佳釀，桂姊盍在此同飲？"桂香曰："善，我固嗜此。"余曰："但勿如食蟹之夕，醉眠芍藥裀，可也。"言已，同就入飧。

賀　　喜　十二月二日

今日爲佩秋于歸期，昨與諸妹約同往致賀。晨間鶯兒等前後至，對鏡理妝，各梳流行新髻畢，或衣繡衫，或拖羅裾，五光十色，絢爛奪目。鶯兒戲曰："環肥燕瘦，都足傾城，殆欲與新嫁娘相較，問誰是仕女班頭歟？"梅影曰："佩姊亦髫年舊侶，今嫁得乘龍快婿，恐再勿耳鬢斯磨，若昔日之樂矣。"桂香曰："此何待言？大凡女兒一近男子，性情即因之改變，豈惟吾儕友誼！將從此疏闊，即其至親骨肉亦將不若床頭人親密。蓋愛情浸入心脾，其力至鉅，一切都可忘矣。"卿卿何得而知。鶯兒曰："姊熟悉若此，殆亦過來人歟？"桂香慍曰："長舌丫頭，又欲與我挑戰耶？"我亦欲云。言次，以指彈鶯臉，暈紅一縷驟起頰際。余曰："宜梳妝，臉兒真吹彈得破。"鶯笑曰："敢勞玉人纖指下降，吾頰幸矣。"如聞其聲，如見其人。言已，群出覓輿。余素性瀟灑，最畏拘束，今因情不能却，不得已稍稍與俗人周旋。陳氏亦宦家，素尚繁華，賓客雜沓，殊苦喧囂，因與諸姊妹潛入內室，與佩秋叙舊。顧佩秋羞澀殊甚，且淚痕盈面，出言殊簡。桂香戲之曰："今宵花開連理，倒鳳顛鶯，錦帳春風，其樂何限。奈何猶是嗚暗哭泣？效金人三緘其口耶！"鶯兒曰："汝安知？佩姊正欲貯蓄氣力，俾與郎名作竟夕談，何暇與余輩作無謂周旋哉？"佩秋仍置不答，垂首瞑目，若老僧入定。余笑曰："佩姊魂靈兒已飛去半空矣。"數語膩極，可見璚閨中，無事不說。未幾，簫鼓嗷嘈，笙簧合奏，彩輿已至中堂，佩秋為伴娘董簇擁易裝，錦簇花冠，珠兜霞佩，俯映鴛繡之裙，橫拖鸞綃之袖，富麗堂皇，別饒丰韻。婷婷娉娉，恍然如見。鶯兒睨之，笑曰："服之不嫌累贅否？"桂香曰："亦無可奈何耳？"余恐其復為戲言，以目止之。時堂前樂聲復作，鞭爆之聲震耳。佩秋為伴娘擁之出，禮畢，登輿而去。佩秋去矣。桂香曰："佩姊嬌媚勝昔，我見猶憐。"霎時，紅袖牽來，香巾挑去，彼新郎飽餐秀色，將不識若何愉快也。梅影曰："汝言何多，嘵嘵直類池畔春蛙，令人生厭。"桂香笑攜其腕曰："我固有如花美眷在，何豔羨他人為？"梅影不答，掩耳疾走去。女兒出閣時，姊妹行必團聚一處，喁喁私語，嘗欲偵其所語何事，迄不可得。今於此篇詳聞之矣，快哉快哉。

得　書　十二月二十日

昨夜天氣酷寒，雨雪紛紛下，數盡更籌未能穩睡，未能穩睡，又有所思也。以故七時即起，推窗四望，一白千里，地上積雪已尺許厚，數枝戴雪皚然，如白髮老翁。蓉妹笑曰："清净絕塵，直似佛國，豈天公解意，特爲滌盡濁障耶？"時圃外三五頑童，方碌碌塑雪美人，眉目畢肖，栩栩如生。雲郎獨立扉次，口點指劃，如工程師然。余笑視蓉妹曰："雲哥猶有稚氣。"蓉妹曰："彼夙好弄雪。"余曰："獨不畏寒耶？"是時雲郎蓋已假歸，居樓下客室。余尊母訓，未嘗與交談，即相見亦漠然寡言笑，故雲郎終日愀然，如負重憂，夜間但聞其於室中踱往踱來，至中夜始止。何等關切！吾知雲郎心又傷矣。下午偕蓉妹至圃中踏雪，歸過雲郎室，見案上亂堆書籍，一榻蕭然，僅陳薄衾一襲，私語蓉妹曰："如此寒天，雲哥僅御薄衾，得勿冷乎？"蓉妹曰："來時僅攜此，冷亦無如何？"余曰："吾室有皮褥二襲，可分一襲與彼以御寒威。"蓉妹曰："佳。"余曰："但囑勿使吾母知之。"蓉妹詫曰："何故？"余曰："無他，恐彼知之，又訴余多事也。"蓉妹稱是。晚間，命慧兒將去。比返，以一物授余，曰："雲公子命授姑娘。"余展視之，乃一封書札也，亟就燈前讀之曰：

　　朔風獵獵，雨雪霏霏，孤館寒燈凄涼極矣。妹紅樓暖閣，翠袖輕裘，品酒評詩，樂自無量，然亦曾念及斗室中尚有一可憐人在否耶？回憶疇昔同窗共硯之時，相攜相倚如兄如妹，偶一不見則走覓之。寧復料後日竟有分離之時，又寧料分離後我二人歡愛之情亦隨而俱杳耶。嗟夫！蘭妹，花前握手，月下談心，謂在天願作比翼鳥，在地願爲連理枝，非妹也耶。爾時妹年幼，此語或出自無心，然一入吾耳則有如天磬，蓋無一時刻忘之。歸贛後，章江漢水，徒勞夢裏相思；鶴唳猿啼，莫瀉天涯情淚。午夜思之，幾成狂癲，然猶意妹故愛我者，雖地隔千里，而精誠固猶在一處，故三載以來，自悲聊復自慰。詎上年臨別之時，妹竟以冷雋落寞之語告我，使我平昔用以自慰者，至此頓爲絕望。嗟夫！蘭妹，吾誠不審汝是何心肝，乃忍慢然而出是語。吾於是始恍然，妹之待我，皆屬詐偽，大凡女子於繈褓中即帶一偽字來，而妹尤其甚焉者也。是時，吾心雖欲不痛，吾身雖欲不病，乃不可得。既忽於病中聞吾父命吾來鄂就學，私心爲之一喜，喜者何，喜將復與妹相見，一覘妹之意向究竟如何。及來此後，竟出我意外。蓋妹之殷殷盛情仍不減於疇昔，而惺惺相憐之意且復於眉山眼水見之。吾乃大慰，頻自語曰：'蘭妹多情人也，決不我欺。'反悔曩昔之恨妹者皆爲錯誤，故精神驟長而身體亦復強健。孰料此等愉樂，其駐於吾心終不能久。蓋未幾，妹又恢復前日冷淡之態矣。今以寒假之暇羈栖貴宅，妹復使侍婢傳言勸勿更上瓊棲一步，此何意哉？相去荔牆咫尺，如隔蓬島千重，此等境況寧復生人所能堪。嗟夫！蘭妹，如愛我耶，何故在在令人失望？如不愛我耶，又何不直截了當明白告我，今若即若離使人顚倒錯亂，終日如在洪醉中，欲歌不能，欲哭不得，抑何苦來哉？今告妹，吾之愛妹自幼已鐫入心腑，任海枯石爛，此志決不或移。曩謂吾畢生之命運與幸福皆懸之妹手，實非虛語。妹如感其癡愚，稍加憐惜，則雖粉身碎骨，必有以圖報。否則薄命之身正不難從茲物化。蓋與其相思而生，勿若殉情而死。殉情而死，其樂彌甚，吾無懼矣！在理，不才如吾，本不值吾妹一盼，祇以至誠所發，不能自已。天下無論何物，惟至誠可以感之，生公之說法，頑石尚知點頭，矧聰明如吾妹耶？寒窗翹首，企盼佳音。某月日，雲郎手上。

余讀畢，心潮起落，竟不審其爲悲爲苦，但覺眼前如起雲霧，紙上字幻爲箕斗大，視之，蓋爲淚痕濕透矣。情愛方濃，忽按此書安能無淚？夫雲郎致余書多矣，從未見有今次之纏綿之懇摯，使鐵石人讀之當亦爲動。吾今其復彼耶，吾將何以措辭？不復彼耶？又恐愈傷其心。嗟夫！吾自澄心以思，吾之感傷何嘗不如彼。特以吾儕閨人，安能遽以吾愛汝三字輕出諸口。來書哀怨並集，其實誤矣，往者吾曾私誓，謂今世界舍雲郎外吾決不更愛一人。但以大勢觀之又決難償此癡願，惟有將此愛字永秘之心中，不使他人知之，且不使雲郎知之，結果則以生命殉之而已。果能如是，我猶可全其一。今吾仍守此主義不與雲郎以希望耶，吾知雲郎必切齒曰："婢子欺我，婢子不我愛矣！"憤怨所激必至斬其生趣，是則，吾殺雲郎矣。有此一想，卒殺雲郎。吾既愛雲郎，安忍殺之？是又不容吾不掬心相告，思之，乃就案頭作一覆書曰：

　　素簡飛來，青燈無色，盥誦之餘，且悲且感，嗟夫！癡郎，君言誓死，儂豈樂生？但君於下筆伸紙之時亦曾思及儂為何人？儂所處為何地？君如此用情果於雙方有所裨益否？君胡不細加審度，而徒出以孟浪也？

余書此數語竟，頗覺太直，且似有相懟之意，非所以慰雲郎也，則立變其調曰：

　　雖然，人非木石，孰能無情？儂往者得君書，平平未涉情愛，尚且回環捧讀，不忍釋手，矧此纏綿悱惻有令人不能不動容者耶？第儂深閨待字，四德宜遵，老母在堂，防閑尤密，詎容吾儕自由戀愛。戀愛而不自由，亦復何樂？此儂所以茹痛含辛，未敢稍為放肆者也。來書謂相去荔牆咫尺，如隔蓬島千重，實老母意，非關於儂。然既緣絕三生，何爭一面？即令相見亦徒相視，欷歔作楚囚對泣而已，夫復何謂？儂今語君：儂之愛君與君之愛儂，實無所軒輊。數載以來，百結柔腸，固早已為君寸寸斷。即今次重行把晤，香魂一縷，殆無時不飛傍君之左右。特以儂遇事好瞻前顧後，覺我汝之間已有萬重魔障，一涉足便無幸，故情苗怒苗，輒復掘之使死。上年君臨去時，儂寥寥數語本出自無心，及後思之，亦頗以為得計，蓋以為藉此可死君心，不至嘗受情場危險。區區之心，正所以福君，不忍誤君也。來書怨恨之意溢於言表，是不諒儂矣。嗟夫！癡郎，少小多情，便非幸福。君試前後思之，我兩人果有好收局否？今為君計，如能棄茲不祥之地，另覓佳耦乃為上策，否則必有許多懊惱，許多痛苦，隨之而來。推其結果，祇落得青衿淚濕，紅粉香消，非儂之幸，亦非君之幸也，君其思之。芸蘭覆。其如雲郎不悟何？

余作畢納之封筒，時已近三更，審雲郎尚未寢，即囑慧兒送之往。在理，余以深閨待字之女子，公然與一男子情書往還，且復紀之日記，寧非不識羞恥？實則余與雲郎乃神聖愛情上的關係，非懷春蕩婦所可比儗。至日記乃余個人私事，初不能使外人窺之，抑又何礙也？以後凡關於雲郎余事，仍當陸續記之。不料今日爲余所見，亦緣矣哉！

答　　覆 除夕

晨起，偕蓉妹掃除室中塵障，且督婢洗滌器物，忙碌半日始已。其時，圃中臘梅盛開，一若天公解意，故留此以點綴佳節者，因命慧兒折取一束，供諸案頭，復拆一半囑贈雲郎。比慧兒返又攜得錦函一通，視之乃雲郎手筆，不禁自語曰："癡郎！此中不知又有幾許斷腸語。"不待開函意已知。私就案前閱之，書曰：

捧誦芳函，深情一縷溢於言外，直不啻將妹數載來之心事，一一嘔之而出。余也何人，能無感耶？余邇日所以獨坐愁苦，塌然摧肝，憂憤填膺，不能自解者，實恐妹不愛我耳。妹既愛我，夫復何憂？雖然，函末胡又謂今爲君計，宜棄茲不詳之地另覓佳耦？嗟夫！妹試想我果爲何如人？豈效輕薄兒浪用其愛情哉？際茲天寒歲暮，天涯遊子，疇不思家？而余猶蜷伏於此，不作故鄉望者，都祇爲妹耳。直告妹，南昌女學林立，濟濟英雌，固不乏才色俱佳者，余果欲於其中擇一人而偶之，美滿姻緣固早已成就。忽而，余摒而不爲者正鍾情不二也。質言之，余情已如揉碎之花，片片零落，欲再集合碎瓣，復爲一完美之花上之枝頭，以媚春風，此必不可能之事。至謂此事無好收局，我亦曾思及。然人定可以勝天，果能彼此以堅忍之心持之到底，未必蒼蒼情天，汩汩愛河，竟無我二人迴翔游泳之地。即今無之，亦不難撇此塵寰，要求月老注鴛牒於來生。語云：

"不是冤家不聚首，不是同病不相憐。"事已至此，妹亦不必他怨，蓋我二人實同病冤家，必須了此一段冤債也。一段冤債，至死方了！承錫皮毯，覆之極煖，如此體貼感何可言？但恐鱸生福薄，不能消受耳。雲郎書。書好！

閱畢愀然寡歡。余固早謂愛情者，不祥之物也。我亦云然。當雲郎今次來時，私心即惶惶然恐時有大不了事跟之而至，今已漸次發現矣。嗣後，惟有拼此薄命身，以與情魔搏戰而已，夫復何言？徐將書藏之秘篋，仍出與蓉妹佈置一切，且爲阿龍易新衣。阿龍今年才八齡，一完全無知識小孩也。既易衣，狂喜，且曰："雲哥衣亦舊，姊盍亦爲易之？"余笑曰："彼無須此。"阿龍曰："以吾思之，殆姊吝也。彼見我必問姊，姊竟一襲衣亦不與之，得勿不情乎？"阿龍狡哉。余啐之出。入夜，爆竹聲聲，起爲繁響，登樓望之，萬家燈火，方慶團圓之宴。吾家亦備有盛筵，雲郎得破格入席，惟余此時驟見雲郎，反覺心中突突不寧，且念余舅一人在家，嬌兒愛女皆寄跡於此，今夕舉杯獨酌時，正不知若何傷感。而所以使其嬌兒愛女不欲東歸者皆因余一人之故，拆散人家骨肉，余罪重矣。於時忽又憶及《西廂記》"若不是席間母子當回避，便當舉案齊眉"句，忽爾思及舅父，忽爾憶及《西廂》，八面玲瓏，殆無事不思。雙頰驟爲之赤，雲郎見余亦若有一種易感，頻頻以目視余，余恐余母覺，以目止之。雲郎向不善酒，今夕乃擎杯狂飲。余夙知酒能傷人，亟欲止之，顧乃無法，已而以手暗牽蓉妹衣，視之以意，每讀至"亟欲止之，顧乃無法"處，以爲芸蘭真無法矣，乃掩卷而思，思欲爲芸蘭覓一妥策。顧久久不能得，而作者僅以"以手暗牽蓉妹，視之以意"二語輕輕表出，既使蓉妹不疑，又使阿母不覺，有情有景，妙哉妙哉！蓉妹即奪其杯曰："雲哥少飲一口不可耶？"雲郎曰："我豈好酒哉！不過藉以滌胸中愁苦耳。"言次，顧余慘笑，余亟回首避之。席間尚有余嬸母，余嬸母亦孀居，早與余家分晰，惟每歲除夕一聚首耳。宴畢，余母偕余嬸母暨蓉妹鬥牌去。余夙不善此，乃歸己室，室中慧兒已炙碳，頗和煖。蠟炬高燒，光明如晝，兀坐移時，復出雲郎書讀之，方思援筆作覆，忽聞樓下哇哇聲大作，亟至梯次聽之，知出自雲郎室。此時余足竟不由余主，悄然下樓，既入客室，酒腥之氣刺鼻，見雲郎斜倚床沿嘔吐滿地，知已洪醉，立以皮毯覆之，而雲郎已醒，微啓醉眼瞥見余，一躍坐起曰："妹安得來此？吾其夢乎？"言際，復暝其目。余低聲曰："雲哥。"雲郎忽曰："勿言，勿破吾好夢。"吾不禁笑曰："吾自來此，非夢也。"雲郎始睜目曰："汝自來此乎？"余曰："汝既不勝酒力，奈何強飲致一醉至是也？"雲郎曰："汝烏知余心哉！"語出，泫然欲涕，余亦不覺一陣心酸，淚簌簌下，既乃力自遏抑，曰："渴否？"雲郎點頭，傾茶一杯，使就余手飲之。既畢，問需他物否，曰："否，吾頭暈極矣，余尼之睡。"且曰："酒後最易中寒，宜慎之。"彼忽握余臂曰："苟得玉人長傍余側，寧拼終日醉也。"余啐曰："毋癡！"處處關心，溫存體貼，何等纏綿。余生平嗜飲，飲輒醉，醉後玉鐸嘗侍余側，確有此景，有此情，不謂盡被偷置此處，玉鐸真賊矣哉。時慧兒亦入，余命將穢物掃去，仍復登樓。既入室，心忽跳躍不止。思頃間事，脫爲阿母知者，不識又生出若何風波也。坐良久乃稍鎮定，遂挑燈作覆書曰：

嗟乎雲郎！儂無才且無命，何苦苦相逼，必欲令儂傾一副血淚，與君作楚囚對泣而後已？儂前書所云都爲君計，蓋儂寧願相思而死，決不令君因儂而受累。質言之，君他婚，儂物化而已，不如是，不足以全君也。來書屢屢以死自誓，儂豈不知感？雖然，君烏能死哉？儂一弱女子耳，生死無關緊要，君上有老親，下有弱妹，一肩重擔，皆負之君身，君死，萬氏門楣將倩誰撐住者？且君爲儂而死，儂更有何面目以見舅家人哉？君謂吾二人乃同病冤家，必須了此一段冤債，吾將問君，此一段冤債，將如何了者。極君願望，無非如《西廂》，月上柳梢頭，人約黃昏後，與張生雙文結千秋同調。儂縱不難拼此微軀，以償君癡願，然名節既墮，終身抱匿，君亦何取於儂也？嗟夫，癡郎！儂今語君，君如必欲糾纏不肯撒手，我亦無法拒絕且亦不忍拒絕，惟有犧牲此薄命之身，任君擺佈，君欲如何便如何耳。

君既不善酒，宜竭力戒除，今夕一醉如泥，試於清醒時思之，於身體寧無妨礙，今後務慎之。雲蘭謹復。"爲雲郎計，我亦欲問；爲自身計，許之矣。

書竟，重復讀之，覺余所欲語諸雲郎者，乃未盡其萬一。然余拙於書，即欲盡之勢且不能，且余多書一語，在雲郎視之即多種一點愁根，固以簡單爲妙也。其時余母等牌興方濃，慧兒則已扶頭瞌睡去，余乃挾書下樓，由窗外窺之，見雲郎獨坐床上，以手支頤似方啜泣，及聞聲仰首而視，曰："誰？"余曰："我也。"言已，入室笑謂之曰："莫哭，余有好消息報汝也。"妙極！隨以書授之，返身而出。

卜　　運　元旦

昨宵未寐，精神殊困憊。晨間慧兒以盤托水進，且易緋色之衣，矍然向余賀新禧，余笑領之。梳櫳既竟，亦略換衣飾，先趨余母室拜賀，繼及余嬸母，再繼及蓉妹與雲郎。此種禮節，年一爲之，殊可厭也。飯罷，鶯兒與桂香等前後至，既見余母，群趨余室浼余鬭麻雀，余以不善此謝絕之。桂香曰："然則吾儕可擲骰爲戲，籍占一年運命之通塞。"余允之，命慧兒取骰至，桂香曰："議自余倡，請自余始。"言已，隨手擲之得"・・・∷"，鶯兒笑曰："巫山一段雲，桂姊殆有作新嫁娘之兆。"果嫁。桂香引手撻之，鶯兒驚逃。余曰："未擲先爭，局勢破矣。"因復聚案前，令鶯兒擲之得"∷∷∷"，余曰："落梅片片，已到陽春，鶯妹今年交泰運矣。"黃老升官，鶯兒所以交泰運。次蓉妹擲之得"・‥・∷"，桂香曰："幺二三四，船象也。"蓉妹今年必歸，吾儕又少一良友矣。果歸。再次梅影擲之，得"∷∷‥‥"。鶯兒曰："兩行清淚哭梅花，梅姊今年必無幸。"果死。"兩行清淚哭梅花"句尤佳。梅影亦嗒然若失，蓉妹曰："梅花並蒂，燕子雙雙，佳兆也，姊胡憂爲？"末及余，信手擲之得"∷∷∷∷"，眾鼓掌笑曰："拈來粒粒紅豆，姊何相思之甚耶？"吾顔不期而赤，桂香曰："骰，骨製也，姊相思殆已刻骨，宜有以解之。"果病。相思諸人命運均兆於此，雖屬遊戲，亦有天機。鶯兒曰："我輩非解相思氤氳使奈何？"桂香行近余身，握余手曰："恨余非鬚眉男子，否則必有慰君，免令儂憔悴死也。"余戲以骰擊之，桂香避弗及，來政客盤墮地碎。瓷盤既碎，大家撒手矣。鶯兒曰："金甌破碎，國家亦將不幸矣。"梅影曰："內訌外患相逼而致，將次官僚復群以權利相爭奪，國家無幸固矣。"桂香曰："吾儕既不能如花木蘭、梁紅玉，馳騁疆場爲國家稍效微力，徒效無聊文士，以國事爲口頭禪，胡爲哉？人生及時行樂耳，今仍當與姊妹作竹林之戲。"國家無幸，乃政客官僚爭權奪利所致，的是確論！當道聞之，當一齊俯首。無聊文士，乃調侃新聞記者。桂香誠狡。言次，傾牌於案，強鶯兒等入座。余則袖手旁觀，桂香曰："偏枯汝矣。"局未終，慧兒忽倉皇入曰："噫，傷哉……病矣。"余心陡覺一躍曰："誰病也？"慧兒曰："雲公子也。彼飯後即謂肺痛，今咯血盈盆矣。"元旦咯血，失陽之象，所以必死。余急曰："奈何！誰教彼……"言至此忽一驚，思慧兒實對蓉妹發言，吾胡爲絮絮作答？且胡爲現此驚慌之色？幸諸人均在錯愕中未覺，否則破綻露矣，乃退坐室隅，心頭撲撲竟如海潮時起時落，起落不定，則作劇痛，且格於母訓不能隨蓉妹同去一視，尤爲恨恨良久。蓉妹返，淚痕瑩然。群爭問之，蓉妹曰："彼向無此疾，大抵昨宵過醉所致。"余此時頗欲詢其狀況，顧不知以何語爲當，籌思久之，乃曰："現在何如者？"蓉妹曰："頃已睡去。"余曰："宜覓醫治之。"心急情急，寫來曲肖。蓉妹曰："吾已與姑母言，命王陞去矣。"此時桂香等亦均興沮，坐談移時，群散去。在理余當留之款酒，顧余竟忘之。未幾，醫生至，此醫楊姓，爲余家常用之人，七十餘老翁也。余母與蓉妹均陪之爲雲郎診脈，余則匿後室聽之。後室竊聽，形容關心之切。但聞醫生云："此疾實起於酒，然甚似心疾，幸所感尚淺，能捐除萬慮，不涉愁煩，當可獲愈；藉非然者，則非醫生之所能爲力矣。"余聞醫言知病源不誤，心乃大懼，思雲郎孽根深種，怨恨難消，安望其能捐除萬慮不涉愁煩者？設萬一不幸，余白髮衰頹之舅氏，情何以堪？思及此，淚如泉湧，恨不立死以謝癡郎。只有一哭。及醫生去，仍淒然回己室，蓉妹私語余曰："吾兄此病與去秋所患似出一轍，但吾兄素無薄行，何至傷情至此？"余聞語，竟不能作答。嗟夫！蓉妹，夢也，安知阿兄傷情即爲汝相對坐談之人耶？余此時幾欲將心中所藏傾囊倒篋一一訴之蓉妹，然此又有何裨益？一杯苦茗，祇合咽之，斷腸而已。入夕，家人均以昨宵未寢争赴黑甜鄉去。余亦疲甚，橫倚軟榻，方欲睡，忽憶及雲郎病狀，則瞿然而起，思渠爲余而病，余安能無一語以慰之？是又不得不借重管城子。方脱穎，不禁自笑曰："元旦發筆，即寫情書，此君今年當爲余忙煞矣。"書曰：

　　屠蘇飲罷，二豎旋侵深閨，聞耗神傷極矣，祇以内外隔絶，不獲親臨省視，稍效微勞，五中灼焦，莫可言宣。聞君之病起於中酒，然中酒乃病之所由起，而傷情實病之所由來也。已知雲郎病根。鮮紅一掬，此豈可以兒戲者？情海茫茫，君竟甘以身殉，而捐棄此七尺昂藏乎？嗚呼！君亦愚矣。儂前書不已告君，上有老親，下有弱妹，一肩甚重，豈便灰頹？儂雖愛君，誠不敢以薄命之身，重以累君也。君果愛儂，亦先當自愛。語云："留得青山在，不怕没柴燒。"安見將來不有機緣，可以嘗吾儕夙願耶？醫言君係心疾，還當以心治之，一念之苦樂，生死之關頭也。倘能制恨以熄情火，靜氣以袪憂思，其病自愈。嗟乎！癡郎，愁城非長生國也，尚祈珍重。倘有所需，慧兒頗黠，可使至儂處取之。紙短情長，書不盡意。雲蘭草於燈下。"有卿憶念，斯已足矣，何必他人？

是時慧兒尚未寢，命攜之往。返，問有所語否，慧兒曰："無之。"余曰："頃方何作？"慧兒曰："倚枕觀書，而顏色枯白，迥非前日雲公子比矣。"余聞語，心爲惻然，思此更深夜静人均寢，誰復憶蕭室中尚有此病人乎？本思親往觀之，繼恐爲阿母所知，乃止。

團　　聚　元宵

邇日雲郎病象大減，蓋余曾兩次親往慰之。此事本甚違禮法，然余欲救雲郎不得不冒嫌爲之，不謂竟收大效也。雲郎既愈，余心亦安，特於晚間置酒招諸姊妹至，以賀元宵。何以慰之，定然是神針法灸，難道是燕侶鶯儔？佩秋已於月初歸寧，今日亦歡然。貴臨明月在天，嘉賓滿座，彩燈三五，光射朱欄，頗極一時之盛。余倡曰："今夕姊妹行群聚一堂，人間天上，共慶團圓，咸當滿引一杯爲姮娥壽。"衆皆曰："善。"適慧兒攜玉笛至，鶯兒撫作《梅花三弄》，余復以風琴和之，繞梁娓娓，清越異常，一時宿鳥驚飛，風起葉落，雖虬龍吟水，孤雁唳雲，曾不是過。桂香曰："佳哉！"言次，擎杯狂飲，且令合座各盡一杯。循至佩秋，獨屏不沾唇，余詢其故，佩曰："近不識何故，與紅友無緣，偶一縱呷，輒便作惡，嗣後當永戒之矣。"桂香笑曰："吾知之矣，姊誠善於製造國民哉，結縭甫月餘，便結珠胎，記取陽春十月，叢菊飄香時，當慶弄璋之喜，而餉我輩以湯餅之筵矣。"輕輕說出，究竟如何製造乎，我欲問卿。佩置不答，伏案支頤，似欲睡去。鶯兒戲撼之，桂香忽以牙箸撲鶯兒頭，曰："汝豈忘唐人閨怨曲乎？彼方蘧蘧然夢赴遼西，與個兒郎暢敘離衷，汝獨驚之醒，毋乃不情。"鶯兒曰："蜜月未終，遞添離恨，蕭郎亦薄倖哉，歸時可罰向床頭長跽三日，而責以後勿遠遊也。"佩笑曰："我非如世俗女兒以別離爲恨事者，何慮以相嘲？且才別一壻，而得妻如妹，尚復何憾哉？"語句新豔，煞是好聽，然終少一物，奈何？鶯笑曰："竟覥顏以夫壻自居，不識何時學得者？今姊丈既遠適不歸，不若以妹相代，碧紗窗下細畫雙眉，錦繡幄中輕熨玉體，百種深情當不讓姊家真婿也。"衆爲閧然。余曰："夜已深沉，諸姊當不能歸，今請在我家下榻，何如？"衆曰："善。"鶯兒曰："然則我宿何處？"餘曰："汝可與佩姊同榻。"鶯笑曰："恰如我願，謹謝騫修。"復顧佩秋曰："春宵一刻千金價，趣往，勿容緩矣。"竟攜之去。使易鶯兒，爲我不亦快哉。余曰："桂香可與蓉妹共之。"蓉妹曰："彼多言若鸚鵡，恐擾我睡思。"桂香曰："偎紅倚翠，寧敢狂言？小生行將稽首皈依石榴裙下，不復作狂奴故態，以唐突玉人，可乎？"遂相偕入幃，余笑曰："玉人對對，不啻天生鴛侶，惜均是假鳳虛凰，有負良辰耳。"因亦偕梅影返室寢。詼諧妙絕。何爲假鳳虛凰，祇少一物耳，卿竟知之，竟道之，哈哈。

調　笑　正月十六

晨曦入室，花影斜移，未捲瓊幃，餘香猶在。梅影綺夢方酣，嬌態可掬，玉臂橫欄余項，因戲以齒叩之，微露紅痕，梅影驚覺，微語曰："姊何苦擾人清夢，誠可惡。"無限旖旎之態，宛然一幅美人春睡圖。讀至此，輒心怦怦動，嬌惰之態如畫，我見之當亦魂消。余笑曰："鴛幃並臥，理當齧臂盟情，何尚因此嗔阿郎也。"梅惱曰："不謂姊今日亦輕薄乃爾。"余笑曰："時已非早，可共起矣。"因拔關出，轉入內室，見錦帳斜鈎，玉人交頸，佩秋酥胸微露，雲鬟半偏，方唔唔囈語，低不可辨。鶯兒笑曰："不佞豔福良非淺，姊亦羨否？"余微笑曰："設爲聞者，又將起而與汝爭矣。"佩果爲驚醒作欠伸狀，瞥見余等，笑曰："姊等起胡早？吾尚擬續華胥舊游。"餘忽憶昨宵事，戲曰："豈真春宵短苦，乃嬌惰若比耶？"鶯兒笑曰："誠然。"因指佩秋曰："芙蓉帳裏，玉體橫陳，玳瑁床中，纖腰可掬，絕世風流，真堪傾國，昔人謂除却離家總並頭，我誠有此願矣。"佩秋舉纖指自劃其面曰："婢子不識羞，此固何語，乃可出諸閨人之口哉？"因披衣起，余復偕之至蓉妹室。遇桂香曰："蓉妹醒未？"桂曰："香夢正酣也。"攜余揭帳視之，見蓉妹方側身酣睡，媚態嫣然，紅粉未銷，香脂猶膩。桂香笑曰："一夕歡情，百年恩愛，汝儕盍爲余賀？"纏綿可見無事不說，但不知昨宵玉體橫陳時，還說些什麼，惜我未之聞也。言際，引手撼蓉妹曰："哈！怎不回過臉兒來？"蓉果起坐，雲鬢蓬鬆，委頸幾偏，則徐以手理之，起至鏡臺前，浼桂香綰髻。又是一幅美人春睡圖。桂香曰："汝果欲余作畫眉人耶！"言次，握象管塗蓉眉際，蓉怒奪筆投之窗外。梳洗畢，群至堂前早飧，已，桂香曰："昨宵聞白雪陽春之曲，滌我俗塵不少，仍當請蘭妹再鼓一回，以爲我輩此次佳會之尾聲。"余曰："余原不善此，偶一爲之耳，佩姊手法較我勝，盍請彼？"衆遂推佩秋，佩不獲辭，徐就琴床前按之。其初聲調和平，殊不見長，久之，漸露蒼涼之音，凝神聆之，有似涼秋塞外衰草萋萋，孤雁唳空，秋聲撼樹之致。作者以此曲繪，誠不知造多少孽。衆皆稱絕，桂香曰："此離鸞曲也。佩姊自賦別離，良多哀感，嘆柔情如夢，嗟長夜如年，故有此凄涼調也。"雖然吾殊不慣聽此，乃命鶯兒別操一調。不徐不疾，覺濃豔芬馨之氣都繚繞於茜窗珠箔間，回旋不散。桂香撫掌曰："佳哉！鶯妹豆蔻年華，閨中待字，花前月下，未免有情，故有此柔靡之音，當係文鳳求鳳曲也。"鶯推琴起曰："今日對牛彈琴矣。門外漢強作解人，亦知羞否？"睡起掠鬢，先是一笑，恰是此景，頑皮如畫。嘗見一般女孩兒家團聚一處，咕咕噥噥，時嗔時笑，不知其究竟説的何事。今讀此篇，始知説者乃如此。如此於以知璇閨之樂，有甚於畫眉。恍聞琴聲悠揚。對牛彈琴，罵世語也。衆遂散歸。余亟回己室，命慧兒往視雲郎，蓋余雖與姊妹行厮混，却無一刻忘雲郎也。及慧兒返，問公子何語。慧兒曰："彼云，日來甚佳，惟精神困憊耳。"余啓篋覓西參兩枝，給慧兒曰："以此遺公子，囑閑時置口中嚼之，元氣當可恢復。"慧兒笑持之去。自雲郎染疾後，慧兒頻頻往返，始如穿簷燕子，余私念幸有此婢，否則咫尺天涯，余與雲郎不知更增幾許困苦也。念念不忘，是謂多情！可人。

春　　宴 _{花朝}

東風徧扇，芳草成茵，薄暖輕寒，屆花朝時候矣。春睡甚濃，爲曲巷賣花聲驚醒，欲再作黑甜鄉遊竟不可得，乃搴幃起，往覓蓉妹。蘭閨寂寂，杳無人聲，詢慧兒，始知已赴圃中。遂亦循道往，則蓉妹方偕婢剪綵綫，徧纏花枝，委地長裙，滿沾朝露，一片天真，始猶未脫稚氣也。因戲之曰："妹始欲效月老爲花枝，繫定紅絲耶。"蓉妹笑曰："否否，姊豈忘今日爲百花誕辰歟？此戔戔者，聊爲彼等添妝之需耳。"余曰："清晨碌碌，毋乃太苦？"蓉妹曰："吾亦擬稍事休息。"余曰："李家媼昨命桂香來邀吾家人今日往赴春宴。吾儕此時可往膏沐。"蓉妹曰："然。"遂相與入室。停午，李家以肩輿至，吾等遂乘之往。李家皖籍也，主人廷賓與余父交極篤。余父生時嘗使余以世伯稱之，故余父沒後，兩家過從仍親密如舊。世伯官鄂久，饒於資，居室壯麗，儼然貴邸，中年娶媼，生子二、女一。長字國寧，現年十九，嘗居漢皋別墅，一紈袴子弟也，世伯以鍾愛故，未忍加以督責，故近益放縱焉；次子國嘉，才十五齡，較乃兄略勝；女即桂香也。李家家世於此見之，讀者注意。余等既至，群出迎之，媼素愛余，見余即曰："蘭兒半月未見，汝又清減矣。"余曰："兒亦不識何故，入春以來恒覺慊慊，故日漸消瘦也。"媼曰："宜慎自調攝。"刻骨相思，固不能為人道也。言已，復與余母周旋，桂香則攜余入室，忽遇國寧，國寧余幼時固嘗見之，邇年來則未嘗一遇，此時彼見余似一愕，目光灼灼直注余面，余不覺赧然，彼旋與余為禮，余亦報之。忽遇冤家。余此時見其家人父子，懽樂之狀，不禁慨然興悲。念目老父見背，門祚衰微，弱息老親，同度此淒涼歲月，蓋五載矣。五載以前，何莫不與彼家同其喧鬧，今則已矣。過此以往，更不知有幾許憂患追跟而至，而我一家人，遂長為憂患中人矣。思至此，但有一嘆。

席終，李媼留余母與蓉妹作葉子戲，余獨自無聊，且時時念及雲郎不知飧未，遂辭歸。念念不忘。入門轉過客室，竟不見雲郎，乃懶然登樓。才搴簾，見雲郎方據余案讀《紅樓》，余駭之曰："光天化日，乃有偷兒，潛入吾室耶。"雲郎回首見余，笑曰："然來偷香耳。"余嗔曰："病癒幾日，便作此頑皮語。"雲郎笑謝過，且曰："姑母奚往？"余正色曰："已同余歸，方將上樓梯矣。"雲郎色變曰："奈何？"余以目示之曰："可匿余案下。"此時果聞梯上足音蹬然，雲郎愈慌，余大笑曰："癡兒，直鼷鼠耳。"讀至此處，輒掩卷而思，思芸蘭當此，其進耶退耶，作何言耶？迄無一善。而作者僅以兩語駭之，妙絕！就便打一誑語，使雲郎慌張失措，我閱之絕倒。言次，慧兒入。雲郎始知余誑，大樂曰："汝一人歸胡速？"余睨之笑曰："吾自有事，汝飧未？"吾自有事，包括無限情意。雲郎曰："主人不在家，客安得有食？吾今日竟如仲尼在陳。"余驚曰："然乎？"慧兒笑曰："公子欺人耳，今晨且哦三篇。"余以瓜子擲之曰："不謂汝竟欺我,茲當下逐客之令矣。"誆人者適爲人誆,一對癡兒女,活躍於紙上。雲郎哀之曰："相聚只此一日,尚忍驅之去耶?"余聞語,心一動,始憶雲郎明日即須入校,不覺顏色立沉,雲郎亦爲之愀然寡懽。雲郎入校,於此處寫出,何等簡便。余曰："君新愈之軀,在校務宜珍重,須知校中非比余家,一朝不適茶鐺藥爐,將無人照拂矣。"雲郎曰："妹毋憂,今後當如汝函所述,竭力自愛。但妹邇來亦殊非健,豈能勸人者而不能自勸耶?"余曰："我尚未至病,汝勿耽此閑心,且汝在此知余不健,既入校,烏得而知之?"雲郎曰："無論如何,每禮拜仍當歸視一次。"余曰："相見不相親,勿如不相見,汝歸又何益?"雲郎曰："但得一面,亦足慰我渴想,非然者,余欲不再病不可得矣。"言次,首一俯,淚涔涔滴襟袖間。余覩之,心如中矢,不知不覺移身近雲郎,出素巾爲之揩拭淚痕,且曰："吾前固已勸君早日撒手,君不我信,今後吾二人恐將如李後主所云,終日以淚洗面而已,尚何言哉?"雲郎哭益急,余亦泣,既乃力自遏止,撫雲郎曰："才愈耳,便傷心若此,不懼舊病復發耶?"雲郎不語。余曰："雲哥,盍信余言?苟此時不能讀書,再遲一來復亦可。"雲郎曰："此時入校已覺遲,再遲則退學矣。"余曰："精神究何如?"雲郎曰："自服西參後,略佳。"余曰:"然則當續服,余處所存尚多,可攜之去。"言際,起啓余櫥與之曰："如校中不便煎服,嚼咽之亦佳。"叮囑之語體貼之微,惺惺惜惜惺惺,是何情景,我閱之心醉。雲郎曰："妹如此多情,餘將何以謝之。"余以指掐其頰曰："癡兒,余豈爲博汝謝語哉。"余此時復憶及一事,曰："汝棉衣不已敝乎?餘箧有藍緞一疋,今贈汝易之。"雲郎不受,余強之乃受。余曰："尚需他物否?"雲郎曰："否,苟有所需,當以函告汝。"余曰："萬勿出此,吾終日居樓上,來信多經母手,脫爲所知,殆矣。"雲郎慘然曰："然則以後吾儕不能更通函札乎?"余曰："然。"雲郎方欲作答,余忽見肩輿二乘,冉冉而來,顫聲曰："噫!阿母歸矣。"雲郎亟自座中躍起,握余手曰："別矣,諸望珍重。"余手經此一握,頓如觸電,覺一陣酸辛之味,透至鼻觀,則倒身軟榻哭矣。數語表出無限熱愛,何等體貼,必有此一問。以指掐頰，愛之至矣，既恐其精神不佳而贈之以參，忽又想及校中不便煎服，乃囑嚼而咽之，以爲事畢矣，忽又憶及綿衣已敝，贈緞易之，處處關心，事事留意，八面玲瓏，作者真菩薩化身。

復　　病　二月十七日

余自雲郎入校後，意興索然。瀕去時，余雖謂相見不相親，勿如不相見，實則余心固甚望其一禮拜仍一歸，詎迄今兩禮拜矣。禮拜堂之鐘聲猶昔，而人竟不歸，私念彼得勿又病乎，若然，亦當有書以告容妹，胡吾竟未聞蓉妹一言及之也，否則即爲功課所累，不克離校。然余固囑其毋過勞碌，恐精力不勝，致觸發舊疾，一相離即念余耶？嗟夫！癡郎，汝但知汝相思之苦，獨不思倚樓人眼望將穿乎？思及此，喟然回室，忽蓉妹搴簾入，神色倉皇謂餘曰：「蘭姊，雲哥又病矣。」余駭曰：「誰言之？」蓉妹曰：「適接彼手書也。」言次，以函授余。余亟展閱之，僅寥寥數語曰：「吾入校後，咯血症復發，故兩次安息日均不克歸。今方移居醫院，汝得閑可來此一視。」云云。余閱畢，急曰：「奈何？」蓉妹曰：「吾擬往探視。」余曰：「然，是不可緩。」蓉妹遂束妝去。余此時似覺有千言萬語欲請蓉妹爲我達之，無如蓉妹終是局外人，言之彼得勿笑我，故僅囑之曰：「妹當爲我至聲雲哥，勸其力自珍攝，勿以生命爲兒戲。」好句，數語亦冠冕亦關切，我服卿善言。此寥寥數語，吾實費盡思量，乃始得之，蓋欲使蓉妹聞之不覺其異，雲哥聞之知余懸念正切也。蓉妹既去，余獨倚回欄俟其歸，心中忐忑正不審作何思想，但覺腦筋一瞥，恍見雲郎獨臥病榻，顏色慘淡，且時時落其傷心之淚，滲漬枕衾間，問之不語，撫之如僵，看護婦方群聚其側，人人作驚惶狀，叩以病象何如，似咸搖首，言不可救，於是方寸間乃作劇痛。瞿然審視，始知余所立並非醫院，乃己居室也。計余立此，未逾一句鐘，此種幻象旋轉余腦中殆已十餘次。懸念過切，故有此幻象。無何，蓉妹歸，余第一即引雙眸注視蓉面，蓋雲郎病量之輕重，一觀蓉妹之顏色即可卜之。幸余目力所得與心中所得適成反感,而蓉妹臨去時惶恐之色至此反消減無餘,微笑語余曰:"雲哥慣喜駭人,一紙書來幾令人膽落,詎……"余曰:"未病乎?"蓉妹曰:"微恙耳,校長憐其苦,特送醫院調治,非如正月所發之屬也。"余聞語,心大慰,然又恐此乃雲郎授意,故使爲訑言以慰余,乃猝然問曰:"蓉妹,汝言確耶?"心既慰矣,而又恐蓉妹訑言又心曲折,真虧作者想得到。蓉妹一愕曰:"姊胡問此?"言際,似詫余發問之奇,余立易辭曰:"無他,恐妹詢之未詳耳。"蓉妹曰:"胡至如是?"余曰:"彼一人在醫院中,誰爲服役?"蓉妹曰:"看護婦甚多,此則無須我儕爲慮。"余曰:"居室佳否?"蓉妹曰:"彼居乃在回廊,蓋醫生謂肺疾不宜室中,須得新鮮空氣爲之療養也。"余駭曰:"不懼中寒乎?"必有此問。蓉妹懶然曰:"是則非我所知。"余此時頗怪蓉妹于雲郎之病胡視之漠然,豈同胞手足,反不若中表親乎?噫!

送　　花　二月二十三日

绿窗靜掩,鳥語頻聞,夭杏數枝含苞待放,十分春色,殊足撩人情思。晨起,屈指而計,知今日禮拜,又爲雲郎歸家之期,不禁一喜。若望雲郎至,雲郎即至,便直率無味,乃忽於空中設出易釵而弁之鶯兒,使芸蘭疑爲雲郎而竟非雲郎,是何等曲折何等波瀾,我故謂作者乃菩薩化身。早飧竟,即立樓頭望之。已而,果見一少年人,翩翩如玉樹臨風,審之,乃爲鶯兒,蓋易釵而弁者。余俟其至,駭之曰:"誰家環薄兒,擅入人家閨闥?"鶯兒微笑曰:"來竊玉耳。"蓉妹曰:"鶯姊以俊美之姿,忽易此男子之服,直不啻潘郎再世,若使乘騎遊市,不知要顛倒幾多閨人也。"鶯曰:"吾幼時吾母即嘗使余服此,初不自今日而然。"言已,坐余案前默默不語,凝眸若有所思。余此時頗怪,鶯兒胡爲忽改常態,蓋彼往昔向不能靜默至一刻之久者,今則木然若石像,豈其家猝遭變故歟?因戲之曰:"鶯兒,楊柳方新正汝得意之時,奈何反緘口勿鳴耶?"鶯兒曰:"姊勿再戲,我儕將別矣,此別以後,正不知何日方得聚首。"余訝曰:"別乎?汝將安往?"鶯曰:"昨接吾父來書,將之新任,特囑余母攜余前往,迢迢千里,詎一二年所能歸？聽黃鶴樓頭，江聲嗚喑，能勿使人淚下？"鶯兒去浙於此處伏之。余聞語亦爲戚然。蓉妹曰："人生有聚必有散，旋散亦旋聚，安知異日彩旆歸來，我儕不仍相聚如今日耶？"余曰："行期將定何時？"鶯曰："大抵在清明後。"余曰："如是吾儕尚有一句聚談之樂矣。"言次，忽聞阿龍呼曰："雲哥歸矣。"雲郎之歸不自芸蘭目中見之，而自芸蘭耳中聞之。未幾，果聞雲郎與余母語，余兀自心頭跳躍不止。余未見雲郎兼旬矣，不審其病癒幾時，又不審其愈後果清減否？此時亟欲往窺之，而鶯兒又坐余室不去，且其坐適在窗下，否則余亦可攀窗下瞰，苟得一見其顧影，於心亦慰。余神既飛越於外，遂無意與鶯兒談，即言亦無倫次，倘在往日，鶯兒必又笑余，今幸其並不覺也。已而乃得一策，徉弄余几上花瓶曰："噫！此花已憔悴矣，余乃忘易之。"鶯兒曰："吾適見汝圃中牡丹方盛開，盍摘插此中。"余曰："吾數日未至圃中，乃竟忘却，茲當往覓之。"遂乘此下樓，果遇雲郎於客室門次，乍見四目互視，竟無一語。曲折得妙，處處想到是謂多情，此種心理，作者自何處得來？余心搖搖，幾欲突喉而出，及見其枯槁之容，頹喪之狀，則又如利錐刺胸，驟作劇痛，欲言又止，欲止又言，躊躇良久，僅得一語曰："汝病癒乎？"雲郎曰："然。"語出又寂。癡兒女情態如畫。余曰："汝今後當知所以自愛，汝試自視，荏弱直如素心之蘭，得不懼他人見而心碎乎？"他人何必心碎？卿卿心碎耳。雲郎曰："余何嘗不欲自愛，無如疾病之來，初非吾力所而禦，殆所謂天忌有情，故使吾儕墮入愁苦之中，妹今後亦當自爲珍惜，勿時以薄命人爲念。"言次，行近余前，執余手吻之，余此時陡覺一驚，始憶余本爲摘花下樓，安能久滯於此？立掙脫其手奔赴圃中，見牡丹數株，方盈盈若豔妝女郎向人嬌笑，隨折數枝攜歸。見雲郎猶守候於梯底，因分一枝與之曰："吾今以此託汝，務好爲護惜，勿使落溷泥中憔悴死也。"雲郎殊不欲受，余睨之微笑，雲郎立悟，乃接至掌中，小語曰："吾當攜歸，供之心頭，日以余血灌之。"語意雙關，妙極。余微點首，即登樓，鶯兒笑曰："胡遲遲若是？"余曰："吾愛其鮮豔，故不覺徘徊忘返也。"好誑語。蓉妹曰："汝見雲哥否？"余聞語一愕，當然一愕。思彼得毋已窺見吾與雲郎共語，故猝然問此歟，則漫應之曰："汝見其在客室中。"蓉妹起立曰："茲當往一晤。"余此時心又一懼，當然一懼。恐蓉妹見雲郎之花，將疑余貽贈，頓時心爲不寧，如芒刺在背。鶯兒覘余狀，頓詫，旋亦辭歸。余於鶯兒去後，幾如釋重負。在理余與彼自幼迄今相親如姊妹，今一旦遠別，寸心寧無感痛？顧其感痛之心竟不敵余懸念雲郎之切，斯亦異矣！

踏　青 清明

梨花命薄，遍地飄零，柳葉情深連天搖曳，忽忽又是清明時候。桂香等均預約今日往尋踏青之樂，余精神困憊雅不欲往，桂香尼之，余曰："然則將何行？"桂香曰："吾初欲往洪山，繼思彼乃舊游之地，弗佳，乃改往龜山，汝欲之乎？"余曰："吾于此等事向無成見，汝等欲何行，吾附驥尾而已。"於是群出雇車，出平湖門渡江，附漢陽城廓而行，既抵山麓，均覺足力不繼，踞柳陰倚石小憩。時聞枝上黃鶯嗝嗝而鳴，野花遍地芬馥可愛。坐移時，拾級登山，芳草如茵，漫步其間，殊多逸趣。宛然春景。既至山頂咸連袂覓鴛鴦之草，或尋蛺蝶之花，獨余趨樹頭折紅豆盈掌。他人覓鴛鴦草，尋蛺蝶花，己獨攀折紅豆，殆自知命薄，只合相思而死耶。桂香笑曰："此物最相思，汝何愛之甚也？"鶯曰："彼相思已刻骨矣，奈之何不愛？"余聞語，面一紅，曰："頃須遠別，猶爲爛語以謔人耶。"語出，鶯兒笑色立斂，似其惜別傷情之心，乃爲余一語撥動者。梅影曰："離合自有定數，何必惓惓作兒女態哉？"鶯兒曰："汝有諸姊妹同在一處，自不虞寂寥，我則遠至異地，寂寂寡歡，欲不傷心，烏乎可得？"桂香戲之曰："勿憂，東江子弟多才俊，行將爲達伯母，速覓一金龜佳婿伴之。"就便調笑有趣。鶯兒素尖利不甘讓人，今亦惟有兩頰漸紅，盈盈欲涕，殊勿起而爭辯。維時微風颸颸襲人，衣袂遠望，漢水來源，一白如練。恰是龜山景致。山下故多塚，均辛亥陣亡軍士瘞諸此者，觸景傷懷，不禁高吟"可憐無定河邊骨，都是深閨夢裏人"句。桂香聞而笑曰："汝殆覘古戰場而興悲乎？"余曰："孤塚纍纍，芳草萋萋，際此清明寒食節，竟無一人以紙錢、麥飯相祭奠,地下有知,安能瞑目?"今年今日吊孤塚,明年今日塚中人。桂香曰:"妹迂矣,自來國家改革死者,多半爲士卒,而獲功者乃爲將官,試觀今日偉人、顯者勳位勳章,輝煌炫耀,誰一非此塚中人頭顱頸血所换得來?而彼輩方馳馬高車争權奪利,早置此枯骨於不問,又何勞我輩閨人爲之傷心哉?"蓉妹曰:"得魚忘筌,恨不手提三尺劍,斫盡若輩之頭,以爲死者洩恨。"一篇議論,使偉人顯者聞之汗顔。得卿一語,死者可以慰矣。桂香曰:"趣勿言,若輩鷹犬至多,脱爲所聞,禍至矣。"因攜余等入歸元寺隨喜。寺中陳羅漢八百,俗傳凡有疑不决者,則入寺中數羅漢以决之,亦聞有應驗者。時桂香等均入禪房去,余亦私以一事數而决之,私以一事數之,畢竟何事耶?妙在不説出,然而我知之,其他閲者亦知之矣。及其結果竟成絶望,不禁大爲悵惘,既思彼不過泥塑而成,安能知人事?不信可也,遂往覓桂香。將出寺,忽聞人聲雜遝,群少年蜂擁而入,余等亟避之,目光所及忽見一人向余微笑,審之乃雲郎,余亦不禁點首,不期已爲蓉妹所覺,隨余視綫追去始見雲郎,則以手招之雲郎至。乃復自慰,玩山禮佛既畢,可以歸矣,乃忽遇雲郎,真神化莫測之筆。蓉妹詢之曰:"兄胡至是?"雲郎曰:"今日爲校中旅行之期,同學均結隊來矣。"言次指寺外曰:"汝不見山腰臨風飄揚者耶?即余校旗幟也。"顧衆人目光均不外視,留心至衆人目光正是女兒心理。但聚于雲郎之一身,雲郎覺之,反似忸怩不安,則鞠躬而退,臨去復向余一瞬。余此時甚欲詢雲郎一語,顧已不及,然於此游興方濃時,得覯素心之侶,亦足樂矣。鶯兒私詢余曰:"是即蓉姊阿哥耶?"余曰:"然。"鶯曰:"真冠玉少年也。"余笑曰:"汝愛之乎?余當爲汝作撮合山。"鶯暗以手撚余手曰:"吾不過閒言耳,幸勿敲碎醋罎也。"余聞語一怔,乃不敢再語。欲詢何語耶,如聞如見,尤妙在鶯兒語時暗以手捻手,作者苟非女子定想不到,安得不怔?既出寺門,見婦女數輩擁一少婦來,衣袂飄香,縞素若雪,後隨小奴,挈榼攜樽,想係掃墓者,余等亦尾之行。約數百步,瞥見白楊瑟瑟間,孤塚兀立,嶄然如新,少婦伏墓側哭甚哀。將見雲郎,忽又遇釐婦哭墓,此中皆有死兆。一時風凄葉落,鳥泣獸嗥,似爲此斷腸人佈傷心之景者。因私詢諸婢,始悉文君新寡,特來憑弔阿郎。嗚呼！年華碧玉，遽唱離鸞，寂寞空閨，長懷別鵠，人間不平事，孰有過於斯乎？回顧彼女哭益哀，竟昏倒於地，婢媼等爭扶挈之，良久始起，梨花粉面，涕淚縱橫，已憔悴不堪矣。余生平最懼見悲慘事，此時心酸幾不能自禁，隨囑彼女婢媼，好爲勸慰，偕姊妹行歸焉。

觀　　劇　三月八日

鶯兒今日啓程赴浙東，余等均送至輪船，殷勤話別，各自黯然，直至汽笛嗚嗚，余等始退至躉船，但見素巾如雪搖曳於慘綠電燈之下。而巳時，余等均以時晏，不克渡江，群議往梨園觀劇。余素不喜此，迫於衆議不得已偕往，至則人多如鯽，座爲之滿，余等遂擇一包廂坐下。時所演爲《杜十娘》，情節離奇頗覺可觀。桂香看至十娘沈百寶箱，躍身入水時，私牽余裾曰："吾恨未攜手槍來，不然直以一彈餉彼薄倖郎。"余笑曰："癡兒，此戲耳，詎真事哉？"第二幕爲"紡棉紗"，所歌小曲，均淫褻不堪入耳。余不快欲出，忽聞耳畔有人呼曰："汝等今日亦來觀劇耶？"群驚顧，乃爲國寧。冤家來矣。桂香曰："寧哥，吾儕今日渡漢，汝乃不來招呼，此何故乎？"國寧曰："吾才來耳，何從知汝等至？"桂香遂以送鶯兒事述告於彼，彼曰："佳，俟劇完當送汝儕至旅館。"言已，購水果數盆至，且顧余曰："蘭姑娘素不渡江，今宵吾當勉作東道主。"余微笑謝之，國寧遂退去。僅以微笑謝之，極有身份。其座與吾儕相距甚遠，且挾有兩妓，風貌頗佳。挾妓觀劇，形容國寧之輕浮。顧國寧初不與周旋，目光灼灼，惟注余身，余心惡之，然無法可以拒絕。時余等座後輕薄少年愈聚愈多，喃喃品頭評足，中一人忽指余小語曰："彼衣紫衣者真國色也！"余聞語大恨，遂促桂香等作歸計。國寧見余等起立，即越座至，曰："君等歸乎？"桂香曰："然。"遂伴吾儕至大旅館，闢辟兩室，爲余等暫宿處，且殷殷謂吾儕曰："君等飢乎？"桂香曰："汝既欲作東道主，何必問人？"國寧乃命侍者以蕃菜至，一時刀叉閃爍，與鬢影釵光相輝映。國寧顧而笑曰："君等誠老饕哉。"桂香曰："此吾儕事，何預於汝，趣去！"國寧曰："君等踞案大嚼，乃並此白衣侍者亦欲屏之去耶。"衆皆笑，余獨默然，顧余愈默，國寧視綫愈不離余面。時余杯中酒適盡，彼乃提一瓶至余前曰："此酒芳洌可口，盍再盡一琖？"輕浮如畫。余正色推拒，彼强之，不期其手適與余掌相觸，致玻琖墮地碎。余見狀，色大赭，國寧曰："此戔戔者，何足介意哉！"言已，仍立案前，以牙箸敲瓷盤叮叮作響。余無奈起至窗前，以目示桂香，桂香悟，謂國寧曰："寧哥，夜深矣，吾儕尚有事，汝盍去。"國寧不獲已，始顧余微笑而出。此後種種風波，皆由此臨去微笑中生出。

　　余於國寧去後，如釋重負，與諸建姊妹事盥漱。桂香曰："今夕劇佳否？"余曰："佳固佳，但以女兒清白之身公然於萬目睽睽中，獻此醜態，殊辱煞人也。"桂香曰："妹迂矣。彼等皆藉此度日，安計羞辱？且多少香閨弱質，日惟描學彼等妝束狀態，以誇耀于人，妹欲起而責之不亦顛乎？"梅影嘆曰："世風日下，廉恥道喪，再過十年或二十年，世界無乾淨女子矣。"確論，我讀至此處，欲爲人心風俗一哭。蓉妹笑曰："趣勿作高論，吾憊矣，吾欲睡。"言已，攜桂香去，余則與梅影同榻。其時，旅館簫管之聲擾人至弗能寐，因思余自花朝見國寧後，不識何故，心中即嘗起危懼，一若彼人與余將來乃有一段重大糾葛者。實則吾儕不過世誼耳，初無若何關係，此種思潮竟不知從何而起，自何而來。觀其今夕顛狂之態，尤是使人怒發，苟非桂香之故，吾直欲面斥之，且彼等輕浮成性，安知所謂愛情？輕薄少年心理確是如是。今日見一女子愛之，甚且不惜低首下心以媚之，然至明日，正不妨移之他人，極其願望。直非使天下閨秀盡充其下陳不可。可憐者李家老人，渠猶欣欣然以爲有子，詎知彼方在此花天酒地，尋其浪子生涯哉！

贈　　錶　三月十九日

　　今日爲觀自在誕辰，余母攜阿龍往觀音庵燒香去。余獨坐殊悶，乃偕慧兒往勸業場購物。時忽憶雲郎在校尚無一時計，因至鐘錶肆爲購手錶一只，大不逾錢頗小巧可愛，攜歸恰遇雲郎，余詫曰："雲哥今日胡歸？"雲郎曰："適赴校友之宴，順道回家一視。"余曰："汝若早至一刻，則不能相覿矣。"雲郎笑曰："汝若早至亦必俟之。"余笑曰："然則汝歸乃爲余一人耶，趣返，脱將來功課疏荒，猶謂余誤之也。"雲郎曰："誰言此者，必拔舌以死。"恰是癡兒女口吻。余聞其發誓，笑以目止之。時已至梯下，雲郎逡巡不敢上，余以手招之，雲郎低語曰："吾懼姑母也。"余曰："已燒香去，毋懼。"雲郎大喜，尾余上。余隨上隨呼蓉妹，竟無應者，搴簾亦不見其人，推窗望之，彼方在圃中荷鋤蒔花。余欲再呼，雲郎牽余裾曰："何苦必欲招彼至？"牽裾而語，是何情景？遂偕入余室，瞥見余案陳《禽海石》一册，即曰："蘭妹，汝奈何獨嗜此類小説？"余曰："吾嗜其悲耳。"雲郎曰："良因惡果，吾甚惡之。"余曰："一入情天，便無佳果，豈獨此書然哉？"自知一入情天，便無佳果。慧兒屢言："吾每見姑娘讀此書與《石頭記》，輒雙淚瑩然，不識何故，猶終日不釋卷。"非哭書中人，直自哭也。余嗔之曰："不去溫茶敢在此饒舌耶。"慧兒乃去，雲郎曰："以吾思之，勿更迷戀此中爲佳。"余曰："然，以後當棄去。"雲郎乃悦。時瞥見余髮被風吹亂，亟伸手爲余理之，余愠，佯曰："女子頭上亦亂動手耶？兹當微懲，以儆將來。"言際，執雲郎兩手，以絲巾縛之。每閱至此，恍見一對癡兒女立余前，捏手捏脚，嬉嬉笑笑。作者如此描寫，不怕造孽耶？雲郎頓失自由，窘甚，則向余揖曰："妹妹姑恕此番，後知戒矣。"余但笑如不聞，雲郎哀之益急，余曰："汝既知戒，吾將以一物束汝腕，俾刻刻勿忘。"言已，探懷出手錶，束雲郎右腕，並解其縛。若一見面便曰吾贈汝一錶，有何意味？必須彎彎曲曲，至此處才説出，妙絶！雲郎見表，大樂曰："妹以此罰我乎？吾將帶之去矣。"余曰："如是，吾則以竊盜捉將官裏去。"雲郎聞語似欲解下，余不禁失笑曰："呆子，吾將贈汝也。"雲郎笑曰："然乎？勿更戲我。"余曰："誰戲汝者？"雲郎曰："然則汝適入肆即購此耶？"余曰："然。"雲郎曰："妹如此盛情，吾將何以謝之？"言際，忽一蜜蜂飛入，集余髻上，余駭曰："雲哥……蜂子……趣爲余拂去！"

雲郎笑曰："適已受罰，吾不敢亂動手。"余急曰："勿戲！已入頸矣。"雲郎始近余身，爲余拂至地，以足踐之。余曰："何必踐死？"雲郎曰："彼膽敢親吾玉人膚髮，吾焉能無妒死之宜矣！"吾啐之曰："胡謅！"雲郎曰："毋詈，吾歸矣。"顧吾一笑而別。錶既贈之，事已了矣，乃作者忽于天上地下，想出一個蜜蜂來，而此蜜蜂又恰恰飛入芸蘭頸項，芸蘭又恰恰要雲郎爲之拂去，雲郎又恰恰有不敢亂動手一語拒之。嬌憨之態，如聞如見，作者真賊也。

葬　　花　四月十日

春光老矣，天日晴麗，暖風迎面，拂拂而來，落花成陣，如紅雨漫天，夾路杏花千樹，前日一色作十里紅者，已綠葉成陰，枝頭結子矣。宛然暮春景象。乳燕掠水而飛，蛺蝶穿花而舞，柳陰深處，黃鶯嬌囀，圃中百卉，齊開淡紅之色，點綴籬落間，在在皆含生氣。顧余轉覺此春色無邊，惱人欲死，姊妹行亦不當聚，蓋自佩秋出閣，鶯兒遠去，僅餘桂香與梅影兩人，桂香又將定期于歸，終日碌碌，準備嫁粧，當然無暇來此，至此者梅影較密。然愁人相對，但有唏噓，亦無甚趣，惟有一人，爲吾疇昔夢想所不及者，邇來殆無日不至，其人爲誰，即桂香之兄，國寧也。國寧爲人，吾於前觀劇之夕既已記之，且私誓今生不願更見其人。詎其人竟有一種特別手段，足以取悅余母，每日至時，必與余母曉曉不已。國寧邇來，舉動於此處帶敘而出，省筆力不少。余母故好聞故事，彼則乘勢以媚之，幾欲傾古今中外稗官野史，盡由其口齒中貢之余母，故余母愛之不啻己出，嘗語余曰："國寧佳兒也，溫和有如春風，使吾龍兒來日得如彼者，吾無憾矣。"余曰："彼人最善作僞，龍弟若如彼，吾家必無幸。"余母一愕曰："汝何從知其作僞？"余曰："吾聞彼在漢皋殆無所不爲，人皆以紈袴無行子弟目之。其在吾家卑恭謙讓，正其作僞也。"余母慍曰："如汝言天下殆無一善人。"余遂不敢再語，而國寧落得在吾家出入無阻，對余尤不惜詔之諛之，凡余所需，幾不應聲至。嘗有一次，余偶言棹氈已敝，彼即爲余購一繡花者至，吾不欲，余母則代余受之。余固知其人未懷善意，故相見處之漠然，顧其人堅忍力殊富，初不因余冷淡之態，稍灰其心。若余母再容其人，吾知吾家必從此多事矣。思及此，不禁長嘆因取《紅樓》閱之，忽憶雲郎曾力戒讀此，旋亦棄去，一人懨懨下樓，步往圃中，則見落花片片，遍地飄零，脆質煙消，香魂月冷。思彼昔日，非不嫣紅姹紫，爛漫枝頭，今則落溷飄茵，浮沉流水，物尤如此，人何以堪？旋命慧兒攜帚來，掃積一處，復鑿土成穴，拾花片納諸其中，土墳然隆起，成一塚形，又植枝以爲標識。林黛玉見落花興悲，芸蘭亦見落花興悲；林黛玉葬花，芸蘭亦葬花，故其結局與黛玉如出一轍。事竣，祝之曰："吾汝主人也，方汝盛時，欄杆俏倚，香雪頻聞，玉骨冰肌，嘗留夢影，第恨未能護汝於生前，致受盡風饕雨虐，今秖有慰汝於死後，庶可免墮溷沾泥，汝有知，尚其安之。"言畢，忽聞人語曰："兩行清淚，一片婆心，妹誠多情人哉。"回首視之，乃爲國寧，微應之曰："偶觀落花，不覺撫然有感，因收拾葬之一處，幸勿哂也。"國寧曰："春去春來，花開花落，造化之理，循環無窮，胡足悲哉？試觀明年今節，當又春色滿園矣。"余曰："吾之惜花，正所以悲人也。"國寧曰："人生及時行樂，萬事宜付達觀，悲亦何益？"畢竟是豪華公子口氣。言已，奪余鋤擲之地。余驚曰："此胡爲？"國寧曰："吾欲妹棄悲就樂耳，妹知吾已搬遷來鄂乎？"余曰："此汝事，吾奚知？"國寧曰："吾邇來殊惡漢皋囂雜，且此處有一人，吾刻不能忘，故不得不回老寓。"動之以情。余曰："漢上繁華，誰不樂之，汝奈何恝然捐棄？"國寧曰："吾敢雲雖盡聚漢皋美人于一室，亦不值余一盼，蓋其明豔皆不及余意中人也？"余不答，國寧又曰："妹知余意中人究爲誰乎？"余冷然曰："不知。"國寧曰："即余前立之亭亭倩影也。"吾固知國寧必有此一語，則佯爲未聞曰："茲當往省吾母。"國寧曰："然吾亦宜往視老人。"言次，出其金錶觀之，余無意噱之曰："此錶非佳。"國寧曰："然乎？"立擲諸地以足踐之成粉碎，余大駭曰："此何意也？"國寧曰："直告妹，吾身無論何物，苟非妹所喜者，吾必毀去。"余不語，力奔回己室。賣弄闊綽，所以示其癡也。

却　　贈　四月二十一日

連朝細雨，凉入簾籠，偪處小樓，索然乏興。今日天霽，雲郎循例歸，顧余母適命余清檢衣笥，致未能聚談，但聞其在樓下與阿龍絮話而已，少刻即去。余大悲，癡坐木橱之側，幾如木偶。於時國寧又至，彼近日至余家愈密，即天雨亦必披其雨衣驅車而來，余見之，至於頭痛，然竟無法以絶之，有時余甚欲向桂香言，然桂香其妹也，其父母既不能約束，妹亦胡爲？故吾近日一見彼，厭惡之心與危懼之心恒互相衝激，默默自念，惟有俟吾母厭倦時，吾之憂患乃能解耳。方余作此遐想時，國寧已行近余前，故出其鑽石約指示余曰："蘭妹，汝謂此物佳否？"示之以富。余漫應之曰："佳。"國寧曰："吾再購一隻贈汝可乎？"余曰："吾儕貧人安有福戴此？"國寧曰："價亦廉，僅值千金耳，且以吾贈汝，亦不欲愛耶？"余怒曰："汝若贈我，則吾寧斷一指，亦不戴此濁物。"斬釘截鐵之語，冷水澆背。國寧聞語一愕，退至數步外。吾則乘隙而遁，既至蓉妹室，詢之曰："雲哥今日一來即去，何故？"總是記挂著雲郎。蓉妹曰："我亦不知，彼與我亦僅數語耳。"余默然坐軟椅上，潮心起落，竟不識作何想象。忽門簾掀動，梅影含笑入曰："久未把晤，姊等作何消遣？"蓉妹曰："花事闌珊，無聊極矣。"梅影見吾無語，則撼余曰："何思之深也？"余曰："妹胡久不至？"梅影曰："病耳。"余視其面，不期一驚曰："妹乃消瘦至此乎！"梅影曰："醫言吾病非一時所能愈，恐消瘦尚不止此也。"余曰："汝亦當自爲調攝。"梅影嘆曰："死則死耳，調攝胡爲？且吾儕丁茲苦惱世界，死甚佳也。"伏梅影死根。可憐語。蓉妹曰："見則言死，殊無謂，汝近晤桂香否？"梅影曰："否，彼于歸期已近，吾儕尚未籌措賀禮，奈何？"余曰："吾亦正在躊躇中，若效世俗，餽以金錢，必爲知我者所責，吾初原思如佩秋出閣時，略繡一二物事貽之，現精神困倦，當難實行，將來或者就肆中購乎！"梅影曰："佳。"

貽　　練 _{端午}

　　余病旬餘矣，余病之起，實起於中寒。然往昔中寒僅隔宿即愈，今則遷延至十餘日之久，於此可徵余身體日就衰弱也，故桂香出閣時，余竟未往賀。_{佩秋出閣已詳叙，故于桂香從簡，避文字重複也。}然幸而未往，否則不知又受國寧幾許纏擾也。今日端午佳節，挣扎下榻，助蓉妹部署家務。少刻，慧兒攜菖蒲一束至，遍插門額。蓉妹曰："此物誠香。"余曰："香則香，然而年年此日倚傍侯門，亦殊可憐也。"我聞此言，不禁動身世之感。蓉妹笑頷之。鄂俗，凡孩童於端午日，必以雄黃塗額際，以爲辟邪。蓉妹猶未脱稚氣亦塗滿額，余笑曰："梅花額上，細點新黃，裝飾翻新，益增豔麗矣。"蓉妹曰："汝獨不懼邪祟侵入耶？"余曰："否，上午國寧來賀節，且贈余蘋果巨簋，又香囊數事，余悉却之。"蓉妹笑曰："汝誠鐵面無情者。"余曰："汝不知此等人，若稍假以辭色，即不堪設想矣。"余家雖就衰，然一切世交戚誼往來餽贈仍如舊日，故余家所收食品甚夥，余於其中擇上點數種留，以貽雲郎。詎自早至晚，雲郎竟弗至，余大詫，念今日佳節，校中例當放假，彼胡爲不歸，豈又病乎？因頻至樓頭望之，然夕陽雖好，人竟杳然，悵悵乃不知所可。_{望得眼欲穿。}入夕，一人至圃中散步，環行可一週，又折入甬道，行至門前，維時新月一鈎，方懸天末，微風颼颼，使人身心頓爽。立移時，思欲回室，忽聞車聲轔轔，至門而止，一人自車上躍下，遽入大門，吾閃至扉避之，其人未覺，昂然趨入甬道。吾不禁微呼曰："雲哥。"雲郎聞聲，知爲余，立返身笑曰："蘭妹，汝胡在此？"余仍匿扉後勿出，雲郎趨前握余臂曰："吾今來捉迷藏矣。"_{嬌憨之態如見。}余大笑，因同出至甬道。余曰："汝今日胡不歸？"雲郎曰："渡漢去。"余曰："汝不來賀余節，而渡漢何故耶？"雲郎曰："吾渡漢亦爲汝也。"言次，探懷出一絨盒，曰："吾久欲購一物貽汝，今始得之。"因啓盒，忽見燦然一物觸吾眼簾，視之，洋金頸鍊也。親爲余圍之項際，脖前復垂一桃式小盒，頗玲瓏可愛。雲郎曰："汝視此物佳否？"余曰："吾愛之甚。"國寧欲以金戒贈之,則曰："吾寧斷一指亦不戴此濁物。"今則曰："吾愛之甚。"是謂鍾情不二。又曰："此小盒何用耶？"雲郎曰："汝試猜之。"余沉思良久,竟不能知,雲郎笑曰："其中可以藏物。"余曰："然乎,然則汝將以何物納此中？"余曰："汝啟視自知。"余扭其機,蓋自啟,顧月光甚微,乃不見其中果為何物,雲郎擦火柴燭之,則見貼其中者,乃雲郎半身小影也,大不逾指頭,而神情奕然如生。余覩此大樂,雲郎曰："余以此盒狀似人心,故以余影藏之,意欲使汝心坎中嘗有余影在也。"余笑曰："傻子,豈汝不以此鍊贈我,汝影乃不在余心坎中耶？雖然,吾將何以謝君？"直認雲郎小影已在其心坎中。是何景象,吾閱之心醉。雲郎聞語,托余首於臂間,以唇親余吻曰："以此謝我可矣。"余經此一吻,心乃大躍,不禁以手捻其腮曰："魔鬼！"雲郎立釋,余笑曰："魔鬼去矣。"余復招之,轉曰："吾已為汝留佳點數種,盍帶往校中食之？"雲郎曰："毋須毋須,且吾此時入內,姑母必將疑余。"余曰："汝在此俟之,吾往室中取來可乎？"雲郎曰："善。"余遂狂奔回室,詎遍覓不得,詢慧兒始知為彼竊食已盡,大恚,憫然下樓。雲郎猶癡立甬道,因謂之曰："汝誠無福,已為他人攖去矣。"雲郎曰："已矣,俟異日再食。"言已自去。林黛玉嗔寶玉曰："汝真是我命宮天魔星。"故芸蘭亦曰魔鬼。而其言時以手捻雲郎之顋,尤覺嬌柔可愛。覓點不得,已成屈點矣。

議　　婚　五月十日

旭日蒸人,重簾不捲,閒出金鍊玩之,陡覺寸心驚躍,似有異兆呈於眼前,乃往省余母。將至門次,忽聞余母方與一客絮絮談。余母曰："余女年已長,終不能老死閨中,倘使彼家有此意,吾何樂不從……"余聞語,心一動,思此何言哉,乃立門外聽之。又聞客曰："吾既銜彼家之命而來,其意自不待問,且吾聞其夫人愛令嬡如己出,將來于歸之後,姑媳尤不虞勃谿,事至善也。"余母曰："吾聞國寧舉止頗不端,汝知之否？"客曰："人言妄也,國寧曾私告我謂,舍令嬡外決不他婚,何有乎不端?"余聞至此,始知客乃蹇修也,心大躍,熱血沸騰,鬱爲大汗,幾欲縱聲而呼。汝誠無福,已爲他人攫去。隱射國寧婚事,劫運降臨,大波瀾。既力自鎭定,又聞余母曰:"吾固甚重此子,但吾女與彼似鑿枘不相入。奈何?"客曰:"子愼矣,兒女婚姻,父母自有權衡,婚約既定,何懼其鑿枘?且令嫒方待字香閨,當然不能向人表示愛情,一經嫁娶,意即諧矣。"余母曰:"茲事體大,終須與之商。"客曰:"如此亦佳,惟以彼家財産之富,聲勢之大,以令嫒嫁之,君家前途必得有許多扶助,吾甚望君勿漠然置之也……"卒爲此語所動,疾矢中心。余至此,腦血溯沸,乃作奇痛,遂不忍再聽,方一移身,陡覺地轉天旋,滿室器具悉搖搖如懸旌,足下所履,仿佛一葉扁舟,爲駭浪驚濤所顚播,又若雲生冉冉,托己欲飛,亟以手扶壁,剛入己室,則頹然作楊柳眠矣。

　　余暈去直至夜間,始略清醒,則余身已發狂熱。追憶日間之事,不禁大哭,思此事若成,余將何以爲生者。吾前固謂吾母若再容彼儈,吾家必從此多事,今已實現矣。嗟夫,吾母!汝但知彼家既富且貴,固不知彼實一游蕩之子,愛情如水,初不擇地而流,其視女子不過一種玩物,今日娶我,明日何難更娶他人,輾轉相循,得隴望蜀,於是妻妾滿堂,而家庭種種不幸之事,皆緣之而生矣。明見!貪慕富貴之女子,聞此可以休矣。且女子一旦棄其蘭閨快樂之生涯以嫁一男子,果爲何事?爲求愛情耳,幸福耳,夫既無此二者,則何樂而降身作人之婦?矧吾身早已許與雲郎,萬萬不能割棄。然則今日而後,謂爲百毒千災降臨之時可也。思時,余母忽入,坐榻次詢余病已,即將國寧請婚事述告於余,且曰:"以吾家庭幃冷落,在理當留汝與吾多伴幾年,茲事可以不急,特汝年已長,正當論婚之時,吾若不早爲汝料理,吾必終弗能釋。矧彼家方盛,與吾家分屬世誼,若再締以婚姻,吾家必多一照拂之人,匪惟汝一人之福,抑亦全家之幸也。汝意以爲何如?"愚婦之見。芸蘭與雲郎死機皆伏於此。余聞畢,五中焦灼,不可名狀,倘使與余言者而爲余之生母,余或能掬心哀告,謂非雲郎不字,余生母素愛余,亦或能憐余苦衷,徇余之意。顧今余繼母也,既非所出,苦樂自不關其心,言之亦復何益?故僅應之曰:"主權自在吾母，兒復何言？但茲事關乎終身之命運與幸福，有不可不審慎者。傷心之言。兒嘗謂女子與男兒，其身世絕對不同，男兒之運命與幸福，墮地即可定之，女子則須分爲兩截一未嫁時，一既嫁後，蓋既嫁後其運命與幸福，與未嫁時不相連續也，故女子以身嫁人，無異探身窀穸，稍一不慎，則終身無見天日之時，以兒思之，茲事可以休矣。"精確之論。余母聞言一愕，曰："是何言？汝豈欲獨身以終耶？"余曰："然，兒願終身侍吾母勿嫁。"余母沉吟良久曰："此殆欺我，吾意汝拒此，實爲其他一人也。"其母窺之審矣。余母此語，適中吾心坎，余顏不期大赧，則曰："否，吾實爲阿龍也。"余母慍曰："既爲阿龍，自惟有嫁之。嗟夫，汝誠憨矣！今有一人既出身宦家，又具丰采，不惜竭誠以愛汝，汝乃並之不顧，甚且狎而侮之，吾非責汝，若在旁人見之，寧不謂汝全無心肝耶？"余慘然曰："母，汝言當也，吾心肝早已……"言次忽止，則引手以握吾母之手，埋首於吾母掌中哭曰："母，吾心肝蓋已早碎矣。"余母觀狀則大詫曰："蘭兒，汝言何指，乃作此狀？須知吾之爲此，亦正爲汝謀幸福，非有他也。"餘曰："勿……勿呼我，勿令我嫁人，蓋我此生已無幸福可言。"語至此，中心悲梗，乃竟突喉而出，失聲哭矣。傷心極矣。

規　　勸　五月十一日

昨宵倚身枕上，竟弗成寐，覺頭腦沈沈，忽輕忽重，心中亦不自知何來悲愴，覺有千萬思潮一一湧起，更無一絲端緒可理。淒凉欲絕。睡既不能，乃復起坐，則見孤檠耀眼，幻爲碧暈。搴幃外望，熹微之晨光已漸漸穿窗而進，造幣廠煙突濃煙，因風吹散，狀如重霧，罨遍蛇山林樹，僅露其巔，似天地間乃有一種混沌之狀，必俟朝曦一出，始可驅除。然而，余心中之混沌則不知何日始可消滅也，余身乃似失舵之小舟，漂泊于大海之中，茫然不知涯岸。心中自思，萬不料吾母竟昏聵若此，直以兒女婚姻視同兒戲，脫余生母在，必不如是，即吾父在，亦必審慎考慮，以求余心之所安。今則蒼茫四顧，更有誰出爲將伯之助者？吾於是甚嘆天下至可憐者，莫過於無父母之孤兒也。數語悽悱極矣！於時慧兒推門入，見余，訝曰："姑姑宵來未寐乎？何消減至如斯也？"言已，行近榻前，撫余肩曰："姑姑，汝身體不及去年遠矣。猶不自爲珍愛，脫有不測，吾家將如何了者？"言已，雙淚簌簌下，余見狀，亦不禁哽咽而泣曰："汝安知我心者？"慧兒曰："我奚不知，吾恐家中知姑姑者僅余一人也。"嗟夫！慧兒之言確也，第彼力小言微，未足爲余助，茲可傷耳。停午，冰人復至，余復往余母窗下竊聽，此等事本非吾輩閨人所宜者，但茲事乃余死生關鍵，又安能恝置？第今日所語甚低，猝不可辨，但聞吾母曰："以吾思之，宜稍緩數日，俟其意向轉圜時，然後再議。"余聞語，心略慰，然數日後又將如何？余此時狀況正似死囚待決，祇俟法官一紙文書耳。回室後，因復大哭，我亦欲哭。蓉妹聞聲趕至，力勸余止，且曰："汝方在病中，何苦自戕其身？"余曰："吾留此身奚用？勿如速死。"蓉妹聞語一愕，因行近余身，悄然曰："吾聞姑母言，行將爲汝許字國寧，汝之悲憤，得勿爲是乎？"余不語，蓉妹曰："以吾思之，此事殊佳，焉用其悲憤，且……"余不俟其言畢，曰："汝不知，趣勿言！"蓉妹曰："茲事本非旁人所可置喙，特以吾之所知，彼家實武昌巨富，以姊嫁之，一生受用不盡矣。"余忿然曰："不意汝亦作此猥鄙之想。汝試觀之，古今侯門將相之家，有幾多能持久者？蓋貴冑子弟多半習於奢華，不事生業，其所持以供揮霍者，厥維祖宗遺産，一旦遺産告罄，則袖手而流爲游民。故黄金者，害人之蟊賊，不祥之物也，汝其勿謂豪華公子，遂皆可托以終身。見得到説得到。世人無有不慕黄金者，作者乃謂爲害人之蟊賊，不祥之物，我焉得不敬。且國寧初不識一字，以身嫁之何異與木石爲偶，故吾決意拒絕斯議。"蓉妹曰："姊亦傎矣，今日之世界，黄金之世界也，但有黄金，萬事可致，識字胡爲哉？"余嘆曰："汝亦如是言，無怪天下佳人都爲黄金所蹂躪。直語汝，汝若持斯義以立世，將見汝終身無光明之望矣。"蓉妹曰："未必然。"余怒曰："汝既醉心於彼，盍嫁之？"蓉妹聞語，始嗤然一笑曰："勿怒我之言，此實受姑母之托，非由衷也。"我未聞此語，亦幾疑蓉妹乃貪慕黄金之女子。余亦不禁微哂曰："吾固知妹決不卑鄙若此。"蓉妹曰："特姑母之意已決，茲事恐不易挽回。"吾聞此甚嘆，吾儕何不生諸歐美各國，不然，何至以終身幸福任他人擺佈也。余曰："吾固甚惡一般時髦女子以自由結婚為美談，然苟非雙方願意為之，父母者亦當稍加體諒。"蓉妹曰："此言甚當。"因與唶嘆而罷。

禦　　婚　五月十三日

日來偃臥斗室中，絕似蟄居之蟲，奄奄有死氣。吾母嘗延醫至，為余署滋補之方，實則此種湯藥，吾殊未嘗入口，轉使窗外盆花，得其滋養，蓋吾嘗以此藥傾之窗外也。國寧聞吾病，曾來兩次，吾命慧兒拒之，故未晤。余是時左右推思，知事勢已迫，苟非于此數日中覓一抵制之策，前途必將不堪設想。顧抵制之策將安出，是又不得不求援于雲郎，蓋環顧此世界中能攘臂為余助者，僅雲郎一人也。余思及此，頗自詫，腦筋胡鈍，何至今日始憶及雲郎，若早與之商，安見此二三日來，不已為余籌得安全之策耶。因屈指而計，今日恰為星期，不禁大喜，一躍下床，至回廊望之。少刻，果見雲郎歸。仰面見余，立現懽容，顧不轉瞬又呈驚詫之色，意蓋驚余胡驟為消瘦也。嗟乎，癡郎！汝安知薄命人近已墮入劫中耶？因悄然下樓，時雲郎正立客室案前，覯余至，即低聲曰："蘭妹，汝病乎？"余曰："豈惟病，死期且至。"語出，喉中如有物咽住，熱淚則奪眶而出。雲郎見狀，莫名所以，隨出巾為余拭之，曰："吾愛，果為何事？趣為余言！"余遂忍淚以國寧求婚事縷晰告之，雲郎聞竟，驚極而呆，木然立余前不作一語，但聞肺葉相擊，震震有聲。余曰："雲哥，此事將如何了者？"雲郎未言，淚已簌簌滴吾面，良久，乃曰："我胡未之前聞？"余曰："彼儈往來吾家，原有三四月之久，吾初不料其竟有此著，故未與汝言，今則追悔莫及矣。"雲郎曰："姑母意已決乎？"余曰："似已決，但吾儕必須乘此覓一抵制之策，或者人定勝天，可徼倖於萬一。"雲郎沉思少頃曰："此策殊難，無已，吾偕汝逃乎？"余搖首曰："是太險，匪惟汝以後不能現身社會，兩家家聲亦將從此墮落矣。"雲郎曰："然則如何？"余曰："以吾思之，茲有一法……"言至此，雙頰忽赤，心頭躍躍如小鹿撞。情態畢現。雲郎急曰："果有何法？趣言之。"余忸怩良久曰："惟有……惟有……"雲郎曰："惟有如何？"余呐呐曰："惟有請汝速倩冰人至，蓋吾之愛汝，初非圖目前愉樂，必也有一久遠之局，今日之事即謀久局時也。"惜乎晚矣！若早言之，國寧尚未插身其間，或可徼倖萬一，今適成心勞日拙而已。雲郎曰："以我之落拓，安能與國寧爭？"余曰："姑且試之。"雲郎曰："脫姑母不許奈何？"余曰："有死而已，蓋吾自愛汝以來，即知此事決無佳果。死，意中事也。"雲郎曰："吾安忍汝因余而死？欲死則與俱耳。"言已，抱余而哭，忽門簾一動，一人當吾儕而立。

其人為誰，余母也。天外飛來，此時室中三人何等慌亂，而作者輕輕寫出，毫不費力。雲郎乍見余母，立釋余。余驚極，幾踣，癡立門次，默無一語。余母怒，甚力批余頰，余經此一擊，始如夢覺，奪門而出，但聞余母謂雲郎曰："無良孺子，汝知引誘良家子女，在律不赦乎？吾初意汝乃讀書明理之人，詎知汝竟禽獸之不若！在理吾今日即可控汝於官，然恐辱吾門楣，今語汝，嗣後汝宜勿再入吾家。蓋吾家疇無此等無良之親串。如汝必欲至者，則吾惟有命吾僕人擯之門外，汝其慎之！"竟下逐客令。余聞至此，心如刀剜，立奔回室中，伏枕大悲。余母旋亦入，切齒謂余曰："不識羞恥！婢子，汝猶哭耶！今日之事，豈我家所應有？慨自汝父下世，余撫汝教汝直至如今，凡所以愛護汝者至矣，今反背余而作此無恥之事，吾復何望？嗟夫，婢子！吾梁氏家聲爲汝辱沒盡矣！當彼賊初來時，吾即囑汝少與之親，詎汝竟視余言如西風過耳。吾欲問汝，汝之鍾情於彼，果有何益？吾爲汝終身幸福計，字汝於國寧，既富且貴，何等堂皇，而汝竟嚴詞拒之。由今以思，汝殆欲以汝千金之軀下嫁寒酸子，作爨下婢也。直告汝，此等妄念宜速絕之，否則余必撻汝至死。"言已自去，余此時回腸寸斷，悲痛欲狂。嗟乎！情天缺陷，媧皇之恨難填；苦海無邊，精禽之心誰續？余思之，余重思之，余遂不得不病矣。堂堂正正，芸蘭尚復何言，祇有一死耳。

診　　疾　六月一日

繡幕低垂，銀鉤未挂，余病忽忽半月矣。此半月光陰，餘盡在昏惘中過去，故余日記亦輟而未記。今日神志略清，詢慧兒，始知已到六月，計雲郎此時當已放暑假，既不能更至余家，今果何往？其歸乎？抑將移居他處乎？病中昏惘，故至此時始憶及雲郎。因呼蓉妹至，叩其蹤跡，蓉妹嘆曰："姊不知乎？彼咯血症又發矣。"余駭曰："確乎？幾時乎？"蓉妹作記憶狀曰："似為上月十三日，據彼云，是日自家返校，即發。余叩其所以猝發之故，則又搖首不言。嗟夫！姊，吾為彼急死矣。"余曰："將安往？"蓉妹曰："現居醫院，吾曾往視數次，憔悴形骸，幾令人不忍覰。余勸之歸家休養數日，彼又云已獲罪姑母，萬不能再入此門，余亦不識何故。姑母近日視余亦較昔冷淡，以吾思之，姑母既不慊於吾儕，長居於此，亦無意味，勿如速作歸計。"余曰："雲哥如何？"蓉妹泫然曰："彼自與余俱歸耳。吾前私詢醫生，醫謂彼病已入心臟，頗難望痊，若不速歸，恐將遺屍骨於異地矣。"余聞語，心大痛，伸手握蓉妹手，哭曰："吾累雲哥矣。"蓉妹一愕曰："是何言？"余此時忍無可忍，遂將余與雲郎前後所歷一一告之。至此時告蓉妹，晚矣。蓉妹始聞而驚，繼亦泣曰："吾固嘗疑及此，然未料一縷深情，遽至如斯極也。"余曰："吾自去歲以來，屢思為汝言之，嗣恐事機一洩，易招反感，故秘之至今。詎料風波陡起，咄咄逼人，致演成今日不堪設想之殘局。"蓉妹曰："此局大似稗官中故事，然汝儕亦曾思所以善其後否耶？"余曰："吾固無時不在思慮中，顧凡吾所思，均已失敗。今則智勇俱窮，惟有束手待斃而已。"蓉妹沉吟久之曰："實無善策，一對可憐蟲亦何苦來由？"余曰："吾今他無所望，惟願往醫院一視雲哥。"可憐！蓉妹曰："此亦易事，但汝病至如此，如何能往？即能，姑母亦必不許。以吾思之，汝欲嘗此願，須速慎重攝生，俾病體早愈不可。"余曰："然。"因先作一書，倩蓉妹為至雲郎。書曰：

染病以來，恍如隔世，滿腔幽恨，無處可消。嗟夫！癡郎，吾前固謂少小多情，便非幸福，萬般苦惱，今皆臨到眼前來矣。病後，日在昏眩之中，凡百都非所知。今日與蓉妹言，始知君舊疾復發。嗟乎！夢斷魂離，神銷心碎，蒼天之阨，吾儕何至於斯極耶？吾今欲爲君醫而已無藥，欲爲君哭而轉無淚，蓋吾既不能止吾之不病，亦自不能止君之不病也，雖然君非吾比，究不可病也。設有不幸，試問此後晨昏定省，誰承菽水之歡？瑣屑米鹽，誰操井臼之役？棄幸福就悲境，生爲名教之罪人，死爲情場之怨鬼。余也何人，敢累君至此？故吾今日他無所陳，惟望君力自珍惜，俾病魔早却，余心早安。否則於君既無所益，吾病勢將立增，余不忍，君亦豈忍耶？至於婚事，君可勿憂，蓋吾既許君於先，決不能悔之於後。自今以往，惟有以生命爭之，倘或長生一誓，能感雙星，使吾兩人相見之緣不自此而絕，則與君對坐談詩，共訴飄零之恨，亦正自有時。萬一天不見憐，好夢終虛，則造因於今生，只好期收佳果於來世。此後苟生一日，月夕風晨，與君分受一日淒凉之況味，直至形消骨化而後已耳。蓉妹頗解人意，且極憐吾二人所遭。吾已將前後情節告之於彼，今後傳言遞簡，吾儕當多一臂助之人，心至慰也。今日本思前來視疾，嗣以病重不果，俟稍緩數日，病體略愈，當來院一晤，藉慰渴懷。嗟嗟！漫漫長夜，黯黯殘燈，魂魄不來，意緒若死，書不盡意。芸蘭手奏。滔滔若瀉，情愛俱盡。余與玉鐸訂婚亦受盡磨折，邇時，彼致余之函不下十餘通，餘讀之淚潛潛下。然尚不若此函，之佳在爲雲郎計，使人讀之，如見淚痕，斑斑現於紙上，祇有如是而已。

求　　婚　六月十日

　　黃梅乍過，烈日當空，蟬噪柳陰，蟲鳴堦下。一旬以來，余力自調養，病體已大有轉機。芸蘭之病，本不易愈，因欲往見雲郎，不得不速其愈，芸蘭之心苦矣。國寧婚事亦已擱起，此事尤愜余意。上午蓉妹自醫院歸，帶得雲郎覆書一通，亟展而閱之曰：

展誦來書，知妹亦在病中，五中悱惻，莫可言宣。嗟夫！妹何病？病又何來耶？是不待吾言而知之，安得化身如燕，飛入重簾一覘玉人之面乎？余曩贈某女士詩有云："安得身輕如燕子，朝朝飛傍畫簾前。"不謂雲郎亦有此感想？雖然，良緣既慳，相覿奚益？來書諄諄勸余自爲珍惜，蜜意深情，謹當銘之肺腑。但情關險惡，有不容人不自斬生趣者。試觀古今來，痛哭呼天，埋愁入地，一腔冤憤，無處可消，侘傺無聊，抑鬱而死者，曷可勝數？蓋天之賦情於人，惟時乖命蹇者爲獨厚，亦爲時乖命蹇者爲獨真，若一遇即合，如世間平常夫婦，縱令相偕至百年，亦不能盡愛情之分量，且身死而情之俱死，無足樂也。故吾一生舍妹外，未嘗鍾情於他人，且明知鍾情于妹決無善果，而必欲糾纏不肯撒手者，正賦情獨厚也。今語妹，如李家婚事不再提及，吾仍當竭我心力，以期於此辛苦磨鍊，夢淚狼藉中，成我美滿之眷屬。祇有如此而已。不然，惟有沈沈飲泣，惻惻而死，將此一段未了之真情埋之地下，散之人間，或者川嶽有靈，能護同心之石，乾坤不改，終圓割臂之盟，則異日他生，終有如願相嘗之一日。妹聞之以爲何如？雲覆。

讀畢，癡坐鏡台前，神魂飛越，不知何往。寫女兒癡心如畫。既忽見一瘦削女郎與余相對而坐，則一驚，審之，乃鏡中之影也，嬌柔荏弱，直如素心之蘭，臨風怯顫。因思一生舍雲郎外，知我而伴我者，僅此影耳。傷哉！吾顰亦顰，吾笑亦笑，凡吾心中之事彼皆知之，憂患苦惱悉與吾共，故吾之視吾影，不啻閨中良友，且此良友相見易，初無若何之阻礙，雖然愁病交侵，紅顏易謝，吾與此良友相處時，恐亦不久耳。思及此，不禁長嘆。下午暑氣逼人，苦不可耐，因往圃中散步，吾未至圃中將匝月矣。一切花木皆含慘淡之色,似彼亦知主人將遘劫難而代爲憔悴者,乃命慧兒一一灌之。維時夕陽偏西,破柳陰下射,絲絲如女兒之髮,徘徊其下,身心頓爽。忽聞履聲橐橐,一人跨扉而入,視之則爲國寧,衣白紗長衫,冠廣沿之冠。見余,伸手脫帽,鑽石約指,光芒閃爍,適與斜陽相輝映,而香巾馥馥尤刺人鼻觀。在彼固以爲翩翩美俊當無逾於此,顧一入吾目,陡生厭惡。近日一般醜男子,不惜傅粉擦脂,無非求得美人歡心耳。脫天下美人盡如芸蘭,醜男子直無立足之地,寧不快哉。思欲避去,則彼已阻住去路,欣然向余曰:"蘭妹愈乎?"余漫應之曰:"愈否何預於汝?"彼曰:"余因懸念之切,故不覺詢問之殷,幸勿見惡也。"言已,行近余前,自弄其故冠沿。久之久之,始曰:"蘭妹,汝實不知吾心之苦。蓋吾之視妹,不啻天后,無論何事,但得倖奉使命,足使我貢獻殷勤者,雖執鞭納履,亦甘爲之。獻癡。故前日不揣愚陋,思成倚玉之緣,不期妹竟見拒,致美滿姻緣,垂成而敗。今癡心不死,仍欲求汝鑒吾誠心,與以轉圜之機,則吾雖粉身碎骨,亦必有以圖報。"言次一吁,又續言曰:"吾亦自知此言至爲唐突,然至情所發,不能自已,吾人成年後,相見雖僅數次,而在我視之,實已等於數年,穎慧如君,詎有不知我心者。嗟乎!蘭妹,茲當有以語我矣。"吾聞語,木然不知所答,目光自眉睫之中深注及地,若有所思,蓋吾耳中雖聞國寧之言,而寸心飛越,實方縈繞於別一人之身。但見新月在天,乃有一人與余並肩而立,伸其堅定之臂以挽余肩,溫軟之脣則方與余脣相接。回映端午夕贈練時情景。乃忽遽然而覺,如出噩夢,凝眸審視,則國寧方握余手而言,余心乃不禁起爲異感,瑩瑩清淚,已偸沁眼角,則徐縮其手,以脫國寧之握,以袖自搵雙眸。國寧曰:"蘭妹,汝聞吾言乎?"言時,又欲握手,吾乃亟避之,舉手自理已棼之髮,顧心殊不屬,理乃愈棼,因徐徐言曰:"謝君,汝之盛意,吾非不知,但吾自問此事決無轉圜之望,且君縱不棄我,我實未嘗愛君,即今相偕,亦殊無樂。"女兒爲男子所逼,每每有此種似焦似怒之態。國寧曰:"否。但使吾以至誠相感,愛情自生矣,吾摯愛之人,汝幸許我。"言時幾欲跽地而親吾手。形容醜男子狂態曲肖。吾大駭,立起而避之曰:"汝毋如是！須知吾心整潔，初不知所謂愛情，汝爲此態直窘我矣。國寧，吾儕苟圖再見者，願汝速去。"言時，似悲且憤，以兩手自撫其胸，似厭又似哀求，國寧既愧且怍，咀嚅曰："蘭妹，君當憐我，蓋我之愛汝，實出至誠，今若此，是絕我一生之希望矣。"吾亟曰："汝毋言此。"一問一答都妙。語次，聲色至嚴正，國寧乃大失望，嘆曰："然則，我之愛君適足以取君之惱矣。嗟乎！蘭妹，吾不圖女郎之心，其硬乃如鐵石，此數月中，吾直自縛其蠶繭耳，寧不使汝暗笑。"余愠曰："汝心中事何與於我？又何所用其暗笑？實告汝，吾心至悲，自問此生已無復能笑之一日。別矣，容再相見。"國寧至此，乃完全失望，自分無可再言，乃頹然起曰："嗟乎，蘭妹！汝既拒我於千里之外，吾亦不敢靦顔近君，但吾則知汝言皆偽，初非由衷之言也。"國寧狡哉。吾曰："否，吾生平不能作違心之言。"國寧作苦笑曰："汝果誠者，當言汝心已有所愛，則庶幾矣。"此語出，吾心如中毒矢而色大變，雙頰斷紅，唇朱幾失。半晌，始厲聲曰："國寧，汝何語耶？""國寧，汝何語耶？"兩語甚響，使我如聞，祇死相纏。國寧亦自知悔則大赧，莫知所答，久乃嘆曰："幸乞原恕，吾心已碎，已不復能自憶言。但望君於夜静更深時，撫心一思，當知吾心之苦。尤有一言奉之於君，任君如何厭惡，吾身苟一日未死者，吾心必一日不灰。別矣，諸望珍重。"語已退去。余此時頹然獨坐榻下籐椅，腦海沉沉似欲暈，蓋國寧最末一語，深入吾心，悲痛至不能勝。良久，起立，奔返寢室，則倒身榻上，埋首哭矣。

視　　郎　六月十七日

余病近已痊可，思見雲郎之心益切。今日乃請於吾母，謂入肆購物，吾母初不疑有他，許之。余遂偕蓉妹出，逕赴醫院。既入，見雲郎獨卧鋼絲軟榻，雖當盛夏，猶覆絨毯，瘦削之面斜倚枕上，潔白幾與枕衣相似。病人模樣如見。余乍見，心如中刃，亦不計蓉妹之在余側，立奔至榻前，顫聲曰："雲哥，乃一病至此耶！"曩在漢皋染病某女士來視，見面即曰：

"哎哟，怎麼病到這般地位。"恰與芸蘭語氣相似。今讀至此，不禁有渺渺余懷，美人何處之感。雲郎聞語，微啓雙眸，及見余一愕，狀似大樂，既又似極悲，徐徐申其冷顫之手，握余臂曰："吾愛！汝至耶！"余曰："然，吾來視汝。"雲郎曰："汝誠信人，然汝獨自來此耶？"余曰："否，偕蓉妹俱來。"雲郎流目四顧曰："彼胡不見？"余亦回首視之曰："想已出回廊去。"蓉妹當然避去。余此時長跽榻前，一腔熱愛齊湧心頭，不知不覺以唇近雲郎之面曰："癡郎，汝何消瘦至如此，余心碎矣。"刻畫至如，作者並非菩薩，直是妖怪。語出，淚亦隨下，雲郎曰："吾病近日良已，瘦胡礙哉？"余曰："醫言大肉盡脫者，不治，胡云無礙？"雲郎曰："即不治，亦屬命定，吾無恐矣。"余曰："郎獨不爲儂計耶？""郎獨不爲儂計耶"，一語響極妙極，是何情態。雲郎微笑曰："汝毋憂，吾儕苦人，天殊不容其速死，即欲死，看汝之面亦當強活數年。"言時，引目顧余，余見其短髮紛亂齊覆額際，因伸手徐徐理之曰："雲哥，汝髮較前更枯矣。"雲郎曰："血淚既涸，髮莖自枯。汝不見吾猶覆絨毯耶？而手足冰冷猶似冬際，蓋吾週身血管，已無溫度可言矣。"余聞語，心一掣曰："吾前固屢勸汝，舍此他去，不然何至如是？"雲郎曰："汝爲此言，當自問何故生此風貌，又何故賦此深情。青衫紅袖少小相逢，欲余心而不移者，烏乎可得。及至墮入苦海，載沉載浮，乃忽欲於急流萬丈之中，力求振拔，一躍而獨登彼岸。難矣！故汝欲怨余，當先自怨也。"余以指頭戳其額曰："汝使人家閨秀，顛倒至如此，猶怪人耶？"妙絶！以指頭戳雲郎額，極似癡兒女擧動。相與大笑，雲郎曰："吾欲問汝，李家冰人近至汝家否？"余曰："否，惟國寧嘗至，前日與余遇，曾面斥之，觀其意似尚未肯罷手，滋可慮也。"雲郎曰："果如是，則汝惟有嫁之。"余憤曰："汝忍爲是言耶？噫，吾錯愛汝矣！"言時，不期而泣，雲郎立撫余肩曰："勿悲，戲言耳。"復執余手，吻之。一嗔一笑，一悲一喜，寫盡癡兒女久別乍見時情景，妙絶！忽咳嗽大作，伏枕狂吐，鮮紅一掬，直如山陰道上桃花片片。余見狀，益不知涕之何從，蓉妹聞聲亦趨至，駭然曰："雲哥如何者？"因按鈴召看護婦。少刻，醫生至，調藥使雲郎服之，顧余曰："病人心臟因受震撼故復發，姑娘等茲宜避去，俾彼得以靜息。"雲郎曰："否，吾心殊靜。"余亦萬不忍別雲郎而去，醫生逼之再四，始偕蓉妹含淚歸。

哭　　友　六月二十九

夏日遲遲，驕陽如火，鸞鏡懶窺，鴛針不度，一人偃臥藤榻，觀書自遣。忽慧兒倉皇入，語余曰："梅影姑姑病危，請速往一視！"余驚曰："確乎？"慧兒曰："彼家媽媽來告我也。"夫梅影之病，我固知之，然意彼乃善病之夫，當無大礙，詎今竟臻危候，必無幸矣。因自榻上躍起，驅車而往，至則梅影氣息僅屬，枯瘦之面，直如人臘。見余，雙淚奪眶而出，竭其微細聲曰："蘭妹……別矣……謬承眷愛，莫罄深情，祇是苦命難留，殘生就盡，過此以往，人天永隔，無再見姊時矣。"余聞語，心肝俱裂，蓋余一生知己惟梅影一人，其余璇閨姊妹雖亦嘗共笑話，然莫若梅影知余之深，愛余之切，不謂造化不仁，竟欲奪之而去，因忍淚慰之曰："妹勿如是！安見不可愈者？"梅影搖首曰："難……難矣！"言已，喉間咕咕如有物上下，兩目直視，手足如冰，逾時氣絕。梅影死矣！其母若嫂，覩狀，撫屍大慟。余亦不期縱聲而哭，因此一哭，遂引起余一切悲念，凡余平昔所忍而未雪之涕，至今乃盡傾眶而出。思余一生所遭其苦，較梅影更增十倍，倒不如撒手雲天，了此一段冤債。余此時之哭，非哭梅影，直哭雲郎，非哭雲郎，直自哭之也。雖然，梅影之死，有余哭之，他日余死，更誰哭之耶？嗟夫！紅顏易謝，月缺難圓，蝶夢迷離，無非幻想。余欲哭，余恨更長矣，悠悠蒼天，曷其有極！梅影，芸蘭之影，也如紅樓晴雯與黛玉，故梅影死，而芸蘭亦不免。

庭　　訓　七夕

明河皎潔，新月如鉤，悄倚欄杆，了無興趣。雲郎病體，近以調治得力，略愈。余前日復偕蓉妹往見一次，見其已能步行，寸心大慰。首次視疾已詳敘矣，此次剛僅以一語了之，作者真善避文字之重複。顧雖如是，簾外天涯，仍難聚首，人生至此，夫復何謂？天上雙星，一年一度，猶嘆其良緣太少，樂事無多，實則果能平安無阻，一年一度，亦雲幸矣。往昔值此日，姊妹行必團聚一處，拈針結綫，佳趣殊多，今則風流雲散，各自西東。桂香與佩秋既已嫁得多情夫婿，際此佳期，必將攜手花前，效長生殿故事。不勝今昔之感。

余惟有望星河而興嘆耳。因偕蓉妹徘徊階前，遠聽風管之聲，悠悠入耳，蓉妹曰："人家纍纍瓜果，高供庭前，吾儕獨缺然，無一貢獻，得不令牛女冷齒？"余笑曰："彼等大好姻緣，僅此一宵，新歡舊意，行將喁喁至天明，尚有何暇與余輩周旋，來餉此瓜果耶？"蓉妹點首。徘徊移時，相與登樓，坐未久，余母載笑入室，且以果餅數事授余，余取而啖之。其母此來已抱有決心，故以餅授之。果者，示國寧婚事已有結果；餅者，示雲郎婚事終成畫餅，非閑筆。余母曰："汝近食量大進，吾心殊樂，但據星家言，汝今年不出閣，終無强健之望。"言際又及於國寧婚事。余聞畢，不期一顰，曰："母，兒已決計不嫁國寧，願勿更言。"余母曰："汝終是少年思想，不知審顧。昨冰人來言，不獨國寧鍾情於汝，即其母亦極盼此事速成，汝試自思，其母不甚愛汝耶？嫁之，姑嫜之間，第一不慮不睦，此等事人方求而不得，而汝竟敝屣視之，得勿令人暗笑？"余遂盡舉所以不能嫁國寧之故，哽咽告之吾母，吾母曰："但汝終不能嫁雲郎，且彼方患癆瘵，決不能久于人世，朝嫁而夕孀，亦復何樂？"余含淚曰："不嫁雲郎，寧老死閨中，決不作他人婦。"余母曰："汝誠憨矣！須知汝父下世，家境日就衰微，所堪以與社會相接，爲他人所敬仰者，惟賴吾梁氏之家聲，汝若因私愛之故，而墮吾梁氏之家聲，汝父地下有知，寧能瞑目？"余聞語，不期失聲哭，然終未許。責之以大義，芸蘭衹有一哭而已。

郎　　歸　七月十五日

今日爲中元節，俗例必於此日焚化紙錢，奉之祖先。余家自亦不能免俗，焚化既畢，追憶余母逝世於今十載，余父棄養亦已六年。方余母死時，余黃髮蓬蓬，雖嘗自嘆身世飄零，孤苦無告，然猶恃有余父在。及余父死，余乃真成世界第一可憐之人，煢煢孑立，直至於今。悽悱欲絕，使我讀之，亦欲陪下幾點清淚。而母也天只，不諒人只，猶復欲驅余至於萬丈火坑中，拒則負不孝之名，允則喪終身之樂，試瞑目一思，直覺前途渺渺，後路茫茫。舉凡一切的以殘吾生者，方將排列似嚴陣向余而攻。使余父母若在，何至如斯？使余父母有知，當亦爲余悲痛不勝也。嗟夫！幽明異路，何處招魂，淚灑一盂，聊盡子職。余父母尚祈少待鬼門關前，兒當來覓也。余思及此，大慟。余哭亡親之淚未幹，又有可哭之事至。午後，蓉妹忽接電報一封，繹之，乃"父病速歸"四字，蓋余舅自南昌發者。大波瀾！蓉妹閱畢，顏色慘變，手足顫動，握余臂曰："姊，奈何？余父必無幸矣。"言時，大哭，余驟聞此耗，亦不禁陪以一副傷心之淚。良久，蓉妹曰："吾邇日恒覺寸心弗寧，知必有事，然未料及此也。嗟夫！姊，余父至愛吾儕，今乃遠在天涯，不能稍盡床頭躞蹀之役，萬一不幸，彌天之罪，誠百身莫贖矣。"言已，復哭。余曰："妹勿過悲。以吾思之，舅父必無恙，或者偶染小疾，因念汝儕急，故發電相邀。"蓉妹曰："然則吾當速歸。"余曰："汝一人烏能行？"蓉妹曰："雲哥自與吾偕歸。彼病近已痊，可當可行也。"不有舅父之病，雲郎何以歸；不有雲郎歸，芸蘭何以死。余聞語默然。蓉妹曰："吾茲往告雲哥，約明日即行。"余小語曰："善。"蓉妹遂行。余自送蓉妹去，頹然倒榻上，思雲郎一聞此耗，勢必東歸，從此天南地北，會少離多。回憶彼來時，方屆暮秋，忽忽至今已有十月之久，此十月光陰，送於快樂者半，送於愁苦者亦半，今乃並此愁苦光陰而亦無之。追溯雲郎來時不可少之筆。余平昔每禮拜與雲郎相見一次，猶歎其太少，茲參商兩地，恐十禮拜亦不能見一次，刻骨相思，吾將何以當乎？又思雲郎善愁多病，較余尤甚，平常小別猶依依不舍，今茲遠行，其何以堪？且其舊病新瘳，脫因此復發，千里迢迢爲之奈何？終必爲雲郎設想。余此時既自思，復爲雲郎思，既自悲，復爲雲郎悲，五中摧裂，莫可言宣，則亦惟有付之一哭。

夜間，蓉妹自醫院歸，謂明日決行，乃匆匆收拾行李。既畢，謂余曰：「蘭姊，吾儕雖屬中表，親密實無異姊妹，今茲別矣。人事變幻，莫可推測，此後能否再晤，頗不可知……」佩秋嫁，鶯兒去，桂香嫁，梅影死，今蓉妹又去矣，姊妹行一一安排絕不著痕迹。言至此，哽咽不能再語，余亦啜泣。余邇來殆無日不哭，眼淚幾枯矣。蓉妹曰：「姊之心事，我已盡知，然逆來惟有順受之。我今日往告雲哥，彼亦悲不自勝，一若老父垂危並不足動其感念，而惟恐與姊一別，姊試思雲哥天性，殆已為愛情磨滅盡矣。」余曰：「此事罪誠在我，然在我儕，初意萬不料事局變遷一至於此，方今兩情方熱，困難正多，同在一城，猶日惴惴焉，如在驚濤駭浪中，一旦伯勞飛燕，各自西東，惜別傷情，自無怪其然。即吾亦恨不即死，以避此生離之慘，何況彼耶？」蓉妹曰：「別離人生常事耳，姊毋憂。苟此歸吾父無恙，吾當為姊與吾父謀之。」余面一赤，曰：「以吾母意觀之，難矣。吾今他無求於汝，惟求汝好勸雲哥，使勿再病，則吾感汝，沒世不忘矣。」無所求，惟求蓉妹勸慰雲郎。如此多情，雲郎雖死，畢竟值得。蓉妹曰：「姊如此多情，無怪吾兄顛倒不能自振，青衫淚濕，紅粉飄零，不謂吾竟身親見之。嗟夫！若謂愛情與容貌足以賈禍至此，則吾誠當自幸，蓋吾二者俱無也。」言已，歸室，余亦就寢，然實未交睫。當然不能安睡。

送　　別　七月十六日

昨宵失眠，精神困憊已極。蓉妹侵晨即起，理其未竟之事，余則獨坐室中，狀如癡癇。蓋余此時腦筋震動，轉為麻木，蓉妹來與余言，余所答多無倫次。停午，雲郎自醫院歸。余母見其將去，亦不計前愆，且殷殷問病中事。顧雲郎終不敢上樓，但於客室中往來躞蹀而已。往來躞蹀中含蓄許多情意。癡態活現紙上。飯後，遂偕蓉妹行。余母不許余渡漢，故僅送之江干。余此時心中悲苦慘痛，殆非筆墨所能容，但覺兩足乏力，眼前如起雲霧，以巾搵之，則淚盡而繼之以血矣。雲郎亦若有萬千言語不能傾吐，但凝其呆滯目光，注視余面。良久，始顫聲曰：「吾摯愛之人，别矣。此别直最後之一别,自分此生決無再見之期。妹錦瑟前程爲余遺誤殆盡,設余萬一不幸,妹幸勿爲我悲,蓋吾既誤汝於生前,決不能再累汝於死後也。"是生離之言,亦是死別之語,我聞之欲哭。雲郎發一語,吾心即如中一彈,雲郎語竟,余心遂痛極而木。苟非人多目衆之地,余直欲相抱痛哭,以洩吾胸中積恨。雲郎又曰:"此別實出意外,然亦在意中。蓋久聚必有一散,天地至理也。果情愛不移,良緣可續,則後會正自有期,妹幸勿過悲。"矧芸蘭耶。嗟夫!雲郎是時心中之慘痛,當較余更甚,乃猶忍痛以勸余,其心愈苦矣。因曰:"雲哥,汝勿以我爲憂,我身既已許君,則生死與共,有一日君,即有一日我,否則月缺花殘,相與俱去耳。吾今他無所言,即言亦不能盡,但望汝珍重自愛,蓋汝自愛,即不啻愛余也。"情濃意密,妙妙。雲郎似欲再言,蓉妹曰:"時晚矣,趣行。"因與余握手,偕雲郎下舟,欸乃一聲,遂隨波浪而俱杳。雲郎去矣,一個道行不得也哥哥,一個道不如歸去,縱有柳絲千萬條,怎繫得離人住?余一年以前與雲郎一離一聚,亦已數次,然未有若今次之痛心者。自今而後,吾始知字典上至悲慘者,莫過於離別二字。此時苟非慧兒在側,余直將躍此江心以殉之。嗟夫!夕陽無語,江流有聲,彼燕燕鶯鶯,方結隊成群,喧嘩笑語,詎知此斷岸之前,乃有一可憐人在耶?

感　　舊　八月二日

余自雲郎歸後,忽忽若有所失,身體亦至弗舒暢,稍加衣則覺其熱,脫去又覺其冷。飲食較前驟減,夜間輾轉勿能成寐,偶交睫,即覺一縷芳魂盤旋腦際,飄飄然欲奪門而出,豈真返劫之期已至耶?刻骨相思!若是,誠余之幸也。凡人一至萬分無聊時,恒喜作遐想,矧余乃富於感情之人,安能自制?回憶去年此日,璇閨姊妹,鎮日喧譁,非彼來即我去,愉樂之狀可謂至矣。乃未幾,佩秋嫁去,又未幾,鶯兒遠離,六人之中忽去其二,然猶恃有桂香等時相過從,聊可破此岑寂。乃未幾,桂香于歸,又未幾,梅影下世,僅餘蓉妹一人與余相伴,今亦撒手東歸。蘭閨寂寞中，僅剩此煢煢隻影而已，豈真所謂彩雲易散，好夢易醒耶？林顰卿謂，易散不如不聚。以余今日景象觀之，此言當也。一盛一衰，大似大觀園情景，我閱至此亦不禁黯然。雖然奪我姊妹行，猶可說也，蓋彼等無論如何終不能與余相處一世，胡爲余一生所託命之雲郎，亦必欲奪之而去？蒼天阨余，誠不可謂不酷也。雲郎此歸，余第一即懼其途中病發，不能抵家，復次則懼，抵家後余舅不幸而死，傷心過度致殞其生。故余近日以來神魂飛越，殆無刻不在章江之畔，每於黃昏日落時，惟有一人徘徊圃中，形影相弔。古詩云："早知如此挂人心，悔不當初不相識。"余今日實有此感也。終歸於雲郎。處處想到非多情人不能辨此。幼時會聽村人唱梁山伯，歌云："一想梁兄日落西，猶如刀割肚中皮，天邊想到地邊轉，不知梁兄在哪里，一人獨自好孤凄。"恰是芸蘭此日情景，病態可憐，焦灼之態曲肖。

纏　　紅　八月十五日

一年容易，忽屆中秋。前日接蓉妹來書，謂舅父已愈，雲郎亦無恙，金心良慰。然相思兩地，終難免傷感。傷感太甚，又爲二豎所侵，瘦骨稜稜，狀如枯鬼，久病之人，轉無此狀。余爲雲郎計，固嘗立志不使病，然而病魔之來，初非吾力所能禦，今晨強起臨窗，吸受新鮮空氣，胸膈間覺稍舒快，而病軀不能久立，搖搖欲扑，如臨風之柳，久乃不支，復就枕卧焉。少刻，忽聞階前爆聲震耳，心一動，然猶意今日佳節，阿龍祭祖，既又聞賓客譁笑之聲，且似有人雲恭喜恭喜者。余乃大驚，一躍而起，時慧兒亦慘然入，余亟詢曰："吾家何事？"慧兒搖首不言，余怒曰："汝其啞乎？"慧兒行近余身，低語曰："姑姑勿聞爲佳。"余愈疑曰："趣言，勿作鬼！"慧兒含淚曰："吾今未言之先，當爲姑姑致賀，蓋今日爲姑姑纏紅期，來賓即李家蹇修也。"余聞語，眼前頓起繁星，肺葉驟張，翕翕有聲，兩足直立，絲毫不能動彈，銳聲一呼，遞仆於地。霹靂一聲，焦雷中頂，安能不暈？後聞慧兒云，彼見狀駭極，立扶余至榻上，余則挺挺如死人，面色慘白，氣息如絲，彼大懼，哭曰："姑娘死矣。"復以冷水灑余面，就余耳畔縱聲呼。良久，余始隱約覺有人呼，星眸微啓，頭乃驟昏，哇的一聲，鮮血滿地。杜鵑啼血。此時余母亦至，余泣曰："母，此何事也？胡竟不與兒商。"余母曰："吾固屢與汝商，汝乃絕不予人以轉圜之路，故今不得不獨斷爲之。孟子有言，必待父母之命，媒妁之言，余有此權，吾無過也。"引經據典，芸蘭尚復何言？作者偏能編出以下許多話，文心之妙，直至如此。余曰："吾且問母，國寧所爭，其爲今日一紙婚約，抑爲兒身乎？如爲一紙婚約，兒當無言；若爲兒身，則恐天荒地老，亦無其時。"余母怒曰："是何言？吾見人家女兒亦多矣，從未見有不識羞恥如汝者。脫爲余生，直將投之井中，了此冤孽。"余聞言，憤恨填胸，凡吾平昔孝敬吾母之心，至此盡泯，毅然應曰："母欲死，兒亦至。易易天下無父母之孤兒，生死自惟他人所命，但兒今日必至堂前，毀此婚約，然後再死。"余母大怒曰："若是，直欲毀吾梁氏之門宇，吾生何樂，勿如汝先死我。"言已，號咷大哭，慧兒見勢已決裂，扶之而去。數語毒刻，無怪其母聞之，怒極而哭也。

余此時見地下血跡，心乃愈痛。思雲郎若聞此，其悲痛更不知至於何地。吾前日面斥彼儈後，以爲茲事當可擱起，詎料反促其成，又詎料吾母竟背余決然行之。今已矣，夫復何言？但吾無論如何終不能嫁彼儈，終不能負雲郎。爲今之計，惟有一策可以全之，其策維何？死而已耳。只此一著。吾自此事發生以來，即思一死以了之，今日之日正余死期也。但澄心一思，余死固易，將何以安置生者，吾家無論矣，雲郎聞此婚議告成，已不知如何，再益以余之死耗，得不絕其生機哉？余舅風燭年華，僅此一塊肉，脫因吾而死，萬氏之鬼其餒矣。余愛雲郎且愛余舅，安忍演此慘劇耶，是又不得不忍死，須臾留此身以有待。至死猶爲雲郎計，爲舅父計，計是爲多情，是爲真情。余思及此，身發狂熱，睡既不寧，則起而坐，坐又不穩，則倒而睡，爲狀絕類瘋癲。慧兒曰："姑姑，茲亦當少息，即令顚跌而死，亦有誰憐汝者？"語出，則又引起吾無限悲思，果覺此身了然，即死，亦將如草蟲自僵耳，誰復惜之？因放聲大哭曰："慧妹，吾一生所遭，他人或不知，却不能瞞汝，試思此等殘局將如何收束者。"死既不能，祇有哭耳。慧兒曰："此事之速，實出意外，吾至今日始知之。脫早知，吾必已告之姑姑設法抵制，然既至此，惟有作達觀。"余曰："汝誠不善勸人者，達觀如何？"慧兒語塞，以目視余，清淚簌簌下，余覩之，哭益甚。一主一婢，相對而泣，是何淒涼之景。嗟乎！明月皎潔，玉漏無聲，人間天上，方互慶團圓。點中秋。余則丁茲大戚，欲生不能，欲死不得，使嫦娥有知，當亦爲余抱不平也。

述　病　八月二十六日

銀缸隱隱，殘焰猶明，鴛帳半鈎，藥爐未熄，窗外風雨之聲，竟夕不止。際此秋容慘淡，秋氣蕭森，已足令人心情懶散，意興蕭條，再加此苦雨淒風，其何能堪？窗外芭蕉數株，盡爲摧毀，余心遂亦與芭蕉同其阨運。極似病室淒涼之象。病乃益深，余母亦嘗以醫至，顧恃藥石之力決不能起此沉疴，徒使余口舌多增一番苦味耳。李家媼聞余病，特於今日來視，且餽果餌多種，在彼意固以爲愛憐至矣，而在余視之轉增悲痛。李媼若不來，即不成爲戚串，非閑筆也。彼曰："吾兒，汝今後將爲吾家人，老身聞汝病，懸念彌切，務自慎重攝生，精擇醫藥，俾病魔早卻，吾心亦早安矣。"余不能答一語，但俯首啜泣。余母曰："彼自纏紅以來，即沾滯床席，想係福薄，不能稍受親家寵愛耳。"李媼曰："君勿如是言。"復顧余曰："吾兒，汝心究如何者？"余忍淚曰："母言當也。"李媼以手理余散髮，復撫余肩曰："兒若嫌孤寂，吾當爲招桂香至伴之。"余曰："否，吾固喜清靜也。"又曰："桂姊近狀想佳？"李媼曰："彼甚好。"言際，因與余縱論桂香家事，且曰："吾生平對於兒女姻事極爲注意，桂香苟非余，安能享此清福，故余甚知女兒嫁人，殊非容易。今次所以必欲得汝爲媳者，亦即此意，蓋爲汝計，爲余計，兩得也。"詎知大誤。嗟夫！使彼而知余心者，當爲以不幸，豈惟爲余不幸，彼當亦自歎其不幸也。

噩　耗　九月七日

今日爲余十八歲初度之辰。余之日記，實起於去年此日，飄忽之光陰，余在人世間又虛度一載矣。去年握筆作日記時，余身體固强健如恒，已覺愁緒縈懷，了無生趣，自嘆年華易謝，煩惱漸增。詎今一年來所經歷之憂患，較昔更增數倍，則余之生氣自亦隨日以俱杳。此余所以不能不病，此余病所以不能不深，弱柳柔花能禁幾番磨折？淒絕之言。明年此日，能住此塵世與否，能握筆作此日記與否，殊不可知也。余往年每屆生辰，一憶及母氏劬勞之言，輒痛哭不已，今則自哭不暇，無淚更哭余父母矣。膳後，慧兒掀簾入，手持一函授余曰："吾適在門首，郵差以此函授我，是否致姑娘者？"余視之曰："然。"而字迹秀媚，實出蓉妹手，霎時心頭躍動，不審其中所傳，其爲凶歟？抑爲吉歟？噩耗飛來。亟剖而閱之曰：

蘭姊青鑒：月前接讀姑母來書，知李家婚事已經成就，雲哥聞之，舊病猝發，已於前日謝世矣。彼嘗謂拼此一身以殉情，今果實踐。桐棺三尺，凄然瘞於西山之麓。芸蘭生日，忽得雲郎死耗，一生一死，是謂冤孽。老父因傷心過度，方在病中。妹亦淚竭聲嘶，莫知所措。嗟夫！舉家惻惻，淒涼極矣……

余閱至此，腦昏目眩，覺紙上之字一一奔如野馬，磨旋而轉，思欲再讀，則已暈矣。余讀至此，亦不禁心酸淚落。慧兒見狀大駭，亟呼余母至，灌以薑汁，入夜始蘇，啓目微視，見余床沿枕畔，皆殷紅血跡，始知爲余暈去時所吐出也。可憐！慧兒曰："姑姑病至如此，尚不自珍惜，將來如何結果？"余曰："彼人既死，吾尚有何結果？"慧兒曰："誰死乎？"余泣曰："雲公子死矣。"慧兒聞語一愕，曰："頃郵書即云此事乎？噫……"語出，亦掩面而泣。慧兒之哭，非哭雲郎，哭芸蘭也。余因復出蓉妹書讀之，然終不能讀竟，剛及數行，即覺眼前有無數怪物翼翼而跳，則亦有棄之。嗟乎！死雲郎者病也，病雲郎者余也。余萬不料余愛雲郎，今日竟使之病，復使之死。且病也，吾未嘗一盡看護之勞，死也，又不能一覿伊人之面，徒使章江、漢水共訴鳴喑，楚雨吳雲空勞夢想。滔滔而言，直如鶴唳長空，猿啼巫峽，我服作者筆力。雲郎有知，當如何怨余？當如何恨余？雖然雲郎怨余恨余，余願受之，蓋孽由我作，我亦當自怨自恨也。余前固嘗惶惶然，恐此事無好收束，然不料惡劣竟至如斯之極！已矣，夫復何言？彼既為余而死，余安能靦顏而生？倒不如大家撒手同歸於盡。且筵席無不散之時，楸枰無不了之局，余一心早謝夫，世緣孤處，已淪於鬼趣，春花秋月，固知無分，余死樂也。自雲郎染疾以來，余即思一死以了此冤債，至國寧婚事成時，此志益決，特恐余死愈傷雲郎之心，故隱忍苟活。今雲郎既死，余尚有何牽挂，死矣。特雲郎死，余知之；余死，雲郎不知。雲郎死有余哭之，余死更無人哭余？此則余死而有餘痛也。悽惶欲絕，讀至此處而不流淚者，非人也。思及此，寸心陣陣作劇痛，又不容余不哭矣。

夜間慧兒既去，余強起至櫥中，出雲郎平昔所致余之書，一一誦讀一過。讀畢，取而焚之。此時萬念俱灰，轉覺心地安逸，無所悲苦，於是脫指上金戒，以藥杵錘之，欲吞金自盡。忽慧兒闖然入，握余臂曰："姑娘何苦來？吾固知姑娘必有此一着也。"言已，奪余金戒去。余腦筋驟受此抨擊，復又轉於悲苦之一途，泣曰："慧兒，汝知我現在所處是何境地乎？"慧兒曰："婢子知之，特姑娘決不可如是也。姑娘試思，武漢三鎮誰不知吾家，且誰不知有姑娘者，一旦服毒自盡，人將不知以何事疑姑娘。流言所播，其害匪輕，是姑娘一死，上足以玷辱家聲，下足以敗壞名節，九泉之下安乎否耶？"余聞語，嗒然若失，覺其所慮實屬意中之事。然不死，將何以對雲郎。乃埋首慧兒懷中，縱聲大哭。嗟乎！人生而至於求死，斯已傷心矣。今余乃欲求死而且不能，余之傷心不更甚乎？國寧婚事成可死，而不欲死；雲郎死耗至可死，而不能死。傷哉！

自　　傷　　九月十一日

　　余今欲下筆草此日記，久久竟不能成一字。坐對書城，昏然如歷夢境，既乃擲其手中管，就紙視之，則爛然紙上者，非墨，淚也。可憐！蓋余未下筆，余淚已如泉湧，而余竟不知，足徵余方寸間之亂矣。自初七至今，余實未嘗寐，偶一交睫，即遽然醒，故病量驟增，咯血愈多，家人咸惶然爲余懼。余反覺坦然，無所憂慮，但頻頻追憶雲郎，憶雲郎不已，復憶余舅。思余舅一生潦倒，百不如意，老懷惡劣，已云極矣，今乃復使抱喪明之痛，當夫洞垣一方，明示死期，殘燈熒熒，料量後世時，其爲楚毒，寧復能堪？余母昔告余謂，幼時提攜教養，余舅之力爲多，今余所以報之者，乃復如此，余母有知，當亦恨余不置，又思蓉妹年方及笄，閨中待字，今後伶仃弱質，正不知漂泊至於何所，一家幸福皆被余毀之盡矣。憶雲郎，憶舅父，憶死母，憶蓉妹，面面俱到，是何等傷心。作者真善用筆哉。既負死者，復負生者，余死有餘辜矣。

　　余生平最惡濫說自由之女子，然余實一崇拜真正自由之人。西人恒言：「不自由，毋寧死。」吾嘗抱此志，必欲實行。詎家庭專制，凡吾所遇皆屢極不自由之事，遂令好好一朵自由花，遽墜飛絮輕塵之劫，強被東風覊管，希望既絕，快樂俱無，哀哀身世幾等於傀儡，此余所以不能不死。最可痛者，奪余自由而致余死者，乃出於余親愛之母氏，此則爲余所萬料不及，而萬不能忍受者。嗚呼！閑悉萬種，無語怨東風。

索　　照　　九月十七日

　　昨夜吐血升許，晨間寒熱復作，頭涔涔然，額汗出如瀋，盜汗既多，遂昏不省人事。病態可憐。余固非懼死者，然欲死不能不病，此病中痛苦，余實無力承受也。向午熱勢稍殺，人始清醒，余母以醫至，留一方。家人市藥，煎以進。余乘間傾之，未之飲也。余自得雲郎死耗至今，未嘗梳洗，鏡台之上積塵盈寸，不識此日容顏更憔悴至於何地，恐不能與簾外黃花商量肥瘦矣。余生平至愛鏡，蓋有彼，始足以見吾影，吾影實爲吾生平第一之知己，見吾影略可解吾悶，今已成垂死之人，與吾影亦將永訣，吾反不欲更窺吾鏡，蓋恐見此消瘦形骸，轉加余自憐之念，而益增余心之痛也。我聞此語，我欲哭矣。

下午李家媼來，坐余床次，殷殷詢余病狀，且繼之以哭。在理庚書既行，彼已成名義上之姑嬸，如此盛情，余當如何感激。顧余絶無此念，此亦莫知其所以然。媼既去，乃伏几草一書與蓉妹，請彼將雲郎墓地用攝影器照一片寄余。俾余得於此未死之前，一見吾摯愛人之孤塚，寸衷或可略慰。事至如此，尚欲一覩雲郎墓地，癡絕慘絕。作者從何處得來？嗟乎！春蠶到死絲方盡，燭炬成灰淚始乾，正不啻爲余寫照。

哭　　郎　十月一日

去年今日，爲雲郎偕蓉妹至余家之日。爾時雲郎身體何等強健，才一年，便至人天永隔，無處相尋。余誤彼耶？彼誤余？余今亦茫然。然無論自誤彼誤，同一誤耳，此誤之一字，同一促余兩人生命之利器耳。同誤於情。彼既先撇余以逝，余亦去死匪遥，彼至忍之天公、萬惡之情魔，目的已達，當可以拍手相賀。傷心之言。然余前生何孽，今世何愆，而冥冥中所以處余者，乃若是其慘也。涉想及此，凡余與雲郎自幼及長種種癡情熱愛，齊集心頭，而尤以臥病醫院時爲最痛心。然是時余猶得兩度往視，今次病發至死時，關山遥隔，竟不能一覿其面。此身雖死，此恨綿綿無盡期也。於是不能更思，乃伏枕而哭。余邇來哭泣過多，眼淚已竭，方欲哭，兩眶乃作劇痛。慧兒曰："姑姑病已至此，尚何哭哉？"余曰："吾不哭，且須立死。"慧兒聞語，伏余胸際泣曰："姑姑誠死，婢子將何以爲生？"余大感動，曰："吾死，汝宜擇良人可嫁之。但必須審慎周詳，庶終身無苦。試觀我今日所以成此結局者，皆緣余母一念之差。吾愛汝，故願汝以我爲鑒，知所以自處也。"慧兒曰："姑姑待我恩高義厚，萬一不測，婢子何忍食息人間，竊願以身殉之也。"余曰："汝勿癡，余已親手殺一雲郎，造孽已深，詎可再乎？且余乃失群之孤雁，汝為出谷之雛鶯，青蘭秋菊，早晚不同，老幹新枝，榮枯互異。余之樂境，已遂年華而俱逝；汝之樂境，方隨福命以俱長。安可因余而自斬哉？"因強起作一函，留遺余母，略謂余死後，慧兒宜善嫁之。安頓慧兒。

自　　述 十月六日

楓林落葉，草木枯萎，風雨連朝，爭撲簾幕。此情此景，在常人當之且病，矧為余耶？故吾日咯血愈多，余母見前醫不能奏效，乃易一醫，此醫尤不通，乃謂為體質屢弱，月信倒行。余聞之，且怒且憤，所擬之方，卒未服。余家人原少，自余病後，益為靜寂，奔走往來者，惟余母與慧兒兩人，然皆愁苦無復生氣，即以頑皮好弄如阿龍，至此亦如冬蟄之蟲。寫家庭岑寂之狀，淒慘極矣。余與彼雖非一母所生，然甚愛之，嘗呼之至床前，授以果餌，不受，但以目灼灼視我。而已戚黨中有聞余病者，咸來省視，而余名義上之夫婿，反杳然絕迹，問之始知彼自婚約成後，仍回漢皋別墅，尋其花酒生涯去。今日余病垂死，乃不欲歸來一視，其人之情愛于此可知。然彼幸未至，否則又不知要添我幾許愁恨也。病至如此，國寧竟不一至，所以為薄倖少年。

懺　　悔 十月九日

日來怯冷殊甚，雖擁重衾，猶顫顫不能支持。手撫胸頭，僅有一絲微熱，已成伏繭之僵蠶矣。一病至此，可憐極矣。讀者如不下淚，必非人類。前醫復來診視，畢，面有難色，躊躇良久，始成一方，出與余母喁喁，不知作何語，然可決其非吉利語也。余母返謂余曰："兒失形矣，何病至此？"余無語，余淚自枕畔曲曲流出，濕余母之衣襟。余母亦泣曰："汝病實余致之，今茲悔矣。晚矣！然余所以必欲為汝成此姻事者，實為吾家計。蓋吾家在此，終屬客居，門前冷落，日就衰微，阿龍年紀又小，不諳世務，苟非得一強有力之親戚以爲扶助，梁氏門楣必將墜落；其次則以汝嬌養已慣，難理寒貧家務，國寧既必欲得汝，李媼又愛憐備至。嫁之，幸福何可限量。故毅然决然爲汝成之，雖明知汝已鍾情雲郎，然意不過小女兒惺惺惜惜，一經嫁娶，自可相忘。孰料事成之後，汝終不肯移情別注，吾心爲之一懼。及雲郎死耗至，汝病驟增，余心乃爲之大懼。及今始恍然，余心勞日拙，凡余所想念、所期許之希望皆成泡影。嗟夫！余欲悔已，莫可追矣。"余聞語大慟，余母又曰："猶有一事，余至今始知。余設想之錯，蓋余總以爲汝非我所生，對於婚事，尤不宜草草，脱不然者，任字汝於何地，汝無所怨，吾得所安。愚婦之見。今若聽汝一時熱愛，許字雲郎，設萬一前途不幸，汝心能不怨余不善爲謀，即旁人亦不免以'不關痛癢'四字加我身也。詎料誤汝而至於此者，適爲余好勝之一念，吾今明知其誤，欲悔何追？已無法補救，惟願汝鑒余苦衷，恕此誤點，庶幾余心乃得安矣。"余聞此，心如刀割，欲作一語，乃不可得，則抱余母大哭。

囑　　弟　　十月十二日

余誠無所諱，余於國寧姻事成後，實怨余母，及聞余母一番追悔之言，始知余母所以如是者，都只爲余家計，爲余計，初非有所仇於余，怨憤之念立爲消滅，且念吾死以後承歡色笑者更有何人。平情而論，自余父謝世後，余母肩勞任怨，撑此門庭，老懷亦云惡劣，今復使報喪珠之痛，淒苦更曷以堪？然余病軀委頓，已决無生望，惟有拚一副眼涙，以報吾母耳。因呼阿龍至，告之曰："阿弟，汝姊將死矣。汝尚聰明，以後務聽母教訓，勤心讀書。姊不肖，不能扶汝至於成人，余心實痛……"言至此，哽咽不能成聲，阿龍亦掩面而哭。夜間，余母以藥進，余感余母意，稍稍飲之，然卒無效。生者死者，齊集心頭，傷哉芸蘭，焉得不死。

病　　劇　十月十六日

日來漸不能食，但飲茶而已。心胸空洞頻作驚魚之跳，久病之人，忽現此象，必無幸矣。何等可憐！晨間桂香、佩秋、鶯兒均以書至問病，余閱畢，追憶當日姊妹之親密，愈增悲痛。收束姊妹行。然余已不能握管作復，但以其一片熱情擱置心頭而已。余此時頗盼國寧來，以余家後事託之，余與彼雖非精神上夫妻，已爲名義上夫妻。望國寧來，國寧不來，望影片至，影片不至，命薄心苦，於斯已極，我焉能不哭。余不情，不能愛彼，即彼今日相見亦未必愛余，然余終望其能憐余母，而稍稍扶助，則余死後亦可少一層挂慮。詎彼竟不至，嗟乎！

絶　　望　十月十八日

余邇來無日不盼雲郎墓門影片至，詎魚沉雁落，畢竟杳然。豈蓉妹怒余不爲余致耶？嗟乎！鶯摧鳳折，玉碎香消，白首之盟既虛，墓門之形莫覿，緣慳固至如斯極乎！由此以思，余直可爲千古第一薄命紅顔之標本也。

鬼　　影　十月十九日

今日頭暈甚，一合眼即見余父母暨雲郎，凄然立余前，豈憶念所至，抑精誠所結耶。泉路冥冥，知彼等待我久矣。夜間苦不能寐，但聞街頭寒柝與壁上鐘聲遙相應答，房中陰森如有鬼氣，昏燈一穗，膏涸焰枯，而余心遂亦與此膏焰同時並入於垂盡之境，傷哉！凄慘至死，我焉能不哭。

病　危　十月二十一日

今日滴水不能入口，手足麻木，漸失知覺，喉間乾燥不能作聲，痰湧氣塞，作吳牛之喘。若有人扼吾吭者，其苦乃無其倫。余母與慧兒、阿龍均環余而泣，余亦欲哭，然已無淚。閑翻余最近日記，覺尚有千言萬語不能寫出，此真余之大憾。即今握筆作此數行，亦已不復成字，恐此後將永無握管之期。但有一事，余可自信者，余與雲郎心雖糊塗，而身猶乾净，此則上可以對祖宗，下可以對父母者也。嗟嗟！美人黄土，名士青山，月缺花殘，千古同慨。已矣，尚何言哉？我讀至此，心痛如剉，欲爲之哭，已無淚可揮。願普天下錦繡佳人，勿多情，勿溺於情，庶幾能免此劫乎。

按：芸蘭十月十五日以後即不能起坐，十六至二十一等日記均其口授，慧兒記之於册者。廿一日以後則已不能多語，故日記即終於是日。余至其家，實爲廿三日，是時已臻危候，與余僅數語，即以日記授余，是時余尚不知其中所紀何事，故茫然受之。及次日往，則已陳屍在床，香消玉碎矣。嗟夫！塵寰小夢，一現曇花。余作此書竟，不禁黯然欲涕。

喻血輪 著
眉睫 編校

喻血輪集
（下）

荊楚文庫編纂出版委員會
華中師範大學出版社

荊楚文庫

蕙芳日記

序

慨自改革以來，人心愈益澆薄，風俗愈益奢靡。而吾神聖莊嚴之女子，亦不免沾濡惡習，爲世所詬病者。何哉？良由舉世昏昏，無有警惕而改刷之也。夫人心必有所寄，而轉移人心之速又莫若小說家言。晚近操觚之士，讀得半部《紅樓》，便自負多情，舞文弄墨，貽災棗梨，非道才子佳人，即寫淫啼浪哭。間有一二優秀分子，力袪此弊，亦多點綴風雲，寄興於美人香草。而吾神聖莊嚴之女子，率以詩書艱深，科學苦澀，每手小說爲課餘之消遣。孰知其毒之中人有甚於蛇蠍，以致移情累性、蕩檢逾閑而不自覺哉。吾友綺情，多情人也，亦有心人也。曩者嘗作長短說部，風行海內。近又以所作《蕙芳日記》示余，且索余序。余讀之，如入衆香之國，如披百寶之箱。其命意警惕，言外誘導，有足多者。至辭藻綺麗，描寫入情，尤其餘事，洵說部之大觀，女界之寶筏也。遂笑謂綺情曰："方今女子均欲蒙高尚純潔之皮，而汝盡抉之，得不爲其所指摘乎？"綺情曰："有則改之，無則加勉，我將以勸戒也。非好爲誹言而加諸莊嚴神聖之女子也，且内子亦女學生之一。佛說：我不入地獄誰入地獄？知我罪我，我早置諸不論矣。"余笑曰："若是，尤爲余之所樂道也。"序此數語，弁之簡端。戊午四月朔日古新蔡聶醉仁①。

---

① 聶醉仁，湖北黃梅人，知名報人、畫家。民國初年曾任《漢口日報》編撰。聶醉仁娶喻血輪之妹，子聶銘傳，與黃梅喻氏爲姻親。1928年，陳立夫（社長）、吳醒亞（總編輯）、石信嘉（初任經理，一年後將《京報》改爲《新京日報》，自任社長）、喻血輪等創辦《京報》，喻血輪推薦聶醉仁擔任主任編輯，自己"改任爲副刊編輯主任，兼作社論"。1933年，與喻血輪同任黃梅募修八角亭委員會委員。著有《琵琶記演義》（1918年世界書局初版）。

目　　録

元旦賀年	正月元旦	513
佯戲保羅	正月二日	513
開佈道會	正月六日	514
温習舊課	正月八日	514
復素貞書	正月十日	515
元宵歡宴	正月十五日	515
姊妹調笑	正月十六日	516
代措學費	正月十八日	517
床頭夜語	正月二十日	518
素貞來漢	正月二十三日	519
譏誚玉梅	正月二十五日	520
素貞塗背	正月二十七日	520
春宵偸歡	正月三十日	520
教員怪狀	二月七日	521
竊聽情談	二月九日	521
保羅挾妓	二月十一日	522
箴戒保羅	二月十二日	523
戲弄鞦韆	二月十四日	523
研究洋文	二月十六日	524
蘭譜訂交	二月十七日	524
同輩學詩	二月十九日	525
雛鶯弄舌	二月二十一日	526
繡衣憎短	二月二十二日	526

勤習算術	二月二十四日	527
紅杏出牆	二月二十六日	527
校中月假	二月二十八日	527
保羅戲言	二月二十九日	528
戲拒清蓮	閏二月二日	528
箴戒同學	閏二月三日	529
勘破情關	閏二月五日	530
鵲報喜音	閏二月七日	530
學作小詩	閏二月八日	531
觀結婚禮	閏二月九日	532
函慰保羅	閏二月十一日	533
閱《牡丹亭》	閏二月十三日	533
秘密環指	閏二月十四日	533
暢敘幽情	閏二月十五日	533
煩惱琴音	閏二月十七日	535
美玉入校	閏二月十九日	536
談論女紅	閏二月二十一日	536
東施效顰	閏二月二十二日	536
情敵相逢	閏二月二十四日	537
論免費生	閏二月二十六日	537
觀劇感言	閏二月二十八日	538
郊外踏青	閏二月二十九日	538
斥豔粧女	三月二日	540
結婚宜慎	三月四日	541
教員被辭	三月五日	541
閨人爭友	三月七日	541
影片趣談	三月九日	542
傷春心事	三月十日	542

傷風染疾	三月十一日	543
床頭述病	三月十三日（病後補記）	543
病後補記	三月十五日	544
對鏡自憐	三月十七日	545
寄書保羅	三月十九日	545
保羅覆書	三月二十日	546
撕毀照片	三月二十三日	546
隔牆有耳	三月二十四日	547
憐惜落花	三月二十六日	548
春宵歡宴	三月二十九日	549
園內餞春	三月三十日	549
解釋自由	四月三日	551
佩蘭入校	四月三日	552
觀畫趣談	四月七日	552
薄倖情郎	四月八日	553
偷閱禁書	四月十日	553
自思病狀	四月十二日	554
偕游劉園	四月十四日	554
竊聆妙談	四月十五日	556
共戲蓮蘭	四月十六日	556
論地理學	四月十八日	557
製紅繡鞋	四月十九日	557
來賓參觀	四月二十二日	558
金鳳退學	四月二十四日	558
曲全友誼	四月二十五日	559
接得瑤函	四月二十七日	559
再會保羅	四月二十八日	560
攢碎醋瓶	五月三日	562

端午聚飲	五月五日	563
代人繪圖	五月六日	564
溫習課程	五月十四日	564
校中季考	五月十五日	565
爭捉迷藏	五月二十二日	565
校中休假	五月二十三日	566
參觀畢業	五月二十五日	566
耳鬢廝磨	五月二十六日	567
得素貞書	五月二十八日	567
瓊仙訂婚	五月三十日	567
紅閨教弟	六月一日	568
撕裂影片	六月三日	568
盛暑曝衣	六月六日	569
納涼相戲	六月七日	569
伴瓊仙嫁	六月九日	570
瓊仙出嫁	六月十日	571
調謔新娘	六月十一日	572
聞素貞病	六月十四日	573
論斷愛情	六月十六日	576
繡閣聯吟	六月十八日	576
遊夜花園	六月二十日	577
傳來惡札	六月二十二日	579
面斥紫宸	六月二十三日	581
江干散步	六月二十六日	582
春色撩人	六月二十八日	582
愧聞慈訓	七月一日	583
劉姆戲語	七月三日	584
七夕觀劇	七月七日	584

歡宴瓊仙	七月十日	585
讀村歌本	七月十二日	586
噩耗驚傳	七月十四日	586
慟哭素貞	七月十五日	587
送別劍華	七月十八日	588
私贈指環	七月二十日	588
代郎檢點	七月二十一日	589
自理行篋	七月二十二日	590
入校記事	七月二十四日	590
苦憶素貞	七月二十五日	590
校中上課	七月二十八日	591
瓊仙傷別	八月一日	591
訂婚趣談	八月三日	592
纏胸之害	八月五日	593
自由之害	八月七日	593
微刺蘭瓊	八月八日	594
讀斷腸詩	八月十日	595
清蓮得子	八月十四日	595
中秋玩月	八月十五日	595
偷閱情詩	八月十七日	597
秘密名片	八月二十日	597
偶嬰小疾	八月二十二日	598
記雙十節	八月二十五日	598
郊外清遊	八月二十七日	599
決志游蘇	八月二十九日	599
料理行囊	九月二日	600
途中記事	九月三日	600
過石頭城	九月五日	601

達目的地	九月六日	601
偕遊留園	九月八日	602
虎丘記勝	九月九日	604
寓書漢皐	九月十一日	606
佩蘭赴滬	九月十二日	607
聶家宴會	九月十三日	607
論擇朋友	九月十四日	609
遊元妙觀	九月十六日	609
參觀女校	九月十九日	610
寄書保羅	九月二十一日	610
遊天平山	九月二十三日	611
久客思歸	九月二十六日	613
旅館話別	九月二十八日	613
臨岐灑淚	九月二十九日	614
安抵鄉關	十月初二日	615
母氏談婚	十月初三日	616
姊妹視疾	十月六日	617
醫來診疾	十月九日	617
得保羅書	十月十一日	618
覆保羅書	十月十三日	619
忽聆佳音	十月十七日	619
圍爐絮語	十月十九日	620
喜極沾巾	十月二十日	620
猝遇狂且	十月二十三日	621
往晤清蓮	十月二十五日	621
重會保羅	十月二十七日	623
病癒入校	十一月一日	623
論聶瑜華	十一月二日	624

草場拍球	十一月五日	625
瓊仙假歸	十一月七日	625
自織絨衣	十一月九日	626
預備聖誕	十一月十一日	626
聖誕佳節	十一月十二日	627
團雪作戲	十一月十四日	628
圍爐夜飲	十一月十六日	629
家中送衣	十一月十九日	629
攜贈絨衫	十一月二十四日	629
瘋子笑史	十一月二十七日	630
婚事重提	十一月二十九日	630
舊病復發	十一月三十日	631
病榻自傷	十二月三日	632
與母爭婚	十二月五日	632
姊妹對泣	十二月六日	633
知保羅病	十二月八日	633
感懷身世	十二月九日	634
撤去菱鏡	十二月十一日	635
強余試衣	十二月十二日	635
婚事告成	十二月十四日	636
邀請冰人	十二月十七日	638
校中寒假	十二月二十日	638
吉日纏紅	十二月二十四日	639
俯仰自羞	十二月二十六日	640
爲鵑兒計	十二月二十七日	640
除夕懺情	十二月二十九日	641

今春余由漢赴滬，於輪舟拾得日記一册。字迹婉秀，知出女子手册。面署"蕙芳"二字，想即作者芳名也。考其年月似爲民國六年。其中所叙，多半涉於兒女情愛，花前月下，無限相思，酒綠燈紅，千般繾綣，而其體貼、其溫柔，尤在在使人意動。作者殆亦多情之女子歟？此外於姐妹行之調笑及學校中種種生活，亦幾不備載。有莊有諧，有情有景，細加玩索，直如置身群芳中。惟筆致猶有未妥處，爰就己意，略加删改。然大致未背原意，存其真也。

元旦賀年　正月元旦

椒花獻頌，萬象更新。似水年華，忽忽又過一度矣。年華易逝，好夢猶虚。蕙芳握筆書此，當不勝美人遲暮之感。晨起，小婢鵑兒以銀盤盛水進，嫣然向余賀新禧，余笑頷之。徐命啓鏡匣，助余理妝，畢，以新衣一襲授余，色至綺麗，服之輕，頗暖。乃扶鵑兒赴堂前，余父若母已先在。余趨前慶祝，余母欣然挽余起，曰："兒起胡晏？"余曰："昨宵爲爆竹聲所擾，致勿能成寐，至今猶有餘倦也。"時學友瓊仙、雲巧、文清等均至，邀余乘車出遊。余因欲俟一人，却之。俟保羅也。瓊仙强余行，乃同出雇馬車二，四人分乘之。沿途粉白黛綠，士女如雲，輕薄少年咸結隊躑躅街頭，遇有車過，必灼灼而視。瓊仙牽余裾曰："彼等直如饞鼠，誠可惡也。"余曰："勿理乃佳。"將轉過法界，忽迎面亦來一馬車，上坐一少年，衣服甚都。見瓊仙點其首，瓊仙亦笑應之。余曰："伊爲誰？"瓊仙曰："吾中表親也。"余信之。及歸，則斜陽一角已挂樹梢矣。

佯戲保羅　正月二日

香夢初回，日色已透羅幔而入。取時計視之，已十句鐘矣。徐搴幃起，忽聞樓下阿寶與人語。審之，知爲保羅。因亦下樓。保羅見余，輾然向余賀節。余小語嗔曰："昨胡不至？"保羅曰："吾至而姊已出，又誰怨?"余笑曰:"汝今日若不至,明日且別矣。"保羅驚曰:"是何語?"余曰:"汝不知乎?紹小姐將派余赴湖南教書,明日即須附輪行。從此伯勞飛燕,各自西東。漢水湘江,恐將無把晤時矣。"說來儼然,詎知爲誑。保羅曰:"確乎?姊行,吾亦行。"余曰:"異哉!汝何事與余行?"保羅曰:"我不忍別姊也。"余曰:"咄!人各有事,汝何用其不忍?"保羅聞語一愕,向余諦視。久之,泣然曰:"姊殆棄我也。"言已,呆然立案前如石像。余不禁嗤然一笑,以指戳其額曰:"癡兒,吾誑汝也。"嬌態可掬。保羅大樂,笑曰:"我固知姊不輕易離漢。"余曰:"事誠有之。特吾已謝絕。蓋吾英文尚少兩級,今年須讀畢也。"保羅曰:"然則……"言次,吾母忽入,保羅之言遂戛然而止。

開佈道會　　正月六日

今日禮拜堂開佈道大會,晨起即往。顧至者寥寥,乃往草場散步。約行一周,保羅乃至,愀然立余前。余曰:"保羅,汝色胡不豫?"保羅曰:"姊不知。吾今年將廢學矣。"余曰:"何故?"保羅曰:"吾父差事已卸,閒住都門,此後安有餘資使余入校?"余聞語,以鞋尖踢地上枯草,俯首而思。思保羅若果廢學,余家必愈加白眼。且彼廢學後,必不能賦閒家居。一朝遠去,天南地北,雲散風流,吾儕夙願不終虛耶?因謂保羅曰:"汝學費年需幾何?"保羅曰:"約兩百金左右。"余慰之曰:"毋憂,吾當爲汝措之。"保羅曰:"若然,吾當感姊不朽。"余曰:"但得學業告成,不忘阿姊足矣。誰要汝感耶?"乃同入禮拜堂。時學友均至,衣香鬢影,濟濟蹌蹌,頗極一時之盛。

溫習舊課　　正月八日

余自前月回家後,終日栗六,功課久疏,頗欲乘此清閑時間在家溫習。蓋我輩學生,苟欲出人頭地,必非徒恃在校之時用心學習所能也,當於在家之時，黽勉勤習。人皆嬉遊奔走，我獨日手一編，專心致志，則其進步之速，較之他人自有天壤之懸。顧余雖作是想，而余之心君乃紛紛擾擾，不肯從余之使令。甫一展卷，不逾時即棄而不閱。若有一事橫梗於心，拂之不去。及細細尋繹，又杳無朕兆，不知果爲何事。故每日捉筆，除草日記數行外，則與管城子作別。

復素貞書　　正月十日

今日接素貞自潯陽來書，謂將來漢與余同校，而出語滑稽，令余閱之大笑不止。末且附問題二：（一）問女子可與男子結友否；（二）問女子與男子結友，感情當至何程度而止云云。意欲使余答之。余對書笑曰："素丫頭綺思動矣。"因亦作一諧書復之曰："晨間綠衣人送得錦函至，閱之，知爲素心人手筆。顧閱未竟，笑神旋至，遂令我回腸寸斷，清淚雙流矣。但不知妹握筆作此書時，亦曾捧腹彎腰作回風舞否？曩聞伯母云，妹家曾豢有巨獒，日需三餐。想妹邇偷得巨獒之食，胸腹過飽。不然安有如許氣力，猙猙狂吠耶？所列問題，我一時不能作答，但以今日世界觀之，實無一男子足以爲友者。蓋彼輩行止，大似畦沼中大蝦蟆，日惟耽耽思啖天鵝肉。若與接近，必難逃其饞吻。以吾思之，妹有如此妄念，宜速斬絕。不然女兒清白之身，染得骯髒齷齪，來校後我必捉將揚子江去洗刷三百六十六日。然後送入理化室中，化爲無量數騷龜散之人間，以爲後世女兒作一寶鑒。是詼諧語，亦是警戒語。妹其懼之否耶？哈哈！蕙復。"

元宵歡宴　　正月十五日

春時晝短，一簾白日，容易西沈。余與弱弟寶兒，散步於廳事之前。看諸僕懸燈燃燭，蹀躞往來，殊形碌碌。一年佳節，適遇元宵，即在貧家小戶，亦且歡天喜地，銷磨此大好時光，矧余家尚得溫飽，肯放此良辰美景等閒虛度乎？少焉，東方月上，團圓皎潔，度戶穿簾，方憑欄眺望之際，忽聞笑聲喧闐，自外而入，則瓊仙等相攜至矣。歡然顧余曰："今夕何夕，人間天上，共慶團圓。我儕盍乘此暢敘一宵？庶不令嫦娥笑人。"余曰："諾。"相邀入室，依次入座。文清喜弄琴，即坐琴床撫之。疾徐中節，抑揚入妙，覺有一種纏綿悱惻之意，裊裊於珠窗繡箔間。十指既停，餘音猶繞室內。瓊仙曰："文妹手法嫻熟，較前進步矣。"文清曰："此琴鍵子過緊。"余曰："此係新近購置者，阿父尚將為我購一鋼琴也。"文清喜曰："託蕙姊福，我又將多一消遣品矣。"時樓下酒宴已備，我輩方將出室。忽樓梯作繁響，則清蓮奔至，笑曰："爾等聚飲，乃不招我。祇得作不速之客矣。"余曰："我恐姊姊在家陪奉姊夫團圓歡宴，故不敢遣人相召，致遭姊夫白眼。"清蓮握余手曰："姊夫我所愛，汝亦我所愛。我愛汝甚於姊夫，姊夫安能及汝？"遂相偕下樓。既入席，余曰："今夕余忝為主人，當勸諸姊各盡三爵，為妲娥壽。"眾皆許諾。觴至清蓮，不飲。眾人強之，僅盡半杯，即哇然欲吐。瓊仙笑曰："蓮姊嫁得姊夫僅有月餘，豈已病吞酸耶？審若是，則槐花八月，桂子中秋，當擾蓮姊家湯餅筵矣。"清蓮雙頰暈紅，低頭不語。酒罷，清蓮欲辭去。余曰："今宵不許歸家，當在我家下榻。"清蓮曰："我家中尚有事。"瓊仙曰："尚有何事？豈與姊夫夜夜雙飛，不肯暫撇一宵耶？"余曰："若果為此，尤為易事，妹當伴姊同宿。蓮姊固云愛余勝於姊夫也。"眾人笑曰："若雖欲佔便宜，其如本人不歡何？"清蓮小坐移時，卒別去。瓊仙、雲巧、文清則留吾家宿焉。

姊妹調笑　正月十六日

晨曦入室，花影斜移，未捲瓊幃，餘香猶在。文清綺夢惺忪，嬌態可掬，余戲以吻親其頰。文清驚覺，微語曰："姊醒偶早，便擾人清夢，得勿可惡。"余曰："鴛幃並臥，倚翠偎紅，古人尚不惜嚙臂盟情，輕輕一吻，乃便嗔阿郎耶？"因拽之共起，轉入後室，見錦帳斜鈎，玉人交頸，雲巧酥胸微露，雲髻半偏，方喁喁囈語。何等旖旎？何等纏綿？每讀至此，宛見三數癡憨女郎活躍紙上。瓊仙笑指之曰："芙蓉繡帳，玉體橫陳，翡翠香床，纖腰可掬，不佞豔福良非淺鮮。妹等亦羨之否？"余曰："脫為聞者，又將起而與汝爭矣。"雲巧果醒，瞥見余等，笑曰："姊等起胡早？吾尚擬續華胥舊遊。"瓊仙撫之曰："可憐嬌惰至此耶！"雲巧嗔曰："嘵嘵直如池畔春蛙，誠討人厭。"言已，起坐。鬢髮蓬鬆，委頸幾偏，則徐徐以手理之。余笑曰："絕世風流，真堪傾國。惜我非鬚眉男子，不然當稽首皈依石榴裙下厮守一生矣。"雲巧一躍下床，余含笑而遁。梳洗既竟，偕至樓下晨餐。余此時與雲巧談及校中事，瓊仙曰："吾儕去年睡房甚弗佳，今年當早去，於南向者擇一室。"余曰："吾亦有此想，但不知紹小姐能許吾儕自由簡擇否？"文清曰："彼近不問此事。"余曰："如是乃佳。"文清曰："若能將姊新琴移去，吾儕暇時撫弄，尤可遣興。"余曰："此易耳。"遂散去。

代措學費　正月十八日

余檢余私篋，尚存三百餘金，皆余平昔所積蓄者。因出二百金納之懷中，復以字約保羅至大旅館相會。余至大旅館良久，保羅始至，欣然謂余曰："姊將以學費餽我乎？"余曰："然。"探懷以金與之，曰："此皆余父零星給余辛苦所積者，今以與汝作膏火之費，凡所以期望汝至矣。汝務體此苦衷，勤心功課，苟他日學業告成，不為社會所屏棄，吾儕夙願當不難達到。不然，余父母將以浪子視汝，安忍以愛女相託耶？"情義俱見。保羅曰："當如姊命，奮志圖之。"余曰："用心亦不宜過度，恐傷腦力。苟有暇，仍當自為休息。"又曰："汝校不有網球乎？"保羅曰："然。"余曰："此事可嘗為之，且於衛生有益。但校中紈絝少年甚多，汝務屏之勿近。蓋彼輩均非善類也。"保羅曰："金玉之言，謹當銘之肺腑。但此後與姊每禮拜僅一晤，相思兩地，此則弟所最難堪者也。"言次，泫然欲涕。余亦不禁泣下，撫之曰："吾輩所圖，在百年不在一日，幸勿戀戀作兒女態。"言已欲出。保羅挽余臂曰："盍多坐一時?"余曰："此地耳目衆多,不宜久駐也。"保羅取金納衣袋中。余曰："脫汝家父母詢及此,汝將何辭以對乎?"保羅瞠目不能答。余曰："呆子!但謂爲朋友所助可也。"保羅笑曰："姊誠聰明人也。"余曰："如不足,汝可以函告我。當再爲汝措之。"保羅曰："吾能與姊通函乎?脫蹈去年覆轍奈何?"余沉思良久,曰："汝可易名麗卿。蓋吾有女友名此。彼等見之,當不疑也。"保羅曰："善。"因與共出。

床頭夜語　正月二十日

流光如駛,駒隙難留。歲底放假,尚在目前,一轉瞬間,而開學之期已至。余今日絕早抽身,略加梳洗,即入校。則先余而至者,已有二十餘人。幸余所預想之卧室,尚未至爲他人佔去。乃稟知紹小姐,謂瓊仙等欲與我同室。紹小姐許之。隨命傭媼,略加修飾,四壁設鐵床六,中置寫字檯,檯前列風琴一架。窗之外即草場,軒然朗敞。倘逢夕陽西去,皓月東升,與諸姊妹笑談曼歌於其中,樂且無藝。部署既妥帖,瓊仙等始至,咸向予致謝。入夕,寒風虎虎,冷氣砭人肌骨,百葉窗爲風震撼,作拍拍聲。余乃攜被與清蓮共卧。清蓮曰："若伶牙俐齒,多言如鸚鵡,勿來纏人,使人不能寧貼。"余笑曰："我憐汝與姊夫乍別,特來作伴。乃反以白眼相加,惡言相向耶?"乃掀被與之同卧,悄語曰："元宵之夜,我欲留姊宿我家,我姊堅不肯承諾。今將與姊夫睽隔,每月僅可一歸,將奈之何哉?"清蓮微喟不語。余又曰："姊奈何不作答詞?豈以妹爲不足與語耶?抑搔著姊姊痛癢,魂銷腸斷,不能出聲耶?"清蓮嘆息曰："人非木石,未免有情,別恨絲牽,離愁繭縛,能勿爲之傷心噎氣乎?妹知我者,何苦喋喋迫人也。"余聞語,轉不忍復作謔詞,因以軟語慰藉之曰:"人生於世,正如電光石火,瞬息皆非。恩恩愛愛,豈能百年廝守?況有遇合,即有別離,尤爲兩間之慣例。苟遇合之時,能撙節其情愛,勿使過於恣肆,常留有餘不盡之機,則雖偶而離別,自不至銷魂蕩魄，而來無益之悲愁。姊素通達，其以余言爲然否？"清蓮笑曰："汝爲女兒身，自然語語解脱。若將來嫁得檀郎，恐將甚於區區，汝知之，愛情之爲物毒也。"余羞曰："我因憐汝苦衷，故不忍以詞相抵。乃若遽爾反唇相稽，可爲全無心肝者矣。"清蓮笑曰："若勿多言。我昨宵入衾即酣寐，今日爲汝所擾，乃至此刻尚未入夢。"余笑曰："姊欲何夢？豈一夕相離，便欲效倩女，魂靈兒覓姊夫去耶？且姊謂昨宵入衾即寐，尤屬謊言。豈有別離在即，無一語話情衷。况夫妻之情，尤非言語所能代表乎。"清蓮笑曰："非言語所能代表，則將以何事代表？若試言之，不識羞否？"因以手觸余腰際，余覺奇癢不可忍，不禁大笑。清蓮捫余口曰："勿爾。設爲彼等聞之，又將來廝鬧矣。"余乃止。默念清蓮夫壻，才貌不及保羅之半，而清蓮之情已甜蜜若是。脱余與保羅萬一僥天之幸，鸞鳳成雙，其親愛當尤甚焉。然而人事變幻，莫可推測，此願雖深，尚在不可知之數。沉思既久，更漏將殘，方才入夢。

素貞來漢　正月二十三日

素貞今日至，余即導之與余同室。瓊仙笑曰："素妹來余室，更爲熱鬧矣。"余問素貞接吾覆書未？素貞曰："滿紙胡謅，吾將與汝算賬。"余笑曰："然則，汝當先盡吾檢查。如有骯髒齷齪，請向揚子江中沐浴一回。"素貞起而扑余。瓊仙阻之，乃止。余曰："潯城舊友均佳否？"素貞曰："已死其二。"余驚曰："誰乎？"素貞曰："夏姑娘與楊姑娘，且爲同日。緣彼兩人均立志不嫁，願爲假鳳虛凰以終身。後楊爲父母所迫，於去歲出閣。夏痛不忍舍，楊無法，乃於家中另闢一室，迎夏同居。今年楊因染疾，移居醫院。夏亦同往，親爲執看護之役。詎楊病日重一日。夏日侍其側，寢食俱廢，操勞過度，遂亦病焉。醫生憐其情，使分住之。一日，楊病不起，夏微聞哭聲，知事不妙，一躍下床。醫生故不欲彼覩此慘狀，使看護阻之。彼乃連呼阿姊，倒地氣絶。楊家感其相愛之篤，合瘞一處。"癡絕！白楊衰草，豔骨雙埋，誠千古未有之奇事。余聞語感嘆不置。

譏誚玉梅　正月二十五日

下午課畢，與瓊仙等至草場拍球。逾時甚倦，乃坐椅中少憩。見玉梅與華英挽臂而來。玉梅初本與余善，且極親密，及與華英結識後，便與余疏。余至惡此等朝秦暮楚之女子，而彼猶裝妖作怪，以求媚余。余恨不立挦其肉而食之。方余作此遐想時，玉梅已棄華英行近余前，現爲淺笑曰："蕙姊，何嬌憜至此耶？"余冷然曰："然。"玉梅曰："盍與余拍球？"余曰："吾近殊惡此。"玉梅思索良久，曰："吾聞姊室已置有新琴，可許吾往撫否？"余曰："吾儕污穢之室，烏能辱玉人芳趾。汝如嗜此，倩華英爲汝備置一具可也。"玉梅笑曰："姊勿如是。吾愛姊也。"余此時見華英獨立鞦韆架下，俯首自弄其巾，因曰："吾儕不配受人抬舉，趨勿與余曉曉，令汝素心人孤寂也。"言已，揭衣歸室。

素貞塗背　正月二十七日

今日禮拜，吾儕均結隊往禮拜堂聽講，保羅亦偕其同學至。顧以人衆，不能接談，惟有四目互視而已。素貞素好弄，雲巧適坐其前，乃以粉筆於雲巧衣背塗一黿形。頑皮如畫。散會時，見者莫不狂笑。雲巧亦自笑。余曰："汝知衆笑誰乎？"雲巧曰："我莫名其妙。"余曰："汝試往玻窗下鑒之。"雲巧果往，及返，笑曰："此必素妮子作怪。回校後，當有以報之。"遂偕余等漫步歸。

春宵偷歡　正月三十日

余校中夙嚴酒禁，姊妹輩有劉伶癖者，殊以爲苦。今日瓊仙忽謂余曰："今日人靜後，我有一美物相餉，勿早睡也。"余問為何物，瓊仙秘不相告。余無奈，乃轉約諸人，俟黃昏時一覘其異，此時且勿說破，衆皆諾。迨至壁上時鐘叮叮報十下，校中人聲已靜，乃笑謂瓊仙曰："今可以相示乎？"瓊仙搖手令勿聲，取鑰啓箱，以一瓶出，悄然笑曰："今夕且犯禁，一膏饞吻。"余訝問何來。瓊仙曰："整理行裝時，適親友餽白蘭地兩瓶。余取其一，將藏之櫥內。乃匆促之間，竟置諸箱底。昨日欲換中衣，翻遍箱篋，方見酒瓶。不忍獨享，故約汝等共之。"余笑曰："謝姊美意。第有酒無肴，令人興蘇髥之嘆奈何？"清蓮笑曰："事有湊巧。家中適送來牛肉一罐，尚未啓封也。"余聞言大喜。猛然憶及余箱中亦有醬瓜薑一瓶，乃笑曰："余真健忘，並自己所有物，亦不之知。豈非健忘之尤者耶？"瓊仙笑曰："汝豈真忘却，想係吝嗇不甘餉我儕。及見蓮姊慨然以牛肉餉衆，乃內慚，猶為是遁詞以欺我。人所謂欲蓋彌彰者非歟？"衆人皆和之。余不能置辨，即入坐共酌。及至酒肴既罄，相偕歸寢，已魚更三躍時矣。

教員怪狀　　二月七日

校中地理已易男教員。其人年三十餘，而衣飾翻新，猶作少年裝束。每過其前，但聞香氣馥馥，刺人鼻觀。上課時，除之乎也者略講幾句外，便移其雙目注視吾輩灼灼，如穿窬之賊。《孟子》云："胸中不正，則眸子瞭①焉。"此等人若長在吾校，吾校必從此多事矣。

竊聽情談　　二月九日

校中課罷，余與清蓮方坐室內習琴，閽人報入，謂清蓮家有人來探視。清蓮即離坐而出，狀甚匆促。余異之，即潛隨其後，及至客廳，則

---

① 瞭，通行本《孟子》中作"眊"。

見來人爲清蓮之夫婿。因閃立屏後，聽其夫妻作何語。而清蓮狡甚，似已知余尾其後。其夫方欲發聲，清蓮即以手作勢，令其悄語。其夫亦悟。乃附清蓮作耳語，聲喁喁不可辨。但見清蓮時而含笑，時而微嗔，時而黛眉頻蹙，時而粉頰暈紅，爲狀至可嗤。時瓊仙、文清、素貞等均至。余點首令彼等勿嘩，乃相偕立屏後覘清蓮狀，莫不以巾掩口，強忍笑聲。及俟之許久，清蓮之夫娓娓刺刺，想其情話當如長江大海，一時傾瀉不盡。諸人皆靜俟，惟素貞事事性急，不能復耐，乃縱聲而笑，聲如梟鳴。清蓮夫婦聞聲，皆驚顧。雖一屏所隔，不能窺見我等，然亦不難推測而知爲某某。清蓮之夫，口期期尚欲有言，清蓮以手指屏後，以目懾之，其夫乃止。脫帽鞠躬，與清蓮握手而別。余輩見其欲去，即返身奔入室內。迨清蓮珊珊而來，則余輩皆安然在室。或鼓琴，或習算術，或倚床假寐。見清蓮即群起，詰來者何人。清蓮此時轉覺昏然，如墮五里霧中，漫應曰："親戚耳。"瓊仙笑曰："親戚耶？男乎？女乎？"清蓮曰："親戚則親戚耳。絮絮然問男問女，真令人討厭煞。"素貞笑曰："來人爲男爲女我亦不必問。特來人何以呼汝好妹妹耶？"余亦笑曰："來人於姊姊可謂多情，一再叮嚀汝善護身體，且問及汝日來孤眠獨睡能否成寐。其情可爲至矣。"語畢，眾人皆笑，清蓮亦不禁莞爾。少頃，含嗔曰："汝等何刁滑若是。人家夫妻談話，女兒家不害羞，遮遮掩掩在屏後竊聽，實屬無理已極。我大度寬容，不加叱責，反學舌學嘴來嘲弄人。"眾人不禁狂笑，曰："此諺所謂不打自招。我輩雖在屏後，祇覘爾等形狀，未聞爾輩語言。所謂好妹妹云云，皆嚮言耳。今若此，可見我等所言皆實也。"清蓮赧然無語。

保羅挾妓　二月十一日

早餐後，往赴禮拜，遍覓不見保羅，心乃大異。思彼每禮拜例當至此，今得勿病乎？思欲詢其學友，又礙難出口。一腔無聊情緒，祇合納之懷中。不俟講畢，即先辭出。將至鄱陽街口，忽見迎面一男子偕一少女並肩而行。審之，乃爲保羅。而少女裝束怪異，類似娼妓，不禁大怒。思余苦心孤詣，使之讀書，今乃背余而作勾欄之遊，此等人寧復可托？似妒而實悲。時保羅已行近余身，面紅耳赤，囁嚅欲與余語，余不顧而去。歸校後，念及身世前途，幾欲放聲而哭。乃伏案作短簡致保羅，期明日至劉園相晤。

箴戒保羅　　二月十二日

午課既畢，即向紹小姐告假，謂往肆中購書。紹小姐許之。既出，驅車竟赴劉園，則保羅已先在。偕余至亭中，少憩。余曰："吾今召汝至此，實有一事相詢。吾以資助汝，果爲何事？其就學乎？抑作狎邪遊乎？"保羅知爲昨日事，面大赬，曰："姊，弟並未作狎邪遊。昨日之女子其實托我覓一友，故與之偕行，非有他也。"余冷然曰："將誰欺？欺天乎？在理，吾儕蒲柳之姿，本不及彼，無怪汝之顛倒。特吾期望之心，從此付諸東流，是可悲耳。"保羅急曰："我如欺姊，他日渡江當墜水而死。"余聞其發誓，氣驟爲之平，曰："誰要汝胡謅？"保羅泣曰："姊不我信，惟有死耳。"余見狀，心大痛，反悔不應以盛氣逼人，隨出巾爲之拭淚，曰："汝苟無此，吾奚不樂？蓋彼輩賣笑生涯，但有金錢而無情義，外表雖俊俏而其心則毒如豺虎，恨不搏人而食，若與之親，什九不幸。"女子心腸軟弱如是，此語不獨保羅宜聞，凡好作狎邪遊者亦當敬聽。保羅曰："吾居此地久，知之審矣。"余曰："如此，吾心乃釋。"又曰："吾前給汝之資足用否？"保羅曰："除繳上學期學費，尚餘數十元。"余曰："汝棉衣已舊，可易之。勿在校中作寒酸色也。"保羅："然。"因與握手而別。

戲弄鞦韆　　二月十四日

草場鞦韆架近已修好，余與瓊仙徘徊其下，頗欲試之。雲巧等忽至，余大喜，曰："雲巧今日盍一顯好身手？"雲巧逡巡欲登，忽彩索搖曳作聲，雲巧急趨下。衆人譁笑。文清曰："雲姊胡膽怯若此？"雲巧曰："汝勿作空談，盍往小試？"文清果毅然登，回旋三數，衣袂飄揚，間爲彩蝶穿花、蒼鳳棲梧諸技，身輕若燕，翱翔入雲。余自下謂之曰："高遠絕塵，兜率可即。盍與杜蘭香諸仙子一較妍媸，再作歸計？"文清曰："瓊樓玉宇，高不勝寒，殊勿能耐。"言已，徐緩其勢，挐索欲下。素貞驟推送之，使不得止。文清窘甚，乞哀曰："姊幸恕我。吾足力已疲，更支持片刻者，行將立墜。"素貞笑縱之。文清既下，亦呵其聲以報。

研究洋文　二月十六日

校中近時注重英文，加增鐘點，余等皆困甚。每散課後，同輩皆埋頭伏案，鈎輈格磔，誦讀不輟。今日余因上課時適患頭痛，請假二小時，而英文課遂未上。至是，乃倩瓊仙指授。瓊仙殷勤教導，視教師尤爲精詳。余方心領神會，素貞忽攙言曰："余輩習此，究竟有何用處？"余笑曰："癡兒，現世歐美之交涉日繁，我校成例，以最優等畢業者，得遣送出洋，留學美國。英文之用處甚多，若猶未之知歟？"素貞笑曰："我意不然。夫我輩皆女子，在勢必須嫁人。新嫁娘之一言一語，最足惹人笑話。若以英語相問答，庶可免此難堪。"瓊仙笑呵曰："婢子不識羞。黃毛如金絲，乳臭尚未除，乃想作新嫁娘耶？但所嫁之夫壻，或未嘗習過洋文，則又何術以處此？"余笑曰："倘竊聽之人，亦嫻習洋文，則班門弄斧，不愈傳爲笑柄乎？"衆人皆笑。

蘭譜訂交　二月十七日

吾校向例禮拜六須停課一日，故今日無所事事，但與文清等彈琴唱詩而已。瓊仙謂余曰："吾儕同室六人，性情可謂相得。但天下聚散無定，今日相處，安知異日不相離？脫無一事以相維繫，一朝闊別，即成陌路之人。吾擬邀吾儕六人，依其年齡之大小，結一義姊妹。申之以盟誓，重之以文書，俾他日車笠相逢，不至失之交臂，汝意以爲何如？"余喜曰："甚善。"遂覓清蓮、素貞、雲巧等至，以瓊意告之，衆贊同。遂命余撰盟牒曰：

蓋聞詩歌伐木，足徵求友之殷；易卜斷金，早見同心之篤。是以瓊閨繡閣，既聲氣之相通；蠹簡雞窗，亦觀摩之有藉。爰聯芝誼，以訂蘭交；婉淑相參，衷懷無貳。執牛耳以同盟，效雁行而有序。床聯風雨，氣凜冰霜，洵女界之盛事，學校之美談也。於是負牆問字，躧座談經。或理窺堂奧，或筆下縱橫。或詠柳吟詩，才誇夫道韞；或輯書著史，技勝於班昭。盡香閨之能事，竭我輩之功夫。以及楊柳風前，芙蓉月下，東籬菊綻，南嶺梅開，評花賭酒之場，刻燭分題之會。玉杯對影，邀來明月之輝；銅缽敲餘，話到更闌之候。善飲則八仙傾倒，豪吟則四韻均成。固其宜矣，不亦樂乎？遍乃月屆仲春，時維下浣，燕好銘心，鴿原瀝膽。共矢松柏之堅貞，勿效桃花之輕薄。不以名相軋，不以勢相傾，不以才相先，不以德相傲。不以笑談面貌之疏而狐疑憝怒，不以醼酒乾餕之失而鶴怨猿猜。數株之栀子同心，九畹之芝蘭結契。對神明而永誓，谷風陰雨毋歌。矢休戚以相關，富貴貧賤不易。是則余六人所深幸也夫。

作畢，繕寫六份，各以年庚書之於尾，各執一份。清蓮居長，瓊仙次之，余居三，素貞居四，雲巧居五，文清居六，分派既定，各按《聖經》發誓，乃已。

同輩學詩　　二月十九日

瓊仙雅好詩，昨在肆購唐詩數卷，使吾儕共相研究。每當茜窗無事時，吟哦之聲輒達戶外。同學見者，咸笑吾儕癡狂，實則詩可以陶性，可以遣懷，吾輩正不可不學也。

雛鶯弄舌　二月二十一日

晨起，方就窗下梳洗。忽聞隔室喧鬧聲，趨出視之，則吳春秀方與人鬭口也。春秀年方十二齡，頑皮憨跳如稚子。余愛之，常攜入室中，絮絮問其家中情事。彼亦感余意，有問必答。蓋渾然天真爛縵之女子也。今聞其哭罵聲，如樹底嬌鶯，調唇鼓舌，煞是堪憐堪愛。因呼之曰："若果爲何事？盍來語我？我爲若評其曲直。哭罵何爲？且不慮爲紹小姐所聞，令若輟學，貽父母羞耶？"春秀聞言，哭聲頓止，趣至余室，猶以巾拭淚。余問其何事，春秀泫然曰："我因不諳梳辮髮，常倩紅雲姊代梳。彼初猶樂於從事，近日大不耐，每斥責我，且欲令我呼彼爲母。因自己有事煩彼，故時常忍耐。今早爲我梳辮，我頭稍偏，竟以木梳擊我頭角。我負痛與彼理論，彼遂叱我爲狗，謂我忘恩反噬。辱我至此，是以泣耳，不虞驚動姊姊也。"余聞言，不禁失笑。因慰之曰："紅雲姊過於性暴，其愛汝之懇摯，實與慈母無異。汝豈可因細事與之口角？苟紅雲姊不樂爲汝梳髮，不妨每日清晨來至我室，我爲若梳之，何如？"春秀乃大感謝。

繡衣憎短　二月二十二日

天氣漸煖，余母爲余製新衣數襲。送之來校，服之均不合身，余大恚。瓊仙曰："大小適稱其身，胡恚爲？"余曰："吾惡其短耳。"瓊仙曰："短乃愈佳。"余曰："吾獨與習俗相反，而喜其長。"瓊仙笑曰："汝真迂腐先生。"余曰："姊勿謂爲迂腐。短衣實非我輩所宜。試觀街上時髦女子，每屆天熱之際，原身畢現，果成何體統？以爲美觀，而褻衣俱露，無美觀之可言。以爲衛生，而風寒砭骨，無衛生之可信。彼娼妓蕩婦，故藉此以賣弄風流者，猶可說也。我輩清白女兒之身，亦隨之裝妖作怪，得不可羞。"至理名言，時髦女子其聽諸！瓊仙聞語默然。余曰："吾爲此言，非責姊。吾實嘆夫世風日下，廉恥道衰，長此以往，不出十稔，吾知必有裸體行於市者。蓋不如是，不足以爲新奇也。"瓊仙微笑曰："未必至是。"余曰："汝且俟之。"

勤習算術　二月二十四日

連日預備月考，忙碌殊甚。余於算學，本不甚精。紹小姐日授數課，習問廿餘題，使人腦筋昏眩。清蓮笑曰："妹勿怨。來日嫁得麵團團富家翁，持籌握算，省夫婿力不少也。"余笑呵之。

紅杏出牆　二月二十六日

連日攻苦，困憊殊甚。今日課罷，與諸姊妹至運動場爲各種遊戲，以舒筋骨。余運動多時，倦不能支，乃倚於牆側石闌上，倏覩牆外紅杏一枝，含嬌逞豔，臨風微顫，飄飄欲仙。因笑謂瓊仙曰："此所謂一枝紅杏出牆來，我輩姊妹豔質無雙，堪與杏花相伯仲者，惟我姊而已。"瓊仙笑曰："余何能當此，還讓汝輩獨步一時耳。"素貞笑曰："瓊姊素面凝脂，桃腮暈碧，品以杏花，洵非過譽。然切莫似杏花之滿園春色，不甘辜負韶光，而孃孃婷婷賣風情於卍字牆頭也。"衆人皆笑。瓊仙飛步近前，欲擰其腮，素貞回身趨避，爲石闌所阻，欲回身，而瓊仙已在身後。乃拽長裙，跳而越之。瓊仙繼至，亦效其所爲，奈姣弱不堪，跳躍甫踰石闌，爲樹根一絆，力不能支，仆於草地上。衆人皆撫掌大笑。素貞正往前奔走，聞笑聲，急回視，見瓊仙仆，趣返奔扶之，曰："姊姊傷及玉體否？妹知罪矣。乞姊寬宥。"扶之起，且以素巾爲之拂拭衣裙上塵垢。既畢，夕陽西墜，暮色蒼涼，乃相攜返室內。

校中月假　二月二十八日

明日爲校中月假之期。午餐後，同學均紛紛歸家。余歸略遲，將行至後花樓，突見瓊仙偕一男子自醫院出。細審其貌，即元旦日在馬車相遇之人也。默思瓊仙姑家乃在孝感，其表兄胡嘗在此，得勿供職於醫院乎？余行甚急，故彼等未之見。及歸，已萬家燈火矣。

保羅戲言　二月二十九日

晨間至門前買花，忽見保羅匆匆而過。余不禁低呼曰："保羅。"保羅聞語，回首見余，立呈笑色，曰："姊今日胡歸？"余曰："今日爲校中例假，昨日歸也。"保羅曰："吾校乃無月假，誠可恨。"余曰："然則汝歸何事？"保羅曰："取棉衣也。"言次，寶弟跳躍而出。保羅戲之曰："阿弟，吾今日購有牛奶餅餽汝，汝欲之乎？"寶弟曰："汝勿誑我，若有，早已餽阿姊矣。"保羅笑扑其頭曰："小孩子狡哉！"寶弟受扑欲哭，余撫之曰："疼乎？勿哭。彼瘋子也！"保羅復問余校中事，余具告之，且謂余與瓊仙等已結姊妹交。保羅笑曰："然則我當列爲四弟。"余曰："哈，此吾輩女子事，汝醜男子無此分也。"保羅笑曰："汝豈偕彼輩以終身耶？他日茜紗窗下，細畫雙峨，當知醜男子較勝於女郎也。"余啐之曰："汝又讕言。"保羅笑曰："非讕言，實人情也。"又曰："汝儕六人中，當以瓊仙爲最艷。"余睨之，笑曰："汝愛之乎？吾當爲汝作撮合山，但恐彼不肯下嫁汝癩蝦蟆，殊可惜也。"保羅笑指余曰："我固有如花美眷在，胡羨他人爲？頃殊失言，幸勿敲碎醋罐也。"言已逃去。調笑得妙。

戲拒清蓮　閏二月二日

清蓮今日始來校。余與瓊仙等已預約，彼若來時，群置勿理。故彼至時，竟無一人與語。彼大詫，哀衆曰："我何事獲罪諸君，乃遭棄置。"瓊仙曰："汝自思之。"清蓮作記憶狀，曰："我實不知。"瓊仙曰："他人念九日即至，汝胡至今日始至？"清蓮大笑曰："乃爲此乎？"瓊仙曰："然。"清蓮曰："是非我之過，實汝姊夫糾纏不得脫。"素貞以指劃面曰：

"亦識羞否？茲當先往洗沐再來與我儕言。"言已，呼衆推清蓮出，閉扉而下以鍵。清蓮自窗外向吾儕揖曰："請恕此遭，以後當與妹等廝守勿離也。"余等不理，以其帶來餅乾分食之。文清顧窗外曰："偏枯汝矣。"清蓮曰："此間風大，趣納吾入。吾尚有佳餚相餽也。"余憐之，啓扉納入。清蓮笑曰："敲詐一回，乃爲圖口腹乎。"素貞曰："再言，將縛而懸之。"清蓮乃罷。如見。

箴戒同學　閏二月三日

今日禮拜日。余早起梳洗畢，因嫌髮亂，打散復挽之。一霎羈遲，而同學已肅然列隊往禮堂去矣。余匆匆隨後行，忘攜唱詩，急返身至樓下，隨手覓得一本，審視之，乃黃鸝英。會事既畢，余欲別覓一詩歌之，信手翻閱，忽見書頁內夾有花箋數幅。閱之，係致鸝英者，署名爲情癡。其書中所叙，大抵相慕悅之詞。余懼爲他人所見，不待閱畢，急折疊之置衣袋內，而鸝英已匆匆然四處尋覓。余呼之曰："姊姊覓何物？東西往來無停趾。"鸝英曰："唱詩耳。適忘置樓下，不知爲何人取去。"余笑曰："唱詩耶？固在是。特遺失唱詩，事甚平常。姊姊面有驚惶之色，何也？"鸝英聞語，驟如觸電，默然不答，亦不復索唱詩，呆立若雞。余窺其狀，不禁太息。因拍其肩，慰之曰："姊勿憂。原物具在，當返趙也。"四顧無人，乃攜其手至僻處，取花箋納其手中，沉重語之，曰："身爲女學生，與男子通函，已干例禁。既已犯不韙而爲之，當愼密萬分，乃漫不經心將此等秘密函件夾置唱詩中，又不愼而將唱詩遺失，苟爲他人所見，固然干礙聲名，倘傳入紹小姐耳中，必至迫令退學。一失足成千古恨，此後宜力加檢束也。"鸝英不覺感極而泣，握余手而道謝，狀至誠懇。余恐其懷慚，極力撫慰，矢不語他人。鸝英方欲有言，而瓊仙等群來覓余，乃赧然而去。瓊仙笑曰："何處不覓汝，乃避在此間？與人切切私語，締得新交，視我輩舊人如陌路矣。"素貞目止之，瓊仙覺有異，即不語。

勘破情關　閏二月五日

今日下午，余輩方在室中。文清忽奔入，告余曰："黃鸝英不知因何事退學，已出校矣。"余點頭不語。素貞曰："此等人在此何益？久留校內，必至貽我輩羞。"衆愕然問故。余方欲止其勿言，而素貞已朗然將前日事一一宣布。蓋余與鸝英之語，已悉爲素貞所聞矣。衆聞既，皆太息。余因謂衆人曰："多情多累，若人亦殊可憐。"文清曰："姊誠菩薩心腸，爲女子而不能自珍其身，尚何足供人憐惜。"瓊仙曰："凡人一入情關，即如繭絲自縛，解脫無由。自古迄今，失節之女子大抵皆才貌邁衆之流，蓋非聰明人不能溺於情也。然溺於情而能誠一不貳，之死靡他，猶可謂失之東隅，收之桑榆，不失爲多情眷屬。若朝秦暮楚，爲男子者，則始亂終棄，皆情場之蟊賊。而苦海茫茫，永無慈航可渡矣。"余嘆曰："此言自是名論，然黃鸝英之爲人尚非不可救藥者。余曾約素姊矢口勿言，勿揚其惡，而彼卒以內慚退學。其羞惡之心未泯，即改惡從善之嚆矢也。"衆皆點首稱是。

鵲報喜音　閏二月七日

晨起，傭媼持錦函數通入。啓之，內貯全紅巨片一，上書："蓋聞詩賡琴瑟，家門凝雝肅之休，易主乾坤，夫婦正倫常之始。佩蘭承父母之命，媒妁之言，謹擇於閏二月九日與周君慕濂正式結婚。屆時珠圍翠繞，鸞鳳成雙，紫繡紅羅，鴛鴦交臂，務乞賜光賁臨，指示一切。王佩蘭襝衽。"閱畢始知爲佩蘭結婚請帖，計余與瓊仙等共六份。瓊仙閱之，笑曰："佩鴉頭誠不識羞，乃竟坦然言之。"余曰："周某若何？"瓊仙曰："人亦佳。惟其母持家嚴，佩蘭尚嬌憨有稚氣，將來姑媳間恐難免衝突。"余曰："周某豈不知挈之之滬？"瓊仙曰："是亦難。試觀吾校中出嫁者，誰不欲偕其夫婿雙宿雙飛，然十九不能如願相償。矧男子愛心極薄，新婚宴爾，或者猶廝守不忍離。及閱時久，未有不生厭倦之心。眷屬相偕，反覺多一羈絆。男子心理，確是如此。以吾觀之，佩蘭成婚後，必仍入校。"余曰："然則女子何貴乎嫁哉？"瓊仙笑曰："我亦不知，汝自問可耳。"

學作小詩　　閏二月八日

邇日得暇，即讀詩亦頗有進境。下午課罷，與姊妹行聚集室中，濡筆拈毫，躍躍欲試。雖明知咏柳吟花非女子所宜，然遣興陶情，亦未可少也。首由余發起，題爲《閨情》，詩云："楊花撲面柳如煙，悄對紗窗倦欲眠。燕子不知人意懶，雙雙飛傍畫簾前。"衆閱畢，咸贊其佳。瓊仙曰："末二句尤妙。蓋閨情詩，意宜濃而不露，語宜緊而不俗。庶情意溫柔，耐人尋味。晚近作者雖多，然多半寫愁寫病，直同蕩婦懷春，非閨閣女郎口吻也。"余曰："是言誠是，然汝盍試之？"瓊仙曰："當附驥尾。"構思頃之，亦得一絕。詩云："刺罷鴛鴦興倍賒，捲簾遥睇夕陽斜。儂心癡絶憑誰訴，獨對東風數落花。"余曰："末二句亦佳。而'獨對東風數落花'句，尤有無限情意。"素貞笑曰："瓊姊果有何心事？盍向余言之？"瓊仙曰："此不過詩耳，那便有此事耶？"清蓮曰："素妹勿徒曉曉，亦當速作一首。"素貞曰："當勉力爲之，但吾不善作閨情。"余曰："任汝自擇。"遂作感懷一絕，云："又是春歸二月天，落花流水自年年。一身瘦盡惟餘骨，半是憐君半自憐。"瓊仙曰："出語自然，詢佳構也，但第三句嫌太重。"素貞曰："此係感懷，與閨情略有不同。"余曰："然。且有第四句，一襯反覺其瘦得可憐。"衆大笑。余曰："茲當請大姊動筆。"清蓮曰："我但能讀不能做。"余曰："彼此切磋，胡謙爲？"清蓮曰："非謙，實不能也。"素貞曰："汝居長，在理當爲余輩先。今反逃避，非罰不可。"清蓮不獲已，乃作一首，題仍爲感懷詩，云："錦瑟年華似水流，一回追憶一回愁。郎心未必真如水，蜜意濃情記得不？"詩句均清麗。瓊仙曰："詩誠佳，但姊既已出嫁，更何有年華易逝之感？且姊夫非薄倖者，末二句胡又有怨意？"清蓮曰："吾觀汝輩，濃情蜜意，各有所懷，祇以獨處深閨，志願未逮，故代汝輩言之耳。"素貞曰："汝又謔人，當飽以老拳。"清蓮乞哀乃罷。余曰："雲巧與文清亦當各湊一絕。"雲巧曰："我儕詩且未讀，便云作乎？"余曰："即一二句亦可。"文清曰："一二句烏能成詩？"瓊仙曰："然則作詩鐘。"余曰："佳。但以為何題？"瓊仙取《史記》隨翻一頁，至"淮陰侯傳漂母賜食"一節，乃曰："上聯即爲漂母墓。"余曰："下聯爲何題？"瓊仙思索良久，曰："月季花何如？"文清曰："亦可。"雲巧援筆搆思，乃得一句云漂母墓："王孫草長年年綠。"眾曰甚妙，文清久不能對。素貞不耐，笑曰："我爲汝捉刀。"瓊仙曰："倩人捉刀者，罰擊手腕五十下。"文清無奈乃續云："姊妹花開月月紅。"蓋俗名月季花爲姊妹花也，眾皆拍掌稱妙。素貞笑曰："何妙之有？我以彼爲不識羞，描摹自己本相耳。"眾人皆狂笑。

觀結婚禮　閏二月九日

今日爲佩蘭結婚之期。余與佩蘭感情原不甚篤，不欲往。瓊仙等泥之，乃允偕行。對鏡理妝，鳳頭乍換，或衣紫繡之衫，或拖紅羅之裙。五光十色，絢爛奪目。余戲曰："鶯肥燕瘦，都足傾城。殆欲與新嫁娘相較，問誰是仕女班頭歟？"既至，佩蘭妝束已畢，見余輩，含羞不語。素貞戲之曰："數載相思，一朝解脫，胡猶假惺惺作態？"余曰："蘭姊嬌媚勝昔，我見猶憐。今宵紐扣初松，玉肌乍露，彼新郎不識若何愉快。"瓊仙曰："汝言何多？嘵嘵直類池畔春蛙，得不令人生厭？"少刻，簫鼓嗷嘈，笙簧合奏，彩車一輛，轔轔而來，佩蘭爲伴娘擁之上車。霎時，哭聲與鞭爆聲鬧成一片。清蓮顧余等笑曰："汝儕亦羨之否？"瓊仙曰："我不似汝不識羞。"清蓮曰："然則汝必終身不字，自保其清潔。吾將拭目以待矣。"瓊仙愧甚，雙頰霞然。余曰："爲時已晏，盍歸休？"因向主人告辭，連袂回校。

函慰保羅　　閏二月十一日

晨興接保羅一函，滿紙憂鬱之言。閱之不愉者累日，實則余之心理何莫不如彼。特吾儕女子禮範宜遵一世婚姻，安能私相授受？推其願望，無非欲如西廂待月，與張生雙文結千秋同調。余縱不難，拼此微軀，以了此冤債。然而名節既隳，終身抱慝，抑又何樂？因復書以慰之。尚能念及名節，畢竟是可人。

閱《牡丹亭》　　閏二月十三日

綺窗靜掩，鳥語時聞。夭桃數枝，花開方盛。十分春色，一種天香，殊足撩人情思。午課畢，偷取《牡丹亭》閱之，至杜麗娘綺夢惺忪時，輒懨懨欲睡。小說移人，乃至如此，無怪吾校懸爲厲禁也。

秘密環指　　閏二月十四日

天氣漸暖，皮膚燥甚。乃囑傭媼勺蘭湯，試新浴。素貞聞之，隔窗噪曰："姊如花丰貌，不減玉環，吾將效三郎之風流，穴壁以窺。"余叱之去。既畢，就瓊仙妝臺掠髮。將啓匲，忽見燦然一物，呈於眼簾。視之，乃指環一枚，面鐫"如意"二字，內鐫"國珍持贈"。吾思國珍乃男子之字，此種指環胡爲乎來哉？豈瓊仙亦有所遇歟？無怪其今年神情顛倒，大不似去歲之凝重。雖然情場險惡，瓊仙若墮落其中，必無幸矣。

暢敘幽情　　閏二月十五日

日來算術鐘點又加，忙忙碌碌至晚猶未已。時則皓月當空，渾如水銀瀉地。瓊仙謂余曰："如此良辰美景，等閒虛度，可謂無情。且習算過勞，有礙生理，曷與若踏月步行，一聆清涼妙境乎？"余領之，因起立與瓊仙相攜至草場踏月。花影重重，萬籟俱寂，斯時景象，可爲清麗絕倫。瓊仙仰天嘆曰："碧海青天，夜夜寒衾獨擁，嫦娥有知，庶悔當初誤偷靈藥。"余戲曰："倘有國珍相伴，當不患岑寂矣。"瓊仙聞言，顏色驟呈異狀。雙頰紅暈如緋桃，握余臂曰："汝言云何也？"余抿嘴而笑。相攜至樹陰下，坐於地上。瓊仙四矚無人，低聲曰："若勿譸言。"余曰："我實非譸言，可誓之上帝。"因曰："汝之指環何來？"瓊仙赧然半晌，曰："汝能必其爲我之所有物耶？"余曰："苟非汝之所有，曷爲藏於汝之妝盒內。"瓊仙曰："我假之他人耳。"余曰："若勿誑我。若不以事實見告，我將宣之於公衆，汝猶能抵賴否？"瓊仙曰："何苦逼人太甚！"余曰："今惟有我與汝二人，且此事我已知其朕兆，言之又何妨？"瓊仙曰："其人曾與汝亦有一面緣，汝腦海中尚能記憶否？"余思索良久，不能得。瓊仙曰："即今年元旦馬車上相遇之人也。"余曰："汝謂爲中表親，我乃深信不疑，豈非笨伯？"瓊仙曰："其人姓吳，本漢陽產，現方服務於醫院。"余恍然大悟，攓言曰："怪底汝常日至醫院中去，乃往晤意中人也。上月月假時，我曾覩汝與彼國珍者，自醫院中雙攜而出。我欲呼汝，轉恐爲汝表兄所見，反增羞赧，故未敢招呼，不慮爲汝所欺也。"瓊仙續言曰："我之與彼相識，實在去年夏日。我是時患病甚劇，若所知也。病劇時，我家送我入醫院。我此時昏不知人，及病稍愈，方見爲我診視之醫生，乃一英俊之青年。且語言溫婉如好婦人，醫術亦至精嫻。余聞之家人，始知余之出死入生，端賴此人之力。他醫生皆束手，謂余病已不可爲。彼獨毅然自任。余之得有今日，皆受此人之賜也。自此以後，一縷情絲，初時隨風上下搖颺於晴天麗日中者，此時則牢牢束縛，雖欲擺脫而不能。使君無婦，羅敷無夫，彼此真情，互相吐露。彼遂向我求婚，我實乏抵拒之能力，祇有毅然許諾。惟必俟父母之命，媒妁之言，方可爲正式之夫妻，此時則惟有精神之團結。苟有他種妄念，則余且與若解離婚約。彼聞我言，肅然起敬，具表同情。謂必如是，始無愧爲余之妻。

余見其宅心清潔，愛情高尚，熱度愈增。入校以後，不免與之互相通問。此約指係前月月假時所購以贈余者。一時匆迫，未及收拾，乃為若所窺，切勿與他人言之。他人不知我二人之坦白為懷，飛短流長，人言滋可畏，或因之而礙及前途，感汝之情無既矣。非獨余感若情，國珍聞之，當亦敬佩勿諼也。"余點首，因笑曰："若等花前月下，私自往來，恐千金白璧，不免微瑕耳。"瓊仙曰："情之所鍾，正在我輩。發乎情，止乎禮義，我輩當奉之為金科玉律也。"余搖首曰："此言殊未可信。"瓊仙曰："天地鬼神，照臨在上，如有虛言，必共殛之。"余悚然曰："姊言過重，我信姊可耳。"瓊仙曰："我亦有一語問汝。汝與保羅恐不止如我二人之所為也。"余微頳。有頃，始問曰："保羅為何人？若何自知我與有關係？"瓊仙笑曰："若要不知，除非莫為。汝頻頻背我作私書，豈意已為明眼人窺破耶？"余曰："若既知之，我又奚諱。余與保羅之情較汝二人尤深，保羅實余之總角交也。而正大光明，無一毫苟且事。平居相見，無一語涉及私情。所可自信者，惟此真實之愛情耳。"瓊仙點頭，問余二人訂婚未。余曰："余雖為女學生，而最惡婚姻自由之說。愛情神聖，其權操之於我，至於婚姻大事，當由父母做主，余不敢過問。然父母之意或在他人，則寧違親命，徹環瑱以養父母，效北宮嬰兒之所為，不負我相愛之情也。"瓊仙曰："我非國珍亦寧終身勿字。"余曰："女子鍾情，正當如是。若見異思遷，直淫女子耳。何愛情之足云。"瓊仙曰："然。"

煩惱琴音　　閏二月十七日

余室鋼琴現已修好。侵晨未起，文清即起，與琴鍵作惡戰。余曩原嗜此，近不識何故，竟不欲一近琴床。大抵人之興況，恒隨境遇變遷。且女子心田，容量至窄。苟有一事佔入其中，即不能更容第二事。矧余佔入心中者，乃為終身仰望之保羅耶。

美玉入校　　閏二月十九日

　　吾校今日又收一新生，聞爲清蓮舊友，曾留學漢陽者。乃偕瓊仙往視，則清蓮已先在，且爲余介紹。始悉其人姓余氏，小字美玉，而顏色豔麗，足爲余校冠。瓊仙小語顧余曰："六宮粉黛無顏色矣。"余笑頷之。及回室，清蓮告余，謂彼女不惟色美，而性亦溫柔。余曰："如此天人，將來不知誰家有福郎得以消受。"清蓮曰："已字人矣。"瓊仙曰："足稱佳偶否？"清蓮搖首微笑。余曰："彼願意乎？"清蓮曰："幼時所定，亦無可如何。"余曰："彼此覿面否？"清蓮曰："幼時即居其家中，而其人性情特怪。每自校歸，必先於余家左右偵探數日，然後始入。"余曰："此何故？"清蓮曰："藉以偵查美玉之舉動耳。"瓊仙笑曰："其人可謂不知自量，然美玉果貞否？"清蓮曰："以吾觀之，尚好。惟外面訾之者頗多。楚人多謠，無足信也。"

談論女紅　　閏二月二十一日

　　早起接余父手函，囑赴鄰家喜宴。新娘爲鄉村人，却不俗，粧奩極豐。針黹尤爲特色，凡門簾、帳簾，均有所繡，或鴛禽，或花草，咸栩栩如生。吾儕但知讀幾句書，於女紅全未夢見，相形見絀，亦殊自愧也。歸與清蓮言，清蓮曰："彼等自幼即習焉，焉得不佳？"瓊仙曰："實則彼猶鄉人。近日城市婚嫁，殊不以此見長也。"余笑曰："此等工程，當非三五年不爲功。當其深閨獨處，挑針刺繡時，不知果作何感想。"清蓮笑曰："我非過來人，安從而知之。大抵抱樂觀者，總十居八九也。"

東施效顰　　閏二月二十二日

　　自吾與清蓮等結盟後，校中聞風繼起者，日多一日。實則彼等非爲一時熱潮所激，即爲勢利所牽，安知所謂朋友之道。夫朋友之道，在乎誠。惟誠乃能久。否則，朝盟夕解，有何謂哉。

情敵相逢　閏二月二十四日

今日又逢禮拜矣。余因有事與保羅面談，故託故先赴禮拜堂。至則保羅已與一人先在。其人衣服麗都，容貌亦翩翩韶秀。顧雙睛頻頻轉動，微露佻達態。余與之素無一面，彼見保羅與我殷勤晉接，乃亦貿然與我通辭，余心惡之。俟其去，乃偕保羅至室中，問其人爲誰。保羅曰："余之同學張紫宸也。其人富於感情，與余友誼頗懇摯。"余曰："其人似非善類，願汝以後勿與之交遊。"保羅唯唯，心顧未以余言爲然也。余見保羅容貌清癯，心頗不懌，謂之曰："我常勉汝以保養身體，汝何不肯體會我意，設成疾病，將若之何？"保羅囁嚅曰："余無他故。惟近日心神恍惚，常若有一事橫梗於我心。其事爲何，想姊姊不難想像而得之。天公不肯做美，日復一日，琅琊王伯興，終當爲情而死，姊姊其謂我何哉？"余聞語，默然良久。因謂之曰："天雖不肯成全，然人之情能海枯石爛，終始不渝，自有勝天之一日。若逆料後日之事變而爲過分之僝僽，則非特無益，而且有害矣。汝當體會我言，勿損及身體，令我憂懷莫釋也。"保羅憮然曰："姊姊金玉之言，敢不如命。而今而後，我知過矣。"

論免費生　閏二月二十六日

文清來校讀書，原係免費。照例免費學生，即當爲校中作手工，蓋藉以所得之資抵償其學費也。文清體質素弱，日又與余輩廝混，故手工多有耽延。今日特請假一日，助文清補作。余生平對於免費學生，較納費學生尤爲敬佩。蓋天下金錢，惟自勞動得之爲最有價值。若以勞動得之，而以之求學，則尤爲難能。嘗見校中一般富室子女，恃其父母之資財以傲於衆，實則其清貴不及免費學生遠矣。

觀劇感言　閏二月二十八日

今日適逢月假，下午清蓮邀余等五人至某戲園觀劇。至則座已滿矣，惟第一廂房內尚空，因相偕入坐。時方演《朱砂痣》。所演之情節，悲歡離合，雖不能十分動人，而尚不至令人生厭。次演者爲《拷紅》，描寫夫人之愚蒙，紅娘之爽辣，頗能使人心胸開朗。清蓮笑曰："紅娘誠千古妙人。無論張生、鶯鶯不能出其掌握，即夫人亦在其舞弄之中而不自感覺，可謂侍兒中之錚錚者。乃鶯鶯猶嚴切提防，欲瞞過紅娘，豈非小兒女不知世事之所爲？"余曰："鶯鶯本是聰明兒女，雖被張生所誘，其實亦爲紅娘愚弄所致。故古人於青年女子必愼選閨伴，以預防其流弊，良有以也。"次爲《蝴蝶夢》。觀是劇者，或謂莊子之試其妻，其情太梟，或謂其鼓盆之歌，當亦自悔其薄情，是以不能恝置。余則謂莊子生性曠達，自身之生死，尚不足係其毫末，況於其妻乎？其鼓盆也，不過聊以遣興云爾。毫無成見於其胸中，與原壤狸首之歌可謂異曲同工，而世人妄加訾議，亦可笑耳。續演《珍珠衫》，扮演未免過於淫褻，殊不足觀。而觀者掌聲雷動，亦可見晚近人之心理矣。觀劇已畢，相偕而出。素貞以夜深不能歸，乃同至余家宿。素貞夙喜多言，嘵嘵如鸚鵡，且强余與彼並枕臥。枕上悄語余曰："今日之遊樂乎？"余曰："不惟無樂，且增余無窮感觸。"素貞曰："姊亦太迂拘。梨園爲營業計，不得不演此淫靡之齣，以博觀者歡迎。又何責焉？"余曰："劇之一道，關係於世道人心甚巨。長此不返，社會教育尚有振興之一日乎？且不污衊我輩女子過甚耶？"素貞乃無語。

郊外踏青　閏二月二十九日

簾外鶯聲啾啁不住，竟促余自黑甜鄉返回。顧素貞綺夢惺忪，方嚶嚶囈語。余輕覆以被，曰："時非盛夏，勿慮著涼耶？"貞微應，似復睡去。臂擱余項不釋，戲以齒叩之，微露紅痕。美人春睡圖。貞驚覺，余笑曰："時已非早，可共起矣。"因拽之起，拔關出室。瓊仙已待户外，曰："春宵苦短，便嬌惰若此耶？"余曰："汝儕起胡早？"瓊仙曰："擬邀諸君作踏青之遊，故特早來。"余曰："惜花春早起，吾儕辜負好時光矣！"乃入室，對鏡盥漱。素貞亦隨入。小婢適推窗傾殘水。貞曰："且勿，我尚須盥面。"余曰："水濁矣，何堪更用？"貞笑曰："姊聲清如玉，吐氣如蘭，雖殘水亦香，更何有纖毫渣滓在耶？"仍奪之去。浣面既畢，俛余理髮。余曰："吾髮且蓬蓬未綰，安有暇為汝效勞？"瓊仙曰："姊為彼梳，吾為姊梳，可乎？"素貞髮最長，委地七尺，光可鑒人。余戲曰："一段風流，不啻麗華再世，'水晶簾下看梳頭'之句，當易'看'字為'代'矣。"瓊仙笑曰："然則，我亦有此感矣。"素貞鼓掌曰："妙哉！謔人者亦被人謔矣。"梳畢，下樓早膳，久待清蓮不至，乃出。便道至清蓮家中相邀，將入室，見其夫方為之綰髻。衆大笑，欲退出，清蓮呼曰："勿。爾姊夫非外人也。"吾儕乃入，姊夫旋亦退去。余曰："不謂姊家乃有此梳頭傭。"清蓮曰："偶一為之耳。"瓊仙曰："昨宵相約，今朝胡又晏起？"清蓮曰："春色惱人眠不得……"素貞不俟語畢，笑曰："定然是昨宵被底太殷勤。"素貞出語輕佻，幾疑其不貞，而其後卒能殉情。誠哉！人不可以外相。清蓮以指劃面，曰："羞否？此等語竟出自女郎香口。"素貞兩頰果赤，曰："趣行，勿讕言。"乃為清蓮易衣。出至江干買舟渡武，至大東門，則有人力車俟於道旁。各雇一乘，驅至洪山，沿途菜花麥浪，風景至佳。抵山麓仰見長松古柏，盤菌成林。山坳間偶現夭桃數枝，狀如離魂倩女，籬角窺人，偶為輕風所蕩，花片繽紛，瀉入小溪，潺潺流去。想當年武陵源仙境，當不過如是。乃摳衣登山，芳草如茵，野花遍地，漫步其間，殊多逸趣。姊妹行或尋蛺蝶之花，或覓鴛鴦之草，或折紅豆於枝頭，或拗蘼蕪於路畔，誠賞心樂事也。一二儇薄子，目灼灼如賊，余等置不顧，乃逡巡去。久之，覺足力不繼，遂群踞柳蔭中，倚石小憩。陡見婦女數輩，擁一少婦來，衣裳縞素，飄揚若雪，後隨小奚奴，挈紙錢一束，似係掃墓者。余等亦尾之行，瞥見芳草離離間，孤墳兀立，少婦伏墓側哭甚哀。一時風動沙飛，獸嗥鳥泣，若爲此斷腸人佈傷心之景者。私詢諸婢，始悉文君新寡，特來憑弔阿郎者。嗟乎！碧玉年華，離鸞遽唱，人間不平事孰過於斯？余生平最畏見傷心事，乃攜衆避去。循道至山巔，遙望長江漢水，一白如練。瓊仙曰："久居校內，了無生趣。今日至此，心胸頓廓矣。"余曰："他日得資，當結茅廬於此，以享受清福。"清蓮曰："但恐塵心未斷，又思漢上紛華矣。"復偕行至塔畔。時夕陽偏西，映塔影於地，悠然如山靈伸其巨臂。素貞曰："時晏矣，盍歸休？"及覓文清，乃不見。尋之，方偃卧塔下石畔。余叱之起，文清曰："吾方在此撲蝶，不覺頹然欲卧。"瓊仙笑曰："文妹猶未脫稚氣。"因相與下山。及抵家，則已炊煙四起矣。

斥豔粧女　三月二日

晨鐘甫振，姊妹行即群起理粧。借粉輕匀，偷霞試點，亦殊饒清韻。余戲曰："明星熒熒，齊開菱鏡。緑雲擾擾，同綰雲鬟。一段風流，直可比阿房春曉，孤王諒德，其終老温柔鄉矣。"素貞笑曰："汝欲自比嬴政耶？吾將效子房博浪一錐，擊破汝頭顱矣！"言際，以竹棒撲余。余懼，披衣起，略事膏沐。瞥見案頭一函，上書"蕙芳烏龜"四字。余笑曰："此必素妮子所爲。吾爲烏龜，則汝爲吾婦矣。"時諸人裝束已畢，或拖染雪之裙，或登漆黑之履，婷婷嫋嫋，各臻其妙。余曰："吾誠不解汝輩心理。每出必衣豔服，豈果爲悦己者容耶？凡爲女子，當求所以趨避男子，若故爲新異之裝束，以招男子之注視，其用心誠不堪問。彼倚門賣笑者，良不足責。不謂我輩高尚女學生亦不脫此習氣，風俗頽靡，良可嘆矣！"快痛之言，女學生不可不聽。確論！素貞曰："然則汝盍蓬頭亂服以行於市？"余曰："我行我素耳，奚必矯情？"瓊仙曰："我輩在校時，固亦如汝。特今日須往禮拜堂，故不得不略易服飾，亦值喋喋不休耶？"余曰："惟其出外而易服，其心愈壞。以吾思之，汝儕殆欲往禮拜堂覓如意郎君也。"素貞怒，舉手擊余，余驚逃。及至會堂，保羅已先至，前日與俱之張紫宸亦在，余以人衆未與語。張則時以目光睨余，余惱甚。瓊仙覘余狀，私語余曰："汝素心人在彼，見之否耶？"余以目止之。畢，同至容康攝影。

結婚宜慎　三月四日

課罷，文清以一函授余，曰："此蘭姊自孝感所發者。不識何故，滿紙皆哀怨之語。"余接閱之，果然。瓊仙曰："是必與其郎君勃谿，故至如此。吾曩固謂男子愛心極薄，由今證之，愈覺其言不誣矣。"文清曰："誰教彼先不自慎，大凡先交後娶，必無善果。矧其夫乃一輕薄之尤者耶？"余曰："女子嫁人，無異探身窀穸，稍一不愼，終身即無見天日之時，故能潔身不字者乃爲上著。其次亦必自爲選擇。若徒顧一時癡迷，必無幸焉。"誠哉斯言。

教員被辭　三月五日

吾校地理教員今日辭去。其人貌至狡，吾初見即斷其非善類。今去，果爲一極不名譽事。蓋彼曾以書向程寶珠求婚，寶珠以原書呈之紹小姐，紹小姐乃辭之去。此等事誠可謂不度德，不量力。寶珠年僅十五，恰可作其女。若乃妻之，無異父女相配，得勿造孽。凡人已至中年，猶不自修其品，可嘆可嘆！

閨人爭友　三月七日

久未拍球，心殊悵悵。今日天日晴麗，乃偕文清等往拍球場演試。清蓮則與美玉戲鞦韆。余笑曰："蓮姊方嫋，莫將懷中兒墮落也。"文清曰："蓮姊自美玉來校後，即與美玉厮守勿離。吾儕舊友，反形疏闊。吾不知彼是何居心。"余曰："吾至惡此種人，當有以懲之。"文清曰："不惟彼，瓊仙亦然。日前禮拜，且邀美玉往醫院，直至薄暮始歸。"余曰："然乎？"文清曰："吾親見之。"余曰："茲勿聲，至夜再與之較。"因與文清歸室，語素貞，素貞亦怒。入夜，吾儕均寢，兩人始偕歸。叩門，吾儕咸偽為睡去，不應。清蓮哀余曰："蕙妹，趣納余入。"余曰："汝盍往美玉室中寢？"瓊仙曰："美玉不及汝儕也。"余曰："嘻！勿為此蜜語欺人。我儕貌不及美玉，誰不知耶？"清蓮笑曰："吾愛妹等，幸勿敲碎醋罐。"余不答，相持久之，文清乃起而啟扉。余曰："以後苟再如是，當餉以夏楚。"清蓮曰："吾儕女友尚撚酸吃醋，他日嫁得如意郎君，在外眠花宿柳，不知妒至如何也。"余掩耳勿聽。女子對於朋友感情，較男子為篤，故每每撚酸吃醋。

影片趣談　　三月九日

上禮拜合撮之影已於今日取出。鶯肥燕瘦，都躍躍紙上。文清諦視之，曰："瓊姊雲鬟微鬈，斜倚花間，真天仙化人也。"雲巧曰："蕙姊亦復不弱，把卷沉思，回眸欲笑，大似俏書生背人偷讀豔曲時也。"清蓮笑曰："素妹素日飛揚飄逸，今亦亭亭玉立，嫵媚可憐。"素貞不待言畢，笑曰："姊誠善於相人，但姊亦知此中果有幾人？"清蓮曰："明明六人，何待問也？"素貞曰："以吾視之，當得八人。一則為瓊姊佳婿韓盧君，一則蓮姊腹中兒也。"衆皆失笑。二人同起呵其腋，素貞已奪戶出，且行且笑。瓊逐之，貞飛奔下樓，走入草場，不意蒼苔滑足，竟仆於地。余笑，出挈之起，曰："何苦來？"瓊仙則舉掌作南無狀，曰："報施不爽。"清蓮亦笑曰："促狹兒直宜任臥場中，勿必援以手也。"素貞覺狼狽甚，不能置答。因忍笑入內室。

傷春心事　　三月十日

梨花命薄，遍地飄零。柳葉情深，連天搖曳。乳燕掠水而飛，粉蝶穿花而舞。暮春天氣，殊足困人。余夙好病，際此時光，愈覺愁緒縈懷，情絲如繭。終日懨懨，不思遊戲，乃向紹小姐告假，偃臥室中，讀《紅樓》自遣。然而夜雨瀟湘，莫罄相思之淚；黃泉碧落，難招倩女之魂。讀之益增惆悵。課罷，姊妹行群歸室中。素貞曰："偶攖小疾，便作捧心西子耶？"瓊仙笑曰："余素精歧黃，當爲妹治之。"言際，強握余腕切脈，故作驚訝狀，曰："傷情憶舊，心病也。非造成此心病之人兀立汝前，必不能奏效。"余莞爾曰："亂語胡言，此等女醫士不值得打殺耶？"瓊仙曰："我實對症發藥，汝試自問當知女醫士之高妙矣！"蕙芳之病，本爲保羅。瓊仙之言，直搗其心坎矣。言已，睨余微笑。余雙頰驟赤，清蓮曰："小病愈睡愈重，宜往外吸取新鮮空氣。"強拽余起。余曰："本思小睡，又爲汝輩所擾，殆亦命也。"因偕下樓去。

傷風染疾　　三月十一日

昨外出，又爲晚風所傷，今日愈不能支。獨臥室中，頭重若戴鼇山。胸腹悶塞，身熱不可耐。呼，余又病矣。憶自入世以來，即與藥爐茶竈爲鄰，計一歲中消磨於病中者可得半數。顧亦勿識其何由來，謂爲境遇弗適耶？而父母俱存，兄弟無故，故無纖毫憾事，梗於胸中。謂爲飲食寒暑所侵耶？而素性淡泊，頗知養生，亦何由而致病，或者果如瓊仙所云，傷情憶舊耶？是則，非我所能自知也。多愁多病更多情。

床頭述病　　三月十三日（病後補記）

朦朧細雨，爭撲簾籠。偎處小窗，恒覺心潮起落，如萬馬奔馳。及欲鎮定，顧乃無法。因是之故，病量日增。紹小姐欲移居醫院，余以膽怯不可，乃移姊妹行於隔室，恐傳染也。實則姊妹行殆無時不在余室。余之病象，乃爲日輕夜重。一至夜間，身熱幾達百度。舌尖皆燥，輾轉勿能成寐。且神情顛倒，恍惚異常。一縷芳魂，盤旋腦際，飄飄然幾欲奪門而出。豈薄命之身，將終於是耶？屈指自墮塵世，已十數載，即一旦蛻化，舍雙親外，亦無所戀。惟念保羅與余自幼至今，雖無長生之誓，亦已有同心之盟。或不幸而得此噩耗，其傷感又將何如。傷心之語，聞之愴然。即姊妹行亦耳鬢廝磨，交誼非淺。一旦天人永隔，聲欬難聞，不亦痛哉！言念及此，千愁萬緒畢集心端，而口渴益甚。瓊仙亟以茶進曰："妹欲飲否？"余稍點首，呷盡一盞。則有醫生來爲余診視。處方畢，語姊妹曰："感冒雖深，尚無大碍。不日當可就痊也。"服藥後，沉沉睡去。醒時，心地清涼，身熱已退。回顧諸姊妹，皆淚珠盈睫。環侍未去，即好動若素貞，亦雙眉深鎖，略無聲音。余嘆曰："重累諸姊妹矣。"雲巧曰："姊已安耶？謹謝上帝。"余曰："偶攖小疾，諸君便傷感若此，設不幸而死者，又將何如？"清蓮曰："妹才屆盛年，正同名花初放，此後幸福尚無涯涘。胡作此不詳語，以增懊惱耶？"因以掌按余額，曰："醫生言大不謬，今已驟涼。"余曰："姊等今可歸寢。妹熱既退，如釋重負，當無碍矣。"清蓮等徇余意，相繼退去，惟留瓊仙與余相伴。余曰："若是，又累姊矣。"瓊仙曰："妹何喜效虛文，竟以陌路人視我耶？"余曰："感甚。茲盍來共臥，藉解岑寂？"瓊果升床，共枕臥，以臉偎余頰，曰："熱已盡退，明日當可全愈。"余授以掌，瓊仙握之曰："手亦涼。"復探手至余胸次，撫摩未及一遍，余不禁大笑。瓊仙曰："妹勿動，汗方津津出，免又受風也。"如此溫存，如此體貼，瓊仙眞解人哉。

病後補記　三月十五日

連日服藥，熱潮已盡退。惟心頭猶躍躍不止，頭亦甚暈眩。蜷臥榻中，不敢遽起。姊妹行下課即來室中相伴。瓊仙與余尤昵，輒坐床角，娓娓談瑣事。偶覺輕寒，即代加以被。種種深情，殊難盡述。余嘗謂之曰："吾曩昔一病，輒纏綿兼旬。今不數日即愈，實諸姊妹慰藉之力也。"下午接保羅一函，彼尚未知余病。余亦無力具覆，乃置之。

對鏡自憐　　三月十七日

今日精神略佳，身體頗覺健旺。勉強下床，至窗前，坐鏡臺畔。檢點一切奩具，惟覺寶鏡生塵，脂粉零亂。不特余久臥床衾，未嘗一施膏沐。即諸姊妹亦以余疾故，朝夕碌碌侍湯藥，無暇及此，令人感念不置。諸姊妹之愛余，實與骨肉之親無異。余將何以爲報耶？思念良久，乃就菱花相照，覺面顏消瘦，憔悴可憐，昔之豐豔如陌上夭桃者，今且灰白如帶雨梨花矣。顧影徘徊，念疾若不瘳，此時已化爲異物。青銅寶鏡，永無照余倩影之時。美人黃土，千古傷心，諸姊妹不知悲傷至若何地步，而與我心心相印，誓同生死之保羅，恐亦將摧斷肝腸，向碧落黃泉來覓余矣。言念及此，不禁淚涔涔下，癡然對鏡，無復聊賴。忽身後有人笑曰："小疾初瘥，正宜歡喜，乃無故傷心，果爲何事？"回首視之，則素貞也。余曰："我因遊絲眯目，以手揉之，痛而淌淚，有何事傷心耶？"素貞笑曰："姊勿瞞我，我來已久，姊狀我窺之審矣，尚讕言乎？"余方欲置辯，而瓊仙亦至。笑曰："我妹久臥床衾，出落得越覺風流，真個我見應憐。若身爲男子，那得不爲情死。"素貞笑曰："美人小病，正足增嬌助媚。彼捧心之西子，較之吳宮歌舞時，更饒嫵媚，即其先例也。"余笑曰："西子所不敢冀。然西子之人品，我亦不願效學。若勿多言喋喋，令余生厭耳。"素貞笑曰："我此後效周廟金人，三緘其口若何？"

寄書保羅　　三月十九日

余病既瘳，今日仍照常上課。下午歸室，悶損無聊，乃就案復書與保羅，並附影片一張。函曰："抱病以來，恍如隔世。前日承寄一書，適瞑眩之中，不克伏案作答，愛我者定能諒之。蕙芳之病，本屬自傷。今幸就痊，堪以告慰。君每次來書，恒多哀憤之語，豈真情人多愁耶？余固屢次勸君，君竟不能自省，恨何如也。夫年華易逝，好事多磨，余豈不有此感。即余今次之病，亦實由此種感想而生。然而人生在世，逆境多而順境少，惟在處之者如何自計耳。君謂情海茫茫，竟甘以身自殉，則蕙芳實不敢以薄命之身，重以累君。君果愛蕙芳者，則先當自愛，留此身以有待，且及時而行樂。諺云：'留得青山在，不怕沒柴燒。'此言雖小，可以喻大。請君即其旨而深思之。附影片一張，請懸之座右，月夕花晨聊慰岑寂。蕙芳手覆。"

保羅覆書　三月二十日

早起接保羅來書，亟破函閱之。書曰："捧誦來書，惻然心痛。嗟乎！姊何病耶？病何來耶？相去程途半里，如隔蓬島千重，安得身生雙翅飛入重簾，一覿玉人之面以慰余苦憶之情？雖然，既緣絕三生，何爭一面？即得相見，亦復奚益？覿姊病裏之愁容，適以撥我心頭之憤火，固不如不見爲佳也。承示各節，敢不銘之肺腑，惟念人事變幻，不可推測。時機一過，挽之維艱。若待佳人已屬沙叱唎義士，恐今無古押衙矣。近來積恨愈多，歡情日減，今又聞姊病耗，亂我愁懷，恐不久亦將與病魔伍耳。奈何？奈何？麗卿覆。"余讀畢，神魂飛越，仿佛已與保羅並肩而立，共話衷腸。既忽瞿然一驚，自語曰："險哉！此函脫爲紹小姐所得，不知又掀起幾丈風波也。"因復書戒之。

撕毀照片　三月二十三日

禮拜既畢，瓊仙謂余曰："爲時尚早，曷弗偕余往醫院一遊？"余笑曰："汝自往覓汝意中人。有余在側，不將碍手碍腳，令汝二人生厭耶？"瓊仙曰："余之未婚夫，即汝之將來姊夫，有何嫌忌？且我輩相愛以心，光明正大，豈效世間齷齪兒女所爲，怕人竊視耶？"余無以拒。將行，瓊仙曰："且慢，美玉久欲隨余出外一遊，不可不呼與俱去。"余曰："人心難測，世事難常。姊愛美玉，未知美玉之心何若，且安保國珍不移情於美玉。美玉，尤物也。"瓊仙笑曰："若勿過慮。余信國珍，兼信美玉。何至如若語所云。"余乃無語。瓊仙往覓美玉，告以己意，美玉大喜。亟對鏡理新妝，掠鬢勻面，勾留半晌，余在旁再三相促，歷半小時，方克成行。既至，國珍招待甚殷。導入書室，余視國珍，年可二十餘，丰姿俊美，意緒風流，與瓊仙堪稱佳偶。惟其雙目光彩，時時流動，注視美玉，若有無窮涎羨之意。余不禁暗笑，想彼癡兒，得隴望蜀，而瓊仙猶信其誠實可靠，不亦愚乎？瓊仙謂國珍曰："我近日頗思食炮炙之味，而校中肴饌甚惡劣，乞汝代備一份可乎？"國珍謹諾。瓊仙忽於案上翻得照片一。片上照一時裝美女，國珍欲自瓊仙手中奪取，瓊仙恚曰："此人丰姿娟秀，盛鬋豐容，勝儂十倍，莫怪汝夢魂交縈，不能須臾恝置也。"國珍囁嚅曰："此人余未嘗相識。昨日於照相館中閒玩，愛其妝飾入時，購歸供玩賞，汝乃疑我有外遇耶？"瓊仙含怒不語，粉頰暈紅。久之，柳眉忽豎，取照片裂之，紛紛作蝴蝶舞。美玉合掌曰："罪過罪過，作踐人家兒女，當得何罪。"是日，不歡而罷。

隔牆有耳　　三月二十四日

校課初罷，夕陽一角，猶在樹梢。諸姊妹或坐或倚，溫習日間功課。余心中煩悶，與瓊仙相攜至草場散步。時則黃蜂粉蝶，回旋飛舞，簇聚於一株小桃樹上。瓊仙笑曰："人之嗅覺，萬不如物之敏捷。園中有一花，而四邊之蜂蝶，皆紛紛然向此而來，若預先知之者，此曷以故？"余笑曰："想彼亦非預知此間有花，彼鎮日飛翔於空際，何處有花，則翩然下集，在彼亦無定見也。"瓊仙笑曰："然則男女之感情，大率亦與之相類。彼男子之與我輩，其耽耽徵逐，亦若是而已。我有語問汝，汝之與保羅，其相愛果至何種地步，得無蹈才子佳人之惡習否？"余曰："余敢誓之，余與保羅乃神聖高潔的愛情，非世俗兒女之所謂愛情也。不似汝與國珍，人前攜手，背後談心，聊復爾爾，不能免俗耳。"瓊仙笑曰：

"國珍乃誠實少年，即與之朝夕共處，亦必無絲毫苟且事。"余曰："汝勿誇言。以我慧眼觀之，國珍實一輕狂無檢之少年。苟有才貌勝於我姊者，彼將趨之不遑矣。謂余不信，請觀其後。"瓊仙曰："此亦未敢必然。彼與我之愛情，固已牢結不解。彼即尋花問柳，亦男子之恒事，余實無權禁止，聽之而已。"余笑曰："此又諝言。昨日衹見一照片，已憤火中燒，妒情可哂，何況其他。若保羅者，鍾情於我，矢志不移，余敢決其此生別無所眷，不愧爲好男子耳。"言至此，忽笑聲起於身後曰："此言不謬，誠不愧爲好男子，余知之夙矣。"驚顧，乃清蓮。清蓮笑曰："以深閨兒女娓娓然讚美人家男子，意欲何爲？可謂無恥之尤者矣。速語我以詳，否則不汝二人宥也。"余與瓊仙無奈，以己事實告之。清蓮點首笑曰："保羅我已見過數次，好男子之稱，可謂允當。國珍尚未謀面，未知其人品。此月月假，當偕余一往識荆，方可爲汝二人判優劣也。"余二人皆俯首懷慚，靦然無語，悄立移時，方相偕入室。

憐惜落花　三月二十六日

春光老去，花事闌珊。飛舞蘭庭，飄零蕙徑。爰邀姊妹行往園中，一弔殘花。既至，則見落紅遍地，脆質煙銷，不禁歎曰："昔則姹紫嫣紅，枝頭爛漫。今則飄茵墮溷，隨水浮沈。物猶如此，人何以堪？儂恨不謹草綠章，爲花請命，嗣後藏之金屋，護以絳紗，當勿慮風姨之相妒矣。"瓊仙戲撫余肩曰："婆心一片，清淚雙雙。妹誠多情，愛及香國。花而有知，當亦銘感矣。"素貞曰："春去春來，花開花落，年年如是，胡足興悲？惟吾輩綺年，一去不再，斯誠可悲耳！"因命花傭掃至一處，納之揚子江中，隨流水俱逝。歸室後，情緒紛紜。輾轉不寐，乃起挑燈，作《落花詞》二首："姹紫嫣紅爛漫時，粉痕玉骨最相思。東風一夜催魂去，獨倚欄杆怨別離。絮果萍因認未真，香魂月冷憶殘春。儂悲淪落卿無主，一樣淒涼墮劫塵。"詩好！

春宵歡宴　三月二十九日

今日又逢月假之期矣。午後無事，瓊仙邀余及清蓮、美玉，往醫院晤國珍，蓋踐前日之約也。既至，國珍款接殷勤，惟余冷眼旁窺，覺其對於美玉，另有一種神情，不禁爲瓊仙危。坐語移時，瓊仙欲邀余輩至一江春酒樓覓飲，且命國珍爲主人。余不欲，固拒弗從。瓊仙不能强，乃曰："共至汝家何如？然又將煩汝爲東道主，汝願之否？"余笑曰："此區區者本無足道，惟今日之出，爲汝所邀。酒樓男女混雜，非我輩所宜涉足其間，然何不可移樽至我家乎？"瓊仙許諾，乃命國珍至一江春，備一精美之筵席送至余家，余等緩緩而行。至我家，坐未須臾，而一江春筵席已經送至，即入坐小飲。清蓮欲辭去，瓊仙笑曰："豈慮姊夫等不耐煩耶？若然，可飲三巨觥，即釋汝去。"清蓮不語，連飲三爵。余笑曰："蓮姊情急矣，我輩勿作討厭人也。"清蓮即興辭而出。余等三人，歡然暢飲，至黃昏已過，方罷酒。瓊仙醉不能步履，且爲時亦晏，因偕美玉宿於余家。三人同榻，瓊仙和衣先睡，余與美玉談論移時，方將就寢。而瓊仙忽醒，呼口渴不可耐。幸余先已煮得碧螺春一壺，急傾一盞。試之，溫涼合度，乃以奉瓊仙，瓊仙就余手飲之。杯罄再索，三四杯後，方告止，謝余曰："微姊，我將以消渴死矣。"余笑曰："男子有消渴疾，豈女子亦有斯疾耶？可謂今日之流行症矣。"瓊仙怒余以目，余與美玉皆報之以微笑。觀壁上時鐘，將指十一下，乃相率脫衣就寢。

園內餞春　三月三十日

朝日瞳瞳，窺簾度戶。瓊仙因昨宵中酒，猶酣然熟寐。余以手推之，始欠伸作態，有頃方醒。問時之早晚，余笑曰："三竿日上，婢子來言，廚下午餐已備矣。"瓊仙瞿然曰："奈何貪睡至此，不將貽人笑柄耶？"因急披衣起坐，而時鐘適叮叮報九下。瓊仙指余而笑曰："促狹鬼，專會戲弄人。若家午飯，何若是之早也。"余與美玉皆笑。梳洗已畢，略食糕點，以瓊仙宿醉未消，命廚下作醒酒湯送來。瓊仙飲之，稍稍清醒。自咎曰："酒之爲害大矣哉，以後當力戒之。"美玉笑曰："誰教汝酒入歡腸，不顧量之廣狹，拼命痛喝耶？"因曰："我輩今日作何消遣。"余曰："盍往蓮姊家，與之鬭牌？昨宵爲彼逃去，今日當往擾彼一日，勿使清清靜靜，與夫壻度此甜蜜之光陰。"美玉曰："善。"瓊仙初頗不欲。余激之曰："若殆又欲往醫院覓國珍。我輩姊妹，原無何種情況，不足供汝一盼也。去去，此後請勿相見。"瓊仙笑曰："我不過身體疲倦，憚於奔走。若乃硬差官派，謂我無姊妹之情，可謂不辨皂白，猖猖狂吠。"余笑曰："若罵余爲狗，若亦不免爲狗友。第可惜國珍青年美男子，乃有此狗友之嬌妻，爲不值得耳。他事且勿論，速隨我至蓮姊家。此時不過十一時，尚可擾彼午飯也。"瓊仙笑曰："原來爲此。若因生性吝嗇，不捨得供給我等一席午餐，是以急不可耐。我未與若表同情，便以惡聲相加，幾欲與余拼命也。"美玉聞言，不禁大笑。余曰："我亦無暇與汝鬭口，速去來！"即攜瓊仙手出外。三人步履迅速，瞬息之間，已至蓮姊家中。至窗外，瓊仙忽搖手令余二人勿聲。躡足至窗下，就隙窺之，掩口微笑。以手相招，余亦往視。則見清蓮方與其阿郎攜手立鏡前，癡視鏡中之影，杳無聲息。美玉無意之間，出聲一笑。清蓮急奪手出房，見余三人，笑罵曰："小兒女家，掩入人家內室，遮遮掩掩，成何體統？豈將學竊賊耶？"清蓮之夫亦含羞趨出，與余輩作禮畢，即避出外間去。瓊仙述知來意，清蓮即命婢媼揩抹桌椅，且備午飯。余等入座碰和。一圈未畢，瓊仙已輸至七八籌，笑曰："今日余身邊竟無半文，樂得多輸幾籌，牌神有靈哉！"清蓮笑曰："若欲賴耶？我係頭家，不容辭責。當記入尊賬上，向國珍算賬去。"余笑曰："此必不可。若國珍知其未婚之嬌妻外間廣欠賭債，恐他日成婚後須代擔此種債務，或因而割斷情絲，則奈之何？"瓊仙嗔曰："狗口內不生象牙。"將手中之牌一起推和，笑曰："若等每喜奚落我，我今不與若等碰和矣。"清蓮大笑曰："此亦一種賴錢妙法，我又學得一乖矣。"正喧笑間，而侍婢以酒筵來。余曰："余夙仰姊姊園中，景物宜人，曷弗陳於園中牡丹亭上，俾便領略春光？"清蓮笑曰："余亦渾忘却。今日係餞春日期，園中聚飲，餞送東皇，正是閨中韻事。"侍婢領命，即移席園中，余等攜手偕往，一路談笑，道旁落紅滿徑，余等皆避道而行，不忍踐踏。入席以後，猜枚行令，樂趣無窮。清蓮舉杯酹桃花根上曰："一杯渴酒，聊當程儀。東皇有知，當遲遲出鳳城也。"余笑曰："蓮姊多情哉！東皇有知，應亦回顧躊躇，不忍遽離此地。"美玉笑曰："蓮姊有姊夫作伴，尚欲留住東皇，不怕姊夫吃醋否？"清蓮笑罵曰："汝亦學得小油嘴。近朱者赤，近墨者黑，此語洵不誣也。"瓊仙笑曰："此語太覺囫圇，誰爲朱，誰爲墨，當分別清楚，否則必與汝動大交涉。"清蓮曰："汝將若何交涉，試以語我，看汝手段何若？能令我拜倒石榴裙下否？"瓊仙思之良久，竟無對付之策，笑曰："真個秀才謀反，十年不成。"余曰："他亦無甚妙術，以後若逢月假，我輩當時刻不離，使彼不能與姊夫暢敘情愫。彼自然不敢與我輩爲敵矣。"衆皆拍掌稱妙。

解釋自由　　四月三日

黃鸝英爲余發現情書後，懷慚退學，已見余前日日記中。今日，素貞告余曰："黃鸝英因爲人所棄，憤而遁入空門矣。"余聞之駭然。蓋鸝英出校後，即與其情人結婚。其人乃某局中一書記，家無恒產，涎鸝英薄有私蓄，曲意交歡。鸝英不知其詐，推誠相與，結褵以後，曾無幾日，而鸝英之積儲，已盡爲若人代還債務。漸以白眼相加，鸝英大怒，即與之斷絕關係，避入城尼庵焚修。余聞其究竟，不禁喟然而歎曰："有是哉！自由結婚之毒人也。女子所貴者名節，所重者婚姻，故所謂自由者，當求精神上之結合，兩心相契，胍合無間，至於形式上之結合，當俟父母之命，不可私相授受也。乃近今以來，恒多始合終離。曳殘聲，過別枝，視節操如弁髦者比比皆是，曷勝慨嘆？推原其故，悉由於誤解自由二字所致也。"衆人皆以余說爲然。

佩蘭入校　四月三日

　　王佩蘭出嫁後，果與其姑不睦。慕濂之滬，恐其在家抑鬱不樂，復使入校讀書。今日送之來，吾儕均欲一覩慕濂丰采，群趨客室窺之。見其人年可二十餘，風流倜儻，卓犖不群，亦好男子也。瓊蓮二人，夙與佩蘭善，乃邀與余儕同室。及夕，均向之詢婚後種種事。佩蘭笑曰："綢繆義切，伉儷情深。畫眉窗下，翡翠樓頭。百種纏綿，豈一時所能殫述。"清蓮鼓掌狂笑曰："羞羞！才嫁得掌大酸墰，便逢人稱道，殆欲以之自炫耶？須知區區亦未遑多讓也。"佩蘭笑曰："我雖不敢炫姊，然於妹輩，可以自豪矣。"瓊仙曰："染得一身濁氣，還欲嘵嘵稱豪，趣逐出。"佩蘭聞語，向之謝過。語頃之，佩蘭屢屢呵欠，伏榻上假寐。素貞搖之使醒，笑曰："哪便困倦至此。昨宵豈未曾著枕耶？"清蓮笑曰："昨宵分別，定然情話纏綿，無瑕覓夢，莫怪嬌惰十分也。"佩蘭笑曰："蓮姊可謂以小人之腹，度君子之心。汝又不曾化為余之腹內蛔蟲，何由知我昨宵情事也。"眾人皆笑曰："以矛掩盾，佩蘭姊可謂能言。雖然清天白日，著枕即鼾聲大作。縱能言若鸚鵡，亦不能以雙手掩盡眾人耳目也。"佩蘭亦囅然。

觀畫趣談　四月七日

　　早餐後，群赴禮拜堂聽講。既畢，偕姊妹行往市中購物。經畫肆前，見懸有時裝美人畫數軸，神情栩栩，筆致甚工，因購歸。眾見之，咸歎為傑作。素貞戲指畫中人曰："此女簾鈎斜曳，灑淚花前，當係蕙姊前生。"佩蘭曰："然則虛藏屏後者，面目亦頗肖汝也。"素貞稔視之，曰："面貌固有似處，然性格未必相同。試觀彼碧樹千叢，紅樓一角，綺年少婦，悄立樓窗，大有悔教夫壻覓封侯之概者，得勿類姊耶？嗟乎，者番相別，各自西東，宜乎？吾姊紅消杏臉，翠減眉端，刻骨相思，竟難自解也。"佩蘭笑曰："我非世俗女兒，以別離爲恨事。何慮相嘲？內有一幅新浴方起，香肌盡露，風流旖旎，最足銷魂。"瓊仙對之笑曰："卿算是畫中愛寵，我算是影裏情郎，似此鏡花水月，虛幻姻緣，亦可消受一生也。"清蓮笑曰："瓊妹癡情哉！雖然畫裏真真，想亦願與風流男子，晨夕作伴。不願與繡閣佳人，消磨此大好光陰。瓊妹又將奈之何哉？"

薄倖情郎　四月八日

華英自與余輩疏後，與玉梅交同刎頸，不可須臾離。日前玉梅與陳某訂婚，華英忽然瘋狂，不寢不食，時啼時笑，見余則曰："阿姊吾誤識人矣。"余思凡人一至瘋魔，必有一大不得已事刺激其心。華英之瘋，既起自玉梅婚事將成之日，則與玉梅必有一重大關係。因竭力偵查，始知陳某固華英之情人也，雖婚約未諧，而鴛盟早誓。花晨月夕，已不知幾度春風。及識玉梅後，忽移情別注。曩昔貢之華英之熱愛，轉而貢之玉梅。華英固不之知，玉梅亦未嘗直告。及婚事告成，華英始驚悉個郎已爲他人奪去。乃往面質陳某，陳某竟不之顧。憤懣所激，遂至於瘋。浪用愛情之女子，觀此可以悟矣。嗟乎！彩雲易散，好事多磨。陳某固未免薄倖，華英亦咎由自取。女兒多情，可不慎哉。

偷閱禁書　四月十日

校中規例，凡淫詞小說，一切詞曲等書，例不許觀，違者處罰。余今日課罷，覺精神疲乏。時諸姊妹皆往講堂習算術，余不願偕去。獨處室中，殊苦岑寂，百無聊賴，而窗外風聲雨聲，蕭蕭瑟瑟，愈足增添煩悶。斜倚於佩蘭榻上，意欲假寐片時，覺其枕函高聳，似其下有物。翻枕觀之，有書數冊。閱之，見其繡像精麗，姿態如生。書爲《西廂記》。其中詞曲，類皆清豔絕人，不禁叫絕，愈讀愈增興趣，不忍釋手。正凝神壹志，孜孜誦讀之時，而佩蘭悄然入內，顧余而笑曰："怪底杳無聲息，乃在此偷閱禁書也。"余笑曰："如此妙文，可謂得未曾有。世人大抵豔稱其事，不肯研究其文，遂以淫書二字加之絕世妙文，豈非罪過。"佩蘭點首曰："誠如尊論。元人詞曲，當以此爲最。《琵琶記》以下，皆卑卑無足道也。"余亦點首稱是。

自思病狀　　四月十二日

余身體荏弱，年來愁緒紛紜，病益加劇。余母爲余延醫，多方醫治，病卒不瘥。今日校中適來一美國女子，係紹小姐之戚串，其人精於醫理，爲女科專門，曾執業於本國醫院，聲譽鵲起。紹小姐知余多病，倩其爲余診治。診按既畢，謂余曰："若此病非藥石所能奏功。余有四字，若牢記之，抑思祛慮是也。凡人之病，大率因過於思慮所致，抑之祛之，端賴自己毅力。彼藥石能醫已成之病，不能去致病之源也，若信余言否？"余聞語，甚佩其醫理之精，其言確中余之情事。然人非木石，誰則無情？既已有情，而抑思祛慮四字，又豈容易辦到。是則余之病，殆無法可治乎？思至此爲之黯然。

偕游劉園　　四月十四日

鳥飛兔走，今日又逢禮拜矣。余與保羅曾於前月函約，往游劉園。宣講既畢，保羅已候於門次。余瞥見之，隱於衆人之後。候諸姊妹行盡出，乃出門，偕保羅雇馬車一乘。斜陽弄影，馬足翻紅，瞬息之間，劉園已至。攜手入園，倚闌而數游魚，坐石而拂青苔，徘徊於落紅芳徑，躑躅於芍藥橋邊，賞心樂事，清麗無倫。遥見粉蝶一雙，忽上忽下，集於綠蔭深處。保羅指以示余曰："雙雙蝴蝶，大似我儂。其心中之樂，當與余二人不相輕重。第不知其見余二人，亦肯引爲同心之侶否？"余太息曰："人雖爲動物之最靈，然往往因他種牽絆，不能俯仰自如。至於動物，則日夕征逐，徜徉於長林豐草間，無拘無束，爲樂正多。即下而至於蟲豸之微，如蝴蝶之類，雙飛雙宿，尋芳於葉底枝頭，無斯須之離別，其愛情實較我人爲摯。我與若雖私心相愛，誓海枯石爛，永無攜貳。然好事多磨，良緣鬼妬，後日之事，猶如水中撈月，海底尋針，茫無把握，言念及此，真個心神俱醉矣。"保羅亦爲之黯然。正絮語間，而花間之蝶忽飄然而下，直掠余等二人之頭上而過。保羅躍起，以巾撲之，獲其一而逸其一，欲余搗一縷青絲，以繫彩蝶。余靳不與，嗔之曰："若雖微物，亦有性命。何苦加以凌虐，且彼正雙雙飛舞，顧影自憐，干卿底事。而乃無端肆虐，拆散鴛鴦，大非己所不欲，勿施於人之道。我與若，此時攜手同遊，設爲暴客驚散，若心中之怨憤，將至若何程度，況身爲人囚乎？"保羅瞿然曰："卿言甚是，我知過矣。"即縱蝶使遠颺，且祝曰："願汝無災無害，終身安樂，不遇惡人。"蝴蝶有知，亦斂翅不飛，若感余二人之情，靜聆祝辭。而其先逸去之蝶，亦自空中飛翔而下，對對雙雙，復向花陰而去。保羅謂余曰："我與姊雖有成言，而兩家境遇貧富懸殊，姊縱不以爲嫌。而伯母口齒之間，頗嫌余家家況窘迫。我念及此，輒爲之中餒。姊有何善全之策，免此難關歟？"余笑曰："此乃汝之過慮。我母雖不能免俗，然亦何至有重富嫌貧之見？夫銅山金穴，轉瞬皆空，所貴乎多情人者，爲能捐棄一切世俗之見而獨出巨眼，以求佳偶耳。今汝云云，是以薄情人待我也。"保羅謝曰："我因情急，中心煩懣，口不擇言，幸姊原宥。然則姊曷不陳情堂上，早訂鴛盟乎？"余喟然曰："我何嘗不欲早諧宿願，特以我父擇婿眼光過高，苟言之而不當阿父意，則以後殊難措辭。必俟汝卒業以後，乃遣冰人，方能一拍即合。天下事有操之過激，反而中變者，比比然矣。不如稍緩圖之，乃可成功。"保羅稱善。保羅與余並肩攜手，款叙情衷，不覺情不能禁，欲生非分之想。爲余力斥，乃始爽然自失。談笑既久，日將近夕，遊人陸續言歸。余與保羅雖情緒纏綿，不忍遽舍，而勢不可留，乃怏怏話別。保羅與余堅訂後約，余沉吟久之，曰："本月月假何如？"保羅許諾，遂判袂。

竊聆妙談　四月十五日

佩蘭自入校後，每夜恒偷與清蓮同榻。蓋二人共被，校中久懸爲例禁也。佩蘭與清蓮睡後，恒喁喁娓娓，中夜不休。我輩姊妹，均背後私相議論，不知其二人夜間何作，且所語者爲何事，相約於夜間竊聽之，乃語細不可聞。一夕，余夜間苦渴，憶及桌上茶壺內尚有苦茗，縱冷，當能解渴。不欲驚諸姊妹，乃悄然揭衾而起，至桌畔覓茶飲之。此時無意之間，乃漏洩春光，聞二人喁喁私語，悉爲床笫間瑣屑事，俚褻不可名狀。乍入余耳，陡覺心頭突突跳動，面上生熱過耳際。默念此際若以鏡自照，面上紅暈，當勝於枝上夭桃也。余不欲再聽此等語，因微嗽以驚之。二人聞聲，乃寂然不語，余亦揭衾就睡。

共戲蓮蘭　四月十六日

今日課罷，同至草場上散步。余側睨蓮蘭，不禁時時暗笑。素貞忽拽余至僻處而問曰："昨宵有所聞否？"余答以無有，且曰："若我聞之，則爾等亦聞之矣，何問爲？"素貞曰："不然。汝每視二人，即微微含笑，必夜間有語，出自二人之口，入汝之耳，是以有此種形狀，勿瞞我也。"余爲素貞所逼，不得已，乃曰："夜間雖有所聞，然語焉不詳，且語多猥褻，不能出之我輩女兒之口，奈何，非我必欲瞞汝也。"素貞不聽，必欲強余告知。余乃附其耳，語以夜間所聞，素貞亦不禁狂笑。瓊仙等見余二人形狀，疑爲何事，輾轉相詰，盡得其詳。入室後，素貞忍耐不住，先含笑向二人曰："汝等夜夜同床，所語爲何？盍明以告我等。"佩蘭羞不語。清蓮強辯曰："我二人何語，語日間所受課耳。"眾人皆大笑。有揚手頓足者，有以手拍胸、喘息不止者，群譁曰："校中所授之課，乃爲此等事耶？果爾，當與爾二人面紹小姐去。"二人面乃大赧。余見彼等斯擾無休，因爲之解圍曰："彼二人誠不合，余當爲彼二人陪罪。候月假時，命彼二人借余家設席，以欵諸姊妹何爲？"素貞笑曰："我輩果爲哺啜地乎？今且看姊面，寬恕若二人，不以此語告紹小姐，然必令其將夜間語，於此時覆述一遍，則萬事全休。否則，太覺便宜他二人矣。"瓊仙笑曰："此言甚善。"因逼令二人復述。佩蘭羞不可耐，幾欲撒手而逃。清蓮笑曰："汝等欲聽此等言語，俟余月假回家，當隨余同去，睡於余床前地板上，不愁不聽得也。"素貞笑曰："姊等試聽之，彼非惟不肯伏罪。反而嘴硬如鐵，天下有如此犯人乎？此必不可宥矣。"因趣前以手呵其腋。清蓮畏人觸癢，則坐於地上，瓊仙自後一推，清蓮出不意，仰面而仆。素貞跨於清蓮身上，笑曰："尚敢嘴强否？"不意清蓮在下，以手猛擊其腿灣，素貞不能支，亦仆，衆人皆笑不可狀。余力疾忍笑，謂衆人曰："勿爾。爲此狂笑，將驚動旁人。設傳入紹小姐耳中，又將訓斥我輩矣。"衆人方才止笑。

論地理學　　四月十八日

邇來爲小說所累，正當功課，多半荒疏。今日特撥暇補習，且繪地圖數幅。余生平對於地理，至爲注意。以爲地理與國家興廢，至有關係，欲使人民激發其愛國心，非從地理入手不可。中國女子向來不出戶庭一步，即今疆土日削，至於危亡，亦不之知。夫女子有教育兒女之責，若不明地理關係，將何以使兒女知國家疆土之可貴。吾既嘗持此旨以行，故余之地理成績至優。吾師嘗謂足爲吾校冠，且以余所繪之圖，懸之講堂。實則余之爲此，乃用以自勵，非求譽也。

製紅繡鞋　　四月十九日

校中近日均喜著淡紅繡鞋，習俗所染，幾人各一雙。余亦效法自製。忽爲素貞所見，笑曰："姊素喜雅淡，今日胡亦不免習氣？"余曰："久未拈針，聊以自遣耳。"素貞笑曰："噫。吾知之，姊殆留爲異日作嫁鞋耳!"余曰:"汝愛乎?吾將贈汝作嫁鞋何如?"素貞曰:"吾已立志終身不字,不似汝長日但言嫁也。"余曰:"凡爲女子,終須嫁人,嫁亦何醜?若明言不嫁,而暗自嫁人,是乃眞醜也。"素貞語塞。

來賓參觀　四月二十二日

漢陽孫小姐今日至余校參觀,校長早日預備,使吾儕衣一色藍服青裙,整隊至草場。環肥燕瘦,頗壯觀瞻。無何,孫小姐至,先向余儕致訓詞,繼演說。凡女學生對於社會之關係,以及將來擔負之責任,均言之剴切。既畢,紹小姐復使余儕爲遊戲體操。孫小姐鼓掌稱贊,謂武漢女學,當以余校爲最。既復導之參觀校舍。及至客室,紹小姐向余儕二班挑擇數人,與孫作英語談話。酬對之間,幸皆滿意,而孫對於余,尤特別注意。談話既畢,使余奏琴散會。凡與談話會者,均有所賜,惟余所得,乃爲瓷製嬰兒。瓊仙等見之,咸大笑曰:"蕙芳未嫁,先已抱兒。茲當餉吾輩以湯餅筵矣。"余笑曰:"餉汝亦無不可,特恐汝無福消受,多食致疾。至於無藥可治,那時悔之莫及耳。"瓊仙曰:"蕙丫頭何其善於詛咒人耶,恐天不汝容也。"孫小姐、紹小姐據書中所云,似均爲外國人。然余居漢久,從未聞女校中外國人有此姓者。然則該校果在何處,抑爲何名,余竟不能知。

金鳳退學　四月二十四日

余同班王金鳳今日退學歸,余儕均往送之。同窗數載,倏爾相離,一曲陽關,魂兮欲斷。吾與彼感情原不甚佳,然至此時,亦不禁盈盈欲涕。其去校之故,則因婚姻問題。初金鳳入校時,甚爲貧苦。紹小姐憫其情,學費全免,且供其衣食。及至近年,金鳳以手工所得,恰可供其所耗,紹小姐乃頻頻欲爲之訂婚。今年適有男學生某,欲娶金鳳,其人貌頗不揚,且不學無術,金兒素惡之。聞是,嚴詞拒絕,彼乃轉求紹小姐。紹小姐惑其言，許之。轉商金鳳，金鳳不允，紹小姐怒，謂："吾爲汝謀，寧有誤？"金鳳則謂："欲吾嫁彼，毋寧死。"昨日紹小姐遂命之退學。此等事紹小姐未免錯誤。蓋婚姻爲世大典，必須兩方同意乃可。豈有聽一面之言，遂逼之出嫁。即謂金鳳乃其培植而成，尤當格外體恤。若坐視名花一朵，墮溷飄茵，則愛之者適足以害之。爲德不卒，吾不禁爲紹小姐惜。

曲全友誼　四月二十五日

佩蘭爲我儕所窘後，對於我輩愈加敬愛，凡事皆先意承旨，博我等歡心。余深憐之。而其與清蓮，則親昵之狀有加無已，夜夜同眠如故，衆人亦不之過問。惟素貞胸襟狹窄，意氣激昂，常欲與佩蘭嘔氣，謂其奪去清蓮，使同盟姊妹六人中，忽少一人。余曲意慰藉之，俾其棱角銷磨，可免合氣。余自信此中頗費苦心，可告無罪於諸姊妹矣。

接得瑤函　四月二十七日

今日午後，正坐窗下習算術，忽校役投以保羅密函至，幸諸姊妹皆在俯首尋思，未爲所見。清蓮問余何人之函，余以家報答之。衆人亦不措意。俟無人時，就窗前拆視，乃約余於月假時，再赴劉園相會。余念保羅前此與余相見，皆正大光明，無絲毫兒女情態。近日其狀乃大變。每見余，即有依戀不捨之情。眼角眉梢有無限風情流露。余爲保全貞潔計，以後當與彼稍稍疏遠，方爲思患預防。念及此，欲作書絶之。繼念保羅望余之情，甚於望歲，若一旦覆函相絶，彼必疑余有別腸，或至生出種種意外之事。我苟持躬正直，又何慮保羅之有邪心耶？心中輾轤半晌，乃決計與保羅相會。

再會保羅　四月二十八日

今日月假，又適爲禮拜。我輩早餐既畢，群赴禮拜堂聽講。及其既畢，保羅已候於門外久矣。以目示意，欲余即與彼偕行。余止之以目，及姊妹行散歸，乃隨保羅行。行數十步，余問保羅，究將何往。保羅訝曰："姊豈未接我函歟？然則我函爲何人所得也？"語時，頗露焦灼之狀。余不禁失笑，曰："函固在我衣袋中耳。"保羅笑曰："姊姊乃使我失驚，既已接得蕪函，豈猶問至何處？函中明明約姊至劉園相敘也。"余笑曰："汝乃誤會我意。我問汝究往何處者，以劉園人多口雜，且余耳聞諸同學中，亦有相約至劉園遊玩者。若爲所見，勢必調謔阿儂。余平昔最惡此等行徑，乃躬自蹈之，寧不令人齒冷。故余欲與汝別覓一處，叙談半日，汝意云何也？"保羅笑曰："姊姊深思遠慮哉，離劉園可數十步，有一旅館，名蕙芳，適與姊姊名諱相同，可謂天造地設。館中房舍清潔，茶房招待周到。館中精製之肴饌，冠絕等倫，尤非市上各酒館所能望其項背。曾食過該館酒飯者，莫不饜足，謂爲得未曾有。今日與姊姊至彼處一叙，順便在館中晚餐，姊姊之意然否？"余聞保羅言，頗知其設心不良。然既已偕之同出，亦無詞以拒之，因笑曰："諾。惟晚膳大可不必，恐家中懸望。"保羅笑曰："姊姊又非小孩，豈懼走失乎？"一路談笑，已至蕙芳旅館門首。進門以後，茶房含笑向前迎迓，與保羅皆係素識。蓋保羅曾因訪友，屢至彼間也。保羅問有空房間否，茶房答曰："尚有元號房間，無人包定，可備先生憩息。"因即取鑰開房，余與保羅入内。見房內設鐵床二，床上挂湖色熟羅帳，挽以銀鈎，光彩耀目，床中陳錦緞被褥，華美異常。旁設紅木坑床一，中有紫檀方桌，圍以藤椅四。沿窗陳寫字檯。檯上紙筆墨硯，陳列井然。方桌上供大磁瓶一座，高可一尺三四寸，花紋細緻。瓶中插月季花一枝，花朵大可四寸週圍，作粉紅色。香風飄拂，沁人鼻觀，神魂俱醉。因笑謂保羅曰："如此精雅之房間，即富貴之家亦不可多得。不謂旅館有此往來之旅客，當有此間樂不復思蜀之想。余生長是鄉，未嘗聞有此旅館，可謂孤陋寡聞矣。"保羅笑曰："苟不若是精美，豈不辱沒芳名。余將與之交涉，不許其有褻姊姊名號也。"入座後，茶房以茶至，其味香洌。余與保羅品茗閒話，保羅忽問余曰："姊姊昨夕，曾夢余否？"余搖首。保羅曰："余昨夕之夢，殊爲奇特。一人踽踽獨行曠野間，四顧無人，中心恐怖。前有大溪阻路，既無橋梁，又無渡船，水勢洶湧，不可以涉。彷徨久之，思欲返身就原路而行。一霎之頃，來時之路，忽變爲高山峻嶺，攀援無自。耳中但聞猿嗁虎嘯與溪水淙淙瀺瀺聲相和，驚心動魄，不可言狀。正無可奈何之際，而姊姊倏自嶺頭飛步而下，且行且喚余，其行如飛。若不知山路之險峻者，余駭極。疾呼曰：'姊姊仔細。此間無路可下也。'呼聲未絕，而姊姊已自嶺頭顛仆而下。余此時亡魂喪魄，放聲大哭，醒時淚痕猶溼枕函也。"余笑曰："汝因思念之極，故有此噩夢。余則坦然無思慮，何因與汝同夢耶？"保羅曰："若真如夢境，余將願死不願生矣。"余笑曰："何至若是。天下多美婦人，男子負心薄倖是其恒事。余朝死，汝夕時又結識他人矣。"保羅笑曰："姊此言，其由衷之談乎？抑故爲是語以相戲乎？天下男子，大都薄倖，誠如姊姊所云，然余則非其倫也，姊豈尚未知余心也耶？"言既，黯然欲淚。余慰之，曰："前言戲耳。余固信汝非世俗少年男子比也。"一番談笑，天將向夕，余欲興辭，保羅曰："我已命備餐矣，食後回家未晚也。"余重違其意，時電燈已明，房中雪亮。保羅注視余面，久久不釋。余嗔曰："若未識余耶？眈眈注目，令人羞慚無地。"保羅笑曰："正惟不識卿，是以不忍不視。余識卿後相叙，惟在白晝燈光下對卿，尚是破題兒第一次，美人燈下，平添萬種風流。今夕視卿，覺冰肌玉骨，不染纖塵。異日天從人願，當拜倒石榴裙下，不敢以敵體視卿也。"余微笑，時茶房已送酒肴至。果覺精美無匹。余飲數杯，即覆杯告至。保羅不許，必欲強余飲。且曰："余飲一大杯，卿飲一小杯，何如？"余笑曰："幾時學得輕薄口吻，卿長卿短，羞乎不羞？"保羅笑曰："我不卿卿，誰當卿卿。憐卿愛卿，是以卿卿。卿乃謂爲輕薄耶？"余含笑不語，席罷已近黃昏。保羅被酒，面色乃益嬌艷，勝於好女子。余愛之，不覺回眸一笑。保羅忽憑余肩，附耳作小語。余勃然變色，搖首不應。茶房以菜單來，約須銀四元有零，保羅探囊與之。余止之曰："若囊中有何餘資，供汝揮霍耶？"因以五元鈔票，一付茶房，曰："餘付汝作酒資。"茶房稱謝。余二人攜手而出，珍重而別。回家後，母親問余往何處，何以至此時始返。余答以在姊妹家食晚餐。母親信之，不復致詰。余回自己房中，私心自訟，余自有生以來，對於二親從無一語相欺。今爲保羅故，乃忍以謾語欺老母，孽冤哉。爲時已晏，因展衾就寢。

攅碎醋瓶　　五月三日

次日晨間，覺喉中作癢，四肢懶散。一時不肯起身。閉目念昨宵情狀，心房躍躍跳動。念夙昔以禮自檢束，不肯爲踰閑蕩檢之事。今乃與青年男子，旅館相對，淺酌低斟，人之知者，其謂之何？雖中懷坦白，自信無他，而宵行犯露，終非閨人所宜。且念及保羅附耳之言，得隴望蜀，其情實不可問。余若與之朝夕相伴，能終保我女兒清白之躬耶？興念及此，心爲之慄。正躊躇間，而母親已隔窗呼曰："蕙兒，何以此刻猶未起身？豈體有不適歟？"余急應聲曰："兒無恙，將起矣。"因即披衣下床。梳洗既畢，將出門，忽遇張紫宸與保羅在門前絮語。乃返身入內，默念余屢囑保羅勿與此人爲友。彼不聽我語，何也？午飯後始入校，清蓮握余臂而笑曰："生平喋喋，喜訾人短，今且問持躬清白者何人也。"余聞言，面立絳。私意余因畏爲若輩所窺伺，故不至劉園而至旅館，乃彼等已知之耶？因正色端容，曰："若等勿與余廝鬧，余又未嘗作賊，遽以惡語相加，何也？"清蓮笑曰："往昔每逢月假，若必與我輩偕，近今則不然。黃昏月上，路鮮行人，尚與少年男子躑躅街頭，效紅拂故事，何耶？"余無可置辯，以指塞耳曰："若等喜讕言，如群犬狂吠，余不欲聞矣。"正嬉笑間，而瓊仙自外入，怒氣勃勃不可遏，頓足曰："負心淫女，我必有以懲之！"衆訝之，問故，瓊仙不言。有頃，招余與清蓮至書室中，悄語曰："我悔不從汝等言，美玉非人也。"因於懷中出相片一，亭亭玉立，微笑拈花，則美玉之小影耳。余視其片角，有小字一行，曰："國珍我愛惠存，美玉持贈。"余與清蓮見之，亦爲髮指。瓊仙曰："事將何如？我意將與美玉開談判。"余曰："汝與吳郎，尚未正式訂約。若與美玉交涉，不增羞恥耶？"瓊仙曰："汝爲我策之，我憤火中燒，方寸亂矣。"余沈吟曰："余屢勸汝勿偕美玉訪國珍，男子貪得無厭，每多得隴望蜀之心。若不以爲然，致演此劇，爲今之計，惟有速逼國珍即日定婚，則彼美玉者，亦以羅敷有夫，不慮有何種反覆也。"清蓮點首稱善。瓊仙曰："雖然，我必有以懲創之。我以親妹待彼，彼乃恃其顏色，以蠱惑我情人，何其忘恩負義也。"余止之曰："事不三思，終有後悔。若與美玉鬧醋，必爲紹小姐所聞，於汝身亦有不利。且流長飛短，傳入美玉未婚夫之耳，誰樂其妻爲此不清不白之行。爾時釀出人命交關，汝能辭其咎乎？"清蓮曰："然亦不可不使彼知之，以儆將來。最好不動聲色，以照片擲還美玉。彼知事敗，且疑國珍有意漏洩春光，則其事不禁而自絕矣。"瓊仙悅。

端午聚飲　五月五日

艾人蒲劍，門輝交輝。忽忽又至端午佳節矣，校中循例休假一日。余早起即歸，見余弟阿寶，額塗雄黃，偕頑童數輩，戲於門首。聞余歸，喜躍曰："姊歸乎？嬤嬤擬使余與鵑兒往迎。"余笑頷之。及入，吾母方燃艾葉熏室。青煙裊裊，香刺鼻觀。余笑曰："龍涎雞舌不啻也。"午宴畢，瓊仙偕素貞至，曰："素妹離家遠。每逢佳節，倍覺思親。吾儕當伴之出遊，藉遣愁懷。"余曰："往蓮姊家何如？"瓊仙曰："善。"乃相攜而出。沿途見孩童成群，均扮梨園角色，或武生，或旦角，亦頗新奇可觀。素貞詫曰："此何爲？"余曰："漢上每屆端節，恒喜爲此。習俗所傳，亦不知自何而始也。"及至清蓮家，彼夫婦方對坐食角黍。見吾儕至，強之入座，且以雄黃和酒，遍斟余輩。余曰："吾食才畢，不能更飲。"姊夫曰："看余之面，亦當勉盡一杯。"余乃飲其半。食畢，姊夫曰："佳節良辰，未可辜負，諸君盍作竹林之遊？"瓊仙曰："吾儕入局，君當避去。否則吾儕之牌，盡爲君偷視去，但有負無勝也。"姊夫曰："吾作金人，三緘其口，何如？"瓊仙曰："否。非去不可。"姊夫笑曰："阿蓮貪汝輩姊妹之情，已視余若贅疣。今至余家，猶下逐客之令，不太忍乎！"素貞忽笑曰："君誤矣。蓮姊近視余輩，亦如視君。蓋彼已得新交，比翼鶼鶼，不啻夫婦。君欲責余輩，當先拷彼口供也。"姊夫果顧蓮姊曰："然乎？"清蓮雙頰盡赤，笑曰："然。但恐汝不值得戴綠頭巾也。"姊夫曰："其人視我何如？"清蓮笑曰："貌則過之，但略有缺點耳。"衆均失笑。姊夫亦笑曰："然則其爲宦寺也。"復强余儕告其名。瓊仙曰："是不可。他日醋海興波，吾難逃蓮姊之責。"素貞曰："姊夫毋憂。野鴛鴦曾被吾儕捉獲，今後當可少斂矣。"清蓮笑曰："曉曉若春蛙，莫令汝姊夫急煞。"姊夫至此，始知吾輩戲言，一笑而罷。隨便談談，使人失笑。

代人繪圖　　五月六日

一班生例應今屆暑假卒業。日來溫習功課，至爲忙碌。余則代之繪畫地圖，竟日無暇。清蓮笑曰："爲他人作嫁衣裳，何苦乃爾。"余曰："彼等必欲以此相强，吾安能拒之？"其實余之所繪，不過略清晰耳。彼等乃珍之若寶，不禁自笑。

溫習課程　　五月十四日

吾日記輟筆未記數日矣。蓋季考在即，吾儕均塵首伏案，溫習舊課。一至夜間，則頭暈目眩，不敢更親楮墨。即以好嬉若瓊仙、素貞等，亦奄奄若冬蟄之蟲。吾嘗笑，若長日如是，祇須數月，即索我等於枯魚之肆矣。今日溫習畢，均將課程繳去。而明日即爲考期，余自信余此季所獲之益，較去歲爲多。屆時能否戰勝人前，尚無把握。惟吾自入校以來，向不以考試高下爲意。蓋以吾儕所求，在事實不在虛名。事實爲何，學識是也。每見一般人但知對於校長、教員，竭力諂媚，而於功課反漫然置之，斯誠失之遠矣。蕙芳尚不失爲好學女子。

校中季考　五月十五日

今日開始考試。鈴聲一振，姊妹行咸惶然赴講堂。余笑顧素貞曰："昔日雄風，而今安在哉？"坐定，始知今日所考者爲國文，題爲"韓信論"。夫狡兔死，走狗烹，飛鳥盡，良弓藏，後世爲信悲者多矣。余獨以爲此乃信之自取。當夫雄師在握，項氏敗績之時，實足以左右天下。苟取沛公而代之，直易如反掌。而乃不信蒯轍之言，坐失已成之機。及至國事已定，漢室根基已固，便當安其本分，以終餘年。而又陳兵出入，負固不服，授人以隙，與人以疑，其不招殺身之禍者幾希。余讀史至此，每爲悼惜不置。今日因持此意，隨作一篇。佳否，固在所不計也。論斷精確，淮陰有知，當亦俯首。

爭捉迷藏　五月二十二日

連日考試各門科學，直至今日始畢。明日即爲休假之期。下午偕姊妹行散步草場，以紓積困。素貞因欲回潯，對此眼前情況，不覺牽動離愁，泣然謂余輩曰："聚首半年，情深刻骨。明日之日，即須買輪東下。素貞原係潯人，故休假後即須東歸。從此潯江漢水，夢想爲勞，得不令人惆悵死耶？"余慰之曰："人生聚散，實有一定，妹正不必因此悲傷。待到金風送暖，亭苑生凉，吾儕又可歡笑一堂矣。"素貞嘆曰："既散何必聚，既聚何必散。我於是正嘆天地之不仁也。"瓊仙曰："相處僅此一宵，幸勿徒作楚囚對泣。因攜余等至樹陰中，捉迷藏爲戲。捉獲者，罰批手心。"衆稱善。乃由清蓮發令，瓊仙覓之。令出，余等均散往園東花叢中藏匿。既而佩蘭爲瓊仙所獲，衆均失笑。出拽佩蘭至草場，爭欲掌其手心。佩蘭欲逃，瓊仙曰："令出維行，安能逃避？"佩蘭不得已，伸手出。

清蓮握之笑曰："吾欲餐美人玉臂耳，安忍批哉？"因捧而吻之。衆譁曰："汝因愛徇私，非罰不可。"乃争扑清蓮。清蓮抱頭竄去。

校中休假　五月二十三日

今日休假，同學均紛紛歸家。吾父侵晨即命人擔余箱籠歸。余因欲伴素貞，與瓊仙等仍留校中。下午素貞行李已預備停妥，吾儕同送之輪舟，縱談校中事，一言及吾儕姊妹行情感，則群相涕泣。素貞曰："姊等雖云散處，然猶在一埠。欲來則來，欲去則去。若我則單形隻影，無與爲親。獨處深閨，直同孤雁。遠盼漢水滔滔，不知增幾許懊惱也。"瓊仙曰："河魚天雁，尚可相通。吾儕軀體，雖不在一處，而精神猶可時相把晤。勿徒惓惓作兒女態也。"素貞曰："吾人乍別乍逢，原不止今朝。然不識何故，中心傷感，獨以今次爲最。"言已，復握余手曰："姊多愁善病，性復過癡，今後務望自爲珍攝。"余曰："金玉之言，謹當銘之座右。"言時，汽笛嗚嗚，船將起椗，素貞乃起與吾人一一握手曰別。"從今日，會在何時？妹少不更事，獲罪姊輩之處定多。倘此後不獲與姊輩相見，務望憐而恕之。"言畢，清淚雙雙，直沁入吾儕心腑，亦不期失聲哭。暑假僅兩月耳，而別時悲愴乃至如斯，素貞死機於此已兆。及退至薹船，輪機軋軋，已離岸而行。但見素巾如雪，摇曳於慘綠電燈中而已。

参觀畢業　五月二十五日

一班生畢業禮，定今日舉行。余與瓊仙等均往參茶話會。紹小姐曰："此爲余創辦是校第二次之成績。余覬之，心至樂。汝儕下季，可升入一班。明年此日，當可得最大之榮耀。尚其勉旃。"會畢，合攝一影，且命余撫琴歌長調一曲散會。此次名列最優者，爲漢陽朱劍華，年長余一歲，人甚冷静。紹小姐以其英文成績佳，擬送之留美。大抵秋初即須啓程。往昔乘風破浪，多屬男兒，今則嘗見之於巾幗中，亦足自豪矣。然亦必如劍華之爲人乃可。若余，彼美雖有銅山金穴，亦不欲往。蓋各方面感情未易割棄也。

耳鬢廝磨　　五月二十六日

我校休假後，保羅之校後余校二日亦休業。邇來朝夕過從，相見益密。蓋保羅之母，與我母素善。我母夙以姪視保羅，愛之亦甚。且余與保羅之關係，我母固未之前知，故保羅得以往來無忌。保羅一日私謂余曰："前日旅館之游至樂，我意欲於此清麗無倫之旅館中，作倚翠偎紅之豪舉，卿不之許，抑何忍心乃爾。今盍再往旅館一遊乎？"余搖首曰："此事可一而不可再。余自爾日以後，私心忐忑，時刻懷慚，今何容再蹈其覆轍耶？朝夕相聚，耳鬢廝磨，自得至樂，奚必出外閑遊，方爲樂事乎？"保羅笑曰："狡哉，卿卿。冰心素面，無絲毫兒女情腸，真如海上三神山，令人可望而不可即，茂陵風雨，病相如將以消渴死矣。"余曰："若毋作急色相。凡人遇合，撙節之則可久，恣縱之則短促，不可不留有餘地步也。"保羅稱是。

得素貞書　　五月二十八日

今日接素貞來書，謂歸潯後，不如意事相逼而來，以致百感交集，神思不寧。余初視素貞，不過一好嬉之女郎，固不知彼亦一多情善愁人也。乃作覆書慰之。伏素貞日後殉情。

瓊仙訂婚　　五月三十日

早餐方罷，雲巧忽偕瓊仙至。笑顧余曰："姊當賀瓊姊，彼與吳郎婚約已定矣。"瓊仙與國珍婚約已定。余訝曰："吾胡竟未前聞？"瓊仙曰："是乃余過。蓋余初恐事不易成，徒增羞辱，故秘之。"余曰："其汝兩人私许，抑已經父母之命、媒妁之言乎？"瓊仙曰："彼倩媒至余家說合也。余父固知彼。且曾許余以自由擇婚之權，故絕無梗議也。"余曰："紹小姐知之乎？"瓊仙曰："知之，且願爲吾儕證婚人。"余曰："婚期何時？"瓊仙曰："下月十日。"余詫曰："何倉猝乃爾？"瓊仙曰："彼暑假後，恐將調往湖南，故願早日完娶。"余笑曰："數載相思，一朝聚處。届時碧紗帳裏，玉體橫陳，其樂當不啻七夕雙星也。"瓊仙聞語，臉驟赤。余戲捻其頰曰："胡猶假惺惺作態？"瓊仙笑曰："誰似汝，竟不識羞也。"時雲巧方出，與余母語。瓊仙私語余曰："汝與保羅，今當可以暢叙矣。"余曰："云何暢叙，不過日日相見耳。"瓊仙曰："得勿如西廂月上柳梢頭，人約黃昏後耶？"余曰："何至如是。"瓊仙曰："妹年已至如許，亦當速自爲謀。若待華年逝去，顏色已摧，則悔之晚矣。"余嘆曰："吾之境遇，良不如汝。安能容余自由計議耶？"瓊仙曰："保羅豈不能央媒來説。"余曰："吾籌之熟矣，然而……"言至此，雲巧忽入。余語遂戛然中斷。坐移時，瓊仙欲歸。余笑曰："佳期已近，須歸作嫁衣裳。吾不留汝也。"二人乃出。

紅閨教弟　六月一日

旭日蒸人，重簾不捲，間取英文讀之。阿寶笑曰："姊盍教余讀？"余曰："善。"乃以字母使之讀。阿寶故聰穎，不及數遍，即能背誦，且顧余曰："今人恒喜讀此，果有何用？"余曰："現在中外交通，與西人交涉，日多一日。讀此庶可與彼相接，而無間隔。"阿寶笑曰："然則姊讀此，將來不可嫁碧眼黃髯洋人耶？"余不禁嗤然失笑。趣語，我讀之失笑。

撕裂影片　六月三日

近一禮拜，清蓮竟未一至余家。午後，特驅車往訪，至則闃無一人。詢之僕人，始知已往佩蘭家去。余聞，不覺憤火中燒。回思往昔一届休假之期，殆無日不至，或相攜於晚風駘蕩之中，或高歌於涼月初昇之候，今則棄故人若陌路，視新交如膠漆，此種人寧復可友？愈思愈忿，歸家後，以其與吾儕共攝之影，割而碎之。

盛暑曝衣　六月六日

俗傳今日曝衣，永年不蛀。余母早起，即命出余衣曝之，纍纍十餘箱，使人勞倦欲死。下午雲巧至，乃助余收檢，計兩百件左右。其中未嘗一度近身者，亦數十件。雲巧笑曰："郎君尚不知在何許，嫁衣已齊備若此。覩物縈思，得勿有年年空曝嫁衣裳之憾耶？"曝衣尋常事耳，本可不必記之日記中，然有雲巧數語，乃不得不記。余笑曰："是何憾之有？妹想爲自身説法也。"既畢，雲巧曰："吾有一事詢姊，乃幾忘之。瓊仙欲余二人作陪親者，汝知之乎？"教會女學生出嫁，新嫁娘例須擇女友兩人以爲伴，名曰陪親。余曰："然。昨已接伊來書。"雲巧曰："姊去乎？"余曰："彼既相邀，自不能却。"雲巧曰："此余破題兒第一遭也。"余曰："吾固嘗爲之。亦無繁難之處。惟客多，不免厮鬧。殊惹人厭也。"

納涼相戲　六月七日

柳陰蟬噪，聲滿香閨。一角斜陽，漸漸由屋角而移至籬落間。余母赴親戚之約，出外未回。余平昔不甚畏熱，每至盛夏，他人袒裼露裎，猶嫌煩悶，余則整襟危坐，手不揮扇。保羅每戲謂余非軟紅塵人，故炎暑不能相侵，乃今歲則異是。時交初夏，即覺熱不可耐，近日以來愈覺煩躁不堪。柳陰静坐，命侍兒在旁揮扇，額汗猶涔涔不止。余亦不知其所以然。豈身體之冷熱，亦有變遷耶？抑爲病所困，以至於此耶？二者必居一。於是時則涼風習習，穿林度樹，爽人心目。侍兒報蘭湯已具，乃入房中試浴。浴罷，易杏黄薄羅衣，啓户而出，則保羅已俟於庭中，攜余弟寶兒手，絮絮問短長。見余出，乃呼曰："姊姊速來，余爲寶兒纏死矣。"余問其故，乃知寶兒欲保羅教伊洋文，一樹一木，一花一草，皆欲問其名詞，故保羅不能耐也。余坐定後，保羅睨余而笑曰："姊姊冰肌玉骨，桃花出水，艷麗愈增，不讓華清妃子。惜余無福，不能效李三郎溫泉試浴故事也。"余嗔曰："余豈楊玉環比，若言毋乃過於輕薄？"保羅笑曰："姊姊勿怒。以我思之，玉環亦未嘗有十分淫蕩，金錢洗兒之事，出於後人臆說，不足深信。惟念楊妃當日，徐娘半老，馬齒已增，或不足比卿於萬一耳。"余笑曰："余何敢不知分量，與千古有名之佳人比，況敢自謂勝之乎？"

伴瓊仙嫁　六月九日

午餐後，略加膏沐。瓊仙已以馬車來迎。余驅之往，至則雲巧已候於門次。笑曰："風緻嬌艷，我見猶憐。"瓊仙母素愛余，余才下車，即攜之入。見瓊仙方於室中理其書帙，余顧之笑曰："僅一日耳，胡猶碌碌如此。"瓊仙曰："不理將佚散矣。"其家賓客甚多，吾儕不敢越堂前一步，但於室中伴瓊仙閒談。雲巧曰："瓊姊與吾儕乃髫年舊侶，今嫁得乘龍婿，恐將不能耳鬢廝磨，若昔時之樂矣。"余曰："此何待問。"瓊仙曰："妹等誤矣，吾心則無所軒輊。蓋伉儷自伉儷，朋友自朋友，安可得彼忘此。且暑假後，吾尚須入校，則與吳郎相處日少，而與妹等聚首日多也。"余曰："心不相結，雖聚首何用？汝不見蓮姊耶？自得佩蘭後，視我輩儼如路人。"言次，因將撕相事，述之瓊仙。瓊仙笑曰："汝性亦太躁矣。"余曰："我已自誓，再不與語。汝若效彼之薄倖，當亦如法對待。"瓊仙笑曰："然則，汝將來嫁得意中人，亦必與我輩同處矣。"余語塞。入夕，瓊仙母以盛饌款余儕。余戲謂瓊仙曰："吾國俗例，女子出閣，必先哭嫁，汝日來亦哭否？"瓊仙曰："此亦非俗例，不過骨肉之情難於割棄。故不覺心傷淚落耳。若余父母自余墮地至今，不惟未加鞭扑，並未嘗以惡語相加，際此闊別之期，自不無感痛……"言至此，果哭。恰是女兒出閣時情景。雲巧慰之曰："女子既長，終須嫁人。此一度痛苦，人人所難免。且吳郎與汝家相距甚邇，此後兩相過從，仍如今日，夫何足悲哉？"余佯戲之曰："汝言雖如是，吾恐汝心恨不立時飛到吳郎身畔，相偎相倚也。"言已，拽之起，收拾零碎衣物，直至三句鐘，始覺精神疲困，乃與瓊仙共榻而眠。

瓊仙出嫁　六月十日

晨起即聞堂前喧鬧聲。瓊仙嬌羞萬狀，偃臥不起。正如雙文所云"萬轉千回懶下床"也。余強之起，清蓮、佩蘭、文清等亦相繼至。余對清蓮，絕不通一語。清蓮笑曰："蕙妹。吾又因何獲罪於汝？"余不答。雲巧向其耳邊喁喁數語，似告余裂相事。清蓮乃行近余身，含笑撫余肩曰："吾妹，是誠吾過，幸勿見罪。"余仍置不理。清蓮乞哀曰："汝若不理，吾將欲拜倒石榴裙下矣。"余不禁嗤的一笑，曰："羞否？乃強人爲友。"清蓮大悅曰："蕙妹意轉矣。"旋挽余爲瓊仙理粧。瓊仙此時，紅暈上頰，俯首不作一語。余曰："何苦作此假態。"清蓮曰："新嫁娘必須如是，然其心中愉快，正非外人所知也。"無何，輪輿至，蓋以轎式馬車而飾以彩色。吾儕乃扶瓊仙出，衣淡白之衫，拖縞素之裙，頂披白紗，直曳至地，飄飄然如仙子御空。讀至此處，恍見一素衣女郎玉立余前。清蓮顧之笑曰："瓊妹嬌艷勝昔，我見猶憐。今夕翠袖牽來，鴛衾並臥，彼新郎飽餐秀色，真愉樂死矣。"瓊仙俯首不語。吾儕擁之登車，余與雲巧，則共坐馬車隨之。既至禮拜堂，新郎已候於門次，相攜至聖台前，由教士詢其結婚始末。既問兩方面是否滿意，國珍與瓊仙，均一一應之。教會結婚儀式確是如此。惟瓊仙羞澀至不敢仰視。余與雲巧，亦不禁雙頰霞然。查問既畢，乃爲祝福已。至會堂前，共攝一影，復登車直驅至日租界國珍寓所。時來賓至多，吾儕擁擠幾不能入。兼之天氣酷熱，香汗淋淋。國珍笑謂余儕曰："今日重累諸君矣。"余曰："義不容辭，胡云累也？"酒畢，來賓強半散去。其未去者，則圍繞窗外，或謂新娘風貌佳，或謂陪親者較新娘猶勝。吾儕均置不理。國珍復陳盛筵室中，專宴姊妹行，且強瓊仙入座。不允,余拽之曰:"汝記一江春之宴乎?爾時尚且豪爽無兒女態,今胡反跼蹐?"清蓮笑曰:"新郎即是舊相知,莫作態。"瓊仙不獲已,乃與余共坐。國珍斟狀元紅巨觥,使瓊仙飲。瓊仙兩頰盡赤,置若未覩。宛然新嫁娘風度。佩蘭笑曰:"爲郎憔悴却羞郎。"瓊仙捻其手曰:"何苦喋喋不休。"酒散,已至夜深,吾儕相繼退去。余私語瓊仙曰:"春宵一刻值千金,好自爲之。"

調謔新娘　六月十一日

余昨宵不知何故,輾轉反側,不能成寐,直至曉日窺窗,方始沈沈睡去。及至一覺醒來,時已近午。起床後,洗面漱口畢,方將開盒梳髮。清蓮、佩蘭等已嬉笑相攜而至。余笑曰:"今朝甚風吹得仙子下凡,居然蓬蓽生光矣。"清蓮以巾掩余口曰:"利口便便,古人所戒,若仔細壽命不永。"余笑曰:"如斯惡濁世界,能早日脫離,亦爲萬幸。"因問爾等今日結伴將何往?清蓮曰:"我等將與余視瓊仙去。"余曰:"余髮且未梳,安能見人?"佩蘭笑曰:"我爲若梳之,何如?"清蓮笑曰:"近來梳頭娘子,價乃大貴。若擅此絕技,不愁凍餓矣。"佩蘭曰:"我爲梳頭傭,若亦無甚光榮。"一面談笑,一面爲余綰就菊花雙髻,光澤可鑒。余謝之曰:"賴若妙手,文我醜陋,叨榮多矣。"既畢,略食乾點,驅車而往。瓊仙聞報出迎,余見瓊仙著淡紅紗衫,顏色嬌艷,與其兩頰芙蓉相映,越顯得豐肌如玉,素貌如花。入室後,周視室中陳設,尚爲合宜。南窗下有風琴一具,正中置鏡臺一事。臺上兩端,列玫瑰、月季花二盆。盆花甚茂,盈盈如笑,香氣直撲鼻觀。清蓮入室後,都無一語,惟注目視瓊仙不少瞬。衆皆異之,問何故?清蓮笑曰:"我羨新娘子嬌嬌滴滴,紅白分明。所謂閉月羞花者,庶幾近是。且其眉尖頰上,綻露三分春色,愈增萬種風流。古人云'秀色可餐',此語想非欺我。我清晨即離家,未遑朝食。至蕙妹處,又以將至此間以閉門羹相待,及來到後,新娘子與我們一味敷衍,絕不聞令人備午間酒飯。若不飽看新娘,餐其秀色,更有何物可充飢渴也。"衆人聞語皆笑，僉謂其調謔入妙。午飯後，瓊仙與我等至門前。立談俄頃，忽一車風馳而過。車中坐者，乃一絕色女郎。瞥見余等，遽以巾掩其面。瓊仙眼快，笑曰："若等識車中人乎？"余等皆以未曾相識爲言。瓊仙笑曰："是美玉也。彼見余羞不可耐，故以巾掩面耳。"衆皆恍然。

聞素貞病　六月十四日

連日爲瓊仙事，勞頓不堪。今日略暇，乃就窗前溫習舊課。清風徐來，軟香撲面，頗覺快人。忽郵使遞一書至。余接視之，知爲素貞寄余者，不禁自語曰："剛説近時無消息，適逢郵使寄書來。"書曰：

想念正切，適奉瑤箋，真不啻從天而降也。循讀再三，且欣且感，嗟夫！天地間豈復更有相知若姊也耶？抵潯後，種種不如意事相逼而至。遂令病魔纏擾，寢饋難安。逼處小樓，煩惱極矣。余身體本素強健，在校時競走、拍球各遊戲，趫捷殆爲姊輩冠，讀書恒至中夜不輟。嚴冬雨雪交下，他人襲重裘，居密室，圍坐火爐旁，猶呼寒不置，余則僅衣薄棉，憑樓望飛雪以爲樂。即盛暑之天，亦未嘗一度減食或頭痛。今則腰圍驟減，衰頽有如老人，對鏡自照，面龐亦清減異常。與兩旬前之余，蓋已判若兩人矣。嗟乎！吾病何速，而瘦弱又何易耶！吾姊聞之當以爲異，即余自己亦甚不解，胡遽至如斯也？大抵人生之病，咸生於心，而世界百病，又以心病爲最苦。女子心地既窄，一旦患此，未有不立死者。而余猶支持至兩旬之久，幸也。至余何故患此心病，吾實不欲爲姊詳告。簡言之，吾實爲畢生之命運與幸福而病耳。蓋余嘗謂女子之命運與幸福，與男子絕對不同。男子自出生時，即可定之。女子則須分爲兩截，一出生時，一出嫁時。大抵女子出嫁前之命運，祇可名之爲假命運，出嫁前之幸福，祇可名之爲假幸福。以與畢生之命運與幸福，殊不相連屬也。余既抱此感想，即覺在父母家庭中享受幸福之日，決不可長，而以後之命運與幸福，乃將仰之於莫知誰何之人。精確之論。及入校後，思慮漸進，此種感想尤無時不縈繞於心。恒覺畢生茫茫，不知歸於何所，於時乃適與個兒郎值。個兒郎者，亦世家子，父官贛東，因家於潯，年才弱冠，文名噪一時，熱心國事，有古烈士之風。余之識彼，實同學某女士所介紹，而某女士即個兒郎之弱妹。每屆例假，必偕女士過其家，聆個兒郎高談偉論。個兒郎貌既修偉，目光炯然。每一發言，風生波湧，令余視綫不由不注視其身。而余之心地，則如照一最強度之電燈，光明無匹。心臟受厥熱度，如醉如沸，光明之極，轉覺欲暈。而個兒郎亦頻頻回眸視余面，視綫相觸，則又各自羞怍，如是者半年有時。余雖不欲往，而足已隨某女士行。蓋余是時已將余畢生之命運與幸福全託之個兒郎之身。而個兒郎對余情感，又適與余同其孟晉。雖不至如西廂待月，然白首之盟，則私許已久矣。嗟乎吾姊，余室女也，公然與一男子言笑為歡，且復期以婚約，寧不為他人冷齒？然余為欲謀畢生之命運與幸福，又不得不爾。此種苦衷，甚願吾姊為吾諒也。迨今年之春，某女士出嫁，個兒郎忽勸余赴漢就學。余既欲終身許之，自當惟其言是聽。此余今春所以負笈前來，與諸姊妹重結同窗之契也。及到校後，迄未接得個兒郎來書。余初猶疑其棄余，或已他去。既而思之，彼固豪爽人也，初不似一般輕薄兒，動以與女子通信為榮。且余既來校，余之名譽即與彼之品行，有連帶之關係，萬一失檢，為他人所知，則相愛適成相害，個兒郎必不為也。余既涉想及此，心乃大慰，且私心自忖，暑假歸來，當可倩個兒郎向余家陳說，美滿姻緣，固不難即早成就。詎歸後，余家已為余另字他人。霹靂一聲，魂兮欲斷。及詢個兒郎，則已為余憔悴欲死。嗟乎！命薄耶？緣慳耶？吾不得而知。但吾確知吾之命運與幸福，從此淪於黑暗，無復幾希之望矣。此吾所以不能不病，此吾病所以不能不深。兼之抵潯以來，與個兒郎咫尺天涯，不能一度把晤，每一低徊，心傷欲裂。雖然既少三生之約，何爭一面之緣，見之適足增雙方痛苦，而貽無窮之戚。嗟夫，吾姊，吾萬不料吾之命運，乃一變至此也。病後，余父母日夕惶惶，至不惜數百里外，延請名醫，爲余署滋補之方。實則此種湯藥，吾殊未嘗入口，轉使窗外盆花得其滋養，蓋余嘗以之傾至窗外也。余父母見余病日增，但知憂傷嗟嘆。夫余病本非不可醫者，但使醫得其法，竟可不藥而愈。顧余父母初不知於醫藥之外，別求良法，余又不能直接向余父母直陳，是余病終無可瘳之日也。已矣，死矣。個兒郎旣痛不欲生，余安能靦顏苟活？在生不能爲比翼鳥，死後當化作連理枝。殉情而死，其樂彌甚。余死樂也。惟堂上椿萱，生我劬勞撫育之恩，未嘗稍報。一旦珠沉玉碎，不免重遺老人憂，卽姊妹行亦耳鬢廝磨，交誼非淺。忽爾人天永隔，謦欬難聞。言念及此，不無感痛耳。嗟夫，漫漫長夜，黯黯殘燈，魂魄不來，意緒若死。預思以後，恐再不能與姊輩作筆談。蓋余作此書，已盡三日之力乃成，余之精神可知也。余往昔對於此事，諱莫如深。實以爲事終必成，姊妹行終有知之之日。今旣一變至此，余瞬且物化，乃不得不略略爲姊陳之。姊聞之，其憐余耶？恨余耶？余不得而知。但余有一言可告姊者，余心雖糊塗，而身猶乾淨，雖死不至遺姊輩羞也。嗟乎！吾書至此，余手已僵，余眼已花，余不能再言矣。已矣！諸希珍重。素貞書。全書將近兩千言，一字一淚，使人不忍卒讀。

余讀竟，不禁惻然興悲，兩行淸淚，奪眶而出。思愛情者，眞不祥之物也。以素貞之強健，誰復料其夭壽，乃一度失意情場，卽不克自保其身。但吾不解世間爲人父母者，與愛女定婚，胡竟不一徵其同意。又不解世之娶妻者，胡竟不一問其人是否相愛，而徒出以孟浪。總之，吾儕女子，實世界最不幸之人。一與世人交綏，卽遭失敗，未有不棄甲卸盔而逃者。若余今日所處境地，與素貞前日正同。將來是否亦如素貞同蹈此可憐之域，尚不可知。是余對於此書，尤覺有身世茫茫之感。乃挾書與淸蓮、瓊仙等觀之。衆均悲泣，隨共作一書往慰之。

論斷愛情　　六月十六日

余自接素貞來書，心中至爲不寧。思余與保羅感情，當較素貞與其意中人，有過之而無不及。然而良緣未就，鴛夢猶虛，萬一亦有第三者捱身而入，余與保羅又何以禦之耶？爲今之計，惟有嗾使保羅速速議婚。此議保羅本嘗以要余，然余父母能否允諾，則又無把握。思及此，保羅忽攜寶弟至。余以素貞書與之，觀畢，保羅曰："情詞悱惻，亦大可憐。然素貞亦太憨，失之此者得之彼，又有何不可。"余曰："如是，安得謂之鍾情者。"保羅笑曰："汝輩女子，但思得男子耳，何分彼此，何有情愛。"保羅此語，說盡今日女子心理。余曰："是汝所言乎？然則彼殉情而死者，又胡爲？"保羅曰："是少數耳。不然，彼乍離乍合者何多也。"余曰："若我則不如是。"保羅曰："習俗傳人，殆如疫癘，安知汝今日與我善，異日不又移情別注耶？"余不禁怒曰："咍！是何言乎？然則汝當屏此人勿近。"言已，泣下。保羅立易笑容，撫余肩曰："吾親愛之人，聊以相戲耳。"余以指捻其頰曰："苟再胡言，當重罰之。"嬌嗔之態，如見。

繡閣聯吟　　六月十八日

寒暑表已達九十八度，熱極，乃思扶琴消遣。忽瓊仙掩至，此爲瓊仙出嫁後第一次至余家。余笑曰："今日南風大好，竟將仙子吹至，何幸如之。"瓊仙曰："綠窗無事，殊覺沉悶，特來與妹作長談耳。"余曰："畫眉窗下，並坐談心，其樂正不可言喻。胡猶云沉悶耶？"瓊仙曰："彼晨起即往醫院，安能與我相伴？我之孤寂，適與未嫁時等耳。"余笑曰："蕭郎亦薄倖哉！今夕歸來，當縛以同心之帶，責以後不許離香閨一步。"瓊仙笑曰："我則無此權力。汝將來嫁得素心侶，或者可施此禁令也。"言已，伏余肩際，低語曰："汝與保羅近日定有許多佳趣，茲盡告余。"余嗔曰："天熱如此，猶貼伏人身，汝豈瘋耶？"時瓊仙瞥覰余案頭陳王次回《疑雨集》，笑曰："怪底終日昵居不出，乃在讀此也。"因取而誦之。鶯喉嬌轉，瀝瀝可聽。既而曰："久未讀詩，俗塵頓增萬斛矣，茲盍各吟一二首，以消永晝？"余曰："佳。"因擬夏日題，各賦五言絕句兩章，詩記左：

《夏日》：夏日初長候，含情倦欲眠。蘭閨無個事，纖手弄清泉。風捲香簾起，蟬聲送晚涼。閑行芳徑裏，粉蝶自紛忙。蕙芳

《夏日》：蘭閨深寂寂，靜日玉生烟。嬌卧渾無力，紅暈上臉鮮。悄立閒階下，荷花映滿塘。衣輕香汗透，無語對檀郎。瓊仙清詞麗句。

遊夜花園　六月二十日

晚風掠面，天際餘霞，猶絲絲縷縷，往來蕩漾。默念明日，天當更增熱度，得不令人煩惱煞。正倚欄遙望之時，覺身後有人行動，欲回首視之，而來人已以手加余肩。笑曰："蕙兒浴未？此刻微覺涼爽也。"余答之曰："兒已浴罷，在此納涼。母親適從何來？"阿母笑曰："余來此，有一事與汝商，汝必勿逆我意。"余訝曰："母親有命，女兒自當順從。試言之，果為何事歟？"阿母笑曰："事亦甚細。蓋保羅頃來邀余與若至愛國花園納涼，余既許之矣，乃姑母家又邀余鬥牌。若固知之，姑母脾氣甚躁烈，余何能却，而保羅情意殷拳，既已許之，亦無失信之理。今與我兒商，余自赴姑母家鬥牌，若與保羅至愛國花園一遊，則兩面胥無妨礙矣。"余初聞阿母吞吐之言，疑有別種事故，心中跳動不寧。既聞為此等事，真屬天從人願，余豈有不加贊成之理。但一諾無辭，轉足令阿母疑忌，且安知其非設言相探耶？因笑曰："兒畏熱過甚，頗覺倦遊。且與母親同去猶可，若以孤男少女攜手宵行，人之多言，亦可畏也。一旦飛短流長，橫滋物議，兒死無地矣。"阿母聞語，撫掌贊嘆曰："女兒老

成之見，我轉未憶及此。蓋以保羅誠實子弟，我兒貞潔名花，初未念及此等事也。然則將奈何，辭之耶？則適間親口相許。一霎之頃，遽而變遷，無論虛保羅敬愛之情，且信用不將喪失净乎？"沈思有頃，笑曰："得之矣。我與傭媼赴姑母招，若與鵑兒攜寶兒隨保羅遊，可以公私兩盡，無慮周章耳。"余故作勉強許諾狀。阿母即攜傭媼二人，匆匆向姑母家去。俄頃，保羅欣然而來，謂余曰："姊姊肯同去否？"余故作不知曰："若語云何？"保羅瞿然曰："豈伯母未與姊言耶？我適間請伯母偕我姊至愛國花園一遊，伯母已應諾，奈何姊猶未之知也。"余曰："阿母已赴姑母家抹牌去，囑余謹守門戶，未嘗有他語也。"保羅默然，兩眼睃睃，急淚已奪眶而出。余大不忍，方欲告之以實，而鵑兒已攙言曰："勿信姑姑謾言，太太晚膳後，正準備往夜花園去，而姑太太適遣人來邀抹牌。太太臨去，曾囑我攜寶兒偕姑姑隨少爺去，少爺勿信姑姑語。"保羅拭淚謂余曰："此言確否？"余急應之曰："確前言戲汝耳，汝何認真若是。"保羅微笑，頓足作恨聲曰："卿何硬心腸，不怕急斷余之腸胃耶？"余謝過，相攜出門，雇街車同去。至則園中遊人如蟻，幾無隙地可以容身，乃與保羅環行園中。覓相當處，垂楊縷縷，與月光相映，如霧如煙，各種花香，時時爲微風送入鼻觀。清溪一曲，架以紅橋。樓上四周，藤花牽蔓，枝葉茂盛。空青欲滴，溪邊有茅亭三五座，藏於楊柳陰中。時有流螢，數十成群，燁燁作光，恍如天上繁星，人間漁火，真如世外桃源，不染一毫塵俗氣。廣場之上，遍種細草，軟滑如茵席，較校中之遊戲場尤勝。余欲就茅亭中坐，保羅曰："亭中電燈太亮，易惹人耳目。不如就草地上坐爲妥，且較涼爽也。"余是其言，正欲就坐，忽聞身後有人呼保羅。余聆其音，頗覺熟識，回首視之，乃張紫宸也。彼見余，即鞠躬爲禮。余心惡其人，勉強答禮，默不一語。紫宸笑曰："姊姊清興不淺，惟余每夕在此，未嘗見姊姊一面。姊姊想係初次來此，保羅亦不常至，園中景物，想亦未能一一領略。姊姊肯容余爲嚮導，庶不辜負名園。"保羅稱謝，余則端容木立，無一語相答。紫宸見余不欲，因笑曰："姊姊伶仃弱質，想已足力不勝，就此間坐亦佳。"乃回首喚人，以香茗荷蘭水來。余不答。

保羅曰："盍於此間小坐乎？"余止之以目，而園丁已攜得茗椀瓶水至。紫宸肅余入座，余冷然曰："謝君良意。"又以目視保羅。保羅悟，乃偕張往西園去。及返，余怒之曰："余屢屢戒汝勿與此人往還，汝故故違我意，何也？"保羅囁嚅曰："我奉卿命，久不與其人來往，奈其每見余，必殷勤萬狀，抵死相纏，余實乏拒之之術。"余嘆息曰："余非干涉汝之交友。特其人胸中不正，邪僻之狀，悉露於眉目間，將來我二人之事，或因彼而生障礙。余每見其人，即渾身生栗，若遇蛇蝎，亦不知何因而至此也。若必從我言，與之絕交，庶無後患。"保羅唯唯。時鵑兒攜寶兒往他處閒遊，保羅以荷蘭水一杯授余，且笑曰："伯母亦太寬心，竟許卿一人偕余至此。"余長嘆曰："余與若之情，阿母始終未嘗聞知。若知有如許葛藤，必不許余與若偕矣。若初以貧富相懸爲慮，余常斥爲妄言。日來微探阿母意，若之所慮竟不虛，將奈之何哉？"保羅聞語，驚極而顫，汪然出涕曰："我言如何，姊盍有以策我。"余愀然曰："尚有何策？惟守定此心，縱石爛海枯，不渝此志。人定勝天，又何慮他變耶？"保羅曰："謝卿美意。余惟有禱上帝相助耳。"余方欲語，而鵑兒已攜寶兒來，乃止。又坐少時，斗轉參橫，夜將向午，乃攜手出園，乘車而返。

傳來惡札　六月二十二日

香簾不捲，困倦欲眠，忽郵差遞一函至。余接視之，字迹拙劣，從未見過，大詫，幾疑郵使有誤。然函面固又明明書余名也，因啓而讀之，曰：

蕙芳愛卿賜鑒：鄙人不材，今忽以書上之粧閣，得不斥爲孟浪乎？雖然，鄙人亦正有不得已苦衷在也。竊自見卿以來，神魂顚倒，寤寐思之。初猶疑卿不過時髦女學生，良不足取。及既察之，始知學問淵博，賦性多情。而且小姑居處，尚屬無郎，愈使我寸心忡忡，不由不時馳左右。前夕花園一晤，楚楚丰神，益加豔麗，竟如攝影器印之腦中，刻不能去。嗟夫！忘餐廢寢，吾蓋爲卿憔悴死矣。卿其亦如余同此感想耶？抑否耶？吾不得而知。吾但求卿稍發惻隱之心，援此可憐之人。吾不得卿，毋寧死。卿非無情者，其何以語我來。明日之晚，謹當於海天春設盞相候。張紫宸敬上。蕙芳固嘗以此爲慮，今果實見矣。

余讀畢，不禁大忿，往尋保羅，則已他出。其母與余絮絮話家常，余竟十不答一，即答，亦非其所問。旋懷書歸，立門首俟之。無何，見保羅歸。余以手招之，彼隨余入。余此時血脈僨興，怒不可遏，剛入書室，手掌一揚，不期正中保羅之頰。保羅受擊，呆然立案前，莫知所可。余見狀，又自悔余何故遷怒於彼，彼又烏知紫宸卑鄙至此哉。及視其頰，紅痕一縷，幾欲出血。余不審余腕力何猛，乃致彼受此重傷，一時心痛如剜，不覺泣下。情景逼真。保羅見余泣，亦偷揮其淚，低語曰："吾果何獲罪於姊乎？"余曰："吾屢勸汝勿與彼人交，汝不信，今肇禍矣。"保羅聞語，茫然不知何故，余探懷以函授之。保羅閱竟，色亦變，曰："奈何？"余曰："我安知？惟有往就之耳。"保羅急曰："姊勿窘我。須知我固屢絕其人，顧其人臉厚如革，竟不撒手。今始知彼實一絕無心肝之人也。"余不語。保羅又曰："吾爲姊復書絕之，可乎？"余曰："汝視其人，豈一紙書所可絕耶？"保羅曰："當則陳之伯父可乎？"余曰："彼曾兩度見吾儕相攜而行，吾父若往詰彼，必將我汝行蹤宣之而出，是非策之善也。"保羅窘甚，汗出如瀋。余忽憶及一事，曰："彼父非方視事教會乎？"保羅曰："然。"余曰："今得計矣。"保羅行近余身，曰："如何？"余曰："余明日仍須自往，面斥其非。彼必不服，或特以無禮相加。余即以電話召其父至，告以將以此函呈之紹小姐。其父既與教會有密切之關係，必不許余出此，則此事可解，而後患可遏矣。"保羅聞語，樂甚，曰："吾不如姊矣。"言已，欲出。余呼之，轉撫其頰，曰："此處痛乎？"保羅曰："尚好。"余引口吻之，曰："茲愈矣。"保羅乃含笑去。

面斥紫宸　六月二十三日

日將夕，馬車一輛，載一女郎轔轔而行，則余往海天春時也。既至，紫宸已候於扶梯之次。張其醜面，向余憨笑，且曰："吾固知卿必至也。"余聞言，憤火直透鼻觀而出。然猶力自遏抑。同至餐室，紫宸曰："今日蒙玉人下降……"余不俟其語畢，叱曰："汝何言？汝視我爲何如人？"紫宸聞語，如受急雷，顏色驟變，呐呐言曰："我視君實一多情人也。"余曰："醜賊！何爲多情，吾初猶以汝乃讀書之人，由今思之，實狗彘之不若。昨日之事，本當陳之堂上老人，嗣恐遷怒及余，乃特來此，與汝面言之。嗣後勿圖再見，望即絕此妄念，否則當以電話召汝父至，同往紹小姐處一評此理。"余言時且悲且憤，以兩手自撫胸臆。紫宸則既愧且怍，囁嚅曰："姑娘君當憐我，蓋我之愛君，實出至誠。今若此，實絕我一生之希望矣。"余亟曰："汝毋言此。"言時，聲色至厲。正言令色，紫宸之氣奪矣。紫宸乃大失所望，嘆曰："然則我之愛君，適足以取君惱矣。嗟乎！吾誠不圖女郎之心，其硬乃如鐵石。此數月中，吾直自縛其蠶繭耳，寧不使汝暗笑？"余曰："嗤，汝心中事，何與於我。又何所用其暗笑。實告汝，吾心至悲，自問此生，已無復能笑之日。"紫宸至此，乃完全失望，頹然曰："汝既拒我於千里之外，我亦不敢靦顏近君。但吾則知汝言皆偽，初非由衷之言也。"余曰："否否！生平不作違心之言。"紫宸曰："汝果誠者，當言汝心已有所愛，則庶幾矣。"此語出，余心如中毒矢，面色乃大變。觀此，蕙芳與保羅事，紫宸知之審矣。雙頰斷紅，唇朱幾失。半晌，始厲聲曰："狗，汝何言耶？"紫宸曰："何言耶？汝心已有所愛耳。"言次，以手握余臂，余方欲撐拒，則彼手已加余肩。余窘極，瞥覩門次電鈴，亟引手按之。侍者聞鈴入，彼手始釋。余乃搴衣逃歸。

江干散步　六月二十六日

　　昨宵大雨傾盆，暑盛盡殺。下午阿寶欲余攜往洋街散步，余亦以連日沉悶，欲往河邊吸取新鮮空氣，因攜之出，沿江畔而行。途次，粉白黛綠，裙屐翩韆。輕薄兒咸結隊尾之行，其狀殆如穿花之蝶，余甚不解此輩少年如此行徑果有何謂；將行至法界，忽見瓊仙與國珍，共乘馬車，得得而來。瓊仙命御者停車，且向余招手，余攜阿寶就之。瓊仙曰："茲盍同往余家？"余曰："否。天黑即須歸也。"阿寶聞語，跳躍必欲去。國珍笑曰："勿聽阿姊言，同我去，尚有摩爾登糖饋汝也。"阿寶竟攀躍上車，余不得已隨之。詎車竟不止其家，而停於夜花園門首。國珍笑顧余曰："今日當強姑娘作東道主。"余笑頷之。園內頗整潔，噴水泉以及及時之花均備，惟過隘耳。園內售霜淇淋及啤酒。余素不食冰，惟略飲啤酒，阿寶則索布丁狂啖。瓊仙笑曰："寶弟食量誠宏哉。"阿寶曰："猶未飽食。"實則彼胃中填塞已滿。不及一刻鐘，即斜倚椅上睡去。余與瓊仙共談近日所事，忽憶及張紫宸，乃以海天春一役詳述於彼。瓊仙大笑，余亦笑曰："當時余氣憤所激，幾欲手刃其人。今日回思，亦殊好笑也。"國珍曰："其人余素知之，被人斥責固不止一次矣。"瓊仙笑曰："當時苟非侍者入，恐爾難逃其飢吻。"余曰："然則彼今亦在捕房矣。"言已，咸笑。此等笑聲，遂驚破阿寶好夢，揉目搔頭，啼哭欲歸。余乃抱置車中，驅車而回。

春色撩人　六月二十八日

　　余自接得素貞來書，心中佗傺萬狀，朝占鵲噪，夕卜燈花，冀其或有好音續報，慰我衷情。乃遲至今日，杳無朕兆。心中忐忑，不知素貞近狀果是如何。輾轉尋思，俶擾益甚，因驅車出門，至清蓮處，意其或有好消息。蓋素貞與清蓮，交情懇摯，不亞於余也。入門後，直至中堂，杳無聲息。房門半掩，一垂髫小婢，坐檻上打盹，余不敢輒入房內。蓋夏天暑日，不宜踐人閨閫，且有姊夫在，當避嫌疑也。乃轉入書室中小坐，倚於藤床上，取月報閱之。忽侍婢曼兒，以閽人言，知有客，至書室中覘之，笑曰：「我道伊誰，原來是蕙姑姑。婢子當通報去。」即轉身入內。有頃，清蓮翩然而入，雲鬢蓬鬆，羅衣半掩，微露酥胸，膚白如霜雪。不問而知為新浴後也。正款接問，而房門邊人影一閃，乃姊夫自房中而出。余訝曰：「若夫婦二人，皆在房內，何以我來時，初不聞一毫謦咳，豈相與對壁參禪乎？」余本無心之語，乃清蓮聞余語，面紅過耳，言語支吾。余不禁暗笑，遂問素貞有無來信。清蓮曰：「無有，余正思來汝處一探消息也。」余淚下曰：「近日不知其生死若何。然察閱來書之意，恐凶多吉少耳！」清蓮曰：「然。素貞平日嬌憨如嬰兒，不意其用情懇摯若是，尤較我儕為甚。」余太息曰：「大凡貌憨而心實者，其情之所鍾，恆較常人為至，素貞即其人也。」相與欷歔久之，不歡而別。

愧聞慈訓　七月一日

晨起，微覺頭昏，向午尤甚。余母恐余中暑，亟延醫至。實則醫生所署之方，不過一服清涼散，差抵香蕉露一盞耳。阿寶謂與其服藥，毋寧飲香蕉露，當也。服後，頗覺清爽，命鵑兒移電扇至余室，偃臥藤榻，藉觀書自遣。頃之，恍惚欲睡，忽聞步履聲自遠而近，審之，知為保羅。余偽為睡去，聞保羅行至室門，悄語鵑兒曰：「睡乎？」鵑兒曰：「然。」保羅遂躡蹤入，行至案前，似聞抽筆聲，余幾失笑。癡兒女如見。然猶力自忍抑，觀保羅果何為。詎保羅抽筆後，即輕步行至余榻畔，余始知彼將來塗余面者，忍俊不禁，一躍而起。保羅初不防余起，被余一推，竟仆於地。一室大笑。余母聞笑聲趕至，見保羅猶坐地未起，亦微笑曰：「莫將余家地灰盡賺得去也。」及保羅去，余母乃謂余曰：「保羅年已長，非復童時，嗣後相見苟談書論字猶可。若一見即聞譁笑聲，非禮也。我為此言，非責汝，實恐旁人見而冷齒也。」媼猶在夢中。余聞語，兩頰盡赤，思余母言當也。然余與保羅，相親更有甚於此者，余母若知，正不識如何責余。思及此，乃竟無一辭以對。余母又恐余委屈，則轉曰："吾固知汝儕乃總角之交，且都屬讀書明理之人，當不出無規沒矩。然悠悠之口，乃至可畏。"余俯首頷之。

劉姆戲語　　七月三日

今日往晤保羅，以母語告之。保羅曰："是誠吾過。雖然，但得姊情愛不移，雖命我赴北冰洋亦可。矧為此耶？"余笑曰："然則吾今即命汝赴北冰洋何如？"保羅曰："佳。"言際，果提其行囊作欲行狀。余笑曰："瘋子！"保羅亦笑曰："吾固知姊亦不忍余行也。"余不答而出，見保羅母氏方坐室中纖補舊衣。余曰："劉姆，天熱如此，猶作針綫耶？"姆曰："不作奈何？保羅一日不娶，此擔余一日不容放下也。"余掩口笑曰："然則，姆盍為保弟謀之？"姆曰："彼性殊怪，絕不欲余一提此事。且近日世風不古，欲求一婉而淑之女子，頗不易得。"言次，忽向余一笑，曰："有之，惟姑娘耳。苟得姑娘偶吾兒，老身慰矣。但恐月殿姮娥，不肯下嬪寒士耳。"余聞語，大羞，掩面而逃。保羅母氏，固不知保羅與蕙芳感情，聊為此言，以相戲耳。詎知適中蕙芳心坎，故只有掩面而逃。

七夕觀劇　　七月七日

庭中草綠，宿雨初晴。枝頭好鳥，間關對語，催人早起。甫離床榻，即接得諸姊妹公函，約赴新民劇社，觀《天河配》。是劇為近來年新排者，情節雖涉於迷信一面，而佈景最為可觀。每遇七夕，各戲園爭演是劇，幾以是劇之高下，卜常年營業之盛衰。故各戲園務必兢兢致意，無敢稍涉疏忽者。故是日觀劇之人，乃多於恒日六七倍。及天將夕時，諸姊妹陸續會齊，惟少清蓮一人。余詢其故，瓊仙笑曰："我已親往相邀，彼懷孕已將八月，不敢勞動。余亦不敢強之使來，惟有聽其自然耳。"衆人皆笑。諸姊妹攜手而出，徑往新民。路上綠女紅男，往來雜沓。聽其語，無非與我儕表同情者。及至，座位已滿，合樓上下計之，人數約在萬人以上，可謂傾動一時矣。幸文清與園主係戚串，得於樓上覓得一席地。然人多於蟻，肩摩趾觸，汗氣薰蒸，刺鼻欲嘔，笑曰："本爲尋樂而來，此際不啻入地獄受罪矣。"時臺上方演雜劇，無甚可觀，觀者亦不甚注意。遲之又久，《天河配》開幕。紅氍毹之上，頓時湧現玉宇瓊樓。喝彩之聲，已如潮湧而起，令人耳鼓震眩。須臾，仙女數十輩，羽衣五色，褊襹飛舞。手中執諸色樂器，清音嘹亮，如入蕋珠宫裏。此時但見萬頭攢動，杳無語笑聲。迨至靈鵲橋塡，銀河水溢，天孫衣五銖雲霧之衣，冉冉凌空而渡，牛郎含笑迓於彼岸。此時怳疑真有此事，非復人間，戲劇之魔力偉矣哉！觀劇既畢，合伴還家。途中娓娓無休，無非品評是劇。佩蘭忽發問曰："牛郎織女之事，雖村夫俗子亦知其誣。而其說相沿至今，得以不廢，何也？"余笑曰："凡神仙幽謬荒誕不經之説，皆起於唐代。後世文人學士，明知其不然，而喜其事之俶詭離奇。不特不加糾正，且從而附會之。在彼之意，固以爲妄言妄聽，無害於事。豈意其惑世誣民，至數千年而不息耶？"衆人稱是。

歡宴瓊仙　七月十日

今日爲瓊仙蜜月屆滿之期，余母特命余往迎至家，款以盛饌，同席者爲同學姊妹行。一時飛觴醉月，笑語喧譁。瓊仙曰："光陰誠迅速哉！一月以前，璿閨調笑，輒夕不休。由今思之，寧非頃間事？然已三十餘日矣。"余曰："甜蜜之光陰，自覺其易。若在愁人視之，又不啻一年。"瓊仙曰："妹言若此，得勿思嫁乎？若然，吾當爲汝作伐。"余以指扑其頭曰："譃言！當罰酒。"佩蘭曰："然茲當罰。"乃強瓊仙飲。已復，繼之以拇戰。酒興既發，遂不覺時光之久。席未終，國珍即命車來迎。余曰："離僅半日，亦值得以車來迎。"瓊仙曰："吾家今日亦有事。珍郎舅姧云今日來。若果來，尚須款以酒饌。我不歸，不可也。"雲巧曰："阿唷，嫁才匝月耳，便學得太太模樣。趣歸，我不留！"瓊仙笑曰："我老不識羞，不畏汝嘲笑。"卒歸去。

讀村歌本　七月十二日

余未見保羅數日矣。綠窗無事，倍覺困人。余母一時興發，欲余讀歌本。余不可，且曰："俚語村言，俗不可耐，不能上口也。"余母笑曰："粗識幾字，亦知傲人。"乃命鵑兒呼保羅至。余曰："母前命兒勿與近，今又呼之來，何故哉？"余母戲余曰："有我在，不懼癩蝦蟆偷吃天鵝肉也。"余聞語，不期失笑。時保羅已至，余母曰："吾今有事請教。"言已，自入其室。保羅大驚，余以目示意，保羅始知無惡意，憔悴之面頓露一絲笑影。及余母挾書來，保羅曰："伯母乃欲余讀此耶？"余母曰："然。"保羅接視之，乃爲《三元記》。余母曰："佳否？"保羅曰："吾初未見此種歌本，烏知其佳否？"余母曰："較近日說部勝多矣。"保羅因取而讀之，余母則凝神靜聽。讀至商琳相思致疾，扶病歸家時，余母重爲太息，曰："癡兒大可憐，然雪梅亦大憨，至此而猶不援手，尚待何時？"余笑曰："此不過空中樓閣耳，吾母乃竟視爲事實？"余母曰："有此書，即有此事。"余曰："吾母此言，將毋令著此書者暗笑死！"余母慍曰："趣去，勿溷吾。"余乃含笑歸室。

噩耗驚傳　七月十四日

枕夢乍回，心躍不止，蓋昨宵曾得一不祥之夢與素貞至有關係。若此夢而應者，素貞必無幸矣。因問鵑兒，晨間有無信來。鵑兒搖首曰："無。"吾心略定。然不久，仍惶惶若有異兆呈於眼簾。下午，忽見一自由車，至門而止，則電局送電報至，封面大書"李蕙芳收"數字。余心一動，思得勿素貞噩耗至乎？亟啓而閱之，則已譯就。上書云："蕙姑鑒：小女素貞已於昨日病逝。瀕危屢囑電知姑娘，特告。慎昌叩。"余閱畢，一陣心酸，不禁大哭。余母聞哭趕至，始知素貞噩耗至。余母素愛素貞，聞是，亦陪以一副傷心之淚。嗟乎！夢斷魂離，香消玉碎，天下至可慘，孰過於是？今日女學生，動輒曰"我善言情，我善用情"，實則其情正如水銀瀉地，初不擇地而流。若得鍾情不二，甘以身殉如素貞者，吾未之見也。余亟欲往潯撫棺一哭，余母不許，余曰："余與素貞情逾於姊妹，從此人天永隔，聲欬難聞，安能不往一視？"余母曰："死者已矣，往視何益？際此酷熱之天，脫因以致病，素貞地下有知，反抱不安矣。"又曰："彼死實為昨日，汝去明日始到。此等天氣，靈槻必早已移出。去亦但見黃土一坏而已，夫復何謂？"余聞言，乃罷。然而，此恨綿綿正不知何日始得釋也。

慟哭素貞　七月十五日

昨宵輾轉床席以致失眠。思人生在世，誠如朝露，轉瞬之間，即烟消物化。任憑世界花花，不復能再遨遊。且余於素貞，於姊妹感情外，尤有一層特別感想。則余今日所處境地，適與彼同。彼既死矣，余之將來，又何如此。又余所最耿耿而不能去諸懷也。起床後，略加膏沐，即驅車往晤瓊仙，至則雲巧、文清、佩蘭、清蓮等均在。彼等見余面色慘澹，即知有異，群詢余何事，余泣曰："何事耶？素……素貞逝世矣。"言際，以電報與衆，衆均感泣。姊妹情長，安能不哭？瓊仙哭尤哀，曰："茲事從何說起。別僅月餘耳，竟幽冥異路，無復把晤之期。"清蓮曰："凡事必有先兆，當夫輪舟送別之時，素貞固不知其家乃有此變，而語語斷腸，若預知此別乃成永訣者。然則素貞之死，亦數定也。"余曰："當此電未至以前，余即知素貞不幸，蓋余曾於夢中得之。"衆曰："何夢乎？"余曰："吾夢素貞偕一男子至余家。男子年可二十，丰姿俊秀，卓犖不群。素貞握其手，笑顧余曰：'此即吾書中個兒郎是也。吾儕現已脫離塵世，往求月老，注鴛牒於來生。因姊夫見其人，故特邀來一晤。'言次，男子向余微笑。余悲曰：'然則，汝儕已死乎？'素貞曰：'然。'余大哭。素貞曰：'姊毋悲，吾有阿郎相伴，夜臺不虞寂寞也。'言已，飄然而去。余一慟而晤，下午其凶耗果至矣。"瓊仙曰："如是，其意中人亦死矣。"余曰："或者然也。"雲巧曰："愛情誠不祥之物，凡此皆一情字有以誤之也。"文清曰："然則吾當感謝上帝。"清蓮曰："茲勿作閒談。吾儕與彼既屬姊妹，豈就此一哭可以完事？"余曰："吾昨接此耗時，本欲往弔，因余母力阻乃罷。"清蓮曰："此去必已不及。以吾思之，吾儕宜共作一書往慰其母。俟異日得間，再往臨墳一哭。"衆曰："善。"遂命余主稿，書竟，當送郵局寄去。

送別劍華　七月十八日

吾校暑假畢業生朱劍華，今日赴美。吾儕已先得紹小姐通知，群往輪舟送別。釵光鬢影，頗極一時之盛。紹小姐謂余儕曰："吾對於劍華此次出國，實抱有絕大樂觀。一以劍華乃余一手培植而成，一以劍華生性聰穎。所學日精，將來歸國時，必有大造於吾校。諸君瞬將升入第一班矣，苟能勉力上進，吾知必有繼劍華之後而赴美者。則今日送劍華者，明年此日當送諸君。吾知爾時諸君之愉快，當有倍於余矣。"吾儕齊應曰："生等謹當自勉，以副校長之望。"劍華亦謂余儕曰："吾有志遊美久矣。今日竟得此絕好機會，凡造成此機會之人，吾允當同致其感謝。第余學識淺陋，此去能否得一絕好成績而回，尚無把握。質言之，此行實帶有幾分冒險性質也。故余未行之先，余心至爲惶恐。但求上帝默佑，一力扶持，使我不至遺校長暨諸姊妹羞，則他日歸國之時，與諸君把盞談心，愉樂正未有艾也。茲已不早，船將起椗，別矣。容後再會。"言已，與余儕一一握手而別。

私贈指環　七月二十日

今日何日？保羅之生辰也。余於前日，已向銀樓購得指環一枚，反面鐫蕙贈二字，今日攜往贈之。保羅接視之，喜甚，笑曰："姊姊如此用心,我將何以爲報也。"余曰:"報耶,汝自思之可矣。然余之待汝,豈望汝報者?汝言毋乃輕我?"保羅笑曰:"謹領大教。以後不敢言謝,亦不敢言報。惟有銘之於心,永矢勿諼而已。"

代郎檢點 七月二十一日

廿四日爲吾校開學之期,余與保羅茲又別矣。今日余母他出,特往與保羅話別。至則保羅方收拾其書籍,余自後突以手掩其目。保羅驚曰:"誰乎?"余不答。保羅力脱其身,笑曰:"吾固知爲汝也。"余曰:"此書均帶往校中乎?"保羅曰:"然。"余曰:"横堆亂疊,無怪汝書恒易破也。"保羅曰:"余夙不善檢點,奈何?"余乃爲一一理之。保羅笑曰:"謝謝。"余曰:"汝衣箱帶去否?"保羅曰:"須攜去。"余曰:"試啓余一視。"保羅曰:"余已檢就。"余曰:"吾知亦必紛亂不堪。"及啓視,果然。余曰:"汝年已如許,胡猶模糊如小孩耶?"復清理一過。理書笥,檢衣篋,儼然橰柘,儼然賢妻。既已,則香汗涔涔,已透衣衫而出。保羅移椅至廳前,使余坐,且爲余揮扇。余曰:"吾上年給汝之資,尚餘幾何?"保羅曰:"僅五十元。"余曰:"是必不足用。"保羅曰:"然。"余曰:"尚少若干?"保羅曰:"吾亦不知尚少若干。除學費以外,尚需書籍等費,而皮鞋、洋傘已破敝,亦須購買。"余點首,因曰:"我輩學生,衣服固不必十分華美,然過於污舊,亦易招人厭侮。我見汝之單袷衣服,皆以敝壞不堪,急宜另製,汝以爲然否?"保羅笑曰:"姊姊談何容易,我讀書之費,尚出自姊姊鴻施,安有餘資置章身之具耶?"余笑曰:"汝勿憂。"因探囊出紙幣二百元授之曰:"想足敷汝半年用度矣。"保羅感激無地,因曰:"昨日已説過不敢言報,姊姊之情,真同天高地厚矣。"余曰:"銀錢乃身外之物,惟視用之之道何如耳。用之苟得其當,雖千萬不爲多。苟用之於無益之地,即一文亦爲浪費。余之處境,尚稱安逸,區區一二百金,不過省購一飾物耳,而在汝則確已受其益。故用錢貴適當也。"時劉姆自外入,笑曰:"汝儕喁喁細細,所談何事?"余笑曰:"我儕所談，均爲無關係之瑣語，伯母聞之，當爲之發噱，不如弗聞之爲愈也。"劉姆笑曰："蕙姑聰明哉！其實不肯以所語告我，乃曰'弗聞之爲愈'，何其善於詞令耶？"余無言，報以微笑。

自理行篋　七月二十二日

余歸家後，書籍衣物，多半星散，今日督鵑兒清理一過，納之篋中。余母顧之笑曰："汝儕大似新婦歸寧，茲又向姑家去也。"鵑兒亦笑曰："但少一新姑爺耳。"余以目嗔之。少刻，雲巧等均至，謂箱籠已送往校中，明日即去。余曰："吾儕臥室，仍如舊否？"雲巧曰："然。余已命人掃灑矣！"余曰："清蓮何日往？"佩蘭笑曰："彼耶，今不往矣。"余曰："何故？"佩蘭以手捧腹，曰："腹已便便不能再任勞頓矣。"余嘲之曰："彼不往，汝不嫌孤另耶？"佩蘭笑曰："失一清蓮而得一汝，不虞孤另也。"余曰："唓，我儕不學無術，安能高攀？"佩蘭以指擰余頤，笑曰："臭鴉頭一張嘴，令人愛又不是，惱又不是。"雲巧曰："汝兩人大似寶釵與顰卿，我今日殆爲寶玉矣。"衆均笑。

入校記事　七月二十四日

早餐後，吾儕姊妹均在校中，舊時景物，一一都現眼前。即園中花木，亦都含笑色以歡迎其故主。偕雲巧游行一週，乃歸室佈置几案。既畢，同學友人均來詢問，一若久別重逢，必須一叙寒暄者，實則爲時僅兩月耳。余夙不忍負人好意，咸與接談。及夕，疲倦不堪。將一倚枕，即朦朧睡去。又是一番學堂景象。

苦憶素貞　七月二十五日

今日未上課，余儕但於室中閑談。余覩室中景物，憶素貞不止。思人事變遷，誠不可預測。相隔兩月耳，竟人天永隔，不復能再相覿。苟彼在此，笑謔之聲，必將盈耳。今則奄奄均如冬蟄之蟲。思及此，不禁仰天長嘆。別僅兩月，遽隔幽冥。對此美景良辰，自不無耿耿。下午接瓊仙來信，謂國珍不日赴湘，在家料理行囊，囑代請假數日。余即持書往白紹小姐。紹小姐許之，回室後，神志憒憒，即和衣而寢。

校中上課　七月二十八日

連日以來，校中同學陸續到齊，今日已上課。余同室諸人，皆已升至第一班，同學諸人莫不交相艷羨，於此可見我輩學生虛榮之心勝也。夫入校爲求學，當問其學業之所至何如。班次之先後，又何足計及耶？余自暑假回家後，爲保羅所纏，於各項科學，都未溫習，他且勿論。而英文、算術兩項，枯澀至不可狀。於此可見學問一途，必非徒恃在校日之勤習，實無時無地可以斯須懈怠也。

瓊仙傷別　八月一日

今日禮拜，余赴禮拜堂聽講。畢，回至室內，則瓊仙已來校。眉梢眼角，無非別恨離愁，一望而知爲愁人思婦也。余乃發言曰："姊夫行乎？"瓊仙不語，微點其首，情淚已將奪眶而出。雲巧笑曰："驪歌一唱，想已哭斷柔腸。今日何日？正瓊姊大可紀念之日也。"瓊仙嗔曰："人生恨事，無過別離，自古已然，非我一人若是。"文清曰："諸姊妹勿與彼多言，彼淚痕猶挂雙頰也。"瓊仙太息曰："汝儕未經離別，安識此中苦味。倘身親經歷，當不復笑余矣。"余笑曰："然則姊姊曷弗以同心羅帶，牢縛姊夫之足，使畢生無離別，不亦善乎？"瓊仙飲泣曰："生計艱難，度日匪易。苟能家食自甘，誰不願終老於溫柔鄉里耶？"余聞而憐之，代其鋪設被褥，安頓行李。日夕時，伴其同寢。被中絮語，瓊仙時灑傷心之淚，濕及枕函。余慰之曰："姊何不達？人生於世，有會合即有別離，不有別離之苦，安知會合之樂？今日別離，他日相逢，其愉快之情，當較朝夕相守，形影別離者，勝且十倍。姊思我言，應知非謬耳。"瓊仙慨然曰："我亦未嘗不作如是想，特歡聚正濃，忽賡別賦，私心耿耿，不無傷感耳。"余曰："姊之於姊夫，可謂用情獨至。惟姊夫夙性風流，湘水又爲佳人生產地，恐一經小住，即有膩友相憐，伴其旅況，不至如姊姊之寤寐難忘也。"瓊仙曰："否。我信其決不如是。"余笑曰："此亦難言。美玉之事非前車之鑒耶？"瓊仙無語。然猜其心理，想不以余言爲然也。

訂婚趣談　八月三日

余室下年又增三人，均一班生。一爲楊靜貞，年十八歲，頗好學，性亦溫婉，惟貌略陋。一爲周慧英，年與余同，中文擅長，風貌尤絕，剪水雙瞳，直令人心醉。一爲張慧立，年華則已二十，本已畢業在外教書，因定婚事，紹小姐召之歸，罰讀書一年。至訂婚何以受罰，一段趣史，聞之頗堪發噱。緣慧立畢業時，即已有一意中人徐某，感情極篤，花前月下，贈李投桃。婚姻之約，早已私許。及其出校教書，與徐某漸疏，則又與其地石某結識。朝秦而暮楚，今日女學生，大抵如是。凡前日貢之徐某之愛情，又轉而貽之石某。其母是時相伴在一處，亦甚愛石某。雙方議定，又訂婚焉。詎婚約將成，爲徐某所聞，遄往質問，彼則絕不承認。徐某氣憤無所出，則以定婚證據呈之紹小姐。紹小姐怒，故召之歸。且將徐某與石某，均送入男校，謂三年後誰成績佳者，則嫁之。夫婚姻爲終身大事，宜如何慎重。彼乃以一身而字兩人，竟視同兒戲，今日世界真無奇不有也。然其性情頗溫和，與余同室，初不虞不睦。美玉原住余樓下，因上季相片問題，不欲再與吾儕同處，乃移至東偏校舍。相見時，遂因以疏闊矣。

纏胸之害　八月五日

　　吾校近年乃有一種極惡之習氣，即纏胸是也。一百餘人，幾無人不然，余室周慧英尤其甚焉。余嘗顧之笑曰："身未入獄，先受桎梏之刑，亦何苦來？"慧英笑曰："此乃女子最寶貴之物，若使巍然現於胸前，得勿羞煞。"余曰："羞乎？則女子身上，雖寸膚寸肌，亦當秘之。汝等露肘袒顋，又胡爲耶？"慧英曰："此人人如是，習見則不覺其羞也。"余曰："然則人人而盡昂其胸，又安見其可羞耶？實告汝，纏胸一事，於衛生大有礙。人生呼吸，全持肺葉之伸縮。若使肺葉終日不得舒適，得非自戕其身耶？"慧英曰："姊言當。"纏胸一事，於衛生實有礙。凡蹈此習者，願速改之。

自由之害　八月七日

　　晚近世風不古，道德淪亡，社會上種種怪事層出不窮，即女學生婚姻一事，花樣翻新，變象百出，載余日記中者亦夥矣。茲又聞友人談及一事，其情可憫，其事堪悲，乃不可不記。先是有鄭某，某洋行雇僕也。少孤，曾肄業某校，略通西文，中文則不甚解。故學識雖陋，而學生之積習甚深。華服闊綽，儼然貴介。未幾，家中遺產，揮霍盡淨。旋亦因之廢學。廢學後，得同學某介紹，爲西人充雇僕，業賤而薪亦不豐。然某神通廣大，若眼鏡、若時錶、若自來水筆，燦爛輝煌，仍不失其大學生之模樣。每於夕陽西下時，即徘徊於馬路或戲館之中，其意蓋在求偶。一日，在某戲園觀劇，瞥見二女學生，年可及笄。其一身材窈窕，風致極佳，心竊戀之。乃移座近女，目光一綫，盡注女身。既聞女伴呼其名，則暗以音記下，蓋欲藉此以通魚雁也。及劇終，女出雇車歸校，某亦雇一車隨其後。女在車，時回首視某，意蓋欲覘某果爲何如人。既抵校，女秋波流轉，眉目傳情。某神魂顛倒，幾不能自恃，亟以校名抄下，悵然自返。自後某頻以函致女，邀出同游。女初猶不爲動，迨某疊連相要，遂出。於是二人並肩攜手，同出入餐館劇場之間。某冒稱爲本埠某校學生，家頗富裕，欲與之配偶。女以爲同係學生，等級相等，加以家富，遂不查底細，不問父母，爲情所激，昧然應之。某因目的已達，喜不自勝，二人情話遂源源而出。別後，頻借三寸管，以通情愫。每屆禮拜日，二人必連袂同游。女始不敢以許人之事告彼父母，但被某勸告，女即放膽告之。詎其父母尚屬守舊派，聞言後，大不謂然，且令女輟學，幽之閨閣。但女頗有決心，謂其父曰："如此婚不成，願死不願生。"其父憐其情，許之。但謂將來夫妻間，如有不合之處，則彼絕不相關。雙方既合意，遂訂期行婚。結縭之夕，燈燭輝煌，陳設華麗，女私心自喜，以爲真富家翁也。詎其家器具，俱係借之友人，或租之木器店。一月後，新器具搬去，舊器具出現。所借之物，一一歸還原主。女異甚，詢某。某知不能再隱，遂以實告。女頓暈於地，一小時後始蘇。時時咽哭，欲歸告其父母，則無顏。欲起訴於法庭，則此婚出於己願。思之，重思之，仍惟有含羞飲泣歸以實告父母。其父母以此婚姻，原非出自己意，且以上等人家閨秀，嫁與洋行雇僕，玷辱家聲，遺羞門戶，遂逐出之，不認爲女。女因含怨非常，屢欲自盡。某恐一朵如意花從茲枯萎，又時以善言勸慰。女至此亦無可奈何，只有自嗟命薄而已。後以某每月所得十餘元不敷家用，女欲出而作女教師，又無人延請，不得已，降其千金之軀，爲人作梳頭傭焉。嗟夫，一失足成千古恨，再回頭已百年身。女子嫁人可不慎哉！濫說自由之女學生當以此爲鑒。

微刺蘭瓊 八月八日

佩蘭入校後，因清蓮未來，乃與瓊仙結好，形影相依，儼然鰜鰈。蓋同爲思婦，同是解人。因境生情，其交自密。故兩人在一處，口之所念，念其夫婿名也。筆之所書，書其夫婿名也。每日必各作一書寄其夫婿，而其來書，亦必日至一次。余嘗笑之曰："天下厚顏之女子，當至汝儕極矣。"二人亦置勿辨。

讀斷腸詩　八月十日

一時購得朱淑貞斷腸詩詞兩册，細加玩閱，覺其詞句清新，命意婉麗，洵不愧爲才女。然遇人不淑，一生抑鬱不得志，故詩中多憂愁怨恨之語。每臨風對月，觸目傷懷，皆寓於詩，以寫其胸中不平之氣，竟無知音，抱恨而没。豈佳人命薄，終不能逃此磨折耶？因題一絶於後："自古才人多命薄，那堪顔色更如花。一生淪落惟餘此，怕見孤墳落日斜。"

清蓮得子　八月十四日

明日爲舊曆中秋節，校中例須休假。今日下午，我儕即連袂出校。抵家後，始知清蓮於昨日已舉一子，羣往道賀。入房後，見清蓮面色灰白，斜倚於鴛鴦枕上。見余輩，愀然曰："余幾與諸姊妹不復相見。"詢其所由，則產時屢濱於危，得以母子平安，實徼天幸。余抱兒觀之，見其方頤闊額，眉目秀美，啼聲亦宏亮，不似初生兒，因笑曰："蓮姊得此英物，將來定是千里駒。多受苦痛，亦可以無怨矣。"言次，清蓮已命人設湯餅宴餉余等。我等略坐，飲糖酒少許即興辭而出。

中秋玩月　八月十五日

一年容易，又屆中秋。自撫年華，不勝惆悵。一年容易又秋風，駒光過隙，馬齒徒增，我讀至此，亦不勝惆悵。早起阿寶向余索月餅，余笑予一枚。相攜至堂前，適遇保羅至余家賀節。余笑曰："兹當先賀余。"保羅方欲答，余母已至，乃轉向余母鞠躬。余母笑曰："一年一度，毋須賀也。"言已，自去。保羅乃倚椅上讀報。既而曰："吾有一趣事告姊，姊樂聞乎？"余曰："勿言,又是杜撰。"保羅曰:"否。是乃吾親聞之也。其人即吾同鄉,徐姓,向執教鞭滬上。年事已長,老成持重。在滬數年,頗能潔身自愛。即在游戲場中與時髦女子遇,亦從不動心。不意今次歸家,忽遇一奇事……"保羅言至此,忽戛然而止。余曰:"果何奇事?"保羅曰:"汝既不欲聞,吾亦不欲言矣。"余曰:"余今樂聞趣言。"保羅曰:"今次彼歸家,連年蓄積,約省數百元,均存之秘篋中。在彼固以爲嚴密至矣,不意爲上海女匪所知。既登輪,行約兩小時,忽有一形似學生之女郎,款門而入,竭誠語之曰:'船內人衆,艙位已滿。先生房內,既有兩鋪,能否假一與余以爲起坐地乎?'徐見其言之懇切,許之。女遂挈其皮篋入,風姿綽約,楚楚動人,自言爲上海某女校學生。相談既久,漸及情話。以久於風塵之徐某,至此亦竟不能自持。夜静更深,乃與之……"余曰:"與之如何?"保羅曰:"汝試猜之。"余察其意,臉驟赤。保羅笑曰:"然則姊已知之矣。雲雨既畢,徐某旋入睡鄉。及醒,則已日上三竿,而女郎已不知所之。呼問茶房,茶房以一函進,略謂一夕歡情,中心至感。茲以有事赴寧,特先起埠。留此數行,以當面告云云。徐接函,疑墮女拆白黨圈套中。亟檢視行篋,鑰鎖均無恙,心乃慰。及抵漢,啓其秘篋,則連年所積之數百元已不翼而飛。追思船中情形,始恍然爲女匪所騙。然而鴻飛冥冥,無從追索,只有自怨自艾而已。"余曰:"不意世路險惡乃至如此。"保羅曰:"上海人心險詐,諸如此類,不可勝數。但吾不解,彼輩騙人,何故必借女學生名義,豈以是乃始動人乎?誠無怪女學生之不競也。"保羅去後,余乃爲余母佈置茶點,以備來客之需。入夜,姊妹行均至。登樓眺望,皓月東昇,樹形杈椏,印地如畫。不禁念朱淑貞《中秋》詩云:"秋來長是病,不易到中秋。欲賞今宵月,須登明夜樓。露濃梧影淡,風細桂香浮。莫做尋常看,嫦娥亦解愁。"瓊仙笑曰:"汝殆成詩魔矣。"夜間吾家備有酒宴,因同諸姊妹猜拳行令。釵光鬢影,笑語喧譁。少刻,月色橫空,已將夜午。姊妹行咸散去,余亦就寢。

偷閱情詩　八月十七日

　　窗前老绿，簾外疏黃，芭蕉數株，咸呈憔悴之色。對景增懷，不覺懨懨欲病。課罷，佩蘭等均往拍球去。靜貞邀余舞鞦韆，余謝絕之，獨坐琴床前，撫弄一回。既忽見琴譜內夾有一箋。視之，乃瓊仙寄外詩四絕。因取而讀之曰："亭亭獨自倚欄杆，柳色衰殘不忍看。記得與君相別後，香肌消盡覺衣寬。思君幾度恨頻增，寂寞幽閨苦不勝。重向海棠窗下去，夜深和影對孤燈。晚粧樓上夕陽殘，不怯衣單怯影單。滿院梧桐聲颯颯，知君此日也心酸。吟罷新詩月色闌，傷心難聽雁聲寒。爲君腸斷君知否，一幅羅綃淚暗彈。"瓊仙自與槁砧別後，柔情如夢，長夜如年，滿腹閑愁，無以自遣，故有此詩。讀罷不禁暗笑，旋納之懷中。及瓊仙歸，余顧笑之曰："厚臉婆，莫爲相思憔悴死也。"瓊仙瞪目不解。余戲以手抱其腰曰："香肌消盡覺衣寬。"瓊仙始知其詩已爲余所覩。笑曰："怪底今朝不出，乃欲作賊也。茲當罰親一吻。"言已，捧余頰親之。

秘密名片　八月二十日

　　連朝風雨，無聊極矣。皮膚乾燥，鬱爲微燒，頭亦沉悶不可耐。余每屆秋天必病，今又萌始矣。既傷春，復悲秋，蕙芳畢竟是多情人。乃向紹小姐告假，獨卧室中休憩。姊妹行愛余甚，恐我寂寞，一下班，即圍余榻前談故事。余亦樂傾聽。張慧立謂余曰："余任教務時曾遇一秘事。今告妹可乎？"余曰："願聞也。"慧立曰："此事實爲今年三月某日，時方下午。功課已畢。諸生皆散去。余踥躞講堂中，無意拾得名片一紙。上刻余某某。背面則有鉛筆所寫小字一行，云今日下午七時，在斗級營大同旅館相候。余驟視之，大駭。思吾校中乃有此等學生耶？決意一偵其實。迨晚膳後，天已垂黑。余即步行至斗級營，果見一少年立門首，東張西望，似俟一人。余私念余某殆即彼耶？乃前行，立暗陬偵之。約過半句鐘，果見一女郎娉婷而來。至旅館前，與適間少年唲喁數語即入。余黑暗中雖不能辨其面貌何如，然聆其聲音，確知爲余校學生也。余更立移時，不見其出，默忖彼等今夕必不出，乃悵然而歸。次日余六時即起，往察大同旅館。見門尚未啓，悄然立巷之彼端。約待二十分鐘，遙見二人出。識之，爲胡翠蓮也。余隱其身不使見，二人行出街口，始分道而去。余因欲探少年果爲何如人，尾之行。入某學校，蓋亦一小學校教員也。余即返校，致書翠蓮家中，並革除其學籍。詎其家謂翠蓮昨夕寄宿親戚家，並無他事。幽期密約，乃女學生常事，又何責乎翠蓮一人？余令自往查問，果謬稱也。"慧立言至此，乃一嘆曰："管理學生誠非易事。以余之謹細，尚有此種怪像，其他可知也。"文清笑曰："上行下效，勿徒責人。"文清之語，刺慧立也。慧立聞語，雙頰斷紅，頹然無語。

偶嬰小疾　　八月二十二日

　　余精神日來愈不能支，實則余自審並無若何疾病，但覺有一事縈於腦中，拂之不去，精神因以困憊耳。昨日醫生來爲余診治，謂余乃心理上病，非身體上病，但須出外遊歷，以蘇其困，非藥力所能見功。余聞語，遊興爲之一動，然而塵宇茫茫，將又何之？今日適接聶瑜華自蘇來函，囑往姑蘇遊歷。余夙仰姑蘇勝境，聞之，不禁大喜，亟歸告余母。游蘇動機。詎余母尚拘泥舊俗，謂女子單身出外，諸多不便。余之興趣，乃爲之大沮。然耿耿此心，終思有以償之。

記雙十節　　八月二十五日

　　今日爲武昌起義國慶日。余校昨忙碌一日，懸燈結彩，佈置極爲華麗，且以青松紮雙十字，矗立校前。分全體學生爲五組，第一組衣紅衣，二組衣黃衣，三組衣藍衣，四組衣白衣，五組衣黑衣，合之成一五色國旗，挨次而立，極爲可觀。紹小姐擬今日午後，率之遊行街市。詎早起忽接官廳命令，停止慶祝。紹小姐一腔熱血，齊降至冰度。悵然謂吾儕曰：「中國人做事，誠令人不解，此等大紀念日，詎可淡然放過？若在吾美，恐不止懸燈結彩已也。」午後，僅挈吾儕赴禮拜堂禱告，沿途僅見數處懸有國旗，一若人人腦中，咸忘却此國慶日者。回想第一次紀念日時，武漢三鎮，燈光耀眼，旗旌輝煌，烈士祠中，蹌蹌躋躋，抑何其盛。嗣後，則每況愈下，今並慶祝二字而亦免除矣。又念六年前之今日，彭楊劉三烈士，方就義於督署之前。及至戰禍已開，血戰兩月有餘，彈雨槍林，不知犧牲幾許好男兒。是今日飄揚大地之五色國旗，不啻頭顱頸血購得而來。而一般貪天功之偉人，方且勳位勳章，趾高氣揚，誰復念及彼纍纍叢塚中之枯骨哉？矧此五色國旗，已經張勳復辟，一度取消。嗣是以往，能否如今日之飄揚，尚不可知。吾儕雖屬女子，覩此凄涼暗淡之紀念日，又焉能無感嘆耶？噫！慷慨激昂。

郊外清遊　八月二十七日

近日天氣晴爽，風物宜人。余因身體不適，瓊仙慫恿出外閒遊，吸取新鮮空氣。余初以足力不勝爲辭。瓊仙力強余，雲巧等亦互相勸駕。余不獲已，乃偕諸姊妹至紹小姐處請假。紹小姐甚愛余，立允其請。午後，聯袂偕遊。秋光如畫，山色清幽。青嶂壁立，翠嶺雲遮。遠望之，渾如圖畫，陡覺心胸爲之一爽。默念古人曾謂秋山如妝，此語洵不誣也。遊玩多時，興雖未闌，而兩足痠疼，不能舉步。瓊仙等恐余疲乏，乃呼輿而返。抵校，已萬家燈火，時近黃昏矣。

決志游蘇　八月二十九日

今日又接瑜華來書。游蘇之念，因之復萌。謀諸姊妹行，均贊成。佩蘭曰：「汝苟去，吾當與汝偕行。」余曰：「汝勿誑吾。」佩蘭曰：「確也。」余曰：「吾去乃爲養病，汝何事耶？」瓊仙曰：「癡物！蘇城去滬，爲程僅兩句鐘，彼可藉此與其藁砧一會，所謂借他人之事，以償己之欲也。"余曰："然則可與紹小姐商之。"佩蘭毅然曰："善。"遂相攜至校長室，以意告之。紹小姐顧余曰："汝荏弱如素心之蘭，正宜出外一行，吾許汝矣。"余大喜，復偕佩蘭往白吾母。吾母曰："汝既有兩人同行，吾無不可，但汝可與汝父言之。"余遂以電話召余父歸，告以故，余父有難色，余曰："紹小姐與醫生均慫恿兒行，父豈獨忍兒病困校中耶?"余父不得已，許之。果欲出遊，何地不可往？何必往蘇城？以蕙芳非久於旅行者，生疏之處，未便遽去。蘇臺名勝，既爲東南冠，又有瑜華迭次相邀，故衹有去此耳。

料理行囊　九月二日

連日料理行篋，今日始竣事。自念茲將遠行，不可不告知保羅。亟書一函約至一江春相會。下午保羅至，余戲之曰："吾儕別矣，此別直最後之別……"保羅聞語，大驚，曰："姊何往？"余曰："將往天國。"保羅笑曰："姊又戲我矣。"余曰："確也。但非往天國，往姑蘇也。"保羅曰："何事往蘇？"余曰："吾自入秋以來，身體不健，醫生勸我出外遊歷，故有此行也。"保羅曰："爲時幾何？"余曰："是不能定，大約總在兩三禮拜之間。"保羅黯然曰："良覿不易，又早別離。緣分之慳，至我兩人極矣。"余曰："吾本不欲離漢，然爲病體計，不得不爾。"保羅曰："明日即行乎？"余曰："然。"保羅曰："然則今日之酒，即爲餞別之筵，宜開懷暢飲也。"言已，連盡數觥。又曰："蘇臺城畔，夙產風雅士。此行定可覓得金龜快婿歸。"余捻其手曰："汝又譀言！"因與握手而別。

途中記事　九月三日

窗衣漸黑，燈豆初紅，吾與佩蘭已在輪舟官艙中。同室姊妹行，均連袂來送，且各有戀戀不捨之意。余一一以好言慰之，直至汽笛嗚嗚時，始散去。船中乘客極多，幸官艙中僅有余與佩蘭兩人，倒落得清净。惟長夜漫漫，至無聊賴，乃與佩蘭下棋爲樂。詎一局未終，輕薄兒已連續而至，圍余儕幾三匝。余惡之，亟收棋至房中，與佩蘭解衣共臥。

過石頭城　九月五日

今日下午抵寧，稅居春臺大旅館。金陵爲古帝王之都，龍蹯虎踞，形勢確爲壯麗。而下關獅子山巍然矗立，國旗飄飄，尤有俯瞰一切之勢。下關原甚熱鬧，因癸丑之役，焚燒過半，至今但見斷井頹垣，凄然現於夕照中而已。中國人不善建設，但善破壞，歷年以來，兵戈不息，誠不知損壞多少商場。即以吾漢論，雖則商民竭力恢復，然市面蕭條，不及前清遠矣。飯後，佩蘭本思往城內金陵大學一遊，嗣以時晏不果。而佩蘭又不欲坐夜車行，二人乃悶坐旅館中。旅館妓女至多，紙醉金迷，偎紅倚翠，而猜拳聲、簫管聲尤輒夜不休。當此國事倥擾，世變方殷，內憂外患，相逼而來，雖嘗膽臥薪，尤恐不能挽茲危局，彼等反浪擲金錢，迷戀此歌舞之場，誠所謂"商女不知亡國恨"也。每經一次破壞，人民即遭一次損失。試瞻西南，白骨遍野，城市爲墟。兵災戰禍，何歲無之？吾聞蕙芳"不善建設但善破壞"一語，不禁愴然興感焉。蕙芳一弱女子耳，尚能念念不忘國事，我輩鬚眉男子當愧死。

達目的地　九月六日

早起往滬寧車站，乘七點二十分快車赴蘇。吾儕所購之票爲頭等，途中甚爲平穩，頗無顛頓之弊。十二點二十分抵蘇。瑜華已來站相迎。數年闊別，一旦相逢，其樂殆非吾筆所能罄。瑜華欲迎余至其家暫住，余因懶於應酬，婉言謝絕，隨將行李搬至閶門蘇臺旅館。由車站至旅館，有馬路可三四里許。垂楊夾道，頗似漢口河街。惟是時凋殘過半，但見禿枝絲絲，搖曳於晚風中而已。

偕遊留園　九月八日

昨在旅館休憩一日，與瑜華互談別後境況。今日午餐後，共乘馬車至留園。是園爲巨富盛宣懷所有，原名劉園，及歸盛氏，乃易爲留園，蓋仿袁子才隨園之意也。入門，經穿堂三四，始達園。不施金碧，一任天然。假山之奇峭，花木之葱蘢，亭榭之幽静，殆爲吴中名園之冠。入園即有一亭，半面抱水。水即在假山之下，游魚隊隊，喙影吹香。亭額題"緣蔭"二字，有聯云："烹茶活火還温酒；洗硯余波又灌花。"過此亭，有大廳，廳上題"涵碧山莊"，蓋是園又名寒碧莊也。廳前臨水，園丁置几案三數，以爲來客品茶之所。過廳，登假山，叢石中有亭一，聯云："奇石盡含千古秀；桂花浮動萬山秋。"亭下有小道，可達山巔。仰觀古樹，俯瞰池塘，令人身心頓爽。亭内有石案、瓷几，憩坐不忍去。佩蘭曰："觀此，漢上花園，不須涉足矣。"瑜華曰："此其什一耳，尚未入佳境。"因攜余儕行，反觀亭上，亦有一聯云："園古逢秋好；亭小得山多。"下山入一門，額顔"繡閣"二字。經甬道達一亭，名"自在處"，横額爲"花好月圓人壽"六字。聯云："分外不加毫末事；意中常滿十分春。"筆力峻峭，爲某老名士所書，時年八十有四矣。室中有石案一，係七巧石凑合而成。亭上有樓名"遠翠閣"，鴿糞零星，空無所有。亭前多植牡丹，此時已憔悴不堪矣。再入爲"又一村"。入門，至一廳，顔"亦吾廬"三字，聯云："得山水樂趣；集文人大觀。"登樓有横額一方，題"心曠神怡之樓"。推窗眺望，又見碧水一池，石山壁立，宛然涵碧莊前之景緻。佩蘭詫曰："豈吾儕已回行至原處耶？"瑜華曰："否。此所謂'又一村'也。"因下樓，過花叢，至一廣廳。横額云："雲滿山頭月滿天。"聯云："風過有聲皆竹韻；月明無處不花陰。"廳前山峰峭立，中曰冠雲峰，左爲瑞雲峰，右爲岫雲峰。山下多植雜花及緑竹，秋風所過，簌簌有聲，中有亭曰冠雲庵。亭下即池，金魚約尺許，投以花片，争起喙之。池側有一亭，曰待雲庵。聯云："繡谷只應花自染；鏡潭長與月相磨。"由石山左行，有一鶴，丹頂素羽，高約三四尺。長唳一聲，風淒葉落。因思彼若翱翔天空，南洋北海，何處不可之，今則瑣困樊籠中，只有向天長唳耳。由鶴所前行，有小苑。中以花石砌成小道，道旁植紫竹無數。人行其中，聽竹葉萋萋，恍如置身瀟湘館。道盡有小舍，顏其額曰："亦不二。"有聯云："靜觀人事外；得句佛香中。"余笑曰："此中端合住顰卿。"瑜華曰："我亦云然。"因復轉行至大廳。大廳附過，即戲園，顏曰："東山絲竹。"內有俞曲園先生所題對聯，因長未錄。由廳側右行，復有小廳，額曰："石林小院。"聯云："半笏石留山意思；一簾花得月精神。"因與佩蘭休息其中。園丁烹茶進，飲之，芬香可口。余曰："此種園林，真不易得，即一花一木，亦配置得宜。但不解盛氏家人胡棄此園不住，而棲栖上海塵濁中。"瑜華曰："彼等但愛紛華，安知享此清福。"茶畢，復向右行，得一廳。額云："汲古得修綆。"聯云："紅滴硯池花瀉露；緑藏書榻樹團雲。"過廳見小亭，亭前峭石矗立，植花甚多。額曰："洞天一碧。"聯云："紅樹綠漪溪山入畫；淡雲微雨華竹含春。"坐移時，登假山，至一樓曰："思補樓。"捲簾四望，正抵入園時之大池。下樓，出甬道，吾以爲盡於是矣。瑜華曰："尚有佳境。"因復攜過心曠神怡之樓下，出廊沿，則見又有"又一村"之門額現於眼前。入門，見院落二。中植桂花甚夥，時方盛花，香氣撲鼻。過院落，出竹扉，則見稻田數弓，又是一種鄉村景象。余笑曰："此殆稻香村也。"經稻田至一門，題曰"小蓬萊"。出門，又見小山兀立於前，山上松柏蔽天，微風吹之，颼颼然作響。吾儕披蒙茸，摳衣而上。至山巔亭中，下視落葉滿徑，衰草萋迷。山下有小溪，流水一灣，可通舟楫。過板橋，則爲蒔花之圃。圃右有草場，可以拍球。場側亦有一亭，聯甚佳，惜已忘矣。由草場轉行至山麓，亦有鶴二，惟不及瑞雲峰下之大。瑜華曰："盡乎此矣。"乃攜吾儕度過回廊，出門，則爲來時初見之涵碧山莊。蓋吾儕至此，已環行一週矣。余因腹飢，就廳中小酌。瑜華笑曰："今日之游樂乎？"余曰："不負此行，尤佳者則爲亭榭中之對聯，惜不能盡錄，斯爲悵惘。"佩蘭曰："有此勝景，自有此佳聯點綴其間。否則，不等於荒村野店耶？"余曰："尚有一缺點，即池塘過小，不能行舟，不及大觀園遠甚。"瑜華曰："大抵限於地勢，不能開鑿，今無法可施矣。"言已，挈吾儕歸，則已萬家燈火矣。留園中一亭一榭，一花一木，以及曲徑池塘，無不現之紙上。我讀至此，恍如置身園中。蕙芳敘事精細，我嘆弗及。

虎丘記勝　　九月九日

晨起，日色已遲。小婢阿蓉，爲余櫛髮。阿蓉本瑜華之婢，甚慧。因瑜華恐旅館傳役，伺候不能周到，故遣以侍余。余對於此事，誠感瑜華不置也。綰髮既已，瑜華旋至，詫曰："汝儕起胡晏？"余曰："昨倦甚，故不覺羈滯華胥國。"瑜華曰："便嬌惰至此，吾今日尚擬作虎丘之行。"余笑曰："謹謝不敏。"瑜華曰："非去不可。汝豈忘今日乃重陽佳節乎？不往尋登高之樂，踢跄斗室中，夫復何趣？"言次，攜余至回欄觀之。果見士女如雲，車馬載道，遊興乃因之復起。飯畢，即命呼肩輿至，吾儕乘之而出，且以阿蓉伴往焉。虎丘在蘇城西北，距閶門七里許，吳宮故址也。一名海湧山，相傳吳王闔閭葬此，三日有虎踞其上，故名。唐時諱虎（太祖名虎），改曰武丘。然今乃以虎丘稱，蓋亦蘇省名勝之一也。與虎丘相近，有李文忠公祠，吾儕停輿入覽。祠宇頗壯麗，中有廣場，植清慈禧太后勅建專祠之詔。過廣場，即爲祠堂。神龕中置文忠木主，追想當年平匪之功，令人肅然起敬。神龕前有巨案，集無數木片而成，頗奇特。祠內對聯甚多，茲錄其佳者二：一、"兵戈百戰奠河山，天意妥英靈，片壤特留樽俎地；財賦三吳雄宇宙，匠心經慘淡，撫時不盡古今悲。"二、"長源勳重，臨淮功多，四十年艱巨特膺，指數里山塘，想見令公壁壘；吳宮草青，秦池劍碧，百卅尺峰巒無恙，增一時名勝，試瞻丞相祠堂。"祠堂之東，有花園，假山奇峭，花木葱蘢，山下有溪，中植荷花。惜花謝已久，但見荷葉田田而已。過溪有院落三數，以爲遊客休憩之地。吾儕因急欲往虎丘，遊行一過，即相率而出。行約百數十武，即爲五人墓。按五人墓，成於明懷宗時。先是熹宗時，吳之大中丞崔呈秀，構周順昌於魏閹，魏閹遣緹騎捕周公。復社之士，糾財以送其行。哭聲震天地，緹騎呵逐之。衆不能堪，抶而扑之，且噪逐呈秀。呈秀匿於溷藩，乃免。既而以吳亂報於朝，按誅五人，曰顏佩韋、楊念如、馬杰、沈揚、周文元是也。後懷宗即位，魏閹譴死，吳之士大夫即除魏閹生祠故址以葬之，且立石於墓門以旌焉。過五人墓，即爲虎丘。門額顏"路接天閶"四字，入門即爲廣場。循石道而行，達高阜。吾儕拾級而上，上建亭宇三數，門顏"擁翠山莊"，內有小廳，曰"抱甕軒"。聯云："香草美人鄰，百代艷名齊小小；茆亭花影宿，一泓清味問憨憨。"過抱甕軒，再上，有亭一，聯雲"天然亭榭緣坡起；畫裏溪山入鏡來"。立亭中眺望，全山在目。再進爲月駕軒、海湧峰。中有廳，爲品茶之所。出廳後，見荒蕪一片，碎石巉巉，相傳爲"西施粧臺"。原有房屋三十餘間，洪楊之亂被燬。美人艷跡徒存瓦礫零星，不禁愴然興感。由此下瞰，見有巨塚，名"千人塚"。蓋闔閭葬時，陪葬珠寶甚多，恐工人洩露，招覆塚之慘。故將營墓工人千人，齊戮之，合瘞一處，名曰"千人塚"。此種事，中國帝王屢屢爲之，誠無人道極矣。過此入古刹，刹後即闔閭墓，上有浮屠，高十餘丈，爲吳王所建，三千年來猶巍然矗立。聞經洪秀全焚燒三次，未燬，然已頹圮欲傾，無敢登者。距塔不遠，爲御碑亭，係清高宗遊此勒碑處也，內有御筆所題詩云："秀壁名吳水，懸蘿接紫霞。仁風期大吏，厚俗止紛華。停輦輿情問，開軒畎畎賒。笙歌陳勿用，意使盡桑麻。"出刹東行，過短橋，曰"雙睛橋"，橋下爲劍泉。清水一泓，望之甚深。橋側有峭峰壁立，上有蘇東坡親書"三泉"二字。又有"鐵花崖"三字，名字已滅，則不知爲誰氏手筆也。過橋至一廟，石級三十餘層。摳衣而上，見有某巨公所書"我佛慈悲"四字。內陳偶像甚夥，吾儕良不欲覩，略一盤桓，即出。循道而下，則見真孃墓，兀立於前。真孃爲吳之佳人，死葬於此，艷骨冰肌，亦只落得黃土一坏，嶄然現於殘陽夕照中耳。人生在世，夫復何爲？再下爲生公説法講臺。內有聯云："夢中説夢原非夢；元裏求元便是元。"臺下有巨石"千人座"，即當時聽講者所坐。座旁有池名"白蓮池"，聞爲西施採蓮之所，池中有石曰"點頭石"，即生公説法頑石點頭處也。講臺之右，有顏真卿親書"虎丘"、"劍池"四字。筆力雄偉，殊不可多覯。後有人云，"劍池"二字爲真卿真筆。"虎丘"則又爲一人所書，視之頗似。越千人座過真孃墓下，則有吳王"試劍石"。劈石爲二，劍痕猶新。令人想見當日干將、莫邪之鋒鋭。過此又有一石，蹲於道旁。上鑴"枕石"二字，聞爲唐伯虎所書。更前則爲憨憨墓，墓前有井，已塞矣。至此更右望，爲鴛鴦塚，已蕪穢不堪。吾儕至此，困憊殊甚，乃回至廳中休憩，廳在山頂。遠見獅子山，蹲伏如活，内有聯云："問獅峰底事回頭，想頑石能靈，不獨甘泉通法力；爲虎阜别開生面，看遠山如畫，翻憑劫火洗塵嚚。"又一聯云："虎阜受游蹤，乘興而來，儘飽看十里煙花，三秋風月；獅峰觀對面，會心不遠，憑領取雲中林樹，畫裏亭臺。"又有前清廣西知府某，游虎丘遇雨詩，頗佳。兹錄其五律一首云："七里山塘外，停舟泊小橋。野茶山衲奉，蓴菜美人調。劍氣疑金虎，簫聲葬阿嬌。生公説法處，煙雨正飄瀟。"其餘題壁詩甚多，然無佳者，更有絶對不通亦冒然塗壁上，真有辱名勝矣。今日天氣甚好，故游客亦衆。鞭絲鬢影，裙屐翩躚。余儕坐處，環薄兒咸繞而視之，余儕均置勿理，遂逡巡散去，彼等雖衣錦繡，翩翩如大家公子，實則一字不識，即口讀一聯，亦必錯數字，且不復成句。於此可知蘇州文化矣。坐移時，夕陽銜山，秋風颯颯，襲人衣袂，因偕姊妹行乘興歸。虎丘各種古迹，寫來如畫。

寓書漢皋　九月十一日

昨日未出，因虎丘歸後，疲困不堪。今日取魚肝油食之。余生平至惡此油，吾弟阿寶謂與其食魚肝油，毋寧飲硝鏹水，誠不爲誣。然醫生謂余非服此不可，乃不得不咽此一杯苦羹，無聊極矣。下午精神略佳，乃作書致瓊仙等，且以留園、虎丘勝景略略告之。惟余欲作一函與保羅，佩蘭苦苦相纏，致無隙握管，誠恨恨也。

佩蘭赴滬　九月十二日

綺夢正酣，忽爲佩蘭驚醒，蓋彼欲余偕往車站迎其夫壻慕濂也。既至，滬車將到，則見車厢之內，有一人向佩蘭招手，佩蘭亦以巾應之。其人非他，即爲慕濂。慕濂與余曾一度把晤，故亦向余點首。既共雇馬車一輛，乘之而歸。佩蘭欲於旅館另闢一室，以居慕濂。慕濂曰："否。余處事多如麻，不克抽身。今日乃假病至此，迎汝往滬，下午即須乘車行也。"遂與余儕互談別後景况。午餐畢，至馬路游行一週，兩人乃雙雙乘車赴滬。余獨居旅館中，百無聊賴，盼瑜華亦不至。因思佩蘭夫婦，久別重逢，今番去滬必有許多樂趣，若余則不知何日能達此目的。倘使能之，雖折壽十年，亦無憾矣。夜間旅館妓女至多，靚粧艷服，獻媚供妍，名曰"兜生意"。夫以女子而營此生意，誠無廉恥極矣。聞其間亦間有非出自本願者，特爲生計所迫，不得不爾。於此益信女子獨立生活之緊要。蓋一朝不幸不能自食其力，則須墮此火坑中，寧不可痛。余所居之室，亦時有妓女闖入。余乃書"內有女眷，妓女勿入"八字，懸於門首始已。

聶家宴會　九月十三日

午餐畢，瑜華匆匆至，始知佩蘭已赴滬。余責以昨胡不來，瑜華曰："因爲家事所羈。今日已備有薄筵，藉贖此罪。"余意瑜華戲言，置勿理。及梳洗畢，彼乃强余行，余笑曰："豈真欲贖罪耶？"曰："然。"余曰："擾汝家已非一次，何必又多此一舉。"曰："爾時不過常餐，今日乃余母所備，葷菜略佳。"余曰："吾素性瀟灑，何苦使人跼促如轅下駒。"曰："老人之意，不可却也。"因攜余出。既至，見其母立門次俟之。余略致謝語，相隨而入。至客室，則有數女郎在，瑜華乃爲余介紹。一爲朱壽貞，次龍舜華，次梅韻筠，次嚴鳳珠，次沈雲英，則余常見之於瑜華處也。均肄業某校，丰姿艷麗，温婉可親，與余雖屬初晤，而親密似久交。

少刻，酒備。瑜華母氏出謂余曰："姑娘遠道至此，吾心至樂。本思早日備筵，爲姑娘洗塵，繼聞遊興方濃，未敢以杯酒阻君清興。近聞略暇，特相邀至此。同座諸姊妹，均淑婉近人。幸開懷暢飲，勿拘拘作客套也。"余笑謝之。瑜華乃擎杯使余飲，盡之。壽貞曰："妹亦當敬一琖。"余又盡之。於是姊妹行群起酬酢，且每人必迫余盡一琖。幸酒性尚馴，否則醉矣。席中互談蘇城名勝。壽貞尤殷殷詢漢上情形，余俱告之。酒將半，姊妹均推醉不飲。瑜華曰："如此寂寂，未能盡歡。吾昨借得唐詩酒籌百種，茲當一試，以抽出籌上詩句與何人相關者則飲。如是，當無所推拒矣。"衆曰："善。"書中記宴飲多矣，却無一次宴飲情形相同。今則花樣翻新，以酒籌湊趣。璚閨姊妹，其善於取樂哉。瑜華遂以籌筒出。搖動一過，隨抽一籌，上書："輕綃裙露紅羅襪。"（註：紅襪者飲）瑜華呼曰："韻筠當飲。"視之，韻果著紅襪，乃強盡一杯。又抽一籌，上書："海燕雙樓玳瑁梁。"（註：御眼鏡者飲）座中惟舜華御眼鏡，瑜華曰："舜華當飲。"舜即擎杯盡之。又抽一籌，上書："兩朶芙蓉鏡裏開。"（註：面紅者飲）瑜華四顧座中，惟雲英雙頰霞然，曰："雲妹請飲。"雲英曰："酒暈上頰，尚能飲耶？"拒之，瑜華笑曰："吾今日始爲司令官，違令者，當以軍法從事。"言已，強之飲。又抽一籌，上書："勸君莫惜芳樽酒。"（註：自飲一杯）瑜華笑曰："籌誠狡獪，乃欲余飲耶。"遂一吸而盡。又抽一籌，上書："黛眉輕蹙遠山微。"（註：蹙眉者飲）瑜華顧余曰："姊善愁多病，眉黛嘗顰，茲當飲一杯。"余曰："吾已不勝酒力，再飲醉矣。"瑜華曰："否。汝量宏，吾素知之，不能違吾令。"余不得已，飲之。又抽一籌，上書："肌理細膩骨肉勻。"（註：體肥者飲）。瑜華笑指壽貞曰："飲。"壽貞曰："汝身亦碩，胡獨使余飲？"瑜華曰："勿抵賴。我苟抽得自飲籌，當然自飲。"壽貞始盡一琖。瑜華又抽一籌，上書："金粟裝成扼臂環。"（註：佩金鐲者飲）瑜華遍視姊妹，惟余與嚴鳳珠佩有金鐲，遂強余二人飲。余不可，乃使二人共進一杯。因又抽一籌，上書："綠雲鬟下送橫波。"（註：覆髮長過眉者飲）。合座均有長髮覆過眉端（俗名劉海），惟余獨否，遂令衆各飲一杯。瑜華興猶未盡，復抽一籌，上書：

"春潮帶雨晚來急。"（註：身有隱事者飲）。瑜華笑顧衆曰："然則誰當飲，請自呈。"衆亦相視而笑，無有飲者。瑜華曰："苟不依令，吾當自爲檢查，查出罰加倍飲。"語出，鳳珠臉驟赤，起立曰："此令當取消，誰應受汝檢查。"瑜華笑曰："汝殆不打自招，吾今且作弄潮兒。"言已，躍至鳳珠前，探手衣襟之底。鳳珠懼，棄席奔逃。於是追者追、笑者笑，室中秩序大亂。鶯鶯燕燕，活躍紙上。嗣由壽貞出而解和，乃已。殘肴既盡，杯盤狼藉。群出室梳洗已，乃各散去。瑜華憐余孤獨，偕來旅館，伴余宿焉。

論燴朋友　九月十四日

昨宵倦甚，睡甚酣。醒時已十一句鐘。視瑜華，綺夢方濃，惺忪之態，至爲可憐，因引其臂吻之。瑜華驚覺，余笑曰："嬌惰至此，使人之意也消。"瑜華笑曰："假鳳虛凰，何值相戲。"余因以佩蘭與清蓮同榻事，述告瑜華。瑜華大笑不止曰："汝儕太惡作劇。脫我二人同卧於此，有人出而干涉，吾必恨之。"余曰："吾兩人固坦白無他，不似彼等鬼祟也。"瑜華曰："此事吾校亦嘗有。彼等名之曰'燴朋友'。實則'燴朋友'云者，不啻曖昧二字代名詞也。"言已，與余共起。飯後，壽貞偕鳳珠來，坐談良久，都覺乏興。乃共作竹林之戲，至夜始散。

遊元妙觀　九月十六日

昨休息一日。今日偕瑜華、雲英往遊元妙觀。入閶門，經西中市街，又經東中市街，折而右行，乃到觀前街。沿途見繡貨甚多，花成五色，燦爛可觀。聞此種繡工，多出女子手，足徵蘇城女子生活，較漢上佳也。元妙觀內，甚寬敞。營小貿者，咸就地支棚，纍纍然甚多。入殿，見有金身佛像三，高逾兩丈。又有羅漢四十八尊，一般愚夫愚婦各焚紙錢膜拜，實則此等木雕泥塑安能爲人禍福？能之者，惟我萬有之主耳。是故偶像僅能謂之假神，若我主，乃得謂之真神。彼等舍真就假，足見其終身黑暗無復光明之望也。殿內懸賣字畫甚多，然無一佳者。出殿后，乃爲石基，甚廣。基後，但見殘磚敗堵，瓦礫零星，聞爲亂時所毀。基之左，爲書場，環而聽者甚多。右爲戲場，此外尤有種種游戲，不謂鼎鼎大名之元妙觀，亦僅供下等社會覓食之所。吾於是不得不爲中國名勝嘆也。倦遊既出，閑步觀前街，則見粉白黛綠，短袖長裙者，滿街皆是。蘇城女子艷麗居多，而皆秉性輕薄，雖大庭廣衆之中，亦不妨與男子調笑。每屆夕陽西下時，必結隊閑遊市上，逗引浮薄少年。其有不出者，則倚門賣俏，恬然不以爲羞，吾初見猶疑爲妓院之變相，及後察之，非富商大賈，即仕宦之家，於此益見吳江風俗之淫靡矣。噫！蘇城風氣，確是如此，我將倩誰出而挽救哉？

參觀女校　九月十九日

　　今日禮拜，偕瑜華往會堂聽講。畢，瑜華導往天賜莊參觀景海女校。該校爲蘇城教會最大之學堂，學生百餘，房屋寬敞，功課甚佳。惟學生衣飾紛華，不及漢口、江西之樸質，殆亦風氣使然歟。既又往觀婦孺醫院，成效頗著。吾嘗謂醫院不獨爲慈善事業，且爲傳道之絶好機關。蓋人惟病中受人之惠，感念至深，亦惟病中悟道之心爲最速。倘乘機播種，必有佳果。故有一會堂，即宜有一醫院。如是，不懼教會不發達矣。瑜華猶欲往東吳大學，余因困憊，謝絶之，相與乘輿而歸。

寄書保羅　九月二十一日

　　余之病體，經此番運動，漸有起色。顧余心理上之煩惱，仍有加無已。默默自念，此種煩惱，必待余願望償得之日，方能除去。顧余之願望，又至何日始能償得耶？茫茫塵海，誰識余心？言念及此，一縷愁痕，不禁又飛到眉梢上也，因援筆作書寄保羅。蓋余之一生，惟此一事足以消遣也。多情即多愁，我甚憐卿。

遊天平山　九月二十三日

昨與姊妹約，今日往遊天平山。早七句鐘即群至，壽貞且攜攝影器一具。余曰：「惜虎丘之遊無此，否則，真孃艷塚，西施粧臺，不均已陳之几案間耶？」壽貞曰：「天平山景，亦復不惡，今日當不任放過。」因與共出。雇畫舫一艘，甚大，足容念餘人。瑜華復命具盛筵，沽酒一甕載往焉。天平山距城約三十里，吾儕循小河而上，見兩岸桑林甚茂，然葉已染紅，微風撼之，簌簌如墮離人之淚。因思春二三月花香葉綠時，載酒過此，其樂當較茲秋深天氣增十倍矣。船行約三小時始到。到時有婦人肩椅轎至，乘之登山，首至支硎山。上有「支硎古刹」，聞爲支公道場。刹前有橋，橋下流水潺潺，名曰「寒泉」。過橋，山路愈高，不能乘轎，則與姊妹行攀藤附葛而上。至山巔，有小廟，曰「小華山」，內有佛像數尊，香火煩盛，山衲出奉野茶，且歷道其佛像之威靈，吾儕一笑而已。出立門首眺望，見獅子山兀立於前。左爲虎丘塔，峰巍然，插於高阜，故有「獅子回頭望虎丘」之言。更遠則爲蘇城，以望遠鏡窺之，金閶雉堞，猶隱約可辨。乃循山右行，得一平臺。廣約數方丈，名「望湖臺」。更右行里許，有山窪，中以石砌圓門，門上鐫「南無阿彌陀佛」數字。出門又見峰巒重疊，峭壁高聳，是即爲天平山。山腰有廣園，內植青松數百株，相傳范文正公墓在此。及往尋，竟不可得，但見叢莽中，有石碑兀立，上書「唐柱國麗水府君之墓」。詢之園丁，始知文正公墓，確在中州，此處乃范氏遷吳始祖唐朝柱國公之墓也。懸殊若此，即蘇人亦道之儼然，殊可哂也。出園過一院落，門顏「賜山舊廬」四字，爲蘇州員警廳巡隊分駐所。再過爲「少參公祠」，入門，有石階可二十級。拾級而上，得一小廳，橫額題「高義園」，聯云：「風含畫意似懸岫；澗有泉音不藉桐。」守祠者於廳中皮案售茶，吾儕覺足力已疲，則就廳中小憩。廳之對過，有小樓，頗精緻，推窗望外，全山景物，都在目中，誠勝景也。余終年鬱居漢皋，初不知林泉之樂，對此秋光山色不覺胸懷頓廓。鳳珠笑曰："姊羨是景乎？"余曰："然。苟得偕二三知己，於此處結廬而居，朝聽濤聲，暮觀宿鳥，雖折壽十年，亦無憾矣。"由高義園西出，有一道可以登山。道旁有大石，敲之鏗然作響，上鐫"石鐘"二字，爲清同治年間陸某所題，筆力雄健，佳書也。更上有亭院三五，門顏"雲泉晶舍"，入有小舍曰"白雲亭"。再入，有穿堂三四間，曰"兼山閣"。一面可以望山外，一面則抵峰麓。峰麓有清泉一泓，可以鑒影。名人題字甚夥，有曰"白雲泉"，有曰"吳山第一水"，有曰"仙人影"，有曰"魚樂"，不一而足。穿堂有對聯甚多，余僅錄其佳者，如"蒲團靜坐三更月；竹杖閒挑一擔雲"、"萬笏皆從平地起；一峰嘗插白雲中"、"池淺還容月，山高不礙雲"，皆無人間煙火氣，耐人尋味。穿堂盡處，有精舍，曰"彬伽室"，內供佛像，聯云："人在上方諸品靜；心持半偈萬緣空。"下聯頗佳，惟佛經中語，吾儕頗不願聞也。游覽既畢，相攜而出。壽貞命吾儕立門次，合攝一影。雲泉晶舍過去，有一道甚狹，僅容一人，名曰"一綫峰"。吾儕攀援而上，可三十級，則有寬約一方丈之平坦。吾儕至此，足力俱疲，群坐石上小憩。平坦中有一石，高約一二丈，巍然矗立，殆即"一峰嘗插白雲中"歟？更上登山巔，有小廟曰"觀音廟"。廟後有石洞，內亦陳偶像。吾真不解中國名勝之地胡必不離廟宇，豈果所謂有仙則名耶？既出，壽貞復攝一影。相與漫步而下，出少參公祠。祠前有大池，池中石橋曲折，古錯可觀。壽貞亦以鏡攝之。過橋向右行，有短垣。入門見小亭一座，內植御碑，蓋清高宗遊此所題詩也，詩云："磴道下靈崖，名園尋高義。霽煙斂寥廓，韶光鬯明媚。幾過文正祠，默讀義田記。春和對芷蘭，復緬後樂志。白雲千載心，名山五經笥。我自勤政人，流連未可恣。乾惕意彌厪，智仁悵偶寄。"字迹矯健，令人想見當日高宗興況之高也。全山景物，盡收之紙上，使人讀之不覺神往，蕙芳筆力我敬服矣。遊覽既已，精力亦倦。因乘椅轎下山，逕至舟中，瑜華謂余曰："此遊樂乎？"余曰："尚佳，惟足太苦耳。"壽貞曰："我殊未覺其苦。"余曰："姊輩身體強健，我則臨風怯顫，自不能及。"無何，酒肴雜陳，姊妹行群起拇戰，余則斜倚小榻，不復擎杯，瑜華拽余起，曰："載酒遊山，三秋樂事，奈何作此態以煞風景。"余不得已，免爲酬酢，於是且行且飲，且飲且歌，及返棹閶門，則已崦嵫日暮矣。

久客思歸　九月二十六日

自天平山歸後，蟄居未出者垂兩日。身心懨懨，頻動思家之念，且腦筋時若有一種異兆盤踞其中，其爲凶爲吉不得而知，故余雖身在天涯，而心猶存漢上也。兆紫宸婚事。今日接佩蘭來書，邀余赴滬，藉往杭州作西湖之遊。余思滬上曾一度遊歷，紛華囂雜，頗不能耐，不可去也。惟西湖勝景仰慕已久，若乘此秋高氣爽，泛棹綠波，亦一人生樂事。顧余歸心已動，遊興亦賒，殊不欲多此一行，遊湖之願，祇有期之異日耳。西湖未去，殊爲可惜。因復書告佩蘭，且囑即日來蘇，以便乘車西上。此書到後，吾知佩蘭必大掃興，蓋彼夫婦濃情蜜意，正未易割捨也。

旅館話別　九月二十八日

昨日曾接得佩蘭函，云今晨快車來蘇，至時鐘將鳴十一下時，偕瑜華至車站相迓。少頃，汽笛嗚嗚，遙望黑烟一縷，疾于飛鳥。須臾車至，停月台下，佩蘭夫婦笑吟吟攜手自車中出，余二人趨前握手，則見佩蘭香容憔悴，芙蓉粉面，銳減於前，目眶青陷，兩目少神，不禁心生疑訝。念佩蘭夫妻聚首，樂事正多，何以觀其狀貌及消瘦至此種地步，果何因而至此？乃攜其手而笑曰："佩蘭姊豈染有清恙耶？"佩蘭訝曰："我未嘗有恙，蕙妹何以云然也？"余頗悔失言，乃以他話寒溫。偕歸旅館，佩蘭喚侍者另闢一室以居慕濂。整理行裝已畢，佩蘭爲余述滬上各遊戲場之盛況。余閉目不語，佩蘭異之，以手推余肩曰："我費盡唇舌，以勝景語汝，使汝得以臥遊，汝反學琴操參禪狀，何也？"余曰："啐！狗嘴中落弗出象牙，乃將妓女比我。我所以閉目凝思者，因滬上爲我舊遊地，聞汝之言，覺與我向日之所見，已大相懸殊。故仔細思量，證我昔日之聞見同異何如，非有他故也，若乃誤會至此。"佩蘭與瑜華皆笑。笑語移時，午餐已過，乃相偕出外購物，余甚愛蘇繡，購得衣裙數套，又棹幃椅披數十件，手帕數十方，則預備送相好諸姊妹者，歷計各物所費約在二百金以上，佩蘭笑曰："怪底欲來姑蘇遊玩，乃爲採辦嫁裝來也。"余笑而不語，夕時，壽貞等咸來館中話別，余一生感情甚富，凡人以情待我者，我無不加倍以償，即係屬新交，亦殷勤如舊相識。當此相逢未久，即賦別離，不禁中心悵觸，別緒縈懷。瑜華笑曰："相聚僅有一夕，正當整頓精神，共圖快樂，何苦作楚囚對泣狀，令人對之不歡。"余聞語爽然，乃收拾愁懷，勉爲歡笑。少頃，侍者以酒肴至，酒饌甚豐，余訝問何故。瑜華曰："不過一杯水酒，聊壯行色。"余稱謝。於是觥籌交錯，談笑宴然。直至二鼓將交，方始酒闌席散。佩蘭量最窄，今日多飲三四杯，嬌紅上頰，頭重腳輕，勉強與余酬酢，而往往所答非所問，所問非所答，杏眼惺忪，雲髻散亂。余以手推之曰："速去睡覺，夫壻望眼將穿矣。"佩蘭笑曰："教我往何處睡？難道此處容不得我？"瑜華亦笑曰："勿作此假惺惺，去可耳。"佩蘭始含羞而去。

臨岐灑淚　九月二十九日

今日早起，余即囑旅館侍者收拾一切行李，點清號數，乘十一下鐘早車行。自余來蘇，忽忽之間，已來一月，朝夕遊玩，樂不思蜀，人當歡娛之際，每嫌光陰駒隙，容易銷磨，然苟念及不如意事，又覺日長如年，無可消遣，心理上之作用，其感應至捷也。余等至車站後，壽貞、舜華等均來相送，汽笛一鳴，素巾飄揚，余不禁黯然魂銷，執瑜華玉手嗚咽而言曰："此番歡聚，洵屬意外奇緣，余心中之樂至於無藝，實爲有生以來最愉快之景。乃會少離多，此後山川間阻，魂夢難通，未知再能如此次之歡然相叙否？"瑜華等亦凄然欲淚。車將開動，珍重而別，輪機軋軋，遽離此十里山塘而去。佩蘭夫妻相別，其情愈覺難堪，車既開行，乃伏車窗而泣，余以好語慰藉之。抵寧，仍宿蘇臺旅社，余多方覓語，以逗佩蘭歡笑，而佩蘭十不答一，惟有頻頻嗟嘆而已。

安抵鄉關 十月初二日

今日侵晨抵漢，余父早得余電，特遣僕役與鵑兒至江干迎余。及至家，同學姊妹相繼至，群謂余面色較去時爲佳，余笑曰："果如是，吾當可在世上強活數年。"隨檢余篋，得蘇州出品若干，各有所贈。彼等去後，余乃與余母敘別後景況，且告以蘇州各種名勝，阿寶聞之，跳躍曰："如是樂土，姊乃不攜我同去？"余曰："汝長大時再去可也。"言次，欲抱而吻之，阿寶退至壁次曰："太婆，吾至惡人摟吾腰。"余笑追之，乃逃。入夜，偕鵑兒上樓，理余行李，既畢，鵑兒忽向余一笑，余曰："何事也？"鵑兒掩口不語，余大疑曰："究竟何事？"娟兒曰："余欲向姑姑道賀也。"余聞語一驚，亟握其手曰："何事賀余？"鵑兒低語曰："主母將爲姑姑定婚也。"嗟夫！余此時其樂耶？抑悲耶？余乃不能自知，如果所定之人而爲保羅，實余之樂也，脫爲另一人，則余畢生之厄運至矣。一時腦筋沸騰，萬念叢集，因力制其心使勿動，低聲謂鵑兒曰："果爲誰家？"鵑兒曰："張姓，其名似爲……"余曰："其爲張紫宸乎？"鵑兒曰："是矣！噫。"是語一出，余胸乃如中彈，但覺寸心空洞，魂魄已奪門而出，倒身床上，撫枕哭矣。天外飛來，焉得不哭？紫宸自海天春被斥以後，蕙芳以爲禍根從此斷矣，詎知其謀蕙芳之心乃益切，醞釀既久，遂有此著。鵑兒見狀，大驚曰："姑姑此喜事也，胡哭爲？"余握其手曰："鵑兒，汝安知我心？"鵑亦泣曰："婢知之深矣，但人生姻緣有定，未可強求，矧茲事尚未妥定，安見無挽回之望。"余曰："以吾思之，甚難。"言次，因以張紫宸昔日與余糾葛，述告娟兒。鵑曰："無怪彼志在必成。"余曰："吾平生志向，他人或不知，却不能瞞汝，汝試思，余此時痛苦，當至如何？"鵑曰："吾知之矣，但天下事逆來宜順受之，茲夜已深，趣睡！"因侍余就寢。余於鵑兒去後，心潮起落，愁緒紛來，私念保羅往昔，固嘗以此爲慮，不謂竟有此一日，但不解彼儕何苦必欲得余，豈如余者果足以爲美耶？萬一斯議一成，余與保羅之希望，可謂完全斬絕，此後生涯殆將淪於不可思議之境，思及此心，不期驟痛，輾轉床席，竟不能寐。

母氏談婚　十月初三日

　　昨宵失眠，今日頭沉沉甚痛，且遍身燒熱，擁被不能起。疾矢貫心，自惟有病耳。思此事其告知保羅耶，抑否耶？躊躇竟日不能自決，蓋告之恐傷其心，不告又懼無援救也。入夜，余母坐余床次，謂余曰："才歸即病，我真不解汝胡嬌弱至此也。"言時，伸手撫余頰，又爲余理衾枕，慈愛之誠，盡溢於面，使余頓起悲傷之感念。余母固愛我者也，奈何不識余心，而忍出此毒手，萬一不幸而成，則不啻自殺其愛女，母乎忍之耶？嗟夫！素貞之骨未寒，我又繼素貞而蹈此險域。吾以個中苦情，直陳吾母乎？方余設想及此，余母即已發言曰："吾兒，汝務自珍攝。汝年已長，終身大事尚茫然無成，身世之感，我甚知之。茲已爲汝覓得一人，其人亦隸教會，翩翩年少，倜儻聰明，與汝堪稱佳偶，現雙方方在進行，大約可以望就，一旦紅絲繫定，白首盟成，我之擔負可卸，汝心亦安矣。"余母發一言，余心即痛一次。余母言畢，余心痛極，乃發爲奇熱，一抹丹霞不覺緣粉頰而上，淒然答余母曰："母乃望茲事成就耶？"余母聞言一愕，曰："汝意不以爲然乎？"余曰："母向不爲兒計此，兒心滋適，今若此，兒無命矣。"余母益愕曰："此何意哉？"余曰："母蓋不知兒心。"余母微笑曰："吾知之，汝不允此，得勿爲保羅乎？"余母此言適中余心坎，身不期一顫。余母曰："汝誠憨矣，今有一人，竭誠愛汝，其家世人品又適與汝相配，而汝安然棄之，垂青一寒酸之士。我非責汝，若在旁人聞之，寧不謂汝乃全無心肝耶？"其母故知之，特瞧不起保羅耳。余慘然曰："母言當也，兒心肝早已……"言次，忽止，則引手握余母之臂，埋首掌中哭曰："母，兒心早早已碎矣。"余母覩此，大詫曰："汝胡爲而作此狀，須知余之爲此，乃爲汝謀畢生幸福也。"余曰："勿……勿令我嫁人，蓋我此生已無幸福可言。"言胸中悲梗，不期突喉而出，則失聲哭矣。情景可憐。

姊妹視疾　　十月六日

余臥病忽忽三日矣，姊妹行見余尚未入校，爭來詢問，及覩余病，則各各驚詫。瓊仙尤黯然神傷，時時以其溫軟之脣，吻余頰際，曰："吾摯愛之妹，胡遽至如此乎？"余聞語不覺泣下，蓋姊妹中知余最深者，惟瓊仙一人也，乃私以余家定婚事告之。瓊仙聞畢，愕然曰："果有此事耶？"余曰："然。"瓊仙沉思良久曰："吾思伯母必不至強汝許諾，汝勿過慮。"余曰："脫爲余父主持，我固不慮，顧余父凡爲余母之言是聽，茲事彼又盡仰之余母。余母拙人也，凡事不言則已，一言必行。彼儕既知之，故百計以媚余母，以吾觀之，茲事必成也。"瓊仙曰："汝告之保羅否？"余曰："否！蓋吾知彼一聞此信，其傷感必較余爲甚，余寧使余一人受茲痛苦，殊不欲彼因以受累。思之思之，惟有不告。"瓊仙曰："如是亦佳，吾今往面伯母，爲汝哀之。"余曰："善。"雖然，吾固料瓊仙之語絶無效果也。事已至此，尚爲保羅計，誠屬多情。

醫來診疾　　十月九日

余母見余病日加重，亟爲余延醫。至，切脈既已，詫曰："六脈皆弱，心疾也。"此醫爲余診疾已數次，要以此次之言爲最確。然心疾豈藥石所能爲功，而彼猶尊重署滋補之方，其實在余視之，不啻酒肆之帳單，祇合塞置字簏中耳。心病還須心藥醫，滋補奚益？夜間余父歸，上樓視余疾。在理余此時當面求余父，取消此議。顧余終是女兒家，此等事向母親言則可，至父親前，則萬難啓齒，一杯苦茗，祇有咽之斷腸中耳。

得保羅書　十月十一日

早餐後，鵑兒手持一函入，謂余曰："此保羅先生囑轉致姑姑者。"余曰："彼來余家乎？"鵑曰："否，適過余家門首，以此授吾。"余亟啓而讀之曰：

卿歸將一旬，竟無一字報我，此何故耶？近聞張紫宸方向汝家求婚，汝之無暇捉筆，得勿爲此？若然，吾今以此函達汝，誠爲多事，誠爲不度德量力。蓋以我與紫宸較，何啻天淵之隔，宜汝棄茲就彼也。蕙芳歸後，竟無一字以報保羅，無怪保羅之誤會。然是書出言太刻，吾殊不取。吾往者謂女學生無一有眼光，無一能鍾情者，有之，惟汝一人，由今思之，此語實不盡然。蓋汝之眼光之鍾情，方別有所在，若我，直供汝玩笑耳。憶我向汝求婚，已數次矣，汝峻拒，今紫宸求婚，則秘不告我。此中奧妙，自不待智者而後知。雖然，吾今言此，非有所怨於汝，不惟無怨，且當竭誠以賀汝。蓋汝縱嫁我，不過作寒士妻，若嫁紫宸，則前途幸福不可限量。爲計得也，抑有言者？我生平對人，向不做僞，寧人負我，我絕不負人。自今以往，我當鰥居一生，以踐舊誓。倘或天憫余情，使我兩人之緣，不自今生而斬，則再世枝成連理，並蒂花開，正自有時。已矣，珍重珍重！保羅手書。傷心之言。

余閱畢，手足俱顫，眼前乃起繁星，嗟夫！耿耿此心，相愛如保羅尚不知之，茫茫塵宇，將向誰告訴乎？思及此，幾欲縱聲一哭。四顧茫茫，衹有一哭。既念此乃我之自誤，非關於彼，脫早言之，何至有是書之至，然則我之憐彼，適足啓彼之疑，心勞日拙，我真爲世間第一可憐蟲也。

覆保羅書　十月十三日

　　余日來本無力握管，偶於枕畔草此日記，即已潦草不復成字。茲欲釋保羅之疑，乃不得不挣扎而起，作一書復保羅。書曰：

　　展誦來書，心魂俱碎。嗟夫！相知如君，尚不相諒，吾更何言耶？張儈議婚，係余母所主持，余歸漢之夕，即已聞之。本思奉函相告，嗣恐君聞而生憤，或因以成疾，乃不得不自爲隱秘。質言之，寧使千災百毒皆集余身，而不使君稍受痛苦，區區此心，可以質之天地而告之鬼神也。來書一味出以忿怨，使余幾不能卒讀，但君於下筆伸紙時，亦曾細思，余果爲此人耶？果爲此心耶？若然，余固早已出嫁，懷中兒恐已呀呀學語，何必待至今日！不謂年幼相交，且復重以情愛，並此心亦不之知，吾不能不謂君忍，吾又不能不自爲心傷也。嗟夫！癡郎，吾前次告爾，海可枯石可爛，此志不可奪。今日之心，固猶是也。方君作此書時，當不知我已呻吟床席，病不能興。我何以病？爲君病耳！實告君，此事而果破壞耶？誠吾兩人之幸，否則惟一死以了之。君既爲余守義，余當然爲君守貞，誓言在耳，絕不或忘。君其放心，匆匆布復，不盡欲言。蕙芳扶病書。嘔心相告，保羅聞之，當恍然悟矣。

忽聆佳音　十月十七日

　　余日記輟而未記者，又數日矣。今日復得保羅一書，自呈前函之失言，且誓必生死與共。余得此，寸心略慰。否則，熱血空拋，余沉冤終莫白矣。下午方倚枕欲睡，瓊仙忽入，淒然謂余曰："妹愈瘦矣！"又曰："妹勿急，我傾與伯母言，似有轉圜之意，張家婚事，當不至實現。"余聞語，不期向之一望，心中則頓現光明，謂瓊仙曰："然乎？"瓊仙曰：

"我豈詒汝?"嗟夫!此説一出,不啻囚徒忽膺赦詔,精神乃爲之大振,遂與瓊仙談蘇州各種勝跡,且迫瓊仙以校中近月事告我,計余自歸家後,與人接談,當以今日爲最久。

圍爐絮語　十月十九日

邇來天氣漸寒,余室中火爐已升。余母坐火爐之次,余則倚身安樂椅,面上爲熱氣所逼,乃作赤色。余母謂余曰:"蕙兒,汝臉色大佳,病體已略愈乎?"余曰:"少佳。"母曰:"汝嗣後務自己保養,須知我一生所出,只有汝與阿寶兩人。汝父現又爲彼娼婦所迷,娼婦大約指蕙芳父所納之妾。已忘我輩爲其家人。汝設不幸不壽,門庭冷落,家境日非,我之老景,不將淪於愁苦之域故。汝爲我計,亦當少延其壽命。"言至此,目眶一紅,幾此淚下。余見狀,心不期一痛,幾欲抱余母痛哭,然而,余母但知強余毋病,却不能使余不病,余誠無可奈何也。余母又曰:"即余此次爲汝論婚,亦非得已。蓋余精力日衰,風燭年華,能在世上勾留幾日?若目覩汝有所歸,余亦得半子之靠,寧非得計。"余曰:"與其嫁一絕無情感之人,何若終身不字,伴阿母以終余年。"余母曰:"世間潔身不字者,果有幾人?"余曰:"兒志已決矣。"余母微笑曰:"脫字汝於汝欲嫁之人,吾知汝志又變矣。"余聞語,不期一怔,以手掩面,由指縫偷窺桌上之電燈,寸心飛越,不知何往。久之久之,下手審視,則余母已不知於何時去矣。

喜極沾巾　十月二十日

午睡方起,雲鬟已偏,乃就鏡中理之。鵑兒忽入,笑謂余曰:"姑姑,婢子今實得喜信來,亦願聞乎?"余聞語一愕曰:"試言之。"鵑笑曰:"當先謝余,否則,此語仍未易突喉而出也。"娟兒狡獪。余見其癡憨,不禁失笑,隨拈銀幣一枚與之。曰:"以此謝爾可乎?"曰:"佳。"乃行近余前，接幣納懷中，故莊其容曰："張家婚事，已經破壞也，適間冰人來，主母告以姑姑不願，未便強制，冰人即悵悵而去，此非姑姑喜報耶！"嗟夫！鵑兒此語，誠無異天磬，一入余耳，頓使心脾具快，亟握鵑兒臂曰："汝言確耶？"鵑兒曰："確也確也！"在蕙芳以爲婚議既止，後患即除，詎不知此乃緩兵之計也。噫！此"確也確也"四字，又無異世界最美之音樂，環繞吾耳久久不去，乃頹然坐椅上，眼前漸起雲霧，眼角則作奇熱，兩行清淚不覺緣頰而下，大凡人驟得一喜事，恒至流涕，余今日正猶是也。既又覺坐乃不適，則起而立，立又不穩，則環室而步。鵑兒見之，大笑不止，余亦不禁自笑。蓋余是時情景，正如瘋人也。神氣逼真，我亦欲笑。

猝遇狂且　十月二十三日

余何病耶？爲傷情而病耳。今張家婚約既解除，余已不用自傷，余病遂不藥而愈。其來也驟，其去也亦速，此等奇事，固不必他人聞之發噱，即余自己亦不覺好笑也。余母見余病愈，歡然色喜，今日特攜余往新民觀劇。一鞭得得，沿河街而行。余與漢上景物，別月餘矣。雖際此萬木蕭條之候，而在余視之，仍覺其靄然可親。於以知景物之佳否，乃隨心境以變遷。脫此景見於數日以前，吾知吾又是一種感想，今則心快神怡，觸目皆成樂境矣。方余作此遐想時，車已抵園。既入座，忽見一少年向余耽耽而視，審之，乃爲張紫宸。方思避去，彼已向余母致禮，且及余，余勿理，逕移其目光注視臺上，而彼仍不去，使余如坐針氈。一齣未終，余乃偕鵑兒歸去。

往晤清蓮　十月二十五日

今日禮拜，瓊仙等咸至余家。及見余病痊，皆大樂。佩蘭笑曰："哪曾有病，撒嬌耳！"余曰："誰似汝不識羞，一到蘇州便巴巴欲往上海，斯乃真爲撒嬌耳！"文清笑曰："舌戰又起矣。自汝兩人去後，余室頓爲清淨。若入校，吾儕又不得享平安福。"余笑曰："汝欲享平安福，惟有去爲尼耳。"言次，因問慧英、靜貞、蕙立衆人近狀，文清均一一告我。瓊仙曰："何絮絮談此。今日天氣良佳，盍出散步？"衆曰："善。"遂相攜而出。過一碼頭，至歆生路，忽見軍隊數人，擁一盛服少年飛奔而過。詢之路人，始知爲擄人勒贖之盜匪，適經軍隊捕得者。余聞之，不禁悵然興感。夫少年乃人生最好之時期，譬如蓓蕾之花，盈盈欲放，當如何自保其靈性，以勉爲世界之善人。乃自起義以還，一般青年子弟，咸醉心彼偉大人物，驟膺富貴，不惜泯其靈性，昧其天良，思有以效之。於是有所謂黨，有所謂一次二次乃至三次四次之革命。幸而成也，則美其名曰義軍；不幸而敗，則散而之四方，流爲盜匪，以致烽煙遍地，搶劫時聞。如去歲華景街一役，寧不使人痛心？夫世界金錢，詎可易致，必也以己之力與之交換，乃始得之。若欲不耕不織，不治生業，而坐致洋樓汽車、嬌妻美妾，寧有是理？夫少年者，國家之精華也。中國少年，乃盡如是。國家不亡，更復何待？余不幸爲一女子，脫爲男子，吾第一當著論遍登各報，以作警鐘木鐸之告。痛快淋漓，青年子弟，不可不讀。第二……思及此，忽聞笑聲震耳，昂首視之，乃知誤走入一家理髮店內，余亦不禁自笑。瓊仙撫余肩曰："汝又著魔耶？"余曰："吾方思一事，故不覺其誤耳。"因復與之行，同至清蓮家。清蓮謂余曰："汝病愈耶？"余曰："然。"清蓮曰："幾時入校？"余曰："當在月初。"余此時見毓兒肥美能笑，不覺大樂曰："才兩月餘，便長大如許，真易也。"清蓮曰："乳母乳尚足，故發育易。"余曰："姊夫何往？"清蓮曰："往公事房去。"文清曰："爾儕且勿話家常，余腹飢甚，趣以食物來！"清蓮笑曰："小寶貝，汝欲食何物？麵包乎？點心乎？"文清曰："均佳。"清蓮因命其婢烤麵包食之，直至燃燈時始散。

重會保羅　十月二十七日

　　早餐畢，余驅車至後花樓，逕往萬國春。至則保羅已先在，蓋余昨以函預約者。余與保羅未見兩月矣，今日乍見，反覺羞澀，而保羅則如獲至寶，一躍至余前，握余手曰："吾摯愛之人，不圖吾儕今日又得相見也。"因攜余至歇榻坐，撫余肩曰："汝又瘦矣！"余曰："病後焉得不瘦？"並肩旖旎，我羨保羅。保羅曰："卿病我乃不知，且以貳心疑卿，我罪重矣。"余曰："汝今知之，我不怪汝。"保羅曰："但汝何故竟不告我？"余以手捻其頰曰："我函中不云乎？都祇爲汝計耳？"保羅曰："倘其婚議果成，吾不猶在夢中耶？"余曰："爾時自當告君。"言次，侍者以菜進，吾儕乃起而食之。保羅曰："汝既到蘇，不往西湖一遊，殊負此行。"余曰："佩蘭固有此意，余因心緒不寧，却之。來日有緣，合當與君偕往。"保羅笑曰："一棹煙波，汝誠不愧爲西施。若我則殊不能比范大夫，奈何？"余笑曰："此願雖深，尚在不可知之數，便曉曉道此，寧不使人暗笑？"保羅曰："以吾思之，必可達到，惟遲早不可定耳。"言已，擎杯狂飲。余奪其杯曰："汝不善酒，何苦濫飲？"保羅遂停樽，詢余入校事，余俱告之。萬種溫柔，千般繾綣，盡於此樽俎間道之。

病癒入校　十一月一日

　　心病已去，身體漸安，乃駕油碧之車，依然入校。先往謁紹小姐。紹小姐久不見余，歡然執手問別後事，觀余憔悴之狀，至爲憐惜，慰藉良殷，且問余曾食魚肝油否。余不忍拂其意，乃謬言，曰："邇來日日食此，惟未見有何效果，且其味甚難上口。"紹小姐笑曰："服此等滋補品，須有恒心。一日暴之，十日寒之，欲其收效，不亦難乎？汝但每日服少許，勿使間斷，自然獲益也。中國有成語曰'良藥苦口利於病'，孺子志之。"余唯唯而退。紹小姐深愛余，偕余往寢室，且命人將余臥榻移至窗口，曰："病後宜吸取新鮮空氣爲佳。"其實余之病豈新鮮空氣所能愈乎？不移時，而室中諸姊妹咸來問詢，環繞余身，幾無隙地，殷殷問別後事。周慧英問余蘇城景況，余笑曰："山川靈秀，人物英俊，誠江南佳麗之邦。然其人類多浮薄，且少進取之概，不如我鄉多矣。惟山水之勝，實非我邦所及。余還家以後，猶時時於夢寐中想像見之。"因述天平虎丘諸勝，衆人皆色舞眉飛，恨不與余偕往。正語時，忽隔室吳春秀珊珊而入。余見其髮光燁燁，賽漆堆鴉。猛憶及去年光景，笑謂之曰："汝今髮長如許矣，不怕人以木梳擊汝頭耶？"春秀面頳，赧然曰："姊姊好記性，尚能憶及去年事，余久已忘之矣。"余爲諸人所擾，口講指畫，費一小時脣舌，方寸略將蘇地各事講完，因笑曰："余吻燥甚，當飲一杯苦茗然後再與諸君叙談也。"

論聶瑜華　十一月二日

余因游蘇，返家又染病，曠課近將八星期，今日例須補課。他尚可勉强，惟算學一門，尤爲艱苦。然余自入校以來，事事皆欲出人頭地，無論課程若何困難，余從無一毫退縮之念。蓋生性然也。他人每誚余爲好勝，其實余絶無成見。惟行我心之所安，以爲不如是，不足副我求學之念耳。瓊仙憫余病後身弱，夜間或需茶水無人傳遞，殊爲不便，乃襆被與余同榻。枕上傾談，問余此行結識得幾許知心閨侶，余沉吟曰："所遇之人雖衆，然多泛泛無足道者。惟聶瑜華本係舊交，余此次赴蘇，亦由彼函邀之故。此次朝夕相聚，情意纏綿，令人生感。他日彼若來漢，余亦必竭誠相款，聊盡地主之誼也。"瓊仙稱是，因問瑜華爲人何若。余曰："其人富於感情，待人接物，和藹之氣撲人眉宇，自然可觀。惟以余度之，其人對於貞節二字，恐未必十分可靠耳。"瓊仙曰："若何以知之？"余曰："余於辭氣之間，留心體察，覺其放佚無倫，非大家閨秀所宜出此。且余與之偕遊各處，彼所識之青年男子甚夥。見面時，恒有戲謔之狀。此其情不問可知矣。"

草場拍球　　十一月五日

　　課罷，姊妹行群往草場拍球。余一時興發，亦與焉。顧腕力不繼，輒至敗北，乃與雲巧等退坐曲欄之次。雲巧曰："網球殊少趣，勿若踢球之佳。"文清曰："踢球太危險。汝不聞男學堂前日踢傷一人乎？"余聞語一愕，曰："誰乎？"文清曰："似爲王姓，即余校黃珍珠之未婚夫也。珍珠聞此信，焦急至不能寐。昨特往醫院，親執看護之役，尚不知能就痊也否。"雲巧曰："珍珠已往醫院耶？"文清曰："然。"雲巧曰："是誠不識羞，豈有黃花閨女而親侍男子之疾者。"文清曰："彼不去，誰當去？"雲巧曰："吾終覺此事不妥。"女學生越禮之事較甚於侍男子之疾者不知幾許，文清①乃斤斤以爲不可，不亦迂哉。余見兩人爭執不已，則解之曰："汝儕入世未深，不達人情。珍珠既爲彼人之未婚妻，則彼人之痛苦，即不啻珍珠自身之痛苦。珍珠自往看護，當也。"雲巧猶不服，余戲撫其肩曰："汝他日覓得如意郎君，當知個中情況也。茲勿嘵嘵。"因攜往拍球，雲巧拒之，乃歸。

瓊仙假歸　　十一月七日

　　早起，余爲瓊仙理髮竟，瓊仙亦爲余挽髻。尚未竣事，而闇者入報，謂有客欲面瓊仙。余問之曰："來客男乎女乎？"闇者曰："男也。"余方回首，欲與瓊仙語，而瓊仙已匆匆出室。余無奈，欲理其髮，乃遍覓木梳無著，想已爲瓊仙攜去矣，乃顧謂佩蘭曰："速往客室偵之，瓊丫頭失魂喪魄，其心必已預知來客爲何人。否則，何至若是？"佩蘭諾而去。余乃借他人之梳以挽髻。甫竟，而佩蘭已含笑奔入，曰："國珍至矣。"余笑曰："我固知其然也。"有頃，瓊仙匆匆而來，木梳猶插於髻畔。余見

---

①　文清，疑應爲"雲巧"。

之，不覺失笑，固問曰："來客何人？"瓊仙囁嚅曰："親戚耳。"衆人皆暗笑。瓊仙入室，即自理其床褥，爲狀至忙迫。余調之曰："時鐘將及七時，行且上課矣。不急之務，曷弗且置之？"瓊仙曰："否。余已向紹小姐告假矣。"佩蘭曰："何時來校？"瓊仙曰："此時猶未可定，大約三四日耳。"余笑曰："若家有男客至，乃須汝回家作伴，且爲時至三四日，可謂奇絕。"瓊仙羞不可仰。佩蘭笑曰："勿再瞞人。汝之金龜壻返家，乃謬爲親戚，宜其受侮也。"瓊仙赧然曰："若等已知之，何苦窘我耶？"

自織絨衣　十一月九日

連日氣象陰霾，殊有雪意。余購毛絨甚多，爲保羅織襪褲。絨衫絨襪，乃女學生對於情人一種特別贈品。金針暗度，絨綫飛揚，雖手僵欲裂，殊不顧也。姊妹行均斤斤問余果爲誰製，余謾對之。夫余習此藝，今已數載矣。每歲除爲保羅織製一二及自用外，余父若母亦未嘗得余一絲一縷，其所著者皆購自市上耳。因思人生至親者，誠莫過於夫婦。雖然夫婦耶，余與保羅尚不知何日能達此目的。今日而遽以此自命，毋乃太早。思至此，不覺揪然寡歡，則停針面火爐而坐，芳心躍躍，正不知作何思。於是力鎮其心，仍拈針織之。長夜迢迢，殊無聊賴也。

預備聖誕　十一月十一日

明日聖誕，今日休課一日。紹小姐命余等於校中各門紮彩花甚多，且於講堂設臺一座，以爲四班生排演新劇之所，臺上則用松柏紮"耶穌聖誕"四字。堂上懸各國國旗，微風吹之，飄蕩可觀。紹小姐又親製恭賀聖誕唱詩一首，命余等習之，忙碌至夜分始已。若在平昔，一至夜間，都覺疲倦，咸往尋睡鄉之樂，今夜則人人精神奮發，鼓舞歡呼，各處電燈，亦均明亮耀眼。於是善歌者唱歌，演劇者練劇，吾儕一二班生，則碌碌於送禮。余床上堆積幾滿，有針綫，有書籍，又有瓷器及各種粧飾品者。余亦各有所贈，於同室姊妹，則各贈赤金十字架一枚。女校每屆聖誕，恒喜互相貽贈，殆已成一種風氣矣。計此一日消耗，余一人殆不下數十元。方今哀鴻遍野，災難頻聞。若能以此捐作義捐，受惠者豈不感激余儕不忘。然而同學中無有能憶及者。豈惟余儕，即彼擁資百千金者，亦不復能顧惜。余又何言。於此懽樂正酣時，尚能念及哀鴻，故吾甚取蕙芳。

聖誕佳節 十一月十二日

晨起，接各處恭賀聖誕信片甚夥，內有花片一，雖未署真名，然余確知爲保羅手筆，則引脣親之。是篇所云，恰是耶誕節一番景象。早餐畢，即振鈴開會。首由紹小姐領吾儕禱告，繼唱詩，唱畢，演說。時來賓參觀者漸衆，釵光帽影，躋躋一堂。余儕一班生，均派爲招待員。堂中秩序井然，絕少譁噪。說者謂連年耶誕節，以今年爲最靜肅，果吾儕維持之力耶？吾不得而知也。演說畢，戲劇開幕。第一齣爲"浪子回頭"，係《聖經》中故事。次爲"美人心"，蓋即戲園所演之剖腹驗心也。扮媒婆者，爲三班之胡瑞珍，素稱滑稽，一經登場尤活潑詼諧，鶯聲一轉，無不捧腹而笑。一齣未終，鼓掌之聲已不絕於耳。余笑謂佩蘭曰："世果有曼倩其人者，以瑞珍嫁之，當稱佳偶。"佩蘭曰："然。"末齣爲宣統復辟，係吾校男教員所編，觀者對之尤爲注意。自徐州會議以至宣統御極，靡不俱備。扮張勳者爲關海英，亦吾校之滑稽家，編髮作辮，繫以彩綾，紅頂花翎，搖擺而出，臺下視者無不狂笑。其裝康南海者則架古式玳瑁眼鏡，腰駝背拱，如鄉間古董老農，手持蒲扇一柄，半遮半掩，益堪發噱。演至御前會議時，張勳方趾高氣揚，口講指畫，其所戴假髮忽然墮下，一時嘩笑之聲如春雷乍動，場中秩序因以紊亂。一般浮薄少年尤乘機肆其笑謔，經吾儕竭力維持始已。劇終，來賓散去。夜間紹小姐復命小學生演小故事，吾儕則彈琴助其興，來觀者僅女校學生。紹小姐謂衆曰："今日之日，乃吾儕基督徒所最當紀念之日，今已過去矣。凡吾儕所舉辦各游戲事，亦可謂興會淋漓，足使人抱美滿之愉快。但吾甚望衆君來此者，勿徒作游戲觀，心中尤當時時追念耶穌自降生以迄遇難時所經歷之苦況，蓋不有耶穌受此苦況爲我輩贖罪，我輩今日果淪於何境尚不可知。是故我儕今後，當時刻存一奮勇心，以期繼我主之後，爲世人解除諸般苦惱，洗滌諸般罪過。若徒見歡樂而興，事後則已，則非我所望於諸君者也。"言已，衆鼓掌。紹小姐復出游戲品及美術畫遍贈各學生。事已，吾儕亦已疲倦，遂各歸寢。

團雪作戲　十一月十四日

朔風怒吼，爐火不溫。大雪紛紛，如柳絮，如鵝掌，聯翩而下，自朝至將夕時，地上已積有四五寸厚，舉頭四望，一白無垠，渾如琉璃世界。而樹巓之凍雀，數十成群，引吭悲鳴，苦不得覓食。佩蘭忽下階，以瓷盆盛得一滿盆，團成一二小團，晶瑩潔白，舉手擲之，與牆上磚相擊，紛飛四散，恍疑天女散花。余一時興至，亦效佩蘭所爲，團雪擲之，乃病後體弱，腕力未復，恒擲不及牆而下落於地。余不服，擲至三四皆然。佩蘭笑曰："女將軍敗北矣。"正嬉笑間，忽見一人，衣大衣，撑綢傘，高領掩其頰，惟露一雙星眼。余笑曰："是乃瓊仙也。"乃作此種裝束，幾於撲朔迷離，令人雌雄莫辨。佩蘭笑曰："我且戲之。"乃以團雪向瓊仙擲之，適及其肩際，雪花四濺，瓊仙驟吃一驚。抬頭見余輩，笑曰："勿惡作劇，余皮鞋甚滑，恐仆於雪中也。"乃止勿擲。瓊仙入室，以手拍去身上之雪，與余等相見。佩蘭笑曰："汝家之客人，想已別汝他往矣。否則汝何暇來校耶？"瓊仙俯首不語，潛拾得雪花一把，起身佯倚佩蘭之肩，納其頸內。佩蘭驟覺奇冷，欲以手袪之，而雪花一經熱氣即已化爲水點，掏摸不著，一種瑟縮神情令人發笑。佩蘭恨曰："瓊丫頭壞哉，余必有以報汝也。"瓊仙謝罪，且浼余緩頰，乃罷。

圍爐夜飲　十一月十六日

雪既止，天氣驟寒，滴水成凍。夜間停止溫課，姊妹行乃圍爐團坐。佩蘭取雪水，就爐上煎之，烹茶以餉衆。余笑曰："此所謂'寒夜客來茶當酒'也。"瓊仙笑曰："苟有酒，不勝於茶乎？"衆人笑曰："酒勝於茶，又何待言。"瓊仙笑曰："然則汝輩曷弗求我乃以茶當酒，附庸雅人深致耶？"衆人笑曰："若誑我輩耳，酒自何來？"瓊仙微笑，轉身向內。須臾，攜酒二瓶及牛肉脯一包至。余訝問幾時攜來，瓊仙曰："余藏於大衣袋內，若等固無由而知也。"於是開懷暢飲，寒氣頓銷。此等事我校久懸爲厲禁，特對於一班生，向例不加偵查，以示優待。若爲三四班生，則不知擔却許多驚恐矣。酒酣，余憶及在瑜華家，掣唐詩酒籌之事。因舉以語衆人，皆點首稱妙。

家中送衣　十一月十九日

今晨余母使鵑兒送孤裘一襲來，又獺皮大衣一件，毛色至佳，乃新置者。余昨猶爲瓊仙不當著大衣，今乃自服，思之不禁失笑。又念余年亦不過如許，乃衣狐裘，而保羅則僅羊裘一襲，值此嚴寒之天，得不凍煞？念念不忘保羅，處處體貼保羅，是謂多情。脫余兩人而相聚一處者，此種華麗之衣余必棄去。蓋凍餒胥共，初不能分其厚薄也。思及此，自取大衣視之。念若以此贈保羅，寧不可以却寒，然而太小，不稱其體矣。爲之悵然。

攜贈絨衫　十一月二十四日

今日禮拜，余挾余所製手套及襪褲，先赴禮拜堂。恰好保羅亦先至，余見其凍縮之狀，不覺心爲一酸，握其臂曰："吾愛，汝冷乎？"情意纏綿，保羅不知幾生修得到此？保羅曰："此種天氣，誰則不冷？"余曰："汝衣亦太少。"保羅曰："否。吾校中尚有未衣皮裘者，亦與吾度此朝夕。且吾之冷，心冷耳，多衣胡爲哉！"余乃以絨衣與之，曰："此余冒寒所製者，服之當少煖。"保羅接視之，笑曰："吾將何以謝卿？"余曰："但得不冤我足矣。"言次，以手套戴其指上，保羅大樂，曰："後此不惟身暖，余心亦熱矣。"

瘋子笑史　十一月二十七日

佩蘭昨接慕濂來函，在滬染疾，以致一夜未眠。今日亦不梳洗，呆然坐室中。吾儕百般慰藉，均不應，但以巾搵淚。余笑曰："滬上原無他病，有之惟楊梅症。姊夫瀟灑，好作狎邪遊，或者已作楊梅公子亦未可知。如是方恨之不暇，夫何足憂？"遇事調笑，蕙芳真利口哉！佩蘭曰："汝勿謅言，彼決不至是。"言已，又泣。瓊仙笑曰："汝勿又蹈熊石蘭覆轍也。"余曰："石蘭如何？"瓊仙曰："汝忘之乎？彼去年在校時，其夫赴贛，一日忽接其來書，謂在贛抱病，石蘭焦急至不欲食，吾儕勸之，不理。紹小姐勸之，亦不理。終日但坐房中哭泣，不及兩日竟至瘋魔，時哭時笑，時時挈其行囊，欲乘船赴贛。紹小姐恐其中途失事，不許。彼愈瘋，幾至欲自盡。紹小姐不得已送至醫院，且電知其夫。迨其夫來時，畢竟未病，於是見者無不大笑。今佩蘭舉止失其常度，正與石蘭同。脫姊夫亦偶攖小疾，將來相見時，當又添我輩笑話不少也。"佩蘭聞語，亦軒眉一笑。余乃強拽之使上課，實則彼之目光，固未嘗一注及其課程也。

婚事重提　十一月二十九日

明日月假，余因有事，下午即出校。經一碼頭，購棉鞋一雙，挾之歸家。將入門，忽聞客室語聲甚繁，異之，由窗隙偷窺，見余母方與二客談，一余不識，一余母義子也。但聞一人曰："媼既有此意，何懼姑娘之不許？男大須婚，女大須嫁，父母自有權衡，媼自主之可也。"余聞語，大驚，自念胡又來此冤鬼。波平波起，蕙芳苦矣。及再聽，又聞余母曰："小妮子性情非他女子可比，強之必生他變。"客曰："大凡父母爲女兒論婚，第一必望其琴瑟和好，今紫宸既鍾情姑娘，將來當無勃豀之患，捨此不圖，更復何待？"余母曰："容吾思之。"蕙芳之母此時已有決心，張家婚事勢在必成。余聞此，知張賊又弄其鬼計，不覺憤火中燒，恨不破扉而入，抓媒人而生食之。至此乃不忍再聽，摳衣上樓。鵑兒見余面色大改，愕然曰："姑姑又病乎？"余微應之曰："然。"入室則倒榻上而眠，自念茲事將如何了者，彼既必欲抵死相纏，余母又無復決心相拒，長此以往，必有底成之一日，爾時余嫁耶？不嫁耶？捨香消玉碎外，恐無復他道矣！嗟夫！吾母，彼猶謂茲事一成，乃可得半子之靠，詎不知茲事果成即其愛女絕命之時？安得一人爲余剖心以示余母，以求其曲諒耶？余思及此，余甚恨當日不聽保羅之言，不然彼儕安得挺身而入，但余終不解彼儕果具何魔力，足以欣動吾母，而至如斯之極。雖然，余何尤乎余母，余所最不解者，余父耳。彼亦已四十許人，乃自納娼婦後，終日盤踞別墅中，不復更回故廬，以致兒女大事乃仰之母親之手，即令下偶乞丐亦若不足擾其豪興。此豈所謂父母愛子之心耶？大凡年老娶妾，必非家庭之福，而余所受之影響，尤其著者也。念及此，一陣心酸，不禁掩面而泣。一字一淚，我憐其人，我悲其遇，我亦不得不哭。嗟夫！自古佳人多命薄，豈止顏色如花命如葉耶，余至此又不得不病矣！

舊病復發　十一月三十日

大凡女兒之心，其容量最窄，苟有一人盤踞其中，即無餘地更容其他之人，設更有人欲挺身而入者，則其方寸必碎。猶之小艇載人，非不欲盡人而載，獨奈其能力不勝何，女子載情，正猶是也。故余自昨聞此惡耗後，心魂振蕩，酸淚乃如潮湧，幾欲拼一哭而死，以謝吾母。女子多情，便非幸福，可憐可憐！顧吾儕苦人，天又不容其速死，於是只有病耳。下午，姊妹行咸來邀余入校，及見余憔悴之色，知余舊病又發，各自黯然。雖然，彼等但知余病耳，詎知張家婚事死灰又復燃耶？乃強打精神，致一函與保羅，此書去後，保羅之傷心必與余等。一對可憐蟲，將如何終局耶！

病榻自傷　十二月三日

茶鐺藥竈伴我生涯，余病忽忽又三日矣，室中靜寂，殆如鬼窟。余母偶或至，亦不多語，但聞其終日在客室中與人作長談，婚議果成與否不得而知，即彼亦未嘗告我。吾知吾母恨吾深矣，因一己私情，致疏骨肉，余罪重矣。然吾終不能割棄保羅忍辱以就此，是吾今日已至山窮水盡，無路可行，有之，惟一死耳。夜間，鵑兒告我，謂張家婚事吾母已有允意，吾聞此亦不甚驚，蓋此著早在吾意中。但吾母於脫口允諾時，不知亦曾細思彼儈所欲得者果一紙婚約，抑爲余身。若爲一紙婚約，雖再許十人，亦無與於我，若爲余身，恐今世無此日矣。雖然，張儈亦儍，大凡男子娶婦，第一當先取得女子之心，若心不向往，則無異抱橡皮女郎而眠，閨房之內，更復何樂？於以知彼實天下至愚之人也。鍾情於一，守身不二，寧夢斷而魂離，不移情而別注，今日濫説愛情之女學生，能有幾人？

與母爭婚　十二月五日

香夢初回，忽見余母立余衣櫃前，似覓一物。余曰："母何事也？"余母曰："汝製衣尺寸單何往？"余曰："需此胡爲？"余母曰："爲汝置衣也。"言次，坐余床沿，正色謂余曰："直告汝，張家婚事，吾已允之矣。纏紅之期即定本月十五，但彼家必欲製衣壓帖，頃吾向汝索尺寸單，即爲此也。"余顫聲曰："母終以此事爲幸乎？"余母曰："在吾視之，自以爲幸。"余冷笑曰："我則以爲不然。"余母曰："我固知汝不願，然天下女子嫁人，果有幾人能得雙方願意者，一經嫁娶，意即諧矣。"余曰："母亦嘗一偵彼儈之爲人否？不過洋場中一浪子耳。今日不惜低首下心以求娶我，明日更不難低首下心以娶他人。愛情如水，初不擇地而流，爲女子而嫁此類人，無異落身窀穸，永世無見天日時矣。"今日輕薄少年，確是此種心理。余母愠曰："如汝言則凡女子必嫁總統作夫人，乃始稱幸矣？"余冷笑曰："是何言？我固未嘗謂嫁總統者，乃盡爲幸。"余母曰："然則張氏子果何不善？汝必欲嫉之如仇耶？"余曰："兒敢冒恥爲母一言，彼非吾心愛之人也，凡女子惟嫁其心愛之人，乃始爲幸。"余母怒曰："以吾思之，即嫁汝於汝心愛之人，恐亦不過作釁下婢耳。"余曰："較之與禽獸爲偶，差勝一籌。"余母益怒曰："賤婢……不圖送汝讀得幾句書，便無恥若此。"余曰："母勿怒，兒之言此，非忤母也。兒固已打量拼一生幸福，爲母償此孽債。從今以後，任母如何佈置，兒決不過問，但有一言可以告母者，兒但允字彼，決不嫁彼也。"各有充分理由，女子嫁人所以難也。言已，翻身向內，傷心之淚已偷沁眼角而出。嗟夫！余命誠苦矣！

姊妹對泣　十二月六日

凡人一旦喪其樂生之心，其苦自不堪言。然使一旦立志必欲求死者，則又覺寸心清靜，萬事都休，舉凡一切痛苦皆不足亂其心思。死志已決。余今日景況，正猶是也。瓊仙等見余尚未入校，特來探視，余私以張儈婚事告之，瓊仙爲余傷感不置。繼見余頹喪之狀，恐余復蹈素貞覆轍，則又勸余曰："事既至此，尚復何言？惟有割斷前情以殉伯母之意。矧保羅亦多情人，知汝苦衷，必不怨汝。"余嘆曰："已矣！不入耳之言，休來相勸。"瓊仙以額親余頰曰："情場我亦過來人，詎不知汝意？特人至萬分無可奈何時，亦只有作無可奈何想耳。"言已，以巾自搵其淚，余見狀，爲之大戚，則亦失聲哭矣。

知保羅病　十二月八日

余致書保羅，今且八日矣，迄未接其復函。中心忐忑，至爲不寧，乃命鵑兒往其家探之。比鵑兒返，余曰："如何？"鵑兒悽然曰："病矣。"余聞語，心爲一痛。久之曰："病乎？"鵑曰："然。病後返家，今已數日矣。"余曰："彼胡竟無一函報我？"鵑曰："我固詢之，彼謂接姑姑函後，已兩次具覆，但不解吾儕胡竟未接到？"余至此，始恍然保羅來書，均爲余母接去。又詢鵑兒曰："彼病勢果何如？"鵑曰："當不甚厲，惟消瘦不堪耳。"余曰："彼尚有何語否？"鵑曰："彼謂已拼終身鰥，勸姑娘不必憶念。吾觀其言雖如此，其心實至難堪。故一語未畢，即掩面而泣。"余聞至此，酸淚乃如泉湧，倚身鵑兒肩臂曰："鵑兒，吾累彼矣。汝爲我告彼，無論如何，我決不以此身嫁他人。果情愛不移，一世鴛鴦獨宿，良緣可續，再生鸞鳳雙成。此後苟生一日，月夕花晨，當與彼同受一日悽涼之況味，直至形消骨化而後已。"是謂多情，是謂癡情。鵑曰："姑姑勿道悲傷，吾少刻當爲姑姑言之。"

感懷身世　　十二月九日

方余握筆草此日記時，余心極痛，余手亦僵，睜目而視，幾不審余所事，其爲字爲文，但見淋漓滿紙，血點斑斑耳。在理余精神頹頓，已無復能作字，然余對於余之日記，乃有無限感情。余一年來所經過各種歷史，皆在其中。今際此浩劫臨身之時，若不竭力以記一二，他日香消玉殞，誰復知余之可憐哉？嗟夫！春蠶到死絲方盡，蠟炬成灰淚始乾。余今言之，余心滋痛。憶余十九歲時，見余者咸許爲絕頂聰明。由今思之，余實爲此聰明二字所誤。我讀至此，亦不禁有聰明誤我之感。蓋余若稍爲混沌，安知愛情爲何物？不識愛情之寶貴，則與保羅絕之久矣。任余母置余於何地，則亦安之。於以知聰明實非人生之幸，而余偏又能識幾個字，則尤爲不幸中之不幸也。噫！天下錦繡才子、錦繡佳人，當同聲一哭。

撤去菱鏡　十二月十一日

　　余生平至愛鏡，余室除大穿衣鏡外，尚有小鏡若干。人謂美人愛鏡，愛其影也。余非美人，然余對於余影，乃有無限愛情。誠以知余之心，憫余之遇者，惟彼也。璇閨相伴，憐我憐卿，今余生趣已絕，瞬須與我最親愛最相知之影告別，余反覺不欲與余影遇，以傷余心，乃命鵑兒盡行撤去。余母聞之，謂余曰："汝其瘋耶。"余淚已滿眼，不能作一語。余母曰："汝意豈猶未轉耶？"余欷歔曰："欲余轉意，惟有死耳。"言之愴然。余母曰："吾兒，汝宜三思。須知此事已人人皆知，汝執拗不嫁，浮言必將四起。汝忍以私情之故，墮吾李氏家聲哉？"余曰："然則兒竟欲嫁張賊乎？"余母曰："嗟乎！事已至此，尚何言者？汝爲讀書明理之人，必不忍以此事傷老人之心也。"又曰："汝校大考已近，汝能入校與考否？"余曰："母既欲兒嫁人，何必讀書？矧兒已顇頓至此，尚能捉筆作文耶？"余母曰："不考亦佳。"言已，退去。

強余試衣　十二月十二日

　　今晨張家送壓帖禮服來，蓋纏紅之期，即在後日，意使余試之，以占稱體與否。余母見之，讚美不置，亟捧之登樓，使余試御。在理余此時方羞憤之不暇，更何心以服此，顧余竟漠然若無覺。衣竟，余母微退其身，端相而笑曰："美哉！吾兒衣此，美乃無以復加。而明珠之邊，尤爲出色。"余回眸自視，冷然曰："以我視之，乃類囚衣，速爲我去之。"余母詫曰："吾兒豈嫌窄耶？然不如是，則不入時。"余不答，但曰："去之去之。"鵑兒乃爲我卸去，付諸余母。余於余母去後，心如中彈，欲哭乃至無淚。自思若爲其他女子，此時愉快，正不審至於如何，而余但有悲無樂。嗚呼苦矣！

婚事告成　十二月十四日

天色垂暮，余身煨絨毯，獨坐火爐之次。一室靜坐，殆如燹後之教堂。情景如畫。坐久，則以手扶頭，沉沉欲睡。夢魂栩栩，似立身於禮拜堂神壇中，聽主教宣讀結婚禮文。蕙芳乃教會中人，故有此夢。又似立吾旁者，竟非紫宸，實保羅也。於是大樂，於睡中展笑。忽爐火微爆，一驚而悟，則見鵑兒摩簾而入，悄然謂余曰："保羅先生病愈沉重矣。"此語出，乃使余精神陡振，銳聲曰："沉重耶？"鵑曰："然。此事吾本不欲告之姑姑，然吾不言，姑姑何從而知之？"余慘然曰："汝言當也。"鵑乃躡足而出，若恐多言又增余煩惱者，實則余此時心潮起落，已如亂繭纏絲頭緒紛繁，任拈一緒，亦足以亂全局。則起而微步，推窗外望，月光黯淡無華，保羅屋頂尤時時觸吾眼角。因思彼此時，不知作何狀。其呻耶？哭耶？安得身生雙翅飛入重簾，一覘伊人之面，以慰吾苦憶之情。思及此，勇氣陡發，乃以圍巾加於頸上，悄然下樓，經過客室，猶聞余母方與紫宸絮絮作談。余恐爲所聞，則噤聲躡步。一出大門，足力頓健，飛奔至保羅家，逕入保羅臥室。毅然決然。見室中陳火盆一架，中炙木炭，火光熊熊。保羅則斜倚籐椅中，蓋以棉被。椅適在火盤之側，由火光中見保羅凝坐不動，面色灰敗如死。余既行近，則以手撫保羅之胸。肺葉相擊，翼翼可聞，而保羅轉瞑目不視，余咽聲曰："吾愛，吾今來矣。汝病今何如耶？"而保羅仍瞑目枯坐。余審視良久，不期泣曰："嗟乎，保羅死矣。"如聞其聲，如見其人，如歷其景。言次，竟埋首倒身於保羅之懷，縱聲而哭。保羅始張目曰："姊毋然是，蓋夢耳。"余見保羅能言，則不禁破涕一愕，笑曰："噫，汝乃以爲夢耶，汝病果何如矣？"保羅抱余起曰："毋憂。吾固未嘗有病，然汝何來？猶不自信非夢。"余曰："吾聞汝病重，特來一訣耳。"保羅曰："可憐者吾愛，吾今並不死矣。"余抱其肩曰："君苟不死，吾心滋樂。"保羅聞此，色忽又一變，搖首嘆曰："已耳，汝已有羅敷，尚復何言？"余曰："否。無論如何，吾決不能嫁彼人。

汝愛我，我嫁汝耳。我今茲之來，亦非偶然。蓋吾已抱此決心，與汝合力爭此一著。幸而成也，自吾兩人之福，否則即死於此，決不歸。"傾心吐膽，以告保羅。保羅方欲答，室門忽闢，入者爲鵑兒。鵑兒至矣。面色慘淡，嬌喘至急，入即曰："噫，彼乃在此矣。"言時，又一人入，則爲余母，母氏至矣。覘余怒呼曰："吾兒，汝奈何來此？蕙芳，汝必癇矣。"又曰："汝當知汝之婚約，明日即須成立。今夜之事，終不能使人知。今當隨我歸去，須知紫宸尚在吾家也。保羅，汝終不能坐視，汝當有以助我，倘或紫宸蹤至，將成何說？"言次，紫宸果冲門而入，面色慘變，怒氣勃然。紫宸至矣。保羅殊從容不迫，徐徐言曰："伯母，此事誠足使汝駭然，令媛實愛我也。彼與我之歷史至長，茲亦不暇言。質言之，我兩人早有白首之約也。今令媛來此，實告我一語謂舍我外決不他嫁。苟伯母憐其情，玉成此事，便當結草以報，否則，當雙死君前。"余母聞語，失聲而哼，倒身於籐椅之上，目視紫宸。此時室中景象，當如何慌亂？然一筆敘來，有條不紊，我服蕙芳筆力。紫宸則大驚且怒，曰："否，是何言？余與蕙姑已經良媒說定，明日即爲纏紅之期。汝何人，安能插身此間？汝須知引誘良家子女，律所不容。汝如不急取消此言，當控汝至法庭一評此理。"忽聞此意外之語，亦祇有一哼耳。保羅冷笑曰："汝如必欲拋棄朋友感情，控我至法庭，則實我之願。蓋法官必憐我與蕙姑之情，我兩人婚約反可藉此堅固，若汝則徒自取辱耳。"紫宸欲答，保羅又曰："以吾思之，君不必更言。蓋蕙姑心不向汝，即欲得之，亦只爲棺材一具耳，何必與人爭此泉下物哉。"紫宸至此，乃大頹喪，狀如病熱，目光直注余面，發爲極悲之聲，曰："吾終不信蕙姑乃有此心，非得蕙姑一言，吾心終不能死。"紫宸狀態，亦復可憐。余聞此，如夢乍覺，不期脫口曰："先生，保羅之言，確也。"兩人勝負，在此一語。紫宸聞語，直不啻宣佈死刑，掩面大悲，頹然倒於椅上。余母謂之曰："事竟至此，尚何言哉？君行矣。天下多美婦人，望別覓良偶，早諧秦晉。至於此事，皆余養女不教之過，至爲負君。"紫宸面色灰敗，慘然起立曰："姆言當。然我萬不料事局之變，竟如是其怪也。"言已，蹣跚而出。余母於紫宸去後，怒視余曰："賤婢，汝此行不第辱汝自身，且辱吾家門。"又顧保羅曰："孺子，吾今後當以不肖之女付汝，願汝儕幸福。"保羅聞此語，樂也何如？言次，攜余欲行。余寸心反爲起恐怖，知歸後必遭嚴譴。保羅知之，則曰："伯母，此事咎在小子，終不能責備令媛。"余母冷笑曰："我又何用其責備？即責備，亦晚矣。"言次，保羅之母忽入，見室中狀況，乃大駭。余母謂之曰："今夜之事，乃至奇特，我今不暇爲君言，汝問保羅即知。"言已，攜余逕歸。而余與保羅所希望不得之婚事，遂於此頃間定之。余未讀此篇時，以爲紫宸婚事必成，蕙芳與保羅只有一死耳。詎成者反敗，敗者轉成。此種奇突之事，直如柳暗花明又一村，非浮一大白，不足以謝作者。

邀請冰人　　十二月十七日

余婚議既定，余病亦痊。萬種閒愁，從茲放下，余樂可知也。余母初自不免譴責，繼知大錯已成，則亦不復言。昨與劉姆商，決定念四日纏紅，冰人則爲瓊仙夫壻吳國珍。蓋吾母終以吾與保羅面言爲諱，故必倩一人出以爲媒證。今日余特召瓊仙至，告以故。瓊仙大樂，曰："吾知吳郎必願任斯役。"繼又戲余曰："我爲汝往作說客，將來果何以謝我耶？"余至此反覺羞澀，一抹丹霞不覺緣粉頰而上。瓊仙笑撚余頤曰："莫惺惺作態也。"余笑曰："誰似爾厚顏？"瓊仙笑曰："我不厚顏，安得此如意郎君？"又曰："我欲問爾，苟前夕伯母不許，汝與保羅果真死耶？"余曰："言必行，豈以此詐人。"瓊仙曰："癡哉，爾也。"言次，取時計視之曰："時已不早，吾茲歸。明日吳郎當來與伯母接洽也。"余微笑曰："謝汝。"

校中寒假　　十二月二十日

今日爲校中寒假之期。余衣箱及書籍，均在校中，特親往搬歸，至則室中嘈雜不堪。蓋姊妹行均在收拾衣物，及見余至，則又各停其事，圍繞余身，各鼓其如簧之舌，以相調笑。確有此事，確有此景，聲音笑貌，使我如見。佩蘭力握余手，瓊仙撫余肩，雲巧與文清則以指劃面，向余狂笑。佩蘭曰："好事既成，相思病當可解脫矣。"雲巧曰："何時成婚耶？"文清曰："嫁衣已辦耶？"慧英曰："其至禮拜堂成婚，抑行古禮耶？"一時語聲雜起，震余耳欲聾，乃笑曰："汝儕問題誠多哉，使余乃不能擇一而答。"言已，挣手脫圍而出。佩蘭摟余腰曰："汝苟不言，吾決不使汝離此一步。"余曰："好姊姊，吾憊矣，趣恕余。"彼等始各斂手，余乃從事收檢余之書籍。顧佚散者多，此時亦不暇尋覓，幸衣物無一失者，隨納之箱籠，命僕人擔歸。余則隨姊妹偕出。

吉日纏紅　十二月二十四日

今日為余纏紅之期，余嬌羞不欲下床。萬轉千回懶下床。向午，瓊仙、佩蘭等俱至，即久不出門之清蓮，亦抱毓兒來。余笑曰："怪底今朝北風特甚，竟將仙子吹來也。"清蓮笑曰："汝今日大喜，安得不來賀？"余由被中接毓兒至懷中，毓兒竟不哭，余曰："此兒愈加可愛矣。"清蓮笑曰："是何奇？明年此日，汝懷中當亦有偎抱也。"余大羞，瓊仙曰："莫作態，趣起。"佩蘭亦曰："客來猶高臥，毋乃驕慢。"言已，竟拽余起，且為余膏沐。雲巧曰："又不作新嫁娘，如此粧飾胡為？"瓊仙曰："此試粧耳。"又曰："汝成婚果為何時？"余曰："吾不知。"鵑兒在旁應曰："明年元宵節。"眾笑曰："璧月兩圓，誠佳期也。"余嗔鵑兒曰："不去溫茶，在此嚼舌。"鵑乃含笑去。維時樓上客愈多，余父亦破格歸家。但對於此事，絕不加可否。見余，且出其詼諧曰："吾家不櫛進士，今字得天台子，此後幸福當無限量。吾茲賀汝矣。"吾誠不解吾父性情，邇年來胡竟變至此也，方余作此遐想時，樓下邊爆聲大作。眾呼曰："劉家庚帖至矣。"余聞此，反覺寸心怦怦，跳躍不止，欲勉為一笑，乃不可得，而佩蘭等則大樂。瓊仙則抱余肩曰："寶貝，今當愉快矣。"余至此羞澀幾無以自容。因置酒以餉若輩，璇閨宴飲，又是一番風味。若輩各以巨觥強余飲，且謂："十載相思，一朝解脫。此而不飲，更待何時？"余不忍拒絕，勉強咽下。一席未終，余已醉眼迷離，玉山傾倒矣。

俯仰自羞　十二月二十六日

余庚帖既行，余終身大局定矣。今後之命運與幸福皆將仰之保羅之身，由鄰居而爲密友，由密友而夫婦，兩人之遇，不可謂不奇矣。然余至此，愈形羞怯，更不願一見保羅。幾至保羅二字，亦不欲親出諸口，而余母爲余預備粧奩，又必時時來室詢問。大抵余所答者，僅十之二三。然每答一語，雙頰即紅一次。此種心理，其已然耶？抑凡爲閨女者，共同之感想耶？吾不得而知也。描盡女兒心理。

爲鵑兒計　十二月二十七日

歲聿雲暮，余母終日忙碌，部署年節諸瑣務，余亦勉力助之。及夕，勞倦不堪，乃就火爐少憩。寸心飛蕩，不知何往，鵑兒笑顧余曰："姑姑往昔夜必觀書，今胡不然？"余曰："倦耳。"鵑兒忽以右手屈其左指，笑曰："尚有十七日，十七日以後，姑姑即不復在吾家矣。"余聞語微頰曰："汝嘗謂我待汝不善，我去汝當交泰運矣。"鵑黯然曰："噫，是何言？婢子無能，蒙姑姑不棄，視同姊妹，寸心銘感，已不知至於何如。今後姑姑得所，婢子則孤苦伶仃，如飄萍斷梗，自顧不暇，更何泰運之足云。"余聞言，大爲感動，因曰："汝毋憂。行當爲汝覓人而嫁之。"鵑赭顔曰："嫁耶？姑姑當知之女子嫁人，良不易易。且世界安得男子仁愛如姑姑耶？直語姑，我寧侍姑以至終身不欲嫁也。"余曰："憨哉汝也，是何事？詎可殉一時之情以貽終身之戚？汝知懼吾母不能善視汝，隨我至劉家可矣。"鵑始無言。

除夕懺情　十二月二十九日

桃符換舊，爆竹更新，余在此世又虛度一歲矣。即余今年可親可愛之日記，亦將終於此日，不復再記矣。日記者個人之歷史也，余細閱余今年過去之歷史，可謂苦樂各佔其半。惜生性疏懶，不能逐日而記，以致遺漏者多。然有此，亦可得其大概矣。夫人生最戀念者過去，最希望者將來。過去之事，既已如風馳電掣，一一奔去，將來之事，又果何如耶？余不能知也。余既爲教會中人，余惟有竭吾誠心以禱告上帝，求上帝之靈常集余心，使余不至爲魔鬼所擾而得趨於正軌，則余前途，猶有幾分可望。余澄心自問，凡余所經過之事，罪惡實居多數，以致中心時若不寧，今茲悔矣。悔則惟有改之，上帝仁慈，定能許余改悔。豈惟余一人？凡與余同蹈罪惡之途者，亦當日日背十字架以隨我主耶穌基督之後。人非聖賢，孰能無過？過而能改，斯爲善矣。吾願普天下凡蹈於罪過之途者，速速改悔，速速跟從我主耶穌基督之後，庶幾可離黑暗而就光明也。

林黛玉筆記

叙

憶余丙午識綺情君，亟慕其風度溫雅，燦若春花，與之語，豪爽有俠氣，然賦性多情，工愁善病。喜讀《石頭記》，每於無人處輒自淚下，其一往情深，直欲爲書中人擔盡煩惱也。余戲謂之曰："使子化身黛玉，寧有淚乾時耶？"相與一粲。厥後伯勞春燕，各自東西。而綺情固無日不歷是情場，受盡磨折矣，今夏始束裝返里，避暑於遁園之西偏。余亦蟄居多暇，互相過從。見其案頭草稿一束，題曰《黛玉筆記》，余甚訝之。綺情知余意，笑向余曰："子有疑乎？此殆余讀《石頭記》而不能忘情者也。子昔謂我化身黛玉，淚無乾時，今其驗否？爲我遍告世人，幸無嗤爲多事。"余曰："嘻！"狂奴故態，雅自可憐。願附片言，以曉讀者。

戊午仲夏，黃梅吳醒亞識

題　　詞

　　篆煙微裊竹窗明，細數閒愁合淚傾。乍見穿簾雙燕侶，遽憐孤客一身輕。離魂不斷江南夢，密緒空求並蒂盟。聽罷杜鵑聲徹耳，攜鋤悄自葬殘英。

　　晝長無奈惹情長，憔悴形骸懶理妝。問病有時承軟語，慰愁無計爇心香。恩深更妒他人寵，疑重翻憎姊妹行。倦聽蟬鳴聲斷續，自拈裙帶自商量。

　　秋來何事最關情，殘照西風落葉聲。靜對嬋娟憐素影，藉題芳菊托丹誠。孤鴻久渺鄉關信，簹馬無因向夜鳴。悵抱幽懷誰共訴，隔牆風送笛聲清。

　　風亂竹聲雨灑蕉，瀟湘館內黯魂銷。情絲緊縛如新繭，愁緒紛紜似怒潮。願化輕煙同紫玉，難忘愛水渡藍橋。此身涇渭憑誰定，一死方知柏後凋。

吳醒亞題

目 錄

卷上 ………………………………………………… 651
卷下 ………………………………………………… 723

卷　　上

　　余生不辰，命途多舛，奇胎墜地，即帶愁來，繡閣生涯，強半消磨於茶鐺藥灶中。迄慈母見背，家境淒涼，余之身世益無聊賴。今忽忽十有一齡矣，疾病憂愁，咸逐年華而俱長，荏弱之身那堪禁受，恐不久將與世長辭。夫紅顏薄命，千古同然，余何人斯，能逃此劫？惟念一生所遭，恒多不幸，若就此齎恨永逝，不甚可悲？嘗見古之閨閣名媛，於憂傷無告時，恒寄情紙筆，傳之後世，雖其身已死，而其名長留，後人見其墨蹟淚痕，莫不為之臨風追弔。余不材，竊欲效之，然素性疏懶，旋作旋輟。今者遽與吾可愛家庭別矣，此後憂患煩惱之襲余也，必較前益甚。乃不得不奮余弱腕，以完余素志，苟遇可記之事，余必記之。今後余之壽命有幾何，余之筆記亦有幾何。惟余每一拈管，即覺愁絲一縷，緊繞余之筆端，恐所記亦祇有一副血淚圖耳。後之讀余文者，其亦為余臨風追弔否耶？余不知也。《紅樓夢》，人人愛讀之書也。而讀《紅樓夢》者，未有不愛惜林黛玉，蓋黛玉實為書中第一可憐人也。嘗思若匯黛玉一生事蹟，使另成一書，寧非快事？然生性疏懶，迄今不能握筆。今夏過邂園，忽見綺情所著是書，不禁驚喜欲狂。翻閱一過，其可與《紅樓》相頡頏，且《紅樓》叙黛玉皆著書人口吻，着筆尚易，今忽易為黛玉口吻，而又入情入理，在在不失其身分，尤為難能之事。吾愛是書，吾服作者，吾憐惜黛玉，又不能不因此更加一等矣。

　　夕陽西下，倦鳥投林，長堤衰柳千樹，受斜日餘光，慘如紅血，秋風吹之，葉簌簌墮。江上帆檣如林，乘風而馳，欸乃之聲，與蘆岸漁歌爭相應和。此余離家赴京時也。時余方佇立江干，樹影扶疏，罨衣袂作冰蘭之紋。余父默立余旁，一雙枯瞳，欲淚不淚。余知老人心傷矣，心中酸楚，幾失聲而哭，然猶力自遏制，蓋恐余哭愈增余父之痛。余自繈抱以至於今，本未嘗一日離余父，階前鬭草，籬下蒔花，余父恒引為笑樂。不謂未為反哺之鳥，遽作離巢之燕，此後承歡菽水，更有何人耶？矧余父年已老，尚無子嗣，而環顧族中支庶，亦不甚盛，即有之，亦非親支嫡派，余遠去，余父對景淒涼，必愈增宗嗣之感。余嘗思造物生人，與其祿者必靳其福。即以余父論，官至御史，且承勳爵之後，貴顯可謂至矣。然伯道無兒，庭幃岑寂，豈非人生一大缺憾哉？余父夙好讀書，終月塵首伏案，不以爲苦。年二十而娶余母。余母性情溫和，與余父情好極篤，于歸六年始生余。余生而多病，計一歲中爲二豎所虐之日，可得半數。三齡時，曾遇一瘋僧，謂余非皈依佛門，終必無幸。不經之談，余父固未之信，然余自此乃益形孱弱。其時余母復獲一子，顧未三歲即殤，因是余父母愛余益篤，直不啻擎珠掌上。余秉性頗不愚鈍，雖年僅數齡，而知識已開，幾欲舉世間千愁萬恨，一一貯之余心。積恨既多，歡情日減，璇閨無事，祇有鎖其纖嫩雙眉，臨風長嘆而已。余父見余蕭索之狀，嘗引爲憂，語余母曰："此女過慧，非福也。"因延師教余讀，意欲借詩書以陶余性，不謂余既讀書，思慮之縈擾余心，乃較前益甚。未幾，余母又棄余長逝矣，時余才六齡耳。以六齡之幼女，忽喪其親，天下傷心事，孰過於此？憶余母病危時，握余手而言曰："吾兒，吾去矣！吾一生所出，僅餘汝一人，余死，他無所戀，最痛者汝耳。願善事阿父，勿念我也。"言已而逝。嗟夫！此言一入余耳，乃令余終身不忘，即今思之，猶如昨日事。然而墓木已拱，衰草萋迷，七里山塘，但有斷墳三尺，存於斜陽夕照中而已，寧不痛哉！余父自余母沒後，抑鬱寡歡，既傷伉儷，復憫孤雛，長日但埋首書卷間，以求萬一之排遣。及入宦途，案牘勞形，益乏興趣，得間惟攜余徘徊於殘月曉風中，父女相依，至無聊賴。忽忽至今，已度五個蕭晨矣，而余遂亭亭如成人。余年既長，一切憂患亦追蹤而至。質言之，余自墮地至今，與余周旋者，惟有"疾病憂愁"四字耳。邇年來，尤有一事令余厭惡，凡見余者，莫不嘖嘖稱讚，謂余容華絕代，直爲世界第一之美人。嘗有一次，余閒行市上，環余輿而行者數十人，幾欲將古今所有美人之名，一一加諸余身，實則余攬鏡自視，亦不過平常耳。且人生而爲女子已屬不幸，再益以顏色，尤爲不幸中之不幸。余又何貴有此容華哉……既作黛玉筆記，勢不能不敘黛玉身世，若如他種小説直敍出來，殊覺不類。今於黛玉瀕行時，黛玉感嘆之餘，歷歷寫出，不著痕迹，不露破綻，聰明自高人一等。而其文字之哀感動人，又爲時人所不及。方余作此遐想時，斜陽已匿山背，隔岸炊煙四起，微風吹之，散爲暮靄。回顧余父，雙袖龍鍾，偸揮老淚，慘然語余曰：「吾兒，汝此行吾心頗慰，外祖母老益慈祥，愛汝必如汝母。惟汝病量日增，吾不能親爲汝療治，不無耿耿耳。」余聞語，心益酸，哽咽應曰：「兒去，當自爲調護，以釋父憂。然父邇亦衰頹，此後晨昏定省，更有誰乎？兒身棲異地，夢繞家山，千祈保重。」余父曰：「兒毋憂，苟南中有便，當時以書來。尤有一言告汝，賈府人多而事雜，務謹愼自愛，處處留心，勿令人輕視汝也。」言次，舟子頻促登舟，余父乃扶余下艙，且行且搵其淚。余欲覓一語以慰余父，而方寸已亂，竟不可得。良久，始含淚曰：「父，兒去矣。待到明年此日，當遄歸視父也。」余父微頷其首，搴衣登岸，回顧余曰：「到京後，務以書告我也。」余敬應曰：「諾。」諾字一出，余淚如雨下，一回首間，杳杳家門，已沒入蒼茫暮色中矣。

　　余赴京，實余外祖母所召。外祖母系出金陵史家而歸於賈氏，即世所稱史太君是也。賈氏爲金陵巨族，鐘鳴鼎食，赫赫有聲勢，凡過石頭城下者，莫不知有賈府焉。其祖先均貴顯，至寧、榮二公，分爲兩支。寧公死後，其子代化襲官，生兩子：長名敷，已夭；次名敬，好修鍊，不理家務，生子名珍，孫名蓉，即今居寧府者是也。榮公死後，子代善襲官。代善，余外祖父也，已早逝，生有二子：長名赦，即余大舅父；次名政，即余二舅父。大舅父爲人平靜中和，現襲官家居。生子名璉，年已冠，小有才，現襄理榮府家政。二舅父方直端正，酷好讀書，朝廷因愛其才，特賜以主事之職，今已升至員外郎。早年獲一子，名珠，年未二十而卒。次生女，名元春，因賢孝才德，已選入宮中。越年又生一子，一落胞胎，口中即銜彩玉一枚，並鐫有字迹，因是取名寶玉，聰明靈慧，俊秀溫柔，惟不喜讀書，但喜與姊妹行厮混，故二舅父不甚愛惜，而外祖母則視若性命，今聞已十餘齡矣。寶玉如此出場，絕不唐突。余父嘗告余，謂此子誕生，實至奇特，其爲龍爲蛇，全視賈府氣運何如。若能改其舊性，承阿父詩書之業，或猶可爲頂天立地男子，否則，不過酒色之徒耳。不獨余父持論如是，凡聞此事者，亦莫不云云如是。若以我思之,其人既銜玉而生,必秉有天地清明靈秀之氣,收局或不至趨於惡劣。然此亦不過余揣度之詞,必俟親見其人乃能定之耳。寶玉尚未見,即不欲隨衆人妄下貶詞,此所謂宿孽。

余在舟中,至爲悶寂。與余同行者,爲余師賈雨村先生。先生湖州人,文章經濟,冠絶一時。初亦甚貧寠,繼得親友扶助,得官某縣知縣,雖才幹優長,未免貪酷,且恃才侮上,易招尤怨,未一年,被參革職,仍舊擔風袖月,作個遊人。某年至揚州,余父聞其名,特聘爲余師,諄諄教誨,至爲盡力。余今日得握筆作此筆記,亦實是先生之賜也。此次因得都中奏准起復舊員之信,遂要求余父轉央余舅氏。余父感其教女之恩,允之,故使附余舟而行。此後,余深入侯門,彼浮沉宦海,師生之誼,至此乃斷,余心傷矣。

舟行可月餘,沿路荒洲,蘆荻盈於兩岸,秋風撼之,萋萋作響。每於夕陽西下時,但見水鷗隊隊,逐斜日而飛。入夜,則聞鶴唳長空,猿啼山谷,一種淒涼之象,使人愈增思家之戚。荒江野渡寫來十分淒涼。《西廂記》云:"夕陽古道無人語,禾黍秋風尚馬嘶。"正是此景。余自出世至今,本未嘗一日離余家,方余幼時,余母襁抱提攜,殆如形影相隨,不可須臾離。及余入校,苟一刻不見,亦必使人問之。滿謂母女相依,將可生生世世,孰料余母竟先余而逝,又孰料余母逝後,弱質零丁,猶須奔此千里長途耶!夫天下最可憐者,莫過於無母之孤兒;若以無母孤兒,而寄食他人宇下,尤爲至慘之事。言之可憐,聞者淚下。余一身乃兼而有之,則余之可憐,直可冠絶千古。余此行本非余心願,特以外祖母之命,情不可却。且余父年已半百,再無繼室之意,余又多病,年紀尚小,上既無親母教養,下復無姊妹扶持,此去依傍外祖母暨諸舅氏姊妹,或可少減余父內顧之憂。然而家園大好,遽而長離,惜別之情,何時可釋。故余舟進一尺,余之痛苦即加增一度,所謂心隨流水又回頭也。

與余同舟者,尚有僕婦數人,皆賈府所遣以侍余者。實則彼等食用,較余尤爲奢靡。往昔余母嘗告余,謂賈府奢華爲近世少有,余頗不信。今觀此三等僕婦尚且如此,等而上之,更何待問,余此去又墮入綺羅叢中矣。余甚不解，官宦之家，何苦必以奢華相競尚？若以余思之，則以儉樸爲佳，否則，子孫咸習於紈綺，一旦失勢，未有能保其舊業者，此富貴之後所以易於式微也。雖然，此余一人之見也，又烏足以語他人哉！

　　舟既抵京，余師先持刺往謁余舅。余舅聞余至，即命肩輿迎余，余惘然乘之往。沿途街市繁華，人煙稠密，首都氣象，畢竟不同。既而至一巨宅前，雕楹玉砌，繡栭雲楣，門首懸"勅造寧國府"五字，始知此乃外祖長房也。過此往西，又見與此相似一宅，文榱鏤檻，青瑣丹墀，翬飛鳥革，霞蔚雲蒸，則榮國府是也。門列三間，石獅盡立。華冠美服，列而坐者十餘人。余儕均由偏西角門而進，走約一箭遠，另易衣帽周全小廝數人，肩輿而入。至一垂花門前，小廝均退去，傭媼爭前掀簾，扶余下轎。既入垂花門，見有穿堂一間，中置大理石屏風一，轉過屏風，則有三間廳房，廳後即爲正房大院。正面上房五間，峻宇雕牆，丹楹刻桷，構造極爲華麗，兩旁穿山遊廊，中懸鸚鵡、畫眉等鳥雀。階前環坐丫頭數人，見余至，群起笑曰："適老太太猶念，不圖竟至也。"余此時寸心忐忑，至爲不寧，思賈府人多如此，余又爲蒿生之人，誰爲長輩，誰又次之，余皆不之知，萬一稱呼有誤，寧不爲他人訕笑。思時，已聞人呼："林姑娘至矣。"余既入室，見兩人扶一鬢髮如銀老母出，余知此必外祖母矣。方欲下拜，已被外祖母抱入懷中，號啕大哭，余亦不禁淚落如縻，即室中侍立之人，亦無不泣下。良久，始被他人勸住。外祖母乃指一人告余曰："此汝邢大舅母也。"年可五旬，貌甚忠厚。又指一人曰："此汝王二舅母也。"年約四十餘，於忠厚之中又略露精明。又指一人曰："此汝先珠大哥媳婦珠大嫂。"端莊凝麗，毫無輕薄態。余均一一見禮。少刻又見鴉鬟、奶媽擁三女郎至。其一名迎春，大舅父姨娘所出也，肌膚微豐，身材合中，腮凝新荔，鼻膩鵝脂，溫柔沉默，觀之可親。其次名探春，余二舅父庶出也，削肩細腰，修眉俊眼，亭亭玉立，顧盼神飛。其三名惜春，身量未足，形容尚小，則寧府敬舅之女，珍兄之妹也。相見既畢，各敘寒暄。外祖母復詢余母如何得病，如何請醫，如何送死發喪，余均含淚告之。外祖母曰："余一生所出，最愛者惟有汝母，不圖今竟先我而逝，南北相睽，不能一面，余欲不痛，又焉可得？」言已，復握余手而哭。

此時，衆人見余身體孱弱，即知余必常病，因問余服何藥，如何不速治瘉。余嘆曰：「吾向來如是，自能進食時，即與湯藥爲緣，迄今不知經多少名醫，迄未見效。憶余三歲時，曾來一瘋僧，謂吾病欲愈，非自今以後，不聞哭聲、不親外戚不可。當時聞其言者，均未留意，而余病遂亦無已時。今日所服者，乃爲人參養榮丸。」外祖母曰：「佳，此間正配丸藥，囑彼等多製一料可矣。」語次，忽聞後院中笑曰：「我來遲矣，不曾迎接遠客。」未見其人，先聞其聲，鳳姐之爲人可知矣。余聞語一愕，思室中人均斂聲屏氣，此爲誰，乃放誕若是。方昂首間，已見媳婦等擁一麗人至，年可二十餘，彩繡輝煌，恍若仙子。漆黑之髪，綰作八寶攢珠髻，戴以珠釵，光輝燦然。蜻蜓之頸，圍以赤金盤螭纓絡圈。衣縷金百蝶穿花雲緞襖，罩以五彩刻絲石青銀鼠褂，下著翡翠撒花洋縐裙。身量苗條，體格風騷，粉面含春，丹脣微綻，兩頰之上，尤時時現爲淺笑。至其雙眸，則非吾筆所形容，方其深思時，其黑如漆；及其笑時，則又如秋水微波，使人心醉。鳳姐之粧飾、人品，細細描畫，其風流能幹，活躍紙上。余猝不知爲誰，但立起迎之。外祖母笑曰：「汝不識彼乎？彼乃吾家有名潑辣貨，爾但呼以鳳辣子可矣。」語出，衆均失笑。余茫然不解所謂。衆姊妹曰：「此璉二嫂也。」余始恍然乃璉二哥之妻，即二舅母之内侄女，幼時充男兒教養，學名王熙鳳，爲人敏幹多才，現方襄理家政。既見余，即凝其剪水雙眸向余審視，笑曰：「天下竟有此等標緻人物，吾今日始見矣！矧其通聲氣派，竟不似老祖宗外孫女，乃似嫡親孫女，誠無怪老祖宗日懸念不置也。」言已，又攜余手，詢余已幾歲，上學否，在此不必憶家，任需何物但告我，僕婦如有不周處，亦須明言。余笑謝之。時丫鬟已以茶果進，鳳姐一一周旋，復遣人收拾余之行李，安置同來僕媼，一若榮府諸事須其一肩承擔者，爲狀亦云勞矣。

茶畢，大舅母攜余往見舅父。既出穿堂，至垂花門次，則有油碧之車候於道左。吾儕乘之出西角門，往東過榮府正門，入一黑油大門内，至儀門前，大舅母攜余下車，進入院中，余知此處必榮府花園劃分而來。再進則爲正房，蘭宮秘宇，綺檻雕堂，雖不及榮府軒峻壯麗，然亦別致可觀。且院中花木蔥蘢，亭臺幽勝，尤使人悠然動出世之想。既入室中，姬妾鴉鬟爭出迎導，大舅母一面讓余坐，一面命人往書房請余大舅。比侍者返，謂大舅云連日身體不佳，暫勿相見。余知大舅此語實爲託詞，蓋恐見此孤雛，愈增惆悵，故不如不見也。坐未久，余即辭出。既入榮府，僕媼導余往東轉彎，經過穿堂，至儀門內，見有五間正房，兩旁厢房，四通八達，軒昂莊麗，與外祖母處不同。余知此必正内室，入堂屋，見有巨匾，上書"榮禧堂"三字，又有銀字烏木聯牌一幅，上書："座上珠璣昭日月；堂前黼黻煥煙霞。"筆力矯健，不可多覯。偏東又有耳房三間，則大舅母居坐宴息處也。室中陳設至爲華麗。臨窗陳大炕一，鋪以猩紅洋毯。炕側，設梅花式洋漆小几，炕前一溜四張楠木椅，蓋以銀紅撒花椅褡。兩邊又有一對高几，几上瓶花茗碗俱備。余乃擇東邊椅上坐下，見室中鴉鬟服飾美麗，竟不下於帝王之家。於時，又有衣紅衣鴉鬟含笑而至，曰："太太請林姑娘往彼處坐。"余聞語，即隨老嬷往東廊三間小正房，房内陳設亦佳。二舅母方坐西邊炕上，見余至，即往東讓，余知此必二舅父坐位，因移身近舅母坐下。舅母撫余肩曰："吾知汝今日必欲一見舅父，不期彼往城外齋戒去，俟來日再相見可乎？"余曰："善。"舅母又曰："吾尚有一語告汝，吾家姊妹三人，性情均極溫和，以後相處一處，或不患齟齬。惟吾尚有一孽根禍胎，不啻家中混世魔王，汝以後萬勿與之近，即姊妹行亦不敢沾惹。"余聞語即知爲寶玉，因應曰："舅母所云，得勿爲寶玉表兄乎？兒嘗聞母親告我，表兄性雖頑憨，而待姊妹極佳，兒來當然與姊妹同處，兄弟自另居別室，即欲沾惹，又焉可得？"天經地義，侃侃言之，詎料終爲所誤。舅母笑曰："汝尚不知，彼非他人可比，自幼因老太太溺愛，無人敢管，致舉動癡頑，日甚一日。若姊妹行不與親，猶可安静；若與多交一語，即如中狂易，一時甜言密語，有天無日，瘋瘋癲癲，不知生出多少事。故我告汝，甚勿稍假顏色也。"余笑頷之。

余與舅母酬應之語，至此似已告終。舅母遂攜余由後廊出西角門，見有南北甬道一條，倚南爲倒座三間抱廈，小巧精緻，北面立一粉油大影壁。後有小屋數椽，雕梁畫棟，極爲美麗，夕陽映之，乃作朱紅之色。舅母笑指曰："此鳳姐居也。汝以後苟需何物，可來此問彼。"余曰："諾。"過此爲院門，總角小厮，咸垂手侍立。舅母攜余過東西穿堂，即爲外祖母後院。進入室中，則晚餐已備，外祖母踞榻獨坐，兩側陳四空椅，鳳姐即推余面左第一椅坐，余推讓再四始入席。同席者爲迎春、探春、惜春等姊妹，鳳姐等則於案旁勸讓。鴉鬟各執拂塵、漱盂、巾帕，屏聲靜氣，環立於旁。一種富麗皇堂之狀，爲余生平所僅見。飯畢，各就鴉鬟手中盥漱，進以濃茶。余家向例，飯後必過片時方可進茶，蓋恐有傷脾胃。今既來此，不得不與衆相隨。茶畢，舅母等相繼退去。外祖母呼余近前，詢余現讀何書，余一一告之，且問姊妹學問若何。外祖母曰："安有學問？不過識字耳。"語次，忽聞室外步聲響，寶玉至矣！衆呼："寶玉至矣！"余思寶玉不知果爲何如人，方昂首間，已見一青年公子跨步而入。冠束髮紫金冠，齊眉勒嵌珠金抹額，身衣百蝶穿花大紅箭袖，束以五彩絲攢花結長穗宮縧，外罩石青起花倭緞排穗褂，足蹬青緞粉底朝靴。面如中秋之月，色若春曉之花，鬢若刀裁，眉如墨畫，鼻如懸膽，眼似秋波。項上金螭纓絡，懸美玉一方。對於寶玉裝束品貌加倍寫出，是即其痴處。余乍見不期一驚，自思此即寶玉乎？胡面熟若此？然余之來此實爲第一次，果又於何處見之哉？噫！異已。時寶玉向外祖母請安已畢，外祖母乃命往見舅母。少刻復轉，衣飾已易，頭上周圍短髮結成小辮，紅絲結束，共攢至頂中，總編爲大辮，其黑如漆，從頂至梢，一串四顆大珠。身衣銀紅撒花大襖，脖前仍懸寶玉、寄名鎖、護身符等物，下體半露松花撒花綾褲，錦邊彈墨襪，厚底大紅鞋，愈顯其面如傅粉，唇若施脂，轉盼多情，語言若笑。外祖母顧之笑曰："外客未見，即易衣冠，得勿失禮乎？"寶玉聞語，向余一視。外祖母曰："猶不往見汝妹妹？"寶玉乃含笑向余一揖，曰："是即林家表妹乎？"言次，凝眸注視余面，余頰不期而赬。寶玉笑曰："表妹我曾見過。"黛玉見寶玉，覺甚面熟，寶玉見黛玉，又覺曾見過。誠哉，其爲宿孽也。外祖母曰："汝又讕言。彼才來耳，從何處見彼哉？"寶玉笑曰："雖未曾相見，然實面善，一若故舊之人重相把晤，余亦不知何故也。"外祖母笑曰："如是，以後當更相和睦矣。"余此時心中大愕，思彼胡亦與余同此感想，豈果於何處見之耶！抑夙世舊侶今日重逢耶！寶玉見余凝思，乃移身近余，曰："妹妹亦曾讀書否？"余曰："不曾讀書，但略識字耳。"寶玉曰："尊名爲何？"余以"黛玉"對。寶玉曰："然則何字？"余曰："無字。"寶玉笑曰："吾今贈妹一字，莫若'顰顰'二字佳也。"探春曰："此何出典？"寶玉曰："《古今人物通考》云："西方有石名黛，可代畫眉之墨。'矧表妹眉尖若蹙，眼角含愁，錫以此名，不尤稱耶？"探春曰："稱則稱，吾恐又爲杜撰。"寶玉曰："除四書杜撰太多，我則不能杜撰。"言次，又問余有玉否？余曰："否。玉乃希罕之物，安能人人皆有？"寶玉聞語，狂病陡發，立取脖前彩玉，力擲之地下，罵曰："人之高下，尚且不識，遑問其靈不靈乎！"因黛玉無玉，寶玉即自摔其玉，所謂癡頑。霎時，室中諸人驚惶失措，外祖母亟摟之懷中，曰："孽障！汝欲打罵人，易事也。奈何摔此命根乎？"寶玉含淚泣曰："家中姊妹均無此玉，我獨得此，夫復何趣？今日來此天仙化人表妹，亦無之，可知此乃不良之物，不如碎之也。"外祖母誑之曰："表妹原有玉，因姑母下世時，不忍撇棄表妹，故將玉帶去，以全殉葬之禮，以慰姑母之靈，故彼云無玉。汝奈何亦欲效彼哉？"言已，仍爲寶玉戴上。寶玉回眸向余一視，余曰："祖母言當也。"寶玉始無語。於時已有人爲余佈置卧室，外祖母曰："可將寶玉移出套間暖閣，與我同居。林姑娘則安置碧紗櫥內，俟明春再作他計。"寶玉曰："如此安置，我殊不謂然。以我思之，我即在碧紗櫥外床上，不較在暖閣鬧老祖宗爲佳耶？"外祖母沉思頃之，曰："如此亦善。"男女授受不親，況同居乎？而賈母竟許之。故黛玉之死，寶玉之亡，雖有天命，而兩小無猜，致成牢結，則自賈母開其漸也。於是分給使用婢媼，每人除自幼乳母外，另有教引嬷嬷四人，又除貼身掌管釵釧、盥沐鴉鬟兩人外，另有灑掃房屋來往使役小鴉鬟四五人。余來京時，原攜有奶母王嬷嬷暨小鴉頭雪雁兩人，外祖母恐雪雁過小，不中任使，特將隨身二等鴉鬟名鸚哥者賜給與余。鸚哥年方十餘齡，聰明俊秀，余頗愛之。從此晨昏相伴，慰我淒涼者，惟有此婢耳。寶玉亦有陪侍大鴉頭，名喚襲人，亦外祖母所賜與。外祖母告我，襲人本名珍珠，心地純良，殷勤謹慎，及與寶玉，乃易名襲人。亭亭玉立，好女子也。佈置既妥，余以精神困憊，懶然歸室。室中陳設頗可觀，惟金碧輝煌，殊非我所欲。室中懸玻璃之燈，作慘淡色，顧影淒涼，令人頓起思家之感。思余在家時，每夕必依余父而坐，或燈前問字，或月下談經。今則水復山重，迢迢千里，故園林樹果何如耶？白髮衰親近無恙耶？又思余初至此，各人性情余皆不知，即以寶玉論，今日才相見耳，便生出摔玉之禍，脫因此破碎，豈非我過？而來日方長，齟齬之處又烏能免？萬一不慎，豈不為他人所笑。於以知處世之不易，而寄食之可憐。思及此，一陣心酸，不禁潸潸淚下。於時，襲人忽入，見余狀，愕然曰：「此何故也？」鸚哥以實告之。襲人笑曰：「姑娘勿如此，將來恐較此更奇之事尚多，若因此傷感，恐傷感無有已時。」余乃勉強引以自慰。寶玉摔玉而哭，黛玉因寶玉摔玉而亦哭，此兩哭是彼兩人眼淚根源。

自此，余遂寄居賈府。旬日以來，與賈府諸人亦漸相識，日與我周旋者，為迎春姊妹等及珠大嫂。珠大嫂本姓李，名紈，字宮裁，金陵名宦之女也。父名李守中，曾為國子祭酒。族中男女，無不讀書者，至守中，便謂女子無才便是德，故於紈，不欲認真讀書，但教以《列女傳》及「女四書」，使略識前代賢女而已。因此紈雖青春喪偶，而又居於膏粱錦繡之中，竟如槁木死灰，一概不聞不問，得暇，惟陪伴吾儕針黹誦讀而已。余甚敬其人，且憐其遇，故彼與余感情亦極篤。惟彼等與余終屬外表酬應，能真愛我者，惟外祖母一人耳。旬日來衣之食之，無不俱到，余在此所堪以自慰者，惟此耳。此外，與余時刻相見者則為寶玉。余未見寶玉時，人咸謂其德懶，由今觀之，亦一溫和少年，其於余也，尤能體貼入微。余自幼命薄，既無叔伯，終鮮兄弟，煢煢孤雛，更有誰憐惜！今忽於千里之外，獲此良侶，摯愛之誠，無殊手足，可謂不幸中之幸。漸入癡迷。雖然，少年血氣未定，憎愛恒不能持久，來日相處日多，能否始終如一，又在不可知之數耳。

余性雅好幽静，曩在家時，日惟埋首書叢以自排遣。及至此，乃不得不與衆周旋，請安問好，日數十起，余甚惡之。然余得暇，仍理其舊日生涯。蓋余一生所好，惟有讀書，而余之一切憂愁煩惱，又皆產自書中，讀書愈多，心傷益甚，如蠶自縛，亦莫知其然也。寶玉見余讀書，頗引以爲異，嘗謂余曰："妹妹曾告我，謂未嘗讀書，今胡手不釋卷也？"余曰："聊以自遣，非真能了解也。"寶玉不信，余不得已，以實告之。寶玉大喜，盡出其藏書貢之余，且伴余研讀。實則彼性殊不近書，讀未數日，則又厭倦，余屢勸之，不聽也。顧彼雖不欲近書卷，而其學問理想，又爲他人所弗及。於以知彼聰明過人，生有夙慧，彼嘗引《莊子》之言語我曰："'人生也有涯，而知也無涯。以有涯隨無涯，殆矣。'若盡以古人之書作自身之範，則不免有功名縈其心，利禄勞其形，茫茫然烏有涯涘。即終身耗精損神以相追逐，亦無有滿足之日，稽其收局，祇有撒手長瞑而已。夫耗精損神以求之，苦已極矣；乃至求而不得而至於死，苦不尤甚耶！以故舉目以觀，滔滔者無非愁眉蹙額，實皆古人有以誤之也。若余但須佳釀一壺，胭脂一盒，偕三數姊妹，或居處於紅樓暖閣之中，或嘯傲於山巔水涯之地，自樂吾樂，自了吾生，不較營營自苦者爲愈耶？"此等見解可謂奇特而皆爲《紅樓夢》所無，不知作者自何處想得來。余聞是語，甚以爲然。蓋余雖入世未深，亦恒覺世界花花，無非愁境，如鋒鍔槍林，排列而立，一與交綏，未有不敗。莫若棄甲曳兵，以求一暫避之路，故山林幽静之居，亦嘗縈諸懷抱。惟余覺山林幽居雖可以避大敵，而生涯亦但有愁苦。而寶玉則覺一絶世情，即成樂國，此見差與余不同耳。

余居室至爲軒敞，玻窗三五，明亮無匹。窗外盆花數十種，盈盈如二八女郎向人憨笑，余日命小鴉鬟提水灌之。余生平愛花，漸乃成癖。抑余之愛花，非戀其色，特憐其命。大抵世之蒔花者，恒愛其花盛時，余則獨愛其謝落時，每於秋深之候，徘徊籬落間，見殘紅滿地，枝葉枯頹，輒爲流涕不止。蓋人生一至衰老之時，即入傷心之域，推而及於花，何莫不然。故於其含苞吐豔人人見賞之時，余與其情感猶不甚深，及至綠珠粉碎，紫玉煙消，無復人眷顧時，余乃不得不悲其命，憐其情，而以一副眼淚弔之也。寶玉聞余持是論，至爲驚服，遂亦助余培植。而花亦不忍棄其多情主人，雖當露冷霜寒之時，黃菊數十盆，猶新鮮媚人，芬香撲鼻。寶玉顧而大樂，謂花亦有知也。_{奇異文章而又極似寶玉口吻。}每於黃昏日落之時，輒移琴至窗下，命余彈之。彼則高歌以和，悠揚之聲，芬馨之氣，恆繚繞於茜窗珠箔間，回旋不散。

　　余與寶玉相處既久，彼之性情，余乃盡知。質言之，彼但須余儕快樂，即自己委曲亦在所不計。因此余即有愁煩時，亦不得不勉爲笑樂；彼覩之，嘗引爲奇樂，故與余相處之時乃益多。簾前鬥草，檻外調鸚，相愛之情，無殊兄妹。_{情苗漸苗。}外祖母見余兩人親密之狀，心中大慰，而愛余兩人較迎春姊妹更加一等，凡余所欲，蔑不曲意從之。余經此煦嫗之恩，心思乃漸爲安貼，而余之舊疾，亦略有起色。此誠當感余外祖母不置也。

　　余邇見賈府僕媼，又忙碌安置房舍，詢之寶玉，始知賈府又有客至。客即薛家姨母，二舅母之胞妹也，歸金陵薛氏。薛氏亦書香繼世之家，富有資財，極有聲勢。姨母早寡，現年已四十，早生一子一女。子名蟠，因姨母溺愛太甚，遇事縱容，致老大無成，性情奢侈。雖亦曾束髮受學，然一字不識，賴祖宗餘蔭，得領內帑錢糧，採辦雜料。資財既豐，揮霍益甚，終日惟知鬥雞走馬，玩景遊山，仗勢欺人，無惡不作。即此次來京，因購婢相爭，曾釀成人命，地方官長雖明知之，亦莫可如何也。女名寶釵，年方及笄，肌骨瑩潤，舉止嫻雅，當時姨丈在日，極愛此女，令其讀書識字，竟較乃兄高勝十倍。及姨丈下世，見乃兄不能安慰母心，彼即不以書字爲念，但留心針黹家計等事，以分母憂。此次，因朝廷崇尚詩禮，徵採才能，選聘仕宦名家之女，入宮爲公主、郡主充才人、贊善之職，故薛姨母攜之來京，以待選聘。彼家京中原有房產，因姨母與二舅母闊別多年，亟欲聚首一處，故函知二舅母不住己屋，逕投賈府。其抵京之期，大約在一二日間也。_{敘述薛寶釵家世。}凡此均寶玉告我，究竟薛姨母暨其子女爲何，余均不知。然以余思之，必一俗不可耐之人，蓋人一爲金錢所染，其清高之氣，必自喪失，此世間富人所以多無骨格也。確論。

越日，薛家姨母即攜寶釵等至。二舅母聞報，亟出大廳迎之。薛家所攜禮物及僕婢甚多，赫赫然閧動一時。余見此情景，不禁黯然。回思余來時，一主一僕，孑然無親，今寶釵上有親母，下有阿兄，富麗堂皇，有聲有勢，以余儗之，何啻天淵之隔，於此益知余命運之可憐也。見景生悲，的是癡情之人。余往者嘗覺天生女子，苟稍畀以姿色，錫以聰明，其境處必若。由此以觀，天下正有許多幸運之女子，爲余所未及見也。寶釵爲人亦甚溫和，余今日雖初見，即可知其人城府甚深，其知人處世亦必精明。然此類女子多半隱刻，隱刻之人，最難相與，此後相聚一處，必須事事留心，否則，將爲所算矣。明知之而終爲所算，寶釵很毒當至如何？

薛家母子等，係住榮府內梨香院。梨香院乃當日榮公暮年養靜之所，約有十餘間，小巧精緻。另有一門通街，薛家人均由此門出入。西南又有一角門，通一夾道，出夾道，則爲二舅母正房東院。每日飯後，姨母必至外祖母或舅母處閑談。寶釵則與吾儕姊妹一處，或習針黹，或讀詩書，爲狀亦甚愉樂。惟吾儕聚處時，寶玉必雜入其中，且與寶釵漸形親密。余見狀，頗不以爲然。蓋余覺寶釵爲人至爲陰險，若與之親，必遭不幸。因屢勸寶玉，詎彼竟如西風過耳，不以爲意。由此觀之，彼等情感畢竟不同，每一思及，輒爲黯然。因不信寶釵遂權阻寶玉不與近，在黛固以爲得計矣，不知寶釵仇殺之心即基於是。

余室中陳設，經余重新安置，乃始有雅淡幽静之象。窗外有假山，玲瓏峻峭，頗似余家之假山，四圍花木蔥蘢，惜已凋謝，每於侵晨日出之時，朝陽直射山巔，乃作慘紅之色。余因負疾不能寧睡，一至天明即醒，而每日醒時必覩斯景，因是余又生出一種悲感。蓋六年以前，慈幃見背，正如此景。其時余母方偃卧榻中，枯瘦之面乃如白蠟，時時引手以撫余肩，且言且泣。余父則坐於床沿，俯首至臆，傷心之淚，盡漬衣袖間。余驟覩此狀，知余母將撇余儕長逝，則亦放聲大哭。嗟夫！此情此景，正如昨日事，而晨熹尚復如是，余母則已不見，人事變遷，忽忽已六載於茲矣。因晨曦山色而思及故園，因思故園而憶及亡母，情深愁重，直活畫一黛玉於紙上。六載來，余身亦浸長，心力交罷，耕而莫獲，余母有知，其亦痛念阿兒否耶？每念及此，則潸然欲涕。差幸余婢鸚哥，猶能時以好言來相勸慰，余因愛其慧，乃更名紫鵑，蓋取杜鵑啼血之意，並欲使知其主人運命之可憐，而爲灑血一哭也。

連日氣象陰霾，殊有雪意。窗外風聲怒號，草木盡靡。遠眺松枝，爲風所虐，虎虎然東西委曳，起落如濤。烏鴉隊隊，振吭哀鳴，群飛入枯林深處，覓其舊巢。少刻，濃雲益甚，盡蔽天日，雪漸紛紛下。余一人獨坐室中，索然寡歡，遍覓寶玉亦不見，乃加衣往梨香院探視寶釵。釵黛會合，金玉會合。及至，見寶釵與寶玉並肩而坐，寶玉則俯首視寶釵脖前所佩金鎖。余不禁失笑曰："噫，我來不巧矣。"酸語。寶玉聞語，見爲余，亟起身讓坐。寶釵則雙頰霞然，笑曰："爾云何也？"余曰："若知彼在此，我即不當來。"寶釵曰："此何意？我殊不解。"余笑曰："我意來則俱來，不來則俱不來；若今日彼來，明日我來，如此間錯過去，豈不日日有人來乎？不至太冷落，亦不至太熱鬧，此意亦不解耶？"嚦嚦鶯聲溜的圓。寶玉見余已加外衣，因曰："外間已下雪乎？"余曰："下已半日，尚不知乎？"寶玉乃呼鴉鬟取斗篷，余以巾掩口笑曰："是否我來爾即欲去？"酸語。寶玉笑曰："我何嘗欲去，不過使之預備耳。"余此時見寶釵胸前金鎖，光彩燦然，因曰："向聞寶姊金鎖鏨有字迹，今日可賜余一覽乎？"寶釵曰："字誠有之，然不值一覽。"言次，解其排扣，似欲藏之。余笑曰："噫，吾知之。吾究爲外人，不然，才與人視，胡於我則欲藏之？"寶釵聞語，面一赬，以指捻余臂曰："臭鴉頭！"言已，自取其鎖給余。余托掌上審視，見鏨有讚語兩句，曰："不離不棄，芳齡永繼。"余乍見一驚，思胡與寶玉玉上所鐫"莫失莫忘，仙壽恒昌"兩語，適成一對。因重念曰："不離不棄，芳齡永繼。"忽聞寶釵鴉頭鶯兒笑曰："姑娘得勿疑此與寶二爺玉上字相匹乎？此語乃一癩頭和尚所贈，囑必須鏨於金器上……"寶釵之入賈府，實爲自薦，故金鎖獨鐫"不離不棄，芳齡永繼"八字，以期與寶玉上字成一對偶。黛玉聰明人也，觀此烏能無疑？疑之深則妬之甚。寶釵固知之故，演成最後之陰毒直可殺。寶釵不俟語畢，嗔曰："不去溫茶，亦在此胡言乎！"語次，薛姨母已備茶果，請吾儕吃茶。寶玉則欲飲酒，薛姨母即命鴉鬟取酒至。寶玉曰："吾向喜冷酒，不宜燙暖。"薛姨母曰："是則不可。蓋冷酒飲後，執筆手乃易顫。"寶釵亦笑曰："酒性最熱，若熱吃，發散即易。否則，凝結在內，與五臟熱氣相熏炙，受害非淺也。"寶玉聞語，即停樽易熱酒。余見狀，不期失笑，蓋余平昔以此勸寶玉，非止一次，而寶玉向不聽，今寶釵一語，彼則奉之惟謹，寧不可嘆！於時雪雁適送手爐至，余曰："誰使汝送來？豈便冷死我耶！"雪雁曰："紫鵑姊姊恐姑娘冷，故遣我送來。"余冷笑曰："我平日與汝所說，全當西風過耳。如何彼之一言，則依奉較聖旨猶快耶？"寶玉聞語，知余乃藉此嘲彼，因凝眸向余一視，寶釵則以一笑了之。尖酸口角，使寶玉亦難堪。薛姨母曰："汝身體素來孱弱，不能受冷，彼等記挂，胡反責之？"余曰："姨母不知。差幸在此，若在他處，寧不見惱於人！豈人家一隻手爐而亦無之，乃須從家中送來，不謂鴉鬟太小心，反謂我輕狂已慣。"薛姨母曰："汝乃多心人，若我則未嘗設想及此。"言際，寶玉已盡數觥，其奶姆李嬤嬤乃進前攔阻。寶玉此時興高彩烈，安能不飲？李嬤嬤曰："今日老爺在家，提防問起書來。"寶玉聞語，大為不悅。余曰："李嬤嬤太掃人興，若舅舅問，但謂姨母留下可矣。"言已，悄推寶玉曰："對酒當歌，人生幾何？吾儕且自行樂。"李嬤嬤曰："林姑娘不為勸之，而反助之，此何故耶？"余冷笑曰："此何語？我何故助彼，彼亦安用我勸？矧往日老太太亦嘗使之飲酒，今在此即進數盞，夫復何害？若必以姨母處為外人，不能如此，則非我所知矣。"李嬤嬤聞語，又急又笑，曰："林姑娘何苦，我所語誠何足算，乃必須如此刻毒？"寶釵亦笑，出其柔荑之手，向余腮上一擰，曰："顰鴉頭，我真服汝，使人恨又不是，喜歡又不是。""恨又不是，喜歡又不是"，非讚語，是妬語。寶玉見余儕說笑，狂興復發，仍擎杯痛飲。李嬤嬤見狀，祇有悄然退去。飲畢，雪雁等均入室伺候。余顧寶玉曰："去否？"寶玉乜斜倦眼曰："要去，我與汝同去。"余遂起身告辭，小鴉頭亟捧斗笠至，余親為寶玉戴上，又披以斗篷。寶玉復俛余端相，余曰："可矣。"遂相隨而出。

及歸，外祖母知自薛姨媽處來，大爲歡慰。既見寶玉被酒，乃命回房休息。余亦隨之入室，見筆墨滿案，書紙零星，晴雯笑顧寶玉曰："好人！晨起命我研墨，剛書三字即擲筆而去，累我等此一日。茲來當爲我寫盡此墨方罷。"寶玉聞語，始憶及晨間事，因曰："我所寫三字，茲在何處？"晴雯笑曰："此人得勿醉乎？汝往梨香院時，明明命我貼之門斗，我恐他人貼壞字，特親自上梯粘貼半日，至今手尚冰冷。"寶玉笑曰："我竟忘却，趣以手來，我今爲汝煨暖。"貼字煨手，寶玉與晴雯之情自此而起。言已，攜余同出，觀門斗新寫三字，笑曰："好妹妹，汝勿誑我。汝觀此三字，以何字爲佳？"余仰首視之，乃爲"絳芸軒"三字，因笑曰："字字均佳。"寶玉笑曰："汝又欺我。"余冷笑曰："我何故欺汝？"又曰："我非寶姊姊，無怪汝終不相信。"言已，乃回己室。偶思及寶釵金鎖之事，心中不期一躍，念天下安有此等奇巧之事。當寶釵未來時，兩人固未嘗謀面，胡爲鎖上讚語，玉上留言，竟如匹偶？嘗聞古之佳人才子，每因金玉爲媒而成伉儷，彼兩人得毋類是乎？如是，今日姊妹之情，即他日夫婦之誼，行見鸞鳳雙成，花開並蒂矣。若我……雖然，我耶，我不過寄食於此耳，何預他人事哉！思及此，輒愀然寡歡。必慮及此，然終不能挽救，傷哉！

昨宵靜數更籌，未能穩睡。以故侵晨即起，推窗四望，一白千里。曉日一輪，猶隱現於輕煙薄霧中，殊嬌羞若十三四小女兒，有姗姗來遲之態。雪后初霽景象如見。窗下盆花爲寒威所逼，咸呈憔悴欲死之狀，惟紅梅數株，方含苞吐豔，自嬌顏色，余乃命紫鵑移植室中。忽寶玉披衣至，笑顧紫鵑曰："晨起即碌碌於此，得勿畏寒乎？"言已，復至余前，曰："美景良辰，勿容辜負，盍往作踏雪之戲？"因相攜而出。園中積雪已至尺許，蒼松翠竹盡爲所壓，乃作可憐之色。轉過假山，見小鴉鬟掃雪作雪美人，各捲翠袖，高繫長裙，或磨翠黛而畫蛾眉，或吮胭脂而點素口，面目畢肖，栩栩如生。讀至此處，恍見一群小兒女團雪作戲。寶玉顧而笑曰："態度曼麗，冠絕塵寰，惜有寒骨，終勿能久貯金屋，僅可以伴貧士，竹籬茅舍，厮守終朝，較可多延壽命也。"余曰："彼來從雲外，死伴梅花，品格孤高，究非趨炎赴勢者可比。汝勿遽以此譏之也。"時北風獵獵，起自樹梢，積雪紛然下，墜吾頭項。寶玉笑曰："妹爲雪美人高抬身價，彼將以此圖報矣。"言已，復攜余行。既入梅林，暗香撲鼻，忽聞笛聲悠揚，隨風斷續。寶玉笑曰："得勿鈞天仙樂，來自九霄乎？"余曰："如此凄聲，不知吹落梅花幾許矣。"寶玉殊不欲聞此凄凉之調，乃與余踐雪歸室，則見襲人方忙碌爲寶玉收拾書囊，余詫曰："此何爲也？"寶玉笑曰："吾將有遠行，與妹妹別矣。"襲人笑曰："汝又誑人。"余曰："果何事耶？"襲人曰："彼擬今日上學也。吾恐僕輩不中任使，故先爲預備。"言次，忽聞舅舅遣人呼寶玉，寶玉惶然隨之去。余則憪然回室，紫鵑已爲余舀水至，余即就鏡前理粧。少刻，寶玉來室作辭。余笑曰："佳，此去定蟾宮折桂，莫教辜負舅舅好心也。"寶玉曰："金玉之言，謹當銘之肺腑。"余曰："汝去，吾不能相送矣。"寶玉曰："好妹妹，務等我下學再用晚膳，胭脂膏亦宜俟我歸再製。"嘮叨半日，始抽身欲行。余笑呼之轉，曰："汝盍往辭寶姐姐？"寶玉笑而不答，且必强我同出，余不許，尼之，乃出。則見襲人愀然坐於炕側，寶玉曰："今日胡沉悶乃爾？得勿怪我上學，累汝儕冷清乎？"襲人勉爲笑色，曰："是何言！讀書乃極好之事，夫復何怪？不然，就此潦倒一生，豈爲長策。但有一事告汝，讀書時，宜想書，休息時，宜想家，甚勿與一般頑童廝鬧致自誤前程。至於功課，雖云奮志要强，亦不宜過度，一則貪多無益，一則身體亦須保重。此則賤婢一片苦衷，千祈體諒。"襲人一侍婢耳，叮嚀囑咐如出妻室，吾不知襲人何厚顔乃爾。襲人發一言，寶玉則應一聲。余見狀不禁暗笑，夫襲人不過一侍婢耳，而一切叮囑之言，竟如出諸長輩，寧不可笑？凡人發言處世，貴如其分，逾分而行，則爲失禮。我誠不解寶玉胡亦奉之惟謹。即此一端，可見襲人之跋扈矣。

余邇聞寧府珍哥媳婦秦氏染病甚厲，屢欲往視，迄不得暇。今日適爲敬舅壽辰，寶玉邀余往寧府祝壽，因即命車前去。既至，不免有許多周旋。珍大嫂旋即向余述秦氏病象，謂其病實起於兩月以前，其初猶不過精神困憊，懶於言語，迄至近日，目眩神昏，飲食不進。而彼又屬多心之人，遇事恒喜思索，長此以往，恐成不治之症矣。言已，泫然欲涕。余慰之曰："天有不測風雲，人有旦夕禍變。疾病之來，詎人力所能拒？必也靜以俟之，緩以醫之，乃能濟事。"鳳姐亦曰："林妹妹言當也。"語次，酒筵已備，吾儕乃相繼入席。敬舅原在城外修鍊，今日亦未歸家，赴宴者，不過寧、榮二府家人耳。飯畢，衆人均往會芳園觀劇，余則偕鳳姐往視秦氏。寶玉曰："我亦欲去。"二舅母曰："汝去耶！去當速來。"寶玉遂隨余儕行。及至秦氏室中，秦氏立自床上躍起，鳳姐趨前握其臂曰："趣坐！"秦氏向余問好。鳳姐曰："數日未見，胡消瘦至此？"秦氏強爲笑容，曰："病至如此，安得不瘦！然此亦我薄福，試思天下安得此等姑舅，視媳婦竟如身生兒女。即蓉哥哥雖屬年輕，而伉儷之間未嘗一度失色。再一家中同輩長輩，除嬸子毋庸說，其餘又誰不愛我！而今已矣。"言至此，聲微顫。鳳姐撫其肩，曰："人生安能無病？豈必病而即死？務宜撇去此念，安心調養爲佳。"秦氏嘆曰："吾病吾自知之，雖盡集天下名醫，吾知亦無濟於事也。"余曰："近日狀況究竟何如？"秦氏曰："口乾舌燥，夜弗能寐。且神智不清，精神恍惚，嘗覺一縷芳魂，飄飄然欲奪門而出，以狀卜之，恐難挨過殘冬矣。屈指自墮塵世，已十數載，即一旦蛻化，亦無所戀。惟念堂上翁姑，撫我教我，罔極之恩，未嘗稍報，撫心自問，不無感痛耳。即姑娘等亦耳鬢廝磨，交誼非淺，一旦人天永隔，謦欬難聞，不亦痛哉！"秦氏語至此，酸淚偷沁眼角而出。余回視寶玉，亦俯首啜泣，頻泣頻以淚眼偷視秦氏。秦氏之病乃至寶玉亦哭，此中暗昧黛玉知之，局外人亦知之。鳳姐恐因此招惹秦氏悲傷，因命蓉哥兒攜余與寶玉往會芳園，至則戲劇已演數齣。樓上復備有盛筵，余爲衆人所嬲，略進食物。既畢，精神已倦，乃辭衆先歸。剛入室，寶玉亦隨歸。余以指劃面曰："羞乎不羞？"寶玉曰："此何爲也？"余曰："吾從未見姪媳染病，阿叔乃爲之啜泣。"寶玉笑曰："家庭和睦，夫何足異？"余曰："和睦者乃如是乎？"寶玉始無語。

宿雨初晴，朔風怒吼。鏡台悄倚，殊怯寒威。乃命紫鵑炙炭於盆，取唐詩讀之。顧心緒煩亂，意殊不屬，乃棄書往尋寶玉，則又不見。於是仍回室中，心中悒悒，若有絕大隱憂將幕余項而下。夫余心本未嘗有愉樂之日，而要以今次感觸爲最特異。耳畔又時若有人呼，曰："黛玉歸也！歸也！"《紅樓》敘黛玉聞父病南歸，僅寥寥數語，若此書亦僅僅寥寥數語則萬萬不可，故於此處伏一感兆。及後如何得信，如何到家，如何治喪，皆細細敘出，此均作者精心結撰之處，聞者幸勿草草讀過。噫！余又何歸耶？余久未接南中來書，得勿余父不健乎？然而，余來時，余父尚康健如恒，決不至有意外之事。或者寢睡未寧，心思乃因而紊亂乎？乃思不如強自爲歡以忘愁懣，隨整妝往外祖母室。是日外祖母殊高興，見余，笑曰："顰兒，汝妝束殊佳，盈盈直如素心之蘭。脱使汝母見之，不知歡樂至於如何也！"余聞語，心又一躍。蓋聞余母，頓憶及余父，又憶及頃間之異感，不知果與余父有關係否？於時璉二哥忽持一函入，外祖母曰："誰之書也？"璉曰："林……"余乃大駭，曰："誰以書與我？"立自璉手中取書閱之。其辭甚簡，僅曰："黛玉吾兒見字：余邇來疾病纏綿，念兒縈切。得書後，望即整裝南歸，以慰遠念。"雖祇寥寥數語，而在余視之，每字之巨竟同箕斗，室中什物盡爲所隱。嗟乎！嗟乎！吾今乃知頃間之異兆矣。而余耳中又似發巨聲，曰："趣歸！趣歸！"黛玉驟聞此惡耗自然目眩神昏，而作者竟能體貼得到佳境。余至此不復能耐，恨不化身爲鴉，立歸其巢。外祖母見余驚惶之狀，乃力爲慰藉，曰："年老之人，自不免於疾病，夫何足憂？吾不日當遣人護送汝歸，以慶團圝之樂。"嗟夫！余聞此語，余心滋戚。余甚悔余無故棄余父來京，否則，陪侍在旁，亦可稍盡爲子之職，萬一不諱，不孝之罪，將百身莫贖矣。

未幾，余父染病之信已傳遍府中，余南歸消息，亦已人人争道。惟護送余歸之人，指派莫定，久久乃決爲璉二哥。寶玉聞此，戚然寡歡，悲感之容幾與余等，頻語余曰："妹妹果歸乎？"余曰："父病，焉能不歸？"寶玉曰："再來否？"余曰："是則不能預定，或者不來亦未可知。"寶玉慘然不悦，曰："若不來，吾將失其良侶。此等孤寂生涯，亦不堪身受，勿若與妹妹一同南行也。"余笑曰："此則大奇，汝家中姊姊妹妹凡數十人，即少一我又何礙！何苦以此蜜語欺人哉！"寶玉急曰："我若欺汝，天其殛之！"自此依傍余身，幾如沾蜜之蝶，且時時助余料理行裝，並出其生平所愛之珍珠寶玉，舉以贈余。此皆爲必有之事，而又爲極難寫之文。作者竟輕輕描出，我焉得不拜倒？余均却之，曰："爾留以遺之寶姐姐乃佳。"若在他人聞之，必將怒發，而彼殊不以爲忤，且頻頻謂余曰："妹身體荏弱，際此殘冬天氣，途中得不畏寒？若寒，吾當爲汝備裘。"余曰："謝汝。外祖母已預備停當矣。"彼始黯然而散，然不轉瞬復至。每夕必在余室久坐不去，余若驅之使睡，即曰："相聚不久即須離散，何苦猶吝此聚談之樂。且妹此去，單形隻影，狀至孤淒，若今日握手一堂，他日舟中回味，不猶可少助欣歡耶？"嗟夫！惜別傷情，余何嘗不同此悲感。然而，余一女子也，烏可以形諸外表哉！

余之行期已定明日，寶玉頽喪之狀，至是益顯。夜間慨然入余室，私語余，曰："無論姑丈病體如何，吾盼妹妹速來。"余笑曰："吾不解汝胡屢以是語吾？吾來與汝果有何益？且吾之人品學問，均不及寶釵百分之一，有一寶釵足矣，何貴乎余哉！"寶玉嘆曰："汝誠不知我心。寶釵，幸運之女子也。不惟寶釵，即此府中女子，境遇誰又不佳？命運之可憐者，惟汝一人耳。而此府中，能憐汝之命運者，僅一老太太，其次則爲余。故余於汝之此行，萬分不能恝置……"此乃寶玉推心置腹之言，黛玉聞之烏能不動？余間至此，心不期一酸，熱淚乃潸潸而出。一對癡兒女活躍紙上。嗟夫！茫茫塵宇，乃竟有人出而憐我耶！然則我於此人焉能無感？寶玉見余哭泣，則又自悔失言，移身近余，爲余揩拭淚痕，曰："吾爲此言，非引妹悲，實余平昔所咽之喉中者，不能不吐。倘此去姑丈而已愈也，自是如天之福，妹妹即留滯南中，猶有照拂之人。萬一不幸，內無期功強近之親，外無應門五尺之童，則舍來此，更復何之？故余於瀕行之時，不得不進此一語，妹妹知我，定能諒我也。"余至此不能更忍，因語之曰："二哥，汝勿憂，余父勿論生死，吾終當來京與汝一晤。"孜孜訂後會之期，詎知後會乃成死局。之寶玉聞此大慰，因攜余出往見外祖母。外祖母覩余至，顏色頓呈慘狀，隨出手握余曰："吾兒，汝身軀多病，此去務自調攝，萬一事出意外，亦無須過悲。蓋人生修短有數，未能強求，譬之秋風撼樹，葉簌簌墮，旁觀之人誰不傷之？然三五日後，繼此葉而墮者，正復有其他之葉，後浪前趨，在數難免。明乎此，即可以節哀矣。"余俯首應之。又曰："途中應需之物，吾已命璉二哥交付船中，家中事畢，務即速來。"余曰："諾。"

欸乃一聲，浪花飛濺，余已在舟中矣。兩岸枯樹蘆林，咸若爲愁慘之容，以送此孤客。賈府送行者，則均沒於枯樹蘆林之中。淡煙暮靄，籠罩江干。暮靄蒼茫，關山色死，荒江蘆荻，一葉扁舟，此天下第一淒涼景也。余獨倚篷窗，百感交集。自思余自入賈府以來，外祖母待我誠可謂天高地厚，即舅母暨諸姊妹，亦蔑不殷勤相愛，就中尤以寶玉相愛之情爲最深。而今別矣，此別以後，水復山重，更至何時始與諸人重相把晤？觀寶玉之意，仍盼余來京，實則來京以後，果又作何收局？吾知寶玉必未嘗思及。即吾外祖母亦未必預爲之計也。吾嘗於静夜自思，吾父如果健全，吾之前途猶或有一綫光明可望，否則，余之身世瞬即淪於愁苦。譬之失舵小舟，飄泊於大海中，前無涯岸，後無救援，狂風驟雨，惡浪驚濤，方排列似嚴陣，向之猛攻，其有不桅折檣斷而死者幾希。嗟夫！嗟夫！吾真無法以逃此浩劫也。說來淒絶。

余在舟中沉悶異常，時時憶及余父，縈念既切，乃成噩夢。或夢余父已死，余所見者乃爲枯骨；或夢余父尚未死，惟見瘦削之面，白如枯臘，唇翕翕方向余而呼。凡此均爲黛玉必有之感想，作者又能體貼得到。嗟夫！真耶？幻耶？余不得而知。惟余每得斯夢，必累余哭泣竟日。從者恐余因是致疾，力爲慰勸，余於是自鎮余心，使勿思此，乃回念在榮府時種種情況。軟香簾角，蹴飛燕之花；剪彩樓頭，藏嫩鶯之葉。或鎮翡翠而爲床，草釵鳳鏡鸞之句；或拗珊瑚而作筆，錄香蘭醉草之篇。姊妹相親，何等愉樂。嘗思即斷送終身歲月於其中，亦復何憾。然而余非姓賈氏，且爲女子，畫閣紅樓，安能容余久住？如欲久住，則惟有……黛玉自知與賈府不過戚串，萬不能久住其中，如欲久住則惟有以身嫁寶玉。顧彼女兒家也，惡可闖口而出，故言至"惟有"則紬然咽住，此種神情直趨入化境。然而此萬萬不能，特妄想耳。矧寶玉爲人，初無定識，余歸，安見彼不已忘我？既已相忘，則前情盡付流水，更何望其他哉！思及此，心緒愈亂，則又撇此不念，而轉及余父。思余父病狀不知果至如何？以余父平昔景象觀之，此病必起自憂鬱，凡因憂鬱而致病者，十九不幸，余父又安能獨免。然則余此歸，能否及見余父，尚不可知。萬一不及見，余恨將無有已時矣。噫！

半月後，余已抵揚城。凡舟行者，均謂此乃最速，然在余視之，直如已隔十年。抵揚後，署中已遣輿迎余，余詢余父病狀，均謂已臻危候。余聞言，心中劇痛乃如刀刺。迨余神定，則此身已在病榻之旁。余父即枕首於余臂間，宛然無聲息。此又極難着筆之處，若庸筆則必寫其如何到家，如何入室面其老父。而作者僅云：「迨余神定，則此身已在病榻之旁，余父即枕首於余臂間，宛然無聲息。」既可汰去繁文，又可顯出黛玉之昏惘。作者心思靈活，誠令人驚服。嗟夫！余驟覩是狀，意余父已死，精神強木，轉不知悲戚。但望吾父魂靈早昇天界，死得安樂，勿再受人間愁苦，蓋吾於此，亦抱厭世心矣。余父既乏子嗣，家中事遂亦無人料理。今日伺於病榻之旁者，惟余一人，次則爲僕媼，各倚身欄杆之次，以淚眼向余。頃之，余父忽張其倦目，低聲呼曰：「黛玉！」余亟應曰：「阿父，兒在此。」余父乃移目顧余，顫聲曰：「吾兒，汝已歸乎？」余曰：「然。」余父曰：「吾得見汝，余心慰矣。但吾家人丁單弱，吾又無嗣，從此撇汝而去，汝將何以爲生？」余哽咽曰：「父幸勿言此，兒既歸，安見父病不可就此而愈？」余父搖首曰：「難矣！尤有一事，余心至爲耿耿，汝長大如許，余尚未能爲汝覓一壻家。幸汝尚聰明，將來當能擇人而事……」余不俟語畢，泣曰：「父……」一字甫出，則失聲哭矣。余父覩余哭，亦掩其枯瞳，痛揮老淚，於是一室皆哭。久之，余拭目視余父，顏色已變，氣息亦促，然猶竭其微細聲，曰：「兒……汝善自保重。」言次，出其枯瘦之手，以握余臂。余俯首親其額，曰：「吾摯愛之父，兒心碎矣。」余父微語曰：「勿……勿如是。吾去矣！」嗟乎！此語以後，余遂不復能聞余父慈愛之聲矣。父乎！父乎！汝何不以手引汝親愛之兒，同依天帝耶？余至此，悲不自勝，則放聲大哭。此人生至傷心時也。余不幸五歲喪母，七歲喪父，命運乖舛，與黛玉殆出一轍。今讀此，猶不禁有風木之痛。

余父辭世而去，於今七日矣。七日來，余身如入窀穸，慘切至無生理，長日如患腦病，呆坐無語。一切治喪之事，余均仰之璉哥，幸彼今次偕余南來，否則，吾孑然一身，更不堪設想矣。余父在揚究屬客居，七尺桐棺，終不能棄之異地。因與璉哥商議，扶櫬回籍，璉趨之。蓋余母墳墓原在虎丘，若將余父舁往合墓，乃至洽當，且可以慰先人泉下之心。議既定，璉即為余布置。方余父在時，食前方丈，從者數百。及今屍骨未寒，寅僚故舊均鳥獸散。以狀卜之，即余林家全家感疫而死，吾知亦必無一人來收其遺骸，險薄者人心也。黛玉原籍蘇州，回籍，蓋云回蘇也。

揚州距蘇原不甚遠，余儕均以舟行，余則依傍余父靈櫬。回思余父來時，赫赫耀耀，疇不慕之。余父之意亦欲從此飛騰，以為家族光。孰料命運不濟，未幾而余母下世，又未幾而余遠行，膝下淒涼，庭幃岑寂，迄至今日，祇落得遺骸一束舁歸故里。傷哉！余父鬱鬱一生，今得其歸宿矣。余儕既抵蘇，即將靈櫬寄諸蕭寺，璉哥則鳩工治墳地。余此時既痛亡父，又念亡母，一寸芳心，幾碎成萬片，如李後主所云："此中日夕，祇有以淚洗面而已。"

余昏憒中聞營葬之事已告竣，璉哥復催余北上。余以余父墳土未乾，遽舍之而去，於心不忍，婉言謝之。璉曰："汝家既無近親，一人居此，殊有未便。矧老太太再四叮嚀，囑我攜汝同去，倘如汝言，豈不辜負老人盛心。"余不獲已，允之。行裝既戒，即雇舟行。嗟夫！余又與余故鄉別矣。往者有老父在，於余家鄉猶有未了之情，雖遠別尚望重歸；今則關係已斷，惟有雙塚淒然存於白楊衰草間，然則此後何時可歸，殊不能定。以余身體言之，荏弱乃不能運其肢體，況復飽經憂患，疾病日增，自今以往，又能挨幾個黃昏！或者此別乃成最後之別，亦未可知。余思及此，黯然泣下。閑瞻四野，覺林樹依依，皆含慘淡之色，一若惜別傷情，乃與余同其感嘆。嗟夫！林樹而亦有情耶？余又焉能無感。淒絕，使人閱之淚下。

臘月之晨，曉日作黃金色，破林煙下射。時有油碧之車，駕銀鬃細馬,穿街越巷,止於榮國府前,則余重入賈府時矣。黛玉出京途中情景既詳寫之,此次入京若亦詳寫,則成笨筆,觀其寥寥數語,省多少贅文。外祖母聞余復至,喜慰不勝,惟一念及余既喪母,復又喪父,又不免爲余傷心,雙袖龍鍾,頻揮老淚。寶玉亦黯然以淚眼向余。於是一室皆哭。頃之,外祖母告余曰:"汝家既破敗至此,今後即長居於此,不必南歸。"余含淚頷之。寶玉聞余不再南歸,立變爲喜色,曰:"吾儕將不患無聚談之樂矣。"言次,因告余以別後狀况,並謂寧府秦氏已死,殯儀之盛,爲京都百年來所未有。補叙可卿死。余笑曰:"汝不又痛揮傻淚耶?"寶玉一笑而已。嗣又告余元春已晉封爲鳳藻宮尚書,加封賢德妃。余曰:"此事吾已聞之。然則汝將爲國舅矣,是誠當賀。"寶玉曰:"賀之一字實不宜加之於我,蓋我覺此等事殊不足爲榮耀。矧宮門似海,相覿爲艱,骨肉恩情,俱已斷絕,更何足賀哉!"余曰:"汝又呆矣!脫爲他人所聞,將又笑汝。"寶玉笑曰:"此語祇許妹妹聞之,他人吾亦不言矣。"余笑頷之。

余室中經紫鵑打掃,仍存舊觀。余此來原未攜他物,惟將家中書籍紙筆,略帶一二,入夕,均檢出贈與寶釵、迎春諸姊妹。寶玉聞信,立奔至,曰:"妹妹將以何贈我?"余曰:"汝耶!汝既不喜讀書,則紙筆無所用,吾無以贈汝矣。"寶玉笑曰:"然則汝乃薄我而厚諸姊妹。"余笑曰:"汝試檢之,如有合用者,任汝需取。"寶玉乃於妝奩内得香囊一,曰:"以此遺我足矣。"余曰:"此乃余製以自佩者,不能與汝。"寶玉攜之去,轉以蓁苓香串贈余,曰:"將以此報汝,何如?"余曰:"此自何來?"寶玉曰:"前北静王所賜也。"余立擲之案頭,曰:"既經臭男子手,吾不要。"寶玉恨然攜之返。

賈府近日忙碌殊甚,緣今上體貼萬人之心,謂世間至大,莫如孝字,父母兒女之情,人人皆有。宮内嬪妃才人等,皆入宮多年,拋棄父母,離別家鄉,於孝道殊有虧損。因啓奏上皇太后,每月逢二、六日期,准椒房眷屬入宮,請候省視。然又恐此有關國體儀制,母女尚未能愜懷,竟降不世之隆恩,凡椒房貴戚,除二、六日入宮外,凡有重宇別院之家,可以駐蹕關防者,准其啓請内廷鑾輿入其私第,以盡骨肉之私情,以享天倫之樂事。元妃歸省來由。此旨一下，舅舅等遂忙碌，蓋造別院以迎元春。繪圖量地，鳩工庀材，至日無暇晷。其地原擬另採，繼以另採不便，遂就東府花園起至西北，共三里有餘。此三里中，乃須一一配以亭台樓閣，工程不為不大。蓋造大觀園。並命人往姑蘇，購買女子，教以戲劇。此外並招有小尼、道姑等，教以念經誦咒。各種布置，富麗堂皇。實則賈妃省親，僅一日事耳，何須如此張惶？於此益知賈府之奢侈矣。

白駒易逝，歲月如流，瞬息間，一年將盡矣。而此一年中，藥爐茶鐺，刺繡吟詩，雜事繁人，雅無可記。蓋造大觀乃頭年殘冬之事，至此已一年。此一年中，賈府諸人多半碌碌于歸省事，故略而未記。近聞省親別院工程已竣，早間寶玉同二舅往游，並擬題聯額甚多。余正同外祖母閑談，忽見寶玉如太原公子褐裘而來，腰間所佩什物，一件不存。問之，則已賞人。余疑其將日前所作荷包亦同分給，不免令人失意。遂無語回房，見所結香袋，因念荷包既可給人，香袋獨不可另賞？且渠之為人，喜新厭故，毫無定情，在余前則似不足於寶釵，焉知見寶釵不又以余為可棄耶！因嘆曰：「古人云，癡心女子……」語至此，回首瞻顧，適寶玉至，手香袋顧余曰：「精工至此哉！」余聞語忿甚，急取剪之，寶玉來奪，而袋已破矣。寶玉詫曰：「此何為哉？」余曰：「不剪，亦徒作人賞賜之品，果何用哉！」嬌嗔活現紙上。寶玉悟，乃從衣內解一物與余，曰：「心情所鍾，豈同凡物？幾曾見吾以妹所手置者轉給於人乎？」余深悔莽撞，又不便轉環，祇兩頰紅暈，低頭無語而已。詎寶玉不余諒，將荷包擲余曰：「既不願給，謹以奉還。」余此時愧悔交集，如萬鏑叢身，一縷幽憤無從發洩，計惟向小奚囊以自抒嗔怒耳。寶玉見余持剪，急捉余手，笑曰：「妹勿生氣，如肯見給，還得佩上。」余曰：「始捨之而終取之，高潔者固如是乎？」寶玉一笑而去。既而回首曰：「妹妹如不我棄，乞另惠香袋一襲如何？」余雖未諾，而心已許之。

日來天氣甚晴，寒風亦漸柔軟。外祖母以二舅之請，同余及諸姊妹往別院遊覽。院界兩府中，可三四里。迎門一帶翠幛擋住，遙見白石崚，或臥或立，或如趺坐之僧，或如蹲伏之獸，縱橫拱立，驟見之駭人心目。

中間羊腸小徑甚幽曲，循徑入石洞，老樹參天，敗葉當路。一道清泉，紆回縈復，瀉於石罅之內。過數武，折而北，平坦寬豁，兩旁飛樓插空，其半沒於山坳樹杪間。俯視清溪瀉玉，石磴穿雲，白石闌杆，環抱沼沚。其間石梁跨港者爲沁芳橋。橋有亭，爲沁芳亭。橋之西南曰議事廳，再西爲梨香院。出沁芳亭，過池，則精舍數楹，有千百竿修竹掩映其中，一山一石一花一木，無不著意點綴。後院有敗蕉頹臥，幹猶著慘白色。牆下開溝尺許，引泉一脉，灌入牆內，繞階緣屋，至前院盤旋竹下而出，爲"有鳳來儀"。大觀園費一年工程築竣，欲將其亭榭之幽勝，花木之蔥蘢，一一鋪之紙上，極不易爲事也。而此段偏能娓娓叙出，毫無遺漏，神工鬼斧，佳妙無倫。余至此，覺水清如鏡，鑒人毛髮。微風動竹，聲琅琅然如午夜簫聲。私念若能長住此間，對月鼓琴，焚香讀書，真神仙不啻也。然當殘月曉風時，聽蟲聲唧唧，不免增人惆悵耳。由"有鳳來儀"前行，青山斜阻，轉過山隈，隱見一帶黃泥牆。牆上皆稻莖掩護，杏花百株，插入天表，霜後病葉，望風先落。裏面茅屋數椽，外植桑、柘、槿、榆之屬，短籬及肩，野畦畔置桔槔、轆轤數事，有石題曰"杏簾在望"。稍進，則竹竿挑一酒幌於樹梢，雞鳴狗吠，煞是田家風味，是爲"稻香村"，取"柴門臨水稻花香"之意。出村，過山坡，穿欄度榭，至荼蘼架，入木香棚，越牡丹亭，度芍藥圃，入薔薇院，到芭蕉塢。盤旋曲折，忽聞水聲潺潺，出於石隙。有枯蘿倒垂，沿石罅如補綴狀。下則落葉斷萍，浮蕩其中，曰"蓼汀花漵"。至此，分水陸二路。余欲乘舟，而船工未成，乃從山迂道，攀藤撫樹，見水波蕩漾，曲折縈回，兩岸衰柳棲鴉，荻花欲語。稍西一朱欄板橋，逾橋而南，有一所清凉瓦舍。門內突出插天玲瓏山石，四面旋繞，房屋悉皆隱蔽，異草牽引穿石腳，惜皆枯死，如值春夏，其色香當異。房之旁皆遊廊，綠窗油壁，清雅更自不同，題曰"蘅芷清芬"，聯爲"吟成豆蔻詩猶豔；睡足荼蘼夢也香"云。余至此，覺四肢嬌軟無力，亟欲少息片時，忽外祖母顧余而言曰："黛玉得毋勞乎？"余曰："諾。"乃進院休息，浣盥更衣，勞稍減。出院數武，則見崇閣巍峨，層樓高聳，面面琳宮合抱，迢迢複道縈紆，規模宏麗，氣象莊嚴，是爲正殿。殿外玉石牌坊，龍蟠螭護。後面有樓，聳立雲際。繞樓而西，爲大主山，山脊爲凸碧山莊，下爲凹晶館，陰陽相背，山水遙遙相對。過此至一橋，水如晶簾，奔入沁芳閘。逾橋行，長廊曲洞，方廈圓亭甚多。遙望紅梅大放，如天半朱霞，映人臉際生暈，雖夭桃紅杏，無此妖豔。俄見前面院落一所，小徑引入，夾道山花迎人。穿竹籬，至月洞門，見粉牆環護，老樹遮堂，院中點襯山石花木，頗具風緻，題曰"紅香綠玉"。其中雕鏤精工，設色華藻。棠花滿座，直同綴彩之株；鏡影迷離，似入水晶之室。花團錦簇，剔透玲瓏，真乃人間天上也。出後院門，見清溪前阻，水從閘起，流至洞口，從東北山坳引至村莊，由村莊分導於西南，自牆下出。溪旁大山橫斷，沿山腳轉出，則平坦大路現於前，即園盡處也。此中位置點綴，聞係某清客手筆，想其胸次包羅不少丘壑，真乃造化在手者。

庭燎繞空，羽觴醉月，士女傾城，金吾不禁。時已至上元之夜，元妃早諭今夕歸省，賈府忙碌布置省親諸儀節，致嘈雜異常。既而人聲漸靜，遙見龍旌鳳翣，繡羽鸞輿，隱隱鼓樂之聲，數十人抬金色繡輿，緩緩而來，則元妃至矣。何等皇堂。妃既至，舅輩恭迎入省親別院，曲曲折折，鸞輿不便於行，乃登舟眺覽。是夜香煙繚繞，花影繽紛，處處燈光映於水內，化爲千百萬盞，上下爭輝，驚心眩目。俄而舟入石港，見題爲"蓼汀花漵"，元妃即諭去"蓼汀"二字。舟臨內岸，至石坊，換題"省親別墅"。入行宮，至正殿，升座受禮，茶三獻。止樂更衣，備省親車駕，至外祖母正室，欲行家禮，外祖母跪止之。元妃悲從中來，手挽外祖母及二姊敘別況，覺千頭萬緒，無從說起，祇有低頭無語，嗚咽對泣而已。余見此，因念生離死別，一例難堪。顧元妃雖宮門萬里，而今上有此曠典，既可歸省，又能入覲，而余怙恃早失，永無見期，如斷梗隨風飄集，其傷心又當何如耶！於此極熱鬧中，黛玉乃有此遐想，作者真善於揣摩。思至此，涕淚交垂，至不可抑。轉念余之才色，自謂無兩，倘得偶寶……思時面乃一赬。然果能如是，父母俱存，兄弟無故，即姊妹輩亦可常相往來，骨肉團聚，樂何如之。較元妃格於嚴禁，無一毫骨肉之親者，似稍有間。然而天下事不如意常八九，余又能必其事之成耶？是時兩念交戰，既悲且愧，一縷暈紅，直緣粉頰而上，乃力鎮其心勿思。又聞元妃含淚曰："今雖富貴，骨肉分離，反不如田舍之家，齏鹽布帛，承菽水之歡，遂天倫之樂。既然如此，徒哭無益，覥覥面良難，今日不笑樂，反作楚囚對泣耶！"既而筵宴齊備，請元妃遊幸。遂同步至園，登樓步閣，涉水跋山，徘徊眺覽，極加讚賞，錫名曰"大觀園"，原名"省親別墅"，至此始名"大觀園"。又改數處顏額。於是先題一詩，次三春、寶姐與余，各一額一咏。惟寶玉賦五律四章，題爲"瀟湘館"、"蘅蕪"、"怡紅"、"澣葛山莊"也。澣葛山莊即杏簾在望所改，余即爲"有鳳來儀"、"蘅芷清芬"、"怡紅快綠"之舊。余因寶玉構思太苦，遂代吟最後一律，比晉呈，又爲元妃所賞。詩既畢，演戲。戲闋，即頒賜物：外祖母，金玉如意各一柄，沉香杖一，伽楠念珠一；大、二姊以下，其賞賚有差；即奶娘、鴉鬟、優伶、廚役，亦得沾恩澤。時漏盡天欲曙，太監啓請回鑾。元妃欲止不能，欲行不忍，雙淚盈盈，哽咽不能成語，祇得勉強登輿去。斯誠"昭陽鳳藻承恩寵，不及盧家有莫愁"矣。

春日微寒，悶人欲損，飯後益憊，乃就枕小睡。此段乃寶黛調情鬬趣之始。忽寶玉來推余，曰："飯後即睡，最易致疾。盍步園以排遣乎？"余且眠且應曰："昨廝混一夜，渾身酥軟，俟小憩一刻。汝可至諸姊妹處略坐。"寶玉曰："除妹妹處，吾覺別人都無可親者。吾兩人共憩一枕可乎？"活畫一對癡兒女。余不忍過拂其意，遂將余枕給之，而己另取一枕。方睡，適見寶玉腮際有指爪痕，問之，則胭脂膏所濺也。余爲之取巾代抹，寶玉手余衣，笑曰："袖中何物？嗅之如逢……令人魂酥骨醉。"余曰："余雅不喜薰香佩屑，既無羅漢真人送給，又無兄弟哥哥代製，豈別有奇香乎？"寶玉知余言實含諷意，便呵其兩手觸余癢，余笑謝之，且曰："余有奇香，汝有暖香否？"寶玉不得解，余嘆曰："蠢才，汝有寶玉，渠即有金鎖相配；詎渠有冷香，汝獨無暖香堪匹耶？"寶玉顧余而笑曰："方才求饒，過後即肆。"急伸手如前狀，余強捉其臂求宥，於是重復倚枕閑話。余以手帕加面，故若不聞。忽寶玉莊顏厲色，曰："妹妹亦嘗聞揚州一故事乎？"余見其言之鄭重也，問之。寶玉曰："揚州有山曰黛，山之内一洞，曰林子洞。"余曰："爾又胡謅耶！余生長其地，向不聞有此山洞。"寶玉曰："天下名山大川，除太史公、酈道元外，何人能一一周知？"余請竟其辭，寶玉曰："洞中有耗子精甚多，一日老耗升座議事，謂現在洞中果品短少，必須打劫預貯，乃拔令箭一枝，遣小耗前去偵視。俄小耗回稟：'山下廟内，果品米豆最多，即香芋一項，已不可勝計。'老耗大喜，即時點耗，前去偷米偷豆，各領令箭訖。惟剩香芋一種，又拔令箭問：'誰偷香芋？'祇一極小弱之小耗應曰：'小將願往。'老耗弱之。小耗曰：'我雖年小身弱，然法術無邊，口齒伶俐，祇搖身一變，變成香芋混在堆裏，使人看不出聽不見，却暗暗用分身法搬運。'老耗欲試其變法，小耗即搖身一變，竟變成一沉鱼落雁小姐。老耗曰：'原說變香芋，如何變成小姐？'小耗笑曰：'汝但知果子爲香芋，却不知鹽課林老爺小姐才是香玉乎？'"余聽至此，急起以手撑其口，寶玉亦向余求恕，纏綿癡憨，實極閨中之樂。何等嬌癡，何等纏綿，余讀至此，余骨亦醉。余頗信寶玉視我，較他人略有不同之處，然而，來日方長，安見無他變故。矧寶釵者，狡猾人也，軟語溫言，頻來勾引，其結局正未可預料。嗟夫！斷梗飄萍，歸屬何所，惟有聽造物之低昂而已。黛玉心中所最忌者厥爲寶釵，故必思及此。

晨餐既畢，史湘雲來賈府賀喜，與余一見如故。史湘雲出場矣。余見其豪邁之概，如瀟湘雲夢，不可端倪，心雅愛之。寶玉聞湘雲至，急來相見。寒暄已，湘雲問寶玉適自何來？寶玉應曰："寶姐姐家。"余笑曰："差幸渠儂羈絆，不然早聞聲飛至矣。"一語而諷及二人，寶玉亦覺難堪。寶玉曰："祇許與妹妹解悶，獨不許與寶姐姐往來耶？"余曰："去否關我底事！又無人央汝解悶，從今後，余之歡愁歌哭，請勿過問。"言次即別湘雲回房。寶玉踉蹌奔至，曰："妹妹又生氣乎？縱我有失言，史妹妹初來，盡可同渠歡笑，奈何獨來此納悶乎？"余曰："何勞拘管！"寶玉笑曰："我固不敢，獨不惜千金之身軀乎？"余曰："作踐身軀，不過一死耳。吹縐一池春水，干卿底事？"寶玉嘆曰："妹妹何苦哉！新春歲首，毫無禁忌。"言次，寶釵忽入，曰："史大妹妹尚候。"即挽寶玉去。余益憤，雙淚盈盈，偷沁眼角而出。俄而寶玉仍來，余見之，抽抽噎噎，不能自遏。寶玉則款語溫言，來相勸慰。余曰："汝去矣，奚又來爲？生死憑余，自有人同汝來往，且較余善讀、善作、善寫、善説笑、善體貼人情。汝去矣，奚又來爲？"寶玉聞余言，乃移首近余耳邊，低聲曰："妹妹聰明，豈不聞疏不間親、後不僭先之説乎？我雖糊塗，頗知此義，且吾與妹爲姑舅姊妹，寶姐姐則兩姨姊妹也，論親戚，渠較妹疏。别妹初來吾家，吾兩人食則同席，寢則同床，自幼便爾親密。寶姐姐來時短，其情感亦較妹輕，吾豈肯爲渠疏妹妹耶！"此乃寶玉心坎中語，直爲黛玉逼出。余聞言，心爲一慰，即轉面顧寶玉曰："汝誤矣。余並非欲汝疏寶鴉頭，余自有余之心耳。"寶玉曰："吾亦自有吾之心。妹之心祇知妹之心，絶不能知吾之心，恨不能如安藏金之剖腹，掬此心以相示也。"余半晌無言，兩目直射寶玉之身。適湘雲含笑而入，曰："愛哥哥！林姐姐！汝兩人日日厮守，竟無微暇同我少憩乎？"余笑曰："瞽不忘視，跛不忘履，咬舌子偏喜曉舌。何至二哥哥别爲愛哥哥，倘若趕圍棋，則應呼么愛三矣。"相見即冷嘲熱諷，宜湘雲之入釵黛也。相與一笑而罷。

春夢婆娑，老不知醒，覺有人在床畔，急睁倦眸一視，則寶玉代雲兒覆衾也。余訝其早，寶玉曰："人家具午餐矣。"余使寶玉至外間，呼雲兒令醒。衣畢，寶玉復進，坐鏡台側，視余與湘雲梳洗。既已，寶玉即就湘雲殘水盥漱。湘雲不可，寶玉笑曰："得沐余芳，爲幸多矣，有何不可？"又曰："妹妹能爲我理髮乎？"湘雲搖首示否，寶玉央告再四，始爲編成而去。

越日，余至寶玉處，適寶玉他出，因檢書得《莊子·外篇》内一紙，墨迹淋漓，則續《胠篋》一段文字，曰："焚花散麝，而閨閣始人含其勸矣；戕寶釵之仙姿，灰黛玉之靈竅，喪滅情意，而閨閣之美惡始相類矣。彼含其勸，則無參商之虞矣；戕其仙姿，無戀愛之心矣；灰其靈竅，無才思之情矣。彼釵、玉、花、麝者，皆張其羅而穴其隧，所以迷眩纏陷天下者也。"余讀畢，不禁失笑。遂續一絶其後："無端弄筆欲何云，剿襲《南華》莊子文。不悔自家無見識，却將醜語詆他人。"題畢，仍夾之書內。使寶玉見之，又不識如何結想矣。

今日二十一日，爲寶釵生辰。余似有倦意，且不願雙眼眈眈，看人家錦爛，以故倚枕小憇。忽寶玉含笑來，言曰："餐已具。戲亦即開演，妹妹喜聽某齣，可先告我。"余嗤之以鼻，且曰："既如此，應特雇一班唱與余聽，乃借他人之光以樹情乎？"寶玉曰："此亦何難。"遂攜手同出。飯後點戲，第一齣《西遊記》，次《劉二當衣》，次《魯智深醉鬧五台山》。寶玉曰："汝輩聽戲最喜熱鬧，不知熱鬧即爲冷淡之根。且枝葉牽連，雅無意趣。"寶釵曰："《醉鬧五台山》一齣，爲《北點絳脣》，音節頓挫，聲調鏗鏘，排場既好，詞藻更佳，內中一支《寄生草》，更爲妙絕。"寶玉請述其文，寶釵即念曰：

漫搵英雄淚，相離處士家。謝慈悲剃度在蓮台下。沒緣法轉眼分離乍。赤條條來去無牽挂。那裏討煙蓑雨笠捲單行？一任俺芒鞋破缽隨緣化。

寶玉拍膝搖頭，稱賞不已。余笑曰："如何未唱'山門'，即行'妝瘋'乎？"衆均失笑。戲既闋，外祖母亟賞小旦、小醜二角，命人帶進，問年歲，賜肉果，賞錢不已。俄鳳姐指小旦笑顧衆，曰："此角活像一人。"湘雲以余擬之。寶玉急向湘雲瞅眼，衆各無言而散。晚間，忽聽湘雲命翠縷趣裝，準備返里。寶玉曰："妹毋乃誤會吾意乎？林妹妹心思極多，他人明知而不肯言，妹獨首先揭出，豈不防見罪於渠耶？我所以禁之以目者，乃特別關切，反因是見惱，真負吾一片苦心也。"湘雲曰："汝之令色巧言，不必向吾傾吐。吾原不如汝林妹妹，他人任意取笑，到無不可，吾一啓口，即有不是。渠爲主子小姐，吾乃奴才鴉頭，吾何敢望渠！"寶玉曰："吾如有壞心，立刻化成灰燼，俾萬人踐踏。"湘雲曰："此種歪言惡誓，祇合說給那小性兒、行動愛惱人、會轄治汝者聽耳。"言次，忿忿而去。俄聞履聲橐橐，知寶玉來余房，余急起閉門，不聽其入。寶玉在窗外千萬央告，余東風馬耳，雅若不聞。久之靜悄無言，余疑其已去，乃徐起開門，見寶玉呆呆鶴立，垂頭無語。余甚憐之，門亦未便再閉，寶玉隨進，曰："凡事有現在之果，即有過去之因，必明白宣布，方不使人委曲。妹無故着惱，究竟因何而起？"余漫應曰："余亦不知因何而起。余固給汝輩比戲子與人取笑者。"寶玉力言並未比笑。余曰："汝尚欲比欲笑乎？汝不比不笑，更甚於人之比笑。此一節猶可恕，再汝與雲兒眉眼傳語，是何用心？想渠爲公侯嬌女，余乃貧民鴉頭，渠與余笑談，余若反聲，即爲自惹輕賤乎？汝用意固佳，奈渠不領高情厚誼何！"湘雲之言如彼，黛玉之言如此，寶玉殆左右做人難矣。寶玉半晌不言，一似有所思者，遂轉身恝然而去。余回思無趣，愈加苦惱，正所謂"香冷繡幃人意懶，熱場經過轉添愁"也。

夜凉人静，兀坐無言。命雁兒與紫鵑在房無他適，余託尋襲人，欲偵寶玉動靜。比至，則已睡矣。余即轉身欲回，襲人笑止，曰："請稍俟須臾。"即手一箋與余，余接視，乃一偈一詞，讀之曰：

你證我證，心證意證。是無有證，斯云可證。無可云證，是立足境。

讀未竟，顧襲人曰："是亦無緊要者。"言次，袖歸與湘雲同看，適寶釵在座，余笑曰："此乃寶姐姐之過也。"寶釵急視之，見後又有《寄生草》一調，因念曰：

無我原非你，從他不解伊。肆行無礙憑來去。茫茫著甚悲愁喜？紛紛説甚親疏密？從前碌碌却因何？到如今回頭試想真無趣！

讀畢，笑曰："道書機鋒，最能移性，寶玉之悟，乃吾一隻曲子所牽引者。如真存此念，則我成罪魁矣。"遂團綯付之於火。余笑曰："且待余一問，儘可收其邪念。"三人同至寶玉處，問曰："寶玉，至貴者寶，至堅者玉。汝有何貴？汝有何堅？"寶玉不能答。寶釵與湘雲笑曰："如此愚鈍，還想參禪！"余又曰："汝偈末'無可云證，是立足境'固妙，以我思之，還未盡善。"因續二句："無立足境，方是乾净。"寶釵鼓掌，笑曰："如此方悟徹。昔南宗六祖惠能，初尋師至韶州，聞五祖宏①忍在黄梅，便充役火頭僧。五祖欲求法嗣，令徒弟諸僧各出一偈。上座神秀曰："身是菩提樹，心如明鏡台。時時勤拂拭，莫使有塵埃。'時惠能在廚房碓米，聞之曰："美則美矣，了則未了。'因自念一偈，曰：'菩提本非樹，明鏡亦非台。本來無一物，何處染塵埃。'五祖便以衣鉢傳之。今日偈語，亦同此意，但方才所問，機鋒尚未完結。"余曰："既不能答，就算輸了，以後再不許汝談禪。即余所知所能者，汝尚不知不能，則余等知覺在汝之先。余等尚未解悟，汝猶欲自尋苦惱去參禪耶？"寶玉笑曰："誰又參禪，不過一時感觸，聊書此以遣我積悶耳。"於是相與言笑，不復有如何氣苦。然非有余一難，則寶玉癡念縈逗，又不知作如何究竟矣。

　　自元妃歸省後，大觀園封鎖謹嚴，無人賞玩。值此明媚春光，竟無斗酒雙柑點綴佳趣，真使花柳無顏，水山落拓矣。忽内監傳元妃諭，命余姊妹等往園居住，衆聞甚樂。<small>開放大觀園。</small>外祖母則命人安設簾幔床帳等事。既竣，寶玉問余曰："園工既竣，汝思住何處乎？"余躊躇應曰："我想居室太華則俗，太質近陋。遠其俗而剗其陋，則莫如雅静。瀟湘館一道曲欄，幾竿修竹，院中清流瀠洄，蜿蜒自石砌度出。春雨則紅駛桃花，秋風則凉飄竹箭。於夜凉人静時，焚香伴讀，對月揮弦，其清遠絶俗，直不啻人間天上。妹將移居此間矣。"<small>瀟湘館景致。</small>寶玉鼓掌笑曰："適合吾意，妹即不言，吾亦位置汝於此。吾即住怡紅院，兩處相距咫尺，便於過從，妹以爲何如？"余笑應之。一日，二舅遣人回外祖母，二月二十二日日干最好，命余儕於是日進園。於是分派收拾，寶釵居蘅蕪院，迎春居綴錦閣，探春、惜春居秋掩書齋與蓼花軒，稻香村則珠大嫂所喜者，余與寶玉仍居怡紅、瀟湘耳。<small>衆姊妹入園矣。</small>部署既畢，即散步

---

① 宏，應爲"弘"。

至寶玉處，見几凈窗明，陳設亦別致華麗。院中綠楊十余株，蕉半之，西府海棠一。山石數點，名花多本，欹斜於曲欄竹架間。有含苞者，有半放者，香風繡帶，蝶影迷離，極人間之濃豔。怡紅院景致。已而至蘅蕪院，寶釵方指揮侍兒陳列玩具。余轉至窗外閑眺，見嫩芽冒土，秀色可餐，柔葉翻風，濃茵如畫，不禁朗吟江文通"春草碧色，春水綠波"之句。蘅蕪院景致。方欲至三春及珠嫂室一訪，而筋疲骨憊，足踧踧如有循，蓋屐齒未折，遊興已闌，遂逡巡而歸。

入園之明日，仍擬竟前志，適寶玉手一紙含笑而來，曰："昨燈下草就四律詩，呈妹妹一粲，並請稍加斧削。"余讀之，乃四時即事也。

《春夜即事》云：

> 霞綃雲幄任鋪陳，隔巷蛙聲聽未真。枕上輕寒窗外雨，眼前春色夢中人。

余讀至此，不禁點首稱善，遂重吟一遍曰：

> 枕上輕寒窗外雨，眼前春色夢中人。盈盈燭淚因誰泣，點點花愁爲我嗔。自是小鬟嬌懶慣，擁衾不耐笑言頻。

《夏夜即事》云：

> 倦繡佳人幽夢長，金籠鸚鵡喚茶湯。窗明麝月開宮鏡，室藹檀雲品御香。琥珀杯傾荷露滑，玻璃檻納柳風涼。水亭處處齊紈動，簾捲朱樓罷晚妝。

《秋夜即事》云：

> 絳雲軒裏絕喧嘩，桂魄流光浸茜紗。苔鎖石紋容睡鶴，井飄桐

露濕棲鴉。抱衾婢至舒金鳳，倚檻人歸落翠花。静夜不眠因酒渴，沉煙重撥索烹茶。

《冬夜即事》云：

梅魂竹夢已三更，錦罽鸘衾睡未成。松影一庭惟見鶴，梨花滿地不聞鶯。女奴翠袖詩懷冷，公子金貂酒力輕。却喜侍兒知試茗，掃將新雪及時烹。

吟畢，默玩數回，笑向寶玉曰："此一首極佳。'松影'一聯，足可與'枕上輕寒窗外雨，眼前春色夢中人'比抗，三聯亦新豔。四詩相較，以此第一，次春夜，夏、秋二首稍差，以其中不免稚弱耳。汝以爲何如？"寶玉首肯再四，曰："所評極是。此二首原不佳，即春、冬二首，亦並無過人之處，不過候鳥、秋蟲，自鳴得意耳。"言次，同寶玉至秋爽齋。秋爽齋者，即秋掩書齋之別名也，亦曰曉翠堂，在瀟湘館左偏，探春居之。秋爽齋景緻。階前植梧桐十餘本，幹挺立不少阿曲，枝葉交覆，濃陰滿地。有不及交者，日光輒從漏罅中射入，映地作圓圈，如鋪金錢。稍左，丹桂四株，松間之。右則假山屹立，草生其上，左右紛披，如垂髮幼女，至足樂也。賞玩未已，而探春出，笑曰："何來惡客，不告主人，竟敢嘯咏其間。"余笑謝之。即邀同至綴錦樓及惜春處。探春曰："汝尚不知耶？惜鴉頭嫌蓼花軒風景不佳，已移往藕香榭，迎姐姐亦移向紫菱洲矣。"於是便道至稻香村，遥望一色杏花，如錦如火，隱隱露茅屋數楹，竹籬一道，曲折一循其地勢。籬外菜畦繞屋，花發時鋪地如氈。畦外爲麥圃，每微風飄動，一波數折，與菜畦黄綠相映成趣。循徑而南，一路桑柘，有小丫鬟數人，攜籃采葉。堂中紙窗木榻，一洗富貴之習。稻香村景緻。余極賞之，寶玉殊不以爲然。余呼珠大嫂，則已他出。遂至紫菱洲，係傍山臨水一帶竹房，荒徑迂回，兩行垂柳，隨風飛舞，點首作迎人狀。其中雜以桃杏，蔽日離天。門前綠添新漲，菱葉浮水面，柳陰下小舟二三，蓋備以采菱者。紫菱洲景緻。寶玉趣余登舟，余亦不及招呼迎春，竟打槳至藕香榭。榭蓋池中，四圍臨水，往來皆以舟。左右有回廊，迂縈曲折，迤邐至西南隅，有橋跨水接峰，係編竹爲之，行則有聲，殊別致。舟行甚遲緩，時見黃甲紫鱗，青鳧白雁，出沒於蘩藻煙霧之際。寶玉顧余而笑，曰："此真絶妙一副'春江煙水圖'也。"余笑頷之。此段於衆姊妹入園，夾叙各處景緻，與前專叙大觀園景緻絶無重復之弊。文字新穎，四面俱到，作者筆力之靈活乃至如此。

困人天氣夢惺忪，花事闌珊最懊儂。對景生愁，不覺芳情流水矣。於是手條帚，肩花鋤，鋤上懸紗囊一襲，度出香閨。遥望沁芳閘畔，落花如雨，芳草沾天。寶玉手一册書，往來躞蹀，將花片向水内飄放。忽回首見余至，笑曰："妹來恰好，正可代吾收拾矣。"余曰："落花流水，固爲佳妙，但出山泉水濁，恐至前溪，仍將清明豔麗之質陷於卑污。不如以錦囊絹袋，收其豔骨，埋之净土，豈不較飄泊糞溷之爲愈耶？"寶玉聞言，欣然曰："俟吾放下書來，一同收拾。"余問其何書？曰："不過《中庸》、《大學》。"余審其誑，堅求之。寶玉曰："妹看不妨，特勿令他人知之。其文章之妙，使我焚香拜倒，妹見之寢食俱忘矣。"此中有深意，曉人難俱詳。余急取觀之，乃爲《西厢記》。朗讀一過，覺詞句警人，余香滿口。讀竟，兀自默默記誦。寶玉曰："《會真》之文妙乎？"余首應之。寶玉笑曰："我是個多愁多病身，你就是那傾國傾城貌。"余聞之，雙頰驟赤，如泛桃花，怒曰："汝敢將淫詞豔曲内不經之語，拈來欺余。余即向舅妗告訴，一評此理。"言次，反身欲行，寶玉急上前謝罪，指誓天日，且承其悔。余見其情狀堪哂，不覺笑曰："原來也是個銀樣蠟槍頭！"寶玉曰："只許汝筆下謅文，不許我口中曉舌，吾亦出首去矣。"余笑曰："汝能過目成誦，余獨不能一目十行乎？"於是藏書埋花訖。適外祖母遣襲人命寶玉去東府問好，余亦悶悶回房。剛至梨香院外，忽聽笛韻悠揚，歌喉婉轉。余傾耳静聽，内唱云："原來是姹紫嫣紅開遍，似這般都付與斷井頹垣。良辰美景奈何天，賞心樂事誰家院。"聽至此，愈覺感慨纏綿，不能自已。一路聽來，載斷載續，情景逼真。私念戲中有如此好文，可惜世人未能領會，徒知看排場聽熱鬧耳。因止步再聽，又唱云："祇爲你如花美眷，似水流年。"此二語一入余耳，分外清澈，一時心動神摇，如癡如醉。默念余林黛玉自幼纖小温柔，嬌羞婉轉，雖不敢云西子、毛嬙，却也算女兒顔色豔如花矣。但愁多病劇，而遭逢又常不可人意，自憐薄命，恐不免流年似水耳。

奇花引蝶，好鳥呼人。女紅課罷，情緒無聊。於是悶悶步至院中，四望無人，見新笋出籬，殊娟秀可愛。剛至怡紅院外，聽笑聲隱約，乃李宫裁、鳳姐及寶釵在坐。余笑曰："有不速之客四人來矣。"鳳姐曰："昨所奉茶葉，女陸羽以爲何如？"余未及答，寶玉曰："味殊不佳。"余曰："我覺氣味寧馨，較平常所用者佳。"寶玉聞余道好，即欲轉贈。鳳姐曰："餘剩頗多，明日遣人送至，且有事相煩。"余笑曰："受人者畏人，予人者驕人。才吃汝家茶葉，即當供人使唤。"鳳姐曰："既吃吾家茶，如何不作我家媳婦？"言次，衆人大笑。余兩腮紅漲，俯首不語。寶釵笑曰："二嫂之詼諧，直不啻東方曼倩。"余曰："詼諧乎！不過貧嘴賤舌討人厭耳。"鳳姐曰："汝作我家媳婦，果何虧於汝？"言次，指寶玉曰："汝試觀之，此種人物配不上乎？抑門第、家私配不上乎？"鳳姐發一言，余心即跳躍一次，霎時，覺奇樂沁心，竟不審其爲悲爲喜。嗟夫！余誠無所諱，余自至賈府以來，外祖母即有結婚寶玉之意。顧爾時年齡尚稚，猶爲不急之務，日復一日，蹉跎至今，遂無復有縈念者。何圖鳳姐今忽提議及此，其爲真耶？僞耶？抑用以鬭趣耶？如其爲真，何以不出自外祖母之口，而出自鳳姐耶？嗟夫！僞耳，用以鬭趣耳。矧猶有金玉姻緣之邪説橫亘其間乎！女兒心性，體貼入微，不知作者從何處想得。妙絶，妙絶！凡此感想，其經過余心中，不一秒鐘即杳，覺此身恍惚不能自主，遂別去。剛至院外，寶玉呼曰："林妹妹盍少留？吾有一語相詢，亦願聞乎？"余轉至寶玉床畔，問其何語？寶玉攜余手，雙眸注視余面，含笑不語。余不覺臉際生暈，急欲脱手去。忽寶玉極言頭痛，余曰："阿彌陀佛！如此方……"言未竟，寶玉慘呼一聲，身一躍高三四尺許，如飲鏃之蛟，上下翻騰，不可制止。情狀如見，我讀之，猶覺毛骨悚然。口中無正音，作天神地鬼不倫不例之囈語。余驚愕莫似，急報知外祖母暨舅妗諸人，均來省視，放聲大哭。正忙亂間，忽見鳳姐手大刀一，髮鬖鬖然，兩目直視，大喊而入，殺雞屠狗，無不應手而決。衆急奪刀，舁至外祖母處，求神問卜，請醫覓藥，紛紛麻亂，而二人殊不少減。如此者三日，次晨，寶玉睜目顧外祖母曰："今以後吾可不在此，將去而他之矣。"余聞之，心痛神馳，肝腸欲裂，而又未敢形之於外。極忙迫中，而夾寫黛玉心事如畫。是閑筆，是正筆。既忽聞空中宣佛聲，遥見癩和尚同一跛道士冉冉而下，向二舅稽首，曰："稔知府中人口欠安，特來醫治。"因將寶玉所佩之玉除下，向之忽笑，忽嘆，忽唧唧而語，忽摩弄而啐，法畢，揚長而去。於是鳳姐、寶玉漸甦，余心慰甚，不覺失聲號佛。時寶釵在坐，笑而不言，惜春問之，答曰："吾笑如來，既欲化度衆生，又欲保佑疾病，且欲管人婚姻，豈不較世人尤忙乎？"余曰："汝輩了不長進，專同鳳鴉頭學嘴舌，真乃邪人無正論也。"言次，悻悻而去。

寶玉與鳳姐病，自癩僧醫治，居然日漸痊可。某日之午，余閑愁紆鬱，骨酥酥欲睡，倚枕長歎曰："鎮日價情思睡昏昏！"忽寶玉在窗外笑曰："緣何鎮日價情思睡昏昏乎？"余自覺忘情，含羞裝睡。寶玉徑至床邊，欲扳余身。余翻身起坐，笑曰："女兒家午睡，汝如何闌入？"寶玉不及答，即對坐，笑問余曰："適間云何？"余曰："無之。"黛玉極力掩飾，寶玉極力追問，兩人情景如繪。言次，紫鵑入，寶玉曰："請將佳茗給吾一杯，以潤渴吻可乎？"余曰："且先與我取水！"紫鵑曰："渠爲來賓，應先給茶。"寶玉笑曰："好丫頭，若與你多情小姐同鴛帳，怎捨得叫你疊被鋪床！"余聞語，厲色曰："寶玉，汝學得外間村言，書中邪語，來説給余聽，以取笑樂，余竟成爲解悶之玩物矣！"余且行且哭，將欲赴訴於舅母，寶玉急掣余手不聽前，卑詞懇告。忽襲人來言二舅遣人呼唤，寶玉聞命，如霹雷一聲，魂驚魄悸，匆匆別去。余亦將此事置之度外矣。

余獨坐無賴，且記挂寶玉至二舅處有無別故，遂出門至怡紅院。平生第一關心事。剛過沁芳橋畔，見各色水禽在池浴水，上下差池，文彩煳爍，不覺愛而忘倦。及至怡紅院，則門已閉矣，即款關扣門，内答已睡。余素知寶玉之鴉頭，性情嬌憎，或未聽真余之聲音，乃大聲使之聞之。內亦使性應曰："憑汝爲誰？二爺叮囑，一概不許放進。"余聞言，氣不能耐，擬究其竟。轉念余父母早失，無怙無恃，現依棲渠家，外祖母雖尚親愛，然終屬寄人籬下，如認真慪氣，實覺無味。真有此情理，讀之黯然。正進退維谷之際，遙聞一陣笑語之聲，隨風飄至，傾耳細聽，乃寶玉與寶釵二人，一路言笑。余此時愈覺難堪，因憶午間之事，必寶玉疑余告訴，故爾相戒絕余。我亦不堪，況顰卿乎！但余何嘗告汝，既不探問事實，又不原諒余心，今日見拒，豈明日亦不相見乎！於是，愈思想愈氣悶，愈氣悶愈傷感，不免悲悲切切，嗚咽不已，淚珠如貫珠下注。忽雙扉闇然，遙見寶玉送寶釵出，余急隱身花影，俟其去後，即回房卸妝欲睡。而心緒萬端，殊難收束，祇得倚床兩手圍膝而坐，聽譙鼓聲聲，隨風斷續而已。宋人語錄云："聽夜半鐘聲，便覺此心把持不住。"顰卿得毋似之？

自今以往，余始知天下最難測者，乃爲人心。余曩者恒覺寶玉視余情意纏綿，實較他人略爲親密，由今觀之，皆一僞字耳。大凡男子自襁褓中，即帶一僞字而來，彼日惺惺相惜，不過視爲消遣之計，其視女子則一玩物耳。乃鳳姐猶以好姻緣來相絮聒，以我思之，寶玉必不願；即願，我亦不欲偶此薄情之人。一段姻緣，祇有讓彼金玉相證耳。思及此，雙淚涔涔，自枕畔流出。睜目視之，則窗衣漸白，曙色已穿檻而進矣。

一宵未寐，精力愈疲。晨起推窗，見落英滿地，曲水流紅，蕭索之象，令人頓生悲感。回思昨夕敲門被拒事，尤覺索然寡歡。於時紫鵑啓水入，笑曰："今日芒種節，園中姊妹均擬擺設禮物，祭餞花神，姑娘盍往與會？"余懶然應曰："茲亦擬往。"紫鵑遂爲余理粧，既畢，出至院中。忽見寶玉跨門而進，見余笑曰："好妹妹，昨日之事，果告太太否？累我懸念一夜，乃至失眠。"余置不理，逕出院門，則見小鴉鬟忙碌殊甚。或用花瓣柳枝編成轎馬；或用綾錦紗羅疊成干旄、旌幢等物，以綵綫繫之枝頭，微風吹之，繡帶飄飄，花枝招展。姊妹行均衣麗服，幾使桃羞杏讓，燕妒鶯慚。見余至，群笑逆之，曰："懶鴉頭，豈至今才起耶！"余曰："昨宵失眠，故起稍晏。"因與巡視各處，忽見寶釵匆匆持一蝶至，笑曰："趣拈綵綫來，余已撲得鳳子在，當縛之以供玩賞。"李紈曰："何苦虐待生物，是雖蟲豸，亦有生命，雙雙翺翔花間，干卿底事，乃必拆其群始快？"寶釵曰："訪翠搜紅，行止無賴，故縛之爲名花吐氣。"余索蝶視之，彩衣翩躚，香須搖曳，態頗可憐，因縱之振翅飛去。撲蝶一段小文字，而三人口吻神情無不逼肖。作者極力摹寫，不肯放鬆一步。於是衆亦漸散，余遍視寶玉不見，遂一人循山坡而行。轉至山麓，見落花片片，脆質煙銷。因思昔日非不姹紫嫣紅，妖嬈爛漫，今則飄茵墮溷，隨水浮沉，物猶如此，人何以堪。有情人能勿同聲一哭耶！此段爲葬花詞蓄勢，而寫得纏綿俏麗，不脱不沾，最爲難能可貴。因掃集一處，鑿土成穴，納花片其中，面復覆之以土，嶄然成一墳形。既已，精力疲倦，乃就石上小憩，覩物傷懷，愈增身世之感。思人生在世，其命運正如此花，一旦綠玉粉碎，紫玉煙銷，月冷鵑啼，更誰憐惜！恐余今日葬花，他日再無人葬余也。矧余弱質零丁，飄萍斷梗，今日居此，雖與姊妹行相聚一處，憐卿憐我，究皆係外表酬應，又誰肯以其誠相愛者。即以寶玉論，吾在往昔，猶以爲彼之視我較他人稍爲親密，若證以昨夕事，則彼與寶釵究竟不同。若我，徒供其玩笑耳，即令今日感疫而死，吾知亦不足動其心。彼既如是，他人更不待言。然則我之命運，乃較花更薄矣。思及此，心爲一酸，眼淚潸潸下。因口占長歌一首，且吟且泣曰：

花謝花飛飛滿天，紅銷香斷有誰憐？游絲軟繫飄香榭，落絮輕沾撲繡簾。閨中兒女惜春暮，愁緒滿懷無釋處。手把花鋤出繡簾，忍踏落花來復去？柳絲榆莢自芳菲，不管桃飄與李飛。桃李明年能再發，明年閨中知有誰？三月香巢已壘成，梁間燕子太無情。明年花發雖可啄，却不道人去梁空巢亦傾。一年三百六十日，風刀霜劍嚴相逼。明媚鮮妍能幾時，一朝飄泊難尋覓。花開易見落難尋，階前愁煞葬花人。獨把花鋤淚暗灑，灑上空枝見血痕。杜鵑無語正黃昏，荷鋤歸去掩重門。青燈照壁人初睡，冷雨敲窗被未溫。怪奴底事倍傷神？半爲憐春半惱春。憐春忽至惱忽去，至又無言去不聞。

昨宵庭外悲歌發，知是花魂與鳥魂。花魂鳥魂總難留，鳥自無言花自羞。願儂脅下生雙翼，隨花飛到天盡頭。天盡頭，何處有香丘？未若錦囊收豔骨，一抔净土掩風流。質本潔來還潔去，強如污淖陷泥溝。爾今死去儂收葬，未卜儂身何日喪。儂今葬花人笑癡，他年葬儂知是誰？試看春殘花漸落，便是紅顏老死時。一朝春盡紅顏老，花落人亡兩不知。

吟畢，忽聞坡上亦有悲聲。心不期一愕，自思此間人均謂我癡，豈更有癡於我者耶！回首視之，乃為寶玉。心心相印。余此時正悲恨交集，良不欲更與之談，因長嘆一聲，即起身回室。不期行至中途，寶玉亦趕至，呼曰："妹妹盍止？"又曰："吾固知爾不理我，但我甚欲於爾前進一語，茲許我乎？"余沉思良久，曰："試言之。"寶玉忽笑曰："我茲言，爾亦聽否？"余見狀，知無好語，仍回身欲行。寶玉嘆曰："既有今日，何必當初！"余聞此，步不覺停立，曰："此何語！當初如何？今日如何？"寶玉曰："當初姑娘來時，與我相親相愛，情逾姊妹，甚至食必同席，寢必同床，凡爾所欲，莫不曲意從之。吾又憐爾身體孱弱，恐鴉鬟不中任使，累爾生氣，屢為爾暗中招呼，凡我之於爾，可謂至矣。不意至於今日，姑娘年大心大，竟將我棄之腦後，口中所念，但有寶姐姐、鳳姐姐等。爾試思，我既無親兄弟，又無親姊妹，妹雖有一二人，亦非余母所出。則余之運命，與爾正同，天下惟同命者乃能相憐，故余於爾始終不改初志。不料一腔熱血，竟擲之冰海中，含冤抱屈，寧不可憐！"語至此，忽哽咽而泣。其情深，其語蜜，黛玉那得不死。余亦不覺淚下，俯首視地，默然不語。寶玉又曰："我亦自知我嘗有不是之處。然我萬不敢在妹妹之前稍有差錯，即或有之，妹妹亦當教之戒之，或打或罵，我皆不灰心。却不當秘而不宣，使我驚魂失魄，不知罪之所由來，即是死去，亦成冤鬼。故祈妹妹說明緣由，即粉身碎骨，亦所甘心。"余聞此，怨恨之心不覺潛銷，因曰："既如是，何以我昨夕至汝處，爾囑鴉鬟閉門不納？"寶玉詫曰："此誠何語！若有是，吾即速死。"余慍曰："有則有，無則已耳，胡爲死耶活耶？"寶玉曰："我實未見妹妹，但寶姐姐略坐即去。"余笑曰："鴉鬟偷懶，故假名拒客亦未可知。"寶玉曰："我亦如是想，俟我歸後查問，嚴爲教訓。"余曰："在理，此等侍婢亦當懲飭。今日獲罪於我，猶可說也；設將來獲罪寶姑娘，恐爲事更大矣。"言已，掩口而笑，寶玉亦失笑。乃相率至上房就膳，二舅母見余面目又現清臒，因詢服鮑太醫藥何如。余曰："亦不過如是。"寶玉曰："林妹妹乃是内症，先天太弱，禁不起風寒。以我思之，略服水藥疏散風寒，嗣後仍以吃丸藥爲佳。"二舅母曰："吾前曾聞大夫說一丸藥，惜名字忘却。"寶玉曰："得勿爲人參養榮丸乎？"二舅曰："否，我但記其中有'金剛'二字。"寶玉鼓掌笑曰："我從未聞有金剛丸，若有金剛丸，即宜有菩薩散。"言次，滿室皆笑。寶釵抿嘴笑曰："得勿爲天王補心丹歟？"二舅母笑曰："然，似此名字，明日即購來試服。"寶玉曰："此等藥皆不中用。母親若給我三百六十金，使我爲妹妹製一藥丸，吾知一料不完，即可痊癒。"二舅母曰："爾又譋言，豈有一料藥丸而需金如許者。"寶玉笑曰："確也。前年薛大哥曾求我一年，我始與以此方，彼又配製二三年，用去不下千金，始得蔵事。母親若不信，即問寶姐姐。"寶釵搖手笑曰："我不知，勿問我。"二舅母笑曰："到底寶鴉頭好，不與彼圓謊。"寶玉笑曰："確也。"言已，引目向余，余以指劃面曰："羞乎！"寶玉大窘。忽鳳姐自後房出，笑曰："寶兄弟所云，實非謊語。前日薛大哥曾向我索珍珠配藥，並謂藥方乃寶玉所給，珍珠須曾經戴過者，我無法，乃將珠花拆散與之。"寶玉念佛曰："噫！不圖屋内乃有青天。"又顧余曰："妹妹聞之否？豈二姐姐亦同我說謊耶！"言已，又視寶釵。余笑顧二舅母曰："舅母，寶姐姐不爲彼圓謊，彼又來問我。"二舅母曰："然，寶玉但能欺負妹妹。"言次，外祖母適催余等就膳，余即起身出。鴉鬟曰："盍俟寶二爺？"余曰："彼不與吾儕同走，吾儕先去。"方出室，忽聞寶釵曰："寶兄弟盍去陪林妹妹？吾觀彼殊怏怏也。"寶玉笑曰："莫理！不一時即好矣。"余聞此大快。飯畢，余方在案上裁衣，寶玉忽至，笑曰："食方下咽，即俯首彎腰，得不懼頭昏乎？"余不理，適鴉鬟持熨斗燙一綢角曰："此處不佳,須再一熨。"余曰："莫理!不一時即好矣。"時,寶釵等亦至,見余笑曰:"林妹妹益增強幹矣,即裁剪之事,亦能躬自爲之。"伶牙俐齒,雙管齊下,可愛亦可畏。余冷笑曰:"此亦不過説謊哄人而已。"寶釵又曰:"林妹妹,吾告爾一笑語,適間我不爲寶玉圓謊,寶玉心中實甚惆悵,爾思亦好笑乎?"余曰:"莫理!不一時即好矣。"寶玉顧寶釵曰:"老太太方覓人鬭牌,爾盍去?"寶釵聞語,笑曰:"我原爲鬭牌而來,兹亦當去。"余曰:"趣去!此處有老虎在,行將搏爾而食也。"寶玉見寶釵去,復含笑顧余,曰:"妹妹盍去?再裁不遲。"余仍不答。寶玉遂問鴉頭曰:"誰使之裁?"余冷然曰:"憑誰使我裁?但不關二爺事可矣。"寶玉方欲答,忽聞室外有人呼,遂搴簾出。此段零零碎碎,家人歡笑,見寶玉之頑乃文章因小見大法。

　　早起,聞元妃端午節禮已經賞出,余乃命紫鵑收下。少刻,紫鵑又捧宫扇等物至,謂此乃寶玉所得,姑娘如愛,即請留下。余曰:"余毋需此,爾爲我轉告二爺,請彼自己受用。"飯畢,步出院中,忽遇寶玉,含笑顧余,曰:"吾今晨命紫鵑送宮扇至,爾胡不受?"余曰:"余安有此福?余不過草木之人耳,又不似寶姑娘有甚金也玉也。"寶玉聞言,色驟變,凝其雙眸注視余面,曰:"除他人嘗言甚金也玉也,余心中若有是念,天誅地滅,萬世不轉人身。"余笑曰:"無端賭誓發願,我管爾甚金也玉也。"寶玉嘆曰:"吾心中實事,難向爾明言,但至後日爾當自知,我敢告爾,我一生所寶貴者,除老太太、老爺、太太外,其次則爲爾。若再有第五人,我亦可自誓。"誰知後日負此意而黛玉竟不及知,天下事出人意表者不獨寶黛然也。余聞此,心乃驟軟,曰:"我亦知爾心中有妹妹,但一見姐姐即忘妹妹矣。"寶玉曰:"此則爾多心,若我殊無此意也。"余曰:"昨寶鴉頭不爲爾圓謊,胡爲反來問我?若我如是,爾不知又欲何如也。"語次,寶釵忽至,余與寶玉遂分道而行。及回至外祖母室中,將及門次,忽聞細語喁喁,甚似寶釵與寶玉。掀簾視之,則見寶釵露其雪白臂膊,手持香串一事,顧視寶玉,寶玉亦凝其目光,注視寶釵之面。喁喁細語,女愛男貪，使薛大哥見之必大聲急呼曰：「我可捉住了。」既而寶釵面一赬，返身欲出，忽昂首見余，笑曰：「爾又禁不起風吹，胡爲立此風口中？」余笑曰：「吾固在室中，因聞空中雁唳，故趕出視之。」寶釵曰：「雁今在何處？盍指我一視？」余曰：「吾出，彼又飛去，蓋呆雁也。」余此語，本爲嘲寶玉、寶釵，寶釵未覺，含笑竟去。寶玉則猶俯首沉思，呆若木雞。余戲以手帕向其面上一擲，不期正中其目。寶玉驚曰：「噫！誰乎？」余搖首笑曰：「不敢，是我。因寶姐姐欲看呆雁，無意中失手，故落至爾面上也。」寶玉無語。

　　今日五月初一，賈府早奉元妃之命，今日往清虛觀請醮、演劇。外祖母一時高興，欲親去拈香，並命吾儕亦與偕往。一時車如流水馬如龍，上自外祖母，下至婢媼，無不俱去。既至清虛觀，群往大廳憩息。廳中陳設雅潔，鮮花彩繢，綴滿帳中，蠟柱高燒，奇光眩人，一時花光人氣，兩相氤氳，致此數弓之佛場，乃類海外仙島。而侍婢厮童，尤雙雙如穿花之蝶。寶玉天性好動，四出遊耍，蹤迹所至，則有人影一群，繞之三匝，其狀如群蛾撲燈，雖不得接近，然亦不肯遽去。曾被紅裙看欲狂。吾誠不料寶玉之動人，乃至如是也。於時珍大哥領一道士至，年可八十餘，鶴髮童顏，舉止端肅。既見外祖母，即請安問好。次又問寶玉，適寶玉自外殿入，道士即抱住問好，又顧外祖母曰：「哥兒益增強壯矣。」外祖母曰：「外面雖強，內裏仍弱，兼之其父日逼之念書，幾至逼成暗疾。」道士曰：「我前曾見哥兒所書之字及詩，竟似大有學力，老爺如何尚不滿意？以我思之，能造就至如此，亦云足矣。」寫張道士奉承寶玉，語語入神，而説得圓轉自如，毫不吃力，真乃六轡在手，一塵不驚者。言次，又端視寶玉，嘆曰：「我觀哥兒形容身段，舉動言談，竟與當日國公爺一樣。而今國公不見，墓木已拱矣。」言次，潸然泣下。外祖母聞之，亦滿面淚痕。良久，道士又曰：「我觀哥兒年已長矣。前日於某家見一女郎，年方及笄，聰明伶俐，姿色可人，因思及哥兒此時亦當論婚，乃詳爲訪查，似與貴府可相匹配，不識老太太有意否？」外祖母曰：「前有一和尚，謂此子不宜早娶，我思後日再議。若有模樣性格均佳者，汝爲我留意可也。」余聞至此，心頭躍躍，頓呈紛亂之象。至何以呈此紛依①之象，余亦不能自審。於時道士又顧外祖母曰："此間道友，聞哥兒銜玉而生，均引爲稀罕，小道欲向哥兒請下此玉，給彼等一視，不識老太太見允否？"外祖母曰："此何不可？"因命寶玉摘下通靈玉，道士捧之而去。少刻即轉，以玉還之寶玉，盤中並盛金璜玉玦等玩物，以爲敬賀之禮。外祖母不欲受，道士强之乃受。旋攜余等上樓，余與寶玉姊妹等隨外祖母入正樓坐，鳳姐等則坐於東樓，鴉鬟婢媼則坐於西樓。時戲劇已開演，首爲《白蛇記》，次爲《滿床笏》，再次爲《南柯夢》。三齣暗點賈府之盛衰，文心曲細。余因不喜觀劇，但與迎春等閑話。寶玉則檢視這間道士所贈賀物，外祖母見其中有赤金點翠麒麟一，因取置掌中，笑曰："此從何來？我似見有人帶過。"寶釵笑曰："史大妹妹曾帶過，但較此略小。"外祖母笑曰："然，似爲雲兒。"寶玉不信，曰："雲妹妹至余家時，吾何以竟未一見。"探春笑曰："寶姐姐乃有心人，無論何事，但祇一見，即能憶之。"余聞語因亦笑曰："寶姐姐於他事猶有限，惟人身所佩金玉等物，乃格外留心。"正恐與小姐不相上下，不然，卿胡爲留心寶釵所留心耶。寶釵知余語實含諷意，即掉首不顧，余於是益見寶釵之心虛也。寶玉既聞湘雲亦有此物，將麒麟取出，納之懷中，既又引目四顧，若恐人或見者。及見余向之點首，則又自懷中掏出，笑曰："此物良佳，我今爲汝留之，到家後，吾即爲汝帶上。"余明知其乃爲湘雲而留，冷然曰："我不稀罕！"寶玉笑曰："然則我自留之。"言次，珍大嫂暨蓉哥新娶媳婦相繼至，接續又有各處送齋禮來，一時人聲嘈雜，樓上頓呈紛亂之象。加以天氣酷熱，頭目爲昏，余坐久幾不能耐，戲終，即隨外祖母歸去。

余昨自清虛觀歸後，疲倦不堪，夜間亦未成寐，今日胸腹悶塞，頭重若戴鰲山。吁！余又病矣。寶玉聞余病，時來看視，雙眉愁鎖，若有重憂，即飲食亦少進，豈其心中與余乃同其感慨耶！外祖母見余兩人均懨懨似病，清虛觀遂止而弗行，惟鳳姐等仍乘輿去。余亦勸寶玉去，寶

---

① 依，疑有誤。

玉不可。余曰："汝不去，在家中何事？以我思之，仍往觀劇爲佳。"寶玉曰："我不獨不往觀劇，並不願見張道士其人。"余笑曰："汝慎矣！今日恩人，來日寇讎，乃竟不欲見耶？"寶玉聞語，顏色驟變，血脈僨興，沉臉顧余曰："汝誠不諒我！我白認識汝矣。"余冷笑，曰："誠哉，汝白認識我。我又不似他人有甚金也玉也，可以高攀。"寶玉益怒，曰："我誠不解汝是何心肝，乃忍出此言？我昨不嘗告汝，如有此心，天誅地滅，今汝又云云如是，直有心咒我天誅地滅矣。"剖心滴血。余聞此，始憶及昨日事，不覺自悔失言，即顫聲應曰："我如有心咒汝，我亦天誅地滅。嗟夫！何苦如是？我固知昨日張道士爲汝論婚，汝恐我在此，有礙汝之姻緣，故藉端生氣。然乎？否乎？"寶玉至此，面上乃泛白色，手足俱顫，立摘下通靈玉，盡力向地下一擲，曰："勞什子！非將汝粉碎不可。"詎玉性堅硬，竟未摔碎，寶玉復回身取銅錘砸之。余見狀，不期失聲而哭，曰："何苦來，汝欲砸玉，勿如砸我！"語出，紫鵑、雪雁等咸奔入勸解，繼又向寶玉奪玉，寶玉不許，雪雁乃狂呼襲人。襲人至，見寶玉氣忿至此，因笑曰："汝與妹妹鬥嘴，何故砸彼，設或砸碎，不使妹妹心中臉上尤爲難過耶！"真乃勞什子！我亦欲錘砸之，何事無知鵑、雁而竟奪去，使蘇子美見之必浮白曰："惜乎不中！"善爲調停，語亦中肯，襲人、紫鵑大是可兒！嗟夫！襲人此語，適中余心坎，可見寶玉視我，竟襲人之不若，寧不痛哉！於是哭益急，適間所服解暑湯，盡行吐出，淋漓滿地，香汗涔涔。紫鵑扶起余身，曰："姑娘雖生氣，然亦當自爲保重，倘因以觸發舊疾，不使寶二爺愈爲心傷耶！"寶玉聞此，引目視余，似又自悔孟浪，雙淚旋緣頰而下。襲人見余兩人均哭，則亦潸然淚下，少刻，紫鵑亦哭，時室中寂靜，但有飲泣之聲。此所謂趕腳人兒也來泣也，一笑。無何，襲人持玉謂寶玉曰："汝不觀其他，但觀此絲穗，亦當感念林姑娘之情，遑有心與之口角耶！"余聞此，恨心陡發，力自襲人手中奪取，剪成數段，曰："我乃空效力，彼亦不稀罕，自有他人再爲之穿作也。"襲人駭曰："何苦來！是又我多言之罪矣。"寶玉曰："已而，從後我再不佩帶，汝即碎之，亦無關於我。"言次，外祖母暨二舅母忽至，及見余兩人相視對泣，因詢果爲何事，衆謂並無甚事。二舅母遂責備襲人與紫鵑，外祖母則攜寶玉去。

　　金鈎未挂，羅帳獨垂，獨臥香床，百無聊賴。凡人故違其心而褒貶一人，於清夜自思，未有不內疚者，余此時心思正復如是。回想日間所為，實有不近人情之處，殊不當以冷嘲熱諷，激起寶玉恨心。且彼人待我，固屬溫和有禮，往者雖屢受譏誚，一毫不露其慍色，若而人者，乃不得謂之佳耶？既而思之，彼既以真誠待我，何不竭其胸中真誠，告之於我。即金玉相配之説，我固在彼前屢屢言之，彼若不重此邪説，便當於我言時置若不聞，或正言剖白，如是我方信其無毫髮私心。如何我一提金玉之事，彼即惶急不可耐，可知彼心中即時時有"金玉"二字，因我言及，恐我多心，故為此惶急之狀，以圖欺哄。如是，則彼已犯莫大之罪，無可再恕，在理正應恨之，安能再與相見？然而，此事亦殊難能，蓋余"恨"之一字尚未出口，而芳心飛越，已復縈繞於怡紅院中，覺其生平待我，似非泛泛可比。自幼稚至今，食必與共，行必與同，溫存體貼，無微不至。若而人者，乃能恨之耶？恨既不能，則惟忘之，於是力鎮余心，使勿再思此事。然而心不由我，仍時時縈於寶玉之身，覺其為人也，如坐人於春風之中，而軟語纏綿，尤能使人終身不忘，初非特容態之美，如玉山照人已也。時感時怨，若即若離，如海上三山，忽現忽沒，佳秒無比。思及此，目光癡然，深注於案上殘燈，寸心無主，幾欲凌太虛而飛去。久之久之，又轉念今日摔玉之事，心乃一突，而面色亦因之而赧。嗟夫！吾與彼不過中表親耳，何事往返縈思，如癡如醉，脱有人知之，寧不笑我憨耶！於是強移香枕，翻面以向裏床，瞑目而自言曰："嗟乎！彼惡人，但願此後勿再見其人乃佳。"

　　長日如年，頭昏欲裂，駕針慵舉，鶯鏡懶窺。驕陽逞其炎威，自簾間絲絲射入，書案琴床皆炙手可熱。風絲久寂，槐柳之屬，巋然直立，曾不稍稍移動，枝頭新蟬，亦為烈日所逼，狂噪不已。寫景狀物無第二手。隨命紫鵑放下香簾。嬌臥冰簟中，侍兒輩或掌蒲葵，或執麈尾，左揮右灑，熱悶稍舒。惟紫鵑猶時時話及砸玉之事，且曰："前日之事，本姑娘過於浮躁，寶玉性情，他人或不知，吾儕豈有不知乎？"余慍曰："汝猶欲爲他人責我耶！試問汝，我果何浮躁？"紫鵑笑曰："即以通靈玉而言，寶玉爲此，固已吵鬧數次，姑娘今儘可不言，胡於其忿怒將發之時，而忽提起，並其絲穗而亦剪之，是非過於浮躁耶？以我思之，姑娘宜忍氣以續舊交，矧老太太昨見汝兩人不往薛家觀劇，抱怨自責，甚至流淚，若今日再不轉圜，不愈使老人傷心耶？"慧心妙舌，可愛之極，若共你多情小姐同鴛帳，怎捨得你疊被鋪床。言至此，忽聞院外扣門聲，紫鵑笑曰："是乃寶玉聲音，想來陪罪矣。"余不許開門，紫鵑曰："是過又在姑娘矣。"言已，竟往啓扉，入者果爲寶玉。又聞紫鵑笑曰："我以爲二爺將再不入此門，不圖今日又至也。"寶玉笑曰："我安能不至？即死去，魂魄亦必日至百次。"言際，已跨門而進。余驟見彼，心不期一酸，乃伏枕而泣。李三郎願生生世世爲夫婦，無此沉痛。寶玉行近床前曰："妹妹可好？"余不應，寶玉乃挨坐床沿，笑顧余曰："前日之事，我固知，妹妹必不腦①我，但我不來，使他人見之，愈疑我儕決絕，若俟彼等來相勸解，彼時吾儕愈覺生分矣。故我不得不自來請罪，或打或罵，一任妹妹處分，但勿置我不理。"言已，又低呼"好妹妹，好妹妹"乃至數十聲不止。余此時細味其言，似又覺出自誠款，愈益好笑，曰："汝毋再來哄我，從今以後，決不敢親近二爺，權當我已去，何如？"寶玉笑曰："汝往何處？"余曰："回家去。"寶玉笑曰："我亦隨汝去。"余曰："我若死，汝又奈何？寶玉曰："汝死，我即作和尚去。"余聞此，顏色立沉，曰："汝又讕言，汝家尚有如許姐姐妹妹，倘一朝死去，汝安有如許軀體去作和尚哉！"隨口說出而成讖語。寶玉又自悔失言，霎時紅飛上頰，俯首無言。余見狀則又憐之，以指戳其額，曰："汝，汝！"兩字甫出，淚亦隨下。寶玉見余又泣，雙淚亦沁眼角而出，旋探懷覓巾拭淚，不得，則以衫袖拭之。余見其所衣，乃新製紗衫，若以揩淚，殊爲可惜，因就枕上取綃帕一方，擲之寶玉懷中。寶玉拾取揩畢，復移身近余，伸手握余臂，曰："妹妹，余心碎矣。汝猶欲哭耶？趣起，往老太太室中去。"余力脫其手，曰："誰與汝

---

① 腦，疑應爲"惱"。

動手！吾儕已非幼時，尚涎臉若是。"言次，忽聞窗外笑曰："好矣！好矣！"余聞語一愕，回首視之，則見鳳姐飄然而入，笑曰："老太太尚在怨天怨地，特使我來探之。我固知汝儕不出三日，必復其舊好。老太太不信，令我來，果不出我所料矣。我真不解，汝儕愈大，乃愈不脫稚氣，與其今日攜手對泣，何若前日稍忍讓耶！趣去見老太太，以慰老人之心。"言已，攜余手即行，寶玉亦隨之。及至外祖母室中，鳳姐笑曰："我固謂不用人費心，自己會好，老祖宗不信，必使我去。詎我去時，兩人已並坐一處，互陪不是，竟似黃鷹抓住鷂鷹腳，環扣不能相離。"言時，眾人皆失笑。此時寶釵亦在室中，寶玉因詢薛蟠生日事，寶釵具告之。寶玉曰："何不往觀劇？"寶釵曰："我因天氣太熱，僅觀一二齣，即推病來此。"寶玉笑曰："無怪人儗姐姐似楊貴妃，想亦體胖怯熱也。"寶釵聞語，怒甚，面色立赬，冷笑應曰："我誠似楊貴妃，但無一好哥哥兄弟可以作楊國忠，殊為可惜。"寶玉知又失言，慚愧若不能自容。余見寶釵竟為寶玉所辱，不禁暗笑，然覩其怒氣方盛，則亦不欲於其中更作他語，僅謂之曰："姐姐適觀何戲？"寶釵知余面色有異，旋笑曰："我所觀者，乃為李逵既罵宋江，後又陪不是。"余笑曰："姐姐通今博古，色色都知，寧不知此齣乃名《負荊請罪》耶？"寶釵亦笑曰："噫！乃名《負荊請罪》耶？汝儕通今博古，始知為負荊請罪，若我則不知也。"以矛陷盾，絕妙詞令。余聞此，始知寶釵此語實為譏余，顏色大赬，寶玉亦然。及寶釵去，余笑顧寶玉，曰："汝今後，當始知天下人不盡似我心直口快也。"寶玉不語而去。

　　蒲艾簪門，虎符繫背，倏已至端陽佳節。侍兒輩積艾葉焚之，青煙嫋嫋，中人欲吐。適二舅母傳往賞午，至則薛姨母、鳳姐、寶玉、寶釵及迎春姊妹等均在座。顧皆默然無語，以好動若寶玉，亦憗然若不自在。余見狀大詫，思寶玉得勿因昨獲罪寶釵，故怏怏若是乎？遂亦淡淡不多談。略食酒肴，群即散去。際此佳節良辰，乃僅乍聚而散，若在他人，不知惆悵至於如何，若我，則覺與其聚，不如散。蓋有聚終有散，聚時歡樂，散時自必清冷，既清冷，則生傷感。既生傷感，則有種種悲痛隨之俱來。猴兒要醒而今醒，莫待籐枯樹倒時。回首一思，豈不以不聚之爲愈耶？譬之好花，方其盛開時，誰毋愛慕，及其謝落，則又增人惆悵；既增人惆悵，何若不開耶？此余生平所持特見，亦有人與余同持此特見乎？余不知也。即以寶玉論，彼之意見即與余異。彼以爲人生當常聚不散，即花亦當常開不謝。願花常好，月常圓。一到筵散花謝時，則萬種悲傷，只有付之無可奈何。即今日一聚一散，彼心中又不知增幾許悲感矣。余既歸室，命侍兒勺蘭湯，試新浴。既已，漸覺涼爽，乃閑步至怡紅院，忽見襲人、晴雯、寶玉等同坐對泣，余笑曰："大節之下，啜泣胡爲？得勿爭食不匀，因而作惱乎？"寶玉與襲人忽嗤然一笑。余顧襲人曰："二哥不告我，汝當不相瞞。"言次，撫其肩曰："好嫂子，趣告我，豈汝兩人又拌嘴乎？"襲人以手向余一推，曰："林姑娘，此何語？余一鴉頭耳，乃如此混説！"余笑曰："汝謂不過一鴉頭，我則欲以嫂子相待。"隱然洞悉"初試雲雨"之事。夫黛玉而知此，則寶玉告之也，寶玉而言及此，則寶黛相與之際可知。人謂打趣襲人，我謂背攻黛玉。寶玉攔言曰："何苦來，爲彼招罵名。"襲人曰："林姑娘不知我心事，除非一朝死去，則亦已矣。"余笑曰："汝死，他人不知如何，惟我則先當哭死。"寶玉笑曰："汝若哭死，我即做和尚去。"襲人曰："汝又讕言。"余駢二指抿嘴笑曰："吾已兩度見彼作和尚矣。"寶玉知余此語乃指前日事，則亦一笑置之。

　　一日午間，余與寶釵、寶玉姊妹等，方在外祖母室中閑話。忽聞史湘雲至，余與寶釵等均出迎之。見湘雲方衣軟薄紗衫，豐容盛鬋，飄然若仙。既入室中，各道別後景況。湘雲故善談，詞鋒一動，即滔滔不絕，而尤雜以劇笑之聲。寶釵笑顧周嬤曰："汝家姑娘猶淘氣否？"迎春笑曰："淘氣猶可，我甚惡其好談，即夢寐之間，亦嘵嘵若池畔春蛙，寧不討厭！"二舅母曰："前聞已有婆家，今後當略佳。"外祖母曰："今日在此住，抑回家去？"湘雲笑曰："當消停數日，然而又累老祖宗不安矣。"語次，忽四顧曰："寶哥哥胡爲不見？"寶釵笑曰："汝不紀念他人，獨思及寶兄弟胡爲哉？"其實配人紀念。言際，寶玉忽入，笑曰："雲妹妹來乎？"湘雲曰："然。"余曰："寶哥哥曾爲汝留一極佳玩具，汝愛之乎？"湘雲曰：“何物？”寶玉恐余言出，屢言曰：“汝儕試觀，一月未見，雲妹妹又增高矣。”湘雲亦笑曰：“然則汝已縮短矣！”語出，眾皆失笑。湘雲又曰：“我欲問汝，襲人姐姐好否？”寶玉曰：“謝汝，良佳。”湘雲笑曰：“我久欲贈彼一物，迄不得佳者，今始得矣。”寶玉曰：“飾品乎？以我思之，莫若前日戒指佳。”湘雲隨展其繡巾，手拈一物示寶玉，曰：“此爲何乎？”余注目視之，乃絳紋戒指，即如前日湘雲贈余儕者。余笑曰：“偵者，汝也。既欲以此貽襲人等，何不前日與吾儕一起送來？”湘雲笑曰：“汝安知，送汝儕者，但祇遣人賷來足矣。若夾以鴉頭一起，必須將其名字一一告知，若來人記憶不牢，反致乖誤。矧來者又非女子，吾亦不便以鴉頭名字使之知之。如此，安得謂之偵耶？”言已，眾皆笑曰：“畢竟湘鴉頭精明。”寶玉亦笑曰：“詞鋒之銳，尚是如此，吾亦服汝矣。”余聞語，不覺大慍，冷笑曰：“彼不善言，安配帶麒麟乎？”言已，即返身回園。

余回園後，湘雲亦隨至園中，吾知湘雲一來，寶玉必將與說麒麟事。嘗思古之佳人才子，每因玩物撮合，或有鴛鴦，或有鳳凰，或玉環金佩，或鮫帕鸞縧，皆由小物而遂終身之願。今湘雲有麒麟，寶玉亦有，安知不因此生隙而演出風流佳事？夫彼等事原無關於我，顧不知何故，余於寶玉姻事，每每不欲棄置，此心何自而來，余亦不能自審。猶憶余與寶玉口角之日，外祖母曾謂不是冤家不聚頭，豈余與寶玉，果宿世冤孽，今日相聚耶？_{其實耐人尋味。}余不知也。思及此，亟欲往怡紅院一探。及至，果聞歡笑之聲，但聞湘雲曰：“寶哥哥，汝即不願讀書求功名，亦當常與宦室交遊，以習仕途經濟，俾日後應酬庶務，爲民父母，奈何獨迷戀釵裙隊中哉？”寶玉曰：“如是，則請姑娘他處坐，免污汝有經濟學問之人！”襲人曰：“姑娘幸勿言此，嘗有一次，寶姑娘亦以此相勸，彼竟不顧而去，致寶姑娘羞慚無以自容。吾思此幸爲寶姑娘，若爲林姑娘，又不知閙至如何。然彼反與寶姑娘疏遠，我真不解何故。”寶玉曰：“林妹妹向不出此無知之言。若有，吾亦早與疏遠矣。”_{曠懷雅識，我愛其人。}余聞此，且驚且喜，且悲且嘆，思余向引寶玉爲知己，由今觀之，眼力實無差悮。然彼一片私心，竟於人前坦然言之，得勿使人動猜疑之念，此余既喜又不能不驚。雖然，汝既引我爲知己，我亦當然爲汝之知己。既汝我皆爲知己，又何必有金玉之論？既有金玉之論，亦當我與汝有之，又何必來一寶釵乎？得一知己，死可無憾，何必津津於木石金玉哉！嗟乎！余孤人也，既無父母，又鮮兄弟，縱有銘心刻骨之言，亦無人爲我主張。矧近日神思恍惚，病已漸成，醫者更云血氣虧弱，恐致勞怯之症。寶玉乎！我雖爲汝知己，但恐不能久待；汝縱爲我知己，奈我薄命何！余思至此，不覺慘然淚下，悄然出院，且行且泣。身世之感，知己之淚，兼而有之。俄忽聞身後呼曰："妹妹何往？"又曰："妹妹胡爲啜泣哉？"余回首，知爲寶玉，因勉笑曰："我何嘗啜泣。"寶玉笑曰："汝試自觀，眼上珠淚，固猶瑩然在也。"言已，伸手爲余拭之。余愠曰："汝要死，奈何猶動手動足！"寶玉笑曰："說話忘情，竟不顧生死。"余曰："汝死誠不足惜，但遺下甚金玉麒麟，則奈之何哉？"語出，寶玉顏色又變，汗亦涔涔下，正色曰："汝猶忍出此言，真咒我乎？抑氣我乎？"余聞語，始憶及前日事，因又自悔失言，笑曰："汝勿急，此我過也。"隨言隨出素巾爲之拭汗。寶玉猶凝其呆滯目光，注視余面，半响始曰："汝放心！"余聞語，又一愕，曰："吾不解爾言，何爲放心？試爲我言之。"寶玉嘆曰："汝果不明此言乎？然則我素日對汝用心，皆爲錯悮，無怪汝日日爲我生氣也。"余曰："我真不明汝言。"寶玉又嘆曰："好妹妹，汝勿哄我。若果不明此言，不惟我之熱血空拋，即汝平昔待我之意，亦都辜負矣。我嘗思汝之病體，並非風寒感冒，皆因'不放心'三字釀成，若凡事自爲寬慰，又何至日重一日耶！"誠如君言。我久欲貢此語於顰卿，惜不能起而教之也。嗟夫！寶玉此語，正如疾矢直中余心，細細思之，懇切真誠，竟似自余肺腑中挖之而出，一時舊恨新愁，一一湧起，若有萬語千言，向之陳說。然舌端强木，竟一字不能吐，但與寶玉四目互視，默默含情而已。既而余心痛苦，漸溢至喉間，乃失聲而咳，咳聲一出，雙淚亦潛潛下。回身欲行，寶玉忽躍至余前，握余臂曰："妹妹勿行，俟余掬誠更出一語。"余以手推之，曰："已而，已而，汝心中事我俱知之，更何言哉？"兄無再贅，妹已放心。語竟即行,回首瞻之,寶玉猶癡然立於烈日之下,口喃喃不已。

余與寶玉每言及金玉之事,心中輒爲不愉,及回室中,伏枕而睡。忽紫鵑入,謂二舅母房中鴉鬟金釧忽投井自盡。余聞語一驚,詢其始末,始知寶玉戲之,被二舅母所覺,逐出府外,因而自裁。二舅母驟聞此意外,自不免怨戚,余與寶釵咸往慰之。惟寶玉被二舅母所責,垂首喪氣,狀若癡迷,余儕咸笑其妄。余既出,乃往外祖母室中,坐未久,忽見鴉鬟嬤嬤東奔西走,狀甚惶亂。余大愕,外祖母亦駭然不知何故,詰之鴉鬟,均支吾不說。固詰之,始知二舅父方在書房杖責寶玉,並謂受傷甚重。外祖母聞此大怒,又不知寶玉傷至如何,乃扶婢前往。余亦思天熱如此,寶玉安能承受得住,然又礙於人眾,不能前往看視,遂悵然回園。少刻,紫鵑歸,余詢寶玉消息,紫鵑謂下體已無完膚,血渐中衣盡透,適以籐床舁歸怡紅院矣。余聞語,心如刀割,覺寶玉身上苦痛,不啻一一移置余心,心痛既極,乃鬱爲熱淚,涔涔自枕邊流出。既又思,余室女也,寶玉受責,何用余爲之涕泣,他人聞之,寧不恥笑?於是哽咽不敢出聲,一杯苦茗,祇合咽之喉中耳。高誼深情而能範之以禮,固以千金小姐待顰卿矣!是作者存心厚道處,亦即文心曲細處。隨命紫鵑往偵寶玉,果因何受責,及返,始知爲金釧投井及藏匿歌伶兩事。夫寶玉縱情任欲,吾儕固嘗勸之,無如彼癡憨成性,不任人言。且與其親近之人,又多縱容不問,濟其爲惡,余若過於規箴,反落彼等之笑。蓋余與寶玉,舍中表外,更無其他情感。若疇昔鳳姐……思及此,神魂飛越,面不期而赬。半吞半吐,入化出神是作者慣技。蓋鳳姐所云,姻事苟可成爲事實,余亦可逕與寶玉諄諄言之,即他人亦無所用其恥笑。然而,此等事旋言旋輟,又至何日始有實現之日乎!縱河清可俟,而余命其息矣。思及此,愈覺悲慘,而哭亦急。欲往慰問寶玉,又知此時院中人必甚多,見余悵惘之狀,必將暗笑,乃俟至薄暮時,扶婢往怡紅院。至則人已散盡,即襲人及其他鴉鬟亦均不見。余悄然入寶玉臥室,見羅帳半垂,寶玉橫躺榻上,面色憔悴,乃泛灰白。思其身上疼痛,此時不知至如何。矧彼自幼至今,未嘗一度受此重創,萬一因此致疾,則奈之何。於是又泣,寶玉於夢中忽聞嗚喑之聲，睜目審視，微現錯愕之色，乃欠身起，向余面細認，忽慘呼，曰："噫！"仍倒身而卧，徐徐言曰："汝胡爲來此？此時斜陽雖下，而餘熱未散，得不懼因而中暑？余雖遭打，並不疼痛，此刻呼痛呻吟，均爲作僞以哄他人，汝勿信爲真也。"受傷至此，而能體貼入細，情根獨深。余聞言，心愈戚，覺有千言萬語，不知從何說起，但俯首注視其面，良久，始哽咽曰："汝從此當可以少悛矣。"寶玉急曰："汝放心！我即爲此等人粉身碎骨，亦所甘心。"言未已，忽聞人呼鳳姐至，余即起身欲行，曰："彼等來，我從後院去矣。"寶玉亟握余手，曰："異哉！汝胡畏彼？"余急曰："余雙目哭泣已腫，彼等見之，得勿好笑乎！"寶玉乃釋手，余即遁歸。

窗衣漸黑，涼月東升，樹影权枒，漸漸穿窗而進，映照地上，幽潔絶倫。時余方倚身涼榻之旁，忽聞門上彈指聲，詢爲誰，應曰："晴雯。"余即命之進，曰："來何事也？"晴雯曰："二爺命送手帕與姑娘。"余聞語一愕，念彼胡以手帕相贈，得勿悮乎？因曰："汝爲我轉致二爺，請其留以自用，或贈他人。"晴雯笑曰："此乃家常所用者，並非新製。"余聞語，愈愕。澄心一思，始恍然而悟，知必寶玉恐余悲傷，故遣晴雯探問，所謂贈巾貽帕，不過藉作引綫耳。彼此會意，不言而喻。即應曰："如是，即爲我置之。二爺好否？"晴雯曰："尚好，姑娘想佳？"余曰："然。"余知寶玉所欲得者，僅此兩語，故逕與言之。晴雯既去，余仍卧榻上，目注地上如霜之月光，悠然作遐想。思寶玉苦心，竟能體貼余之苦意，殊屬難得。然而此等苦意，將來果作何收束，則又不可知。回溯歷代名媛閨秀，其初也，惺惺相憐，其繼也，未有不成缺陷。然則余於將來，又安有滿足之望。思及此，憂傷叢集，五内沸然，因起至案前，研墨蘸筆，就手帕上題詩數首。

其一

眼空蓄淚淚空垂，暗灑閒抛却爲誰。尺幅鮫綃勞惠贈，教人焉得不傷悲。

其　二

拋珠滾玉只偷清，鎮日無心鎮日閒。枕上袖邊難拂拭，任他點點與斑斑。

其　三

彩綫難收面上珠，湘江舊迹已模糊。窗前亦有千竿竹，不識香痕漬也無？

書已，興猶未盡，思欲再題，而通身火熱，面上作燒。起至鏡臺前，掀幕一照，覺兩頰飛紅，如泛桃花。心不期一驚，倒身榻上，倚枕而睡，一縷芳魂，似猶縈繞於怡紅院中。嗟夫！余病自此愈深矣。

昨宵未寐，侵晨即起，膏沐既畢，信步往園中。花枝招展，樹影杈枒，余立濃陰之下，聽蟬鳴鳥語，胸襟廓然。然一思及昨宵事，則又反於愁苦之途。未幾，忽見寶釵姍姍而來，詢其何往，曰："往視母親去。"言畢即行。余見其眼中似帶淚痕，且神情怏怏，如膺重憂，思得勿因寶玉受責而至是乎？遙顧笑曰："即令淚盡兩缸，亦未必能醫棒創，何苦來哉！"寶釵置若不聞，飄然逕去。余引目再望，見珠大嫂、迎春、探春、惜春等均往怡紅院去，探視寶玉。既而一一散盡，惟未見鳳姐至。余頗詫，思彼胡爲不來，即令有事羈絆，亦當來此胡哨一回，以取老太太、太太之歡心，奚事杳蹤人影，竟不一至。正想念間，忽聞笑語之聲，由曉風吹送入耳，昂首視之，見外祖母扶鳳姐，花花簇簇，向怡紅院而來，繼又見大舅母、二舅母並薛家母女等至。余思寶玉不過棒傷耳，乃須如許人爲之提心挂念，可見有父母之人終爲幸運，若余儕孤雛，縱令感疫而死，吾知亦無人爲之探視。可憐者，孤人也。思及此，心乃一酸。忽紫鵑自後呼曰："姑娘盍吃藥去？開水冷矣。"余愠曰："汝果欲何爲，如此相催？"紫鵑笑曰："咳嗽才好，又不服藥。如今已屆夏令，猶不自己保重，奈何？"余聞語，始憶余乃侵晨至此，足力疲乏，實亦當歸，因扶紫鵑步回瀟湘館。一進院門，祇見蒼苔滿徑，竹影參差，不覺憶起《西廂記》中"幽僻處可有人行，點蒼苔白露冷冷"二句，私自嘆曰："雙文雖然命薄，尚有孀母弱弟，若我，並孀母弱弟而亦無之，則余之薄命，實較雙文尤甚焉。"思時，又祇有一哭。忽廊上鸚哥，嘎然一聲，直撲余肩，余一驚，噓聲罵之，因復飛上架去，呼曰："雪雁掀簾，姑娘至矣。"余愛其靈慧，近架前摩弄曰："汝飢乎？"鸚哥忽長嘆一聲，其聲嬌婉，竟似出自余喉中，且誦余《葬花詞》曰："儂今葬花人笑癡，他年葬儂知是誰。"物猶如此，人何以堪。紫鵑聞語笑曰："此皆姑娘平昔所念者，不意盡爲彼學去。"余隨將架取下，另挂於月洞窗外。入室服藥畢，即坐窗前。但見竹影橫斜，映於碧紗窗外，滿室陰陰翠潤，几簟生涼。大好景象而黛玉視之益覺蕭條。鸚哥則於窗外跳躍不止，余教以詩詞，頗能誦之。

寶玉棒創近日漸漸平復，自外祖母以下，無不歡慰。而調護之功，多歸於襲人，二舅母感之尤甚。今日聞湘雲云，二舅母念其爲人溫和，足以輔助寶玉，擬賜予寶玉作側室。余聞是，頗不以爲然。然二舅母既有此意，他人烏能阻之，祇有懸此雙目，以觀其後耳。午間，湘雲約余往賀襲人，及至怡紅院，鴉雀無聞，即襲人亦不見。乃至寶玉窗前，隔紗一望，但見寶玉衣銀紅紗衫，躺於榻上，寶釵則坐其旁刺繡，並時以蠅刷爲之驅蟲，殷勤之狀，至爲猥褻。狀至猥褻，事甚曖昧，其實可笑，其實並不止於可笑。余乍見，幾失聲笑，然又力自遏止，則以一手掩口，一手招湘雲。湘雲亦躡蹤而至，探首窺之，亦欲失笑，急又忍住，且攜余手，曰："去休！"余知湘雲素與寶釵親密，恐余拾此以爲笑柄，故將余攜出，因冷笑兩聲，相率而去。嗟夫！吾誠不料寶釵爲人，乃至如此。然所以成之者，實爲襲人。於此可見，彼兩人狼狽爲奸，殆無事不爲。若我孤立無援，不待交綏，即須棄甲曳兵而走，寧不傷哉！

梧桐落葉，丹桂飄香，忽忽又是仲秋時候。二舅父因人品端方，風聲清肅，朝廷特授以學使之職，於八月二十日起身，圖輿而送者數十人。二舅父既遠行，寶玉愈益放縱，外祖母不言，遂亦無第二人出而約束，大觀園中殆其屬土也。邇來園中姊妹因長日笑談，殊無意趣，乃由探春箋召姊妹行，議結詩社，一以遣興，一以陶情。雅人深致。余得箋喜甚，亟扶婢往秋爽齋，至則寶釵、迎春等俱在，少刻，寶玉、李紈等亦相繼至。探春笑曰："我原不善詩，因一時興動，發箋召集，不意一招俱到，斯誠大幸。尚希諸君合力籌商。"李紈曰："此事至佳，我雖不善詩，亦當爲妹子勸助。"余曰："既有詩社，吾儕便爲詩翁，須先將姐妹叔嫂等名字削去，另起別號，庶幾不俗。"李紈曰："極佳。"於是各自編號：李紈名稻香老農，探春名蕉下客，寶釵名蘅蕪君，迎春名菱洲，惜春名藕榭。惟余思索久之，殊不能得一佳者。探春笑曰："汝勿憂，吾已爲汝思得之。當日娥皇、女英灑淚在竹，日久成斑，故今斑竹亦名湘妃竹。今汝所住者造爲瀟湘館，而汝又善哭，將來瀟湘館千竿綠竹，當亦成斑，以我思之，汝宜名瀟湘妃子。"衆均稱善。寶玉笑曰："汝等俱有，然則我易何名？"寶釵笑曰："當名'無事忙'。"李紈曰："汝曩名絳洞花主，今仍其舊可也。"寶玉搖首曰："否，此兒時所起，不能再用。"探春曰："汝別號甚多，何庸更起。茲暫定爲怡紅公子，可乎？"衆曰："佳。"李紈曰："別號既定，我猶有一語相商。我與菱洲、藕榭均不善詩，須讓出我儕三人，或使我三人各任一事，從旁助興，如遇有容易題目，或湊一二首，否則不敢附驥尾以辱諸君，諸君以爲何如？"衆亦知彼三人懶於詩詞，許之。且推李紈爲社長，菱洲、藕榭副之，一司出題限韻，一司謄錄監場。事有變換，文不呆板。李紈曰："既承推爲社長，社址即宜設於稻香村。但我於諸君中年齒略長，嗣後須任社長指揮，不能違拗。"衆曰："善。"於是又議會期，各執一見，紛紛莫定，最後決爲一月兩次。寶玉曰："然則何日起社？"探春曰："即爲今日。"寶玉曰："如是，吾儕宜同往稻香村。"探春曰："否，此事既爲吾始議，我須先作一東道主人，今日即在此開社，何如？"衆曰："如此尤佳。"探春曰："然則請稻香老農出題，菱洲限韻，藕榭監場。"李紈曰："吾適見一人抬進兩盆白海棠，鮮豔奪目，盍就海棠咏起？"衆稱善。旋命迎春限韻，爲"門盆魂痕昏"五字，須七律一首。此回專重菊社十二律，因不好突然便起，故先有白海棠之咏以引之。又不好寂然便住，更有食蟹、賞桂之作以演漾之，極雪前集霰、雨後霢霂之妙。於是伸紙濡墨，各自構思。惟余獨步蒼階之下，或撫梧桐，或看秋色。久之，寶玉顧余曰："香僅一寸矣。彼等均已作起，汝猶徜徉於此，胡爲

耶?"余不理。寶玉即往謄寫,余亦任意書一律,均交李紈。既畢,李紈即開卷朗讀,以評其優劣。首爲探春詩,曰《咏白海棠》:

斜陽寒草帶重門,苔翠盈鋪雨後盆。玉是精神難比潔,雪爲肌骨易銷魂。芳心一點嬌無力,倩影三更月有痕。莫謂縞仙能羽化,多情伴我咏黄昏。

衆均稱讚。又讀寶釵曰:

珍重芳姿畫掩門,自攜手甕灌苔盆。胭脂洗出秋階影,冰雪招來露砌魂。淡極始知花更豔,愁多焉得玉無痕。欲償白帝宜清潔,不語婷婷日又昏。

李紈笑曰:"畢竟蘅蕪君筆力足。"言次,又讀寶玉曰:

秋容淺淺映重門,七節攢成雪滿盆。出浴太真冰作影,捧心西子玉爲魂。曉風不散愁千點,宿雨還添淚一痕。獨倚畫欄如有意,清磕怨笛送黄昏。

閱畢,寶玉謂探春佳,李紈則推寶釵。於是又閱余所作者:"半捲湘簾半掩門,碾冰爲土玉爲盆。"剛讀兩句,寶玉鼓掌贊曰:"佳哉!從何處想得來?"又讀曰:"偷來梨蕊三分白,借得梅花一縷魂。"衆均讚賞曰:"果然別具心腸。"因又讀曰:"月窟仙人縫縞袂,秋閨怨女拭啼痕。嬌羞默默同誰訴?倦倚西風夜已昏。"

此時均推余作爲最。李紈曰:"若論風流別致,自是瀟湘妃子;若論含蓄渾厚,終讓蘅蕪。"探春曰:"汝言良是,瀟湘妃子當居第二。"李紈謂寶玉曰:"怡紅公子祇合壓尾,汝服不服?"寶玉曰:"我自知不佳,焉得不服?但蘅瀟二首,還宜斟酌。"李紈曰:"原依我評論,汝可勿問。"

寶玉遂默。從此蓮社雄才，不僅讓鬚眉男子矣。

越日，湘雲來，聞吾儕已起詩社，歡躍異常。李紈謂之曰："雲兒，汝欲入社，須先將和詩作起。若好，便請入社，否則，罰作東道主人。"湘雲笑曰："汝儕起社，竟棄我如遺，當先罰汝。"李紈曰："姑勿辯，請速以和詩交我。"湘雲聞語，即趨案前一揮而就，曰："已依韻和就兩首，佳否，我殊不自知，不過應命而已。"衆曰："吾儕四首，可謂想絶，安能再作兩首。"因讀曰：

咏白海棠和原韻

其 一

神仙昨日降都門，種得藍田玉一盆。自是霜娥偏耐冷，非關倩女欲離魂。秋陰捧出何方雪？雨漬添來隔宿痕。却喜詩人吟不倦，豈令寂寞度黃昏？

其 二

蘅芷階通薜荔門，也宜牆角也宜盆。花因喜潔難尋偶，人爲悲秋易斷魂。玉燭滴乾風裏淚，晶簾界破月中痕。幽情欲向嫦娥訴，無奈虛廊月色昏。

讀畢，衆均讚美，曰："得此佳句，吾儕海棠社可以告成矣。"湘雲曰："明日請罰我作東道，讓我先邀一社何如？"衆曰："佳。"於是又將昨詩與之評論，湘雲亦推寶釵居首。夫寶釵詩本佳，然余亦未遑多讓，特湘雲與寶釵情感較好，故竭力推崇，於此益徵余勢之孤。命也如此，夫復何言！

綠窗靜掩，鳥語時間。早起閑步院中，忽見寶釵鴉頭持一箋至，乃史湘雲請食蟹賞桂，並請有外祖母、二舅母等人。余知食蟹賞桂，不過藉以集會，其實乃湘雲欲起詩社耳。余本不喜宴會，且惡與彼等周旋，辭不欲往。既聞外祖母等均去，未便再辭，遂與衆同往藕香榭，緣筵席設在是處也。藕香榭居水中，推窗四望，見桂花盛開，香氣撲鼻，俯瞰河水清澄，游鱼唼喋，景致極爲佳妙。亭外繞以回廊，亭後有竹橋，曲折通岸上。時亭中酒肴已陳，外祖母、薛姨母暨余與寶釵、寶玉等一席，二舅母與湘雲、迎春姊妹等一席，鳳姐與李紈則往來酬應，衣香鬢影，濟濟一堂。酒數巡，婢奉巨螯進，人各一器，和以薑醋，剥而咽之，味頗甘美。殘酒既盡，肴核狼藉，手亦飽沾濁膩，不可更耐，亟摘菊葉浸水滌之，餘腥始去。時外祖母、二舅母等因精神困倦，閑散一回，即同歸去。湘雲命將殘席撤去，另備一席，則專宴同社者。余曰："今日究擬何題"？湘雲曰："題不一，今當揭示。"因取詩題一紙，用針縮之牆上。余近前觀之，爲"憶菊"、"種菊"、"供菊"、"咏菊"、"畫菊"、"問菊"、"簪菊"、"菊影"、"菊夢"、"殘菊"等題。余曰："此新奇，但恐作不出。"湘雲曰："並不限韻，任作何首，均聽其便。"言際，寶釵即蘸筆將"憶菊"、"畫菊"勾去，寶玉亦將"訪菊"、"種菊"勾去，湘雲勾"對菊"、"供菊"、"菊影"三題，探春勾"簪菊"、"殘菊"兩題，餘"咏菊"、"問菊"、"菊夢"等，則屬余。題既得，各自濡毫構思約半句鐘，均已作就，交與迎春。另用雪浪箋一併謄出，某題爲某人所作，下即署其別字，仍粘於牆上。衆趨前讀之。

憶 菊
蘅蕪君

悵望西風抱悶思，蓼紅葦白斷腸時。空籬舊圃秋無迹，冷月清霜夢有知。念念心隨歸雁遠，寥寥坐聽晚砧遲。誰憐我爲黃花瘦，慰語重陽會有期。

訪 菊
怡紅公子

閑趁霜晴試一遊，酒杯藥盞莫淹留。霜前月下誰家種？檻外籬邊何處秋？蠟屐遠來情得得，冷吟不盡興悠悠。黃花若解憐詩客，休負今朝挂杖頭。

種　菊
怡紅公子

攜鋤秋圃自移來，籬畔庭前處處栽。昨夜不期經雨活，今朝猶喜帶霜開。冷吟秋色詩千首，醉酹寒香酒一杯。泉溉泥封勤護惜，好和井徑絕塵埃。

對　菊
枕霞舊友

別圃移來貴比金，一叢淺淡一叢深。蕭疏籬畔科頭坐，清冷香中抱膝吟。數去更無君傲世，看來惟有我知音。秋光荏苒休辜負，相對原宜惜寸陰。

供　菊
枕霞舊友

彈琴酌酒喜堪儔，几案婷婷點綴幽。隔座香分三徑露，拋書人對一枝秋。霜清紙帳來新夢，圓冷斜陽憶舊遊。傲世也因同氣味，春風桃李未淹留。

詠　菊
瀟湘妃子

無賴詩魔昏曉侵，繞籬欹石自沉音。毫端蘊秀臨霜寫，口角噙香對月吟。滿紙自憐題素怨，片言誰解訴秋心？一從陶令評章後，千古高風說到今。

畫　菊
蘅蕪君

詩餘戲筆不知狂，豈是丹青費較量？聚葉潑成千點墨，攢花染出幾痕霜。淡濃神會風前影，跳脫秋生腕底香。莫認東籬閒採掇，粘屏聊以慰重陽。

問　菊
瀟湘妃子

欲訊秋情眾莫知，喃喃負手叩東籬。孤標傲世偕誰隱？一樣花開爲底遲？圃露庭霜何寂寞？雁歸蛩病可相思？莫言舉世無談者，解語何妨話片時。

簪　菊
蕉下客

瓶供籬栽日日忙，折來休認鏡中妝。長安公子因花癖，彭澤先生是酒狂。短鬢冷沾三徑露，葛巾香染九秋霜。高情不入詩人眼，拍手憑他笑路旁。

菊　影
枕霞舊友

秋光疊疊復重重，潛度偷移三徑中。窗隔疏燈描遠近，籬篩破月鎖玲瓏。寒芳留照魂應駐，霜印傳神夢也空。珍重暗香踏碎處，憑誰醉眼認朦朧。

菊　夢
瀟湘妃子

籬畔秋酣一覺清，和雲伴月不分明。登仙非慕莊生蝶，憶舊還尋陶令盟。睡去依依隨雁斷，驚回故故惱蛩鳴。醒時幽怨同誰訴，衰草寒煙無限情。

殘　菊
蕉下客

露凝霜重漸傾欹，宴罷才過小雪時。蒂有餘香金淡泊，枝無全葉翠離披。半床落月蛩聲切，萬里寒雲雁陣遲。明歲秋分知再會，暫時分手莫相思！

閱畢，李紈笑曰："通篇看來，各有警句。依我評論，當以《咏菊》爲最佳。次《問菊》，再次《菊夢》，清詞麗句，立意清新，瀟湘妃子宜居魁首矣。而《簪菊》、《對菊》、《畫菊》、《憶菊》、《供菊》又次之。"寶玉聞語，鼓掌贊曰："極是，極是。"余笑曰："殊不盡然，且覺傷於纖巧。"李紈笑曰："惟巧乃佳。"余曰："以我觀之，當以枕霞'抛書人對一枝秋，圃冷斜陽憶舊遊'等句爲佳。"李紈笑曰："然則汝之'口角噙香'一語亦殊不弱。"探春曰："論沉著，尤宜推蘅蕪君，彼'秋無迹'、'夢有知'等句，竟將'憶'字烘染出來，豈非妙絕？"寶釵笑曰："然則汝之'短鬢冷沾'、'葛巾香染'等句，亦可謂形容盡致。"湘雲笑曰："莫若瀟湘妃子之'偕誰隱'、'爲底遲'，竟使菊花無言可對。"語出，眾皆失笑。寶玉笑曰："然則我又落第矣。"李紈曰："汝亦佳，惟不及彼等新巧耳。"於是重整筵席，另出佳釀飲之。余因胃弱不能再食，寶玉力勸余飲，且謂可以解螃蟹之毒，余不得已，勉盡一觥，則已紅暈上頰矣。寶玉大樂，曰："今日持螯賞桂，豈可無詩？我已吟成一首，有誰敢作者，請隨其後。"言已，即濡毫寫出。詩曰：

持螯更喜桂陰涼，潑醋擂薑興欲狂。饕餮王孫應有酒，橫行公子竟無腸。臍間積冷饞忘忌，指上沾腥洗尚香。原爲世人美口腹，坡仙曾笑一生忙。

余笑曰："此等詩，一時一百首亦不難作。"寶玉笑曰："汝才力已盡，不謂不能再作，猶褒貶人耶？"余嗤之以鼻，立揮一首，曰：

鐵甲長戈死未忘，堆盤色相喜先嘗。螯封嫩玉雙雙滿，殼凸紅脂塊塊香。多肉更憐卿八足，助情誰勸我千觴？對斯佳品酬佳節，桂拂清香菊帶霜。

寶玉閱畢，笑曰："畢竟妹妹清新。"余奪而焚之，曰："此何足道，聊以效顰耳。"寶釵笑曰："我亦有一首，茲當寫呈諸君一粲。"因援筆書之，曰：

桂靄桐陰坐舉觴，長安涎口盼重陽。眼前道路無經緯，皮裏春秋空黑黃。

閱至此，眾皆稱絕。寶玉曰："有此，吾詩亦宜焚去矣。又閱其下，曰：

酒未滌腥還用菊，性防積冷定須薑。於今落釜成何益？月浦空餘禾黍香。

讀已，均謂為食蟹絕唱。李紈曰："小題原宜寓大意，若徒諷刺世人，殊失之刻毒矣。"余曰："然"。席終，秋月娟娟，已自東山度出，餘霞成綺，如展紅綃，因微吟"如何臨皓魄，不見月中人"而返。

自吾儕詩社成立後，大觀園宴會乃無虛日。今日外祖母又設宴於綴錦閣，吾儕又須赴席。早間外祖母即進園，且至余室小坐。與外祖母同來尚有一人，即劉姥姥是也。劉姥姥出場。劉姥姥與賈府略有瓜葛，故常相過從，其居現在鄉間，雖年已七旬餘，而強健如四十許人，且喜談好謔，以故外祖母雅憐之。惟姊妹行見其土俗，多與諢談以為笑樂。在余室坐移時，群往綴錦閣，沿途落葉滿徑，桂蕊飄香，景致極為清幽。劉姥姥曰："如此園林，若得畫師繪畫一張，使我攜歸家與彼等一見，即死亦甘心矣。"外祖母笑指惜春曰："畫師即在此，姥姥若要，此後囑之繪畫可矣。"劉姥姥遂與惜春又叨嘮一回。既至，酒肴已陳，每人一椅一几，或如海棠、梅花，或如荷葉、葵花，或方或圓，其式不一。外祖母與薛姨母並坐，劉姥姥與二舅母並坐，其次則為余儕姊妹。時劉姥姥滿頭簪以紅花，東搖西擺，眾均視之而笑。酒數巡，外祖母笑曰："今日之會，殊不可多得。但須行一酒令，方有興趣。"薛姨母笑曰："老太太自有好酒令，但我不敢附驥尾。"外祖母笑曰："此何須謙讓。"薛姨母笑曰："非謙，特恐應對不佳，反成笑話也。"二舅母曰："即不佳，亦不過飲酒而已，更有何笑話哉？"薛姨母乃允。於是外祖母飲令酒一杯，鴛鴦代為行令，方開口，劉姥姥忽下席搖手曰："勿捉弄我，我不敢奉命。"眾笑曰："毋違眾意。"鴛鴦即命小鴉頭扶之入席。劉姥姥笑曰："如此則請饒我一人。"鴛鴦曰:"酒令如軍令,再言將罰矣。"劉姥姥始無語。鴛鴦曰:"今既爲老太太所倡,自當自老太太起,至劉姥姥止。我今所説者,乃爲骨牌,譬我取牌一副,將三張拆開,先説首一張,次説二張,再次説三張,説畢,合成一副名字。無論詩、詞、歌、賦、成語、俗説皆可,但必須與上句合韻。萬一有誤,即罰一杯。"酒令亦新。衆曰:"善"。鴛鴦遂取牌,呼曰:"左邊一張天。"外祖母曰:"頭上有青天。"又曰:"當中五合六。"外祖母曰:"六橋梅花香徹骨"。又曰:"剩了一張六合幺。"外祖母曰:"一輪紅日出雲霄。"又曰:"凑成一個蓬頭鬼。"外祖母曰:"這鬼抱住鍾馗腿。"衆稱讚不已。外祖母遂自飲一杯。鴛鴦又取一牌,呼曰:"左邊一張大長五。"薛姨母曰:"梅花朵朵風前舞。"又曰:"右邊一張大五長。"薛姨母曰:"十月梅花嶺上香。"又曰:"當中二五是雜七。"薛姨母曰:"織女牛郎會七夕。"又曰:"凑成二郎遊五嶽。"薛姨母曰:"世人不及神仙樂。"說畢,衆均稱賞。薛姨母亦飲一杯。鴛鴦又呼曰:"左邊長幺兩點明。"湘雲曰:"雙懸日月照乾坤。"又曰:"右邊長幺兩點明。"湘雲曰:"閑花落地聽無聲。"又曰:"中間還得幺四來"。湘雲曰:"日邊紅杏倚雲栽。"又曰:"凑成一個櫻桃九熟。"湘雲曰:"御園却被鳥銜出。"既畢,亦飲一杯。鴛鴦又宣曰:"左邊是長三。"寶釵曰:"雙雙燕子語梁間。"又曰:"右邊是三長。"寶釵曰:"水荇牽風翠帶長。"又曰:"當中三六九點在。"寶釵曰:"三山半落青天外。"又曰:"凑成鐵鎖練孤舟。"寶釵曰:"處處風波處處愁。"説畢,臨至余前。鴛鴦又宣曰:"左邊一個天。"余曰:"良辰美景奈何天。"寶釵聞語,忽向余一視。鴛鴦又曰:"中間錦屏顏色俏。"余曰:"紗窗也没有紅娘報。"又曰:"剩下二六八點齊。"余曰:"雙瞻御座引朝儀。"又曰:"凑成籃子好採花。"余曰:"仙杖香挑芍藥花。"説畢,亦勉盡一杯。鴛鴦又宣曰:"左邊四五成花九。"迎春曰:"桃花帶雨濃。"衆嘩曰:"該罰!韻既錯,而又不恰。"迎春笑飲一口。緣鳳姐、鴛鴦咸欲聽劉姥姥笑話,故使説錯也。及至二舅母前,鴛鴦代説一回。好極!若依次行令,便成呆筆,無一毫趣味矣。下即爲劉姥姥,姥姥曰:"酒令我在鄉間亦常聞之,但無此圓妙。我今試說，幸勿見笑。"鴛鴦曰："汝但說可矣。"因念曰："左邊大四是個人。"劉姥姥聞語，思索半晌，笑曰："其爲莊家人乎？"衆均鼓掌大笑。外祖母笑曰："此亦佳。"鴛鴦又曰："中間三四綠配紅。"劉姥姥："大火燒了毛毛蟲。"衆笑曰："是或有之。"鴛鴦又曰："右邊么四真好看。"劉姥姥曰："一個蘿蔔一頭蒜。"鴛鴦笑曰："湊成便是一枝花。"劉姥姥曰："花兒落了結個大倭瓜。"衆聞語，因復大笑。於是飲過門杯，各自談笑，飲畢，藕香榭戲已開演，簫管悠揚，笛笙並發。正值風清氣爽之時，樂聲穿林度水而來，使人神怡心曠。劉姥姥初未聞此美樂，一旦酒樂並行，乃不禁手之舞之，足之蹈之。寶玉顧余曰："汝試觀劉姥姥狀況。"余笑曰："當日聖樂一奏，百獸率舞，如今才得一牛耳。"宴終，外祖母率衆往園中閑散。劉姥姥昂首四顧，見花問花，見木問木。及至櫳翠庵，女尼妙玉笑出迎之。妙玉出場。妙玉年方妙齡，即棄其錦繡前程，皈依古佛，爲狀亦甚可憐。然彼必亦飽經憂患，故安然而就此冷淡生涯，於此益知世間正有許多苦命人也。黛玉之嬌，妙玉之僻，二人正復相似，故均無良好結果。余不幸孑然一身，寄食於此，前路茫茫，正不知作何收束，安得如妙玉尋一片乾净土，向蒲團夜月，消受此可憐生涯乎？嗟夫！

劉姥姥去矣，自外祖母以下，各有贈予，窮人得此，其樂何極！余儕既送其歸，群至外祖母處省安畢。余方擬回園，忽寶釵招余曰："顰兒來，吾有一語相詢。"余即隨之至蘅蕪院，寶釵忽自高坐，笑曰："顰兒趣跪！吾將審汝。"余不解何故，笑曰："寶鴉頭將毋瘋耶！審問何事？"寶釵冷笑曰："好個千金小姐！好個不出閨閣女兒！滿口胡言，猶不實說。"余不解，然心實忐忑，問之。寶釵曰："汝昨所行酒令，出自何書？"余聞語，始一愕，自知一時失檢點，竟將《牡丹亭》、《西廂記》湊成，不覺雙頰泛紅，因央寶釵勿令人知。寶釵方讓坐，命人獻茶，且曰："凡女孩兒家，以不讀書爲佳，男子讀書不明理，尚不如不讀，況吾等乎？祇宜勤紡績，習針黹，惟酒食是議耳，何用讀書爲？既讀書矣，應從事聖賢經傳，至於綺言豔曲，最能移性，性情一移，即難藥救矣。"誠如尊論，但卿何由知此語之爲綺言豔曲耶？則寶釵平時服膺於此可知。惜黛玉不能反詰之也。余聞言，中心拜服，一若下官對上司，惟有點首稱是而已。俄頃，素雲入，云珠大嫂相請。余遂偕寶釵至稻香村，見三春及湘雲、寶玉均在。珠大嫂笑迎曰："社將成立，即有脫滑之人，四丫頭欲告一年假，汝等以爲何如？"余笑曰："乃老太太命繪園子圖，渠即趁風收帆耳。"探春曰："否，非老太太，乃劉姥姥一言之過。"余曰："諾。渠爲那一門姥姥，直呼曰母蝗蟲已耳。"眾人大笑。寶釵曰："世間常語，一經鳳鴉頭口，偏覺好聽。然彼不識字，不過市俗取笑，惟顰兒法《春秋》意，將世俗村言鄙語，撮要刪繁，更加潤色，一句一珠，'母蝗蟲'三字，竟將昨日情景刻畫出來，真乃天成妙譬。"注解極妙，所謂莫爲之後，雖善弗揚。言次，眾笑曰："如此注解，亦不在二人之下矣。"既，珠大嫂曰："方才我給四鴉頭一月假，渠嫌其少，汝輩商議可否稍寬？"余曰："以余論之，一年亦不見多。蓋此園林構造，須工一年，畫亦當一年。既須研墨，又須蘸筆，又須鋪紙，又須著顏色，又須……"言至此，笑不能耐，遲頃乃曰："又須照式徐徐畫去，豈不需一年工程乎？"眾大笑。寶釵極口贊曰："有趣，有趣。"余徐握惜春手笑曰："我問妹妹是單畫園子，抑將吾輩安之畫裏乎？"惜春曰："初命專畫園景，嗣老太太又欲添增人物，吾既不會精細樓臺，又不工人物，尚在躊躇間也。"余曰："人物尚易，恐草蟲更非所長耳。"珠大嫂笑曰："又非通論。位置樓臺，烘染人物，何須草蟲乎？"余笑曰："別樣草蟲儘可省漏，昨日母蝗蟲，如不點綴，豈非缺陷？"眾大笑。余且笑且言，曰："汝從速繪畫，余題跋已成，即名'攜蝗大嚼圖'。"黛玉慧黠可愛。此篇詞鋒四溢，如聽流鶯百囀，清妙絕倫。眾聞語，笑益急，湘雲竟仆於地。余亦支援不住，既起，寶玉以目示余，余知鬢髮已紛，即往鏡臺前抿之。復聚議繪圖事，寶釵爲開顏料及應用之物，纍纍然一紙，余笑曰："僅繪一圖耳，並水缸、箱子而亦列入，得勿姐姐一時糊塗，竟將己之嫁妝單寫上乎？"探春笑曰："寶姐姐，汝若不擰其嘴，真爲無用。"寶釵笑曰："何須擰，狗嘴焉有象牙！"言際，忽移身近余，以手握余臂，按之床上。余笑曰："好姐姐，趣恕余，余年較幼，非禮之言，姐姐宜有以教導之。"寶釵知余言乃隱射看雜書事，立釋余。余笑曰："畢究姐姐量寬，若我則未易饒人也。"寶釵笑曰："巧言利口，無怪衆人愛汝，我今亦疼汝矣。"前此之不疼，可知後此之疼，亦未可必。嗟夫！余聞寶釵親切之言，此爲二次矣。余往者恒疑彼待我均爲僞意，由今觀之，竟爲大觀園中第一知己，自此以後，不敢再以不肖之心待人矣。

秋深矣，大觀園風物亦隨秋風而改，楓林落葉，乃如離人墮其胭脂之淚。最是不堪腸斷處，斜陽影裏泣秋風。山畔池邊，但見秃枝杈枒，存於斜陽夕照中間，有三五殘菊，猶兀然自立，吐其芳豔，然不轉瞬，當亦憔悴不堪矣。余每屆秋深，舊疾必發，今年因園中宴會較往日略多，酬酢周旋，精疲力竭，以故咳嗽大發，愈不能支，日惟蚓居室中，奄奄如冬蟄之蟲。外祖母亦常延醫切脈，爲署滋補之方，實則此等湯藥迄無少效。今日寶釵來，見余形容消瘦，亦戚然寡歡，謂太醫所用之藥既無效驗，不如另覓高手，或者天佑吉人，大功立奏，若徒因循延展，恐非長策也。余搖首曰："已而，我自知我之病，雖盡集天下名醫，亦無可愈之日。姑勿論病時，即觀余好時情景，亦可知矣。"寶釵曰："此言良是。古人謂食穀者生，汝素日飲食過少，不能添養精神，故有此見象。今後尤當勉力加餐，俾血氣充滿，自可無病矣。"余嘆曰："死生有命，富貴在天，非人力所能強求。汝不見今年較去年又略沉重耶？"言次，又咳嗽兩三次。寶釵曰："我昨見藥方，人參、肉桂似覺太多，雖云益氣補神，亦不宜太熱。以我思之，先以平肝養氣爲要，肝火一平，不能克上，脾胃乃無病。脾胃無病，飲食即可養人。每日早起，宜以上等燕窩一兩，冰糖五錢，用銀罐熬粥食之，滋陰補氣，較藥爲佳。"余聞言大爲感動，曰："汝平昔待人誠屬熱心，然我最是多心之人，祇疑汝有心藏奸，自前日汝謂雜書不好，並以良言相勸，始知我平日疑汝，皆爲錯誤，自思慈母見背，姊妹俱無，而今年齡已長，竟無一人如汝，肯以金玉之言來相教誨，無怪雲鴉頭傾心佩服。吾往日見彼贊汝，心中猶不受用，今而後始知之矣。和盤托出，心直口快。尤有一語告汝，汝適所云燕窩粥一事，以我思之，至爲不便。自我入府以來，每年舊疾復發時，請大夫，索參桂，已經天翻地覆，若再花樣翻新，外祖母、二舅母、鳳姐姐等縱不見惱，而底下老婆鴉頭，則未免尤怨。汝試觀府中諸人，因見老太太愛寶玉與鳳姐，尚且虎視眈眈，言三語四，何況於我。矧我又非正經主人，無依無靠，投奔來此，彼等早已厭惡，如再不知進退，豈非使彼等愈加埋怨耶？"寫黛玉悲苦之狀，入理入情，令人不忍卒讀。寶釵曰："如是，我與汝境況殆出一轍。"余曰："汝安能比我！汝又有母親，又有哥哥，此間又有買賣地土，家中又仍舊有房有地，在此不過親戚情分，無論大小事，又不沾其一文，欲走便走，欲去便去。我則一無所有，衣食住三者，均與其家姑娘一樣，一般小人豈有不加嫌怨之理？"寶釵忽笑曰："將來亦不過增出一副嫁妝耳，此時尚無須計議及此。"余聞語，臉一赬，笑曰："人將以厚道視汝，故掬誠以心中事相告，奈何又以我取笑耶？"寶釵笑曰："是雖笑話，然亦真情。汝毋憂，我在此一日，當與汝消遣一日，汝倘有委屈煩難，儘可告我。我雖有哥哥，汝亦知之，不過老母在堂，較汝差勝一籌耳。汝適所云，亦可謂多一事不如省一事，我家燕窩尚有，明日當取以奉贈。"余笑曰："燕窩雖小，難得汝多情如是。"寶釵曰："此何足道，我去矣。"言已自去。

余於寶釵去後，仍偃臥榻上，秋風撼樹，瑟瑟作聲。風過而雨繼之，瀝瀝淅淅，爭撲簾籠。少刻，窗衣漸黑，已近黃昏，雨滴竹梢，更覺淒涼萬倍。窗外芭蕉窗裏人，分明葉上心頭滴。默思寶釵待余，誠可謂推心置腹，不獨疑忌之心化為烏有，抑且加以敬愛。但彼在此，亦不過作客，相處之時，又有幾何！萬一伯勞飛燕，忽自分飛，此後淒涼歲月，恐又祇有獨自享受耳。思及此，愈覺愀然寡歡，而窗外秋霖，仍滴瀝不已。乃挑燈起坐，隨取一書閱之，乃《樂府雜稿》，內有秋閨、怨別、離怨等詞。閱畢，心緒紛紜，若有所感，因成《代別離》一首，擬《春江花月夜》之格，名其詞曰"秋窗風雨夕"。詞曰：

秋花慘澹秋草黃，耿耿秋燈秋夜長。已覺秋窗秋不盡，那堪風雨助淒涼。助秋風雨來何速，驚破秋窗秋夢續。抱得秋情不忍眠，自向秋屏挑淚燭。淚燭搖搖蓺短檠，牽愁照眼動離情。誰家秋院無風入，何處秋窗無雨聲？羅衾不耐秋風力，殘漏聲催秋雨急。連宵脈脈復颼颼，燈前似伴離人泣。寒窗小院轉蕭條，疏竹虛窗時滴瀝。不知風雨幾時休，已教淚灑秋窗濕。

吟畢，方欲安寢，忽鴉鬟云："寶玉至矣。"語未已，已見寶玉跨步而入，披蓑戴笠，狀若漁夫。因笑曰："余室胡來漁翁乎？"寶玉笑曰："汝今日何如？服藥否？"言已，卸去蓑衣，脫其箬笠，舉燈以向余面，端視久之，笑曰："今日氣色略佳。"余於燈光之下，見其足下尚蹬蝴蝶落花鞋，不覺笑曰："頭上畏雨，乃遮以笠，足下豈獨不畏雨乎？"寶玉曰："此衣原有一套，尚有棠木屐一雙，已脫諸門外矣。"余細視蓑衣斗笠，細緻輕巧，竟不知何草所編。寶玉曰："此均北靜王所贈，汝如愛，當再往索一套，何如？"余笑曰："謝汝，吾不須此。且一經戴上，竟似戲中所扮漁婆。"語出，忽思及適所說漁翁一語，不覺顏色頓赬，伏案大嗽。業盟誓矣，又何諱焉？俄寶玉忽見余《秋窗風雨夕》詞，因取而誦之，大為稱賞。余立奪付之火，曰："此何值一讀！"寶玉笑曰："汝雖焚去，然我默思已熟。"余曰："余憊甚欲眠矣，汝當去，明日再來。"寶玉探懷出金錶視之，曰："已至亥初，茲亦當寢矣。"因攜燈而出，忽又回首曰："汝若需何物，可告我，當為汝取之。"余曰："然。"

秋光去矣，天氣漸寒。日來兀坐斗室，百無聊賴，幸自服寶釵燕窩後，病象漸有起色，余於此時，誠感寶釵不置也。今日寶釵偕香菱來。香菱，薛蟠愛妾也，年可十餘齡，容華絕代，聰慧動人，與余儕過從頗密，茲因薛蟠出遊金陵，寶釵乃邀入園中，挑燈伴讀，助作女紅，今日之來，特作外表周旋也。見余即笑曰："此後相聚之時多矣，苟得暇，務乞教我學詩。"余笑曰："汝欲學詩，須拜我為師，我雖不通，或可以相授矣。"香菱笑曰："如是，即拜汝為師，但勿嫌煩惱。"余曰："是何難？不過起承轉合，當中承轉，乃成對偶，平對仄，虛對實，實對虛。若果遇有奇句，並平仄虛實亦可不對。"今之以"牛"對"馬"，無篇無句者聽之。

香菱笑曰："無怪我嘗讀舊詩，有時對之極工，有時竟有不對，今聞汝言，始知之矣。"余曰："詞句猶第二事，第一立意要緊，若意趣一真，並詞句亦不用修飾，所謂不以辭害意也。"香菱曰："我極愛陸放翁'重簾不捲留香久，古硯微凹聚墨多'句，覺真切有趣。"余曰："斷不宜讀此種詩，汝儕因不知詩，所以一見淺近即愛，若一入此等格局，即不能作詩。今之油腔滑調，全無格律者聽之。汝若真心欲學，我此處有《王摩詰全集》，汝先將其五言律一百首，細心揣摩，然後再讀一百二十首老杜七言律，次之再將李青蓮七言絕句讀一二百首，腹中既先有此三人作底，後再將陶淵明、應、劉、謝、阮、庾、鮑等人詩集一閱，不越一稔，自不愁不成詩翁矣。"香菱笑曰："既如是，盍以書授我帶歸一讀？"余遂將王右丞五言律交與香菱，曰："內中凡經朱筆圈過者，俱爲余所選，有一首即讀一首，不能領會處，問汝家姑娘即知之。"香菱遂欣然攜詩去。

越數日，香菱含笑攜書至，欲向余換杜律。余笑曰："能記若干首？"香菱曰："凡紅圈余均讀之。"余曰："能否領悟？"香菱笑曰："頗知一二，但是否尚無把握也。"余笑曰："汝試言之。"香菱曰："以我思之，詩之佳處，祇可以意會，不可以言傳。有時似乎無理，然一經揣摩，竟是有理有情。"詩中三昧，不料於此得之。余笑曰："此語似也。但從何處見之？"香菱曰："吾觀其塞上一首，內云：'大漠孤煙直，長河落日圓。'澄心一思，煙如何直，日自是圓，'直'字似無理，'圓'字又太俗。然合上書一想，又似曾見此景，若欲再易兩字，竟百索不得。又有'日落江湖白，潮來天地青'，'白'、'青'兩字似亦無理。然必須此二字，方形容盡致。又有'渡頭餘落日，墟里上孤煙'兩句，吾真不審其'餘'字合'上'字如何想得來。憶我曩歲入京時，一日停舟蘆岸，四顧蒼茫，但有古樹數株，存於晚炊煙中，青碧連雲，餘霞成綺，一種蕭條之狀，使人黯然魂銷。不謂昨讀此詩，恍若又在荒江蘆荻中，詩之動人乃至如是也。"言際，寶玉、探春均至，及聆香菱之言，均笑曰："既如是，會心處不遠矣。"余笑顧香菱曰："汝謂'上孤煙'妙，尚不知此句乃自淵明'曖曖遠村樹①，依依墟裏煙'脱胎出來。"言已，即以淵明原詩與香菱觀之，香菱點頭嘆賞，曰："然則'上'字乃自'依依'二字化出。"寶玉笑曰："汝已經得其梗概，毋庸再講，再講反離矣。若就此做去，必成佳調。"探春笑曰："我明日補一束，請汝入社何如？"香菱笑曰："姑娘何苦嘲笑，我不過心中羨慕，才學此以爲消遣。"探春笑曰："誰非消遣，豈我輩認真作詩耶？"香菱因又向余假杜律，且央余擬題學作。余曰："昨夜月光至佳，即以此爲題，往作一首，限十四寒韻。"香菱即持去，無何，持稿示余。展而誦之，曰：

月到中天夜色寒，清光皎皎影團團。詩人助興常思玩，野客添愁不忍觀。翡翠樓邊懸玉鏡，珍珠簾外挂冰盤。良宵何用燒銀燭，晴彩輝煌映畫欄。

余笑曰："立意尚佳，但措詞不雅，皆因讀詩太少，被其束縛。兹請放膽再作一首。"香菱乃默然返，顧不入室，但徘徊於池邊樹下，或坐或立，狀如癲狂。寶釵等則立山上觀之，引爲笑樂。少刻，香菱復來，曰："吾頃又改作一首，務祈教正。"余見其惘惘之狀，亦殊憐之，因取而讀曰：

非銀非水映窗寒，試看晴空護玉盤。淡淡梅花香欲染，絲絲柳帶露初乾。祇疑殘雪塗金砌，恍若輕霜抹玉欄。夢醒西樓人迹絶，餘容猶可隔簾看。

讀畢，寶釵探春等俱至，索詩閲之。寶釵曰："造句却佳，但非吟月之作，若於月字下再增一色字，則得矣。"香菱自以爲此首已臻絶妙，及聞此，興况驟低，然又不肯棄置。乃背手步出闌干，立於緑竹之下，挖

---

① 村樹，陶詩通行本中作"人村"。

心搜膽，且行且思，既忽以手捧腮，現爲淺笑，未幾忽又愀然作悲狀。摹寫苦吟之狀，令我失笑。探春隔窗笑曰："菱姑娘亦當閑閑。"香菱怔曰："閑字乃十五刪韻，得勿誤耶？"衆大笑。寶釵曰："斯真成詩魔矣！顰兒造孽不淺。"余笑曰："聖人謂誨人不倦，彼來問，焉能不説？"李紈笑曰："吾儕盍攜其往藕香榭觀畫去？"余曰："善"。遂相率而出，見惜春方偃卧榻上，所繪大觀園圖，立於壁間，十停已得其三，並有美人倩影點綴其間。因指香菱曰："凡能詩者，均已上畫，汝今亦可列入矣。"顧香菱殊無心歡笑，仍呆然回去。逾日，余方起，忽見香菱欣然出稿示余，曰："此余夢中所得者，然仍不敢自信其佳也。"苦吟僧入定得句，將成功。余亟取讀之，曰：

精華欲掩料應難，影自娟娟魄自寒。一片砧敲千里白，半輪雞唱五更殘。綠蓑江上秋聞笛，紅袖樓頭夜倚闌。博得嫦娥應自問，何緣不使永團圞？

余笑曰："詞意清新，已獲成功矣。"時寶釵等亦至，均讚賞不置。余於此，益愛香菱之聰穎。余不學，雅好好學之人，故於香菱學詩，樂授之。抑余不惟愛其好學，且憐其遇而憫其孤。雖然，天下至可憐者乃爲孤苦之人，孤苦之人而獨聰穎，又能搖筆吟詩，殊屬不祥之事。余今教之，誠不啻造一重孽債也。噫！梅村云："窮年矻矻竟無成，徒使聲華受蕭索。"其悲憤如出一轍。

卷　　下

連日氣象陰霾，濃雲四合，北風獵獵，摧樹作聲。余知天且雪矣，乃命鵑兒炙炭於盆，與香菱共坐談詩。少刻寶釵、李紈等亦至，笑曰："顰丫頭誠可謂誨人不倦。"余笑曰："最好圍爐共話詩，今日天氣略寒，圍爐相對，故不覺其絮聒也。"李紈曰："香菱詩近日大有進境，吾儕詩社又增一健將矣。"言次，忽見老嬤數人匆匆入，笑曰："太太處有客至，姑娘、奶奶趣認親去！"李紈笑曰："是何語！究爲誰親戚乎？"老嬤笑曰："我原不識，但聞奶奶兩妹俱至，猶有一人，聞爲薛大姑娘之妹，又有一位爺，則薛大爺阿弟也。"寶釵曰："得勿吾家薛蝌攜其妹來此乎？"因相率而出。及至二舅母室中，則見釵光鬢影，群聚一室。詢之，一爲大舅母家嫂嫂暨其女岫煙；一爲李紈寡嬸暨其女李紋、李綺；一爲薛蟠從弟薛蝌暨其妹寶琴，緣寶琴幼字都中梅翰林之子爲媳，此來則爲發嫁也。三家原不相識，因中途泊舟一處，彼此叙談，始知爲親戚，故三家搭幫同行。此外尚有一人，即鳳姐之兄王仁也。衆見禮畢，歡忭異常，外祖母笑容本未嘗一去其頰，至是樂益不支。李紈、寶釵與彼等，本久別重逢，各叙離衷，自有許多叙述。余見狀，不禁又動身世之感，思彼等俱有親眷，俱有姊妹，親親密密，何等欣歡。己則一身無倚，形影相依，雙眼眈眈，徒看人家錦爛。嗟夫！不幸哉！余誠天下第一不幸之人也。淒涼人偏逢熱鬧事，真不覺頓有此感。思及此，心乃一酸，亟搴衣回瀟湘館，對景淒涼，不覺大哭。寶玉似知余情，亦追蹤至，溫存寬慰，無微不至，余見其殷殷之情，心良感之。

　　薛寶琴華年十五，豐容盛鬢，國色也。李紋、李綺，年與寶琴適相上下，丰姿綽約，亦才容俱絕。惟邢岫煙幽閑貞靜，不若彼等高華耳。外祖母於此數人中，愛寶琴尤甚，且使二舅母認爲義女，日與外祖母起居一處，一切待遇，無殊己之孫女。李紋、李綺則住稻香村。邢岫煙與迎春一處。於時史湘雲叔父適遷委外省，須挈眷出京，外祖母不忍湘雲遠離，又迎之來府，與寶釵同住蘅蕪院。從此大觀園中愈增熱鬧，簾前鬥草，檻外調鸚，或相攜於晚風駘蕩之中，或高歌於涼月初升之候，熙熙然固一極樂世界也。

　　重簾不捲，寶鼎香濃，獨坐蘭閨，煞無聊賴。適寶玉至，相與往蘅蕪院，至則湘雲、寶琴等俱在。寶琴身披鴨頂綠毛斗篷，金翠輝煌，令人目眩。湘雲笑曰："此衣初不易得，老太太竟舉以贈汝，足知愛汝至矣。"言次，琥珀忽入，笑顧寶釵曰："老太太適云，姑娘与琴姑娘，請勿過於拘管，彼欲如何便如何，苟有所需，告老太太可也。"寶釵笑應之，旋推寶琴曰："吾誠不知汝幾生修到，竟投入老太太之心坎，趣去，免在此委曲。吾殊不自信，吾何事不如汝。"湘雲笑曰："寶姐姐，汝雖戲言，却有人真有此心。"寶釵雖是戲言，然其視寶玉之戀黛玉，却真有是心，特借寶琴發之耳。琥珀大笑曰："吾知之，即彼是也。"言已，以手指寶玉、寶釵。湘雲笑曰："否。彼非此種人也。"琥珀又指余曰："然則，即爲彼也。"湘雲無語，寶釵笑曰："否否，我之妹妹，彼之憐愛較我尤甚，何至相惱乎？勿信雲兒混説。"寶玉聞語，頻向余偷視，若恐余聞此又生憤慨之心。寶玉偷視黛玉，具見深情，第錯認黛玉，故終至負心也。實則此戲言耳，何至猜忌。且余與寶釵芥蒂之心已釋，寶琴又聰明伶俐，自幼讀書，其視余也，較他人尤其親切，即老太太十分疼愛，又何預於我。然則寶玉誤矣。黛玉乃直心人，安得不爲人所算？

俄寶釵等往薛姨媽房中去。余亦歸室。寶玉隨之至，笑顧余曰："余雖曾讀《西廂記》，然有一語我實不解，茲爲妹言之可乎？"余聞言，知必有故，因笑曰："汝試言之。"寶玉笑曰："曾憶《鬧簡》内有云：'是幾時孟光接了梁鴻案？'此句本現成典故，但'是幾時'三字殊饒深趣。我今欲問汝，究是幾時接了案乎？試爲我解之。"余聞言，知彼乃指寶釵，不期失笑，曰："此三字一問，實臻妙境，今日汝舉以問我，則尤妙也。"寶玉笑曰："汝先祗疑我，今汝亦無言可答矣。"余笑曰："誰知彼竟是好人，我素日以爲彼好藏奸，竊嘗惡之。由今以觀，過乃在我，而不在彼。"彼此問答，均各不言而喻，可算心心相印。因自錯説酒令，寶釵如何勸我，以至饋送燕窩，病中所談之事，一一述告寶玉。黛玉錯疑寶玉，且錯認寶釵，一往情癡，殊堪痛惜。寶玉始知原故，因笑曰："我終日疑惑，正不知'是幾時孟光接了梁鴻案'，今聞汝言，始知自'小兒家口沒遮攔'上接了案也。"於時寶玉又言及寶琴，余自顧孑然一身，不免又動悲感，心中酸楚，乃迸爲熱淚，似欲偷沁眼角而出。寶玉勸曰："汝又自尋煩惱，汝試自觀，今年更比去年瘦矣。"余嘆曰："人生到此，瘦又奚礙？"言已又哭。寶玉曰："我思汝亦當自爲保養，何苦每日必尋事哭泣，一若不哭泣即不能了此一日事者，果何故哉？"余拭淚曰："汝尚不知，我近來但祇覺心酸，眼淚却比去年減少，蓋至淚枯時節矣。《西廂》云：'眼中流血，心內成灰。'我恰似之。"寶玉聞言，俯首一喟。種玉無緣，還珠有淚，傷哉！顰卿其淚少，其病益深矣！

於時忽見李紈鴉鬟至，謂天已雨雪，奶奶請商議明日作詩。寶玉大喜，亟催余同去。余見地已著雪，即取掐金挖雲紅香羊皮小靴易之，又加套大紅羽縐白狐皮鶴氅，繫以青金閃綠雙環四合如意宮縧，頭上冠以雪帽。妝畢命寶玉為余端視，寶玉笑曰："美哉！美哉！""粧罷低聲問夫婿，畫眉深淺入時無？"寶、黛斯時景況，仿佛似之。因與踏雪至稻香村。時姊妹行均至，均衣一色大紅猩猩氈與羽毛緞斗篷，惟李紈獨穿一件多羅呢對襟褂，寶釵則衣蓮青鬪紋錦上添花洋綫番耙絲鶴氅，最後史湘雲至，乃穿外祖母所與貂鼠腦袋面子、大毛黑灰裏子大褂，冠以挖雲鵝黃片金裏大紅猩猩氈昭君套，又圍以大貂鼠風領。余見而笑曰："孫行者來矣。"湘雲笑脫其褂曰："汝儕見我內衣，當更覺可笑。"衆觀其內穿秋香色盤金五色繡龍窄褃小袖掩襟短襖，內裏一件水紅妝緞狐肷褶子，腰中束以蝴蝶結子長穗五色宮縧，足下蹬鹿皮小靴，益顯其蜂腰猿背，鶴勢螂形。余笑曰："吾從未見女兒家好作小子裝束。"衆笑曰："彼作小子裝束，原較女兒更為俏麗也。"湘雲曰："趣商議作詩，何苦預他人事。"又曰："誰為東道主乎？"李紈曰："主意本我所出，因昨詩社正日已過，再等正日又太遠，適天已下雪，不如請衆湊一社，既可為遠客接風，又可以完我儕社課，汝儕以為何如？"寶玉曰："如此甚好，但今日太晚，若到明日，雪霽又無趣。"衆曰："現愈落愈大，明日未必晴，即晴，有此一夜，亦足賞矣。"李紈曰："我此處雖好，又不如蘆香亭，我已命人去籠地炕。老太太未必高興來，但送一信至鳳姐處可矣。"衆應諾。

次日晨起，推窗視之，雪已尺餘深矣。乃命紫鵑舀水，盥漱畢，逕往外祖母處早膳。湘雲因見席間新鮮鹿肉，乃與寶玉向鳳姐索取一塊，送往園中，以備自己烹食。余見而笑之。俄餐畢，同來園中，與珠大嫂等酌議，出題限韻。獨寶玉、湘雲不至，余笑曰："彼二人實難相聚一處，若在一處，必生出多少枝葉。此時定同去算計一塊鹿肉矣。"言次，李嬸娘至，笑問珠大嫂曰："何以一位帶玉哥兒與一位帶金麒麟姐兒，如此乾净清秀，偏能啖食生肉？噫！生肉可得而食耶？"帶金挂玉最礙黛玉之心，李嬸娘偏又語此，吾知黛玉心中必頓生無限感想。衆均失笑。余曰："此乃雲鴉頭鬧來，果不出我所算。"珠大嫂等亟出，找住寶玉、湘雲笑曰："爾等果欲食生肉者，可隨我到老太太處，即爲一隻生鹿撑病，與我無涉。"寶玉笑曰："豈有此事！燒好食耳。"言次，老婆子等已將鐵爐、鐵叉、鐵絲蒙等物攜來。珠大嫂等隨即入室，無何，平兒至，謂鳳姐有事纏身，未得附會。湘雲笑曰："然則汝可留此食肉矣。平兒因爲褪下手鐲，同坐烹食。褪下手鐲，爲下文失鐲張本。頃之，珠大嫂與探春已將題韻擬定，來催寶玉、湘雲。湘雲時正狂飲大嚼，笑曰："若非食此，斷不能作詩。"時寶琴亦至，身披鳧靨裘，悄立笑視，湘雲起讓同嘗，寶琴笑辭。寶釵曰："汝試嘗之，其味極美。汝林姐姐祇因身體孱弱，食難消化，不然，彼亦嗜此。"寶琴遂爲染指，亟稱鮮美。一時湘雲、寶琴、寶玉、平兒等，圍爐賭飲，歡悦逾常。忽鳳姐房中小鴉鬟來召平兒，平兒竟以湘雲之命，回復不去。湘雲豪爽清高，令人嚮往不置。有頃，鳳姐亦身披斗篷，踏雪而至，笑曰："汝儕食此佳味，竟吝而不告我耶？"言畢，亦同坐下。於是緑蟻新醅，紅泥小火，釵光鬢影，群繞爭鮮。余笑曰："何處來此一群乞兒，今日蘆雪亭遭劫，竟是雲鴉頭罪首矣。我當爲此亭放聲一哭！"湘雲冷笑應曰："井蛙語海，少見多怪。是真名士自風流。如汝輩粧點山林大架子，假號清高，真令人見之當作三日惡。吾儕此時雖腥膻大嚼，轉瞬還是錦心繡口。"假名士裝腔做勢，觀此能無汗顔？寶釵笑曰："回來如無好句，非將鹿肉重爲掏出不可。"衆均一笑。

霎時間，杯盤狼藉，群起盥手。忽平兒手鐲遺失一支，遍尋不獲，衆均異之。鳳姐笑曰："此物去向，我已知之。汝儕趣作詩去，不三日當出現矣。但我有一言，老太太謂又離年近，正月間當作幾首燈謎，大家取樂，不審芳意如何？"衆曰："善。"於是同來内間，仰視壁上，已將詩題韻腳格式貼出，乃即景聯句五言排律一首，限二蕭韻。但後面尚未列定次序，衆均推讓。寶釵曰："到底分出次序才是。"便令衆拈鬮爲序，起首恰是珠大嫂，然後按序開出。鳳姐笑曰："既如此，我亦胡謅一句在上如何？"衆笑曰："更妙。"寶釵因於稻香老農之上，添一鳳字。鳳姐思索半日，笑曰："汝儕勿哂，我有一句極粗語。"寶釵笑曰："試言之。"鳳姐笑曰："我想天欲雨雪，必起北風，昨夜北風獵獵，一夜未止。我有一句，即是'一夜北風緊'，不知可否？"衆聞言，相視笑曰："此句雖粗，却是善作詩者起法，且留下多少地步與後人，就以此句爲首可矣。"言次，鳳姐與李嬸娘、平兒均辭出。珠大嫂將鳳姐一句寫完，援筆續曰："開門雪尚飄。入泥憐潔白。"香菱續曰："匝地惜瓊瑤。有意榮枯草。"探春曰："無心飾萎苗。價高村釀熟。"李綺曰："年稔府糧饒。葭動灰飛管。"李紋曰："陽回斗轉杓。寒山已失翠。"岫煙曰："凍浦不生潮。易挂疏枝柳。"湘雲曰："難堆破葉蕉。麝煤融寶鼎。"寶琴曰："綺袖籠金貂。光奪窗前鏡。"余應曰："香粘壁上椒。斜風仍故故。"寶玉吟曰："清夢轉聊聊。何處梅花笛？"寶釵曰："誰家碧玉簫？鼇愁坤軸陷。"吟畢，亟命寶琴續，湘雲忽接曰："龍鬪陣雲銷。野岸回孤掉。"寶琴曰："吟鞭指灞橋。賜裘憐撫戍。"湘雲揚眉挺身曰："加絮念征徭。坳垤翻夷險。"寶釵連聲叫妙，因聯曰："枝柯怕動搖。皚皚輕趁步。"余應聲續曰："剪剪舞隨腰。苦茗成新賞。"吟次，恐爲湘雲所續，因推寶玉，寶玉含笑吟曰："孤松訂久要。鴻泥從印迹。"寶琴隨即續曰："林斧或聞樵。伏象千峰凸。"湘雲搶聲吟曰："盤蛇一逕遙。花緣經冷結。"余與衆等均讚美，探春因吟曰："色豈畏霜凋。深院驚寒雀。"時湘雲舉茗正飲，乃被岫煙續曰："空山泣老鴞。階墀隨上下。"湘雲亟吟曰："池水任浮漂。照耀臨清曉。"余聯曰："繽紛入永宵。誠忘三尺冷。"湘雲含笑吟曰："瑞釋九重焦。僵臥誰相問。"寶琴亦笑吟曰："狂遊客喜招。天機斷縞帶。"湘雲又應曰："海市失鮫綃。"余不容其道出，即曰："寂寞封臺榭。"湘雲笑應曰："清貧懷簞瓢。"寶琴亦不容情，即曰："烹茶水漸沸。"湘雲連笑吟曰："煮酒葉難燒。"寶玉亦笑曰："沒帚山僧掃。"寶琴亦笑曰："埋琴稚子挑。"湘雲狂笑不禁，隨吟一句，不辨爲何。余等笑曰：「究爲何語乎？」湘雲曰：「石樓閑睡鶴。」余高聲嚷曰：「錦罽湲親貓。」寶琴曰：「月窟翻銀浪。」湘雲即對曰：「城霞隱赤標。」余曰：「沁梅香可嚼。」寶釵笑謂妙極，因吟曰：「湘竹醉堪調。」寶琴曰：「或濕鴛鴦帶。」湘雲連續曰：「時凝翡翠翹。」余曰：「無風仍脈脈。」寶琴對曰：「不雨亦瀟瀟。」余推湘雲速聯，湘雲伏倒寶釵懷中，癡笑不語。余曰：「法亦有才盡力窮時矣。」寶釵亦捉其腕，推曰：「今亦祇如悶口胡蘆耶！汝欲炫才，盡將二蕭韻用完？」湘雲起身，笑曰：「此並非作詩，竟是搶命耳。」衆均一粲。探春即將各人聯句，一一繕好，因謂尚未結住，李綺姊妹因即續曰：「欲誌今朝樂，憑詩祝舜堯。」余等評論一回，惟湘雲最多，因笑曰：「此是一塊鹿肉功勞矣。」珠大嫂曰：「逐句評去，却還一氣，祇是寶玉又作劉蕡矣。」因命寶玉往櫳翠庵妙玉處，折紅梅一枝以罰，寶玉欣諾。余與湘雲同煖酒一樽，與其壓寒，寶玉飲畢，冒雪而去。珠大嫂欲命人與其同往，余曰：「不必，有則反令其不安矣。」寶玉乞紅梅，珠大嫂欲遣人同去，是直心人；黛玉不欲令人同去，是慧心人。各樣心腸，各自好看。珠大嫂隨命鴉鬟將美女聳肩瓶取出貯水，預備插梅，笑曰：「良會不常，好花難得，汝等當吟紅梅矣。」湘雲即請先咏，寶釵不可，因謂：「今日惟汝最多，寶玉既自言不善聯句，不如將此罰彼。」余曰：「善。但我尚有一議，今日聯句不毅，莫若揀少數諸人，各咏一首。」寶釵笑曰：「適間邢、李三位屈才，況屬來賓，琴兒與顰兒、雲兒皆占多數。於今吾儕一概擱筆，讓彼三人各咏一首。」珠大嫂曰：「綺兒不大善此，還讓琴妹妹可矣。」寶釵曰：「諾」。因言即用紅梅花爲韻，每人七律一首，邢大妹妹得紅字，李大妹妹得梅字，琴兒得花字。珠大嫂曰：「獨使寶玉漏網，終非余願。」湘雲笑曰：「我有一極善辦法，何不命彼作『訪妙玉乞紅梅』詩一首，不更有趣耶！」余曰：「善」。言次，寶玉手擎紅梅一枝，翩躚而入，鴉鬟連代接過，探春又斟煖酒一樽，遞與飲畢。適襲人送來狐腋皮袿一件，寶玉服竟，湘雲即將前議告知寶玉，寶玉極爲同意，但求勿再拘韻。衆曰：「可。」余等因同賞梅，祇見老幹槎枒，約有二尺餘高，傍有一枝，足長二尺。其間小枝分歧，或如蟠螭，或如僵蚓，或孤削如筆，或密聚如林，絳萼著霜，瓊英綴雪，真不知幾生修得到也。有頃，岫煙、李紋、寶琴詩均脫稿，遞與余等共視。其詩曰：

　　桃未芳菲杏未紅，冲寒先喜笑東風。魂飛庾嶺春難辨，霞隔羅浮夢未通。綠萼添妝融寶炬，縞仙扶醉跨殘虹。看來豈是尋常色，濃淡由他冰雪中。（邢岫煙）
　　白梅懶賦賦紅梅，逞豔先迎醉眼開。凍臉有痕皆是血，酸心無恨亦成灰。誤吞丹藥移真骨，偷下瑤臺脫舊胎。江北江南春燦爛，寄言蜂蝶漫疑猜。（李紋）
　　疏是枝條豔是花，春妝兒女競奢華。閒庭曲檻無餘雪，流水空山有落霞。幽夢冷隨紅袖笛，遊仙香泛絳河槎。前身定是瑤臺種，無復相疑色相差。（薛寶琴）

余等閱畢，各為讚美，並以寶琴一首為尤妙。寶釵笑曰："汝儕鎮日戲余不足，又思笑彼耶！"因催寶玉速作，寶玉笑曰："造成數語，忽聆佳作，陽春白雪，令人醉倒，真如小巫見大巫，神氣都盡矣，奈何？"湘雲笑執銅火箸戲擊，催曰："若鼓絕不成，當更罰！"寶玉勉成七律一首，余代寫出，曰：

　　酒未開樽句未裁，尋春問臘到蓬萊。不求大士瓶中露，為乞霜娥檻外梅。入世冷挑紅雪去，離塵香割紫雲來。槎枒誰惜詩肩瘦，衣上猶沾佛院苔。

寫畢，笑曰："起句平平，接聯亦祗小巧，以此求試，無怪孫山外長宜汝題名處也。"語次，忽小鴉鬟入報曰："老太太至矣。"余等同出相迎，則見外祖母身披斗篷，頭帶灰鼠暖兜，乘小竹轎，上撐青油綢傘，鴛鴦等五六人環繞而來。余等迎入，珠大嫂亟為捧過手爐，探春另換一副杯箸，斟上煖酒。外祖母亦略進食，因問余等作何勾當，群以作詩對。

外祖母曰："不如作幾首燈謎有趣。"眾頷之。有頃，外祖母謂此間潮濕過甚，不宜久坐，招余往惜春處觀畫。余等遵命隨往，過藕香榭，出一夾道，至西過街門，樓外嵌有"穿雲"二字，樓內嵌有"度月"二字，字迹遒勁，形類蝌蚪。門盡登堂，堂南向，外祖母下輿，惜春亟出迎，進後廊臥房之煖香塢。猩紅簾捲，溫氣宜人，煦煦然大非蘆雪亭蕭瑟氣象。入室分坐。外祖母與惜春絮聒半晌，忽見鳳姐身披紫羯絨褂，含笑而入，又與外祖母嘮叨一回。知晚膳已備，因隨外祖母同出，穿夾道之東門，粉牆高聳，雪光如銀，炫人眉睫。忽見寶琴披鳧靨裘，遙立山脊，旁一鴉鬟斜抱紅梅一枝，風緻翩翩，望之疑爲神仙中人。外祖母遙指，笑曰："汝看此等人物，此等衣裳，又有此等冶豔梅花，兩相映合，其爲藐姑仙子耶！"余等對曰："殆如老太太房中仇十洲所畫《豔雪圖》。"外祖母搖首笑曰："那能及此。"言次，又見寶琴身後轉出一人，身披大紅猩猩氈斗篷，與此絕白之雪光相爭耀，愈增彩煥。外祖母亟問爲誰，余等應曰："寶玉。"俄寶玉、寶琴同至，並謂適間往櫳翠庵，妙玉竟將紅梅各饋一枝，已命人送去。余等略一道謝，遂同往外祖母處就餐。妙玉塵心未淨，且甚愛寶玉，前者品茶櫳翠庵時，妙玉曾云，寶玉獨自來此，則不給茶吃，何以紅梅花，寶玉一人去偏能折來，且去第二次分送各人一枝？是知前云不給茶吃是假撇清，此次分送紅梅，亦是假掩飾。黛玉記此，而乃道謝寶玉，已觀其微矣。

越日天霽，余梳洗畢，又來外祖母室中。時姊妹行均在座，外祖母因囑惜春年底勿論如何，必將大觀園圖畫好，並將昨日琴兒與鴉頭亦須照式寫出。惜春聞言，似覺費手，凝神呆立，若有所思。余等相視，笑曰："兹又增一難題矣。"珠大嫂曰："何苦預他人事。昨日老太太命作燈謎，何不預爲之，我已編成四書兩首，綺兒、紋兒亦已各成一首，但不知佳否？"余等因請念出，珠大嫂念曰："觀音未有世家傳，打四書一句。"湘雲連應曰："在止於至善。"寶釵笑曰："急性兒，汝亦試思，'世家傳'三字是何實意，又來搶命耶！"余笑曰："想是'雖善無徵'。"眾曰："然"。珠大嫂又曰："一池青草草何名。"湘雲又應曰："一定是'蒲蘆也'。"眾笑曰："然。"珠大嫂又代李紋曰："水向石邊流出冷，打一古人名。"探春曰："想是山濤。"衆均點首。珠大嫂又曰："綺兒是一'螢'字，打一字。"余等思索一遍，莫得其解。半晌，寶琴笑曰："此字立意深妙，不知是'花'字否？"珠大嫂曰："然。"衆問曰："螢與花何干？"余笑曰："妙極，妙極，螢非草所化耶？"衆均會意。寶釵笑曰："此等雖好，祇恐深刻太過，難適老太太意，不如改作幾首淺近俗物，雅俗共賞爲妙。"作燈謎小事耳，寶釵必求合乎賈母之意，可見其平日處心積慮，思結賈母之歡心，而爭寶玉於無形也。衆曰："善"。湘雲搔首沉思曰："我已編成一支《點絳唇》，却是俗物，汝等試猜。"衆聽其詞曰：

溪壑分離，紅塵遊戲，真何趣？名利猶虛，後事終難覓。

衆均不解，有猜和尚者，有猜道士者，有猜偶人戲者。寶玉笑曰："均不妥，以我思之，必爲耍猴兒。"湘雲曰："然"。余等笑曰："前半頗似，末句不知作如何解？"湘雲笑曰："世間耍猴，誰非剁下修尾耶？"猴兒如是，吾儕人類，何莫不然。世之挣扎過甚者，盍一視此？衆爲哄堂。寶釵亦編成一首，隨念曰："縷檀鎸梓一層層，豈係良工堆砌成？雖是半天風雨過，何曾聞得梵鈴聲。"寶釵燈謎似是樹上松毯。

念畢，寶玉亦念其一首曰："天上人間兩杳茫，琅玕節過謹提防。鸞音鶴信須凝睇，好把歔欷答上蒼。"寶玉燈謎似是風箏琴，俗名鷂鞭。余適亦編成一首曰："騄駬何勞縛紫繩？馳城逐塹勢狰獰。主人指示風雲動，鼇背三山獨立名。"黛玉燈謎似是走馬燈。探春亦成一首，方待念出，忽寶琴曰："我有十首懷古詩，均係少日經過古迹，詩雖粗鄙，却暗隱俗物十件。諸姊妹請賞一猜。"余等即請寫出，寶琴一揮而就，遞與余等傳視，曰：

赤壁懷古

赤壁沉埋水不流，徒留名姓載空舟。喧闐一炬悲風冷，無限陰魂在內遊。《赤壁懷古》，似是五月間各地所燒紙龍船。

交趾懷古

銅柱金城振紀綱，聲傳海外播戎羌。馬援自是功勞大，鐵笛無煩說子房。《交趾懷古》，似是馬上招軍，俗名喇叭。

鍾山懷古

名利何曾絆此身，無端被詔出凡塵。牽連大抵難休絕，休怨他人嘲笑頻。《鍾山懷古》似是耍猴兒。

淮陰懷古

壯士須防惡犬欺，三齊位定蓋棺時。寄言世俗休輕鄙，一飯之恩死也知。

廣陵懷古

蟬噪鴉棲轉眼過，隋堤風景近如何？祇緣占盡風流號，惹得紛紛口舌多。《廣陵懷古》似是柳絮。

桃葉渡懷古

衰草閑花映淺池，桃枝桃葉總分離。六朝梁棟多如許，小照空懸壁上題。

青塚懷古

黑水茫茫咽不流，冰絃撥盡曲中愁。漢家制度誠堪笑，樗櫟應慚萬古羞。《青塚懷古》似是匠人墨斗。

馬嵬懷古

寂寞脂痕積汗光，溫柔一旦付東洋。祇因遺得風流迹，此日衣裳尚有香。

蒲東寺懷古

小紅骨賤一身輕，私掖偷期強撮成。雖被夫人時吊起，已經勾引彼同行。《蒲東寺懷古》似是紅天燈。

梅花觀懷古

不在梅邊在柳邊，個中誰拾畫嬋娟。團圓莫憶春香到，一別西風又一年。《梅花觀懷古》是紈扇。

眾閱畢，率贊奇妙。獨寶釵笑曰："前八首均係史鑒所有，後二首似覺無據，吾儕不大會解，不如另作二首爲佳。"寶釵處處假正經，乃至此二首燈謎，亦作此假道學語，可恨已極。余應曰："法亦太膠柱鼓瑟，矯揉造作矣。兩首於正史雖無考，不知其底蘊，豈兩齣戲曲亦未聽過耶！"探春曰："然"。珠大嫂亦曰："此不過琴妹妹少日經過地方，雖此二事無考，天下事無非以訛傳訛，每見好事者，竟故意造出古迹以愚人。即如關公墳墓，我那年來京之際，得見數處，關公一身事業皆是有據，何得有如許墳墓？自是後人敬愛其人，即從此敬愛上穿鑿附會，亦是人情不免。至於《廣興記》所載，又不獨關公爲然，凡古來有名望人，其墳墓廟宇幾於無處不有，其餘無考據之古迹，更不可勝記。此二首詩雖言無考，凡說書演戲無不敘來歷歷，婦孺皆知。又並非《西廂記》、《牡丹亭》詞曲，恐爲邪書，有傷風化。余意似無須改。"珠大嫂侃言正論，直足奪假道學之氣，宜寶釵之垂頭莫對也。寶釵不能對。余等遂同猜其謎底，半晌不解。因同起晚餐，適有人回二舅母，謂襲人之母抱病垂危，其兄花自芳懇恩暫假歸省，二舅母慨然許可。未幾，襲人母竟死。

自薛、李、邢諸姊妹來後，大觀園中頓增一種極樂景象，連朝圍爐賭咏，擊鉢催題，或割半味之甘，或共一花之賞，氈簾夕設，冰盞晨敲，幾無少間。余雖夙昔善病，而得與彼輩樽酒流連，亦覺彩興勃發，抑鬱潛消。一日，寶釵姊妹並岫煙同來余室，熏籠圍坐，談笑正劇。忽寶玉亦跨步入，笑曰："好一幅冬閨集豔圖也。"言次見余煖閣中玉石盆內，單瓣水仙一盆，極力稱讚，因問昨日何以未見。余笑曰："此係汝家大總管賴大奶贈與寶琴，余乃寶琴所轉贈耳。汝如愛此，余更舉以相贈，如何？"寶玉笑曰："焉敢割人所愛。"余曰："非此謂也。我鎮日服藥為生，藥爐中火無時少熄，那更禁花氣相薰。況且藥氣氤氳，反將花香攪壞，不如贈汝，此花生受多矣。"寶玉因曰："吾儕明日社課又有好題目矣，就詠臘梅、水仙。"余笑曰："已而，作一回，罰一回，不如藏拙為妙。"言畢，以指劃面以羞之。寶玉笑曰："何苦戲我！"寶釵笑曰："汝自不知羞，尚何言哉？"又曰："下次我邀一社，四首詩，四闋詞，頭一詩題詠太極圖，限一先全韻五言排律。汝等以為如何？"寶琴笑曰："如此竟非起社，分明是難人，就使強扯成篇，不過顛來倒去，將《易經》翻出生填，究竟有何趣味？曾記余八歲時，隨余父往西海沿買洋貨，遇一真真國女子，三五年華，其儀容妝束，與西洋美女畫無異。黃髮垂圍，滿頭堆帶珊瑚、瑪瑙、貓兒眼、祖母綠諸珍物，身穿金絲所織鎖甲洋錦襖袖，腰帶倭刀，無非鑲金嵌寶。群言其尤通中國書籍，並善詩詞，因此余父央人求書，字跡韶秀，即其所作五言律句一首。"寶玉曰："盍與吾儕一觀？"寶琴笑曰："此在金陵收藏，將何處尋找耶？"余拉其臂，笑曰："汝勿欺余，余固知汝此次之來，此等物件未必放在家中，此時又打誑語，余斷不信。"寶琴雙頰紅暈，低頭微笑。寶釵笑曰："顰兒慣好作此等語，使人無言可對，亦太伶俐過矣。"余笑曰："既帶來，就給吾儕見識可矣。"寶釵笑曰："如許箱籠，知在何處，俟後日清理出來，再看如何？"又向寶琴曰："汝如記得，盍念出吾儕一聽？"寶琴曰："善。"寶釵又使鴉頭請湘雲、香菱至，寶琴先告其原委，再念曰：

昨夜朱樓夢，今宵水國吟。島雲蒸大海，嵐氣接叢林。月本無今古，情緣自淺深。漢南春歷歷，焉得不關心？

念畢，群爭贊異。余曩思文字之盛，推余中夏，此外窮嶼孤島，率多獉獉狉狉，冥頑無知。而今竟有此纏綿溫麗之能詩女子，可知造物生才，原無畛域。孟子曰："人之所以異於禽獸者幾希。"余詎能長以肉眼相天下人哉！頃之，二舅母遣人來召寶玉，衆遂辭出。寶玉獨遲遲在後，似欲與余語，余曰："襲人何時可歸？"寶玉曰："當俟送殯後。"余此時忽覺寸心怦怦，有千萬衷腸鬱結欲吐，半晌竟不能作一語。準備著千言萬語，到相逢一句也無。寶、黛見面時，每多如此。蓋凡能盡情傾吐者，俱非情之至也。既乃笑曰："明日再談。"語出，寶玉亦若未聞，時方癡立階前，垂首如有所思，既而回身問余曰："邇來夜長甚，汝一宵咳嗽幾次？醒幾次？身子近覺如何？"余曰："昨日稍愈，祇嗽兩遍耳。"寶玉笑曰："我有一緊要語告汝。"言次，挨身近余曰："我想寶姐送汝燕窩……"一語未竟，忽趙姨娘至，連問余好。余知其方自探春處來，亟陪笑迎之，並以目示寶玉，寶玉會意，悵然逡去。挨身近語，復使眼色，趙姨娘能不心疑？顰卿真是貽人口實。

歲月不留，韶光如駛，蓬蓬臘鼓，轉瞬又歲除時矣。賈府祭奠之盛。爲余素見，然爾時作客者，祇余與寶釵二人，異鄉風味，祇令人悲。今得與薛、李、邢諸姊妹群相過從，情既相親，趣亦彌永，遂得暢觀其盛。是日，由余外祖母以次，凡有封誥者，均按品級著朝服進宮，朝賀畢，然後同來家祠。是祠在寧府之西角另一院子，黑油栅欄，內五間。大門上懸一匾，顏曰"賈氏宗祠"四字，旁書"特晉爵太傅前翰林院掌院事王希獻書"。兩邊長聯一幅，聯曰：

　　肝腦塗地，兆姓賴保育之恩；功名貫天，百代仰蒸嘗之盛。

亦是太傅所書。入院，白石甬道，兩旁蒼松翠柏，倍極蕭森。月臺上設古銅鼎彝等物。抱廈前面懸一塊九龍金匾，顏曰"星輝輔弼"，左右亦有短聯一幅曰：

勳業有光昭日月；功名無間及兒孫。

正殿前，懸一方鬧龍填青匾，顏曰"慎終追遠"，兩邊亦有短聯一幅曰：

已後兒孫承福德；至今黎庶念寧榮。

俱屬御筆。內間燈燭輝煌，錦帳繡幕，賈府中人兩傍鵠立，敬舅主祭，赦舅陪祭，珍哥獻爵，璉哥等獻帛，寶玉捧香，賈菖等展拜墊，守焚池。青衣奏樂，三獻爵，興拜畢，焚帛奠酒。禮畢，樂止，退出。群隨外祖母來正堂，堂上懸榮、寧二公遺像，皆係披蟒腰玉，兩旁並幾軸列祖遺真，鬚眉颯颯，大有生氣。賈荇、賈芷等從內儀門挨次列站，直至正堂廊下。檻外爲余敬舅、赦舅等。檻內爲各女眷，余等即隨三春姊妹亦在檻內，其餘家人厮僕皆在儀外門。每一菜至，傳至儀門，賈荇、賈芷接過，按次傳至階下敬舅手中。賈蓉係長房長孫，獨伊隨諸女眷在檻內，每敬舅捧菜至，傳於賈蓉，賈蓉又傳其後娶之妻，又傳鳳姐、尤大嫂等，直至供桌前，方傳於余二舅母，二舅母即傳於外祖母，外祖母方捧至案上。邢大舅母在供桌之西，東向立，同外祖母供放，直將菜飯湯點茶酒傳完，賈蓉方退出，歸於賈芹階位之首。當時凡從文旁者，敬舅爲首；次從玉旁者，珍哥爲首；再次從草頭者，賈蓉爲首。左昭右穆，男東女西。俟余外祖母拈香下拜，衆等方齊跪下，幾將五間大廳，三間抱厦，內外廊簷，階上階下，兩丹墀內，花團錦簇，塞無餘地。鴉雀無聲，祇聽鏘鏗丁當，金鈴玉佩，微微搖曳之聲，並起跪靴履颯遝之聲。一時禮畢，敬舅、赦舅等亟退出，至榮府，專候與外祖母行禮，我儕則隨往寧府。時尤大嫂房中鋪滿紅氈，當地放一象鼻三足泥鰍鎦金琺瑯大火盆。正面炕上，鋪一新猩紅氈，併設大紅彩繡雲龍捧壽靠背、引枕、坐褥，外另有黑狐皮袱子，白狐皮坐褥，請外祖母坐下。兩邊又鋪皮褥，讓外祖母一輩兩三妯娌同座，下邊小炕亦鋪皮褥，讓邢、王舅母等同座。其餘兩面相對，十二張雕漆椅上，均係一色灰鼠椅搭小褥，讓余等分座。鳳姐與珠大嫂並賈蓉媳婦等，均在地下伺候。頃之，茶畢，外祖母乘輿而歸，余等圍隨，同來榮府。外祖母之正室，亦是錦裀繡褥，煥然一新。當地火盆內，焚松柏香、百合草，襲人鼻觀。一時賈府上下，長幼男女，併余等姊妹同行禮畢，然後分押歲錢，并荷包、金銀錁等物，擺合歡宴，獻屠蘇酒、合歡湯、吉祥果、如意糕畢，外祖母始進內，衆等漸次散出。是夕人聲雜遝，笑語喧闐，爆竹煙火，繹絡不絕。至次日五鼓，外祖母等按品大粧，入朝慶賀畢，又至寧府，祭過列祖，大家又行禮一次，始完。自此日後，各處親友請酒聽戲，往來不斷，無可紀述。但余嘗聞先民有言，世祿之家，鮮克有禮，而賈府此次諸事，亦覺循規蹈距，井井有條，不知係由衷歟？抑係偽飾歟？則余不得而知。賈府幾無乾淨人，想黛玉早已窺之，此則評斷模稜，蓋爲其所居者諱也。

　　元旦後，賈府宴會乃無虛夕。回憶余幼時，每逢新春歲首，賀客盈門，余父母恒攜余至庭前，授以月明花粲之曲，其熱鬧正不減於今日之賈府，今忽忽已十年於茲矣。此十年之光陰，直同一瞬，而余家興替，亦因是而易，在往昔所視爲極樂之元旦日，至是適成余傷心之辰，雖然，余今年今日，尚在世間度此傷心之辰，來年來日，能否再在世間度此傷心之辰，尤不可知。歲月如流，紅顏易謝，奈之何哉！曩余在韶齡，頗負盛名，而且家庭無故，心地歡欣，海闊天空，睥睨一世。今則家庭破碎，故我依然緬懷宿昔，不禁悵惘。顰卿記此，或亦涕不可抑也，傷哉！

　　千門月度，九陌燈連，忽忽又是上元節矣。余因日忙於酬酢，致精神困憊，無力支持。且余於紛華熱鬧之中，愈增身世淒涼之感，讀"每逢佳節倍思親"句，尤覺潸然泣下。嗟夫！造物生人，何故低昂其命運？試遍觀大觀園中，如寶釵、寶琴、湘雲等，誰非福慧雙修，榮華俱備？獨於余也，既靳其天倫之樂，復絕其立錐之地，飄萍斷梗，無以爲生，四顧茫茫，如瀕絕境。外祖母雖憐余，愛之如擎珠掌上，顧余女子也，安能久住於此？且外祖母風燭年華，享受世間幸福，能有幾年？外祖母一瞑目，余勢不得不舍此他去，顧余又向何處去哉！余年已長，余誠不能自諱，終須歸於一人。然余雙親已逝，誰為主持之人？若曩昔鳳姐所吐之語，果能成為事實，余心亦可稍安，然忽忽至今，更無一人提及，則此事亦祇等於鏡花水月耳，尚何望哉！長空哀雁，巫峽啼猿，幾令人不能卒讀，真是妙文。

燈節過後，未幾，湘雲抱病，鳳姐因連日困憊，亦抱病未起。二舅母即命珠大嫂、探春、寶釵三人暫代料理家政。故雖際此豔陽天氣，而詩社久為擱起，春閨默處，愀然寡歡，杏花零落燕泥香，惟有徒呼負負耳。

"你若知我害相思，我甘心兒為你死"，此二句乃《續會真記》中寫張生情急語也。寶玉嘗舉以語余，意似戲余，又似藉此以偵余情，究竟彼心地若何，余亦不能盡知。若以其平昔姊妹行觀之，其視余又似有一種異感，其用意之深，用情之篤，正不下於當日張解元。余何人也，能不為之銘心刻骨，而感其情也哉？顧余雖感其情，余究又何以酬其情。余書至此，不禁又淚下涔涔矣。先是一日，寶玉過余，余適午睡未起，寶玉恐驚余好夢，因與紫鵑款語，且殷殷詢余病狀。紫鵑對以'邇來稍愈'，寶玉大喜。紫鵑者，余鴉鬟中最慧，善識余意者也。余與寶玉之情，彼亦素知，然祇口頭空語而無正約，將來能否如願相償，尚屬太虛飄緲。而寶玉胸中是否已有主見，又不可知，以是長為余慮。頃見余睡未醒，紫鵑因試之曰："寶玉，我有一言問汝，去年見汝與姑娘才言燕窩一語，忽被趙姨娘驚斷，未得續述，我心戚戚，不知尚有何言？"寶玉笑曰："並無別事，不過我想妹妹既吃燕窩，不可中止。寶姐亦是客中，斷無此不盡之藏，長勞彼贈，實覺不便，所以代稟老太太並鳳姐，每日命人送一兩燕窩來耳。"紫鵑笑曰："我等正疑惑，近來無故每日送來燕窩，今知為汝所請，真使姑娘感激無既矣。雖然，此福難長，明年家去，何處有此閒錢，以供揮霍。"寶玉驚曰："誰家去耶？"紫鵑曰："姑娘回姑蘇耳。"寶玉笑曰："蘇州雖係原籍，然姑丈、姑母均已下世，明年回去，果依誰耶？"紫鵑冷笑應曰："汝太小覷人矣。汝家獨是大族，人口眾多，除汝家外，別人惟有一父一母，房族中再無一人耶？況姑娘之來，原因老太太憐其年幼，雖有伯叔，總非親生，故特迎來暫住。今姑娘年已及笄，不時出閣，自然須回林府。林府雖貧，亦是世代書香，斷不願將自己人撇在親戚冷落恥笑。所以早則明春，遲則秋季，縱此間無人送往蘇州，亦必有人來接，所以姑娘囑我告汝，請汝將幼時頑耍零細諸物，有彼送汝者，有汝送彼者，俱當尋出還原，以便分手。"情詞試寶玉，自是紫鵑一片苦心，不可以因其增人話柄而罪之，蓋謀事深沉，殊未足以語弱女子也。寶玉聞言，似未作答，余亦心緒煩亂，不忍再聽。嗟夫！余果南歸，寶玉不知果作何狀，其挽留耶？抑否耶？而今挽留，將來又作何收束？身世茫茫，祇有付之一哭耳。

繡衾春暖，好夢留人，一覺間已欄干日過矣。乃命紫鵑舀水，盥漱畢，然後服藥。忽見襲人匆匆入，淚痕滿頰，急怒堆目，厥狀大異往日。余深訝之，連起讓坐，襲人不答。襲人不過一丫頭耳，乃於寶玉之病作如許醜態，真令人作三日惡。亟找紫鵑曰："汝與寶玉頃作何語，速與我回老太太去！"余聞言，知寶玉癡病又發矣，佯問何事。襲人凝神半晌，悒悒言曰："我亦不知紫鵑姑娘所說何事，但見寶玉歸時，手冷足僵，聲嘶氣竭，與死無異，李媽媽等均放聲大哭，言無可救。我想，此時或已死矣！"余忽聞此，幾如暴雷擊頂，竊想李媽閱世久，所言非無所見。霎時心如刀剜，將所服之藥一口嘔出，炙胃扇肝，抖腸搜肺，又大嗽數陣，覺寸心空然，一縷柔魂已離壳而出。寶玉聞紫鵑言，急痛迷心；黛玉聞襲人言，魂飛霄外。真是一對情種。然形迹顯然，貽人口實，彼日伺其側，視眈眈、欲逐逐之寶釵益得肆其狡謀矣。可嘆，可恨！紫鵑亟為余搥背，余伏枕喘息，半日始鎮力言曰："汝無庸搥，速用繩將我勒死可矣。"紫鵑哭曰："何苦如此，我不過偶作戲語，彼誤為真耳。"余佯嗔曰："果又作何語耶？我今勿問其為真為戲，但其病既為汝言所致，還須汝去解之。"紫鵑聞言，亟與襲人同往。余復遣人往探，知寶玉神情恍惚，言語迷離，厥狀大似癲癇。嗟夫！寶玉此病，純是紫鵑一言所激耳。然則彼不欲余南歸，已成確證，其心可感，其情亦可憐矣。

寶玉之病，既經紫鵑勸慰，乃略安靜，外祖母遂命暫侍寶玉。余獨處瀟湘館中，愈覺岑寂，有時亦思往視寶玉，又恐觸其心疾，以貽他人之笑，欲行又止，欲止又行，對影徘徊，祇有拚一眶酸淚，向窗外琅玕盡情一哭耳。傷哉！顰卿從此後甘心爲寶玉死矣！閱數日，紫鵑歸，謂寶玉已愈，且爲余述其試寶玉之誑語，暨寶玉病中情狀。尤堪發噱者，一日林之孝來園，寶玉一聞林字，遂疑爲迎余之人，於時適見案上陳設西洋自行船，遂疑爲迎余之船，蛇影杯弓，自驚自懼。嗚呼！在紫鵑不過一戲言耳，寶玉幾爲此一病不起。使余一旦真去，一旦真死，吾不知其更何如耶！余雖感其情篤，余尤笑其情癡。

　　紫鵑既歸，夜間仍伴余宿，臨寢時，頻以目顧余，意似有一事相告，頗訝之。既而一思，彼所告者必爲寶玉之事，寸心忡忡，雅不欲聽。既而寢矣，紫鵑果悄然顧余曰：「寶玉之心，可謂鐵石堅矣。」語出，余心一躍，似喜又似極憂，亟欲止其言，然力已不能。但聞彼又曰：「苟非其心堅，何至一聞我等欲去，即一病至此？」余仍瞑目不應。紫鵑至此頗訝余何故作此冷態，則又自言曰：「一動不如一靜，如此間可謂好室家。凡事均易求，最難是從小時一處長成，性情脾氣彼此深知耳。」余聞語，知其又以試寶玉之心來試余，屢思不應，而情潮疊湧，不能自已。因啐之曰：「汝連朝忙碌，當亦困乏，此時不就寢，猶讕言耶！」紫鵑笑曰：「我並非讕言，一片真心，實爲姑娘計耳。蓋凡爲女子，年華既長，終須歸於一人。姑娘既無父母，又鮮兄弟，不於此時早爲之圖，更將何待？俗語云：『老健春寒秋後熱，』倘使老太太一旦逝去，爾時恐難措手。紫鵑丹忱素悃，的是可兒，世有其人，願拜倒石榴裙下。就使如願相償，而公子王孫，誰非三房五妾，倚翠偎紅？即令獲一天仙化美人，亦不過三宵五夜，棄如敝屣。若娘家有人有勢，尚有投訴之處，如姑娘孑然一身，加以老太太不在，徒憑人欺負已耳，更復何望？豈知欺負黛玉者，乃其最親、最愛之老太太，人情如此，能無慨嘆。姑娘平昔慧甚，豈不聞『萬兩黃金容易得，知心一個也難求』之言乎？」嗟夫！紫鵑之言當也。顧余將又何法以處此，中心傷感，莫可言宣。乃强笑曰：「鵑丫頭瘋耶！明日我回老太太，不敢留汝矣。」紫娟笑曰：「我之言此，亦非越禮犯經，不過請姑娘隨時留心，勿貽噬臍之悔耳。"言畢，竟自睡去。余細味此語，句句刺心，益思益慮，益慮益思，方寸靈臺，如鼎之沸，清淚琳琅，珠拋乙乙，竊恨彼蒼無語，不得呵壁而一問之。次日，爲薛姨媽生日，自外祖母以次，均有祝賀之禮。余亦備針綫兩色，命紫鵑送去，而病骨驚風，遂未赴席。是日，聞亦有小戲一本，頗形熱鬧。並聞邢岫煙已由外祖母撮合，許與薛姨媽之姪薛蝌爲妻，不日成禮。同此孤雛身世，彼已得寄一枝，視余之苦海茫茫，尚無彼岸者，能不爲之感嘆耶！對別人巧語花言，背地裏愁眉淚眼，黛玉情性乃大類此，實則無法處置，祇有任情痛哭耳。

春光似錦，燕子穿簾，病體懨懨，了無興趣。一日，薛姨媽攜寶釵同來余室，余亟起讓座畢，笑謂寶釵曰："天下事誠難逆料，誰知姨媽與大舅母如今又結陳朱矣。"薛姨媽含笑曰："汝不聞俗諺云'千里姻緣一綫牽'乎？緣月下老人預先註定，如有緣者，彼暗中用紅絲一綫，將兩人腳絆住，無論兩家千山萬水，終有機緣，成其美眷。不然，雖父母本人均極願意，而月下老人不用紅絲拴住，亦祇好事多磨耳。譬如汝姊妹兩人，年已俱長，然婚姻一事，尚不知是在眼前，抑是天南地北也。"姻緣一綫牽，則今之結婚未久而忽離婚者，豈月下老人先拴之而忽放之耶！可發一笑。余聞語雙頰驟赤。寶釵曰："惟有媽媽出語，動輒扯上我輩。"言畢，倒其懷，憨笑不已。余羞之曰："長大如許，猶效小兒撒嬌耶！"薛姨媽隨撫其額，顧余嘆曰："吾幸有汝姐姐慰我岑寂，否則余之境況，更不堪問也。"余聞語，心爲一酸，嘆曰："姨媽之言，得勿笑我無父母耶！"寶釵笑曰："媽媽試聽妹妹此言，何等放肆，尚笑人撒嬌耶！"薛姨媽曰："是亦難怪，世界最可憐者，實爲無父母之人。"言次，執余手笑曰："吾兒，汝見我愛汝姐姐，汝傷心耶？實則我憐汝之心，較汝姐姐尤甚，汝姐姐雖無父親，尚有我與阿兄，若汝隻影單形，何所依倚。我每與汝姐姐言及，輒爲心酸，祇以此間人多，飛短流長，易招訕笑，故雖有此心，總難出口。今後我苟在此一日，當盡一日護持之力，汝幸放懷，勿自苦也。"蜜語甘言，黛玉入其彀中矣！嗟夫！姨媽此言，若果出自真誠，余焉能無感，因笑曰："姨媽既憐此孤雛，明日即認爲義母何如？"薛姨媽笑曰：

"汝不我棄，我尚何言？"寶釵笑曰："否否，此不可行。"余曰："此何故哉？"寶釵曰："汝自思之。"余曰："我不能得其故。"寶釵笑曰："慎哉汝也。汝亦知岫煙此來，不字於吾兄，而字於吾弟，其故何在？"余曰："或者大哥外出，抑或相屬生日不對，亦未可知。"寶釵曰："否否，祇緣吾兄已經相准一人，祇候回來成禮，其人爲誰，我亦不必説出，但我不欲汝認吾母爲義母，汝當可推尋而得。"言畢狂笑。余頓悟其戲余，顏色不期而赬，因扯薛姨媽之手，笑曰："姨媽，汝猶不責彼耶！"薛姨媽撫余，笑曰："彼讕言，汝勿聽。"寶釵笑曰："非讕言，實以此間求媳婦，較外間善也。"寶釵雖則調笑，實則試探，可惡，亦復可恨！余憤極，亟捉其臂，罵曰："汝其瘋乎！"薛姨媽見余鬭，爲之大笑，既而曰："汝毋憂，此必無之事也。日前邢妹妹，我猶恐蟠兒遭蹋，矧爲汝耶！我雖糊塗，尚不至此。惟汝年尋長，終不能老死閨中，俟來日與老太太言，將寶玉爲汝撮合，玉人一對，鸞鳳雙成，當較他處覓姑家爲愈也。"薛姨媽豈真有是心耶？特調弄黛玉，使之空歡喜耳。余曩時讀《石頭記》，每引以爲恨事，顧其果有是心，黛玉不至於死，即綺情此文，亦不至於作矣。余聞此，雙頰大赭，心中亦不審爲悲爲喜，亟拉寶釵笑曰："我祇責汝，何事招出姨媽説此老不正經話耶？"寶釵笑曰："此更奇矣，媽媽説汝，與我何涉？"言次，紫鵑忽掀簾入，笑曰："姨太太既有此心，何不即與太太商之，俾早成此舉。"余罵曰："此亦何預汝事！"薛姨媽笑曰："此兒亦太情急，得忽催姑娘出閣，汝好自尋女婿去耶？"紫鵑愧極，俯首不語。紫鵑可兒。余笑曰："善哉！亦臊一鼻子灰矣。"衆均一粲。

自余欲認薛姨媽爲義母後，未幾，忽傳宮中老太妃薨，敕諭凡誥命等，皆須入朝，隨班按爵守制。以是外祖母等，每日入宮陪祭，至二十一日後，方請靈入陵。陵在孝慈縣，離都甚遠，往來須十數日。至陵後，又停放數日，方入地宮，故須一月後，方可竣事。因此，兩府無人照管，衆議呈報"尤大嫂産育"，將彼挪出，協理榮、寧處事，並託薛姨媽照管余姊妹等。薛姨媽遂亦遷居園中，初本思與寶釵同居，繼因其處有湘雲、香菱、珠大嫂等，頗不方便，而珠大嫂處又有寶琴，迎春處又有岫烟，探春因家務冗雜，且不時有趙姨娘與賈環等嘈聒，不得已，乃來余室同住。薛姨媽夙昔愛余，至此日夕相親，尤深憐愛，即一切藥餌飲食，亦十分經心。余於天涯落拓之中，忽遇此慈祥體愛之人，余之感戴，曷可名言！奸而使人知其奸，未足以為奸也，惟奸而人不覺其奸，且為之感戴，如薛姨媽其人者，斯為大奸慝。使其尚在，我欲以手刃之。

尤大嫂既協理榮國府，自有一番興革。當因國喪未除，謂凡天下有爵之家，一年內不得筵宴音樂，於是各仕宦大家，凡養優伶男女者，一概蠲免遣出。尤大嫂遂與二舅母、鳳姐等磋商，亦將梨香院十二女伶，逐一問明，願去者，每人給貲自去，不願去者，仍留園中。問明後，願去者僅四五人，餘則分散各處使喚。外祖母留文官，寶玉留芳官，蕊官歸寶釵，藕官歸余，葵官則送與湘雲，豆官送與寶琴，探春暨尤大嫂等亦均有所與。一時鶯鶯燕燕，各奔新主，曩日優孟生涯，遂不得不與告絕。余嘗私詢彼等，何故不潔身退出，而甘為僕婢？彼等咸謂此間托缽，大足為榮。實則伴人門下，更有可榮？柳絮隨風，桃花逐水，此輩可憐蟲，將作何歸宿哉？噫！

病魔纏擾，情思蕭然，孤館虬居，百無聊賴。簾前弱柳飄揚，簾外夭桃似錦，黃鶯嚦嚦，時囀樹稍，駘蕩春光，又是清明時候矣。對景傷懷，彌增悲怛，聽郊外孤墳啼哭之聲，尤足使人淚下。回憶余二次來京時，余父新塚嶄然，修猶未竣，余母之墓亦復崩圮，今忽忽又數年矣。數年來，春雨連綿，不知損壞幾許。余又棲身異地，不克南歸，際此清明時節，誰為祭掃之人？嗚呼！余誠悔當時不應來此。不然，七里山塘，亦足為余棲息之地，山塋祖墓，何至孤棲若此。今則身生雙翼，亦不能南飛，惟任胥江怒潮，鳴其冤苦而已，寧不痛哉！余思及此，余心酸痛，乃如刃割，不禁放聲大哭。隨余哭聲而至者，乃有一人，形容瘦削，面泛灰白，余霎見不期一驚，蓋來者適為寶玉也。余與寶玉不見久矣，今日相逢，又覺前塵影事，湧現心頭，哭益亟，珠淚沾襟，紅袖盡濕。寶玉見狀，惶然不解何故，則亦雙淚瑩然，向余呆視。嗟夫！未見話偏多，相逢無一語，非余此日景況耶？既而寶玉曰："汝又因何傷心？吾前固告

汝，平居不宜過悲，今若此，殆自戕其生也。"余曰："此余事也，何預
於汝？"寶玉聞語一愕，既乃嘆曰："事固無與於我，然汝當知我心。試
思汝日悲啼，吾復何樂？即以前日之事言，雖紫鵑出於遊戲，然我自此，
即覺人生無趣……"情致纏綿，含情脈脈，此是綺情得意之筆。余聞其又及前
事，雙頰驟頳，亟曰："趣勿言，我已不願聞此。矧大觀園中，金玉姻
緣，麒麟佳偶，正復有行樂之人在，余去又何足輕重耶！"語出，寶玉色
立變，手筋掣掣，如冒寒風。余見狀，知此語又中其心坎矣，不期失笑。
寶玉嘆曰："妹妹，吾望汝勿再提此，以傷余心。"余笑曰："此確語也，
更何心傷之有？"寶玉曰："我今亦不與汝爭，我心終有明白之日。"余嗔
曰："何事明白耶？脫他人聞之，又成笑柄矣。"女兒心性最不喜人窺悉，而其
情態自流露於不覺，實則捉襟見肘之時亦何用其忌諱！黛玉惺惺作態，致失事機，誠不
能無恨。寶玉曰："我何懼人訕笑，惟汝幸自珍重，勿貽余憂。"言已飄然
逕去。余目送其既去，余心又返於悲苦之途。蓋余邇年以來，與寶玉多
談一次，余之隱憂即加增一度，畢竟此等隱憂，當何時而了，余乃不能
自知。古詩云："早知如此挂人心，悔不當初不相識。"誠不啻自余心中
掏出也。

　　清和節過，天氣漸溫，余與寶玉之疾，逐次痊好。未幾，又爲寶玉
生日。是日，同生者適有寶琴、岫烟，並鳳姐房中平兒三人。於時，外
祖母等均因送葬未歸，衆等設宴芍藥欄之紅香圃。余因素情瀟灑，懶於
宴會，辭不去，寶玉強之，乃與偕行。既出瀟湘館，則見落英遍地，曲
水流紅，芳草粘天，遠山滴翠，乳燕掠水而飛，粉蝶穿花而舞，爛漫春
光，漸辭吾人而去矣。因立樹陰之次，目覩落花，悠然作遐想，想及曩
歲葬花之詞，不禁潸然欲涕。寶玉笑曰："汝又作何想耶？彼等候久矣，
趣去。"言已，竟拽余行。寶玉又動手，不怕林姑娘生氣耶！及至紅香圃，酒
肴已備，同席者均爲余儕姊妹等，釵光鬢影，濟濟一堂。余笑曰："國喪
未除，即開筵宴，不懼朝廷查覺耶？"寶釵曰："吾儕家宴，固無妨礙，
但毋笙歌可矣。"寶釵假正經，於此數語可以知之。酒數巡，寶玉笑曰："靜坐
無趣，不如行令取樂。"衆曰："行令固佳，但以何者爲善？"一時議論紛

紜，莫衷一是。余曰："不如將各令寫完，搓鬮拈出爲妙。"衆曰："善"。亟呼鴉鬢取出筆硯，倩香菱代爲寫出，共十餘令，搓畢，擲之瓶中。探春命平兒先拈，平兒拈出"射覆"二字。寶釵笑曰："將令祖宗拈出矣。此令雖好，但過難，不如擱起，再拈一雅俗共賞者爲妙。"隨命襲人再拈，却是"拇戰"。湘雲笑曰："此令簡斷爽快，恰如我意，不似射覆，徒令人喪氣垂頭，煞無趣味也。"探春曰："惟彼亂令，在法宜罰。"寶釵隨罰湘雲一杯。探春笑曰："我爲令官，亦飲一杯。"飲畢，命鴉鬢取出令骰、令盆。自寶琴擲起，挨次分擲，誰得對點者，二人射覆。寶琴一擲，乃是三點，寶玉、岫烟均擲不對，直至香菱，始與同點。寶琴笑曰："俱須本地風光，若找外間，太氾濫矣。"探春曰："然。三次不中罰酒一杯。"寶琴搔首一思，射一"老"字，余等忽見門斗貼有"紅香圃"三字，乃知寶琴命意。香菱原生於此令，竟不得覆。衆急催之，香菱大窘，湘雲悄至香菱前，思欲告之，余已覺，笑曰："速罰一杯，在此傳遞矣。"衆即罰湘雲一杯，又罰香菱一杯。湘雲戲擊余手曰："顰鴉頭誠好嘵舌！"繼乃寶釵與探春同點。探春射一"人"字。寶釵笑曰："人字太泛。"探春笑曰："再添一字，兩射一覆亦可。"遂又射一"窗"字。寶釵思索半晌，忽見席間陳雞絲一碗，乃悟其用"雞窗"、"雞人"二典，因覆一"塒"字。探春鼓掌笑曰："得勿用'雞棲於塒'耶？"寶釵曰："然"。因各飲一杯。時湘雲不耐閑坐，起與寶玉等拇戰，下面鴛鴦、平兒、襲人等亦均捲起翠袖，豪興遄飛。及其結果，湘雲戰勝寶玉，襲人戰勝平兒，二人因限酒底酒面。湘雲曰："酒面須用古文一句，舊詩一句，骨牌名一句，曲牌名一句，時憲書一句，共成一氣。酒底須用菜果名，關合人事者。"衆笑曰："亦太嘵叨過矣。"湘雲笑曰："遊戲何懼乎嘵叨？"因催寶玉速說，寶玉半晌不能答。余笑曰："余代捉刀何如？"寶玉笑曰："善"。黛玉直代寶玉捉刀，想寶釵口雖不言，心却暗恨。既恨之，焉得不死之於是乎！黛玉死矣！因自飲一觥。余代說曰：

落霞與孤鶩齊飛，風急江天過雁哀，却是一隻折腳雁，叫得人九回腸。這是鴻雁來賓。

説畢，衆均贊妙。余又拈一榛瓢，説酒底曰：

榛子非關隔院砧，何來萬戶搗衣聲。

令完，湘雲又與寶琴對手，湘雲大敗，請限酒底酒面。寶琴笑曰："請君入甕耳。"衆笑曰："此句用來恰當。"湘雲隨念曰：

奔騰澎湃，江間波浪兼天湧，須要鐵索纜孤舟，既遇著一江風，不宜出行。

説畢，群爲拍案。余笑曰："妙是環連，巧同璧合，可謂天衣無縫矣。"因催速説酒底，湘雲見碗內有鴨頭，一邊隨用箸夾起，含笑曰：

這鴉頭不是那鴉頭，頭上那有桂花油？

衆均失笑。晴雯、小螺等離席笑曰："雲姑娘專善戲謔，今且拿我等取笑矣。"余笑曰："吾當爲汝儕罰之。"言已，以巨觥使湘雲飲，湘雲不允，余起灌之，乃盡。時射覆令恰輪至寶釵，所擲之點與寶玉正同，寶釵因欲嘲寶玉，乃射一"寶"字。寶釵擲點與寶玉正同，恰如賈母所言，不是冤家不聚頭。乃一射一覆竟成異兆，始知孽緣前種，無可如何也。寶玉笑曰："姐姐今又戲我矣，我有一字，即用姐姐尊諱釵字，如何？"衆曰："無據。"寶玉曰："彼出寶字，底下當是玉字，我覆釵字，乃根據舊詩'敲斷玉釵紅燭冷'句，正射得其底，胡云無據耶？"湘雲曰："引用時事，不妥不妥。"香菱笑曰："不僅時事，並有出處。"湘雲曰："果何出處，吾實不知。有之，不過春聯中引用一二字耳。"香菱笑曰："前日曾讀岑嘉州五言律詩，有曰'此鄉多寶玉'，後又讀李義山七言絕句，有曰'寶釵無日不生塵'，非其出處耶？"湘雲不語。'寶釵無日不生塵'，殆香菱別有所見，特藉景以譏之歟，不然何巧之若是也。余等鼓掌笑曰："雲鴉頭又辯窮矣。速罰！速罰！"湘雲無已，乃盡一大白。一時紅飛翠舞，玉動珠搖，直至日晡，始散席。忽不見湘雲，余笑曰："雲丫頭醉矣，必將逃往室中。"因偕衆出覓之。過芍藥欄，轉出牡丹亭，忽見山石僻處，青石磴上，睡一美人，審之，乃爲湘雲。時綺夢正酣，香喘細細，脂凝粉白，嬌靨斷紅，四面芍藥花，飛落竟體，紅香散亂，如葬花叢。手中玉扇拋在地下，半被落花埋掩。一群蜂蝶圍繞其身，妖嫋之狀，直令人心醉。夢態決裂，豪睡可人，高邁之概，直駕大觀園諸姊妹而上之。余笑曰："此殆一幅絕妙美人春睡圖也。"探春以手推之，湘雲猶喃喃作睡語，曰："泉香酒冽……醉扶歸，宜會親友。"衆大笑。湘雲聞笑聲，星眸微啓，及見余輩，乃復一驚，四顧曰："余乃睡於此耶？"言已，雙頰霞然，似羞似愧。寶釵笑曰："時非盛夏，勿慮著涼耶？"余羞之曰："既不勝酒力，奈何濫飲！"亟命丫鬟扶歸紅香圃。余則偕寶玉散步至濃陰之下，瑣述舊事，以自排遣。寶玉嘆曰："光陰誠迅速哉！去年余生日，吾儕聚飲猜拳，恍如昨日事，乃忽忽一年矣，馬齒徒增，耕而莫穫，人生到此，始知光陰之可貴。迨至明年今日，追憶今年此日事，必又如今年追憶去年此日事。然則人生縱壽至數十年，或百年，亦不過瞬息間耳，寧不可懼！"余曰："汝言良是。方余來京時，余儕相見猶孩提耳，而今……"余言及此，心忽一躍，面不期而赬。林姑娘果何語耶，半吞半吐，嫩臉含羞。想讀者不乏慧心人，當可領略其語趣。時寶玉方俯其首，以足尖踏地上碎石，凝神靜氣，以聆余語，及聞余紬然中止，乃昂其首曰："而今何如？"余易言曰："而今汝欺我耳。"寶玉笑曰："否，決非言此。且余何事欺汝！今必明以告我。"言次，以手緊握余臂，余嗔曰："汝又動手耶！脫爲人見，奈何？"言已，挣脫其手，向紅香圃去。

余自紅香圃歸後，疲憊殊甚。維時皓月東升，射入窗櫺，乃作清冷之色。余斜倚榻上，目注地上月光，不禁低吟李白氏"床前明月光"句，及至"低頭思故鄉"一語，忽又勾起離愁，牽動舊恨。回憶當日在家時，每逢三五月明之夜，余父必攜余徘徊庭院間，授以唐賢月明之句，及至今日，月光猶是如此，而余父之墓木已拱矣。遙望江南，曷罄思家之恨；身羈異地，莫深寥落之悲。余思及此，不禁大哭。既又念寶玉屢屢囑余，平居無事，不宜過悲，今忽自尋苦惱，寧非負其盛意？則又撇此不思，力疾下榻。忽聞前院叩門聲，不期一驚，思得毋寶玉至耶？亟命鵑兒啓視，乃襲人、晴雯招余夜宴，余因心緒不寧，辭不去。襲人曰："此宴乃吾儕數人集份而設，特與寶玉祝壽，姑娘不去，不令大家掃興耶？"余不獲已，勉爲一行，至則酒肴已備，寶釵、湘雲、寶琴、探春、香菱、李紈等俱在座，湘雲更眉飛色舞，豪興遄飛。余笑曰："雲丫頭宜勿過逞豪興，若再醉倒花叢，恐無人尋覓也。"湘雲聞語，面立赬，笑曰："是真名士乃真風流，筵前暢飲，花下閑眠，是乃真名士之逸興，汝儕詎足語此耶！"晴雯曰："日間酒令亦太嘮叨，吾今當易以掣籤之令，籤上注明誰飲者則飲之，其事簡而亦有趣。"衆曰："善。"

晴雯遂取出竹雕花筒、象牙花名籤暨骰子盒等事，顧衆曰："茲事既余發起，當自余始，余擲得幾點，數至何人，即由其人掣籤。"言已，取骰子擲得六點，恰數至寶釵。寶釵隨掣出一籤，衆視之，籤上畫牡丹花一枝，題曰"豔冠群芳"四字，下面更鐫唐詩一句曰："任是無情也動人"。寶玉之待寶釵，遠不及其對黛玉，然何以有絳雲軒一案，以其"豔冠群芳，雖屬無情而亦動人也"。又注："在席者共賀一杯。此爲群芳之冠，隨意命人，不拘詩詞雅謔，或新曲一支爲賀。"寶釵因命芳官唱一支新曲，芳官奉命，即唱："壽筵開處風光好……"衆笑曰："此時不用汝上壽矣。"芳官因改唱一支《賞花時》："翠鳳毛翎紮帚叉，閑踏天門掃落花……"乃止。寶釵隨擲十六點，數至探春。探春掣出一看，桃紅上頰，默然不語。余笑曰："胡作此狀？"探春含顰曰："此令不雅，宜廢去不用。"言已，擲籤席上。余儕拾起視之，乃杏花一枝，題曰"瑤池仙品"，詩曰：日邊紅雲倚雲栽。探春籤，有隱寓遠配之意。注云："得此籤者必獲貴婿。在席者共賀一杯。"衆笑曰："此何礙？矧吾家已有貴妃，難料汝將來不亦爲貴妃耶！可賀，可賀！"言次，群敬探春，探春俯首不飲。湘雲強使盡之，又捉其手強爲一擲，乃十九點，數至珠大嫂。珠大嫂隨掣一籤，上繪老梅一枝，題曰"霜曉寒姿"，詩曰："竹籬茅舍自甘心。"珠大嫂籤，有隱含貞節之意，尊之之辭也。注云："自飲一杯，下家擲骰。"余適坐於珠大嫂之次，即爲擲下，乃十八點，數至湘雲。湘雲揎拳擄袖，掣出一籤，乃一枝海棠，題曰"香夢沉酣"，詩曰："祇恐夜深花睡去。"湘雲籤，明指其醉臥事，含有保護提醒二意，亦尊之之辭也。

余笑曰："善哉！但'夜深'二字可改'石涼'。"湘雲知余嘲彼，隨指案上陳設自行船曰："可速乘此去！"衆均一粲。因看注云："既云香夢沉酣，掣此籤者，不便飲酒，祇令上下兩人各飲一杯。"適余與寶玉在其上下，無已，祇得滿斟一樽。顧余安能飲酒？瞰其不見，將酒全覆漱盂中。湘雲即爲擲骰，乃是九點，數至麝月。麝月隨掣一枝荼蘼花，題曰"韶華極盛"，詩曰："開到荼蘼花事了。"麝月籤，隱寓其得意時而賈府已衰之意。注云："在席各飲三杯。"麝月一擲，乃十點，數至香菱。香菱隨掣一枝並蒂花，題曰"聯春繞瑞"，詩曰："連理枝頭花正開。"注云："共賀掣者三杯，在席者陪飲一杯。"香菱雙頰霞然，若不勝其羞澀，隨取骰擲之，乃六點，恰數至余。余中心傍徨，不知所掣果爲何花，遲疑半响。湘雲笑曰："汝欲抗令耶？"乃強執余手，掣取一籤，上畫芙蓉花一柄，題曰"風露清愁"，詩曰："莫怨東風當自嗟。"黛玉籤爲芙蓉花，隱伏下文"芙蓉誄"乃祭黛玉之作，詩句含有自取殃咎之意，惜之之辭也。注云："自飲一杯，得牡丹者陪飲一杯。"衆笑曰："甚善，甚善。蓋他人亦不配芙蓉也。"余笑置之，隨擲二十點，數至襲人。襲人掣取一枝桃花，題曰"武陵別景"，詩曰："桃紅又是一年春。"襲人籤爲桃花，隱刺其輕薄也，詩句含後來再嫁之意，惡之之辭也。注云："杏花陪一杯，座中同庚者陪一杯，同姓者陪一杯。"衆笑曰："此更有趣。"群起推算，香菱、晴雯、寶釵與其同庚，余與其同辰，芳官與其同姓，於是各斟一盞。余笑顧探春曰："汝命中既可招貴婿，茲當請汝先飲。"探春赧然應曰："刻薄嘴，慣打趣人，大嫂子請代余順給一掌。"珠大嫂笑而答曰："人家不得貴婿，反致挨打，是亦非我所忍爲。"衆均失笑。閨中雅謔，趣甚。席終，天已二更，薛姨媽特遣老嬷迎余，余因辭衆歸寢。

翌日，平兒還席，因紅香圃過熱，遂改設榆蔭堂。是日之樂，不減昨朝。宴畢，忽見東府數人匆匆入，言敬舅已死。時璉哥、珍哥等均往孝慈未歸，尤大嫂一聞此言，驚恐無狀，即卸妝飾，攜領家丁，往元真觀料理一切。緣余敬舅平時最信導氣之術，參星禮斗，守庚申，服靈砂，等等虛誕之說無不輕試，此次之死，聞係誤服丹砂所致。嗚呼！金丹何處，白骨先埋，神仙之說，可信乎哉？

金風入戶，玉露無聲，時序如流，又是瓜果之節。午窗危座，無可遣懷，默數平生遭際，不覺暗然生悲。亟命丫鬟設案焚香，陳列瓜果，望空一祭。嗚呼！余此祭也，豈似樓頭紅女為乞金梭，亦非塞上將軍徒求壽考，不過一點癡心，萬般愁抱，欲乞彼蒼之鑒憐耳。祭畢，情益惘然。愴懷古人，每多不幸，不禁含懷欲訴，執筆而吟，得詩五首。詩曰：

一代傾城逐浪花，吳宮空自憶兒家。效顰莫笑東村女，頭白溪邊尚浣沙。（西施）

腸斷烏騅夜嘯風，虞兮幽恨對重瞳。黥彭甘受他年醢，飲劍何如楚帳中？（虞姬）

絕豔驚人出漢宮，紅顏命薄古今同。君王縱使輕顏色，予奪權何畀畫工？（明妃）

瓦礫明珠一例拋，何曾石尉重妖嬈？都緣禍福前生造，更有同歸慰寂寥。（綠珠）

長劍雄談態自殊，美人巨眼識窮途。屍居餘氣楊公幕，豈得羈縻女丈夫？（紅拂）

吟畢，探春忽入，招余往鳳姐處，余以精神疲乏，笑謝之。頃之，寶玉過余，見余神氣黯然，笑曰："妹妹又為何傷感耶？"余曰："無之。"寶玉笑曰："滿面淚痕，尚誑吾耶！以我思之，妹妹素日善病，凡事宜自寬解，不可過作無益之悲。若踐壞身子，使我……"言至此，頓為咽住。余聞語，心愈酸，熱淚乃沁眼角而出。一對情癡，見面便多傷感，是知情字為不祥之物，願天下佳人才子一齊懺悔來。寶玉見狀，恐又牽動余愁，則易爲笑色，爲余整理書案，及見余案上詩稿，笑曰："妹妹又有何佳作乎？"言次，亟欲取閱，余起奪之。寶玉已揣於懷，笑曰："好妹妹，給我賞鑒何如？"余曰："無論何物，汝概亂翻。"語未畢，忽見寶釵亦跨步來，笑曰："寶兄弟又看何物耶？"寶玉見余不與展閱，恐有他故，回首覬余，訕訕而笑。寶玉畏縮不安，意者恐黛玉特有所寄，令寶釵入目刺心乎？余曰："並無何物，不過午後無事，偶擇古史中有才色之女子遭遇不幸，令人可悲者，各成一首，以寄感慨。"寶玉曰："即與吾一閱，又何礙？"余曰："恐傳揚外間，反不美耳。"寶釵曰："妹妹所慮極是，古人云：'女子無才便是德。'吾儕總以貞節爲主，至於詩詞文賦，不過閑中遊戲，究不可常爲也。"寶釵又來假正經，既云貞節爲主，何前在絳雲軒中獨不思貞節乎？可惡，可恨！言畢，笑顧余曰："茲給吾一視，當無礙。"寶玉聞語，即探懷取出，與寶釵共視。視畢，寶玉讚不絕口，笑曰："妹妹此詩，既祇五首，何不題曰'五美吟'？"言次，即將三字代書於後。寶釵曰："作詩不論何題，祇要善翻古人之意。若徒作人牙後語，縱使字句精工，已落第二義。即如前人咏昭君者甚多，有悲挽昭君者，有怨恨毛延壽者，又有譏漢帝不能使畫工圖貌賢臣而畫美人者，紛紛不一。後來，王荆公有'意態由來畫不成，當時枉殺毛延壽'，歐陽永叔有'耳目所見尚如此，萬里安能制夷狄'，二詩俱能各出己見。今日林妹妹五首詩，亦可謂命意新奇，別開生面矣。"寶釵人極陰險，論詩却不錯，讀者不可因彼而少之。語次，忽聞人回璉二哥歸，寶玉遂出。

薛姨媽自來余居後，余謹事以母禮。薛姨媽待余之厚，亦無殊己出，凡諸飲食起居，必親爲余照料，余雖孑然一身，而得其如此愛護，亦竊幸無母而有母矣。誰知明月易虧，彩雲易散，未幾，其子薛蟠歸，姨媽欲爲其計議婚事，遂又挪出。而余伶仃之狀，依然如昔，每思余母棄余長逝，不禁淚下汍瀾矣。

孤館日長，庭花寂寂，焚香獨坐，情緒無聊。忽寶釵鴉鬟鶯兒送來香袋、扇子、香墜諸玩物，詢爲寶釵所贈，係其兄由蘇帶回者。余驟覩此，不禁心酸淚下。嗟嗟！余與寶釵同此大千世界一弱女子，又同此依草附木一弱女子，而彼有母有兄，雖云寄居此間，尚屬一家骨肉。余則單形隻影，舉目無親，雖姊妹情多，頻勞投贈，而爺娘永訣，鄉路迢遙，回思烏衣巷口，響屧廊前，非余疇昔遊嬉之地耶？爾時繡圖呼母，問字趨庭，正童年天真爛漫、歡樂無極之日也。而今也何如？仰首長空，惟見白雲飄緲，雖教夢裏還家，而此一縷殘魂，恐難越關山而去。思至此，愈覺淒其。時紫鵑在側，似知余意，慰余曰：“姑娘夙善病，邇來服藥稍愈，何苦又自尋煩惱？矧姑娘與寶姑娘素稱相厚，今者贈來之物，一則欲表其誠意，二則欲藉此博姑娘歡心，今姑娘鬱鬱尋愁，不重負其盛意耶？且老太太因姑娘之病，千方百計配藥診治，數載以來，不知費多少心血，姑娘若不自愛，將何以慰老太太之心？語云憂能傷人，姑娘幸自慎之！”紫鵑婉轉勸慰，大是可人，但美人祇合一生愁，黛玉焉逃斯劫，千古如斯，惟有付之一哭耳。言次，忽丫鬟報寶玉至，紫鵑亟出相迎，及寶玉入室，見余情狀愀然不樂，曰：“妹妹，又誰得罪汝耶？”余強應曰：“無預汝事。”寶玉乃就余椅而坐，及見余案上所堆諸物，知爲寶釵所贈，笑曰：“堆此瑣瑣，欲何爲者，將毋妹妹欲開雜貨鋪耶？”余俯首不應。紫鵑笑曰：“二爺又來問此，適姑娘正因是傷心，二爺既來，盍爲我勸慰？”寶玉曰：“想因所贈太少，故爲傷心耳，妹妹汝放心，明年我遣人去江南，當爲汝購兩船歸，免使汝終日兩眉長鎖也。”余固知寶玉此語，乃故使余歡，聽不可，不聽又不可，含嗔曰：“我雖沒見世面，似亦不至如此。豈如三歲小兒，爲此多少較耶？人各有心，何與汝事？”語至此，不覺熱淚承眶而出。寶玉見狀，亟至床前，挨身過余而坐，又將諸物一一玩視，故問此爲何名？此爲何用？此爲何物所製？此件精緻無比，此件置於何處方雅？嘮叨半日。不畏嘮叨，聊以消遣，寶玉尚不愧爲情種。余不忍逆其意，微應之。既而曰：“長日困人，茲與我同去寶姐姐處，何如？”寶玉曰：“適叨厚贈，原宜同去道謝。”余曰：“自家姊妹，實可不必。”遂同往寶釵室中，寶玉亟爲道謝，余曰：“此等物件，吾儕幼時並不覺異，今反覺稀奇矣。”寶釵笑曰：“妹妹不聞，俗雲物貴離鄉，即斯意耳。”寶玉聞此，恐復觸余傷感，笑曰："明年大哥再往，煩代吾儕多帶爲妙。"余曰："姐姐，寶玉並非道謝，直又定明年貨矣。"衆均失笑。

病裏光陰，無可紀述。邇來寧府有一事，最足令人傷感者，則尤二姐、三姐姊妹之死。二姐、三姐者，均寧府尤大嫂繼母所出，當敬大舅死時，寧府諸人群往奔喪，珍大嫂遂將其母女三人迎來，託暫料理家政。余因敬大舅成殮時，曾一見之，二姐豐容盛鬋，十分俊俏；三姐眉目清秀，落落不群，余竊愛之。詎料風雲莫測，璉二哥忽將二姐另娶外間，滿謂天長地久，伉儷永偕。不料風聲洩漏，適爲鳳姐所知，大肆獅吼，假爲情語，將二姐誘入府中而陰施其荼毒手段，不數月，一朵嬌花竟令憔悴死。鳳姐推翻醋甕，借劍殺人，忍心害理，宜其無後。三姐自其阿姊嫁後，璉二哥又將彼許配柳某，已有成議。及柳某歸，忽翻然改悔，三姐憤急，無以自聊，乃飲劍自刎。尤二姐、三姐均陷情以死，情之累人甚於蛇蠍，我願生生世世勿作有情之物。嗟乎！人生不幸而爲女子，又不幸而所適非人，竟使綠鬢年華，齎恨而没，如尤二姐、三姐姊妹者，其埋骨九泉，能無餘痛耶！回思自己身世，將來如何結果，尚在不可知之數。假使彼蒼憐余，得從余願，不獨余之深幸，亦庶代千古薄命佳人，同聲吐氣。然而少羸多病，長命不猶，奠花早謝，椿樹繼傾，命宮磨蝎，已見一班，則後日之如何結果，似可預料。況此間姻緣，早有金玉之讖，雖風言影語，未足深信，然而月暈而風，石潤而雨，凡事莫不有漸，似亦不可不信。且冥中姻緣簿，豈吾如意珠，思及此，心中酸痛，目中出火，心摇手顫，幾難自持。乃移身床次，倚枕假寐，聽落葉打窗，蛩吟四壁，萬種凄凉，竟送余向黑甜鄉去。

年華似水，轉瞬春來，芳意撩人，懨懨欲病。捲簾閒望，時見桃花數株，含苞待放，細雨過之，嬌紅欲滴。東風搖曳，嫩枝妖嬈之態，綽約可人。余凝視既久，慨想人生與花何異，幾枝開放，絶豔群驚，瞥爾飄殘，餘芳誰惜。不禁感物傷懷，拈筆吟成《桃花行》一首：

桃花簾外東風軟，桃花簾內晨妝懶。簾外桃花簾內人，人與桃花隔不遠。東風有意揭簾櫳，花欲窺人簾不捲。桃花簾外開仍舊，簾中人比桃花瘦。花解憐人花也愁，隔簾消息風吹透。風透簾櫳花滿庭，庭前春色倍傷情。閑苔院落簾空捲，斜日欄干人自憑。憑欄人向東風泣，茜裙偷傍桃花立。桃花桃葉亂紛紛，花綻新紅葉凝碧。樹樹煙封一萬株，烘照樓臺紅模糊。天機燒破鴛鴦錦，春色欲酣珊瑚枕。侍女金盆進水來，香泉欲蘸胭脂冷。胭脂鮮豔何相類，花之顏色人之淚。若將人淚比桃花，淚自長流花自媚。淚眼看花淚易乾，淚乾春盡花憔悴。憔悴花枝憔悴人，花飛人倦易黃昏。一聲杜宇春歸盡，寂寞簾櫳空月痕。杜宇春歸，簾櫳月冷，均是夭亡之兆。

吟罷，獨坐遐想，愀然寡歡。忽小鴉鬟報雲姑娘至，余起迓之。湘雲載笑而入曰："大好春光，萬花競放，胡爲獨守枯禪耶？"言次，見余案上詩稿，隨取展誦，笑曰："香心綺語，哀豔偕傳，人與桃花俱絕矣。"余曰："偶爾寄興，不計工拙。"言畢，邀余同往蘅蕪院，又將余詩遞與寶釵、寶琴、探春等傳觀，衆均叫絕。嗟乎！顏色如花命如葉，區區此詩，不過寫余心曲耳，又豈博人讚賞哉！於時探春又命鴉鬟去請寶玉，及寶玉至，湘雲以詩與展讀一過，慘然不歡，搖首四顧，兩目瑩然。余固知寶玉情深，讀余詩而傷感者也。傷心人別有懷抱，讀之不知是淚，是血？寶玉多情，能無墮淚？寶琴笑問曰："汝知此詩係何人作？"寶玉曰："必瀟湘子無疑。"寶琴笑曰："我豈不能？"寶玉曰："聲調口氣，迥乎不同。"寶琴笑曰："吾故謂汝不通，杜工部詩中，豈盡'叢菊兩開他日淚'耶？'紅綻雨梅肥'，'水荇牽風翠帶長'，此等語亦間有之。"寶玉笑曰："此語固是，但妹妹未必肯作此傷悼語，不似林妹妹曾經離喪，故有此哀音。"曾經喪亂，慣作哀音，藐姑仙子安得爲此？衆均失笑。余聞此，不禁嘆其識余深也。言次，同往稻香村，衆又將余稿與珠大嫂展閱，並討論詩社事。珠大嫂曰："詩社散將一年，際此春光明媚，應重整旗鼓，以復舊觀。"衆均稱是，於是議定明日三月二日開社，並易海棠社名爲桃花社，推余爲社長。越日，早膳畢，群來瀟湘館擬題。余笑曰："盍用眼前景，將桃花各咏一百韻？"寶釵搖首曰："否，古來咏此甚多，縱然吟成，總難脫其舊套。"方爭論間，忽鴉鬟報王舅太太至。余固知王舅太太，乃二舅母之嫂王子騰夫人，不免同去酬應，詩社之議，遂紲然中止。

春光老矣！落英遍地，曲水流紅；芳草粘天，遠山滴翠。夾路杏花千樹，三日前一色作十里紅者，已綠葉成陰，枝頭結子矣。余每逢春季，舊疾輒發，而今年尤甚，乃故爲歡樂，以自排遣。實則此種快樂，其駐余心也甚暫，不久則又返於悲苦之途。姊妹行憐余，頻以詩文往返，以增余興。一日，湘雲過余，又出其所作《如夢令·柳絮》詞示余。余亟取讀曰：

豈是繡絨才吐，捲起半簾香霧。纖手自拈來，空使鵑啼燕妒。且住，且住，莫使春光別去。

讀畢，笑曰："纏綿悱惻，娓娓動人，洵佳構也。"湘雲曰："吾儕社中，素未填詞，今日何不翻新，一爲此舉？"余曰："善。"隨即預備果點，命丫鬟將衆等請至，仍以柳絮爲題，限幾支小令，貼在壁間。一時衆人齊集，各將湘雲詞稿展閱一過。寶玉曰："我於此道本甚平常，既從諸姊妹之後，自當胡謅塞責。"於是群來拈鬮，寶釵隨炷夢甜香一支爲限。頃之，余與寶釵、寶琴均完卷，探春祗成半闋，寶玉因香將盡，所作不佳，遂自擱筆。余等先看探春《南柯子》半闋云：

空挂纖纖縷，徒垂絡絡絲。也難綰繫也難羈，一任東西南北各分離。

珠大嫂曰："寥寥數語，頗覺新異，奈何不再續上？"寶玉見此半闋，忽又興動，因代續曰：

落去君休息①，飛來我自知。鶯愁蝶倦晚芳時，縱是明春再見，隔年期。

衆笑曰："捨己謀人，雖善不取。"因索余《唐多令》一闋視之：

粉墮百花洲，香殘燕子樓。一團團，逐隊成球。飄泊亦如人命薄，空繾綣，説風流。草木也知愁，韶華竟白頭。嘆今生、誰舍誰收。嫁與東風春不管，憑汝去，忍淹留！

衆謂意雖妙絕，語尤悲酸。嗟嗟！言爲心聲，不可遏抑，余又焉知余之何以爲此耶！因看寶琴《西江月》一首云：

漢苑零星有限，隋堤點綴無窮。三春事業付東風，明月梅花一夢。幾處落紅庭院，誰家香雪簾櫳。江南江北一般同，偏是離人恨重。

衆均推贊，此首聲調悲壯，"幾處"、"誰家"兩句，尤臻妙絕。寶釵笑曰："終不免於喪敗。我想柳絮原是一件輕薄之物，作來最易傷感，必反其意爲之，始能推陳出新。所以我謅一首，未必如諸位之意。"余等亟請賞鑒，寶釵隨出《臨江仙》一闋云：

白玉堂前春解舞，東風捲得均勻。

湘雲大聲笑曰："東風六字，何處想來？"又看接句云：

蜂圍蝶陣亂紛紛。幾回臨逝水，豈必委芳塵？萬縷千絲終不改，

---

① 息，通行本《紅樓夢》中作"惜"。

任他隨聚隨分。韶華休笑本無根。好風憑藉力，吹我上青雲。

衆讀畢，咸拍案叫絕，曰："新異自然，此壓卷矣。"珠大嫂曰："纏綿幽怨，當讓瀟湘。情致嫵媚，却是枕霞。小薛與蕉客，今日落第也。"柳絮詞各藏意義，預伏他日之兆。既而議罰，寶琴笑曰："我輩當然受罰，但不知交白卷子又當如何？"珠大嫂曰："自有處置。"言次，忽窗外修竹錚然作響，幾如窗扉驟傾，令人心悸。簾外鴉鬟咸噪曰："何處風筝，飄落挂此？"群出審視，則一大蝴蝶也。寶玉笑曰："此乃大老爺院中嫣紅姑娘所放。"亟欲命人送還，紫鵑不可。探春笑曰："汝等争此飄落之物，寧不忌諱耶？"余曰："然，我意各將風筝取出，一放晦氣，何如？"衆曰："諾。"余隨命鴉鬟取一美人式、一沙雁式至，探春則取一軟翅大鳳凰，寶琴取一大蜘蛛，群爭放起，長空直上，栩栩如生。獨寶玉美人隨起隨跌，憤極，抵地罵曰："非憐汝是一美人，便踏將碎矣。"愛惜美人至於此，極不愧爲情種。余笑解之。俄風愈緊，余將籰子一鬆，豁然有聲，登時綫盡。衆賀余曰："林姑娘病根，盡憑此放去矣。"丫鬟即將繩索鉸斷，隨風飄起，初大如雞卵，繼如黑星一點，轉瞬不見。衆漸散去。

光陰飄忽，倏又秋初。一日爲八月初三，乃外祖母八旬壽誕，二舅時已返京，於是大開筵宴。議定榮府單請男客，寧府單請女客，大觀園中綴錦閣、嘉蔭堂諸大地方，收拾爲退居之所。自七月念八日起，請皇親、駙馬、王公、諸王、郡主、王妃、公主、國君、太君、夫人等；念九日，請各府督鎮及誥命等；三十，請諸長官及諸誥命並遠近親友及堂客等；初一、初二兩日，爲赦、政二舅家宴；初三、初四，爲珍哥、璉哥並賈府中合族長幼大小等家宴；至初五日，乃賴大、林之孝並一切執事諸人，置酒上壽。連朝屏開鸞鳳，褥設芙蓉，笙簫鼓樂之音，無時少間。余雅不喜嘈雜，惟隨諸姊妹飲酒觀劇，了無可樂。一日，鳳姐奉外祖母命招余，並寶釵姊妹、湘雲、寶玉五人來園，詢爲南安太妃之召，余不敢違，同來相見。內中惟湘雲與南安太妃最熟，嘮叨半日方已。此次筵宴之盛，賓客之多，實爲余所僅見。可知人情趨附，自古恒然，余於此不禁感慨係之。人情如紙薄，世味比齏寒，亙古如斯，於今尤甚，我欲放聲一哭。

　　金粟香飄，長空雲淨，一年明月今宵多，忽忽又是中秋時候。是夕，外祖母攜赦舅等來嘉蔭堂，焚香拜月。一時月明燈彩，人氣香煙，晶豔氤氳，不可形狀。拜畢，設宴凸碧堂。是堂在山之最高脊，廳前平臺環列，桌椅均作圓式，取團圓之意，中設圍屏，隔作兩廂。外祖母居中座，左右爲赦舅、政舅、珍大哥等，屏後爲邢舅母、王舅母、尤大嫂及三春姊妹等。其餘親戚在者，惟余與湘雲二人，寶釵、寶琴因薛姨媽抱病，已早搬出，是以未與此宴。外祖母彩興勃發，又因二舅久客初歸，更爲忻愉，酒觥交錯，談笑風生。夜半，赦舅逐漸散去，外祖母亟命撤去圍屏，更杯洗箸，並作一席，招余儕同飲。余因寶釵姊妹家去，珠大嫂、鳳姐均抱病，寶玉爲其房中丫鬟晴雯病重，心中踧踖，愀然寡歡，際此良宵，自余視之，幾同悲景。黛玉之視良宵爲悲景者，以寶玉不在座故耳，餘如薛氏姊妹想不在其意中。既而外祖母言曰：「往昔與汝薛姨媽等飲酒賞月，趣語橫生，然而老爺未歸，母子情深，思之輒痛。今者老爺既返，而諸姊妹又多不至，可知天下事總難求全。」言竟，長嘆。余聞語，不禁牽起愁緒，出倚長欄，仰望一輪明月，方挂天空，丹桂數十株，扶疏山左，嫋枝敲玉，飄粟綻金，微風吹之，清芬拂面。回憶去年今日，吾儕集宴綴錦閣時，賭酒賦詩，其樂何如。乃忽又一年矣，流光易度，時不我留，吾人由少而長以逮衰老，曾不瞬耳。思及此，不覺淒然淚下。湘雲見余狀，亟來勸慰，且邀余聯句。余雅不忍負其豪興，強笑曰：「此間嘈雜，有何詩興？」湘雲笑曰：「然則吾儕偕往池邊，何如？」因招余來凹晶館。是館在土山底處，翼然臨於池沼之上，一帶竹欄，逕通藕香榭。時月光印地，乃作清冷之色，幽草盡沾宿露，耀爍有如明珠，人行其上，羅襪盡濕。余笑曰：「姮娥誠多情，憫吾下界衆生久困黑暗，乃逐金烏而代之，加惠吾人，誠匪淺鮮也。」湘雲笑曰：「姮娥曾爲人婦，且閱世久，何故常效小兒女遮遮掩掩，作屏角窺人故態？」余曰：「必若此，始足引人入勝，否則，日日常圓，盡露色相，尚何足異？」湘雲曰：「月固可愛，然因時因地，亦略有區別。若春月則穠豔，夏月清曠，冬月幽茜，厥惟秋月皎潔宜人。月色情幽，笛聲斷續，清風徐來，俗塵頓退。此等境界，惟湘、黛始能消受。然一則早夭，一則早寡，可知享清閒之福者，天必忌之，稟高潔之性者，天更忌之。至若金谷良宵，玉樓長夜，名花有色，秋草含光，則如今日園亭之月也。雖景物不必盡同，而在在皆足令人留戀，吾儕勝會不常，幸勿教辜負。"言次，已至該館，是時夜闌人靜，萬籟俱寂，余與湘雲即在卷篷底竹墩上，肅然危坐。祇見天上月光，池中月影，上下爭輝，如置身於晶宮鮫室之內。微風一過，粼粼然池面盡成皺紋。湘雲笑曰："此時安得一乘畫舫，遣此逸興。"余曰："即是足矣。古人云：'事若求全何所樂。'"湘雲笑曰："得隴望蜀，人之常情。"話頃，忽聽笛聲悠揚，自遠而近。余笑曰："老太太今日如此高興，可爲吾儕助趣矣。"於是，同起聯句，湘雲問限何韻。余曰："不如將欄干一數，是第幾支，即第幾韻。"湘雲笑曰："別緻哉！"因同起。數畢，得十三支，湘雲曰："偏是十三元，此韻用作排律，恐終難免牽強。"余曰："何妨？"湘雲讓余先起，余即吟曰："三五中秋夜。"湘雲搔首一思，吟曰："清遊擬上元。徹天星斗煥。"余續曰："匝地管弦繁。幾處狂飛盞。"湘雲笑曰："幾處五字，原爲開下起見，如何對得方好？"因吟曰："誰家不啓軒。輕寒風剪剪。"余曰："對句極好，起句未免太易。"湘雲笑曰："詩多韻險，雖有好句，亦須留待後來。"余笑曰："後來如無好句，看汝如何？"因聯曰："良夜景暄暄。爭餠嘲黃髮。"湘雲曰："不佳，不佳。何爲杜撰俗事以難我耶？"余笑曰："真乃少見多怪，'吃餠'乃《唐書》舊典，何謂杜撰？"湘雲曰："此亦難我不得。"因吟曰："分瓜笑綠媛。香新榮玉桂。"余笑曰："此真係杜撰矣。"湘雲曰："明日當查出一看，此時毋耽擱工夫。"余曰："雖如此，玉蘭金桂總屬塞責。"金玉二字最礙黛玉之目，雖至聯詩，亦必屏之，其慮深，其心苦矣。因聯曰："色茂健金萱。蠟燭輝瓊宴。"湘雲笑曰："如何又頌起聖耶？"余曰："汝既用出玉桂，我不得不用金萱。"湘雲因含笑吟曰："觥籌亂綺園。分曹尊一令。"余聯曰："射覆聽三宣。骰彩紅成點。"湘雲笑曰："三宣二字竟化俗成雅矣。"因聯曰："傳花鼓濫喧。晴光搖院宇。"余笑曰："對句極妙,如何將風月塞責?"湘雲曰："畢竟説到月上,點綴點綴,方不落題。"余曰："姑存之。"因聯曰："素彩接乾坤。賞罰無賓主。"湘雲續曰："聯吟叙仲昆。構思時倚檻,"余應曰："擬句或依門。酒盡情猶在。"湘雲續曰："更殘樂已諼。漸聞笑語寂。"余曰："可知一步緊一步矣。"因聯曰："空剩雪霜痕。階露團朝菌。"湘雲曰："此句如何押韻?"隨即離座,叉手思索,笑曰："幸而想出一字,不然,幾卸甲曳兵走矣。"聯曰："庭煙斂夕楁。秋湍瀉石髓。"余爲擊掌叫絶,駡曰："促狹鬼,果然留下好句!"湘雲曰："幸昨日翻閱《歷朝文選》見此'楁'字,我不識爲何樹,方待查考,寶姐姐謂即俗言朝開夜合花也。"余曰："'楁'字用來恰好,但'秋湍'一句,何處想來?"因聯曰："風葉聚雲根。寶嫠情孤潔。"湘雲聯曰："銀蟾氣吐吞。藥催靈兔搗。"余吟曰："人向廣寒奔。犯斗邀牛女。"湘雲望月,吟曰："乘槎訪帝孫。虚盈輪莫定。"余吟曰："晦朔魄空存。壺漏聲將涸。"吟際,忽見池中現一黑影,猛悚疑鬼,亟告湘雲。湘雲笑曰："我素不懼鬼物。"怕鬼者非膽怯即識闇,湘雲倜儻風流,豈儕凡俗?隨拾小石一片,擲之池中,忽曳然一聲,飛起一隻白鶴,湘雲曰："原是一羽衣翩躚者,可以助我詩興矣。"即吟曰："燈窗焰已昏。寒塘度鶴影。"文境詩情,並皆佳妙。余聞此句,不禁頓足呼曰："此鶴真惠汝不淺。此句比'秋湍'又不同,影字祇一'魂'字可對,況'寒塘度鶴影'何等自然,本眼前景,且又新異,余當偃旗息鼓矣。"湘雲笑謂："勿急。不然,即明日再聯亦可。"余戚戚不安,退想半日,笑曰："汝不必誇口!"湘雲亟起問余,余即吟曰："冷月葬詩魂。"湘雲聞余此句,大爲贊異,既又嘆曰："詩雖新異,祇是頽喪極矣。況汝身多病,似不宜作此凄凉奇譎之語。"余笑曰："不如此何能戰勝。"'冷月葬詩魂'一句,抵得《離騷》、《天問》、《招魂》等篇。

言次,突見欄外石後,走出一人,笑曰："好詩!好詩!果太凄凉,不必再續,再續反覺堆砌牽强矣。"余與湘雲回首視之,則櫳翠庵姑子妙玉也。因與談笑,妙玉曰："吾固早已至此,因喜笛聲飄緲,月色晶瑩,不覺樂而忘返。"又曰："姑娘之詩,誠新異過人,然亦過於頽敗凄楚,此亦關人之氣數，非可常爲也。"余問園中諸人，知皆睡熟，遂邀余與湘雲同來庵中。爐煙未燼，龕焰猶青，小鴉鬟趺睡蒲團，如伏獅狀。妙玉喚起溫茶，又將筆墨取出，將余與湘雲聯句，一一繕好。余見妙玉如此有興，亟爲請教。妙玉深自謙抑，謂："才祇二十二韻，竊想二位警句已出，再續恐爲強弩之末，如不見哂，謹代續貂。"余與湘雲，亟請賜教，妙玉一揮而就，遞於余，與湘雲共視。其詩曰：

香篆銷金鼎，冰脂膩玉盆。蕭憎嫠婦泣，衾遣侍兒溫。空帳懸金鳳，閑庭散彩鴛。露濃苔更滑，霜重竹難捫。猶步縈紆沼，還登寂歷原。石奇神鬼縛，木怪虎狼蹲。矗矗朝光透，罘罳露曉屯。振林千樹鳥，啼谷一聲猿。歧熟焉忘徑，泉知不問源。鐘鳴櫳翠寺，雞唱稻香村。有興悲何極，無愁意豈煩。芳情祇自遣，雅趣向誰言。徹旦休云倦，烹茶更細論。

後書"右中秋大觀園即景聯句三十五韻"。余與湘雲不勝驚異，笑曰："吾儕鎮日紙上談兵，捨近求遠，詎知十步之內，即有芳草耶！"言次，東方漸白。時余鴉鬟紫鵑與翠縷同來尋余等，遂與湘雲辭歸。

賈府自鳳姐染疾後，一切家政均歸探春代理，賞罰嚴明，有條不紊，探春之才，誠堪佩服也。雖然，有才者未必有命，以探春今日景象言之，固可謂金枝玉葉，享盡榮華，然其結局何如，尚不可知。探春高華卓犖，儼若太原公子，雖待字閨中，命運無定，而終身結果，已可概見，故卒得貴婿，相守白頭也。吾嘗謂女子命運，與男子絕不同，男子命運如何，出世時即可定之。女子則須分爲兩截，一未嫁時，一既嫁後，蓋未嫁時與既嫁後之命運，絕不相聯屬也。故未嫁時之命運，祇可名之爲假命運，其真命運，則須仰之於莫知誰何之人。探春來日所嫁之人何如，殊不可知，果其人而賢也，尚可繼續享其榮華，否則，今日之快樂生涯，亦可暫而不可久，一旦鳳冠加頂，霞帔在身，則須一一與之告別。故吾服探春之才，吾又不能不憂其命。雖然，豈止探春一人而已哉！大觀園中諸姊妹誰不如是！

吾思及此，乃不暇爲諸姊妹憂，一縷愁思，則又轉而及余自身。嗟夫！余之自身將來何如，又豈可預測哉！噫！

邇來大觀園不知發生何事，二舅母忽帶領多人，將園中抄檢一過，並將迎春房中鴉鬟司棋，寶玉房中鴉鬟晴雯、芳官、蕙香等，一起逐出。聞司棋乃爲一種曖昧事，至於晴雯等，則不知何故。晴雯人品性情恰似黛玉，黛玉尚不免見忌於人，宜晴雯之放逐也。媒蘖致死，冤憤莫伸，當是屈原、賈誼後世。吾於諸人中，獨憐晴雯，晴雯初亦小家碧玉，入侍外祖母，爲人慷慨直爽，不作女兒態，外祖母雅愛之，乃賜給寶玉，以供任使。寶玉向屬多情，見晴雯姿容娟媚，伶俐聰明，極加眷愛，嘗語余曰："吾之於晴雯，不敢以侍婢目之。"相愛之情，蓋無殊姊妹也。余亦覺晴雯性情豪爽，實出衆婢之上，璇閨無事，常共笑樂，邇來因其染病，猶命紫鵑助理茶湯。不謂事出意外，竟戴病逐出，吾知寶玉之傷感，必較余猶甚也。嗟夫！晴雯亦一聰明女兒也，若非家世卑微，公子王孫誰不欲偶之？特以命途多舛，家運不齊，乃降身而爲人婢，任人踐踏，任人摧殘，今日一朵嬌花，且驅之至於泥淖之中。二舅母夙號仁慈，不知何故，於此乃忍爲之。落花無主，祇怨東風，吾不禁爲晴雯惜。

今日爲迎春于歸之期，賓客之盛，自不待述。其婿家姓孫氏，婿名紹祖，現在兵部候缺，向與賈家有舊。此次訂婚，實出赦舅之意，政舅則甚不願。其門第不及歟？抑其人不善歟？則非我所知。晨起，湘雲等即邀余往賀，余性疏懶，最畏酬應，然爲好姊良辰，不得不勉爲一去。既至，竟入內室，迎春向來忠厚，出言殊簡，至此愈覺羞澀，默默無一語。湘雲笑曰："何竟效金人三緘其口，豈爲新嫁娘，便當如是耶？"衆皆莞爾。寶釵笑曰："迎妹乃吾儕舊侶，今嫁得乘龍婿，恐已忘吾儕，終勿能耳鬢厮磨，若昔時之樂矣。"迎春均置不答，垂首閉目，若老僧之入定。無何，簫鼓嗷嘈，笙簧齊奏，衆喧彩輿至，迎春爲衆簇擁易妝，錦簇鳳冠，珠兜霞珮①，俯映翠裙鴛繡，橫拖紅袖鸞綃，富麗皇堂，別饒

---

① 珮，疑應爲"帔"。

丰致。妆毕，衆扶之，登輿而去。其時他人猶可，獨寶玉傷感，不可名狀。李紈嗤之曰："凡爲女子，終須嫁人，悒悒胡爲哉？"寶玉嘆曰："汝儕安知？我亦不欲與汝言。"言已，悵然自去，余儕亦隨歸。寶玉似癡非癡、似悟非悟，有此根性，故卒至跳出塵網也。

秋光漸老，落葉飄零，大觀園中頓呈蕭索之狀。寶釵因其家有事，已爲薛姨媽迎歸。寶釵既歸，香菱亦隨之而去。探春又代理家政，亦無暇入園。舊人星散，不禁黯然。一日，余方臨案觀書，忽紫鵑告余，謂晴雯逐出後，忽於昨日病逝，驟聞之下，不勝心酸。嗟乎！碧玉年華，遽遭夭逝，黃土壟中，將何以瞑目！余知寶玉聞此，必更傷心，乃思往慰之。隨步出瀟湘館，緣山坡而行，時見夕陽將暝，晚蟬欲咽，木葉墜地，戚戚作聲，萬種凄涼，若代吾人鳴其感傷。及行至石山後，忽聞嗚咽之聲，發於芙蓉樹下，如嫠婦夜泣，秋客宵吟，悲楚凄涼，聞之酸鼻。噫！斯何人乎，乃爲此如泣如訴之聲！悄然聽之，乃知爲寶玉祭晴雯，時方誦其誄文，曰：

維太平不易之元，蓉桂競芳之月，無可奈何之日，怡紅院濁玉，謹以群花之蕊，冰鮫之縠，沁芳之泉，楓露之茗，四者雖微，聊以達申誠敬，乃致祭於白帝宮中撫司秋豔芙蓉女兒之前曰：

竊思女兒自臨人世，迄今凡十有六載，其先之鄉籍姓氏，湮淪而莫能考者久矣。而玉得於衾枕櫛沐之間，棲息宴遊之夕，親昵狎褻，相共與處者，僅五年八月有奇。憶女囊生之時，其爲質則金玉不足喻其貴，其爲體則冰雪不足喻其潔，其爲神則星日不足喻其精，其爲貌則花月不足喻其色。姊妹悉慕其嫵嫻，媼嫗咸仰其慧德。孰料鳩鴆惡其高，鷹鷙翻遭罦罬；薋葹妒其臭，茞蘭竟被芟鋤。晴雯見逐，寶玉似亦知爲襲人所致，故不覺痛乎言之，但知之而不逐之，薄倖，可恨！花原自怯，豈奈狂飆？柳本多愁，何禁驟雨。偶遭蠱蠆之讒，遂抱膏肓之疾。故櫻唇紅褪，韻吐呻吟；杏臉香枯，色陳顑頷。諑謠謑詬，出自屏幃，荊棘蓬榛，蔓延窗戶。既懷憂沉於不盡，復含罔屈於無窮。高標見嫉，閨幃恨比長沙；貞烈遭危，巾幗慘於雁塞。自蓄酸辛，誰憐夭折？仙雲既散，芳趾難尋。洲迷聚窟，何來却死之香？海失靈槎，不獲回生之藥！眉黛煙青，昨猶我畫；指環玉冷，今遣誰溫？鼎爐之剩藥猶存，襟淚之余痕尚漬。鏡分鸞影，愁開麝月之奩；梳化龍飛，哀折檀雲之齒。委金鈿於草莽，拾翠盒於塵埃。樓空鳲鵲，徒懸七夕之針；帶斷鴛鴦，誰續五雲之縷？況乃金天屬節，白帝司時；孤衾有夢，空室無人。桐階月暗，芳魂與倩影同消；蓉帳香殘，嬌喘共細腰俱絕。連天衰草，豈獨蒹葭？匝地悲聲，無非蟋蟀。露階晚砌，穿簾不度寒砧；雨荔秋垣，隔院希聞怨笛。芳名未泯，簾前鸚鵡猶呼；豔質將亡，檻外海棠預萎。捉迷屏後，蓮瓣無聲；鬪草庭前，蘭芳枉待。拋殘繡綫，銀笺彩袖誰裁？折斷冰絲，金斗禦香未熨。昨承嚴命，既趨車而遠涉芳園；今犯慈威，復拄杖而遺拋孤柩。及聞蕙棺被燹，頓違共穴之情；石槨成災，愧逮同灰之誚。爾乃西風古寺，淹滯青燐；落日荒坵，零星白骨；楸榆颯颯，蓬艾蕭蕭。隔霧壙以啼猿，繞煙塍而泣鬼。豈道紅綃帳裏，公子情深；始信黃土壟中，女兒命薄。汝南淚血，斑斑灑向西風；梓澤餘哀，默默訴憑冷月。嗚呼！固鬼蜮之爲災，豈神靈之有妒？毀詖奴之口，討豈從寬？剖悍婦之心，忿猶未釋。在卿塵緣雖淺，而玉之鄙意猶深。因蓄惓惓之思，不禁諄諄之問。始知上帝垂旌，花宮待詔；生儕蘭蕙，死轄芙蓉。聽小婢之言，似涉無稽；據濁玉之思，深爲有據。何也？昔葉法善攝魂以撰碑，李長吉被詔而爲記，事雖殊，其理則一也。故相物以配才，苟非其人，惡乃濫乎？始信上帝委託權衡，可謂至洽至協，庶不負其秉賦也。因希不昧之靈，或陟降於茲。特不揣鄙俗之詞，有汙慧聽，乃歌而招之曰：

天何如是之蒼蒼兮，乘玉虬以遊乎穹窿耶？地何如是之茫茫兮，駕瑤象以降乎泉壤耶？望傘蓋之陸離兮，抑箕尾之光耶？列羽葆而爲前導兮，衛危虛於旁耶？驅豐隆以爲庇從兮，望舒月以臨耶？聽車軌而伊軋兮，御鸞鷖以征耶？聞馥郁而飄然兮，紉蘅杜以爲佩耶？

燦裙裾之爍爍兮，鏤明月以爲瑲耶？藉葳蕤而成壇時兮，榮蓮焰以燭蘭膏耶？文匏瓟以爲觶斝兮，灑醽醁以浮桂醑耶？瞻雲氣而凝眸兮，彷彿有所覘耶？俯波痕而屬耳兮，恍惚有所聞耶？期汗漫而無際兮，捐棄予於塵埃耶？倩風廉之爲余驅車兮，冀聯轡而攜歸耶？余中心爲之慨然兮，徒嗷嗷而何爲耶？卿偃然而長寢兮，豈天運之變於斯耶？既窀穸且安穩兮，反其真而又奚化耶？余猶桎梏而懸附兮，靈格余以嗟來耶！來兮止兮，卿其來耶？

若夫鴻濛而居，寂靜以處；雖臨於兹，余亦莫覯。搴煙蘿而爲步障，列蒼蒲而森行伍；警柳眼以貪眠，識蓮心之味苦。素女約於桂巖，宓妃迎於蘭渚。弄玉吹笙，寒簧擊敔。徵嵩嶽之妃，啓驪山之姥。龜呈洛浦之靈，獸作鹹池之舞。潛赤水兮龍吟，集珠林兮鳳翥。愛格愛誠，匪簠匪筥。發軔乎霞地，還旌乎玄圃。既顯微而若通，復氤氳而倏阻。離合兮煙雲，空濛兮霧雨。塵霾斂兮星高，溪山麗兮月午。何心意之怦怦，若寤寐之栩栩？余乃歔欷悵怏，泣涕徬徨。人語兮寂歷，天籟兮篔簹。鳥驚散而飛，魚唼喋以響。志哀兮是禱，成禮兮期祥。嗚呼哀哉，尚饗。

半晌，祭畢。余跨步立其前，笑曰："妙語繽紛，深情飄緲，可與《曹娥碑》並傳矣。"寶玉聞余言，兩頰驟赤，呆然無語。余笑曰："此亦風雅事，何羞澀爲？"寶玉始笑曰："我思古今祭文，多屬濫套，所以改創一格，原不過一時寄興，謹求改削。"余曰："長篇大幅，頗難追憶，但聽'紅綃'一聯，意雖清新，却嫌濫俗。吾儕於今窗屉，均係彩霞紗所糊，何不改爲'茜紗窗下，公子情深'耶？"寶玉擊節叫妙，連謂："天下好景好事盡多，我等愚拙性成，執筆便忘却，今經此一改，更臻妙絕矣。但須汝居此則宜，若我實不敢當。"余曰："何妨！古人異姓陌路，尚然肥馬輕裘，敝之無憾，況一窗耶？"寶玉笑曰："論交原不在肥馬輕裘，即白璧黃金，亦不當錙銖較量。但唐突閨閣，非余所敢，不如竟將'公子、女兒'改去，作汝誄彼之文。芙蓉誄爲黛玉作也，晴雯一丫頭耳，何足以當此，祇以立言不便，特藉晴雯以寄其痛，猶恐閱者忽過，故於紅綃一聯，反覆改易以醒之，若謂爲後日讖語，似未覺盡善也。況彼平日蒙汝不棄，亦在相厚，作此祭之，亦非過當。以我思之，莫若改作'茜紗窗下，小姐多情；黃土壟中，鴉鬟薄命'。雖然與我無涉，亦覺愜懷。"余笑曰："彼又非我鴉鬟，何用此說？兼之小姐、鴉鬟亦不典雅，俟紫鵑死後，再如此說不遲。"寶玉笑曰："法又何事咒渠？"余曰："咒自汝起。"寶玉一笑，既又謂尚有一改，因曰："'茜紗窗下，我本無緣；黃土壟中，卿何薄命'不更妥當耶？"余聞言，中心一躍，悲愁交集，祇得含笑稱妙曰："即此可矣，不必再改。"言已，相與回怡紅院。

"樂莫樂於新相知，悲莫悲兮生別離。"往者余誦此語，每深浩歎，不意今日皆爲余所身受，天下事可逆料哉！黛玉遭際不時，喪亂迭見，憂傷病沮，鬱不聊生。蓋其胸中，純係一團秋氣，故其悲愴，無時稍殺，非關秋之能愁人也。不然，秋光皎潔，秋氣爽人，秋月晶瑩，秋容變幻，在在均足使人留戀，特人自多愁，不克自制耳。憶余來此園中，忽忽數載，爾時海棠結社，柳絮填詞，把酒談心，烹茶夜話，陶陶然其樂何極。今者寶釵家去，迎春于歸，紫菱洲畔，蘅蕪院裏，蒹葭猶舊，香草依然，而人去樓空，徒聞鈴語，一種蕭條之狀，似亦隨秋氣而改。余雖不敢如宋玉悲秋，然對景傷懷，曷能自已？今日爲迎春歸寧之期，余乍聞之，甚喜，意舊侶重逢，必有一番歡樂。晨妝罷，即出園，至外祖母處，時迎春將至，下輿登堂，腰圍瘦減，面目清癯，迥不似舊時顏色矣。

余乍見一愕，念相離幾許時，胡一變至此耶？繼念迎春生長膝下，不慣離家，別緒閑愁，或鬱而至此。既入室，爭詢別後景況，迎春雙眉愁鎖，兩目瑩然，謂："孫紹祖好色好賭，無所不至。初過門時，新婚宴爾，猶有幾分恩情，迨後獨守空幃，無復伉儷之樂，偶進忠言，反遭毀謗，種種虐待，不可言宣。早知如此，真不若祝髮空門，向蒲團夜月，消受生涯。"言畢，放聲大哭。吾儕聞之，亦莫不爲之淚下。嗚呼！風景不殊，悲歡倏變，迎春忠厚人也，自今以後，更復何望！吾故謂女子命運須分爲兩截，一未嫁時，一既嫁後。以迎春今日景言之，殆成兩世矣，寧不傷哉！迎春忠厚長者，而乃所偶非人，抑鬱以死，是大觀園中諸姊妹無一非薄命金釵也，傷哉！

迎春歸後，暫住紫菱洲。其最爲迎春痛惜者，厥爲寶玉。數日來神氣頽喪，寢饋不安，姊妹情深，固應爾爾也。一日，余梳洗方畢，忽傳寶玉至，將入余室，即放聲大哭。余大愕曰：“此何爲也？”寶玉不語。余曰：“得毋我又獲罪於汝耶？”寶玉頓足曰：“否否，我自有我傷心之事也。”寶玉痛迎春而至瀟湘館哭，是知黛玉之心與己相同也。吾知其又爲迎春事，因曰：“茲盍告我？”寶玉曰：“我想吾儕生而悲，反不如死而樂。”余佯曰：“此又何謂？”寶玉嘆曰：“吾家二姐前日狀況，汝當知之。回想當日在家時，海棠結社，賭酒吟詩，其樂何極！何苦必欲出嫁，出嫁後乃致受百般苦楚。我原想禀知老太太，仍將二姐迎回，不復再往孫家去，詎知太太不獨不允，反罵我混説。妹妹，汝試觀之，園中景象，至今日荒凉盡矣，若再過幾年，不知更成何象？故吾愈覺人生之無謂也。”傷心語亦是悟道語。言已，又哭。嗟乎！余聞至此，余之眼淚亦不禁奪眶而出，自思女子以身嫁人，誠不啻探身窀穸，稍一不慎，終身即無見天日之時。吾儕年已浸長，他日所遇何如，尚不可知，吾人至此，愈增身世茫茫之感矣。名言正論，惜今人之不慎，以致怨偶頻聞，離婚時見，我願天下女人善自爲謀，毋貽後悔也。

翌日，寶玉奉二舅命，入塾讀書。寒窗獨坐，益復無聊，繡閣生涯，幾無異於禪房佛刹間也。斜陽將暝，晚霞滿佈天空，閑倚窗欄，見野鷗隊隊，咸逐晚煙而飛。思余來京時，景象正復如此，忽忽至今，余之心境乃亦隨時而俱變。憶當時余倚窗獨坐，亦嘗私自計量，不知此去爲禍爲福，由今觀之，殆禍多而福少也，爲之奈何！雖然，人生在世，每挾憂患以俱來，安敢云福？惟視吾人所受之禍，當至何時而止耳。思時，忽聞院内拍手大笑，猛驚，啓簾，寶玉竟入。余訝曰：“聞汝已去讀書，何爲又來此間耶？”寶玉笑曰：“幸勿言此，吾以爲，吾儕此後再無相見期矣。今得偷閑來此，幾如死而復生。古人云：‘一日三秋。’良不誣矣。”余笑頷之，亟命紫鵑汲泉煮茗，曰：“二爺於今讀書，不比往日矣。"寶玉笑曰："何謂讀書！我平生最厭一切道學語。尤可笑者，近時名公巨卿，出語便謂八股文章，代聖賢立言，實則腹中空空，何曾能闡發聖賢一二，不過東扯西拉，寫幾句牛鬼蛇神，用為誆功名混飯吃而已。"直令科場得意之士一齊愧死。余笑曰："吾儕女流，原不知此中底蘊。但幼時從爾雨村先生讀書，亦曾看過，內中亦有近情近理，亦有清微淡遠，汝時雖無知識，亦頗娓娓動人，豈可一概抹倒。況汝欲志功名，亦非枉尺直尋不可。"寶玉搖首一唱。

　　一日，襲人過余，詢余病狀，嘮叨半日。忽聽院中有呼林姑娘者，雪雁亟出迓之，乃為寶釵遣來婆子，饋余荔枝，雪雁連代接過。婆子舉目，忽見襲人，笑問曰："此非寶二爺房中花姑娘耶？"襲人曰："然。"既又睜其摩挲老眼，向余諦視，笑曰："無怪我家太太恆謂林姑娘與寶二爺天生佳偶，及今觀之，真天仙化人矣。"襲人見其出言造次，急為岔開。襲人與寶釵狼狽為奸，以媒蘗黛玉也久矣。今之嘮叨半日，想為探試口氣之故，以定其攻擊之計畫。奸賊可惡孰甚！再嫁優伶，未足蔽辜。余因為寶釵遣來，雖恨其冒撞，祇假為不聞。林姑娘誤矣，豈忘昔日見了姐姐便忘了妹妹之言耶！頃之，襲人歸去，余命丫鬟挑燈就寢。一舉首，忽見案上荔枝瓶，不禁觸起日間婆子所語，甚是刺心，萬緒千愁，頓為勾起。默念自己身體原不甚強，今忽又浸長矣，馬齒徒增，耕而莫獲。雖若人心中，別無所注，而外祖母與二舅母向無一言及此，則此願雖深，尚在不可知之數。深恨當日雙親在時，未得早將此事議定，不然，何用余終日懸懸耶！繼又念余雙親若在，而余又未必來此，倘使別訂陳朱，又未必能如若人之人才心地，不如此時，尚有可圖。一時心血潮湧，如十萬犁鋤，起落不定，乃側身向裏，力屏此事不思。實則別有所配，亦未必不如寶玉，且未來蘇，亦不知有寶玉也。今黛玉尚以為可圖，不知已為捷足者先得矣。

　　朦朧間，忽見小鴉鬟入報，謂賈雨村先生至，請余出相見。余大異，思余與雨村雖屬師弟，要非男子可比，況彼與余舅等往來，從未一言提及，余亦不便往見，因辭以疾。小鴉鬟又催曰："祇恐來與姑娘道喜耳！"語次，大舅母與二舅母、鳳姐等均來余室，顧余笑曰："我等一來道喜，二來送行。"余聞言，神魂震悸，亟問："何事？"鳳姐笑曰："汝不知耶？林姑爺現升湖北糧道，已爲汝娶繼母，因想撇汝在此，殊不成事，遂托賈雨村作伐，將汝許字汝繼母之親戚，且是續弦，今日特來迎汝，大抵汝此一去，當即咏《摽梅》矣。"余驟聞此，大震，寸心空洞，狀如失魂。恍惚又似阿父果已提升赴任，心中甚急，強應之曰："殊無此事，皆汝等混鬧耳。"言已，余舅母等咸以目示鳳姐曰："彼既不信，我等盍去？"余此時信不可，不信亦不可，含淚言曰："二位舅母盍少坐？"衆皆不答，冷笑而去。余心中轆轤上下，不知此事果爲眞爲僞，哽哽咽咽，恍惚間又似在外祖母處。因思此事惟求之老太太，或可挽回，於是屈膝抱外祖母之腰，哭曰："老太太救我！南方之行，我寧死不去。況已有繼母，又非余之親娘，余更願隨老太太一處。"言畢，心搖舌哽，竊冀外祖母素日憐余，定可爲余排解。半晌，外祖母載笑言曰："此不干我事。"余泣曰："此何事耶？"外祖母曰："續弦亦好，且多一副嫁奩矣。"余哭曰："我在此，決不費老太太此等閒錢，祇求老太太救我。"外祖母搖首言曰："無能爲也。汝既生爲女子，終當出嫁，在此總非了局。"余曰："情願爲奴婢，供驅使，祇求老太太作主。"言畢，睜目視外祖母，外祖母置若罔聞。余又憤又愧，抱其腰哭曰："老太太素日慈悲，素日憐余，何至今日竟無一語，豈以余爲老太太之外孫女，即不欲援手耶？然余母爲汝所出，念余死母之情，亦當從而庇護。"言已，倒其懷痛哭。祇聽外祖母喚鴛鴦曰："汝來！送姑娘去，我被其纏乏矣。"余聞此，悲痛交集，自思再無生理，不如一死爲愈，即起外出。深恨自己未有親娘，便是外祖母與舅母、姊妹等，平日何等親熱，及至此時，均袖手旁觀，冷嘲熱諷，可見平昔皆一僞字耳。繼想今日何獨不見寶玉，如一見彼，或可有爲。雙眸強展，則見寶玉已來余前，顧余笑曰："妹妹大喜！"余聞此言，又驚又恨，亟握其臂曰："好寶玉！我今日始知汝乃一無情無義人耳。"寶玉曰："是何言哉？汝已許人，吾儕今而後各隨各耳。"余哭曰："好哥哥！汝命余隨誰耶？"寶玉曰："汝如不去，就此住下亦可。汝原已許我，所以汝來此間，我平日待汝，與他人別又不同。"余此時又似果經許過寶玉，遂又轉悲作喜。因問曰："當此千鈞一髮之時，汝到底如何處我耶？"寶玉曰："吾固命汝住此，汝不我信，今當示汝以心。"言次，出匕首寸許，向胸前一劃，血流如注。余大懼，亟以手爲握住寶玉心窩，哭曰："是何爲耶？不如先將我殺卻。"寶玉曰："勿懼，我特示汝以心耳。"言已，又將手在劃開處亂抓。余又痛又哭，又恐人撞見，抱住寶玉痛哭，寶玉連呼曰"不好，不好！"即倒身於地。余見狀，放聲大哭。忽聞耳畔呼聲，靜聆之，乃紫鵑呼余。猛驚醒，衹見斜月殘燈，半明半滅，竟是一場惡夢。喉間哽咽，猶不自已，撫視枕衾，已爲淚痕濕透矣。因想阿父去世已久，寶玉尚未訂婚，此夢果從何起？繼想夢中景象，愈覺心傷，倘使寶玉真死，余又如何處置？一時痛定思痛，不禁淚從心落。黛玉夢中尚知其偽，及至醒而仍執迷不悟，致促其生，情之迷人乃至如此。強起，卸下長衣，命紫鵑爲余更衾枕，蒙頭再睡，神魂不定，愈睡愈醒，衹聽窗外淅淅颯颯，如風如雨。頃之，又聞呼吸聲，則爲紫鵑睡熟鼻息出入之聲。圍被起坐，又覺窗隙透入一縷涼風，使人寒毛直豎，便又凝神再睡。朦朧間，衹聽竹枝小鳥狂噪不已，掀幃視之，窗衣漸呈白色，蓋已天明矣。伏枕大咳，紫鵑聞余咳，力勸余養息，實則余何嘗不養息，然余心亂，欲睡不能矣。奈何！夢境已足斷腸，醒時倍覺凄絕，黛玉之病自此深矣。

是晨，余咳嗽愈劇，亟命紫鵑起換痰盂，紫鵑即起取出，忽聞其慘呼一聲，倏又噤住。余大駭曰："紫鵑何事？"紫鵑曰："並無何事。"余知必痰中有物矣，因之心冷半截，淚下涔涔，及紫鵑入，猶沾襟拭淚，余更明其慘呼之故。嗟夫！余病愈深矣。紫鵑隨坐余床沿，勸余自爲珍重，且曰："留得青山在，依舊有柴燒。況此間自老太太以次，誰不愛姑娘？姑娘又何苦不自愛？"余聞此，又勾起夢景，霎時心搖手顫，氣咽聲嘶，半晌，才吐出半口痰，而此未死寸心，幾欲隨痰同出，因又睡下。夢中景象乃大不然，黛玉至是乃成孤立矣。久之，忽見翠縷、翠墨奉探春、湘雲之命，同來召余。及見余病狀，大爲詫異，余強謂曰："並無大病，不過疲乏耳。汝等回復三姑娘與雲姑娘，午後如暇，請來余室一談。"二人應諾。余又問寶玉近來何似？病至如此尚記挂寶玉，豈以夢中寶玉猶未負心耶！翠縷曰：「彼已入塾讀書，回時甚少。」言畢遽去。

午後，探春、湘雲同來視余。余見二人，又自傷心，冷淚一眶，沁眼而出。繼想夢中老太太尚且如此，何況彼等。且彼非因余召，又未必來此，無已，命紫鵑強扶余起，強與歡笑。其時湘雲見余床頭痰盂，忽大爲驚喊。余初時昏昏沉沉，所吐爲何，並未細看，此時聞湘雲言，回頭一視，只見千絲萬片，紅似胭脂，不覺萬念皆灰，身如槁木。黛玉心血動矣，安得不死？探春見其冒失，恐益余悲，亟代解曰：「此不過肺火上炎，帶出一半點耳。」余漫應之。言次，忽聽外間老嬤嚷曰：「汝是何處小蹄子？來此園中混攪！」余驟聞此，肝腸震裂，默念自己身世，原非何等微賤，祇因幼失怙恃，來此寄居，不知何人指使，乃遭此辱罵，不禁大聲呼曰：「此間尚堪住耶！」言已，頭暈目眩，噎不成聲，惟將手指窗外。探春會意，亟啓簾視之。紫鵑則扶余痛哭。余此時杳杳冥冥，似此身已死，所存者僅一軀殼。紫鵑亟爲余揉胸，余漸覺清醒。探春隨入，笑曰：「想因聽得老嬤言耳。」余不應。探春又曰：「渠乃罵其外孫女，何與汝事？」余微點首，亟執探春之手，泣曰：「好妹妹……」一語甫出，喉間如鯁，欲吐不能。淒絕已極。讀至此而不下淚者，決非人類。探春多方勸慰，並謂病痊後，吾儕依舊結社吟詩，豈不歡樂。湘雲亦曰：「三姐之言是也，凡事宜自寬解。」余哽咽應曰：「汝等所言甚善，祇恐余已無此等日矣。」探春謂余言太過，人誰不病，那得便慮及此。嗚呼！探春所知者余病耳，又焉知余致病之由耶。茫茫宇宙，知我其誰，俯仰一身，能無悲痛？

少間，二人起辭，余執探春手泣曰：「好妹妹，汝去老太太處，乞代余問好，祇謂余略感冒，並非何等大病，無勞老人操心。」探春應諾，二人即出。紫鵑扶余睡下。輾轉反側，迄不能寐。兼之園中風聲、蟲聲、鳥鳴聲、落葉聲、步履聲，遠遠孩啼聲，一陣一陣喧聒耳際，使人愈增煩惱。思園中往昔不過寂寞耳，今又增如許淒涼之聲，使人心身不能得片刻閑靜，然則余病殆有增而無減也，可奈何！少刻，紫鵑捧燕窩湯至，勸余略食，余微啓齒，竟不下嚥，因又睡下。朦朧間，似聞室中人言，寶玉夜間亦患心疼之疾。余聞一驚，豈真妖夢已驗歟？亟詢紫鵑，乃爲襲人，余更駭異。時襲人已至余床前，詢余病狀畢，余問之曰："汝言誰心疼耶？"襲人曰："寶二爺偶然魘住。"余恐寶玉亦或有夢，因又問曰："既然魘住，尚何言否？"襲人曰："無之。"余長嘆曰："請為余代達二爺，謂余並無大病，無庸慮及。好自讀書，勿累老爺生氣。"襲人曰："諾。"賤婢此來純為探試，惜黛玉不悟，合盤托出也。次日，大夫來視疾，余固知余病，非草根樹皮所可拯治，然因衆人之意，不便固却，隨命醫之。

惡夢驚人，一病經月，纏綿床褥，瀕死者屢。然而，彼蒼厄余，徒使余病，而竟不容余死，飄忽光陰，余之生辰又至。時余病已漸告愈，余政舅適薦升工部郎中，自外祖母以次，無不忻快。余亦強作歡容，來外祖母處道賀。至則寶玉、湘雲、探春、惜春、李紈、鳳姐、李綺、李紋、岫煙諸姊妹均在座，獨不見寶釵、寶琴、迎春三人。寶玉亟詢余病況，余應曰："勞汝多心，已占勿藥矣。曾聞二哥爾夜亦覺欠安，邇來想已痊癒？"寶玉曰："然。爾夜忽覺心疼異常，後來並無如何。"余聞至此，默然不語。鳳姐覰余，笑曰："汝二人那似久居一處，見面猶作如許套語，豈真古人云'相敬如賓'耶？"鳳丫頭既撮合了金玉姻緣，復言寶、黛"相敬如賓"，詭毒之罪，擢髮難數。余聞言，不覺飛紅上頰。忽寶玉向余笑曰："妹妹，汝看芸兒……"言至此，頓為咽住。余疑團莫解，不禁暗笑。寶玉"芸兒"之言，因賈芸來道喜時，云老爺已升官，若叔叔親事得成，豈不是兩層喜嗎？今猝見黛玉，不覺突喉而出，繼見有賈母等在座，不便言之，故頓為咽住，捨而言他，此不獨賈母等不知，即黛玉亦在悶葫蘆裏也。讀者一翻《紅樓夢》便知。久之，寶玉又曰："我昨日曾聞有人送戲，是幾時耶？"言次，以手搔額，睜目四顧。余見其言語支離，不明所以，遂亦訕訕而笑。外祖母即問鳳姐曰："誰送戲耶？"鳳姐曰："舅太爺處，謂明日日子好，送班小戲，給老太太道賀耳。雖然，不但日子好，還有好日子矣。"言次，瞅余而笑。余知其言此，乃指明日為余生辰，遂亦一笑置之。

明日已是慶賀之期，王子騰處果送一班新劇至，即在外祖母廳前排演。是日，親戚至者約十餘席，衆等讓余首座，余力辭。薛姨媽含笑言曰："林姑娘亦有喜事耶？""亦有"二字，無限含蓄。外祖母曰："今日乃釁兒生辰。"薛姨媽隨起，笑曰："恕我健忘。琴兒速給姐姐拜壽！"余敬謝之。汝爲義母，豈義女之生辰亦遽忘之耶？可見前之煦嫗爲仁者都是假意。既而入座，余留神一看，獨不見寶釵，余甚異之。寶釵不來，蓋親事已成，目的已達，不便來，亦不須來也。黛玉尚在夢中。於時戲已演出，開場不過幾出吉慶戲，無有可觀者。至第三出，忽見金童玉女，旗幡寶幢，圍繞一霓裳羽衣之小旦，綺年玉貌，妙麗無雙。又聽其詞中有曰："人間祇道風情好，那知道秋月春花容易抛？幾乎不把廣寒宮忘却了！"數語，聲同叩玉，響徹雲霄。但不知爲何劇，即命人詢諸外間，乃知爲新編《蕊珠記》中"冥升"一幕。黛玉生辰演"冥升"是夭亡之預兆。小旦即扮嫦娥者，前因墮落人寰，幾乎給人爲配，後幸觀音點化，依舊未嫁而逝，升引月宮。至第四出爲《吃糠》，第五出乃《達摩渡江》，正扮海市蜃樓，忽見鴉鬟數人匆匆入，與薛姨媽耳語移時，薛姨媽勃然色變，即攜寶琴起辭而去。余見狀，爲之愕然。呆霸王又打死人矣，我聞之甚喜，蓋其母女奸險，非有此種禍事，無以顯天道之不爽。

翌日，余往外祖母處問好，並探薛姨媽昨日之事。悉爲薛蟠在外毆殺人命，被拘囹圄，後經政舅從中旋轉，得冀不死，然而十萬銅錢已化青蚨而飛去矣。十萬銅錢，算寶釵運動親事費，不亦快哉！嗚呼！以薛姨媽之母德，而偏有此桀鶩不馴之生兒，可知天之生人，原無一定根基也。雖然，紈袴子弟十九輕薄，苟得一賢德妻室爲之勉勸，或猶有頑廉立懦之功。而薛蟠所娶之新婦夏金桂，又偏不能如此，且性情乖張，動輒詬誶，即薛姨媽與寶釵，亦難免其口頭蹂躪。據余所聞，夏亦世家女子，不識何故，乃橫暴若此。之所以報薛家也。黛玉所論皆常道，而不足以例此。噫！家有此婦，又何怪薛蟠之闖禍哉！

園林寂寞，秋色將闌，簾捲西風，人與黃花同瘦。於時獨坐幽閨，展觀琴譜。蕭蕭落葉，無非商徵之音；唧唧寒蛩，大有淒涼之旨。古懷遙集，歡緒不生；舊恨飛來，情思欲死。真無可奈何之日也。忽寶玉掀簾至，見余琴譜，大爲駭異，幾疑爲五丁六甲之奇書。余冷笑曰："好個世家子弟，琴譜尚不之識，得不貽笑方家耶！"寶玉不識琴譜，意作者殆譏其不識情種歟。言已，寶玉面一頳，含笑應曰：「不謂妹妹乃亦擅此，茲盍撫余一聽？」余笑曰：「余亦不大善此，憶余在揚州時，曾一學過，於今荒拋數載，漸覺隨忘。邇來無事，偶於書堆中翻出一套，其間琴理手法，俱極明瞭，喜而閱之，亦頗動人雅興，然欲窮化其妙，實亦不易。曾聞師曠鼓琴，能來風雷龍鳳，仲尼尚學琴於師襄，一操便知其爲文王，可知高山流水，得遇知音。」言至此，心忽一躍，愁緒紛投，默而不語。寶玉笑曰：「好妹妹，請速教我！即如『大』字加一勾，中間有一『五』字，到底作如何解？」余笑曰：「『大』字『九』字，是用左手大拇指，按琴上九徽。一勾加『五』字，是右手勾五弦，並非字，乃一聲耳。其餘吟、揉、綽、注、撞、走、飛、推等法，均有一定之規矩，極容易學也。」寶玉笑曰：「既如此，我便如王逸少執贄簪花座下，不識肯賜教否？」余笑曰：「琴者禁也。古人製琴，原以治身，涵養性情，抑其淫蕩，去其奢侈。故欲撫琴，必擇靜室幽窗，或層樓高閣，尤須天地清和之候，焚香靜坐，心不外想，氣血和平，始能與神合靈，與道合妙。然後整齊衣冠，或鶴氅，或深衣，必合古人之儀，才稱聖人之器。盥手畢，將琴放於案上，坐於第五徽之間，與心相對，心身俱正，兩手方從容抬起，還須領略其中輕重疾徐，必使舒捲自若，體態尊重方妙。」寶玉笑曰：「吾儕學此，不過閑中遊戲，若如此講究，得非苦人所難耶！」言次，紫鵑忽入，謂寶玉曰：「二爺今日何如此高興？茲亦當讓姑娘稍憩。」寶玉曰：「適聆雅教，竟忘其勞神，茲當去矣。」余笑曰：「何事勞神？祇恐余誨之諄諄，汝聽之藐藐耳。」寶玉曰：「天下無非由而習之，豈得勉強成耶！明日，我告之三妹與四妹，均來受業，何如？」余曰：「即使彼等學成，而汝不識不知，豈非對……」黛玉斯時情已急矣，故言詞殊爲坦率，恨寶玉之不悟也。言至此，頓爲止住。寶玉笑曰：「祇要汝儕善彈，我便喜聽，亦不計牛不牛也。」言次，忽秋紋捧秋蘭一盆至，詢之，知爲二舅母所贈。余見其中有並蒂一枝，不禁心爲一躍，如醉如癡，呆坐凝視。思草木無情，猶相兼併，且其枝葉繁茂，花鮮欲滴。如余杳爾芳齡，便如三秋蒲柳，果使克償所願，或猶有苦盡甘來、花團錦簇之一日。不然，亦如花柳殘春，怎禁風催雨送。言念及此，不禁淚下，乃欠身而起，閑步院中。適寶釵遣人送一函至，余啓而閱之，曰：

　　妹生辰不偶，家運多艱，姊妹伶仃，萱親衰邁。兼之猇聲狺語，旦暮無休，更遭慘禍飛災，不啻驚風密雨。夜深輾轉，愁緒難堪！屬在同心，能不爲之愍惻乎？回憶海棠結社，序屬清秋，對菊持螯，同盟歡洽。猶憶"孤標傲世偕誰隱，一樣花開爲底遲"之句，未嘗不嘆冷節遺芳，如吾兩人也。感懷觸緒，聊賦四章，匪曰無故呻吟，亦長歌當哭之意耳。汝亦畏猇聲狺語耶？讀《紅樓夢》者均惡夏金桂，而我獨喜之，何也？喜其能爲黛玉間接吐氣也。

　　悲時序之遞嬗兮，又屬清秋。感遭家之不造兮，獨處離愁。北堂有萱兮，何以忘憂。無以解憂兮，我心咻咻。（一解）

　　雲憑憑兮秋風酸，步中庭兮霜葉乾。何去何從兮，失我故歡。靜言思之兮惻肺肝。黛玉尚在，豈禁汝之來賈府耶？一片假心，令人生恨。（二解）

　　惟鮪有潭兮，惟鶴有梁。惟鱗甲之潛伏兮，羽毛何長。搔首問兮茫茫，高天厚地兮，誰知余之永傷。汝願已遂，汝心已慰，尚何心傷之有？意者怨呆霸王之闖禍，致羈其好事乎。（三解）

　　銀河耿耿兮寒氣侵，月色橫斜兮玉漏沉。憂心炳炳兮，發我長吟。吟復吟兮，寄我知音。（四解）

讀畢，不勝傷感。又想寶釵不寄別人，獨寄與余，得勿惺惺惜惺惺歟！黛玉至今不悟，寶釵奸險於斯可見。正沉吟間，忽鴉鬟報客至，余亟收其書，疊起。祇見探春、湘雲、李紋、李綺迤邐而來，余亟起讓座畢。因憶及爾年咏菊時，此情此景，一一在目，不禁嘆曰："寶姐姐自挪出後，不來此間久矣。匪獨平時不來，即如前次慶賀之期，亦不至，余恐其今而後竟不來矣。"豈知其來時而黛玉已化爲異物，悠悠蒼天，此恨曷極。探春笑曰："是何言耶？不過寶姐姐今非昔比，薛姨媽年已衰邁，薛大哥又在囹圄，家中諸務，須其經理，故無暇來此耳。"薛賈聯姻，想探春當亦知之，特寶黛不知耳。言次，忽聞一陣風聲，吹下落葉，清香一片，自窗櫺度入，沁人肺腑。群訝曰："是何香耶？"余曰："頗似木樨香。"探春笑曰："林姐姐終不免南人口吻，於今三秋時候，那得有此？"湘雲曰："不然，汝記否十里荷花，三秋桂子，在南邊正是晚桂開時矣，祗汝未見過耳，俟汝將來去時自知。"探春笑曰："汝亦荒唐極矣。我何事而南去耶？"余曰："天下事實未可料，俗云人是地行仙，雪泥鴻爪，自有姻緣。如余南人也，何以偏來此間？"畢竟探春南去，天下事不可預料，洵有如此。湘雲鼓掌笑曰："此言是也。不獨林妹妹為然，即吾儕中亦有生於南長於北者，亦有生長均在南，而後北來者，皆有定數存焉。"探春低頭微笑，相偕而出。余送之院中，祗見林鳥歸山，夕陽西下，因湘雲述起南邊之語，不禁觸及少日境況。春花秋月，水秀山明，二十四橋，六朝遺迹；不少下人伏侍，諸事任意，言語不避，香車畫舫，紅杏青簾，惟我獨尊。今者寄人籬下，縱有如許照應，而無時無地總須留心。不知前生曾作何孽，今世如此孤淒，真如李後主所云："此間日夕，惟以淚洗面耳。"傷哉！

頃之，紫鵑捧江米粥至，余略進食畢，焚香默坐。惟聽西風颯颯，敲竹有聲，簷前鐵馬叮咚，似告人以寒冬將至。亟命丫鬟取衣包出，忽於包中見舊日寶玉病中贈余手帕，詩句依然，淚痕未漬。內中並裹剪破香囊、扇袋及通靈玉穗子等物。一時觸物傷情，感懷舊事，不禁淚下潸潸。黛玉處處傷心，夭亡已兆，偏此等傷心之事，時接於眼簾，造物忌才，於斯益信。時紫鵑在側，似識余意，笑而言曰："姑娘看此何事？此皆姑娘與寶二爺幼時所為，爾時知覺未開，故有此事。若如今日，那復有此？"余知紫鵑之言，乃勸余也。不料，反將余前塵影事，俱為勾起。因想爾時兩小無猜，不避嫌諱，陶陶然其樂何似。今則年華俱長，兩人之間若隔有巨壁，即欲一訴衷腸，亦且不能。因想人生何不常駐此少小華年，而增高繼長如是。又何為增長一歲，我兩人之隔膜即加進一層。命薄歟？緣慳歟？余不得而知。思及此，心緒愈亂，乃倚窗呆坐。及見寶釵詩稿，又檢出展誦一過，嘆曰："境遇不同，傷心則一。"遂命紫鵑取出墨硯，濡墨揮毫，亦賦四疊：

　　風蕭蕭兮秋氣深，美人千里兮獨沉吟。望故鄉兮何處？倚闌幹兮淚沾襟。（一解）
　　山迢迢兮水長，照軒窗兮明月光。耿耿不寐兮銀河渺茫，羅衫怯怯兮風露涼。（二解）
　　子之遭兮不自由，予之遇兮多煩憂。之子與我兮心焉相投，思古人兮俾無尤。（三解）
　　人生斯世兮如輕塵，天上人間兮感夙因。感夙因兮不可愜，素心如何天上月！（四解）

　　賦畢，翻出琴譜，藉《猗蘭》、《思賢》兩操，合成音韻。又命雪雁將余箱中舊琴攜出，張弦一撫，祇覺颯颯瑟瑟，環繞香簾珠箔間，淒涼盡矣。
　　明日，鴛鴦奉外祖母命，送來《心經》一卷，命余抄寫。余應諾之。亟命丫鬟焚香濡墨，獨坐攤寫，實則余何好作書，乃欲藉此以紓積困耳。寫未數行，寶玉忽至，及見余伏案作書，則又無語，蓋恐亂余心曲也。移時，忽見余室中新挂一幅《鬭寒圖》，疑而問曰："妹妹向未懸此，今自何得來？"余曰："曩者藏之箱中，今偶憶及之，故取而懸諸壁間也。"寶玉又問曰："'鬭寒'二字，是何出處？"余笑曰："豈不聞'青女素娥俱耐冷，月中霜裏鬭嬋娟'詩乎？"寶玉擊節稱妙。頃之，又問余曰："妹妹近來彈琴也未？"余曰："天寒手僵，那得撫此。"寶玉笑曰："不彈亦佳。我想，琴雖是清高之品，然自千古以來，但祇有彈出憂思怨亂，從未見彈出富貴壽考者。且彈琴又須心中記譜，妹妹如此孱弱，似宜勿操此心。"言次，指壁間笑曰："此琴何如是短耶？"余曰："此余幼時初學所製，雖非焦尾枯桐，其中鶴山鳳尾，亦頗配合齊整，龍池雁足，高下適中。汝看此縷縷斷紋，不是牛旄耶？所以音韻亦甚清越。"寶玉笑頷之。又曰："妹妹近來吟詩未？"余曰："自結社後，擱筆久矣。"寶玉笑曰：「汝勿我欺，吾嘗聽汝有『不可愶，素心如何天上月』等句，按諸琴裏，清絕異常，得未有耶？」余訝曰：「汝如何知之？」寶玉曰：「爾日，余自蓼風軒經過，忽聆雅調，又恐阻汝清興，故過門未入。我正疑惑前路均系平韻，結句如何忽變仄聲？」余曰：「此乃人心自然之理，並無一定。」寶玉曰：「可惜我非知音，得勿令汝焦桐自傷不遇耶！」余嘆曰：「古今知音有幾？」語出，余又自悔造次，幸寶玉未覺，愀然竟去。知已難逢，千古同慨。

余目送寶玉既去，退而自思，寶玉近來出語，半吞半吐，乍冷乍熱，不知是何意見。其疏余耶？抑別有用意耶？一時星星情火，縷縷情絲，遂播騰於寸心中，欲求解脫而竟不能。乃移身榻次，瞑目而思。忽聞窗外有人私語，審其聲音，知爲紫鵑與雪雁，但聞雪雁謂紫鵑曰：「汝知否？寶玉已訂婚矣。」語出，余一驚。渾如天空雲淨，乍聞霹靂一聲，魂幾離殼。又聞紫鵑曰：「此語從何得知？想係風影談耳。」雪雁曰：「否否，大抵別人均知，祇吾儕未悉耳。」噫！真耶？偽耶？余聞至此，心中大躍，熱血上騰，大咳不已，隨以手撫胸，力自床中躍起。又聞紫鵑悄然曰：「汝從何處偵知？」雪雁曰：「昨日我至三姑娘房中，適三姑娘外出，與侍書等無意談及，並謂係東府親戚王大爺作伐，乃一知府家之女公子，老太太已得同意。祇恐牽動寶玉野心，故秘而不宣耳。」幸是別處，若知爲寶釵，黛玉必立死矣。嗚呼！情難終局，悲愁皆係前因，恨少收場，苦惱多由宿孽。余至此，余心已碎，余不能再聽矣。

於時，窗前鸚鵡忽呼曰：「姑娘回來了，快倒茶來！」余聞聲，亟移身椅上，氣吁吁不能自持。紫鵑隨入，問余須茶否？余搖首曰：「否。」紫鵑見狀，似疑余已聞其密語，乃扶余至榻上。一倒身，百脈俱震，思前日夢中景況，今已驗矣。霎時，心搖神瘁，覺此身如一葉扁舟，飄搖於大海中，前無涯岸，後無救援，巨浪狂風，方排山倒海，向余而攻，其不檣折柂摧而覆者幾希。嗟乎！余與寶玉少日光景，正如昨日事，耳鬢廝磨，如何契合。今則彼已營鸞鳳新巢，余猶屬飄零身世，撫今追昔，能不令人痛心？雖然，姻緣有定，又焉能強，余惟恨余命薄耳，詎能怨人哉！但余此心已許寶玉，決不能更抉而與之他人，自今以往，惟有一死耳。讀之心酸欲絕，海角天涯有時盡，此恨綿綿無盡期。我欲爲黛玉哭，更欲爲天下古今不遇之佳人才子哭。嗟乎！余思至此，余又不忍言。凡人孰不貪生而惡死，余今竟甘心一死以畢吾生，則余之可憐，直爲世間第一。然吾不死，吾又不忍雙眼眈眈，看人家成其美眷，則余又捨死無從。嗟乎！吾死必矣。殉情而死，其樂彌甚。吾今亦無所用其避諱，吾爲寶玉而死，吾心甘矣。錯認寶玉，至死不悟，冤哉。

　　昨宵失眠，侵晨即起。在理，吾困憊已甚，安能早起？然欲求死，不得不自殘其氣力，打量半載以後，當可身登清淨界矣。紫鵑見余早起，即招雪雁爲余梳洗。余對鏡自照，面目清癯，較昔尤甚。不禁低吟"瘦影自臨春水照，卿須憐我我憐卿"句，雙淚汍瀾，不能自遏。梳洗畢，命紫鵑焚香，紫鵑曰："姑娘猶欲抄經乎？"余曰："然。"紫鵑曰："吾見姑娘憊甚，茲亦當少憩。"余曰："早完早好，况余亦非徒爲寫經，不過藉以解悶耳。將來汝等見余字迹，即如見余面。"言次，心一酸，淚又如雨下。此時，紫鵑竟不能勸余，蜎頸一低，亦放聲哭矣。傷心語，不獨紫鵑哭，我亦欲哭。自是以後，余立意自戕，當食者不食，當寢者不寢。余素昔畏風，今則每每當風而坐。外祖母聞信，意余舊病復發，亦嘗覓醫至，爲余署滋補之方。實則此種湯藥，余咸未食，轉使窗外盆花得其滋養，蓋余嘗以此藥傾之花盆中也。二舅母、鳳姐暨園中諸姊妹，見余日漸不支，爭來看視，且多方勸慰。實則，彼等徒知余病，安知余致病之由。且彼等俱知寶玉訂婚，竟不余告，則今日勸慰之言，不過一僞字耳。黛玉心中不忘夢境。寶玉每自學中歸，亦必視余一次，雙眉愁鎖，似亦劇憐余。然既憐余，胡又撇余別娶？有時余亦欲將余心事，質之於彼，又恐於事無濟，反添其煩惱。一杯苦茗，祇有咽之喉中耳。

　　如是者半月，余病已深，余心已碎，余聲已嘶，余淚已竭。直覺天地皆愁，萬物俱死，一縷癡魂，飄飄然時欲破頂而出。凡人蓄志自戕，至其欲死時，亦無大苦。余此時惟一念及雙親俱逝，隻身在此，一旦物化，不無痛心。早知如此，真不如爾年殉余父而死，到落得長眠地下，一事不知，縱有洪水，又何預於我哉！邇來余食愈減，匪惟不食，即一滴白水，亦不能突喉關而入。嗚呼！余至此即欲不死，又焉可得！然而余竟不死。

一日，余方在昏惘中，侍書忽至，與雪雁喁喁私語。余此時萬念俱灰，亦不審所語爲何，及至中間，忽有一語觸余心坎，使余不得不凝神而聽。其語爲何？又爲寶玉姻事也。其時，雪雁與侍書已至余床前，彼等意余已不省人事，更無所用其避諱。雪雁則曰："汝前日言寶玉姻事，果確否？"侍書應曰："焉得不確。"雪雁曰："然則已經放定矣？"侍書曰："是則未也。我前此本聞諸小紅，及後向二奶奶處探聽，始知此事不能得老太太同意，不能成爲事實矣。"余聞此，余神忽清，乃知前日之事，不過風影之談，余之傷心自戕，殊爲錯誤。於是澄心更聽，又聞侍書曰："據吾所聞，寶玉姻事，老太太心中早有一人，其人非遠，即在園中。"雪雁曰："何至今尚未放定？"侍書曰："或者尚早。且聞老太太意，必欲因親作親，至其人爲誰，我亦不知也。"寥寥數語，黛玉又得以稍延旦夕，然終至齎恨以歿，倒不如此日竟死之爲愈也。噫！余聞至此，余之心胸頓開，大似風停雲散，忽覩藍蔚之天。耳中頻頻起爲繁響，此響聲中，又似含有至美之音樂。嗟乎！余之病，爲寶玉姻事也。余之求死，亦爲寶玉姻事也。今寶玉姻事既無成功之望，余又何用病，又何必死。且老太太意，欲於大觀園中因親作親，此大觀園中，爲賈府親戚者，僅余一人而已。然則因親作親，捨我其誰？噫！山窮水盡，余已覓得生路矣。吾固知老太太憐余，決不使余飄零失所。自今以往，尤當慎重攝生，以期起此沉痾，一年半載後，當不難珠聯璧合，鸞鳳雙成。余思及此，余心頓慰。

凡人因一事致病，忽一旦其事得圓滿之解決，其病之愈，未有不速者。余自聞侍書語後，余之身心，頓返於快樂之途，大似一片平陽，毫無隱蔽，曩之不能飲不能食者，今竟能張口進餐矣。賈府諸人，均笑余病之易而愈之奇，其來也如狂風驟雨，其去也如風掃殘葉。實則余澄心自思，亦不禁暗笑，大抵病生於心，心安則病自去矣。數日後，余竟能下榻而步，推窗外望，雖萬木枯槁，而在余視之，皆欣然有向榮之意。

實則黛玉尚在夢中，空爲歡樂，大是可憐。可知境物之悲歡，亦生於心境，苟其心而滿貯快樂，則又何往而非快樂之域。第余心中所貯快樂，其爲時之久暫，尚不可知。此又余所最用爲耿耿者也。

余病癒後，寶釵聞亦染疾，余因其家近與賈府隔絶，故未往視，今日晤薛姨媽於外祖母處，始悉近已略愈。園林寂寞，疾病牽連，殊令人不勝今昔之感也。回園時，適遇寶玉，因延至室中。寶玉曰："妹妹頃自何來？"余曰："老太太處也。汝亦曾見薛姨媽否？"寶玉曰："今日曾一見之，不識何故，薛姨媽近日視余，乃忽疏遠，我與詢寶姐姐病象，彼不過一笑應之。豈以寶姐姐病時，我未往看視，因而見惱耶？"余笑曰："或者然也。"寶玉曰："老太太既未命我去，太太亦未命我去，我如何敢去！"余曰："彼安知此。"寶玉曰："寶姐姐爲人，向來體諒我，何於此事，乃獨不然？"余聞語，不禁一笑曰："汝誤矣，寶姐姐家運多艱，事又繁瑣，今日一病至此，汝竟視若無事，即欲體諒，亦且不能矣。"寶玉曰："如汝言，寶姐姐以後殆不與我好矣。"余冷然曰："彼與汝好否，我焉能知，我不過據理評論已耳。"寶玉聞言，忽瞪其雙眼，呆然向余而視，余驟憶及病時景象，面乃一赬，俯首添香，不更與語。半晌，寶玉忽頓足曰："人生何用！天地間無我，較乾净矣。"余曰："原是有我，乃始有人。既有人，便有無數煩惱，而恐怖顛倒夢想，亦隨之而生。我適所言，戲言耳。汝試思，薛家人命官司，連續而至，薛姨媽安有心情與汝酬應，汝不能體諒人，反疑到寶姐姐身上，殆汝自誤矣。"寶玉鼓掌曰："妹妹心靈，較我强遠多矣。無怪曩歲我生氣時，汝與我所説禪語，我竟不能屬對，我雖丈六金身，還藉汝一莖所化。"見得到，看不破，是黛玉致死之根究，非善知識者。寶玉固誤，黛玉尤誤矣！余笑曰："我猶有一語詢汝，汝能答我否？"寶玉忽合掌而坐，瞑目凝神，曰："趣言之。"余見狀，不期失笑，寶玉曰："談禪必須如是，胡笑爲？"余曰："我今言之，但汝必答我。"寶玉曰："然。"余曰："寶姐姐與汝好，汝如何？寶姐姐不與汝好，汝如何？寶姐姐前日與汝好，今日不與汝好，汝如何？今日與汝好，後來不與汝好，汝如何？汝與彼好，彼偏不與汝好，汝如何？汝不與彼好，彼偏要與汝好，汝如何？」龍女談經，不過爾爾，如此靈魂，宜遭天妒。寶玉聞語，呆坐半晌，既忽大笑曰：「任憑弱水三千，我祇取一瓢飲。」余曰：「瓢之漂水，奈何？」寶玉曰：「非瓢漂水，水自流，瓢自漂耳。」余曰：「水止珠沉，奈何？」寶玉曰：「禪心已作沾泥絮，莫向東風舞鷓鴣。」余曰：「禪門第一戒是不打誑語。」寶玉曰：「有如三寶。」余聞至此，心乃大慰。皇天后土及一切諸菩薩，實聞斯言。然卒至背盟負心，不獨紫鵑痛恨，想讀者亦均爲不平。俄頃間，覺心坎中已另辟一光明境界，寶玉正不難挨身而入。又思寶玉心果如此，寶釵縱有力，亦安能抉其心而去，然則金玉姻緣乃不能實現矣。思及此，心忽大躍，一縷暈紅，直緣粉頰而上。回首視寶玉，已不知何時自去。推窗外望，但見狂風摧樹，老鴉隊隊，呱呱而鳴而已。黛玉自謂已證同心，不知狂風鴉烏，方驚告其不幸之兆，何黛玉之不悟也！

　　天地間真無奇不有。吾曩者以爲草木逢春，必將發芽，及至秋深，必將凋謝，詎知竟有不然者。寶玉怡紅院中海棠，枯已久矣，乃忽於此冬月間開花發芽，寧非異事耶！匪獨余一人引爲異事，即老太太、太太等，亦均驚詫不置。茲據紫鵑告余，彼等均已來園看花。余聞老太太至，勢不得不去周旋，因亦整衣往怡紅院。至則賓客滿堂，喧笑甚盛，惟回顧不見湘雲，詢之，始知其叔叔接回家去。大觀園中，缺此豪況人才，岑寂多矣。不獨湘雲不在，即寶琴、寶釵等，亦不見其迹影。回憶當日鬭草尋花，殊令人不勝蕭索之感。顧外祖母殊不因此減其興況，時方目注檻外花枝，載笑言曰：「論理，此花本當開於三月間，今年因節氣遲，方在小春時候，天氣和暖，因暖而開，亦是常有之事，不足奇也。」二舅母曰：「然。老太太見事多，所言必無誤。」大舅母曰：「此花萎已一年矣，何以春間不應時而開，獨於此萬木凋殘時欣欣向榮？以吾思之，此中必有異兆，其爲吉爲凶，則非吾所敢知也。」李紈笑曰：「或者寶玉將有喜事，此花先來報信，亦未可知。」余驟聞其言及喜事，又憶起前日病後心事，心中不覺大樂，因顧外祖母曰：「草木之榮枯，亦隨人而異。當初有一田家，曾植有荊樹一株，其家中兄弟三人，因不和析產，荊樹忽自枯萎。迨後兄弟三人被其感動，仍歸一處，荊樹則又自生自榮。今寶二哥認真讀書，舅父又格外歡喜，安見此花不亦因寶二哥而自榮耶！"外祖母、二舅母聞余言，咸大歡悅，謂余所比，乃極得當。隨命廚房備盛筵，以賞此花。鳳姐更備全紅兩疋，以爲花壽。一時大觀園中，如狂如醉，余亦不禁爲此花幸矣。

天下事，樂極必生悲。方怡紅院賞花設宴之後，寶玉通靈玉忽自失落。一時大觀園中，無不驚惶失措，其尤甚者，則爲襲人。蓋外祖母之視此玉，不啻寶玉生命，一旦失落，襲人實不能辭其罪。於是瞞住外祖母，向園中各處搜尋。連搜三日，竟無朕兆，襲人等愈覺慌亂，淚痕不去其頰。二舅母亦以此玉與寶玉生命有關，不可任其捨棄，於是，求神問卜，無所不爲，而終不能使此玉生翼飛來。今日又命岫煙往櫳翠庵請妙玉扶乩，意凡人不知縱迹，神仙當識其究竟。及岫煙歸，以乩語示衆，又屬飄渺難解。其語曰：

噫！來無迹，去無蹤，青埂峰下倚古松。欲追尋，山萬重，入我門來一笑逢。

岫煙曰："據字面看，此玉似不得落空，但青埂峰又果在何處耶？"李紈曰："此乃仙機隱語，吾儕安知？且吾家又何來青埂峰耶？"襲人曰："或者失諸松樹底下，亦未可知。"於是又向山石縫中尋覓一過，而終不得其蹤影。時已夜午，余乃辭衆歸瀟湘館，一天勞頓，頗覺難支。方思解衣就寢，忽憶起一事，使余精神陡振，乃移身窗前，倚欄而立。時月色橫空，萬籟俱寂，微雲縷縷，時時向月而奔。自思寶玉此次失玉，其最痛惜者，當推寶釵，蓋金玉姻緣，傳來已久，今玉既失，金將何附？不知寶釵方心滿意足，顧盼自豪，天下事其不可皮相者如此，恨黛玉不之思耳。平生夙望，一旦落空，非大痛苦事耶！又思寶釵之不幸，正余之幸也。安知金玉之散，不是因我而起！不知僧道之言，亦有不足信者在焉。思及此，心乃大樂，隨就案頭取書觀之。顧觀未數行，一縷癡魂，又飛向怡紅院中去，私念前日海棠發花，不知果立何兆，豈即應今日寶玉失玉耶？花不應時，明爲凶兆。黛玉穎悟過人，何乃牽強附會，轆轉萬端，豈所謂關心者亂歟？夫此玉乃寶玉自胎中帶來，不啻寶玉護身符也，一旦失去，寶玉安得有幸？然則海棠之開，乃不祥事也。如是，余之癡願，又從何而償？思及此，不禁傷心，涔涔熱淚，乃偷向眼角而出。繼又念，欲償私願，又非花開不可，非失玉不可，一時悲喜交集，坐臥不寧。實則失玉爲寶玉悟道之兆，林姑娘徒自悲自喜耳。推窗外望，不知東方之既白，寒風料峭，雨雪紛飛，獨處窗寒，無聊極矣。乃命紫鵑啓余箱篋，盡出余所作詩稿，一一理之。將畢，雪雁忽倉皇入，顧余曰："姑娘知乎？"余驚曰："何事也？"雪雁曰："元妃娘娘薨逝矣！"余曰："然乎？"雪雁曰："確也。"余亟更衣，往見外祖母暨二舅母，至則彼等均已入宮去。獨自無聊，又折回瀟湘館。私念賈府所恃以升官受祿者，有元妃在也。今元妃薨逝，不啻折其左膀，此後富貴榮華，恐不復如前日盛矣。吾嘗思造物於人，何故不與人以均平久遠之福，而使盛者必有一衰，衰者必有一盛？方余來賈府之初，元妃歸省，二舅升官，食膏粱，衣錦繡，赫赫耀耀，抑何其盛。及至近一二年，已大不如前，再過一二年，其不如今日者又可斷言也。嗟乎！富貴詎可以長恃哉！賈府之日見衰敗與寶玉之二三其德均爲黛玉所覺察，而乃死心踏地甘爲寶玉死者何耶？甚矣，情之累人也。

賈府自元妃薨逝後，人人咸呈慘澹之色，大觀園中更形蕭索，兼之寶玉自失玉後，終日癡惘，如患心疾，怡紅院中僅有巫醫之蹤迹。余頗不解寶玉之病，其來也何若是之異，豈果寶玉一失，其靈性即因而盡泯耶！然則，其玉一日未得，其病即一日不瘳；病一日不瘳，寶玉生命即一日在危殆之中。如是，吾儕更復何望？嗟乎！世有以佳釀迎人，忽中道而碎其盞，寧不可恨？是亦余命之薄，抑亦賈府就衰之兆也？噫！趣甚。

邇來寶玉愈形昏惘，甚至飲食起居，亦失其常度，與之言則言，否則偃臥不起，或終日傻笑。賈府諸人，莫不引爲大憂。二舅母初意，本不想以此事使外祖母知之，今見寶玉日漸沉重，知不可更瞞，一日外祖母至，竟以事實白之。外祖母聞言大驚，泣曰："此玉乃寶玉命根，安能任其失落？汝儕亦太不懂事矣！"於是，又命人徧貼賞格，且將寶玉攜歸上房，與之同住。從此大觀園中，又少一舊侶矣。舉目言笑，誰與爲歡？回首當年，曷勝觸悵！倘使庭樹有知，當亦不勝滄桑之感。

余自寶玉遷入上房後，愈覺寡歡，每日但使紫鵑、雪雁等輪流探聽，知寶玉尚未覓得，病亦未瘳，聞言之下，無任耿耿。在理，此事本無預於余，然余不識何故，恒覺余於此事乃有重大之關係，彼病一日不瘳，余心即一日不能放下。而又限於中表之嫌，不能親往慰問，一腔鬱悶，無地可消。每於斜陽西墜，暮色蒼茫時，惟有徘徊於山石之下，遙瞻怡紅院之花木，以自排遣。猶憶曩年與寶玉辯論聚散之緣，彼謂人生宜聚不宜散，余則謂宜散不宜聚，由今思之，散之悲實不及聚之樂也。不有散，焉知聚之可樂；不有聚，焉知散之可悲，寶黛聚散之論均誤矣，宜其各走歧路也。當寶釵家去，迎春于歸，余已覺索然寡歡，然猶有湘雲與寶玉爲余遣悶。今湘雲又歸去，寶玉又與余隔絕，探春、惜春等又日傷元妃之逝，寶玉之病，更不能開顏以與余周旋。瀟湘館中，惟有琅玕數枝，尚依舊蕭蕭而鳴而已。寧不傷哉！

余富於感情人也，傷春悲秋，歲歲如是，一寸芳心，已碎成萬片，安能再覩此淒涼之象？嗟夫！余又不得不病矣。第余今次之病，匪同往昔，時時若有一種異兆，以撼余心，遂令心緒煩亂，無片刻寧静。憶曩年余父死時，余心亦嘗呈此狀而噩耗果至，豈今亦有一種危難以臨余身耶？乃澄心一思，凡與余有系屬之人，皆已不通聞問，縱有危難，亦不能臨到余身，有之，惟有寶玉耳。思及此，忽一驚，自語曰："得勿寶玉將不久於人世乎？"語出，則又搖首曰："否否，決不爲是，且寶玉安能死者！"於是力鎮余心，使自安靜，然不轉瞬，煩亂如故。噫！余實不解其故矣。

余心既無寧靜之日，余之病量，遂逐日加增。得間，亦嘗扶病至上房，藉問候外祖母，探寶玉病狀。不識何故，外祖母近日視余，大異往昔，及聞余病，亦不十分關切。不獨外祖母爲然，即二舅母、鳳姐等，亦莫不皆然。且余每至外祖處，每值彼等交頭耳語，及聞余至，則又紬然中止，以狀觀之，彼等似將有一要事，不使人知。此時，賈府諸人皆爲寶玉冲喜事而秘密商議，黛玉尚在夢中。然余仔細尋思，彼等又有何事？縱有事，自有舅父輩當之，又何用彼等兢兢業業？縱舅父輩不出擔當，亦無用如此秘密。可知吾人在此，終屬外人，吾固知彼等愛心不可以長恃，不然，何至隔膜相視。嗟夫！侯門寄食，可暫決不可久也，久則厭惡心生，群相薄視矣。然余之來此，實外祖母所招，非窮極無聊，來求一㖭飯地也。先既招之，而後厭之，寧爲君子愛人之道？余於此又心冷半截矣。

余未出瀟湘館十餘日矣。蓋余既不欲往外祖母處，園中又無處可坐，祇有虮居斗室中，藉觀書自遣。今日天氣稍佳，早餐後，頗欲往視寶玉，乃攜紫鵑同出瀟湘館。走未數武，忽忘攜手絹，隨命紫鵑去取，余則緩行以俟。剛行至沁芳橋山石後，忽聞嗚嗚喑喑，一陣哭聲。立腳聽之，又不辨爲何如人，心中大疑。及行至其處，乃見一濃眉大眼小丫頭，方踞石而坐，見余至，則又拭淚起立。余細認之，竟不識爲誰，因笑曰："汝因何傷心至此？"丫頭聞語，又哭曰："林姑娘，試爲我一評此理。彼等説話，我本不知，我縱説錯，止之可矣，我姐姐何苦必欲打我？"余聞語，莫明其意，因曰："汝姐姐誰乎？"丫頭曰："珍珠是也。"余曰："汝名誰？"丫頭曰："余名傻大姐。"傻大姐，大觀園不祥之物也，一出而晴雯、芳官逐，再出而黛玉死。甚矣，傻之不利於情也。余聞言，不禁失笑，曰："汝究説錯何事？"傻大姐曰："何事耶！即寶二爺娶寶姑娘事也……"語出，余大驚，大似疾雷貫頂，痛不可耐；心中則躍躍亂跳，舌强目呆，莫知所可。乃攜傻大姐至舊日葬花處，細問曰："寶二爺娶寶姑娘，汝姐姐胡爲打汝？"傻大姐曰："緣此事乃老太太與太太、二奶奶所商定，因爲老爺調升外缺，行將起程，特趕往姨太太處商量，將寶姑娘娶來。一則爲寶二爺冲喜，二則……"言至此，忽顧余一笑曰："以便爲林姑娘説婆家。夢中景象齊現出。吾亦不知彼等如何商量，不許人吵嚷，恐寶姑娘聞之害臊。吾但與襲人姐姐云：'吾儕明日更爲熱鬧，又是寶姑娘，又是寶二奶奶，吾儕當如何稱謂？'林姑娘試思，此語果害珍珠姐姐何事？彼即引手打我，謂我混説，要攆我出去。"言至此，又放聲大哭。余聞畢，頭昏目眩，眼前樹木，一一奔如野馬，磨旋而轉。心中痛極，乃成麻木，面上始則火熱，今則如被嚴霜，欲求一動吾頰，亦且不可。傻大姐見狀大愕，余語之曰：＂汝去矣！此後勿再讕言，若爲人聞，又遭打矣。＂余語時，聲顫而尖，大似午夜梟鳴，不堪卒聽。語畢，轉身回瀟湘館，一舉足，身重如鼎，而足力又軟如綿，行半日尚未至沁芳橋，不知不覺又折回原路。心中自念，寶玉乃如此人哉！忽耳邊又聞呼聲，審之，乃紫鵑取手絹至，曰：＂姑娘胡又回轉，果向何處去乎？＂余闖口應曰：＂我問寶玉去！＂實則，余此時心中迷惑，並不自審所語爲何，但扶紫鵑緩緩而行。紫鵑見狀，似大駭怪。及至外祖母門首，忽自一愕，回顧紫鵑笑曰：＂汝來何爲？＂紫鵑笑曰：＂吾扶姑娘至此耳。＂余笑曰：＂吾意汝來瞧寶玉，不然，胡亦至此？＂念茲在茲，突喉而出。紫鵑聞語愈駭。余亦不顧，竟掀簾而入，但見室中靜悄，寂然無聲，惟襲人聞聲，自裏間出，笑顧余曰：＂姑娘裏間坐。＂余聞語，心中愈恨，冷笑曰：＂寶二爺在家否？＂襲人半晌不能答。余逕自入室，見寶玉方倚案而坐，及見余，又嘻嘻傻笑。余此時彷彿寸心已死，所存者但有軀殼，遂亦失聲而笑。千頭萬緒從何説起，惟有忘形傻笑，蓋笑甚於哭也。一笑而後，則又無語，相視半晌，余忽憶及一語，曰：＂寶玉，汝因何而病？＂寶玉笑曰：＂我因林姑娘而病，汝又不知耶？＂語出，襲人、紫鵑均大驚失色。顧余殊不以此言爲忤，反致失笑，寶玉見余笑，亦笑。襲人愈不解所謂，旋囑秋紋與紫鵑攙余回去。余此時本不欲回，且似有千萬言語，須向寶玉剖明，然已爲彼輩所挾，不得不行。生離死別，悲慘難名，人生到此，天道寧論，我今讀之，心酸欲絶。臨行時，但向寶玉點首示意，寶玉其明余意否耶，余不得而知。既出上房，余挣脱紫鵑手，直向瀟湘而奔，將至門口，陡覺眼前現無數怪物，翼翼而跳，一陣心酸，雙目盡黑，哇的一聲，竟作楊柳眠矣。

余暈去時，嘔血甚多，及余醒時，已黃昏日落矣。紫鵑、雪雁均繞余而哭，余聞哭聲，又憶及傻大姐語，心中酸楚，如矢貫胸。嗟呼！吾乃知吾邇日之異感矣。無怪彼等日日密議，不使余知，余初以爲彼之所議者，或爲家事，及今思之，乃知彼等方列陣以攻余。嗚呼！

余赤裸裸一個孤人耳，就令生吞活剥，余復何逃？却不合隱隱綽綽，直抉余心而去。雖然，他人不足論，外祖母固憐余者也，胡亦不爲余助，且趨附彼党，操白刃以臨余身？然則平昔之煦嫗相憐，特客氣耳，詐偽耳。回憶疇昔夢境，直絲毫不爽；夢境既已示余，余猶不能自覺，直余之自誤。今也四顧茫茫，身將焉託？撫心一思，仍惟有一死耳。當初風談影語，本足以死余，而卒未死者，徒以事實未成，留以有待。今既如是，尚復何圖？死而已耳。思及此，心愈痛，咳嗽一陣，鮮血迸出，神氣昏沉，氣息幾絕。忽傳老太太、二舅母、鳳姐等至，吾知彼等此來，不過外表酬應，則亦瞑目不顧。惟外祖母尚愀然有憂色，因喘吁言曰："老太太白疼我一場矣！"外祖母應曰："好孩子，幸自調養，毋憂也。"余聞語，淒然一笑，此笑也，實帶有冷雋之音，彼等殊未之覺。此笑甚於怨毒，彼等果不知耶？特假爲不覺耳。少刻，醫生至，亦爲余署調養之方。實則此等方藥祇等於字簏中字紙耳，安能起此沉痾哉？

余今欲下筆草此日記，久久竟不能成一字，坐對書城，昏然如歷夢境。既乃擲其手中管，就紙視之，則爛然紙上者，非墨，淚也。蓋余未下筆，余淚已如泉湧，而余竟不知，足徵余方寸間之昏憒矣。自爾日至今，余實未嘗寐，偶一交睫，即遽然醒，故病量愈增，咯血愈劇。紫鵑等咸惶然爲余懼，余反坦然無所憂，但頻頻追憶舊事。思寶玉平昔待余，實不爲無意，初來時，兩小無猜，可無論已，及至近數年，惺惺相惜，實不啻授余以心。猶憶曩歲紫鵑誑彼，謂余將歸，彼即一病幾死，胡今次竟背余別娶？可知彼平昔相憐之情，皆屬矯偽。蓋凡男子，自繩褓中即帶一偽字而來，其視女子，不過玩物耳。愛則憐之，否則捨之，就令風逐雲散，玉碎花殘，亦非所惜。然則非余之自誤，實彼誤余矣。尤不解者，彼之所娶竟非他人，而適爲寶釵！夫寶釵，非余往昔所認爲知己也耶？余之心事，彼既知之，今亦悍然嫁之，足徵彼輩處心積慮，蓋已久矣。往者所殷勤顧惜，不過用以賣余耳。同此依草附木之可憐蟲，乃竟坦然賣之，其心術寧復堪問！今者願望償矣，好事成矣，當可以拍手相賀。余則孤館寒燈，奄奄待斃，尚何言哉！黛玉今方如夢初覺矣，恨黛玉早死，不得面詆之也。

昨夜吐血升許，晨間寒熱復作，頭涔涔然，額汗出如瀋，盜汗既多，遂昏不省人事。余固非懼死者，然此病中苦痛，余實無力承受也。向午，熱勢稍殺，人始清醒。璉二哥復以醫至，留一方，紫鵑等煎藥以進，余乘間傾之，未之飲也。今强起作此數行，余頭復作痛，嗟乎！余手已僵，余無力再握管作此筆記矣。然余此種筆記，殊不欲就此終止，蓋欲留以示之負心之人。紫鵑頗慧，侍余後，嘗教之讀，頗能屬文，今後惟有口授紫鵑記之。倘一息猶存，即一日不輟，"春蠶到死絲方盡，蠟炬成灰淚始乾"。後之人見余書，其亦爲余感嘆否耶？

　　涼雨三更，一燈如豆，瀟湘館中，直陰沉有鬼氣。尤奇者，往昔余病，外祖母、二舅母等必争來看視，今則竟無一人至此。然彼等或爲寶玉姻事碌碌無暇，探春姊妹等胡亦不至？豈亦以金玉緣成，便忘却髫年舊侶耶？蒼茫四顧，祗有紫鵑、雪雁等，尚侍余左右，世態炎涼，人情淺薄，至於斯極矣。余自思並非出身微賤，不過椿萱早謝，煢煢無依，乃奉召至此。今日落此結局，余實痛心！余雙親有知，當亦恨余不早日相從地下也。噫！

　　日來怯寒殊甚，雖擁重衾，猶顫顫不能支持，引手撫胸，僅有一絲微熱，已成伏繭之僵蠶矣。紫鵑憐余，猶時以好言來相勸慰，實則余自樂死，死亦何懼！然彼一片熱誠，至爲可感，因握其手曰："妹妹，余已萬無生理矣。然死，余之所願，汝亦毋悲，蓋余不死，坐看人家美眷，錦片前程，其痛苦實較身死爲尤甚。汝侍我亦已數年，數年來我之視汝，不啻親姊妹，我之心事，他人或不知，却不能瞞汝。今既至此，尚復何言……"言至此，紫鵑放聲大哭。紫鵑義重情深，爲大觀園諸婢中之第一流人，若襲人則狗彘不食其餘。余欲哭則已無淚，因曰："命也如此，何用悲爲！汝今扶我稍坐何如？"債已還，淚已盡，至是黛玉歸真之期至矣。紫鵑哽咽曰："姑娘既畏冷，胡能起坐？"余忽憶及一事曰："非起來不可。"紫鵑無已，同雪雁將余扶起，兩側用軟枕靠住，己則坐余後扶之。余乃命雪雁將前日所謂①詩稿取至，又命取余箱，覓得詩帕，此詩原已載諸筆記，今已無

————————

①　謂，疑應爲"爲"。

用矣。紫鵑曰："何苦又勞神，俟病癒再看，不佳耶？"余不理，引手撕之，顧余手已僵，竟不得碎，隨納之袖中。又命雪雁籠火盆至，紫鵑曰："姑娘冷耶？盍仍躺下？"余搖首應之。及火盆至，余亟取詩帕投火盆中，頃刻灰燼，又取詩稿，略一審視，亦付之於火。紫鵑驚曰："姑娘，此又何爲？"雪雁亟起搶出，則已焚燒過半。余曰："一生心血，均集於此，今既垂死，留之何用？不如焚之。"語已，又咳，紫鵑乃扶余睡下。嗚呼！墨瀋未乾，淚痕猶在，此一卷詩，殆將攜余一綫殘生，同入於灰燼矣。片紙殘箋均成灰燼，而黛玉芳心一顆亦寸寸碎矣。傷哉！

今日不能進食，但飲茶而已。心胸空洞，頻作驚魚之跳，久病之人，忽現此象，必無幸矣。私念余今死於此，正不知誰爲余收葬？憶曩年葬花詞有云："儂今葬花人笑癡，他年葬儂知是誰。"今竟成讖語矣。又念余父母一生所遺，僅此一塊肉，今亦不得不相從地下，此後山塋祖墓，誰爲祭掃之人？夫人所樂乎子女者，原爲養生送死，祭祀春秋，今余父母生余，余林氏之鬼齊餒，余死有餘辜矣！

昨宵未寐，晨起愈不能支。紫鵑見余，泣曰："姑娘失形矣，奈何？"余嘆曰："春花秋月，固知無分，今惟患死之不速，失形又何懼？惟寶玉成婚，果係何日，汝知之否？"紫鵑曰："姑娘至此，何苦猶操此心！"余曰："不過問問耳。實則彼雖負余，余終不能忘彼，故邇來頗思寶玉至，以爲最後之訣別。然彼竟不至，豈病猶未愈耶？抑將爲新人羈絆，不復憶及瀟湘館耶？嗟呼！寶玉，寶玉，余今瀕死，誠無所諱，汝之俊影，實早已貯之吾心坎之中，今不得不掏而贈之他人矣。他日黃泉碧落間，果辦何面目以見我耶？"情感三生，緣慳一面，悠悠蒼天，此恨曷極！

今日頭昏甚，咳乃無血，吾知吾血已隨淚俱盡矣。黛玉血淚俱盡，是蚌死珠枯之兆。一合眼，即見余父母淒然立余前，豈憶念所致耶？泉路冥冥，知彼等待我久矣。阿父阿母，幸引手攜兒去也。

日來滴水不能入口，手足麻木，漸失知覺。紫鵑見狀，知余去不遠矣，乃四出奔走，意似告之衆人，爲余料理後事。然久久迄不見人至，惟珠大嫂惶然扶丫鬟來，及見余，亦慘然失色。余曰："吾儕別矣！妹來此後，蒙諸人眷愛，莫罄深情。祇是苦命難留，殘生就盡，妹死後，幸勿以爲念。"珠大嫂聞言大哭。珠大嫂於熱鬧中尚知有孤館伶仃之黛玉，宜其有後也。余曰："妹今亦無他語，惟妹終屬南人，妹死後，幸告老太太，搬回南中，依余父母而葬，九泉有知，感當無暨。"語至此，氣息如絲，已不能再續。

　　昨宵大咳，天明時喉間乾燥，不能作聲，痰湧氣塞，作吳牛之喘，吾知吾死期至矣。然有一事，吾不得不竭力使紫鵑筆之吾書，蓋數載來，心雖糊塗，身猶乾净，此則上可以對吾祖宗，下可以對吾父母者也。林姑娘潔身以去矣，視寶釵之偷情於前，復偷娶於後，而卒至空幃獨守者，何如？嗟嗟！情天缺陷，媧皇之術難填；恨海無邊，精禽之心誰續。已矣！吾去矣！尚何言哉！

杏花春雨記

序

　　泰西言情小説，筆曲而達，意摯而婉，繪聲繪影，絶不着一淫褻語。故足以激厲人心，改良風俗。林畏廬氏譯之夥矣。吾國小説家，妄事剿襲，謬託譯本，往往以吾人理想寫歐美人情狀，東瓢西竊，北轍南轅，非馬非驢，毫釐千里，識者瞋焉。喻君血輪，海上小説界巨子也。著述極富，此記尤其精心結撰之作。蓋摹畏廬而得其神似者，乃不以吾國俗寫歐美人，獨寫吾國人之效法歐美俗者，殆爲醉心自由結婚諸女子寫照。俾吾二萬萬女界讀之，鑒其情僞，知所勸懲，得以趨於正軌歟。慨自海通以來，男女之防，日漸破壞，蕩檢逾閑，相率入於禽獸。斯亦人心風俗之憂也。余讀此記，哀感頑艷，其行文之妙，視畏廬何如、姑待當世公評之。至其投彼自由結婚諸女子所好，而隱隱爲之下一針砭，則固深得畏廬之意也已。血輪初題曰"雙艷記"，余易以"杏花春雨"四字，并書此以弁其首云。

　　　　　　民國十二年五月二旬月一日，屏鳳莊舊主①叙

---

① 屏鳳莊舊主，名宦應清（1861—1929），貴州遵義人。字夢蓮，號誨之，別號屏鳳莊舊主，又號漢上消閒社主。光緒貢生，清末曾在武漢辦報。

目　　録

第一章 ························· 799
第二章 ························· 801
第三章 ························· 804
第四章 ························· 807
第五章 ························· 809
第六章 ························· 812
第七章 ························· 814
第八章 ························· 817
第九章 ························· 818
第十章 ························· 821
第十一章 ······················ 823
第十二章 ······················ 825
第十三章 ······················ 827
第十四章 ······················ 831
第十五章 ······················ 833
第十六章 ······················ 835
第十七章 ······················ 837
第十八章 ······················ 840
第十九章 ······················ 841
第二十章 ······················ 843
第二十一章 ···················· 844

第二十二章 …………………………………………………… 846
第二十三章 …………………………………………………… 849
第二十四章 …………………………………………………… 851
第二十五章 …………………………………………………… 853

第一章

"嗟夫，姊乎！使天下人盡富，而爲女子者又皆美，吾儕不將無立足地耶？"言畢，愀然以視韻蘭。視韻蘭方俏立斜陽中，凝睇以望蛇山之山色。亭亭之態，雖人影亦俊。聞吾言，徐徐回其剪水之眸，現爲微笑，意似驕吾。雖無言，而吾知其心中心曰："玉杏，爾毋悲，蓋余等境遇，皆命運所定也！"既而果發言矣，其聲之美，有如黃鸝。曰："玉杏，爾持論抑何怪僻？"吾曰："怪僻耶？蓋確言也！"韻蘭不答，仍注視山頂之短樹。其坐適在綠陰下，樹影扶疏，罨其衣袂，作冰蘭之紋，似籠奇花於碧紗櫥裏。而我則以此奇花比之有刺之玫瑰，不然，吾每與同處，何以輒覺刺促不寧？其時斜陽憶射吾額際，吾遂棄搖車，與韻蘭并肩坐。韻蘭亦顧余微笑。以貌論之，韻蘭實佳於我。素靨凝脂，襯以輕紅之色，殆如玫瑰浴露，盈盈秋水，眉黛生春。有時朱唇微綻，露其編貝之齒，現爲笑色，雖鐵石人，亦意惹情牽。故人咸謂韻蘭實具有顛倒衆生之技能，然吾以爲殆其秀色，毋寧眺彼山景。若以天資論，吾聰敏却過於彼。然其能耐之心，又爲吾所不及。往者吾兩人同學讀書時，凡教習所授，吾輒先得其奧。然一經考驗，彼仍不落吾後。蓋彼能勤心研究，故最後一着，獨能争勝也。吾嘗聞人云："天公造物，短者必與一長。瞽其目者，聰其耳；聾其耳者，明其目；窮於資者，富其識；媸其貌者，長其才。"不識吾與韻蘭，胡獨反其例？凡吾所能，彼亦能。質言之，其人實兼衆長而無一短者也。因是，凡至吾舅家者，莫不誇韻蘭爲天人，爲才女。韻蘭亦甚自驕矜，日惟御其華服，以徵逐於洋場戲館中。否則聚三數女友，作葉子戲。大抵彼之光陰，半消磨於妝飾，半即擲諸游戲也。至其腦筋中，舍金錢及美好之衣服外，亦無復他事。吾嘗怨天公製造美人，何以僅能造一韻蘭？及今思之，吾舅家亦幸而祗一韻蘭，使更益其一者，吾舅産且破矣。吾之所以至吾舅家，其事蓋甚長。吾家初亦顯貴，因迭遭變故，産業盡隳。至吾父，所餘僅茅屋數楹，飄搖風雨中。吾父又不善治生產，日惟埋頭書堆中，冀博一功名，爲家族光。無如運蹇，屢困場屋，壯志雄心，遂漸灰冷。而家中貧困之狀，又復接觸於眼簾。此時吾父之艱苦，可謂臻於極地。不獲已，乃娶吾母，將使分擾其憂。然不久，吾母遽下世，復遺吾及兩弱弟於吾父膝下。既傷伉儷，又患窮促，吾父至此，不啻重飲一杯苦茗。未幾，兩弱弟又相繼夭折，其時吾僅七齡，依吾父之前，淒涼寂寞，殆非吾所忍述。傷哉吾父，自是遂陷落愁窘之境，閉門謝客，不復更問世事。凡人境況一窮，愁慮日增，斷非能久於世者。吾父雖猶欲向斷簡殘篇中求萬一之排解，然精力有限，安能與患難角勝？卒之吾父敗北，輾轉床席，呻吟聲、呼痛聲，至今猶覺歷歷在吾耳鼓。一日，吾父自知病象不佳，乃電召吾舅至，謂之曰："吾偃蹇一生，今且死矣。吾死，夫何足恨，第吾死，吾女即成孤兒，煢煢孑立，更無所依。故吾速君至，將欲以吾女見托，以吾觀之，吾女頗慧，來日或不至辜負深恩。君倘憐吾情乎，則請一語決之。"嗟夫！吾不識何故，吾父此傷心之語，竟深嵌入吾腦中，至今猶能背誦勿訛。當時吾舅聞畢，即以最誠愛之聲答曰："君毋憂，凡君所言，吾皆允之。"吾父始現爲欣悅之色，既而執吾小手曰："杏兒，吾不能與爾久處，行將別矣。爾此後當居舅家，凡舅所言，爾宜遵守。"言未已，哽咽不能更出一語。吾雖幼，亦覺心驟痛，則放聲大哭。其後吾父與吾舅云何，吾皆昏憒不知。及吾揩淚以視吾父，則吾父顏色已變，其白如蠟。撫之，僵矣。傷哉吾父，潦倒一生，至是乃得結束矣。桐棺七尺，淒然瘞諸洞庭之濱。吾即偕吾舅至其家。吾舅固極愛吾，蓋吾貌甚類吾母。吾舅嘗謂見吾，即如見吾母。舅母亦然。其時韻蘭已九齡，長吾兩歲，與吾相處，亦極善。吾十三齡，吾舅乃命余偕韻蘭附校讀書。早出晚歸，爲狀頗樂。不知者，咸謂吾兩人乃同懷姊妹。吾舅亦絕不分畛域，韻蘭衣何衣，吾必與之同。然吾思吾不過寄生蟲，與韻蘭命運，相懸殊遠。今日之優遇，決不可長也。且幼時所經歷苦況，吾皆憶之，益足以促起余奮發之心。故余對於功課，必竭其心力以赴之，俾不至負優遇余者之大德。因是甚得余師懂，而吾舅視吾益重。顧天下事有難言者，與吾同起居又極友善之韻蘭，視余，獨異乎衆。質言之，雖食吾肉，寢吾皮，亦不足以甘心。吾嘗欲覓其所以恨余之故，乃久久不可得。人或告余，謂吾貌足與彼埒，彼妬極而恨。其然耶？否耶？則非吾所敢知。

　　今者吾年已十七，韻蘭則十九矣。吾舅見吾儕年長，已於去歲輟讀。吾舅原無子，僅兩女，長爲韻蘭，次即蓉兒，尚祇一齡，即吾搖車中所臥者也。吾既出校，吾舅遂命余可司庶務，凡鹽米瑣屑及家庭雜務，皆惟余是賴。得暇，則推蓉兒至江濱吸新鮮空氣。故吾今日生涯，殊爲勞頓。至於韻蘭，舍研求時髦裝束及游戲外，大抵無他事。渠本已字人，其人亦世家子，惟稍貧。渠乃嫉視若仇，苟有人語及其婿者，必怒而唾之，甚且倡言離婚。嗟夫！爲女子而得偶一讀書郎，即貧，抑何礙？吾今而後，始知世界惟金錢乃能博人歡耳。吾意見既與韻蘭不能相投，銜吾益甚，顧其人殊狡，雖恨吾，而絕未形之外表。即吾舅父母，亦不之知。吾亦雅不欲使舅父母知之。蓋吾本畸零人，得不至飢寒凍餓，斯已足矣，更何必事事求如己意。吾舅原業商，兼爲西人治事。人皆謂其富，實則外强中乾。吾舅母及韻蘭咸不知，知之者，惟余一人耳。余嘗見韻蘭縱情揮霍，輒爲慨嘆。蓋吾舅一日不幸而死，累家皆成窶人。然而吾舅反不加禁止，此真令吾大惑不解者矣。方吾作此遐想時，街中電燈已燃，煤煙縷縷，散爲暮靄。回視韻蘭，則已偕一胖婦他去。胖婦者，富人妻也，與韻蘭爲賭友，雖數數見吾，然未嘗理我。蓋彼已預知吾爲貧女，不屑與吾交也。吾嘗嘆人生境遇不同，志趣亦因而各異。設吾奄有其富，固不必鍾情摴蒲，第一當於山巓水涯，建茅屋一楹，購書萬卷讀之。至於第二事，則已不暇涉想，以吾耳際將聞人呼也。

第二章

　　呼吾者，爲程賡予先生，翩翩少年也。貌秀而文，舉止雋逸。蓋新歸自東瀛，將執教鞭於某校，與吾舅似爲戚串。吾之識彼，亦吾舅所介紹，聚談可兩次。吾雖不識其心胸何若，然以外表相之，大抵非今日輕薄兒可比。顧韻蘭殊不悅其人，見時，雖循例周旋，一轉面，則垂其唇角作輕視態。吾頗覺此等舉動，有傷忠厚，然亦無力諫止。此時賡予已立吾前，吾略一審視，覺其人眉宇間滿貯憂色，因曰："賡予先生，吾觀君顏色非佳，其病乎？"賡予笑曰："吾安有病？有之，則病貧耳。"吾不禁赧然，悔吾言過憨直。幸其人未覺，復作腍摯狀曰："春寒料峭，姑娘胡猶徜徉於此？"吾以目視搖車曰："吾推蓉兒至此。"賡予曰："然則韻蘭安在？"吾曰："初偕吾出，今已隨胖婦他去矣。"賡予微哂曰："君言殊有味，豈其人初無姓氏而名胖婦乎？"吾曰："直語君，此等尊重黃金之女子，固不值吾稱其姓氏。"賡予笑曰："然則吾知其人，固饒有貲財者，吾嘗於吾叔家遇之。閱者注意，吾舅本賡予姑丈，因幼時呼叔，故仍以叔呼之。吾見其蹣跚駘笨，竊比之爲油炙老鼠。"吾聞言，不禁嗤然大笑曰："君幸勿使韻蘭知之，彼兩人蓋已成刎頸交，聞之，且怒君矣。"賡予忽斂容曰："吾誠不省吾叔胡竟使韻蘭與彼人交？"吾以手作圓圈曰："彼有此耳，至於吾舅，似已忘韻蘭之爲其女子者，凡韻蘭一切交際，絕不一顧問。上年韻蘭積欠縫衣肆中之貲，且倍於吾家一月用費，吾舅雖知之，亦未以爲奢也。"賡予輒微唔曰："是真難索解，然韻蘭年已長，又曾受良好教育，奚亦放蕩若是？"吾曰："先生……君歸國未久，不知吾國習尚，已大非昔比，凡爲女子而稍具姿色者，靡不以紛華相競尚。一若不如是，即辜負造物賦其風貌之美意者。至於教育，特欺人之談耳。君不見腰繫長裙，鬢髮蓬鬆者耶？皆日挾書篋出入於講堂也。然其奇異裝束，何啻娼妓！吾肄業女校，垂三年。"賡予不待吾語畢，攙言曰："君亦嘗讀書耶？"吾曰："然。"賡予曰："奚未染此惡習？"吾曰："謝君，幸未沐此麻，且吾不美而貧，固不懼獲罪造物也！"賡予引目視地曰："此則君有意調侃矣，吾觀君貌，實佳於阿姊。"余聞言，首驟俯，雙頰霞然。賡予見狀，知出言唐突，方欲更易他語，陡聞噹噹聲震余耳鼓。聆之，鐘鳴八下矣。因曰："與君久談忘歸，吾家曉餐甚早，此時必已群聚俟吾。"言竟，扶搖車欲行。賡予小語曰："君乃不許吾同行耶？"余不期回眸一笑，曰："君何出此言？君不亦欲至吾舅家乎？然則同行亦佳。"及抵家，經客室，突聞笑聲大作。吾念必韻蘭有客，欲弗進，而韻蘭已覺，則吐其嬌柔之聲以呼吾曰：「吾親愛之玉杏，吾家有貴客至，盍來室中小坐。」其語至溫婉可聽。此殆為韻蘭第一次對吾表示其親切，而吾則深以為恥。蓋彼作此態，實為詐偽，按其心術，直欲搏吾而食也，顧亦不得不入。

門簾掀動，韻蘭見吾與賡予偕，立呈不愉色，然不一秒鐘，即平。此時室中電燈大明，胖婦亦在。吾見其臃腫之態，頓覺無憾。賡予謂為油炙老鼠，當也。與韻蘭並坐者，乃一妙年之女郎，顧不甚美，膚色乃類經秋之椶梠，身短而弗頎，衣亦樸約，似在喪中。至其舉止，頗和藹親人，不似韻蘭之輒作態炫人者。吾雖未嘗預識其人，然可斷言必為韻蘭朋儕。果也。韻蘭起立，謂吾曰：「此為吾友錢瓊英姑娘，頃歸自粵東，與吾家且為鄉誼。」又顧瓊英曰：「是吾表妹玉杏也。」瓊英微笑，與吾為禮，吾亦還之。瓊英曰：「吾今日得復見君，心中實至樂，蓋吾歸粵時，正君入校之初，未能聚談，今後可相處暢敘矣！」余聞言，愕然，思吾至舅家後，實未嘗一度見其人。更相其貌，始略略憶及，然爾時甚皙白，今以居南方久，故色黃不相似。則應之曰：「君言良是，吾固甚樂與君談，吾今日實不知君至，否則當速歸。」吾為此言，乃直率無文，韻蘭聞之，哆唇而笑。瓊英又曰：「君頃自何地歸？」吾曰：「江濱散步耳，本當早歸，因遇程賡予先生……」瓊英詫曰：「賡予亦在是乎？」吾曰：「然，但來此未久。」瓊英乃顧韻蘭曰：「君奈何不預告我？」韻蘭笑曰：「吾安知君亦與彼稔？」瓊英曰：「狡哉爾也！渠兄與吾姊締婚，爾不知耶？現居東瀛，吾久欲得其消息。」韻蘭曰：「是易事，渠固與玉杏偕歸，吾呼至，與君相見可耳。」言已，自出。詎賡予見吾入客室，即已歸去。韻蘭悵然返，謂瓊英曰：「君運非佳，其人早已去矣！」瓊英曰：「然則期諸來日。」言際，視壁鐘已指九點，乃起立告辭。實則時僅八點，此鐘早停，瓊英未之覺耳。其時室中諸人，亦均起立，韻蘭且出曼聲以留瓊英。其實此特一種假慇懃手段。若吾，則殊不工。瓊英聞語，亦起而笑謝曰：「時晏矣，吾家當猶遲吾晚餐，君等果不棄，願於明日枉顧寒舍，當藉杯酒以伸積悃。」瓊英言時，雖向韻蘭，目光則注於我。吾亦應之曰：「姑娘盛意，敢不拜嘉。"瓊英又顧胖婦曰："徐夫人，願君亦往。"胖婦答曰："諾。"諾字一出，余不禁嗤然一笑，蓋其音自鼻孔出，如人在甕中發言也。幸胖婦未覺，惟韻蘭以怒目視吾。其時人衆已歷堦而下，至門次，門外停一黑漆馬車，駕以小駟，殊駿。瓊英立車前，復握吾手曰："君明日必來，吾家無多生客，不虞煩擾。"吾微頷其首。瓊英遂一笑上車，御者理其韁轡，略頓其唧勒，馬遂昂首揚鬣，展其四足，逕向洞庭街而去。瓊英一行，韻蘭立回首憎吾曰："玉杏，爾誠不諳世故，奈何以此狀見客？不見爾衣垢且可刮，寧不爲人所笑！"吾亦愠曰："吾良不如阿姊，乃工修飾，然吾思之，瓊英之心，未必如阿姊之勢利也。"韻蘭怒曰："爾毋憝我，爾試攬鏡自照，天下女郎，亦有落拓如爾者乎？"吾曰："已而，誰則如爾鮮衣耀飾，儼然貴女。吾誠不過村姑已耳！"語出，韻蘭甚怒，然亦不形之面，易言曰："即衣裳襤褸，無礙於爾，然爾亦非年幼，出語抑何直率！"吾微哂曰："生性若此，則非吾力所能改，且吾既不如阿姊欲現身於今日齷齪交際場中，不善言，抑何害！"韻蘭大愠。

第三章

吾於赴宴之事，實所深惡，以爲無益於己，有損於人也。若韻蘭，則甚樂此。是日且盛加修飾，豐容盛鬒，儼然公主。至吾，則貧女安有盛妝？往者初至時，韻蘭衣何衣，吾亦衣何衣，今以韻所衣甚奢，吾舅不暇供應。吾之衣飾，遂漸淪於樸素。是日吾所着之衣，雖較昨日略新，然亦是假之韻蘭。且吾人資色，固不足與韻蘭較，即令華服，亦復不稱，而且假膏沐以爲容，亦非吾所素喜。吾髮雖多，因久未塗油，乃枯黃不澤，挽之且不成髻。韻蘭較吾爲少，然以膏潤既多，則亦澤而有光，挽髻作菊花形，貼其蜻蜓之頸，而顔色乃愈顯。吾人平時出入咸以步，稍遠亦不過乘人力車。韻蘭則非馬車不可，以爲不如此，將失其貴女身分，故妝畢，即遣僕呼一馬車至。吾兩人共乘之，顧此馬殊羸瘦，行動顛簸，頗令人不耐。韻蘭猶趾高氣揚，顧盼自樂。既而抵一紅磚屋前，韻蘭吐其鶯聲曰：「至矣。」御者即停車。吾乃挈韻蘭下，視之，重樓高聳，儼如官邸。吾始知瓊英亦一富人，無怪乎韻蘭如此其聯絡也。既入門，即有廝僕數輩，競爲前導，歷石堦數級，則爲廣廳。人行其中，履聲起爲繁響，而甕甕作聲。陳設之富，吾乃莫舉其名。鏡屛之後，接以樓梯，吾等方拾級而上，瓊英則已自客室笑迎而出。其後爲一少婦，衣飾華美，似亦富貴中人。見韻蘭，遂與爲禮。度其眼角之中，殆未嘗見我也。此時室中無多客，惟昨日之胖婦在焉。瓊英今日衣輕綃之衣，淡黑色，態度似較昨日爲美。見吾人至，頗爲歡迎，且握吾手曰：「姑娘乃能如期而至，誠信人哉！」言次，覺吾手似冷，乃曰：「外間風厲耶？」吾漫應曰：「然。」實則彼等皆衣羊裘，吾僅御薄綿，衣單耳，固不關乎天氣也。維時侍者已以餐具進，吾等遂圍案而坐。韻蘭固善飲，酒巵一舉，談鋒立銳，與彼貴婦及徐夫人，滔滔不絕口。徐夫人且時發爲憨笑，其聲之洪，乃類牛吼。若韻蘭，僅露齒微哂，爲狀絕美，眞令人一盼魂消。顧所談非衣飾，即賭博。此等語，吾已習聞之，耳膜且成繭矣。故一座惟吾嘿然。瓊英恐吾無歡，乃回首與吾述其身世，吾始知瓊英原籍粵東，父亦巨商。數年前，曾設肆於漢皋，繼因業務不利，挈家旋里。家中父母而外，尚有一姨娘，即其父小星也。上年不幸生母長逝，家庭景況，日漸岑寂。雖多貲，而樂趣甚少，且姨娘悍惡，與瓊英積不相能。其父不獲已，乃復攜瓊英來遊舊地，意欲重整旗鼓，以競爭商場中。有姊一，幼字程某，即賡予兄也。成婚後，兩人同赴日本，未歸者累年。弟纔六齡，然已於前歲夭折。以身世論，瓊英與我，誠可謂同病相憐，所異者，彼有父與多金耳。方吾二人言時，正韻蘭議論生風時。在理，置主人於不顧，良爲不當。顧韻蘭交際手段特工，吾將涉想，韻蘭已展其笑靨，顧謂瓊英曰：「姑娘，吾等誠老饕哉，但自舉箸大嚼，不知一請主人，得不譏吾等失禮乎？」既又曰：「君姨娘胡乃不見？」瓊英曰：「彼固未來。」韻蘭曰：「仍居粵乎？」瓊英曰：「然。」韻蘭曰：「彼與君感情何如？」瓊英微笑曰：「駘蠢如我，安能得人歡？」韻蘭曰：「如君言，兩人殆成冰炭矣！」瓊英曰：「以我思之，當不至是，蓋彼雖吾父之側室，實爲吾之母輩，世有對其母輩而不加敬重者，其人必絕無心肝。第吾愈敬彼，而彼愈恨吾。邇來且視吾若眼中釘，非拔之不可。此則吾所甚爲寒心者也。君謂爲冰炭，在彼視之，或然。"韻蘭聞言，故發爲悲態，曰："此亦無怪其然，彼等大都出自小家，安知大義？"瓊英曰："吾亦不怨彼，惟吾此來，曾與吾父約，吾一日不⋯⋯"不言際，面突赭，意蓋謂一日不嫁，即不許姨娘來同居也。瓊英羞不能脫口，而韻蘭竟代言之。如是亦可見韻蘭之放縱矣。此時餐已畢，吾等咸赴梳洗室。吾不過略事洗涮，即已。韻蘭則須半句鐘後，始竣。其時侍者復以牌進，蓋彼等酒後必賭，已成定例。吾不善此，惟默坐其旁而已。一局未終，忽僕報客至，視名刺，則賡予也。賡予與瓊英乃總角交，此時錢老外出，瓊英遂親自出見。第瓊英去，彼等牌局，不免解散。韻蘭深滋不悅，然亦不欲形之外面。賡予既見瓊英，微笑曰："不圖君亦至此。"瓊英曰："吾至此，纔一星期耳。"賡予曰："然則親翁何往？"瓊英曰："吾昨以君歸消息告之吾父，吾父固甚樂見君，不幸今又他出矣。"賡予聞言，注視瓊英，忽然笑曰："數載未見，君竟身長玉立矣！回思曩日青梅竹馬，真不勝有今昔之感。"瓊英色微頳，曰："君腦力殊健，幼稚時事尚能記憶。若吾，則忘之久矣！"賡予曰："是安能忘？君欺我矣！"瓊英笑曰："茲事良無足辨，吾今所求詢於君者，乃吾姊狀況如何也。"賡予曰："姊乎？良佳，良佳！吾且得姪矣。"瓊英不解所謂，曰："爾得姪與吾姊何干？"賡予撫掌大笑，曰："癡哉爾也！吾得姪，即爾姊喜得麟兒也！"瓊英亦笑，以巾掩口，曰："確乎？胡吾家未得其喜報？"賡予曰："或者彼不知君家來此，而書去粵也。"

賡予言時，態度溫和，又若饒有稚氣，吾思今日少年，多半輕浮，能如此人者，誠未可多覯。設韻蘭在此，不知又當如何周旋？方吾作此想時，韻蘭果已帶笑而入，曰："賡予，爾此來太不知趣，須知吾儕戰團，將因爾而破裂也！"賡予亦笑曰："然則君等再戰，吾守中立可耳。"言已，徐夫人暨彼貴婦相繼入。見賡予，亦不與爲禮，狀甚傲慢。吾思若賡予衣裳華美，彼等必易一面孔對待。人情冷暖，誠至今日極矣！幸虞予胸懷曠達，絕不介意，與瓊英談笑自若。於時韻蘭不知發何語，徐夫人忽拍案大笑，貴婦笑極，乃捧腹而泣。一室譁然，繼復互相醜詆。韻蘭則謂貴婦博技過劣，不能約束己牌。貴婦則謂徐夫人手腕短，取牌時，殆如蝦蟆攫物。徐夫人則謂韻蘭心貪，而不知乘機取勝。爭論不已，衆囂又起。虞予皺眉顧余，若甚厭惡，曰："姑娘歸乎？"余引目視韻蘭，以示吾之行動權乃操之阿姊，虞予微唔，退至室隅，低聲謂吾曰："韻蘭不歸，君亦不歸乎？"吾曰："然。"虞予又曰："吾觀君狀甚悶，其畏寒乎？"吾曰："否，心不舒適耳。"虞予曰："然則盍與彼等厮混？彼等實至樂也。"吾曰："吾寧悶死，亦不欲取此樂！"虞予曰："可敬哉姑娘！"吾聞言，不期向虞予一望，蓋余自有生以來，舍吾父吾舅外，未嘗有人獎吾也。其時韻蘭等又繼續作戰，吾不能更耐，因起立顧韻蘭曰："姊何時歸？"韻蘭答曰："爾欲歸，歸耳，吾尚有事。"其發言鄭重，殆如國會宣布憲法。吾不禁肅然，遂取裙而出。

第四章

一日爲禮拜五之晨，距赴錢家宴可兩日。吾方於吾書室結算昨日所用之帳，蓋吾舅雖信吾，畀吾以庶務之職，然韻蘭譖吾，謂吾不免中飽。故吾每日收入支出，必於次日親繕一帳呈之吾舅，一以洗吾清白，一以使吾舅知家用浩繁，有以自振也。顧雖如是，而吾舅從未嘗一閲。是日吾剛算至宴費一節，頓憶及兩日前錢家狀況，一若虞予俊影，已湧現於眼簾。私念是人舉止，抑何雋逸，而狀貌又溫和如春，令人愛敬之念油然而生。吾雖惡男子若蛇蝎，然見彼，亦不禁怦然。據韻蘭所云，彼屬意於瓊英，誠如是，是有情人必成眷屬，至吾……臨淵空羨而已。況以瓊英家世，與吾儕之，不啻天淵之隔。在勢亦當取瓊英而棄吾，吾……妄也！思及此，不期長嘆。

其時突聞一至熟之聲，觸吾耳鼓，曰："姑娘，胡思之深也！"回首視之，雙頰盡赤。蓋來者正虞予也，容光煥發，笑容可掬，謂吾曰："姑娘適理何業？"吾曰："帳也。"賡予曰："抑何勞苦？"吾曰："吾勞實其本分。"時賡予乃斜身坐於棹之彼端，而以美目注吾勿稍瞬。吾顏復赭，思頃間所念，得勿為彼覺耶？若是，彼將不能重視我矣！頓時心大亂。幸賡予時方注視吾之帳簿，未覺。既而昂首顧吾曰："此帳煩碎，幾日始一算？"吾曰："一日一算。"賡予曰："姑娘真細心哉！若吾，則不能也。"吾曰："吾固樂於為此，蓋吾生平唯此一事，為吾消遣之法。苟不得此，則吾心殆將煩燥死矣！"賡予曰："然則君癖乃與常人殊，韻蘭亦樂此乎？"吾曰："渠耶？承渠盛情，乃不奪吾所愛，蓋彼有修飾、賭博、倦睡三事，已足消磨其寶貴光陰，固無暇及此也。"賡予曰："可憐哉姑娘！吾叔何偏愛至此？"吾曰："君幸勿言，須知吾乃寄食吾舅家，在理，亦當任事。"賡予曰："設韻蘭與君易地而處，吾知其宴安，亦必如今日也。"吾笑曰："或不至是，蓋人之勤惰，皆為境遇所逼成，設吾果與韻蘭易地而處，安知我不亦如韻蘭之懶惰耶？吾幸而貧也，故頗能自振。"賡予聞言，展輔而笑，曰："君言良是，即以我論之，得有今日，亦未始非貧之力，故吾每見世之少年子弟，身擁鉅貲，日惟溺於聲色貨利中，不知發揮其靈性，輒為慨嘆……"言至此，復顧吾笑曰："雖然，富亦佳也，使君而富，出納會計，方且雇人為之，何至躬親為人操勞哉！吾友嘗謂天下惟患貧者，其心乃常苦。吾儕貧人，究莫若富人心之樂也。"吾曰："然。"其時賡予伸首窗外，流目四盼，曰："此間風景殊美，無怪瓊英讚不絕口。"吾曰："瓊英乃羨吾家耶？"賡予曰："然。君以為瓊英何如？"吾曰："美人也！"賡予曰："否。吾蓋問其為人何如？"吾笑曰："皆美也！吾誠愛之。"賡予曰："吾不解君胡獨讚人之佳，君亦知有人讚君否耶？"吾冷然曰："天下當無此盲目人。"賡予曰："瓊英亦盲目人乎？彼固稱君為絕代佳人也！且佳人不獨貌美，性情必溫柔，舉止必磊落，君俱有之，安得不令人生敬？"吾此時頓憶及韻蘭謂賡予屬意瓊英之語，猝然曰："君此語實不啻揶揄吾！吾何能抵瓊英及韻蘭萬一？且吾聞……"語至此，突聞門闢，韻蘭愀然入，見賡予，似憎之，然仍發為巧笑，曰："賡予，何時來者？"賡予曰："纔一刻鐘。"實則賡予來時，方九句鐘，至今至少亦一句有半。韻蘭微抵其唇，笑曰："一刻鐘耶？吾今日起殊早，若在往日，吾此時方在睡夢中。"語時，大似小溪流泉，淙淙細鳴，聲音固清脆可聽。然不知何故，其中終帶一種譏諷之意，聞之令人生厭。

果也，虞予不耐，匆匆出其錶曰："噫，十點三刻矣，吾當歸校午餐。"韻蘭尚殷殷留之，虞予似知其偽，乃置不顧，岸然而行。韻蘭送之門次，嫣然一笑，此一笑也，堦前之花，幾爲激放。惜乎虞予已不及見矣。虞予既去，韻蘭顏色立沈，冷然曰："彼來已一點半鐘。"吾不答，目送虞予顧美之影，向日光中行。韻蘭又曰："彼來已一點有半，並不入視吾母，爾曹究何事者？"吾聞語，不禁慍曰："何事耶？吾儕在此商量謀反叛逆，果何事哉？寧非可笑！"韻蘭曰："吾乃未見以一女郎而與一鬃生男子，喁喁私語至一點半鐘之久，此非彼愛爾貌美，即……"吾不待其言畢，笑曰："汝語愈奇，此地誰不知吾貌不及爾者，乃慮吾奪汝愛耶？苟非懼人恥笑，吾且謂汝爲妒！"韻蘭亦笑曰："若姊縱無目，當不至與人爭一寒酸儍子，日夕以垂涎人家厚奩爲事者。"吾聞韻蘭譏及虞予，愈不懌，曰："汝言太肆！"韻蘭曰："肆耶？孰則不知彼注意瓊英，蓋瓊英無叔伯兄弟，家擁巨產，娶之實足以富人也，乃有笨伯尚欲輸愛於其人！"吾曰："韻姊，汝誠可謂以己之心度人之心！吾乃未見世上之人，人人如爾，但愛金錢！"韻蘭曰："吾乃未見世上之人，人人乃如吾妹之憨，休矣。吾言彼，干爾底事？"言已，自向梳洗室去。吾則復更理故業，顧神思甚爲弗寧。私念虞予果如韻蘭所云，則其寸心中，早有一美人倩影在，不獨美人倩影，且帶有一種金錢臭味。此等人，直卑鄙不足道。其對吾言，皆不足信也！繼又默想其態度舉動，似實一磊落君子，安見不爲韻蘭造作此語以激吾耶？是念一萌，則又覺虞予在在可敬可愛。搔首深思，遂不知日已向午，乃疊起帳簿，侍舅母進餐。

第五章

吾舅母年已四旬矣，據吾舅告吾，少時亦甚美，與吾舅感情極篤。

若論家世，吾舅母處此，當無復憂患之可言，顧天下決無絕對圓滿事，饒於資者，恒絕其嗣。吾舅母一生缺憾，即在無嗣。自韻蘭生後，夢蘭之兆乃絕，又不欲吾舅置妾。十餘年來，幾無日不在憂愁中。及前歲，忽嫋，吾舅太喜。舅母且不惜數百里外求神祈福，冀生一男以爲宗祧。不期去年分娩，竟大失所望，蓋非男而女也。即蓉兒。吾舅憤極，謂舅母曰："得妻如此，吾魏氏之鬼，其餒矣！"是語也，不啻持利刃以剚吾舅母之腹，哭泣數日，遂病，至今一年。茶鐺藥爐，未嘗一日離吾舅母之室。即其姣好風貌，亦被病魔排擠而去。所餘者，一把瘦骨耳。統計吾舅母自結褵以來，大抵愁多樂少，故對於韻蘭之放荡，亦无暇管束，日惟蟄居斗室中，不問外事。吾舅曾屢勸其至江濱呼吸新鮮空氣，並加以極溫慰之詞，然而不爲動。韻蘭謂雖有野馬十匹，亦不能拽吾母出室門一步，正非虛語。至今年，病益深，飲食大減。吾竊憂之，韻蘭反若無事，甚至數日不入室探詢。天性之薄，至此人而止矣。吾則以吾至此，深蒙舅母優遇，看護之役，當然不能委卸，故於百忙中，猶必偷暇以侍吾舅母。是日吾既入室，見吾舅母顏色潔白，知宵來又未安眠，因以蓮子粥進。舅母搖首曰："昨夕睡弗寧，胃力已衰，不能進食。"吾曰："十二句鐘矣，不食，將不飢乎？"舅母曰："飢時再食。"言時聲甚微細。吾審視久之，竊爲疑懼。蓋一宵之隔，吾舅母神情已大變，眼角中時露異光，非佳兆也。因曰："舅母，將以醫生至乎？"舅母曰："毋須。"吾曰："然則速舅父歸。"舅母愕然曰："杏兒，爾胡云此？豈謂我病不祥乎？"吾不禁深嘆曰："兒誠慮也。"舅母出其枯瘦之手，握吾臂曰："杏兒，爾毋憂，吾今日雖憊，然神志殊清。"既又曰："韻蘭何往？"吾曰："晨妝尚未竟也。"舅母曰："此兒近日大拂余心，余屢戒其勿博，乃弗聽，前聞人云，彼且負有鉅債，鑽石戒指亦在質鋪中。來日作媳婦去，不知如何結果。"言畢，唶然。此蓋爲吾第一次聞吾舅母責備韻蘭，然韻蘭可責之事多矣，豈獨賭哉！設吾亦如韻蘭之好弄是非，必將逞其蓮舌，滔滔汩汩以述諸吾舅母。顧吾覺此語一出，彼母子感情立傷，實有損個人德行，且舅母病方劇，亦不宜重擾其心，思至此，遂出，經過梳洗室，見韻蘭方易其新衣，似預備出行。吾思舅母沉重若此，爲子女者，猶坦然理其艷妝，欲獻媚於交際場中，寧非天下異事？其時保姆抱蓉兒自吾室出，吾趨前謂之曰："保姆，爾知主母病今日增劇乎？"保姆愀然曰："知之，吾昨宵聞其咳嗽不止，即知非佳象。"吾曰："以吾觀之，危候已至，今日亦未食，吾擬以燕窩蒸之使食，爾能任其勞乎？"保姆曰："姑娘……凡我能爲者，無不竭力爲之。"當吾等言時，韻蘭似當聞之，然未見其往吾舅母之室。吾始知其芳心中必在籌劃如何見客，如何與胖婦偕遊，固無暇聆此惡音也。及吾入室取燕窩，忽不見鑰匙，遍覓不得。正焦灼間，突聞一嬌嬈聲曰："爾鑰匙耶？在吾書室屜中。"吾昂首視之，見韻蘭方立吾窗前，吾亦不暇與語，立趨其書室。韻蘭亦隨之入，立衣鏡前，顧謂吾曰："玉杏，爾以吾衣如何？"吾回眸冷笑曰："美哉美哉！"實則心中則曰："毒哉！此無心肝之女郎也！"

　　吾既取燕窩出，使保姆持往廚室。吾則置蓉兒搖車中，推往舅母榻前。舅母見蓉兒瘦削之面，發爲慘笑，曰："是兒良可愛，但望其心中勿如韻蘭也。"既而顧吾曰："韻蘭已出乎？"吾曰："然。"舅母曰："天下竟有此無良兒女，人誰樂有子哉！渠負債究爲若干？爾知之否？"吾曰："否。"實則韻蘭負債已達五百餘金，吾固知之，不欲言也。舅母又曰："吾聞彼近日與爾時有齟齬，此事我甚抱歉，蓋爾之命運，至爲可憐，我輩猶不敢遽爲輕視，反遭彼白眼，寧非可恨？吾嘗思吾若得女如爾，吾亦何至憂傷至此。今者病入膏肓，瞬即墟墓，韻蘭既如是，蓉兒又小。吾死之後，吾家不知呈何狀態。吾今語爾，吾之愛爾，實過於韻蘭，苟吾不幸而與爾長別，蓉兒撫育之責，實負於爾，爾果允吾乎？"言際，目視蓉兒，手則緊握吾臂。吾不期泫然而泣，曰："甥女得有今日，皆舅母之賜，凡舅母所命，當盡力而爲！"舅母曰："果如是，吾心良慰。"其時保姆已以燕窩進，吾遂侍舅母食之畢。天時微黑，吾趨門次，扭電燈使燃。舅母忽作怪聲呼曰："咦！趣熄趣熄！吾甚畏此光！"吾愕然曰："是何言？昨夕不嘗燃燈乎？"舅母曰："然，今不識何故，乃覺如刺在目。"吾思病人畏光，乃爲陰絕之象，死必矣。正憂痛間，又聞"呱"的一聲，舅母伏枕大嘔。吾急趨抱之，曰："舅母胡至此？"舅母不答，吾此時又覺一種異腥，觸諸鼻觀，乃擦火柴燭之，始知舅母所吐者，非他，血也。更視舅母，顏色愈白，亦不能言。吾駭極，立以電話召吾舅父歸。

第六章

日將夕，吾坐於客室暗陬，吾舅父則環室而行，作愁苦狀。案前更坐一少年，即賡予是也。是爲吾舅母症變之第三日，蓋群坐此以俟醫生至。吾思吾家老醫生，既束手言謝，彼新醫生未必肯來。設不幸吾舅母就此見背，吾今後在此，愈覺孤淒。論勢，吾舅父不加以厭惡，他人詎敢凌吾？然韻蘭之冷嘲熱諷，吾實懼之。欲求免此懼，惟有離此他去，然舅母又以蓉兒見托，安能負約？況蒼茫四顧，更無可去之地耶。思至此，乃大戚。其時室門忽闢，電燈亦隨而大明，一中年人岸然入，衣服甚都，舉動頗閑靜。吾雖未嘗預識其人，然知必吾儕所企望之新醫生也。見吾舅，執禮頗恭，復向賡予點首。既入座，即詳詢吾舅母病象，以狀卜之，似未嘗見我，然我則甚樂其未嘗見我，旋由室之小門退出，轉至舅母病室。見舅母氣息僅屬，四肢如冰，知誠不可救，一陣心酸，不禁淚下。無何，舅父偕醫生進，賡予亦入，見吾面濺淚痕，雙眉頓蹙，一若甚憐吾也者。吾意滋感，而心則彌痛，乃避至幕後而立，見醫生以電燈詳審吾舅母面部。良久，復坐以診脉，吾舅父則注其全副精神於醫生之面，目光灼灼，若持醫生之一顰一笑，以判吾舅母命運之長短者。既而醫生嘿然而起，小語曰："殆矣！"兩字甫出，吾舅父頓呈失望之色，眼角瑩然。吾知其中必蘊有無限傷心之淚。苟非醫生在側，吾且出而抱之哭，然卒不能禁，掀幕而出。幸吾出，賡予則已侍醫生去。吾長跽榻前呼曰："舅母……舅母，乃竟欲舍吾人而逝耶？"吾語一出，全室皆哭。舅母聞聲，微啟其目，喉中格格，似欲有言，然不能脫口。吾曰："舅母有何遺囑？趣言。"良久，始吐出二字，曰："韻……蘭。"吾始憶韻蘭尚不在家，亟命人往覓。東奔西突，迄未見其芳蹤，最后乃於劇園中得之。

及歸，吾舅母已長逝矣！彼雖哭之至慟，然吾覺其實爲矯僞。不然，母病垂危，安有心於劇哉？吾於此益嘆吾舅母命苦，蓋一生無嗣，長成者僅此矯娃，今易簣之時，乃不及見，寧非痛事？

賡予精明強幹，處事靈敏，舅父遂留彼料理喪務，內事則吾一人擔負。於此吾乃得時與賡予聚首，顧賡予每見吾，輒呈一種愁苦之狀，又若深恐吾覺，而強爲歡笑。吾頗詫，既思彼亦貧人，彼嘗謂天下惟貧人之心乃常苦，或者因此而抑鬱歟？一夕事竣，稍暇，吾方坐韻蘭書室，賡予忽入，爲狀甚憔悴。吾曰："君日來過勞乎？"賡予曰："是安云勞？"吾曰："胡面色枯稿若是？"賡予曰："姑娘奚知吾心？"吾不期突然應曰："得毋瓊英有違君心者乎？"賡予愕然曰："是何言？君殆以吾與瓊英有若何關係耶？實乃大誤！"既又曰："此事良不足計，吾叔母既逝，君以後其仍居此乎？"吾曰："舍此將何之？"賡予長嘆曰："直語君，吾爲此事，實爲君憂。君果居此，必將遭韻蘭之蹂躪，彼人手段至辣，君能勝耶？"吾始恍然彼之悒悒，蓋有由來，心乃大感，脫韻蘭處此，必又有許多婉妙之詞以相酬應，顧吾仍淡然曰："茲事吾亦嘗籌劃，徒以飄萍斷梗，無所付托，亦惟有拼此軀殼，以與苦難戰，況自先君見背後，即與苦難爲鄰，今日之事，意中事耳，又何足怪？"賡予曰："君須知同病者乃能相憐，若吾則甚爲君憐，蓋韻蘭，花蛇也，貌雖美，而心實毒。君苟勿防，彼且蝕君矣！"吾曰："天下勿論何事，惟忍耐力足以勝之。韻蘭縱毒，亦不過奴隸我耳。然而我能受之，蓋我輩命薄，祇合作人奴隸也！"賡予聞言，突發其慘聲曰："姑娘弱質零丁，殆如含苞之花，果能任人踐踏耶？君自甘吾不忍也！"言際，泫然欲泣。吾心乃撲撲而動，思吾自有生以來，未嘗聞此溫存體貼之語。賡予哉！真吾知己也！脫吾亦如時髦女子，此時必且抱賡予而哭，顧吾覺感恩知己，在心不在表，苟賡予知吾心，斯亦足矣，乃強抑之。正籌思答語，門簾掀動，韻蘭忽入，衣白色之衣，映其淡紅雙頰，益顯艷麗，雙眉深鎖，頗現愁思。不知者必將謂韻蘭孝思不匱，實則彼所愁者非母死，乃爲不能出而與意中人把晤及游戲也。既入，見吾與賡予相向而立，大爲不懌，曰："吾意爲誰？乃爾也。玉杏，爾帳已結耶？"吾冷然曰："若待姊問，不知已積至若干簿矣！"韻蘭聞語，知吾弗悅，顏色立霽。其時手持青縐綿衫一襲，語吾曰："頃衣肆以此衣出售，吾擬購之，爾以爲何如？"吾曰："姊欲購，直購之耳，何問我？"韻蘭曰："吾意爾若愛此，亦爲爾置一襲。"吾曰："謝君，吾不須此，且亦不稱！"吾語一出，韻蘭大慍，曰："玉杏，爾口殊太刻！"乃轉而與賡予語，詞意溫婉，不減平昔。吾思賡予當爲心動，然暗察之，愀然如故。其時蓉兒已醒，吾遂出。

第七章

七七既過，徐夫人以韻蘭久錮未出，乃折柬邀請韻蘭及吾至其家。此爲徐夫人第一次與吾之交誼，蓋彼疇昔與韻蘭往還，固未嘗及我也。吾以交際煩碎，寧願家居。接柬後，頗滋弗樂，以呈韻蘭，韻蘭則發爲憨笑，曰："日來悶極，正思出游，徐夫人實獲我心矣，然則爾意如何？"吾淡然曰："吾意勿去。"韻蘭慍曰："夫人盛情，安能負之？趣更衣。"吾不忍重拂其意，遂偕出。斯時憶屆暮春，天日晴麗，氣候和煖。吾等虬居既久，覩此景象，驟覺天地爲寬。及抵徐所，徐夫人降堦相迎，臃腫之態不異昔時。吾乍見，忍俊不禁，幸未發，否則韻蘭又怒我矣。徐夫人亦洋場中人，曩商於滬，獲利頗厚，回漢後，爲西人治事，生涯頗不惡，故徐夫人席豐履厚，得日與貴人遊。貴人亦從而尊敬之，實則彼奴婢出身耳。人非尊敬其人，特尊敬其錢耳。吾嘗謂世界惟多金乃能博令譽，若夫吾儕，終惟居人之下而已。其居在河濱，結構頗佳，空氣亦流通。室內塗以綠色，四壁懸風景畫頗夥，嵌以玻璃，殆如陳列之肆。室中陳設，與瓊英客室略同，吾皆莫舉其名。中央置大殯槕一，罩以白衣。槕上瓷瓶三五，滿貯玫瑰花，香氣撲鼻。吾等既入座，徐夫人進以咖啡，并置糖塊於盞底。吾生平至惡咖啡，以其味苦且澀，且吾儕華人，何必嗜西人之所嗜，乃謝而弗飲。移時，瓊英亦至，衣淡藍綢衫，裙則青色，楚楚動人。徐夫人立起握手，曰："來何遲也？"瓊英微笑曰："幸恕之。"既見吾，緊握吾臂曰："日來佳乎？"吾曰："謝君，良佳！"瓊英曰："數日未見，君又清減矣！"韻蘭攙言曰："彼殆以清減爲美。"言已，大笑，蓋譏吾也。吾思若以此言加諸彼，不知又如何怒我矣。其時尚祇一句鐘，詎殀時猶有三鐘餘暇。韻蘭不耐久坐，議作竹林之戰，以詢瓊英。瓊英搖首示否。徐夫人欠伸曰："吾固欲爲，然少一人，奈何？"既忽躍起曰："吾誠善忘，吾家不有客耶？"韻蘭曰："誰乎？"徐夫人曰："維芝也！"韻蘭曰："甚善甚善！吾久未聞其詼諧之談，今在何所乎？"徐夫人曰："方與吾夫作談。"韻蘭曰："然則速之至。"瓊英曰："其人爲男子乎？抑女郎乎？"嗤然一笑，曰："男也。"瓊英曰："男則吾當退避三舍。"韻蘭曰："俗哉爾也！此等雅事，何用忸怩作村姑態？"乃強之使諾。閨中少女以交接男子爲雅事，不從則譏爲俗，我真未聞此奇談，脫天下女郎盡如我姊，禮教其頹矣，甚望諸姑姊妹讀至此，切記勿如我姊也。無何，維芝入，年可四十，身瘦而修，與徐夫人適成一反例，唇帶微髭，鼻高而尖，狀如鷹隼之嘴。目灼灼如賊，見韻蘭，發爲怪笑，其聲格格如梟鳴，繼又低聲曰："尊甫佳乎？吾未見又一月矣！"次見瓊英，末始及吾。韻蘭乃爲吾介紹曰："此張維芝先生，吾父好友也。"復顧維芝曰："是表妹玉杏，君知之乎？"維芝曰："嘗聞尊甫道及，今始見，良幸。"吾見其荒傖之氣，不禁悚然却退。

其時侍者已以博具進，維芝乃強吾入局，吾對以不善。彼曰："吾當爲教習。"吾曰："謝君，即君教吾，吾亦不爲。"此言實過憨直，然彼亦不愠，垂手而立，殆如僵人，目光炯炯，向吾睨視。吾不期怒發，韻蘭且出踝語曰："吾妹但知吹鹽數米，此等樂事，非彼所能享也。"言畢，拽維芝去，吾則坐室隅讀報，未數行，忽見吾舅之名，觸吾眼簾，吾頗詫，及閱此文，始知吾舅因債務關係涉訟，爲數則絕鉅。吾思吾舅之虛空，於此可見，無怪日來悒悒不樂。然此事乃竟不與吾儕言，頗令人不解。嗟夫！韻蘭日猶縱情揮霍，豈知其家產已瀕於破裂，此等絕無心肝女郎，真不知伊於胡底！思及此，頓覺吾舅淒然之影，已立吾前，訴其艱苦。苟非彼等笑聲促吾清醒，吾且引吭而呼，繼又思吾舅苟不幸而窮，韻蘭受困猶小，蓋彼已字，終始須歸婿家。吾舅家事，直成風馬牛不相及。首當其衝者，惟吾耳，既不能居，又無所適。觀吾舅意，對吾婚事，似尚未計及。然吾亦甚願永依吾舅，以盡吾撫育蓉兒之責，況婚姻爲世大典，未可草率從事。以吾眼光觀之，近世男子，似無一足當意者。有之，惟賡予耳。然賡予已屬意瓊英，吾安能望其項背？閱者至此，勿以吾作此想，誤爲標梅之思，蓋吾儕女子，命運與幸福，與男子絕對不同。男子一墮地，即可卜之；女子則須分兩截，一未嫁時，一既嫁後。大抵未嫁時命運與幸福，皆假定的，既嫁後，爲苦爲樂，始爲真也。吾未嫁時命運與幸福，既已如此，設遇人不淑，吾一生不將永淪苦海耶？是以居恒好爲籌思，然此等思潮，最爲不祥，實足以送人於悲境。吾此時擲報起立，至鏡臺前，照之，自亦駭然，蓋吾面驟變爲顢頇色也。

少刻，彼等局終，吾遂隨之赴餐室。室甚長，中置之棟同客室同，上陳刀叉甚夥，吾乍見愕然。既入座，徐夫人亦入，彼與吾固嘗遇於舅家，故僅點首。即入席，吾座不幸與維芝並。吾大不寧，而維芝且洋洋得意。於時侍者捧菜進，每座各得一盤。吾又茫然不解所謂。既見彼等咸舉刀叉置盤中，吾始知刀叉乃爲進食之用，然不用箸而代以刀叉，果何意哉？維芝似會吾意，乃低聲謂吾曰：「此西飧，在例不能用箸。」夫西飧之名，吾固嘗聞諸韻蘭，然不知儀式怪異若此。韻蘭每以食西飧爲榮，若吾，雖百世不食，亦在所願也。韻蘭見吾嘿然，則吃吃笑，意似驕吾，吾亦置之。第二盤爲鴿子，吾以不善用刀叉，拒弗食。維芝乃殷殷爲吾剖割，然而吾不以爲德，且惡其猥瑣。韻蘭此時酒興勃發，舉杯狂飲。在禮，韻蘭尚在喪中，宜屛去宴會，安能放蕩若此？吾於是益嘆禮教之衰也。維芝不解人意，復強吾食，且故爲譽辭，以取吾歡。吾窘極，謂之曰：「先生，是酒佳也，曷與主人痛飲？」維芝小語曰：「主人耶？吾殊不欲其人，苟姑娘命吾飲，吾當遵命。」吾不禁嗤然一笑，曰：「不省吾今日在此，權力乃驟增。」維芝覷吾笑，樂不可支，方擎杯，忽墮，酒濺吾衣，杯則碎於地。維芝立向吾道歉，探懷出素巾，似欲爲吾拂去酒痕。吾顏立沉，曰：「先生，固無須此也。」遂離座依韻蘭。韻蘭曰：“爾至此，吾實無暇爲爾執刀叉，奈何？”此語一發，吾知韻蘭又妒矣。無何，殮畢，吾幾如犴狴之囚忽得赦令，急取吾衣欲行。徐夫人猶出婉語挽留，然吾已知其僞，蓋彼有韻蘭足矣。將出室，維芝忽躍出謂吾曰：“姑娘，寒舍頗不惡，得暇盍偕令姊一往？”吾曰：“然。”既出，似猶聞其拍案呼曰：“美哉，玉杏也！”

第八章

　　早殮方罷，吾於客室喂蓉兒牛乳，賡予忽入。是日距赴徐夫人宴，可一禮拜。此禮拜中，吾於今日始見賡予，寸心似大懽樂。至所以懽樂，則吾亦不解。維時賡予以吻近蓉兒嫩臉，笑曰：“小娃，爾食何物？”蓉兒格格言曰：“牛……牛……乳。”賡予大笑曰：“爾亦能言乎？”吾曰：“兩歲矣！再不言，不其啞乎？”賡予遂引目視吾曰：“姑娘，近亦出遊否？”吾曰：“上星期曾一往徐夫人許。”吾言一出，頓憶及是日維芝狀況，因曰：“先生，是日吾乃大不幸。”賡予曰：“錢包失乎？”吾嗤聲一笑，曰：“較此尤甚！”賡予曰：“然則遇鬼耆矣！”吾曰：“亦無殊鬼耆，蓋吾曾遇一荒傖，即張維芝是也。”賡予微哂曰：“彼鉅富也，君得與彼周旋，實乃大幸，胡用其悵惘？”吾作恐怖狀曰：“先生，吾則願今世勿更見其人！”言次，遂將維芝言行一一述告賡予。賡予正色曰：“彼人實至狡猾，與徐夫人殆所謂狼狽爲奸。君不欲見其人亦佳，否則又墮其彀中矣！”又曰：“君抑知韻蘭與其情人歷史乎？”吾曰：“否。”賡予長嘆曰：“吾誠不意吾姑母竟生此不肖之女！彼所交之人，乃一至貧至無行之西人書記也！”吾曰：“君勿妄言，吾姊意想中但知有富人，彼窮鬼安能當意？”賡予曰：“吾亦甚以爲詫，然茲事甚確。”吾久欲偵知吾姊之意中人爲何，聞此大喜，因曰：“先生，蓋詳以告我！”賡予曰：“君不言，吾亦願詳述於爾，但吾未言之先，不能不追恨一人，其人爲誰？即徐夫人也。蓋韻蘭入校之初，猶一完全好女郎，微彼，韻蘭不至於此也。然吾不省吾叔乃許韻蘭與此人納交，初韻蘭之至徐所，徐必偕之至戲館，而每至，必有一少年與爲伴。韻蘭情竇初開，習之日久，自不無情感。徐夫人默察其意，乃乘間蠱惑。可憐之韻蘭，遂甘心墮入彀中。在韻蘭以爲少年必亦鉅富，及偵之，大謬不然。然見其丰采姣好，亦不忍拒絕。於時韻蘭適因賭博大負，乃欲取償於少年。少年不許，韻蘭憤極，絕之。復問計於徐夫人，徐夫人曰：'毋憂，吾當爲爾貸之。'玉杏姑娘，爾試思之，彼將稱貸於誰乎？"吾曰："不知。"賡予曰："即爾所畏見之張維芝也。"吾駭曰："確乎？"賡予曰："吾豈誑爾，蓋維芝亦嘗屬意韻蘭，聞此當無不竭力報效。顧韻蘭乃一天良喪絕之女郎，圍既解，仍與少年續其舊歡，於維芝略假詞色而已。此少年至狡，即知韻蘭得此後援，乃誘之狂賭。贏則供其奢靡；負則取給於維芝，匪惟維芝日處悶葫蘆中，既韻蘭亦不能窺其詭謀也。"吾曰："如君言，維芝乃韻蘭債權人矣！"賡予曰："然。"吾曰："爲數幾何？"賡予伸一指曰："千金矣！"吾撟舌幾不能下，曰："韻蘭亦思償還也否？"賡予曰："此則非我所知，惟維芝投資虛牝中，似噴有煩言，然將來當有人爲之緩頰。"吾曰："其徐夫人乎？"賡予搖首曰："否，乃維芝鍾情之人。蓋維芝欲取歡其人，勢不能不獻媚阿姊。"吾聞語一驚，知賡予侵余，因曰："吾不告君乎？吾固甚惡其人也！"賡予慘笑曰："近朱者赤，君烏能免乎？"吾情急曰："吾敢發誓，吾於此世界中，惟……惟……"言至此，霞暈於頰。賡予曰："惟何？"吾不能更言，而臉愈赤。賡予似會吾意，則撫掌而笑。

第九章

吾自聞賡予警告後，益恨徐夫人。凡彼召吾，吾皆婉言謝絕。顧吾能自禁弗往，而無權禁人勿來。彼可惡之張維芝，乃無日不至吾舅家，韻蘭則維恭維敬，若恐稍失其歡心。或且眼波微漾，睨之作巧笑。吾每見輒覺肌肉皆縮，而韻蘭未嘗以爲恥也。然韻蘭此種盛情，維芝似無一次表其感謝，對吾則又殷勤備至。其溫和諂媚之狀，較韻蘭之餉諸彼者，殆有過之無不及。吾嘗思若以此加之韻蘭，韻蘭不知當作幾許繾綣旖旎之態以報之。若吾，徒惡感耳。尤奇者，嗣是韻蘭之於吾，亦大改故態，倍極親密，啓口即曰："吾親愛之玉杏妹妹。"吾受寵若驚，且鑒於虜予之言，時爲悚懼。一夕，爲五月天氣，空氣甚炎，吾久弗能寐，乃與韻蘭促膝作長談。韻蘭謂吾曰："玉杏，吾殊羨爾運佳，且幸福亦無涯。"吾聞語，一愕，曰："噫，落拓如我，猶有佳運與幸福之可言耶？姊何刻也！"韻蘭曰："否，吾言至確。爾試思，設有一人絶富，世人欲一覩其顏色，猶懼不可得，而其人反俯首下心，貢媚於一女郎裙幅之下，此女郎者，非佳運耶？非幸福耶？"吾始知韻蘭殆又指維芝，不識何故，心陡然一痛，慘聲應曰："姊乎，吾寧終其身於貧賤中，殊不羨此也！"韻蘭微哂曰："爾設想誠可謂怪僻，天下非至愚之人，何至樂苦辭甘？"吾曰："甘苦乃隨人性而定，吾兩人性不同，是以所見各異。以吾思之，膏粱錦繡，乃苦中之樂，彼茅屋一楹，飄搖於清風明月中，種菜鋤花，實乃真樂也！"韻蘭曰："然則人何爲而慕富貴？"吾曰："是殆自作其孽，姊不見夫世間寡廉鮮恥之事，每出自富貴之家，而烈婦義士，反多產自貧賤中耶？"吾爲此語，實爲正確不易之理，韻蘭聞之，以爲諷己，大不懌。吾曰："姊勿怨我，須知金錢者，萬惡之媒也。勿論若何美德，惟金錢足以毀之。而受禍最烈者，厥惟女子。姊試觀之，世界男子，誰不欲恃其金錢勢力以蹂躪女子？當其未得之也，則不惜揮霍重金，委曲承奉。雖爲艱爲僕，亦慨然勿辭。及其既得，旋復棄之。寂寞庭幃，淒涼歲月，不知斷送幾許佳人。吾儕不幸墮此十丈軟紅中，又不幸而爲一女子，安能不嚴謹自防？故吾甚願吾姊以愛情爲金錢，勿以金錢爲愛情。"諸姑姊妹聽之。吾語至此，意韻蘭當怒，顧乃不然，且展其笑靨，顧謂吾曰："爾言殊有味，吾誠佩爾。"吾不期大笑曰："然耶？實則彼心方詈我不止也！"次日維芝又至，蓋彼已視至吾家爲正當之功課。然往日吾每見其至，輒避之。是日適天雨，乃無所之，不得不與之作無聊酬酢。其時維芝已卸去雨衣，笑顧吾曰："姑娘晨來佳乎？"吾曰："然。"韻蘭曰："先生以車來乎？"維芝曰："汽車，乃吾日前自置者。"言際，向吾狂笑，其聲漸漸然，似驕其富。吾望之，不期作噦。韻蘭則出其婉妙之聲，曰：
"先生，此車之價，當不貲矣！"維芝曰："以吾視之，乃甚廉。吾擬更購
一乘，以備晴時用。"韻蘭曰："豪哉先生！使吾而為玉杏，吾當向君索
購一乘。"維芝曰："果令妹須此者，吾決不吝重資！"吾聞語，色立沈。
維芝似未覺，復謂吾曰："爾衣胡敝？"吾見其稱爾我，大不悅，曰："先
生留意，吾固有姓氏者！"維芝立向吾抱歉，曰："魏姑娘，吾至舅家後，
人多疑吾與韻蘭為同懷姊妹，故咸以吾舅姓姓吾，吾亦未忍拒絕。吾見人每喜以是
稱，不期開罪於君，然君當恕吾。"吾不語，維芝曰："吾觀姑娘，居恆
抑鬱，果何故哉？"吾笑曰："人各有志，先生殆以為天下人皆當如君適
意耶？"維芝曰："噫，慼慼者何與於我？惟君乃慼慼中吾不能忘懷之人。
故君之喜憂，吾不得不注意也。"吾莊容曰："先生大誤矣！吾人尚不過
泛泛交，何用君注意？"維芝曰："姑娘以是責我良當，惟吾生平未嘗一
日感受痛苦，故每覩人於邑，心惻然不忍，況君值此錦瑟年華，尤當及
時行樂。"吾曰："吾自墮地以來，即在憂患中。'快樂'二字，與吾決絕
久矣！"維芝曰："今有人欲為君脫離憂患而置之快樂中，君其許乎？"言
畢，睜其細目視吾。吾大駭，知此僋未懷善意矣。吾再視韻蘭，亦不知
何時逃去。乃趨門次，欲出。維芝一躍而前，以身蔽之。吾窘極，正思
縱聲而號，忽門劃然闢，虞予昂然入。吾大喜，如釋重負。此時虞予以
堅毅之目光，注視維芝不已，大似法官對囚徒宣告死刑者。維芝亦呈怒
色。吾往者於吾舅書室，見一油畫，中有兩武士，挾一美人，互鬭於斗
室中，其神情正如今日之虞予與維芝。假使二人手中有刃者，此圖畫殆
將變為活動寫真矣！維時韻蘭亦入，虞予乃不顧二人，竟攜吾至書室，
笑謂吾曰："吾意為誰？乃一豕也！"吾曰："趣低爾聲，彼耳聰，防為彼
聞。"虞曰："吾叔奚往？"吾曰："去辦公室未歸。"虞予曰："吾今日之
來，實與吾叔告別。"吾聞語一驚，曰："別耶？君將何去？"虞予曰：
"歸香港。"吾曰："然則何時可來？"虞予曰："此殊不能定，或者竟不來
也！"此語一出，吾心驟痛，覺室中器具，悉搖搖如懸旌。閱者須知，吾
自有生以來，未嘗一度鍾情於人，亦不識別離之苦，今忽聞此，大似身

上中彈。苟非以手支案，且頹然仆矣。賡予此時似亦甚悲，慘然顧吾曰："此事亦非我所願，特爲飢寒所驅，不得不爾。"吾嘗謂貧人之心乃常苦，即此境也。吾是時更無一語可答，眼簾下垂，不期而泣，然吾殊不欲賡予窺見，私以素巾拭之。顧雖如是，而賡予已覺，詢吾曰："爾泣乎？"吾顫聲曰："否，灰塵撲入耳。"賡予曰："玉杏，爾毋憂，吾去必歸！苟世界有一日我，決不負爾盛情！"言際，立吾前，於愁苦中更呈一種和藹之色。吾首略昂，頓憶及一事，此事乃至不祥，甫入吾心，全身如澆冷水，而面色亦變。賡予猶低聲謂吾曰："玉杏，爾苟能自持……"吾不待其言畢，即曰："賡予先生，趣勿言，即言，我亦不聽。"賡予詫曰："不省君胡出此言？"吾曰："是亦不奇，蓋吾爲君計，與其向我假惺惺作態，毋寧貢諸彼人也！"賡予曰："異哉，彼人爲誰？君猶不信我耶？"吾曰："否，否！"吾心碎矣，乃掩面而逃。

第十章

沉思良久，又嗒然若失。自恨何故以此冷面向人，然賡予去矣，欲悔何追。吾自舅母下世後，每夕臨寢，必先省視吾舅，習以爲常。是時已至十點鐘，乃自床中躍起，適保姆搴蓉兒入。吾曰："主人睡乎？"曰："未，似在室中觀書。"吾遂奪其燭奴，搴裳拾級登樓，果見吾舅書室中，尚露燈光，自門隙穿出，射入臥室中。推門入，則見吾舅支頤而坐，星星白髮，爲燈光所映，乃愈形憔悴。向者吾舅夜坐，必觀書自遣，而今日獨否。案上紙張凌亂，帳簿亦堆積如山。見吾入，瘦頰現笑容，曰："玉杏，爾來耶。"其聲至細，似不欲驚一塵。吾亦微應曰："然。"吾舅曰："韻蘭又出乎？"吾瞠目不知所對，蓋吾自爲賡予攜出後，遂未嘗更見韻蘭，則勉應之曰："吾不知，或者睡也。"吾舅點首微喟。吾曰："舅父今夕胡不觀書而向此簿記中討生活耶？"吾舅聞語，又感其額，復以指按其皺紋令平，似不欲令吾見者。徐曰："今夜殊閒適，故一理舊帳，免令忘記。"言時，又淒然一笑。吾此時忽憶及當日在瓊英客室中所見之報紙，上載吾舅因債務涉訟一事。思欲就詢吾舅，既見吾舅悒悒之狀，恐觸其悲，則紬然而止，惟曰："舅父毋乃太勞。"吾舅曰："勞亦吾分，然以較汝，則家中瑣屑之事，一切惟賴於汝。汝勞且倍於予。"吾曰："是安足言勞，但求舅父不憎我足矣！"吾舅曰："嗟乎玉杏！汝實是孝女，使韻蘭而如汝，今日之事，抑何足悲！"言至此，其聲似咽。吾乃不解吾舅今夜胡忽作此態？繼又握吾手曰："玉杏，願天福爾，吾向者恆以爾不及韻蘭，今乃知其實誤！使吾家而無爾，早不知凌亂至如何矣！吾自爾舅母殁後，惟爾足以慰我。雖然，今日又非比，雖有千萬如爾者，恐亦不能却吾愁思。"言際，搖其白髮之首，淚顆已包其老眼。吾長跽其前，曰："舅父果有何愁思？盍語吾？"吾舅曰："爾方在樂中，安能聆此惡音？"吾曰："惡音耶？吾願聞之！"吾舅乃抱吾起，曰："玉杏，爾誠吾愛女也！但吾今以吾之困境告爾，恐爾亦將不受吾愛！"吾曰："噫，是何言？"吾舅曰："爾苟不以頑庸之舅父爲非，則亦佳，然爾亦知吾近一年來乃無日不在罪中乎？吾所設之肆，在爾儕心目中，以爲年必獲利，實則虧耗殊深。往者吾頗不欲人知吾肆之敗，輒以吾所得之西人者，轉而填諸肆中，挹茲注彼，意可支持，詎此等夢想，漸成幻影。不得已，貸資於人，不足，更售產繼之。一年來，左支右絀，遂陷我於愁窘莫可告訴之鄉。而吾大好肆業，亦隨吾之命運而斷送於人……"吾聞語一愕，曰："舅父之肆，亦倒閉耶？"吾舅曰："然，此事之過，純在掌帳之人。蓋其人至狡，凡吾所納諸肆者，彼必取而置之己囊中，今吾貧而彼富矣！雖然，吾安能責人？吾惟自恨何故如此憒憒，竟用此人。今者債權之人，群起而向吾追索，爲狀殆如敵軍，排列嚴陣，向吾而攻。吾家產又已告罄，四顧茫茫，殆成絕境矣！"吾聞此，心惻然而痛，曰："傷哉舅父！然總計爲數若干？"吾舅伸兩指曰："至少在二十萬金左右！"一語甫出，吾撟舌幾不能下。既曰："西人不能爲舅父助耶？"吾舅搖首曰："否，吾虧公司亦幾至十萬，然此金非我揮霍用去，亦耗之肆中耳。"吾此時亦不禁蹙額曰："然則舅父何以處此？"吾舅曰："若以吾屋產售之，約可償其半，餘則在渺茫中。"吾曰："可憐哉舅父！吾家不將成赤貧耶？"吾舅曰：「然，夫吾顛倒一生，貧亦吾分！所難堪者，爾與蓉兒耳。吾今頗悔吾不應領爾至此，既領爾到此，胡又不爲爾早擇一婿嫁之？今吾家衰微，更有誰肯問字者，是乃吾之大憂也！」言畢，插手衣袋中，環室而步。嗟夫，是語也，吾果何以應之乎？然吾又不忍令吾舅獨膺此重憂，因俯首曰：「舅父，此事至微，良無足慮。況吾乃煢獨孤兒，蒙舅父教養，得有今日，已爲大幸，此外更何望者。若夫安樂則共處，患難則棄而之他，亦非兒所忍爲也！」吾言時，至爲誠懇。吾舅聞竟，步立停，顧吾曰：「然耶？」吾曰：「至確！吾實願永依吾舅，雖苦勿辭也！」吾舅發爲喜色曰：「爾誠孝思不匱，吾實愛爾！」既而又淒然曰：「否，否，吾何能因一己之故而令爾拋棄華年幸福耶！」吾曰：「舅乎！命薄如吾，猶有幸福之可言耶？況吾曾面允舅母，應負保護蓉兒之責，亦不能中道委棄！」吾舅聞語，立趨吾前，引手弄吾髮曰：「勇哉爾也！使爾而爲男子，大足光吾門楣，惜乎女也！」又曰：「吾今以吾事告爾，爾不誹吾昏耄乎？」吾曰：「何至是？然舅不言，吾亦略知。」吾舅點首曰：「然，爾殊聰敏！」言際，色略霽。

第十一章

　　吾既出吾舅書室，將及梯次，突聞門鈴丁丁響。思夜深如許，那來客至？此時僕傭均寢，吾乃親自啓門，則見一妙人匆遽入。視之，非他，即韻蘭也，顏色蒼白，狀至不寧。吾知彼又博負矣！顧不轉瞬即易爲溫和之色，顧吾曰：「謝爾，爾胡猶未寢？」吾曰：「然，纔下樓耳。」韻蘭乃攜吾至其室中，曰：「爾在樓上何事？」吾曰：「與舅父長談。」韻蘭曰：「阿父未睡乎？然則作何長談？」在理，吾此時當以舅父窘狀告之韻蘭，顧彼方在極樂中，良不宜破其好夢。且言之，亦於家事無補。則應之曰：「無所言，特舅父今夜似覺心緒不寧，乃多牢愁之語。」韻蘭曰：「可憐者老人，心實太勞！長此以往，恐亦非老人之宜。」吾曰：「舅父長日但觀書耳，果何憂者？」韻蘭隨易衣隨瞋吾曰：「癡哉汝！汝思吾儕皆已長成，蓉兒又幼，家中事日益繁劇，何者不係於老人之懷！汝乃謂長日但觀書耶？"吾不禁笑曰："嗟乎，阿姊，不謂瑣屑家事，亦足勞心及爾！"韻蘭亦曰："嗟乎，玉杏，吾心惟吾知之耳！汝亦知我汝年齡已及幾何，而……"語至此，雙頰忽赤。吾知"而"字以下，必謂摽梅之吉，猶無期也。然韻蘭素惡其婿，今胡思嫁？其言必爲我而發無疑，則問之曰："而何如者？"韻蘭曰："而不能分擔老人之憂也！"吾曰："然則吾儕盍蹈水而死？死則擔負減輕，舅父憂亦釋矣！"韻蘭曰："吾與爾言正事，奈何作此鈍語？"吾曰："然則汝言汝言。"韻蘭曰："吾近亦頗聞吾家日漸衰微，嘗思吾儕若果欲爲老人分憂，則亦不免世俗兒女之常例，惟有嫁耳！"吾聞語，早嗤然一笑，曰："姊固有婿，欲嫁，竟嫁之耳，何至今日始言？"韻蘭曰："吾初原不欲作酸丁婦，今爲老父計，不得不爾。特汝尚待字閨中，'嫁'之一字，殊不易言。"吾不待其言畢，曰："謝爾！吾心乃如枯井，殊不欲爾爲我籌思。"韻蘭作和靄狀，曰："是何言？爾既至我家，爾即吾妹，豈有吾妹終身大典，吾不一爲劃策？雖然，爾視維芝何如？"吾固早知韻蘭將作此語，則夷然應之曰："是吾不知，但知廥予謂爲黑豕也！"韻蘭怫然曰："玉杏，請爾留意，勿再以市語向人，使吾作惡！"吾笑曰："吾語雖俗，其譬喻實肖也！"韻蘭恨曰："吾令汝勿言！奈何刺刺弗休，吾恐此地之人，惟爾敢毀此人！"吾曰："謝姊嘉獎，不謂我竟有此巨膽！"韻蘭柔聲曰："吾親愛之玉杏，汝勿再嘔若姊，汝當知之，維芝爲人，實乃巨富。"吾笑曰："吾已習聞之。"韻蘭曰："彼已喪妻，現正欲物色佳偶。"吾曰："然乎？吾姊既惡前婿，盍乘此離異，以嫁維芝？"韻蘭曰："吾安有此福？汝不憶徐家之宴乎？彼於人衆之中，惟悅爾，此乃最難得之機會，爾其留意，吾家興盛之機，在此一着！願後勿再爲彼窮漢所惑，致失此佳遇！吾語止此，爾當自思。"吾此時甚不能耐，則起立曰："姊言止此乎？"韻蘭曰："然。"吾曰："吾倦極當寢矣！"韻蘭曰："願爾三思復思之！"吾愀然一笑，燃燭而出。自思韻蘭誠絕無心肝者，乃竟欲賣吾，由此觀之，彼儈日奔走於此，未始非韻蘭所嗾使。危哉吾今日所處地位也！

第十二章

　　飄忽之光陰，又兼旬矣。是日，吾午飱方罷，忽保姆遞一柬至。啓視之，乃瓊英邀吾作劉園之遊者，顧無韻蘭名，吾頗詫。思彼兩人得毋口角耶？吾自聞舅父罷肆後，心甚痛楚，且不解事之韻蘭，復曉曉以婚事相問，令吾益悶，故聞此，決計一行。維時天氣甚熱，吾衣乃不合時，隨向衣笥中覓舊羅衫一襲。此衣若在韻蘭必早棄之，吾衣之，乃覺甚美。妝竟，欲上樓以吾將出告保姆，不期與韻蘭相遇。渠見吾，即吐其柔聲曰："玉杏，爾奚往？"吾曰："赴瓊英之約也。"韻蘭曰："何事？"吾曰："遊園耳。"韻蘭曰："然則誰爲伴侶？"吾嗔曰："爾誠好爲喋喋者，吾未往，安從而知？"言已，搴裙而出，耳際似猶聞韻蘭自語曰："異哉！瓊英乃不約我……"吾既抵錢宅，瓊英則已倚欄待吾。其家吾已兩至，故亦不待侍者導向，即緣梯登樓。將入客室，心忽一躍，蓋與瓊英並立者，尚有一人，即賡予也。因曰："君疇昔不謂歸香港耶？"賡予曰："然，徒以不能與一人爲別，故爾遲遲也。"言時，向吾一笑，吾頰驟赬，低語曰："然則曷不至吾家？"賡予曰："偶感小病，日昨始瘳耳。"言畢，退至室隅而坐。瓊英笑顧吾曰："玉杏，君今日衣此，甚襯爾體，美也！"吾愕然曰："異哉，美乎？吾自有生以來，讚吾美者，舍吾舅外，君爲第一人矣！"賡予羼言曰："然則吾爲第二人矣！"吾聞語，色復赬，曰："君等奈何爲此刻語以譏吾？吾以吾思之，世界目光之利，當無逾吾姊，彼乃無日不詆吾醜。君等反加以嘉獎，豈目瞳倒置乎？"

　　瓊英曰："吾儕向不善爲諛詞，吾言蓋至確也！"吾曰："此無足論，但問君今日胡不邀吾姊偕？"瓊英曰："彼耶？吾殊不敢高攀，且彼至，必與胖婦俱，吾甚惡也！"吾曰："君亦惡其人耶？"瓊英曰："然。"吾笑曰："余兩人好惡，可謂不約而同。"其時侍者已以馬車至，吾等遂連袂下樓。吾本思與瓊英共車，不期爲賡予所阻，且曰："渠車一主一僕，益爾乃爲三人，吾車則吾獨乘，毋乃不公！"吾躊躇不能決。瓊英笑曰：

"與賡予同車可耳。"吾生平未嘗與一男子並肩坐,此爲第一次。既登車,霞暈於頰,賡予則展輔而笑,溫和之態,令人心醉。將至太平街,突見韻蘭與徐夫人珊珊而來。吾顏愈赬,思彼見此,不知又如何責我矣。賡予則佯若無事。幸不轉瞬,吾車已過,吾如釋重負。賡予曰:"君懼韻蘭乎?"吾曰:"然。"賡予曰:"爾膽太怯,試思爾與我同坐,彼安敢言?"吾曰:"君持何術足以制彼?"賡予曰:"自有術。"吾固詰之,賡予但笑而不言。無何,車已抵園,花香撲鼻,綠葉成陰,人行其中,氣爲之爽。賡予乃爲吾等擇一涼亭而坐。少刻,園丁進以水果及香茗。賡予更舉東瀛風俗人情,侃侃而談。吾聞之,恍如身搖搖在巨艦中,泛重洋而渡三島。嘗思維芝與賡予,同一男子,不解何故,一聞維芝之言,輒如聞惡獸夜鳴,令人頭暈欲嘔;而對於賡予,則又樂而忘倦。可知女子良心上之判斷,至爲嚴酷。然有難言者,即以韻蘭論之,所見即與吾大相反謬,豈彼別爲一種良心耶?然幸彼不與吾同,否則安許吾與賡予作片刻之談耶?方吾作此遐想時,瓊英忽以手撫吾肩曰:"玉杏,君當與賡予在此多坐一時,吾歸也。"吾愕然曰:"歸耶?"瓊英曰:"吾父遣僕來催,尚不省何事。"吾起立曰:"然則吾當同歸。"賡予暗牽吾裳曰:"倏來倏去,得毋辜負此遊?"瓊英亦曰:"君固無事者,何用其匆匆。"吾不忍却其意,復入座。亭適當池畔,荷葉田田,俯視之,心腑爲快。池畔楊柳垂青,電燈三五,隱映綠陰裏,與荷葉爭爛。草茵中蟋蟀爭鳴,若向人訴其冤苦者。吾聞之,驟覺愁緒縈迴腦中。賡予乃起立曰:"吾儕盍向園中散步?"吾曰:"佳。"相與出板橋,過綠天,迂曲漫步,涼氣全消。入清妍亭,見籠中鳥,垂頭欲睡。再折而南,爲飼豹亭,青翠拂衣,儼然山陰道上,惜無燈火,不能窺見一斑。再進即池,吾曰:"遊已一周矣。"賡予曰:"然,今當回亭小憩。"語未畢,突聞隆隆聲起於天空,仰視之,烏云四合,涼風習習,似有雨至,因顧賡予曰:"天將雨,奈何?"賡予曰:"時尚早,毋憂。"吾曰:"趣歸爲佳,否則又須受韻蘭斥責矣!"賡予曰:"爾胡畏韻蘭如此?"吾曰:"君實未知其人,乃如猪鬃之帚,足以刺人。"賡予曰:"以吾視之,君亦不弱。"賡予此言,蓋指吾平時之抗韻蘭，惟其爲此言時，聲至溫軟，令吾欲歸而不得，顧吾仍停步勿行。廣予曰："歸途正遠，欲避雨實乃迎雨也。"言已，攜余入亭。

　　將入座，狂雨亦隨至，似天心鬱怒，張弓矢以向人者。幸亭頗寬敞，吾儕乃不至爲所擊。維時天末濃雲，方排陣而至。予急曰："此雨恐非明日不能止，奈何？"廣予曰："果明日止者，明日歸，可耳！"吾惱曰："君誠惡作劇！"廣予乃移座近吾，曰："玉杏，爾毋躁，使天長雨而我兩人又得長聚此亭者，何樂如之！"吾聞語，色赭不能答。四望園中，遊客稀少，似皆爲狂雨驅之歸者。惟吾與廣予兩人兀坐亭中。吾思脫有人至者，吾兩人清白，其誰能辯？因益踧踖不寧。廣予則閒適如恆。口雪茄一枝，且吸且現爲笑色。既而顧吾曰："玉杏，爾試平心靜氣，吾有一要語告爾，此語吾貯之心坎中，蓋已彌月矣！今日天假之緣，使吾兩人羈留此風雨岑寂之園中，正可就質於爾，爾願聞之乎？"吾不答。廣予曰："爾縱不答，吾言亦不能中止，但爾亦當諒我。我自見爾以來，乃覺世界女子，皆成草芥，惟爾足以取得我完滿之愛情。繼又見爾不以菲材見棄，時餉以青睞，吾心愈爲之醉，甚至白日追思，夜中成夢。即香港之行，因是而止。嗟夫玉杏，爾乃至聰穎，凡此當早在洞鑒之中！吾今但求爾允我下嬪，使我得日追陪左右，雖朝生而夕死，亦甘矣！"吾聞至此，心跳躍幾至喉中，格格言曰："此……此權操之吾舅，君問吾舅可也！"廣予乃呈得色，曰："是君允我矣！"吾色愈赤，即耳根亦熱。其時雨稍止，吾起立曰："夜深矣，茲當歸。"廣予亦知不能更留，乃攜余出，至門次，遍覓無車，目光所觸，但見一警察徘徊路燈下而已。

第十三章

　　良久，始見一馬車得得而來。廣予呼之止，視之，車箱無人，乃扶吾入，己則帖坐吾側，且爲軟語曰："玉杏，爾冷乎？"吾曰："否。"曰："若果因此受寒，吾罪重矣！"吾曰："此吾自願，安能怪君？"此語出，乃自悔其突，顧已駟不及舌，而廣予已現爲得意之容，曰："君亦願乎？"

言次，伸其修臂，偷抱吾腰。吾首亦不期后俯，賡予乃以唇親吾曰："玉杏，爾奈何無言？當知吾心實至愛爾也！"吾此時一身不能自主，口雖不言，而心中已直應之曰："愛……愛！""愛"字一出，而風雨馬蹄之聲，亦群起而應之曰："吾愛吾愛。"嗟乎！天下至妙之音樂，當無過於醉心語矣！久之，吾漸漸昂首，而賡予溫軟之唇，已由吾額而及吾吻。此時二人皆無聲息，吾則匿身於賡予雨衣中，但覺肺葉相擊，翕翕作聲。蓋二人心中忐忑，與輪蹄如出一轍也。少頃，車行漸緩，吾始自賡予懷中蘇其好夢，因謂賡予曰："吾姊若見吾狼狽之狀，不知又如何肆其責罵！"賡予曰："毋恐，有我在，當為汝說項。"吾曰："否，以爾見韻蘭，無殊潑石油於火中，但有加其嗔怒，故吾以為今晚君不必更入吾家。"賡予似有難色，而車已抵門，賡予扶吾下車，依依尚欲扶吾入室。吾不可，始仍自上車，怏怏而去。吾目送其去已遠，始欵門入。將及吾室，突聞樓梯登然足音，自上而下，吾思此必韻蘭。既而韻蘭果至，然其行時，殊踟躕，面色尤驚悸不寧。吾乍見此態，大疑，方欲啟問，韻蘭已先吾曰："爾儕乃何往耶？夜深始歸，令吾焦灼死矣！"吾曰："吾不已告君，遊園耳，以遇雨，故爾遲遲歸，此亦何足責？"韻蘭曰："吾妹玉杏，此安能責爾？惟賡予殊不知禮，乃引爾遠行。"吾曰："此則爾當責瓊英，蓋邀吾行者，乃瓊英，非賡予也。"吾出此言，意韻蘭當怒，顧仍以笑色向我，惟其笑中實帶有千萬煩惱，且其意一若不在我者。吾此時大疑，知今夜必有非常事故。不然，韻蘭亦何至驚怔若此，因曰："吾姊今夕何故作此態？豈賭博又負耶？"韻蘭方欲作答，突聞呻吟之聲觸吾耳鼓。吾大驚，曰："此何聲耶？"韻蘭亦失色，以手扶椅背而言曰："吾不知。"實則觀韻蘭面色，安有不知者？嗟乎！此沉痛之悲聲，乃出自樓上，得毋吾舅遭意外事耶？念至此，乃立奔上樓，韻蘭自後呼曰："止，止！"而吾勿顧，竟入吾舅書室，則見吾舅坐平日原處，以手扶頭，若有不勝愁苦之事，而矯然立於旁者，非他，即維芝也。吾見維芝，憤火陡發，維芝見吾亦一愣，方欲進而為禮，而吾舅已微微仰其慘白之面。吾立趨其前，曰："舅父乎？果何事者？"吾舅搖首低聲曰："玉杏，憂患耳。"言次,見維芝則曰:"玉杏,汝猶未與維芝先生爲禮耶?"吾不顧,但曰:"維芝先生此來,果奚事者?"吾舅淒然搖首曰:"杏兒,債務耳。"吾愕然曰:"債務耶?"吾舅徐徐以手近棹扉,似欲取一帳簿示我。既而縮手曰:"否,否,吾不能告爾!"吾曰:"舅父試言之,或吾能爲舅父分憂。"吾舅不答,但以目注視維芝。維芝曰:"先生,吾以此告訴姑娘如何?"吾舅略點以首,維芝遂正襟言曰:"此蓋令舅商店事也。"吾愕然曰:"商店事耶?吾舅商店已倒閉矣,尚有何事?"維芝:"惟其倒閉,乃有此事,蓋令舅商店倒閉時,所負之債,皆吾一人代爲償還。爾時令舅曾許吾償還之後,即舉此屋贈吾。若以價論之,雖得兩幢如此屋,亦不能償吾墊金之半。"吾舅曰:"玉杏,維芝先生此言確也。"吾顧維芝曰:"先生,今日之來,即此事耶?"維芝曰:"然,蓋吾甚欲履行令舅之約而接收此屋也。"吾聞語,如劈頭澆以冷水。顧視吾舅,吾舅搖首曰:"已而,已而,但有攜吾家老幼作乞丐耳!"吾此時悲極,淚包於睫,直投吾舅之懷,曰:"舅父勿作此言,吾儕子女宜孝養老人。今乃轉勞老人殷憂,罪復奚贖?以吾思之,其結果或不至如吾父臆料之劣!"言次,不禁移目以視維芝,維芝微顫其厚唇曰:"果也!"復顧吾舅曰:"吾意玉杏姑娘,必有以助君,但願君留意吾頃所獻之策,則幸矣!"維芝既去,吾乃緩慰吾舅,且問維芝所獻何策?吾舅頹然以目注吾良久,始曰:"爾視維芝爲人如何?"吾曰:"苟渠能排去吾舅憂者,則吾亦感其人。"吾舅曰:"渠必能,但爾與彼相諳已幾何時矣?"吾曰:"僅數見耳,未得謂之相諳。"吾舅曰:"果耶?"言次,似有深思,復自語曰:"吾意維芝亦爲良士,且多金而富。"吾曰:"富固也,但吾所欲詢吾舅者,則維芝適言何策耳?"吾舅聞語,似一愕,曰:"維芝未向爾言耶?"吾曰:"未。"吾舅曰:"玉杏,聽之,彼欲娶爾耳!"嗟乎,吾聞此語,其失聲而哭耶?抑笑耶?吾惱筋乃旋轉如柁,竟不自知其可。久之,忽發慘笑曰:"吾誠不知維芝娶吾,於吾舅乃有何補?"吾舅頹然以手撫額,頻頻言曰:"玉杏,此事爾當自思,吾殊不能强爾,但維芝言,爾果允嫁彼,凡吾貸彼之債,當盡燬之。"吾始恍維芝將藉此以購吾,吾舅則借吾以紓家難也。夫吾舅撫吾至於今日，果能紓其家難，則吾此身，又復何恤？第維芝者，儈俗逼人，且爲吾所痛惡，嫁之，寧復何樂？吾思及此，似有獰鬼之手，搯吾心坎，幾失聲而哭。果哭者，且愈傷吾舅之心，乃力自忍淚，但覺室中什物，盡起雲霧，燈光射眼，乃生芒刺，躍躍而動。吾因以袖自拭吾目，吾舅乃曰："玉杏，此事爾宜緩緩決之，蓋吾既受爾父之托，理宜爲爾覓一佳婿，庶幾對爾亡父母，乃能無愧。如爾果以維芝不可與終身，則亦不強爾。夜深矣，茲當睡。"乃催吾下樓，將入臥室，頓憶及劉園中之景象，心愈酸楚。此時雖欲不哭，則已不可得。良久，始覺耳畔微有語聲，揩淚視之，則見韻蘭坐吾榻前，軟語曰："玉杏，爾何悲？吾父已睡耶？"吾不答，韻蘭又曰："維芝今日與吾父果何事者？吾曰："爾毋作僞，爾豈有不知者？"韻蘭曰："誠不之知。"吾厲聲曰："維芝欲娶我也！"韻蘭佯爲一驚曰："然耶？"吾曰："然，且謂我如嫁彼，凡舅父貸彼之債券，彼當一一還之舅父，質言之，將欲以此數萬金易吾而藏之金屋也！"韻蘭曰："然則吾當賀爾得佳婿矣！"吾凄然曰："此何足賀？爾須知爲女子而嫁維芝其人，乃至痛苦也！"韻蘭曰："嗟夫玉杏！爾言吾誠不解，爾抑知漢皋女子，無慮數萬，疇不欲嫁維芝？而爾乃輕易得之，寧非厚福！胡猶云痛苦？"吾曰："然則吾之思想，良不如爾。吾以爲男女之情，必結之以愛，若爲金錢，則鮮克保其終者！"韻蘭曰："吾則以爲愛情之結合，亦必賴夫黃金。"吾慍曰："吾姊，爾止。蓋天雖生爾，殆未嘗賦爾以愛！"韻蘭聞言，忽抱吾於胸次曰："可憐者爾！爾勿謂阿姊乃全無心肝，爾心酸楚，吾寧不知？特吾正憐爾乃誤用其情，彼寒欠酸丁，徒知以蜜語誘人，亦何嘗有眞愛情者。"吾見其語侵廣予，則愈慍曰："此殆阿姊以己之心，度人之心也！"韻蘭搖首曰："可憐者玉杏，爾當細思，日後當知吾言非謬！"吾毅然曰："吾何思者？實告爾，彼今夕已向吾求婚，吾已允諾，祇特舅父一語，即可成禮也！"此語出，直如毒蠍螫其心，失色曰："果耶？彼窮亦曾告爾否？"吾曰："知之，凡人貴能自立，窮亦何害？"韻蘭怒曰："爾誠不解事，須知爾自至吾家後，吾父待爾不薄，今日吾家之興替，吾父之生死，惟賴爾一諾，而爾乃恝然置之，寧復有絲毫人心在耶？"嗟夫，韻蘭此語，直如利刃剬吾之心，但覺腦海驟起波瀾，室中器具，皆搖搖如懸旌，所臥之榻，彷彿一葉扁舟，簸動於大海中。兩目一瞑，頹然暈矣！

第十四章

　　吾醒時，已爲侵晨。一切痛苦，又復如怒馬奔馳，一一集合吾心端。而維芝與賡予兩人之影，相鬭尤劇。自思天下事，誠有不可以揣度者。夫此二人初見吾時，誠不過泛泛交耳，詎料今日竟成吾舅家否泰之重要人物。以吾舅待吾恩情論之，吾當然去賡予而就維芝，然女子以身嫁人，無異探身窔穸，稍不愼則永不復能見天日矣！矧賡予溫柔儁逸之態，又不似維芝蠢蠢如河豚，吾安能遽棄之？此時吾心中大似活動影片，轆轆而轉。乃下榻啓玻窗，欲藉平旦之氣，滌吾愁思。詎窗甫啓，又憶及今日之日，乃有一人將至吾家向吾舅求婚，而其人又爲吾舅所萬料不到之人。思至此，似見一頎碩少年，含笑立吾舅前，吾舅則捧頰作望色。嗟乎！吾果嫁賡予耶？則吾舅家老幼，瞬入絕境，吾又何忍？否則……噫，否則以下，吾已不堪設想。昏昏然出臥室，適遇保姆攜蓉兒至，見吾，愕然曰："姑娘面色何晦？豈宵來受寒耶？"吾曰："否，睡略遲耳。"言次，蓉兒揚手呼吾，吾俯腰抱之。嗟夫，吾果却維芝者，即此稚女亦將淪爲餓殍，寧不可痛！又念吾固允吾舅母，撫育蓉兒至於成人，今若聽其攜入街中乞食，實大負舅母之托。烏乎可？吾思及此，又懊喪欲哭，覺室中什物，悉幻爲愁苦之形。而於此愁苦之中，又見一美人珊珊而來，視之韻蘭也。吾見彼，不期切齒而哼，顧彼毫不知覺，且低語曰："玉杏吾妹，爾面色非佳，得毋憊乎？"實則韻蘭此語甚溫軟，不省何故，吾聞之乃如蜂蠆刺入心腑，亟抱蓉兒而逃。

　　早殯既罷，已十二句鐘。吾悄立窗前，心復跳躍不止，思賡予若來正此時矣，而吾舅家運命之絕續，將於此時判之，即此巍然華屋，亦將於賡予進門限時，易其主人，危殆哉！今日之日。然吾舅之許賡予與否，尚在不可知之數。如其許也，吾舅暨此華屋瞬即陷於悲慘之境，吾固可偕意中人遁回香港，度其快樂光陰；如其不許，吾與賡予之悲慘，正復如許時之吾舅暨此屋。據吾舅所云，決不至强吾入彀，但吾又何忍令吾可憐之舅父，瀕於死境？興念及此，心乃大亂，徘徊室中，不知日之將夕。腹中飢餒，亦忘午飱，推窗視之，街燈已燃，而吾所盼望之賡予，仍未至。吾此時心乃轉慰，以爲此等難題不至於目前實現，乃往面吾舅。吾舅固不知吾心中尚有一賡予，則猝然問曰："玉杏，爾計已決乎？"吾直應之曰："否，否。"吾舅蹙額曰："今日未決，尚無礙，蓋維芝曾與以一禮拜之限。吾今語爾，此六日中，吾決不問爾。下禮拜一，可否爾覆我可也。"傷哉吾舅，明日賡予果至者，吾家即於明日傾覆，安能延長一禮拜耶？乃淒然下樓，復至門次望之，但見行人如織，不見賡予。自思渠固信人也，胡至爽吾約？或者宵來冒寒而病乎？不得已，自趨寢室，合衣而卧。

次日晨興，仍至窗前覘之，其無朕兆，一如昨日。日復一日，直迨禮拜六夜，賡予之蹤跡，竟杳如也。吾此時大疑，思渠果病耶？抑反汗前言耶？然果病，當以書告我，何至一字不遺？否則食言而肥矣！嗟夫，明日之晨，乃維芝限期屆滿之時，而汝尚不至，吾將何以覆吾舅耶？乃趨門次，翹首以望行人，癡立至五小時之久，仍不見吾心坎中想念之人至。焦極，以齒咬唇，幾至血出。俄而履聲橐橐，自遠而近，吾伸首望之，來人絕似賡予。吾心一躍，幾失聲而呼。嗟乎！果爲賡予者，吾此時之慰快，誠不審至於何地。詎其人經過吾家時，並不回首，再由街燈下窺之，竟非賡予，乃一素不相識之少年。吾心中之熱血，驟降至零度，即手足亦因而驟冷，顫聲曰："渠負約矣！決不來矣！"乃閉扉入，將歷石堦，門忽闢，心又一動，亟回首視之，但見閽者傴僂入，而不見渠也。及入室，偃卧竹榻，凡室外一切聲息，吾皆疑爲賡予之足音。一夕中驚起計數十次，及朝曦上，吾之希望乃絕。立自榻中躍起，啓窗遠眺，忽見一人蹣跚而來，吾心大震，幾蹶然仆。蓋來者，正吾深惡痛絕之維芝也。嗟乎！維芝此來，實不啻操刀取吾首級。獨不解可憐之賡予，胡竟讓此傖捷足先登？然使此時虞予繼維芝而來者，吾猶能攘臂而爲虞予助。顧自維芝登樓後，乃不見更有第二人入吾柵門。噫嘻，吾其允耶？抑拒耶？腦中殆如亂絲，而吾舅呼吾之聲，又頻觸吾耳鼓。吾亦不暇作答，既而韻蘭入矣，面色蒼白，幾類死人，催吾曰："玉杏吾妹，吾父呼爾，聞之乎？"吾曰："知之。"韻蘭曰："然則行矣。"吾厲聲曰："將安行？"韻蘭曰："登樓耳，爾不謂今晨覆吾父耶？"吾不答，以指握拳，指甲按入肉中，血出，吾猶不知痛。韻蘭又催曰："玉杏吾妹，趣去！"吾忽卧榻上銳聲曰："吾不能，吾不能！"韻蘭大駭，作可憐色，曰："玉杏，爾毋執拗，須知吾父之生死，乃在爾喉間一語也！"嗟夫，吾是時精神強木，勿論何事，吾皆不畏，惟吾舅之生死一語，足使吾堅強之志立歸消滅。不期移目以視韻蘭，韻蘭力握吾臂，曰："吾親愛之妹，吾父方佇立待爾矣！"吾略一籌思，即起，偕韻蘭出室。將至梯次，吾猶回首外望，私念虞予此時若至此者，吾猶能拒維芝，乃久之，迄未見一人入。韻蘭復牽吾裳曰："事已至此，復何遲疑？"吾遂行，而每上一步，吾心即一痛。既入吾舅父書室，見吾舅顏色至沮喪。維芝則垂手立其旁，狀如死人。吾乍見，大恐，以手掩面欲逃。韻蘭阻之。吾舅語維芝曰："先生，盍至隔室一坐？"維芝遂出。吾舅俯身問吾曰："玉杏吾兒，爾果允嫁維芝否耶？"吾瞠目如癡。吾舅重語之，吾作怪聲曰："舅父，兒允矣！"吾舅忽發爲喜色曰："吾固知吾兒必不予忤也！"吾泣曰："舅父毋喜，吾雖允，然非此時。"吾舅曰："然則何時？"吾曰："半載以後，蓋我有一事，必須至爾時始有解決之望，如屆時吾望而觖也，必嫁維芝無悔！"吾舅遂出告維芝，維芝高聲曰："諾！"嗟夫，彼諾字一出，吾心忽如中彈，竟頹然仆矣！

第十五章

吾允嫁維芝後之第三日，吾仰卧竹榻，目注飛蠅，忽聞韻蘭客室中笑語喧嘩。吾知韻蘭又有客至，韻蘭自吾與維芝婚姻問題解決後，態度大改，豪況不減昔日。吾思吾若竟不許維芝，此時韻蘭不知顛頷至如何？今則彼樂而吾苦矣！一思至此，寸心欲裂，方欲欠伸而起，忽韻蘭匆遽入，繼韻蘭之後者，則爲瓊英。瓊英見吾，笑曰："玉杏，吾誠當賀爾，蓋爾第一次與維芝相見時，即已料及。"吾冷笑曰："事局未定，而遽言賀，不嫌早耶？"韻蘭恐吾更有所言，則屢言曰："玉杏，爾亦當賀瓊英，蓋彼亦於一禮拜前定婚矣！"瓊英微頳曰："爾誠好嘵舌哉！"吾亦詫曰："然乎？"瓊英但笑不語。韻蘭正色曰："玉杏，此事至確，即與爾游園之次日也！"吾聞語一愕，顧瓊英曰："佳婿爲誰？趣告我！"瓊英笑曰："汝試猜之。"吾曰："是匪吾所能思矣。"韻蘭曰："其人爾亦諳之。"吾愈驚，力握瓊英臂曰："願君速語之！"瓊英曰："非他，程賡予也！"嗟乎！此語一出，吾心如中急矢，立躍而起，凝視瓊英。既而心忽一酸，似吾身已死，此身爲另一軀殼，轉無痛苦，曰："程賡予耶？"瓊英點首微笑，於是三人均無語。彼等心中何思？非吾所思，而吾則如中寒熱。久之，又曰："賡予耶？"瓊英仍點首微笑。嗟乎！此笑者，其痛楚實甚於撻我！又曰："賡予向爾求婚耶？爾父亦已允耶？"瓊英模糊應曰："然。"惟彼向我言時，舉止倉惶，語言失次。渠意殆以爲我富而彼貧，且遭我斥責，實則富貴何加於我哉？人生相處，可貴者愛情而已！吾此時知識盡失，殆如鸚鵡。瓊英作何語者，吾亦云云。瓊英又曰："吾人已定於秋季成婚。玉杏，爾但觀樹葉黃落者，則賡予歸矣！"吾："歸耶？"瓊英曰："然，蓋渠已往香港。"吾曰："何時往耶？"瓊英曰："距今已六日矣。"吾屈指計之，恰向吾求婚之第二日。吾不禁慘聲呼曰："噫……"一字甫出，吾喉間乃如滿塞棉絮，梗不成聲。嗟乎！一禮拜前，賡予猶在風雨中向吾求婚，距今纔七日耳，而竟如隔世！盡食其言，天下反覆之人，寧有過於此者！讀吾書者，若爲女子，當知以一女子而忽爲情人所棄，則其痛苦，爲味何如？矧吾尚有姊氏，定婚之夕，方與吾力爭賡予之爲人，今則任其嘲笑，吾不能辨矣！此時瓊英已偕韻蘭出，吾獨坐室中，自思吾目何盲，竟誤愛一無義之少年！吾被棄，固無足恤，但使後日有人見我，爭相指摘，以爲若而人者，實爲人所捐棄之女郎，則吾顏面又將何存？思極時，幾欲自裁，以白吾志，繼思吾死何益？彼賡予者，但知愛慕金錢，則吾又何必戀戀其人？當初韻蘭謂彼等惟知以蜜語誘人，並未嘗有真愛情，吾猶不深信，今而後知其言不誣矣！嗟夫，玉杏，爾誠愚憨，園亭之約，人不過視爲雨夜消遣之品，爾奈何遽認爲真。雖然，彼既負我，我亦正有後盾與之對抗。後盾維何？即嫁維芝是也。以維芝之誠懇，嫁之或猶不至遭其屛棄，且於吾舅家有莫大之益，彼輕薄兒何足念哉！凡此皆吾一時憤懣所致，既而思之，又深自追悔，以爲賡予縱薄倖，吾安能詖行？從此以後，以丫角終身可耳。維芝其人，詎可嫁哉？吾思及此，寸心乃如十萬犁鋤，起落不定。復趨榻次，曲肱而臥。忽聞足音跫然，韻蘭復入，推吾臂曰：「玉杏，維芝至矣。」吾不期怒曰：「彼至於我何干？」韻蘭作謟笑曰：「玉杏，爾勿過傲，彼蓋以重金購得一扇贈爾矣！」吾曰：「吾今日殊不欲出此門，彼果欲以扇見贈者，可爲我致意，轉貽於爾。」韻蘭笑曰：「吾安有此福，惟爾今日懨懨作此態，其惦記賡予乎？彼已往香港矣！」韻蘭此語，實寓諷意，吾聞之，忽得狂念，一若賡予其人，驟變爲蛇蠍，不可向邇。乃隨韻蘭出，至客室，見維芝蠢然立於案側，蹣跚之狀，無異狗熊。在理，吾此時當以笑色向維芝，顧不知何故，吾面若爲嚴霜所封，即欲一動吾頰，尚且不能，矧其爲笑耶？然維芝亦不以爲侮，欣然出一銀盒，中貯小扇一柄，顧吾曰：「日來天氣炎熱，料君必需此，故不惜重費，購以贈君。」吾見狀頗玲瓏，則應之曰：「謝君。」彼得意曰：「此奚足言謝？苟君更有所需，吾當一一爲君備置。」言次，以手搭吾肩，吾忽如中癇，狂笑一聲，力奔而出。吾聲之銳，乃如鬼嘯。韻蘭猶竭力阻，吾隨手一揮，彼爲跌倒一丈外。吾當時亦不省吾力何鉅，然幸有一揮，否則吾安能逃歸卧室耶？

第十六章

錦帳低垂，銀鉤不挂，吾病已兩日矣。維時天氣酷熱，吾猶擁重衾，然心中嚴冷，未能稍殺。有時思及劉園之遊，又若吾心已死，所存之軀殼，亦非我有，昏昏然不知晝夜。吾病中存問最殷者，厥有兩人。一爲吾舅父，日必數至，至則爲吾勻調藥餌，慈愛之心，溢於容表，吾覩之，甚爲銘感；一爲維芝，彼之關心，較吾舅尤甚，幾視吾家若傳舍。居恒與爲伴者，則有一醫生，專爲看護吾病。實則吾病造之於心，豈藥石所能奏效？且吾不見彼，猶覺泰然，一見彼，寸心即無寧貼，如黑夜見鬼魅。病但有增劇者，不得已，要求吾舅屛去維芝，而以蓉兒之保姆侍吾側。保姆與吾相處已三年，且同爲保護蓉兒之人，平昔性情極洽。病中相依，尤增情感，且其爲人善用詞令，凡吾心中所積蓄之憂念，彼皆能爲吾解脫。而最獲我心者，則爲反對嫁維芝一事，蓋彼雖出自貧家，初無戀慕富貴之心，且謂維芝不過見色而貪，實則無真誠愛戀，嫁之適如墮溷之花，決無見天日之一日。嗟夫諸君！吾自維芝向吾求婚以來，環顧左右，俱爲敵人，各挾其利刃，排列嚴陣，向吾而攻。今忽逢此知己，吾之感激，當至如何。吾病本積憂而成，自保姆入吾室後，乃如積雪之遇驕陽，靳歸烏有。半月以後，吾遂能健步，維芝聞之，喜不自勝，以爲吾病之瘳，乃彼醫生之力，詎知第一功臣，非醫生而爲保姆也。

　　吾病既愈，維芝又恐吾體力未復，不堪炎威，欲遷吾於廬山。吾不允，吾舅則慫恿吾去，且謂吾閉錮過久，不無鬱悶，正宜藉此一爲排遣。吾雅不欲重違吾舅之命，則許之。維芝大樂，吾正色曰："君勿樂，吾尚有一事商之於君。"維芝曰："何事？趣言之。"吾曰："吾欲屛去一人。"維芝愕然曰："誰乎？"吾高聲曰："即君是也！"一語甫出，維芝頓呈失望色，合掌磨搓，若欲覓一語以取消吾言。久之久之，始曰："吾不去，君不患孤寂耶？"吾曰："謝君，吾已覓得佳侶。"維芝曰："其人視吾何如？"吾曰："天淵之隔，匪惟可以破吾孤寂，且可以療吾疾。"維芝曰："如是，吾亦樂見其人，但究爲誰？"吾曰："蓉兒之保姆也。"維芝愕眙視吾曰："吾誠不審渠乃足以投君之歡心，但吾終不欲以爾交之彼手。"吾厲聲曰："君不欲，弗去可耳！"言竟，搴裳而出。將入臥室，韻蘭亦隨之入，怨吾曰："玉杏，爾奈何以此狀對人？須知維芝爲爾，已犧牲鉅金，即此次避暑，所費亦不貲。而爾對之，乃同送殮之人，抑何矯情太過！"嗟乎！韻蘭之爲此言，直同痛肉加針，使彼頓憶及吾人之婚事，乃爲一種貿易，心復酸楚，顧韻蘭絕不諒我。又曰："平情而論，維芝不過俗耳，以視始交而終棄之人，當勝一籌……"吾聞其又侵及虞予，則怒不可遏，不待其言畢，即曰："吾姊，爾止，爾果愛維芝者，盍嫁之？"韻蘭笑曰："使吾未定婚，維芝又愛我者，何求而不可得！"吾曰："然則呶呶何爲？"韻蘭曰："吾恐爾因此失懽於維芝，於吾父有所不利耳。"吾慍曰："阿姊，此語已厭聽，吾苟非爲救舅父者，何至有前日之約？至若獻媚貢妍，以取悅於人。阿姊或能之，吾則未習之也！"韻蘭譎笑曰："爾口誠利，然吾之爲此言，實爲爾夫婦將來幸福計，寧有他哉！"吾聞及此，肉爲之顫，曰："夫婦耶？毋乃太早！"韻蘭一愕曰："是何言？豈爾半年後，尚有所變更耶？"吾曰："此則非吾所知，即知之，亦不能告爾。總之，此時可否，爾無問我之權。"韻蘭又作和聲曰："玉杏妹，爾勿更嘔阿姊，須知吾對此事，關心至切，不能不預爲探知也！"吾聞此，更不能耐，則掩耳而逃。

第十七章

越數日，吾人已在牯嶺逆旅中。維芝不欲重違吾意，則亦止而弗行。伴吾行者，爲保姆與蓉兒，此外尚有男僕一人，乃維芝專雇以供吾驅使者。此時山中西人至多，吾人休息可兩日，亦相攜出遊。凡山中名勝，皆不離吾之蹤跡。東望孤山，南瞰鄱湖，令人胸襟爲之一快。然有一事，令吾不樂，則維芝每日必以書至，書中鄙俚之詞，又不堪卒讀。吾惡極，凡書至，皆置不閱，或付之於火，於是吾心始稍安。吾此次旅費至豐，故所寓旅館，爲牯嶺首屈一指。主人爲日本人，其婦善華語，與吾人頗相善。吾所居在樓上，窗爲法蘭西式，涼風習習，穿簾而入，一禮拜中未嘗揮扇。吾隔室亦居有二人，後吾五日而入者，以狀卜之，殆爲夫婦。聆其語音，乃粵產也。一日，保姆攜蓉兒出遊，吾仰臥籐榻讀報，突聞隔室細語喁喁，繼而漸高。吾思此必彼夫婦作家常談，亦未爲注意。及静聽，則又似另爲一人。窺之，大驚，蓋其人絕似賡予也。自忖賡予固明明歸香港去，今胡爲在此？得勿追吾蹤而來耶？方吾作此遐想時，又有一最可愕之聲浪，觸吾耳鼓，曰："爾問賡予耶？渠已歸香港，且在病中。"又曰："據吾友云，渠實失意情場而歸者，行將復赴東瀛。"言次，復聞一人曰："渠不已定婚耶？"曰："否，否，但有此説，吾岳亦未必允也……"嗟夫，諸君，吾至此，已不忍再聽，蓋吾心坎中人，固未嘗與瓊英定婚，且將因吾而病也。回思前日之憤怨，皆爲誤感。吾其俟渠歸而再踐前約耶？抑嫁維芝耶？思及此，心忽大痛，頭亦暈眩，而賡予與維芝之影，又復相鬪於腦中，竟至知覺全泯，頹然暈去。此際保姆亦歸，覩吾狀，大駭，亟呼主婦至，昇吾至榻上復以藥水飲吾。夫吾本非病，彼藥水胡益於吾？飲後身復大熱，神志亦昏，口中囈語不絕，耳際似又時聞保姆哭泣聲。至夜分，主婦乃爲吾延一西醫至，據云係腦筋驟受激刺，故精神强木，厥狀甚險。保姆聞之，益恐。醫生遂以安眠藥强吾服之，此藥性至烈，竟使吾萬千煩惱，都歸消滅，安然入睡鄉去。厥後彼等所爲如何？吾皆弗知。迨清醒時，已爲次日午後。回思昨日之事，恍如夢寐，亟趨隔室窺之，客已去，即彼夫婦於晨間下山。嗟夫，天心何酷！此一綫有望之機，亦竟斬斷耶？以客語氣觀之，殆爲賡予之兄，向之探詢賡予真消息，何其便易。今則天涯何處問？晚矣晚矣！乃召保姆至，告以昨日所聞之語，保姆亦嗒然若失。嗣是吾又陷於愁苦之境，蓋吾初意以爲此半年中，賡予果不與吾以明瞭態度，或竟如瓊英所云，秋際與之成婚，則吾亦不欲爲薄倖人守節操，竟嫁維芝，以救吾舅。今賡予定婚之議，既未能實現，且羈病南疆，吾之宗旨，乃不能不變。顧有不解者，賡予既無貳心，胡爲車中一別，竟不更履吾家？且挈囊遠遁，得毋夕吾之言動，有失其歡心，將致怨於吾耶？然細思之，吾固嘗與以圓滿之愉快，否則必有人離間於其間。今相隔萬里，吾又未能得其家門之所在，此中委曲，將從何證實之？吾思及此，心乃大亂。夫人之安樂，原隨心之所向，當吾初至廬山時，誓將一切懊惱，屏之弗念，故寸心泰然，凡山中一樹一本，皆足以助吾興況。今忽得此意外之惡耗，使吾一時安樂，盡如排氣機，排之而去。目光所觸，無非悲涼之景。即窗外樹木，亦若幻爲猙獰之鬼，向吾而噴。故自爾日始，吾亦懶於出遊，惟偃臥室中，觀書自遣。顧心中紛擾，仍弗能平，且時發驚悸，一若有一種異感，方附吾身，其爲兇兆歟？抑吉兆歟？吾自乃弗能辨。次日郵使又遞一書至。吾意此必維芝所貽者，方思擲之字簍中，突見書面字跡，非維芝所書，乃韻蘭手筆。吾自入山後，此爲韻蘭第一次以書致吾者，不容不讀之，其詞曰：

玉杏吾妹，我儕未見，將有一月矣，漢上炎威逼人，日光尤甚，爾等身處山巔，必可免此苦。吾至羨而恨不能踵爾等來也。維芝自爾去後，想念至切，其狀殆如瘋人，而爾竟不遺一字，毋乃太薄情乎？……

吾讀至此，甚不能耐，一躍至後幅，則更有驚人者曰：

吾父病已一禮拜，前次由維芝書中告爾，想爾當知之，但至今未見爾歸，豈以姻事加怨吾父耶？然爾天性至厚，當不至是。今晨醫生來，謂病象至險，恐難久持。吾聞之，五內摧裂，故急由郵告爾，爾閱時，其痛惻亦如吾否耶？則非吾所知也。韻蘭上

吾閱竟，惶駭不知所措，再視手中之函，每字之巨，直同箕斗，室中什物，盡爲所隱。嗟乎！吾乃知日來之異感矣！吾至此，始悔無故不閱維芝之書，不然，此耗吾必早已得知，此時且親侍吾舅之榻前矣！爲今之計，惟有速歸。韻蘭之書，乃昨日所發，今日而歸，明日當猶能見吾舅也。即入室，按鈴呼主婦。少頃，樓梯聲響，望之，乃非主婦而爲侍婢，手持一電，遞之吾。吾心復一躍，拆視之，僅寥寥數語，曰：

玉杏見此，前書計達，父病益劇，念爾甚殷，趣歸。韻蘭

嗟夫，此數語之入吾目，殆無異以利刃割吾胸，使吾心痛極而碎，則放聲大哭。吾之靈魂中，又復發爲巨聲，曰："趣歸，趣歸！"嗟乎！吾恨不化身爲鴉，立歸其巢。此時保姆攜蓉兒自外入，覩吾狀，訝曰："姑娘又因何而傷心也？"吾曰："吾舅病矣！"保姆聞語一愕，曰："然耶？"吾以韻蘭手書及電與之。保姆接視，不解所謂。吾始憶保姆固不識字，復忍淚以書中語告之。保姆亦現爲悲怛之色，曰："然則如何？"吾曰："歸耳。"保姆曰："潯埠輪舟，恒於三四句鐘時起椗，此去恐不能及。"吾曰："此亦無定例，或者可以趕到。"保姆遂下樓，與主婦結賬。吾則助侍婢收拾行囊，忙碌可半句鐘，事乃蔵。主婦復爲吾呼肩輿至，臨別之時，猶依依道後會期。吾等既下山，適山麓停汽車一輛，詢之，知爲送某西人至此者，吾恐肩輿行緩，致誤船期，遂雇之入城。

第十八章

途行可半句鐘即抵城，往漢輪舟固猶未到埠。吾人遂休息旅館中，此時已至秋初，山上咸衣夾衫，平地熱度，猶不減於盛暑，吾悶極，乃倚枕假寐，恍見賡予載笑而入，歷道別後相思，且謂彼確無娶瓊英之心，不過韻蘭居間挑撥，故憤而回粵。嗟夫，諸君，凡人生夙望，忽一日於夢寐之中償之，其愉快爲何如？然一至警醒，其痛苦，其失望，實又倍於曩昔。吾既醒，兩袖俱爲淚痕濕透，保姆意吾記念吾舅，則亦不問。無何，輪舟至，吾等遂聯袂登船。顧吾心愈急，而所遇事愈緩。是日吾人所趁之船，竟延至夜半始開行。預計明日抵漢時，當在下午。不省猶能及見吾舅否？又不省吾舅未見吾歸，當作何狀？其時船上乘客，不下千人，似皆欣欣然有喜色，惟吾心中，則亂如棼絲。方思至船沿吸取空氣，以蘇吾困，忽於欄次見一人，倚欄而吁。噫，伊爲誰，令吾乍見如遇鬼耆？乃返身而奔，顧其人身至矯健，已一躍橫阻吾前，呼曰："天乎！不圖爾乃在此也！"其聲之怪，直同山魈夜鳴。吾亦顫聲曰："維……維芝先生，吾胡不幸而竟遇爾？」維芝曰：「不幸耶？然吾以爲大幸，吾昨聞韻蘭云已以電致爾，知爾必於今日離潯，又恐爾長途不耐勞苦，故於昨宵乘輪來潯，意爾若未成行，吾當可盡吾護持之責。詎至牯嶺時，而爾已行，乃返追入城，仍不見爾，私念爾必已趁他船上馳，故亦附輪作歸計，不圖於此得之。」言次，作得意色。吾則如西風過耳，竟未能卒聽，亦略不感謝。然有一事不能不就詢於渠，因曰：「君離漢時，吾舅病狀，究何如者？」曰：「姑娘勿驚，恐不能救也。」吾泣曰：「然耶？傷哉吾舅！」曰：「姑娘，令舅誠可憐，然使令舅果無救，吾之傷心，實較君爲尤甚。」吾曰：「是言何謂？」曰：「此乃債務關係，蓋令舅若死，吾之債務，即無取償處也！」言畢，色忽變，一若自悔其出言孟浪，足以阻礙其前途希望者。實則吾聞此言，殊無若何感觸。其時保姆亦至，見吾與維芝言，則亦驚駭，曰：「先生胡爲在此？」維芝曰：「覓爾等而至於此也。」因復以適間語吾之言，轉告保姆。保姆作不屑狀，曰：「然則吾人當謝先生，蓋先生不至，吾人明日或不能抵漢也。」維芝蠢人也，並此譏諷之語，亦不能領悟，公然發爲狂笑曰：「吾固知爾曹女流，不足以行遠途也。」保姆曰：「君言良是，然君盍一試吾人之手段，今請君仍歸房艙，勿與吾人覿面，明日之日，吾人果作何行，君再驗之，可乎？」維芝聞此，始知保姆之諷已，面頰語塞，而吾則視此語，無異解圍之勁旅，立避至保姆身後，顧維芝曰：「先生，再見。」言竟，狂奔至房中，閉門而下以鍵。越數分鐘，乃聞一人躞蹀吾人門前，且喃喃自語曰：「此實房艙也，渠究居幾號乎？」少刻，復重語之。審之，維芝也。維時已四句鐘，船中人多扃戶寢，故彼猝不易得。保姆乃睨吾而笑，吾亦嫣然，顧吾胸中痛苦，仍不能因此笑而少却，乃解衣而寢。

第十九章

次日午後，吾已在吾舅病榻之旁。吾舅枕首吾臂間，寂然無聲息。嗟夫，吾初擬犧牲一切，本欲救吾舅於患難，今竟莫能救矣！韻蘭告我，謂昨夕猶能言語。脫吾早一日歸者，必能一聆吾舅遺囑，無端自誤，以遺此終天之恨，雖粉身碎骨，豈能曠其罪耶！吾思及此，不禁放聲大哭。韻蘭亦匿於室隅，倚壁而號。保姆則攜蓉兒立病榻後，以淚眼向吾。於時室中俱寂，惟一片哭聲，接續不斷，一若死神已至，行將與吾舅偕行。吾是時，亦覺吾舅決無與吾人再見之望，詎天竟佑吾，使吾舅倦眼忽張，且竭其微細聲曰："玉杏……歸乎？"吾亟應曰："舅父，兒在此。"吾舅乃移其目光視吾，曰："玉杏，爾歸，吾良慰。"既又曰："吾前日欲爾嫁維芝之事，今乃甚悔，蓋其人實不可恃，然使我果無救，爾勿嫁彼，可也。"其聲斷續不全，吾此時知吾舅絕氣在即矣。然不欲吾舅齎恨以終，則應之曰："倘吾嫁彼，舅父家難可却者，吾仍嫁之。"吾舅曰："否，否……吾死……彼……彼不能更向吾家索債矣。"復顧保姆曰："爾善……善爲我保護蓉兒。"嗟乎！此語之後，吾遂不能復聞吾舅慈愛之声浪矣！舅父乎！舅父乎！爾曷不以手引爾可憐之甥女，同依上帝耶！吾至此，心痛幾碎，復大哭。吾自維芝向吾求婚以來，殆無日不以淚洗面，至今淚已枯矣，聲亦嘶矣。腦筋昏亂，莫名所以，直迨吾舅尸體冰冷，由吾掌透入吾心腑，始復清醒，而一睁眼，又見吾舅可憐形骸，因復哭。

嗟夫，閱者諸君，吾自先父下世，迭遭家難，丁零弱質，寄食於茲，滿思仗舅父盛德，俾有所依歸，乃昊天不弔，降此鞠凶，使我一線期望，又被橫風吹斷，命薄耶？運舛耶？自今以往，吾於此世界中，殆成絕域矣！吾舅喪事，皆維芝出而料理。即此一端，吾似當俯予原諒，顧原諒之心，終不敵厭惡之心，一見其人，輒覺怒發不可止。韻蘭覩之，每怨吾之薄情，實則吾何嘗不欲稍假詞色，特心不由吾耳。矧日者重喪在身，凡百憂患，悉如矢集，吾心已早失，更何有憎悅他人之能力。韻蘭之爲此言，實不諒我也。是時吾家弔客甚多，且俱爲富商大賈，推其原因，實維芝二字有以吸收之，故吾不禁竊笑。設吾舅家無此婚事傳播於外，即闔家遭瘟而歿，亦未必有人登門來一收其遺骸。險薄者人心也，吾書至此，幾齒冷不恤言矣。弔客之中，最後至者，爲瓊英，其態度不異平昔，且殷殷以溫語慰吾。脫吾在牯嶺時，未聞廣予阿兄之言，吾此時必無心見此敵人。今亦不妨暫與委蛇。然有一事，令吾注意者，彼人病困香港，瓊英當知之，今胡爲歡悅若獲喜慶？豈彼人之安危，無足擾其心思耶？吾於此，乃知天下人心，固未能一一同也。韻蘭之招待賓客，雖亦如恆，然知識滯鈍，與舅母下世時之韻蘭，迥乎不同，殆今日天良發動，孝思不匱歟？抑慨乎家境衰微，憂傷過度歟？是則非吾所知也。

第二十章

吾舅喪事既畢，吾家中人，亦似身入窀穸，慘切至無生氣。吾則長日如患腦病，呆坐終日，不笑亦不哭。韻蘭更垂首喪氣，若有重憂。一夕，秋風微蕩。戶外樹葉簌簌作響，吾一人偃臥籐榻，正思覓一事以遣此積悶。韻蘭忽凄然入，坐吾身側，唇翕翕動，似欲有言，既乃發爲長嘆，曰："玉杏吾妹，吾有一語，須問爾，爾能告我乎？"吾曰："姊試言之。"韻蘭忸怩良久，若恐其語出足招吾尤怨者，顧仍不能不言，則曰："玉杏，吾父瀕危時遺語，我實聞之，爾將來果嫁維芝否乎？"嗟夫，是語也，吾早知韻蘭必有舉以問我之一日，固不料其若是之速也。吾其告之彼耶？抑仍守我隱秘，待時而宣耶？籌思久之，卒爲第二念所戰勝，亟應之曰："阿姊，吾前不已語乎？此事可否，乃在半載以後，爾是時決無問我之權。"韻蘭曰："然我固憶之，但今又非前比，吾父臨終一語，實足使我生無限疑慮。矧爾惡維芝之心，未嘗少殺。聞此，正如投石油於烈火中，勢必爆發。吾既關心此事，當然不能恝置。此所以必質之於爾，而望爾明以告我也。"吾曰："阿姊，爾縱以刃加諸我身，亦不能得我一言，且舅父既逝，對於維芝債務關系，已經斷絕，吾嫁彼與否，殊無損益於吾家，爾亦不必關心也。"韻蘭曰："爾乃謂無損益於吾家耶？縱所貸之款無須籌償，而此巍然之屋，實隨爾喉間一語以定其去留也！"吾慍曰："阿姊，爾終須于歸人家，縱此屋夷爲平地，亦無關於爾也！"韻蘭聞此，絕不怒，且作和聲曰："阿妹，凡人而爲女子，誰不盼其母家之隆盛？若目擊破產亡家，雖身作他人婦，焉能不為介介。矧蓉兒年幼，爾寧忍其從此流離瑣尾，無家可歸耶？"嗟夫，吾聞此語，心頭大似驟受抨擊，不期昂首向韻蘭一望，既而思之，吾即不嫁維芝，蓉兒撫育之責，亦不能放棄，因曰："阿姊，爾勿耽心，吾勿論嫁維芝與否，決不至令蓉兒淪落。"韻蘭微慍曰："爾不嫁維芝，並一椽茅屋而無之，爾更有何能力取蓉兒而置之安全之地？"吾曰："爾豈料我終其身於貧賤中耶？"韻蘭冷笑曰："充其量，不過作一酸丁之婦耳，以彼之力，蓄其妻孥尚虞不足，安有心及於蓉兒？嗟夫，玉杏，可以止矣！"吾聞至此，怒發不可遏，曰："阿姊，爾慎爾言，須知吾性躁急，不欲受人嘲笑也！"韻蘭亦怒曰："我奚敢嘲笑，特念我父母竭力以培植爾，今日吾儕姊妹，乃得此等酬報，不無悲痛耳！"吾曰："阿姊，爾勿言此，食人之恩者，終當有以報之，平情而論，吾對於舅父母養生葬死，較其親生子女，當有過之，而無不及，且人各有天良，一舉一動，但求無愧於天良，其他可以不問，嗣是以後，願爾勿再以是難吾。"韻蘭曰："善哉爾言，吾敢不拜嘉，且當為先父母致謝！"言際，作不屑狀。吾愈怒曰："韻蘭，爾此種態度，我實不能卒視，直告爾，我二人因婚事爭執，至今已數次，若必欲強人所難，則請驅我出此屋，蓋爾今日猶是此屋之主人，實有逐客之主權也！"韻蘭聞此，始面頰語塞。嗟夫，使當時彼果無求於我，吾之此語，必成實事，至毒者女郎之心也！

第二十一章

秋風蕭瑟，黃葉飄零，吾手白菊一枝，自江濱散步歸。是時距與韻蘭口角，已兩星期矣。斜陽一角，照吾家屋頂，作金黃色。吾徘徊石墀前，目視地上殘葉，思瓊英前云若樹葉黃落者，賡予即與成婚，今非其時乎？顧何以不見伊人之來？意者病尚未愈歟？抑中途阻滯歟？以瓊英態度之歡樂，似此二者，均不足記念。然吾又未便向之探詢，即問之，彼必僅報以狡笑，亦未必告我也。吾將……思及此，突聞長嘆一聲，觸吾耳膜，聆之，似出自客室中。吾知韻蘭必又有客至，乃潛步入，而客室之門已扃，由門孔窺之，不期一愕，蓋客非他，即瓊英也。韻蘭與之相對而坐，嫩臉滿露愁容，吾知適間長嘆聲，必出自韻蘭香口中。若在曩昔，此等事固不值吾一盼，今兩人皆爲吾婚事至有關系之人，不容不注意，遂挨身近門次，聞韻蘭曰："如君言，彼究於何日歸者？"瓊英曰："自彼去後，吾並未嘗一度接其來書。據其兄云，無論如何，秋末必來。"韻蘭曰："然則病象何如？"瓊英曰："似已痊可。"吾聞此，心爲一慰，又聞韻蘭曰："彼若來，君對於姻事，果作若何主張？"瓊英似羞不可答，久之，始曰："此則非我所能預必，蓋婚姻爲世大典，必待兩面願意，而後始無怨言。縱我此時鍾情於彼，彼不我許，必成觖望。即令彼許之，而吾父不承諾，亦終無圓滿結果耳。"韻蘭曰："然則君疇昔胡云彼向君求婚耶？"瓊英曰："是誠有之，但以後未見來書證實其言，則此事終成畫餅耳。"吾聞此，益信賡予阿兄之言非謬，不期樂極而哼，幸吾聲甚微，彼等乃未之覺，顧韻蘭感想，適與吾相反，聞是，似大爲失望者，繼發爲長吁曰："君乃無術足使賡予向爾，又使尊甫必出而承諾耶？"瓊英微笑曰："是匪我所能。"韻蘭忽出以極溫婉之聲曰："瓊英姑娘，茲事於吾家關系綦重，極盼君早日成就也。"瓊英曰："天下豈有婚事而出以勉強者，即令成就，乃吾一人切身關系，於君家果何裨益？"韻蘭曰："君不知耶？吾妹玉杏，固早屬意賡予而欲嫁者也，故維芝向之求婚，彼乃許以半載之約。意此半載中，賡予歸漢，彼即與之結婚，而維芝又爲吾家極鉅之債主，彼朝與賡予結婚，吾家夕成灰燼矣！故吾輾轉思維，惟有望君嫁賡予，蓋君嫁賡予，吾妹癡望始絕，然後不得不下嬪維芝。如是，吾家可保矣！"瓊英聞言，作驚駭狀曰："然耶？吾乃不知玉杏亦屬意賡予！"韻蘭曰："此事至確。"瓊英曰："雖然，姻緣定之上帝，果賡予亦鍾情於彼，吾人正可退避，讓有情人早成眷屬！"韻蘭曰："然則吾家殆矣！"瓊英聞語，忽若憶及一事，曰："君言吾頗勿信，尊甫下世時，似聞維芝告我，與君家債務關系，已經斷絕，是玉杏今日嫁彼與否？固無損益於君家也！"韻蘭聞語，半晌不答。再由門孔窺之，見其面色青紫，如驟受巨痛，蓋其詭謀，已被瓊英道破也。久之，乃作哀懇狀曰："君不知維芝與吾，亦有極大糾葛也？"瓊英曰："此言吾愈不解。"韻蘭曰："直語君，吾貸維芝之款，已達一萬，苟玉杏婚約破裂，維芝必向吾嚴索。吾近日一錢莫名，勢難應付，此吾所以望姑娘援手救我也！"嗟乎！是語一出，吾髮皆幾裂，無怪彼日來汲汲焉惟恐吾不肯嫁維芝，由今思之，實爲彼個人計也！乃忿然回室，自思飄零一生，至今日乃爲人抵債之品，天之阨我，曷其太酷！自今以往，吾惟有力拒維芝，縱賡予不來，吾亦必廢除半載之約！韻蘭雖狡，當無如我何也。思及此，韻蘭忽入，嫣然顧吾曰："爾何時歸？吾乃不知，適瓊英來望汝，吾猶謂爾在河干也！"言次，扭電機，室內頓明，覩吾怏怏之色，詫曰："爾胡不樂？得毋受風乎？邇來秋風甚厲，瘟疫大作，爾如不爽，吾當以醫生至。"言時，移身近吾，溫婉之狀，宛如慈母，實則其心中，方恨不能攫我而生食之也。乃應之曰："謝爾，吾固甚佳也。"曰："吾家近日誠不利，一家之人，咸奄奄無生氣，即吾亦長日懨懨如失魂魄。以吾思之，必非吉兆！"吾聞語，不禁發爲慘笑，蓋吾正思若吾欣然許嫁維芝，彼必百病消除，仍復其前日豪況也。吾當時以爲此數語，乃吾一種思潮，詎知已脫口而出。韻蘭聞之，慍曰："玉杏，爾語何太刻！實則吾心爲救吾先人締造艱難之大廈，非爲個人豪況也！"吾亦怒曰："阿姊，此語只合欺天，勿更欺吾！爾之陰謀，吾已知之，但吾何仇於爾？必欲陷於死境者何耶？"韻蘭聞畢，面色驟變，似欲更言，吾乃揮之退。

第二十二章

自是吾乃無日不遣保姆爲吾探詢賡予消息，顧久之，迄無所得。吾悶極，忽作反想，念彼果不來者，而今而後，但願永勿見其人，然此心終不能堅持，眼簾所幻，輒見其頎影立吾前，即風吹樹枝，亦大似其溫婉之聲。一日，夕陽銜山，韻蘭赴徐夫人約去，保姆攜蓉兒至河干，吾一人仰臥榻上，將欲入睡，腦筋一瞥，忽見一人淒然入吾室。吾大驚，意以爲夢，及凝眸諦視，竟非夢，乃吾朝暮懸思之賡予至也！吾此時其笑耶？抑哭耶？吾乃不能自主。賡予覩吾呆狀，則發爲微笑，曰："別未久，君豈不識吾乎？"吾不答。賡予又曰："吾今此來，蓋欲見詢一語。"言時，聲至焦灼。適使吾頓憶及瓊英，則顫聲應曰："君勿問，即問我，我或不答。"賡予聞語一愕，曰："是何言？詎君猶怨我耶？"吾曰："吾安能無怨？君蓋棄吾之人也！"賡予曰："爾言殆指瓊英乎？"吾曰："然，汝謂此季將與成婚，果確否？"賡予曰："是誠有之，吾今日正欲以此告爾也。"吾聞此，不禁大爲失望，心念是語不知如何竟出自賡予之口，則忿然曰："毋勞爾相告，我固知之，但願爾儕幸福！"賡予亦慘然一笑，曰："此則君有意調侃矣！君試視我，亦似有幸福之人耶？"吾不期向之一望，見其面目慘白，直無血色，又曰："汝思我一念及爾獨坐於此，尚能樂否？"吾亟曰："然則不念我可也。"賡予曰："是則安能？蓋自爾日雨夜，吾每思及此，愧怍交併，頰赤如焚！"吾亟曰："止，汝既棄我，已往之事，則可以勿言！"賡予嘆息曰："嗟乎！是安能不言？夫以佳釀迎人，而杯盞忽爲人所奪，抑且碎之，能毋痛心？故吾今次來漢，乃寄居逆旅，並未嘗使瓊英知之。即今日至此，亦非偶然，蓋吾知韻蘭已出，惟爾獨處室中，胸中骨鯁，將藉以傾吐之。嗟乎玉杏！此語藏之吾心，蓋數月矣！"時吾體已顫，低聲曰："然則爾來已誤。"賡予曰："吾亦知其誤，但吾心不死，尚欲求最後之希望。"言次，已跽其足，握吾臂曰："玉杏，凡事不能違心而行，矧此爲愛情，則吾又何能遽忘？玉杏，玉杏！當知此兩字，已深鐫吾心，不能再去！今汝但握吾手，爲言以前錯誤之事，兩皆忘之，則吾固願重踐舊盟，玉杏，趣言，吾生幸福，在汝一語矣！"賡予言次，面頰與吾貼近，幾不容避，誠愛之狀，溢於言表。在理，吾此時當予以圓滿之答覆，蓋吾背舅父，忤韻蘭，皆爲此一語，顧不知何故，吾心忽覺一痛，念此事殊不能行，吾果愛賡予者，又安能使其第二次蹈入歧途？彼初以愛瓊英而棄我，固矣，今又因我之故，復棄瓊英，出爾反爾，則其人者，以後尚得齒於人類耶？賡予固不足卹，其如瓊英何？時賡予又曰："玉杏，趣言，以前之事，兩皆忘之！"言次，欲抱吾肩，吾陡然一驚，立拒之曰："否，吾不能也！"虞予則慘然大失望，愀然起曰："玉杏，爾當知我。我何愛於瓊英？特因一時憤懣所激，致有此誤。今幸猶有轉圜之機。"吾不待其言畢，亟曰："止，以前之事，可勿再言，即今所言，吾亦未嘗憶之。"虞予此時面色益白，移目以注吾面，既復俯首，發爲極低之聲曰："嗟乎玉杏！吾今乃知爾心矣，蓋爾心中實未嘗愛我也！汝前信中，謂此事實出誤會，吾初猶未之信，而今乃知其確也！"吾聞語，愕然，念吾何嘗有信與彼？今乃忽發此語，然則吾二人之中，必已有一人癇發，不然，何來此鶻突之言？而虞予又言曰："是夜苦況，惟天知之。當於馬車中分手時，吾心方如何快樂，以爲將來幸福，莫不由是萌蘖。乃愉快未及幾時，汝信已接踵而至，其驟乃如迅電，即吾心亦幾被震而焦！"吾至此，乃大愕，方欲問何信，而唇顫心盪，竟已暗不能聲。但聞虞予又曰："吾誠不解汝作此信時，如何下筆？汝豈謂我性情亦復淺薄如汝耶？"虞予言次，聲乃愈低，首亦愈俯，吾當時誠自詫何以不向之辨白，然即欲辨白，亦已無能發聲而語。虞予又曰："吾誠不解汝之欺我於汝何益。天實知之，吾初實完全信汝，以爲汝之愛我，與我之愛汝，實無所軒輊，即令有人告我，謂汝實出於欺偽，我亦不信。而今但有自掌吾頰，蓋知大凡女子，於襁褓中即已帶一偽字而來，其視男子殆如玩物，不然，汝亦何心握筆作此薄倖之信？然有時吾亦恕汝，以爲當在園中之時，汝亦未嘗不以真情愛我，特至爲人調唆，乃始自悔，不當以一時之愛情，嫁一寒酸書生，而失一絕好之機會。此機會維何？即嫁維芝也，不一日而汝居然有此一著，吾乃恍然悟，且自笑其癡心，奈何欲鍾情於一尊重黃金之女子。"虞予言至此，又少息，吾仍無言。虞予又曰："孰謂我此次歸來，而汝依然未嫁，即以當初待我之道，待之維芝，吾乃過愚，不暇爲維芝悲，轉疑汝舊情未絕，妄冀爾憐，今乃知其大誤矣！"言至此，乃起立，又向吾曰："茲當別矣！此別直爲最後之別，但願汝言而驗，吾與瓊英兩兩幸福。"言畢，舉步欲行，復以一手探衣囊，發爲悲忿之聲曰："自接汝此物，日夕攜之身畔，今當還汝，蓋此一物，其魔力足使吾發狂，今不能再祟我矣！"言次授我，乃一摺皺之紙。吾昧然受之，即以呆滯之目光移注其上，不期一驚。蓋此一紙，爲吾生平未嘗經見，是其筆跡，又宛然出自韻蘭之手，其第一語，即曰："賡予先生，吾今以此書致君，君必大爲失望，實則吾心亦碎矣！"又曰："今夜之事，君出以至情，吾誠感念，但此事實出諸誤會，無論如何，不能認爲正式，至其原因，君可不必問，即君責我，我亦不顧，且朝夕祝君，早得佳偶。知我者，其諒之，玉杏上。"句法既亂，字尤潦草，張目而望，似此書中之字，一一幻爲獰鬼，張面以向吾，乃愕然一驚，立躍而起，回顧賡予，則已出門去。再展其紙，就燈而讀，知此書確爲韻蘭所書。猶憶曩日之夜，韻蘭坐吾榻次，力言賡予至無誠信，濫用其情，將來必貽後悔。吾初以爲彼欲吾與維芝事速成，故過甚其詞，孰知其胸中，已早有成竹，出此毒計。嗟乎！韻蘭，實爲斷送吾與賡予幸福之一人也！吾今其向賡予一白其誤耶？抑讓其仍娶瓊英耶？兩念一起，心中陡起雲霧，復頹然臥諸榻上。

第二十三章

移時保姆携蓉兒歸，吾亟以適間情狀告之，保姆曰："吾固知賡予先生決非薄情之人，然姑娘胡不推誠相與，而使之懊喪而去？"言次，頗露焦灼狀。吾曰："吾亦不知何故。一見渠，吾咽乃如綿絮所塞，欲吐一語，亦不可得。其實吾欲陳之渠，較渠所語諸我者實多，渠言乃大誤也！"保姆曰："茲事至今日愈險，姑娘苟不速以數月來苦心孤詣，向之辨白，彼必以爲姑娘果勢利女子，將含憤而娶瓊英，是姑娘自失良機，此生已矣！"吾曰："補救之策維何？"保姆曰："速覓其人而告之耳，雖然，姑娘亦憶其逆旅果在何地乎？"吾聞語一愕，曰："吾誠憒憒，乃竟未問。"保姆急曰："殆矣！稍縱即逝，將奈之何？"吾作哀聲曰："保姆，吾心已碎，茲事尚希汝爲我圖之！"保姆沈思良久，曰："無已，吾其爲姑娘求之。"嗣是，保姆遂一變而爲偵探，此間旅館，探詢幾遍，幸天不絕吾，乃竟得之。一日爲吾與賡予相覷之第三日，吾方躞蹀室中，保姆忽倉皇入。吾亟曰："何如？"保姆曰："幸不辱命！"吾不期欣然一躍，曰："今何在乎？"保姆曰："姑娘勿驚，彼已病矣。"吾愕然曰："其在醫院乎？"保姆曰："然。"吾曰："彼與瓊英婚事如何？爾亦有所聞否？"保姆曰："以吾思之，彼之蹤跡，瓊英似猶未知也。"吾曰："然則吾人茲當往矣。"保姆曰："然，但茲事宜秘，勿使令姊知之，蓋彼之魔力，實足以為吾人障礙。"吾曰："爾試探之。"保姆乃出，少刻，復轉，作得色曰："彼已出矣！"於是偕吾行。

吾人既至醫院，閽者即導入面醫生。醫生為西人而善華語者，見吾，即曰："姑娘為病者戚串乎？"吾曰："然，先生許我一見病者乎？"醫生出錶視之，曰："尚須半句鐘，蓋適間服藥，須俟其寧睡也。"吾曰："病象究何如？"醫生曰："大抵一時氣憤所激，少日當愈。"吾聞語，心為一慰，乃退出客室。移時，侍者遂導至病室，但見賡予頹然仰臥短榻上，面色蒼白，如膺重憂。吾不期心為一痛，此一痛也，遂令我一切知覺，頓為麻木。凡心中所貯之萬千情語，皆為忘却，乃挨身坐榻次。移其呆滯之目光，注視賡予。此時賡予一若被吾目光所震撼，唇吻忽動，低聲言曰："瓊英，今日殊熱，吾焦燥欲死。"又曰："此真出我意料之外，汝謂我愛彼耶？我固愛之，而今……"言次，忽張目見吾，則詫曰："玉杏，汝在此耶？汝何以至此？"吾曰："我來視吾。"吾喉間本止此一語，吾心神忽詔吾，使吾又曰："吾聞汝病，安能不至？且汝前日面吾時，所言皆誤，吾今日來，亦正欲一正其誤也！"賡予聞語，目乃大張，曰："誤耶？"吾曰："然，吾所欲白之汝者，正較汝所語之我者為多，汝乃謂疇昔之信，為我所書耶，實出自韻蘭也。"賡予大驚曰："然乎？"吾曰："吾豈欺汝，汝試思，我果何愛於維芝？彼是夕向我求婚之事，是誠有之，我當時以與汝有約在先，負之不祥，力為抗拒，以為次日汝苟至者，我兩人當然成其美眷。詎俟一禮拜之久，匪惟不見汝至，且聞汝將與瓊英結婚。吾此時之憤痛，正復與汝接吾偽信時相似。由今思之，彼此誤會，皆韻蘭一人為之祟也！"吾此時詞鋒既動，喉間亦不似前之澀滯，凡數月來所經過之苦況，傾囊倒篋，盡情吐之。賡予聞畢，發為欣慰之色，曰："我誠誤矣！"又曰："今而後，吾知爾心矣！"言次，以手拊吾肩，雙頰與吾相貼，幾不容寸。嗟乎！讀者，吾若於此時與賡予接吻者，諸君當不能責我矣！我等談話既畢，侍者復引二人進，一爲瓊英，一爲瓊英之父。瓊英見我，一愕，然僅點以首即趨榻次，出其溫婉聲曰："兄乎，胡至於此？"賡予聞之，殊無感動。吾則覺妒火中燃，似恨此病室中，無故多此二人，實則一爲其親長，一則其前日想像中之未婚妻。在理，當立其榻前，吾何人斯？乃欲攫爲己有耶？瓊英見賡予意殊不屬，則亦舍之而與吾語，其實吾心中方至樂，所語爲何乃自不知，惟有一事，吾甚注意，則瓊英何故現爲慘怛之色也？豈已知吾將奪其愛婿耶？嗟夫，吾誠自幸，吾當時去之速，若遲一句鐘，讓瓊英先我而至者，賡予必將逞憤向其父求婚，吾之大事去矣！彼等去後，吾遂面謁醫生，求爲賡予看護之人，醫生詫曰："君乃願盡斯職耶？"吾曰："然。"醫生曰："醫院中固有看護人，可毋勞君。"吾曰："知之，但看護必使病者能獲得圓美愉快，其病乃易瘳。吾爲病者至愛之人，故敢以是請。"醫生眉復一皺。吾恐其更爲拒駁，則毅然曰："直告先生，吾乃病者未婚妻，在理當任斯職！"醫生變爲笑色曰："然耶！賢哉姑娘！吾許爾矣！"自是吾遂得日伴賡予，一溫舊情，未及三日，彼竟痊瘳。

第二十四章

一日，吾坐吾書室案前，援筆方思作一信，忽聞叩門聲作，吾意此必賡予來矣。回首視之，乃非賡予，而爲維芝。凡人於快樂之後，知覺恆敏。吾一見維芝，即覺其面色有異，不同平時。既入，足仍跼躅，似有一要重事告吾，而囁嚅不能脫口者。有頃，始呐呐言曰："此不幸之事，誠出我意外。"吾聞語，愕然曰："何事者？"維芝曰："君不知乎？我兩人婚事，將生變局也！"吾不期一驚，念維芝何以竟知我心中之事？乃木然不答。維芝徐徐搖首，作失望狀，以手探衣袋，出一函伸手授吾，忽又縮回，曰："此信爲賡予致我者，於今晨始接到。在理，吾殊不當更履君家，但恐茲事有誤，或君竟未預聞，而爲虜予出以挑撥者，故復來。"言次，移身近吾，吾引手拒之，則復止，以目視信，又視我，微微以食指彈其信函，狀至無聊，曰："君亦知虜予信中作何語者？"其時吾心突突，大似懸旌，不復作聲。維芝以齒嚙唇，自壯其氣，乃曰："渠謂已與君訂婚，吾兩人半載之約，行將解除，信乎？"嗟夫虜予，竟以此告維芝耶？匪惟出自維芝意外，亦爲吾所料不及，則應之曰："信也！"維芝曰："吾終疑虜予此信未得姑娘之許可。"吾曰："否，虜予作此書，吾雖未之前聞，然虜予與吾訂婚，乃爲事實。渠之告君，實吾所授之意，正不啻直接以告君也！"維芝至此，始大失望，以面向天，作慘笑曰："噫，吾知之矣！大凡女郎之心，恒易變更，當吾初向君求婚時，即恐有此一著，今果然矣！但吾甚望姑娘勿有後悔。"言已，長嘆。此際韻蘭忽入，衣縞素之衣，乃如凌波之水仙。渠雖日在懊喪中，然未嘗減其顏色。既入，見吾兩人情狀，即知有異，眙視維芝曰："爾二人奚事耶？"維芝不答，以信授之，曰："請君試讀此函。"韻蘭展書，略瞬其目，即已讀竣，向吾一望，又向維芝一視，然後搖首微嘆，一若責我之愚者。既而曰："維芝先生，此信吾殊不料，然君當恕之，蓋虜予屬意吾妹甚久，故出此信以嘔君，吾妹或不之知也。"維芝慘笑曰："否，令妹固已承其事，且謂此信實其授意。"韻蘭乃向吾曰："玉杏，爾宜自省，勿作此妄舉。爾今當聽若姊之言，向維芝先生取消此信。"言次，盛怒，力擲信於地，且罵虜予曰："寒酸鬼，必欲與我爲難耶？"維芝搖首曰："姑娘勿爾，令妹既自承，當無挽回。吾人貿易，但有從此中斷。"嗟夫，"貿易"二字，維芝雖出自無心，而一入吾耳乃覺奇痛刺心。韻蘭亦頻其顙，向維芝癡望，既又現爲哀憐之色曰："維芝先生，茲事實負君厚望！"維芝曰："佳，吾決不自食其言，君之此屋，仍當舉以贈君，但君貸吾之款，則須償吾。蓋君欺我，當受此薄懲也。"韻蘭聞言，如被急雷，面無人色。維芝又曰："君前不謂此次婚事，令妹實已贊同耶？由今證之，實乃不然，非欺我而何？"韻蘭至此，驟變爲慘苦之色，以目視我，作憤恨狀。吾方思有以慰之，忽門闢，一頎影少年挺身而進，於時室中人均一愕，回首外矚,而入者非他,即虜予是也。見吾人面面相覷,即詫曰:"爾曹何爲?"又顧維芝曰:"吾書君已接得否?"維芝慘然曰:"固已捧讀矣。"虜予曰:"以吾思之,君接此書,亦無用其詫,蓋婚姻一事,必得兩造同情,始稱完滿。玉杏之嫁爾,實爲一人從中挑唆,良非出其本意,君或不之知。若我,則甚明也。"韻蘭聞此,面如死灰,以足尖點地作聲。虜予又莊容曰:"在理,吾不許玉杏嬪爾而自娶之,殊爲不公,實則爾未向玉杏求婚時,吾二人即有成約。今日之事,不過履行前約,非奪爾愛也。至於吾舅家事……"言次,向韻蘭一望,又易言曰:"維芝先生,吾人至別室一談,如何?"維芝作頹喪狀,曰:"是可不必,但吾前允爾姑丈者,吾決不反悔。如其家需錢者,吾……"虜予不待其言畢,即曰:"謝君,吾所欲與君談者,實不爲此。"維芝曰:"至於其他,茲可不言,吾亦不復再作想,惟吾決非啣人宿怨者,如君等後此有所需,吾仍當援助。"虜予曰:"先生厚德,謹永念勿忘。"維芝遂搴衣出。韻蘭乃頓怒,向吾曰:"玉杏,爾今日所行乃何事者?行見一家數口,皆斷送爾手矣!嗟乎天乎!吾誠不審汝腦乃以何物製成者也!"既又顧虜予曰:"爾乃吾家外戚,奈何干涉吾家事?"虜予正色曰:"爾慎矣,姑父母既逝,爾儕盡屬女流,我不出而主持,將待誰也?"韻蘭曰:"善哉爾言,吾謹拜破產亡家之賜矣!"既又冷笑曰:"其實,此事何關於我?爾儕自作孽,行將自受之,吾殊不能與爾儕共甘苦,即於今夜往徐夫人家矣!"吾聞語,心爲惻然,欲強其勿行,彼已揮手曰:"勿假惺惺作此態,此後各自爲生,窮達不必相問!"言次,飄然竟出。

第二十五章

越月,吾遂與虜予正式成禮,凡百皆從儉略,蓋吾儕寒人,固無庸虛飾儀文也。然以吾視之,正足娛樂。合卺之夕,虜予枕首吾臂,笑顧吾曰:"吾愛,爾亦憶曩昔風雨之夜,攜手同車乎?"吾羞極,不能答。次日賀客麇集,瓊英亦偕其父至。彼等既屬戚串,在理,不能不來。惟吾今日見瓊英，殊覺媿惡，蓋如意郎君，實自其懷中奪來也。而瓊英甚坦然，且以溫婉之語慰我，謂前日之事，乃韻蘭居間挑撥，彼實無嫁賡予之心。吾聞之，中懷始釋。彌月後，賡予以香港館事不能久廢，遂挈吾回粵。綠窗低哦，紅燈問字，居恒惟以讀書爲樂。蓉兒是時亦略能識字，與吾昕夕不離。吾嘗思當時若果嫁維芝，此煢煢孤雛，正不知成何結局也。

逾年，忽接瓊英來書，謂彼已字教會某學生，將於暮春成婚，又謂我等去漢後，韻蘭即與其本夫離婚，改嫁維芝，結縭未及兩月，旋爲維芝所棄，營屋另居。吾閱畢，悵然者久之。思吾若嫁維芝，安見不遭此惡果。黃金者，禍水也！可憐之韻蘭，寧有見天日時耶？思及此，賡予欣然入，覘吾狀，詫曰："吾愛，爾又何故作此態？"吾曰："吾爲阿姊傷也。"遂以瓊英書與之，賡予略一展視，笑曰："尊重黃金女子，合當受此報應，夫何足悲？"言次，捧吾頰吻之。

情海風波

目　　錄

第一章 …………………………………… 859
第二章 …………………………………… 861
第三章 …………………………………… 863
第四章 …………………………………… 865
第五章 …………………………………… 868
第六章 …………………………………… 871
第七章 …………………………………… 874
第八章 …………………………………… 877
第九章 …………………………………… 880
第十章 …………………………………… 883
第十一章 ………………………………… 885
第十二章 ………………………………… 888
第十三章 ………………………………… 890
第十四章 ………………………………… 893
第十五章 ………………………………… 896
第十六章 ………………………………… 899
第十七章 ………………………………… 900
第十八章 ………………………………… 902
第十九章 ………………………………… 904
第二十章 ………………………………… 906
第二十一章 ……………………………… 908
第二十二章 ……………………………… 910
第二十三章 ……………………………… 913

第二十四章 …………………………………… 915
第二十五章 …………………………………… 918
第二十六章 …………………………………… 919
第二十七章 …………………………………… 922
第二十八章 …………………………………… 925
第二十九章 …………………………………… 926
第三十章 ……………………………………… 929
第三十一章 …………………………………… 932

第一章

　　秋風蕭瑟，蘆荻花飛，夕陽一片，反照匡廬山巓，作金黃色。山麓有半西式屋一幢，屋前編竹爲籬，約半畝許。籬內雜植名花，晚風吹來，香氣撲鼻，顧此時咸呈憔悴枯萎之狀。籬前爲竹扉，一妙齡女郎倚扉而立，衣茜色茨衫，映其暈紅嫩頰，益顯其艷。時時探首外視，自語曰："噫，異哉！渠近日何去？胡竟不過我……"語已，退至扉后梧桐樹下，席地而坐，仰見落葉飄飄，隨風搖曳，又若深爲悲愴者。少焉，皓月東上，萬籟俱寂，女郎徐徐起立，行至扉次，復自語曰："噫，異哉！渠近日何去？胡竟不過我……"言未已，目光所觸，見一少年手挈革囊，匆匆經門而過。女郎忽覺心頭怦然，紅緋於頰，低語曰："是非渠也耶？奚爲過門不入？"隨揚其聲呼曰："綺哥……綺哥！"少年步立止，回視女郎曰："夜涼露重，爾一人徜徉於此，胡爲者？"語時移身近女郎。女郎低首小語曰："吾俟君也，君未至吾家數日矣，頃自何歸？"少年曰："索債也！"女郎曰："然則君乃往城中乎？"少年曰："然。"女郎曰："債索得未？"少年縐眉曰："勿言是，渠舊疾復發，行且作泉下鬼，安有餘金償余？雖然，渠女……"言至此，忽又易辭曰："渠狀亦大可憐，半世經營，悉成灰燼，來日臨命之時，一棺附槨，尚不知能籌得否也？"女郎此時若有所思，凡少年語，均未之聞，良久曰："君適言渠女，何訕然中止？渠女近況究何如者？前偕其祖母來居別墅時，吾曾見之，嬌小玲瓏，洵屬佳麗。今相隔三年，丰韻當更佳矣！顧其額角間，過於皙白，殊非福相。"少年聞語，色微赬，心思若甚弗寧，然不欲使女郎覺，亟亂以他語曰："爾母已愈耶？"女郎半晌不答。

　　少年忽又作懽笑狀曰："咦？吾幾忘却，吾曾購有時計一只贈爾，爾其欲之乎？"女郎遲遲始應曰："謝君，吾正需此。"少年乃啓革囊出綢製盒一只，再啓盒，則燦然之時計在焉。女郎此時微有喜色，曰："綺哥……果以此贈我耶？"少年曰："然，且有絨圍巾一，特購以贈爾母者，爾母近猶畏寒如昔否？"女郎曰："殆有甚焉。"少年曰："然則我等當入以視彼。"彼女郎忽發其憨態曰："吾尚有事語君。"少年曰："晚風拂拂，得不畏羅袂生寒耶？"言已，先入，女郎悵然隨之。

此時此半西式屋內，有一室，窗幕低垂，煤燈閃爍，室隅置一籐製安樂椅，一老媼偃卧其上，面作慘白色，愁眉雙鎖，若有重憂。是則女郎之母，而少年舅妗也。少年既入，媼啓目微視，忽易笑色曰："綺兒，爾胡數日不至？"少年曰："往城中索債去也……"語未竟，女郎攙言曰："嬤嬤，綺哥曾購有精緻時計贈我！"言際自胸前取下，給媼。媼玩視良久，喜曰："綺兒，爾胡以此寶貴物給小妮子？價值當不少也！"少年曰："亦不過十餘金。"言已，復以圍巾與媼曰："吾尚有贈舅妗者。"媼接視曰："此何用？"少年曰："圍之脖前以禦寒。"媼笑曰："吾邇日正畏風，爾誠有心人哉！雖然，吾將何以謝爾？"少年曰："此細事耳，安足言謝？"相與大笑。是時病室中，一若充滿愉樂，不似前茲慘然黯淡之象。媼更歷舉往古故事，滔滔而言。少年傾耳敬聽，女郎則玩視其時計，默念："綺哥誠可謂知心之人，吾日來正以乏此爲念，渠竟不惜重值，購以贈我。然渠曩者苟經過吾竹籬前，必入以視我，今夕則一往直前，非吾呼者，且不作回頭望，獨何故哉？且吾一語及方老之女，則亂以他語，若亟不欲聞此亂其心意者，豈此數日中，渠兩人有若何不能對人言之隱事耶？"思至此，神魂頓爲昏憫。

移時，耳際忽聞有人呼曰："雲妹，吾將歸也！"昂首視之，則正頃間所繫念之人。一抹丹霞，不覺又泛之嫩頰，小語曰："綺哥，胡匆匆爲？"少年曰："夜已深矣，再羈延，吾膽弱，且不能行。"言竟，遂出，女郎隨之，相將下堦。少年曰："吾觀爾母病狀，似較前爲甚，爾亦當有以慰之。"女郎曰："豈不如是，但其一思及吾姊，即如見鬼魅，寒熱交作，我實無法可施也。"少年曰："此過去事，復何足念？"女郎曰："我固屢言之，然吾姊亦大錯誤，脫當日誠納吾母之言，吾母今日，何至痛心若是？"少年仰首笑曰："爾年尚稚，無怪爾云云如是，實則爾姊多情人也。天下惟情足以令人志昏，當時爾姊已墮入情網，固不知人之善惡，故非至死不能悟也。"女郎聞言，頗有所感觸，一若自語曰："吾亦多情人也，豈結局亦若吾姊耶？然綺哥非余氏子比也，安至於是？"正想念間，已至扉次，少年方欲去，女郎忽以手指胸前時計曰："綺哥，吾尚未謝爾也。"少年笑曰："癡哉吾妹，何謝爲？"言際，俯首捧女頰而吻之曰："若必謝我哉，此可矣！"女郎驟經此刺激，芳心躍躍如鹿撞，自思："綺哥自幼相隨，從無此種行爲，今茲愛我其至於極地乎？然則今日之綺哥，猶前數日之綺哥也，且較數日前綺哥愛我尤甚。頃間疑其與方老之女，有若何之關係，實妄也，然吾年侵長矣，果愛我者，胡從未聞向吾家一提及婚事？豈吾之愛彼，彼尚未知之耶？"至此，色大赧，心頭復突突弗寧。回首扉次，幾不知少年何時而去，遂匆匆閉門歸室。

第二章

女郎姓吳氏，小字雲英，華年十五，容采煥人，雙頰微暈，淡紅如新蓓蕾之夭杏，明眸皓齒，櫻口絳唇，見之者，恒比爲含葩之花，當風而顫，顧性癡憨，饒有稚氣。由外表觀之，固猶一漫無識女孩也，實則情竇已開如成人。善讀書，五經四書，皆能成誦。父名慕溪，宦遊於外，年僅一歸。兄留學金陵，家中僅一母，老病衰頹，風燭殘年，正不知能支持到幾許時。有姊一，名瑞英，端莊凝麗，亦有艷名，然今已玉缺花殘，祇落得香塚一坏，留後人憑弔而已。先是瑞英留學城中時，文名甚噪，有金陵余生，亦就讀潯城，聞瑞英名，慕之，然不知其風姿若何。一日偶於戚家覯一女郎，年可十八九，烏絲之髮，凌風四裊，嫩頰如玫瑰之花，柳腰一搦，娉婷可愛。詢之，知爲瑞英，乃大傾倒，嗣是每於休息日，即至戚家，瑞英亦必如時而至。余生固丰采俊秀，翩翩佳公子也，瑞英每見，心輒怦怦然，覺是人自髮至踵，皆足令人生愛。以故眉梢眼角中，嘗致其情歟。生益惑，自念若得彼姝爲婦，此生不虛矣。生戚乃五十餘老嫗也，與瑞英同姓，瑞英之所以時相過從者，因族誼也。然彼與生家，不過遠年戚串，未通慶弔者累年。凡生家之近狀，與生之歷史，彼皆不十分明瞭。惟以生既遊學於此，主客之禮，例當盡之，故時招生至，一飱或一宿，常事也。生自見瑞英後，至其家乃益密，談中亦嘗涉及瑞英。嫗更事多，性甚拘謹，頗以生此念爲不當，嘗力誡之，謂苟如是，即囑瑞英勿至。生初原盼嫗從中斡旋，冀與瑞英通欵曲，至是乃大失望。

一日，瑞英方在校，忽郵使遞一函至，接視之，甚堅韌，頗引爲異，亟持至私室，破封驗之，則情書一紙，相片一幀。相片上人即嘗於吳嫗處相見之人也，不覺暈霞上頰。及讀書，情意纏綿，字字皆出自心坎。讀未已，手顫神越，如入夢中。及定神審視，物事依然。陽光方穿簾而入，知非夢也。自語曰："異哉彼人，胡令我移情若是？在禮，彼人此舉，乃至唐突，然吾安忍拒之？"徐納書於懷，更取相片端詳諦視，覺眉山眼水間，在在可供之心坎之上。昏憫中，不覺移其檀口近相片，連吻不已。閱者勿謂瑞英行近於蕩，實則女子腦筋，最爲脆弱，苟一經人贊賞或眷愛者，其心靡不動，況余生乃其朝夕繫念之人，一旦以肫摯之書，表其戀愛之情，焉得不動於衷？是時本思亟以圓滿之書覆余，然自顧方閨中待字之人，驟向人白其情愛，殊爲非禮，旋握管而旋又中止。無何，休息日至，仍循例往吳嫗家，至則余生已先在。乍見之下，羞不自勝。適是日吳嫗微病未興，兩人遂得作竟日之談。談次，生略露求凰之意，瑞英自接生書後，即以生爲意中第一人，非終身倚之不可。聞是，自無不允。生乃大樂，顧蹇修之任，將屬之誰？思之非吳嫗不可。而吳嫗前已略示反對茲事之意，安能得其許可？萬不得已，竭誠求之，吳嫗果拒不允。生大窘，馳書告瑞英，意瑞英若果求援吳嫗，事當易也。及瑞英覆書至，則謂行當自陳阿母，無須他人。生益喜。蓋瑞英此時已爲情絲所罥，殊未能顧及禮節。於某日，竟將生之相片附家書內寄呈其母，意謂非此人不嫁。其母接書，大弗懌，馳書詰責，謂婚姻爲世大典，終身之苦樂隨之，余生家世品行皆未能深悉，詎可冒昧行之耶？瑞英不獲已，復以書求援於其父。其父則以瑞英精明伶俐，必不至誤識匪人，且觀生相片，固卓犖不群，遂覆書諾之。於是瑞英與余生之婚議乃成，隨於是年秋後行婚禮於潯城。玉人一對，在瑞英固滿意極矣，詎知自此墮入泥犁，非至雙目垂瞑，不能覺悟。

結縭後兩月，即偕歸金陵。瀕行之時，其母送至江干，淚落如繩，一若預知其愛女快樂生涯將自此告絕者。然而瑞英吁衡左右，優然自樂。僅以淡淡數語，慰藉阿母而已。及至金陵，則余生中饋，固已有人，瑞英不過授爲籧室。瑞英至此始大驚，知已爲余生所誤。質問生，生惟囁嚅無所言。一失足成千古恨，瑞英亦良苦矣。然大錯已成，夫何足道？今後惟有拼此弱質，以與苦惱相搏戰而已。大婦原甚悍惡，嫉瑞英如仇。每值余生他出，即以盛氣相凌，以惡言相辱。生又畏大婦如虎，瑞英或私訴之，亦殊不能伸其憤氣。以是瑞英終日抑鬱，如梨花一枝，經風帶雨，未數月，遂人比梅花瘦矣。乃馳書告母，甚悔舍去原有之生涯，來茲地獄。凡所經痛苦，歷歷躍之紙上。母接書大慟，亟遣使慰問。比使者返，則謂瑞英已憔悴死矣。

第三章

凡此皆一年前事，吾書所以必須追述者，則以與雲英不無關係。當瑞英死耗至時，吳媼如疾雷貫頂，暈去者屢。原思控余生於官，以雪此憤，又以死者不能復生，悒悒而罷。自是媼大衰頹，簾幕低垂，金鉤不挂，長日如在病中。雲英雖性甚癡憨，而心則極聰明，目覩瑞英所遭，嘗引爲終身教誨，謂男子之視女子，不過如浮花浪蕊，供一時賞鑒，究無一人真具有憐惜之念者。若誠欲倚爲終身，則非如化學家以顯微鏡細細鑒定不可。於是日之所思，夜之所夢，自命不啻以顯微鏡鑑定者，乃得一人焉，其人爲誰？則吾書開篇所述之少年也。

少年姓唐氏，名綺情，年將弱冠，學識超群。父早逝，所存者僅一母，即慕溪之娣，雲英之姑也。世居匡廬山麓，良田千頃，家稱素封。顧吳氏持家甚嚴，教子以義方，以故綺情恂恂自守，絕無紛華習氣。其居距吳家僅半里，過從極密。雲英十歲時，慕溪因瑞英已在城中就學，不忍復將雲英離去，乃延師課讀家中。適爾時綺情亦廢學，遂招之至，與雲英共校，如是兩人得攜手一堂。課餘之暇，或同步晚風駘蕩之中，或高歌凉月初升之候。形影相弔，不忍晷刻離。彼此情愛，殆如春樹萌芽，逐日增長。雲英則覺世界中除最親愛雙親外，所堪戀念者，厥惟綺情。綺情亦覺雲英楚楚動人，實爲生平所未曾見。一雙心意兩相投，殆爲彼兩人寫照。

顧是時不過如蜘蛛布網，方吐其絲，若謂彼兩人於愛情上，確有若何自信力，則又未必。一日，爲綺情與雲英共讀之第四年。正暮春時候，天日晴麗，暖風迎面，拂拂而來；落花成陣，如紅雨漫天；夾路杏花千樹，綠葉成陰，乳燕掠水而飛，遊蜂鬧衙，柳陰深處，黃鶯嬌囀；圃中蘋果齊花，淡紅之色，正點綴籬落間。時雲英一人倚門佇立，流其懇摯之妙目四盼。視綫直透平蕪，似有所待，復側耳似覓足音。久久，自語曰："彼胡遲遲者？"乃轉身欲入。忽聞足音跫然至門而止，回首視之，則見綺情挾其書囊，立扉次，不覺軒眉笑曰："綺哥，今日來胡遲？令吾眼望欲穿也！"綺情曰："今日因有客至，故未能如時而至。師傅其責我乎？"雲英曰："否，彼今日往城中去。"綺情曰："然則我等當入校自習。"乃相將登樓。維時樓窗四闢，花香隨陽光穿簾而入。雲英坐未久，曰："綺哥，今日天氣殊佳，我兩人盍作郊外之遊？"綺情曰："佳。"乃向壁間取其草帽，雲英則攜傘相偕。出門，沿村前小溪，至山麓，又沿小徑登山，穿花拂柳，且行且語。至山腰，力漸疲，乃尋一巨石並肩而坐。石適隸古松下，陽光盡爲松枝所蔽，清涼快人。綺情縱目以觀，見平地阡陌相連，間以黃綠之色，而杏花十里，紅光遍地，更足令人目奪。正心曠神怡間，轉視雲英，忽凝眸癡坐，若甚戚戚，詫然問曰："雲妹，爾何爲不樂？"雲英曰："吾適有所思也。"綺情曰："所思維何？"雲英未及答，雙頰霞然，徐轉其面他向，若深不欲其顏色爲綺情所覩者。良久，始悄然曰："吾思吾等今日攜手同遊，誠爲畢生之樂事，然蒼狗白雲，時事易遷，明年此日，焉知我等不如分飛勞燕，各自東西……"言未已，綺情笑曰："癡哉雲妹，試思我等除是村外，更復何去？以吾思之，我等當可永永聚首於斯。"雲英曰："綺哥，爾言確耶？我於是村除爾外，覺無一可親者，爾勿誑我！"綺情曰："我胡爲誑爾？爾試驗之，此明媚山川，足供我二人數十年之優遊也！"閱者須知綺情此時視雲英，不過髫年女娃，故戲爲此言以慰之，實非有若何成心而出此也。詎知雲英此時情竇已開，聞此，則以爲彼人用情，較己正復不弱，己之眷戀，誠不爲虛，因閉目深味其言，中心甚適。頃間憂念，頓如凍溜之遇驕陽，滴滴漸消，漸歸烏有，乃欣然起立曰："誠如是也，我等樂境當無涯涘。天垂暮矣，盍歸休？"綺情乃隨之下山，沿途月季盛開，雲英喜極，手足無所措，乃見花即摘，將盈掌矣。忽遇一刺深入掌心，痛極，牽綺情衣而嚘。綺情乃徐徐爲之取出，曰："脫再如是，此柔荑之手，將不復有人愛之矣！"乃握之行。及至村前，猶未釋，村人皆粲然，謂此不啻一對小夫妻。二人始覺，相顧嫣然。自是雲英遂以綺情爲生平第一鍾情之人，雖至海枯石爛，此心不或易，且嘗引村人之言爲二人將來成功之兆。曩者如蜘蛛布網，方吐其絲者，此時則絲吐網成，自縛其中矣。

第四章

次年，瑞英噩耗傳至後，吳媼長在病中，雲英日惟奔走茶鐺藥爐間，無暇就讀，吳媼遂將師傅辭去。是時雲英對於綺情，方如炙鐵於火，情感正熱。聞此，深滋弗懌，恐綺情將因此不履其家。嘗私語綺情曰："吾家近日沉陰多鬼氣，爾務時臨吾家，以壯吾膽，否則吾恐怖死矣！"言時，淚輒瑩然下。綺情見而大憐，擁之於懷，曰："妹妹，爾勿憂，吾得暑，當即來。雖然，爾姊此變乃天心所命，爾勿過悲以自損玉容。"雲英曰："我奚悲？悲亦無濟，可憐者吾母耳！"嗣是每於斜陽挂樹，餘霞成綺時，綺情輒至，至則必攜雲英同步籬次。遠見夫群巒疊翠，芳草粘天，輒相與誦"春草年年綠"之句。以情勢言之，二人情欵，似已如燎原，以故雲英對景牽懷，嘗樂不可支。

一日侵晨，綺情方起，忽郵使遞一函至，啓視之，則友人寄自城中者，謂其債務方某舊疾復發，危在旦夕，務速往清理債務云云。綺情閱畢，稟之吳氏。吳氏素重金錢，聞此色驟變，曰："綺兒速去，遲恐彼死，吾錢無璧還之望。"綺情亦深以爲然，即匆匆出。經過吳家竹籬前，見竹扉已闔，乃思以己將入城入告雲英。及至雲英卧室，門猶深扃，推之，無應者。再攀百葉窗使開，由玻璃門窺之，見羅帳低垂。詢之女僕，知雲英尚未起。綺情良不欲驚其香夢，亟悵然出，步行至十里舖，適有馬車一輛停諸道旁，遂雇之入城。

　　將抵停車場，乃易車而步，行至城西一西式屋前欸關入。此時屋内偏東一室，有一老者，年約五十餘，鬚髮皆白，偃卧於莎發上，病容可掬。雖時值秋初，室内火爐，即熊熊逼人。以狀卜之，此老當必極畏寒冷。侍此老之旁者，則一艷絕女郎，年可十七八，明眸皓齒，櫻口絳唇，暈紅一縷，適映其嫩頰，望之不啻神仙中人。當此時女郎正擎玉杯一盞，立老人側，忽門閛然闢，閽人持一名刺入。老人接視之，喟然曰："吾債主又來也。"隨囑閽人導之入。女郎曰："爸爸，兒須避去否？"老人曰："無須。"言未已，綺情已入室，揖謂老人曰："下走聞翁舊疾又作，特來面候，頃已稍愈否？"老人曰："謝君，然君來殊佳，願君恕吾，吾已四肢麻木，不能起以迎君，君盍坐？"綺情乃擇一絨置安樂椅而坐，流目四盼，忽見女郎悽然坐於室隅，心頓怦然動。自念平生所見，僅一雲英，覺雲英直不啻世界第一美人，不意今日乃見更有美於雲英者，傾心推愛，即思置金屋貯之，此亦不自知其何以然，惟怨苗之情芽，實將頃刻生花，非風雨所能摧折，於是視綫直注之女郎。女郎雙頰發頳，俯首弄帶。綺情益動，幾忘今日所坐乃在何地。少頃，忽聞衰頹之聲發於耳際，曰："綺情……"綺情始如夢覺，亟移其視綫至老人之面，不禁面紅耳赤。隨聞老人曰："此即吾愛女麗英，三年前吾移居別墅時，與君曾數數見，想君當憶之。"綺情曰："然，似曾相識，然今日風貌，實佳於往昔。"老人曰："此君謬獎，若以今日吾之家世論，實則一枝薄命花耳。"綺情曰："翁奚作此言？女公子聰明伶俐，前途正未可限量，但不審乘龍快婿乃在誰家。"翁搖首曰："尚待字耳，以故吾病中自念，半生憂患，事與願違，即死亦無所憾，所難堪者，此煢煢弱女，無所依倚，泉台回首，實有不能含受之情耳。"老人言至此，色甚悲，顧談興反益豪，隨又謂綺情曰："吾將死矣，君實為吾家最鉅之債主，以情勢言，君且遽往封閉吾所質之別墅，債權所在，分應爾也。惟吾今尚不能無求君者，願君善為我說辭，力懇君母，倘能稍緩須臾，待過三月，俾吾女得略減其失怙之痛，而後接收我房產可乎？君試思之，吾女既悲喪父，同時何忍又使之喪家？弱質伶仃，猝遭大故，當亦君子之所憫憐者也。"言已，引目直視綺情，若亟欲綺情與以圓滿答覆者。在勢，綺情既畏母，又深知母之重惜金錢，良不敢遽與若何答覆，然綺情此時已傾心於其女，聞老人言之惓惓，已憫悱不禁，安能忍心拒絕？起立答老人曰："翁勿戚戚，吾允翁，事縱有之，必不若是之急，吾母性固仁慈，決不令女公子有所苦。"老人聞言，掀髯大笑，曰："若是，吾感當不朽。"移時侍者以午膳進，老人遂挽綺情就餐，顧老人不能起坐。綺情獨酌，未免寡歡。老人遂呼麗英至，曰："先生非他人，爾可陪膳。"麗英乃入座。是時綺情談興忽發，餐時，歷詢麗英近況，始知麗英匪獨貌美，且才學甚優，曾於某校領得畢業文憑，於是綺情益傾倒。

　　餐畢，綺情欲辭去，老人曰："君何去？"綺情曰："或往旅館。"老人曰："吾尚有商於君者，吾家書室殊整潔可居，君盍居此？"綺情此時固非誠心欲去，聞此，喜出望外，稱謝不置。於是老人復述其家事，曰："吾家自錢肆歇業後，所入愈少，所出益鉅，連年來除君家息金不能應付外，尚貸有零①星債款甚多。此屋本於三年前質於人，吾爾時意錢肆果能發達，吾不難贖歸，無如命運多蹇，所得與所期，恒相背馳，不得已，三月前，乃完全將此屋售之債主，然除償其貸金暨年息，所得不過千金，食用至今，床頭又將告盡，故吾今日之居此，乃客而非主也，一旦主人欲執行主權，吾父女且須風餐露宿，作溝壑中人矣！"言時，淚承於睫，綺情覩之，心大悱惻。久之，老人又曰："頃間承君允緩封閉吾之別墅，

---

① 原書作"另"。

吾父女已感之不盡，然吾更不能不求於君者，吾苟於此一月或半月中，吾病不起，或吾弟能急至者，則吾當然仍在此屋。如否，吾甚欲挈吾女回居別墅，然後再謀棲息之所，不審君能更許我否？"夫綺情此來，意實在索債，叙談至半日，非惟漫無把握，且竟允緩執行債權，於初衷已負。茲老人更欲往居，綺情必不能一再徇情有斷言者，然綺情殊未計及於此，反覺老人果去，與己家密邇，與麗英聚首之時益多，乃為求而不可得之事，遂立允之。老人大喜，自是綺情乃居老人家，日與麗英相隨，衣香鬢影，彷彿兄妹。顧麗英殊冷淡寡言，實為綺情莫大之觖望。居數日，始辭歸。吾第一章所述者，即綺情歸時之情況也。

第五章

綺情所居，乃一百餘年來飽經風雨之老屋，屋前臨草場，場之盡處，短籬限之。籬次，敝扉雙掩，樞闑陳舊欲脫，遇風欻乃作聲。門面平蕪，老樹數十，屏繞而盡，怒撐其幹刺天。是夕，微風一縷，剪此叢陰而過，梭貫翳綠，切切作聲。老屋中壁鐘方鏗然鳴十一句，忽聞剝啄聲，沿小徑而至，遝叩敝扉。良久，一龍鍾老僕起而啓關，視之，則見綺情挈其革囊，氣咻咻立屏次，訝曰："主人歸何晏？老夫人望眼欲穿矣！"綺情曰："老夫人已寢乎？"老僕曰："否，吾適猶聞其咳聲。"綺情聞言，忽呆若木立。移時，始緩步而入。緣綺情自城中至吳家，途中所思乃盡在麗英之身，無暇分心及於他事，及由吳家歸己室，又感於雲英之一吻，引起無限情緒。舉凡數日來與方老債務上談判，皆幾擠出腦海外，今忽聞阿母尚未寢，知見時劈頭第一語，必在方老債務何如，故假此最短促時光，以溫習數日中所經過之歷史，兼籌備所以應對阿母之詞意。於此亦足徵吳氏持家之嚴，而令綺情處事不敢唐突。然家令之嚴，究祇能行諸子弟頭腦清明時，若至神志昏憒，或為物外所感，家令亦將失其效力。脫綺情遇事恒能兢兢若是，又何至來日受偌大煩惱耶？此時吳氏已俟諸庭中，覘綺情入，即曰："秋深寒峭，至夜彌嚴，爾胡此時始歸？"綺情曰：「兒歸時原甚早，因舅妗挽兒作絮談，故遲遲至此時始抵家也。」吳氏忽發其沉毅之聲曰：「方永昇病狀何如？吾家債務，渠究作何處置？」綺情故作倦容曰：「兒疲甚，容兒休息片晌，然後語母可乎？」少刻，吳氏又促曰：「綺兒，此事非細，爾奈何處之漠然，趣告我！」言時，聲過高，回響發於四隅，靜景爲之一撩。綺情知母心已急，徐徐言曰：「消息非佳，母聞之，乞勿懊惱。」吳氏曰：「豈渠不欲償余債耶？然則余詰朝即控渠於官，發封其財產。」綺情曰：「渠亦未言竟不償吾債，惟渠病殊劇，現金一無所有，若必欲其清還子母金，乃爲至難之事。至於別墅，渠已允作爲抵償吾家之品，且晚吾當作其別墅主人翁，惟……」吳氏不待其言畢，急曰：「爾真糊塗死，爾亦知渠貸吾家債爲若干？子母結算，殆至五千金，渠別墅能值幾何？且吾乃燦然白鏹與之彼，彼今以殘磚敗堵還之吾，是安可者？是安可者？」言際，怒氣勃然，既又曰：「渠現居不有西式屋一幢耶？渠盍售之以償吾？」綺情冷笑曰：「屋實有之，但已於三月前售於人，所得價值，亦已用罄，奚有餘金及其他事？」吳氏聞言，切齒曰：「老賊，竟騙我如許重金耶？我當時固嘗力阻爾父勿昧然貸彼，爾父不我聽，致今日彼以怨報德。然爾亦太不精明，胡彼三月前售屋時，爾竟不之知？脫知之，現金未散，不可完全索得耶？」綺情曰：「渠屋實售諸債主，得價雖鉅，而除扣去貸金，餘僅千餘金，即知之，亦復何益？」吳氏益怒，憤然歸室。

綺情見狀，頗悚懼，知方老來居別墅之議，阿母必不贊同，遂亦歸寢。此際心潮起落，百念俱集，頗悔前日不當慷慨許諾，脫阿母不允，彼煢煢父女，悵然奚之？是於方老爲不信，於麗英爲不義，此後更有何面目以見人？繼又念麗英天生麗質，眷之者必多，己雖欲竭誠輸心，貢諸彼裙幅之下，彼果否見憐，乃爲不可知之事。況雲英日百計以博己之歡心，其意實欲嬪己，若棄此就彼，乃大負雲英。自叩天君，至爲弗當。思至此，反側弗寧。翌日，吳氏之怒猶未息，殆次，又言及債務。吳氏恨恨曰：「老猾，若不以吾金全數璧還，吾當宣布其祕密歷史，使其父女將無顏以自立於世。」綺情聞及其女，心頗動，亟詢曰：「母云何也？」吳氏忽又紃然不言，既而曰："茲事言諸爾亦無礙，但吾爲彼守此秘密將數稔矣，爾亦知彼所以窮困之病源乎？"綺情曰："兒奚知？"吳氏曰："彼實窮諸一婦人之手，今彼窮而彼婦富矣。"綺情曰："然則茲事乃彼個人私德上關係乎？"吳氏曰："然，當十八年前，彼商於蕪，曾眷一貧婦，婦乃絕美，自言夫氏不良，浪遊於外，家徒四壁，度日爲艱，甚願得彼而事之。彼是時新喪偶，得此甚樂。夜去明來，儼同伉儷。顧彼婦姑氏尚存，殊不能明婚正娶。年餘，私生一女，彼即雇乳媼養之。方思以重金賂姑氏挈婦宵遁，適婦夫徐某於時而歸。一夕，彼方宿婦室，睡夢中，聞叩門聲甚厲，促婦起而啓關。婦忽失聲呼曰：'夫乎胡歸？'彼知事且敗，亟思遁，而徐某已入室，驟見彼，大怒，一躍而前，反縛之，並縛其婦，隨覓利刃至，數婦曰：'淫婢，吾何負於爾，吾出時，固諄諄囑爾爲吾撐持家門，今爾竟以此報我乎？'舉刀欲殺，彼叩首求免，徐某厲聲曰：'爾何人？抑知淫人有夫之婦，在法當死！吾必殺爾及此淫婢！'彼是時心膽俱碎，肉顫神越，願以重金贖命。向使徐某果以此爲大恥，彼死必矣，顧徐某非其人，一聞以重金贖命，心即動，曰：'爾言安足信？'彼自矢曰：'爾苟釋我並爾婦，當任爾所欲。'徐某即解其縛，曰：'當以據畀我！'彼慨然執筆書三千金。徐某曰：'僅此乎？'彼曰：'然。'徐某曰：'然則請死。'復縛其手，彼不得已，又益三千金。徐某仍爲未足。彼哀求曰：'吾客商也，力實僅此。'徐某曰：'果爾當另畀一據，註明爾今夕所爲之劣跡，嗣後勿論何時何地，吾皆得執此據向爾索欵。爾苟不許，吾即宣布於世，爾其願出此乎？'彼甚有難色，徐某即以刃加諸頸曰：'不則刃立下。'彼無可奈何，亦惟茹痛書之。既已，徐某始釋之出。自是彼遂無日不在恐怖中。逾月，知蕪地不可居，乃移其肆來潯，並挈其私生女以俱……"吳氏語至此，綺情擾言曰："其女今奚往？"吳氏睜目曰："異哉爾言，豈爾今次未見其女耶？"綺情曰："豈麗英乎？"吳氏曰："然。"綺情聞言，色驟變，失聲呼曰："吾不意麗英身世竟若是其曖昧也！"吳氏曰："此人家事，何勞爾叫屈？"遂續言曰："彼來潯後，業務益形發達，獲利殆至十餘萬，其住屋及別墅，即爾時所營造者。若在他人處之，直可埒諸鉅富，然彼既好揮霍，徐某又頻頻要索，有限之財，安能填無底之壑？不十年，家勢遂日衰落，然彼好勝心甚重，雖境遇日乖，豪爽之概仍未爲少減。以故左支右絀，愈爲不敷。某年，徐某又來一書，謂有事將之南洋，須金一萬元，限彼於五日內匯去，否則即宣其劣跡於報章。彼接書，大恐，私計家中所有，尚不及萬金，安能移以給人？顧不給，名譽立將瓦裂。不得已，乃求援於爾父。爾父與彼交誼固極善，然爾時肆務非佳，拒之，余亦大生阻力。彼情急無可如何，遂盡以此從未宣洩之秘密語之爾父。爾父慈心人也，聞是，頗憐之，亟措四千金假彼。彼即以其別墅爲質。吾當時頗怪爾父胡竟以巨金貸此垂窮之人？叩其故，爾父恒搖首不言，蓋爾父曾允彼誓不言諸他人也。迨爾父病危時，知將不起，恐來日吾等無力追索其債，始於逝世之前夕告之我。迄今數載，吾絶未使第三人知之。綺兒，爾試思，彼果不速以金償吾，吾以此宣之於人，彼父女寧有面目見人耶？"綺情曰："少年失檢，人孰能免？以兒思之，秘之爲善，揚之適足以損自身私德也。"吳氏曰："彼騙吾，吾奚能恕？"綺情曰："嬤嬤誤矣，兒昨固已言之，彼並未言不償吾債，且允以別墅作抵，不過彼恐其病不起，不忍使其女既悲喪父，又使喪家，求吾家稍緩三月，再執行封閉耳。"吳氏縐眉曰："吾不解爾胡力袒此老猾？"綺情曰："兒奚敢袒？第憐憫之念，不能自已耳。"吳氏冷笑曰："仁哉爾也。"綺情知母已怒，不敢再攖其鋒，逡巡遁去。

第六章

綺情既出已宅，循道往吳家，途中自念：母氏之言若果確也，麗英身世，將終無光明之望，第不審於我家外，尚有第三者知之否？以麗英心志測之，似將來亟欲於社會交際間一顯其才貌。脫於時有一人出而指摘其出身不明，爲麗英計，其何以爲情？繼又念母氏既深恨方老，對於麗英亦必連帶而生惡感，設萬一此緣不解，必欲麗英下嬪，母氏實一大障礙。然則日來所縈念不舍者，其亦可以休矣。此時已至吳家竹籬，遙見雲英立綠陰之下，凝睇山景。樹影扶疏，罨其衣袂作冰蘭紋，似籠奇花於碧紗櫥裏者。綺情見之，心騰然躍，私念雲英之美，何減於麗英，胡爲吾乍見麗英便神魂飛越耶？乃跨步入竹籬，雲英驟聞足音，回首視之，嗤然而笑。朱唇既綻，微露其編貝之齒，容光煥發，遙與山色相映，幾令山光且失其美麗。素靨凝脂，襯以輕紅之色，又如玫瑰之浴露。幸此種情態，乃綺情所習見，不然，綺情且疑月宮仙子，下臨塵世，有不發作狂癇耶！雲英笑罷，徐曰："綺哥，昨夕歸時，姑母已寢未？"綺情曰："未。"雲英曰："爾膽力殊壯，若吾，則恐鬼魅來撲，膽且碎矣！"綺情曰："爾真鼠子，雖然，舅妗今日稍痊乎？"雲英曰："似較日來略佳，昨爾去後，彼感謝不已，彼謂此生於我外，所最鍾愛者，即爲爾。"言次，出時計視之，曰："兩句鐘矣，彼須於此時進藥，爾盍偕我入？"綺情曰："諾。"乃相將趨媼病室。媼覩綺情入，頓易其病容爲笑靨，曰："綺兒，爾何時來？"綺情曰："至此未久。"媼曰："爾母近狀奚如？"綺情曰："日來殊佳，第性益躁耳。"言際，遂以方永昇債務事盡告之媼。媼曰："以理言之，方老亦殊可憐，即稍緩須臾，亦復何害？惟爾母處事過謹，故有此反抗，爾亦當諒之。"綺情曰："舅母，我何敢違我母命？所難者，我已許人於先，良不能背人於後耳，然此猶其小焉者。"媼曰："豈更有甚於此耶？"綺情曰："然，當吾既允其第一要求時，彼又云吾苟於此一月或半月中，病劇不起，或其弟急至者，當然仍居其現居之屋，如否，彼即欲挈其女回居別墅，然後再謀棲息之所。吾一時爲情所感，又昧然允之。"當綺情初言時，雲英方料理藥器，殊不注意，及聞至此，心頓動，念綺情對於方老，胡爲如是其親摯？是必其女從中爲之祟，不然，何至擅違母命，輕許其來居？嗟夫！吾昨夕所慮殆非妄也。一瞥眼間，幻想百出，乃移其視綫於綺情之面。噫！此一視也，實無異表示其無限之妬意，然而綺情不覺也。又曰："舅母，吾若不允，彼父女且將如喪家之犬，露宿風殂，輾轉於溝壑也。"媼曰："爾言良是，但爾曾語之爾母否？"綺情曰："吾母方在盛怒中，吾安敢言？吾今日之來，實欲求助於舅母，請舅母爲我轉告，事或有濟。"媼微笑曰："爾欲吾作說客耶？

在理爾年已長，爾家事當可負責，顧爾母尚非其人，吾少刻當延爾母至，或不至使爾遽失信於人也。"綺情曰："如是，感且不朽。"

時雲英藥已調勻，媼飲畢，曰："綺兒，吾服藥後，例須寧睡，爾此時可歸，停時，吾當遣雲英往迎爾母。"雲英此時若有萬端情緒，欲質之綺情，亟曰："嬷嬷，兒即隨綺哥同去，可乎？"媼曰："亦佳。"雲英遂偕綺情出，既出竹籬，雲英忽停步不前。蓋雲英年雖稚，頗知進退，當在室中聞綺情語時，熱血沸騰，似急欲執綺情而問之，及出，氣又略平，故停步而思，思此語果否可問？問之，於理果否適當？兩念正搏戰間，綺情忽攜其玉腕曰："雲妹爾胡趑趄不行？"雲英昂首微視，見綺情一種柔情旖旎之態，形之於面，意頓決，意若曰："吾愛彼至於極地，寧甘讓他人從而蠱惑耶？"遂顧綺情曰："綺哥，吾自爾昨夕歸後，忽有一種不可解之觀念，甚欲一質於爾，爾其願聞乎？"綺情聞言，甚訝，曰："爾姑言之。"雲英曰："我甚疑爾此數日來，與方老之女，乃有許多纏綿之情，然乎？否乎？"綺情色大頳，引首他視。良久，始曰："爾奚見而云此也？"雲英曰："爾昨夕歸時，言及方老之女，忽紲然中止，我已疑之，今又聞爾必欲方老攜其女來居別墅，更覺爾於彼父女有不能脫離之關係。不然，爾寧敢背姑母之命輕此一諾耶？"綺情曰："雲妹，爾勿多疑，吾不過一時惻隱之心不能自已，非有他意也。"雲英曰："在理，茲事與吾無關，吾良不應用此絮聒，第近日人心叵測，恐方老將利用其女以惑爾，令爾家債不能得，屋且被佔也。"綺情曰："彼女心高氣傲，實大家閨秀，安至鬼祟若此？"雲英終弗懌。既抵家，室中寂然，詢諸僕婢，知吳氏已遵小道往吳家。雲英悵然曰："無端累我多此一行。"綺情曰："是吾之過也。"乃相將入書室少憩。室之左偏，藏書百餘冊，負牆而架，地圖、名人小影，及環球著名勝景，四懸壁間。古雅清疏，絕無尋常艷俗陳設。雲英曰："吾未至此又半月矣！綺哥，爾近日得新小說否？"綺情曰："吾邇來家事繁劇，殊無暇及此。"雲英乃起至案前，翻檢其抽屜，忽見中藏新小說二冊，曰："綺哥，此書吾似未閱過，爾從何得來？"綺情頓憶此乃假諸麗英，其上並鈐有麗英圖記，設雲英見之，必又生疑。急起，欲奪去。雲英見綺情神色倉皇，果疑其來之非正，緊挾懷中，曰："今暫假我一閱，可乎？"綺情曰："是書爾不宜讀。"雲英不信，伺隙而遁，由書室達中堂，出宅，至園中，狂奔。綺情追之，相逐林樹間，如獵人之捕兔。未及百步，雲英大笑，氣喘，不能支，吃吃言曰："綺哥，毋再追，吾且仆矣！"綺情曰："然則以書還我。"雲英忿然遙擲地上，綺情彎腰拾取，行近雲英立處，低語曰："好妹妹，此乃淫書，實非爾所可入目也。"雲英愠然曰："吾問爾從何處得來？爾胡不言？"綺情曰："吾前日入城時，假諸友人。"雲英曰："爾言確耶？吾前者意爾必不欺我，今竟欺我也。吾見書面鈐有麗英圖印。麗英者，方老之女也，爾明明假之麗英，乃誑我假諸友人，何耶？"綺情語塞，面色大赧。此時籬前敝扉忽啓，雲英侍兒蓮香匆遽入，曰："姑娘趣歸，夫人方待爾午飱也。"雲英悒悒隨之出。時夕陽餘光，正射雲英面部，綺情遙瞻之，見其淚痕瑩然，不覺大愧。

第七章

是夕，月明如畫，樹影扶疏，綺情悄立籬次，以俟母歸。直至十二句鐘，始見遠處人影在地，笑語聲誼。綺情知母已歸，趨前迎之，顧此時心甚弗寧，足力幾軟如綿。蓋深恐母氏聞其擅以屋假人，又以怒容相向也。及近，竟大謬不然，私心良慰。隨吳氏以行者，即蓮香。吳氏既見綺情，語蓮香曰："吾已得伴，爾可返。"蓮香曰："否，婢若此時返，夫人必謂婢未至而先遁。"吳氏曰："然則爾必至吾家而後歸乎？"遂先行，綺情偕蓮香略後。吳氏行甚急，未幾，距兩人益遠。蓮香低謂綺情曰："先生今日又獲罪於吾家姑娘耶？"綺情曰："否。"蓮香曰："胡日間姑娘自此歸後，伏床大哭，幾至晚膳亦不欲進？"綺情曰："彼亦太癡憨，吾不過因……"忽又易詞曰："爾爲我轉語彼，我固愛彼，勸彼勿過多疑也。"蓮香曰："婢言彼安信？以婢觀之，彼之於先生，殆已如乳兒之於保姆，不可須臾離，先生苟弗至者，必誦先生之名至於百遍不倦，每夕臨寢時，又必玩視先生相片至數十次，始已。前日先生入城，彼不知之，長日如喪魂魄，時促婢至此探詢，婢事冗又無暇，輒遭其責讓。先生試思，彼如此推愛於先生，先生乃不諒而反忤之，彼奈何不心傷哉？"蓮香此一席話，直如造冰室之排熱機，頓將綺情對於雲英之熱血，滴滴排出，漸歸烏有，遂語蓮香曰："蓮香，爾歸語姑娘，謂我愛彼已至極地，無論如何，決不至更奪此愛而與他人也！"蓮香曰："諾。"此時已抵短籬，蓮香遂辭歸。綺情則隨吳氏闔扉入室。

綺情此時，反若泰然甚安，以爲母氏若堅執不肯以別墅假方老，則亦任之。蓋寧負方老父女，而不能負雲英也。詎天下事恆有出人意料所不及，吳氏竟欣然許方老來居，此則綺情所萬萬推想不到。緣吳氏之爲人，外強而中弱，雖好怒，然易平，慈善事業，亦素喜經營，且又好譽。雲英母氏，固稔知其性格，故迎至家，動之以情，與之以譽，令彼一腔憤怒，如積雪之遇驕陽，漸融化於烏有，而慈祥之念，亦油然而生，故歸時絕無反動之影響。綺情聞之，反爲惘然。蓋綺情一綫天良，頃間已爲蓮香所激動，深願此後與雲英永歸於好，不許更有第二念雜於腦海中。今阿母忽許其來居，來日己之情絲，實難保不爲所動搖，是於頃間所抱之主義，乃不免生一大障礙，然又不能因此而拒絕方老。不得已，作書告之。

書發後，約一禮拜，方老之覆書始至，並無多語，惟促綺情速速入城。綺情私念，方老得勿病危耶？若然，來居之議，當可打消，於己實有莫大之利益。詎抵方宅，方老已能健步。方老見綺情至，力展其歡容，曰："前日手書至，知老朽得獲棲息之所，私衷良慰。老朽近得良醫理治，賤恙略瘥，昨此屋主人至，催我遷徙，我擬此禮拜內，即率麗兒之鄉，然我未臨別墅已三載於茲，此去於故鄉父老，不免有一種周旋，故速君至代我籌劃。"綺情曰："翁苟有所命，下走當竭力爲之，但不審翁所謂周旋，其指禮物乎？抑指交際乎？"方老曰："大抵禮物也，吾曩者每一度之鄉，凡近村皆有所贈，今雖貧寠，此禮亦不忍廢，且白手與人相見，殊覺自慚。"綺情曰："以下走思之，翁今日境遇殊非昔比，與其奢也，毋寧儉。」方老曰：「綺情，吾直語君，吾雖貧，頗不欲人謂我貧，然我之至於破產，亦未始非此念有以致之也。」綺情此時忽憶及母氏之言，覺方老此語乃爲矯飾，方欲啓問，麗英忽入，衣蒼色夾衫，曳長裾，飄然若仙。方老曰：「麗兒，爾奚往？客至亦不來招待耶？」麗英曰：「適往縫肆。」隨轉面笑謂綺情曰：「不圖先生今日辱臨，甚失迎迓，望原而恕之。」麗英此一笑也，又引起綺情無限情緒，寸心突突，幾不知其語爲何。麗英見綺情無語，遂擇一安樂椅而坐。方老曰：「爾衣已製就未？」麗英曰：「否。尚須兩日，此肆縫工殊可惡。」方老曰：「遲兩日尚未足礙我輩行程。」麗英遂復顧綺情曰：「噫，吾誠荒唐，承君施惠，俾我父女不至流離。吾尚未謝君，君不譏吾失禮乎？」綺情曰：「此安足言謝，扶危濟困，丈夫應盡之責，姑娘苟再云此，吾且無顏以對矣。」方老曰：「君誠義士，吾往者與君父納交時，君年尚幼，頭角崢嶸，卓犖不群，即謂君非凡品，不圖今日乃身受其賜。」言已，大笑。

是夕，綺情乃偕麗英出，遵道入肆，凡菓食諸品，購至巨筐，然尚未及其所需之半。夫以方老丁此垂窮之時，猶揮霍若此，則綺情所深爲嘆惋者。及歸，晚餐已備，麗英因倦極不欲進食，惟方老與綺情共酌，麗英則倦倚妃椅讀報。方老曰：「吾不意吾今次乃得更生，醫生之惠我，良非淺鮮。然論勢，吾縱生，亦復何樂，不過使我得有寸晷，以了我未了之願，此則我所深自慶幸。」綺情未解其語意，遽問曰：「翁猶有未竟之事耶？」方老曰：「吾前不云乎？吾女麗英，尚在待字之年，脫吾此次竟不起，不能目覩吾女得所依歸，寧非恨事？故今後吾第一事，即在爲吾女擇婿，若以吾女才色論之，將來當不難偶一快婿。第吾家日就式微，果否能如此願，則又非所知。吾嘗獨居深念，吾不儉，不知理財，致家事頹敗，吾猶無怨，蓋命運使然，非可強也。設因此而阻礙吾女不能上匹名門，實吾之大憾。」麗英聞至此，嫩頰緋紅，託故而出。綺情亦情思如麻，不知方老此語其爲有意抑爲無意。少頃，麗英擎一藥杯入，曰：「爸爸，此時宜服藥否？」方老曰：「然。」隨接其杯飲之。飲畢，視壁上鐘方九句半，曰：「麗兒，吾是時宜睡，然時尚早，綺情獨坐，不其無聊耶？爾不謂爾文稿已繕就乎？盍以之求政於綺情先生？"麗英曰："諾。"乃偕綺情入其書室。書室在樓上，窗臨花圃，作法蘭西式，殊軒豁宜人。室中陳設甚雅潔，臨窗皮巨案，即麗英讀書之所。案之左側，置大風琴一架，右側，則書櫥，内陳新舊書都百餘部。四壁皆懸繡畫或美人圖，嵌以玻璃，殊可悦目。綺情雖嘗自許其書室之精緻，然以此儗之，又甚愧不如，第好景不常，此屋瞬須還之他人，則綺情所大爲惋惜者。瀏覽既已，乃就案前籐椅而坐。麗英曰："吾父培植此屋，曾煞費苦心，吾自九歲時即讀書於此，後吾雖入校，吾父仍按日遣人掃灑，恐其污垢，故吾每安息日歸家，必盤桓此室至於竟日。嘗思若能終身居此，得長領此花圃之空氣，吾今生即不復他有所羨，今則願望俱虛矣。"綺情曰："屋隨人而新，姑娘此去別墅，安知不能培植一如此室？"麗英曰："別墅又豈我有耶？"言際，戚然。綺情深恐引起麗英悲感，因易言曰："老人不謂姑娘有文稿見示耶？"麗英長嘆起立，曰："此吾父饒舌，雕蟲小技，奚足污君目？"綺情曰："鄙人學殖荒落久矣，姑娘佳製，尚不知能領悟也否。"語已而笑。麗英行至案側，抽其暗屜，出文稿一册，綺情接視之，類皆史論，逐篇研讀，覺珠圓玉潤，無一非佳，乃大嘆賞，顧麗英曰："巾幗中具此學識，吾未之曾見。"麗英曰："君毋過譽，吾且愧死。雖然，君爲此言，女友必多，可得而聞乎？"言時，因與綺情略近，綺情忽覺異香一縷，衝透鼻觀，再視麗英，則方展其編貝之齒，嫣然微笑，頓時神魂蕩漾，幾疑身入仙境。麗英見綺情視不轉眸，微有所覺，悄然退去。

第八章

綺情逗遛方家可三日，贈品均已購齊，遂於次日辭歸。當綺情來時，原思斬斷情絲，不復再屬意於麗英，今經此數日盤桓，寸心又爲動搖，覺麗英之美，實過於雲英，且麗英學識淵博，舉止穩重，決非出自蕩婦。母氏之言，殆不可信，於是欲娶麗英之念，乃因之復熱。途過吳家，適遇雲英手持綢傘，似欲他出，因呼曰："雲妹……"雲英回首視之，訝曰："噫，綺哥，爾自何歸？吾方欲往迎爾。"綺情曰："殆舅妗疾復劇乎？"雲英曰："否，吾母近日精神甚佳，今晨有村人餽吾家野雉兩頭，甚鮮美可口，吾母速吾迎爾至。"綺情曰："其欲吾共賞此味乎？"雲英曰："然。"綺情曰："吾口福誠佳，然則吾曹當入。"雲英嗤然大笑曰："爾誠老饕，一聞得美饌，即如幼孩得菓，恨不得囫圇吞之。"綺情亦笑曰："雲妹，爾又作蹊語以譏我耶？"雲英曰："我何敢譏爾，特恐爾涎欲奪齒而出，故以此塞之耳。"復相與大笑。此時綺情欲歸，雲英曰："爾不許吾至爾家耶？"綺情曰："我奚云此？"雲英曰："爾僅顧一人獨行，安知我不去？直語爾，吾尚須往迎姑母。"綺情曰："然則同行亦佳。"乃爲雲英張傘，並肩而行。途次，綺情語雲英曰："爾亦知吾村不日有新人來居乎？"雲英曰："誰……其方永昇乎？"綺情曰："然。"雲英曰："咦？爾殆又往城中耶？無怪日來未見爾之蹤影，然胡不告我？"綺情曰："吾意吾母當知語爾。"雲英曰："吾未履爾家，且一禮拜矣，安從而知之？雖然，爾當有以贈我。"綺情曰："良歉，吾今次事冗，乃未計及於此。"雲英冷笑曰："吾固知爾將不復有我等在目中矣。"既抵老屋，吳氏方架其舊式玳瑁眼鏡縫補門幔，覩綺情入，瞋曰："爾尚記歸乎？吾恐爾將墮入狐窟，忘其有家矣！"言已，徐徐去其眼鏡，又曰："爾去時，吾明明囑爾信宿即歸，今乃至三日之久，吾真不解爾近日何膽大若此！"綺情聞言，色大頹。雲英則如飲甘露，肺腑皆凉，時時轉眸視綺情，若曰："不圖竟有人代我伸此不平之氣。"一種快適之狀，幾不可名言，然又懼吳氏因此怒發，乃行近吳氏前曰："姑母，如此年邁，尚能從事針黹耶？且此幔已舊，似宜易新者。"吳氏曰："爾奚知？脫如爾言，事事擱置，舊則易新，吾家產早破矣！"雲英言此，原思動其歡心，不意竟得此言爲報，則亦大慚，隨易語曰："姑母，吾家今日得獲佳肴，吾母甚欲姑母往赴晚餐，不知姑母以爲可否？"吳氏曰："吾日來胃力弗佳，不能去。"言已，顧綺情曰："方家何日可來？"綺情曰："尚需三日，因彼家物什，約爾時始可運罄。"吳氏發其冷峭聲曰："窮至今日，尚欲表其闊綽，此等人天宜譴之。"又曰："吾言已盡，餘事少刻當再問爾，此時爾可偕雲英去赴晚殽。"雲英曰："姑母必不去耶？"吳氏曰："然，爾儕行矣。"雲英隨綺情出，出而大笑，謂綺情曰："吾姑母誠似太古以上人，脫使其降生於五千年以前，吾知其懷抱必終日暢適，無復煩惱矣。"綺然曰："然，今日苟再言，彼怒且發，爾試檢其室中，破壞什物，纍纍然不記其數，我偶勸其棄之，則立遭詈罵。"雲英曰："如是，盍設一古董肆於吾村？"言已，復大笑。兩人將入竹籬，吳媼已倚杖立於門次。綺情曰："舅妗今日竟能起立耶？殊大喜事。"媼曰："爾母不來乎？"綺情曰："然。"雲英則屈其指作圓圈置眼前，曰："姑母尚在家架其盤古時代眼鏡作裁縫也。"媼見狀，亦微哂，既而曰："吾腹已飢，爾往視吾饌已備否？"雲英仰首遙指曰："夕陽尚挂樹梢，即進晚膳耶？"媼曰："飢則食，豈必有定時！"雲英乃入。綺情則隨媼趨殽室。媼曰："近日未見爾，又何去？"綺情曰："往方家去。"媼曰："彼何時可來？"綺情曰："大抵三日後可來。"媼曰："爾母將無異議乎？"綺情曰："然，此則我所當深感於舅妗者。"媼曰："吾何欲爾感，然後日爾仍當自慎，勿觸爾母之怒，否則方老朝來，爾母可夕令之去，不適足與人訕謗耶？"綺情曰："謹遵妗命。"是時雲英已督僕以饌進，媼舉箸大嚼。綺情亦飢，惟雲英不欲食，第呆然坐視。媼曰："雲兒，爾奈何不食？"雲英指綺情笑曰："吾匀食以與彼老饕也，彼腹寬殆如垃圾之車，無所不容。"媼聞言，大笑。綺情則捧腹不能仰，雲英復曰："爾再笑，垃圾車且覆矣！"言已，一室闃然。殽畢，雲英語媼曰："嬤嬤，來朝方家至此，往視者必多，兒呢衫已舊，將何以見人？"媼曰："此奚礙？村中誰不知爾者？"雲英曰："吾聞方家女郎，素以紛華自炫，見兒不笑為寒村耶？"媼思索半晌，曰："吾亦思為爾易新者，然此時無人入城奈何？"雲英指綺情曰："綺哥當可盡此奔走之勞。"媼微笑，語綺情曰："爾願否？"綺情曰："苟得暇，當去。"雲英始躍然色喜。

次日侵晨，雲英即往唐家，見吳氏並不作他語，惟曰："綺哥奚往？"吳氏曰："適往別墅去。"雲英復往別墅，見綺情方督促工人，粉飾牆壁，因曰："綺哥，昨日之約踐乎？"綺情未悟其語意，應曰："何也？"雲英曰："爾誠善忘，爾昨不允爲吾入城購衣耶？"綺情笑曰："噫，吾腦誠鈍，然今無暇。"雲英曰："爾尚有何事？"綺情曰："此屋尚未塗竣，且方家什物，尚須我代爲布置，云何無事？受人之託者，必忠人之事，此時實不克抽身入城也。"雲英大不悅，曰："豈爾昨面允吾者，不爲受人之託耶？不圖自幼相處之兄妹，反不若霎時相值之朋友，爾試思之，能不令人氣憤？"綺情曰："雲妹，爾勿誤會，蓋我爲彼督工，近在咫尺，若爲爾購衣，則須途行數十里也。"雲英曰："爾駕自由車以行，不數句鐘可返，奚礙方家事？非不能，實不爲也！"綺情曰："否。自由車已損壞，不可復用。"雲英怒曰："嗟乎綺哥，爾勿更言，爾試自思，苟來日此屋主人之女有事需爾入城，吾知雖黑夜雖無車，爾必樂赴也！"言竟，忿然攜傘而出。綺情者，柔情人也，生平於友朋間或不免時施其意氣，第對於女子，無論何人，則不敢得罪。比聞雲英語，知雲英已怒，且其所語，切中己之心坎，因之甚愧，亟趨出，呼雲英曰："雲妹，爾勿憂，吾詰朝當往購。"雲英不語，綺情追及之，見其淚痕瑩然，心大痛，復以前語語之。雲英以傘擊地，切齒曰："謝爾，吾再不須此！"不意用力過猛，致將傘柄折而爲兩。綺情益慚曰："可惜，可惜，此吾之過也，吾當市以賠爾。"雲英則持傘而泣，良久始曰："此傘已舊，誰欲爾賠者，且安知過不在我？"綺情曰："吾必賠爾！"雲英乃歸。

第九章

一日，正十月上浣，方氏別墅前，群人湧聚。雲英亦在，衣淡藍海虎絨夾衫，白花點點，掩映其上，即綺情新自城購歸者。足踏革履，襯以黃色羅襪，燁燁有光。髮編作辮，垂之香背，額上短髮，分爲人字形，映其鵝蛋嫩臉，益顯光艷。手持粉紅綢傘，立樹陰下，侍其旁者，則蓮香，其丰韻亦良不弱於雲英，第稍輕浮，終是婢子風緻耳。此時綺情方自別墅出，引目四矚，若覓人者。蓮香向之招手，綺情欣然曰："爾儕已來乎！吾意爾儕早飱尚未竣。"蓮香曰："雲姑娘侵晨即起，促吾儕備膳，至此已久矣。"綺情笑顧雲英曰："爾誠熱心歡迎者。"雲英曰："吾意爾心之熱，當更甚於我。"綺情恐雲英又加以譏諷，因顧左右而言他，曰："爾傘佳乎？"雲英曰："實較斷傘爲美，且有網鬚。"綺情曰："直告爾，吾經十餘肆始得此。"雲英曰："謝爾，吾固不欲爾賠。"綺情曰："爾言殆僞也，試思爾今日若無傘，不怨我耶？"言時，人衆咸注目林際，曰："車至矣……至矣。"綺情遙瞻，見肩輿數乘，施施而來，語雲英曰："方老已至，我等勿立此。"乃相將至別墅鐵柵前。方老至門下輿，見綺情，出其懇摯聲曰："日來大勞君矣！"先入，次則麗英，衣妃色花衫，繫長裙，挽髻作東方式，鼻架金絲鏡，艷麗乃無其匹。既出肩輿，向綺情嫣然一笑，繼見雲英，亦點以首，緩步入。綺情隨之，繼麗英後者，則一女婢，兩男僕。維時村人觀者，莫不羨其富麗，實則方老已一貧如洗，知之者，惟綺情、雲英兩家耳。

雲英今日之來，居心實非歡迎方家父女，特欲藉以覘綺情與麗英之態度，及見麗英向綺情嫣然作巧笑，即覺兩人視綫中含有無限戀愛，又見綺情棄己隨麗英入，愈爲憤憤。時村人咸紛紛聚訟，有讚麗英艷者，有謂方老陳設華麗者，更有品評麗英衣飾之鮮美者，獨雲英凄然立諸柵門之前，引目視地，若有萬千煩惱，攪其心思。既而仰天長吁，攜蓮香遵小徑入宅，見方老與村中耆舊接談，又見綺情與麗英雙雙立于廻廊，聞麗英語綺情曰："若爲誰家女郎，胡娟美若此？"綺情曰："吾舅氏女公子也，姑娘欲見乎？吾願介紹。"雲英是時安有心情與麗英相見，聞至此，回身欲出，綺情已至，曰："雲妹，吾甚願介紹爾得一良友。"雲英曰："謝爾，吾村姑耳，安能與天上安琪兒見？"綺情曰："雲妹，爾勿出此銳語，令人難堪，實則彼謙和近人，安見不可以交乎？"雲英仍弗行。蓮香曰："姑娘，勿固執，以禮言之，姑娘亦當往。"於是始隨綺情入麗英客室。

室在偏東，中闢兩窗，窗外即廻廊，廊外平蕪一片，望之暢然。室中陳披霞納一架，披霞納之側，則有大穿衣鏡二，四壁俱懸磁畫，光耀奪目。椅棹皆來之寧波，精緻無比。雲英既入，麗英急起迎曰：「三年未見，不意姑娘竟娟麗若此，幾令我把臂不相識。」雲英強爲笑顏曰：「姑娘，更勿謬獎，以吾與姑娘爲伍，正不啻藁稭之與佳卉，辱姑娘甚矣。」麗英微哂，讓坐。雲英曰：「吾聞綺情君語吾，姑娘學問乃至淵博，此來吾村得一不櫛進士，榮幸何暨！」麗英笑曰：「此乃綺情饒舌，實則略識之無，安得云學問？且吾向濫竽學校獲益甚尠，以擬姑娘芸窗研讀，不幾有天淵之隔耶？」言已，相與大笑。當雲英初入室時，綺情深恐雲英仍持其倔強態度冷嘲熱諷，令麗英難堪，因之忐忑不寧。及至此，中心大慰，乃移坐於室隅漆皮安樂椅，細審兩人容貌，覺並無軒輊，第一則紛華，一則雅素耳。兩美同聚一堂，己適處其中，正如袖手東籬，見叢菊爭妍鬭艷，誠爲天地間不可多得之妙事。此時綺情樂不可支，正思以雋語逗兩人之歡笑。雲英忽興辭，麗英力挽之。綺情亦曰：「雲妹，爾奚亟爲？」雲英曰：「吾母尚須進藥。」麗英曰：「吾居此寂寥殊甚，望姑娘不時惠臨。」雲英首肯而出，綺情繼之。麗英曰：「君勿歸，吾父恐尚有事與君商。」綺情曰：「諾，吾送雲妹出，當速返。」雲英回首，又出其冷峭之聲曰：「吾無須爾送，免令人盼煞。」乃行。

　　越日，綺情偕方家父女，徧訪同村父老，且各有厚贈。末至綺情家與吳氏相見，方老以此來吳氏實施之惠，見時多方感謝。吳氏亦頗憐之，所以慰藉之也備至。既見麗英裝飾妖艷，心甚厭，不欲與之接談。綺情恐麗英寡歡，乃遣僕迎雲英，比返，則謂雲英稱疾不至。綺情甚詫。麗英冷笑曰：「彼殆不樂與吾貧女相偕也。」綺情曰：「否，或不適，亦未可知。」是日吳氏以盛饌欸方家父女，談笑甚歡。餐畢，方老辭歸，綺情偕之行。方老曰：「吾村風氣大非昔比，曩者吾居此，見若輩恒好惰，不務事業，今則人人咸有勤儉知識，來日吾村必有可觀者。」綺情曰：「然，若輩實有進步，第教育尚窳陋，吾去歲擬組織一官督私立小學，俾村中少年子弟不至荒廢，乃若輩謂耗費過鉅，咸起而阻止。翁謂其勤儉，實則彼等非果有此美德，不過好利之念有以使之然耳。」言際，忽聞一人展其嚦嚦鶯聲曰：「君等奚往？」綺情昂首視之，見雲英手紫菊一束，立諸道旁，方抵唇微笑，因瞋曰："吾方遣人迎爾，爾謂不適，胡乃在此？"雲英曰："異哉爾言，吾奚見爾所遣之人？"言已，顧麗英曰："今日辱臨寒廬，諸多失禮，吾母抱歉良甚，然吾思姑娘磊落人也，必不如俗人齗齗於禮節，然乎？"言際復笑。顧此一笑也，實含有無限奚落之意。麗英雖覺，亦不欲與之詆，第微笑曰："誠如君言。"雲英聞言，乃行。綺情則仍隨麗英至別墅。

第十章

方老之病，原因虛勞所致，此次還鄉，經數日勞動，舊病又隱隱欲發，乃杜門謝客，日惟召綺情至別墅抵掌談天，間或命麗英鼓琴，使綺情和之。每當風和日麗之候，裊裊琴音，達於戶外，聞者莫不嘖嘖稱羨。方老嘗語麗英曰："吾儕新至此，人地生疏，且吾病又作，苟非綺情時來，吾儕當孤寂死矣。"麗英曰："然。綺情先生，兒亦愛敬彼，顧彼終是男子，安能破兒之岑寂？"方老曰："吳家雲姑何如？"麗英曰："彼人性格過傲，兒與彼亦落落難合。"方老曰："此亦不足憂，吾儕在此不久，瞬須他去，荒村僻壤，吾固知不足以處爾。"麗英曰："安知來日所至之處，不更甚於此？以兒思之，我家將從此淪於不幸之境，安樂二字，非復我等所有矣。"方老恐因此引起麗英之悲感，乃強笑曰："兒奚作此想？我來此時，曾致書慶叔，或者我等能往滬一遊，亦未可知。"麗英曰："叔耶？渠許我等往同居耶？兒恐此乃理想上事，實行則未必可也，即渠以爲可，姨娘未必以爲可也。不憶夫當日在潯同居時之境況耶……"緣方老與其弟慶昇，素不睦，弱冠時，即分析。迨後方老商於蕪，慶昇亦赴滬，設肆營貿，獲利固不薄。兩年前，因設分肆於潯，曾攜其妾來潯，與方老同居。爾時方老已漸趨破產，然不欲使慶昇知之。對於經濟問題，二人不免時有齟齬，然手足之情，究未盡沒。家族之內，雖時聞詬誶，而外表固猶兄弟也。所最使兩人不相安者，則慶昇之妾菊兒也。

菊兒，滬人，父母俱亡，終鮮兄弟，寄寓潯陽盧某家。盧有子名克明者,瀟灑少年,曾肆業某校,科學研究頗不惡,第輕薄浮蕩,爲士林不齒。菊兒與克明,固中表親也,故假寓其家時,內外之防頗疏,月上柳梢,花龙不吠,青蠅墻茨之嫌,兩人實未能免。某年慶昇回潯,聞菊兒名,艷之,倩人以五百金爲盧某壽,納菊兒爲簉室。菊兒固不願,然柳絮隨風,一身無主,亦無可如何,遂隨慶昇赴滬。克明於寒暑假中,得暇輒往滬以繼續舊歡,慶昇不知也。及慶昇回潯設肆,與方老同居,時克明更不時涖止。慶昇以其爲菊兒至戚,絕未加以禁止,而克明又善於詞令,偶與慶昇談,慶昇輒樂不可支。時麗英方就讀女校,每安息日歸,必見克明。初意克明浮浪子弟也,未嘗注意。後與之談,誤其爲少年博學,乃大敬服。夫同類則相善,同氣則相求,麗英正值悒悒寡偶之時,得克明以相切磋,安得不動於中?於是每禮拜必一聚其書室中,久之久之,情絲一縷,不覺緊緊牢住。方老見克明舉止磊落,亦恒樂麗英與之遊。詎知克明彬彬其表,乃蛇蝎其心,彼生平之視女子,不過一種玩物,無論若何艱難險阻,必求得之,既得之後,旋又棄之。名門閨秀,受其害者,不知凡幾,而彼又善媚,一知半解之學識,更從而濟其奸。見彼者,必自願墮其彀中,非至秋扇見捐時,不足以洞其險詐。

麗英生性聰明,學力充富,應非他絕無知識女子之可比,顧女兒性格,獨喜溫存,克明既能投其所好,麗英又未嘗經世,以磁石引針,安得不合?且女子任何精明強毅,一到情關,便心思昏迷,而失其自振之力,故麗英此時視克明,不啻奇璧。暑假歸來,相見益密,親暱愈甚。或鼓琴取樂,或泛棹南門湖,夕陽返照中,遂嘗見此少年偕一女郎出沒於方氏宅第中焉。因是之故,家庭中時起烈潮。蓋菊兒初之視克明,無異獨有之異珍,及克明識麗英,對菊兒漸形冷淡。菊兒大恚,嘗自語曰:"嗟乎麗英,爾必欲與吾爲仇乎?克明者,吾貯之懷抱數載於茲矣,爾不知耶?爾竟效山谷蜘蛛,隱身林木間,襲人不備,吐其毒絲以網我克明以去,我安得不與爾校?"又嘗作獰笑曰:"麗英,麗英,惟我與爾,均是人也,爾能效蜘蛛而張網以冒吾克明,吾獨不能亦效蜘蛛以冒爾耶?世維婦女之心最仁而亦最毒,試視吾絲與若絲,晴空互颺,觸處糾紛,終局果孰佔勝利也。"於是背人輒以刻薄、冷峭之語橫侵麗英，一若冤仇結於前生，此時來圖報復者。麗英固不知菊兒實是情敵，一聞其語，即與之詆，而與克明之親密如故。此時景況，殆如花間蝴蝶，側翅雙飛，不圖蛛網當空以阻其佳興。菊兒見麗英擅與彼抗，又深懼麗英非易與者，乃私警告克明曰："爾之得以至此，實我之力，今爾得新忘故，不畏我舉發耶？"克明乃虛與委蛇，好言慰之，而愛麗英之心，絕未為少殺。一日，方老他出，克明與麗英於書室中作絮絮談。菊兒適經過其門，見狀，妒心為之陡熾，徑入室，謂麗英曰："伯父在家否？"麗英曰："否，已他往。"菊兒曰："伯父既不在家，爾以妙年閨秀，與此青年男子喁喁同處一室中，成何體統？"麗英起立欲言，菊兒曰："爾勿更言，吾家門楣，為爾玷辱盡矣，吾良不欲與爾同居，以失我清白之身，爾誌之，苟再不悛改，吾當引去，免因爾同被穢聲也。"言已，憤憤而出。自是菊兒時媒孽於慶昇之前，謂此地萬不宜居。蓋菊兒以為去此他徙，克明便無詞可藉，不能再與麗英聚首，然後可獨享其利。麗英亦以為菊兒無故虐待，時私訴於阿父，遂令慶昇與方老又多一層糾葛，而詬誶益甚。迨下年慶昇以潯陽肆務蕭條，正室又卒於滬瀆，仍挈菊兒赴海上居，與方老不通音問者，迄今兩年矣。是日方老既聞麗英語，回思往事，覺麗英之言，實不無理，因之新愁舊恨，畢集心端。念此屋本非己有，至多不過逗留數月，數月以後，更將何往？且此日一身之外，別無長物，即他往，川資亦不易籌，後路茫茫，殆如崦嵫日暮矣。然使己日就強健，或猶可奔走以謀救濟之策，偏又殘疾疲癃，與病魔結不解緣。設萬一不起，煢煢弱女，更不堪設想矣。方老思及此，淚欷欷下，病乃因之轉劇。

第十一章

自是綺情幾無日不至方氏別墅，一以方老病中無聊，欲藉綺情以事排遣，一以綺情此時與麗英殆已成一日不見，如三秋兮之概，故明來夜去，如學生之於功課。然於時吳家忽發生一事，雲英日日到唐宅覓綺情，而終不一見，既妬且忿，嘗於吳氏前發其憤懣。一日，綺情晨起，方思往別墅，吳氏忽出其嚴厲聲曰："雲英日來數數覓爾，謂其母有要事與爾商，爾竟不知耶？"綺情曰："兒奚知？且未晤雲英。"吳氏曰："然則爾當往詢之。"綺情遂遵道往吳家，行至中途，忽遇雲英，鬢髮蓬鬆，似將起者，因語之曰："雲妹，爾奚往？胡如是匆匆也？"雲英瞋曰："爾思我何往？我近幾無日不至爾家，而卒不晤爾，故今日侵晨即起，意乘爾未醒或可把晤，不圖相值於此。雖然，爾胡之？其往方氏別墅乎？"綺情曰："否，吾將至爾家。"雲英冷笑曰："噫，爾其誰欺？吾聞爾長日在方家，安得復憶及我輩？然爾盍移爾寢具至別墅？不省却旦夕奔走之勞耶？"綺情曰："雲妹，爾勿爲此語，令吾難堪，舅妗果何需我者？"雲英積累日不平之氣，正思藉此發洩，安能輕易放過，因曰："事則有之。然吾頗不以吾母求援於爾爲然，蓋我覺爾腦海中，但知有麗英之倩影，即求於爾，亦未必肯援手也。"綺情聞言，面色微頳，曰："爾奚見而云然？"雲英曰："吾母舊病復發，爾不知耶？胡未見爾一存臨，足徵戚誼不若友誼矣。"綺情曰："舅母復病耶？"雲英曰："吾固知爾心目中將不復有我輩矣。"綺情曰："然則我等當速往視。"乃拽雲英去。

既至，見媼偃卧床笫，面部微腫，作潔白色，以狀卜之，必遇有極傷心之事，因之頗駭，俯首低呼曰："舅母，病又發乎？"媼啓目微視，忽作笑容曰："綺兒，爾至乎，吾盼爾極矣，爾抑知吾兒瑞英事乎？"綺情曰："然，兒固知之，然此已成過去事，妗胡猶縈諸懷抱以自苦？"媼曰："綺兒，吾兒之死，乃余生謀斃也……"言未已，淚承於睫。又曰："吾心已碎，吾不忍言，此吾兒道生來書，爾可一閱。"言際，手顫顫持一函給綺情。綺情閱畢，色亦變曰："確耶？"媼曰："吾兒不作實語，以吾思之，謀斃無疑。噫，瑞兒苦矣！"綺情曰："妗將如何？"媼曰："綺情，吾誓必雪此冤，第爾舅遠客異地，吾家獨一弱女，對付此事殊爲困難，吾速爾至，非他，欲求爾爲吾臂助也。"綺情曰："凡我力所能盡者，當竭其忱悃爲舅妗效馳驅。"媼曰："爾果能如是，吾良感激，雖然，爾能爲我赴金陵一行乎？"綺情聞言，忽瞠目作遲疑狀，蓋綺情以爲媼所欲引爲臂助者，不過筆墨間事，不意竟命其遠行，而此時對於方氏別墅，已成須臾不可離之勢，安忍舍之他往？故頓呈遲疑之象。媼又曰："吾初原擬函囑道生處置此事，後思彼功課繁劇，安有暇及此？故欲爾往以查察余家真相。爾果憐我而行也，吾之感爾，當至死勿替。如否，吾亦不能強迫爾之自由，則亦聽之。"綺情曰："舅妗之命，我安敢違？雖然……"言至此，雲英忽闖言曰："綺哥，胡爲呐呐？吾試爲爾言之曰：'雖然，方氏父女，我不忍離也。'然乎？否乎？"綺情色大赤。媼曰："以理言之，爾與方氏父女，不過債務上關係，我與爾，則遠年姻婭，義亦不能辭。"綺情曰："我固未嘗謂我必不去，第我家事方劇，恐不克抽身，容我稟諸慈親，然後復妗可乎？"媼作慘笑曰："爾母憐我，必不至梗此議。"繼又曰："綺兒，爾試思，爾苟靳不援手，我何以堪？"綺情曰："然，但茲事已如水覆，妗亦毋太自哀毀。"媼曰："我往者何嘗不欲棄之，然一瞑目，便覺瑞兒悽然立吾前訴其冤苦，大抵吾一日不死，此念即一日不能拂之使去也。"綺情曰："悲樂生自心境，妗苟一易心中之境，吾知不難變悲爲樂。"言際，取時計視之，曰："噫，十鐘矣，吾母方待吾早膳，吾宜歸。"媼曰："綺情，脫爾母許爾去者，爾務來告我。"綺情曰："諾。"乃偕雲英出，行至籬次，綺情曰："吾視舅母病似甚劇，爾必當有以慰之。"雲英曰："吾固言之屢矣，顧彼終不以爲是，自接吾兄此書後，更大改常度。綺哥，以爾眼光測之，吾兄此言果否可信？"綺情曰："吾頗不敢遽下裁判，然以吾思之，是必有人挾嫌蠱惑爾兄，使以與余生爲仇。"雲英曰："我亦嘗作是想。"綺情曰："然爾盍告之舅母？或可減少其悲傷也。"雲英曰："設萬一事有出乎我輩思想之外者則奈何？"綺情曰："不外訴之官庭，或至抉爾姊墓以檢其遺骸，此亦非爾家之幸，然我甚望不至如是也。"雲英曰："然。"綺情欲行，雲英忽牽其袂作憨笑曰："綺哥，吾今日所言，乃一時妒心所激，爾其怨我乎？"綺情笑曰："傻姑娘，我何至怨爾。"言已，握其玉腕吻之，雲英雙頰緋紅，心撲撲躍不已。綺情行至中途，回首瞻之，猶見其癡立古松下不少動。

第十二章

越兩日，綺情遂赴金陵。至時，徑謁道生。道生者，紈絝子弟也，輕信而易動，其閱歷甚淺，除滋酒打毬外，幾不知人間更有他事。與綺情爲總角交，頗相投契。是日既接得綺情名刺，大喜，亟出迎至應接室，曰："不圖今日乃得與君相見。"綺情曰："然。此行亦大出我意料之外，然吾實銜尊慈之命，非得已也。"道生甚驚，曰："吾母何事？"綺情駭曰："君前不致書尊慈，謂瑞姊之死爲謀斃耶？"道生曰："噫，君不遠千里而來，乃爲是事乎？吾前不過偶聞人云如是，故於家報中言及之，實非確有若何根據。不意吾母乃視爲事實，殊堪發噱。"綺情聞言，大恚，曰："君誠孟浪，君未必不知尊慈惓惓於瑞姊耶？胡竟以此途人之言報之家中？彼自接君書後，舊病又作，吾本非閑，彼必欲吾來偵察真相，以爲瑞姊雪不白之冤。"道生曰："吾母亦太好事，何況此毫無根據，即有其事，亦瑞姊自耕而穫之，復有何昭雪之價值？"言際，不勝憤憤。綺情曰："君誤矣，人誰無愛子之心？尊慈之斷斷於此，亦愛之一字有以使然耳。"道生曰："吾當趣以書歸，解釋前函之誤。君既來，亦佳，金陵名勝，不可不一鑒賞。"綺情曰："吾家事乃如棼絲，安有暇作汗漫遊？"道生笑曰："君誠大勞，吾曩者謂守財虜不易爲，今信乎？"在理，道生此語，乃至唐突，綺情當怒，然彼二人自幼相處，詼諧譏誚爲常事，故綺情聞言，亦笑曰："此等頭銜，吾固甚樂戴也。"乃相與登樓至寢室，見同室中，亦一少年，衣裳甚都，卓犖不群。綺情既與通寒暄，知其姓盧，名克明，即麗英兩年前之意中人也。克明自菊兒去滬後，雖未能時蒞方家與麗英相見，而魚腹雁足中，亦嘗通欵曲，綺情固不之知，道生亦絕未聞克明道及。是日道生與綺情既言罷瑞英事，漸及於故鄉景况。綺情曰："吾村近日殊佳，方氏別墅，亦不若前茲蔓草萋迷，淒涼寂寞。"道生曰："有人居乎？"綺情曰："方永昇已率其女公子回居於此。"言甫出，克明忽起立，曰："方家父女已回貴村乎？"綺情曰："君識彼耶？"克明曰："然，且爲戚串，渠弟婦即吾表姊也。吾曩者讀書潯城時，嘗過其家，與女公子……"忽又易辭曰："與渠交誼頗篤，然來寧後，未晤者又兩年矣。渠城中宅第甚佳，胡爲棄而之鄉？"綺情笑曰："君與彼兩年未見，無怪云此，實語君，今日之方永昇，非前日之方永昇比也。"克明詫曰："豈其遭意外事耶？"綺情曰："意外事乎？實未也，特前日爲富翁，今則竃人耳。"克明曰："君得毋無誤乎？吾前與渠遊時，富麗固未嘗少殺，未必兩年中遽衰敗至此。"綺情曰："吾豈誑君？君試回潯驗之，彼西式廣廈，已易新主矣。"克明曰："如君言，其屋已售諸人矣。"綺情曰："然。"並歷述方老頻年窘狀，克明色漸變，不期呼曰："苦哉女公子，吾誠不意其運蹇至如斯極也！"言際，似甚悲梗。綺情見狀，甚詫，私念彼人胡倦倦於麗英？得毋亦與麗英有情愫耶？妬心因之頓發，遂語克明曰："君云此，吾當爲女公子代致感謝。"克明知其語含譏諷，色微暈，自悔失言，亟應曰："君毋誤，吾雖嘗履其家，實未與女公子接談，不過吾思其曩居熱鬧之場，錦衣玉食，今陡移荒村僻壤，不無孤寂，故感而發此言，非有他意也。"綺情見其言之懇摯，疑始釋。隨又語及時局之現象，克明侃侃而談，語多動聽。言畢，綺情起與握手曰："聆君妙論，勝於十部從事矣。"實則克明此一席話，不過用以掩飾適間破綻。綺情常閉錮鄉村間，安能諳近世惡少年技倆？故以爲克明果有志之士也，驟生其敬佩之心。克明猶謙抑不遑。道生笑曰："爾儕高談國事，不畏飢耶？吾腹且與背接吻矣！"乃相偕赴殽館治酒，畢，復驅車出遊。鍾山翠黛，秦淮綠波，雲樹依稀，龍蟠虎踞，誠不愧爲帝王之都。綺情此時胸襟頓廓，笑謂道生曰："吾往者足不出戶庭，僅見匡廬山巓之積雪，鄱陽湖中之波濤，固不知更有此怡人之山水也！"道生曰："君誠井蛙哉！"相與大笑。綺情徜徉金陵數日，始買棹回潯。臨行時，猶與克明殷殷訂後會期。夫天下事，每每其因極小，而所結之果乃極大。如綺情此次之與克明相値，固極小事也，不料後日家族中之極大變故，竟基於是，交友可不慎哉！

第十三章

綺情既歸，首趨吳媼處報告瑞英事。畢，復至方氏別墅，見麗英亂頭粗服，形容憔悴，甚駭，叩其故。麗英愀然曰："自君去後，吾父病狀日增，茶鐺藥爐，皆吾一手料理，不遑寢處者數日矣。"綺情曰："姑娘亦當自為珍攝，吾觀姑娘較前數日消瘦多矣。"乃相將入病室，見室中火爐熊熊，方老擁重裘，偃臥榻次，面部色白如蠟，齒震震如冒重寒。覩綺情入，竭其枯澀之音曰："君歸乎？"綺情曰："然，未見翁僅一禮拜矣，胡病象增劇竟至如斯？"方老曰："大抵係天寒所致。"綺情曰："盍覓醫診治？"方老曰："醫生來視之數次，然服藥少效，吾今晨已遣人往城中迎石醫生，吾前病時，即渠治痊者，但不識何時可來。"綺情視壁鐘曰："五鐘矣，少刻可當至。"言未已，門簾掀動，僕入白石醫生已至，方老囑僕肅之入。醫生年約五十餘，鬚白，目閃閃有光，大抵富有經驗者。入室，首視方老顏色，繼復診其脈，其時麗英與綺情之視綫，咸集之醫生之面，一若將藉其鼻息之出納，以卜老人之命運者。少瞬，醫生忽縐其眉，露出失望之色。綺情大憂，麗英則亟叩醫生曰："吾父病狀果何如？"醫生曰："元陽已喪，實乃險症。"麗英眼紅欲涕，曰："先生，乃無救耶？嗚呼吾父！"醫生搖首曰："亦未必至是，吾今當以救陽為旨。"遂移身案前，匆匆書一方曰："速以此服之，余且歸。"方老曰："天垂暮矣，先生奚歸？"醫生躊躇不決。麗英曰："先生萬勿去，去則吾儕方寸愈亂矣。"醫生始首肯之。綺情乃導入客室，低聲詢曰："此老果可愈否？"醫生以指敲桌作聲，良久，答曰："恐不可救。然視今夕服藥後現象何如。"

是夕，綺情未歸，蓋一因方老挽留，一因麗英頻日勞頓，甚欲以己替麗英，使之略為休息。麗英得此，甚感。夕間，方老進藥後，約一句鐘，忽大發燥，輾轉反側，竟夕不能交睫。次晨顏色大變，綺情復肅醫生入視。既已，私語綺情曰："是殆不治之象也。"乃乘輿回城。麗英聞醫生已去，甚慌，入視老父，知不可救，放聲大哭。綺情扶之出，曰："姑娘甚勿以此亂老人心，事尚可爲也。"復遣人往城中迎醫，及至，又不下藥而去。麗英復泣。方老振其精神，抗聲言曰："麗兒，爾以爲吾病不起耶？實則吾病良已，醫生之言安足信，爾且出，吾與綺情有事須密談。"麗英始掩面而出。時煤燈一盞，黯淡無光，室中似滿貯鬼氣。綺情移身榻前，方老出其枯糙之手，握綺情臂曰："吾病必不能起，吾一生交友良多，受吾之惠者亦不尠，今則僅君一人暨吾小女，觸諸吾之眼簾，此則吾所大爲悲傷者。君家待吾厚，吾知之深，吾敢言吾雖死，亦必感君及尊慈至於弗朽。"綺情曰："翁勿作如是想，今危候已過，安知不可以就痊。"方老搖首曰："實難！實難！吾一生過眚甚多，吾今雖欲語君，恐無此氣力，但吾今甚知悔。吾死後，苟有人以吾過告君者，望君爲吾懺悔，勿罥吾可也。至於吾之家事，乃如牛毛，吾城中零星小債尚多，彼等因不知吾別墅已易主，故猶未來索，一旦聞吾逝，必群趨此宅，此吾所深慮。"綺情曰："爲數若何？"方老曰："約四五百金。"綺情曰："勿憂，吾當爲翁了之。"方老忽楞其目，曰："噫，君誠義士，吾將何以感君！"言時，握綺情臂益緊，綺情大憐之。移時，方老又曰："吾尚有一要事告君，吾曩者曾爲吾女儲奩資千金於錢肆，吾亦已告之吾女，吾女覩吾家事日敗，雖嘗發爲悲慨，實不過悲吾之暮境淒涼。彼自計，固猶斤斤自喜以爲有千金之嫁資在也，不知此金吾早已提用盡淨，彼尚不知之。吾不檢，不能遺留寸縷，乃吾之大羞，故吾亦無顏語彼。吾死，彼必追索此欵，君務以吾言告之。"言際，摸索床頭，得一憑摺，與綺情曰："此即證物也。"綺情納之袋中。此時方老略疲，寧息片刻，又曰："吾身後事，大抵盡於斯，得君爲吾照拂，吾死無憾，吾今所不能瞑目者，則吾赤貧之孤女。吾弟雖富有，然遠隔滬濱，吾又不德，不能謀家庭中之親睦，致手足間幾如冰炭，彼苟得吾噩耗，或一存臨，然欲以此孤女相托，彼未必見允。此一枝薄命花，正不知落溷至於何所也。"言已，痛揮其老淚。綺情義心頓發，俯首語方老曰："翁勿悲，苟其叔不予留，吾當盡其扶護之責。雖然，此猶未必可以慰翁之心，吾今得以一言請於翁，苟此時令翁目覩女公子得有所依歸，翁其樂乎？"方老聞語，忽現喜色曰："誠如是也，吾奚不樂？"綺情曰："吾欽慕女公子久矣，特恐不才如吾，不足偶此閬苑仙姝，故茹不敢發，今翁既以是爲慮，吾敢冒發一言，請女公子仍爲此別墅之主婦，翁其有意否乎？"夫方老所以不能忘情於身後者，既僅此嬌娃一生命運何如，而此世界上，又僅此一綺情能舉其親質之別墅還之麗英之手，其喜躍贊成，固不待言可知。詎方老竟不置可否，反神色倉皇，手足顫動，如遇鬼胥，又若胸中有無窮之蘊格格欲吐，而輕易不能出諸喉者。綺情徐曰："翁殆以吾言爲妄冀非分耶？殆以吾貌陋，不足以得女公子歡心耶？"語至此，益愀然曰："抑或翁將告我以我言已遲，女公子芳心早有所屬耶？"方老疾答曰："否，吾女固猶完全自好之身，特吾女並非大家閨秀，君娶之無益也，宜三思而後后。"綺情曰："苟得女公子下嬪，實如天之福，翁勿云此。"方老遊目四矚，曰："然則君且閉門而下以鍵。"綺情愕然，即起舉前後二重門，並闔而鑰之，返至榻旁。方老慘然曰："願君允我，勿洩秘密，吾今所欲言者，君苟聞之，於推愛吾女之心，或將不無稍變，然吾第懇君必永永不以吾言入諸吾女及他人之耳也，君必允我。"綺情聞而大駭，幾如置身於森嚴鬼蜮之中，覺周圍冷氣逼人，簷塵下墜，怳疑投石，顧亦不爲猶豫，卒然答曰："吾允翁，此中秘密，必不以隻字爲外人道也。"於是方老亟握綺情之臂，滔滔汩汩，自述其生平遭遇與麗英身世。述畢，綺情嗒然若失，蓋方老所述，即其母所言之事也。方老本已如殘燭將盡，又復作此長談，且所談又皆其最傷心之事，故一時咳嗽大作，喘喘不已。良久，始格格言，曰："君……君……今盡知矣，於意……云何？"綺情曰："此固翁之俠骨柔情，殊無損於女公子，吾仍惟有求女公子下嬪耳。"方老垂瞑之目，忽發欣慰之光，既又愀然曰："吾病已至此，聘禮將何以舉行？"尋復易辭曰："煩君爲我呼麗英至，吾當以此面諭之。"綺情乃出。

綺情此時，本思逕往麗英室，既忽觸起一事，乃踱出回廊，思麗英之才之貌，本爲己所深佩深愛，今既得此老允充下陳，素願已償，固至樂之事也。然而麗英之身世，母氏已知，且深爲鄙惡，一旦娶此婦入室，必爲母氏所不許。況母氏生平獨重金錢，麗英粧奩毫無，是亦一大障礙。思時，極目遠視，見己屋中燈光瑩然，知母氏必方操作夜工。夫以母氏如是勞苦，維持家政，麗英乃荏弱一事不能爲，即令娶之，亦萬不能得母氏之歡心，來日家庭之內，必無佳象。思至此，熱心頓灰，凡月來情愛，霎時盡付東流。乃移身入麗英室，見麗英以手托其香頤，凄然面燈而坐，一種嫵媚之態，由燈下觀之，尤足動人。因思此等絕世佳人，竟任其飄零落溷耶？腦筋一瞥，頃間之所思，立歸消滅，而憐愛之念驟增，立行近麗英身畔。麗英覩綺情入，起立曰："吾父何如者？"一言方出，淚即涔涔下。綺情益憐之，曰："良佳，頃且囑余請姑娘往。"麗英曰："何事？其以遺囑授吾耶？可憐哉吾父！頃吾父謂有事與君密談，果何事乎？"綺情曰："姑娘至則自知。"麗英乃隨綺情行，將至病室，忽聞方老喉間咕咕作聲。麗英急入，長跽榻前，大哭。綺情持燭觀之，惟見方老手足顫動，兩目不移，唇亦翕翕似欲與麗英有所言，而聲帶已爲喉中之痰所壓，不能發音。觀畢，則亦大驚，思適間猶能言語，未隔半句鐘，胡遽變是症？更以手探其四肢，則已冰冷，知不可救也，因語麗英曰："姑娘勿過悲，老人身後事甚多，尚望指示。"麗英若不之聞，第抱其臨命嚴親痛哭。一句鐘後，此貧極之老人遂與世長辭，而綺情所垂成之婚約，亦化爲幻泡，隨此老埋之地下矣。

第十四章

方老死之次日，家中秩序紛亂，麗英則梨花帶雨，慘然坐於己室。移時，綺情入室，麗英泣謂之曰："吾家不幸，重以累君，此誠吾所大爲不安者，然事已至此，更復何言。先父孑然一身，毫無遺留，此日喪葬之費，將何以措籌？吾寸心如麻，尚望君俯予援手，以全始終之德。"綺情曰："姑娘毋慮，吾當竭吾綿薄以分姑娘憂。"麗英沉思良久，忽發爲欣忭之色，曰："先父曩曾謂爲吾儲金千元於錢肆，今吾家既敗，吾亦不需此，若以提充喪費，當有餘裕。"言際，忽又愀然曰："可憐哉吾父，竟不能以一語授吾，其憑摺存諸何處，吾尚不能知。"言已，起立。綺情曰："姑娘奚往？"麗英曰："吾往覓憑摺。"綺情曰："憑摺耶？已在吾袋中，乃探懷出摺。"麗英方欲接視，綺情曰："以吾思之，姑娘勿閱爲佳。"麗英聞言大失望，曰："君云何也？"綺情曰："此欵老人提用已罄，特老人甚以此負疚於心，故不欲生前使姑娘知之。"麗英復仰天泣曰："哀哉吾父，今乃並市一薄櫬之費而無耶？"綺情低語曰："姑娘荏弱，甚毋哀毀過甚，致傷玉體。老人槨具，吾已遣人往購，少刻昇至，當可入殮。"麗英曰："君如是高誼，吾將何以圖報？"綺情曰："救災恤鄰，吾儕應盡之職也，安足云報？"言未已，忽聞人聲鼎沸，一僕倉皇入，謂麗英曰："庭前來客甚多，咸謂欲見女公子。"麗英詫曰："見我耶？客爲誰？"僕曰："以狀觀之，大抵債主也。"麗英色變曰："吾家猶有債耶？"綺情應曰："然，老人曾語吾，吾已允爲老人償還，姑娘勿恐，吾當出招待之。"乃隨僕出，麗英則於屛後窺之。

綺情既出，則見立於墀前，約廿餘人，有狀似下流社會者，亦有衣裳華麗者，咸呶呶然詈方老不置。綺情曰："諸君至此何事？"群應聲曰："索債。"內忽有一人謂綺情曰："君爲何人？焉能理吾儕事？吾儕事惟女公子能理之，君速以女公子出。"綺情曰："女公子慘遭大故，重喪在身，安能見客？君等有言，儘可與我商之，我與方翁爲至友，翁後身事，惟吾知之也。"於是群以債券呈諸綺情，有數元者，有數十元者，亦有數百元者，彙算之，得八百餘金。綺情不覺駭然，思方老僅謂有四五百元，故已毅然擔任償還之責，今爲數幾倍之，安得如許巨欵？因昂首謂衆曰："方翁身後蕭條，一錢莫名，君等債務如何而履行之？在理，君等既以金假人，自當一一收回，無如君等運蹇，適遇此積貧之家，力實有不逮，以吾思之，君等祇能減半收回，否則虛此一行矣。"衆大譁，語綺情曰："吾固知君不能處置此事也，還當以女公子出。"綺情曰："方翁一貧至此，彼安有錢？"衆曰："彼縱無錢，尚有此別墅在，售之足償我輩而有餘也。"綺情曰："別墅耶？方翁售於我，已三年矣。"衆曰："如君言，胡彼猶居於此？"綺情曰："吾憐彼無所歸，故暫假彼數月，不意彼竟死於斯也。"衆聞言，復大譁。內有一下流社會人，竟出惡聲以辱綺情。綺情曰："君等如是野蠻，便可以濟事耶？"衆曰："君既不以女公子與我輩相見，又不與我輩以確實答覆，乃欲我輩銜口無言耶？"語未已，又有一狀如流氓，出而言曰："君等勿與此人言，吾當往覓女公子，苟其無錢，吾即負之去，售諸妓院，以償君等。"衆大笑，其人亦笑，引手擊窗門，不圖用力過猛，玻璃片片碎。綺情怒曰："君等須知此屋乃吾所有，苟再紛鬧，吾當呼團防至，執之於官。"言時，忽聞內有哭聲，知必麗英覩此情形而心傷也，心頓亂，高聲呼曰："爾等且少待，俟吾與女公子計議，苟得一當，即以奉覆。"衆曰："佳……佳。"綺情乃入，見麗英伏几痛哭，因慰之曰："姑娘勿悲，若輩易與也。"麗英曰："吾觀若輩無異強盜，吾誠不解吾父胡向此無行之人貸歟？"綺情曰："此不能追怨尊嚴，且怨亦無益，惟尊嚴告我者，謂僅四五百金，今爲數乃倍之，實難於應付。"言際，就一安樂椅而坐，探懷出皮篋，檢點鈔幣，得四百五十元，起語麗英曰："吾既允尊嚴解此糾紛，自不能不踐其言，此款乃吾私蓄，吾今暫將此款分給若輩小債主，其爲數稍鉅者，俟姑娘叔氏至後，再爲設法何如？"麗英聞言，感激至於忘形，引手緊握綺情臂曰："君乃解囊相助耶？君誠義士，吾何以謝君乎？"綺情曰："在理吾當悉數爲姑娘清之，無如……"忽又易言曰："然吾實有難言之苦衷，正欲求姑娘原恕，勿云謝也。"言已，復出，先導債數略鉅者三人入室，謂之曰："方翁不檢，致累諸君，在女公子固深爲抱歉者，然諸君皆仁人也，覩其煢煢孤立，凄凉無依，亦當曲爲憐憫。鄙人今擬以吾家私藏，代翁先將小債理清，諸君數過鉅，鄙人却無力應付，擬俟翁弟慶昇來此後，再行璧還。諸君皆素封之家，當不亟亟於此。"三人聞此，咸有難色，曰："渠弟未必允爲渠履行債務，苟女公子一朝私遁，吾等錢將付諸流水矣。"綺情反覆解說，三人始曰："君若必以此相要，吾等當俟諸此屋，苟一日不償，吾等即一日不去，君其以爲何如？"綺情不獲已，遂諾之，復出謂衆曰："君等錢有著矣。"於是爭相取奪，幾如群豕爭食。既已，一嘯而去。綺情覩之，不禁發噱。

第十五章

越三日，慶昇乃至，蓋接綺情電即行。時綺情方在家午膳，聞信，不待膳畢，即奔赴別墅。慶昇覯綺情入，極表其感激之忱，曰：「家兄累君甚矣，吾頃聞麗英云，君且解囊為家兄理債，此等俠義之人，吾於今日，誠未曾見。吾雖與君無交誼，然吾確信吾此後必視君為良友。」言已，起與綺情握手。綺情曰：「已過事無足挂齒，吾所以必欲先生至此者，實乃以後事，君不見室中尚有未去之債主耶？」慶昇曰：「然，麗英亦已告我，我誠不解我兄生平之消耗，何至若是之鉅？又何至窘向若輩貸款？在理，彼自貸當自償之，於我何與？然我又何忍視彼遺羞身後？吾聞麗英言，即與若輩交涉停妥矣。」綺情曰：「甚善，甚善，若輩橫不可以理喻，前日微吾，女公子將不知受若何逼迫。」言際，麗英淒然入。慶昇曰：「麗英，吾觀爾顏色非佳，亦當略事休息。」麗英曰：「兒良佳，叔父毋慮，今有一事須請於叔父者⋯⋯」言時流目視綺情，面色忽赬，囁嚅不能出口。慶昇曰：「綺情非他人，有事儘與我言之。」麗英曰：「叔父，兒身⋯⋯」四字甫出，又咽弗言。綺情聞之，甚詫。慶昇亦駭曰：「爾身如何？」麗英靦然曰：「兒身一錢莫名，日來食用，皆僕從所假，不卜叔父能少與兒以資否？」慶昇瞿然起曰：「爾乃並家用而無耶？忍哉爾父，吾敢謂世界再無第二不仁如爾父者！」綺情亦曰：「噫，吾不意女公子窘迫竟至於如此，然茲事過殊在我，我既在此，何以並未計及？」言時，探囊出皮篋，方思以資給麗英。慶昇起止之曰：「君惠吾家甚矣，吾既來，責在吾也。」乃以紙幣一束與麗英。麗英俯首而去。

此時慶昇抄手於後，踱去踱來，幾數十次，口中喃喃似猶詈乃兄不仁。既而止步謂綺情曰：「麗英今因窘至此，以後居此，將何以度日？」綺情曰：「女公子乃仍居別墅乎？」慶昇曰：「然。」綺情曰：「居此亦佳，然有不能不預為聲明者，此屋早已由永昇先生先質而後售於我也。」慶昇駭然曰：「此屋已為君所有耶？苦哉麗英，由此觀之，吾兄實已忘其尚有遺孤，不然，胡至絕其食，而又奪其居，很毒哉！吾實未之見。"綺情曰："當時家慈原不欲領此屋，既見永昇先生無法可施，故不得已得之。論值吾家所貸彼者，實有過之。"慶昇曰："既如是，麗英當然不能居此。"綺情曰："先生毋誤，我之言此，非吝此一枝棲而靳不與女公子，果女公子樂居此者，則居之。"慶昇曰："否，否！吾滬寓廬頗寬敞，吾當攜之往。"綺情知不可挽回，則亦任之。然中懷感傷，至於極地，蓋不知麗英此去更於何日得再把晤也。

　　慶昇料理喪事既畢，一日侵晨，忽命麗英檢點旅具。麗英不解其用意，請之曰："叔父殆欲兒作遊客耶？"慶昇曰："爾屋既屬於人，自當他去，惟此去亦非作遊客，仍是爾家，第非別墅耳。"麗英曰："其至叔父寓廬乎？"慶昇曰："然。"麗英頓觸起前事，意若甚猶豫。慶昇曰："吾曾為爾盡力籌劃，非去滬不可。吾車已備，吾先行，遲爾於城中。"言已，乃出。麗英回至己室，淒然泣下。其時綺情忽入，麗英含淚曰："吾曹行將別矣。"綺情聞言，殆如蒺藜入腹，亟應聲曰："姑娘果去滬乎？"麗英曰："然，吾叔必欲吾去。"綺情曰："然則姑娘必樂此行。"麗英曰："噫，吾奚樂與吾姨娘同居？然舍此又無所之。命薄如斯，更復何言。"語已，淚簌簌下。綺情見狀，寸心如腐，幾欲舉其前日向方老求婚之語轉而語麗英，以求麗英下嬪，俾有所依歸。既思麗英此日垂碎芳心，所深印而不能暫去者，獨泉下之嚴親，與夫前途之身世，更有何心及於愛情？且其父尸骨未寒，遽以婚事干之，亦大非禮，乃力遏其想念，轉慰麗英曰："人生在世，固難得事事咸滿己意，姑娘此去，還當降志相處。萬一悶損無聊，仍可時來別墅，以領略故鄉風味。吾別墅一時亦難覓人居，姑娘來，正可放懷遨遊也。"麗英大感，綺情更助其理行裝，凡一衣一飾，麗英必使綺情評其優劣，最後又於篋中檢出玉琢鴛鴦一對，綺情玩視良久，大加贊賞。麗英曰："此吾幼時先父所購者，君如愛，吾願贈君。"綺情笑曰："君子不奪人所好，吾不過歎雕工之佳，安敢望贈。"乃置諸掌中，舉以還麗英。麗英不受，引手推之，忽聞噹然一聲，玉鴛鴦齊墮於地，視之，已碎其一。綺情亟同麗英道歉，麗英亦惘然，蓋其父購此與彼者，所以預祝來日必得如意匹偶，今忽碎其一，乃非吉兆，顧亦不欲使綺情知其不悅，立易歡容曰："碎則碎耳，請君暫存其全者，苟得遇良工，再配制完好，不其可邪？"綺情乃納之懷中，復理其他。既已，相將入客室寧息。麗英所坐適近披霞拿，綺情曰："姑娘琴不攜往耶？"麗英曰："吾此去無異入地獄，安有心情及於風雅？此物亦當留以贈君也。"綺情曰："鼓琴正所以排憂，胡云棄之？"麗英歎曰："吾決不須此，況吾姨娘痛惡琴音，若攜之去，不適足與彼為仇。"綺情曰："然則圃中花作何處置？"麗英曰："吾邇來意緒紛亂，亦忘灌溉，萎枯者甚多，惟紅梅兩株，瞬將放花，吾甚愛之。吾去，君務代我將護。"綺情曰："然，謹如命。"二人言時，忽僕入，謂肩輿已備，促麗英更衣。麗英視懷中時計曰："纔十二句鐘耳。"意若謂時甚早，良不欲遽與綺情告別，然又恐阿叔久待城中，因謂僕曰："爾且出，余行當至。"僕遂銜命而退。綺情曰："姑娘即行耶？"麗英曰："然。"乃回至己室更衣。綺情獨坐客室，百感交集，若非恐僕從聞而生笑，則幾欲放聲大哭。少刻，麗英復至，已易一襲縞素衣裳，映其淡紅雙頰，益顯其艷，顧眼角中若含有無限熱淚者，意者與綺情乃同一感傷乎？此時綺情已起立，麗英泫然曰："吾去矣，不圖吾曹別離，遽若是之速也。"乃返身行，綺情繼之，將至中堂，僕從皆排立以送，麗英一一點以首。既出門，復謂綺情曰："先父塋墓低濕，吾心至弗安，君苟得暇，務時代吾照拂。"綺情曰："然。"麗英乃急行至鐵栅之次，方欲登輿，忽又止，謂綺情曰："兩月以來，多蒙援手，吾尚未向君一道謝忱，君不譏吾失禮乎？雖然，君惠吾太厚，吾縱欲謝君，雖萬言亦不能盡，今而後，吾惟以君之高情隆誼，永置之心坎之上，儻亦君所樂許乎？"綺情曰："果如是，吾當銘感無既。雖然，姑娘此去，吾曹更不識何時得再聚首，此則吾所用為大戚者。"言時，力遏不使出之傷心淚，乃不期突眶而出。麗英見之，面色陡頰，然又不能不感綺情此時盛情，因慰之曰："君不與吾叔言有暇往滬，仍至吾家乎？安見無再晤之期？"言已，乃登輿行。綺情則猶癡立鐵栅之前，凝目而望。

第十六章

　　飄忽之光陰，麗英去滬，瞬將一載矣。此一載中，唐家村之狀況，一一如前，吾書姑略而不述。一日爲嚴冬天氣，綺情一人，獨坐書室火爐側，閉目凝思，方將入睡，忽聞室門閛然闢，驚視之，則見雲英披絨圍巾，含笑而入。綺情曰："天寒如此，不圖雲妹枉顧。"雲英笑曰："吾來又非利於爾也。"言已，推椅爐側而坐，又曰："吾聞爾明日赴滬，確乎？"綺情曰："然。"雲英曰："吾來正因此故，吾母今年畏冷，較去年尤甚，吾家僅舊式火盤，不足以禦寒，欲請爾乘便爲吾購熾煤火爐一具，以備冬日之用，爾其允我乎？"綺情曰："此易事也。"雲英曰："得如爾爐之式，更佳。"綺情曰："然。"此時雲英引兩手托顋面向爐次，若有所思。既忽謂綺情曰："綺哥，爾此去往方家否？"綺情曰："吾事過多，或不往，亦未可知。"雲英曰："爾又諈我，我觀爾自麗英去滬後，如失魂魄，一年中未見爾有歡容，今日得此良機，安忍不與意中人一見耶？"綺情笑曰："爾何所見而知麗英爲吾意中人？實則吾意中人即在目前也。"綺情此語，不過用以防止雲英之舌鋒，究非出自本懷，詎雲英聞之，以爲此乃綺情確切之表示，頓時如飲醇醪，嫩頰霞然，默默自念："綺情用情，正較己不弱，平時疑其鍾情麗英，實妄也。噫嘻，麗英，爾縱善媚，亦安能奪吾人而去耶？"因之幻想百出，樂不可支，幾忘今日所坐何地，直至壁鐘鏗然，始蘇其好夢，懶懶伸其雙臂曰："咦，六點鐘耶？吾當歸。綺哥，爾願伴我歸乎？"綺情曰："佳。"乃相將而出。雲英曰："綺哥，爾知吾父不日可歸乎？"綺情曰："不知，此時歸，何事？"雲英默然良久，曰："或與吾儕不無利益。"綺情曰："豈舅父又攜有玩品給爾乎？"雲英笑曰："爾猶以吾爲孩提耶？"綺情："然則何爲而與爾有利益？"雲英曰："吾亦偶聞人云如是，未必確也。"綺情固問之，雲英乃易言曰："天寒如此，密雲四布，詰朝恐有雨雪以阻礙爾行。"綺情曰："縱有雨雪，吾亦必行。"繼又曰："雲妹，爾以爲今日乃極冷耶？實則我殊不覺。"雲英曰："爾身擁重裘，熱度自高，我則不然，爾試一探吾手。"言際，乃以手置綺情掌中，綺情則如觸冰，訝曰："雲英，爾其病乎？"亟以己之手套與雲英曰："速以此罩之。"雲英曰："爾將奈何？"綺情曰："吾甚佳，不需此。"雲英乃戴之，不期過大，指頭尚空半截，因張掌笑謂綺情曰："綺哥，爾畏我乎？吾將效虎以攫人矣！"綺情亦作諧語曰："吾知吾意中人必不攫吾也。"於是復並肩而行，將至竹籬，雲英更申前言曰："綺哥，爾至滬後，必不往晤麗英耶？"綺情曰："我已言之，爾奈何不信我？"雲英曰："否！吾意爾若相覿時，即請我爲致意。"綺情聞言，反身欲歸。雲英曰："爾不入以視吾母耶？"綺情曰："吾行裝尚未備，乞爾爲我告罪。"雲英曰："然則爾何時旋里？"綺情曰："此則殊不能預必。"雲英忽發其嬌聲曰："我不知何故，爾一他適，吾即覺光陰頓長。"綺情笑曰："傻姑娘，脫我不歸，爾將如何？"言已，遂行。雲英悵然立諸扉次，見綺情行已遠，乃仰天浩歎曰："綺哥……爾既愛我，胡爲好事猶虛？豈我之愛爾，爾尚夢夢不知耶？今吾父方以我爾婚事歸來，而爾又偏遠出，殆果所謂三生石上，未訂前緣耶？"言已，輕闔其扉，怏怏歸室，而不知此等綺語，盡爲他人竊聽去也。

第十七章

麗英自去滬後，落落寡歡，與菊兒又積不相能，一若冤結前生，今日一見即圖報復者。暑間克明曾一度存臨，舊夢重溫，寸心方慰，而菊兒又頻頻以熱嘲冷諷相侵，與克明雖聚首數日，亦不過咫尺天涯，愈覺無以自聊。迴思曩日寄居潯城時，何等自由，何等暢適，後圃花影，簾下琴聲，寧復知人世間尚有憂患之事。今日寄人肘下，殆如轅下之駒，事事不克自主。嘗思人生何不長駐前日十五華年，而增高繼長如是，又胡爲使苦惱愁煩，亦隨而增高繼長如是？今者年華二十矣，一枝薄命花，更不知開到誰家？就心理上言之，克明實爲生平惟一鍾情之人，然彼雖眷眷於己，而從未露求婚意。其果有意娶己與否，乃在不可知之數，即令有之，而姨娘方妬嫉至於極地，亦決不能取得其同意，思之亦屬鏡花水月耳。從此惟有拼此弱質，以與痛苦相搏戰而已，夫復何言？以故麗英自入叔氏寓廬以後，便淪爲可憐生涯，彼世界快樂，似已與之暫告決絕。慶昇有前婦遺子一，年方九齡，名馨郎，甚聰慧。平時覿其母虐待麗英，嘗爲不平，或見麗英抑鬱不樂時，輒故爲謔語以博其歡心。麗英於此積悶中，所堪引以爲慰藉者，僅此弱弟，故愛之不啻同胞手足，形影相弔，出入不離，然因是又見惡於菊兒。菊兒原不甚愛馨郎，以其爲前婦所出，至是益惡之。馨郎偶與相忤，即鞭撻隨之，於是此雛鶯稚虎，遂不得不蜷伏於悍惡姨娘裙幅之下。

冬月間，克明又至滬，陽雖來與菊兒續舊歡，陰則欲與麗英聯新好。一日，天氣溫和，麗英方攜馨郎往遊張園。克明忽跟踪至，不圖花木怡情，竟樂而忘返，至午後電燈燃時，三人始相將言旋。菊兒既妬且忿，迨麗英入室更衣時，乃盛氣謂之曰："爾曹何往？"麗英曰："遊園耳。"菊兒曰："爾亦知爾乃未字之處女乎？與此少年男子並肩同遊，於禮當耶？"麗英曰："姨娘云何也？我殊不解。我僅攜馨郎一人耳。意者少年男子，乃指馨郎乎？"菊兒益怒曰："賤婢！爾毋辨，吾固明明見爾偕克明入園，乃欲欺我耶？爾以爲爾貌過人，故專用以誘惑男子，須知爾叔門第，不能任爾玷辱。苟再如是，我當訴之爾叔以驅爾，爾其慎之。"此時麗英亦不禁勃然而怒，曰："姨娘欲將我如何處置，便如何處置，我決無異議。至謂我誘惑男子，則我腦中從未具此觀念，或者彼有夫之婦，慣以此爲事，亦未可知。若謂玷辱阿叔門第，早被人玷辱殆盡，特阿叔被人欺，不之覺耳。"麗英此語不啻直搗菊兒之心坎。言畢，菊兒心肉皆顫，面色發紫，旋舉其右掌力批麗英左頰，曰："爾何言？"麗英方欲致辯，則又舉其左掌以批麗英右頰，馨郎見而大啼，亦被批，挈之而出。

菊兒既去，麗英捧其兩頰，伏枕痛哭。思己自幼至長，從未受此重大刺激，今乃被一娼婦所辱，實爲畢生之大恥。維今之計，惟有速離此地，然此來乃叔父之美意，今叔父既不在家，不告而去，乃爲非禮，且四顧茫茫，既無戚串，又乏良友，去此將又奚之？否則惟有一死，蓋人生至死，萬事都休，靈魂一縷，飛揚於雲煙飄渺之中，其樂彌甚。然此等關頭，又非常人所打得破，況麗英值此綺年玉貌，更不能遽甘凋謝。思之，死亦非策，一夕中心潮起落，百念交集，而終不得一當。

第十八章

次日早膳亦未進，午間，聞菊兒復偕克明驅車出，始憪憪下樓。方晤馨郎，欲詢其母奚往，忽僕入，謂有客至。麗英曰："爾告以主人他出可耳。"僕曰："彼謂見女公子亦佳。"麗英駭然曰："吾此處固乏知交，爾得毋誤乎？"僕曰："否，彼自言與女公子有舊，大抵來自他方也。"麗英曰："然則請入客室。"僕銜命出，麗英即馨郎先入。正心頭忐忑間，門闢，則見客非他，即闊別一年之綺情也。因笑迎之曰："君竟辱臨乎？吾固謂吾曹有把晤之期也。"綺情曰："然。"麗英遂肅之坐，綺情諦視良久，曰："姑娘胡清減若是？"麗英曰："今日踽促於此，自不能儗之往日方氏別墅。"綺情曰："然則姑娘乃悒鬱至是耶？"麗英色微暈，俯首不言。綺情見像，恐已言失當，乃思以他語掩之，因顧馨郎謂麗英曰："此爲誰？"麗英曰："吾叔長子馨郎也。"綺情乃攜其小手，笑曰："小朋友，爾愛麗英乎？"馨郎曰："誠如先生之言，吾甚愛之。"繼又曰："先生，殆亦麗姊良友耶？"綺情曰："然"。馨郎曰："然則吾亦愛先生。"綺情曰："善哉爾言，但爾母視麗英何如？"馨郎曰："噫，姨娘耶？先生勿言，麗姊昨日且被打矣。"綺情甚駭，曰："麗英乃獲罪爾母乎？"馨郎淒然曰："吾家姨娘之罰人，固不必有罪，麗姊昨不過攜吾往張園，歸時稍晏，故彼赫然震怒，舉掌批之，吾見而哭，亦遭波及……"言至此，麗英面色大赭，若甚慚愧，叱之曰："出出，毋曉曉。"馨郎行至門次，猶反身指麗英謂綺情曰："先生不見麗姊兩目猶紅腫耶？渠昨夕蓋直哭至天明矣。"綺情回顧麗英，果然，因曰："馨郎言確耶？"麗英曰："此等事亦在吾意中。"綺情曰："然則姑娘安能久居於此？"麗英長嘆曰："舍此將又奚之？亦祇有任薄命身軀，與之鏖戰耳。"綺情聞言，心大痛，思此可憐嬌娃，安忍坐視其墮入泥犁耶？於是曩日求婚之念，復熱，又恐唐突麗英，沈思良久，不敢脫口，既而毅然起立，謂麗英曰："仍請姑娘回別墅，可乎？"麗英猝然曰："回別墅耶？吾今日行動，遑能自由？"綺情知麗英未悟其意，復曰："姑娘誤矣，吾自見姑娘以後，即思置金屋貯之，今求姑娘非他，即求姑娘下嬪作別墅主婦也。"麗英霎時如遇鬼祟，顫聲言曰："此……此權屬之吾叔……"言未已，忽門閴然開，一人忽遽入。

入者爲誰？即菊兒是。菊兒驟覩兩人情狀，心大不懌，繼見綺情亦一美少年，略抑其怒。叩綺情姓氏，綺情具告之，乃頓易歡容曰："噫，不圖先生今日辱臨，吾嘗聞之外子，先生乃義士也。"言時，麗英欲出，綺情起立曰："頃所言，姑娘究何如者？"麗英曰："容我思之，然必須取決於吾叔。"語畢，飄然而出。菊兒曰："先生與麗英云何也？"綺情鞠躬致敬曰："非他，求婚也。"在勢，菊兒聞言，當怒，顧菊兒反大喜，蓋菊兒欲拔此眼中釘久矣，徒以無相當門第，頻爲慶昇所阻，今得此，慶昇必樂許，實不啻千載一時之機，故乍聞而喜，因顧綺情曰："先生之言確乎？麗英貧兒也，粧奩毫無，阿叔又乏力，先生娶之，抑又何益？"綺情曰："鄙人知女公子甚深，固不在粧奩之多寡。"菊兒笑曰："吾固知先生光明磊落，然如尊慈何？"綺情曰："吾母耶？夫人毋慮。"言際，克明忽入，見綺情，笑曰："吾意爲誰？乃舊友也，金陵別後，境況想佳。"綺情曰："謝君，良佳，然君何時至滬？"克明曰："纔三日耳，頃聞女公子言，吾當賀君。"綺情曰："不嫌早耶？脫夫人不見許，則……"克明接言曰："夫人必許，必許。"言時，睨菊兒。菊兒曰："麗英年已侵長，在禮當字，況綺情先生才貌過人，得其下盼，已屬榮幸，安得不許？第兼葭倚玉，麗英殊不稱耳。"克明此時，本極悵惘，然不欲形之於面，因謂綺情曰："吾固知夫人決無異議，玉人一雙，洵佳偶也。"言已，作獰笑，蓋其言甚含諷意，綺情未之知也。菊兒復謂綺情曰："茲事雖由我允君，然外子乃吾家之主，非得其同意，尚不能遽爲決定，君果不以娶貧女爲辱，即請致書外子，促其歸滬，君於意云何？"綺情曰："甚善。"於是詢明慶昇地址而去。

綺情書發後三日而慶昇歸。慶昇雖夙雅重綺情，然從未嘗推想以之婿麗英，亦從未思及綺情乃欲娶麗英爲婦，故聞此甚詫，歸滬後，即往謁綺情。綺情力敏其求婚之意，綺情曰："先生得毋有所疑乎？下走欽愛女公子甚久，當永昇先生彌留時，下走曾一度以此請之，當蒙其允諾，且命呼女公子至，諭以此事，不圖女公子至，永昇先生已不能言，遂令垂成婚約隨而埋之地下。"慶昇曰："誠如是也，胡先兄既逝，麗英無所歸宿時，而未見君以此相問？"綺情曰："爾時女公子新喪在身，遽以婚事干之，乃爲非禮。"慶昇曰："然婚姻爲世大典，亦不當出之若是之驟，吾聞君初與麗英相見，即向之請求，寧當於禮耶？"綺情曰："此則爲下走一時憐惜之心所動。"慶昇曰："憐惜耶？吾家豈有所苦於麗英乎？"綺情曰："先生常在外，或不知，然據公子馨郎所云，則麗英苦已極矣。"慶昇曰："然則此舉，乃俠義所激乎？"綺情曰："然，苟不再援之出，且將憔悴死矣。"慶昇固知菊兒與麗英不能相洽，聞此，則大感，因謂綺情曰："君誠善於鍾情者，吾諾君矣。"綺情曰："如是，下走感當不朽。"

婚議既定，綺情即以書稟告吳氏。雙方議決，以是月望日贅於慶昇寓廬。麗英聞此，喜者半，愁者半。喜者何？喜從此可跳出樊籠，仍回故里；愁者何？愁此身未嫁生平敬愛之克明，乃嫁此從未鍾情之良友。結縭之夕，私語綺情曰："余與君但有朋友感情，而無夫婦愛情，奈何？"綺情曰："愛情者，非猝然而得，吾今後謹以吾之至誠，喚出卿之愛情，如何？"麗英曰："吾亦望如是。"

第十九章

一日，北風怒號，黃葉飄飄墜落於地。吳氏方督僕掃之，以作薪柴，忽短籬扉闢，郵差遞一函入。吳氏固不識字，反覆良久，不解所謂，乃持赴吳媼家，倩雲英觀之。雲英接視曰："綺哥家書也。"吳氏曰："爾趣讀之。"雲英乃朗誦曰："母親大人膝下，兒已與永昇先生女公子麗英結婚……"一語將畢，雲英頓如疾矢貫心，面色大變。吳氏亦駭然曰："雲英……綺兒云何？"雲英出其尖銳聲曰："已與麗英結……結婚矣。"言未已，驟覺地轉天旋，滿室器具，悉搖搖如懸旌，足下地板，彷彿一葉扁舟，爲駭浪驚濤顛播，又若雲生冉冉，托己欲飛。急以手支案，思就椅少息，而蕩漾天君，不能自主，甫欲舉足，纖腰一擺，玉山傾倒，頹然作楊柳眠矣。吳氏霎時亦如攖狂疾，咆哮怒號，一時室中大亂。慕溪與吳媼，聞聲趨視，見狀大駭，吳媼則幾欲放聲而哭。幸不移時，雲英已甦，覩雙親立於己側，回思頃間事，忽又赧然色赭。吳媼撫之曰："雲英，爾胡爲至此？"雲英深恐己之心思爲雙親所知，亟鼓其精神曰："非他，頭暈耳。"言已，自赴臥室掩門大哭。

此時吳氏怒尚未平，盛氣謂慕溪曰："此等不孝之子，爾必爲我處之！"慕溪曰："我殊不解爾言。"吳氏亟以綺情函與之曰："觀此當知之。"慕溪閱畢，亦滋不悅，曰："事已至此，夫復何言？"語竟，怏怏而出。蓋慕溪此歸，本爲雲英與綺情婚事，及歸，綺情忽已去滬，已覺事不應手，今又聞其舍此就彼，一腔熱念，遂付之流水，故不禁慍形於色。吳氏見慕溪不理而去，益怒，仰首凝視天花板，口中呶呶不絕。

少間，吳媼入。吳氏曰："舅母，吾兒必已冒瘋疾，不然，何至娶娼婦之女作婦，苟其歸時，吾必禁錮之。"吳媼曰："在理，此舉過殊在綺情。然男大須婚，女大須嫁，綺情既已弱冠，亦正當結婚之年，姑母還當加以原諒。"吳氏曰："吾決不能爲之原諒，且麗英賤婢，日專事修飾，以迷媚男子，至於家事，一不之知，吾何樂而有此蕩媳！"吳媼曰："婚姻良非他事，可以隨心出納，任意紛更，大錯已成，爾雖不欲，抑又何益？"吳氏曰："彼朝歸，吾必夕逐出，否則吾遠適爲尼，讓彼夫婦度此快樂光陰也！"媼駭然曰："是何言？苟如是，爾家敗矣！"吳氏高聲曰："即不如是，吾家又安能救？爾思我如此懃懃懇懇持家政，尚慄慄危懼，恐有覆餗之虞，況彼但知有脂粉衣飾，毫不知勤儉，云胡不敗？"媼曰："綺情，精明人也，亦決不至是。"吳氏曰："精明耶？果精明者，必不娶此妖怪。"媼曰："總之，彼等歲月長，爾之歲月短，來日之苦樂，皆彼等身受之，爾縱欲干涉，能干涉至幾年？以吾思之，此乃過慮也。"吳媼本不以綺情此事爲然，然恐吳氏性格過急，將來惹出家庭劇禍，故爲此語以勸之。不圖吳氏誤其用意，聞至此，突然起立，楞目謂吳媼曰："舅母，爾如此袒護，綺情此事爾必知之，我試問爾，我何獲罪於爾，而必串通綺情以害我！"言已，突前糾媼兩臂，力搖之，媼新愈之軀，經此震撼，頭驟暈，閉目不敢少動。及定，啓目視之，已不知吳氏何時而去。

第二十章

某日，天氣晴和，唐家古屋前，忽來肩輿兩乘，則綺情已偕其新婦歸。吳氏此時，怒忿略平，然一見麗英艷麗裝束，又怫然不悅。禮既畢，顧謂麗英曰："爾下嫁吾家，乃非爾之幸，蓋吾深知爾輩少年，專尚紛華，然我家素以樸質傳家，來日恐有不能滿意之處，尚乞爲我恕之。"綺情恐母氏更有他語，乃促麗英歸室。

吳氏見麗英既去，乃厲聲謂綺情曰："爾去滬時，吾固明明諭爾，謂舅氏瞬將旋里，爲爾論婚，奈何今日背我，闖此大禍？"綺情曰："兒去滬時，原無定婚之心，特一時爲情義所激，故冒昧出此。"吳氏曰："麗英乃娼婦所出，吾前固已告爾，爾縱不惜卑污自賤，獨不爲祖宗門第計耶？"綺情曰："此等毫無根據之言，何足信耶？安知不爲永昇故造此言以聳動吾父而貸之以款？"吳氏曰："善哉，爾之設想。吾直語爾，彼等根性既壞，決不能作人家賢婦，行將見爾死諸婦人裙幅之下矣，更復何言？"綺情曰："嬤嬤，毋慮，麗英性格，固甚溫和可親。"吳氏曰："溫和耶？吾卻不敢愛此溫和。總之，我眼目中未見慣此等人，爾若必欲自戕者，即請速移爾賢婦居別墅。我在此雖病雖死，亦無需爾等存問。"綺情曰："如斯辦法，乃於我家名譽有損。"吳氏曰："爾知名譽爲何物？爾娶娼婦之女爲妻，不損於名譽耶？"綺情曰："此乃個人私德關係，母親請勿再言，況其人已死，良不能辱及其女。"吳氏高聲曰："爾敢抗我耶？"綺情曰："我何敢抗母親，特麗英初來，不必遽與以難堪。"吳氏曰："爾誠全無心肝者，今日有婦，便忘母矣。"言已，忽號咷大哭。綺情知其怒極，乃悄然歸室，見麗英以氈毯蒙首，憮然臥於籐榻。綺情曰："天寒如是，胡臥於此？"麗英曰："吾方於窗前靜聆爾與母親談話，一時疲倦，故躺於此。噫，吾愛，吾害爾矣。"綺情訝曰："是何言？"麗英曰："吾固知吾不足以得母氏歡，今聞母氏言，果然矣。"綺情曰："吾愛，爾毋慮，彼蓋生性如是，苟時過境遷，則又忘之。"麗英曰："先父雖不檢，不能理財，然吾聞人言，先父固無失德之處，今母氏遽詆我為娼婦之女，則未免過甚。"言已泫然。綺情擁之於懷，曰："吾愛，爾不聞急不擇言耶？衹要我推心置腹以愛爾，此外皆可如西風過耳，舍之勿聞。況我兩人瞬將移居別墅，爾時相隔既遠，意見自無衝突之處，目前小不如意，還當為我原諒。"麗英見綺情如是慰貼，氣忿亦頓歸消滅。翌日早殮後，由滬隨來侍女桂兒忽愀然入，謂麗英曰："主母，吾欲歸滬。"麗英駭然曰："爾不謂永久伴我耶？"桂兒曰："今則不能。"麗英曰："爾勿去，吾甚愛爾。"桂兒曰："主母遇我厚，我何忍去？特老主母性格過僻，我良不敢與之近。我昨至時，彼即謂我不應服此華服，斥我為狐貍；今晨又謂我烹調不良，命名曰木人。主母試思，我幾曾慣受此等責斥。"麗英曰："此亦不得謂之責斥，還宜忍耐為佳。"桂兒曰："我必去，若為時略久，訛誶必益多，爾時反令主母難以為情。"麗英曰："俟主人歸時再議。"桂兒曰："毋須，毋須，吾已在老主母前告辭，彼謂我去，乃彼家之幸運，我已無顏再在此逗遛一刻。"麗英曰："爾一人亦不能去滬。"桂兒曰："主母毋慮，我隻身往返漢滬間者，已數數矣。"麗英遂給以資，桂兒含淚拜辭。臨去時，復謂麗英曰："主母高恩厚義，奴雖死不忘，但以主母此等嬌弱身軀，恐亦不能禁彼老物摧殘，此後歲月，大抵愁多而樂少，尚望自為珍重。"言已乃去。午後綺情歸，麗英以桂兒辭去事，一一述告。綺情深不以母氏為然，亦無可如何。不意吳氏此舉，乃專為對付麗英，蓋彼以為麗英自攜女僕，將來必事事恃女僕為之，嬌惰既慣，必至不能理家，故與桂兒以難堪，使其自去，然後中饋諸務，須麗英躬親其役。在吳氏此等策劃，亦未始非儉樸持家之美風，然不料來日家庭之變，竟根於是焉。

第二十一章

　　麗英歸之第三日，慕溪率其妻女，踵唐家致賀。時麗英方在粧閣梳櫳，忽室門有彈指聲，隨命李嫗啓門。嫗爲唐家老僕，頗忠厚。綺情見桂兒既去，故命其兼侍麗英，然甚非吳氏所願。當時嫗既啓門，則知來者爲蓮香，因將室門反扃，詢蓮香曰："爾來奚事？"蓮香曰："爾不知耶？吾隨主人來賀新人，然有奇者，吾家雲姑，亦居然來賀，此則非吾所料及。"嫗曰："爾家老主人既來，彼當然隨之，抑何奇之有？"蓮香曰："爾不知雲姑久蓄意欲嫁綺情公子耶？此次公子成婚，實爲彼最痛心之事，故吾意其必不至，然爾當囑新人慎爲防備，恐彼妬極而害之也。"嫗叱曰："毋亂言，速去。"言已，復入，闔其門。當二人言時，麗英方斜倚籐床，床適近門，故聞之歷歷，頓時疑雲四起，私念綺情於未娶已之先，乃早有意中人在耶？無怪前歲初回別墅時，雲英遇己，恒以冷淡對之，然綺情何爲不早娶之，而必待及己耶？因之妬念乍生，怏怏隨李嫗出，與慕溪家人相見。末見雲英，風貌益妍，乃笑謂之曰："別來無恙乎？"雲英曰："謝君，良佳。"麗英曰："君面龐益佳於昔，令我見猶憐。"麗英此時，雖笑語如恒，實則中心惡雲英至於極地，旋轉而與吳嫗談。而雲英是時心理亦正與麗英同，覺此人實爲生平第一之敵人，良不應與之近，故未及數語，乃告辭而出，信步至廚室。適遇吳氏方預備夜膳，因曰："姑母猶作爨夫耶？"吳氏曰："吾不作，全家且餓死矣。"雲英曰："麗英不可以助姑母耶？"吳氏楞目曰："渠耶？其不以僕婢役我足矣，安敢望其助？"雲英此時故欲挑吳氏之怒，又曰："吾觀麗英固甚知禮者，何至坐視姑母獨任其勞？"吳氏曰："彼知禮爲何物？總之，吾家得此婦，非幸事也。"雲英曰："綺哥不訓之耶？"吳氏怒曰："爾勿更言，大凡人子，一經娶婦，便忘根本。吾昨日早膳備後，俟彼兩人，久弗至，乃移步至室窺之，則見兩人猶相抱而臥。吾見新夫婦愛戀亦多矣，然從未見若是之甚。"雲英聞言，且羞且恨，思此等艷福，固明明屬於己也，今乃竟爲人奪去，霎時如冒重疾，悵然返客室。

維時慕溪已偕媼返家，室中惟麗英一人。雲英與之略談數語，綺情即歸。麗英此時乃竭其全副精神，注視綺情與雲英之狀態，果見綺情驟見雲英，面色乍紅，雲英亦如之。在常例，綺情當先與麗英語，然後再及雲英，而今日綺情乃竟反其常例，笑謂雲英曰："不圖爾今日亦竟來望我。"雲英曰："天上安琪兒下臨吾村，安得不至？"雲英此語，實含諷意，綺情固知之，亟易詞曰："舅母今日不已來耶？"雲英曰："然，吾父亦至，然皆返矣。"綺情曰："爾邇來當佳？"雲英曰："謝君，良佳。"兩人言時，麗英色漸不愉，雲英覺之，乃興辭。綺情挽之曰："天黑如漆，爾一人獨歸耶？"雲英曰："然。"言時，吳氏入，曰："晚飱已備，雲英就此晚飱。"雲英曰："爲時不更遲耶？"綺情曰："毋憂，吾當伴爾歸。"遂相將入飱室。席次，綺情議論風生，雲英則悒悒若有重憂，間或與吳氏一二語，然皆家事。既畢，即偕綺情歸，行至中途，忽思及綺情去滬之前夕，歸時固亦兩人攜手同行也，爾時詢其果否往晤麗英，則云必不往晤，今乃居然娶之爲婦，又思己之風貌並不減於麗英，鍾情則猶過之，而彼竟棄之如遺。今日兩情歡悅，寧復憶及總角良友耶？思至此，頓如槍彈貫腦，一陣心酸，幾仆於地。綺情力扶之曰："雲妹，爾病乎？胡懣至此？"雲英仰首，綺情右臂扶之，高叫一聲，其聲絕怪，殆如梟獍夜鳴。綺情惶甚，俯視之，見其淚落如繩，復慰之曰："雲妹，爾果病耶？"雲英引手推之曰："爾毋問我，縱我死，亦不欲爾贅一言。"綺情曰："今日胡見惡如此？我誠不解。"雲英曰："我奚惡爾？特我貌陋，見惡於人耳。豈惟見惡，亦且見欺也。"綺情聞言，始悟其意，因曰："雲妹，我何有欺爾之處，遽一怒至此？"雲英曰："我所責之爾之愛情，均被爾踐踏殆盡，又何怪我之怒。"綺情愕然曰："噫，吾兩人自幼至今，固僅有兄妹之情也，至於夫婦，則從未嘗具此觀念。"雲英色微頳，曰："誠如是，即不當誤我。"綺情曰："爾言吾愈不解。"雲英曰："爾不解耶？爾試自思，麗英未回別墅以前，爾與我有無甚於畫眉之處？既眷戀於前，而棄之於後，非誤我耶？"綺情聞言，回思從前，果有數處足以令人發生誤惑，乃正色曰："縱有之，亦出於不自覺，非故意顛倒爾也，從今以後，深願爾盡將前事取消，我兩人仍作兄妹看待可乎？"雲英曰："我既福薄，不足偶爾，安有福以作爾妹……"言未已，忽聞一人呼曰："咦，雲姑歸耶？"兩人大驚，細審之，乃蓮香。雲英曰："爾胡往？"蓮香曰："主母命我迎姑娘也。"雲英曰："主母寢未？"蓮香曰："未。"雲英遂語綺情曰："綺哥，我已有伴，毋須爾，爾且歸，免令夫人望眼欲穿也。"綺情曰："否，我必伴爾至家。"於是三人同行，既至竹籬，蓮香先入，綺情則緊握雲英雙臂，呆然立諸扉次，半晌無語。既而雲英曰："今夕所言，皆我一時氣憤所致，甚望爾勿縈之於懷。"綺情曰："我決不怨爾，我今惟願爾早日得匹快婿，其才貌性情皆優於我，則我慰矣。"雲英曰："爾毋言此，我從此永作吳家之處女，雖至死不嫁也，我直語爾，我自瑞姊慘死以後，從不敢輕易鍾情於人，況此處除爾外，更有誰足值我一盼者。"綺情急曰："雲妹，爾萬勿一誤再誤，苟如是，吾罪益重矣。"雲英曰："否，否！"兩字甫出，淚又涔涔下。綺情出巾拭之曰："雲妹，我心碎矣，此種薄情之人，復何足惦記？"雲英乃含淚入，綺情又曰："無論如何，爾祇當我已死，美滿姻緣，期之來世可也。"言已，惘然而歸。

第二十二章

一日，爲孟春天氣，萬花乍發，百鳥爭鳴，綺情別墅中，綺情自領斯業後即易方氏別墅爲綺情別墅。琴聲悠悠，達於戶外。既而又聞旖旎歌聲，與林間黃鶯兒相唱和，此蓋爲綺情移居別墅之第二日也。綺情此舉，本非所願，第欲防止姑媳衝突，不得不爾。麗英則如脫樊籠，愉快不可名狀。自此玉人一對，日惟以詩琴爲生活，間或攜手花圃，踏月野外。舉凡麗英所樂，綺情蔑不曲意從之，此蓋爲兩人極快樂之時代，亦即兩人極自由之時代也。

大凡快樂光陰，恒較愁苦光陰短促，綺情遷居別墅，忽忽又一年矣。是年正月，麗英曾產一子，吳氏驟得含飴弄孫之樂，前恨亦略略減消。

惟家中多一人，用費即增一層，且又須雇請保姆，種種支消，更繁於前。思之，又輒爲不樂，間或於麗英前發其牢騷，謂綺情自娶親以來，家用恒入不敷出，苟再不求節省，定趨於破產。麗英聞之，頗自引疚，然私省年餘來，並未嘗縱情浮華。至於移居別墅，增雇僕婢，皆出自綺情之意，良不能遽加罪於己。然則姑氏爲此言，殆猶前憾未釋也。因是之故，百感交集，且又值產後，精力疲憊，於是乎病矣。

麗英身體，原甚孱弱，在強健之日，猶盈盈不禁風，寧復堪二豎滋擾，故病未經旬，即尪羸不堪。綺情見而大憂，極力慰藉。麗英曰："吾受病良非一日，今既發，必不能愈，吾累君甚矣，然君亦當自悔，無故舍去原有生涯，來受此苦惱。"綺情知麗英此言，必有所指，因曰："吾愛，吾自恨吾不能盡丈夫之責，致累卿憂傷憔悴，吾抱愧已極，然物外之事，吾固早囑卿勿縈懷抱，奈何猶自苦若是。"遂遣人入城，覓醫診視，然迄無效驗，且加厲焉。

一日，綺情他出，麗英方擁衾臥病榻，適吳媼遣蓮香問疾。麗英因神疲不欲見客，當蓮香推門入時，故閉其目，僞爲睡去。蓮香流目四盼，見室中靜寂，旋即退出，逕趨保姆室。保姆室與麗英室，僅間一壁，彼此言語，皆能聞之清晰。蓮香既見保姆，即曰："主母病狀如何？"保姆曰："尚無進步。"蓮香顧小綺情曰："此兒誠可愛。"保姆曰："然。"蓮香曰："爾主母若不起，此兒苦矣。"保姆曰："爾言何謂？"蓮香曰："爾不知有一人方耽耽於旁，日盼爾主母速死以承其乏耶？此人既妬主母，必連恨及此兒，若來，兒寧有幸耶？"保姆曰："其人爲誰？"蓮香曰："即吾家雲姑是。"保姆啐曰："毋亂言，脫主母聞之，必不爾宥。"蓮香曰："否，吾適自其室來，蓋已熟睡矣。"保姆曰："總之勿言爲佳，且又何從而證實雲姑有此心？"蓮香曰："爾初至此，或不之知，吾家雲姑，欲嫁爾主人久矣，就吾所親見者乃有數事，足以爲茲事之證。一當前歲爾主母未回別墅以前，爾主人因債務關係嘗往爾主母家。一日，曾向爾主母假有小說一冊，藏之書室，不圖爲雲姑所見，挾之欲遁，爾主人立跟蹤索之。雲姑大忿，擲之於地。歸後，掩面啼哭，意若妬爾主人與爾主母納交者。後吾以狀語之爾主人，爾主人曰：'蓮香，你歸語姑娘，我愛彼，已至極地，無論如何，決不至更奪此愛而與他人也。'吾歸而述之雲姑，其悲始已。保姆，爾試思之，此非相愛者，何至是耶？次即爾主人去滬之前一夕。是夕，雲姑因事至爾主人家，適歸時稍晚，雲姑乃倩爾主人伴之，時吾方伺諸籬次，及彼兩人至籬前，吾又聞雲姑嘆曰：'綺哥，爾既愛我，胡爲好事猶虛，豈我之愛爾，爾尚夢夢不知耶？今吾父方以我爾婚事歸來，而爾偏又遠出，殆果所謂三生石上，未訂前緣耶？'言已，闔門入。此又爲雲姑欲嫁爾主人之一證也。"保姆曰："如爾言，我主人胡棄而娶主母？"蓮香曰："我亦不知，迨爾主人論婚消息傳達家中，雲姑一時如中惡疾，暈倒於地，及甦，復私泣數日。一日爲爾主母歸家之第三日，雲姑循例往視新婦，及夕，尚未歸，吾家老主人恐其膽弱，命我往迎，我行至中途，忽遇一最奇之事……"保姆曰："其見鬼魅乎？"蓮香曰："鬼魅安有此奇？"保姆曰："然則何事？"蓮香遂復以是夕綺情與雲英途中情形一一述之。既已，保姆曰："雲姑亦太癡，我主人既已有婦，更何足戀念？"蓮香曰："吾亦云然，然爾主母脫不起，彼兩人便如願相償矣。"保姆曰："亦未可斷言。"言際，小綺情忽啼哭，保姆遂起而喂以牛乳，蓮香亦辭出。

當兩人言時，固以爲無復有第二人聞之，不知已盡入麗英之耳。麗英自初次聞蓮香與李嫗之語，已疑綺情與雲英有密切關係，今又得此確證，妒心陡起，私念綺情娶己，固非有眞確愛情，不過一時爲色所動，遂向之求婚，此後相處日久，勢將由冷淡而厭惡。況有雲英鼓舌於旁，伉儷之情，安保不趨於破裂？思至此，恨此身不速死，蓋死則兩目俱瞑，萬事都休。繼又念若果死也，綺情必續娶雲英，脫如蓮香之言，自身一點血肉，將永無出頭之望，登時心血上湧，兩眼昏花，覺兩間之大，竟無一地足以容其渺渺之身。西哲有言，凡人當痛苦驟來，必有一精神強木時代爲其抵禦之盾，否則一矢中心，其死必矣。麗英此時知覺盡失，正強木時代矣。後不知歷若干時，啓目微視，忽見綺情坐其旁，突起抱之曰："吾愛，爾猶鍾情於人耶？吾死，爾萬勿娶彼人，彼將不利於吾子矣。"綺情愕然曰："麗英，爾夢魘乎？速醒！速醒！"麗英曰："吾實非夢，吾蓋確聞爾與彼人有真摯愛情也。"綺情曰："否，否，決無此事，或爾平時存此疑心，故誤認以爲真。"麗英曰："至確，至確，非誤也。"言際，手足皆顫。綺情擁之於懷，曰："吾愛，爾毋憂，吾固語爾，自與結縭以來，世界上除老母外，決無第二人入於余懷，奈何猶不信我？"言已，强之使睡。

第二十三章

　　嗣是麗英之視雲英，殆如仇敵。時適值贛寧亂事之際，道生雲英之兄因犯嫌疑，下獄金陵，吳媼與雲英驟聞此惡耗，悲惶失措，而是時慕溪又已回浙，環顧左右，堪以爲助者，惟一綺情。於是雲英無日不在往返於綺情別墅，秘謀援救之策。麗英覩此益疑，私叩綺情，輒亂以他語，一若此中秘密，萬不可告人者。麗英自忖，男女交際，舍青蠅墻茨之嫌外，何不可以語人？今兩人均嚴守秘密，其非正當勾當必矣。嗟夫，綺郎，爾竟爲他人攫去耶？一日，偕綺情納凉園中，天將暮，雲英忽隨吳媼至，麗英亟起歡迎。既入座，雲英突轉其秋波，睨視綺情，若示以何種暗號者。綺情隨即偕雲英行至園後，作秘密談話，良久弗至。麗英醋火中燒，而又爲吳媼所羈，恨不能躡蹤而往，一覘其實。及兩人既去，綺情反室，麗英出其嚴重聲曰："君日來與雲英鬼鬼祟祟，究係何事？"綺情如常以他語掩之，麗英憤然曰："吾屢詢，君屢以此態對之，是何居心？"綺情笑曰："吾愛，此中事至秘，吾良不能語爾。"麗英曰："吾與君，夫婦也，庸何傷？"綺情曰："苟他事，吾或能告爾，此則不能。"麗英曰："豈君恐我洩露耶？是君未嘗以誠待我。"綺情曰："否！爾若能守秘密，必欲知之，俟之來日可也。"麗英聞言，默思滬上結婚之時，綺情固明明謂將來以其誠意喚出己之愛情，今己傾全身之愛以與之，而彼反事事行僞，是安足爲恩愛夫妻乎？思至此，寸心如灰，躺身安樂椅上，熱淚潸然。移時，忽室門閛然闢，雲英倉皇入，亦不暇與麗英周旋，竟趨綺情坐處，牽其臂曰："綺哥，趣至我家。"綺情駭然曰："何事？"雲英急曰："至則知之。"綺情不得已，隨之出。

既出鐵柵，綺情詰曰："究為何事？"雲英曰："吾兄歸也。"綺情驚曰："確乎？"雲英曰："吾豈誑爾？先是吾與母歸後，吾因心緒不寧，倚窗閒眺，眼光一瞥，忽見籬前立一人向吾招手，吾初以為鬼魅，毛骨悚然，及細審之，確知為人。吾意或爾有事面吾，亟出啓扉，視之，不禁喜出望外，乃吾兄也。"綺情曰："渠在獄中，胡能歸？"雲英曰："乘戰時逃出。"綺情曰："舅母知之否？"雲姑曰："吾母已寢。"綺情曰："此間北兵甚多，偵探如林，渠決不能久居於此。"雲英曰："然，吾召爾往，亦正斟酌其去留也。"言時，已至竹籬，見道生衣破衣，淒然立諸扉次。綺情與道生感情素洽，此時亦悲感交集。三人遂悄然入室，綺情詢以犯事情形，道生具告之。綺情曰："然則君此歸，事乃極險。"道生曰："我固知之，然見母心切，不得不冒險一行。"綺情默思久之，曰："君猶欲見舅母耶？"道生曰："然。"綺情曰："以吾思之，不見為佳。蓋此村人咸已知君犯罪下獄，若見舅母，必不許行，一經逗遛，全村皆知，脫傳播至於北兵之耳，君無幸矣。"道生泫然曰："吾不虛此行耶？"綺情曰："寧少忍孺慕，一俟大亂敉平，再謀團聚，未為晚也。"雲英聞道生不能長留家中，亦哭。綺情亟掩其口，曰："雲妹慎耶？脫聲聞於外，事敗矣！"道生曰："如君言，吾將奚之？"綺情曰："去滬耳。"道生曰："吾一身之外，無長物，不使母親知之，資將安措？"綺情曰："吾當為君籌之。"言際，探懷出皮篋，檢視良久，曰："此明日期票也，君持此往晉康錢肆，可領銀百元，旅費當不患缺。"道生大感，綺情視壁鐘曰："三句鐘矣，君此時宜行，遲則天曙，必難逃村人耳目。"道生起立，雲英牽裾泣曰："阿哥，抵滬後務以書示我，免令我朝夕懸念。"道生曰："然。"三人既出，道生忽作恐懼狀曰："天黑如漆，吾一人獨行，良可怖矣。"雲英曰："怖耶？奈何？"言際，目示綺情。綺情躊躇半晌，曰："吾偕君行。"道生喜曰："如是，良感。"雲英曰："爾不懼夫人久俟耶？"綺情曰："否。"遂偕道生行，迨朝曦東上，始返別墅。入室，見麗英衣妃色汗衫，橫躺臥榻，鬢髮蓬鬆，星眸微露，爲狀絕美，因捧頰吻之，笑語曰：「爾寢室門，胡不下鍵？脫有人偷入攫爾去，我何以堪？」麗英聞言，翻身面壁，出其冷峭聲曰：「余陌頭秋葉耳，攫去復何害？且可少一眼中釘，但我終不解爾既鍾情於人，胡爲又娶我？」綺情曰：「卿乎，吾前不已告爾乎？我何嘗鍾情於人？」麗英冷笑曰：「世豈有男子偕一女郎中夜而出，天明而歸？而反謂兩人絕無情愛關係，其誰信之？」綺情曰：「爾言殆又指雲英耶？噫，冤哉，冤哉！」麗英曰：「君亦毋庸呼冤，吾直語君，嗣是以後，吾決不更以是瀆君，吾惟自嗟命薄而已。」言已，淚下。綺情起抱之曰：「吾愛，爾病方愈，何必抑抑如是。」

第二十四章

　　道生去滬約兩星期，綺情忽接其來書，曰：「滬上近亦難托足，頃有友邀往南洋，藉爲息跡。君務商之吾母，先匯洋千元來滬，以作川資，並請君亦即日前來，代爲部署一切。」云云。綺情閱畢，乃持往面吳媼。吳媼聞言，並不置可否，惟放聲大哭，綺情與雲英商，雲英極表同意。綺情曰：「欵將安出？」雲英曰：「吾家錢均儲之銀行，僅須持摺往取，事較易，但君能舍夫人赴滬耶？」綺情曰：「此何不可？」雲英曰：「然則我等往面母親。」綺情曰：「佳。」

　　是時吳媼泣已，偃臥籐床。綺情既入，即白以匯欵事，媼曰：「吾方寸已亂，爾欲如何便如何。」綺情曰：「舅母勿過悲，道生此去南洋，甚爲安穩，且可藉以謀生。」言已，偕雲英出，急驅車入城，事蕆，返別墅，謂麗英曰：「吾未見爾叔瞬時將兩載，頃舅家有事須吾赴滬，吾擬乘此前往，藉候爾叔起居，爾以爲何如？」麗英曰：「此君行動，吾焉能干涉？去則去耳。」綺情曰：「卿言殆近於忿，若卿不欲我去，仍可中止。」麗英曰：「否，吾言至確。」綺情曰：「然則吾明日即行。」麗英曰：「甚善。」於是部署行裝，鞭絲帽影，竟離故鄉而去。

　　及抵滬，道生已得欵首途，甚悵。一日散步公園，忽遇克明，舊雨重逢，頓爲大樂。顧克明此時形容憔悴，非復曩昔者豪況。綺情詰其故，曰："兩年未見，無怪君不能知，吾自金陵廢學後，即束裝來滬，初意原思於此謀一度硯地，不期所交非人，日騶之作狎邪游，花天酒地，耗去達數千金，而此金又皆假之滬人，故流落於此，未敢言歸。"綺情曰："君叔不代償耶？"克明曰："吾亦屢去書乞憐，無如渠置之弗答，此老近益倔强，蓋未嘗視吾爲猶子也。"綺情曰："然則君久賦閑於此耶？是亦非策。"克明曰："舍此復何之？在理，吾父遺產，皆吾叔紹之，吾若抵死向之追索，亦未始不可解此困，然而我不爲也。"綺情曰："吾不日即回滬，君與偕歸何如？"克明曰："否，吾不能歸，蓋歸則債主群至，吾窘更甚也。"綺情曰："吾與君叔頗善，君歸後，吾代向君叔乞歉，以清宿逋，不其可也耶。"克明搖首曰："否，否，脫吾叔不許，奈何？總之吾不敢再入滬城。"綺情沉思良久，曰："君如不欲入城，可暫下榻吾家，如事濟，君即歸，否則再謀他策，可乎？"克明聞言，目中忽現欣慰之光，曰："如是，吾當感君，至死弗忘。"

　　天下事，每每善因而得惡果。如綺情之邀克明同歸，原出於憐惜觀念，固善因也，詎身亡妻去，竟根於是，天道寧忍論哉！當兩人抵別墅時，麗英方倚畫欄，閒眺晚景，突聞啓鐵扉聲，回首矖之，見綺情已歸，甚喜。既又見隨綺情之後者，又有一人，頓覺心頭躍跳，雙頰緋紅，低語曰："噫，非渠耶？非克明耶？盍至此？"言際，當日穢情密語，一一躍現於腦海中，羞答答搴衣下樓，適遇克明，克明笑曰："吾今當呼君爲唐嫂矣，年來佳乎？吾聞君已得寧馨兒，能學語否？"麗英此時惟覺心躍至口，竟不辨克明所言爲何，既乃力自鎮定，以齒咬唇，默然坐於室隅。綺情顧謂之曰："龍兒好否？"麗英曰："良好。"綺情曰："爾戚至，奈何無一語歡迎？"麗英曰："吾因渠而思及吾父，故未能發言也。"綺情笑曰："爾誠孝思不匱。"言際，室門忽闢，一女郎匆遽入，繼見室內有客，又退出。綺情知雲英此來，必爲探其兄消息者，亟隨之出。此時室中惟麗英與克明兩人，麗英益忐忑不安。克明微覺之，乃起行至窗前，見綺情與雲英並肩密談，但相隔過遠，不知其云何，因回首詢麗英曰："頃來女郎爲誰？"麗英曰："吳家雲英也。"克明曰："渠與綺情胡親密乃爾？"麗英曰："君安知之？"克明曰："爾試觀之。"麗英遂至窗下，流目一望，仍回座處，爲狀似甚閑靜，然面已大不愉。克明固詰其故，麗英曰："渠兩人中表姊妹行也，夫何足怪？"尋易言曰："君於何時遇綺郎？"克明曰："滬上。"麗英曰："君殆與渠偕歸耶？"克明曰："然。"麗英曰："君胡不回家而庽此？"克明曰："此正有故。"麗英曰："盍語我？"克明曰："得間當告之。"麗英曰："君在滬晤姨娘否？"克明曰："否。"麗英曰："吾安信？"克明曰："確也。"麗英微哂曰："然則胡爲不見？"克明曰："君尚不知，吾今非復曩日快樂時代矣。"麗英聞言，仰首椅背，若有所思。克明又曰："君容胡憔悴如是？"麗英曰："病後耳。"克明曰："綺情既舉尊翁所親質之別墅還之於君，又使君安居以享受清閑之幸福，在理當樂，胡爲而病？"克明此語，實含諷意，麗英固覺之，然頗以其爲是，因曰："既作人婦，自不及當日閨中待字時之安逸。"克明曰："吾自君論婚後，即時時念君，恐君將淪爲煩惱生涯，今果然矣。"麗英聞言，又思及前事，寸心頓不能自主，恨不傾囊倒篋，盡以所苦訴之克明之前。幸是時綺情已歸，麗英霎時如夢方覺，自思綺郎固愛我也，此等事安能對外人言？立趨回卧室，以恢復腦筋原狀。

晚餐既畢，綺情入室，麗英曰："君偕克明，果何事者？"綺情曰："渠因避債流離滬瀆，吾憐其苦，故邀之來。"麗英曰："君乃欲爲之償債耶？"綺情曰："否，吾代其呼籲盧翁耳。"麗英曰："何時可去？"綺情曰："或一二日，或一禮拜。"麗英此時，本思以前年與克明之關係白之綺情，以促其早日離去，顧格格不能脫口，既思始終僅一禮拜時光耳，苟能咬定牙關，自爲鎮定，當不至發生若何意外事，於是咽之勿言。嗟夫，使麗英是夕而果言也，後日豈不少却許多苦惱？乃欲吐仍茹，致令身敗名裂，悔恨以終，能不惜哉！

第二十五章

綺情回別墅之第二日下午，克明與麗英同立鐵柵之次，極目林際，以盼綺情歸，第兩人心懷各有不同：克明則視綺情此歸，以卜其叔之意向；麗英則覺與克明同處，寸心甚難自主，極盼綺情歸以鎮攝之。移時果有頎影發現於兩人眼簾，則綺情已歸。顧非綺情一人，尚有一女郎伴之，則雲英也。克明顧謂麗英曰："玉人一對，攜手同行，君見之否耶？"麗英色驟變，曰："爾與誰言？吾語爾，此等事勿再入吾之耳。"克明知此語實妒極而發，因鞠躬曰："吾實唐突，乞勿見責。"言已，迳往迎綺情。雲英見克明至，乃迂道而歸。克明曰："消息如何？"綺情搖首曰："非佳。"克明聞言，呆然如木雞。綺情曰："然尚未盡失望。"克明忽又抖擻精神，力握綺情臂曰："然則吾叔何言？"綺情曰："彼謂為君償債，非僅一次，而君迄未能遷善，故此次堅持勿許。"克明曰："毒哉老狗，竟忍視其姪淪於巨壑耶？"綺情曰："尊翁遺產併於彼之名下，吾亦曾提起詢問，據謂此宗產業，彼已代君存儲然，君苟不改過，彼則獻之以作慈善事業。"克明曰："是皆彼之飾詞，君慎勿為彼爲欺。"綺情曰："以吾思之，苟再向之要求，或者可以挽回。"克明作頹唐狀曰："難矣。"

嗣是克明遂長留於綺情別墅，綺情亦不時入城爲之關說，然盧老倔強成性，終不能發生若何效力。綺情良不忍坐視克明就此淪落，仍留之於家而慰藉之。克明處此，當如何感恩圖報於綺情，顧克明天良久沒，非惟不感恩圖報，且從而誘惑其妻。在其初至時，亦未必果具此心，繼見綺情與雲英之密切，又見麗英妒嫉甚深，遂以爲有機可乘。自念苟從中離開，彼兩人夫妻愛情，當不難決裂，既決裂，便可安然挈彼美以遁。此等計劃，蓋無日不在克明腦想之中，故凡遇綺情一與雲英密談，即歸而報告麗英。麗英每經一度報告，對於綺情愛情，即一度減輕，以為綺情真薄倖人也，其視己不過閑花野草，一經玩視，便棄置之耳。於是更覺蓮香向日之言，實確鑿而可信。長此以往，惟有消受冷淡生涯而已，尚何言哉。一日，三人方同榡早飱，適蓮香送一函至，遞給綺情。綺情略一審視，納之於懷。麗英曰："誰至爾者？"綺情曰："有人耳。"麗英曰："胡爲而遞舅家？"綺情曰："郵差之誤。"麗英聞言，默然不語，蓋彼已早見函爲雲英所書也。飱畢，綺情匆匆更衣出，麗英起至窗口望之，果又見其向彼半西式屋而去，不覺凄然長歎。克明故爲蹺語曰："是乃彼之自由，君奚歎爲？"麗英雙淚瑩然，俯首至案，克明微哂曰："此何足悲？前途痛苦，正未有艾也，但吾誠不審君胡爲獨取此薄情之人？"麗英含淚曰："皆姨娘所逼成，我何有此心？"克明乃移身近麗英曰："君盍速謀自振之策？"不圖麗英此時良心尚未全喪，聞語，勃然震怒，曰："爾慎耶？爾以我爲何人，苟再如是，吾當下逐客之令，爾其慎之！"克明從容不恐，聳肩作獰笑曰："愚哉爾也。"麗英曰："勿言勿言。"克明曰："信使我與爾面不相識，爾縱墮入陷阱，於我何與，無如我兩人前日交誼，時簸盪吾腦海中，令吾欲不言而不得也。"麗英聞克明復提往事，色大赧，掩面逃歸卧室。

第二十六章

一日，爲七月七。侵晨，麗英早粧方罷，黯然坐於卧室，適侍者持一函進，閱畢，攜往見綺情曰："劉家請吾儕今晚赴家宴，藉觀雙星，爾去否？"綺情曰："在理當去，爾以書覆之可也。"麗英遂出，將啓扉，突見一人匆遽入，與之對撞，視之，則雲英也。雲英知己過於荒唐，立向麗英道歉。麗英微哂而出，行未數武，忽又輕步返，由鎖孔窺之，見雲英慘然立於綺情身旁，綺情顧謂之曰："何事慌張如此？"雲英出一書示綺情，既又縮回曰："此地不便與爾言，趣至吾家。"綺情起立，麗英亟避至隔室，俟綺情偕雲英去，則又出至階前眺望，正憤恨無可如何時，忽見一人與己並肩而立，且以其尖銳眼光向己凝視，隨復轉而視綺情，意若曰："爾親愛之夫，又爲人挈之而去也。"麗英切齒曰："克明，吾心碎矣，爾尚欲揶揄我耶？"

綺情既至吳家，媼已候於客室，覩綺情入，唖曰："綺兒，道生誠不幸至極也。"綺情瞠目不知所謂，媼顧雲英曰："爾未與綺哥言耶？"雲英始復出一書給綺情，綺情閱畢，始知道生行至香港，川資盡為盜竊去，今日歸潯，乃欲再謀安身地也。因請雲英曰："是誰給爾者？"雲英曰："狀似一牧童，據謂於途中遇一人，以銀元一枚，托其致此書於我家。"綺情曰："然則此去必不遠。"雲英曰："然。"綺情曰："今夕舅母必欲見耶？"媼曰："吾思吾兒幾瘋，安得勿見？"綺情曰："村中人衆，恐有不利於道生者。"雲英曰："吾母擬俟道哥抵家後，吾與爾即於籬前作守望之人，苟有動靜，道哥即由後遁，不其可耶？"綺情思索久之，曰："亦佳。"

歸語麗英曰："劉家宴會，爾已覆信否？"麗英曰："送去久矣。"綺情曰："吾恐不能去。"麗英詫曰："不去耶？"綺情曰："然，吾今夕須赴友人約。"麗英曰："出乎爾，反乎爾，吾誠不解爾近日胡詭秘若是？"綺情曰："吾愛，非吾詭秘，實為友所尼也。"麗英冷笑曰："奇哉爾友，然吾一人去，亦善。"是語也，實不啻下一訣絕警告，惜綺情未之覺。及晚，綺情既送之往劉宅，既返至吳家竹籬，維時新月一鈎，略現微光。綺情與雲英正閑談間，果見一人影行近籬前，視之道生也，顧此時道生已非前日翩翩公子也。綺情曰："君胡頹唐一至於此？"道生曰："是非一言所能盡，吾母安乎？吾欲見吾母。"雲英遂領之入，少刻，復出，與綺情並肩坐於籐椅，或攜手閑步，為狀殆如夫婦。

克明見麗英今夕雖曾勉強赴宴，然顏色大異於昔，知其妒心已達於極點，苟一挑撥，好事成矣。亟奔至吳氏竹籬，果見彼兩人相攜立諸疏林花影間，不禁大喜，於是緩行至距吳家半里許之歧路，意俟麗英歸時，即導之往彼以激之。蹲坐移時，麗英即至，乃故作乍遇狀曰："唐嫂歸何速乎？"麗英訝曰："君胡在此？"克明曰："散步耳，然君……"麗英不待言畢，即曰："吾今夕心緒至弗寧，故未俟席終而歸。"克明曰："君膽殊壯，不然，獨行踽踽，得不畏耶？"麗英曰："夫何足畏？"兩人隨言隨行，由劉家至綺情別墅，原有兩路，一為康莊孔道，較遠，一為小途，則須經過吳氏竹籬。克明既欲使麗英目擊綺情與雲英親密狀態，遂導之行小途。既至吳家，克明佯謂麗英曰："是屋風景良佳，但不知為誰氏住宅？"麗英應聲曰："即吾舅家也。"克明曰："然則綺情必在是。"麗英曰："或如君言。"克明忽停步低語麗英曰："吾目力甚短，彼園中白影為何？"麗英細審之，果見綺情與雲英相倚密談，頓如蒺藜入胸，寸心碎裂，私念綺情固明明謂為友所尼，故不克同赴劉氏家宴，不圖彼乃誑己而私赴幽期。嗟夫良人，吾知爾矣。克明乘此遂出其懇摯之聲曰："可憐哉麗英，吾固知爾必有為人厭惡之一日，今其時矣。"麗英曰："吾茲悔矣，然當彼向我求婚時，君亦在吾家，何未見君與我以明瞭警告耶？"克明曰："前事過誠在我，然即此而圖，尚未為晚，以吾思之，勿如與我偕逃，覓一永久安樂之所之為愈，君其以為如何乎？"麗英此時天良盡為妒念所掩，竟墮入奸人計中，憮然曰："確耶。"兩字將出，已枕首於克明之肩，克明捧其兩頰連吻之。

道生與母話畢，已鐘鳴兩下，綺情又為之籌劃歉事，直至三句鐘始歸。既入，見書室猶有燈光，趨視之，則麗英一人癡坐寫字檯前，似欲作一書而未下筆者，因曰："麗英，爾胡不睡？"麗英不答，乃復易笑曰："爾勿憂，詰朝吾當以吾近日所為，一一告爾，趣睡趣睡。"麗英冷然曰："爾先寢，少待，吾即至。"綺情猶未疑其有他，即趨臥室。麗英見綺情去，乃決然草一書曰：

嗟夫綺郎，從茲別矣！背夫而逃，本為罪戾，然實君先棄我也。夫吾所仰望而終身者君也，今既為君所棄，且又屢覩君與所歡密約偷情，則我何樂為君妻耶？然則我去，不能不謂為君所逼也。吾不肖，去後甚勿以為念。麗英留言。

書畢，納入信筒，置抽屜中，輕步至保姆室，時保姆已深入睡鄉，力撼之，使醒，小語曰："保姆，設我有事，須與爾長別，爾能護愛龍兒一如今日否？"保姆揉目視麗英，不解所謂。麗英復語之，保姆曰：

"然……然。"仍縮首被中，鼾聲隨作。迨綺情醒時，天已微明，摸索床頭，仍未見麗英來寢，頗詫。立披衣起，至書室，惟見殘燭一枝，閃爍於寫字檯畔，遂又至保姆室，仍不見麗英蹤影，大疑，力推保姆曰："主母何往？"保姆瞪目曰："主人言何也？"綺情厲聲曰："主母奚往？"保姆始搔首作記憶狀，既而號曰："噫，主母必已自裁！"綺情曰："自裁耶？毋讕言！"保姆曰："至確。"忽又曰："似三句半鐘，曾一度如吾室。"綺情問："入室何爲？"保姆泣曰："囑吾保護龍兒也，惜吾當時未能覺察，噫，主母必死也！"綺情聞言，面色驟變，手中之燭，幾墮於地，繼乃踱入書室，將啓抽屜，目光所觸，忽見一物，則麗英留言也。閱畢，心肉皆顫，癡立如木人。此際保姆亦入，曰："主人，是誠異事，克明先生，亦不知去向。"綺情如未之聞，手中信箋徐徐墜地。久之，大呼曰："吾過矣！吾過矣！賤婢！賤婢！"保姆楞其雙目，如入五里霧中，既乃曰："主人究何如者？"綺情曰："偕……偕逃也！"言已，仰臥安樂椅，面如死灰。嗟乎，綺情背母命，負雲英，而娶此婦，今日竟結此惡果，天下事誠難定哉！雖然，麗英娼婦所出也，知識雖高尚，賦性實不良。綺情明知之而故娶之，亦屬咎由自取也。次日，吳氏聞此惡耗，亟至別墅，盛氣謂綺情曰："吾言如何？吾家門楣爲爾玷辱盡矣！爾將有面目見人耶？"綺情泣曰："兒知罪矣！"

第二十七章

麗英偕克明既出別墅，紆回由小道入城，時已大明，默計輪船抵埠當在下午，脫稍羈延，追者必至，乃就江頭僱小舟一隻，逆流至武穴，由武穴再登輪來漢。抵漢後，僦居於後馬路。野鴛鴦一對，雙宿雙飛，固極人生之樂，然有一事足爲敗興者，則金錢缺乏也。克明之至綺明別墅，原爲避債，其無錢可知。今次資用，皆麗英平時私蓄，且不甚充裕，一經耗散，所餘無幾。居馬路已將一月，財力即不能支，復遷於僻港，由是麗英遂淪爲苦境，屢次勸克明謀一事業，以輔助生計。克明輒如西風過耳，置之不聽，且日與輕薄兒游，或數日而一歸，或數日而竟不歸，詢之，則以惡聲相對，如是者三月。麗英私蓄已將告罄，向之乞資，輒楞目曰："吾因爾受累至如斯，將何來金錢給爾？"麗英無可如何，惟忍氣受之。

一日，爲兩人到漢後第五月，天氣酷寒，麗英僅御薄綿，冷極，謂克明曰："吾儕長此厮混，良非長策，君既愛我，何竟不爲籌備？"克明叉手於腰，曰："爾意云何？"麗英曰："君父遺產，阿叔既已代爲保存，則君固非貧者，徒以君不務正業，故阿叔靳而不予。吾思君若函告阿叔，謂君已娶婦，從此改過自新，阿叔必能爲償宿逋，迎君與吾偕歸，此等煩惱生涯，不可卸脫耶？"克明搖首曰："否，否，尚非今日事。"麗英聞語，頗詫，曰："君與吾乃竟不正式成婚耶？吾懷中兒已兩月矣，苟再不結婚，此兒將究爲誰氏子者？克明笑曰："爾真有孩童氣，安知此不爲病？"麗英曰："病耶？即爲病，於君家子嗣無甚關係，然我兩人豈就此曖昧以終身耶？矧結婚可以蘇困，君不見吾僅御薄綿乎？"克明昂首曰："是則非吾力所能爲。"言已，揚長而去。越一禮拜始歸。此一禮拜中，麗英斷炊者三日矣。身體上受此痛苦，猶可説也，而良心偏又時時責問，耳際若恆有一人向之詰曰："爾胡爲犧牲名節，而與一浪子私奔耶？"一思此言，如萬顆槍彈，齊貫胸腹。是日，正值早殤之時，又以缺乏薪米，不能舉火，空閨獨守，寸心如灰。既而起至床頭，出小盒一，啓視之，內尚有金飾數事，皆其忍飢耐寒所保存者，此時無可如何，取約指一枚，思易以購食。繼念是乃綺情結婚時所贈者，安忍棄之？把玩良久，淚落如繩。此際突聞履聲橐橐，至門而止，亟納約指衣袋中，回首視之，則克明醺醉而歸也。麗英淒然曰："君抑知閨中人數日未食乎？"克明曰："我奚知？即知之，亦無法也。"麗英聞語，不禁勃然怒曰："我誠不解爾言，豈爾誘我偕逃，乃專爲消受此痛苦生活乎？"克明曰："爾毋怒，此事我不能獨負其咎。"言際，門闢，郵差遞一函至。克明接視之，忽現欣慰之色，曰："不圖亦有今日。"麗英曰："誰致爾者？可與我一觀乎？"克明曰："是不能。"麗英曰："然則何事？"克明曰："吾友謂其戚某欲聘余爲記室，促吾即日歸潯。"麗英驚曰："君即歸潯耶？我將安往？"克明曰："仍當居此。"麗英曰："衣食何出？"克明縐眉曰："爾暫耐之，俟吾事就，再來迎爾。"乃自行理其行囊。麗英覩其情狀，甚爲決絕，不禁悚然危懼，曰："克明，爾終當予我以確切保證。"克明怒曰："爾必欲阻我進身耶？"麗英長跽曰："我奚敢阻君，特君去，我即成畸零人，既無回潯之望，又乏生活之資……"克明不俟言畢，曰："趣勿言，無論如何，我不能攜爾往。"語竟，挈其革囊行。麗英伏地牽裾曰："負心人，爾亦記綺情別墅出亡之夕乎？"克明曰："憶之，憶之。"力奪而出。

麗英痛極大哭，霎時萬千愁恨，排列似嚴陣，直向心房而攻。自思往日所居之綺情別墅，瓊樓百尺，花木葱鬱，琴音悠悠，時達戶外；今則湫隘如雞塒，污穢之氣，中人欲嘔。往日重裘擁護，猶恐其寒；今則薄綿一襲，視同錦繡。往日食前方丈；今則斷炊至兩日之久。果使克明能推誠相與，則蓬門廝守，亦可稍慰情懷。乃所得景象，又復如此。前謂綺情鍾情於人，不能得圓滿愛情，然其對己，溫柔體貼，蔑不備至。且老父臨終之時，傾囊濟困，非仁義至厚者，曷克出此？以此多情厚義之丈夫，竟棄之而與一浮浪子爲伍，寧非喪心病狂也耶？思至此，覺亡父頎影已巍然立於面前，向之切齒曰："爾奈何無恥至此乎？爾終身將無安樂之望矣！"又覺綺情挽其臂曰："吾愛，吾固愛爾也，爾胡爲棄我而逃乎？抑知我爾乃相依爲命，爾去，吾將無以爲生乎？"凡此皆良心上之幻象，非果有其事也，然在麗英則以爲真，覺一字一刀，刀刀中其心坎。於是復哭，昏惘中，忽見一物觸於眼簾，俯拾觀之，即適間郵差遞至之函，噫，其克明誤遺乎？亟出函閱之，僅兩三語曰：

克明兄鑒：君叔已於今晨逝世，請速歸清理遺產。宗書。

閱畢，勢力沸騰，手足皆顫，思克明已表示其厭棄之心矣，不然，胡詭言友人召爲記室？蓋恐吾一聞其領得遺產，即欲隨之同去。嗟夫，輕薄兒，爾尚復有絲毫天良乎？無怪爾一聞結婚之言，即掩耳却走，嗚呼，吾過矣！言時，頓覺斗室變爲扁舟，簸盪飄颭，立足不住，遂暈倒於地矣。

第二十八章

自此麗英始恍然爲奸人所騙，刻刻悔恨，然一失足成千古恨，再回頭已百年身，任憑如何追悔，覆水終不可復收，滿腔幽怨，惟於燈昏月落時，以一副眼淚了之。維時腹中胎兒已誕生，蓋爲碩男。麗英以一生罪過皆集中此兒之身，因名爲"恨生"。自恨生墮地後，家用日鉅，所賴以支持者，皆攜出之金飾，然前途茫茫，金飾有限，此後將作何接濟，每思及此，肺腑皆摧。麗英身體原非強健，經此挫折，遂爲二豎所侵，懨懨病矣。

大凡病人心地，最宜平靜，稍有煩惱，其病立增。麗英此病原係積憂而成，病後心地又無一刻安，故日見沉重。攬鏡自照，幾不能識，蓋往日玉貌花顏，都付之流水，今且成一半老之人矣。一日，爲冬月天氣，方圍爐取煖，突聞敝扉闢，視之，則切齒痛恨之克明至。麗英乍見，如觸蛇蝎，一秒鐘間，竟立一斬釘截鐵之決絕觀念，厲聲叱克明曰："爾爲何人？敢入我室！"克明曰："卿勿怒，吾知罪矣！雖然，吾事繁，爾亦當爲我原諒。"麗英曰："爾既欺我，安能爲爾原諒？"克明曰："爾言良奇，吾誠不審何者爲欺爾？"麗英曰："爾歸時，不謂將作人記室耶？"克明曰："然。"麗英曰："以吾所聞，則謂爾實奔乃叔之喪也。"克明聞言，色微變，隨曰："人言奚足信？"麗英曰："吾有確證在。"言際，出函示克明。克明大震，既而曰："是亦不得已也。"麗英曰："妙哉爾言，然則吾安居綺情別墅時，爾胡爲必誘之至於此耶？"克明曰："茲事我決不能獨任其咎，蓋爾不妬爾夫，我亦無從下手也。"麗英曰："即舍此勿言，爾去潯時，固明明知此處一錢莫名，一年來，竟不以一文相遺，又何耶？"克明曰："爾須知吾家事如毛，安有暇及此，吾今日之來，亦正所以補前日之過。"麗英曰："謝爾，吾決不用爾一錢，吾寧乞憐吾夫……"

克明曰："乞憐綺情耶？吾知彼縱善恕，亦必不容爾。"麗英曰："否，吾蓋謂寧乞憐於他人，亦不向爾呼籲。"克明知麗英已露決絕之意，私心竊喜，曰："爾言吾殊不解。"麗英曰："是何不解？質言之，斷絕關係而已。"克明曰："斷絕關係耶？不圖此言竟出自爾口。"麗英曰："我又何忍出此，特爲爾逼，使我不得不言耳。爾試回思，當爾歸時，吾向爾求婚，是何等懇切，而爾置之不問，自冬徂夏，自夏徂冬，亦竟不予我以明瞭意思，是爾已先絕我，我今日之言，不過代爾而發也。"克明曰："麗英，爾勿徒責人，抑知我今日所處地位，娶爾乃足以損聲譽乎？"麗英聞語，大怒，然猶力自遏抑，曰："克明，爾敢以此語告余耶？吾誠不能不謂爾爲禽獸，況我要求結婚，並非爲己，實爲冤孽兒也，今日兒已誕生矣，爾試思，彼將來究承誰家姓氏乎？"克明行至床頭，抱起視之，曰："貌乃似我。"麗英曰："然，但願其心勿似爾，若其心似爾，則毋寧速死。"克明微慍曰："麗英，爾亦當稍戢舌鋒，吾室已爲吾預備否？"麗英曰："吾已分賃於人，所餘僅此一室，然已易我名，爾無權居此。"克明曰："麗英，爾必欲絕我耶？"麗英曰："然，吾願此後世界上女子，勿再受爾愚弄，致如余陷此悲境也。"克明曰："如是亦佳，但此兒固吾之血骨，在理不能恝置，嗣後對於此兒撫育之資，吾仍勉力擔負。"言已，出鈔幣一束置案上，曰："爾姑以此留之，苟不濟，以函告我可也。"麗英起擲鈔於地，曰："吾不需此。"克明不顧而出，自思如是困難問題，竟以少數金錢根本解決，誠爲意料所不及，因而大喜。

第二十九章

克明既去，麗英愈爲難堪，覺在世界上度一日，即受一日罪。茅屋半楹，直不啻十八重地獄，縱人不知，而良心上污點，終無法可以洗刷。悶極時，亦嘗欲借白練一條，畢此生命，顧又爲冤孽子所累，欲死不能，每於夜深人靜之候，回思往日之綺情別墅，覺在在足樂，大凡天下事，非經比較，決不能識其甘苦。譬如家人夫婦之間，在長日相處者，固以爲極平常，然一經離散，則覺相處之日爲可寶貴。麗英是時，單形隻影，如天末孤鴻，故始瞭然當日丈夫在前，麟兒在抱，乃爲天下極樂之境。嘗思脫能恢復，雖減壽十年，亦在所心願。次年三月間，病尚未愈，一日，正擁衾思後事，忽同居婦人入白，謂有客至，頓時心頭突突，念得毋綺情來乎？因曰："其人作何狀？"婦人曰："衣裳甚都，五十餘老人也。"言未已，客已入，麗英驟見，雙頰緋紅，蓋客非他，即其叔慶昇也。相覷良久，始格格言曰："阿叔胡至此？"慶昇曰："吾近見克明情狀，即知已與爾脫離，故向渠詢明爾住址，特來與爾一晤。"麗英曰："渠去年冬季，曾一度至此，經我面數其罪惡，即與之決絕。"慶昇曰："吾有一事語爾，爾勿怒。"麗英曰："我今日祇不與渠相見，勿論何事，無足怒者。"慶昇曰："渠已別娶也。"麗英駭然曰："何時？"慶昇曰："上月中旬，定婚期則在去年秋間。"麗英曰："然則渠來漢，乃在定婚後乎？是渠早已具絕余之心，噫，獸哉！"慶昇曰："吾初亦不知，因中旬回潯，始聞之，故特往見渠。"麗英曰："豈阻其成婚乎？"慶昇曰："否，吾安有此權？僅詰其何以處置爾耳。"麗英聞言，默然，既而曰："我自離唐村以後，我家門第已爲我辱沒殆盡，何值阿叔來視？"慶昇厲聲曰："豈惟我家，即爾丈夫及爾所生之兒，亦爲爾辱沒殆盡，不過我終是爾親人，不得不來此一視。"麗英是時心痛如剉，感覺麻木。慶昇曰："爾今日一錢莫名，果將何以度日乎？"麗英曰："我出時，原攜有金飾數事，今已變賣，度日之資即賴乎此。"慶昇曰："無怪綺情謂爾並無現金。"麗英曰："叔已見綺情乎？"慶昇忿然曰："我家子女與人私奔，我安能不往道歉？直語爾，吾初聞此惡耗，以爲爾必病狂，蓋爾聰明伶俐，決不至無恥至此，及質諸綺情，彼亦瞠目不解其故，我此來亦甚欲爾明白告我。"麗英聞語，羞愧無地，俯首竟不能作一語。慶昇見狀，雅憐之，既而低語曰："吾知爾今日亦甚懊悔，但我終不解爾胡竟與彼卑鄙小人，演此醜劇。"麗英曰："吾自于歸以後，原未見其人，至綺情別墅時，乃綺情所敦請。"慶昇曰："綺情本不知其人毫無心肝，且又信爾爲良母賢妻，即與外人相處，亦決無意外之虞，故導之至家，豈意爾竟負其良意。"麗英垂其眼簾，無語可對。慶昇又曰："在理，渠學問既高超，又甚愛爾，得偶此人，實爲終身之幸，不期爾乃無福消受。"麗英聞此，如萬箭攢心，泣曰："叔……叔，茲事已往，我亦追悔莫及，乞勿更言。"慶昇怒曰："勿言耶？我不言，爾奚知？尤有一事，爾所留數行書，我已閱過，爾謂綺情與所歡幽期密約，又謂實爲綺情所逼，究何指乎？"麗英曰："彼自知之。"慶昇曰："彼安知？彼見我時，曾懇懇切切，以前後舉動一一告我，我敢發誓，其言必真。"麗英知此事決不能更秘，因曰："我當時意其愛情別有所屬，行將棄我。"慶昇曰："異哉爾言，渠與爾固同處一室，胡云棄置？直語爾，渠曾對我發誓，謂自娶爾後，對於他女子並無一念及之，此等多情丈夫，爾奈何不識乎？"麗英回想前事，覺實因妬心過重，致疑無爲有，霎時心潮起落，手指卷攣如拳，直至掌心疼痛始覺，第掌心之痛可以滅，心頭之痛則無時可已。慶昇又曰："綺情又告我謂克明至別墅時，適值舅家出一不幸事，托渠爲之照拂，其事又極秘密，不能與外人言，故不時往舅家講議。又謂爾去之日，渠本思偕爾同赴宴會，繼因舅家秘密事發生重要關鍵，故僅使爾前去。及夕，又爲舅母所留，不以脫身。"麗英憤然曰："安有此事？我歸時，固明明見其與表妹雲英於竹籬內攜手密談。"慶昇曰："爾見此，遂生妬心乎？實則其時正爲秘密事發動之時，蓋爾舅父有一子，因犯亂事嫌疑，出亡在外，是夕歸家，欲與舅母相見，然又恐村人所知，故央綺情與雲英至竹籬前守望，以俾風通報信。"麗英聞畢，心血上涌，覺是言確鑿可信，追悔萬分，然又不得不略爲辯護，因曰："男女授受不親，渠胡爲與雲英聚首一處乎？"慶昇曰："爾舅母因身軀多病，不良於行，而此事又不能假手於人，故不時使雲英與綺情磋商，爾遂以爲綺情與雲英幽期密約乎？"麗英大哭曰："已矣，已矣，懊悔已不及矣！我病重已至如此，再言，且不能堪。"慶昇沉吟半晌，曰："爾將來究居何地？"麗英曰："我亦不能定，大抵病愈後，即與漢皋脫離。"慶昇曰："避開此處亦佳。"麗英曰："但有慮者，冤孽子無所付托。"慶昇駭然曰："爾已有子耶？"麗英大羞，以手掩面。慶昇則於室中環行，既而怒曰："奇哉，我竟不知有此，克明之罪，誠不可赦矣，但爾既有子，曷不於將嫡時即與之結婚？"麗英曰："我固屢屢要求，無如彼漠然置之。"慶昇頓足曰："毒哉此豸！惟爾亦大家之裔，奚竟不自愛至此！"麗英長跪於地，曰："阿叔……幸恕我，我自叔進此屋後，寸心已碎成片片，苟再言，我且暈矣。"慶昇見狀，大痛，隨掖之起，曰："爾且坐，吾尚有一事語爾，爾居此，每年費用，確須幾何？我擬如數畀爾。"麗英曰："阿叔，我不需錢，我思病愈之後，自食其力。"慶昇怒曰："爾以爲自食其力爲易事耶？速語我，每年究須若干？爾父既死，我即爾父，脫爾父在，豈忍爾爲人執賤役耶！"麗英聞語，又觸起亡父，傷心淚籔籔如串珠，呐呐曰："我以爲身體略健，以我之力尚可任一教授之職。"慶昇曰："所入幾何？"麗英曰："至多不過百元。"慶昇曰："從此我每年亦供爾一百元，由郵匯爾。"麗英泣曰："叔父，兒玷辱家門已至於此，決無面目領受此欵。"慶昇曰："勿言，無論如何，我必以此畀爾。"麗英曰："我決不敢拜命，脫後日或不能任事時，再行函商。"慶昇曰："爾尚不識吾情性耶？我苟欲行，決不能中止，況我乃代爾父，就恩義上言亦萬無靳置之理。"言際，探懷出紙幣一束，與之曰："吾知爾此時亦極窘，暫以此留之。"麗英曰："吾尚有錢，毋需此。"慶昇曰："爾適不謂變賣首飾耶？安有餘錢？趣留之。"又曰："爾負債否？麗英曰："我此地一無交際。"慶昇曰："如是甚善。"言已，起立，曰："事已至此，爾亦勿多憂，苟有暇，仍當時以書告我。"麗英曰："然。"慶昇遂行。麗英目極慶昇既去，自思從是以後，必再無一人至此矣，伏枕大哭。

第三十章

麗英中文程度，本不甚低，若司職教授，尚可勝任，惟人以子女付託師保，必先根究師保來歷，以麗英來歷，一經根究，更有誰肯以子女相託者？故四處尋謀，迄無見納者。自思今屆日暮途窮時矣，憤極，於時恨生又感受天花之疫，甚厲，日覓醫診治，迄無少效。意者此兒亦知其母困窘而痛不欲生乎？病未數日，竟殤於逆旅。麗英慟極，哭竟日不休，繼思死亦佳，已與克明兩年罪孽，從此可瘞之黃土，且於身體上減少一擔負，於是購薄櫬一具，倩人埋之後湖。至今小塚一堆，猶存於萋籬蔓草間。噫！亦可悲矣。

嗣是麗英愈爲孤寂，度日之資，亦已告罄，所賴以爲接濟者，僅叔父這匯欵。幸當時叔父肯施此惠，否則何堪設想。乃不如意事，重疊而至。一日爲初秋之候，去慶昇來漢時，已五閱月，忽接得滬上來書，謂慶昇感疫而逝，麗英聞此，不啻又飲一杯苦茗。自思一綫生機，從斯斷矣。嗟夫，天乎！天乎！何陑苦命人至如斯極乎？果不一禮拜菊兒來書，謂慶昇死後，蕭條萬狀，所允給年金，已不能繼續有效云云。此固麗英意中事，然瞻念前途，何以爲生？既不能業教授之職，其將爲人作保姆乎？顧自顧身軀，已荏弱不禁風，安能勝任彼重勞？思前顧後，覺在在皆成死境，李後主云："此中日夕，惟以淚洗面。"正爲麗英寫照，於時同居及鄰右，已漸有知其底蘊者，譏諷頻至。一日，屋主竟謂之曰："爾以隻身婦女，虬居此間，身世既不明瞭，交游又皆秘密，吾人頗滋疑慮。此地警察最嚴，一朝不慎，甚勿累及吾人。"麗英聞語，知此乃逐客之令也，然舍此將又奚之？思之思之，乃得一策，其策維何？死而已。顧自身爲人所騙，犯此大罪惡，安能不表而白之？於是草一書與綺情曰：

嗟乎吾夫！從茲永訣矣。在理，吾今日決不能更稱吾夫，然吾背吾夫而逃，純爲誤會，純爲奸人所弄，抵漢後無日不在追悔中，徒以實逼處此，不能腆顏以求全。若就天良上言，固猶覺君實吾夫也，且覺世界上除此深情厚義君子外，更無一人足以夫吾也，故今日不得不仍稱吾夫。在吾雖爲厚顏，在君亦當曲爲原恕也。嗟夫吾夫！吾兩年來之歷史，可謂極盡人間悲苦，吾今欲訴之吾夫之前，乃如一部二十四史，不知從何說起。然吾不言，吾之恥辱終不得雪，吾之懊悔心，又安有人知哉？且吾將與世長辭矣，君閱之，其罪吾，或憐吾，吾亦不之計，惟吾無故舍去快樂生涯，受茲罪孽，吾言時不無深痛耳。初奸人既詒吾至漢，吾以爲畫眉窗下，其樂當有倍於綺情別墅者，凡百無不委曲承奉，以期愛情結固，至百年而勿渝。詎彼蛇蠍爲心，豺狼成性，相處未及一月，即生厭棄之心。對於經濟上亦絕不置問，可憐薪米之需，無一不出自典質者。吾始恍然彼之視女子，不過浮花浪蕊，供其玩笑，驟得之，即不妨驟失之。然是時吾身已污，且孀，吾雖怨憤，亦無如何。仍以軟言蜜語，冀其醒悟。乃忠言逆耳，匪惟不足醒其癡迷，且將因以招謗，甚至與輕薄子游，數日不歸，床頭人雖飢餓至死，亦不之顧。嗟夫！吾之幸福，至是剝奪殆盡矣。是年臘月，彼奔喪回潯，吾曾力求其成婚，蓋吾知此去，必非一時所能來，而腹中兒已屆兩月，不成婚，此兒墮地，將何以爲人？詎彼毫無心肝，竟絕裾而去。自是吾之生涯益苦矣！對孤燈而有淚，望斷家園，嘆隻影之無依，夢虛衾枕，瓦甑生塵，殍愁當食。身體上受此痛苦，猶可說也，而良心偏又時來責問。見人家夫唱婦隨，輒覺芒刺在背，真所謂居則無以見人，出則無以對天。嗟夫！看花於後圃，譜琴於南窗，非當日綺情別墅吾夫與吾樂事耶？吾奈何不知寶貴，竟悍然棄之？脫人謂吾自賤，吾又何說之辭？去年冬際，奸人曾一度至此，吾以其狡詐乃決絕之。決絕以後，彼不敢以書來，吾亦絕不問訊，其狀況如何不得而知，大抵不外造孽作惡勾當也。今春吾叔亦至，相見之下，始知吾曩者疑妬君，皆爲妄謬。嗟夫！吾不聞此猶可，吾一聞此，頓如萬弩齊發，矢矢中吾心坎。吾自問並非愚者，胡當日竟糊塗至此？命薄耶？緣慳耶？回首思之，雖傾萬斛之淚，又安能洗此良心上污點哉！吾叔既去，冤孽子亦殤，四壁蕭條，殆如鬼域。幸阿叔見憐，不時惠資接濟，所不至餓死者，賴此之力也。乃不如意事重疊而至，月前滬上來書，又謂吾叔已感病而逝。嗚呼！一綫生機，又將斷絕矣。天乎，不仁耶？抑非此不足以罰吾罪過耶？吾自接此噩耗後，四顧茫茫，覺天地爲黯，更無一處足以容吾渺渺之身。夜靜以思，舉凡舊日綺情別墅之快事，無不一一畢集心端，嘗思苟能恢復，雖折壽十年，亦復何憾！然而覆水不可以復收，吾夫縱善恕，亦未必容吾。

是吾今日已如一葉孤舟，飄蕩於驚濤駭浪中，前無陸岸，后無救援，舍桅折檣摧以死者，更復何道？夫吾死無足惜矣，吾自離綺情別墅以後，在法即當死，而竟未死，且腆顏苟活以至今日，吾已重污吾祖先，重負吾天良。惟吾夫愛吾厚吾，吾乃不之知，今且撇之以死，九泉之下，此恨綿綿至萬古亦不能沒也。嗟夫！已矣，悔之已不及矣。李義山云："他生未卜此生休。"吾與君苟有緣，相期於來世可也。燈昏月落之夜，含淚書此，計此書達君之日，即吾身入窀之時。情天缺陷，恨海難填。嗚呼休矣！賤妾麗英絕筆。

書畢，誦讀一過，痛哭失聲，自思從此世界光陰，非復己有矣。亟封固，投之郵筒。次日同居譁然謂："死人……死人！自裁……自裁！"即此可憐之麗英也。嗟乎！月缺花殘，鸞摧鳳折，數年前絕世佳人，淵博女士，遂成荒郊孤塚矣。

第三十一章

吾書至此，當回敘綺情別墅事矣。綺情自麗英去後，心思大亂，第一難關即阿母吳氏，復次，則同村之人。抑鬱既久，遂病焉。病中所堪以為慰藉者，惟雲英一□①。

吳氏見綺情精神日憊，人肉盡脫，亦深懼，日覓醫理治，然每一醫至，吳氏即增一層痛苦，蓋醫者皆為不治之症。一夕為重陽節，即麗英出亡之第二周年也，綺情觸起前事，肺腑皆裂，自知死期至矣。呼吳氏到榻前，竭其微細聲曰："嬤嬤，兒病不祥，旦夕必死。近年以來，舉止乖戾，致辱門庭，不孝之罪，固無時不縈諸懷抱，然及今思之，兒亦甚悔。徒以事已至此，悔之不及，故不得不乞憐嬤嬤，恕其錯誤。"言時氣喘幾不能續。休息移時，又曰："至兒死後，有龍兒繼嗣，宗祧不虞墜

---

① 此處文字有脫漏。

失,苟嬤嬤能好爲撫育,或當兒勝於父……"又曰:"兒未能奉養嬤嬤,至於百年,死有餘辜,但願死後勿以爲念……"言至此,舌已僵,不能更言。吳氏見狀,大哭,亟遣人速慕溪至。詎慕溪未至,綺情已魂返離恨天。

綺情既死,雲英遂祝髮空門,皈依佛像,日惟蒲團一蹲,心香一瓣,消受其可憐生涯而已。

荊楚文庫

川陝豫鄂遊誌

民國三十年秋，老友方子樵先生將有事於陝豫鄂皖，先期，約余偕行，余以體弱不耐遠征，謝之；瀕行，又遣人至寓敦勸，益以王君偉俠之慫恿，遂勉諾隨行。由十月十四日首途，明年二月四日返渝，途行萬里，時閱四月，所歷古跡名勝，多有可觀。爰仿日記體例，遇可記事，則筆之手冊，無事，則已。歸後略加整理，乃成是編，至於臧否人物，評論政治，因非余之職責，概不贅言。

　　三十年十月十四日，星期二，陰①。　朝暾初上，輕霧籠罩山城，飄然如衣薄縠之衣，微風拂拂，吹使江流漸瘦。枝頭落葉，飛舞空中，時雖已屆仲秋，而天氣尚燠暖。余與王君偉俠，由會府街步行至林森路某會，見門首停卡車一輛，詢之，知即本團所租賃者，不勝驚喜，蓋近日長途汽車缺乏，交涉車輛，已歷週日之久，今竟得之，雖車身窳舊，不暇計也。入室，工役方運取行李入車，狀甚忙碌，余笑顧偉俠曰："今日當可行矣。"乃同出早餐。歸後，同人咸集，未幾，方公子樵亦至，惟車敝無廂，復無座位，乃各踞行李，佝僂而坐。十時開車，天已陰晦。同行除偉俠外，有周君補天、唐君惜分、王君維英、閻君伊生、楊君濟時，及事務員陳君咸照、陳君子卿，另有張君瀰川，方任某軍副軍長，亦搭乘此車赴陝。同人多半舊識，而偉俠尤爲十餘年來艱苦共事之摯友，故途中談笑風生，尚不寂寞。中午抵青木關，進午膳。下午一時續行，預計今日應宿內江，明日始能達成都。但因首途時晏，到永川，天已垂暮，遂就新新旅館寄宿。偉俠同鄉張君修高來晤，盛道永川魚酒之美，因同至某酒樓覓飲。張君現任永川某中學校長，其人甚亢爽，尤豪於酒，席間僅四人，已盡大麯三觔，歸時不覺頹然醉矣。

　　十月十五日，星期三，陰。　四川旅棧恆兼營茶社。晨起，到茶室品茗，則見圍棹而坐者，多當地有閒階級，手執長煙管，且吸且談，悠然安閒，使人健羨。八時開車，經榮昌、隆昌，渡沱江，午後一時抵內江。城內街市，甚爲繁榮，偕同人至一舊式酒樓午飱。飱後續行，見與

---

①　此句前原有標題"一、蓉城小駐"。

公路綫平行之成渝鐵路，路基均已築就，小橋梁及涵洞，亦多半完成，惜因所購鐵軌，無法運到，故停工久矣。四時過資中，晚抵球溪河，所寓旅館亦名"新新"，且兼營酒菜業，同人即就旅館晚膳，夜與方公談至深宵始寢，此旅館帳榻均新製，竟無臭蟲，寢之殊適。

十月十六日，星期四，陰。 侵晨，車即開駛，經資陽未停，十一時至簡陽，午飱。由內江至簡陽，高山漸少，沿途蔗田遍野，車中瞭望，狀似下江蘆林。四川產紅糖甚富，即此類甘蔗製成。聞資陽臨江寺豆瓣醬甚馳名，試之，味果佳，因購數罐，以備途中不時之需。汽車沿沱江行甚久，經過各鎮市均有大石橋，而簡陽之萬安橋尤鉅。下午一時，過龍泉驛，山勢頗高，雖不及重慶老鷹崖之險峻，但汽車亦須盤旋上下，遙望廣大平原，袤然無際，煙雲浩渺之中，河流縱橫，林木翳翳，則成都市在焉。下山，約行三十里，抵成都城郊。成都已無城垣，惟舊城門處，左右各存高壘一座，置哨兵檢查行旅。吾人入城後，逕至西御街成都大飯店寄寓（中國旅行社招待所，在騾馬市街）。

十月十七日，星期五，陰。 成都為四川省治，蜀漢建都於此，五代王建、孟知祥據蜀，亦都之，故名勝頗多。入川後，久思一遊，迄未得閒。今既至此，不可不作一日暢遊。晨起，偕偉俠、惜分、維英由西御街經東御街，至總府街。成都手工業，多集類成肆，如東西御街，則盡銅鐵作業，所售刀剪頗佳。總府街有賴湯元店，最馳名，但店面偪仄，僅有小棹三，供數人坐，後至者，非立待不可。吾人往嘗試，並無出奇處，惟較其他湯元略細嫩而已。出總府街，轉入春熙路，今更名為中山路。此為成都最繁盛市街，馬路極寬，肆面多層樓巨廈，陳列貨品，亦較渝市豐美。銀樓雖不售金飾，但所製銀器及銀絲鑲成飾品，則精緻絕倫。由春熙路出東門，經萬里橋，橋跨府河（即錦江）之上，頗修偉。昔蜀使費褘出聘東吳，諸葛亮祖於此，歎曰："萬里之行，始於今日矣！"故名。街盡，南行約三里，至丞相祠，此即杜工部"丞相祠堂何處尋"之丞相祠。本地人亦咸作此稱呼，但大門橫額，大書"昭烈廟"，並無丞相祠字樣。入門，有長甬道，兩側柏樹甚多，既高且老，枝幹參天，人行其下，氣象蕭森。相傳此均蜀漢所植，以狀觀之，雖不至如是其古，然皆數百年以上物，則無疑矣。前殿，祀昭烈帝像，左殿，祀關壯繆像，右殿，祀張桓侯像，俱英偉有生氣。兩廡配祀蜀漢文武臣數十人像：東廡以龐士元爲首，西廡以趙子龍爲首。像前各以石鐫小傳，讀之瞭然。後殿，祀諸葛武侯像，素面疏鬢，則宛然書生也。後殿旁，有荷花池，名藕船。池北，有琴樓，樓上置古琴一張，灰塵寸積。時有女學生數人，踞池邊對琴樓作畫，狀甚閒逸。由藕船西行，有昭烈帝衣冠塚，名惠陵，甚崇閎。陵外繞以高垣，內植古柏修竹甚繁，望之森然。祠內楹聯頗多，惟清陳桐嶰一聯云："誓欲龍驤虎視，以掃蕩中原，驚風雨，泣鬼神，前出師表，後出師表；時當地裂天崩，求纘承正統，失蕭曹，見伊呂，西漢功臣，東漢功臣。"殊佳。又殿前甬道側有石碑，鐫近人鄒海濱先生一詩云："門額大書昭烈廟，世人都道武侯祠。由來名位輸勳業，丞相功高百代思。"獨能將世稱丞相祠意義道出，立意超人一等，書法亦甚蒼勁，故錄之於此。出昭烈廟，循田徑，至華西壩大學區。此爲基督教在川經營之最高學府，其初只有華西大學及醫學院，戰後，金陵大學，金陵女子大學，齊魯大學等校，均遷附於此，並有附屬中學若干，占地寬廣，周緣不下十里。內宮殿式建築甚多，馬路縱橫，路旁林木掩翳，花草甚茂，各球場細草如茵，似鋪錦毯，時值正午，學生紛趨膳堂就餐，蓬勃氣象，令人望之生羨。出華西壩，眾議往遊薛濤故址，因循徑出至錦江岸馬路。行里許，有危樓高聳，蓋即枇杷門巷中之望江樓也。入門，頗似小公園，竹枝小樹間，支案賣茶，供遊人休憩。行數十武，有一井，即薛濤井，舊名玉女津。其旁爲浣箋亭，相傳薛濤嘗用此井水製松花小箋，光潤冠一時，故有薛濤箋之稱。井前有劉豫波一聯云："古井冷斜陽，問幾樹枇杷，何處是校書門巷；大江橫曲檻，看一樓煙月，要平分工部草堂。"意甚灑脫。井後有石碑，鐫王建詩云："萬里橋邊女校書，枇杷花裏寄閒居。掃眉才子知多少，管領春風總不如。"書法甚劣，不知是何時建立。再進，有五雲香館、吟詩樓、流杯池。枇杷門巷頗有曲徑通幽之妙，但設備頗簡，徒供遊客憑弔耳。遊覽竟，同登望江樓，即濯錦樓。極目遠眺，則見錦江流於足下，嗚咽有聲。樓外芭蕉，高與簷齊，微風撼之，簌簌作響，景物恬靜，殊使人留戀。因顧偉俠曰："丞相祠莊嚴肅穆，此間幽雅瀟灑，兩地風光，各自不同。吾人履斯豔跡，憑吊美人，豈能不謀一醉？"偉俠曰："實獲我心。"惜分曰："枵腹已久！適當其時。"因令園中菜館具饌，就樓上小飲。樓上懸楹聯頗多，惟顧復初一聯最佳。聯云："引袖拂寒星，古意蒼茫，看四壁雲山，青來劍外；停琴竚涼月，予懷浩渺，送一篙春水，綠到江南。"

　　吾人且飲且談，偉俠尤逸興遄飛，惜分亦幽默可喜，惟維英滴酒不嘗，殊為遺憾耳。按薛濤，字洪度，唐人，善詩，初為長安良家女，隨父宦蜀，父死，淪入樂籍。辯慧工詩，有林下風致。韋皋鎮蜀，召令侍酒賦詩，稱女校書，出入幕府，歷十一鎮，皆以詩受知。暮年居浣花溪，即今之望江樓是也。同人飲啖既畢，乃乘小船渡江，江水清碧如鏡，中流蕩漾，心胸廓然。入城，過府城隍廟，殊無可觀。轉入皇城，則荒涼一片，惡臭殊甚。中有舊式大廈數進，據云為明蜀王府，後改為貢院，戰前為國立四川大學，旋亦遷往華西壩新校址，現似駐有軍隊，未往參觀。成都城內，確實壯闊，雖迭遭空襲，房屋被炸或焚毀不少，但多數街道，完整繁榮如故。居民亦怡然暇逸，不似渝人咸惴惴有急遽之色也。歸後，與偉俠共話薛洪度遺事，適行篋中有老友徐君義衡所貽《薛洪度詩集》，為清光緒間貴陽陳矩所刻，薛詩原有五百首，陳所收集者不過二三而已，今錄其哀怨最深數首於後：

春望詞四首

花開不同賞，花落不同悲。欲問相思處，花開花落時。
攬草結同心，將以遺知音。春愁正斷絕，春鳥復哀吟。
風花日將老，佳期猶渺渺。不結同心人，空結同心草。
那堪花滿枝，翻作兩相思。玉箸垂朝鏡，春風知不知？

贈遠二首

芙蓉新落蜀山秋，錦字開緘到是愁。閨閣不知戎馬事，月高還上望夫樓。

擾弱新蒲葉又齊，春深花落塞前溪。知君未轉秦關騎，月照千門掩袖啼。

送友人

水國蒹葭夜有霜，月寒山色共蒼蒼。誰言千里自今夕，離夢杳如關塞長。

謁巫山廟

亂猿啼處訪高唐，路入煙霞草木香。山色未能忘宋玉，水聲猶是哭襄王。朝朝暮暮陽臺下，爲雨爲雲楚國亡。惆悵廟前多少柳，春來空鬬畫眉長。

其集中又有《十離詩》，爲濤獻元微之作。先是元和中，微之以監察御史使蜀，嚴司空遣濤往事，因事獲怒，遠之。濤因作《犬離主》、《筆離手》、《馬離廄》、《鸚鵡離籠》、《燕離巢》、《珠離掌》、《魚離池》、《鷹離鞲》、《竹離亭》、《鏡離臺》十首以獻，含意哀切，微之覽之，遂復善焉。宦家才女，流爲官妓，其悲懷幽思，雅自可憐。因就燈前率成一絶云：

萬里橋邊醉放舟，枇杷門巷此登樓。多情惟有錦江水，鳴咽年年動客愁。

偉俠亦有詩二首云：

枇杷門巷五雲箋，曾醉將軍玳瑁筵。我是江南狂杜牧，行吟又到錦城邊。

烏帽風塵常作客，紅顏身世不禁秋。人生何處非羈旅，惆悵臨江一倚樓。

又偉俠在昭烈廟亦得一絕，雄偉可誦，並錄如左：

萬里橋邊訪閟宮，樓桑一代霸才雄。惠陵常聳風雲氣，千古君臣祭祀同。

十月十八日，星期六，微雨。　晨起，微雨，不欲出門。雨止，與偉俠同至祠堂街丘佛子就飱。丘佛子為一小酒館名，其盛菜蔬，不用盤簋，食客至，即出其特製小錫煖鍋一具，盛以豬牛羊或青豆等類，鍋圓形，約高五寸，直徑約四寸。中燃菜油小燈，周圍雕花眼若干，燈常不熄，鍋內菜遂不冷。如客有二三人，則供二三具，不足，再增若干具，人多食畢，案上錫鍋如林焉。所售肉類，皆係以紫銅巨釜燉爛，每類輒數十劼，客至，則舀取供應，味極可口，每事僅售洋一元，飯則每人五角而已，其價殊廉。此種作法，最適宜於冬季二三人小飲，蓋量與質之增益，可由己操縱，復無冷啖之敝，不似其他菜館，無論人之多寡，輒以巨盤餉客，稍啖即冷，冷則棄之耳。人言"吃在成都"，信然。余與偉俠食已，天復下雨，偉俠欲同往城外訪工部草堂，余以泥濘載途，難之，偉俠獨冒雨往，蓋偉俠寢饋杜詩甚久，嘗集杜詩數百首，斐然成帙，其崇拜工部，實出至誠。今既到蓉，烏能不一覲其草堂？故於其衝風沐雨往遊，心甚壯之。分袂後，余往某行轅訪王君雙乙，余與雙乙別二十餘年，未通音問，昨夕方公召宴，於席間遇之，始知其於戰後來此，久別乍逢，懽忭可知，第因席次人衆，未獲暢談。故擬於今日往作一日小聚，詎至行轅後，已因公外出，久待不至，惆悵而返。歸途，入少城公園遊覽，園內樹多而花少，因夏間曾遭慘炸，亭台樓榭，強半灰燼，眼前風物，徒動人悲戚，未竟遊，即歸。未幾，偉俠亦歸，狀甚沮喪，余詢其草堂景物何如，偉俠曰："安有工部草堂！祇不過某訓練團幾棟宿舍耳！詢之宿舍中人，咸瞠目不知杜甫為何人，甚有轉問杜甫現任此間何職，使人聞之發噱。嗣得一本地工役，導至一宿舍後牆，指曰：'此即工部草堂也。'其實一無所覩，惟牆上嵌一聯云：'萬里橋西宅，百花潭北莊。'意此即當日少陵負杖行吟地耶？曠代詩人，闃無遺跡，徘徊憑弔，愴然而歸。"言次，猶悻悻有餘慨。余笑曰："子私淑少陵，遂以爲天下人皆知杜氏而尊之耶？幸若輩少年不知其人，倘其知之，以子今日雨淋狼狽之狀，必嗤曰：何處酸丁，來溷乃公事！"偉俠曰："是或然也。"因成詩四絕，字裏行間，感歎百出，爰爲錄之於次：

　　沐雨衝泥問草堂，臨流小築已滄桑。浣花江水聲嗚咽，似共愁人說斷腸。

　　禹稷皋夔百未成，此身真覺負蒼生。西來我亦傷憔悴，三賦低徊一愴神。

　　白骨生苔事可哀，悲歌狂飲獨登臺。荒江歲歲鵑聲急，懷抱何由得暫開？

　　沈謝何劉安足論？騷壇一幟古今尊。十年寢饋慚私淑，稽首來招去國魂。

十月十九日，星期日，陰①。　吾人在渝所賃汽車，議定只到蓉爲止，由蓉赴陝，則須另租，經兩三日奔走，始覓得一車。此車較前車尤爲敝舊，並蓬而亦無之，臨時以竹竿架席爲蓬，其狀殆類江中小舟，余見而笑曰："此真所謂陸地行舟也。"原定黎旦啓行，乃開車時，忽見車上有搭客二人，貨物數箱，詢之司機，則含糊其詞，此車既爲吾人包賃，當然不以搭客，此蓋司機故弄狡獪，藉圖私利，每人由蓉至寶雞，車費至少四百元，若任其搭乘，則運貨物運費，不下千元，皆入司機私囊矣。當由方公嚴令人貨卸下，延至十一時，始開駛。經新都至廣漢午飱。廣漢前爲楊森駐軍地，街道經其改建，馬路整潔，房屋亦多新式，市面繁榮，饒有太平景象。飱後續行，經德陽、羅江，午後五時，至綿陽宿，所寓旅館，又名"新新"，吾人至此，已三宿"新新"，可謂巧矣。由成都至綿陽，縱橫三四百里，皆係廣袤平原，田疇一望無際，河渠交錯其

---

① 此句前原有標題"二、寶雞途中"。

間，既無乾旱之虞，復無淫溢之弊，故土地肥沃，出產極豐，所謂天府之國，實非誇語。而有此富源，抗戰必勝信念，更可堅定矣。

十一月二十日，星期一，陰。　晨發綿陽，旋渡涪江。汽車渡江，係用平底木船載運，沿途皆如此，但每次只能載一車，過至對岸，又載一車而返，故兩岸常停車若干輛，須輪次載渡。吾人今日竟竚待兩小時之久始達彼岸。至午後一時，抵梓潼午飱。由梓潼西行，高山漸多，公路均依山腰鑿成，路旁古柏成列，綿亘百餘里，枝幹蔽天，其巨逾抱。相傳此爲張桓侯手植，故至今皆呼爲"張飛柏"，現由當局按樹釘一木牌，飭各保甲分段保存，禁止樵採。此中風味，較江南道旁楊柳，又森嚴多矣！偉俠於車中口占五律一首云：

夾道將軍柏，爭傳手澤存。聲名山嶽重，道義古今尊。餘蔭留巴國，蟠根擁劍門。萬家禁樵採，鬱鬱送朝昏。

下午三時，過文昌帝君廟，廟在山巔，相傳爲文昌誕生地。停車入觀，廟雖宏大，但已殘敗，廟內柏樹蔚然，高撐天際。據道士云：尚有唐柏一株。浼其引觀，則一枯幹而已。此地爲梓潼轄境，有"七曲山九曲水"之稱。立廟前遠眺，山勢迂回迤邐，河流曲折蜿蜒，雖未能盡覘七曲九曲之妙，然亦實有詭譎恢奇之觀。更遠，望見劍門諸山，氣勢雄偉恣肆，由遠處迤蛇而來，突然群峰列峙，壁立於諸巒之上，其狀如魚陣昂首水面，斜陽反照，蔚爲奇景。余生平所見山容，當以此爲最美。登車再行，至夜七時，始抵劍閣，路窄天黑，下山時，幾覆車。劍閣旅館，多在城外橋頭，我儕至時，均已客滿，方公別率數人，假寓縣黨部，余與偉俠、惜分、補天、咸照諸人，則彷徨道左，無所投止。忽見有一菜館，名聚樂園，燈火高明，同人腹餒已久，遂謀先果腹，及入門，則酒餚俱罄，僅一少婦據案理帳而已，正徘徊間，少婦聞偉俠語，忽欣然起立曰："公得毋安徽壽州人耶？"偉俠曰："然！"曰："然則鄉親至矣！"詢之，亦壽州人，此園主人也，遂殷勤留坐。曰："此間入夜，食客稀少，所備飯菜，均已售罄，但遠地忽遇同鄉，實爲異數，安能任諸公枵腹去耶？"立命女侍布置几案，囑廚夫儘速作羹，躞躞經營，狀甚愉悅。吾人於絕望中忽覩此狀，皆大歡喜，余笑語偉俠曰："今日始知鄉誼之可貴矣！"其家儲備食品，實亦太少，女主人復命廚夫籠燈，出市酒肉，且親手烹調，及其羅致而出，居然餚饌滿案矣。吾人且飲且談，女主人挈其幼子，悄然坐案側，吾人詢其胡爲至此，女主人唏噓至再，曰："此非得已也，吾初亦女中學生，於二十七年故鄉失陷時，隨夫避難西行，經豫陝至此。吾夫原在軍隊任職，二人感情尚篤，至時，以此地生活低，擬家焉。乃前歲吾夫隨軍遠出，忽覩蕩婦，及吾聞知，則已實行同居，儼然伉儷矣。初寓書詰責，尚支吾敷衍，後竟至不理，吾忿極，決計自營生理，因出些微私蓄，經營此店。時有一川籍小學女教員，未亡人也，原爲小兒教書，聞吾從事戀遷，忻然加入，今爲吾司賑。另一女子，北平人，因避難與夫散失，攜一幼子，由陝同伴至此，慨然自任侍役。"言次，因介紹二人與吾人相見，司賑蓋一三十許沉默寡言人也，女侍則善於辭令，伺應甚周，年纔二十餘耳。女主人復曰："吾三人際遇，殆極相類，今則悽然相依爲命矣。幸年來營業尚佳，足可生存，否則不將同淪溝壑耶！"言已，泫然泣下。余儕天涯奔走，亦正悲搖落，聞此人語，不禁有白香山商婦琵琶之感。因與偉俠借酒澆愁，相互痛飲。同人初靜聆女主人訴其身世，皆忘夜之將午，及食畢，始憶宿處尚復無著，皆惶然不知爲計，乃推偉俠商之主人，主人曰："今夜已深，旅舍更不易覓，然已爲諸公計之熟矣！吾家有食案八，尚潔淨，合兩案爲一榻，別置鋪板一具，則諸公五人，可各據一榻寢矣！"余儕聞言，大喜。由咸照將車上衾枕運至，女侍歡然部署，偉俠復與女主人共話家園故事，始知彼此家宅，相距不甚遠，且有瓜葛姻親，因是吾人益覺今宵之遇奇矣。寢後，細味主人言，爲之惻然不寐。就枕上成七古一章，意殊未盡，姑錄之於此：

　　瑟瑟西風趨劍閣，閣外天寒月方落。橋頭忽遇女鄉親，翠袖殷勤留客酌。自言避難來荒城，槀砧棄置事長征。無聊且作當爐婦，日博蠅頭寄此生。此生命薄長已矣，往事成塵恨如此。女伴三人共晨昏，可憐儘是良家子。言罷燈前忽垂淚，頓教座客都忘寐。天涯我亦悲搖落，願與王郎拼一醉。

偉俠夜間亦得一詩云：

劍閣峰頭萬籟清，一天霜月下殘更。正愁野店煩爭席，却喜山家肯相迎。鄉語乍聞驚問姓，羈懷欲訴自通名。天涯我亦風塵客，爲汝長吟作楚聲。

十月二十一日，星期二，晴。　晨起，偉俠等入劍閣城內遊覽，城垣甚小，街市極蕭條。有縣政府，有中學校，行政督察專員公署亦在焉。余儕登城瞭望，見四面環山，嶙岣高峻，懸崖峭壁，嶄然羅列，劍門山頂，亦隱約在望，縣城居此中阿，殆如坐釜底焉。城外繞以小河，岡巒護之，形勢極爲險固。昔晉元康中，李特隨流人入蜀，至劍閣，箕踞太息，顧盼險阻曰：「劉禪有如此之地，而面縛於人，豈非庸材耶？」此地關山之險要，昔人已重視如此矣。城中籐製手杖甚佳，吾人各購一枝。返聚樂園時，女主人已爲備麵食，甚鮮美可口，瀕行酬以金，再辭，始受。車離劍閣，所行均山路，約二十餘里，抵劍門關，山勢雄偉，崔巍屹立，關口題「天下雄關」四字，旁植石碣，題「漢大將軍姜伯約屯兵處」，右側石上，復刻有「雲環聳翠」四大字，恣肆雄勁，不知爲何人所書。車入關口，行狹徑中，幾不覩天日。出關回顧，則又一奇景。蓋劍門山有三巨峰，由關內觀之，不過覺其巉巖險巇而已，一出關外，則三峰列峙，儼然斧削，由巔至麓，不知幾千仞，岩嶢壁立，高聳天際，中峰特高，體部中闊，而頂趺略窄，狀如棗核。左右兩峰，則嵯峨側立，有似中峰之衛士。因其面平削立，岩層顯然可見，三峰連接處，各裂一縫，其狹如綫，右縫爲一小溪流，左則公路也。吾儕循公路而出，回顧此巉屼之狀，莫不歎爲奇觀。杜工部謂：「一夫怒臨關，百萬未可傍。"至此益信！而岑參謂："凜凜三伏寒，巉巉五丁跡。"亦足狀此間之險阻。其時已屆晚秋，山上楓林，經霜而赭，飄飄紅葉，點綴於綠陰翠竹之間，尤爲美觀。惜分最欣賞此紅葉，車中念念不忘，余允爲繪"劍門回顧"圖贈之，以途中無紙筆而罷。偉俠則詩興勃發，於車中成五律一章云：

仄徑征車發，雄關絕世奇。青峰千劍簇，秋水一痕垂。地辟蠶叢險，天開鳥道危。北門嚴鎖鑰，惆望撫殘碑。

余亦口占一絕云：

崒岉雄關絕世無，雲屏削壁莽蓁蕪。羊腸鳥道稱奇險，一劍真能禦萬夫。

出劍門，行百餘里，過昭化，渡嘉陵江，此處較涪江尤闊，載渡費時更多。余儕乃先乘小船，過對岸，至一農家小憩。見田野景象，極爲荒涼，人民生活，亦甚清苦。此時農家方午膳，所食僅包穀稀羹，無蔬菜，惟置鹽一小碟，以箸蘸食而已。有一童子，攜飯一罐至，與其祖父共食，飯爲赭豆和煮而成，亦無菜，然兩人各盡十碗，尚覺未饜，食量洪而稻米稀，可憫已！未幾，車已渡過，登車繼進，於下午四時抵廣元，又須渡江，余儕先入城覓旅舍，見街道修長，市面繁盛，蓋此間爲川陝交通樞紐，街上所停卡車尤夥。旅舍雖多，但均客滿，余儕奔馳多處，僅得一小旅舍寄寓焉。所乘汽車，途中頻頻損壞，乃令駛入機器廠徹底修理。余與偉俠等則入一下江酒館晚膳，菜味尚佳，而價較成都爲昂。廣元因人衆車多，道路極壞，鵝石突出路面，崎嶇難行，然夜間汽燈不少，熠熠市上，爲他處所無。

十月二十二日，星期三，晴。　早八時由廣元出發，汽車時時損壞，至中午，始抵朝天關，由此西行，兩面俱高山，且均爲堅硬巖石，中爲嘉陵江，流水急湍，清可見底。公路沿山麓鑿石而成，有時鑿成圓洞，狀如穹窿，工程蓋極艱苦。江上石橋頗多，路綫亦係擇便處施工，故車行時在江左，時在江右。仰視峭壁，俯瞰急流，雖非鳥道，却甚險巇。某處有破舊飛閣，支撐山頂，相傳此即古之棧道也。出此，山更巘崿，嶢嶢高峙，重疊綿延，公路皆傍山建築，上下複沓，狀如螺旋，汽車盤旋而登，復曲折而降，常不越百尺，即有彎轉，有時行至山巔，俯視山壑，不知幾千尋，稍一不慎，人車傾覆，則成齏粉矣，故行人至此，輒爲心悸。下午三時，抵七盤關，此爲川陝交界處，關口有"西秦第一關"石碑。偉俠曾有詩云："詞客飄零久未還，褐來行役萬重山。翠岩紅棧剛經過，又入西秦第一關。"蓋紀實也。此去道路略平，但實際已在高原，天氣驟寒，無復秋意。午後六時，至寧羌縣，未入城，就城外旅館寄寓。此間旅客，不似他處擁擠，故得人踞一室，安然偃臥。

十月二十三日，星期四，晴。　早七時開車，行未久，過五丁關。按"五丁"，力士也。《蜀王本紀》載："天爲蜀王生五丁力士，能徙山，秦王獻美女於蜀王，王遣五丁迎女，見一大蛇入山穴中，五丁共引蛇，山崩，壓殺五丁化爲石。"蓋即是處也。出五丁關，越蟠塚山，此山亦崢嶸高峻，公路均依山鑿建，其狀似昨經山路；一面爲絕壁，一面爲深澗，雖彎曲較少，但路面極窄，兩車相遇，若不緩緩相讓，非碰車，即墜崖。據方公云："前歲入秦經此，曾親見兩車相撞，其一墜入澗底，人車俱碎，其一則機件損壞，橫臥路心焉。"下蟠塚山，至一小市鎮，名大安驛，意謂行人至此，可慶大安矣。自此道路平坦，渡沮水，抵沔縣。沔縣有新舊兩城，舊城名西城，相傳即諸葛武侯彈琴退司馬懿大兵處，城內人煙稀少，多爲旱田，城外有武侯祠，按武侯歸葬定軍山後，後主詔立廟於沔水之上，即此祠也。同人停車入觀，門額直書"武侯祠"，非如成都名武侯祠而書"昭烈廟"也。祠有前後兩殿，各塑一像，一爲舊像，甚偉大，一爲新塑，身材與常人等，皆栩然有英氣。陸放翁詩云："我昔駐車籌筆驛，孔明千載尚如生。"即在此也。祠內陳一黝色石琴，道士謂爲玉質，大小似古七絃琴，上刻章武元年置；一端有小孔，一端有小槽，以指尖就槽内摩擦，小孔即發微聲，引耳聽之，嗡嗡似琴鳴，道士以此爲奇，其實琴既中空，以指觸之，自然成聲也。祠内莊嚴肅穆，香火頗盛，一代勳臣，千秋廟食，歷史誠不負人矣。過此數里，爲新城，今沔縣縣治也。與公路平行，有通惠渠，用以灌溉左右田地，其口與沮水相接，但此時涸矣。中午抵褒城，城位於褒水之上，即褒姒誕生地，居民稠密，屋瓦櫛比，吾儕經過城下，逕渡褒河，到對岸一酒肆午膳，此地已有陝西鳳酒，飲之良佳。縣境地勢開展，有褒惠渠，縱橫其間，頗肥沃。下午經留壩縣，漸入紫柏山脈，山脊楓樹甚多，紅葉滿林，如冠紫冠，惜分對此，極爲欣賞。五時抵廟台子，住留侯廟。廟在紫柏山麓，門首有"漢張留侯辟穀處"石碑，入門，爲大院落，當面名三清殿，祀老君像，殿僅一楹而已，右首有大門，即留侯廟，殿宇恢宏，碧瓦翬飛，門前植鐵旗杆，鑄有龍鳳盤旋其上。入門，經天井，入前殿，壁間有豐碑，刻于右任先生親書"送秦一椎，辭漢萬户"八字，遒勁可愛。再入，爲正殿，塑留侯像，英偉如生。殿内楹聯甚多，千篇一律，人云亦云，惟清陳文黻一聯云："壯士奮揮椎，報韓已落秦王膽；大王煩藉箸，榮漢終函項羽頭。"雄壯可觀。最簡當者，爲清王佩聲一聯云："前追齊尚父，後啓武鄉侯。"入殿右圓門，爲小院落，有廳堂住室，昔日遊客假館之地，今已住有眷屬矣。院内有小池，通以山泉，池側略植花草，景殊幽靜。壁上嵌石碑甚多，鐫遊人題句，有清吳棠甫一律最佳，爰錄之於下："五世韓臣已復讎，翩然欣與赤松遊。奮椎早奪三秦險，借箸潛消六國謀。黃石書函空覆楚，青宮羽翼亦安劉。帝師王佐神仙骨，衡嶽希蹤只鄴侯。"由此出短垣，拾石級，登廟後山巔，有"授書樓"，相傳即黃石老人授書處也。階石兩側，刻名人題字頗多，惟清督學使黎榮翰所題"英雄蟬蜕"四字，最有意致。樓爲兩層，上層塑黃石老人像，有清沈恬一聯云："此地有松石間意，其人乃帝王之師。"頗灑脱而切實，又有滿人巴林延齡一聯云："山月偕棲隱，天風度步虛。"意亦輕鬆。樓下有一亭，楹柱几案，皆白石雕成，四周疏竹蕭蕭，静寂無塵嚣氣，有長白延燚一聯云："何處結仙緣，儘流傳千載赤松，一拳黃石；此間真福地，且領略萬竿煙雨，四面雲山。"維時夕陽銜山，餘霞映楓林，愈鮮紅奪目，同人徘徊瞻顧，不忍遽歸，直至暮色蒼茫，始相率回廟。廟左爲中國旅行社招待所，吾人即假寓於此。曲尺走廊中，房間並列，床榻衾枕俱備，均樸素潔淨，且無虱蚤。廊前有小院落，中堆假山，環植翠竹花木，微風撼之，簌簌有聲。有正廳，頗大，爲旅客會食之所。招待所有自雇廚司，專爲旅客具饌，吾人就所內晚膳，餚味甚佳。殁後，與老道士閒談，始知廟內有道士二百餘人，廟產頗豐，田地皆由道士自種，亦有爲人作工，留廟唪經者，並不甚多。紫柏山產一種藥草，名鹿壽草，爲牝鹿所常食，能補陽益神，且治瘋癱，道士恒出此勸售。同人亦各購少許去，效否殊不可知。沿途所見廟宇，當以此廟爲最宏偉，亦以此廟道士爲最衆。由前漢迄今，歷二千餘年，而留侯廟食不衰，世人豈盡以其爲王佐神仙侶而尊之歟？亦無非同情其博浪沙奮椎一聲耳！吾以爲子房所言圯上授書，從赤松子遊，皆自爲託詞，彼蓋早知劉季之爲人，可與共患難，不可共安樂，其所以佐漢滅秦，實爲韓報仇耳。及其夙願既遂，乃譎言隱去，以全其軀。豈真有所謂赤松子耶？夜中偶成一絕云：

　　　　紫柏山頭夕照紅，巍然祠廟有雄風。非關王佐神仙侶，只在嬴秦一擊中。

偉俠甚以余論爲然，亦有一詩云：

　　　　紫柏山頭動晚鐘，冷雲疏杵豁心胸。授書有意從黄石，辟穀無端問赤松。將相功名原類狗，去來蹤跡竟猶龍。當年已薄高皇帝，肯與蕭韓作附庸！

下絕尤洽余意，洵佳構也。

　　十月二十四日，星期五，晴。　朝發留侯廟，午抵雙石鋪。雙石鋪爲三條公路分歧處，東行達漢中，連接陝鄂路綫；西行達天水，直趨蘭州；北行達寶雞，銜接隴海鐵道。此地原極荒涼，自各路汽車通行，居户漸多。吾儕汽車至此，適又損壞，因停此修，便進午膳。午後再行，經鳳縣、黃牛鋪，漸入高山，三時過大散關。按：大散關亦名散關，爲秦蜀往來之要道，距和尚原極近，兩山關控斗絶，出可以攻，入可以守，實表裏之形勢也。出關，即秦嶺，秦嶺西起甘肅蘭州，東至河南陝縣，長八百里，連綿商山、太華、蟠塚、陳倉、太白、終南諸山，形勢險要，自古爲長安屛藩。由嶺南迤邐而登，但覺漸陡漸高，尚不見其巍峻。一至山頂，則氣候陡寒；越嶺而過，望北麓寶雞渭河，皆在蒼煙浩渺之中，始知秦嶺之岩嶢高拔，殆爲諸山之冠。嶺北因山勢所限，無復環繞餘地，下山公路，竟是俯衝，只能藉小彎轉以殺坡勢，故由極峰以達山趺，Z形彎角，足有三十二道之多，車中俯視，狀如鋸齒，建築此路之工程人員，技術殊可驚也。下山，即瀕渭河，同人皆覺聽官發生故障，此大抵由極高驟降到極低處；空氣衝激所致。渭河原有木架長橋，可通車輛，乃北端塌損，不能暢達；且過橋，須俟南來獸車行盡，始得前往。是日等候半小時，方始入橋，行至北端，再經木板所搭便橋，衝入沙灘，蠕蠕登岸。岸上即寶雞，城外街市輻輳，雖經幾次轟炸，而繁盛如故。大小旅館，在在客滿，同人下車遍覓，竟無下榻處；無已，則分別棲止，而方公則託疾入一醫院，借病房寄宿焉。自重慶首途至此，公路行程，已告終結，除在成都留二日外，途行凡九日，由寶雞至西安，有火車可乘，無須再乘汽車矣。沿途除汽車外，有騾車、馬車、牛車，有牛馬同駕之車，爲數極夥，往來所載，均爲貨品，尤以棉花羊皮爲最多。此類貨物，一半逕運成都，半至廣元換載木船，順嘉陵江直下重慶。余因所乘汽車，無車廂座位，逐日跼促行李中，益以劇烈顛播，致抵寶雞後，忽覺氣促胸悶，心臟若突腫大，偃卧旅館中，不敢動彈。夜間，偉俠出示今日過秦嶺詩，讀之彌有同感，詩云：

大散關頭草棘荒，寒笳遙動野雲黃。陳倉地接三邊險，秦嶺裘翻九月霜。形勝不殊風景惡，英雄老去鬢毛蒼。中原猶自盤驕虜，羽檄何時下朔方。

十月二十五日，星期六，晴。　昨宵寢後，心臟甚不舒適，今時仍不敢多行路。私念汽車行程，幸已終了，否則再經顛簸，真不堪忍受矣！由寶雞至西安火車，原有日夜兩班，日爲普通車，夜爲特別快臥車。吾人購定特別快臥車，亦即所謂藍皮鋼車，戰後由津浦路移置於此者。下午五時開車，車上佈置尚清潔，惟餐廳盡爲乘客所占，秩序欠佳耳。離寶雞後，見沿途窰洞甚多，此不獨爲貧民棲身地，即中産人家，亦有世居窰洞者，蓋謂冬暖夏涼也。西北人民生活，大都簡單樸素，飲食起居，皆不甚講究；不似東南人於房屋衣飾、飲饌服用，必求精美而安適也。夜十一時，車抵西安站，方公已爲歡迎者包圍去，吾人則乘人力車入城，至當地主人預定之中國旅行社西京招待所休息。此招待所爲西京最高貴旅館，設備周至。

十月二十六日，星期日，晴。　西安爲古帝王都，自周武王克商，建都於此，名鎬京，秦、漢、隋、唐均都之。漢高祖命名長安；王莽改爲常安；元曰安西路，旋改奉元路；明改西安府，清爲陝西省治；民初廢府制，名長安縣；民國二十三年定爲陪都，易名西京，設西京市，劃定東至灞橋，南至終南山，西至灃水，北至渭水，爲西京市區，長安縣政府，則移設城南之大兆鎮焉。城爲長方形，明洪武七年，就隋唐都城縮修而成，周圍四十里，東西長約七里，南北長約四里；置四門：東曰長樂，西曰安定，南曰永寧，北曰安遠。民國十七年馮玉祥治陝時，復於西門以北增闢一門，曰玉祥；東門以北增闢一門，曰中山；民國二十三年，更於北門以東增闢一門，曰中正，今爲隴海路車站入城之要道。省城之外，四方均有關塞：東爲函谷關，在靈寶縣南，即秦之東關；西南爲大散關，在寶雞縣南，漢高祖由此入關破秦，至今爲通湖北要道；西北爲蕭關，在甘肅固原縣，襟帶西涼，咽喉靈武，亦西北險要之地也。黃河由寧夏、綏遠邊界折流而南，直至潼關東趨。渭河橫貫東西，漢水又屛障其南。有此四塞關河，形勢險固，以之自守，則固若金湯；以之用兵，則同據高屋，故掌握中國政治重心，前後歷二千餘年，而中國優美文化，亦即發源於是焉。余久欲觀此雄都，迄未得間，今既至此，輒自慶幸！晨起特偕偉俠、惜分、維英、補天諸人，由西京招待所步行出尚仁路，至最繁盛之東大街，馬路寬廣，人行道亦然；市房建築多新式，居民約二十三萬譜。行至市中心，有鐘樓，上下四層，高逾十丈，爲明萬曆十年建造，清乾隆五年重修，巍然凌空，龐大奇偉，四周通東西南北四大街；樓上駐軍隊，有警報台，樓底穿門內，爲各報社貼報處，市民至此閱報者，絡繹不絕。由此往南大街，至文廟西舊府學巷，遊碑林，碑林爲隋唐國子監舊址，號稱關中金石之府。原有漢、唐、元、明，歷代名碑一千四百餘方，而以唐之十三經、淳化閣、景教流行中國碑，及王羲之《聖教序》爲最名貴。相傳宋時灞橋被洪水衝圮，因乏石修堵，竟以名碑七百餘通，覆之橋底，以遏宏流。其後，代有損毀，故至今只藏字跡完好較爲珍貴石碑二百餘方。民國二十六年，由國府撥款五萬元，施工整理，派員監護，現有廟宇式巨室四進，將隋唐遺留諸碑分室陳列，惜因避免轟炸，已將此類名碑各用磚泥封固，其露出者，非贋鼎，即歷經濬刻真跡全失之品，殊無足觀。碑林附近，多售碑帖商店，但珍品亦稀，且因碑經封固，索價特昂。同人各購一二種，余以不善書法，流覽而已。出碑林，至孔廟東胭脂坡，有"漢下馬陵"，爲漢儒董仲舒墓。因漢武帝幸芙蓉園時，每至此下馬，時人謂之下馬陵，歲月深遠，遂誤傳爲"蝦蟆陵"；白樂天《琵琶行》詩中，"家在蝦蟆陵下住"，即指此也。民國二十三年，邵力子先生主陝時，曾從事修葺，煥然一新，墓外環以圍牆，並有邵書"漢下馬陵"門額。惜是日門已下鍵，未能入觀。

十月二十七日，星期一，晴。　吾人以在西京小有棲遲，勢不能久居旅館，昨聞方公云，已在菊花園十六號，假得寓廬，今晨遂全體遷去。屋爲舊式建築，甚宏壯軒敞；吾人所住爲第二進全部，及左右廂房，中有大院落，植梧桐兩株，葉已疏落。屋主人爲張翔初（鳳翽）先生，老將軍也。民初任陝西都督數年，陝民極愛戴，其人溫文儒雅，和藹可親，近年且耽吟詠，無軍人習氣。方公與爲舊友，故不索租價，其情殊可感。屋懸匾額甚多，皆張爲都督時，其部屬所贈送者。余與偉俠共居一室，朝夕聚談，頗不寂寞。晚赴當地主人歡宴，餚饌甚豐，歸時不覺醺然。

十月二十八日，星期二，晴。 今日爲舊曆重九節，風和日麗，原擬於午飯後，偕偉俠出城小遊，奈下午一時忽發警報，此爲出行來第一次聞此鳴鳴聲。西安市民於發警報時，除自動疏散鄉間外，多至城牆根防空洞躲避；東西南北四城，各就其近處入洞。西安土質，富有粘性，雖不如渝市石層之堅固，但抵抗力亦強；且城牆爲一綫形，尤不易擊中，故西安轟炸時，死傷甚尠。張先生宅中，有一自建防空洞，頗爲深邃，但聞張本人從不入洞，雖彈聲隆隆，安坐室中如故，其鎮定殊不可及。今日緊急警報發後，敵機竟未至，解除後，與偉俠入市瞻眺，則瞬息間店門盡開，秩序井然。旋偕至東大街"大三元"晚膳，此肆爲一揚州人所經營，其湯包燒賣甚馳名，有揚人擅長之餚肉及煑乾絲，此爲在渝久未嘗到者，試之，味果佳；余與偉俠共盡鳳酒一瓶，既醉且飽，偉俠笑曰：此聊當登高也。

十二月二十九日，星期三，晴。 早餐後，偕偉俠出東大街至西大街遊覽，街北有鼓樓，高九丈餘，明洪武十七年興建，乾隆五年補修，共四層，頂層南面有"文武盛地"，北面有"聲聞於天"匾額，上有警報台，未許入觀。出西關，有太白廟，爲明崇禎間陝撫汪橋年修；清乾隆三十九年巡撫畢沅以禱雨應驗，奏請特加封號，重修廟宇，其後遂漸頹廢，今爲一警察分駐所。余與偉俠往遊，據門警云，現純爲辦公地，無殿，無像，亦無碑跡，偉俠頗爲怏怏。入城，轉至南院門街。西京繁盛街市，除東西大街外，南院門街亦不弱，且爲銀行錢業廳集之區。市面物價，普通較渝市爲低，惟舶來品略高。居民服飾樸素，不事奢華，就吾人所見，有一特異處，即青年女子及女學生，均喜御軍服，戴軍帽，顏色以草綠及灰色爲多，昔日長袍短裙，盡行廢棄，其大衣亦多棉胎布質，此固爲儉樸美德，但使人莫辨雌雄。此外亦有好著航空皮衣者，大抵以娼妓爲多；至於著絲襪高跟鞋、呢質皮領外套、而自炫摩登者，除顯宦巨賈眷屬外，所見甚少，不似渝市觸目皆是也。此間天氣已冷，所攜行李，不足禦寒，今日特購棉絮一床，每斤六元，不惟價廉，纖維質亦較川棉勝多矣。

十月三十一日，星期五，陰。　今日爲蔣委員長五五壽辰，下午四時，西京市各界，特開慶祝大會。余隨方公前往參加，到會團體民衆，不下兩萬人，會場設新城省政府大操場。按：新城本明季秦藩故邸，俗呼曰皇城，清順治六年，就原有土城重建城牆，並辟五門，用爲八旗演武校場，設將軍統馭之，後漸成爲滿人叢居之區域。辛亥光復時，城內建築，悉爲民軍焚毀，一片廣場，鞠爲茂草；民國十年，馮玉祥督陝，始令兵工刈草萊，除瓦礫，植樹木，建營房，就此設署辦公，昔日殘破荒涼之區，一變爲冠蓋雲集之地，厥後歷任陝督，胥設署於是。現省府及民財建教四廳，亦就此合署辦公焉。省府前，有大操場，地極廣闊，凡公共集會，咸於是處舉行。入晚，則烏鴉羣集場上及省府樹林，有時行經其地，則見黝黝一片，狀如黑水之洋。據聞省府工人掃此鴉糞出售，年可獲數千元，其衆多可以想見。曩經成都時，即覺其烏鴉太多，但視西安，則有遜色，此誠奇象也。

十一月一日，星期六，晴。　早起，與偉俠至"大三元"食湯包，甚可口。食已，就近遊開元寺。寺在東大街西端，門臨市面，爲唐開元中建，因玄宗於開元二十八年，於延慶殿與勝光法師論佛恩德，乃令天下州府，各置開元寺一所，歷宋明清均有補修。吾儕未至前，以爲必有可觀，乃入院門後，空場中只舊殿一幢，甚偏仄，爲警察分駐所，所謂唐瓊公道行碑，元華嚴世界海圖，均未見，僅神龕中祀一玄宗遺像而已，但亦似久無香火。寺四周俱妓寮，門各懸一名牌，粉白黛綠輩，嬌嗔以伺來客。余笑顧偉俠曰："李三郎居此羣雌中，當不復憶及太真矣！"偉俠喟然曰："昔日名勝之地，今爲娼妓薈萃之區，尚何言哉？"

十一月三日，星期一，晴。　上午偕偉俠至西大街化覺巷遊清真寺，俗名東大寺，爲唐玄宗時建，碧瓦雕甍，氣象瑰偉，即門首之照壁，亦鏤刻極精。入門，有長甬道，道旁白石欄杆，整齊精潔，惜有一處曾中一彈，現巨坑猶存，石欄則散臥坑邊，狀如傷兵焉。甬道外，植古柏甚多，高入雲表，禮拜堂爲兩殿銜接而成，深廣宏壯，幽靜肅穆，但教外人不許入觀。左側有一小學校，學生均回教子弟，設備亦尚完美。寺大門在舊民政廳前，後門則抵北廣濟街，佔地之廣，可以想見。余等出清眞寺，順道遊城隍廟。廟在西大街，明時建，廟址寬宏，工程偉大，青磚碧瓦，儼如宮殿，廟前商賈雲集，多售婦女用具及盔頭戲裝。後殿聞有城隍臥相，但因駐有軍隊，未能入觀，每年舊曆三月廟會，善男信女進香者，踵相接焉。

十一月四日，星期二，晴。　今日至長安學巷十三號訪舊友景枚九先生。枚九爲同盟會老黨員，辛亥前，在三原起義未成，與于右任先生同繫獄。光復後，被選爲國會議員，民國十年，余識於滬，因同辦《四民報》，交誼良厚，其爲人天眞爛漫，跅馳不羈，性純樸，不事邊幅，學問淵博，詩蒼勁類唐人，文章奔放恣肆，下筆萬言；惜與世枘鑿，所如輒阻。別後，未通消息十餘年矣。余至西安，偶遇其門人羅劍書君，詢知其住址，今日特往訪晤。久別乍見，各大懽悅，其風度猶昔，並未衰老，而余則已白髮盈顛矣。所居在孔廟側，小屋三楹，頗簡樸，枚九笑曰："別來貧窶如故，故居此陋巷，殊不足以應客！"余笑曰："如君端合近聖人居，何陋之有？"其室中書籍凌亂，紙筆縱橫，一如昔之浪漫。枚九並出其所著《石頭記眞諦》兩册，並親於書面簽署相贈。略爲翻閱，殆知其將《紅樓夢》中情節，皆歸納於民族思想；重要角色，則比擬明末清初諸人物，引證明確，獨具灼見，蓋較其他索隱，更有意義矣。余詢其近作麽生，枚九謂方從事精神食糧運動，蓋彼以前方官兵讀物太少，生活過於枯燥，故籲請黨政當局，捐書購書，運送前方，俾官兵閒時閱讀，可以啓其興奮，而慰其精神。余曰："君願甚宏，但値此紙貴洛陽時，徵購恐不易耳！"暢談半日，始興辭歸。

十一月五日，星期三，晴。　今日盧君錦帆邀赴西大街五福樓吃羊肉火鍋。西安冬季售羊肉火鍋店甚多，但五福樓最馳名，其調味作料，多至十餘品，眞可謂酸甜苦辣，色色俱備。其羊肉均生切成薄片，以箸箱至火鍋沸湯中，一燙即熟，鮮嫩異常，且毫無腥氣，最後就湯煑麵，味尤佳。又西安臘羊肉亦負盛名，製法以羊半隻，洗净加鹽滷醃若干時日，然後入鍋徐煮，經宿爛熟，待其冷後，凝成巨塊，切片零售，亦爲下酒妙品。秋冬季爲暢銷時期，入春即停售，以西大街廣濟街口輦止坡童家所製爲最佳，終日門庭若市，操刀者達數人，日可銷羊數十隻，營業之盛，可以想見。

十一月七日，星期五，晴。　晨起，偕方公至某處公幹，事畢，同至紅埠街訪李玉階導師。李爲江蘇人，年三十餘，長髮曼髯，垂腦後如鴨尾。其目，一瞳眸大，一瞳眸小，見人輒睥睨而視。所業有似道院同善社之類，信徒甚衆，彼即爲西安院主，有家室兒女，同居院中。自謂初亦高中畢業，後忽信佛，不食葷腥；每日按時打坐，漸至通靈，言人吉凶禍福輒驗。與之談，舊學亦頗有根底，其客室中，名人贈聯題字甚多，似其道術不僅爲市井所崇信，且復見重於當今名公巨卿矣。其相人，目不張，低垂臉皮，與人對坐，謂其目光能由臉皮透出，觀人頂上光彩，然後知其人壽數之修短，行止之休咎，過去未來之命運，其應驗蓋不下於嚴君平也。彼相余，謂五十一歲後，漸入佳境，五十三歲後，可以飛黃騰達，直到六十八歲，皆爲亨通之年。然余自視窮愁潦倒，已屆五十，將從何而飛黃騰達耶？殊未敢信也。談次，李又導余等參觀其佛堂，在佛堂外，須先去雙履，肅穆而入，但堂中非如寺觀祀有佛像，僅張白麻布巨幕三幅，燃香燭甚多，正中一幅，謂爲主佛，左右則主佛之賓從；欲見佛者，須靜默肅立，端視布幕，歷若干時，幕中即隱隱見佛像，心誠者，則見速，否則佛不易現身。余偕同入者四人，有一人謂隱約見佛像，余則於正中左右，均曾熟視多時，無所覩也。豈余心存好奇，無意禮佛，遂不得見耶？但其所祀究爲何佛，余於佛學無研究，殊不得知，然彼居然能設院招徒，往來士大夫間，亦奇事也。

十一月十日，星期一，微雨。　上午九時，因有事於南門外某局，與董兆龍工程師乘汽車出南門，沿途原上，常有小塔林立，詢知皆僧尼墓地。約行三里，見小雁塔聳立雲表。小雁塔爲隋煬帝藩宅，唐武后始立爲大獻福寺，度僧二百餘，天授初，改薦福寺，中宗復立，大加營飾，有浮屠十五級，高三百餘尺，皆景龍中宮人聚錢所立者也。神龍以後，翻繹佛經，並在此寺，歷宋、元、明皆重修；清康熙間，紫谷禪師重修雁塔初基，撫軍永泰捐飾大佛殿像，其寺基週一頃五十畝，爲長安八景之一。惟塔頂析分爲兩半，望之如雙峰，相傳爲明中葉時地震所震裂，但迄今屹然不傾，亦一奇觀也。惜是日因事繁，未得入覽，殊以爲憾。再行二十餘里，過韋曲，即唐韋后之故里，韋安石嘗於此建別業，林木花樹，號稱勝地，現猶有一小鎮市，市外有學校數所。與韋曲相近者，爲杜曲，杜曲有南杜北杜，杜固爲南杜，杜曲爲北杜，皆名勝之地也。蓋唐韋杜二家，累世衣冠，顯宦輩出，故唐人語云："城南韋杜，去天尺五。"杜工部詩云："韋曲花無賴，家家惱殺人。"又云："杜曲花光濃似酒，霸林春色老於人。"即此地也。去韋曲東約三里，有杜工部祠，在北杜陵原半坡中，余與董君事畢，特往遊覽，祠爲明嘉靖時建，祀工部石刻像，前年因久失修，勢將廢圮，前歲張溥泉先生等籌備西京市政府時，覩之惋惜，乃施工重修，蒔花植木，藉以維護勝跡，並新塑一像。院落中有唐槐一株，並不蠹高，但軀幹甚偉，一半已枯，一半仍生枝葉，不知何故？祠側有公共防空洞，建築甚固，不惟可避空襲，且可坐以辦公焉。西安城外高原中，樹木甚稀，惟此處則蔚然成林，故風景甚爲秀麗。觀畢，仍與董君乘車歸。

十一月十二日，星期三，晴。　今日爲總理誕辰，各機關休假一日。晨起，偕偉俠往遊武家坡，順道觀大雁塔、曲江池。出新關之南門（爲警報時疏散市民出城之便門），趨壕溝，至南門外廣原上，經李家莊，約行十里，至大雁塔下。大雁塔，即慈恩寺，爲唐高宗爲文德皇后立。永徽三年，高僧玄奘起塔五層，以爲藏經之所，長安中摧倒，武后及王公施錢，重建磚塔七層，其云雁塔者，以達親國有迦葉佛迦藍，穿石山作塔五層，最下一層作雁形，謂之雁塔，蓋本此也。唐時，進士既捷，則題名於慈恩寺，故謂之雁塔題名；宋、元、明一仍舊制，以是塔前碑碣獨多。明天順間，復經重建，至清季，又頹廢不堪；民國二十年，朱子橋將軍特捐貲修葺，内外整理一新，每歲上元節，爲廟會之期，城鄉仕女，絡繹往遊，香火之盛，爲城郊各寺冠。惜是日寺内駐有軍隊，不獲遊覽，余偕偉俠惟在塔下徘徊瞻望而已。由大雁塔東行二三里，即曲江池，池爲秦時宜春苑故址，漢武帝鑿而廣之，因水流曲折，故名曲江池。隋時，改爲芙蓉園；唐玄宗開元年間，更加疏鑿，周圍達七里。南有紫雲樓、芙蓉園，西有杏園，花木環繞，煙水明媚，每届上巳節，都城仕宦，咸遊樂於此，鮮車健馬，比肩擊轂，綵屋屏幛，匝於堤岸。玄宗亦常幸於此，率宫嬪集紫雲閣縱觀，命公卿士大夫名攜妻妾以往，倡優緇黄，無不畢集，豪客園户，争以名花布道，進士乘馬，鮮衣盛服，子弟僕從隨後，率務豪華都雅，推同年少俊爲探花使，有匿花於家者罰之，誠一時勝地也。安史亂後，遂盡廢圮，今則無遺跡可尋，所見惟麥地荒村、白楊衰柳耳。池之東端，尚有廣場一片。鄰近公路，有小茶室、酒肆，所謂"曲江流飲"，至今猶爲西京八景之一。余與偉俠就此小飲，偉俠瞻顧憑弔，感慨繫之，當成絶句二章云："江水江花春恨生，杜陵野老已吞聲。千門宫殿今何在？鼓角秋風滿禁城。野草丹楓接遠村，宜春舊苑了無痕。不須更讀城南記，禾黍油油已斷魂。"傷今悼古，佳構也。出酒肆，往尋武家坡，始知武家坡距此尚有五里，所謂王寶川寒窰，乃在此而不在武家坡也。當由土人導引至曲江池東北角，見高原中有巨溝，名鴻溝，沿溝約行半里，有白楊兩株，植立一小廟前，即寒窰是也。門首有"古寒窰"三字，廟係倚溝壁建造，入門，經一小廉，内塑赤色泥馬，聞即紅鬃烈馬，但所祀爲關帝像，殊不類。左行入正殿，殿正中即古窰洞，内祀王寶川像，據道士言："寶川本宰相之女，下嫁薛平貴爲妻，因貧無立錐之地，寄寓此破窰，後平貴以擒紅鬃烈馬功，膺先鋒職，隨軍出征，十八年杳無音信，寶川矢志冰霜，苦守寒窰，不以母家榮富爲意，惟挖食薺菜自活，後平貴顯貴還鄉，寶川遂亦位正昭陽，轉苦爲甘矣！"其詞滔滔，似已背誦成熟，其實此事只見説部，正史並無考據，吾儕只有"姑妄聽之"而已。窰門有近人高維嶽所題一聯云："十八年古井無波，爲從來烈婦貞媛，别開生面；千餘載寒窰向日，看此處曲江流水，想見冰心。"正殿門首亦有高所題一聯云："富貴不能淫，貧賤不能移，威武不能屈，誰料丈夫出巾幗？稗官彰其事，婦孺彰其名，廟貌彰其節，從知貞女即神仙。"皆甚雋雅。殿中並有景枚九所撰重建該廟緣起一篇，駢四儷六，典麗喬皇，說寶川事，不真不假，亦假亦真，極詼諧可誦，憶當時未予錄下，殊爲遺憾。據道士言："古洞原止此，荒廢甚久，到民國二年始重建此廟，並於樓上另鑿一洞，塑祀平貴寶川兩人像；民國二十四年復加修葺，高維嶽所題各聯，即是時作也。"言次，導余等經一土鑿階梯，登上瞻仰，見洞內兩像並肩坐，頗生動可觀；聞當年塑此像時，於寶川雙趺，應塑天足抑小脚，頗生爭論，蓋謂小脚不合時宜，天足又不切事實，結果寶川裙下，遂無足影，此亦堪發噱事也。

十一月十四日，星期五，晴。　早九時，偕偉俠往長安學巷十三號訪景枚九先生，偉俠與枚九，亦南京舊識，惟別已十餘年矣。昨聞余與相晤，遂挽余同去；相見之下，各大懽悅。枚九夫人，即其滬上所識某女士，患難相從，已念餘稔矣，余曩與枚九共事滬濱時，嘗與相見，今老矣。今日亦出話舊，每談及枚九落拓境況，輒感慨系之。枚九出其舊日詩稿，與余儕披覽，其中佳作甚多，但係孤本草稿，並未付梓，殊可惜也。臨別，贈偉俠《石頭記真諦》兩冊，並約再見期。余與偉俠出學巷，即往開通巷西口遊臥龍寺，按臥龍寺爲漢靈帝時建造，隋改名福應禪院，唐時因祀吳道子所畫觀音像，又名觀音寺，宋初有高僧維果，長臥寺中，宋太宗又更名臥龍寺；明正德間，曾加修葺，後漸頹廢，清慈禧蒙塵西安時，嘗駐蹕寺中，特頒帑重修，已甚宏壯；民國二十二年，朱子橋將軍又捐資重裝佛金，門窗新加漆髹，畫棟雕樑，遂益形都偉。殿有四進，前兩進爲佛殿，中爲食堂，後進爲方丈室，佈置頗雅靜，僧侶約百餘人，是時適值午膳，僧衆齊集食堂，人各菜一簋，飯一盌，同聲誦經畢，默然就食，寂無聲息，此可見佛門之莊嚴肅穆。寺內有石碑，刻佛足印，長尺餘，足指有花紋，成卍字，並注有發現年月，但此碑石質甚新，大約修葺時所重刻者，真跡如何，殊不可知。

十一月十六日，星期日，陰霧。　下午五時，應羅君劍書召，赴其寓宅宴集，座中除方公外，有景枚老、劉君子威（中央社總編輯），及新聞記者多人。酒次，談及文化事業，余始略知西安報業概況。余從事報業垂二十年，自廿五年後，擱筆久矣。今見彼輩豪情逸興，不禁興搖落遲暮之感，枚老民初嘗於北平創辦《國風日報》，蜚聲一時，前年在西安，又辦一小型日報，亦名《國風》，惜已停刊矣。劍書亦文化人，與其夫人俱湘籍，是夕餚饌，緣其夫人親自調製，饒有湖南風味，枚老雖有風疾，而飲甚豪，余則傾觴輒醉。歸時，細雨濛濛，見街頭路燈，似蕩漾在舟中矣。

十一月二十日，星期四，大雪。　連日陰霾酷冷，昨夜開始降雪，晨起，愈下愈密，院落中積尺許深，簷前冰凍，排列下垂，狀如水晶流蘇；小麻雀無處覓食，紛飛窗櫺頂棚間，一捉即得，有工人獲數隻，將付鼎鑊。余曰：「此亦飢寒所迫，致遭掩捕，其狀殊可憐，寬釋之！」遂盡放去。邇日同人將有事於外邑，覩此大雪，咸為愀然。共挽余往隴海路局，告以出發路綫，請其予以便利，俾中途上下，無所阻礙。余毅然應諾。隴海路現為西北唯一鐵道，戰後，移鄭東器材，接修寶雞西段，直達天水，工程甚為浩大，局長陸君福廷，人極精細，具有魄力。潼關段路軌橋樑，雖迭遭炮毀，但旋毀旋修，幹路不通，則築以便道，卒能維持輸運，使敵寇莫可如何。副局長吳君省三，人亦精幹，聞悉同人所適地點後，遂代為計畫，某人以某站上下為宜，某站可接某段公路，蓋彼在此久，透悉交通情形，所謀靡不愜意。同人聞余獲此結果歸，皆欣然色喜，遂圍爐共飲，欣賞此粉裝玉砌世界，溯吾入川後五年，此乃第一次見六出花絮，尤覺逸興遄飛，陶然大樂。

十一月廿二日，星期六，陰。　昨日雪止，今日仍結冰，天氣已入嚴寒，吾儕所備短裝，實不足以禦寒。今日偕偉俠、惜分、維英、濟時諸人，至南院門積義公，各購黑灘羊裘一襲，價三百元，該店為西安老皮莊，據云此貨去年只鬻百元，今則增兩倍矣！西安物價增高，尚是循序漸進，其他貨價，與去年相較，大約均在兩三倍之間，不似陪都動輒增至數十倍或數百倍也。故其人民生活，社會經濟，尚未發生劇烈波動，且市面收用國幣，與重慶情形，亦適相反。重慶百元國幣，隨處可換用，人且樂於吸收，西安則不然，購物必先問是整幣，抑零幣，若爲整幣，必謝以無零幣可找，如強其收用，則物價必略高，似等於九五扣，即此，可見其社會經濟之平穩，而商民尤饒有守舊之風矣。

十一月廿三日，星期日，晴。 今日下午，鄉友鮑君，以同人行將出發，特假厚德福祖餞。厚德福爲西京中餐館巨擘，有兩部：一設菊花園，爲婚喪集團宴會之所，一在東大街，則供人零食，而以烤鴨最馳名。鮑君爲其老食客，先期示之意，故所備菜餚，皆其擅長之品，烤鴨尤肥脆可口，吾儕居渝五年，久未嘗此味，因得一快朵頤焉。

十一月廿五日，星期二，晴。 維英、濟時、伊生今晨俱出發，寓中已停膳，下午偕偉俠、惜分、補天至家庭餐室就食，室在東大街西段，吾儕出入，常過其門，見食堂偪仄，設備甚簡，故未之顧，今日徵得各人同意，姑往一試。入室，只一童子肆應，司賬及指揮菜饌，則爲一少婦，湘音，吾初意此必避難來此，姑營此以度日也，詢其菜品，以五香鴿子、東坡肉、紅燒牛肉、悶蛋等最擅長，因命各備一品，味果佳，且無菜館氣息，確有家庭風味。余好五香鴿子，偉俠則嗜東坡肉，不足，復益之。正飲啖間，室主人歸，會談之下，始知其即民國六七年蜚聲上海文藝界之俞君印民也，其筆名爲"五湖漁隱"，當時與余同爲《小說海》、《禮拜六》撰文，又同爲世界書局撰小說，別來已念餘年矣。余固已蒼老，印民亦華髮盈顛，真有"故人相見俱白頭"之感。旋介紹其夫人與吾儕相見，蓋即司賬人也。因亦入席與吾人酬飲，其豪放跅弛之氣猶昔。余詢其胡爲至此，彼謂二十六年上海失陷後，即挈眷至漢，其夫人因激於愛國情緒，加入婦女服務隊工作，彼則任職某傷兵醫院。次年，隨院入陝，前年，其夫人歸自前方，乃經營此餐室，蓋其夫人善烹飪，彼爲老饕，雖以供客，亦以自便也。余笑曰："君殆由文化而變爲掌櫃矣！"（西北呼店主人皆曰掌櫃）印民曰："余之掌櫃，與其他餐館有別，因菜餚皆余妻手製，故於食客略有限制，凡儈父俗子，余皆謝之，凡糾衆轟飲，喧嘩叫囂者，則逐之，余所以名'家庭餐室'者，爲供一二雅人小飲，與夫攜帶眷屬者就食而已，猶恐顧客未喻余意，特著《餐經》數百言，懸之食堂，俾來客見之，知所以求飽之道矣。"言次，取其《餐經》與余儕讀之，果爲妙文，茲錄之於次：

客問於康健子曰："吾西之蜀，而東徂衛，止於長安，食奇而不能飽，昏昏然不知所之，敢請益！"康健子曰："子其必以珍錯而非肉不飽者乎？抑將用素蔬？"客曰："奚奢哉！人生斯世，飽食適焉而已，少若不速，多若不足，飽矣而不知，是謂飽。"康健子曰："子明飽之道矣，而不知所以求飽。夫飽，必以餐，餐有四要：宰生不淤，割正不亂，精粗悉分，縱橫必理，肥不棄根，修不留皮，是爲割切，其要一也；執明爐，視釜容，宜文宜武，或左或右，急若電掣，緩似閒雲，息息相關，間不一瞬，是爲火候，其要二也；鮮去腥，肥去膩，嫩宜烹，堅宜煉，葷則素之，素則葷之，脂液交流，河海無間，是爲調節，其要三也；鮮腴不過湯，滋嫩不逾量，酸辣不掩味，濃膩不疊箸，正反不二，賓主不奪，是爲和量，其要四也。四要畢，然後言食，食有三必：必以時，必以地，必以人。不飢不食，憤怒不食，急遽不食，謂食時也；臨庖不食，聞臭不食，昏黑不食，謂食地也；酗酒不對坐，惡聲不同室，吐怒不接席，謂與食之人也。四要備，三必具，餐衛宜，則養生之道，其庶幾矣！"客矍然曰："大哉夫子之言！吾觀世所□（抄時有遺字），如蠅附膻，顧何修而得此乎？"康健子曰："驅爾東市，有餐室焉，扼四要，宜三必，極五味，盡八簋，室有芝蘭，人無叫囂，食不隔宿，價不昧稱，子往飯之，必如子所欲矣！"客喜而退，趨入室，如所言，逢人輒告曰："旨哉《餐經》！康健子語我。"

此不特將烹調訣竅道出，其文亦樸茂可喜，名爲"餐經"，殊當。偉侠即席贈詩一首云："莫怪駟橋題柱客，長門不賦作《餐經》。軟紅十丈京塵路，都是黃粱夢未醒。"印民夫人，姓盧氏，字蘇麗，亦能文，廿六年由漢參加婦女服務隊後，歷鄂、魯、冀、晉而入陝，每入淪陷區域，從事宣傳救濟事業，屢遇險，幾為敵人掩執，皆能以智跳免。歸陝後，著有《敵的後方》筆記，登載西安某報，凡敵在淪陷區種種暴行，及民眾如何愛護國軍，協助政治工作，皆能據實描寫，其文復流利暢達，讀之如身歷其境，洵佳作也。余因口占一詩贈之云："家庭餐室見雙鬢，匹馬關河帶淚還。今日青門來賣酒，流離身世老朱顏。"

十一月廿六日，星期三，晴。 午餐後，偕偉俠往東門遊東嶽廟，廟為宋政和時建，因年久失修，殿宇頹敗。入門，有大院落，為公家借用縫製軍衣，裁剪為男工，縫紉鋪棉為女工，每襲棉花若干，皆有一定分兩，但製作則甚草草。殿凡三進，上殿祀東嶽大帝塑像，有宋人所繪壁畫，甚精緻生動，惜多已剝落，中殿為該廟私立道德小學課堂，有清初袁江所繪壁畫，猶工整如新，邵力子先生主陝時，特作木柵維護，俾免損毀。前殿為縫工所佔，殊無足觀，時有主持老道士出而應客，並導觀其所辦小學成績，據云：該校自民國三年開辦，迄今二十餘年，每年經費約五千元，皆為廟產撙節而來，政府並無津貼，出家人而熱心教育，亦難得事也。遊畢，時間尚早，而興猶未盡，因與偉俠出城遊八仙庵。八仙庵在東關外長樂坊，為唐興慶宮之一部。相傳宋時有鄭生遇八仙於此，初僅起祠，元時安西王祈禱獲應，因奏請擴大增修，佔地甚廣，清慈禧駐蹕西安時，復敕令陝撫撥款修葺，至今琳宮丹室，宏偉可觀。前有牌坊型大門，雕鏤甚精，門側有石碣，書"長安酒肆"四字，又有豐碑，刻"唐呂純陽先生遇漢鍾離權先生處"十四字；入門，經長甬道達前殿，前殿為公家借用，門已下鍵，後殿祀斗姥像，中殿最大，有朱漆巨屏，懸"戊不朝真"小木牌，始知今日適為戊日，例不參謁，經商道士，仍得入殿瞻仰，正中祀李老君塑像，兩側祀八仙塑像，皆氣象肅然，栩栩如生。東院有呂祖殿，為婦女祈福之所，香火極盛，每值朔望，爭燒頭柱香者尤眾。庵內道士約百餘人，其造飯鐵鍋，徑長五尺，鍋巴厚寸許，甚酥脆，道士恒於四月十四十五十六日廟會時，出以饗客云。按八仙之說，俗傳甚廣，但正史俱無其人，《神仙通鑑》亦不載，元劇本中有"八仙慶壽"，似其名始於元代，茲就雜記所傳，各得其歷略如下：

一、呂洞賓　《尚友錄》載：唐河南府人，名巖（一作嵒），以進士授江州德化縣令，私行廬山，遇鍾離真人，授天仙劍法，得九九數，號純陽子，嘗憩岳州白鶴寺，老樹精見之，冉冉下拜，自爲詩曰："獨自行來獨自坐，無限世人不識我。惟有城南老樹精，分明知道神仙過。"又經邯鄲客邸，適主人炊黃粱，時有盧生在，生言困阨，欲求仕，巖取囊中枕授之，睡未幾，夢登第，出入將相五十年，榮盛無比，及覺，黃粱尚未熟也。後值黃巢亂，移家居終南山，莫測所往，亦稱回道人，世人均稱呂祖。

二、張果老　《尚友錄》載：唐之方士，不知何許人，隱於中條山，往來汾晉間，嘗自言生於堯丙子歲，每乘一白驢，日行數萬里，休息時，折疊置於巾笥，用則以水噴之，復成驢。武則天時，使使召之，果詐死於妬女廟，後開元中，玄宗遣徐嶠、盧重元賫璽書迎果至京，帝欲以玉真公主降，果大笑，不奉詔。屢上表懇辭還山，號通玄先生。天寶間，帝復詔之，果聞輒卒，帝立棲霞觀祀之。

三、韓湘子　《尚友錄》載：唐韓愈姪，字清夫，幼育於愈，落魄不羈，愈勉之學，湘曰："吾所學，非公所知！"愈使言其意，乃作詩曰："青山雲水窟，此地是吾家。後夜流瓊液，凌晨咀絳霞。彈琴碧玉調，爐養白硃砂。寶鼎存金虎，元田養白鴉。一瓢藏世界，三尺斬妖邪。解造逡巡酒，能開頃刻花。有人能學我，同去看仙葩。"愈曰："子能奪造化乎？"曰："茲事甚易！"即聚土以盆覆之，良久花開，花片上出金字一聯云："雲橫秦嶺家何在，雪擁藍關馬不前。"愈不曉，湘曰："事久可驗。"後愈貶潮州，中途遇雪，俄有人冒雪而來，即湘也，詢其地，知爲藍關，前同宿傳舍，出藥一粒與愈曰："服此可禦瘴也。"但《隨園隨筆》謂湘乃會昌三年進士，非好道者也，其好道者，別是一族子，韓詩云："擊門者誰子，問言乃吾宗。自言有奇術，探妙知天工。"可證也。

四、藍采和　《尚友錄》載，唐末逸士，襴衫緑褲，黑木腰帶，一足靴，一足跣，夏服絮褋，冬臥冰雪，自號藍采和，嘗於長安市上，攜籃而歌曰："踏踏歌，藍采和，世界能幾何？紅顏三春樹，流年一擲梭。古人混混去不返，今人紛紛來更多。朝騎鸞鳳到碧落，暮看桑田生白波。良景明虛在空際，金銀宮闕高嵯峨。"得錢，則用繩穿，拖之以行，或散失，亦不顧，後於濠梁酒樓飲酒，聞有笙簫聲，忽乘雲鶴而上，遺下靴帶襴衫拍板，冉冉而去。濠州今有望仙樓，相傳采和登仙時，人聚此樓觀之。

五、鍾離權　漢咸陽人，生而奇異，美髯俊目，身長八尺，遺棄世事，於縣東四十里正陽洞修煉，即俗稱之漢鍾離也。但《宣和書譜》謂漢鍾離爲唐時仙人，名權，與呂巖同時，嘗自稱天下都散漢鍾離云。今人誤以漢字屬下，因遂傅會鍾離權爲漢將鍾離眛。其實漢鍾離爲地名，非人名，杜甫詩云："近聞韋氏妹，迎在漢鍾離。"可證。且八仙中，唐時人居多，似以《宣和書譜》爲可信，否則漢唐相距六百餘年，鍾離權何能會呂巖於長安酒肆耶？

六、鐵拐李　史傳無其人，《陔餘叢考》謂《宋史》陳從信、魏漢津兩傳，有李八百，然不言其跛而鐵拐也。《續通考》謂隋時人，名洪水，小字拐兒，亦不言出何書。又《神仙傳》載：李八百蜀人也，莫知其名，歷世見之，時計其年已八百歲，因以號之，或隱山林，或居市廛，相傳能拐，日行八百里，是李鐵拐，即李八百，亦未可知。

七、曹國舅　《陔餘叢考》謂爲宋曹太后之弟，但考《宋史》，慈聖光獻太后弟曹佾，年七十二而卒，未嘗有成仙事，此外又別無國戚而學仙者，究不知爲何許人。

八、何仙姑　宋魏泰《東軒筆錄》載：永州有何氏女，幼遇異人，與桃食之，遂不飢，自是能逆知禍福，鄉人神之，爲構樓居之，世謂之何仙姑。

偉俠見余孜孜研考八仙來歷，因笑曰："子但知此八仙，亦知另有八仙乎？"余曰："何謂？"偉俠曰："《蜀記》載：蜀有八仙，首、容成公，隱於鴻溝，今青城山也；次、李耳，生於蜀；三、董仲舒，亦青城山隱士；四、張道陵，今鶴鳴觀；五、嚴君平，卜肆在成都；六、李八百，龍門洞，在新都；七、范長生，在青城山；八、爾朱先生，在雅州，好事者且繪爲圖焉。"余曰："如是，唐亦另有八仙矣：即李白、賀知章、李適之、王琎、崔宗之、蘇晋、張旭、焦遂是也。"偉俠曰："此乃飲中八仙，皆酒友也，烏能言仙？"吾儕出八仙庵，順道至炮房街遊罔極寺。寺爲唐中宗神龍元年太平公主建，爲則天祈福者，玄宗時，曾改名爲興唐，明正統年間重修，仍復舊名，殿凡二進，前殿祀如來佛，像甚偉；後殿有睡像石佛，某年寺僧不戒於火，後殿被焚，全部幾廢。民國二十年，朱子橋將軍捐資重建，然亦僅復前殿，不逮昔時莊嚴遠矣。寺內有女尼六人，爲狀殊清苦，香火亦不盛，聞寺後有喇嘛塔，以時晏未往觀。

十一月廿七日，星期四，陰。 偉俠、惜分，於今晨同車出發，惟余一人留西安，一榻蕭然，殊感岑寂。下午俞印民約至家庭餐室晚餐，在座有古文家，有戲劇家，相談甚樂，且皆善飲，印民復親製數餚饗客，而以春捲爲最酥鬆可口，酒後，相偕至易俗社觀劇，歸已夜午矣。

十一月廿九日，星期六，晴。 今晨七時，忽有警報，此爲到西安後第二次聞此不祥之聲，仍避入張宅自建之防空洞，至十一時解除。十二時半，又發警報，二時解除。三時一刻，又聞嗚嗚聲，到五時解除，每次均只一架，亦未投彈，此殆敵寇擾亂人心計也。

十一月三十日，星期日，晴。 今日兩次警報：第一次，六時三刻開始，九時解除。第二次，下午二時一刻開始，四時半解除。每次均四架，第一次在寶雞武功等處投彈，第二次未詳。

十二月一日，星期一，晴。 凌晨七時，有警報，至九時一刻解除。解除後，擬入市謀果腹，乃因警報太早，食店未及升火，至一小麪館，候一小時，始獲食麪條一盌而已。十二時又發警報，在防空洞內，聞隆隆爆炸聲，至一時三刻解除。每次各五架，第二次在西關外及王曲投彈，無損失。

十二月二日，星期二，晴。　今晨警報更早，五時三刻，即聞電笛聲，披衣入洞，寒風刺骨，至九時解除。十時又發二次警報，三時解除，均未入市空，四時隨方公至長安縣政府公幹，縣府設少陵鄉大兆鎮，距城僅六十里，因司機不識途，汽車駛入別一公路，往返多行百餘里，至五時半始到，已垂暮矣。縣長爲邵履冰，在陝作邑侯七年之久，人頗精幹，是夜即宿縣府。

十二月三日，星期三，晴。　晨六時，縣府得電話，又有警報，但曉霧甚濃，十步外幾不見人，余知敵機未必能來，乃至鎭上遊覽，鎭不甚大，有小街二，頗整潔，除縣府所屬各局外，有衛生所，有民衆教育館，市上標語皆該館所製，有所謂"四一"運動，即"一人一株樹，一家一群雞，一女一紡車，一戶一織機"。每句下，繪巨幅圖畫，使不識字者見之，亦能解其意。鎭上居民，雖在警報中，亦照常作事。至九時，警報解除，十時三刻，警報又至，乃與方公乘原車回城，行至王家莊，緊急警報聲作，急停車，入一農家小憩。其家有一老人，爲烹茶招待，狀甚殷勤，其子皆在麥地力作，婦女則居家紡綫，男耕女織，似一小康之家。返顧吾人僕僕風塵，出入險阻，實不及此老優遊田園，怡然自得遠矣。至十二時，尚無機聲，意敵機已他往矣，詢之司機，知此間距城僅二十里，十分鐘可達，方公因急欲歸，遂開車行，將入東關外大街，敵機數架掩至，瞬息即在頂上，似方追擊吾人汽車，司機急開足馬力，駛入城門樓下，敵機機槍聲與城樓高射炮聲並作矣。吾人倉猝避入城牆防空洞內，俄而機聲已杳，未聞投彈，至一時三刻，步歸菊花園寓廬，三時始解除。

十二月四日，星期四，晴。　晨七時一刻，又聞警報，八時，敵機五架，飛臨西安市空，在新城內投彈，機上機槍，復密密掃射，吾儕所住屋脊，曾遭數彈，毀瓦三四行，幸西安舊式建築，瓦下嘗鋪厚泥，故槍彈未能透瓦而下，屋主人張老將軍仍不入洞，時方端坐室中，安然無恙。至九時解除，依吾人連日經驗，中午仍有警報，故於第一次解除後，先謀進食，菊花園街口，有一小酒肆，專售酒，不供菜，並有真正鳳翔酒，味甚醇，店主人於室中燃小火爐，以錫壺盛酒，就爐上徐徐温之。一壁置巨甕五六盛酒，一壁列小酒桌三四待客。來飲者，以温酒饗之，其温度甚適宜，不似四川酒店，輒使人冷飲。余日來初次警報解除後，必至該店盡鳳酒一壺，其門首有售臘羊肉者，輒取以下酒，間壁爲小麵館，飲畢，則進麵一碗，如再有警報，不虞枵腹矣。今日余因在家庭餐室得鴿子一頭，飲興忽濃，乃令店主人發其新醅名"太白酒"者飲之（另有名貴妃酒者味稍遜），味又醇於甕裝，自斟自酌，一瓶幾罄，歸後，不覺醺然入睡，醒時，已四時有半，忽聞警報聲，詢之侍役，始知此爲第三次，第二次在十二時半，三時半解除，其時余方在酣寢中，幸敵機未至，否則幾誤事。第三次至五時半解除，未見敵機，聞在漢中肆虐矣。

　　十二月五日，星期五，晴。　昧爽警報聲作，時間較前更早，時明月在天，霜華遍地，摸索而起，冷透骨髮。少焉，曙光微露，乃步至防空洞口，洞原在一廢圃中，野菊數本，已憔悴無生氣，樹枝盡禿，寒鴉猶群集其上，屈體縮頸，似亦懼此寒氣侵襲，不欲飛去。俄而朝曦上昇，碧空無片雲，但陽光淡淡無力，並不能使人類稍獲温暖，豈天亦厭見世界無謂厮殺，而不願以熱面向人耶！余徘徊此枯林落葉之上，歷三小時之久，至九時，警報始解除。方公以事須赴洛陽，決於今日下午首途，余初請其少待，未果，乃自請留此，以待同人之歸，方公諾，幸本日中午無警報，送行者甚衆，方公去後，侍役盡隨行，余遂一人踞此廣廈，孑然如孤僧矣。

　　十二月六日，星期六，晴。　早七時半，又發警報，敵機四架，侵入西安郊外，在鄉間投彈後逸去。下午無警報，余以獨居無聊，乃步至蓮湖公園遊覽。公園在城西北隅大蓮花池街，原爲明季秦藩王妃放生池，引通濟渠水注之，中植蓮花甚茂，嗣以年久失修，渠塞水涸。清康熙七年，巡撫賈漢復濬渠鑿池，植以蓮花，遂名蓮花池，池旁有蓮花庵、元慶寺、蓮花寺，爲清雍正元年重修，民元闢園之東北部爲體育場，爲群衆集會之所，旋廢，民十重加修葺，漸復舊觀。馮玉祥督陝時，毀寺改爲公園，二十年又加整頓，引水植木，積土爲邱，更名爲蓮湖公園，茅亭水榭，頗饒花木之勝，每夕陽西下時，遊人甚衆，但抗戰後，情景稍衰，園内建築，嘗遭敵機掃射，牆壁上彈痕累累焉。西安城内，尚有一建國公園，鑿池築榭，略具規模，另有一革命公園，佔地甚廣，然除陣亡將士墓及紀念碑外，荒蕪不堪。

　　十二月七日，星期日，晴。　今日下午二時，偉俠歸，三時，濟時歸，夜十一時，惜分歸，二時，伊生歸，四時，維英、補天歸，小別數日，忽又團聚，各以途中所見，資爲笑談，但聞悉方公先行赴洛陽，則又皆悵然寡歡。

　　十二月九日，星期二，晴。　黎旦發警報，九時解除後，遂偕偉俠、受之、維英、惜分等往遊華清池，此去本有二途可循，一乘火車到臨潼下車，一乘騾車由公路直達，衆以火車時間已過，乃決定雇騾車前往。早餐後，相偕出東門，於八仙庵前雇一拉拉車，其形絕類板車，不過兩緣附以坐欄，用騾駕曳而已。駕車爲魯人，黃髭禿頂，冠以氈帽，無識而多言，偉俠素好詼諧，故與攀談，所言輒令人發噱。一小時後，抵灞橋，橋距城二十里，建於漢代，梁礎皆青石，王莽篡漢，更名長存橋。故事，都人送客至此，折柳贈別，迎來送往，輒爲黯然，故又呼爲銷魂橋。橋身甚修長，兩端各有牌樓，一書"西通關隴"，一書"東接肴函"，隴海路建築後，於上首另建鋼橋通車，公路則仍由此橋通過，橋下水流灘灘，衰柳數株，搖曳隄岸間，誠使人動傷離惜別之感，因於車上口占一絕云："古驛灘聲灘灘流，虹橋遠接隴頭秋。長堤衰柳年年在，多少行人爲汝愁。"偉俠笑曰："人自離別，何怨楊柳！"因亦成一絕云："一笛西風萬柳條，長堤冰雪已全消。此行莫怪無佳句，暖日驅車過灞橋。"過灞橋，行十餘里，經邵平店，相傳秦亡後，邵平種瓜於此。三時半抵華清池。池在臨潼縣南半里許驪山之麓，唐貞觀十八年，置華清宮，咸亨二年，易名溫泉宮，天寶六年，復曰華清宮，治湯井爲池，環山列宮室，又築羅城，置百司十宅，各有寓止，玄宗嘗於十月往幸，歲盡乃還，因廣池湯爲十八所，最華麗之芙蓉湯，即爲貴妃就浴之所，構造恢宏，製作精美，當時確有彤庭青鎖、星拱龍蟠之勝，今則殿宇無存，宮闕盡廢矣。民國十九年，由陝西省府設處管理，定名華清池，修砌整理，培植花木，風景漸佳。二十四年春，省府為謀整理及發展計，委託中國旅行社經營，添闢特坐，增建旅館廚司，以作旅客游息之所。余儕至時，由旅行社主任張君天任導至其旅館休憩，此屋在院之東偏，衛生設備俱全，有房五間，佈置雅潔，正中一室略大，間為前後兩間，前面客廳，後為寢室。廿五年西安事變時，蔣委員長即居此室中，玻窗中一彈，孔猶存，旅行社於內外各鑲玻璃一片，藉留紀念。屋前走廊甚寬，圓柱俱髹紅漆，亦有彈孔數處，偏西牆上，更彈痕纍纍，迄今俱未括去，當時情形之險惡，可以想見。此一事變，中華民族存亡之關鍵也。走廊前有平臺，甚廣，下為蓮花池，池上架小橋，通餐室、閱報室，其左，貴妃池在焉。貴妃池最大，可容五人浴，外有更衣室，內為浴室，餘為雙人池、單人池，各五六所，俱嵌白磁磚，精潔舒適。院西尚有一巨池，專供平民沐浴，並不取資，惟其源泉不及重慶北溫泉之洶湧，須先接儲一井中，再分灌各池，其溫度恰到好處。吾人久役風塵，心身兩倦，經此一浴，愉快極矣。夜間，由旅行社備晚膳，菜甚精美，偉俠逸興遄飛，相與痛飲，膳畢，度橋返室，咸有搖搖欲傾之勢。寢後，默思此一代勝跡，流傳千古，玉環固由此承恩，而馬嵬慘劫，亦兆於是矣！因成絕句一首云："秋老斜陽畫角哀，華清無復舊樓臺。傷心一勺溫泉水，曾洗凝脂玉體來。"

　　十二月十日，星期三，晴。　早六時起床，略進麵食，即與偉俠等共登驪山，由華清池東垣出，經中山林，遙見山半有巨石蹲踞，巍然高聳，即"雙十二"委座蒙難處，今名"復興石"是也。據《臨潼縣誌》載，此石向名"虎叛石"，豈在千載以前，即隱兆楊虎城之叛變蔣公乎？殊為奇怪。吾人拾級躋登石前，見石上刻名人題字甚多，字跡瑰偉，有一字而徑數尺者，如衛立煌之"至大至剛"，劉峙之"夷險一節"，陳誠之"正氣浩然"，萬耀煌之"天地正氣"，胡宗南之"萬流仰止"，陳繼承之"仰之彌高"，李默厂之"精誠感召，化及萬有，一石巍然，與天同壽"。皆筆力遒勁可觀。其餘尚有數十幅，不能盡記，字槽均塗紅漆，遠處望之，但見紅光一片，焰耀山間，正似象徵委座革命奮鬥中一頁光耀史焉。由復興石右行登山，約半里許，爲長生殿遺址，據聞原有宮殿舊跡，依稀可尋，因馮玉祥氏督陝時，拆作他用，故今只有斷磚碎瓦，散亂荒煙蔓草間而已。由此再右行，有朝元閣，内祀銅鑄佛像，閣只兩楹，頗爲頹敗，僅一老道人住持，年已八十二歲，尚强健如五十許人，上山下坡，健步如履平地。閣内有明代綠磁巨瓦若干塊，惜以笨重，棄未攜取。山中古跡，老道均能指示，並能道其本源，因導余等往觀楊文廣之喂馬槽，槽爲巨石鑿成，一端底有圓孔，長約丈許，闊約三尺，深亦三尺餘，狀似川人所用之貯水槽而略鉅，石質並不甚古，委置一麥地中，謂爲楊文廣喂馬槽，未免附會。由此向西，爲秦瓊救駕處，其地爲一小山，山頂平秃，無任何遺跡，是否爲叔寶救太宗處，亦不可知。吾人辭去老道，循朝元閣前路，再登一山巔，名鬥寶臺，爲周末諸侯鬥寶處，臺上有老姥宮，傳即女媧鍊石處，宮有兩重，前重敗舊，後重稍新，道人數輩，皆蠢俗不堪。立鬥寶臺俯瞰，臨潼縣城及華清池，歷歷在目，偏東之秦皇塚，亦隱約可見。距鬥寶臺數里，尚有一峰，殆爲驪山最高峰，名烽火臺，即周幽王舉烽火以徵諸侯，使褒姒發笑處。同人以攀登已倦，無意往遊，乃緩步下山，行至山腰，臨潼縣城，忽發警報，俯視城内居民，紛紛出城逃避，但以地屬平原，無洞可掘，出城後，亦惟匍伏於田塍麥地中，吾儕因在山上，覺海闊天空，隨處可避，似較城中人幸福多矣。未幾，警報解除，相率入城，城爲方形，有圓門，城内街道狹小，住户多而商店少，狀甚蕭條。余儕於城中，見一西秦飯莊，因往就食，菜尚可口，飯後，步行至火車站，適有空車一列，停此添水，遂搭乘火車返西安，抵站時，已萬家燈火矣。

十二月十二日，星期五，陰。　同人已決定今日離陝赴洛，晨起，余即往隴海路局將車票卧鋪定妥，下午行裝既成，偉俠乃倡議在西安市作最後巡禮，於是相偕出西大街，轉南院門，再返東大街，至大華飯店聚餐。店内懸張善孖畫虎四幅，雖爲珂羅版印成，而筆致如真，内有一幅，畫二虎，一睡一醒，有善孖題句云："日月運行，一暗一明。丘陵起伏，一頗一平。聖人觀化，一塞一亨。君子在野，一睡一醒。"甚有意致。同人以今夕即將離此，飲興皆動，除維英照例不飲外，咸釂然酣暢。歸後，向屋主張老將軍告別，夜十一時乘車至火車站，一時登車，二時始開駛，吾人西安之遊，遂終於是矣。憑窗外望，見霜花滿地，四野蕭然，西安全城，闃無聲息，惟車站路燈，黯然撐持寒氣中，若向吾人致其惜別之意，同人不覺同聲曰："別矣西安！"偉俠更有詩一首云："長安一月漫觀光，又繞函關下洛陽。風笛一聲離別地，渭城衰柳灞橋霜。"

十二月十三日，星期六，陰。 依路局規定，火車今晨應抵東泉店，當換汽車至靈寶，乃昨夜行至窰村，距西安才二十里，即因機車損壞，停駛修理，延至今晨七時始抵臨潼，又以煤炭不夠火磅，停此換煤，至十時復開，沿途時停時駛，迄夜七時始抵東泉店，其速率幾不及馬車矣。東泉店原為一小站，因至潼關橋棧，多被敵人炮毀，故以此為東西行起終點。既無車站，往來車恒停軌道上，吾儕下車後，天已漆黑，乃隨挑夫下鐵路隄，摸索至秦晉旅館下榻。此處本一小市鎮，房屋無多，而旅客無論東西行，皆須在此寄宿，故各旅館早已客滿，此秦晉旅館，尚係路局以電話預定，否則真有露宿之虞。行李安頓後，乃同人小酒肆晚膳，雖是茅簷竹壁，而烹飪殊佳，歸後，即向路局聯運處登記購票，夜與偉俠談至更深始寢。

十二月十四日，星期日，陰。 晨起，略進麵食，即登汽車，照規定，每車只能載三十人，今日則逾五十人，益以各人行李箱籠，堆置車中，致摩肩疊膝，擁擠不堪，偉俠笑曰："此真可謂無立錐地矣！"余曰："雁行立，魚貫坐，週身如受桎梏，直可名為車刑，凡受車刑者，此後旅行，當不虞擠殺矣！"由東泉店至靈寶，有公路二：一為老路，須沿河濱直趨潼關，對河風陵渡敵人，不惟炮火可及，即機槍亦可達到，故常有汽車被擊事；路局為旅客安全計，乃另開一路，由東泉店南行，迂繞潼關，可避敵人槍炮射擊，是名新路。據西安路局相告，聯運汽車，例須走新路，決無危險，吾儕初亦信之，乃是晨開車後，竟沿河濱向潼關急馳，北岸敵人營幕炮位，歷歷可見，吾人因不知此為老路，故任其行駛，抵潼關時，爬登山坡，幾如牛車，私念敵人如此時發炮，則全車齏粉矣！

過潼關，盤旋下山，至一山隘，停車休息，此時始有一人低語曰："今日所行爲老路，險極矣！"余聞言大詫，而司機立止其人不許言，幾經探詢，始知行新路約多八十里，司機改行老路，則可省此八十里汽油入其私囊矣！而全車旅客生命之危險，不顧也。潼關山勢崢嶸，氣象雄偉，城建山上，依山蜿蜒起伏，狀甚壯闊，城内房屋，多被敵人摧毁，車行城外，但見斷瓦頹垣，揩挂寒雲冷霧中，守城軍士，屹立山巔或雉堞間，氣概甚勇，吾人停留山隘間，猶能望見其雄風，因與偉俠曰："如此形勝，焉能無詩？"偉俠曰："子盍先以示我？"余即就車中成五律一章云："朝發東泉店，潼關冒險過。孤城餘瓦礫，一路勢嵯峨。喜見熊羆守，無虞敵寇多。中原未收復，遊子恨如何？"偉俠曰："吾人途間所作，絕句多而律詩少，今亦當奉答律句一章。"因吟云："鎖鑰三秦一綫通，長河左折抱關雄。山連崤谷吞平野，水隔風陵扼九嵕。列幕旗翻衰草白，斷橋雪映劫灰紅。西來形勝茲爲最，路繞關亭更向東。"

車出潼關後，地多平原，公路仍沿道東行，不過距河床稍遠耳，河邊有壕塹甚多，皆爲我方健兒用以拒敵渡河處。在戰事未發動前，黃河每冬例結厚冰，騾馬車可踏冰而過，自抗戰後，從未結冰，致敵人無法渡此洪流，是誠天意也。公路綫較地面略低，灰塵甚大，沿途畜車極多，所載多爲戰時需用品，東西往來，絡繹不絕，於此，益信後方運輸，已人盡其力矣。偉俠笑曰："豈惟人盡其力，畜亦盡其力矣！將來戰事勝利後，論功行賞，此疲牛倦馬，應亦在旌獎之列。"余曰："然則牲畜血汗，在吾國已功同汽油矣。"少選，過閺鄉縣閿地鎮，停車檢查畢，續行，至一土山下，又停車休息，此又司機故弄狡獪，蓋恐到靈寶太早，車站知其擅改行程，故不得不藉此延展時間，以掩其譎詐也。此時車上旅客，既飢且倦，咸催司機續行，下午三時，過靈寶縣城，城在一山嘴前，正當河邊，無論新路老路，皆需闖關而過（即冒敵人炮火闖過）。汽車先越一鐵路堤，加足速力，直駛河邊，再入城，出東關，即爲汽車終點，而東行火車站在焉。此處爲一山峽，兩面土山，夾鐵路對峙，綿亘數里，爲敵炮射程所不及，車站人員，均依山據窰洞辦公，既可避空襲，復無構屋之煩，鐵路堤下，僅有小食店數家，並無旅館，同人乃就此小食店安頓行李，席地而坐，至夜十二時，始登車東行。

十二月十五日，星期一，晴。　東行車上佈置，不及西段藍皮鋼車甚遠，此種車輛，大抵皆在軍事倉皇中，由各路搶集而來，故不得不因陋就簡。天明過陝州，九時抵洛陽西站，方公派陳君咸照至車站迎候。偉俠因洛陽同鄉多，被迎至城外"西工"友人家住。余儕隨陳君至高平南街農工銀行晤方公，陳述離陝情形。方公致慰勞後，即欲余儕同寓農工銀行，余個人本宜隨方公進止，但同人均以銀行出入不便，力主各覓寓止，余與濟時、惜分、伊生，則至農工銀行附近之豫洛旅館假寓焉。

十二月十六日，星期二，晴。　洛陽，即周之洛邑，東漢舊都，自古為著名都會。東枕嵩山，南臨伊洛，西控崤阪，北帶黃河，四塞險固，形勢雄勝，古昔中原有事，咸以此為樞紐。自隴海路橫貫平漢，經此入陝，交通益形便利。抗戰後，開封淪陷，豫省府遷駐於此，遂成為河南省會。余以初次蒞此，晨起，特入市遊覽，街市偪仄，遠不及西安之壯闊，房屋多舊式建築，街道亦分東西南北四大幹綫，東西街略長，南北略短，較大商行多在城中區，餘均小店，城北荒涼尤甚。交通工具，惟有人力車，汽車則因街狹人衆，行駛極感困難。人民樸素誠實，猶有古燕趙風。女學生咸衣灰布棉軍服，一如西安所見。城中曾遭敵機轟炸，迄今頹垣斷壁，猶多未修復。東華街舊府署，昔頗壯麗，"一·二八"滬戰發生時，林主席曾駐蹕於是，今則全燬於火，略無寸堵，惟門首石獅，尚偃卧於瓦礫中，徒使人興銅駝荊棘之感而已！晚間，方公宴同人於中州飯莊，菜品殊豐美，黃河鯉尤鮮嫩。洛陽菜館，多以飯莊名，其房屋愈古舊，則菜餚愈馳名，而生涯愈鼎盛，北方風味，大抵如斯。

十二月十七日，星期三，晴。　上午羅君竟成來訪，談次，始知其於漢口失陷後，即隨振委會來豫，現方任職於盧氏某機關，狀頗鬱悒。下午，當地主人宴同人於"西工"，四時與方公同車出西門，街市盡處，為通"西工"馬路。路旁槐樹成列，惜盡禿矣。半途，經周公廟，內有花園甚廣，花木蔚然，偉俠即假寓於此，其景象較城市幽靜多矣。過此約三里許，入一樹林，地下遍植冬青，間爲花圃，某某府在焉。昔吳子玉將軍作巡閱使時，使署即設於是，聲威烜赫，震動寰宇，某年五十壽辰，各省顯要，均來此祝壽，車馬喧闐，旌旗載道，"西工"儼然成中國政治重心，曾幾何時，倏成陳跡矣。惜是時天已暮，未能一一周覽，據聞當日範疇，所存已無幾矣。宴畢，復舉行某種會議，至夜深始散。歸途，撫今懷舊，頗多人世滄桑之感，爰成律句一章云："紫陌銅駝畫角哀，中原王氣盡成灰。鷹揚虎踞如塵去（曩吳子玉五十壽辰，康南海贈壽聯，有"天下鷹揚，洛陽虎踞"等語），豕突狼奔動地來。百戰河山傷廢壘，孤城車馬幾雄才。元戎幸有平倭計，風捲殘雲奪險回。"末二句蓋指是時鄭州收復未久也。今日席間得遇冷雋人、汪植如、徐石麟諸友，此皆十七八年皖中舊識，異地相逢，彌覺親切。

十二月十八日，星期四，晴。　上午十時，忽發警報，據聞洛陽無警報已兩閱月矣，今又聞嗚嗚之聲。街上秩序尚佳，余儕均逃入農工銀行防空洞內，此洞雖是土質，但甚深邃，巷堅而曲，頗合防空條件，緊急警報後，僅有敵機一架臨空，在"西工"飛機場投彈後逸去。

十二月二十日，星期六，晴。　洛陽舊友，較西安爲多，故日來宴集無間，盛禮豐饌，環坐滿引，雖在天涯羈旅中，猶有朋簪談讌之適，其菜味最精美者，應推豫順飯莊，無從覓購之海味，彼竟有以應客，鯉魚製作，尤所擅長，然其房屋餐廳，乃至杯匕盌盞，無一而非舊式，古色古香，殆非他菜館所能及。

十二月二十一日，星期日，晴。　凡至洛陽者，必遊龍門，龍門即伊闕，在洛陽縣南，距城三十里，昔大禹疏以通水，兩山相對，望之如闕，伊水歷其間北流，故謂之伊闕。山谷相連，阻陿可恃，漢靈帝置八關都尉，以備黃巾，伊闕其一也。余早餐後，向農工銀行假得汽車，由該行郝君爲嚮導，車出南門，經一長橋，名天津橋，爲隋煬帝所建，宋邵康節先生嘗於橋上聞鵑聲，歎曰："地氣南來，不出十年，南人必有入相者，從此天下多事矣！"後王安石入相，事乃驗，至今橋頭仍有一亭，蓋洛人追念邵先生而築者。過橋，南行十餘里，爲"關林"，即關壯繆公塚，停車往遊，門前古柏參天，氣象蕭森，入門，有殿三楹，第一殿塑關公龍袍像，第二殿塑關公武裝像，俱偉大，第三殿塑三像，中端坐，左觀書，右睡像，莊嚴如生，望之生敬。第三殿後，有塚如丘阜，即關公瘞首處，塚有小石門，上書"鍾靈處"，塚有石牌坊，橫額書"英雄千古"四字，兩旁鐫聯多，惟正中一聯云"三分疆域此抔土，萬古綱常第一人"最佳。出關林，行十餘里，見兩山峙立，中如斧劈，伊水貫流其下，河上建長橋，可通車馬，橋東爲香山寺，詩人白香山墓在焉。無寺院，有新式樓房數幢，民國二十五年，蔣委員長五十壽辰，即居此樓祝嘏，橋西即龍門，遥望石洞如蜂巢，北口有石樓臺，臺下爲禹王池，水清而温，時有泡沫噴出，狀如蝦蟆吐水，故又名曰蝦蟆嘴。循此過數石洞，洞無大小，内外皆刻佛像，有坐有立，全身半身，不一其式，惟佛像頭部，悉被人鑿去，究爲何人所鑿，言人人殊，中國人不善保存古跡，於此可見。石洞最大者，爲賓陽洞，即唐龍門三龕是也。穹窿如覆釜，高皆數丈，方圓如食堂，各就山石鑿成大佛一尊，莊嚴雄偉，四壁無數小佛，排列無一隙地，蓋唐代習俗，凡祈禱獲驗者，皆鑿一佛像以致敬，故像下各有姓名。龕頂有碑誌若干，即著名之龍門二十品，惜因拓者太多，已毀漫不見字矣。過賓陽洞，再上，爲奉先寺，即俗稱九間房子者，依山鑿成門字形，廣闊約三畝，中鑿大盧舍那像，高約十丈，左右鑿四大金剛，亦皆八丈有奇，爲唐代宗大曆十年造，龍門造像，要以此處爲最偉大，因其軀幹過高，面目亦略完整，觀此，可知中國古代藝術之高超矣。歸途口占一絕云："山如斧劈水雷鳴，千載龍門負盛名。山恨無邊無量佛，盡無面目任縱橫。"

　　夜間，偉俠至，聞余有龍門之遊，喜甚，曰："余昨遊龍門，因有友人余君爲東道主，得盤桓一日，兩岸古跡，已盡窺之矣。歸後，有油詩四首，今以奉君！"余受而讀之，詩云："伊闕晴光曉望開，白雲隱映石樓臺。莫言盈尺黃河鯉，也自龍門躍浪來。（友人於禹王池蓄黃河鯉若干，用以饗客。）""石窟三龕尚可尋，賓陽洞口幻陰晴。出山泉水已多事，猶作輕煙撲客襟。（賓陽洞南有飛泉懸流下注，風激泉鳴撲人襟袂。)""題壁唐碑字尚猷，莊嚴寶相歷千秋。刹那生滅知何極，石佛而今亦白頭。（各洞佛像類多損身碎首，今人以石灰補塑，故佛多白頭。）""千秋元白並聲名，一例彭殤痛死生。緬憶香山九老會，墓門低首不勝情。（白香山墓。）"

余讀竟曰："君有東道主，所得自較余多，若余則飽腹而去，枵腹而歸矣！"相與一笑。

十二月二十三日，星期二，晴。 今日三次警報，第一次上午九時，第二次十二時，第三次一時半，每次僅敵機一架，均未投彈，此蓋敵人擾亂人心，殊無意義。下午偕方公往遊北邙山，並參觀某局。

十二月二十六日，星期五，雪。 昨宵雨後，繼之以雪，今晨推窗外望，則已皚然盈尺，猶飄飛不已，氣候嚴寒，冷侵骨髓，院中菊花數盆，原已萎謝，經此摧折，益憔悴可憐。乃命茶役熾炭於盆，閉戶取暖。午間，邀同寓唐君惜分、楊君濟時，圍爐轟飲，酒後，身體驟溫，乃至旅館門首眺望，行人殊稀，北方街道，原多灰土，至此則黑泥與白雪，悉隨車輪馬轍而紛飛矣。今日蟄居未出，偃卧而已。

十二月二十七日，星期六，陰。 晨起，見雪已止，地上冰凍，天氣陰霾，仍極寒冷。盥洗後，翻閱日曆，忽憶今日爲余生辰，流光如駛，忽忽已屆五十之年，華髮盈顛，牙齒疏落，垂垂老矣。余父母生余兄弟三人，余最少，十六歲，嚴父見背，在極艱苦中求學，民元以後，遂爲東西南北之人。因自幼愛好新聞學，遂擇業爲新聞記者，自民二迄民十，任《漢口中西報》編輯七年，爲上海世界書局、大東書局編撰小說二年，當時余僅取得著作權，而放棄版權，初不料行銷如此其廣，於是余儕之筆禿，而書賈之囊飽矣。民十一年至民十五，乃於漢口自創一揚子通訊社，時漢口通訊社雖多，但均僅供給本市新聞，余則京、津、滬、粵，皆日有專電，以是大爲輿論界所重視。余因對新聞事業，始終感覺興奮，故殫精竭慮，力求發展，且時方盛年，意氣不可一世，不懾於權威，不誘於勢利，凡所立言，一以覺悟迷蒙，針砭沉痼爲主。豈知繩墨不便於曲木，明鏡見憎於醜婦，因是大招鄂軍政當局之嫉忌，會民國十四，上海"五卅"慘案發生，"六十一"漢口英租界，亦發生同樣慘案，於是鄂督蕭耀南，謂此事爲余所指使，竟以"就地正法"密令，令漢口警廳捕余，幸余臨時得設法跳免，而同時捕獲諸人，則皆死難焉。民十六以後，乃放棄新聞事業，從事政治生涯，在軍委會總政治訓練處秘書室可一年，參與皖省府民廳幕府約二年，出宰湖北應山一次，民十九復主辦湖北《中山日報》，逾年，因漢口大水辭歸。廿五年入國民大會代表選舉總事務所，主持編纂事宜，直至首都淪陷，隨會入川，迄今猶未能脫此雞肋生活，此次出遊，特客串而已。今老矣！百事無成，際此風雪滿天，猶復羈遲異地，中原未復，有家難歸，緬念及此，不覺百感交集，因往照相館攝一影，約補天、惜分、濟時並折柬招偉俠，同至洛陽飯店聚餐。偉俠知今日爲余生辰，酒興益豪，相與痛飲，直至垂暮，始踉蹌歸。歸後，感慨未已，乃令茶役熾炭，就燈前成《五十漫述六章》云：

　　彈指光陰五十年，鏡中華髮已盆顛。英雄遲暮狂猶昔，肝膽鑱磨老更堅。儘有河山供嘯傲，會逢海國盡烽煙。一生牢落誰知己？留滯天涯萬感牽。

　　當年意氣太縱橫，馳騁文壇愧有聲。愛寫纏綿成稗史，慣耽豪放傲公卿。丰神漫比安仁美，才調曾邀孝穆名。自笑聰明多誤用，蘭閨賺得淚盈盈。

　　勞人草草不勝情，世事榮枯轉眼更。曾佐封疆參幕府，也從盾鼻檄雄兵。宰官偶現慚花縣，權使歸來尚筆耕。無計消愁惟縱酒，酣酣常覺一身輕。

　　不堪舊事憶京塵，十里秦淮點綴新。選士亦曾隨吏部，慰情還幸伴佳人。羽書驀地傳關塞，畫角喧天動海濱。今日王侯誰宅第？降旛空自退蕭晨。

　　奉檄倉皇忽入川，巴山來去北泉邊。雲橫鐵鳥星辰動，月照塵沙骨血鮮。離亂早乖黃鵠志，憂傷賴有細君憐。荒村一住經三載，回首家園意惘然。

撲面寒風凜冽天，雪花飛舞馬蹄前。繞從棧道穿秦嶺，又逐征車到洛川。半世漫遊真厭倦，滿腔心願化雲煙。黃巾掃蕩知何日？得賦歸歟樂似仙。

　　按余歸渝後，曾得大兄迪茲由湘寄來《題余五十初度攝影》五古一篇，今一併附錄於此。詩云：

　　予季五十歲，我乃五十四。蕭疏兩鬢華，忽忽老將至。憶昔弱冠時，卓犖懷壯志。橐筆走天涯，先鞭著輕騎。文章驚四座，異軍張一幟。交遊天下士，慷慨薄名利。翩翩競豪華，斗酒飲不醉。仰天呼嗚嗚，意氣何橫肆。豈期入中年，奔馳無所遂。四顧感蒼茫，聊圖一枝寄。入幕稱上賓，參戎陪末議。偶現宰官身，曾為文法吏。乃與世枘鑿，鬱鬱不得意。浩然歸故鄉，淡泊無求伎。豈期寇兵來，田園苦烽燧。倉皇溯漢江，遠適避秦地。膡此憂患身，重為衣食累。慼慼驅四方，悲鳴如老驥。夜雨話巴山，巴山滿秋思。霜風侵白髮，白髮窮途淚！遲暮感人生，蒼黃傷世事。予季且衰顇，嗟我更顛頓。歲月付蹉跎，寧復閒情致。珍重且相期，怡怡攬歸轡。

　　十二月二十八日，星期日，陰。　侵晨，偉俠欣然至，曰："君大衍之慶，既已叨盛饌，豈能無詩以賀！"言次，出一錦箋，則為七言俳律一篇，余亟取讀之：

　　斯文骨肉老逾親，海內論交得幾人？無藥可醫惟傲岸，傾觴輒醉見天真。波瀾不讓陳思闊，藜藿能甘原憲貧。偶託稗抄稱蘊藉，間耽繪事亦通神。麟經早自宣尼絕，龍性寧因太守馴！降格待編遊俠傳，隳形誤現宰官身。安仁去後花仍舊，江總歸來鬢已新。廊廟雄才矜至計，金陵王氣葬香塵。半生奔走名場倦，十載飄零客地頻。臣朔餓鄉邀共賞，君平卜肆遠為鄰。巴山夜雨還霑楚，劍閣秋風□

入秦。形勝崤函猶壯險，流離士庶雜酸辛。黃梅松菊荒三徑，赤壁烽煙阻片鱗。搖落寄情憐宋玉，芳馨誰采感靈均。星輝南極兵當洗，曲奏西門意暫申。萬六大椿芽始茁，百年中壽數初勻。奇哀莫漫嗟今世，斗酒應須慰此辰。一語獻君期互勉，心田常養四時春。

余讀畢曰："典麗堂皇，洵稱佳構！不獨可誌此行泥爪，且多結一段文字因緣矣。"偉俠曰："凡余所言，不虛不諛，蓋紀實也。"時雖天陰，途中泥水已乾，因與偉俠出東關，往遊孔子入周問禮處，東關外街市極蕭條，惟小食店特多，蓋鄉人入城返家，恒就此處小飲。街盡處，孔廟旁，有巨碑刻"孔子問禮處"，但亦僅此一碑而已，並無其他遺跡。徘徊之間，不覺索然，聞銅駝巷有老子故宅，相傳為孔老二氏相晤處，亦因無遺址可尋，未往觀。返城後，往夾馬營訪宋太祖誕生地，但見一片操場，雜茅屋無數，何處為藝祖誕生地，殊無人能指證，即覓一趙姓人亦不可得矣。夾馬營附近，有迎恩寺，亦頹敗，明末闖賊陷洛陽時，福藩避難寺中，為賊所獲，罵其身為親王，富甲天下，當此遍地飢荒，熟視無覩，先命鞭死，後復梟首，厥狀至慘。余與偉俠語及此事時，偉俠口占一絕云："完卵何堪燕幕翻，無皮那復有毛存。毀家紓難因須早，且向前車鑒福藩。"

十二月二十九日，星期一，晴。 方公此行任務，尚有皖北一區，因交通不便，前曾電中樞請辭，今日得渝電邀准，同人聞此消息，以歸期已近，皆大歡悅。下午偕惜分、濟時往東車站茶社聽河南墜子，茶社設備殊簡陋：內設一台，台上左右坐歌女一排，輪流演唱，狀似山東大鼓，歌女皆濃塗脂粉，兩手與面部，黑白各異，使人見之失笑。其藝術亦皆平平，惟台主長髯翁自演一齣《鬧江州》較佳，茶役於每一曲終時，即持戲目至各茶棹，請客點戲，每點一齣，定價伍元，其實無一人能照此定價，若為熟客，則數十元乃至百元不等，故歌女皆冀客點戲，蓋點戲愈多，其收益愈大也。吾人初聆此，殊不感興趣，但因其為本地風光，不能不有一番領略也。

十二月三十一日，星期三，晴。　歲暮矣！民國三十年歲月，於焉告除。晚間方公特約同人至中州飯店團年，席間菜肴，以魚味最佳，蓋食黃河鯉魚，太大，則肉已老，太小，則肉未豐；以重二斤至三斤者稱上選，菜館必預購若干尾，蓄養魚池中，臨食，由廚司提一二尾至席前，任客挑選，選定後，告以烹食若干味，廚司即於客前舉魚擲斃，然後再付鼎釜。是夕魚一尾，約價五十元，竟得蒸、燒、炸、湯四品，佐以河南寶豐醇酒，同人因大酣醉，惟余飯後，忽感不適，歸寓後，寒熱並作，乃擁衾獨臥，枕上聽爆竹聲聲，頓覺有"爲誰留滯在天涯"之感！

三十一年元旦，星期四，晴。　今日天氣晴麗，來寓賀年者甚多，余竟不能起床。聞城北之公共體育場有盛大集會，慶祝元旦，同人均往參觀。余獨偃臥逆旅，午間勉起，至門前小立，見各學校團體，整隊赴會，國旗飄飄，狀極忻悅，此種蓬勃氣象，蓋不獨表示歲首之慶賀，且足顯示中華民族之復興焉。乃冒此寒風，寒熱又作，始知此實瘧症，下午方公以醫至，服藥後，夜間得汗，略愈。

一月四日，星期日，晴。　方公已決定明日由洛赴鄂，余病經兩日療治，亦已痊癒。晨起，往市上略購途中需用物品，洛陽物價，不獨較重慶爲廉，視西安亦略賤。蓋戰時上海貨物，多由安徽界首輸入，分兩路內運，一經漯河至洛陽，轉西安成都，一經南陽至老河口，轉巴東運渝，因運費繁重，故渝市物價獨昂於他處也。午間××府李秘書長設宴爲同人祖餞，余已能照常飲啖。下午忽由××府轉來重慶電報一通，但所用密碼，各處均不能譯出，置之而已。（按此電爲余友吳君所發，告余渝寓於二日夜被盜竊一空，余歸渝始知之。）晚間得家書，驚悉余堂弟仲餘，於十二月十三日在渝病逝，爲之愴然甚久。仲餘體素弱，十餘年來，隨范少階先生由軍而政，未嘗一日離案牘，今茲溘逝，殆爲積勞所致，余同堂兄弟七人，又弱一個矣。

一月五日，星期一，晴，風。　黎旦，同人齊集農工銀行，由該行假汽車一部，車身甚寬敞，行李座位，佈置井然。十時首途，當局至該行歡送者甚衆。余至洛陽，瞬已兼旬，因天氣過冷，偉俠又遠居城外，故遊興浸衰，以著名之白馬寺，亦未往觀，今別矣，對此雄都，誠不勝其眷戀。下午二時抵臨汝，臨汝有城門，而無城牆，街市並不繁盛，但每肆門首，皆有走廊，此又一格調也。吾儕下榻五洲旅社，此行車中又增一客，即皖北遊擊司令葛某，搭此車至南陽轉皖。葛，老將軍也，雖年逾五旬，而雄心勃勃，體溢善飲，亦好劇談，因是吾人在此短短行程中，得識一為國宣勤之老將。

　　一月六日，星期二，晴，大風。　晨在縣府早餐後，開車，北方公路，不似南方，雨則泥深，晴則灰厚，沿途風極大，灰塵飛揚，不獨堆積衣袂間，各人面部，亦似塗一層黃土。道過寶豐時，余以該地產名酒，因向酒肆購得名釀三巨罐，以備途中解渴，罐為當地土製，三耳一嘴，口巨頸狹，以繩貫之耳，提攜甚便，一罐可盛三數斤，較玻瓶為佳也。下午二時抵葉縣，軍隊學生咸至城外歡迎，乃方下車，忽聞警報，方公隨縣長赴縣府，吾人則就城外一茅屋中暫避。少選，敵機已過，乃同至城內新生活俱樂部假寓，葉縣亦無城，街市甚狹小，無一較大商店，所售盡毛巾、襪子、香煙而已，然有六安瓜片可購，亦足珍也。夜間××××軍召宴，宴畢，至其俱樂部劇團觀劇，演員多為兒童，唱做均佳，觀畢返城，夜已深矣。

　　一月七日，星期三，晴，大風。　早九時半起程，風仍大，灰重一如昨日，補天戴一飛機師帽，灰塵由頂迄身，積半寸許，竟似一泥塑羅漢像，望之使人發噱。十二時過方城，未停。下午二時抵南陽，××××軍代表及專員鮑際唐均至車站迎迓，車經東門外入城，東門外原為南陽最繁盛之區，去歲曾失陷兩日，街市盡被敵寇焚燬，今正從事興修，但新屋不過十之三四，餘則斷壁頹垣而已，入城後，假寓新生活社。下午四時，同往鄉間訪××××軍總司令孫公。孫年約四十許，軀幹頗偉，態度肫摯，在抗戰中迭建奇勳，所居房屋，多就地取材，由士兵建造，土牆茅蓋，樸素整潔。晚間設宴為余儕洗塵，其幕僚均至，皆沉毅有勇氣。宴畢，同至俱樂部觀劇，其劇團組織較完備，藝術亦佳。觀畢，方公宿司令部，同人皆乘車返城。

一月八日，星期四，晴。　早餐後，偕偉俠往城內遊覽，城內街市，因經一度兵燹，今已無整齊市容。南陽商店，往往前後兩重，各營一業，至前重購物者，常不知其後重另有一肆，此殆商場中一特色也。市上售白石器皿者甚多，蓋南陽出產白礬石，匠人以之車製杯盤盌盞等類，其有色類翡翠，狀如粗玉者，則製為茶壺、戒指、鎮紙等什物，極精緻可觀，余與偉俠各購數事，以備應用。南陽又有一種特產，即木製圓箸，每副用鋼釺燒紅，刻臥龍崗全景，雖隻隻單獨刻成，但一經排列，宛然如畫，狀甚精美，木質亦堅韌，同人因各購若干副，用贈親友。

一月九日，星期五，陰。　南陽尚有一種大宗出產，即南陽綢，行銷極廣，在昔係用野蠶絲製成，故質料粗硬，今已將蠶種改良，出品柔軟而精細，惜因織機未能改製，尚不能織出花紋耳。余與濟時各購衣料一二件，白色每尺七元餘，灰藍色每尺八元餘，其質地雖不及川綢之精美，然價廉多矣。晚間，鮑際唐專員召余與偉俠至專署晚膳，蓋際唐與偉俠為同鄉，與余則皖中舊識也。席間菜餚，為鮑夫人督製，故極精腴，際唐年垂六十，壯健如中年，長於書法，精研各種碑帖，能以自書之字，鈎製成碑形，苟非見其署款，幾疑拓自魏碑者。席終，贈余與偉俠各一幀，彌足珍也。歸寓後，知悉明日決啓行，私念抵宛倏忽三日，方獲小憩，又須遠行，且明日至老河口後，汽車已無用處，再赴巴東，直須步行矣。徘徊燈下，不勝惆悵，適案上筆硯未收，因題詩一首於壁云："人生何事太匆匆，策馬天涯類轉蓬。伏櫪早辜千里志，讀書已負十年功。中原淪陷身垂老，萬里河山戰未終。畫角聲從寒月起，臥龍崗上拜英雄。"

一月十日，星期六，陰。　當地主人知余儕今日離宛，晨間咸來歡送，十時首途，出城行五里，至臥龍崗，即諸葛武侯躬耕南陽處也。駐車往遊，崗不甚高，平地中突起一阜，狀如覆盂，崗上有武侯祠，院落甚廣，古柏參天，人言俱漢柏，確否不可知。祠內鬻碑帖者頗多，但俱贗鼎，無一可觀。關於武侯隱居處，自來有二說：一即此地之臥龍崗，觀武侯《出師表》："臣本布衣，躬耕南陽"語，則應在此處；一說在湖北襄陽，因襄陽縣西二十里，有隆中山，山畔有武侯草廬古跡，傳即劉先主三顧茅廬處。究未知孰是也。但無論其草廬何在，武侯之勳業彪炳，自足千秋，當其入蜀也，收新國，撫屛君，御寡民，當強敵，誠天下最艱難之會也，然武侯推心置腹而厚撫之，明刑勑法而急持之，虛己布公而總攬之，慎密小心而重圖之，以盡瘁自明，以謹慎自處，忠心耿耿，無一日自私，其得享千秋廟食，固其宜矣！余遊畢登車，不禁感慨繫之，爰成律句一章云："何論襄陽與宛城，臥龍祠廟自崢嶸。三分早定偏安局，兩表如聞痛哭聲。當日君臣真灑落，至今朝野頌忠貞。英雄自古多遺恨，八陣圖前夕照明。"下午一時過鄧縣，未停，四時半抵老河口，始知近日常有警報，旅館多歇業下鄉，倉猝中，即在寶隆飯店暫宿。

一月十一日，星期日，陰。　老河口在鄂省西北，屬光化縣，緊傍漢水，爲漢水與其支流丹江航行之衝途，自此以上之水，俗稱上河，僅通小舟，自此以下之水，俗稱下河，可航巨舶，故貨物轉輸，均以此爲大小船舶之交替點，因之商賈絡繹，市面繁盛，爲漢水上流一大市鎮。早餐後，入市遊覽，見有南北二長街，東西二橫街，南街多列巨肆，街道亦寬闊，北街略狹而長，直抵東關爲止。市外原有土城，今已傾圮，北街後有公園，有劇場，住戶多散居此方。自漢口失陷後，商業逐漸蕭條，現由此轉運巴東入川者，以棉花香烟爲大宗，棉花爲當地銀行所收購，香烟則來自河南許昌，其他上海所出雜貨，亦多由界首經南陽運此，分轉各方，故各旅館所住，儘是此輩商賈，因此地物價低，成本輕，獲利輒倍蓰焉。吾儕所寓寶隆飯店，原爲臨時下榻處，今日下午，特與偉俠遷至東關群英旅社假寓，屋雖偪仄，但得與偉俠聯床共話，亦殊愉快。

一月十二日，星期一，晴。　昧旦忽發警報，老河口無防空洞，余與偉俠步行出東關，即在郊外麥地土穿中暫避，旋見敵機一架，盤旋兩週後逸去，亦未投彈，十一時半解除。歸寓後，得晤舊友徐君會之、韓君新之，蓋會之方在此任×××長官部政治部主任，新之則爲其秘監也。一時，隨方公赴某部王參謀長之宴，席間得飲河南鄧縣所釀之白蘭地酒，其味雖不及戰前煙台張裕記白蘭地，然較白乾醇多矣。夜至湖北省銀行晚膳。

一月十四日，星期三，晴。　今晨又有警報，同人皆避至吳家營會之寓廬。是處距城約五里，面臨漢水，茅屋數家，自成小村落。舊友艾君毓英，亦寓是處盧家營，聞余至，特來暢談，十二時警報解除，乃邀往午膳，夜宿其家。

一月十五日，星期四，晴。　早晨由盧家營至會之家，則方公偕同人均至，始知又在警報中。同鄉諸友，爭持紙筆請方公書寫楹聯，維時敵機在天，高射炮隆隆作吼，方公猶手揮不輟，此實重慶空襲時所不經見事也。午間，會之特備盛饌，招待同人。一時岸幘褪帶，環坐滿引，賦詩談道，間以謔劇，蓋備極談宴之樂事焉。下午入市，偕濟時往澡堂沐浴，其汙濁骯髒，爲沿途所罕見，浴後不敢久坐，匆匆即歸。

一月十六日，星期五，晴。　吾儕在老河口，原定留一星期，因連日警報頻繁，所事時有停頓，今日方公召集同人會商，決定本月十九日起程回渝，但由老河口至巴東，所經全係山岳地帶，沿途小路，只有滑杆可行，約需九日始能到達，且滑杆須在此間雇定。今日特召轎行至，與議定伕額及力資，歷時甚久始定。下午天陰，氣候沍寒，余與偉俠皆不敢出門，適門首有貨牛肉者，甚肥美，乃選購一方，命茶役熾炭於盆，即就盆火以凍豆腐合烹牛肉，佐以菜館中之魚元。夜間與偉俠、濟時圍爐共飲，藉以祛寒。魚元，本吾鄉之家常菜，但自入川後，未嘗此味者四年矣，今日食此，彌覺有鱸魚蓴菜之思焉。寢後，枕上成詩一絕云："荊襄險要自天成，漢水滔滔刁斗鳴。醉罷渾忘身是客，雞聲喔喔送殘更。"

一月十七日，星期六，陰。　今日偉俠、濟時，將有事於穀城，以穀城縣長畢君成俊，爲余同鄉舊友，囑余同行，諾之。晨七時，由老河口雇定人力車，出東關，至渡口渡河，其時河水淺涸，河面不過十餘丈耳。抵岸，經一沙灘，又須渡河，過河，有大沙洲，名"望夫洲"，遍地芭茅，雜以小樹，三五人家，絕□島居。洲盡處，復兩渡小河，河身更窄，但從未架橋，洵爲異事。四次渡畢，始登公路，路面平坦，車行極佳，穀城距老河口，爲程四十里，午前十一時即至。縣城爲石磚建成，狀甚堅固，經南門外大街，似爲鬧市，而貨肉者獨多，余顧偉俠曰：「渝人肉食，常感缺乏，倘使見此，能不垂涎三尺耶？」相與一笑。入南門，直趨縣府，畢君聞訊出迎，多年闊別，異地乍逢，其樂彌甚。是日天氣極寒，下車後，手足都僵，畢君乃爲熾炭，圍爐取煖。偉俠、濟時事畢後，即同至南門外長河旅館寄宿，此旅館之陳設衾枕，皆整潔完備，竟爲老河口各旅館所不及。

　　一月十八日，星期日，陰。　早起，由縣黨部書記長袁君教之，導入城內巡視。街道尚稱清潔，惟不及城外繁盛，城東北尤荒涼。縣府後有東漢大將軍延岑墓，殘碑字跡，猶彷彿可辨。巡視畢，至袁君家早餐。畢君亦至，飯後，仍乘昨雇原車，遄返河口。因思明日即須起程，聞途中購買食物，極感艱難，特與偉俠略購臘肉醬菜若干，以備途中不時之需，並沽酒兩罐，用解饞吻焉。

　　一月十九日，星期一，陰，微雪。　黎明，滑竿腳伕均至，送行者亦麇集旅館，同人均乘滑竿，行李公文箱，則付腳伕肩運。方公與偉俠體素溢，轎夫皆謝不肯抬，因此支配力作，煞費周章，結果，此兩乘滑竿，各配三人，始無異議。九時首途，出東關，渡河，友人皆送至望夫洲始別。此行有兩事使人不愉：一、徐君會之，原擬同行赴渝開會，因此途爲彼常經之路，滿意有此嚮導，可獲暢遊，乃瀕行時，其夫人病甚，致不果行；二、爲周君補天至老河口後，忽患感冒甚劇，服藥不效，今日帶病登程，同人咸爲慮念，不幸今日又酷寒。途中時雨微雪，同人屈曲滑竿中，殆類凍雀。行七十里，至石花街，上爲老河口南下第一站，雖屬鄉鎮，但街市住戶，甚爲稠密，吾人尋至聚樂飯店寄寓，設備簡陋，僅堪容膝而已。

　　一月二十日，星期二，陰。　由石花街至興山，全是小路，沿途運輸，均賴人力。抗戰後，因軍運關係，由某部於沿途設聯運站，每三十里一站，皆有電話可通，每至一站，伕役替換一次，故一伕每日往返只行六十里，服務半月，遣使歸家，另以他人瓜代，既可節其勞力，又不至於疲憊，誠良法也。吾儕離老河口時，某部已電知石花街聯運站，派定伕役，故吾人在老河口所雇脚伕，均於今晨開發歸去，滑竿因係長雇，仍繼續使用。早餐後，啓行，所經多爲小山，行三十里，至乾柴堐，此處聯運站伕役，已持具以待交替。午飯後，再行三十里，三時半抵堐子口，是處僅有居民十餘家，街後有瓦房頗大，詢知爲同興棧，同人即至該棧寄宿。其實此棧亦僅存其名耳，因昔此間多匪，棧主已挈家遠去，此間只一老蒼頭看管房屋。客至，自爨自膳，彼略取房租，以資生活而已。

　　一月二十一日，星期三，晴。　今日天已放晴，早八時，由堐子口登程，行十二里，至紫金洞，小憩，再行二十里，至財神廟，乃一小市鎮，位於山巔，鎮公所在焉。凡有鎮公所處，聯運站即由鎮公所兼辦，吾儕在此替換役伕後，續行，登一山，名姜家坡，頗爲高峻，下山，沿小河行十八里，至瑪瑙觀，此爲兩河夾流之地，風景頗佳。鎮長陳某，迎至伊家寄宿，陳年五十許，似是小康之家，屋宇頗寬敞，前面街市，後臨小河，吾儕寓臨河一室，殆爲離鄭來第一舒適居所。晚餐時，余與偉俠盡情酣飲，飯後，相與步出街市，至小河橋上，席地而坐。此河兩岸，俱是高山，維時新月一鉤，懸挂山頂，下映河水，閃閃發光，山上松林，被此月光，青蔥如塗靛花，偉俠曰："此間大有詩意，盍聯句以誌此景？"余曰："善！"偉俠乃先吟云："萬斛征塵憩此間（偉），小橋流水聽潺潺（輪）。幾家茅屋霜如雪（輪），喝起西峰月一彎（偉）。"其二云："百二關河一望收（偉），揮戈躍馬誓殲仇（偉）。夜凉如水豪情在（輪），斗酒能消萬里愁（輪）。"兩人坐到月沒山背，始歸。屋主人謂山有虎患，夜行滋險，然我兩人竟安然而歸。寢後，余於枕上復得絕句贈偉俠，云："半壁雲山青似黛，一彎新月細如眉。與君踏月循溪去，不爲偸閒爲覓詩。"

　　一月二十二日，星期四，晴。　朝發瑪瑙觀，出街口，兩山屹立，中夾小河，流水縈迴，大有畫意。吾儕初循右岸山麓行，旋渡橋，轉至左岸，行二十里，至開峰谷，爲一市鎮，位於河流灣曲處。居民頗多，詢之，多由保康縣城避空襲遷居於此者，此河即穀城縣之南河，水漲時，可通舟楫，若水滿，由開峰谷至穀城，四小時可達。此時水淺，帆檣殊稀。午飯後續行，約四十里，抵保康縣，保康無城，縣治建於河濱山嘴上，狀甚荒僻。吾儕到時，縣長劉君沛然、縣党部書記長黃君一鳴，均至城外迎候，導至迎賓旅館寄宿。城內街市蕭條，居民不多，聞一二年前，肉肆每屠一豬，必先鳴鑼通知市民，入肆登記，俟供求相抵時，始行奏刀，蓋不如是，則屠肆貨肉，常歷數日不能罄，其戶口之稀少，可以想見。今年米穀尤缺乏，居民多以包穀充飢，貧瘠之狀，殆爲鄂北各縣冠。

　　一月二十三日，星期五，陰。　早八時，由保康啓行，出城，即在河中行走，蓋河水已涸，僅餘沙磧，行之良便。約二十里，至朱家廠，爲一大村落，位於河邊道旁，其以廠名者，以造土紙廠甚多也。吾儕就一保長家造膳，膳後換伕。自此處始，伕役不以肩擔，而以背負，每人能負箱籠三四件，高出頭頂二三尺，不以爲累，若令使用擔挑，任重反不及背負甚遠，蓋習慣使然也。此去道路，不及來途中平坦，多沿河鋪石階，時而升至山腰，時而降至山麓，石級極窄，行之殊險。有一次吾人行至山半，一伕所負公文箱，因束縛未牢，觸一崖石，忽墜於山下，幸爲一群樹根挂住，否則落水矣，經營半日，始復成行。兩岸山勢嵯峨，翠竹尤茂，此時雖在隆冬，猶蒼翠欲滴。下午三時，抵後坪，假寓聯運站。此處多虎，居民飼養牲畜，常爲所噬，夜間果聞虎嘯，其聲隆隆然。自埡子口至此，三日來均係傍河而行，時左時右，河水皆不深，河中滿佈鵝石。聞前行此途，常須涉水，近年××××××部於河流建便橋甚多，其法用巨簍盛鵝石爲橋墩，編樹爲橋面，建造甚易，而行之極便。此誠可謂速成橋也。河之南岸，村民常利用水力，安置水碓，舂竹成糊，製造土紙，行銷外邑，大抵川東所用草紙錢紙，即此間出品也。

　　一月二十四日，星期六，晴。　早旦發後坪，行三里，登山。此即鄂北最高之景山，仰觀山脊，白雪皓然，吾儕蜿蜒而上，穿林越澗，至感艱難，有一山隘，下臨千仞深澗，路爲山石砌成，狹仄僅可容二人並行，據云修造此路時，工人皆懸繩上工作，稍一不愼，即成齏粉。過此險隘，尋登山巔，巔名大石腦，由山趺至此，蓋十五里矣。山中婦女咸集此處售稀粥豆腐，供行人療飢。自此踏山脊行，天無纖翳，萬里在目，俯瞰群峰，皆培塿焉。行二里，復下山，山民恒伐樹幹，就地交支成棚，使生木耳，又埋樹土中，使長香菰，聞出品甚佳，惜無購處。行十五里，至山麓，有小鎭，名羊五埡，即在此午膳。鄂北因多山，産稻甚少，沿途所見，居民皆以包穀爲唯一食糧，或煮或羹，或烤爲餅，脚伕每人必懷餅一二枚，休憩時，出而食之。惟歷來即缺食鹽，人多淡食，嘗親見一老嫗，爲吾人煮麵，其盛鹽之盆，已經水滌入麵，猶貪其鹹味，不忍遽洗，其苦可知；故途中所見婦女，凡逾二十歲者，項下多生氣疱，往往頸粗於頭，詢其故，皆謂爲淡食所致，可見食鹽關係人類健康甚鉅。余因向方公建議，請其籲請鄂當局，於此一帶多置食鹽供應站，俾居民得減其淡食之苦，則造福不淺矣。由羊五埡行廿五里，至歇馬河，市鎭頗大，黃君一鳴，即家於是，開設大有慶布肆，其尊翁已得黃君稟知，故迎吾人至其家，款以盛饌。夜宿關帝廟中心小學，此雖鄉鎭小學，但設備及課程，均甚完善。是處山中產一種異草，名金釵草，謂能起死回生，方公曾覓購數莖，視之，但較尋常稻草爲細，略具光澤而已。

一月二十五日，星期日，陰。　昧爽由歇馬河首途，行半里，登山，自此又循山脊而行，但不若大石腦之巋峻，行十餘里，即入公路，此公路爲鄂省府所修，直達房縣，雖不能行駛汽車，然馳馬行驕，綽然有餘。自石花街至此，沿途俱係小路，聞昔行此道，甚感困難，自××××××部駐老河口後，即命兵士重新修築，遇水建橋，逢險加寬，行人至感利便，今已成爲交通要道矣。途中商人絡繹不絕，擔貨者尤多，昨經景山時，見有運伕百餘人，挑運棉花登山，遠處望之，連綴如百足蟲，甚有意致。吾儕循公路行三十里，至官斗坪，午膳，再行三十里，下午四時抵板廟，宿兩廣飯店。店主爲廣東人，由軍隊退伍，營此旅業，夥友皆廣西人，能製廣東獵味，甚可口，惟床榻僅鋪秋稭，蓋簡陋極矣。

一月二十六日，星期一，晴。　晨七時發板廟，行十五里，至榛子嶺，再行二十五里，至大水坑。換伕，用膳，膳畢，續行三十五里，至教場壩，已曛暮矣。今日所行，仍是山脊公路，因晴天無風，甚覺和暖。教場壩乃小市場，僅有住戶十餘家，吾人假一雜貨店寄宿，店主爲一中年婦人，伺應甚爲周至。由保康至此，因省府禁釀，輒無酒飲，余所攜酒爲腳伕偷飲已罄，乃向女主人覓沽，主人以事關禁令，不敢承，嗣見吾儕需之急，始慎重發其新醅，曰："此爲頭麯包穀酒，乃余家備以自飲者，今請讓少許！"余與偉俠共盡一勛，其味殊不惡。夜間，同人就其樓板，藉草而眠。自老河口迄此，凡穀城保康境內，婦女多半裹腳，至興山境，則天足漸多，惟有一最慘景象，即途中小貿婦女，多患惡性梅毒，甚有鼻陷目盲，瘡痂滿面者，據聞此皆軍隊及腳伕所賜予，因山中無醫藥治療，遂致毒發潰爛，莫可救止，見之輒爲憮然。

一月二十七日，星期二，晴。　凌晨，未食，即自教場壩首途，行十五里，至界牌埡，早膳。是處爲一市鎮，區公所在焉。區長童君掬一，迎至區公所小憩，出小冊，乞余等題字。其人年事尚輕，敏而好學，將來成就，必有可觀。此行途中，凡有區鎮公所者，其區鎮長，皆常駐所辦公，其負責精神，似較川省爲佳。由界牌埡前行二十里，至涼風埡，自此即係下山之路，約二十五里，抵興山縣城，縣長王君亮旃、軍警稽查處長周君上璠，皆迎至城外，入城後，假寓縣黨部。吾儕自十九日發老河口，至此已行九日，陸行程途，於茲結束，蓋明日即須換舟出香溪口也。晚間，各團體就縣黨部公宴，駐××溪××××軍總司令周公，復以電話約方公明日至該處一談，方公力辭不獲，然該處爲舟行必經之地，勢不能不小有周旋也。寢後，回思九日來途中經歷情境，頗有感觸，因成絕句二章云："荒村野店無常處，雪滿山頭月滿鞍。但有濁醪堪慰我，微官嬾作一錢看。"其二云："紛紛落葉掃紅塵，久役平添白髮新。一路溪山行不盡，幾時纔作太平人。"

一月二十八日，星期三，晴。　早起，往城內遊覽，興山城不甚大，因其前臨河，後傍山，故街市建築，恆多曲折，市面不甚繁榮，無一巨肆，據聞往昔更爲荒涼，抗戰後，由他處遷來者日衆，居民始漸繁，今則屋宇皆有人滿之患矣。晨餐後，正擬啓行，忽發警報，未幾解除，乃出城登舟，周君上璠，因兼任××××××軍總司令部參謀，故同舟出發。此河名香溪，上屬興山，下屬秭歸，漢明妃即生於河之下游，因其被選入宮時，曾就河水盥手，自是水生異香，故名香溪。今水不香，然清澈可以見底。行二十里，至××溪，總司令周公親至河干歡迎，登岸後，至其招待所休息，招待所乃士兵所建，築土爲牆，鋪茅作頂，甚整潔可觀。周公在此力倡士兵生產，故墾荒地甚廣，自種菜蔬，並飼養豬羊雞鴨，凡士兵所食菜蔬，無須外購，且常有豬羊肉以供牙祭，此真可謂自食其力者矣。晚間，周公設宴以款同人，菜餚大半爲總部生產品。餐後，觀其俱樂部演劇，技術尚佳。劇終，回招待所宿。

一月二十九日，星期四，陰。　黎旦，由××溪登舟，順流而下，途中遇一船，在溪中獲鯉魚二尾，各重三四觔，吾人出資購得，就舟中烹食，味甚鮮美。余與偉俠且飲且瀏覽兩岸風景，不覺心曠神怡，絕世間慮。下午三時，抵香溪口，此即香溪入江處。某分監部包君振楣，迎方公及同人至其寓廬下榻，晚間復餽以盛饌，席間得識某軍副軍長柳君際明，知其於作戰時破壞交通最有研究，飯後復聆聽其作戰經驗，至夜深始寢。此處適在山上，夜間寒風陡起，呼呼作聲，枕上聞之，頗有鶴唳猿啼之致，乃口占絕句云："明妃故里香溪口，一葉扁舟繫晚村。莫笑此身覊旅慣，猿啼月落也消魂。"

一月三十日，星期五，陰。　早餐後下山，行一里許，至香溪口街市，是處兩岸居民輻湊，惟街市極偪仄，且依山建築，高低不平，今日有差輪"民康"停泊對岸，吾人乘分監部小輪，渡至船上，於下午一時啓椗，四時抵巴東。川江船隻，例不夜行，遂停宿巴東，吾人登岸入市，見街道甚長，房屋櫛比，較戰前繁榮多矣。旋入酒廬就食，暮始歸船。

一月三十一日，星期六，晴。　天明，由巴東西駛，過楠木園，即入巫峽，兩岸山峰崩屴，江流迂迴，每行一程，輒見迎面高峰壁立，幾疑路盡，然一灣轉，前峰已在舟後，又是一景矣。經巫山十二峰時，見猿猴穿越石崖中，有一處，一老猿獨坐洞口，大似老僧入定，因思太白"兩岸猿聲啼不住，輕舟已過萬重山"句，真是寫實之作。余廿七年入川經此，今已四年，江山無恙，而余已老矣。下午一時抵夔府，夔府江邊有鹽井，此時水涸，土人就沙灘築竃煮鹽，茅棚纍纍，望之如市。停泊後，船主通告今日宿此，吾人乃登岸入城。城內街道成丁字形，因過去迭遭轟炸，已不若昔日繁盛，市上所見，尚有不少黑籍中人，吾人入一茶肆品茗，輒有十餘齡童子，來爲娼家兜客，可見此間娼妓之多也。尋入一江蘇菜館用餐，菜尚不惡，且有瀘州大麯可飲。餐後，返船，遙望赤甲山頭白帝城，峙立於斜陽夕照中，使人緬懷劉先主彌留託孤時情景，爲之慨歎繫之，因口占絕句一章云："赤甲山頭白帝城，江流瀧瀧送濤聲。可憐割據三分地，只剩楓林夕照明。"

二月一日，星期日，晴。　晨曦微動，船即開駛，經雲陽時，見桓侯廟峙立江干，碧瓦雕甍，甚爲壯觀。下午二時抵萬縣，警察分局長鄒君海清登輪迎迓。民康輪到此止航，吾人須由萬換輪上駛，當將行李取至駁船，起岸至二馬路鄂西招待所休息，旋由鄒君邀至菜館晚膳。萬縣雖頻遭轟炸，而市面繁盛如故，三四層高樓，與斷垣殘堵並列，乃成奇觀。夜間與船舶管理處接洽，知明日有協慶輪上駛，遂決定明晨登輪。市內旅館，皆告客滿，方公赴市外友人家宿，余與偉俠則寓鄂西招待所。余廿七年過此時，尚見煙館林立，公開售吸，今已無此雅室，亦一佳象也。

二月二日，星期一，陰。　晨登協慶輪，亦一差船也。九時半啓椗，沿途細雨濛濛，已入霧境。年來因輪船缺乏，運輸多賴大船，江上帆檣往來，殆如織梭。水鴨成群，浮泛水面，若在吾鄉，則早已獵作食品矣。抵忠州時，天已垂暮，遂停泊忠州，同人皆未登岸。

二月三日，星期二，陰。　黎明，船發忠州。船上經理高君人俊，爲青島海軍學校畢業學生，青年沉毅，雅善談論，嫻駕駛，擅泅水，與吾人談及海上生活，甚有興趣。十二時過酆都，俗謂酆都北門外爲鬼世界，十殿閻羅，皆設署於是，其實酆城面江背水，屋瓦鱗比，北門外不過山地荒僻耳，若謂人死皆集於此，真無稽之談。下午四時抵涪陵，寄椗。

　　二月四日，星期三，陰。　早由涪陵起椗，涪陵面臨江濱，遙望人煙稠密，似甚熱鬧，蓋此地不獨可通長江，且有小河經彭水以達湖南，故貨物皆由此轉運。十一時，過長壽，此爲重慶下游第一門户，亦甚繁榮。下午三時，抵重慶，吾儕旅程，至是終結。計自去年十月十四日由渝首途，水陸繞一巨環，歷時四月，爲程萬里，沿途軍政長官殷懃協助，使旅程獲得不少便利，於此應深致其感謝之忱。

憶中原

目　　錄

洛陽 …………………………………………… 999
西工 …………………………………………… 1000
關林 …………………………………………… 1001
龍門 …………………………………………… 1002
臨汝 …………………………………………… 1003
葉縣 …………………………………………… 1004
南陽 …………………………………………… 1005
卧龍崗 ………………………………………… 1006

洛　　陽

中原淪陷了！大好錦繡河山，就這樣悽愴地斷送了！我曾訪問過那裏古跡，我曾徘徊過那裏田疇，曾接觸過那誠樸人民，曾馳騁過那平坦大道，而今却被硝煙洗拭，蒙上了腥羶氣味，回想起來，真有"一望觚稜一斷魂"之嘆！

我是三十年冬天，由西安乘火車到東泉店。由東泉店換乘汽車，循河邊公路，冒敵人炮火，到達靈寶，由靈寶再搭火車，在漫長夜裏，躺在破舊車廂中，車身像喝醉了酒，東搖西擺，蹣跚而疲憊地把我們帶到洛陽西車站。那時溫暖的晨曦，照著西工樹林，風景如畫，氣象煦然，我們這一群旅人，便被那歡欣鼓舞的人們，擁進了中原雄都。

洛陽，即周之洛邑，東漢舊都，東枕嵩山，南臨伊洛，西控崤阪，北帶黃河，四塞險固，形勢雄偉，從來就是易守而難攻的地方。這次敵人由龍門攻進，不過兩旬工夫，竟把這著名都會搶了去，煬竈蔽明，債帥怯敵，真教快馬健兒，平添了無限悲恨！洛陽街道，還保存著舊時代面貌，房屋多是舊式建築，東西街略長，南北略短，城北荒涼尤甚，在這荒涼地區，有一個公共體育場，這次陷落時，我軍曾在公共體育場和敵人肉搏了一天，這裏流了不少中華健兒的血，也取得了頑寇的相當代價。由此朝東北角去，茶館林立，管絃不斷，著名的河南墜子，都在這裏出演，粉白黛綠，燕語鶯歌，別有北方風味。她們最歡迎顧客點戲，因爲點戲，才有例外收入，那些可憐的女子，便由這點戲爲媒介，而出賣了她們肉體。不過北方女子，好濃塗脂粉，而兩手依然黝黑，演唱時候，手臉黑白各異，乍看起來，好像她的兩手，是她身上另外裝配的機械，使人往往失笑。我們到洛陽時，城裏曾遭過多次轟炸，斷瓦頹垣，盈望皆是，東華街的府署，昔頗壯麗，"一·二八"滬戰發生時，故林主席常駐蹕于此，今則全燬於火，略無寸堵，只有門首一對石獅，悽然偃臥在瓦礫堆中，供行人憑弔而已！洛陽酒館子特多，菜肴都相當好，其房屋愈古舊，肴饌愈馳名，只要你吃了他一席酒，他必另外奉你一樣敬菜，這種敬菜，決是他拿手的口味，而且不另外加錢，這樣作風，別處殊少看見。尤其黃河鯉魚家家弄得好，這種鯉魚，大小都祇二三斤，太大，肉老了，太小，肉未豐，他們必預選若干尾蓄養池中，臨吃時候，由廚夫提一二尾至席前，任客挑選，選定後，即於客前舉魚擲斃，以明其不會掉包，每魚一尾，可烹幾樣味。鮮美無匹，這叫"彈鋏歸來食無魚"的重慶，萬萬想不到的。

有許多人都知道洛陽曾誕生了一位皇帝——宋太祖趙匡胤，他是生在東門內夾馬營，當時龍居，已無遺跡可尋，但有茅屋無數，排列在一片廣場邊緣，一隊隊士兵，便在這廣場上操練，不獨沒一個人能指出藝祖誕生地，連一個姓趙的人也找不着了。夾馬營附近，有一個迎恩寺，已經頹敗不堪了，明末闖賊陷洛陽，福藩避難寺中，被闖賊捉獲了，把他吊在殿上，罵他身爲親王，富甲天下，當此遍地饑荒，熟視無覩，竟用鞭子活活鞭死，並割下首級，懸之廟門，當我們遊觀至此，不禁替現在爲富不仁的顯貴階級打了一個寒噤！

西　　工

西工是洛陽政治區域，離城約五里許，有馬路可通，道旁夾植槐樹，蔚然成陰，人行其中，幽閒靜穆，蕭然有出塵之致。馬路盡處，槐樹更多，差不多成爲一座小小森林，地下遍植冬青，間爲方圓不等的花圃。就在這花木蔥蘢中，呈現著許多房屋，它既不是雄偉的宮殿式，也不是高大的立體式，祇是一列一列的西式平房，這便是河南省政府和某戰區司令長官部所在地。誰都料不到河南的軍令政令，都是在這一堆房子裏發出的，而且它不獨是現在聲威烜赫的所在，在從前它也曾披上錦繡衣裳，那就是吳子玉將軍任巡閱使時代，設使署於此。那年吳氏五十壽辰，各省顯要均來此祝壽，車馬喧闐，旌旗載道，西工儼然成了中國政治重心，但是不久，這輝煌光焰也就成爲歷史陳跡了。英雄蟬蛻，世事滄桑，任憑你有多大本領，總是挽不住時代洪流啊！記得我那次遊西工時候，想起吳子玉那一卷《英雄記》，很覺有點感慨，在歸途曾謅了一首詩道：

紫陌銅駝畫角哀，中原王氣盡成灰。鷹揚虎踞如塵去（吳子玉五十壽辰康南海贈壽聯有"天下鷹揚，洛陽虎踞"等語），豕突狼奔動地來。百戰河山傷廢壘，孤城車馬幾雄才。元戎幸有平倭計，風捲殘雲奪險回。

這一首詩，一面是寫吳子玉，一面是寫那次鄭州失而復得，不料現在都成了讖語，但願克復整個中原，也像克復鄭州那樣快才好。

西工後面，便是飛機場，我們沒有去看過，據說那個飛機場並不太大，大概作交通用，綽有餘裕，作軍事用，便不很夠，但是敵人每次空襲洛陽，總要在那裏投下幾個炸彈，好像這是空襲中必要的點綴。西工附近，沒有高山，連最低的丘陵也沒有，這樣毫無掩蔽的地方，聽說這次敵人進攻時，我軍竟在那裏拼了五六天之久，這不能不說是一個奇跡！

關　　林

關林就是關壯繆公陵寢，在洛陽南十餘里地方，它也是中州名勝之一。到關林，要出洛陽南門，經過天津橋，這橋是隋煬帝建造的，相傳宋邵康節先生，嘗在這橋上聽到杜鵑啼聲，便感歎地說："地氣南來，不出十年，南人必有入相者，從此天下多事矣！"後來王安石入相，就說是這話的應驗，到現在，橋頭上還有一座亭子，算是洛人紀念這位"未卜先知"的邵先生而建築的。過橋，便是公路，非常平坦，路上除汽車外，有騾車牛車，有騾牛並駕的車，牠拖曳的多半是老百姓所獻軍糧，在滾滾黃塵裏，氣呼呼，汗淋淋，疲乏地往來爬着，在戰時，這些牲畜，也算做到"有力出力"的地步了。關林的大門，靠近一條小街，進門去，祇見古柏參天，蔚成巨林，不曰"關陵"而曰"關林"，大概就是因這蒼翠柏林的原故。林正中有一條白石砌成的路，被綠葉像天幕似的蔭蔽著，靜寂地毫無聲息，行經這路上，真有點氣象蕭森之感！路處盡①，有正殿三進，第一殿塑關公龍袍像，第二殿塑關公武裝像，都神武威赫，第三殿塑關公三像，中龕端坐，左龕觀書，右龕睡像，莊嚴肅穆，栩栩如生。這次敵人攻下龍門，貪婪地伸頭窺探關林時，倘壯繆公英靈有知，一定要擎起他的大刀，大喝一聲"賊寇滾去"！殿後，有塚如丘阜，便是關公瘞首處，一代英雄，便在這幽寂而恬靜的環境中，長眠一千多年了！塚前有石牌坊一座，橫額上刻"英雄千古"四字，兩旁鐫刻聯對甚多，惟正中一聯云："三分疆域此抔土，萬古綱常第一人。"最是佳構。現在被鐵蹄踐踏了，這青蔥的樹林，被腥風血雨塗上了奇恥大辱，教這"萬古綱常第一人"如何安於地下？

龍　門

凡到洛陽的人，必要一游龍門。龍門即伊闕，在洛陽縣南，離城約三十里，據說這是從前大禹開闢以通水道的，兩山對峙，望之如闕，伊水流貫其間，向北直駛，故謂之伊闕。山谷相連，阻扼可恃，漢靈帝時，置八關都尉，以備黃巾，伊闕就是其中一個。今年中原會戰，報載敵人進攻龍門，我以爲國軍若能扼險抗拒，敵人一定不容易進來。那料不出幾天，竟讓賊寇狼奔豕突而入，龍門既陷，洛陽已無險可守，自然要長驅直入，從此遂"長教鉦鼓恨黃巾"了！我到龍門，是在一個冬季晴天，碧綠的天幕，罩住這如斧劈的山頭，兩山中間，築了一道長橋，跨通伊水，連綴着南行公路。橋東，名"香山寺"，唐朝詩人白香山墓道在此，但如今並無寺院，祇有幾棟新式樓房，民國二十五年，蔣委員長五十壽辰，便在這樓上祝嘏。橋西才是龍門，遠遠望去，石洞纍纍，密如蜂巢，北口有一個石樓台，台下即"禹王池"，水清而溫，有時噴出泡沫，像是

---

① 處盡，疑應爲"盡處"。

蝦蟆吐水，所以又叫"蝦蟆嘴"。由這裏前去，大大小小，都是石洞，洞內洞外，刻着無數佛像，有坐的，有站的，有全身的，有半身的，其式不一，大小各異，但這些石佛，不知犯了什麼罪，都被人把它的頭面鑿去，所以弄得衣冠楚楚，却無面目見人了。石洞最大的名"賓陽洞"，即唐代著名的"龍門三龕"。頂上穹隆如覆釜，高皆數丈，各就山石鑿成大石佛一尊，莊嚴雄渾，四壁各鐫無數小佛，排列得一無隙地，因爲唐代習俗，凡祈禱獲應的人，都要鑿一佛像致敬，故像下各有姓名，留垂永久。龕頂有碑誌若干，那便是天下珍貴的龍門二十品，但因拓印太多，已經漶漫沒有字跡了。洞前有一道小飛泉，懸流下注，風激泉鳴，撲人衣袂，在寂寥的空山中，只算有這一點聲息。過賓陽洞前行，爲"奉先寺"，當地人呼作九間房，依山鑿成门字形廣場，寬闊約有三畝。正中用整石鑿成大盧舍那像，高約十丈，單是它那手掌，足可容一個人睡覺。左右鑿四大金剛，也都有八丈多高，它的小腿，我們最長手臂也合抱不了，俗傳能抱一抱這只腿，便可生子，因此，它的小腿便被人圍抱得光滑無比。龍門造像，要以此處爲最偉大，因它們軀幹過高，沒有人能爬上去，所以面目也還保存完整。據碑碣所載，這是唐代宗大曆十年造，唐代藝術的崇高，真夠驚人啊！但這裏只有天幕，並無殿閣，那五位大菩薩，便在風雨侵蝕中度過一千多年漫長的歲月了。龍門這些石洞，可算得天然機關槍陣地，只要把橋樑炸斷，隔着深深的伊水，嚴密防守，敵人縱頑強猖獗，也不容易飛渡過來，不知這次失陷，何以這樣快？

臨　　汝

　　臨汝是洛陽到南陽公路上一個大縣，距洛陽二百餘里，由洛陽到此，都是平坦大道，廣大無垠的土地，種着碧油油的麥子，沒有山，沒有林，只有誠樸而辛勤的農民，静寂寂地在麥地裏工作，他們看不到殘酷的戰爭，也無心欣賞這風馳電掣的交通工具，他們只想在風調雨順之下，麥子能夠豐收，什麼願望都滿足了。我們在那公路上，還看見舊時代"親迎"的車子，新嫁娘穿着紅色花衫，披着繡花披肩，戴上瓔珞紛垂的鳳冠，羞答答地坐在毫無帷幕的牛車上，新郎穿着藍布長袍，坐在車前，揚起鞭子，駕御着那匹牡牛，兩人無言無語，悄悄地，緩緩地，向她那新的家庭進發，他們雖不似昔時的鹿車共挽，却道地是牛車共駕而歸的，這在今日南方，却是少見。

臨汝只有城門，却無城牆，街市並不繁盛，但是每家店鋪門前，都有一道走廊，構成特別格調，市民都安安静静地做生意，很少談及戰事，只有敵人轟炸，還間或挂在他們唇邊。那裏離寶豐不遠，出售著名的寶豐酒，我們一群老饕，曾在那裏大飽饞吻。他們賣酒，不用瓶子，而用瓦罐，罐製三耳一嘴，口巨頸狹，以繩貫耳，提攜甚便，酒味醇香適口，雖不及陝西鳳酒，却和四川大麯差不多。臨汝縣政府，相當廣大，但他們都擠在一邊小房子裏辦公，那寬敞的花園和滿嵌着名人碑刻，都給敵寇的炸彈化爲灰燼了！那時四境平静，他們行政權，還是活躍躍地進行著。今年五月初間，敵人驅着戰神，由郟縣攻來，竟在一夕之間，把臨汝佔了去，用作進攻洛陽根據地，麥秀黍油，怎不教人悲戚呵！

葉　　縣

葉縣，那時是河南軍事重鎮，它東通□河，南接南陽，北連臨汝，我曾在那裏度過一個熱鬧而歡悦的冬宵，那種歌舞昇平的景象，到如今還記憶得十分清楚。我們從臨汝到此，要經過遼遠的公路，路上灰土盈尺，又恰值括①風天氣，把這深積的塵土，像長蛇似的捲到空中，頓使天日昏黃，莫辨南北，若不是汽車在馳騁着，幾乎要把我們埋葬在這十丈軟紅之中。北方公路，雨則泥濘，晴則灰重，這真是無可逃避的缺憾！我到葉縣時候，適逢警報，那裏自然談不到什麼防空洞，尤其我們初臨的客人，更不知要向那裏躲避，只有在城外麥地土坑裏蹲着，到也心安

---

① 括，疑應爲"刮"。

氣靜毫無恐怖了。那個縣城，蕭條得可憐，當然沒有城垣，只西北角上有一座穹形碉樓，就算代表了城門，藉以分別內外，城內只有一條短短的街道，陳列着襪子、毛巾、香煙、茶葉等類貨品，這些貨品，大半是由界首流到漯河，再轉到此地。但這裏客籍人頗多，問起來，都是流離顛沛的義民，今年敵寇披猖時，葉縣曾被侵入，這些義民不知又轉徙到什麼地方去？×××集團軍總部，在離城十多里的地方，我們於煙塵迷漫的黃昏中到達×軍部。款待我們的，都是參佐戎幕的高級幕僚，燈燭輝煌中，擺起豐盛的筵席，主客都很豪爽而坦白地，吃得酒酣耳熱，酒後，又到他們俱樂部看京劇，演劇的多半是幼年童子，但藝術都很有造詣，戲裝的配備，和舞台一樣齊整，歌聲妙曼，簫管諧和，使我們忘記這是臨近戰區的後方重鎮，陶陶然帶醉而歸。

南　　陽

　　我們在訪問葉縣的第二天，又在漫天黃塵裏，趕到了南陽，每一個人頭面上，衣襟上，都堆積了寸許厚的灰土，只賸下一對眼珠，像灰堆中兩顆圓球，滾來滾去，看了彼此都要失笑。南陽是河南最大的縣分，武漢失陷以後，它更成了豫南的商業樞紐，凡由界首進來貨物，一路是經漯河到洛陽轉陝甘，一路便經南陽到老河口轉巴東而流入重慶，所以地方相當繁榮，人民也還富足，不過二十九年曾被敵人侵擾了兩天，帶來殘酷的火焰，把東門外繁盛街道，都付之一炬了！誠實的人民，突然嗅到硝煙氣味，叫那些斷壁頹垣，替他們刻下了不可磨滅的仇恨！離勛①十多里地方，有××集團軍總司令部，我們曾在那裏盤桓了一個下午，總司令某公，軀幹頎偉，態度肫摯，在抗戰期中，迭建奇勳，承他告訴了許多作戰經驗，使我們增加不少的軍事常識，去年鄂西會戰，他又在那裏寫下了光輝戰史，我們有這樣典型軍人，還怕什麼妖魔倭寇。

---

①　勛，疑誤。

南陽出品要首推南陽綢，行銷地方極廣，從前他們係利用野蠶絲製成的，質料尚嫌粗硬，現已把蠶種改良，出品便柔軟精細多了，可惜織機還是舊式，不能織出花紋，這點便不及川綢。其次出品便是白石器皿，因爲南陽產生白礬石，有一些專門工匠，把它車製成杯盤盆盞等類東西，其有色類翡翠，狀如粗玉的，便製爲茶壺、戒指、鎮紙等什物，都精緻可觀。還有一種小產品，就是木製圓箸，每副用燒紅的鋼釬，刻畫卧龍崗全景，雖隻隻單獨刻成，但一經排列，宛然如畫，這也是一種精美的手工藝。城內街市，經過一次兵燹，已無整齊市容，除石器店外，要算廣貨店最多，他們商店，很多前後兩重，各營一業，到前重買東西的，常似知後重另有一肆，這也是商場中一個特色。

卧龍崗

卧龍崗，是諸葛亮武侯未出山前躬耕之所，它在歷史上被人尊視了一千幾百年了。崗離南陽城約五六里，並不甚高，祇是平地中突起一個丘陵，形狀好像一隻覆盂。崗上有武侯祠，院落相當廣大，有好幾棟不相連續的房子，被售碑帖的佔住滿了，但碑帖都是贗品，無一可觀。幾十珠①柏樹，筆挺的高撐天，組織成綠蔭的巨傘，人言這都是漢柏，確否却無法考證。正殿祀武侯像，看來很像是美俊書生，想不到他是支持漢室的一個風雲人物。殿內聯對很多，有一副云：

器學潛藏抱膝長吟田父樂；
經綸躍展鞠躬盡瘁老臣心。

上聯是寫武侯在龍崗寧靜的生活，下聯是寫武侯負起軍政重任的忠誠，到很恰當。還有一副云：

---

① 珠，疑應爲"株"。

> 地無論宛襄有諸葛廬自堪千古；
> 統茲存吳魏讀隆中對早定三分。

因爲武侯隱居處，自來就有二說：一說是此地臥龍崗，一說是在湖北襄陽，因爲那裏有隆中山，山畔有武侯草廬遺跡。究竟何說爲是，却無人下過斷語，這副聯語竟把兩說都承認了，要算是佳作。我想武侯草廬何在，似不必研究，有他的彪炳勳業，自足千秋。當他入蜀時候，收新國，輔孱君，御寡民，當强敵，實面臨着天下最艱難時會，但他推心置腹而厚撫之，明刑勅法而急持之，虛己布公而總攬之，慎密小心而重圖之，以盡瘁自明，以謹慎自處，忠心耿耿，無一日自私，這樣人格，這樣忠貞，自然要得享千秋廟食。我在那裏低徊以後，曾謅了一首律詩，現在把它寫在下面，作爲我這篇回憶的結束：

> 何論襄陽與宛城，臥龍祠廟自崢嶸。三臣早定偏安局，兩表如聞痛哭聲。當日君臣眞灑落，至今朝野頌忠貞。英雄自古多遺恨，八陣圖前夕照明。

詩文雜著

目　　録

代蔣介石擬北伐佈告 …………………………………… 1013
中國省政與縣政之矛盾及救濟方策 …………………… 1013
徐阿春 …………………………………………………… 1022
米生 ……………………………………………………… 1023
碧玉雙沉記 ……………………………………………… 1025
奇盜 ……………………………………………………… 1027
靈魂破案 ………………………………………………… 1027
荒山豔塚 ………………………………………………… 1028
輪船百怪錄 ……………………………………………… 1030
憶鳳樓情史 ……………………………………………… 1037
井底癡魂 ………………………………………………… 1039
阿誰誤我 ………………………………………………… 1041
萬種相思畫裏看 ………………………………………… 1047
新年新婚記 ……………………………………………… 1049
曾國藩之言 ……………………………………………… 1051
顧亭林之母教——兒童節之名貴禮物 ………………… 1051
戊寅除夕　民國廿七年，時因抗戰避居重慶 ………… 1052
望江樓 …………………………………………………… 1052
宿劍閣城外 ……………………………………………… 1052
劍門 ……………………………………………………… 1053
留侯廟 …………………………………………………… 1053
就食東大街家庭餐室，口占一絕 ……………………… 1053
過灞橋，車中口占 ……………………………………… 1053

華清池 …………………………………………………… 1053

潼關道中 …………………………………………………… 1054

西工 …………………………………………………… 1054

龍門 …………………………………………………… 1054

五十漫述六章 …………………………………………………… 1054

離宛前夕題壁 …………………………………………………… 1055

臥龍崗 …………………………………………………… 1055

老河口 …………………………………………………… 1055

宿瑪瑙觀，與偉俠聯句誌景二首 …………………………………………………… 1056

宿瑪瑙觀，枕上復得絶句增偉俠 …………………………………………………… 1056

老河口至興山九日陸行感賦二首 …………………………………………………… 1056

宿香溪，枕上口占 …………………………………………………… 1056

望白帝城口占 …………………………………………………… 1056

代蔣介石擬北伐佈告①

照得中華民族，歷史素著文明。國家財源豐富，民衆生活安寧。乃自鴉片戰後，帝國主義橫行。強訂亡國條約，租地割土賠銀。□□□□□□，□□□□□□②。連年戰禍不息，都是坐此原因。吳逆雖已消滅，孫賊尚復橫行。最足令人切齒，張賊宗昌作霖。終歲橫徵暴斂，萬衆流離喪生。農夫血汗所得，亦被搜括乾淨。復令土匪軍隊，肆行擄掠姦淫。試看直魯關外，處處雞犬不寧。本黨孫先總理，痛心國弱民貧。因創三民主義，努力民族圖存。中正遵從遺囑，提師伐罪吊民。戡定已十八省，只餘北地妖氛。此行統軍北伐，誓必掃穴犁庭。翦除孫張醜虜，以求革命完成。告我北方民衆，要將主義認清。古今世界所有，民族民權民生。民族若不解放，永無自由平等。民權若不實現，長在火熱水深。最好民生主義，解決衣食住行。欲求大同幸福，舍此別無途尋。本軍所負使命，就在實現三民。解除苛捐雜稅，實行救國救民。倘有阻我義師，軍法決不留情。師行所至之地，切勿驚擾紛紜。士兵紀律嚴整，各宜照常營生。只要軍民合作，殘敵必易肅清。等到中國統一，大家共享太平。特此愷切佈告，其各一體凜遵。

中國省政與縣政之矛盾及其救濟方策③

孫中山先生對於政治解釋云："政，是衆人的事，治，是管理，管理衆人的事，便是政治。"依此定義，是政治主體，實爲民衆，而政治之設施與推行，必須合乎民衆之生活與需要，更無疑義矣。然中國近年政治，幾無事不與民衆隔離，主持政治者，又衹知運用其上層理想，發爲高論，

---

① 作於 1928 年，喻血輪赴臺後在《綺情樓雜記》中初次收入。
② 據喻血輪回憶，此處原有二句，後被蔣介石刪改爲六句，原作二句已不復記憶。
③ 原載《國聞週報》1933 年第 10 卷第 34 期。

而對於佔全國人口十分之八之農民生活狀況，反多忽略不顧。於是中央大政方針，嘗非各省所能實施，各省行政計畫，又非各縣所能通行，各縣一切措施，更非民衆所能承受。如此層層矛盾，事事分歧，政治如何能上軌道？人民如何能獲政治利益？今試就各省省政府與縣政府情形言之，所謂省政府主席，終日忙於會客赴宴，迎送貴賓，除每星期例會主席外，實無暇與各廳長討論政事。而各廳長又祗知孜孜於部屬員司之任免，求差謀事之安插，更益以私人交際，公共宴會，亦殊無餘暇以治其正業。甚至民廳長不知一省戶口若干，財廳長不知一省捐稅若干，違能望其削平匪患，綏靖地方，解除人民疾苦，救濟水旱災祲乎？尤其奇怪者，各廳舉政，各不相通，有時甲廳認爲必行之事，而乙廳則覺其可緩，有時乙廳通令廢止之事，而丙廳方嚴催舉行，於此紛紜錯雜之下，縣政府遂成爲最困難而最繁複機關！蓋縣長直隸於各廳之下，事事應秉承命令，盡力推行，然實際如此分歧矛盾，縣長將如何着手去做？流弊所至，遂使庸懦縣長，茫無頭緒，悄然求去，賢明縣長，宵旰勤勞，憂懼不安，狡黠縣長，則面面敷衍，因循坐誤。結果，縣政府乃成爲各廳法令公文之堆棧，雖告示遍於通衢，而實則一事未辦，間有舉辦，却又非民衆之所能堪，中國政治腐敗，此實爲最大之癥結！就最近幾年觀之，除西南西北各省，各有其體制外，蹈此弊者，要以中部各省爲甚，而中部各省中，又以豫鄂皖爲最（蓋豫鄂皖廳與縣之間，又多一行政督察專員公署）。謹不避煩瑣，略舉其例於下：

例如財政廳於二十二年會計年度開始之日，將各縣地方預算，縮減十分之五六，約計中等縣分包括各項事業及臨時費年需二十萬元者，突減爲八萬餘元，此爲撙節開支，減輕人民負擔，用意固至善也。然保安處對中等縣須置保安隊六七中隊，每隊官兵約一百二十名，年需餉銀八九萬元，此款將安從而出？倘遇校閱，尚須置備各項軍用品，動輒數千元，此款又安從而出？然財政廳與保安處不相謀也。倘縣政府遵照廳令辦理，則惟有裁遣保安隊，不惟人民失其保障，且亦非保安處所許可，不裁遣，乃又無以符廳令。此其一。

又如民政廳奉剿匪總司令部令，飭各縣舉辦保甲，此種保甲制度，本爲匪共肅清後，組織民衆之極善方法，縣政府自應遵令力行。但每一中等縣，至少有六百保，六千甲，六萬户，每一保甲長所應填表册規約切結等項都六七種，此一宗印刷費，則非數千元不可，而區保長月薪辦公費，又非數千元不可，地方既無此的款，財政廳又不許在地稅開支，致縣政府欲辦乃無款，不辦則受罰。此其二。

又如各縣縣政府，自縮減政費後，每縣不過月支八九百元，僅可用秘書一人，科長二人，科員書記各一二人而已。然財政廳令各縣設立財務委員會，以管理地稅收支，其所應用人員，則曰調縣政府職員兼充之。民政廳令各縣設立清鄉善後委員會，以辦理地方善後事宜，其所應用人員，亦曰調縣政府職員兼充之。而縣政府本身，政務叢脞，事積如山，安有職員之可調？各廳明知之而不顧也。此其三。

又如夏令將屆，正農民極忙之時，保安處忽令縣府曰：仰速調集壯丁隊，加緊訓練，並須抽丁組設訓練班，以資養成教練人才。建設廳亦令縣府曰：現有某段公路，亟待完成，仰速徵集民伕，限期修築。而濱江近湖縣分，伏汛正到，縣長又須徵伕築堤，督民搶險。於是一農民而得供數役，烏乎分身？本來壯丁隊爲人民自衛武力，事至善也；汽車路便利交通，自應築也；洪水汎濫，築堤搶險，亦至不可緩也；惟同時而令人民爲之，則勢有不可。此其弊即在上級機關之各自爲政而不相問也！此其四。（按中部各省人民，最懼充伕當役，如派集輸送隊招抽壯丁訓練班等事，恒由各村鎮醵資買出鄉間遊民，前往服役，每名川資安家各費，嘗需一二百元之鉅，故兵役愈多，農村損失愈大，此實非政治當局所能知也。）

又如縣長委用之權，本在民廳，且須由省府會議通過。然縣長出缺時，往往民廳接替之人尚未發表，而行政督察專員已派人接篆，甚至督察專員所派之人，而擋民廳所委縣長之駕，民廳亦無如之何。他如各縣保安隊中隊長，本應由保安處直接委任，然督察專員亦嘗以命令擅自更調。保安處亦無如之何。此種權限衝突，乃時時發現，結果爲顧全面子，惟有互相敷衍而已。此其五。

又如免除苛捐雜稅，與民休息，此固近人所常談而爲災黎所切望者，然必須上級政府能體恤民力凋殘，勿增加其支出，斯言乃始可實踐。顧事實有不然者，各縣人民方呻吟於災難之下，交通部忽來一令曰：今增設某縣至某縣電報，某縣得派電桿若干，其款應由地方出之。保安處亦來一令曰：今成立保安隊幹部培訓班，每縣得派學員若干，須攜旅費月餉三個月，其款應由地方出之。民政廳亦來一令曰：行政人員訓練班畢業，各學員應由各縣發給津貼若干，其款由地方出之。行政督察專員公署又來一令曰：今因敷設長途電話，每縣應派桿綫若干，設立修械所，每縣應派經費若干，開辦農林試驗場，成立度量衡傳習所，每縣又應派經費若干，所有款項，統應由地方措辦之。凡此種種，在事的方面，固屬應行舉辦，在錢的方面，何能盡責之地方？地方爲迅赴事功起見，勢不能不增抽捐稅，即增抽捐稅，又何能與民休息？此其六。

凡上所述，皆屬省縣事實，其他類此者，尚不勝枚舉。試思行政如此矛盾分歧，縣政府如何能做事？老百姓如何能安居？政治效率又如何能發現？考其病源，即在各廳處理政務，各不相通，而廳長對於各縣實際情形及農村狀況，又太隔膜，遂致廳令與各縣事實，往往背道而馳。此外各廳中猶有一種通病，即往來公文及發出訓令指令，皆係出自各科員手筆，其文字是否能通，猶不關緊要，但各科員是否有政治經驗及常識，乃爲一重要問題！且各科員類多長居都市，對於各縣村鎮，漠不關心，日惟埋首伏案，照例辦稿，而科長秘書核稿時，又多偏重於文字的構造，對其處理某事之見地及辦法如何，則往往忽略。至於廳長，更少親閱稿件，或竟由秘書代爲判行蓋章而已。於是政治基礎，乃建築於科員先生筆下，而廳長考核椽屬成績時，以僅注意其"等因"、"奉此"，是否蔵事，能力何如，多不問也。此實爲省府與縣府、縣府與民衆隔閡之總因！今不揣譾陋，略貢其救濟方策如左：

一、各廳長應分途出巡。嘗見各省廳長就職之始，恒有其大政方針發表，察其所言，無不冠冕堂皇，精審確當。然日久之後，漸漸消沉，所謂各種辦法，祇成爲報紙中陳跡而已！此其責任固由各廳長負之，然各廳長本身，亦確有其苦衷在。蓋每一廳長蒞任之初，所接各方薦賢之信，嘗在兩三千封以上，終日忙於接見賓客，任免員司，開會宴會等事，實亦無法履行其職務。今後應力矯此弊，凡各廳長於接事後，即宜分途出巡，親赴各縣，對於官吏廉污、人民生活及農村狀況，作實地考察，然後依考查所得，以定行政方針，則庶不至盡爲科員筆端所誤，且亦能合乎全民之需要，而收利國福民之大功！如韓復榘氏之在山東，朱懷冰氏之在湖北，皆嘗躬自行之，而獲得相當實效，至於一切無謂應酬，應一律謝絕。昔曾文正公云："今日百廢莫舉，千瘡並潰，無可收拾，獨賴此耿耿精忠之寸衷，與斯民相對於骨嶽血淵之中，冀其塞絕橫流之人欲，以挽回厭亂之天心，庶幾萬一有補！"願各廳長三復斯言，以自振奮！

二、各廳處宜協商理政。今日各省省政府雖均有星期例會，但所討論案件，關於都會居多，屬於農村甚少，縱令有之亦缺乏研究精神。蓋各廳處長因權限所關，互存客氣，雖明知某事之不可行，然不能不照例通過。（試觀民廳長提委縣長時，有幾曾被否決者？此即其一例。）故會議功用，祇成爲補足手續而已！此後各廳長若能親赴各縣考查，對於匪區非匪區，災區非災區之實際情形，必能深切瞭解。於是施政敷教，皆可盡量協商，凡各廳所規畫及縣長所請示事件，尤應預爲研究，如發覺有扞格者，則修改之，如甲廳認爲可行而乙廳否者，則斟酌而變通之，勿徒憑科員臆斷，任意批答。尤其關於法令規程，宜以農村爲背景。自蔣介石先生任三省剿匪總司令後，所頒行法令規程，稽之可成巨帙，對於察吏安民，防饑禦匪，殆無一不備，惜皆成於學者幕僚之手，而非從農村實際考查得來，故常有窒礙難行之處。嗣後各廳長既深悉各縣情況，於釐訂法令規程時，應互相商討，俾歸允當。總期事之能行，不必言之好聽，則庶幾一切矛盾分歧之弊可免，而亦於事有濟，於民有利！

三、少行文多做事。中國政治，向來祇注意表面文章，而忽略事實，無論何種問題，祇要公文已辦，即以爲職責已了，究竟事之行否，不問也。譬如內政部對於農村某事，亟思改革，必首先通令各省省政府，省政府照例令行各廳，各廳又照例令知各縣，各縣勤勉縣長，尚知照例令飭各聯保主任，其有懈怠者，猶一一束之高閣，而各聯保主任識字者又甚少，對於此項令文，多不能明瞭通曉，遑能努力去做？嘗見鄉村聯保主任家中，灰塵寸積之案上盡堆此項公文，其間固亦有事實上難於通行者，但可通而不去做者亦甚多，如此因循泄沓，安有政治效率之可言？然各上級機關未之計也！日前張岳軍先生在湖北講演有云：〝近日我國政治，幾成紙片政治，上級機關之法令教條，實力奉行者，固不乏人，而照紙轉行，認爲已盡能事者，亦所在多有，此種積弊，甚至相習而不知其非。從來政治上之大病，在於上下敷衍隔閡，以至泄沓崩離，而此種紙片政治，實爲敷衍隔閡之表現，吾人尤當切實廓除者也。〞此不可謂非政治當局自覺之言。吾望各省省府及縣府，以後切戒此病，少用虛浮公文，多注重事的推行，無論問題鉅細，一經令行，即應稽考其成績，庶不至成爲空疏無補之紙片政治也。

四、縣長宜用本縣人。縣長爲親民之官，與民眾有密切關係，故我國歷史，向重牧令。然近年風俗澆漓，廉恥道喪，各地縣長，類皆由鑽營得來，故其一親縣政，無不貪污，縱令控告有效，亦無非撤職遠颺，安然作富家翁而已！年來各省雖有所謂縣長任用條例、行政人員訓練班，以從事甄別，然效力仍甚鮮，此其故即在爲縣長者對於各該縣民情太隔膜，休戚觀念太淺薄是也。今欲救此弊，惟有縣長改用本籍人充之！凡各縣公正廉明之士，富有政治經驗而爲民眾所信任者，民廳長應盡量物色延攬，各委爲其本籍縣長，其利蓋有五焉：（一）本籍人爲縣長，其家室財產，祖宗墳墓，俱在本縣，決不敢搜刮民財，肆行貪污，以招全邑人民之謗怨，而遺子孫無窮之後累。（二）對於本縣民情風俗皆所透悉，無復上下隔閡之弊，凡推行法令，處理政事，必能適合地方要求，而愜民眾願望，不至隔靴搔癢，形成紙片政治。（三）縣長最易被劣紳包圍，其故即因遠來縣長，猝難識辨，若爲本縣人，則紳士之賢不肖，平昔相知已深，必不至爲其所利用。（四）本籍縣長，對於匪共之滋擾，動有痛癢關係，必能不避艱險，盡力剿治，不似外籍縣長，輒臨難脫逃。（五）縣長審理行政案件，嘗有偏袒不平之弊，其間固亦有因紳士關說，然事實不明，實居多數，倘爲本籍縣長，則案情之曲直，已先知之，紳士之矇蔽，斷難生效，如是，得免造成冤獄。凡此皆屬顯而易見，非憑理想。憶民十九吳醒亞氏長鄂民廳時，曾令數縣實行此辦法，當時於剿匪安民，大收功效。今之主張避籍者，無非避免人情請託而已，實則縣長而賢也，雖爲本籍，亦決無人情請託之可言，如其否也，避籍又何益？惟有可斷言者，凡屬身懷八行，暮夜鑽營，而求必得縣長者，此等人斷不可用，蓋其處心積慮，欲藉縣長以發財，結果十九貪贓枉法，禍國殃民。昔胡文忠公云："近人貪利冒功，今日求乞差使，爭先恐後，即異日首先潰散之人。"今日縣長之不可恃，正復如是。凡爲民政廳長者，惡可不慎？

五、辦法勿太多，效率宜重。政出多門，百務叢脞，結果一事未舉，一利未興，此實爲今日各省之通病。蓋省縣當局，頻頻更調，而舊去新來，又復各有主見，往往前事尚未舉行，後事忽又變更，或前令限期完成，後又通令廢止，遂致辦法日多，而效率甚尠。各縣民衆，則終日紛忙，莫安喘息矣！例如收復匪區，清查戶口，始係由民廳令飭各縣遵照自治區組織，成立鄉鎮閭鄰戶，所有門牌執照戶口清冊等項印刷品，殆如山積，俱須於最短期間填報發給，司事恒數十人，糜費不下鉅萬，然未幾總司令部忽通令廢止，統須改爲保甲制度，於是門牌執照戶口清冊等項山積之印刷品，又須重印重填重報重發矣。又如民廳爲稽查匪類起見，令各縣印發良民證，保安處爲編練壯丁隊起見，又令各縣印發壯丁隊徽章，此項章證，俱爲布質，數量恒達十萬，印費輒數千元，然未幾忽通令廢棄，不許發給，所費金錢，殆又擲之虛牝矣。其他如地方機關、民衆團體，名義未定，而招牌已更，組織方成，而制度已變者，更僕難數。至於調查、督編、催賦、察吏各種委員，更復絡繹於途，往來如織，遂令縣府民衆，擾攘悾愡，而於事實則無絲毫裨益也。日前湖北省政府舉行就職典禮時，方耀庭先生演說有云："湖北人民，如劫後病夫，在天災人禍之後，所需要者衣食而已！至若補品雖好，暫時尚用不着，現在各種善後辦法太多，人民無力承受，猶如無力購買補品相若。多一種辦法，即多一種捐稅，而處處以田畝為例徵收，希望新政府於剷除苛捐雜稅中，特別注意！"此誠為確切之論。切望各省政治當局，以後宜體察地方環境，勿徒多擬辦法，致失時糜費，治絲益棼，但每有一辦法，即須注重其效率，勿論小事小節，總期行之有效，則庶於國計民生，兩有裨益！

六、智識份子宜回縣工作。自辛亥以來，因生活發生變遷，各縣智識份子，類多相率外遊，或流為寓公，或走入仕途，對於故鄉觀念，漸趨疏薄。及革命軍興，共產黨遍佈各縣，"打倒土豪劣紳"、"殺絕智識份子"等口號提出後，益使各縣明白事理具有能力之智識份子，不能安居，遂又相率遁跡都會，以求自保，故前者可謂為生活所驅使，後者則實為避禍而遠離，近年各都市謀事求差者之日多，即坐此故。於是各縣一切事業，均無人擔負，縣長縱有萬能，亦殊難於展布，間或有出而任事者，又非劣棍，即鄉愚，對於推行政務，絕無力量。譬如保甲制度，本屬善政，然成效之難於實見者，即因充任保甲長者，多非識字之人，既不能明其任務，復不知用其職權，結果遂成為催捐收稅之工具而已。故各縣智識份子，若不回縣任事，縣政必永無起色。且時至今日，國難日深，農村破產，災祲洊至，經濟枯竭，劫後災黎，方掙扎於水深火熱之中，凡關於禦侮救亡，安民除患，實有賴於整個民族之動員，斷不能盡仰之於少數軟弱官廳。故各縣智識份子，必須認清今日之危局，互相淬厲，以共肩此重任，決不能逍遙都市，長作侯門寄生蟲！況民族復興，首在轉移風氣，而轉移風氣，尤賴智識階級為之表率，今日世風頹敗，人心日渝，智識階級不出而振拔，更待何人？昔胡文忠公治鄂時，嘗云："官吏之舉動，為士民之所趨向，紳士之舉動，又為愚民之所趨向，未有不養士而能致民，亦未有不察吏而能安民者。"此其意亦在於官紳之相互砥礪，藉以樹立愚民之楷模。近年蔣介石先生亦嘗盛倡曾左彭胡學說，並屢以氣節廉恥轉移風氣，激礪社會，何嘗非廉頑立懦起死回生之妙劑，然各縣士民不起而以身作則，其效力終等於零！此外如普及教育撲滅文盲，亦實國人所認爲目前之急務，然以今日教育經費之竭蹶，又何能盡仰賴於教育當局之敷設，此亦必須各縣智識階級起而圖之。蘇俄在歐戰前一年，全俄識字人民，僅佔百分之二二，迄至現在，其識字人民已一躍而爲百分之八十，撲滅文盲運動，殆已顯告成功。考其運動之方向，亦是特別注重鄉村，而到鄉村肩負此項工作者，多數爲青年團團員，故其有此驚人之成效。設我國各縣智識份子，亦均能回到鄉村，努力於撲滅文盲運動，吾知行之十年，必大有可觀也。惟此事須一面由縣府特色推薦，一面由省府遴選敦促，最好各省府主席及廳長，凡遇有持函謀事者，須一律勒令先回本縣工作若干時，再由縣長課其勞績，據實呈報，以爲後日延攬之準備。如是，不獨縣事可以推進，即疇昔省縣隔閡之弊亦可免。但此中亦有一種困難，即生活費是也。蓋各縣智識份子，多非富有，若盡回縣任事，生活必成問題。然亦有法可以解決，即一裁汰府廳冗員，一停辦政治訓練班。（蓋各人能回縣任事，獲得實際經驗，即亦無須再受此空疏訓練也。）然後將此兩項經費挪出，以津貼各縣回籍之人，吾知奔赴者必多也。

　　此外最關重要而足以戕賊國力滅絕民族者，厥爲各縣赤禍。此固有負軍事專責者，從事清剿。然需要政治力量亦甚多，而政治力量所以不能充分發揮，使社會得到安定者，厥在上級政府當局日居於繁華安靜之都會，未能深切瞭解匪禍之傷心慘目，故於報警、請兵、安撫、鎮壓諸事，終不免淡漠怠忽置之也。不佞曾身經匪禍多次，每見警報傳至時，鄉村民衆，莫不色變體顫，心驚膽裂，父子夫婦相對，恒至痛哭失聲，一聞槍響，則紛然亂竄，親愛骨肉，瞬息相失，有躍水自盡者，有目擊家人被殺者，火光燭天之下，衹聞喊殺哭泣之聲，倘不幸被匪俘虜，則有▢①居宅變爲焦土，衣物化爲灰燼，種種痛澈心腑慘絕人寰之悲狀，有斷非安居都會者之所能夢見！故所謂"撫輯流亡"，"安定社會"，終成爲各當局門面文章，究竟我民痛苦，有誰能知？此真可爲痛哭長太息者也！▢②總

---

① 此處刪去四十二字。

② 此處刪去六十八字。

而言之，中國今日政治，無在不使人失望，一方面固由於政治當局之顢頇頹廢，一方面亦由於社會中堅份子之自暴自棄！今後欲謀度此難關，以救危亡，惟有上下團結，痛自檢討其過失，而求所以補救之，凡足爲政治阻礙，或禍及人民者，力求所以消滅之！去冬馬季廉先生在本報發表《認清自己的失敗》一文，可謂爲時局痛下針砭，憶其中有云："我們對於政治，不願妄事批評，但是政治關係國家的盛衰，民族的生死，我們雖欲緘默，無奈良心不許。我們對於前途，不肯即抱悲觀，但是我們所見所聞，却使我們不能不悲觀，不能不失望。要使人民不悲觀，不失望，根本方法在剷除悲觀失望的因子，改造悲觀失望的環境。"（見本報第九卷第四十九期）此誠言之真摯而痛切。不佞忘其陋劣，草擬此文，其動機蓋亦在此，雖所言不免近於瑣細，但關係則甚重大，得當與否，固非所計也。

八月七日寄

徐阿春①

阿春，贛之漁户女，小家碧玉，豔名噪遐邇，人爭偶之。春擇壻極苛，咸弗當意，年逾二十，猶深閨待字也。

初，春年十五，父母相繼逝。家貧，怙恃頓失，終鮮兄弟，遂就依外家。舅田俊，操布貿，頻遭折閱，資産蕩然。妗劉氏，年四旬，無所出，愛春彌甚。顧家徒四壁，口腹爲艱。阿春精女紅，所繡花草、人物，栩栩如生，每出市，多爭購之，因是頗能支持。而春年既長，仍無佳匹，居恒鬱鬱不自得。矧寄人籬下，尤覺顧影自憐也。或有勸之曰："青光易逝，亟宜早自爲計。因循至於色衰，悔無及已。"阿春曰："儂觀問字者，俱非真相我也。即歸之，異日難免秋扇之捐。蓋實愛者，決不以顔色爲去舍，苟弗如願，寧以十指生活，作丫角老耳。"於是又數年。

邑吳中丞之子翰生，幼年才俊，風度翩翩，工詩文，有著作，人多

---

① 原載《遊戲世界》1921年第1期"談薈"欄，總題目爲"綺情樓雜記"。

傾倒，訝爲凤慧。邑中宿儒，喜與作忘年交，翰生偶鄉行，見阿春浣衣河畔，驚其豔，心竊愛好，歸而縈思致疾，久竟寢食俱廢。中丞僅一子，特鍾愛，見狀大憂，苦加研詰，遂以實告，乃允爲媒致之。生慰，疾頓愈。中丞以愛子故，殊不計較門第，遣冰往。田俊夫婦大悦，意女必忻從，許之。迨轉告阿春，憤然曰："彼既有才，豈無名閨，而必下婚貧女者？徒以顏色故，儂自顧福薄，齊大亦非偶也。奈何？"俊等怒，痛斥其妄，春不得已，强從。于歸後，伉儷極歡。越二年，中丞卒，家計亦艱。翰生遂報捐，以牧令需次貴陽。時郵便未興，交通阻滯，三載無音信，阿春獨掌門户，望斷藁砧，日惟以淚洗面。

一日，忽電至，生奉檄出宰凰泉。春驚喜交集，即摒擋一切，挈僕婢以行。迨次烏江，風雨驟惡。舟止於孤岸間，夜半遇盜，被劫一空。僕婢女因呼救飲刃死。阿春恐污投水，漂流里許，遇商船，引綆得救，船主婦詳詢顛末，愛護甚殷，並留養數日。瀕行，復贈以資，指示路程。春輾轉得至鳳泉縣境，而詢知翰生已置二妾，憤不欲生，乃遺書與生，叙別後情況，末云："君固負心，儂豈再嫁？緣盡如此，夫復何言？儂已勘破紅塵，青燈拜佛矣。請從此辭，諸維珍重。"遂遁去，弗知所之。

先是翰生聽鼓黔垣，日周旋於士大夫之間，歌樓舞榭，極意冶遊。時一妓絹絹，溫婉明媚。生惑之，爲之脱籍焉。後某觀察慕生才，聘掌文牘，殊禮相待，其公子亦與友善，過從甚密。公子有婢侍香，嬌巧伶俐，囑令執役，生極眷愛，竟與之私。公子察知其情，慨贈爲妾，生亦恐負始亂終棄之名，遂納之。迨奉命出守，隨之俱往。及接春書，撫箋大痛，悔恨累日，倩人四出追尋，而阿春蹤跡終不可得云。

米　　生①

魯人崇尚武技，成爲普通風氣，東昌米秀章者，操布業，頗豐裕。

---

① 原載《遊戲世界》1921年第1期"談薈"欄，總題目爲"綺情樓雜記"。

一子泰生，英姿聰慧，風度翩翩，好拳藝，嗜而不精。既冠，娶同里張氏女爲室，少年伉儷，情愛彌深。女亦嫻武術，夜靜燈紅，輒與生於閨闥中，相角爲戲。

一夕，溽暑薰蒸，燥不能寐，遂合較少林拳以消遣。顧女手腕悉熟，敏捷若電閃，適纖小之足，中生陰處，"砰訇"一聲，兩目直瞪，頹然死矣。女驚駭，撫屍大慟，哭不敢聲，恐翁姑將指爲謀殺，乃取篋裹衣，踰牆遁。時暮色深沉，萬籟闃寂，女踽踽獨行，了無定嚮，約十數里，疲困弗能成步，忽有燈光自林際出，若隱若現，意爲村火，思投止息焉。既至，乃守瓜棚者，一老人外坐，方燃火吸旱煙，見女，甚驚訝，亟詢深夜何往。女詭以迷路告。曰："孑然一身，宵行多險，棚內有被褥，盍暫憩，老夫露宿可也。"女感之。

老者陳姓，家赤貧，種瓜爲活。子榮福，浪蕩無業，性極兇險，嗜酒，醉輒暴行無顧忌。老者屢誡不悛，時復絕其衣食，因而父子之間，竟若仇讎。是夜，榮福於博場縱飲歸，經瓜棚，覘父外宿，疑之。入棚見女，大詫，豔其姿，不禁心動，意爲父之外遇，即觸其平日嚴被苛責之恨，酒興勃發，惡念頓生，乘父熟睡，斃之，就女私焉，謀偕遁。女念身既被污，而殺夫罪且不免，不得已從之。

翌晨，地保以人命報有司，勘察無凶證，遂成疑案。其家人赴博場覓榮福，俱云昨晚大負早歸，意其避債逃也。榮福與女輾轉至哈爾濱，寄食於某衙役處，充下走焉。女則以縫紉爲活，三年無知之者。

先是生負傷暈絕，蓋氣閉而未死，黎明竟甦，見門闥、篋箱俱開，亟起檢查衣飾，半皆不翼而飛。詢諸家人，茫無所覺，始知女懼逃，乃泣述夜間相角誤傷事。家人即遣人四出追尋，數月無朕兆。生悲緒縈心，寢食俱廢，父母憂甚，百辭弗能釋，逾年餘，生瘦削幾無人狀。鄰鄙咸以女死，將爲生議婚，生父母亦以似續爲慮，有允意，而生聞之，輒詈罵，謂女挾衣走，諒無死意，必終待之。以故無敢踵門作伐者。更一載，生欲赴關東以自偵察，緣魯民貧難者，多往該處求生活。家人阻止，不聽而行，迨次吉林，途中遇盜，旅橐一空，遂行乞以抵哈埠，托缽於一小肆之門首。肆主顧而問之曰："子似非流落中人，何以至是？"生泣陳顛末，肆主嘉其志，館於家，囑代肩販。便事蹤跡，於是又半稔矣。

一日，生行賈於某巷內，一婦抱子出購物，乍見互爲驚愕，審視良久，乃相持大哭。女亟曰："是間非縱談處，彼儈現已入卯當差，稱幹役，倘得知，汝其殆矣！訂明午會於東郭外之深林中，俾定辦法。"生返肆，悲喜交集。翌日，如期往，女已先至，各述經過情形。女曰："汝速赴署喊冤，先勿洩，防其遁，俟令升堂，訴請即時執吾等至，儂當實陳。"生曰："此呱呱者，何處？"曰："犬子無關輕重，棄之可耳。"生即如法以行。邑令當拘榮福等到案，女直供不諱。福默首無一語，判論死。生與女得破鏡重圓。其子諭歸肆主收養，蓋其有伯道之憂也。

碧玉雙沉記①

任某，廣州人，向營雞毛業，有姪女，名遂，幼失怙恃，賴任某鞠養。年十七，丰姿綽約，飄然若仙，顧小姑居處，尚屬無郎，任某因欲留助業務，殊無字人意。女亦荊布自甘，有慕色請婚者，女恒嚴詞謝之，顧任某待女苛，日必責理雞毛若干。家中乏貨，則令至他店操作。女以纖手所得微資，任某必索去，否則鞭撻繼之。因是女居恒抑鬱，一寸眉頭，殊無開展時也。

任某鄰居有陳某者，與任同業，亦有姪女名瑞姑，年十四，姿容端麗，好女子也。自小喪父，母傭於港，令女依陳某而居。陳某虐待瑞姑，與任某之待女，殆出一轍。一對明珠，同處此活地獄中，其傷心爲何如？以故女與瑞姑交誼極篤，惺惺相惜，不啻姊妹。每於月明人靜之候，道及身世，輒相抱痛哭。

女有同居張媼，憫女遭際，常勸之字人。女正色曰："吾儕家世，安得大家垂顧？其有登門求偶者，多因慕色而來，此輩薄倖少年，殊難與

---

① 原載《遊戲世界》1921年第2期"談薈"欄，總題目爲"綺情樓雜記"。

處。始固愛之，一旦色衰，則棄如草芥。爾時受人磨折，尤較可憐，故不如守此苦家庭爲乾净也。」媼又勸之投勾欄中，女怒曰：「果如是，何若死？」聞者咸嘉其貞。

一日，瑞姑又被某鞭撻。女往視，瑞姑哭訴其苦。女力慰之，且曰：「姑忍之，不日吾儕有安樂地。」瑞姑曰：「如此生涯，有死而已。尚有何安樂地耶？」女曰：「勿急，到時自知。」不意此語爲女嬸所聞，疑女將與瑞姑同逃也。歸時，與任某重懲之，女受創劇。次日，不能起。張媼往視，女撫枕泣曰：「我生不辰，少失怙恃，依叔以來，所受痛苦，他人或不之知，媼所親見也。終日除料理家事外，尚須往外店操作，所得微資，均奉之叔嬸，衣履之費，猶須仰其鼻息。善則與之，否則一文不給。故衣不能禦寒，食不能一飽，而我碌碌竟日，夙無怨言，試思此等人當有何過？乃一觸威顏，鞭撻立下，余非小兒，何有面目對人？曩者媼勸我字人，我籌思再三，亦非善策，故我於今日塵世間，已無可戀，行將拼一死以謝我叔嬸撫育之恩也。」媼聞言，力爲勸慰，然女懷殊不少釋。創少痊，乃往店工作。遇瑞姑，告以死志。瑞姑曰：「我亦早有此意，特不敢說耳。」女曰：「疇昔謂有安樂地，非他，即死也。蓋吾儕生而苦，不若死爲樂也。但爾有母在，能割捨耶？」瑞姑曰：「有母不能顧我，等於無母也。且我死，吾母亦少一贅疣，爲母計，亦得也。」女曰：「吾儕生爲同命，死必同行，或者弱魄有靈，尚能相依如今日也。」瑞姑曰：「諾。」語已，相向痛哭。是日，在店操作完竣，兩人相約至店後。店後即河，水甚深。兩人至此，互將身穿綢衣脫下，將辮髮互相扭結，復以布帶緊纏左右臂。店後原有曲欄，聳出河面，兩人攜手至欄尾，合力一躍，齊墮水中。霎時白浪掀騰，珠沉玉碎矣。

時適值大雨，店中並未覺察，僅有小艇一隻，遠遠望見，當將艇搖近，大聲呼救。紛擾移時，始命人入河撈救，然已絕無蹤跡。至次日，兩屍始於下游浮起，面目如生，猶帶笑容。意者真以死爲樂耶？鄰人有知其被叔嬸虐逼而自戕者，群議以報警廳，以雪女冤，經任某哀求乃免。惟令兩家厚葬而已。

奇　盜①

　　龍某，老幕客也，客魯多年，某歲旋里，囊中頗有餘蓄。是時，火車未通，乃雇騾車行。日暮投逆旅，逆旅主人見其單身獨行，曰："此間多劇盜，先生獨行踽踽，得不懼乎？"龍曰："清貧如我，安值豪客一顧？吾不懼也。"主人導入一室，甚精雅，向外僅有小窗一，窗嚴扃，恰可容一臂出入。龍某素有煙癖，飯畢，即閉門吸煙。夜半，忽聞窗上微響。突見窗門大開，一老人持刀立牀前，龍某見窗小僅可容臂。老人乃由此躍入，定非常盜也。乃自鎮定，吸煙如故，若不見其牀前已有盜屹立者。盜見其從容不理，亦不動。移時，煙吸完，復盛一盒，顧盜曰："客亦嗜此乎？"盜點首，遂肅盜卧榻上，己則爲盜燒之。彼此並不通一語。吸已，龍某乃起，開其箱篋曰："客得勿借糧乎？"盜曰："然。"龍遂出其資置案上，約五百金，曰："書生無多金，客所知也。數年辛苦所得，僅此而已，任君取去。"復於腰際搜出二十金，曰："此乃留作川資，客其許我乎？"盜不言，取案上金去。次日，龍仍雇車前行。途中忽遇一彪漢，手持名刺曰："昨夜之事，大王服君量度，特命某相請。"龍某竟隨之去。迤邐行山路十餘里，至一大廈，入，見昨盜坐堂上，鬚髮皤白，見龍某至，降堦相迎曰："吾作盜數十年，未見之一人如君從容者，君殆異人也。"因設盛筵款之，留山中數日。臨行，盡還其金，且另贈五百金爲壽，命彪漢數人護龍某出魯境始還。

靈魂破案②

　　近世科學發明，靈魂投胎之説，殊渺茫不可信，然亦竟有其事。

---

① 原載《遊戲世界》1921年第3期"談薈"欄，總題目爲"綺情樓雜記"。
② 原載《遊戲世界》1921年第3期"談薈"欄，總題目爲"綺情樓雜記"。

余客齊安時，聞友述一事，乃甚奇怪，惜事出何地，今已忘之。有陳某，爲邑巨紳，感時疫，病月餘，醫藥罔效。家人疑其不起，咸環守之。一日，陳某暈去，自覺由家而出，行動舒適，殊無病苦。信步至一佛寺，寺宇宏敞，香火甚盛。陳至時，見一沙彌，手持藥包，匆匆自外入。陳亦隨之，至後殿，達方丈室。沙彌推牀下木板，露一巨洞，洞内通明，若有燈火。洞口有短梯，沙彌緣梯而下。陳見之，大異，亦隨之下，則見一地室，甚寬大，陳設精美，香氣撲鼻，美女數輩，方丈擁之而嬉。内有一婦，方臨蓐，另有數僧，爲之伏侍。陳見之，大怒，思菩薩淨地，竟有此怪事，此輩淫僧，不可赦也。其時產婦已生一孩，陳忽覺軀體一搖，已蹜於地，睁目視之，則身已縮小，成嬰孩矣。駭極，亟欲呼救，已不能出聲。但聞產婦語僧曰：“此子乃余夫骨肉，幸留養之。”僧不允，舉手搭孩頸。陳頓覺頭目昏眩，倏已復其原身，但見死孩橫陳地下而已。陳此時並不知其已死，亦莫名其故。但知此等事，大干法紀，非訴之邑宰重懲之不可。於是憤憤而出，力奔至家，則己屍已甦，見家人環之而哭。詢之，始知死已數小時，適所見者，乃魂也。因告家人以寺中秘事，蓋該寺僧徒，多屬無賴，見婦女有姿色隻身入寺祈福者，即導至方丈室，推而納之地窟，供其淫欲。一入此窟，即終身無出寺之望，故婦女焚香走失者，時有所聞，而無有知其究竟者。陳某病癒後，即親詣邑宰，告以故，邑宰怒甚，率精卒圍寺，偕陳某入方丈室，推床下木板，果得地窟，則見淫僧數輩，方擁婦女嬉戲，乃盡縛之，一鞫而服。因梟首示衆，地室婦女則各遣之回家，而火其寺焉。

荒山豔塚①

徐素貞，潯人，色豔絕，父若渠，爲建昌城守營，精武藝。素貞幼時，若渠即教之習藝，凡少林拳術皆精。辛亥起義，若渠解職，家建昌。

---

① 原載《遊戲世界》1921年第3期"談薈"欄，列爲"綺情樓雜記（四）"。

嘗於中夜遇盜，若渠被縛，素貞手斃一盜，傷數人。群盜驚其技，相率遁去。自是若渠益愛素貞，乃攜往潯城，經營米肆。其時素貞母已下世，若渠續娶郝氏女爲室。郝有姪，名交炳，年二十許，善會計。若渠遂招入肆中，經紀出入。交炳已娶，夫婦不相得，故交炳不常歸。時素貞年已十八，風緻益豔。交炳既爲内戚，出入恒不避。耳鬢厮磨，漸生情愛。一夕，若渠他出，交炳招素貞飲。既醉，遂私焉。次日，素貞酒醒，回憶來宵事，大悔。蓋知交炳已有室，萬難以身嫁之，則來日收局，至可寒心，以問交炳，則指天誓日，誓不相負。素貞雖不敢必其言之可信，顧不得不以是自慰。逾年，若渠漸有所聞，恚甚，乃辭退交炳。至是，兩人消息遂隔絶。交炳憂甚，素貞更急，交炳原不愛其妻，此時則以術籠之，使作青鳥使，奔走二人之間。未幾，若渠爲素貞論婚，素貞大驚，以告交炳，謂此身已失，萬難他嫁。交炳無以爲計，乃乘間攜逃漢口。素貞頗有私蓄，俱挈之往。交炳遂攜其資回潯設肆，使素貞留漢，賃小屋而居。此時素貞遂由名門嬌女，一變爲天涯逃婦。回憶當日繡閣生涯，頗有"一失足成千古恨"之歎。顧事已至此，徒喚奈何。一寸芳心，惟私祝交炳永不相負，或可慰情於萬一。詎天下事竟有大謬不然者。緣交炳輕薄子也，初時相愛，不過慕素貞顏色，初無誠篤之情。此時素貞心中抑鬱，日漸悴憔，交炳覷之，遂存秋扇見捐之意，兼以素貞所予資金，設肆以後，頗獲重利，輕薄兒身擁鉅資，安能守其本分？於是青樓浪遊，遂忘漢上之日倚樓窗、望穿秋水之舊好。初時，素貞來書，猶按時作復，或寄資以濟其度日之費。一年後，素貞縱以書來，概置不答。時素貞資斧已罄，呼籲無門，又知負心人已無膠續之望。居既不能，去又不可，歸則無面目以見父母。一寸眉頭，遂無開展之日。對花揮淚，見月傷懷，嬌弱之身，乃不得不病倒繩榻矣。

　　素貞病中，典質俱罄，於是更致書交炳，以爲最後之哀求。交炳忍不一至，錢亦不予。素貞知無望矣。回首前情，寸心如割，自是病益深。淹滯牀蓆，惟以淚洗面。淚盡，繼以血。於是致書其父，痛悔其罪。其父以其私遁，深辱門楣，此時亦置不答。素貞心中酸楚，匪言可喻。自是絕粒不食。數日後，遂玉碎香消，賫恨而逝。死後，居停不知其親屬，亦無處通報，乃向善堂乞得棺木，葬諸漢陽荒山中。好事者以其生秉豔色，因爲立短碣，題"荒山豔塚"四字云。

輪船百怪錄[①]

小子不幸，長作旅人。半世光陰，强半都在那曉風殘月中斷送了。長江上下，每年至少要走幾次。那各公司的輪船，差不多都給我坐遍了。因爲坐得多，在那輪船裏，便看見了許多可怪、可笑、可悲、可恨的事。今日閒暇無事，因把他一一叙述出來，也教一般入世未深、初出旅行的人做個考鏡哩。

長江輪船，約分四大公司：（1）招商，中國辦的。（2）怡和，英國辦的。（3）太古，英國辦的。（4）日清，日本辦的。輪船目的是在運貨物，遞郵件，所以坐船的人，都叫搭客。船上職員，有船主、領江、大副、二副、司機等，多半管理行駛和機器的事。此外有買辦、賬房、司艙、茶房、水手等，便是經理貨物，和招呼搭客的。船上艙位分大餐間、官艙、房艙、統艙四等，大餐間多半是外國人坐的，官艙、房艙便是一般富商大賈、官僚婦女坐的，惟統艙搭客爲最雜。約言之，以工商界人爲多。此外甲板上面，亦有冒雨席地而坐的，便是一般窮人和苦力。統全船一看，可算得一個小小的部落，上中下社會的人，都是有的。這許多人知識既不平等，一舉一動，一談一笑，自不免有許多怪象。我初看着，十分煩惱，後來一想，這些怪象，正可破我們旅行的寂寞，不惟不煩惱，還覺開心呢。

輪船上的招待，現在是壞極了。官艙、房艙的飯菜，到還過得去，就是茶房也還守法一點，統艙裏便有飯無菜，那米又粗糙不堪，若乘客不堪其苦，便出資購菜，廚房又故昂其值，大約吃雞子兩枚須洋一角，

[①] 原載《遊戲世界》1921年第3期、第4期"談薈"欄。

其餘更不消問的了。便是泡茶的水，也難得常開。若嫌冷了，便說船上祇有這樣的開水，不喝聽便。至於那坐在甲板上面的窮人和苦力，還有一滴都想不到了。那統艙裏的鋪位，原是供乘客用的，現今已完全被茶房佔有。乘客若要鋪位，須向他們購買，價值要佔船價之半。譬如船價四元，鋪價便要兩元，於是買了船票又要買鋪了。若是不買，就是買的統艙票，那統艙裏却沒有他的坐位，祇有往甲板上面和梯子底下坐坐而已。船每到一個碼頭，那茶房均上岸兜客，一見挑有行李的客人，便問道，"阿要鋪？"往往不由分說，硬扯得去。是常出門的人，知道買鋪是免不掉的，祇有任他安置。不過行李、箱籠一經他安置，便無失落之虞，這也是一樁好處。若是沒有出過門的人，他便要先講明，究要酒資若干，茶房又必故昂其值，若是交易做不成功，那茶房便橫著眼睛不認人，口裏不住的"豬頭三"、"阿木林"，罵個不住，就是客人聽著，也祇有忍氣不做聲了。

　　凡是沒有買鋪的客人，不獨餐風宿露，受那虐待的痛苦，就是銀錢箱籠也十分危險，因爲長江的弄手和輪船茶房，都是通氣的，既經茶房招呼的客人，自然不好拆他的爛污。那未經茶房招呼的客人，便沒有保護，他就可以大施手眼了。有一次我從漢口往九江，親見一個人因爲沒有買鋪，在船尾上一塊空地坐着，那人帶了兩隻網籃，自己靠住網籃坐下，自以爲萬無一失了。不料夜深船抵黃石港時候，那載客的划子，剛剛靠船，那人偶然起去，站在欄杆旁邊觀看，忽然又有一個人担担白白把那人的網籃提了一隻，一溜煙下了划子。我初猶以爲是那人的同伴，要下黃石港，那料那人偶一回首，便大喊道："呵啃！誰提我網籃去……"任憑你把嗓子喊破了，也沒有一個人答應，才知是弄手偷去了。那時船已過了黃石港，划子早開着走了。那人在船上尋遍了，何曾見他的失物，祇得自呼晦氣而已。那般茶房還要在旁邊冷笑道："若是買了鋪，何至有這樣損失呢！"

　　輪船靠碼頭的時候，茶房向乘客要索酒資，其惡有如催租之吏，是先講定了的。這時照數付給，還沒有話說。若是未曾講定的，這時交錢，必要一爭再爭，倘若未滿他的欲望，便要當面侮辱，或是藏匿客人行李，或唆使埠上挑夫，故與客人爲難，孤身旅客，便不得不受他的窘了。然他們飯碗的命根，完全在買辦和賬房手裏，若和他們弄不開交，惟一方法祇有告訴他的賬房，然他們茶房原沒有工資，賬房有時申斥，有時也陪護。有一次，我和一個朋友同往南京，也是因酒錢和茶房爭起來。那茶房竟開口罵人，我那朋友氣憤不過，當即往告賬房。那知那位賬房先生口銜一枝雪茄，正在牀上躺著。我那朋友把那茶房惡索的情狀告訴他，他聽了很不高興，冷冷的答道："出門的人，就多用幾個錢，又算什麼？"我那朋友道："難道化錢還要挨罵不成？"他道："你多給幾個錢他，自然不會罵你的了。"我那朋友道："照你說，茶房侮辱客人，不是應該的麼？"那賬房先生忽厲聲道："去！去！誰和你囉唆？"我那朋友原來擅長英文，聽了這話，慍極了，知道不可以理喻，當下說道："好！好！你們船上既這樣橫惡，我到要去問你的船主（西人）評評這個理。"說罷，轉身就走。那位賬房先生聽了要會船主，那嚴冷的面孔立即轉了笑色，呼道："請轉！請轉！"我那朋友那裏肯聽，正要上樓時候，那位先生不敢急慢，把那口裏雪茄立刻丟了，親自跑了出來，把我那朋友扯轉，笑道："我自有辦法，何必急呢？"當將那慢客茶房喚來，申斥一頓，並向我那朋友深深道歉。這樣，我們才安然起埠。大抵他們船上，茶房畏賬房，賬房畏洋人，中國人的奴隸根性，真是牢不可破。我想這次幸是我那朋友能懂英文，敢於會他的船主，若是稍弱一點的客人，受了那樣的侮辱，豈不是無處申訴麼？然而，後來有人告訴我那朋友，說這種事祇可一不可再，因爲那般茶房，都是兇惡萬狀，若太得罪了他，便把你的面貌記在心中，後來倘是在船上遇着，不是故意把你擠下水去，就是暗使弄手害你呢！我那朋友聽了，爲之悚然。哎！世途險惡，乃至如此，真是可歎哩！

　　船上招待既這樣不好，旅行的人第一宜少帶行李和銀錢。若是帶多了，便要交存賬房，或放在穩妥地方。如其不然，那萬惡的弄手，便要光顧了。在長江輪船初行時候，那船上謀財害命的事，時有所聞，近年雖然少些，然而還是不免。前年我從九江往漢口，親見一事，極爲可恨。有某甲，像是鄉裏初出門的，帶了一牀鋪蓋，一個小包，不知何故，那弄手知道他的小包裏有銀錢，便千方百計想弄得去。然而某甲十分謹慎，拿那小包作枕頭，自己枕着，始終不曾離開鋪位一步。這樣，交易總算做不成功了。然那弄手竟有絕妙方法，使那小包裏銀錢不能不做他的囊中之物。那時我忽見一個人手持一根小香，坐在某甲靠近的一個鋪位上，假意燃著吸煙，乘間將香火觸某甲足心。某甲原是躺著，忽覺足心爲痛，疑爲蟲囓，立翻身起坐，視其足心，那位弄手就乘他起坐當裏，早將那小包偷去，一霎眼不見了。等某甲復臥下去，不見小包，始大呼有賊，四出尋找，何曾見他的原包。某甲見包裹已失，放聲大哭，自言是經營小貿易的，包裹有洋一百二十元，是預備往漢批貨，如今失落，本錢盡去，又無盤川，祇有投江覓死。那時船上的人，都替他可憐。然有親眼看見弄手的，却不敢作聲，而船上又高懸了"貴客如有銀錢要件，請交存賬房，若不交存，遇有遺失，與本船無涉"的牌子。不消説，那船上是不得幫某甲追究了。其實，花了錢，買了票，在船上遺失了東西，船上應當負責，何得高懸了一塊牌子，就完全不管呢？且每見乘客以銀錢要件交存賬房時候，那賬房先生又覺煩鎖，不高興，誰又肯拿著熱面去向冷面呢？如是，乘船客人，無刻不在危險中了。尤其奇怪的，船上親見弄手偷東西，無論何人，均相戒不言。據聞一朝喊叫出來，使那弄手案破，無論何時，必要將你置之死地。所以那次某甲被竊，雖然有人目觀，却不敢作聲，後來某甲雖然沒有投江，那妻室兒女靠著度日的小貿易基本金，却付諸東流了。我想，長江上下像某甲這樣的事，是無日無之，旅行的人真不可不慎咧！

船上謀奪乘客的銀錢，不獨外來弄手靠此營生，就是船上茶房也有做此勾當的，這更是該死的了。有某僧，廟產甚富，某年搭某輪赴漢，帶有小箱一口，行李一件，箱內帶有銀洋數百元，又珠寶數件，共值數千元。因沒有買鋪，統艙裏無處容身，乃坐於甲板上面，適那夜大風大雨，某僧忽患了腹瀉之症，正打開箱子，尋藥醫病，忽被茶房陸某撞見。

陸某見那箱子裏銀錢珠寶，頓起了不良之心。等到夜深，乘客都睡熟了，某僧往船尾廁屋裏登坑。陸某也隨他下來，乘某僧不備，竟推下水去了。於是某僧的銀錢、珠寶，他遂據爲己有，成小康之家了。然陸某亦竟因此得了瘋疾，以刀自剖其腹而死。這樣一看，失財的固然不幸，得財的也是不好呢。

輪船上茶房，大約沒有一個不帶私貨的。自禁煙令下，於帶貨之外，兼售鴉片。在船上的客人，固可自由吸食，就是岸上的一般癮君子，每逢船靠碼頭時候，也都到船上來過癮。其初還只日清公司船上有的，近年來怡和、太古的船上，也都有的，乃至招商船上，也大賣而特賣。在他們三公司，都是外人勢力範圍，中國禁煙法令，還說不能施用。招商局乃中國人辦的，何以竟許他們私售私吸呢？這真是怪事。

船上於煙之外，便是賭。"撲克"、"麻雀"、"牌九"、"單雙"無色不備。起椗以後，牌聲俱作，也有乘客自己成局的，也有茶房邀合成局的，輸贏極大，抽頭亦重。官艙房艙裏，面團團、腹便便的一般闊老官，不消說要在檯子上面，逞逞雄氣。就是那統艙裏客人，也每每有此豪賭。其間也有"做局"、"抬轎"等弊，墮其局中的，往往川資行李，一起奉送。非老於旅行的，切勿嘗試。

賭之外，更有嫖，因爲船上總有娼妓往來。有一般急色兒，故意與他們勾搭，那娼妓又落得做一點零售賣買，幫幫盤費，也每每色授魂予。若是談對了，就在那房間裏同赴高唐之夢。我起初以爲這種事，官艙和房艙裏居多，因爲房門一閉，爲雲爲雨，外面人是不知道的了。不意萬目睽睽的統艙裏，也有這樣怪事。原來統艙裏鋪位，分作兩層，婦女多半居下層，光綫略暗，倘有有關係的男子，跟在一路，不消說是要鋪靠鋪，坐在一處。若是單身婦女，自不免要和不認識的男子鋪位相靠。是規矩的人，自然沒什麽毛病，若是浪子蕩婦，碰在一起，情不自禁，就要在那斗大的鋪位裏，做起苟且的事來。倘被茶房乘客看出，必群起笑罵。若是顧顔面的男婦，尚知脈脈含羞，不言不語。若遇着潑辣惡根，還要老羞成怒，説我們夫妻倆同睡一鋪，干你們甚事。去年我的朋友吳君，往漢口去，親見統艙裏一男一女，鋪位靠鋪位。兩個人由問姓名而談笑，由談笑而入遊詞，而捏手捏脚。比天晚上，那男子便混到女子的鋪位裏，公然興雲作雨起來。不幸吳君的鋪位，適與他們相近，目覩這樣獸行，真是又羞又恨。後來吳君有一首打油的詩云："火輪船上度春宵，萬種相思一筆消。事罷含羞顧鄰客，不堪私諷與私嘲。"却是紀實呢。所以那船上小小部落裏，總算十分進化，嫖賭鴉片，件件都有，色色俱備了。

每值輪船起椗後，那歡喜嫖賭鴉片的朋友，便各尋所好去了。其餘的人，都兀坐在那鋪位裏，聽江上波濤，淒凉彌甚。於是彼此攀談，以消長夜。有的談買賣，有的談時局，却沒有見過談學術的。我不是經商的，談買賣自然不懂，惟聽他們談時局，往往使人發噱。有一次，我看見甲乙兩個鄉老兒，口銜著旱煙袋，耀武揚威，談起時局來。甲說道："現今世界，真不得了，到處兵荒馬亂。我們住在鄉里，直把膽子嚇碎了。"乙道："是呀，我們那裏，也是一樣。我想古來改朝換帝時候，總有一位聖明天子出來，平那些草寇。如今換朝八九年，還沒有一位聖明天子，你看怎麼不亂呢。"甲道："我聽說楊老令婆，還在世上，帶著楊六郎楊宗保，在九龍山裏屯兵養馬。將來的天子，或者是他楊家的，也未可知。"乙道："不對不對，據我看，還是朱洪武的後人，但不知他朱家有沒有這樣的風水。"甲道："自己國的亂事，還不說他，又弄些什麼外國兵跑來，常常要我們中華開仗。你知道麼，那外國的礮火，真正利害呀。"乙道："那裏什麼利害，是我們中華氣運歇了。若再出一個諸葛孔明那樣的人，用起奇門遁甲來，還怕他們礮火麼。"甲道："你不知道，他們外國人眼睛，能看進土裏三尺，所以我們中華土裏金銀寶貝，他都取得去了。我們中華的人，實在的玩他們不贏了。"乙聽了，忽瞿然道："還有一件希奇事，現在又出了什麼議員官，是用錢可以買得到的，但不知是正幾品，出息何如。我有一個小子，太不成材，不然，我也情願拿幾個錢，替他捐助一個議員官做做。"甲笑道："那樣，你便是太老爺了……"這些天外飛來的奇談，我聽着，直把腸肚笑斷了。這樣出門廣見聞的人，尚且如此胡說，那死守鄉村的人，更不用問。中國人民知識，還是這樣閉塞，真可浩嘆。然各縣各鄉鎮，早設了宣講所，請了宣講員，我不曉得那些宣講的先生們，究竟對他們說些什麼。

在船上和不認識的人談話，也要十分謹慎，可說的便說，不可說的，還是要吞在肚裏。俗話說的"逢人且說三分話，未可全拋一片心"，正是這個意思了。民國三年，有某君從漢口往南京，是坐的房艙，因爲悶坐無聊，和對過房間某甲談合了。某君學識優長，胸懷瀟落，見某甲服用闊綽，語言豪爽，知非下流之輩，雖然萍水相逢，竟至傾蓋論交。某甲自言任某報編輯，與某君縱談時局，滔滔不倦。那時正是袁氏專橫時代，某君於談話之間，亦微露不滿意態度。某甲時時注意，他却不覺。兩人既談好了，便你到我的房裏來，我到你的房裏去。某甲又在船上叫了幾份大菜，請某君共食，把酒談心，彌覺暢快，某君猶以爲天涯逢知己了。等到船抵南京，兩人一同起埠，分道別去。某君剛剛到了旅館，行李並未安置，突有警察數名，偵探數名，洶洶而來，直往某君之室，指某君爲革命黨。某君力辯之。警察道："你既說不是革命黨，行李試交我檢查。"某君因心中坦白，便任他檢查。那知檢查之際，那網籃底下，竟發現了手槍一枝，子彈十餘粒。某君見了，大吃一驚，不知這手槍竟從何處而來。那警察偵探喝道："這不是謀反的證據麼？"便不由分說，把某君橫拖直拽，帶到警察廳去。後來某君竟因此在南京槍斃了。原來某甲並不是什麼報館編輯，乃是那萬惡偵探。因爲那時長江船上，偵探甚衆，拿獲了一個革命黨，便有五百元賞金。某甲因見某君少年磊落，恰似民党中人，所以極意和他聯絡，乘隙便把他帶的手槍和子彈，暗地放進某君網籃裏，某君是毫未覺察。等到南京起埠，某甲知他住的某某旅館，立即奔回偵探部報告，説他跟了一位革命黨，現住某某旅館。偵探部立即派員去拿，正似籠裏捉雀。後來某君喪了命，某甲的五百元賞金，却到了手了。這樣栽贓陷害的事，真是言之可怕。俗話說得好："害人心事不可有，防人心事不可無。"旅行的人，却要十分注意咧。

船抵南京、蕪湖等處，常有一種乞討的小划子，圍著船邊，以竹竿繫小袋，伸到船上，向人乞錢，然而乞得錢甚少。我起初以爲那般腦滿肚肥、豪賭闊吃的大老官，總可大發慈悲，濟濟窮人，那知大謬不然，他們雖然成群的靠着船沿上，那乞討袋子，伸到他的面前，好像沒有看見，就是一枚銅元，也不肯破費。到是那坐三等艙的一般人，還常常給他們幾個錢。世間窮苦乞丐的人，要想富人一個錢，真是難如登天呢。

我每見外國人旅行，無論是在火車，是在輪船，必定十分安靜，或是閱報，或是看書，秩序井然，毫不亂雜。中國人則不然，我在輪船上，看見閱報的人就很少，大約三十人中，只有一兩個人知道買一份報看看。至於看書的更少，就是有一二個人，也不過是花幾枚銅元，買幾本淫詞邪說，用心捧讀。讀起了勁，還要將那書中亂七八糟的事，彼此相告，繪影繪形，蔑不盡致。此外只有唱小曲子和唱戲的，三三兩兩，吃上了幾杯酒，胡琴便拉了起來，引吭高唱。是乘客消遣，猶有可說，那船上茶房司事，也常常這樣幹起來，妨害別人安寧與否，擾亂別人睡眠與否，他却不顧了。

總之，一隻船上，形形色色，無奇不有。我現在要說，實在的說不盡，不過舉一以類其餘罷了。我很盼望各船的船主和買辦，對於上述各種妨礙乘客的弊端，嚴加取締；對於本船的茶房司事，嚴加管束，庶乎乘船的客人，稍得平安，這便是小子著這篇《百怪錄》的本意。

憶鳳樓情史①

余友趙君霖，字雨蒼，一字苕狂，別號憶鳳樓主，籍吳興。幼聰穎，長益豪雋，善屬文，好飲。著述之暇，恒赴酒家狂酌，每酌必醉，不醉則怏怏不樂。有時興發，召群妓侑觴，往往清歌未終，彼已大醉矣。因是識名校書鳳珠。鳳珠，蘇産，頗識字，年華三五，嬌豔動人，而秉性英爽，無青樓習氣，尤合雨蒼意。酒闌燈炧，輒攜手作長夜談。時鳳珠

---

① 原載《遊戲世界》1921年第5期"談薈"欄，總題爲"綺情樓雜記"。

猶未梳櫳，其母極屬意雨蒼，偶浼人說之。雨蒼忿然曰："吾愛鳳珠，當重視鳳珠，豈效大腹賈專逞淫欲哉！"故相識兩年，未及於亂，以是鳳珠益敬雨蒼。敬愈深，愛愈篤。一日不見，則走覓之。粧台之樂，蓋有甚於畫眉也。逾年，鴇母攜鳳珠往漢。瀕行，雨蒼走送之。鳳珠私告曰："余命薄，操此賤業，傷心極矣。應客以來，受人凌挫，無可告語。長年抑鬱，若在夢中，而能稍恤余苦，且不以余爲風月中人者，惟得君一人。故自識君，始得少些佳趣。本圖朝夕相聚，互吐夙心，不料有此遠行。今後風波更險，結局如何，殊未可定。君其自重，勿念我也。"言已，泣數行下。雨蒼雖極力慰藉，而傷感甚深，自是終日惘惘，如有所失，每得鳳珠書，則狂飲以讀之。而往日飲時，鳳珠必至，醉則扶之歸，今杯中物猶是昔也，而玉人已不見。醉後，輒自躁怒，甚至輟筆不復著書。數月之間，憔悴無人色。友人咸恐其攖狂疾，陰致書鳳珠，囑之歸。適是時，鳳珠亦思歸，因慫其母，重復回滬。雨蒼往見，如獲至寶。顧鳳珠已謝絕交遊，非復前日鶯花中人，乃於馬立司賃小樓而居。雨蒼得間，即往盤桓，久竟視同己家。二人之情，至此益膠結，不可復脫。所居適傍林陰，風景至佳，值月夜，二人輒依林陰而坐，夜氣冲融和悅，若將二人溶成一片，而鳳珠又極意洗盡繁華，安其淡素。雨蒼有時恐其清苦，勸稍事粧飾，輒愀然應曰："君識余久，豈猶不識余心？余厭倦風塵久矣。屢欲屏絕交遊，與君賃小屋而居，以爲蘇息行樂之計，今既得矣。君必欲我冶容悅人，復其舊觀，此何苦哉！"雨蒼聞語，益重之。雙棲既久，恍如夫婦。雨蒼無論何往，必攜與俱，荊釵裙布，明豔端莊，見之者幾不識爲數月前馳騁金迷紙醉中之鳳珠也。一夕，二人倚樓窗閑坐，忽微風撼樹，槭槭作聲，鳳珠驚曰："秋至矣，余僑居此，忽忽半年。君既愛妾，將何以處妾？"雨蒼曰："卿既爲余懷中人，余亦幾爲卿有，尚何求乎？"鳳珠曰："此安爲久局？"雨蒼曰："然則取卿歸耳。"鳳珠曰："余母以余絕客，已有煩言，願速圖之。"雨蒼急商其母，母索二千金，雨蒼殊不嫌其奢，私措此款，已得矣。回告家中，均以納娼婦爲羞，不許，轉語鳳珠。鳳珠泣曰："余命薄至此乎？"雨蒼深慰之，期以再圖。

復歸告家人，磋商再四，終勿能成。雨蒼大憂，乃匿不以告。鳳珠強詢之，始以實言。鳳珠大泣曰："已矣！余此番去漢，感痛極深，明知彼冶遊之人，在廣場中尊我爲第一等人，心坎中視我爲不足齒數，而不能不與彼等款接，午夜自思，灰心已極。故歸滬後，即謀與君同居，乃不得不以我哀窘之深，意中虛搆之知己，移而就君。今情濃分短，此願終虛，尚何言哉！尚何言哉！"自是相見必哭。其母日迫其重理舊業，亦不應。私出其小影一幀，以贈雨蒼，囑曰："愼藏之，余再居狂蕩世界，勢難久活，留此爲後日紀念也。"雨蒼此時心痛成痼，顧無法挽救，又恐長此糾纏，致彼開罪於母，誤其終身，乃忍心與之絶。於是鳳珠復張豔幟於民慶里，而終日憂鬱，消瘦不堪。雨蒼聞之，大痛，並其舊居亦不忍一過，偶道行經此，必折而之他，終日悵惘，惟托醺醉以自解，逢人必告之曰："鳳珠已死矣。"因自號憶鳳樓主。友有詢之曰："鳳珠並未死，胡爲而憶？"則應曰："彼再落火坑，雖未死而等於死。余之憶之者，不甚當乎？且彼之復爲馮婦，胥余之過，余又安得不憶之而重憶之哉！"其傷感有如此。

井底癡魂①

癸丑之亂，潯陽夷爲戰場。潯城居民，多半遷之鄉中。其無室可居者，則假親串家暫避。湯生者，讀書子也。年弱冠，風度溫雅，人咸愛之。亂起，隨母避居姨家。姨李氏，早寡，居匡廬山麓。地甚僻静，小圃蒔花，幽蒨可愛。生得暇，則散步圃中以自遣。居未久，姨家又來一女客，亦避亂也。姓盧氏，與李氏亦有瓜葛，攜一女一子。子纔十齡，女年十六七，嬌豔動人，曾肄業某女校，頗通文墨，盧氏極愛之。居久，兩家漸稔。暇時，生母與盧氏恒以樗蒲自遣，女則攜弱弟徘徊圃中。生至，亦不避。花間談笑，非止一日。盧氏故重生，亦不禁。時女尚未字

---

① 原載《遊戲世界》1921年第3期"說苑"欄，署名"血輪"。

人，生極愛慕。談笑間，偶以言挑之。女拈巾微笑，殊無拒意，生益惑。一日，生自別村歸，母與盧氏相約遊山去。惟女一人留家中，生見空室無人，情不能禁，竟與女私焉。厥後，情好益篤，堅訂百年之約。顧生已有室，秘而未告，女亦不知。亂平，兩家咸回城。女與生遂漸隔絕。生間至女家，僅隔簾相窺。不通款語，萬種柔情，惟楮墨相達，而居間作青鳥使者，則女弱弟也。一日，生得女書，謂幽期密約，終非長策，囑生速倩冰人，以踐前約。生聞此惶甚，既不能重婚，又不忍負女，五中焦急，計無所施，乃託故哀其母，欲與前聘離異。母故拘謹，聞此怒甚，力責生。生夙畏母，勿敢置辯，自是終日惘惘，神志頹喪。回首前情，惟以淚洗面而已。逾月，女未得報，疑生負約，遺書讓之。生至是，知無可再隱，竟直告之，且極道焦急之狀。女得書，大慟，責生欺己。生欲往慰之，而不得間。會盧氏生辰，稱觴宴客。生以祝壽往，得於私室遇女，而梨花帶雨，粉面含愁，非復舊時顏色矣。生問女胡清癯若是。女曰："自得君書，寸心若裂。初時遇君，愛君風雅，故不惜以身與之。竊意此身有託，伉儷永偕。孰知君已有室，諱而不告，今君既不能娶妾，妾亦未能曳殘聲，過別樹。君實誤妾矣！邇日以來，心中酸楚，梳掠俱罷，鏡中若另一人。君將何以處妾？"言已，大哭。生百計慰之曰："今事勢未極，猶有可圖。我決不娶彼女以負卿也。"女曰："君尚有母，安能終鰥？瞬且鶯鳳成雙，寧復憶妾耶？"生誓之。是夕歸，復以離婚事哀其母，並露欲娶女意。母聞言，大怒曰："汝癲耶？汝岳貴顯，詎肯離婚，即令能之，而汝下偶商人之女，寧不懼戚串竊笑？吾初猶不識汝何故必欲離婚，今乃知汝欲自儕下流，真不肖哉！"生曰："兒不得盧氏女，寧終鰥。"母曰："汝尚有叔伯，安能由汝？後再以此為言，吾不能視汝為子矣。"生自是不敢再言，而頹喪益甚。每憶山麓避亂時，月明夜靜，輒與女依林陰而坐。夜氣冲融和悅，若將二人溶成一片，而身上之情，傾吐不了，則幻為汪洋巨浸，合二人深沈其中。偶出口鼻以受天氣，旋復墮溺水底，今者詎能割棄耶？於是懨懨病矣。會有金生，與盧氏有瓜葛，慕女風姿，適於是時向盧氏求婚。氏故愛生，有允意。女聞之，大懼，立召生至曰："汝謀若何？"生無以對。女曰："頃有金某向余母議婚，余母已有允意。大事去矣！君雖誤妾，妾不負君。今惟一死，以報君深情。但願妾死以後，善視新人，勿念妾也。"生聞言，心大痛，泫然曰："是何言？卿死，我安忍獨生？將與卿同盡耳！"女曰："汝能死耶？余命薄，殊不敢累君。"生曰："殉情而死，其樂彌甚，我自甘之。"女躊躇曰："是亦佳。生不能爲比翼鳥，死當爲連理枝。倘精誠不散，願與君結再生緣。"盧氏之屋後有廢園，內有井，甚深。是夜，涼月東升，萬籟俱寂。生攜女至園中，指井曰："即以此處畢命，可乎？"女曰："佳。"是時，芳草沾露，爛如嚴霜。蟲聲唧唧，時自石罅中溢出，若爲二人致其悲悼。生既攜女至井邊，乃抱女吻之，淚滴其面，燦如明珠。女曰："吾先下乎？"生曰："吾先下耳。"言已，一躍墜井中。女方欲繼下，陡見生在水中騰躍狀，忽中懾，又不敢呼救，乃狂奔而歸，伏床大哭，深知己已殺生，顧不敢告人。次日，鄰人向井汲水，始見生屍，群相譁譟。生母聞信奔至，撫屍痛哭，時觀者如堵。有知生事者，竊相私議，於是生與女私情，遂傳遍城中。金生聞女不貞，亦罷議。女雖未死，至今無有問字者。

阿誰誤我①

阿誰誤我耶？阿誰誤我耶？兩年以來，余每以此自問，然余每啞然不能置答。蓋此事曲折甚多，余甚當其衝，正如飛蛾撲燈，自投火窟，則余實不能怨人。然苟非誤信人言，又何至身敗名裂，一至如斯？於此，余惟以一言自答曰："虛榮心誤我而已。"

余今已破產矣，余之一身，復不齒於人類。夫以一女子而自敗其祖遺之產業，復自毀其美好之名譽，今後安有面目更立人世？矧余之出身，並非猥賤。余父曾宦遊河北，譽之者甚多。余及笄，適徐觀察公子振華爲室。徐翁僅此一子，愛之綦篤。振華復聰穎好學，余偶此如意郎君，

---

① 原載《遊戲世界》1921年第4期"說苑"欄。

余實心滿意足。故余之愛余夫，有如性命。余夫愛余，亦如之。緑窗攜手，繡閣雙棲，覺余二人濃情熱愛，一一幻爲汪洋巨浸，合余二人深沉其中，自謂一生一世，無復分離之苦。詎天忌有情，余消受此快樂光陰，僅僅一年。次年，余夫忽患失血症，每吐數升，余手扶其額，親見碧血片片，自其口中嘔出。至今思之，猶有餘悸。是時，翁姑俱已下世。侍余夫疾，僅余一人，遠近名醫，俱已延至。藥煙縷縷，未嘗一日離余夫側，實則此種湯藥，殊未收一滴之效。未及兩月，余夫遂消瘦無人色。每於夜靜更深時，輒握余手泣曰："余病已無望矣！余誤汝矣！"余聞此言，惟報以痛哭。於是寢食俱廢，百望皆絶，常於深夜禱天，願代余夫一死。詎天不聽余言，更兩閱月，竟奪余夫而去。嗚呼！余夫一死，余之厄運遂至。

方余夫死時，余暈絶者再。終日昏沉，不思飲食。每思一死，以從余夫於地下。然腹中一塊肉，深深累余，使余覓死之心，輒因此而餒。顧余雖未死，余之寸心，已隨余夫深瘞黃土中，無復生人樂趣。未幾分娩，則呱呱墮地者，女也。余是時復又絶望，蓋余翁僅生余夫一子，今余夫無後，則徐氏宗嗣自此而斬，余靦顏苟活，更覺無謂，然又轉念此女終是余夫血骨，安忍棄之世間，任其飄墮？則撫育之責，余實不能辭。於是，余欲死之心，乃不由不完全消滅。余今思之，凡爲女子，苟不忍其夫獨死，而必欲以身殉之者，萬萬不容遲回顧慮。苟一遲回顧慮，則萬不能死。於是失足敗節者，比比皆是。余今日之身敗名裂，皆余遲回顧慮之過。否則，余早從余夫於地下，人皆以烈婦目我矣。余家武昌，本屬寄寓。余夫原籍實在浙東，近支無人，遠族復未通音問。於是爲徐氏主人翁者，僅余與余小女而已。余翁遺產頗豐，皆存銀行中。余則按月支息，以之度日，甚有餘裕。余亦知守節之不易，居恒不出閨門一步，除撫兒理家外，則觀書自遣。寸心之中，時時痛念亡夫，不使物外之事，絲毫入余心坎。正如自鑄鐵壁，自錮其身。萬不料竟有毀余鐵壁，曳余身推之火坑者，則其人非他，余鄰居王嫗是也。

王嫗年四十許，善詞令，狀甚慈祥。余夫死後之第三年，來居隔鄰。

其夫亦早逝，膝下僅一女，年十三四，嬌小可愛。嫗常挈其女至余家，始僅道寒暄，繼則漸及家常，嫗閲歷深，所言皆娓娓可聽。因是余亦樂其常至，以遣積鬱。時余年才廿一，與嫗聚處，似覺不類，然日久余甚樂其人。閨房之中，幾欲引爲至友，於是者半年。一日，嫗導一相術家至，極道其相術之靈驗，欲余一試。余欣然諾。術士年可五十，目炯炯有光，自謂相遍天下，無稍訛失。余出坐中堂，術士向余端視良久，忽詫曰："夫人貴哉！夫人大貴哉！"嫗亟詢曰："云何？"術士曰："若在前清，貴當一品。今民國亦當爲都督夫人矣。"嫗曰："先生誤矣！渠丈夫下世三載有餘，安能爲都督作夫人耶？"余亦怒曰："先生得勿揶揄我乎？"言已，欲入。嫗曰："奶奶毋急，姑使再相，或有誤也。"術士復向余細視，乃至指尖髮末，亦觀察俱遍，於是向余鞠躬曰："余不敢再言矣。"嫗曰："是又何説？"術士曰："余固不知夫人有無藥砧，但以相論，實主貴夫。我所云都督夫人，恐猶有委屈，若吾言不驗，請挖吾眸子以謝。"言已，飄然竟出。嫗笑顧余曰："妄哉此人，竟等於狂囈矣！"余曰："彼輩江湖賣藝，原以諛人爲不二法門，固不知其今日乃大誤也。"嫗忽又笑曰："天下事亦難預料，奶奶年方少艾，異日變局尚多，安知不真爲都督夫人耶？"在理，余聞此言應怒，顧余殊無少愠，僅笑應曰："此則俟諸來世耳！"

　　自是余與嫗過從益密，談笑中嫗每以貴人來相調侃。余此時亦若爲鬼所迷，無意中亦常以貴人自許。脱余此時而猶待字閨中，則此種觀念亦不爲過，顧余已孀，應爲余夫守其貞操，安能萌此妄念？然則余誤矣。余初時頗能自鎮，日久此自鎮之力不期潛銷，覺此孤苦生涯，實非長策，每見少年夫婦鶼鰈相依，輒生其豔羨之心，而自嗟命薄。凡余夫訣別傷心之語，偶一回思，不惟不爲心痛，反引爲深恨，覺彼棄未亡人長逝，心實太忍，彼既忍心棄余，則余一旦棄彼，於理亦不爲過。余此時若中狂囈，終日焦急。大抵凡爲女子，皆具此弱點，而余尤甚。王嫗時時爲余憂傷，謂余年少貌美，應及時行樂，不應長錮閨中，以凄悶自損。余聞言，惟向之長歎，從此對花揾淚，見月傷懷，已死之心爲之復甦，覺此時脫真有一人拔余而出，置之富盛極貴之地，以消受人間雙棲之樂，此生亦不爲虛度。嗚呼！祇此一點虛榮之心，遂墮入九幽地獄中，無可自拔。今日雖百鞭吾身，亦不足贖吾罪矣。

余是時既懷此不可告人之惡念，余之心思腦力，遂無一日寧。然有一言可以自辯，余並非如蕩婦淫娃爲獸欲衝動而萌此妄想。余實回環四顧，覺身擁鉅資，親屬無人，長此飄零，實無了局，不如覓一可靠之人，以爲異日收局之計。有時思及余之貞節，余父余夫之名譽，此種萌念，頗爲消歇，顧一經王嫗之激勸，則此念復熱，余今乃知朱柏廬先生之"三姑六婆，實淫盜之媒"一語，實不爲誣。余之所以鑄此大錯，王嫗實爲罪魁。彼今仍逍遙自得，余則終日如受死刑。余幾欲手刃其人，以洩余憤。雖然，余自墮落耳！安能怨人？顧余是時心中尚是空洞，究竟余果否再醮，所嫁又果爲何人，余亦茫然不知。蓋余錮守閨中，未能與外界接近，則余此時正所謂自尋煩惱耳。顧未幾，余之惡魔乃至。

一日，余小立門前，忽見一少年策騎而過，護從數人，狀似馬弁，至余居東首巨宅而止。聲勢赫耀，殆貴人也。少年貌甚美，目光敏銳，眉目間饒有英氣，方其過余門時，睨余微笑，余甚異之。未幾，王嫗至，顧余曰："君適見貴人乎？"余曰："見之，是何許人乎？"嫗曰："聞爲江西都督府參謀長，東洋仕官學校畢業生也。此來代表都督與黎副總統有所商洽，已賃陳氏巨宅爲其公館。似此少年英俊，余殊少覯，未識誰家有福女郎，得消受此如意郎君也。"余聞語，心忽怦然動，實則彼與我初無關係，余心胡爲而動，殊屬不解。大抵結果必先造因，余之心動，殆即後日惡果之因也。越數日，王嫗復來，笑謂余曰："彼少年歷史，吾已偵知，姓熊氏，名夢飛，年方廿四，中饋尚虛，彼甚慕鄂湘脂粉，或將於此覓佳麗。余聞是，心忽一躍曰："汝言信乎？豈有年青得志而尚鰥居，姥誤矣！"嫗曰："否。吾偵之至確，蓋彼謂非得絕色不娶也。"自是逐日遂有人來道彼少年如何端莊，如何英敏，如何堂皇富麗，遂使彼少年一寸小影，深深嵌入余之心坎，無法以排去之。一日，晨起，余往門前購花，又見彼少年策駿馬自陳宅出，掠余前而過，彼之目光乃炯炯注視余面，行過數武，猶回首向余一笑。余心乃大顫，臉亦泛紅。此時一種不可言喻之感觸，余今實無力以形容之。歸室後，心中紛亂，坐卧不寧，似樂又似極悲。蓋余是時尚有一綫天良，未盡泯滅，覺余終是嫠婦，終當爲亡夫守貞，彼人俊美，於我何與？余雖愛之，於理不能，於是不得不悲耳。脫余始終持此一顆心，以與惡魔戰，或終有獲勝之一日。顧女子定力太弱，一經引誘，遂難自持。嗚呼！痛哉！

越數日，王嫗至余室，笑謂余曰："茲有一新聞告君，君聞之，當亦詫異。"余曰："何事也？"嫗笑而不言。余滋惑曰："趣言之！"嫗曰："陳宅少年前日又見君乎？"余曰："然。"嫗曰："彼人殊癡，一見君面，乃驚爲絶色，近日四處偵察，知余與君善，竟托人哀余，爲君前一通款曲，此非異事乎？"在理，余聞此言應怒，顧余不然，心中猶引爲奇樂，不期應曰："彼人殊佳，然少年子弟，類多輕薄，此等人又焉可托？"嫗曰："君若爲名節計，不欲古井生波，則亦已矣！若謂其人之不可托，以余目力觀之，殊不若是……"言至此，忽又笑曰："彼人年少得志，前程正未可限量，安見前日術士之言，不將因此而驗乎？"余驚曰："嫗乃欲我嫁彼人乎？噫，否！否！"

此番談話可謂毫無結果，自是余心益亂，終日如發狂病，於是不待嫗至，而竟遣人招之來，詢少年近狀。有時余如鬼使，乃親立門前，以待少年之過。甚奇，余每出，必遇之。多遇一次，余之天良，遂擊敗一次。如是者，又半月，少年之蹤跡忽絶，但見其門前車馬往來，而無一度見少年出户庭一步，余甚異之。一日，嫗至，慘然謂餘曰："君誤人矣！"余曰："是何謂？"嫗曰："彼少年聞君拒余之言，已相思成疾，淹滯牀蓆矣！"余驚曰："然乎？"嫗曰："彼今晨又托人招余往，謂不得君，寧死鄂中，不作歸家之想，君將何以對付耶？"余聞語，以手托頦，如癡如醉，竟無一語以答嫗。嫗曰："以吾思之，君爲郎君守貞，亦已數年，而徐家親屬無人客居於此，亦太孤悽，況身乏嗣續，縱守至百年，亦將舉家而贈之他人，而君茹苦含辛，有誰爲君揚其節操耶？熊郎年少貌美，且又貴顯，君若能自爲謀，幸勿失此良機。老身與君爲友，願布腹心，君其思之！"余聞言，乃以尖銳之聲應曰："然……然。"兩字甫出，掩面倒榻上，熱淚奪眶而出。此一眶熱淚，大抵可分爲兩截，前半爲樂極，後半爲悲極。蓋余既愛其人，苟以身嫁之，實爲人間未有之奇樂。然嫁彼，則失貞操，則負亡夫，是又爲奇悲，特悲極之淚，不能驅退樂極之淚，則余之失身，亦天數所定也。

自是余遂如夢魘，竟私招熊郎至，喁喁情話，凡前茲與亡夫之熱愛，則如隔世之事，一一忘之。尚幸近支無人，余之行動，一無人干涉。一旬以後，熊郎遂就余家，張燈結彩，與余正式結婚。余亦易其淡素衣裳，而衣簇新吉服，凡余家僕婢，亦易稱余爲熊太太矣。余之爲此可謂無恥之尤，顧余是時絲毫不覺，且時時以未來都督夫人自許。得暇，則偕熊郎渡漢，馳騁於十里洋場，見余儕者，莫不謂一對玉鴛鴦，人間得未曾有，而余心中之樂，亦隨日俱增，覺當日與亡夫新婚時之樂，殊未及此時之半。偶於夜靜更深時，憶及亡夫待余之情，頗覺今茲之事，實爲罪大惡極。顧一見熊郎凝脂之面，枕余臂上，則此種天良，一瞥即逝，大抵人在夢魘之中，殊不能自辨其是非。今茲夢醒矣，則追悔莫及矣。

蜜月將終，熊郎遂告余謂鄂中公幹已畢，行將入都運動實缺。余甚韙之。顧熊郎旋言旋悔，謂運動實缺，非鉅金不可，此時囊橐已罄，殊未易言此。余遂向其究須若干。熊郎曰："實告卿，非三四萬金不可。"余曰："是易耳！余銀行存款可足此數。余既嫁君，此產即君產也。君盍提之去？"熊郎悅甚。越日，余遂偕之渡漢，將銀行存款盡數提出，恰足四萬金。熊郎遂收拾行裝，攜侍衛數人，乘京漢車北上。余送之車站，揮淚而別。嗚呼！此別也，遂成永訣矣。

別後，余終日盼其書至，以慰閨中岑寂。詎俟之數月，音信杳然。余甚詫之，私念彼果薄倖耶？往問王嫗，嫗曰："彼貴人公事大忙，安有閒暇作兒女情書耶？"於是忍性以待，又半年仍無消息，欲往尋之，而茫茫塵海，又不知彼人蹤跡果在何許。於是大驚，知受人愚弄矣。往詰嫗，嫗曰："君懷春心急，自欲嫁人，乃怪我耶？"余聞語，一氣幾暈。四處偵訪，始知彼熊夢飛者，實一巨騙也。凡王嫗與余之往來，以及術士之談相，皆彼巨騙所設之圈套，竟使余俯首貼耳，自墮其陷阱中。於是既壞余節，復騙余巨金而去。嗚呼痛哉！

嗚呼！余今悔矣，余今大悔矣！余亡夫本極愛余，余亦愛余亡夫，既賦離鸞，便當守節，胡爲自搆妄想，妄思富貴，致祖遺巨産乃爲惡徒騙去，而余之一身，復不齒於人類。兩年以來，余之天良，遂無刻不從旁詰責，凡人終日爲天良所責，其懊悔之心實無以支撑之，於是懨懨遂病矣。今則一貧如洗，僕從盡散，終日偃卧繩榻，衣履不施，梳掠俱罷，鏡中已另若一人矣。痛悔之極，則終夜禱天，助余速死，大抵余消瘦至此，所求者可望成功。惟余未得殉余夫而死，又未能於兩年前染病而死，今懷慚抱愧而死，余死晚矣。前者余頗懼余死，余小女無所依靠。今余既犯此大罪，余亦不暇顧及。惟願其異日成人，勿如阿母之不肖也，則余之幸。

萬種相思畫裏看①

一縷藥煙，閑籠曲院，四圍花影，悄伴寒窗。黃昏夜静，誰爲問病之人？萬籟銷聲，徒想知心之侶。此則黃躍如病倒繩榻時情景也。躍如，夏口世家子。年少聰穎，倜儻不群，性耽畫，書法亦精。弱冠，中饋猶虛。一日，往劉園踏青，小立池畔，見游魚隊隊，唼影吹香，兩岸垂楊，搖曳作態。正思搆一畫稿，忽聞一陣笑聲出自對岸，則見一女郎於花間撲蝶不得，其婢笑嗤之。女郎年可十六，嬌小玲瓏，容貌豔絶，盈盈秋水，淡淡春山，直使群花減其顏色。躍如偷視移時，不覺神往，而女郎亦方送其微波，以窺躍如，櫻唇微綻，似作淺笑。忽聞一人呼曰："凰兒何往？"躍如視之，乃五十許婦人，大抵女郎之母。女郎聞母呼，亦即翩然而去。躍如悵然自思，此誰氏女，乃豔麗若此。遂尾隨女郎之後，穿

---

① 原載《遊戲世界》1921年第5期"説苑"欄。

花拂柳，遊園一周畢，女郎已與其母婷婷上車去矣。躍如癡立悵望，如有所失。忽一人拍其肩曰："癡兒，魂隨裙角飛去乎？"回首視之，乃舊友陳雨軒，笑曰："向聞君悁悁自守，今乃躡人香蹤，得勿失禮乎？"躍如色赭，無以對。雨軒曰："此女與余有瓜葛，名鳳蘭，方肄業聖瑪麗亞女校。君如有意，當為執柯。"躍如曰："確乎？"雨軒曰："是易事。"遂匆匆別去。

躍如歸後，心神惘惘，日盼雨軒好音至。詎俟之半月，而消息杳然，遂奔雨軒家，叩其故。雨軒笑曰："前言戲之耳！君豈真欲消受此嫦娥仙子耶？"躍如曰："不得彼人為偶，寧終身鰥。"雨軒曰："癡哉！姑往圖之。"躍如曰："如是，感當不朽。"雨軒曰："茲勿言感。彼家擇婿甚苛，能否得當，殊不可必。"越日，雨軒至躍如家，躍如亟曰："消息何如？"雨軒搖首曰："事不諧矣。"躍如聞語，面色頓變，曰："奈何？"雨軒曰："彼家只此一女，故定婿事一任鳳蘭自主之，而鳳蘭才學兼優，非得一少年才子不字，君學識固長，而鳳蘭不知，故余言方出，而彼已嚴詞拒之矣。"躍如曰："彼所謂才子，有無標準？"雨軒曰："我亦不知。"躍如曰："我今作一書，君為我轉致，可乎？"雨軒曰："倘為其母所知，寧不敗事？"躍如曰："秘之。"雨軒躊躇曰："姑往一試。"躍如乃自作一函，自述其家世，並道縈思之苦，詞藻佳麗，意鳳蘭見之，亦將神往，遂托雨軒攜去。數日，仍無朕兆，復召雨軒至。雨軒曰："休矣！我固告彼，倘蒙採納，即復君書，今既無書，遭屏絕必矣。"躍如聞言，不覺淚下，自是縈思愈切，眠食俱廢，每一瞑目，即覺神游乎劉園池畔，花陰柳影，歷歷在目，彼美之倩影，殆已深嵌其心坎中，無法拔去矣。

躍如父宦游在外，其母愛子綦篤，見躍如日漸清癯，惶甚，遍延名醫，為署滋補之方，實則此種湯藥，殊不能已躍如之疾。逾月，病勢益重，瘦骨支離，偃之繩榻。其母偶詢其致病卧由，則垂涕不語，蓋知事已至此，語亦無益。有時彼亦欲自制勿思，然不轉瞬，一縷癡魂，仍飛繞於彼美香衣裙角間，則頹然長歎。躍如故善畫，自分今生已矣，但為彼美而病，病而至死，彼美尚茫然不知，於心終覺不甘，遂扶病自繪一畫。畫中一床一案，案上置藥爐，藥煙縷縷，環繞空際，床上臥一病人，消瘦可憐，蓋即躍如小影，思鳳蘭苟非鐵石人，一覿此畫，當亦惻然。繪畢，乘雨軒來問疾，托轉遞鳳蘭。雨軒諾之。

次日，雨軒欣然至曰："癡兒勿憂，彼美已許字君矣。"躍如尚不信，曰："君勿戲我！"雨軒正色曰："君已至此，豈猶相戲？直告君，鳳蘭夙嗜丹青，昨見君畫，歎爲妙筆，而畫中人病骨支離，深情若醉，尤惻然生憐，因告其母，允爲君主中饋。不謂千言情書，不足動其憐惜，而一幅畫圖，竟至傾心相向，是亦天下奇緣也。"躍如聞言，喜甚，病亦旋瘳。越月，涓吉成禮，定情之夕，躍如撫鳳蘭肩曰："余嗜畫成癖，不謂卿亦有此癖，而今日蓮開並蒂，彼一幅畫實爲蹇修，今後吾儕當更重視丹青矣。"鳳蘭含笑點首。

新年新婚記①

桃符換舊，萬象更新。爆竹聲聲，又屆新春歲首了。處處燈燭輝煌，家家鼓樂喧鬧。圍爐的圍爐，暢飲的暢飲，真是"元旦有杯皆進酒，春城無處不飛花"。在這歡樂熱鬧之中，那冷清清禮拜堂的鐘樓上，忽的"噹噹"敲起鐘來了。大家聽了，都當他是慶祝新年的，也不去管他，但這鐘聲還未敲完，那禮拜堂門前，已是人山人海，都睜著眼睛，看那禮拜堂的燈彩。更有許多穿禮服的男女，在那裏憧憧往來。一位莊嚴的牧師，立在聖檯前，好像黃浦灘前銅像。大家正朝著他怔怔的看，忽一人揚手道："來了，來了。"回頭看時，却見一部馬車，到門前停住了。那車上紮的許多花彩，燦爛奪目。車內扶出一對璧人兒，都穿的結婚禮服。兩個花童，導著一逕進禮拜堂去了。這時鐘聲也停了，人聲也靜了，大家才知他們不是慶祝新年，却是舉行婚禮呢。

少刻，婚禮完畢。新郎挽著新婦玉腕，踏著花，一步一步的出了禮

---

① 原載《遊戲世界》1922 年第 9 期。

拜堂，仍舊坐著花車去了。那幾位陪婚的和贊禮的，都坐著馬車，跟著花車一道兒到新郎家裏去。華堂設宴，椒室生香。那男女來賓，不免要嬉皮涎臉，向新郎新娘尋熱鬧。那新娘又生得如花似玉，嬌小玲瓏，雖有許多人在身邊説説笑笑，他却不以爲苦。到藉了這個機會，溜著剪水雙眸，向新郎送媚。新郎受了那美滿的寵幸，心裏甜得説不出話，只是迷迷的向新娘笑，却不料這樣情景，又被鬧新房的瞧見了。於是題目又多了，文章更多了。那種種笑話，我也不去説他，等到夜深了，客散了，洞房裏只有他一對人兒，華燭高燒，照著他兩人影子，肩靠肩，臉靠臉，正是"倚燭笑看屏背上，角巾釵索影先交"了。新娘到底臉嫩，被新郎親了一個吻。忽然紅著臉，低著頭，不肯説話。新郎笑道："吾愛，我們今天達了圓滿目的，應當如何歡喜，你怎麼反一語不發呢！"新娘斜乜著眼笑道："誰像你不怕羞！"新郎笑道："羞麼？你記得去年此日，我到你家裏賀年，不是在回廊前碰着你麼？我不是捧着你的臉，和你親了一個吻麼？那時我們還没有定婚，你倒對我説了許多親愛的話。今日到了結婚時候，連你的身子，都要交給我，未必親了一個吻，就怕羞麼？"新娘笑道："虧你説，不是你那時强迫我親了吻，這時會到你的家裏來嗎？"新郎笑道："那麼，我們既因一吻而定婚，今日成婚，正不可不留一吻以作紀念呢！"説時，抱著新娘纖腰，正對著新娘臉上呆望。新娘雖是羞答答不肯把頭抬，那一顆櫻桃小口，却不由的不送到新郎唇上。

　　正在這個當裏，那案上的自鳴鐘，忽的敲了三下，新郎道："夜深了，昨夜我們圍爐守歲，一夜未眠。今天又忙着一天，倒真有點疲倦呢！"説時，拍著新娘玉肩道："親愛的……睡罷……睡罷……"①

---

① 原處文後有編輯按語云："余爲《遊戲世界》新年號索稿於喻子血輪，血輪以無新鮮資料對。余笑曰：'盍不即以新年新婚四字爲題乎？'蓋血輪將於新年中完成佳偶矣。血輪笑頷之。翌日，果以此記畀余。則脂香粉膩，錦簇花團，不啻預爲其新婚時寫照也。而預計其當夫洞房春暖，椒室香生之際，此書亦已出版，取而一相印證，當有忍俊不禁者，而新娘或且羞紅暈臉，故作嬌嗔，詈血輪筆端之忒輕薄矣。苕狂戲識。"

曾國藩之言①

"無兵不足憂，無餉不足慮，獨舉國上下，欲求一攘利不先，赴義恐後者，不可亟得，或偶得之，而又屈居卑下，抑鬱不伸，以挫以折以死！而貪婪饕餮者，皆驤首而上騰，而富貴，而功名，而頑健不死。此其可為浩歎者也。"此湘鄉曾文正公之言也。今日內憂外患，人禍天災，與咸同時正復相同！而攘利不先，赴義恐後者，抑鬱不伸；貪婪饕餮之輩，則富貴利達，驤首上騰，與當時情形，亦復相類。故吾人每誦斯言，不徒如曾氏之浩歎而已也，直欲放聲一哭！

顧亭林之母教——兒童節之名貴禮物②

顧亭林先生，自明亡後，即不應試，往來南北，謁勝國諸陵。所過訪山川險塞，農田利病，結交其豪傑。所為詩歌，情辭激楚，若有甚痛不能言者。此實其太夫人有以訓迪之也。蓋其太夫人彌留時，有遺書給亭林，甚以明亡為恥，勗亭林篤行敦品，為耕讀中人。茲將其遺書錄後，或亦足以羞當世之士大夫也。書云："嗚呼武兒，余與爾將永訣矣！不得不臨別贈言。昨夢爾父同吉，攜余行於沙漠之地，此大不祥也。然國事至此，死且嫌遲，死又何惜。惟余惓惓於爾者，不在言而在行，不在學而在品。爾固明之遺民也，則亦心乎明而已矣！余嘗苛論古人，謂：'夷齊扣馬而諫，是也；諫既不從，胡弗殉國？乃登首陽采薇蕨何為乎？噫嘻，夷齊誤矣！甲子以後，首陽尚得為商之山乎？薇蕨尚得為商之食乎？噫嘻，夷齊誤矣！'一時儕輩訾余持論之偏，獨梨洲心韙之，則其懷抱可想。且余觀爾友中，亦惟梨洲品詣敦篤，爾雖師事之可也！惟爾之子若

---

① 原載《大俠魂》1935 年第 4 卷。
② 原載《大俠魂》1936 年第 5 卷第 5—6 期。

孫，囑其爲耕讀中人，勿爲科名中人，則爾方不愧余家肖子也！嗚呼武兒，余與爾永訣矣！無月日時，母氏囑。"所謂"無月日時"，即無明時也。夫人不忘故國有如此！

戊寅除夕 民國廿七年，時因抗戰避居重慶

爆竹聲聲驚歲晚，江山寥落酒痕乾。白河楊柳隨春展，庾嶺梅薔向臘殘。九塞烽煙頻報急，六朝金粉尚偷安。故園今日無消息，萬里飄零作客難。

早自甘心百不如，郎潛白髮敢唏噓。閒情蕭索惟拼酒，壯志消磨愧上書。寶劍無靈思薛燭，文章憎命笑黔驢。淒涼骨肉分離甚，又向天涯度歲除。

望江樓①

萬里橋邊醉放舟，枇杷門巷此登樓。多情惟有錦江水，嗚咽年年動客愁。

宿劍閣城外

瑟瑟西風趨劍閣，閣外天寒月方落。橋頭忽遇女鄉親，翠袖殷勤留客酌。自言避難來荒城，棄砧棄置事長征。無聊且作當爐婦，日博蠅頭寄此生。此生命薄長已矣！往事成塵恨如此。女伴三人共晨昏，可憐儘是良家子。言罷燈前忽垂淚，頓教座客都忘寐。天涯我亦悲搖落，願與王郎拼一醉。

---

① 本詩及以下均輯於《川陝豫鄂遊誌》，題目均为编校者所擬。

劍門

巋岉雄關絕世無,雲屏削壁莽榛蕪。羊腸鳥道稱奇險,一劍真能禦萬夫。

留侯廟

紫柏山頭夕照紅,巍然祠廟有雄風。非關王佐神仙侶,只在嬴秦一擊中。

就食東大街家庭餐室,口占一絕

家庭餐室見雙鬟,匹馬關河帶淚還。今日青門來賣酒,流離身世老朱顏。

過灞橋,車中口占

古驛灘聲瀧瀧流,虹橋遠接隴頭秋。長堤衰柳年年在,多少行人爲汝愁。

華清池

秋老斜陽畫角哀,華清無復舊樓臺。傷心一勺温泉水,曾洗凝脂玉體來。

潼關道中

朝發東泉店，潼關冒險過。孤城餘瓦礫，一路勢嵯峨。喜見熊羆守，無虞敵寇多。中原未收復，遊子恨如何？

西　　工

紫陌銅駝畫角哀，中原王氣盡成灰。鷹揚虎踞如塵去，曩吳子玉五十壽辰康南海贈壽聯有"天下鷹揚，洛陽虎踞"等語。豕突狼奔動地來。百戰河山傷廢壘，孤城車馬幾雄才。元戎幸有平倭計，風捲殘雲奪險回。

龍　　門

山如斧劈水雷鳴，千載龍門負盛名。山恨無邊無量佛，盡無面目任縱橫。

五十漫述六章

彈指光陰五十年，鏡中華髮已盆顛。英雄遲暮狂猶昔，肝膽鐫磨老更堅。儘有河山供嘯傲，會逢海國盡烽煙。一生牢落誰知己？留滯天涯萬感牽。

當年意氣太縱橫，馳騁文壇愧有聲。愛寫纏綿成稗史，慣耽豪放傲公卿。丰神漫比安仁美，才調曾邀孝穆名。自笑聰明多誤用，蘭閨賺得淚盈盈。

勞人草草不勝情，世事榮枯轉眼更。曾佐封疆參幕府，也從盾鼻檄雄兵。宰官偶現慚花縣，權使歸來尚筆耕。無計消愁惟縱酒，酣酣常覺一身輕。

不堪舊事憶京塵，十里秦淮點綴新。選士亦曾隨吏部，慰情還幸伴佳人。羽書驀地傳關塞，畫角喧天動海濱。今日王侯誰宅第？降旛空自退蕭晨。

　　奉檄倉皇忽入川，巴山來去北泉邊。雲橫鐵鳥星辰動，月照塵沙骨血鮮。離亂早乖黃鵠志，憂傷賴有細君憐。荒村一住經三載，回首家園意惘然。

　　撲面寒風凜冽天，雪花飛舞馬蹄前。才從棧道穿秦嶺，又逐征車到洛川。半世漫遊真厭倦，滿腔心願化雲煙。黃巾掃蕩知何日？得賦歸歟樂似仙。

離宛前夕題壁

　　人生何事太怱怱，策馬天涯類轉蓬。伏櫪早幸千里志，讀書已負十年功。中原淪陷身垂老，萬里河山戰未終。畫角聲從寒月起，臥龍崗上拜英雄。

臥龍崗

　　何論襄陽與宛城，臥龍祠廟自崢嶸。三分早定偏安局，兩表如聞痛哭聲。當日君臣真灑落，至今朝野頌忠貞。英雄自古多遺恨，八陣圖前夕照明。

老河口

　　荊襄險要自天成，漢水滔滔刁斗鳴。醉罷渾忘身是客，雞聲喔喔送殘更。

宿瑪瑙觀，與偉俠聯句誌景二首

萬斛征塵憩此間，偉。小橋流水聽潺潺。輪。幾家茅屋霜如雪，輪。喝起西峰月一彎。偉。

百二關河一望收，偉。揮戈躍馬誓殲仇。偉。夜凉如水豪情在，輪。斗酒能消萬里愁。輪。

宿瑪瑙觀，枕上復得絕句贈偉俠

半壁雲山青似黛，一彎新月細如眉。與君踏月循溪去，不爲偷閒爲覓詩。

老河口至興山九日陸行感賦二首

荒村野店無常處，雪滿山頭月滿鞍。但有濁醪堪慰我，微官嬾作一錢看。

紛紛落葉掃紅塵，久役平添白髮新。一路溪山行不盡，幾時纔作太平人。

宿香溪，枕上口占

明妃故里香溪口，一葉扁舟繫晚村。莫笑此身羈旅慣，猿啼月落也消魂。

望白帝城口占

赤甲山頭白帝城，江流瀧瀧送濤聲。可憐割據三分地，只剩楓林夕照明。

目　　録

喻血輪小傳…………………………………………… 1061
喻血輪和他的《林黛玉日記》……………………… 1062
喻血輪和他的《綺情樓雜記》……………………… 1067
喻血輪憶辛亥………………………………………… 1073
喻氏兄弟憶報人生涯………………………………… 1077
《大俠魂》上兩則喻血輪的短文…………………… 1102
《雙溺記》不是喻血輪的作品……………………… 1106
喻血輪史料六則……………………………………… 1115
喻血輪年表…………………………………………… 1118

喻血輪小傳①

　　喻血輪（一八九二—一九六七），諱允錫，字命三，別號雪輪，鄂省黃梅縣人。先輩以詩禮傳家，代有名儒。父次溪公，年十四入邑庠，著詩文集甚多；母梅太夫人，能文知禮，賢聲播里黨。生子女四人，先生其季也。先生少俊異，有大志，十二歲入邑之高等小學，十七歲入黃州舊制中學，與方覺慧、宛思演等同遊。憤清政之窳敗，痛異族之憑陵，遂矢志革命，及武昌起義，投入學生軍，旋以體弱不能服役，轉入北京法政學校肄業。後得舅氏梅滌瑕先生之鼓勵，常爲《國民新報》撰文，且得重酬。繼被介入《中西晚報》任編輯，頗見信任，此爲先生從事新聞事業之開端。一九一四年，與廣濟藍玉蓮女士結婚，婚後作《苦海鴛》小說，由上海《小說海》月刊發表，纏綿悱惻，哀怨動人，因得與上海文藝作家結文字緣。一九一七年，世界書局創辦，聘先生爲編輯，專任小說創作，先後著有《芸蘭日記》、《惠芳秘密日記》、《林黛玉筆記》、《西廂記演義》諸書，風行一時。所謂日記小說，亦由先生開其先河。民國九年，妻藍氏病故。傷感之余，尤覺依人終非長策，遂獨立創辦《揚子通訊》於漢口，兼任京滬特約電訊，以所報導，皆正確而又迅捷，一時聲譽鵲起，成爲新聞界巨擘。一九二二年，續娶鄭昭式女士爲室，唱和甚爲相得。越年舉一男，名新民，現已卓然自立。先生在漢聲譽既高，不畏強禦，所知軍閥秘密，咸揭發之，以故軍閥恨之入骨，且欲加害，因之先生數年慘澹經營之通訊社被迫停刊。一九二六年革命軍底定長江，摯友吳醒亞任卅七軍政治部主任，函召先生赴寧，就該部秘書。追吳氏調掌安徽民政廳，復邀先生任該廳秘書。事雖繁重，而先生不憚其勞，感吳氏之知遇恩也。而吳氏之倚重於先生，亦如此可見。一九二九年，

---

① 原文無題，此題爲編者所擬。作者不詳，當爲喻血輪赴臺知交。原載《湖北旅臺人物志》第一集。

方覺慧君出任湖北民政廳長，電邀先生相助爲理，旋委先生爲應山縣長，在任雖不及半載，然平反冤獄一起，群情甚爲折服。一九三〇年，任藕池口徵收局長，因遭匪劫辭去。一九三一受聘爲湖北《中山日報》總編輯，遭大水災，印刷全毀，致無法復刊。一九三六年改任國民大會代表選舉總事務所編檢股長，一九四一年調川陝豫黨政考察團秘書，至一九四三年受聘爲民生機器廠秘書，繼調任中央造船公司秘書。一九四九年，隻身來臺，在臺灣造船公司仍供秘書之職，任務至繁，倍著辛勞，體力亦因之大受損傷，以致患咳血症，經多方調養，至一九五一年病始痊可。繼又恢復寫作，先爲《中華日報》撰《紅焰飛蛾》小說一部，繼爲《新生報》高雄版撰《綺情樓雜記》，復以"綺翁"筆名爲《大華晚報》撰《憶梅庵雜記》，所述多爲名人軼事、野史奇談，甚爲讀者讚賞。一九五八年得友人函告，知其妻鄭氏病故滬上，又在臺與王錦華結婚，相惜相守，得稍解岑寂而慰遲暮焉。先生性豪放，廣交遊，縱論世務，洞如觀火，閒談掌故，則風趣橫生，年過古稀，而壯心未已，故士林多傾慕之，不料一九六七年八月舊病復發，醫藥罔效，延至同月廿九日竟與世長辭。吁，可慟矣！先生生平友好，緬懷音容，倍感懷念，用狀其行，以告諸大雅，俾資紀念。

喻血輪和他的《林黛玉日記》

有一種近代文學史著作稱民國初期的文學代表作是《玉梨魂》、《斷鴻零雁記》、《芸蘭淚史》這三部。前兩種的作者爲大名鼎鼎的徐枕亞、蘇曼殊，後一種的作者則不爲人所熟知，而他的著作却屢屢暢銷，甚至超過了前兩人；近代文學研究者大多衹知他的作品而不知其人，直到今天爲止，他的著作仍屬於"無名氏"之列。這對於作者本人未免是件遺憾事，因該書作者喻血輪乃我鄉之先賢，偶爾感念於此，於是動了寫一寫的念頭。

《芸蘭淚史》出版的同時，喻血輪另有兩種小說問世，一是《蕙芳秘密日記》，一是《林黛玉日記》，均出版於 1918 年，後者或爲我國最早的長篇日記體小說。《芸蘭淚史》有姐妹篇《芸蘭日記》，爲其妻喻玉鐸所著，二書曾合編一册問世。《蕙芳秘密日記》與《林黛玉日記》這兩種日記體小說民國年間即已再版達數十次，爲暢銷書；1949 年後，《蕙芳秘密日記》在内地不曾再版，但《林黛玉日記》僅筆者所見再版本（包括白話本）至少有六種之多，名爲《黛玉日記》、《林黛玉筆記》、《林黛玉日記》等。《林黛玉日記》成爲喻血輪的傳世之作，可惜翻開任何一種版本的《林黛玉日記》，校點者均稱作者生平不詳。如廣州文化出版社 1987 年 7 月出版的《黛玉日記》，編者嚴仁先生説該書"作者綺情君，生平不詳"。中國國際廣播出版社、中國婦女出版社、時代文藝出版社分别於 1988 年、1993 年、1994 年出版的三種《林黛玉日記》，亦署"原著（清）綺情"或"（清）綺情樓主、喻血輪"，給讀者的感覺是原著者似乎是"無名氏"，亦不知喻血輪自號綺情樓主。文史大家石繼昌先生在逝世前一年校點的《林黛玉筆記》（華文出版社 1994 年第一版，以下簡稱石本）），影響頗大，製作精美，流傳甚廣，他在前言中説："《林黛玉筆記》上下卷，原題綺情樓主喻血輪著。據書前黄梅吴醒亞氏的識語，知吴氏於光緒丙午年（1906）與作者訂交，作者'工愁善病，喜讀《紅樓夢》'。識語又有作者'今夏始束裝返里，避暑於遁園之西偏，余亦蟄居多暇，互相過從'的記載，可證作者也是湖北黄梅人。識語寫於民國七年戊午仲夏，即 1918 年五六月間，作者此時已回到原籍，兩人互相過從，爲文字之交。有關作者生平資料，僅此而已。"可見學界關於喻血輪的生平一直一無所知，或僅據吴醒亞的序言，推知其爲黄梅人，僅此而已。由於學界長期對"綺情樓主喻血輪"無所瞭解亦無從瞭解，近代文學史對喻血輪其人隻字不提，衹有几部文學史提到過他的作品。喻血輪的作品雖廣爲流傳，其人却長期塵封於歷史，實乃憾事。

喻血輪（1892—1967）出生于文學、仕宦世家。黄梅喻氏於清一朝，累代仕宦，有三人中進士（整個黄梅有清一朝也僅二十三名進士），五人中舉（另有二名副榜），貢生、秀才不計其數，更值得稱頌的是形成了一個卓有影響的黃梅喻氏文人群，在荆楚一帶產生過極大影響，他們與中國文學史上的桐城派、性靈派、鴛鴦蝴蝶派淵源甚深，其中不少人早已寫進《清史列傳》、《湖北通志》、《近代文學史》、《中國文化世家》等權威史學著作，如喻化鵠、喻文鏊（1746—1816）、喻元鴻、喻元澤、喻同模、喻的癡、喻血輪等是其中的傑出代表，整個家族留下的著作達上百種之多。黃梅喻氏與漢陽葉名琛、蘄州陳詩、黃梅梅龔彬、鄧瘦秋、石信嘉、吳儀等名人家族均有姻親淵源關係，是清朝至民國年間鄂皖贛一帶聲名顯赫的大家族（詳見拙作《黃梅喻氏家傳》一文）。1904 年，喻血輪入黃梅八角亭高等小學堂，1909 年入黃州府中學堂，不久赴武昌讀書，並於 1911 年投身學生軍參加辛亥革命，隨後考入北京法政學堂（與比他稍晚幾年的五四時期黃梅籍作家廢名有相似的讀書經歷）。1914 年喻血輪與廣濟藍玉蓮結婚，並隨舅舅梅滌瑕（寶琳）、哥哥喻迪茲（的癡）、喻血鐘等主持《漢口中西晚報》（《漢口中西報》的子報）。此時鴛鴦蝴蝶派小説異常興盛，喻血輪與藍玉蓮受時風影響也開始創作風格類似的作品，喻血輪著作尤豐，除發表《芸蘭淚史》以外，還寫了《悲紅悼翠錄》、《名花劫》、《情戰》、《菊兒慘史》、《雙薄倖》、《生死情魔》、《林黛玉日記》、《蕙芳秘密日記》、《西廂記演義》、《情海風波》、《杏花春雨記》等中、長篇小説。二十年代末至四十年代，喻血輪主要擔任軍政秘書等職，幾乎沒什麼著作。1930 年喻血輪曾一度受聘爲湖北《中山日報》總編輯。1949 年赴臺以後，喻血輪迎來了他創作的第二個春天。五六十年代，鴛鴦蝴蝶派文學繼續在臺灣生根發芽，這一時期喻血輪先後爲《中華日報》撰寫《紅焰飛蛾》，爲《新生報》撰寫《綺情樓雜記》，爲《大華晚報》撰寫《憶梅庵雜記》等。喻血輪與妻子藍玉蓮感情深厚，二人互相唱和，夫唱婦隨，《芸蘭日記》與《芸蘭淚史》曾合成一册問世，喻血輪還爲《芸蘭日記》作序。藍玉蓮不幸於 1920 年病逝。喻血輪的哥哥喻的癡（1888—1951）也甚知名，著有《樗園漫識》、《喻老齋詩存》、《喻老齋詩話》、《適園文存》等。

《林黛玉日記》是喻血輪最富盛名的一部小説，但該書的書名爲何有三種名稱的差別，其中蹊蹺何在？1927 年 10 月，魯迅在《莽原》中發表《怎麼寫》一文（後收入《三閑集》），其中說："我寧看《紅樓夢》，却不願看新出版的《林黛玉日記》，它一頁能够使我不舒服小半天。"查《魯迅全集》，下注："《林黛玉日記》，一部假託《紅樓夢》中人物林黛玉口吻的日記體小說，喻血輪作，内容庸俗拙劣，一九一八年上海廣文書局出版。"廣文書局的版本應該是《林黛玉日記》最早的版本，魯迅所讀似乎還不是最早的版本，由"新出版的《林黛玉日記》"一語可見，但至少從中可以得知該書的書名自 1918 年至 1927 年爲《林黛玉日記》。石本《林黛玉筆記》中說："此次出版本書，以民國八年（1919）上海世界書局本爲底本進行標點。此本大字鉛印，校印較精，封面書名上側題'喻血輪著，吳醒亞批'，下側題'上海世界書局出版'，書後版權頁有'民國八年二月一日初版，民國十二年六月十日七版'字樣，發行及印刷機構均爲廣文書局。此本似即朱先生著録的民國七年廣文書局鉛印本，數年間發行達七版之多，可見本書在二十年代初期就很暢銷。"那麼石本爲何書名却是《林黛玉筆記》？莫非他所根據的"暢銷版本"是盜版本，或者是廣文書局 1919 年出版的初版精緻本改名的一種《林黛玉筆記》？而吳醒亞序言中亦曾提到該書署名爲"黛玉筆記"，似乎盜版本的嫌疑要小。石本中還說："本書版本，據已故朱南銑先生編著的《紅樓夢書録》，著録有民國七年（1918）上海廣文書局鉛印本，民國二十三年（1934）世界書局鉛印本，並云 1936 年本書與《續紅樓夢》（清秦子忱著）合印，改名爲'黛玉日記'。"廣州文化出版社 1987 年 7 月出版的《黛玉日記》，是迄今爲止筆者發現的 1949 年後最早的重印本，所根據的即是與《續紅樓夢》合印的版本，編者嚴仁先生說："《黛玉日記》初版於 1936 年，出版者爲文藝出版社，發行者爲世界書局。原書分段不分節，未用新式標點。此次重印，按内容分成四個章節，並給每個章節加上標題。另外，重新調整了段落，採用今天的標點符號，改正了一些錯訛之字。"幾乎與《黛玉日記》同時出版的一種《林黛玉筆記》（河北人民出版社 1987 年 8 月版），署"喻血輪編著"，不知根據何種版本，爲何亦題名爲《林黛玉筆記》，與石本所據版本同名，而非《林黛玉日記》。

　　無論紅學研究者，還是鴛鴦蝴蝶派研究者，抑或其他文史愛好者，《林黛玉日記》不可不讀。《林黛玉日記》作爲《紅樓夢》的一種變體，以林黛玉爲中心，以第一人稱爲描寫手法，記錄了林黛玉的悲歡離合，哀感頑豔，悱惻纏綿，且語言淺近易懂、清新流暢，尤其女性心理描寫頗爲細膩，爲清末民初盛行的淺近文言愛情小説代表作，祇是該書以《紅樓夢》爲依託而已。喻血輪的自序與吳醒亞的序言都寫道喻氏喜讀《紅樓夢》，乃以黛玉自居，以至寫出《林黛玉日記》，可謂文壇奇事，想必喻氏讀《紅樓夢》時，有關林黛玉處，必點滴記之，終以連綴成書，不意竟轟動文壇，爲時人和後人所追捧。這兩篇短序亦是不可多得的美文妙文。

　　該書序言和題詞的作者吳醒亞，這裏不妨稍作介紹。吳醒亞（1892—1936），1906年插班入黃梅八角亭高等小學堂就讀，與喻血輪同學，這可與二人訂交於丙午年相印證。但吳醒亞僅讀半年即轉赴武昌讀書，並結識著名革命党人田桐，二人志同道合引爲知己。辛亥革命至第一次國共合作期間，吳醒亞立下頗多戰功，並發表了大量革命論文，鼓吹革命，一時享有文名。1922年前後，吳醒亞任孫中山大元帥府、總統府書記官，陳炯明叛亂時曾營救孫中山、宋慶齡二人。北伐時期追隨蔣介石，任總司令部機要秘書、總指揮部政治部主任等職。國民黨取得全國政權以後，吳醒亞先後任安徽、湖北等省民政廳長，並請喻血輪任其秘書。1932年吳醒亞任上海社會局局長，成爲CC要人，大肆捕殺共產黨人，1935年當選爲國民黨中央委員。1936年吳醒亞病逝於廬山，葬於上海萬國公墓。

　　喻血輪的著作除《林黛玉日記》著稱於世以外，尚有《西廂記演義》、《綺情樓雜記》等稍知名，《西廂記演義》曾收入《中華善本珍藏文庫》，爲第三輯中卷總第48種，由中國致公出版社2001年出版；《綺情樓雜記》則分多集在臺灣出版，此書有《世説新語》之遺風，記錄晚清、民國年間名人逸事。

　　1948年，喻血輪攜自著《秋月獨明室詩文集》赴臺，在臺灣中國油輪公司工作。大陸解放時滯留臺灣，與住在上海的妻兒長期隔絕。1967年往大陸探親，途中病逝於香港。

（眉　睫）

喻血輪和他的《綺情樓雜記》

喻血輪（1893—1967），字命三，號允錫，自號綺情樓主，別署皓首匹夫，湖北黃梅人。出身於鄂東著名文學仕宦世家，爲乾嘉年間著名性靈派詩人、"光黃一大家"喻文鏊（石農先生）的再玄孫，也是"中國鐵娘子"吳儀的舅舅。光緒末年，入讀黃梅八角亭高等小學堂，與吳醒亞等同學。宣統年間，入讀黃州府中學堂，開始接觸報紙，思想益發激進。武昌起義爆發時，投身學生軍。辛亥革命後，入讀北京法政學校，不久返回武漢從事新聞宣傳工作。初入《國民新報》，後入《漢口中西報》，成爲民初新聞界的後起之秀。同時，與鴛鴦蝴蝶派文人多有往來，於民國初年出版十數種哀情小説，或爲日記體，或爲演義體。一九一七年，曾往蘇州等地，與江浙滬一帶文人集會、結社，聲名日著。一九二一年，擔任上海《四民報》總編輯。北伐前夕，擔任國民革命軍第三十七軍政治部主任吳醒亞的秘書。北伐時期，在南京與吳醒亞、石信嘉等創辦《京報》，爲北伐搖旗吶喊，聲譽波及全國新聞界。國民政府成立後，歷任安徽民政廳秘書、湖北民政廳秘書、湖北應山縣縣長、湖北省藕池口徵收局局長、湖北《中山日報》總編輯、川陝豫黨政考查團秘書、民生機器廠秘書、中央造船公司秘書等職。一九四八年底，攜自著《秋月獨明室詩文集》赴臺。晚年，又開始創作鴛鴦蝴蝶派作品，如《紅焰飛蛾》等，並以"綺翁"筆名爲《新生報》撰寫《綺情樓雜記》，爲《大華晚報》撰寫《憶梅庵雜記》，記録一生所見所聞。

喻血輪既是近代文學家，又是民國著名報人，同時也有過爲官二十載的經歷。不過究其本質，應是文人，甚至還有舊式文人的色彩。綜觀喻血輪的一生，他堪稱著名鴛鴦蝴蝶派文學家，也堪稱著名報人，但在政壇無甚大的作爲，最終也不幸地成了"大時代中的小人物"。作爲後世學人，我們所能採摘的不過是他或絢爛、或暗淡的人生中一些值得懷想和追憶的"花朵"，或許它們能够帶著我們走進歷史的某一個隱秘的角落。

作爲文學家的喻血輪，幼時即隨舅、叔輩飽讀詩書，舊學功底極其深厚。可能由於出身漸趨没落的封建文人世家，且沉溺於古典文學，喻血輪與五四新文學不曾發生過關係，而其社會思想也停留於辛亥革命階段。現今，我們翻閱喻血輪的《林黛玉筆記》（又名《林黛玉日記》）、《西廂記演義》、《芸蘭淚史》等名著，把它們放到民國初年的近代文壇上，仍然可以看出它們的光華來。甚至，我們還可以從中感受出一個世家子弟在北洋時代的落寞、傷感和彷徨。喻血輪終究没有找到人生的新路，在隨後的時代洪流中，既不能與時俱進，又未能充分發揮文學才華，終於漸漸悄無聲息地平淡下去。當然，在今人撰寫的近代文學史上，喻血輪仍然佔據著重要的位置，被譽爲"中國最早的日記體小説家"（《林黛玉筆記》和《蕙芳日記》均爲近代最早的日記體小説）。他的《芸蘭淚史》也被某些文學史家稱爲與徐枕亞的《玉梨魂》、蘇曼殊的《斷鴻零雁記》並稱的"近代文學的三大名作"。然而，文學家之外的喻血輪却鮮爲人知，同時也正因其生平的不爲人知，研究鴛鴦蝴蝶派的史家也難以真正深入他的文學世界。

作爲報人的喻血輪，本著早年激進的變革思想，參加了辛亥革命。清末時的喻血輪接觸報紙應與長兄喻的癡有著相同的機緣。喻的癡曾回憶説："先是清光宣間，正《中西報》嶄然露其頭角於漢上，時予年甫二十，負笈黄州。初不解新聞業爲何事，惟感念清政不綱，國勢日爰，年少氣盛者，鮮不慨然抱改革之志。蘄春方覺慧、詹大悲，羅田何亞新暨同邑宛思演諸君，同學中富於革命思想之尤者也，俱與予交篤且密。課餘暇暑，輒相與共讀新聞紙或其他鼓吹革命刊物。寒夜青燈，對床風雨，每感痛國是，未嘗不淬厲激昂，互以匹夫興亡之責相勖勉。而予於報載時論，且選其沉痛激越之作，手録成帙，研討誦讀，是乃予讀報之始也。"(喻的癡：《我與〈中西報〉》，原載《漢口中西報》萬號紀念刊）。當時也在黃州府中學堂讀書的喻血輪，無疑會受到喻的癡、方覺慧、詹大悲、何亞新、宛思演等革命志士的影響。民國二年，喻血輪入《漢口中西報》，扶持該報成為全國第六大報（僅次於京滬一帶的《申報》、《新聞報》、《大公報》、《時報》、《時事新報》，自此一直領軍華中新聞界）。北伐時期，又在陳立夫的主持下，創辦了《京報》，一時成為全國新聞界令人矚目的人物。許多關於北伐的消息，均出於該報。或者也正由此，喻血輪最終成了"党國"報人，自此裹足不前，唯党國領袖馬首是瞻。現今的報刊研究者也僅偶爾提到《漢口中西報》、《京報》時期的喻血輪。喻血輪對這兩份報紙懷有深情，曾先後寫下《我在〈中西報〉十年生活的回憶》、《北伐時期之〈京報〉》，成為研究《漢口中西報》、《京報》的重要文獻資料。《漢口中西報》一直標榜"以公理正義為依歸，持和平中正之態度"（喻的癡：《本報三十年經過大概》，原載《漢口中西報》八千號紀念刊），辛亥革命時被付之一炬，後又復刊。辛亥革命前後，《漢口中西報》是全國最著名的報紙之一，許多名文均出於此。喻血輪和他的大哥喻的癡也因此報而留名於中國新聞史。喻的癡曾在《我與〈中西報〉》中飽含深情地説："頗以予儕業此垂三十年，雖碌碌無所成就，要皆肇基於《中西報》，倘坐視此具有悠久歷史之區區基業，一旦隳敗，恝然不顧，寧不為天下笑？"因此，喻的癡在三十年代中期購下《漢口中西報》，由總編輯成為主辦人，黃梅喻氏與《漢口中西報》的關係更加密切了。另外值得一提的是，二十年代中期喻血輪曾獨自主辦揚子通訊社，後因軍閥干預被迫停辦。這也可以説是喻血輪報業生涯中的一個亮點。

作為文職官員的喻血輪，更無所作為，或許他本來就無意為官。一九二六至一九三六年的十年間，喻血輪追隨國民黨中央委員的吳醒亞，長期擔任他的秘書，因之對党國人物、事件均有所接觸或耳聞。吳醒亞死後不久，抗戰爆發，喻血輪到處遷徙、輾轉，在仕途上並無長進，在文學上亦無新的成就。歷史就是一個大舞臺，不是每一個人都能長久地擔當主要演員，每一個人最終都有淪為"群衆演員"的可能。從喻血輪身上，我們或許也可以獲得一二啓示。

喻血輪赴臺後，鴛鴦蝴蝶派在島內落腳生根，迎來了第二春，他的文學生命似乎也迎來了一次"回光返照"。他繼續撰寫《紅焰飛蛾》之類的通俗小說，迎合當時的臺灣文壇風氣和大衆讀者，可以想見喻血輪並不甘於寂寞。然而，時至晚境，再激進的志士也可能終將熄滅內心的火焰——更何況早在北伐之後，就已經開始了平庸的官場生涯的一介文人喻血輪呢？這時，喻血輪提筆撰寫《綺情樓雜記》。嚴格來講，這不是一部回憶錄，而是"志人"體的筆記。

《綺情樓雜記》是一部比較典型的民國文人筆記。全書分三集，內容頗爲蕪雜，所涉及的人和事以清末至民國年間爲主，且以記錄名人的言行、詩文爲主，風格近似《世說新語》，堪稱一部"清末民國人物言行錄"、"辛亥人物志"或"民國版《世說新語》"。此書創作於一九五二至一九五四年間，曾由啓明書局於一九五四、一九五五年分集出版。《綺情樓雜記》出版後，喻血輪曾有續作，如一九五九年前後在臺北《大華晚報》連載的《憶梅庵雜記》，惜未再結集出版。

一九八三年，臺灣文海出版社曾將《綺情樓雜記》第一集，與朱揆初所撰《圖府瑣記》合訂一冊，作爲《近代中國史料叢刊續編》（沈雲龍主編）第九十六輯第九百五十八冊印行。此後近三十年間，從未再版，僅爲少數歷史學者知曉，如著名學者錢歌川、李敖等人曾有引錄，並對其人其書頗爲推崇。由此可見，重新挖掘喻血輪，出版《綺情樓雜記》也有一定的文史價值。

喻血輪出身文學世家，又經歷了辛亥革命、北伐時期，同時在報界、官場待了大半生，因此書中涉及方方面面的人物。世家子弟、草莽武夫、報人戲子、文士學者等等，皆在書中"粉墨登場"，或記言，或記事，或記行，或記詩，具有非常大的史料價值、可讀價值。喻血輪在序言中自述："作者青年問世，老而無成，走遍了天涯海角，閱盡了人世滄桑，濫竽報界可二十年，浮沉政海亦二十年，目之所接，耳之所聞，知道了許多遺聞軼事，野史奇談……近年旅居臺灣，孑然一身，每於風雨之夕，想起這些故事，恆覺趣味彌永，值得一記。於是思起一事，即寫一段，不論年代，不分次序，不褒貶政事，不臧否人物，惟就事寫實……"不過，我們自己翻閱《綺情樓雜記》，倒感覺個中有著很濃厚的野史、逸聞的味道，作者未必真正做到"就事寫實"。恐怕讀者也祇好抱著"姑妄言之姑聽之"的態度吧！

不妨從書中摘錄幾節來展現它的可讀性。這些史料大多為我們揭開了歷史的某個暗角，或者揭示了某個歷史人物的另一面。

《辛亥起義遺事》："辛亥八月十九日，武昌起義，人皆知為工程營熊炳坤放第一槍，然促成工程營起義，實為党人梅寶璣。梅為湖北黃梅人，清末任共進會鄂東支部部長，秘密吸收黨人，共圖革命。八月十七日漢口俄租界寶善里機關爆炸，梅曾在場，面部且受微傷，當晚渡江至武昌，匿閱馬場諮議局秘書長石山儼家。次日武昌大朝街機關破，彭楊劉三烈士就義，梅知事急，亟欲通知各方黨人起事。乃於十九日晨，至工程營門前，坐一烤紅薯攤販處，伺工程營兵士出，以秘密信號探索同志，歷數次，始獲一人，因告以武漢機關被抄及彭楊劉死難各情，其人聞之，大為驚駭，亟問各冊是否搜去。梅因欲激動黨人，詭稱名冊已在寶善里搜去（其實當時名冊並未搜去），並謂：'武昌城關已閉，瑞澂將按名索捕，營中各同志，如不速自為計，勢成甕中捉鼈。'其人聞語，沉吟久之，曰：'吾將通知營中同志，迅速起事。'是晚，工程營遂首先發難，造成光輝歷史。故工程營舉義，實梅寶璣報告消息有以促成之。後梅曾膺非常國會議員，抗戰期間，在贛以貧病死。"可以說，這是一則十分重要的史料，對於研究武昌起義的發生有著很大的作用，可惜目前學界沒有重視。

《馮玉祥第一次倒戈》："馮玉祥生性奸險，屢叛長官，故有'倒戈將軍'之稱。其第一次倒戈，為民國七年二月間，方任混成旅旅長，駐紮武穴。時北京政府正思用兵西南，段祺瑞派曹錕為兩湖巡閱使，曹於孝感設立南征大本營，馮國璋並贈寶刀一柄，對臨軍退縮者，准其先斬後奏。詎曹正劍拔弩張時，馮玉祥忽於二月十三日，在武穴宣佈自主，一面聲討倪嗣冲，一面籲懇南北罷兵。並於十四日發表函電，有'或罷兵，或殺玉祥以謝天下'等語。奔走其事者，爲陸建章，蓋馮、陸爲甥舅姻親，陸欲藉此打擊段閣也。段聞馮叛變，於二月二十三日下令免馮職，發交曹錕查辦。馮遂唆使部下通電挽留，謂'寧與旅長同死，不願任其獨去，如不獲請，請將我官兵九千五百五十三人一律槍斃'云云。結果，由曹錕向段疏通，僅褫去陸軍中將，仍留任旅長，交曹錕節制，自此馮遂成爲曹、吳股肱。然民十三奉直之戰，馮又背叛曹、吳而演第二次倒戈。迄民十九擴大會議，則又背叛國民政府而演第三次倒戈矣。勝利後，復又背叛國民黨……於海舶焚死。"在《綺情樓雜記》中有多則寫馮玉祥，但無一説好話，都是説他"外誠内狡，表朴裏華"、"矯情作偽"。至於馮玉祥是否真的有此"不爲人知"的一面，祇有等讀者自己辨識了。

《盧永祥敬愛文人》："盧永祥爲段系軍人之一，自民九至民十三，任浙江督軍四五年，其人胸襟開拓，雅重文人，用人行政，亦頗得中和之道，故開府浙江最久，而浙人無攻訐之者。鄂人李繼楨（號希愚，爲國會議員）學識淵博，尤擅文章，下筆淋漓酣暢，如走龍蛇。永祥初督浙時，羅致幕中，優禮有加，凡有政治電文，皆由李主稿。李以體弱不任繁劇，永祥特在滬爲賃一寓廬，派兩勤務兵侍侯，有事則以專車迎至杭州，籌燈商討，事畢，任其逍遙湖上，或遄返滬濱，從不以細事相累。俸給不以數額拘，隨時致送，其禮遇文人，殊非其他軍閥所及。民十三，蘇浙戰起，永祥失敗，通電下野，電末有'愛國不敢後人，成功何必自我'二語，傳誦一時，蓋即李手筆也。永祥退滬時，寓市商會，遣人召李至曰：'吾既失敗，行將赴日，君垂垂已老，亦宜休息。'言次，出十萬元支票一紙與李曰：'戔戔之數，聊助君資斧，幸回鄂小憩，勿復長作羇旅人也。'其時十萬元，殊非小數，李持此回漢，略置資産，稱小康焉。"喻血輪雖在《綺情樓雜記》中譏諷軍閥較多，卻也有此等文字，讓讀者看到北洋將軍的另一面。

《綺情樓雜記》還有一點值得注意。喻血輪在書中回憶的人物大多是辛亥革命時期的，餘則北洋軍閥、黨國要員，再次之爲報人戲子或文壇名人。喻血輪對辛亥志士都持頌揚的態度，而對北洋軍閥多係抨擊、諷刺，至於党國要員，則多以詼諧、幽默面貌示人。在根本的立場上，喻血輪是站在國民政府一方的。當然，歷史的是是非非，祇有讀者自己去評判，喻血輪也不過真實地記錄了一個國民政府文職官員的時代觀感。

當然，此書也有一些缺點。比如，一些內容與馮自由的《革命逸史》雷同，我們初步可以判斷是作者抄自馮著。《綺情樓雜記》中的《'野雞大王'徐敬吾》一節的語句亦多近似《革命逸史》。另外，喻血輪在書中宣揚了一些宿命的觀念，這些不過是舊式文人常常玩弄的文字把戲。

筆者與喻血輪爲同鄉，自幼即知《綺情樓雜記》一書，曾多方搜尋，未能一見。後來得知該書在臺灣的館藏資訊，遂託蔡登山先生代爲復印，乃將三集全部予以整理。現付梓在即，特撰此文，作爲有關喻血輪和《綺情樓雜記》的一點介紹，望方家給予指教。

（眉　睫）

喻血輪憶辛亥

"中國鐵娘子"吳儀的舅舅喻血輪本是一個世家子弟、舊式文人、鴛鴦蝴蝶派文學家，但民國初年又是報人，於是世人都説"辛亥報人喻血輪"、"辛亥老人喻血輪"。其實，喻血輪進入報界並不在辛亥革命之時，而是在南北和談告成之後。

據史料記載，喻血輪於1912年初到北京法政學校讀書，後到夏口（即漢口）法院工作。大約於1913年初入《國民新報》，當年初夏改入《漢口中西晚報》（《漢口中西報》的子報）。《國民新報》和《漢口中西報》都是辛亥革命前後頗負盛名的革命報紙。祇是喻血輪由於年齡原因，辛亥革命時（19歲）才從黃州府中學堂畢業，在辛亥革命前還來不及參與革命思想的宣傳工作。

當然，辛亥革命前，革命報刊對他的思想促進作用非常之大。他的兄長喻的癡在《我與〈中西報〉》（原載《漢口中西報》萬號紀念刊）一文中深情地回憶說：

> 先是清光宣間，正《中西報》嶄然露其頭角於漢上，時予年甫二十，負笈黃州。初不解新聞業爲何事，惟感念清政不綱，國勢日蹙，年少氣盛者，鮮不慨然抱改革之志。蘄春方覺慧、詹大悲，羅田何亞新暨同邑宛思演諸君，同學中富於革命思想之尤者也，俱與予交篤且密。課餘暇晷，輒相與共讀新聞紙或其他鼓吹革命刊物。寒夜青燈，對床風雨，每感痛國是，未嘗不淬厲激昂，互以匹夫興亡之責相勗勉。而予於報載時論，且選其沉痛激越之作，手錄成帙，研討誦讀，是乃予讀報之始也……《中西報》之在武漢商場固有發行六年之歷史，印象較深，信譽亦著，因之復刊未久，營業亦復舊觀。既而金君他去，主撰無人，血輪介予承其乏，而予以咯血之疾，尚待調治，未敢出遊。且當時報紙言論，軍閥方嚴加鉗制。大抵聊備一格，初不計時間性，予遂得遙領其職務，由家寄稿，月十數篇，篇數百言，聊以塞責。強半膚泛違心之論，未嘗敢稍伸正義，略抒讜言，以觸時忌而獲重咎。蓋自甲寅迄丙辰，忽忽三載矣。

與此同時，喻血輪身邊的一些同鄉親友直接參與了辛亥革命前的思想宣傳工作，對他的影響非常大。1909年12月，喻血輪同邑好友、革命志士宛思演變賣祖產，接辦《漢口商務報》，作爲革命團體群治學社的機關報，革命黨人擁有機關報自此開始。宛思演、邢伯謙（亦黃梅人）擔任正副經理，主筆詹大悲，編輯何海鳴，梅寶璣（喻血輪堂舅）、查光佛等擔任撰述，劉復基任會計兼發行。該報"不特鼓吹革命，言論激昂，抨擊無所忌諱"（喻的癡：《樗園漫識》），成爲全國報界"革命之先鋒"。1910年4月，《漢口商務報》被查封，革命黨人"捲土重來之志，迄未稍衰"（喻肖眭：《大江報館重出版祝詞》，原載《漢口中西報》副刊《柝聲》，1935年7月6日）。同年12月14日，《大江白話報》創刊於漢口歆生路。此報由梅寶璣勸說黃梅富家子胡爲霖投資所辦，胡自任經理，詹大悲、何海鳴擔任正副主筆。"吳一狗案"發，《大江白話報》"據實直書，無所畏憚"，一時名震全國。（喻肖畦：《大江報館重出版祝詞》）。1911年春，胡爲霖離開《大江白話報》，由詹大悲接辦，改名爲《大江報》。7月17日，《大江報》發表何海鳴《亡中國者和平也》；同月26日，又發表黄侃（署名"奇談"）《大亂者救中國之妙藥也》，震驚於世的"《大江報》案"由此產生。可見，辛亥革命前的喻血輪雖未直接參與革命思想的傳播工作，從中深受感染和鼓舞則毫無疑義。

那麼，喻血輪是否參與了辛亥革命的實際工作？最近從臺灣《湖北文獻》上翻讀到喻血輪的一篇《參與武昌首義身經概略》，可見喻血輪確實參與了辛亥革命。此文頗有史料價值，可以一窺當時實景一二，以下是全文：

余於清宣統三年春間，由梅寶璣君介紹，加入共進會黄州支部。時予方肄業黄州府舊制中學，所有革命刊物均由同學宛思演、詹質存大悲等供給閱讀，以是革命思想極爲堅定。是年陰曆八月十九日，以下時日均爲陰曆。武昌起義，予於八月下旬至武昌，隨梅寶璣、詹質存赴九江，運動馬毓寶起義。九月二日夜，首由金雞坡炮臺發難，道台保垣聞訊逃匿，三日晨馬毓寶即宣佈起義，在南門大校場誓師，誓師詞係詹質存撰擬。設都督府於道署，使清廷海軍不敢再越潯而上。初五日余即隨梅等返武昌，投效學生軍，隸劉繩武部下第五隊，隊部設在甲棧，數日後，以體弱被汰。旋入軍務部軍裝科爲科員，科長爲黄梅邢伯謙君，余爲司筆劄。會漢川梁宗漢派人來部索取軍械，邢隊派余隨楊得勝君軍人於九月中旬，由漢陽經蔡甸赴漢川，點驗梁宗漢軍隊。點驗畢，始知梁所部兩營，半爲新兵，半爲逃兵，紀律甚壞，殊無作戰能力。至九月下旬，北軍已由新溝渡過襄河，上取漢川，下攻漢陽，梁需要軍械更急，遂於九月二十三日晚，派其參謀袁其炯君日本留學生偕余由漢川乘小舟赴武昌，向軍裝科請械。距舟行不久，即聞漢川城外，槍炮聲大作，城郊稻草堆均已起火，火光熊熊，滿天皆赤，余等相隔二十里，猶能在舟中閱看日記簿。蓋漢川即於是夕失陷，倘余稍遲數小時啟行，即陷敵手矣。次晨至繫馬口，得一拖貨小輪，余與袁君即乘此輪出沌口，沿長江南岸而回武昌。此為余第一次冒險出差，但回軍裝科後，邢君忽調余至外交部庶務科為科員，科長為黃梅梅鎮瀾君，與余甚相洽。外交部設在黃土坡蛇山麓梁敦彥公館，與方言學堂鄰近，方言已停課，學生多半至外交部任翻譯，時南北兩軍，正隔江對峙，槍炮彈滿天飛舞，但漢口各國領事及新聞記者，仍每日冒險渡江，至外交部訪問，日本人尤多，皆由部長胡瑛親自接見。胡每見外賓，必將某省已回應起義，某省已出兵援鄂，飾詞以告，外賓亦將國際同情消息告之胡氏，如此交換情報，在宣傳方面，收效甚宏。外賓來時，有時亦款以茶點煙酒，余在庶務科，即司其事。九月下旬某日，北軍在漢口招商局躉船架炮，轟擊武昌，一炮彈正落外交部花園，炸死一衛兵，蛇山炮兵見狀大怒，立瞄準招商局舊船還擊，忽一彈直接命中，遙見躉船轟然一聲，青煙夾火光並起，俄頃沉沒，余及民眾皆親見之，無不鼓掌稱快。惜當時不知此炮兵姓名，致無以彰其偉績。余在外交部庶務科，直至南北和議成立，始離去。

辛亥革命後的民國初年，喻血輪在《漢口中西報》發表不少文章繼續宣傳革命思想，維護辛亥革命的勝利果實。1916年秋，《漢口中西報》舉行三千號紀念刊，黎元洪以大總統名義贈送匾額，親筆題詞"覺世功深"以資褒獎（喻血輪：《我在中西報十年生活的回憶》）。

喻血輪一生傾情辛亥革命，是一個忠實的三民主義信徒，辛亥革命前雖未做成"辛亥報人"，卻也投身了辛亥革命，並在民初維護辛亥革命的勝利果實，晚年繼續"憶辛亥"，當之無愧地可以說是"辛亥之子"。那麼，說他是"辛亥報人"、"辛亥老人"似又不是不可？

2011年年初，我所編的喻血輪《綺情樓雜記》，被出版方冠以"一個辛亥報人的民國記憶"之副標題問世。據說產生過一定的影響，我想這是辛亥革命精神的魅力所在，喻血輪地下有知也應該含笑九泉了。

(眉睫)

喻氏兄弟憶報人生涯

　　黃梅有報人縣之稱，蓋因民國時期，吾邑報人衆多，不少彪炳史册。若論報人聲名之顯著者，則首推喻血輪、喻的癡兄弟二人。此二人不獨爲吾邑報人之楷模，亦堪稱中國報人之精英，一度領袖群倫，主持一方，爲全國知名的大報人。前者既爲報人，又爲小說家，後投身宦海，在臺灣度過餘生。後者參與創辦《大江報》，又長期擔任《漢口中西報》總編輯，報人生涯近三十載。聞二人均有文章憶報人生涯，因檢舊刊故籍，得獲三篇，弥足珍貴，兹全文整理如下。

清末民初漢口報壇史

喻血輪

　　漢口爲通商巨埠，又爲辛亥起義首區，報紙也自然成爲時代需要的產物。自清末以迄民初，報館家數雖不多，而力量却非常偉大。其時爲了鼓吹革命，爲了批評政治，爲了抵抗帝國主義，曾有不少報人傾過家，入過獄，拼擲過頭顱，而今事隔四五十年，遂漸被人們遺忘。筆者濫竽漢口報壇最久，身親目觀，省記頗多。惟自民八至民十五數年間，爲漢口報紙最發達時期，也是最蕪雜時期，大小報多至二三十種，今已無法追記。兹篇所述，乃爲清末民初漢口報壇史，其間人物雖不無遺漏，但輪廓大致不差。謹按年次分兩部份敷陳於後：

　　一、清末時期

　　清末宣統年間，漢口有報紙數家，如《中西報》、《大江報》、《商務報》、《漢報》、《漢上消閒錄》等，除《中西報》入民國仍存在外，其餘均於辛亥前相繼停刊。兹謹將與革命最有關係的《大江報》

和《商務報》概略，記之如左：

《大江報》：宣統元年，黃州府中學（此爲舊制中學，其課程略等於今日大學，故學生均爲二十歲左右人）有學生名詹質存者，蘄春人，聰明絕頂，才華甚茂，他的舊學根底極佳，但因在鄉間唯讀過私塾，所以入校之初，還是一副冬烘頭腦。其時學生中有不少人傾向革命，而暗中鼓吹最力者，爲蘄春方覺慧、黃梅宛思演兩人，宛、方與同盟會均有關係，凡由日本寄回《民報》、《新民叢報》，及上海《國粹學報》等刊物，均由兩人分給同學閱讀。方與詹質存爲小同鄉，深知其才器，亟欲吸收爲革命同志，所以把這些刊物一一介紹給他。而詹素有一目十行之譽，不到半年，果然頭腦一新，矢志革命，但他的言論和行動，過於激烈，常常在學校掀起風潮，在宣統元年下半年，便被學校監督吳兆泰開除了。同時被開除的，還有一人名吳毓真，也是一個激烈份子。兩人離校後，相偕赴漢，因見漢口許多報紙，都是死氣沉沉的，急謀創一報，藉爲革命黨樹一旗幟。於時適有一黃梅人胡雨村，家甚富有，因赴武昌考學校未取，在漢口以遊樂爲事，吳毓真與他同鄉相識，遂勸其回家取款，來漢辦報，但胡尚有老父，人極吝嗇，胡恐索取鉅款，不易成功。吳即勸其盜取窖藏，不使父知，待報館開辦後，榮任總經理，父聞之，或不見責。胡認此計可行，立即相偕回梅，一夕之間，在其父窖藏中，竊得大元寶九枚，約四百五十兩，囊之赴漢。詹質存見之大喜，即於短期間創辦一《大江白話報》，胡任總經理，吳任編輯，詹任主筆，又聘何海鳴爲副主筆，以嶄新姿態，出現於漢口報壇中。詹每日爲文，以"大悲"二字爲筆名，言論激昂，聲名大振。未幾，漢口英國水兵毆斃車夫吳一狗案發生，群情憤激，全市沸騰。《大江白話報》日日爲文，攻擊英人，英領事大爲不滿，請求中國官廳予以干涉。胡父在家聞之，恐其招禍，乃函召胡歸，報館因而停頓。然詹、何等興會方濃，不欲中止，於是由詹措資接辦，刪去"白話"二字，名之曰"大江報"，日出一大張，銷行甚旺。時詹欲將革命思想，滲入軍隊，特與張彪部下士兵深相結納（張時任第八鎮統制，黎元洪任協統），張的下級軍官，多屬粗獷之夫，不免苛待士兵，士兵密告詹，詹即以軍官剋扣虐待諸不法事實，一一於《大江報》披露，總督瑞澂見之，詰責張彪，張因此恨《大江報》，動輒干涉。詹亦以欠印刷費太多，無法償付，遂於宣統二年春間停刊。然張彪自此招用學生爲下級幹部，使士兵無形中接受了革命思想，這也是《大江報》啓導的成果。

《商務報》：清末武昌有一群治學社，爲湖北新軍具體組織的一個集團。武漢民黨如居正、田桐、宛思演、方覺慧、蔣翊武、劉堯澂、孫武諸人，皆爲該社社員。宣統二年春，《大江報》停刊後，該社遂集議創辦報紙，以爲鼓吹革命機關。時宛思演因父喪家居，該社特派劉堯澂、何海鳴親赴黃梅，與宛磋商籌款方法。宛原非富有，家僅中資，在城內開了一家義順布號，營業並不見佳。劉、何等到梅後，與宛日日密議，始而想招股，但應者寥寥，繼而想集資，又恐猝難湊合，宛生平作事，向肯負責，又因熱心革命，説做便要做，當時於無可設法之中，竟傾其良田二百畝，一舉而貨之，得資三千元，隨劉、何赴漢。適漢口有一商辦的《商務報》，因主持人不願繼續經營，揚言招頂。宛聞之大喜，以爲商務名稱，正好作革命掩護，而且承盤頂替，可免官廳矚目，遂與對方洽商，一拍即合，僅停刊數日，即改組完成。以宛思演爲總經理，詹大悲爲主筆，何海鳴、查光佛爲副主筆，劉堯澂爲會計兼發行，出版後，篇幅一新。詹的社論，何的雜寫（何筆名爲衡陽孤雁），查的小說，皆爲人所愛讀。居正到漢時，必住商務報，亦常執筆爲文，以故《商務報》銷路陡增，把其他幾家報紙，幾乎壓倒。是年秋，各省正發動請願速開國會，湖北民眾團體亦起而呼籲，《商務報》則日日爲文鼓吹。時湖北請願代表爲張伯烈、石山儼諸人，《商務報》於該代表入京及出京，皆有慷慨激昂文章，予以策勵，並因而攻擊清廷，罵及湖北當道，於是鄂督瑞澂不再視《商務報》爲商業性質，而怒指爲革命機關矣。

至宣統三年初春，報館經濟，已陷於枯竭。詹大悲乃語同人曰："報館如到不能維持時，寧可被封，決不自動停刊。"竟於一日作《大亂者救中國之妙藥也》社評一篇，刊出後，果於次日被官廳封閉，並逮詹大悲、何海鳴入夏口縣監獄，宛思演逃滬，餘人星散。劉堯澂即於是年起義前夕八月十八日（舊曆）在武昌大朝街機關中被捕，於十九日侵晨遇害，即彭、楊、劉三烈士之一也。

以上兩報，皆爲黃梅人出資創辦，可謂無獨有偶，而且主持筆政者，皆爲詹大悲一人。民十六後，詹雖走入歧途，依附"□□"而致被桂系所殺，但此爲其初期參加報壇掌故，與其後日錯誤思想，應爲兩事，故不因其晚過而廢其前功。

二、民初時期

辛亥十月十日武昌起義後，漢口成爲戰場，華界到處起火，所以清末在漢刊行各報，均已自動停刊。但革命初期，不能無報，於是崛起報壇者，則爲另一班報人。茲謹分別記述如左：

《中華民國公報》：此報完全爲官辦，係就武昌大朝街湖北官書局改組而成，主持人爲熊輯五，亦起義人之一。其人説話，聲高而急促，又好罵人，故大家都叫他爲"狗熊"。該報日出兩大張，編法亦頗新穎，其經費由都督府黎元洪按月撥給。初期銷路甚好，民元後，因有其他報紙產生，大家視它爲官報，讀者遂大減少。及黎氏離鄂入京，經費無著，即改組爲《湖北公報》，每十日出一期，專載法令文告，有似邸抄，主持人仍爲熊輯五，但已不能列於日報之林了。

《民生報》：此報亦爲起義初期所創立，社址設於武昌斗級營，社長爲湘人高海瀾，總編輯爲鄂人方覺慧，主筆爲趙壁原，編輯爲吳月波，經費由起義人蔣翊武、張廷輔籌措。但蔣、張等皆極跋扈，常有不滿黎氏言論，在該報發表，黎氏恨之。刊行不到四個月，適高海瀾病故，黎氏遂勒令停刊。

《震旦民報》：辛亥南北停戰，正倡談和議期間，武漢知識份子，隱然形成兩派：一爲黎（元洪）派，凡中年革新份子屬之，即後日之共和黨是也。一爲孫（中山）派，凡青年同盟會及共進會份子屬之，即後日之國民黨是也。《民生報》份子，屬於後一系派，自被黎氏勒令停刊後，同人極表憤慨，於是積極籌集鉅款，另創報社，由張樾爲總經理，方覺慧爲副總經理，宛思演爲總編輯，方覺慧兼副總編輯，主筆則爲鄧狂言（裕黎）、劉菊坡（復）、野馬、何仲公、蔡寄鷗諸人，副刊主任爲梅東主，庶務爲李慎安，特約撰述爲王葆心，陣容非常堅强。鄧狂言爲江陵人，原爲舉人，因狂放被革去功名，乃變名再入庠，鄉試再爲舉人，才氣縱橫，千言立就。劉菊坡爲大冶人，亦善爲文。野馬姓馬，其名字已忘，文筆鋒鋩極露，其快如刃。何仲公爲貴州人，亦清末孝廉公。蔡寄鷗爲黃安人，長於詩詞，善爲小說。梅東主爲黃梅人，學問淵博，無書不通。宛思演、方覺慧與民黨關係及其辦報歷史，前於《大江報》、《商務報》中已記述之。惟張樾爲民黨中學者，藏書極多，日惟研究學術，報事則任方覺慧主持之。出版後，因編、撰皆屬名手，各省又均有通信，故姿態嶄新，震爍一時，無論何界，皆欲一讀《震旦報》爲快。但報內諸人，多屬國民黨，對袁世凱、黎元洪不免有嚴格批評。是年八月十四日，起義人張振武及將校團團長方維，忽在北京被袁世凱捕殺，武漢輿論大譁，《震旦報》日日爲文譴責袁氏，詞甚嚴峻。袁氏恐因此得罪民黨，則將黎元洪請殺張振武等密電電文宣佈，報紙遂又轉而痛罵黎氏。《震旦報》蔡寄鷗特作《床下英雄傳》小說，逐日刊載，意謂黎氏本不知革命，起義時實由床下拖出，經黨人擁之爲都督，詞甚刻毒。黎氏閱之大恨，視該報如眼中釘。至民國二年三月廿一日，宋教仁在上海被刺，又激起了國民黨怒潮，《震旦報》對袁氏攻擊尤力。時該報又增刊畫報一張，用油光紙石印印成，執筆作畫者爲何鐵華，每日皆有漫畫譏諷袁黎，袁亦聞而恨之，遂令黎向漢口英領事交涉，於五月間竟將該報封閉。野馬、鄧狂言、何鐵華被捕，押赴武昌，野馬、鐵華被殺，狂言病斃獄中，餘人皆避匪。這便是漢口報人流血的第一頁史。

《民國日報》：此報爲民國元年湖南都督譚延闓出資所辦，亦爲國民黨宣傳機關。社長兼總編輯爲楊願我，係美國留學生，主筆爲龔國璜，字村容，屬同盟會，編輯爲石解生等。社址在法租界火車站前，日出兩大張，言論與《震旦民報》相伯仲。嗣因經費關係，於民國二年春間，自行停刊。

《共和民報》：此報爲漢口共和黨所辦，社長爲蒲圻張海若（國容），係清末進士，即後日任總統府秘書長及農商部長張國淦之兄。主筆爲石槩周（山偶），即前年在臺逝世石信嘉之父。編輯爲趙璧原、吳月波。亦爲民國元年創刊，社址在英租界鄱陽街。言論偏向於共和黨，但因趙、吳均爲國民黨，致主張未能一致，發刊僅數月，即行停辦。

《國民新報》：此報爲應山李華堂（振）所創辦，於民國元年春間發刊，社址在後花樓篤安里，日出兩大張，另有附屬刊物一小張，名"軍事白話報"，專門刊載軍事教育文字，因此取得都督府一部份津貼，而與軍隊發生了密切關係。李本人爲社長，編輯爲許芷鏡、劉挫塵、熊南荒、劉雲集諸人，言論爲擁護黎元洪，與國民黨對立，社論除由編輯諸人輪流擔任外，並吸收外面投稿，因之社論常有刊出二三篇者，且常與《震旦民報》發生衝突，而大打其筆墨官司。李華堂爲人，富有才幹，又工心計，與日後任四川督軍陳二庵（宦）有親戚關係。當黎元洪推薦陳代理參謀總長駐京辦公後，陳遂成爲袁世凱親信，於是介紹李華堂與袁氏，袁正欲在武漢獲一反對國民黨報紙，自然樂於資助，自是"國民新報"與袁黎之間即構成了雙重關係。追癸丑二次革命發動的前夕，袁氏將北洋軍隊紛紛開到武漢，這些軍隊長官一到漢口，多半是住後花樓口漢口大旅館（後來改名揚子江大飯店），這旅館中有幾個人每夕必到的，就是漢口鎮守使杜錫鈞，漢口警察廳長周際芸，漢口稽查處長劉有才，李華堂也常去走動，因此他們與南下的軍事長官，都成了好友，而《國民新報》也就成爲北洋貴客必讀刊物。及二次革命失敗，黎元洪於二年十二月入京，袁氏派段芝貴督鄂，把湖北軍隊相繼解散，以北洋軍隊接替防務，就中有一師長名王占元，即於此時與李華堂成爲密友。後來王獲任湖北督軍，《國民新報》經濟，益見充裕，但篇幅並無多大改進，同時且將《軍事白話報》停辦，而專從事於政治宣傳了。李才器甚宏，於湖北財政，知之尤稔，當時曾向王貢獻整頓釐金辦法，使湖北稅收，每月增加到百萬元之鉅。民十王占元去鄂，蕭耀南繼任鄂督，且任李爲湖北財政廳長，自是李遂由報人而兼作官吏，一時武漢各界，皆目之爲紅人矣。李財力既厚，即於老圃遊藝場對面，建築四層大廈，爲國民新報館址，當時漢口報館房屋之輝煌者，當以此爲第一。李之爲人，亦有其佳處，雖其地位日高，而對報界同人，親切如故，凡有報紙與官廳發生糾葛，皆由李關說而解，因此爲報人消弭牢獄之災，亦不在少。民十五北伐到漢，視李爲軍閥餘孽，即將國民新報封閉，並沒收其財產。後《武漢日報》成立，即就國民新報房屋及印刷發刊。李本人逃滬，十六年病故，至無以爲殮，結局良慘！

《中西報》：此報在清末原爲一外國人創辦。在英租界一碼頭維新印字館付印，後因營業不振，欠印刷費甚多，不欲繼續刊行，遂於宣統元年頂與維新印字館經理王華軒接辦。王爲黃岡人，對印刷業甚爲內行，在商場信譽極佳，故其接辦《中西報》後，廣告漸漸發達。當時編輯人除王弟癡吾外，余爲蘇州鳳立蓀、寶應朱鈍根、黃岡喻耕屑等。言論以平穩爲主，報導以商業爲重，故在清末革命風潮澎湃時，該報未受到政府摧殘。及辛亥武昌起義，漢口大火，該報遂自動停刊。至民國二年春間，維新印字館營業暢旺，王華軒即籌畫《中西報》復刊，但因漢口商場未復原，恐業務不易發展，遂決定先辦一晚報，命名曰"中西晚報"。當時漢口尚無晚報，此可謂異軍突起，成爲新鮮產物。主編爲武進人楊幻庵，係日本留學生，編輯爲喻耕屑，副刊及小說則爲筆者擔任。時筆者年事方少，好弄文墨，甚以踏入報壇爲喜，其後於京、滬、漢搞了二十年新聞事業，實自此日肇始。該報編輯部設於維新印字館樓上，於二年三月間發刊，每日出一大張，由政聞以至花事皆備。及七月間贛寧戰事發生，《中西晚報》忽一躍而爲時代寵兒。因那時漢口新創刊各報均相繼停刊，僅一《國民新報》存在，民衆欲知戰事消息，則不能不爭讀晚報，故銷行特旺。其實晚報消息，並非自己得來，而是楊幻庵每晨自日人所辦日文《漢口日報》專電譯來，該報有戰地通信員，消息較多。晚報轉譯，又比日報早一天，民衆自信爲晚報獨有戰報，人人要看。每日下午五時出版，報販一到街上，高喊："晚報！晚報！"所攜報紙，瞬即售罄，時維新印字館只有手搖平版機，每夕以三四名壯漢搖印，尚屬供不應求，報販麕集報館門首，高呼要報者，輒至百數十人，常須巡捕出而維持秩序，至夜深始已。報價每份僅售銅元一枚，每晚所得銅元，常有一籮筐之多，此實爲《中西晚報》極盛時代。至民國三年年初，王華軒即決定恢復《中西日報》，同時把維新印字館遷到後花樓小董家巷口一幢大房子裏，晚報照常發刊，仍由楊幻庵、喻耕屑編輯，日報則由鳳竹蓀、王癡吾及筆者編輯，社論由筆者大兄的癡專撰。每日出兩大張，不偏不黨，穩打穩紮，言論以和平爲宗旨，新聞以確實爲原則，實一完全私營商業性質的報紙。兩報編輯部均設於維新印字館樓上，混合辦公，所以步驟絕對一致。王華軒因與商界關係甚深，廣告非常暢旺，且能吸收上海各大商行定期廣告，故以報養報，綽乎有餘。至民國四年，復將兩報編輯、營業、發行各部，遷至張美之巷，與維新印字館分家，民國八年，王復創辦一報，名"漢口日報"，由筆者大兄的癡及聶醉仁、葉聘三等編輯，至是王遂握有三報矣。到底個人精力有限，不到一年，《漢口日報》即行停刊，而《中西日報》及《中西晚報》業務，仍能維持原狀。迄民國十一年，王鑒於各報作風，均趨向新的途徑，遂於《中西報》增加副刊半張，名曰"新中西"，完全采用新文藝、新學說、新詩，由筆者負責編輯，王姪麗生副之。是時武漢各校學生，均愛讀新的刊物，《新中西》問世後，讀者甚衆，各校學生紛紛要求單獨訂閱《新中西》，王許之，遂使副刊與正張脫離，開報紙業未有之前例。不到三個月，每日竟銷至三四千份之多，而正張僅千餘份而已。王華軒爲人，雖學識稍差，而性行甚正，報館除營業收入外，一文不要。民國三年第一次歐戰發生，漢口有一德國牧師嘉樂天，方爲王任教授英文，曾以鉅金餌王，使爲德國宣傳，王拒之。十一年蕭耀南督鄂，因與王同爲黃岡人，屢使人示意，欲按月予以津貼，王亦不受。其他軍閥以金錢餌之者甚多，王皆一介不取。所以無論發生任何政潮，《中西報》始終不受影響，這也是他的高明獨到處。惜自十一年後，漢口報紙漸多，晚報亦加了兩三家，王之業務，漸不如前，編輯部人事，亦頻有變動，十三年遂先將晚報停刊，專營《中西日報》，二十年後，王年已七十餘，暮氣漸深，營業益不振。二十五六年間，曾一度租與其同鄉徐某接辦，但亦無起色。中日戰事發生後，即告停刊。二十七年春，遂將機器賤價售去，回其黃岡老家，未幾病歿，年已八十矣。《中西報》自創始迄停辦，發行達一萬二千多號，歷時三十餘年，實爲漢口最老報紙。

《新聞報》：此報爲上海人張雲淵所辦，張原辦有一小報，名"繁華日報"，專載青樓中事，但因趣味低級，銷路不大。民國四年年初，張見《中西報》廣告發達，遂欲辦一大報，以與《中西報》競爭。漢口商場，原有所謂"下江幫"，張以自己爲滬人，在下江幫兜得開，若拉廣告，至少可與《中西報》平分春色，即於四月一日創辦一報，名曰"新聞報"，日出兩大張，設於英租界鼎安里內。張自任總經理，而把《中西報》的鳳竹蓀拉去當總編輯，以黃岡曾莘如、襄陽王芷衡爲編輯。張辦報目的，既在淘金，所以言論新聞，概以平淡爲主，任何過時已久新聞，亦可刊出，絕不以"明日黃花"爲慊。張體胖髮白，耳微聾，常喜著紅緞長袍，白底緞鞋，出入商行兜攬廣告，宛然清末小官僚模樣。他所以取名"新聞報"，似含有冒上海《新聞報》牌子的用意，人家問他是否上海《新聞報》分館？

他不承認，也不否認，故發刊之初，頗能引起社會注意，尤以下江人訂閱爲多。但一二年後，銷路逐漸衰落了。鳳竹蓀在漢口報壇甚久，向來以穩當見稱，故對政治問題，從不作任何主張，報紙出色與否，似不甚措意。張雲淵拉廣告，亦有其特長，因之報館經濟，足可維持。但他在營業上雖竭力鑽營，却不接受官廳津貼，所以始終能獨立生存，不受政潮影響，這也是他的長處。民國十四五年間，漢口報紙漸多，編排都有改進，《新聞報》遂成爲老氣橫秋面目，北伐成功後，更有被時代淘汰的趨勢。時鳳竹蓀年已七旬，又因生平嗜酒，已患半身不遂之症，由其子扶歸蘇州洞庭山。張雲淵亦以年老無力賓士，《新聞報》遂於十六年停刊。

《大漢報》：此報爲天門胡石庵主辦，原爲民國元年創刊，與國民黨接近。民國二年年底，黎元洪入京，袁世凱派段芝貴督鄂，《大漢報》因登載段在清末曾購女伶楊翠喜獻之振貝子，並拜振貝子爲乾爺等軼事，段見之大怒，遂封《大漢報》，並逮胡石庵入獄。直至民國五年袁世凱殂後，胡始獲出獄，遂於漢口日租界將《大漢報》復刊。社長仍爲胡氏，經理爲祝潤湘，編輯爲朱鈍根、丁愚庵、易雪泥諸人。胡因上次曾被官廳摧殘，此次即挈家居日本租界。中國人辦報而要藉外人庇護，本來不是一件體面事，但爲求得言論自由，不得不如是做法。故在當時漢口輿論極端沉寂中，只有《大漢報》還能說幾句正義話。它的時評欄名"大漢天聲"，對於政局及湖北當道，常有嚴厲批評，凡其他報紙不能說的話，大漢報紙均敢說，於是"大漢天聲"這一塊小地盤，便成爲當時民衆的喉舌。胡石庵既與國民黨有關係，當然得過國民黨資助，而那些軍閥，也都是服硬不服軟，越是罵他的報紙，他越是肯拿錢饋送它，所以胡在當時，也曾接受過軍閥津貼，可是他得了錢，還是要罵，軍閥竟把他莫可如何，這便是在租界辦報的好處。《大漢報》最出風頭時代，乃是民十鄂人驅王（占元）之役。那時華界報紙，懾於淫威，不敢說話，所有攻擊王占元文章通電，皆由《大漢報》發表，一時《大漢報》

銷路陡增。可見辦報能以民意爲依歸，便不愁不能發展了。《大漢報》因有這一次輝煌事實，頗能取得讀者好感，及十五年北伐軍到漢，也爲國民革命作了不少宣傳。後因胡石庵病逝，《大漢報》即告停刊，停刊時間，已不大記憶，大約是十七八年間事。

　　上述民初各報，除《中華民國公報》改組，《民心報》被迫停刊，《震旦民報》封閉，《民國日報》、《共和民報》自動停辦外，自民二至民五幾年間，漢口只有《國民新報》、《中西報》（包括《中西晚報》）、《新聞報》三家，這三家除《國民新報》有其政治背景外，其餘兩家，完全是商業性質。但這三家都有個同樣缺點，第一是沒有專電，因爲節省關係，不能在京滬各大都會設置通信員，報告消息，每日報紙所載各地專電，都是編輯自己造出來的，有時與事實發生常遲至三四日之久。所以看著一條一條二號字"本報專電"，而實在無一條是真的。筆者常叫他們爲"造電公司"老闆，實屬名副其實。直到民國八九年間，有中華電信社電報，接著又有國內通信社電報，於是專電方面，才有幾分真實性。至各地通信，也都是從各地交換報紙剪下來的，長篇闊幅，讀者自無法判斷其真僞了。第二是編輯遲鈍，當時各報發稿都在日間，武漢各訪員訪得新聞，全是晨間送到各報館，內容都是頭一天的事，報館本身，又沒有采訪的人，所以刊出新聞，至少是隔了一天，已失其新鮮意義，然編者讀者皆相習不爲怪。因此報館編輯人員，到下午七八點鐘便相率回家，與今日編輯先生忙碌到天亮，完全兩樣。此種作風，直到十三四年才漸漸改進。第三是排版笨拙，那時各報格式，幾乎一致是死板的。第一張是社論、專電、緊要新聞、各省通信，第二張是本省新聞、本市新聞、雜俎、小說。每版約八九欄，完全流水帳形式，一則一則的順序排下去，新聞一律短行四號字，題目用二號字，很少用過頭號字，木刻特號字，更沒見過。民十以後，新辦各報已改用新的編排方法，幾家老報始隨之仿效，版面便較以前醒目多了。至三家報紙銷路，又各不同，《國民新報》是官廳機關看的多，《中西報》是社團商家看的多，《新聞報》是下江商店看的多。銷數量最高的，沒有超過三千份，有的還只一千餘份而已，可見當時看報的人，實沒有今天普遍了。

——一九五六年六月《報學》一卷九期

北伐時期之《京報》

喻血輪

民國十七年春天，國民革命軍已底定黃河南岸各省，正揮戈北向，謀收復冀遼時候，南京曾產生一家最有力量最有光輝的報紙，名曰"京報"。它是國民黨黨員陳立夫先生，以私人名義出資創辦的（讀者注意，當時無CC這個名詞）。它對當時軍事政治，有過正確主張，對北伐大業，也有過相當貢獻。其時除黨營《民國日報》外，私營報紙而為國民革命軍負宣傳任務者，只有此報。惜因經費不足，只辦了九、十個月，便宣告停刊，到今天幾乎被人遺忘了，筆者為此報籌備人之一，出刊後，在編輯方面，也盡過相當努力，今特就記憶所及，略述京報產生及其壯闊作風於此，或可作為報壇史料之一頁。

十七年二月間，我方任職三十七軍政治部，駐在蕪湖。時政治部主任吳醒亞正在南京，與軍長陳調元洽商要公。一天忽接到他一封電報，叫我挈眷入京，電文中並未言及何事。迨我抵京，和他同住在中華飯店，見面後，才知道他和陳立夫先生要辦一家規模宏大的報紙。我與醒亞是總角交，少時同學，辛亥共同參加武昌起義，後來他赴廣東，我在滬從事新聞事業，他知道我對於辦報較有經驗，所以要我負責籌備。我問清楚了他的資金來源和參加的人物後，便計畫了一個日出兩大張的報紙輪廓。第二天他即在中華飯店召集第一次籌備會，出席的有陳立夫、蕭吉珊、石信嘉、梁鼎銘、林振鏞諸人，經我陳述了組織步驟後，他們很快便決定了報名曰"京報"，並推定陳立夫為社長，蕭吉珊為副社長，吳醒亞為總編輯，我為主任編輯，石信嘉爲經理，梁鼎銘爲藝術編輯，林振鏞爲經濟編輯，其餘尚有編輯若干人，已不盡憶。經這次定後，各部分即分途進行。石信嘉親赴上海，洽購機器字模及印刷部各項材料，我則忙於擬訂簡章，申請立案，函約各省市通信員，及尋覓房屋諸務。時南京教會美以美會在估衣廊有一棟大洋房，平時作爲教會辦公及夜間佈道之用。該會有一職員周波和，與我同鄉，且係舊識，一次偶爾相值，談及《京報》要租房子的事，他大爲高興，便告訴我估衣廊那棟房子，因爲教會已停止工作，人員星散，深恐軍隊駐入，極願租與機關，作爲辦公之用。當時引我去看了一下，樓上下有房屋二十餘間，極合做編輯部和發行部用，另外還有一個小學，在這房子後身，現亦停辦，他願連帶出租，這正可作印刷廠用。我看完後，認爲最合理想，當即與周波和作了個初步決定，一併承租。那時，陳立夫先生方任總司令部機要科長，不能時常走開，所有籌備事項，概由吳醒亞主持。醒亞聽了我報告後，也很滿意，於是很迅速的把棟房屋租了下來，所索的租價，有出乎意料的便宜。我自辦報以來，對於覓致館址，要以這次爲最順利，我今天所以特別把這事提出，就是因爲這棟房屋屬於教會，後來曾抵抗了一個搗毀風波。

　　房屋租定了，石信嘉在上海購買的機器材料，也陸續運京，我們已開始在報館裏辦公，一面鑄字編排字盤，一面把編輯部部署起來。正在這時，人事方面忽然發生了一個小變化，這事與《京報》後來銷路，極有影響，所以我也要把他寫出來。原來有一位住在漢口擔任上海《申報》通信多年的聶醉仁，他也是湖北黃梅人，與我和吳醒亞都是幼年朋友。當《京報》初期籌備時，醒亞曾函約他參加，他表示不來。這時籌備完成，他忽然翩然蒞京，願爲《京報》效力。這使醒亞大爲躊躇，因爲各部分主管都已經推定，現地實無適當位置可以安頓他。我見醒亞感到困難，便自動表示願意把主任編輯位置讓出給醉仁，並且說：「我們辦報，是興趣問題，不是職位問題，我與醉仁交非泛泛，他作主任編輯，我作編輯，也無所謂。」

醒亞見這問題解決了，大爲愉快。於是我改任副刊編輯主任，兼作社論。我對於編輯副刊，最感興趣，這一來，在我個人，到是如願以償了。

《京報》籌備，只費了一個月工夫，在試版時間，陳立夫先生曾召集了一個座談會，説明《京報》的宗旨和應有的態度，那就是領導民衆，鼓勵軍心，完成北伐大業，實行三民主義等，這當然是編輯部同人必守的信條。這時中樞已決定在四月初間，津浦、京漢、京綏三路同時進兵北伐，《京報》遂趕於四月一日正式出刊，日出兩大張，編排新穎，印刷精良，確是北伐時期一家標準報紙。其時南京是新聞消息的總匯，所有軍事的發展，政治的設施，外交的活動種種，都是在南京發動，全國希望剷除軍閥的民衆，沒有一個人不天天在注意南京發佈的新聞。《京報》因爲立夫的關係，凡有消息發生的機關，我們都派有專員常駐采訪，他自己又站在機要科地位，更有許多便利，所以除了有關軍事機密及必須封鎖的消息外，凡屬可以發表的新聞，總是在《京報》首先披露。這一來，不獨使南京各報爲之瞠目，就是上海幾家老報，也爲之震驚，於是讀報和辦報人的眼光，都注視在《京報》身上了。這時主任編輯聶醉仁忽向陳立夫、吳醒亞建議，與上海《申報》交換消息。他的意思，《申報》采訪部無孔不入，有許多消息，不是我們特派員所能得到的，若是我們把南京消息和它交換，我們上海的報導，必定更爲充實了。他是《申報》駐漢的老通信員，他的此項主張當然有其用意，甚至是《申報》策動，叫他如此建議的。我聽了這話，大爲詫異，因爲那時南京是新聞中心，《京報》有許多重要消息，不是外間所能采訪得到的，若是把這些重要消息，和《申報》換一些無關緊要的消息，這是給予《申報》極大風頭，而使《京報》減低精采。我曾把這利害關係，告訴過立夫和醒亞，無奈他兩人都是初次辦報，不明其中訣竅，竟采納了聶醉仁建議，與《申報》實行交換消息了。自是醉仁每天晚上把《京報》所獲得的好消息，提要抄給《申報》駐京特派員，轉電《申報》；《申報》則拿一些無足輕重的消息，報告《京報》，遂使《申報》在上海，突然顯得光彩，有許多要聞，《申報》用特大字題目刊出，上海別的報連影子都沒有。辦報的人，差不多都有消息獨佔的欲望，對於搶先報導，競爭的非常劇烈，《申報》得到這豐富收穫，自然使其他報紙發生嫉妒，尤其與《申報》死不相讓的《新聞報》，更為失驚，它什麼都可以犧牲，就是不肯在報導方面，比《申報》減色，於是千方百計要把《申報》特殊消息來源，偵查出來。就在這時，《申報》遂發生了一個不尷不尬啼笑皆非的趣劇。

《京報》刊行剛一個月，正是五月一日，革命軍即克復了濟南。這一路是總司令蔣公親自指揮的，陳立夫先生也隨軍在前方，我們每天遂可從機要科得到前方許多重要消息，凡是需要在報端發表的，立夫先生並另外打電報給《京報》，所以濟南克復，也是《京報》首先發表的。那時大家心情，以為山東得手，直搗幽燕，僅是指顧間事。不料五月三日夜間，我們正在編輯部等候前方消息，忽然機要科送來立夫先生一個急電，說日軍突在濟南采取軍事行動，強佔了濟南城，把交涉員蔡公時殺了，並槍殺了許多軍民，總司令部已安全退到党家莊等語。同時吳醒亞在泰安也拍來一個大略相同的電報（其時吳醒亞正率三十七軍政治部出發泰安）。這是一個足以震驚世界的大慘案，也就是日軍阻撓我們北伐的大陰謀，它的發展，殊使人不敢想像。我們知道這一件大事，外間尚無所悉，《京報》必須有一個正確而詳實的報導。當由聶醉仁根據事實，撰擬一段新聞，作為《京報》隨軍記者專電，用特大號字題目發表。《京報》既與《申報》交換消息，聶醉仁也自要把全部事實供給《申報》，《申報》駐京特派員除用急電報告報館外，還怕電報遲到，復用長途電話報告一遍。《申報》編輯部知道這事重要性，接到電報後，還探詢上海各機關及各同業，有無這類消息，結果均無所悉。《申報》遂以為這一爆炸性新聞，除了遠在南京的《京報》外，上海方面，一定只有他家獨有的了。不料第二天出報後,《新聞報》竟有同樣的新聞發表,除了文字略有不同外,事實則無多大出入。這使《申報》大吃一驚,滿以爲這一條新聞,可使它在上海報界造成權威,何期無獨有偶,竟令《新聞報》同顯光輝。於是派員入京,責問聶醉仁保密不夠,但醉仁也無法查出《新聞報》消息來源。可見包辦新聞,終不免有點漏洞。

"五三"濟南慘案發生後,革命軍依然繞道北進,日軍閥阻撓北伐陰謀,雖然粉碎,但民衆對於革命軍進展,愈益關切。《京報》報導,既迅速而正確,銷路因之激增,不獨在南京成爲洛陽紙貴,就是沿京滬路鎮江、常州、無錫、蘇州以至上海,訂閱《京報》的也極多。可惜《京報》只有一套平版機,雖然是用電力推動,但比較轉筒機,實在慢多了,所以每天只能印出一萬至兩萬份,當然供不應求。這時編輯部人才,更加充實。撰擬社論的人,一天多一天了,如賴璉、羅時實、程天放、楊公達諸人,都是當時替《京報》寫社論的人,蕭吉珊自己也時常寫一兩篇。他們眼光敏銳,筆力雄健,對於北伐建國,當然有不少貢獻。後來這些人,都成了中國的聞人,只有筆者最爲不肖,到現在還是落拓窮途了!當時編輯部還有一個人值得佩服的,就是擔任繪畫的梁鼎銘。他不但有藝術天才,且有哲學頭腦,他所繪的漫畫,都有深刻意義,尤其善於速寫,他看見了什麼人,立刻就能用簡單筆劃,把那人的面貌寫出,維妙維肖,所以他的漫畫,要隱射什麼人,只要那人是他見過的,便能憑想像把那人輪廓畫出來,使讀者一見便知。他所畫的報頭子,無論大小,都能別出心裁,適合那一欄的意義。我所主編的副刊報頭子是橫的,等於一版的闊,一寸高,每週更換一次,他常常畫一些精美圖案,或者各種人物,使人看了,特別美觀。惜乎那些報紙,都已散失,現在只留下不可泯滅的印象而已。

《京報》發行的第三個月,忽然與當時海軍司令陳紹寬發生了一個不大不小的衝突,這衝突却正出在我的副刊上面。原來我編副刊,向來是新舊並重，除了新作品外，兼采用舊的掌故。當時有一位同鄉湯頤公先生，係出世家，青年中舉，學問文章，不可一世。入民國後，曾兩次膺選國民會議員，又參與過段祺瑞幕府，因久居北京，對清末民初政海掌故，省記非常之多，十五年革命軍北伐後，即隱居廬山，從事著作。我編《京報》副刊後，即函約其為副刊寫稿子，他便以所著《大林山人隨筆》見寄。我一看，內容非常豐富，所寫的多是政海舊聞，每段約四五百字，幾乎段段精彩，我把它闢為專欄，每日刊載一段，極為讀者所歡迎。湯先生在民國初年，曾入過湯薌銘戎幕，對那時海軍情形非常熟悉，有一天他在隨筆中寫過一段民初海軍腐敗故事，我以為事屬遺聞，照樣把它刊出。刊出後數日，忽為陳紹寬看見，他那時正在漢口，不知如何，他沒有把那篇文章內容看清楚，又不知道《京報》是何人主辦的，竟電令他的駐京辦事處，派隊搗毀《京報》，逮捕編輯，並着交出投稿人。他的辦事處也不假思索，居然由一副官帶了八名士兵，全副武裝，其勢洶洶，來到《京報》，說《京報》侮辱海軍，非搗毀抓人不可。那時正是上午，編輯部一個人也沒有，當由發行部打電話把總編輯吳醒亞找來，醒亞初認為事態嚴重，立將我找到報館，埋怨我不該刊載那篇稿子。我當時非常氣憤，說："這篇稿子，說的是民初海軍舊事，與今日的陳紹寬風馬牛不相及，有何侮辱之有云？現在革命軍正揮戈北伐，要打倒軍閥，我們報紙，天天在宣傳舊軍閥罪惡，何獨於民初海軍腐敗故事，便不能刊載呢？這稿子是我發的，我負完全責任，報館可以把我交出去，但我不能把投稿人交出來，因為編輯人對投稿人，有絕對保障義務。"醒亞聽了我的話，才明瞭這是陳紹寬荒唐無理。當時親自接見那位副官，那位副官疾言厲色，亂吼一陣，口口聲聲要把編輯帶去，把報館搗毀。醒亞正色告訴他說："這裏是國民政府首都所在地，無論什麼人是要守法的，報紙發表的檔，當事人如認為失實，盡可來函請求更正，倘報館不予更正，即當向法庭控訴，自有法律可以解決。你們不循正當手續，居然在此無理取鬧，實屬失態。你説要抓編輯，你還沒有這權力，你説要搗毀報館，這房子是教會的，你儘管搗毀，自有人問你賠償的。"那位副官聽了這話，忽然軟了半截，和緩地説："這事並不是我們敢這樣做，實因奉到陳司令電報，不能不來一趟。吳先生既這樣説，我們對陳司令將如何交代呢？"醒亞説："這個很容易，你們只要來一個正式公函，把陳司令電報錄在文內，我們自然有話答覆陳司令的。"那副官才偃旗息鼓而去。報館職員見那人前倨而後恭，都爲之撫掌大笑。夜間陳立夫先生來到報館，醒亞把經過情形告訴他，他也不禁莞爾而笑。但他要我設法更正，我説："這類稿件，不像新聞，新聞可以説采訪失實，予以更正；這明明是記述過去一件舊事，在這事的局中人，並未出來否認，今被一個與這事毫無關係的人提出異議，我們將如何更正呢？"其時陳紹寬辦事處公函，已經送來了，措詞到很和平，立夫先生一定要我敷衍陳紹寬一下，他才好電覆，我便在第二天《大林山人隨筆》內，登了幾行附注，大意説某日刊載某段故事，係屬民初海軍遺聞，與現在革命的海軍毫無關係，深恐讀者誤會，特此聲明云云。立夫當晚即覆了陳紹寬一個電報，除叙述那位副官到報館情形外，並謂已令主編人更正，希勿誤會等語。大約陳紹寬接了這封電報，才知道《京報》是陳立夫先生所創辦的，立即回電立夫，深深道歉，這一場風波，才算是讙然而來，悄然而逝了。事後我笑語立夫先生："辦報的人，就是要有脊梁捎得起風波，當編輯的人，也是要有膽量吃得起官司，然後報紙才能有聲色。若是立言記事，畏首畏尾，或者受了一點挫折，便要低心餒氣，那樣，報紙便喪失了尊嚴，毫無價值可言了。"立夫先生也爲之首肯。

　　《京報》發行到四五個月後，銷路漸漸減低了。第一，就是和《申報》交換消息的結果，因爲初出版時候，大家都以爲《京報》消息迅速而確實，所以非看不可，後來發覺《京報》所有的特殊報導，《申報》也都有了，看慣了《申報》的人，便無須再看《京報》了。尤其沿京滬路綫各城市的居民，對於《京報》愛好觀念，漸漸淡薄，不再視爲新奇，故依然成了《申報》銷路的領域。第二，《京報》創辦時，經濟是由立夫先生籌措的，繼續接濟，原靠副社長蕭吉珊向華僑募集。不料蕭所認識的華僑，只限於泰國一處，結果計畫募集的股款，都成了畫餅，因此經濟感到困難，不得不緊縮開支，遂使報紙精神，日漸低落，銷路自然要下降了。第三，那時革命軍已復北京，正指向遼東，立夫先生所擔負的職務，益見忙碌，對於《京報》業務，已無暇兼顧，各部分人員也就差勁了。有此種種原因，《京報》遂由極盛而至就衰時期了。

是年冬東三省易幟，全國統一，《京報》人事，漸有變動。十一月總編輯吳醒亞被任爲安徽民政廳長，筆者隨之赴皖，聶醉仁亦同時脫離《京報》。不久，陳立夫先生又兼任總政治部副主任，因主任戴季陶先生在粵未來，立夫獨立主持總政治部，百務蝟集，益無暇晷，對於《京報》，遂無意繼續經營，到十八年初間，即自動停刊。計自出版迄停刊，爲時不過九、十個月，期間雖極短，而表現極輝煌，對於北伐大業，在宣傳方面，貢獻尤多，在中國報業史上，自有其不可磨滅的價值。

《京報》停辦後，所有機器字模，即讓與石信嘉，信嘉即憑此一套資本，於十八年下半年創刊《新京日報》，初時亦光芒顯露，赫赫有聲，凡爲《京報》寫過文章的人，都也繼續爲《新京日報》寫文章。後因這些人各有職務，大半離京，復因經濟支絀，常瀕窘境，在兩三年後，報紙銷路漸不如前了。但信嘉辦報精神，頗能百折不撓，任憑怎樣困難，他總是要持續辦下去，所以《新京日報》，一直維持到抗戰時南京撤退才停辦，也算是《京報》一點餘緒。

——一九五六年十二月《報學》一卷十期

我與《中西報》

喻的癡

不佞無文，執新聞業，忝爲報人，閱二十餘載，而於《漢口中西報》，自建元三年甲寅暨乙亥，自三千號暨一萬號，閱年二十有二，閱日七千有奇，則在斷續中始終其役焉。洎茲萬號屆滿之日，回首前塵，俛仰身世，倦念《中西報》三十年來經營之慘澹，遭遇之迍邅，不禁百感橫胸，有爲之低佪慨歎不能自已者也。

先是清光宣間，正《中西報》嶄然露其頭角於漢上，時予年甫二十，負笈黃州。初不解新聞業爲何事，惟感念清政不綱，國勢日炱，年少氣盛者，鮮不慨然抱改革之志。蘄春方覺慧、詹大悲，羅田何亞新暨同邑宛思演諸君，同學中富於革命思想之尤者也，俱與予交篤且密。課餘暇晷，輒相與共讀新聞紙或其他鼓吹革命刊物。寒夜青燈，對床風雨，每感痛國是，未嘗不淬厲激昂，互以匹夫興亡之責相勖勉。而予於報載時論，且選其沉痛激越之作，手錄成帙，研討誦讀，是乃予讀報之始也。

己酉秋，大悲、亞新因故離校。居武昌逆旅中，獲識湘中革命黨人蔣翊武、劉堯澂、何海鳴諸君，遂參加革命運動。時思演雖尚留校，然亦早與黨人相結納，先後列籍日知會、群治學社矣。庚戌冬，大悲遣堯澂、海鳴，徒步走黃梅，約思演出資組辦《商務報》，爲宣傳革命機關。發行甫數月，即以漢口吳一狗案，被勒停刊。未幾，大悲、海鳴復以予同邑黨人梅君寶璣之介，識邑富家之胡雨村者，勸其斥資組辦《大江報》。黃季剛、查光佛諸君皆與焉。既出版，持論尤激烈，抨擊清室權貴，不遺餘力，旋被封禁，大悲、海鳴俱入獄。予與兩報編撰者既皆素所交好，而兩報又同爲暴力所摧殘，以是刺激之故，所感興奮於新聞業者則益濃厚，幾無日不讀報，亦無日不有志於辦報。予辦報之迷信與嗜好，中於此矣。每見報載時事論評，輒倣效而自爲之；見報載感時詩歌，輒揣摩而自和之。間擇稍自信者，化名寄投報館，偶見登出，輒欣然如應試獲售，樂不可支。迨辛亥革命告成，言論解放，壬癸之間，武漢新聞業稱盛一時，報館林立，不下十數家。時予雖他有所役，仍未嘗一日忘情於此。間撰時論，投登各報，以略抒其胸臆，而所獲酬報則頗豐。

私以謂苟從事於此，所謂進德立言，淑世牖民云者，雖未敢妄以自詡；顧恃賣文爲治生之術，其人格高潔，不較彼依人作嫁，暮夜乞憐者，迥有天壤之別耶？因是竊嘗引以自豪，儼然以記者自命，不復作別圖矣，斯乃予開始進身報業之始也。

癸丑贛寧之難作，革命党人，死者死，走者走，予亦悄然遁歸里門。居恒抑鬱無聊賴，遂嬰咯血之疾，瀕危者屢。其年秋，《中西報》主人王君華軒，以辛亥陽夏之役，機械鉛槧，悉燬於兵，輟業已兩載。至是大局漸定，武漢商場亦稍蘇，遂擬收拾餘燼，捲土重來。幾費經營，始先恢復維新印書館，創刊《漢口晚報》一大張，以爲《中西報》復刊之基礎。聘鳳君竹蓀主編務，予弟血輪主筆政。時血輪方服務夏口法院，間爲文投載《國民新報》，獲識其主筆許君止競，遂以許君之介紹，始爲報人矣。其時風氣初開，漢上夕刊，獨此一家，一紙風行，不脛而走。故創刊之始，即日售萬數千張，營業殊不惡。無何，王君更毅然規復《中西報》，合晚報爲一家，日出三大張。任編撰者，於竹蓀、血輪外，則爲楊幻庵、金緘三、喻耕屑、王癡吾（始爲《國民新報》編輯，華軒親弟也）諸君。《中西報》之在武漢商場固有發行六年之歷史，印象較深，信譽亦著，因之復刊未久，營業亦復舊觀。既而金君他去，主撰無人，血輪介予承其乏，而予以咯血之疾，尚待調治，未敢出遊。且當時報紙言論，軍閥方嚴加鉗制。大抵聊備一格，初不計時間性，予遂得遙領其職務，由家寄稿，月十數篇，篇數百言，聊以塞責。強半膚泛違心之論，未嘗敢稍伸正義，略抒讜言，以觸時忌而獲重咎。蓋自甲寅迄丙辰，忽忽三載矣。丁巳春，王君更擴展其業務，增刊《中西報》一張，另創辦《漢口日報》，以與晚報爲一家，亦日出二大張，一再促予赴漢主其事。既至，稍事部署，即出版。仍以幻庵主編晚報，予與聶醉仁、鄧漱秋（鄧瘦秋）、葉聘三諸君，分擔日報編撰。《中西報》仍由癡吾、耕屑、血輪負其責。斯又予實行投身報業之始也。

時《中西報》編輯、發行兩部，設張美之巷一號，《漢口日報》、

《晚報》編輯部附焉，共事者十數人。編撰事竣，值春秋佳日，則相偕遊覽名勝，間眺郊原。風雨晦明，則相與流連詩酒，遣興聲歌。《大漢報》之朱君鈍根、易君雪泥；《新聞報》之鳳君竹蓀、曾君莘廬、王君子衡；《商報》之盛君了庵、鄒君碧痕；《江聲報》之楊君綿仲、羅君普存；《國民新報》之熊君南荒，又先後以同業之誼，相與過從甚密者，其樂融融，初未嘗以爲苦也。詎其時同人精神，群集於《漢口日報》，持論嚴正，編法新穎。雖爲閱者所稱許，而營業卒無起色。未兩年，折閱萬餘金，不復能撐拄，而幻庵、癡吾，又相繼盡瘁而死。王君頗心灰，遂決計停刊，惟暫保留《晚報》，單獨發行，挽予專任其役。《中西報》於耕屑、聘三外，則以癡吾猶子麗生繼其業，醉仁專爲《申報》通信，漱秋轉入《公論報》，血輪亦自辦揚子通信社，相率而去，頗有風流雲散之概。又兩年，《晚報》亦停業，予復轉入《中西報》，主持編撰。未幾，維新印書館遭回祿之災，機械鉛槧，又付一炬，且死傷員工二人，《中西報》業務大受頓挫。幸王君艱苦支持，尚未至一蹶不振。然視前數年，已漸趨落沒矣。斯時也，予亦先後受上海《新聞報》、北京《京報》駐漢記者之聘，逐日發電通信，鏤心絞腦，沐雨櫛風，草草勞勞，不遑寢饋，不似曩之優遊暇豫。然仍以《中西報》之編撰爲主幹，以爲予服務社會終身事業之基礎其在斯乎。迨丙寅秋，黨軍北伐，奠定長江、漢上新聞業，以各黨報之銳意改革，壁壘一新。各商營報紙，受環境之支配，爲經濟所限制，不免相形見絀，驟呈江河日下之勢。《大漢》、《江聲》、《正義》、《大陸》、《群治》及《商報》、《國民新報》諸家，相繼輟業。《中西報》雖猶忍痛挣扎，冀維現狀，而日積月累，已虧折不堪矣。兼之□□黨徒，肆其淫威，壓迫干涉，無所不用其極。《新聞報》之鳳君竹蓀、《大漢報》之祝君潤湘，且各假細故，被逮入獄。《中西報》因登載蔣總司令在南昌演詞，觸彼忌諱，亦栗栗危懼，日夕不自安。予所兼上海《新聞報》通信職務，更時被挑剔指摘，動假反革命之罪名，警告恫喝，竟至停頓數月之久，荆天棘地，朝不保夕。不得已辭退《中西報》編撰事務，匿跡消聲，苟全性命。綜計自甲寅迄丁巳，又自丁巳迄丁卯，服役《中西報》，前後十有四年，至是乃暫告脫離矣。

丁卯而後，予仍居漢專致力於通信事業，於上海《新聞報》外，復先後受聘于南京《京報》、《中央日報》，天津《大公報》諸家，駐漢發電。繼又先後受聘於漢口《民國日報》、湖北《中山日報》兩家，擔任編輯。及己巳秋，更遠遊皖江，一行作吏，彈指四年，無復機會再爲《中西報》一竭綿薄。每念及之，輒爲慚感。庚午歲暮，歸自皖南，晤王君，歷述館中虧累困窘之狀，若將岌岌不可終日也者。時耕屑猶在漢執其通信舊業，亦數過予談及之，相與太息不置。頗以予僑業此垂三十年，雖碌碌無所成就，要皆肇基於《中西報》，倘坐視此具有悠久歷史之區區基業，一旦隳敗，恝然不顧，寧不爲天下笑？耕屑久居漢上，與各方情感素洽，信譽尤著。因爲奔走籌畫，冀維垂絕之局。適值八千號屆滿，爰爲舉行紀念，徵文增刊，充實內部，擴展篇幅，俾重整旗鼓而圖振作。果未幾廣告銷行，俱見起色，意者轉危爲安，殆將漸入康復之境乎？孰料辛未夏，巨浸稽天，漢市淪爲澤國。匪特商肆罷市，無業可營，即印刷淪沒水中，員工避難遠走，勢亦不能不暫停發行，徐謀規復。計自夏徂秋，輟業三閱月，所蒙損害之鉅，曷堪細計。其後王君雖猶收拾殘餘，苦心擘畫，續刊復業，顧以元氣再傷，打擊過酷，益竭蹶不堪復振矣！越年餘，環境與經濟之雙重壓迫，不復能堪受，不得已決計宣告停業。而耕屑與予，仍斤斤於此固有基業，不忍任其斷送。幾經協議，幾經張羅，毅然再作馮婦，攘臂而前，結果以租賃之約，代肩艱巨。推耕屑爲總經理，予任總編輯，而以王君之侄麗生任協理，協助營業事宜。他若編校、發行、印鑄諸員工，概仍其舊，惟補充編輯、會計三數人而已。予輩於改組之初，私誓各以奮鬥之精神，最後之努力，節衣縮食，忍苦耐勞，以期撐支危局，突破難關，俾償復興舊業共存共榮之願。是爲壬申四月也。

既改組，精神重振，耳目一新，重以各方之殷殷愛護，兼營印刷業以資彌補，量入爲出，挹彼注此，尚能於艱難拮据中，維持現狀。而紙面革新，亦得於可能範圍内逐漸推行。如京、滬、平、津各地，專聘訪者，發電通訊，往往特別重要消息，捷足先登，頗爲閱者所滿意，其一端也。他如言論公正，紀載翔實，尤孜孜然，未敢稍墜固有聲譽。副刊《柝聲》，由予躬親撰輯，凡先賢遺著，海内孤本，有關國故文藝、經史考訂諸作，徵集搜羅，選校刊載，以冀發微闡幽，於國學稍有貢獻，更爲讀者所欣賞，國内公私立大學訂閱者頗多。至兼營印刷業務，增置各種機器，各號鉛字，承印書籍、雜誌、簿記、圖表之類，月數十種，靡不精審可觀，曾博一時之譽。館内員工，各在長期奮鬭中，刻苦淬厲，勤慎努力，始終不稍懈。雖窮困至衣不蔽體，食不果腹，亦始終不氣餒，其精神則尤武漢同業中三十年來所僅見。耕屑與予，益爲之感奮惶愧不自安，日夕皇皇然奔走栗碌，因心衡慮，以求營業稍獲轉機，俾我久共患難諸員工，稍獲安慰，進而無負舊主人付託之重、各友好愛護之殷。自謂具茲精誠，宜邀天助，殆將漸入康莊之境。無如我輩命薄運蹇，水旱迭乘，市場凋敝，復值國難嚴重，人事變遷，匪但銷行廣告極度衰落，即所賴以挹注之印刷業，亦驟然一落千丈。甲戌、乙亥之交，困窘之狀，不可告人。始而羅掘之計俱窮，繼而告貸之路俱斷，終則各脱簪珥，傾篋笥，以典質度其日。深夜未開印，日午未舉火，殆爲常事。予輩生平未歷之艱苦，鮮不備嘗，而諸員工猶未遽灰其心，仍圖最後掙扎。又數月，債負累累，情勢岌岌，一籌莫展，百計俱窮，力竭聲嘶，焦頭爛額，無可奈何，惟有知難而退。因協議解除原約，舉以奉還於舊主人王君華軒，繼續出版，是爲乙亥十一月也。

溯自壬申四月，迄乙亥十月止，耕屑與予，以租賃關係，負維持之責者，三載又半，虧折不下兩萬金。耕屑與予之家蕩於是，而耕屑之創痛則尤深且鉅。若夫館内員工數十人，三年間所感受痛苦，所犧牲精力暨其損失，更重且大，同歸虚擲，了無代價。是又耕屑與予，至今所耿耿於懷，未嘗或釋者也。至予與《中西報》，綜合計之，自甲寅迄丁卯，又自癸酉迄乙亥，先後十有七年，及此亦告一結束矣。

王君華軒，三十年來所經之營之者，《中西報》耳。茲復以七十老翁，實逼處此，不得不賈餘勇以承凋敝，冀挽頹波而保基業，抑豈得已者哉。十一月朔，既賡繼出版，再肩艱鉅，重光舊物，以舊友管君雪齋主編撰，員工強半仍其舊。紀載言論，亦與前略同。越一年又一月，以逮今日，適發行屆滿一萬號，且有增刊紀念之盛舉。他姑不論，即回想此一年來，驟承衰落之余，百孔千創，左支右絀，竟能艱難掊拄，延續瀕危垂絕之局，至一年有餘，其堅苦卓絕之精神，能不令人欽佩？予輩《中西報》舊侶，又能不爲之慚愧？惟王君具此大毅力，抱此大決心，慘澹維繫，必強不可爲而爲之者，則《中西報》之壽命，殆中折於去年今日。安能幸躋於全國新聞業中具有萬號歷史之列，得尾附於《申報》、《新聞報》、《大公報》、《時報》、《時事新報》五家之後，悉爲全國第六位之報紙乎？斯乃今日差堪引以告慰于王君，而爲《中西報》壽者也。

雖然，人生所最留戀難忘者，過去種種也。苟於今日萬號欣慰之餘，追溯三十年來遭遇經過，實有不堪回首者焉。辛亥燹於兵，癸亥毀于火，辛未淹于水。此區區者，一再覆沒於水火刀兵之厄，其彰彰者也。若其間所遭遇專制之淫威，軍閥之摧毀，黨之壓迫，禁發行也，罰停刊也，封報館且捕編輯也，靡不備歷。所感受時局之顛簸，市面之影響，人事之演變，被牽累也，受損失也，遭欺侮且危害也，又不一而足。三十年間，幾無日不在危疑震撼險阻艱難中度其生活，追惟舊事，歷歷在目，能無痛定思痛，爲之愴然者乎？即予個人而言，從事於此者二十餘載，載履艱貞，永言矢志，自少而壯，自壯而老，老而百無一成，德未修，名未立，業靡所就，而今也遁跡故鄉，杜門思過，不復敢言當世事。曩者竊以自詡所謂進德立言者安在？所謂淑世牖民者安在？所謂服務社會、期稍貢獻者安在？所謂賣文治生、聊以自存者又安在？撫今追昔，能無感痛？抑且報人生活，勞苦十百倍於他業，夙興夜寐，皇皇無寧息，日伸尺幅之紙，秉半禿之筆，嘔其心血，瀝其腦漿，困其思慮，瘁其才智，勞其筋骨，餓其體膚，空乏其身，朝如斯，夕如斯，雖至力竭聲嘶而弗已。甚至侮權威而捋虎鬚，伸誅伐而中螫毒。招尤叢怨，履險蹈危，更隨時隨地，感受精神上痛苦與刺激而弗自安。以有涯之生，赴無涯之役，日朘月削，有不甫壯而老，未老先衰者乎？向使如所謂此中有黃金屋，拚有價之文章，博虛榮之富貴，尚亦有利，人或樂爲。而予輩窮措大，又硜硜然安其遇拙，拘守繩墨，愛惜羽毛。既不欲視此爲捷徑，暮夜鑽營；復未敢視此爲利藪，蠅營狗苟。若彼詐欺攘奪之事，卑污齷齪之行，尤所深惡痛絕，引爲奇恥大辱，而不敢稍自蹈之者。南轅北其轍，曲突而徙薪，坐失機緣，又有不寡合無聞，依然故我者乎？此予所以於茲萬號紀念之日，僥仰身世，有不勝其感痛者焉。不徒予輩之卒敗於此，即《中西報》之遭遇迪遑，顛危困頓，以至今日者，又何嘗不緣於此？噫！予所視爲終身事業也者，既於此掃地以盡，正如敗軍之將，不敢言勇。方惶愧感痛之未遑，尚復何顏舉此瑣碎之言，喋喋於讀者之前，遺誚大雅？徒以王君、管君一再寓書責文，義不容辭，爰敢本其感想，拉雜書之如此。謂爲我與《中西報》一部傷心史也可，倘亦讀者諸君原其情而樂許者乎？

————一九三六年《漢口中西報》"萬號紀念刊"

（眉　睫）

《大俠魂》上兩則喻血輪的短文

《大俠魂》上刊登有兩則署名"血輪"的短文，一是1935年第4卷刊登的《曾國藩之言》，一是1936年第5卷第5—6期刊登的《顧亭林之母教》。其文如下：

曾國藩之言

"無兵不足憂，無餉不足慮，獨舉國上下，欲求一攘利不先，赴義恐後者，不可亟得，或偶得之，而又屈居卑下，抑鬱不伸，以挫以折以死！而貪婪饕餮者，皆驤首而上騰，而富貴，而功名，而頑健不死。此其可爲浩歎者也。"此湘鄉曾文正公之言也。今日內憂外患，人禍天災，與咸同時正復相同！而攘利不先，赴義恐後者，抑鬱不伸；貪婪饕餮之輩，則富貴利達，驤首上騰，與當時情形，亦復相類。故吾人每誦斯言，不徒如曾氏之浩歎而已也，直欲放聲一哭！

——《大俠魂》1935 年第 4 卷

顧亭林之母教——兒童節之名貴禮物

顧亭林先生，自明亡後，即不應試，往來南北，謁勝國諸陵。所過訪山川險塞，農田利病，結交其豪傑。所爲詩歌，情辭激楚，若有甚痛不能言者。此實其太夫人有以訓迪之也。蓋其太夫人彌留時，有遺書給亭林，甚以明亡爲恥，勖亭林篤行敦品，爲耕讀中人。茲將其遺書錄後，或亦足以羞當世之士大夫也。書云："嗚呼武兒，余與爾將永訣矣！不得不臨別贈言。昨夢爾父同吉，攜余行於沙漠之地，此大不祥也。然國事至此，死且嫌遲，死又何惜。惟余惓惓於爾者，不在言而在行，不在學而在品。爾固明之遺民也，則亦心乎明而已矣！余嘗苛論古人，謂：'夷齊扣馬而諫，是也；諫既不從，胡弗殉國！乃登首陽采薇蕨何爲乎？噫嘻，夷齊誤矣！甲子以後，首陽尚得爲商之山乎？薇蕨尚得爲商之食乎？噫嘻，夷齊誤矣！'一時儕輩訾余持論之偏，獨梨洲心韙之，則其懷抱可想。且余觀爾友中，亦惟梨洲品詣敦篤，爾雖師事之可也！惟爾之子若孫，囑其爲耕讀中人，勿爲科名中人，則爾方不愧余家肖子也！嗚呼武兒，余與爾永訣矣！無月日時，母氏囑。"所謂無月日時，即無明時也。夫人不忘故國有如此！

——《大俠魂》1936年第5卷第5—6期

《大俠魂》是抗日戰爭期間由鑄魂學社創辦的一份週刊。鑄魂學社在當時確實是獨樹一幟，左攻"階級鬥爭"，右踢"自由民主"。李山樵曾在《中國文壇輓近轉變的檢討》一文中，反復論證"'自由平等'、'階級鬥爭'爲首倡禍亂之遠因，《大俠魂》平愛的'人格鬥爭'、'新人運動'才是救人救世之至寶"，指"胡（適）、陳（獨秀）二先生是中國文壇革命的功臣，同時是中國國家的大罪人"。雖然立論偏激，但不能不説是很有個性。此時此地，喻血輪與他們有來往，惠以短文，也算合理。鼎鼎大名的民國鉅子蔡元培還給他們題過字呢。

兩篇短文發表之時，正值日寇逼迫，國事日非，國府汲汲於安内，官民兩界憂時傷世之士，如鯁在喉，欲吐而不能，於是託古諷今，希望能發抒其抑鬱之氣。顧炎武母親的遺言，以勝朝激勵炎武，願子孫不仕新朝，"爲耕讀中人，勿爲科名中人"，明亡之恥，耿耿於懷。此文既然是作爲"兒童節之名貴禮物"，自然是以顧母寄望於天下母親，願天下的母親教育子女不忘故國，用心良苦。行文亦是娓娓道來，不作驚人之語。

另一篇則因曾國藩的名言而致感。曾國藩的此段名言，常人所見，大多是見於蔡鍔所編《曾胡治兵語錄》（實是黄埔軍校校長蔣中正介石增入）。本爲曾國藩寫給好友彭申甫的覆信中語，原文作：

竊嘗以爲無兵不足深憂，無餉不足痛哭，獨舉目斯世，求一攘利不先，赴義恐後，忠憤耿耿者，不可亟得。或僅得之，而又屈居卑下，往往抑鬱不伸，以挫，以去，以死；而貪饕退縮者，果驤首而上騰，而富貴，而名譽，而老健不死。此其可爲浩歎者也。

喻氏文中所引與此相比，文字稍有出入，或許是所據的本子不同，或許是故意刪改，以照顧文氣。文中議論，看得出來是激於時政的憤激之言。喻氏早年以小説名家，後受吴醒亞之招，攜筆從政，踏入政界，草北伐佈告，辦《京報》，何等的意氣風發。争奈時運不濟，雖得有力人士吴醒亞、方覺慧的提攜，仍是蹭蹬不遇，久困下僚。感時傷世，喻氏心中能無不平之氣？其最直接的證據就是 1939 年作於重慶的兩首《戊寅除夕》詩，詩中寫道：

爆竹聲聲驚歲晚，江山寥落酒痕乾。白河楊柳隨春展，庾嶺梅薔向臘殘。九塞烽煙頻報急，六朝金粉尚偷安。故園今日無消息，萬里飄零作客難。

早自甘心百不如，郎潛白髮敢唏噓。閒情蕭索惟拼酒，壯志消磨愧上書。寶劍無靈思薛燭，文章憎命笑黔驢。淒涼骨肉分離甚，又向天涯度歲除。

如果説第一首尚多家國之慨，第二首則全是自嗟自歎，牢騷滿腹。"寶劍無靈"、"文章憎命"，可爲喻氏一生考語。

如若苛求，誦言痛哭一語，不免有襲人陳言之嫌。清人趙炳麟著《論警官冗濫疏》（《趙柏岩集》卷三）中有如下一段話：

前大學士曾國藩云：無兵不足憂，無餉不足懼，獨此人心陷溺，絶無廉恥，是謂不可救藥。臣誦其言，不禁涔涔淚下矣。

是趙炳麟早已痛哭於前。不過喻氏之文絶不因痛哭於後而減色，趙炳麟重在人心的沉淪，喻氏重在世事的不平。趙氏的"不禁涔涔淚下"，是哭人；喻氏的"直欲放聲一哭"，既是哭人，又何嘗不是哭己。喻氏以咸豐同治年間洪楊造反比日寇侵華時期之危急，也還算貼切，畢竟都是内憂外患，人禍天災相仍。曾氏 1853 年招好友彭申甫入幕之時，剛過不惑之年，春秋正富，視顢頇當道如九原枯骨，實在是正常得很。只是"老健不死"之語有失溫柔敦厚，於文正不免有玷。而喻氏斥"頑健不死"，著一"頑"字，便轉覺犀利。喻血輪一生，出入書業、報業、政壇三界，身份屢變，唯一不變的是其文人本色。喻氏寫小説，則洛陽紙貴；作書記，則北伐佈告先聲奪人；主縣政，不僅有政績，更有著述；為文章，則長篇短製盡如人意；談掌故，則不脛而走，哄傳一時。人皆稱喻血輪為小説家，"小説家"三字哪里足以盡喻血輪一生之才學！而喻血輪又僅以"小説家"展其才，豈非命乎？！令今人讀喻氏短文，又不得不為喻氏放聲一哭。或云陶淵明作《五柳先生傳》，高揭"不戚戚於貧賤，不汲汲於富貴"的人生態度，與五柳先生比，喻氏似乎又不免有一樓之隔。然而顏淵是聖人，所以能雌伏窮巷，喻氏肉眼凡胎，不過一普通人，以聖人的標準來要求凡人，不亦強凡人之所難？

（蔡夏初）

《雙溺記》不是喻血輪的作品

談鴛鴦蝴蝶派文學，肯定會提到喻血輪。喻血輪早年以言情小説名噪一時，每有新作面世，都會引起讀者的持續追捧。然而今人稔知張恨水、包天笑，却少有人研究喻血輪，即使是以研究湖北作家以及湖北本地文學創作為己任的《湖北文學史》，直接提到他的，也不過五個字——"黃岡喻血輪"。不知是"文無定價"，還是人們刻意遺忘，喻血輪似乎是銷聲匿跡，完全淡出了人們的視野，以致有人要稱其為"文學史上的失蹤者"。都説是文人不幸文章幸，誰知文章也有幸有不幸。或許是因為這個原因，對於今人，喻血輪依舊是一個迷霧籠罩的神秘人物，人們對喻血輪的論述總是夾雜着一些似是而非的東西，需要繼續刮垢磨光，加以釐清。比如喻血輪與《雙溺記》的關係，就是一例。

今人所作的喻血輪小傳或其他研究資料中，不乏稱喻血輪為《雙溺記》著者或合作者的，略舉幾種如下：

魏紹昌編《鴛鴦蝴蝶派研究資料》上册《史料部分》（三聯書店香港分店，1980年1月版）第529頁：

弢盦　雙溺記（與喻血輪合作）

同書第531頁：

喻血輪　悲紅悼翠錄　情戰　名花劫　林黛玉筆記　雙溺記

魏紹昌編《鴛鴦蝴蝶派研究資料》上册《史料部分》（上海文藝出版社，1984年7月版）第609頁：

弢盦　雙溺記（與喻血輪合作）

同書第611頁：

喻血輪　悲紅悼翠錄　情戰　名花劫　林黛玉筆記　雙溺記

芮和師、范伯群、鄭學弢等著《鴛鴦蝴蝶派文學資料》（下）（福建人民出版社，1984年8月版）第688頁"弢盦"條下：

言情　雙溺記（與喻血輪合作）

同書第699頁"喻血輪"條下：

言情　悲紅悼翠錄　情戰　名花劫　林黛玉筆記　雙溺記

余彥文編撰《鄂東著作人物薈萃》（湖北科學技術出版社，1990年6月版）第354頁"喻血輪"條下：

著有《芸蘭日記》、《林黛玉筆記》、《悲紅悼翠錄》、《情戰》、《名花劫》、《雙溺記》等，曾多次重版，影響較廣。

芮和師、范伯群、鄭學弢著《中國文學史資料全編·現代卷·鴛鴦蝴蝶派文學資料》（下）（知識産權出版社，2010年3月版）第624頁"弢盦"條下：

言情　雙溺記（與喻血輪合作）

同書第632頁"喻血輪"條下：

言情　悲紅悼翠錄　情戰　名花劫　林黛玉筆記　雙溺記

中華喻氏族史研究會編《中華喻氏通譜》（巴蜀書社，2012年6月版）第二部（上）第557頁《喻血輪》小傳：

代表作有《芸蘭淚史》、《林黛玉筆記》、《蕙芳秘密日記》、《西廂記演義》、《悲紅悼翠錄》、《名花劫》、《雙溺記》等長篇小説。

眉睫著《文學史上的失蹤者》（金城出版社，2013年1月版）第110頁：

喻血輪則著作尤豐，除發表《芸蘭淚史》以外，還寫了《悲紅悼翠錄》、《名花劫》、《雙溺記》、《情戰》、《菊兒慘史》、《雙薄倖》、《生死情魔》、《林黛玉日記》、《蕙芳秘密日記》、《西廂記演義》、《情海風波》、《杏花春雨記》等長篇小説。

從上述資料不難看出，始作俑者大概是魏紹昌先生，各書均承襲自魏氏所編《鴛鴦蝴蝶派研究資料》（三聯書店香港分店，1980年1月版）。既然如此，我們只需證明魏氏著錄有誤，自然真相大白。

檢索民國年間出版的圖書，書名中含"雙溺記"的，只有署名喻弢盦的《雙溺記》（上海會文堂書局，1920年3月版）。此外，見諸報刊的尚有張恨水的《雪湖雙溺記》、許吟花的《雙溺記》和《申報·自由談》上刊載的沈重的《雙溺記》、喻亮時的《情海雙溺記》。據謝家順著《張恨水年譜》第328頁介紹，張著先於1927年3月27日在《世界畫報》發表，後又被上海《金剛鑽》月刊1934年第1卷第7號轉載，未聞曾出單行本。許吟花的《雙溺記》刊載於1930年6月出版于天津的《蜜絲》創刊號上，也未聞曾出單行本。而《申報》所載則均爲短篇小製。當然，民國時期距今雖不過幾十年光景，但其間經歷過多年的大規模慘烈戰火洗劫；1949年政權易手後，又經歷過較長時期的動盪，圖書的損毀不可計數，加上許多藏館對民國圖書的整理著錄尚不充分，或許尚有其他同名圖書，本人未能獲知。好在魏紹昌先生主編的《民國通俗小說書目資料彙編》（上海書店出版社，2014年12月版）第2冊第907頁，著錄有一種著者爲張弢盦的《雙溺記》，且對此書的基本形態作了比較詳盡的描述，迻錄如下：

哀情小說。張弢盦著。上海會文堂書局。1920年3月版。1冊。1.9萬字。陸祖耀、吳樂山序各1篇。田拙人、章秋心、李楚狂、儺眯館主、周潯陽等題詞5篇。共11章。

一　毓秀	五　珠沉	九　喋血
二　待字	六　殉義	十　招魂
三　失恃	七　緝兇	十一　結慨
四　遭刦	八　偵獲	

《鴛鴦蝴蝶派研究資料》和《民國通俗小説書目資料彙編》的主持編纂者皆爲魏紹昌先生，兩書之間有先後因襲應在情理之中。更巧的是，

《鴛鴦蝴蝶派研究資料》和《民國通俗小說書目資料彙編》各自都只著錄了一種書名爲《雙溺記》的圖書，《民國通俗小說書目資料彙編》中著錄的《雙溺記》應該就是《鴛鴦蝴蝶派研究資料》裏的那個"弢盦"著《雙溺記》。只不過前者著錄作者爲"弢盦"，後者著錄作者爲"張弢盦"。之所以有此歧異，究其原因，大概是因爲魏氏所編《鴛鴦蝴蝶派研究資料》指此書的作者爲"弢盦"，編《民國通俗小說書目資料彙編》時當是直接迻錄，因排校失誤，遂誤爲"張弢盦"，或許因張恨水有《雪湖雙溺記》，一時失察，以爲"弢盦"是張恨水曾用名，遂誤添"張"字。好在"弢盦"也好，"張弢盦"也罷，雖然對我們後文討論《雙溺記》的作者會帶來困擾，但尚不足以影響辨認，姑置不論。我們只需將署名喻弢盦的《雙溺記》與此本"張弢盦"的《雙溺記》略作比對，就不難做出判斷。本人只找到此書的第五版（民國年間的"版"，有時只相當於今天出版界習稱的"印次"），好在不是要考證此書異文，重印本也足堪一用。先看封面和版權頁（見下圖）。封面上赫然題著"哀情小說"四字，版權

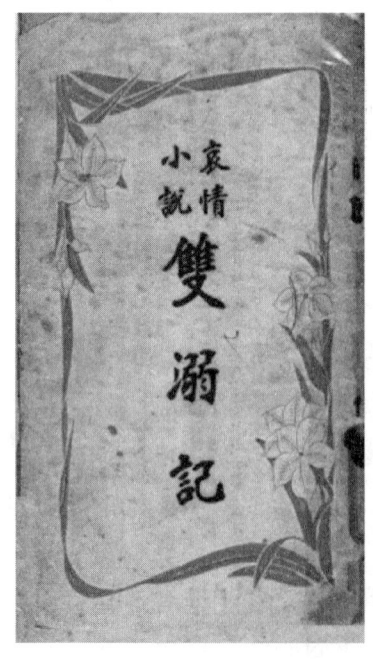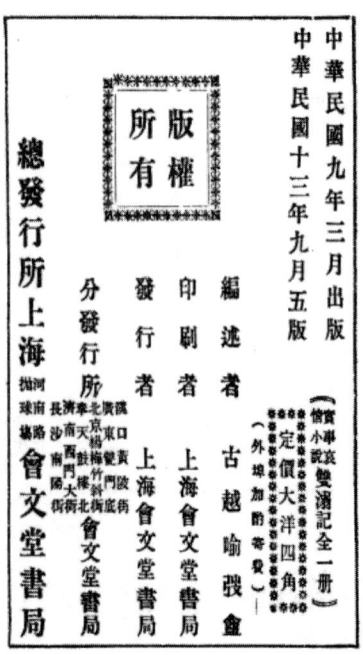

頁上著者的署名爲"編述者　古越喻弢盦",出版者爲"上海會文堂書局",首版時間爲"民國九年三月"（即公元1920年3月）,册數爲"全一册",除著者項外,都與書目的著錄吻合。卷首序跋題詞部分,包括序二："民國八年三月碧峰陸祖耀序于水雲盦中"、"著雍敦牂餘月中浣皖歙吳樂山序";題詞五："雙雙燕　古越田拙人"、"滿江紅　儷粿館主"、"偶訪喻子得讀雙溺記即題一律志感　嚴陵章秋心"、"集唐四絕題雙溺記　瑞安李楚狂"和"周潯陽"七言長詩一首。與書目完全一致。正文首頁的卷端行,作"實事哀情小說雙溺記　弢盦著",可見《鴛鴦蝴蝶派研究資料》一書著錄《雙溺記》的著者爲"弢盦",係據正文卷端著錄,應該是經過目驗。篇題亦作"毓秀"、"待字"、"失恃"、"遭刼"、"珠沉"、"殉義"、"緝兇"、"偵獲"、"喋血"、"招魂"、"結慨"。二者完全相同。魏紹昌先生生前是作協上海分會資料室的研究館員,專長研究近現代文學史料,編有《鴛鴦蝴蝶派研究資料》等多種資料彙編類著作。據此可知,魏氏對於圖書目錄學造詣頗深,非一般只會抄撮館藏卡片的雜抄家可比。

經過上述的比對,我們可以肯定《鴛鴦蝴蝶派研究資料》所著錄的弢盦著《雙溺記》就是署名"古越喻弢盦"的《雙溺記》。只有證明"喻弢盦"就是喻血輪的筆名,或者是一個代指二人的筆名,才能證明喻血輪對此書的著作權。那麼,會是這樣嗎？

可以斷言"古越喻弢盦"不是喻血輪,也不是喻血輪加弢盦,理由如下：

1. 古越是浙江籍人自稱或外省籍人稱呼浙江籍人的專用詞。越者,句踐的越國,斷不可能用來指代湖北人。即使以郡望或祖籍來解釋,也攔不到喻血輪的頭上。喻姓的郡望是南昌,見《元和姓纂》。至於祖籍,東里喻氏自麻城遷居黃梅落脚,到喻血輪的父親那一輩都已經超過三百年,且無任何資料指東里喻氏來自浙江,相反,倒是有資料顯示浙江喻姓遷自江夏。本人所見喻氏著作的署名,在"喻血輪"、"綺情樓主喻血輪"、"黃梅喻血輪"之外,尚有稱"南昌喻血輪"的,如世界書局版

《芸蘭日記》，但從無稱"古越"的。這當然不是沒有原因的。

2.《雙溺記》版權頁署"喻弢盦"，正文卷端書名後署"弢盦"，看似蹊蹺，但仍然符合舊時署名的做法，倘《雙溺記》爲弢盦與喻血輪合著，絕不可能在最重要的位置讓代表喻血輪的"喻"字缺席。

3. 此種一取姓一取名，重新組合成一個代號的做法，有違中國的傳統禮俗文化，似有強弢盦改姓之嫌。以民國年間人所受的教育，除非有萬不得已的理由，絕不會出此下策。

4. 吳樂山所作序，開篇即提出"喻子弢盦，古越人也"。倘"喻弢盦"爲二人合名，不會不置一辭，且全序無一字予人以聯珠合璧的暗示。

5. 陸祖耀在序中已明白指出"喻弢盦"就是喻守真，序中稱"今者喻子守真心悟無生之果，愁成絕命之詞"。

6. 魏紹昌自己對《鴛鴦蝴蝶派研究資料》中"與喻血輪合作"的提法也不自信，所以在其後編纂出版的《民國通俗小説書目資料彙編》一書中徑行標注作者爲"張弢盦"，不再提"與喻血輪合作"。可惜後來各書在使用這一資料時都忽視了這一修正。

既然"喻弢盦"與喻血輪没什麼關係，那麼他又是何許人？我們不妨從本證和旁證來做一番考察。

如前所述，《雙溺記》的版權頁上所署編述者爲"古越喻弢盦"，吳樂山所作序亦稱"喻子弢盦，古越人也"，可知此人爲浙江人氏。又吳序中稱喻氏"以終賈年華，抱燕許手筆"。終軍、賈誼是弱冠成功的早慧典型，著者當年應該也是 20 歲左右。喻守真生於 1897 年，是年虛歲 22 歲，剛過弱冠之年。又吳序中稱戊午年（1918 年）與喻守真相識於杭州，受託作序：

> 今歲五馬渡江，道出虎林。竹杖芒鞋，優遊湖上。……不圖余得而邂逅之。剪燭西窗，班荆東閣。荆州方識，幸也奚如。復辱承青眼，以所著之《雙溺記》囑序焉。

據朱寶中所作《〈唐詩三百首詳解編注〉的作者喻守真事略》(《杭州文史叢編·文化藝術卷》)一文介紹，喻守真1918年去杭州高家任家庭教師，1925年考入上海中華書局編輯部。也就是説1918年喻守真正在杭州做家教，二人有機緣見面。另，據陸祖耀序中稱"今者喻子守真心悟無生之果，愁成絶命之詞"，可知"喻弢盦"就是喻守真。

再看正文開篇處的文字：

> 余世世居於是，余即誕生於是。地名楊家橋，轄于蕭山縣。……余家即在東堤之旁，宅後有一園……園隙地，築小舍一間，僅可容膝。……大父特辟之以爲余讀書之所。……蓋吾村向有喻郭楊三姓，以楊姓始辟草萊，徙居最早，即以楊家二字名其橋，又以楊家橋三字名吾村。……此吾村之地史也。以與吾書有關，故不厭其繁以述之。

楊家橋、蕭山縣、喻姓，加上大父監管讀書，處處與喻守真的身世相合。雖説是無巧不成書，可哪有巧得如此之巧的。

喻守真死得早，文學作品少，名氣遠不如喻血輪大，知道的人不多，但是喜好唐詩的人，大概很多人都讀過他的《唐詩三百首詳析》，此書一版再版，風靡至今。據朱寶中所作《〈唐詩三百首詳解編注〉的作者喻守真事略》一文所述：

> 喻守真，字璞，號瞻山，又號二梅、二槑、朱陳村夫，蕭山永興鄉楊家橋村人。生於清光緒二十三年（1897）農曆五月十九日，卒於1949年農曆五月七日。祖父厚齋，清時庠生，秉性耿直，爲人謙和，通詩文，善禮律，肯爲村裏調解糾紛，受人愛戴。父子義（維新），嫻熟《詩經》、《禮》、《樂》，參加過科舉，一生在私塾和鄉村小學執教，家境清貧。母瞿氏，賢淑通文字。守真是獨生子，祖父教育管束極嚴。……他穎悟好學，1901年上學，老師稍加點撥，即能領會。1909年，13歲那年，他離家去20多里的臨浦萬思庵高

等小學住讀，1912年畢業，名列榜首。翌年，考入杭州第一中學，1917年畢業。是年，同逕遊鄉安山村朱玉堂之女寶花結婚。因祖父去世，家道中落，無力深造。承老師引薦去臨浦母校任教。第二年，受聘杭州高義泰布店，去高家任家庭教師。因他鑽研詩文，對學生循循善誘，贏得教界信譽。達官富商，爭相延聘其為家庭教師。……1925年，承摯友韓非木相約，考入上海中華書局編輯部。

先生治學嚴謹，不泥古於前人論書著述，潛心探究，敢作推敲。《雙溺記》是他的處女作，由上海會文堂書局出版。……他參與中華書局《辭海》的編纂工作，與沈雁冰、高建標等友好，常有往來，相互磋商，詩文大進。《唐詩三百首詳解編注》是他的力作。……解放前已出版2次行銷於世。解放後，1957年11月又版，至1982年2月連續出版9次，印數約達196.5萬冊。……先生著述甚豐，有《瞻山樓詩文集》16卷、《懷玉館雜筆》、《中國地理新志》、《文章體制箋注作法》、《古文觀止箋譜》等。

此文雖未點出喻氏曾用過"戮盒"一名，但證實了喻守真是能文之人，且確實在會文堂書局出版過一部《雙溺記》。據朱寶中回憶，會文堂書局是張騫與浙江蕭山人湯壽潛所開辦，湯壽潛又委託同鄉邵希雍主持書局事務，邵氏聘請同鄉蔡東藩等人入書局寫作。都是蕭山同鄉，也就不難理解喻守真的作品會被會文堂書局納入囊中了。詳見朱寶中《我所知道的上海會文堂書局》（《蕭山文史資料選輯》第3輯）。

朱寶中是喻守真妻子的族人，蕭山逕遊鄉安山村人。據其在《〈唐詩三百首詳解編注〉的作者喻守真事略》中的回憶：

抗日戰爭爆發，中華書局遷港，先生因老母妻兒牽累，自身染疾，回籍休養，住安山村岳家。我常有機會與他敘會，有所聆益，感受良深。時，安山村重建宗祠，執事者多次求其翰墨，從不推辭，祠內楹聯數副，正、草、隸、篆，均出喻手，識者歎為觀止。抗戰勝利後，中華書局遷回上海，先生帶病赴滬復職，不幸即逝上海，臨終囑咐妻子："《唐詩詳析》尚有稿費可得，將來你可藉此補貼生活。"果然後來北京中華書局曾寄來稿費給其遺孀。

可知朱寶中曾與喻守真有過多年的交往，對於喻的家事也知之甚詳，非一般得之傳言者所能比，其言應該可信。

（蔡夏初）

喻血輪史料六則

喻血輪晚年好談民國掌故，所著《綺情樓雜記》和《憶梅庵雜記》，已成研究民國史的學人不能忽視的史料淵藪。然而有關喻血輪的史料却是少之又少，以致今人論及喻氏的履歷生平，要麼語焉不詳，要麼得之傳言，真假難辨，亟待有心人士從民國文獻中去做一番艱苦的爬梳整理。草蛇灰綫，集腋成裘，或許有望將喻氏一生的履歷拼圖補全。敝人本非研究人士，對喻血輪更是素無研究，只是平日工作中常常接觸到民國文獻，偶有所獲。謹作貢獻，希望有裨於對喻血輪的研究。

黃梅喻血輪君夫人逝世（江西）

余南如

喻血輪君夫人姓藍氏，字玉蓮。向肄業九江諾立女書院，民國二年畢業，在黃梅福音女學校，任教授職。民國三年，與喻君結婚，因勸喻君入基督教。時喻君主筆於《漢口中西報》，同居漢口垂四年。民國六年，又隨喻君往南昌，又入聖經女學校，研究《聖經》。勤心苦讀，極得西人鮑小姐歡心。民國七年暑假，鮑小姐遂派其往蕪湖基督會勵志女學校佈道。因受勞過度，臘月忽患咯血症。該校長西人桂小姐，極愛其精明能幹，作工得力，聞其抱病，百計醫治。奈受病過深，猝難告愈，遂電喻君迎歸黃梅故里。瀕行時，該校學生咸以失此良師，至有啜泣而送者。回里後，調治年餘，仍無效果。今年春，病益劇，猶扶病致書蕪湖、南昌、九江各友人，諄諄以勤心女學，致力聖道爲勸。至四月九號，遽溘然長逝，享年僅二十有八也。喻君在漢，得電馳歸，已不及見。他生未卜此生休，喻君極悲痛之。於四月十二號舉行出殯。喻君夙爲基督徒，一切均用教會典禮，由該邑福音堂王漢先牧師，主領開追悼會，送殯者，合福音堂男女學生，不下數百人。頗極一時之哀榮。

——《興華》1920年第17卷第17期

喻血輪招待報界

　　北路軍總指揮部兼三十七軍政治部秘書主任喻血輪君，於前日來滬，代表該軍政治部，假倚虹樓宴請本埠新聞界，報告該軍加入革命後之成績，暨政治部工作之經過，到各報各通信社記者二十餘人。由喻主任致詞，略云：兄弟是代表北路軍總指揮部兼三十七軍政治部歡宴報界諸君的，承諸君惠然肯來，甚爲榮幸。敝軍正式參加國民革命軍，及敝政治部工作的經過，分爲兩起，云云。文長從略。

——《申報》1927年7月2日

中華民國國民政府指令

第四五一號

令國民政府行政院

　　呈據安徽省政府薦請任命喻血輪等爲秘書，補成本璞等遺缺由，呈悉，喻血輪等已有明令分別照准任免矣，仰即知照。此令。履歷存。

（中華民國國民政府印）

中華民國十七年十二月二十九日

——《國民政府公報》1929年第1期

中華民國國民政府行政院訓令

第三五四號

令知呈薦喻血輪、李遂先爲秘書由

令安徽省政府

爲令行事，案查前據該省政府呈請薦任喻血輪、李遂先爲民政廳秘書，並請將黃書、成本璞免去本職等情到院，當經提出，本院第九次會議通過，呈請國民政府分別任免。去後，茲奉指令，內開呈悉，喻血輪等已有明令分別照準任免矣，仰即知照，此令，履歷存等因，奉此合行令仰該省政府知照。此令。

（國民政府行政院印）

中華民國十八年一月八日

——《行政院公報》1929 年第 12 期

省政府據應山縣喻縣長呈請轉函鐵道部發給賑米運費五折執照令民政廳知照

爲令知事，案據應山縣縣長喻血輪儉代電稱，職縣因上年匪患災情奇重，呈奉財政廳撥款一萬元，專辦平糶，曾經陳前縣長邦彥遵令辦理，分別呈報在案，并由縣長派員赴湖北賑災委員會購領賑米五百石，已運至漢口劉家廟亞利轉運公司堆存，專候漢平鐵路火車運至廣水下車。伏查《鐵道部鐵路運輸賑濟物品條例》第三條內載，凡運送賑濟物品經行各鐵路，依照普通運價五折核收現款。應請鈞府電請鐵道部准予填給由漢至廣水運賑米五百石運價五折收現執照一紙，發交湖北民政廳，轉飭派員吳兆春、葉盛五、曹少歐等查收備用，是爲德便等情。除電鐵道部查核填交轉發應用以利糧運而救災黎并指令外，合行令仰該廳知照。此令。

兼代主席方本仁

——《湖北省政府公報》1929 年第 53 期

民國時期知事縣長表

姓　名	籍　貫	職　務	任職時間
……	……	……	……
喻血輪	黃　梅	縣　長	1929、5—1929、9
……	……	……	……

——《應山縣誌》卷十四

（蔡夏初）

喻血輪年表

1892年（光緒十八年）　1歲

農曆十一月初十，生於黃梅縣城東門喻家（後爲黃梅一中、晉梅中學校址）。喻血輪曾自述："予家居東門，爲三進大屋。"父親喻次溪時年三十二歲，長兄喻的癡四歲。

遠祖喻化鵠，清初文人、書法家，與桐城派方苞、金壇王步青（己山）友善，著有《素業堂雜著》。太高祖喻文鏊（1746—1816），著名性靈詩人，著有《紅蕉山館詩鈔》、《紅蕉山館文鈔》、《考田詩話》、《湖北先賢學行略》。高祖喻元洽（1781—1849），恩貢生。曾祖喻葆模（1806—1866），議叙八品。祖父喻焕烈（1833—1883），名潤畦，廩膳生。

父親喻次溪（1861—1909），號增頤，自幼隨叔祖喻同模（字農孫，因其祖喻文鏊字石農）學詩書，《棄餘草自序》云："16歲，隨先叔祖農孫公學。光緒甲午冬至後三日自識。"14歲入縣學，爲廩膳生。戊戌前後求學於江漢書院，拜於黃侃之父黃雲鵠門下（另，黃侃之姊爲喻血輪七舅母）。著有《嚚嚚齋詩集》。

喻的癡云："《嚚嚚齋詩集》，予先君子遺著也，藏之行匧二十年，迄無力以付剞劂，且因係孤本，未敢書以示人，每念及之輒爲疾！爰按日錄載於此，藉廣流傳，且用以彰吾罪戾焉。"山東广饶知縣王用霖作序云："喻君次溪爲楚北名彥，性達不羈，卯歲即嗜韻事，每有所得，見者傾倒，此固天資越歟。"臨朐知縣鄭昌熾作序云："卒讀一過，喜其蒼老盤鬱，閑逸處又出入陶韋之間，蓋讀其詩如見其人焉。……抑又聞次溪著有古文若干卷，皆與經濟學有關。次溪蓋抱用世之學，而工詩特其餘事爾。"著名報人管雪齋爲《囂囂齋詩集》作序云："黃梅喻氏，以積學世其家，代有傳人。石農先生《考田詩話》，情文並茂……老友的癡，先生五世孫也。"梅寳琳（喻血輪之舅）有《題〈囂囂齋詩集〉》："變徵聲何烈，長吟發浩愁。才爲時所忌，詩得氣不秋。蕉館傳衣鉢，石農先生著有《紅蕉山館詩鈔》。桃源託夢遊。自題所居爲"方寸桃源"。篇終浮大白，風雨爲蕭颼。"

關於家世，喻次溪在《山居雜興並序》中云："余祖先居縣城東里，迄今三百餘年，詩書科第頗顯烜，時稱東里喻氏。咸豐間，粵寇起，先後四陷梅城，邑罹寇災甚劇，先人第宅，蕩然成廢墟。以故數十年來，漂無枝托。余既賃屋於瓦石山黃樂村之旁暫居之。環邨土著，故多喻姓者，而非吾東里族也。"

母親爲同邑同治元年進士梅雨田的長孫女，梅雨田與喻血輪曾祖喻葆模、叔曾祖喻同模交誼極深，遂締結姻親。

幼隨三叔喻肖畦（1868—1925）、舅父梅寳瓚（東舉）攻讀古典文學。喻肖畦，又名圭田、肖溪，著有《亦囂囂齋詩集》。喻肖畦爲石樹民（即《民國日報》編輯、《新京日報》總編、《中華日報》社長石信嘉之祖父）之女婿、國務院原副總理吳儀之外祖父。梅寳瓚爲中山大學法學院院長、民革創始人梅龔彬之叔父、梅雨田之孫。

喻的癡（1888—1951），喻血輪的大哥，對喻血輪的人生道路起了很大的牽引作用，著有《樗園漫識》、《喻老齋詩存》、《喻老齋詩話》、《適園文存》等。（以上家世資料由喻的癡之孫喻本力先生提供。）

1904 年（光緒三十年）　　13 歲

　　入黃梅縣八角亭高等小學堂。八角亭是黃梅著名的古典建築，距今有二百多年歷史。清乾隆五年竣工，黃梅大林書院（後改名調梅書院）遷此辦學。書院建成至清末一百多年來一直是黃梅崇文講學、教育生員的場所。1899 年，方志大家王葆心曾任教於此。關於八角亭有一幅名聯：「八角亭，亭八角，一角點燈諸角（葛）亮；五鳳樓，樓五鳳，四鳳同棲旁（龐）鳳雛。」1904 年，維新之風波及黃梅，書院乃改爲八角亭高等小學堂，成爲近百年黃梅近現代文化的搖籃。彼時，八角亭高小有黃梅最高學府之稱。喻血輪爲八角亭高小首屆畢業生。

1906 年（光緒三十二年）　　15 歲

　　吳醒亞插班入讀八角亭高小，半年後轉赴武昌讀書。吳醒亞在《〈林黛玉筆記〉叙》中説：「憶余丙午識綺情君，亟慕其風度溫雅，燦若春花，與之語，豪爽有俠氣，然賦性多情，工愁善病。」吳醒亞（1892—1936），早年在武昌讀書時，結識著名革命黨人田桐，二人引爲知己。1922 年前後，任孫中山大元帥府、總統府書記官，陳炯明叛亂時曾營救孫中山、宋慶齡。北伐時期追隨蔣介石，國民政府成立後，吳醒亞先後任安徽、湖北等省民政廳長，並請喻血輪任其秘書。1932 年吳醒亞任上海社會局長，1935 年當選爲國民黨中央委員。吳醒亞是喻血輪的終生好友，曾爲《林黛玉筆記》一書作序、題詞並作批註。

　　同年，《漢口中西報》創刊於漢口，創辦人爲王華軒。該報一直標榜「以公理正義爲依歸，持和平中正之態度」（喻的癡：《本報三十年經過大概》，原載《漢口中西報》八千號紀念刊），辛亥革命時報館被付之一炬，被迫暫時停刊。

1909 年（宣統元年）　　18 歲

　　入讀黃州府中學堂。大哥喻的癡同在黃州府中，曾回憶説：「先是清光宣間，正《中西報》嶄然露其頭角於漢上，時予年甫二十，負笈黃州。初不解新聞業爲何事，惟感念清政不綱，國勢日岌，年少氣盛者，鮮不慨然抱改革之志。蘄春方覺慧、詹大悲，羅田何亞新暨同邑宛思演諸君，同學中富於革命思想之尤者也，俱與予交篤且密。課餘暇晷，輒相與共讀新聞紙或其他鼓吹革命刊物。寒夜青燈，對床風雨，每感痛國是，未嘗不淬厲激昂，互以匹夫興亡之責相勖勉。而予於報載時論，且選其沉痛激越之作，手錄成帙，研討誦讀，是乃予讀報之始也。"（喻的癡：《我與〈中西報〉》，原載《漢口中西報》萬號紀念刊）。喻血輪耳濡目染，深受影響，思想漸漸傾向革命。

12月，同邑好友、革命志士宛思演變賣祖產，接辦《漢口商務報》，作為革命團體群治學社的機關報，革命黨人擁有機關報自此開始。宛思演、邢伯謙（亦黃梅人）擔任正副經理，主筆詹大悲，編輯何海鳴，梅寶璣（喻血輪堂舅）、查光佛等擔任撰述，劉復基任會計兼發行。該報"不特鼓吹革命，言論激昂，抨擊無所忌諱"（喻的癡：《樗園漫識》），成為全國報界"革命之先鋒"。

本年，父親喻次溪逝世。

1910年（宣統二年）　　19歲

4月，《漢口商務報》被查封，革命黨人"捲土重來之志，迄未稍衰"（喻肖畦：《大江報館重出版祝詞》，原載《漢口中西報》副刊《枊聲》1935年7月6日），同年12月14日，《大江白話報》創刊於漢口歆生路。此報由梅寶璣勸說黃梅富家子胡為霖投資所辦，胡自任經理，詹大悲、何海鳴擔任正副主筆。"吳一狗案"發，《大江白話報》"據實直書，無所畏憚"，一時名震全國。（喻肖畦：《大江報館重出版祝詞》）。喻血輪耳濡目染，思想更加激進。

本年，叔父喻圭田、堂叔喻居仁與廖秩道膺鄉薦為"孝廉方正"。據喻圭田《亦囂囂齋詩文集·三人合影圖記》載："宣統二年，歲次庚戌，朝廷再開制科，招用孝廉方正。黃梅膺鄉薦者三人，一廖君秩道、一堂弟居仁、一即余也。明年夏月，望江余壽平方伯誠格調驗到省，同寓斗級營聯陣公館，候瑞莘儒制軍徵考送晋京。旅居多暇，竊念科舉既廢，此為曠典，良不易得。相與語曰：'是不可不留紀念也。'因同登黃鶴樓，共拍一照，印三片各存。余以齒居中，余左者，爲壯修，即廖君秩道；右余者，爲疇九，即堂弟居仁也。是科明歲停止，後之來者，其將覩斯照而深景行，亦未可知。然余三人顧影彷徨，頻滋惕矣。黃梅喻圭田。"後三人或未進京考試，因不久即爆發武昌起義，喻圭田隨即參加革命。

1911 年（宣統三年）　　20 歲

春，胡爲霖離開《大江白話報》，由詹大悲接辦，改名爲《大江報》。

7 月 17 日，《大江報》發表何海鳴《亡中國者和平也》；同月 26 日，又發表黃侃（署名"奇談"）《大亂者救中國之妙藥也》，震驚於世的"《大江報》案"由此産生。不久，武昌起義爆發，喻血輪參加學生軍。

1912 年（民國元年）　　21 歲

年初，入讀北京法政學校。

本年起，開始使用筆名"喻血輪"。據晚年回憶云："即不佞'血輪'名字，原爲民國元年爲漢口《國民新報》撰文時，隨意所用筆名。當時年少氣盛，自負不凡，以爲新聞記者即社會之血輪，正如人身不可缺之肌體，以此命名，亦所以獻身社會之意。厥後從事新聞事業垂三十年，遂沿用此筆名。"

1913 年（民國二年）　　22 歲

5 月 15 日，王華軒在漢口英租界維新印書館內創辦《漢口中西晚報》，初以楊幻庵爲主編，喻血輪、喻耕屑等分任編輯。《漢口中西晚報》以"公正穩健"的面目示人。喻的癡曾在《我與〈中西報〉》中回憶說："幾費經營，始先恢復維新印書館，創刊《漢口晚報》一大張，以爲《中西報》復刊之基礎。聘鳳君竹蓀主編務，予弟血輪主筆政。時血輪方服務夏口法院，間爲文投載《國民新報》，獲識其主筆許君止競，遂以許君之介紹，始爲報人矣。"《國民新報》創刊於武漢，爲布商李華商創設，許止競、熊南荒、王癡吾等擔任撰述，辛亥革命後仍在發行。

9 月 15 日，王華軒正式恢復《漢口中西報》，以鳳竹蓀爲主編，喻血輪擔任編輯。

喻的癡回憶說："《中西報》之在武漢商場固有發行六年之歷史，印象較深，信譽亦著，因之復刊未久，營業亦復舊觀。既而金君他去，主撰無人，血輪介予承其乏，而予以咯血之疾，尚待調治，未敢出遊。且當時報紙言論，軍閥方嚴加鉗制。大抵聊備一格，初不計時間性，予遂得遥領其職務，由家寄稿，月十數篇，篇數百言，聊以塞責。强半膚泛違心之論，未嘗敢稍伸正義，略抒讜言，以觸時忌而獲重咎。蓋自甲寅迄丙辰，忽忽三載矣。"（喻的癡：《我與〈中西報〉》）

1914 年（民國三年）　　23 歲

與鄰縣廣濟（今武穴市）藍玉蓮結婚。

1915 年（民國四年）　　24 歲

10 月，出版《悲紅悼翠錄》（進步書局）。進步書局爲文明書局副牌，由鴛鴦蝴蝶派文人王均卿（文濡）負責，此時《漢口中西報》同事貢少芹由李涵秋介紹進入進步書局擔任編輯工作。後文明書局併入中華書局。

1916 年（民國五年）　　25 歲

秋，《漢口中西報》舉行三千號紀念，黎元洪以大總統名義贈送親筆題寫的"覺世功深"的匾額。（喻血輪：《我在〈中西報〉十年生活的回憶》）。

本年，出版《情戰》（進步書局）、《名花劫》（進步書局初版，同年中華書局再版）、《菊兒慘史》（進步書局）。

1917 年（民國六年）　　26 歲

3 月，在《小説海》發表短篇小説《苦海鴛》。《小説海》創刊於 1915 年元旦，中國圖書公司發行，編輯者黄山民。據鄭逸梅回憶，"短篇有……喻血輪《苦海鴛》、劉半農《女偵探》、徐卓呆《名馬》、許廑父《娟娘》"。

王華軒創辦《漢口日報》，以喻的癡爲主編，延請王癡吾、聶醉仁、鄧瘦秋等十數人擔任主筆或編輯。其中，聶醉仁爲喻血輪的妹夫，鄧瘦秋爲喻血輪的堂妹夫、吳儀之姨丈。此後數年，喻的癡等仍採取"批判則力主公平，不涉謾罵醜詆之語"的"和平奮鬥"（喻的癡：《本報三十年經過大概》）方針發展事業，王華軒所辦諸報達到頂峰。其中，《漢口中西報》一躍成爲全國第六大報，僅次於《申報》、《新聞報》、《大公報》、《時報》、《時事新報》，自此一直領軍湖北新聞界。

喻的癡曾在《我與〈中西報〉》一文中回憶道："丁巳春，王君更擴展其業務，增刊《中西報》一張，另創辦《漢口日報》，以與晚報爲一家，亦日出二大張，一再促予赴漢主其事。既至，稍事部署，即出版。仍以幻庵主編晚報，予與聶醉仁、鄧潄秋、葉聘三諸君，分擔日報編撰。《中西報》仍由癡吾、耕屑、血輪負其責。斯又予實行投身報業之始也。"

本年至蘇州、上海一帶，廣交江浙文友。喻血輪在《沈知方與世界書局》中回憶說："顧沈雄心勃勃，決非久於雌伏，因於民國六年在蘇州組織學術研究會，由其侄駿聲出面。駿聲時方在滬經營大東書局，文藝界舊友甚多，乃約予及其他十餘人至蘇州，爲學術研究會任事。既至蘇，始知學術研究會，實一雛形書局編輯部，其工作爲著作小說及注解舊書。沈生平讀書無多，而獨能透悉社會潮流及讀者心理，經其計畫編出之書，無不行銷。予所著《芸蘭日記》、《林黛玉筆記》、《蕙芳秘密日記》諸小說，即成於是時，一年中皆銷至二十餘版，其他各書，亦風行一時，當時係用廣文書局名義出版，由大東書局代爲發行。"

本年，出版《生死情魔》（進步書局）、《雙薄倖》（文明書局）。其中，《雙薄倖》內容提要云："一樵夫之女，美麗無倫，私與中表某生訂爲伉儷，某生背之。某公子素陰險，以狡計得之。公子遠出，惡叔挑之不從，因而讒搆其間。適公子攜妾歸來，惡叔復與妾通，女遂被逐而死。此書佳處，樵夫之老悖、公子之殘忍、叔之佻健、妾之淫蕩，與女之慧心卓識、和平貞潔，無不畢力描寫。以此懲勸頹風，或堪稍挽。"

1918年（民國七年）　27歲

本年，出版《西廂記演義》（廣文書局）、《芸蘭淚史　芸蘭日記》（清華書局）、《蕙芳日記》（廣文書局）、《林黛玉筆記》（廣文書局）等。

其中廣文書局由沈知方主政，清華書局由鴛鴦蝴蝶派領袖徐枕亞主持。

署名喻玉鐸著的《芸蘭秘密日記》在廣文書局出版，由喻血輪作序，序中盡述夫妻情深，並多有鼓勵之詞："內子玉鐸，頗能讀書，歸余後，相隨《漢口中西報》，尤喜小說家言，間有所作，亦有可觀者。今歲就學南昌，課暇之餘，復撰就是書，悲歡離合，情節離奇。寫璇閨調笑，則旖旎盡至，寫兒女情懷，則體貼入微。蝶迷夢短，可憐待死之魂，繭織同功，盡是傷心之語，洵佳構也。綺情樓主喻血輪序於丁巳季冬。"同年，署名"玉鐸著，血輪潤色"的《孤鸞遺恨》在文明書局出版。

1919 年（民國八年）　　28 歲

本年，出版《女學生日記》（廣明書局）。

1920 年（民國九年）　　29 歲

元配夫人藍玉蓮（喻玉鐸）逝世，傷心不已。

1921 年（民國十年）　　30 歲

擔任上海《四民報》總編輯。《四民報》，民營報，日刊，總經理林澤豐、史允之，1921 年 9 月 28 日創刊。當時的規模可與《申報》相抗衡，全國和上海的新聞都有報導，副刊有《學府》等。

妻子喻玉鐸的《芸蘭秘密日記：閨閣秘史之一》在廣文書局推出新版，並於 1981 年由該局再版。

本年，在鴛鴦蝴蝶派雜誌《遊戲世界》發表大量小說，並設置專欄，作小說、奇聞連載《綺情樓雜記》，計有《徐阿春》、《米生》、《碧玉雙沉記》、《奇盜》、《靈魂破案》、《荒山豔塚》、《憶鳳樓情史》、《井底癡魂》、《阿誰誤我》、《萬里相思畫裏看》、《輪船百怪錄》等篇，其中《憶鳳樓情史》專門記述喻血輪的好友、鴛鴦蝴蝶派主要代表趙苕狂的感情經歷。《遊戲世界》創刊於 1921 年，停刊於 1923 年，由鴛鴦蝴蝶派代表人物周瘦鵑、趙苕狂主編。

1922 年（民國十一年）　　31 歲

1 月，《蕙芳日記》在上海世界書局再版。

返回武漢，續娶鄭昭式。喻血輪之《新年新婚記》末尾有趙苕狂一段跋語："余爲《遊戲世界》新年號索稿於喻子血輪，血輪以無新鮮資料對。余笑曰：'盍不即以新年新婚四字爲題乎？'蓋血輪將於新年中完成佳偶矣。血輪笑頷之。翌日，果以此記畀余。則脂香粉膩，錦簇花團，不啻預爲其新婚時寫照也。而預計其當夫洞房春暖，椒室香生之際，此書亦已出版，取而一相印證，當有忍俊不禁者，而新娘或且羞紅暈臉，故作嬌嗔，詈血輪筆端之忒輕薄矣。苕狂戲識。"

1923年（民國十二年）　32歲

獨子喻新民出生。

8月，《西廂記演義》在上海世界書局再版。

本年，上海世界書局出版《芸蘭淚史》，版權頁署名"湖北張子和"，另有廣告"古今閨秀秘記"宣傳《芸蘭日記》、《林黛玉筆記》、《蕙芳日記》。

1924年（民國十三年）　33歲

5月，出版《情海風波》（文明書局）。

6月，出版《杏花春雨記》（文明書局）。

本年，上海世界書局再版《西廂記演義》。

1925年（民國十四年）　34歲

在漢口創辦的揚子通信社，因軍閥干預，被迫停刊。

6月11日，漢口爆發"六一一慘案"，喻血輪在《綺情樓雜記》中回憶道："予當時主辦揚子通信社……是夜予即根據事實，作正義報導，次日各報均以予稿刊之首欄，反英空氣，立見緊張，當局見之，大不謂然……午夜，周復以'就地正法'密令，派便衣警至揚子通信社捕予……予於彼等去後，避之日租界，一經探詢，始知蕭、潘均於是晨槍斃。同時緝捕未獲者，尚有《時事白話報》社長馬逐塵及教授李漢俊，事態非常嚴重。越日，周語人，謂予爲是案策動人，必欲得而甘心。予乃化裝走黃州，乘輪赴皖，始免於難。"

8月，上海世界書局再版《西廂記演義》。同月，偽託之作《懼內趣史》由上海大東書局再版，署名"喻血輪、王醉蝶"為編著者。

本年，三叔喻肖畦逝世。

本年，上海世界書局再版《蕙芳秘密日記》。

1926年（民國十五年）　35歲

7月，與喻玉鐸合著的《孤鸞遺恨》在文明書局再版；《雙薄倖》在文明書局再版。

本年，任國民革命軍第三十七軍政治部主任吳醒亞的秘書。

1927年（民國十六年）　36歲

9月，《悲紅悼翠錄》在上海進步書局再版。

10月，魯迅在《莽原》中發表《怎麼寫》一文（後收入《三閒集》），其中說："我寧看《紅樓夢》，却不願看新出版的《林黛玉日記》，它一頁能夠使我不舒服小半天。"查1981年版《魯迅全集》，下注："《林黛玉日記》，一部假託《紅樓夢》中人物林黛玉口吻的日記體小説，喻血輪作，內容庸俗拙劣，一九一八年上海廣文書局出版。"

1928年（民國十九年）　37歲

2月，離開三十七軍政治部，參與創辦《京報》，擔任主任編輯。不久，延攬聶醉仁入盟《京報》，推薦聶擔任主任編輯，自己"改任為副刊編輯主任，兼作社論"（喻血輪：《北伐時期之京報》，原載《報學》1956年12月第1卷第10期）。《京報》於1928年4月1日出刊，由陳立夫任社長，蕭吉珊任副社長，吳醒亞兼任總編輯，石信嘉為經理，梁鼎銘為藝術編輯，林振鏞為經濟編輯。1929年初停刊，不久石信嘉在此基礎上創辦《新京日報》，直至1938年停刊。

3月，代蔣介石擬北伐佈告。喻血輪在《綺情樓雜記》中自謂："民國十七年三月間，予由蕪湖至南京，假寓中華飯店。時國民革命軍已沿津浦路北上，行將北伐直魯關外，統一中國。一日，中委方子樵來言，奉總司令蔣公諭，撰擬北伐佈告，囑予執筆。予於一夕之間，成六言韻語六十四句。次日由方君齎呈蔣公核閱，蔣公親筆刪去兩句，增改六句，成六十八句……較原作完善多矣。當印刷二十萬份，大軍北伐時，遍貼北方各地，使北方民衆，對國民革命獲得初步認識。惜蔣公親筆增改原稿，於抗戰首都淪陷時遺失，今偶檢舊篋，得當時謄本，亟錄之於後，亦國民革命文獻之一也。"

4月，《西廂記演義》在上海世界書局再版。

11月，任安徽省民政廳長吳醒亞的秘書。

1929年（民國十八年）　　38歲

《明日之江蘇》第一期發表《縣長的責任》，署名"蔣中正講，喻血輪記"，在蔣介石演講內容前，喻血輪記道："蔣主席於上月三十日，在安慶召集皖省各縣縣長會議，並作如下之極重要之訓話。"

9月，上海文明書局再版《雙薄倖》，由中華書局發行；《悲紅悼翠錄》在上海進步書局再版；《生死情魔》在上海文明書局再版。

10月，《春雨杏花記》在上海文明書局再版。《情海風波》在上海文明書局再版。

任湖北省民政廳秘書，時任廳長爲辛亥元老方覺慧。一度改任湖北應山縣縣長。

本年，與喻玉鐸合著的《孤鶯遺恨》在文明書局再版。

本年，上海華新書局出版《江湖鐵血記》（兩冊），版權署名編輯者"倚情樓主喻血輪"，增批者"天笑"，似盜用喻血輪和包天笑的名字。

1930年（民國十九年）　　39歲

任湖北省藕池口徵收局局長。

1931年（民國二十年）　　40歲

8月，上海世界書局出版《林黛玉筆記》，署名"綺情樓主喻血輪"。

任湖北《中山日報》總編輯。

1932年（民國二十一年）　　41歲

大哥喻的癡任《漢口中西報》總編輯，自籌經費維持，並主持副刊

《枿聲》。"副刊《枿聲》，由予躬親撰輯，凡先賢遺著，海內孤本，有關國故文藝、經史考訂諸作，徵集搜羅，選校刊載，以冀發微闡幽，於國學稍有貢獻，更為讀者所欣賞，國內公私立大學訂閱者頗多……溯自壬申四月，迄乙亥十月止，耕屑與予，以租賃關係，負維持之責者，三載又半，虧折不下兩萬金。耕屑與予之家蕩於是，而耕屑之創痛則尤深且鉅。若夫館內員工數十人，三年間所感受痛苦，所犧牲精力暨其損失，更重且大，同歸虛擲，了無代價。是又耕屑與予，至今所耿耿於懷，未嘗或釋者也。"（喻的癡：《我與〈中西報〉》）

1933 年（民國二十二年）　42 歲

5 月 27 日，黃梅縣政府縣長黃丹初向校長廖秩道發來指令：本府第四次縣政會議另行成立募款修理八角亭委員會，先請財委會暫借洋二百元興工，推舉廖秩道、喻血輪、聶醉仁、吳伯仁、余節綏、梅國瑞、吳光亞諸先生為委員。

7 月，上海世界書局再版《蕙芳秘密日記》。

本年，一度客居九江。

1934 年（民國二十三年）　43 歲

6 月，上海南洋大書店出版《蕙芳秘密日記》，版權署名"黃梅喻血輪"。

1935 年（民國二十四年）　44 歲

3 月，上海世界書局再版《林黛玉筆記》，署名"綺情樓主喻血輪"。

從 1932 年至本年，《漢口中西報》副刊《枿聲》大量發表喻氏祖上詩文，或有關黃梅人文歷史的文章（如帥培寅《黃梅孔壟李氏族譜序》等），並引來錢基博、王葆心等巨擘撰文。

1936 年（民國二十五年）　45 歲

任國民大會代表選舉總事務所編檢股長。

本年，好友吳醒亞逝世。

本年，上海世界書局再版《芸蘭日記》，封面作《芸蘭日記錄》。署名"喻玉鐸著，喻血輪批眉"。

1938 年（民國二十七年）　　47 歲

6 月，奉天中央書店出版《林黛玉日記》，版權頁上的出版時間爲"康德五年六月"。此書在僞滿洲國出版，疑爲盜版。

1939 年（民國二十八年）　　48 歲

2 月 18 日，除夕之夜賦詩《戊寅除夕》二首，其一云："爆竹聲聲驚歲晚，江山寥落酒痕乾。白河楊柳隨春展，庾嶺梅薔向臘殘。九塞烽煙頻報急，六朝金粉尚偷安。故園今日無消息，萬里飄零作客難。"小注云："民國廿七年，時因抗戰避居重慶。"

8 月，奉天文藝書店出版《芸蘭日記》，作者署名"王者"，序言署名喻血輪，應爲盜版。

1941 年（民國三十年）　　50 歲

本年，任川陝豫黨政考查團秘書。當年秋，隨方覺慧（子樵）等輾轉川陝一帶，自該年 10 月 14 日開始記遊歷日記，直至次年 2 月 4 日結束。期間游洛陽龍門石窟，賦詩一首："紫陌銅駝畫角哀，中原王氣盡成灰。鷹揚虎踞如塵去，曩吳子玉五十壽辰，康南海贈壽聯，有"天下鷹揚，洛陽虎踞"等語。豕突狼奔動地來。百戰河山傷廢壘，孤城車馬幾雄才。元戎幸有平倭計，風捲殘雲奪險回。"遊陝西留壩縣留侯廟，賦詩一首："紫柏山頭夕照紅，巍然祠廟有雄風。非關王佐神仙侶，只在嬴秦一擊中。"（眉睫按：此詩一二句寫景，似有褒揚之意。迨至三四句，筆鋒忽轉，對世人高度評價張良有所保留。喻血輪認爲張良暴得大名，並非因爲有王佐之才，蓋因博浪一擊耳！）游陝西華清池，賦詩一首："秋老斜陽畫角哀，華清無復舊樓臺。可憐一勺溫泉水，曾洗凝脂玉體來！"

1942 年（民國三十一年）　　51 歲

本年途徑河南南陽臥龍崗，賦詩一首："何論襄陽與宛城，臥龍祠廟自崢嶸。三分早定偏安局，兩表如聞痛哭聲。當日君臣真灑落，至今朝野頌忠貞。英雄自古多遺恨，八陣圖前夕照明。"

本年輾轉抵達重慶。

1943 年（民國三十二年）　52 歲

任民生機器廠秘書，不久任中央造船公司秘書。

1944 年（民國三十三年）　53 歲

在《文化先鋒》第 7、8 期連載《憶中原》，記錄了 1941 年冬自西安到洛陽、南陽的經歷。

在《旅行雜誌》第 6、7、8、10 期連載《川陝豫鄂遊志》，以日記的形式記錄了 1941 年秋至 1942 年春的豫陝途中經歷。

1945 年（民國三十四年）　54 歲

抗戰勝利後，離開重慶，轉赴上海。

1946 年（民國三十五年）　55 歲

本年起，閑居滬上。

1948 年（民國三十七年）　57 歲

本年底，攜自著《秋月獨明室詩文集》赴臺。

1951 年　60 歲

爲《中華日報》撰寫《紅焰飛蛾》。爲《新生報》高雄版撰寫《綺情樓雜記》。以"綺翁"筆名在《大華晚報》撰寫《憶梅庵雜記》。

本年，長兄喻的癡因被當作鎮壓對象槍決於黃梅縣城北門口的北邙山上（現爲黃梅縣人民醫院）。

1952 年　61 歲

11 月，作《〈綺情樓雜記〉自序》，內云："作者青年問世，老而無成，走遍了天涯海角，閱盡了人世滄桑，濫竽報界可二十年，浮沉政海亦二十年，目之所接，耳之所聞，知道了許多遺聞軼事，野史奇談……近年旅居臺灣，孑然一身，每於風雨之夕，想起這些故事，恒覺趣味彌永，值得一記。於是思起一事，即寫一段，不論年代，不分次序，不褒貶政事，不臧否人物，惟就事寫實。"

1953 年　62 歲

10 月,《綺情樓雜記》(第一集)由臺灣啓明書局出版。

1954 年　63 歲

本年,二哥喻血鍾逝世。

10 月,《綺情樓雜記》(第二集)由臺灣啓明書局出版。

1955 年　64 歲

6 月,《綺情樓雜記》(第一集、第二集)由香港啓明書局出版。

1956 年　65 歲

5 月,《綺情樓雜記》(第三集)由臺灣啓明書局出版。

1958 年　67 歲

經大陸友人函告鄭昭式在上海病逝,乃續娶王錦華。

爲追憶辦報和革命生涯,晚年先後寫下《軍閥槍口下逃生記》、《清末民初漢口報壇史》等文,後收入《湖北文獻》第 46 期,1978 年版。

1959 年　68 歲

6 月 4 日,臺北市《大華晚報》連載之《憶梅庵雜記》發表《程德全爲高僧轉生》:"辛亥革命任江蘇都督之程德全,四川雲陽人,其母素信佛。某歲有黑龍江某寺僧,道行甚高,因朝峨眉路過雲陽,病甚,程母留與醫之飯之。僧始得至峨眉圓寂,爲感程母恩,遂轉生爲程。程生而穎慧,弱冠入泮,因事忤縣令,令謀以盜案誣陷之,程懼而走京師,由戚推薦於黑龍江某提督,某提督甚優禮之。但程至齊齊哈爾後,忽有異感,覺是處景物,皆所素悉,顧此生實未一履此土,胡爲稔熟如是?甚以爲怪。會俄人於此時入侵,圍齊齊哈爾急,某提督禦之而敗,因語程曰:"吾不能守土,罪當死,願以職權授君,爲善其後。"言已自殺。程遂往見俄酋,謂提督已因逼自殺,彼代領其衆,如俄軍能繞道而行,固幸,否則當身先士卒,同爲玉碎也。俄酋服其勇,壯其行,竟繞道而去,黑龍江省會因獲保全。事平,俄使覲西太后,力贊程爲中國首屈人才，西太后聞而悦之，亟召程入京，不久擢拔，升至江蘇巡撫。程至江蘇，又覺景物甚熟，不解其故。及辛亥革命，程被推爲提督。卸職後，逕至常州天寧寺爲僧，似已還其本來面目矣。"

1967 年　76 歲

晚年的喻血輪非常思念家鄉的親人，多次想回大陸探親。後抱重病之軀，以香港爲中轉，返回大陸探親。不意途中於 8 月 29 日在香港病逝（喻血輪侄子喻弗河於 2006 年告知筆者）。

（眉　睫）